黃鈞
彭丙成
葉幼明 注譯
劉上生
饒東原

新譯古文辭類纂（三）

三民書局

國家圖書館出版品預行編目資料

新譯古文辭類纂（三）／黃鈞;彭丙成;葉幼明;劉上生;饒東原注譯.——初版二刷.——臺北市：三民，2023

面；　公分.——(古籍今注新譯叢書)

ISBN 978-957-14-4498-7（平裝）

830　　95004082

古籍今注新譯叢書

新譯古文辭類纂（三）

注譯者　黃 鈞　彭丙成　葉幼明　劉上生　饒東原
發行人　劉振強
出版者　三民書局股份有限公司
地　址　臺北市復興北路 386 號 (復北門市)
臺北市重慶南路一段 61 號 (重南門市)
電　話　(02)25006600
網　址　三民網路書店 https://www.sanmin.com.tw

出版日期　初版一刷 2006 年 4 月
初版二刷 2023 年 3 月
書籍編號　S032930
ISBN　978-957-14-4498-7

新譯古文辭類纂　目次

第三冊

書說類

文體介紹……………………一五二三

卷二十五　書說類　一

趙良說商君……………………司馬子長……一五二七
陳軫為齊說楚昭陽……………………戰國策……一五三三
陳軫說楚毋絕於齊……………………戰國策……一五三五
陳軫說齊以兵合於三晉……………………戰國策……一五三七
蘇季子說燕文侯……………………戰國策……一五四〇
蘇季子說趙肅侯……………………戰國策……一五四四
蘇季子說韓昭侯……………………戰國策……一五五二
蘇季子說魏襄王……………………戰國策……一五五六
蘇季子說齊宣王……………………戰國策……一五六一
蘇季子自齊反燕說燕易王……………………戰國策……一五六四
蘇代止孟嘗君入秦……………………戰國策……一五六八
蘇代說齊不為帝……………………戰國策……一五六九
蘇代遺燕昭王書……………………戰國策……一五七二
蘇代約燕昭王……………………戰國策……一五七七
蘇厲為齊遺趙惠文王書……………………戰國策……一五八三
蘇厲為周說白起……………………戰國策……一五八八

卷二十六　書說類　二

張儀說魏哀王……戰國策……一五九一
張儀說楚懷王……戰國策……一五九六
張儀說韓襄王……戰國策……一六〇三
淳于髡說齊宣王見七士……戰國策……一六〇七
淳于髡說齊王止伐魏……戰國策……一六〇八
淳于髡解受魏璧馬……戰國策……一六一〇
黃歇說秦昭王……戰國策……一六一二
范睢獻書秦昭王……戰國策……一六二一
范睢說秦昭王……戰國策……一六二四
范睢說昭王論四貴……戰國策……一六三四
樂毅報燕惠王書……戰國策……一六三七
周訢止魏王朝秦……戰國策……一六四四
孫臣止魏安釐王割地……戰國策……一六四八

卷二十七　書說類　三

魯仲連說辛垣衍……戰國策……一六五一
魯仲連與田單論攻狄……戰國策……一六六二
魯仲連遺燕將書……戰國策……一六六五
觸龍說趙太后……戰國策……一六七一
馮忌止平原君伐燕……戰國策……一六七六
蔡澤說應侯……戰國策……一六七八
魏加與春申君論將……戰國策……一六九一
汗明說春申君……戰國策……一六九三
遺章邯書……陳餘……一六九六

卷二十八　書說類　四

諫吳王書……鄒陽……一六九九
獄中上梁王書……鄒陽……一七〇五
說吳王書……枚叔……一七一九
復說吳王書……枚叔……一七二五
報任安書……司馬子長……一七三一
遺蓋寬饒書……庶子王生……一七五〇
報孫會宗書……楊子幼……一七五四
移讓太常博士書……劉子駿……一七六〇

卷二十九　書說類　五

與孟尚書書……韓退之……一七七二
與鄂州柳中丞書……韓退之……一七八〇
再與鄂州柳中丞書……韓退之……一七八五
與崔群書……韓退之……一七九〇
答崔立之書……韓退之……一七九九
答陳商書……韓退之……一八〇六
答李秀才書……韓退之……一八一〇
答呂毉山人書……韓退之……一八一三
答竇秀才書……韓退之……一八一七
答李翊書……韓退之……一八二一
答劉正夫書……韓退之……一八二七
答尉遲生書……韓退之……一八三二
與馮宿論文書……韓退之……一八三四
答衛中行書……韓退之……一八三九
與孟東野書……韓退之……一八四三
答劉秀才論史書……韓退之……一八四六
重答李翊書……韓退之……一八五二
上兵部李侍郎書……韓退之……一八五四
應科目時與人書……韓退之……一八五九
為人求薦書……韓退之……一八六二
與陳給事書……韓退之……一八六五
上宰相書……韓退之……一八六九
後十九日復上宰相書……韓退之……一八八〇
與汝州盧郎中論薦侯喜狀……韓退之……一八八五

卷三十　書說類　六

寄京兆許孟容書……柳子厚……一八九一
與蕭翰林俛書……柳子厚……一九〇四
與李翰林建書……柳子厚……一九一一
答吳秀才謝示新文書……柳子厚……一九一七

卷三十一　書說類　七

與尹師魯書……歐陽永叔……一九二〇
寄歐陽舍人書……曾子固……一九二九
謝杜相公書……曾子固……一九三六
上韓樞密書……蘇明允……一九四〇
上歐陽內翰書……蘇明允……一九五一
上王兵部書……蘇子瞻……一九六〇
答李端叔書……蘇子瞻……一九六四
上樞密韓太尉書……蘇子由……一九七〇
答韶州張殿丞書……王介甫……一九七六
上凌屯田書……王介甫……一九八一
答司馬諫議書……王介甫……一九八四

贈序類

文體介紹……一九九一

卷三十二　贈序類　一

送董邵南序……韓退之……一九九四
送王秀才含序……韓退之……一九九七
送孟東野序……韓退之……二〇〇一
送高閑上人序……韓退之……二〇〇九
送廖道士序……韓退之……二〇一三
送竇從事序……韓退之……二〇一七
送楊少尹序……韓退之……二〇二〇
送李愿歸盤谷序……韓退之……二〇二五
送區冊序……韓退之……二〇三〇
送鄭尚書序……韓退之……二〇三三
送殷員外序……韓退之……二〇四〇
送幽州李端公序……韓退之……二〇四三
送王秀才塤序……韓退之……二〇四七
贈張童子序……韓退之……二〇五一
與浮屠文暢師序……韓退之……二〇五六
送石處士序……韓退之……二〇六一
送溫處士赴河陽軍序……韓退之……二〇六六
贈崔復州序……韓退之……二〇七〇

送水陸運使韓侍御歸所治序……韓退之……二〇七三
送湖南李正字序……韓退之……二〇八〇
愛直贈李君房別……韓退之……二〇八四
送鄭十校理序……韓退之……二〇八六
送浮屠令縱西游序……韓退之……二〇九一

卷三十三 贈序類 二

送楊寘序……歐陽永叔……二〇九四
送田畫秀才寧親萬州序……歐陽永叔……二〇九八
送徐無黨南歸序……歐陽永叔……二一〇二
鄭荀改名序……歐陽永叔……二一〇六
送周屯田序……曾子固……二一一〇
贈黎安二生序……曾子固……二一一四
送江任序……曾子固……二一一八
送傅向老令瑞安序……曾子固……二一二三
送石昌言為北使引……蘇明允……二一二五
仲兄文甫字說……蘇明允……二一三〇
名二子說……蘇明允……二一三五
太息送秦少章……蘇子瞻……二一三七
日喻贈吳彥律……蘇子瞻……二一四一
稼說送張琥……蘇子瞻……二一四六
送孫正之序……王介甫……二一五〇

卷三十四 贈序類 三

周弦齋壽序……歸熙甫……二一五四
戴素庵七十壽序……歸熙甫……二一五八
王母顧孺人六十壽序……歸熙甫……二一六二
顧夫人八十壽序……歸熙甫……二一六六
守耕說……歸熙甫……二一七三
二石說……歸熙甫……二一七六
張雄字說……歸熙甫……二一八一
二子字說……歸熙甫……二一八五
送王篛林南歸序……方靈皋……二一八八

送劉函三序……方靈皋……二一九二
送左未生南歸序……方靈皋……二一九六
送李雨蒼序……方靈皋……二二〇一
送張閑中序……劉才甫……二二〇四
送沈茱園序……劉才甫……二二〇八
送姚姬傳南歸序……劉才甫……二二一一

詔令類

文體介紹……二二一七

卷三十五 詔令類 一

初并天下議帝號令……秦始皇……二二二〇
入關告諭……漢高帝……二二二四
二年發使者告諸侯伐楚……漢高帝……二二二七
五年赦天下令……漢高帝……二二二八
今吏善遇高爵詔……漢高帝……二二二九
六年上太公尊號詔……漢高帝……二二三二
十一年求賢詔……漢高帝……二二三四
元年議犯法相坐詔……漢文帝……二二三六
議振貸詔……漢文帝……二二三八
賜南粵王趙佗書……漢文帝……二二四〇
二年除誹謗法詔……漢文帝……二二四四
日食詔……漢文帝……二二四六
十三年除肉刑詔……漢文帝……二二四八
十四年增祀無祈詔……漢文帝……二二五一
後元年求言詔……漢文帝……二二五二
前六年遺匈奴書……漢文帝……二二五四
後二年遺匈奴書……漢文帝……二二五七
後二年令二千石修職詔……漢景帝……二二六一

卷三十六 詔令類 二

元朔元年議不舉孝廉者罪詔……漢武帝……二二六五
元狩二年報李廣詔……漢武帝……二二六八

元狩六年封齊王策……漢武帝……二二七〇
封燕王策……漢武帝……二二七二
封廣陵王策……漢武帝……二二七四
元鼎六年敕責楊僕書……漢武帝……二二七六
賜嚴助書……漢武帝……二二七九
元封五年求賢良詔……漢武帝……二二八一
賜燕王璽書……漢昭帝……二二八二
地節四年子首匿父母
　等勿坐詔……漢宣帝……二二八五
元康二年令二千石察
　官屬詔……漢宣帝……二二八七
神爵三年益小吏祿詔……漢宣帝……二二八九
議律令詔……漢元帝……二二九〇
建昭四年議封甘延壽
　陳湯詔……漢元帝……二二九二
賜竇融璽書……漢光武帝……二二九四
建武二十七年報臧宮詔……漢光武帝……二二九八

卷三十七　詔令類　三

諭巴蜀檄……司馬長卿……二三〇二
鱷魚文……韓退之……二三〇九

書說類

文體介紹

書說類標目乃是姚鼐所獨創。古代一些文體分類之作，多稱為書牘、書札、書簡（寫在木板上曰牘，曰札，寫在竹片上曰簡）之類。姚氏「書說」乃綜合書信（信之名產生於近代）及游說之辭這兩種文體。〈序目〉中說：「春秋（主要應為戰國）之世，列國士大夫或面相告語，或為書相遺，其義一也。」當面規勸曰「說」，異地溝通曰「書」，故合為一類。粗看似乎有理，但細究未必妥當。第一，書信可泛指一般人與人之間，而此處之「說」僅限於君臣之間，並且必須是異國君臣。本國臣僚，說其時主，則入奏議類。所以這類說辭，僅見於戰國時期，秦漢以後，大一統局面形成，故「說」體已不復存在。第二，所議之事，必須是軍國大事；個人之間傾訴衷曲，可稱之為「書」，而不能名之為「說」。故本書所選，凡屬「說」類者，全錄自《戰國策》（僅〈趙良說商君〉一篇錄自《史記》），其性質更接近於以記言為主的記敘文，而與書信體差異較大。故「書說」連稱，作為文體之一類，為本書所僅見。

按照一般人的看法，「說」之為體，乃「釋也，述也；解釋義理而以己意述之也」（《文章辨體序說》）。它從屬於論辨類，韓愈〈師說〉為其代表之作。但這種「說」體主要出現於唐宋以後，在此之前的所謂「說」體，則多指游說之辭。《文心雕龍・論說》言：「說者，悅也；兌為口舌，故言咨悅懌。」又說：「凡說之樞要，必使時利而義貞，進有契於成務，退無阻於榮身。自非譎敵，則唯忠與信。披肝膽以獻主，飛文敏以濟辭，此說之本也。」顯然，劉勰在這裡是把「說」看作是策士進策獻謀的所謂「游說」之辭。故所舉之例，亦不外伊尹要湯、太公說西伯以及燭之武、蘇秦、張儀、毛遂、酈生、蒯徹諸辯士說客之辭。而此前晉代陸機在〈文賦〉中亦主張：「論精微而朗暢……說煒曄而譎誑。」李善注曰：「說以感動為先，故煒曄譎誑。」為了打動人心，以售其說，故必須重視辭采，說得天花亂墜，才能達到說服的目的。這乃是唐代以前對於「說」體文的看法。可見戰國時期游說之辭與當時書信（主要為國書）確有其相通之處。故本書「書說」一類所選《戰國策》文共三十六篇，其中明確為「書」者六篇，為「說」者三十篇，二者在內容和性質上均有相似之處。

書體產生，早於戰國，姚氏在〈序目〉中將書信體追溯到《尚書》中〈君奭〉，其實此篇為周公對召公告誡之辭，乃史官所記；既無異地溝通之意，也缺少寫書、受書的一二人稱，因此還算不得書信。我國最早的書信，當產生於春秋時期。《文心雕龍・書記》曰：「三代政暇，文翰頗疎；春秋聘繁，書介彌盛。」《左傳》中載有「鄭子家與范宣子書」（文公十七年）、「巫臣遺子重子反書」（成公七年）、「子產與范宣子書」（襄公二十四年），還包括「鄭人鑄刑鼎，叔向遺子產書」及「子產答書」（昭公六年）等篇，詳觀以上諸書，「辭若對面」（《文心雕龍》），都含有寫信與受信者即有一二人稱相互告語性質，這應是我國保存下來最早的一批書信。雖然從傳遞信息角度上看，它們已具有書信性質；但從內容和功用上說，它們實際上還是外交辭令的書面化，略等於列國交往的「國書」，這與作為個人之間交流思想感情的工具——書信，畢竟還有所不同。

書信作為人際交流的手段，它必然具有較之其他文章更為鮮明的個體性，應該做到「函邈於尺素，吐滂沛乎寸心」（《文賦》），成為個人「心聲之獻酬」（《文心雕龍》）。人們能夠從書信中看到作者本人的思想、個性、氣質和音容笑貌，而這一個體性正是從漢代開始的。本書所選漢代鄒陽、枚乘、司馬遷諸作，無不如此。這些書信或進諫君王，或辨白沉冤，訴述悲憤，剖解委屈，或勸說友人，都寫得酣暢淋漓，辭令飛揚，富有濃烈的個人感情色彩。儘管其內容尚未擺脫政治事務的範疇，但討論的中心已經從軍國大事轉入個人的遭遇和命運。書信的個體性開始確立。至東漢末年秦嘉及其妻徐淑相互間兩次來往書信，更是以抒寫夫妻間相互思念的感情為其主要內容，使書信真正成為人與人之間思想交流的工具。

魏晉南北朝時期乃是書信文發展的重要階段，不僅書信作者大為增加，與政務無關的純私人交流的書信大量湧現，書信的內容也不斷擴大。而且，一些作者不單把書信作為社會必需的一種應用文體，也借助書信這一形式以騁才華、托風采，滿足人們審美享受的一種文學創作，成為文學之林的一種具有獨立地位的文學樣式，因而出現不少情文相生、詞藻明麗的佳作。但六朝的這些書信小箋，大多用駢文寫成，故而未能選入本書。

唐宋時期，隨著古文運動的興起，書寫自由的古文成為文壇正宗，因而極大地推動了書信體文的充分發展。八大家的一些書信，或議論時事，或討論學術，或批評詩文，或傳授學業，或抒寫遭遇，或表達志向，或吐露衷情，或勸諭親朋，可以說無所不包，無所不有；但都能做到發自肺腑，言之有物。書信的技巧也更加靈活多樣，作者都能根據不同對象、不同內容，採取適當表現方法。例如，我國古代論文論學，專著極少，微言宏旨，往往散見於書牘之中，而本書所選韓愈〈答李翊書〉、〈與馮宿論文書〉、〈答李秀才書〉、〈答尉遲生書〉、曾鞏〈寄歐陽舍人書〉、蘇洵〈上歐陽內翰書〉、蘇軾〈上樞密韓太尉書〉等等，都可以稱之為「文藝書簡」。這些書信從實際出發，辨析幾微，具有較強的針對性；而且大多能結合個人實踐來闡明學習、寫作和欣賞等問題，議論中帶有濃厚的抒情色彩，既有思想的明晰性，也有論述的形象性。從文學批評史上看，都是極珍貴的文論資料。而且，此時書信除了暢敘友誼、相互鼓勵之外，還有少量的乃是出於政治鬥爭的需要，相互間論戰之作，著名的如歐陽修〈答高司諫書〉（本書未選）和王安石〈答司馬諫議書〉，特別是後者，充分表達了這位政治改革家的堅定意志和毫不動搖的態度。

書信體散文由於唐宋時期的充分發展，因而形成元、明、清時期難乎為繼的局面。儘管唐宋以後，書信作家作品，亦復不少，名作佳篇，雖然不多，但仍偶有出現；但總的來說，氣魄格調，就很難比肩唐宋了。

本書一篇未選，未必妥當，但姚氏可能也有他自己的理由。

卷二十五　書說類　一

趙良說商君

司馬子長

【題解】本篇出自《史記・商君列傳》，標題為後人所加。標題下姚鼐原注：「周顯王三十年，秦孝公二十三年。」即西元前三三九年。此時商鞅入秦二十三年，執秦政十七年。據《戰國策・秦策一》載：「衛鞅亡魏入秦，孝公以為相，封之於商，號曰商君。商君治秦，法令並行，公平無私，罰不諱強大，賞不私親近。法及太子，黥劓其傅。期年之後，道不拾遺，民不妄取，兵革大強，諸侯畏懼。然刻深寡恩，特以強服之耳。」商鞅治秦變法，為秦後來的發展奠定了堅實基礎，只因得罪宗室貴戚而遭怨望，故趙良為鞅提出辭歸的免禍之計。鞅不聽，終如趙良所言。司馬遷在贊語中同意「刻深寡恩」的觀點，故引趙良之言以為佐證。

趙良見商君。商君曰：「鞅之得見也，從孟蘭皋❶，今鞅請得交，可乎？」

趙良曰：「僕弗敢願也。孔丘有言曰：『推賢而戴者進，聚不肖而王者退❷。』僕不肖，故不敢受命。僕聞之曰：『非其位而居之曰貪位，非其名而有之曰貪名。』僕聽君之義❸，則恐僕貪位貪名也。故不敢聞命。」商君曰：「子不說吾治秦與？」

趙良曰：「反聽之謂聰，內視之謂明，自勝之謂彊❹。虞舜有言曰：『自卑也尚矣❺。』君不若道虞舜之道，無為問僕矣。」商君曰：「始秦戎翟❻之教，父子無別，同室而居。今我更制其教，而為其男女之別，大築冀闕❼，營如魯、衛矣。子觀我治秦也，孰與五羖大夫❽賢？」趙良曰：「千羊之皮，不如一狐之掖；千人之諾諾，不如一士之諤諤❾。武王諤諤以昌，殷紂墨墨❿以亡，君若不非武王乎，則僕請終日正言⓫而無誅，可乎？」商君曰：「語有之矣：『貌言，華也；至言⓬，實也；苦言，藥也；甘言，疾也。』夫子果肯終日正言，鞅之藥也。鞅將事子，子又何辭焉？」

【章　旨】本段記載趙良與商君的對話，為正式進言創造良好的氣氛。

【注　釋】❶孟蘭皋　人姓名，餘待考。❷推賢而戴者進二句　此引孔子語，他處未見。戴，《周書・謚法》：「愛民好治曰戴。」王，姚鼐原注：「王者，言推尊之，《莊子》：『彼兀者而王先生』。」蓋當讀為孟子「保民而王」之「王」，去聲。兩句意為推賢則愛民好治者進，聚不肖則行仁政者自退。❸僕聽君之義　言若從君之意。❹反聽之謂聰三句　反聽、內視、自勝蓋取老子之義，即控制自己的貪欲可以立於不敗之地。❺自卑也尚矣　今本《尚書》不見此句。❻翟　同「狄」。❼冀闕　《索隱》曰：「冀闕，即魏闕也。冀，記也。列教令當於此門闕。」❽五羖大夫　即百里奚。秦繆公以五羖羊皮贖百里奚於楚，授之國政，號曰五羖大夫。羖，公羊。❾千羊之皮四句　此蓋當時俗語。掖，同「腋」。狐腋下之皮用以製裘最輕暖。諤諤，直言進諫之貌。❿墨墨　同「默默」。默然不語。⓫正言　合於正道之言。⓬至言　真實之言。

【語　譯】趙良被商君接見。商君說：「我能見到您，是由於孟蘭皋的介紹，現在我想同您交個朋友，行嗎？」

趙良說：「我不敢有這種想法啊。孔子曾經說過：『如果推賢進士，愛民好治的人就會來集；如果搜羅不肖之徒，仁政之士就會離去。』我屬於不肖一類的人，所以不敢從命。我聽說過：『本不應該屬他占有的官位他卻占有，這叫做貪位；本不應該屬他享有的榮譽他卻享有，這叫做貪名。』我如果順從了您的想法，那麼恐怕我有貪位貪名的嫌疑啊。所以不敢從命。」商君說：「您對我治理秦國難道不高興嗎？」趙良說：「把聽覺反過來聽聽自己叫做聰，把視覺反過來看看自己叫做明，能戰勝自己的弱點叫做強。虞舜曾經說過：『自己能處卑而不傲慢那就是高尚的人格了。』您如果不遵循虞舜的主張，就不要問我了。」商君說：「當初秦國屬戎狄的教化，父子沒有尊卑的區分，同室居住。現在我更改了原來的教化，使男女之間有所區分，大築宮闕，治理得像魯、衛禮義之邦一樣了。您看我治理秦國，與五羖大夫相比誰強呢？」趙良說：「一千張羊皮，抵不上一狐之腋的輕暖；一千人的唯唯諾諾，抵不上一個士人的犯顏直諫。周武王歡迎直諫而達到昌盛，殷紂王卻因為臣下默不作聲而滅亡，您如果同意武王的作法，那麼我願意整天正理直言而不遭責罰，行嗎？」商君說：「已經有這樣的說法了：『漂亮的話，是一朵空花；真實的話，是結的果實；令人痛苦的話，才是良藥；甜言蜜語的話，令人變壞。』先生果真願意整天正理直言，那是我的良藥啊。我將誠懇地事奉您，您又何必推辭呢？」

趙良曰：「夫五羖大夫，荊之鄙人也。聞秦繆公之賢而願望見，行而無資，自粥❶於秦客，被褐食❷牛。期年，繆公知之，舉之牛口之下，而加之百姓之上，秦國莫敢望焉。相秦六七年❸，而東伐鄭❹，三置晉國之君❺，一救荊國之禍❻。發教封內，而巴❼人致貢；施德諸侯，而八戎❽來服。由余❾聞之，款❿關請見。

五羖大夫之相秦也，勞不坐乘⑪，暑不張蓋，行於國中，不從車乘，不操干戈。功名藏於府庫，德行施於後世。五羖大夫死，秦國男女流涕，童子不歌謠，舂者不相杵⑫。此五羖大夫之德也。今君之見秦王⑬也，因嬖人景監⑭以為主，非所以為名也；相秦不以百姓為事，而大築冀闕，非所以為功也；刑黥太子之師傅⑮，殘傷民以駿刑⑯，是積怨畜禍也。教之化民也深於命，民之效上也捷於令⑰。今君又左建外易⑱，非所以為教也。君又南面也⑲而稱寡人，日繩⑳秦之貴公子。《詩》曰：『相鼠有體，人而無禮；人而無禮，胡不遄死㉑？』以《詩》觀之，非所以為壽也。公子虔杜㉒門不出已八年矣！君又殺祝懽㉓而黥公孫賈。《詩》曰：『得人者興，失人者崩㉔。』此數事者，非所以得人也。君之出也，後車十數，從車載甲，多力而駢脅㉕者為驂乘㉖，持矛而操闟戟㉗者旁車而趨。此一物不具，君固不出。《書》曰：『恃德者昌，恃力者亡㉘。』君之危若朝露，尚將欲延年益壽乎？則何不歸十五都㉙，灌園於鄙㉚，勸秦王顯巖穴之士，養老存孤，敬父兄，序有功，尊有德，可以少安。君尚將貪商、於之富，寵秦國之教，畜百姓之怨，秦王一日捐賓客㉛而不立朝，秦國之所以收㉜君者，豈其微㉝哉？亡可翹足而待㉞！」商君弗從。

【章　旨】本段趙良陳述商君處境之危，不如退歸可以平安。

【注　釋】❶粥　同「鬻」。賣。❷食　同「飼」。飼養。❸相秦六七年　梁玉繩曰：「奚之為相，未知的在秦穆何年，然以伐鄭楚三置晉君，則首尾已二十年，何云六七年也。」❹東伐鄭　《春秋》僖公三十年，晉人秦人圍鄭。❺三置晉國之君　謂立惠公、懷公、文公。一般稱「再置晉君」，懷公由秦逃回繼惠公之位。❻一救荊國之禍　《通鑑》胡注曰：「《左傳》晉既敗楚於城濮，又敗秦於殽，穆公使鬥克歸楚求成。所謂救荊禍，蓋指此也。」❼巴　今四川東北部，古為巴子國。❽八戎　泛指西部諸戎。❾由余　西戎之賢人。❿款　叩。⓫勞不坐乘　胡曰：「古者車立乘，惟安車則坐乘耳。」⓬相杵　助舂之歌。古俗，「鄰有喪，舂不相」。⓭秦王　孝公未稱王，蓋後人追改。⓮嬖人景監　嬖，寵幸。景監，秦孝公之太監。⓯師傅　師指公孫賈。傅指公子虔。⓰駿刑　猶嚴刑。駿，通「峻」。⓱教之化民也深於命二句　《索隱》劉氏云：「教謂商鞅之令也，命謂秦君之命也。言人謂鞅甚於秦君。」民之效上，謂民效商君所教。⓲左建外易　《索隱》：「左建謂以左道建立威權也。外易謂在外革易君命也。」此則以「左」為「左道」。又〈孝文本紀〉集解引韋昭曰：「左猶下也。言商君在下而建上之命，居外而易君之令，自擅威福也。」今從韋昭說。⓳也　有本無「也」字。⓴繩　依法察辦。㉑相鼠有體四句　引自《詩經・相鼠》。遄，迅速。㉒杜　閉。㉓祝懽　不詳其人。㉔得人者興二句　古逸詩。㉕駢脅　脅骨并連，謂多力之狀。㉖驂乘　在車右陪乘。㉗闟戟　古精良兵器。《集解》徐廣曰：「一作『𨱋』。屈盧之勁矛，干將之雄戟。」㉘恃德者昌二句　《索隱》：「此是《周書》之言，孔子所刪之餘。」㉙十五都　商君所封商、於二縣，其中凡十五都。㉚鄙　與「都」對稱。郊野；農村。㉛捐賓客　指逝世。捐，棄。㉜收　拘繫問罪。㉝微　隱微；不明。㉞亡可翹足而待　五個月之後，孝公卒，惠王立，公子虔之徒告商君欲反，無處可逃，被殺於鄭黽池，秦惠王車裂以徇，遂滅商君之家。

【語　譯】趙良說：「五羖大夫，是楚國的村野之人。聽說秦穆公有賢德想去拜見，在行程中無有資費，就把自身賣給秦客，穿著粗布短衣養牛。過了一週年，穆公得知這一情況，於是就把他從養牛的卑賤地位，提拔到居於百姓之上的宰相尊位，秦國沒有人敢同他相比。在秦國任宰相六七年，東邊進攻鄭國，三度安排晉國的國君，一次解救楚國之禍。向全國發布政令，巴人送來貢賦；以德加於諸侯各國，西方八戎前來歸服。由余知道了這一情況，叩關請求接見。五羖大夫在任秦國宰相的期間，勞累了也不安坐車乘，暑天不張開車蓋，在國都中行走，後面不用車乘跟隨，也不用干戈保衛。他的功名業績藏在府庫當中，而德行卻流傳到後世。五羖大夫逝世，秦國無論男女都傷心流涕，兒童不歌唱，舂米的人也不唱歌助杵。這就是五羖大夫德行的體現啊。現在，您能引見給秦王，是依靠寵臣景監作為主人推薦，這就沒有取得好的名聲啊；做秦國宰相不把百姓的事放在心裡，而是大築宮闕，這就不是取得功業的辦法啊；對太子的師傅施以黥刑，用嚴刑峻法來殘傷百姓，這是蓄積仇怨和禍患啊。對百姓的教令比國家法令還要深刻，百姓執行教令比執行國家法令還要迅速。現在您又居下而為上立命，居外而變換君令，這不是實行教化的辦法啊。您又仿效國君南面稱孤道寡，每天都在將秦貴公子繩之以法。《詩經》說：『你看那老鼠還有肢體，一個人卻不知禮；一個人卻不知禮，為何不快點死？』根據詩的意思，對照你的所作所為，並不是保平安的辦法啊。公子虔閉門不出已經八年了，您又殺害祝懽而對公孫賈施以黥刑。《詩經》說：『得到人的擁護就會興盛，失去人的擁護就會失敗。』以上這些事情，並不是得人擁護啊。您外出的時候，後面跟車十多輛，而且車上披甲戴盔，駢脅多力之士作為車右，手操矛戟的武士傍車疾行。這些保安條件一件不具備，您就根本不會外出。《尚書》說：『依靠道德的就會昌盛，倚仗武力的人就會滅亡。』您的危險就好像早晨的露水一樣迅速到來，還想延年益壽嗎？那麼您何不歸還十五都，到村野種植園圃，勸告秦王提拔隱於巖穴的士人，奉養老人救助孤寡，尊敬父兄，依次排列功臣，尊重有德行的人，這樣您就可稍得安全。如果您還貪享商、於之財，以秦國的教化為榮，積聚百姓的仇怨，秦王一旦捐棄賓客而不能聽朝，秦國將您拘繫問罪的理由，難道不是很多嗎？您的滅亡簡直可以立刻到來！」商君終於不聽趙良的建議。

【研　析】本篇說辭，針對商鞅自詡「子觀我治秦也，孰與五羖大夫賢」一句而發，故採用對比寫法，將百里奚治秦與商鞅治秦一一加以對照。百里奚治秦，無論對內對外，全都用一個「德」字，包括對自己亦自奉甚薄，毫不鋪張奢華，故其死，男女流涕，國內停歌。而商君卻反是，為了說明他依靠嚴刑峻法、刻深寡恩以壓制國人，繩及貴戚，文中連用「非所以為名也」、「非所以為功也」、「非所以為教也」、「非所以為壽也」、「非所以得人也」五個排比句，以貶低其地位，當然未免否定過甚。但卻能集中說明其刻深寡恩的另一面，即所謂「恃力者亡」，不為無理。故秦國從上到下，無不怨毒叢積，以致商鞅之出，全賴力士保護。末尾勸商君身退薦賢，施德於民，趙良之言，曲中膏肓，惜其不悟，終致車裂。此亦大勢使然，不得不爾。

陳軫為齊說楚昭陽

戰國策

【題解】本篇並見《戰國策‧齊策二》，亦見《史記‧楚世家》，二者事同而文小異，文異處多據《史記》。標題下姚鼐原注「顯王四十六年，楚懷王六年」，即西元前三二三年。昭陽為楚攻魏，復攻齊，陳軫為齊說昭陽，以畫蛇添足為喻，說明此舉於己無用，撤兵則有德於齊，故而使昭陽退兵，「此持滿之術也」一句頗有深意，為《戰國策》所無，蓋姚氏此句用《史記》文。

楚使柱國昭陽❶將兵而攻魏，破之於襄陵❷，得八邑；又移兵而攻齊。齊王患之。陳軫❸適為秦使齊。齊王❹曰：「為之奈何？」陳軫曰：「王勿憂，請令罷之。」即往見昭陽軍中，曰：「願聞楚國之法，破軍殺將者，何以貴之？」昭陽曰：「其官為上柱國，封上爵執珪❺。」陳軫曰：「其有貴於此者乎？」昭陽曰：「令尹。」陳軫曰：「今君已為令尹矣，此國冠之上❻，臣請得譬之。人有遺其舍人❼一卮酒者，舍人相謂曰：『數人飲此，不足以徧，請遂畫地為蛇，蛇先成者獨飲之。』一人曰：『吾蛇先成。』舉酒而起曰：『吾能為之足。』及其為之足，而後成人奪之酒而飲之，曰：『蛇固無足，今為之足，是非蛇也。』今君相楚而攻魏，破軍殺將，功莫大焉，冠之上不可以加矣！今又移兵而攻齊，攻齊勝之，官爵不加於此；攻之不勝，身死爵奪，有毀於楚。此為蛇為足之說也。不若引兵而去以德齊，此持滿之術❽也。」昭陽曰：「善。」引兵而去。

【注釋】❶柱國昭陽　柱國，楚最高武官，亦稱「上柱國」。昭陽，楚公族，楚懷王時任令尹、柱國。❷襄陵　今河南睢縣。❸陳軫　著名策士，仕楚，亦曾仕秦、仕魏，習於三晉之事。❹齊王　齊威王。❺封上爵執珪　《戰國策》作「爵為上執珪」。上執珪，蓋楚最高爵位名。❻此國冠之上　《史記索隱》：「令尹乃尹中最尊，故以國為言，猶如卿子冠軍然。」❼舍人　鮑彪注：「主廄內小吏也；或云：侍從賓客者。」師古云：「親近左右之通稱也。」❽持滿之術　猶持盈之道。已達成昌盛盈滿之勢，必有所抑退，方能長久保持，不然，滿則溢，盛則虧。

【語譯】楚國派上柱國昭陽領兵攻打魏國，攻下襄陵，獲得了八個城邑；又調兵攻打齊國。齊王害怕。陳軫恰好為秦國出使到齊國。齊王說：「對楚國的進攻怎麼辦？」陳軫說：「王不要擔憂！請您讓我叫他們退兵。」隨即到楚軍中見昭陽，說：「我想知道楚國的法規，對於打了勝仗破軍殺將的將領應該如何獎勵？」昭陽說：「加其官職為上柱國，封其爵位為上執珪。」陳軫說：「還有沒有比這種官爵更高的呢？」昭陽說：「那就是令尹。」陳軫說：「現在您已經是令尹了！這是楚國最高的官職，請允許我打一個比喻。有人贈送給他的舍人一壺酒，舍人相互商量說：『大家如果都飲這壺酒，不能人人都飲到，希望在地上畫蛇，先畫成蛇的人單獨飲這壺酒。』有一人說：『我先畫成蛇。』舉酒起身說：『我還能為蛇畫上腳。』等到他為蛇畫腳的時候，後面畫成的人奪過酒壺把酒飲了，接著說：『蛇本來是沒有腳的，現在給畫了腳，這就不是蛇了。』現在您身為楚國的宰相來攻打魏國，已經破軍殺將，功勞沒有比這更大的，最高官職之上不可能再加官職了。

現在又調兵攻打齊國，即使攻打齊國取得勝利，官爵也不可能比這更高；如果不能取勝，本身就會遭禍致死，官爵也會被削除，還要遭到楚國的毀謗。這就是為蛇添足的說法啊。不如退兵而去對齊國施以德惠，這就是保持盈滿而不溢的辦法啊。」昭陽說：「很好。」退兵離開了。

【研　析】畫蛇添足成為古今流傳的寓言，富有生活哲理。陳軫則全以個人名利說昭陽，如昭陽淡泊名利，盡心楚國，雖畫蛇添足之喻亦當無所奏效。王文濡云：「為齊計則善矣，為楚及昭陽計亦未嘗不善。面面都到，妙語解頤。」

陳軫說楚毋絕於齊

戰國策

【題　解】本篇並見於《戰國策・秦策二》、《史記・楚世家》、〈張儀列傳〉。標題下姚氏原注：「楚懷王十六年。」即西元前三一三年。戰國中期，秦、楚、齊形成鼎足之勢，楚、齊縱親以對抗秦國。秦惠王派張儀至楚離間齊、楚關係，懷王貪地，答應絕齊。陳軫說以利害，毋絕齊交，楚王不聽。其後，果如陳軫之言見欺於張儀。

秦欲伐齊，而楚與齊從親❶，秦惠王患之，乃宣言張儀免相，使張儀南見楚王，謂楚王曰：「敝邑之王所甚說者，無先❷大王，雖儀之所甚願為門闌之廝❸者，亦無先大王。敝邑之王所甚憎者，無先齊王，雖儀之所甚憎者，亦無先齊王。而大王和❹之，是以敝邑之王不得事王，而今儀亦不得為門闌之廝也。王為儀閉關❺而絕齊，今使使者從儀西，取故秦所分楚商、於之地方六百里，如是則齊弱矣。是北弱齊，西德於秦，私商、於以為富，此一計而三利俱至也。」懷王大悅，乃置相璽於張儀，日與置酒，宣言「吾復得吾商、於之地」。群臣皆賀，而陳軫獨弔❻。懷王曰：「何故？」陳軫對曰：「秦之所為重王者，以王之有齊也。今地未可得而齊交先絕，是楚孤也。夫秦又何重孤國哉？必輕楚矣。且先出地而後絕齊，則秦計不為。先絕齊而後責地，則必見欺於張儀。見欺於張儀，則王必怨之。怨之，是西起秦患，北絕齊交。西起秦患，北絕齊交，則兩國❼之兵必至。臣故弔。」楚王弗聽。

【注　釋】❶從親　合縱相親。從，同「縱」。❷先　超越。❸門闌之廝　守門之役。《說文》：「闌，門遮也。」❹和　調齊、楚縱親。❺閉關　高誘注曰：「關，楚北方城之塞也。」❻弔　弔唁，表示悲痛。❼兩國　指秦、齊。

【語　譯】秦國想攻打齊國，而楚國又與齊國合縱相親，秦惠王以此為患，於是揚言免除張儀的相位，暗使張儀南見楚王，對楚王說：「我國的君主所最喜歡的沒有超過大王的，就是我張儀所最願意為之服守門之役的也沒有超過大王的。我國的君主所最憎恨的人沒有超過齊王的，就是我張儀所最憎恨的人也沒有超過齊王的。可是大王同齊國相親，因此我國的君主想事奉大王也辦不到，讓我張儀也沒有機會做大王的守門之役啊。大王只要為我閉關與齊國絕交，眼下就可以派人隨我西去，領回原先秦國所分割楚國的商、於之地方六百里，像這樣齊國就被削弱了。這樣北邊削弱了齊國，西邊施德於秦，又私占了商、於這塊富庶之地，這真是施一計而三利俱至啊。」懷王大為高興，於是拿相印置於張儀之前以為憑證，每天置酒招待，公開說「我又得到了我的商、於之地」。群臣都慶賀，可只有陳軫為之悲痛。懷王說：「你這是為什麼呢？」陳軫回答說：「秦國之所以重視大王，是因為大王與齊國縱親啊。現在秦地沒有拿到就先與齊國絕交，是使楚國孤立了啊。那秦國又怎麼會重視一個孤立的國家呢？必定輕視楚國了。如果提出先拿到商、於之地然後才與齊國絕交，那麼秦國就不會拿出這一計策。先與齊國絕交然後再討商、於之地，那麼必定被張儀所欺騙。被張儀所欺騙，大王必定埋怨他。既產生埋怨，這就是西邊又產生了秦國之患，北邊又與齊絕交。西邊產生秦國之患，北邊又與齊絕交，那麼秦、齊兩國必然派兵進攻。我所以感到悲痛。」楚王不聽陳軫的意見。

【研析】縱橫家為售其術，但憑口舌取勝。分別而言，主合縱者審時度勢，有時不免誇大其詞，危言聳聽，但符合各國長遠利益。倡連橫者，表面主親秦，其實是撤散合縱，以便秦各個擊破，最後將連橫的盟友也一併消滅。故其說辭並不分析形勢，而是空口許願，引人上鉤。本篇寫連橫家張儀與合縱家陳軫在楚王前的一次交鋒。張儀所說的秦悅楚，擬賜地，純屬空談，目的是誘楚絕齊。而陳軫所說，主要不是討論孰是孰非，而是揭露張儀險惡用心。他針對張儀謬說，指出秦重楚乃因楚有齊，無齊則當輕楚；賜地不足為憑，將來必然見欺。其真實目的乃是挑起楚怨，以便伐孤立之楚。揭露得針針見血，使張儀之奸，無所遁形。故林紓云：「讀《國策》文字，往往令人生其機心。蓋當時之人，誤以狡獪為智，以能眩人之聽者為才，侈言誕計，毫無義理。而當時之君主，亦醉心于利，故其說易行，……陳軫所言，一一中窾。意淺而言明，讀之易曉。熟此文，則于官文書大有益處。」

陳軫說齊以兵合於三晉

戰國策

【題解】本篇出自《戰國策・齊策一》。標題下姚鼐原注：「《大事記》載顯王四十七年，齊宣王二十一年。吳師道疑在赧王十六年。」按：周顯王四十七年即西元前三二二年，而齊宣王西元前三二〇年才即位，《大事記》明顯有誤。當從吳說赧王十六年，即西元前二九九年。顧觀光《編年》、林春溥《紀年》、于鬯《年表》皆從吳說。當時，如六國認真合縱，足以對抗秦國，但是六國往往因一時私利自相攻伐，讓秦有隙可乘，正如陳軫所言：「天下為秦相割，秦曾不出力；天下為秦相烹，秦曾不出薪。」故陳軫說齊王以兵合於三晉，以共同對抗秦國。結果齊王聽從了陳軫之言。

秦伐魏，陳軫合三晉❶而東，謂齊王❷曰：「古之王者之伐也，欲以正天下而立功名，以為後世也。今齊、楚、燕、趙、韓、梁❸六國之遞甚❹也，不足以立功名，適足以彊秦而自弱也，非山東❺之上計也。能危山東者，彊秦也；不憂彊秦，而遞相罷弱，而兩歸其國於秦，此臣之所以為山東之患！天下為秦相割，秦曾不出力❻；天下為秦相烹，秦曾不出薪。何秦之智，而山東之愚邪？願大王之察也。

【章　旨】本段陳軫說以六國相互攻伐，適足以強秦而自弱。

【注　釋】❶三晉　指韓、趙、魏三國。陳軫當時仕魏，故合三晉而東。❷齊王　指齊湣王。❸梁　即魏。❹遞甚　謂更遞相攻。遞，更易。❺山東　指六國。六國處於殽山之東。❻力　一作「刀」。黃丕烈謂「作『刀』是也」。

【語　譯】秦國伐魏，陳軫聯合韓、趙、魏三國，又東來說齊湣王道：「古時王者的攻伐，是企圖匡正天下而建立功名，以為後世著想。當今齊、楚、燕、趙、韓、魏六國互相攻伐很激烈，不但不能建立功名，恰好足以加強秦國而削弱自己，這不是山東各國的上策啊！能夠危及山東六國的，是強秦。不擔憂強秦，而彼此相互削弱，使雙方兩敗俱傷，都歸秦國得利，這就是我所認為的山東六國的憂患！天下似在為秦國而自相宰割，而秦國卻沒拿出一把刀；天下似在為秦國而自相烹煮，而秦國卻不曾添一點柴薪。為何秦國就這樣聰明，而山東六國卻這樣愚蠢呢？希望大王明察啊。

「古之五帝三王五伯之伐也，伐不道者。今秦之伐天下不然，必欲反之。主必死辱，民必死虜。今韓、梁之目未嘗乾，而齊民獨不也。非齊親而韓、梁疏也，齊遠秦而韓、梁近。今齊將近矣。今秦欲攻梁絳、安邑❶，秦得絳、安邑以東下河，必表裡河山❷而東攻齊。舉齊，屬❸之海，南面而孤楚、韓、梁，北向而孤燕、趙，齊無所出其計矣。願王熟慮❹之！

【章　旨】本段陳軫說以秦攻下魏之絳與安邑，則將與齊為鄰，齊將無計可施了。

【注　釋】❶絳安邑　絳、安邑，皆魏地。絳，今山西新絳。安邑，今山西安邑西。❷表裡河山　程恩澤曰：「秦與魏以河為界。秦以河西為裡，河東為表；魏以河東為裡，河西為表。秦若得魏絳、安邑地，則內外皆河。故曰必表裡河。」按：「河山」當連類而及，縱橫家語言不可字字鑿實。❸屬　連接。❹熟慮　過細考慮。

【語　譯】「古時五帝、三王、五霸的征伐，是征伐無道的人。如今秦國攻伐天下卻不是如此，一定是反其道而行。諸侯之君必死於屈辱，百姓必死於擄掠。如今韓、魏百姓的眼淚不曾乾，而齊民獨未如此。並非秦國與齊親而與韓、魏疏，是因為齊國離秦遠而韓、魏距秦近。眼下齊國也要離秦近了。現在秦企圖攻取魏的絳、安邑，秦取得絳和安邑再循黃河東下，必以黃河內外為據而向東攻齊。攻下齊一直抵達沿海，秦南面使楚、韓、魏孤立，北向使燕、趙孤立，這時齊國就無計可施了。願大王深思熟慮。

「今三晉已合矣，復為兄弟約，而出銳師以戍梁絳、安邑，此萬世之計也。齊非急以銳師合三晉，必有後憂。三晉合，秦必不敢攻梁，必南攻楚。楚、秦構難❶，三晉怒齊不與❷己也，必東攻齊。此臣之所謂齊必有大憂。不如急以兵合於三晉。」齊王敬諾，果以兵合於三晉。

【章　旨】本段陳軫說如不以兵合三晉，必有後憂。

【注　釋】❶構難　結怨；成仇。❷與　親附；支持。

【語　譯】「目前韓、趙、魏已經聯合起來，又訂立了兄弟相親的誓約，出精銳之師來保衛魏國的絳和安邑，這是有利萬世的計策啊。齊國如不趕快出精銳之師以配合三晉，必定會留下後患。因為三晉聯合，秦肯定不敢攻魏，必定南向攻楚。楚、秦交戰，三晉惱怒齊國不來助己，必定東向攻齊。這就是我所說的齊國必有大患。所以，不如趕快出兵以聯合三晉。」齊王聽從了陳軫的意見，果真將兵力合於三晉。

【研　析】本篇說辭，分為三段。首段言六國相互攻伐，遞相削弱，使秦不出兵而可坐收漁人之利。二段專言齊，齊之不受攻，以有三晉，非秦親齊而疏韓、魏，秦得韓、魏必攻齊，正所謂唇亡而齒寒。並以五帝三王攻伐無道，對比秦之倒行逆施說明秦之不可親。三段則具體分析齊如不急出兵以合三晉，必將帶來無窮禍患。這三層意思，由大而小，由遠而近，步步深入，層層緊逼，利害分析，語語鑿實，論證精闢。正如王文濡所評：「此機一失，不可復追。利害逆測將來之鑿鑿，固異於游士之空談也。」

蘇季子說燕文侯　戰國策

【題 解】本篇出自《戰國策・燕策一》。《史記・蘇秦列傳》其文基本相同，惟篇末燕王語稍異。標題下姚鼐原注：「周顯王三十五年，燕文公二十八年。」按：即西元前三三四年。蘇秦說燕文侯，以為燕國處於北境，離秦遠，而又以趙為屏障，因而比較安定。但如果不與趙和好，則其患有過於秦。所以說燕須與趙縱親。燕文王聽從了蘇秦的意見。

蘇秦將為從❶，北說燕文侯❷曰：「燕東有朝鮮、遼東，北有林胡、樓煩❸，西有雲中、九原❹，南有滹沱、易水❺，地方二千里，帶甲數十萬，車七百乘，騎六千匹，粟支十年。南有碣石、雁門❻之饒，北有棗栗之利，民雖不田作，棗栗之實，足食於民矣。此所謂天府❼也。

【章 旨】本段陳述燕國具有天府之國的優越條件。

【注 釋】❶蘇秦將為從　蘇秦，字季子，東周洛陽人。戰國縱橫家，主張合縱，曾聯合六國對抗秦國。從，同「縱」。❷燕文侯　燕桓公之子，西元前三六一——前三三三年在位。❸林胡樓煩　林胡，古邊境民族部落名。在今山西朔縣北至內蒙境內。當時與東胡、樓煩並稱為「北邊三胡」，戰國末歸附於趙。樓煩，地在今陝西、山西北部。❹雲中九原　雲中，郡名，當時屬趙。在今內蒙托克托東北。九原，邑名，當時屬趙。在今內蒙包頭市西。❺滹沱易水　滹沱，即今滹沱河。發源於山西泰戲山，流入河北平原，與滏陽河匯為子牙河。易水，在今河北西部，源出易縣西南。❻碣石雁門　碣石，山名。在今河北昌黎北。雁門，山名。在今山西代縣北。姚鼐原注：「按碣石在燕東，海中之貨自此入河。雁門在西北，沙漠之貨自此入路，皆連於燕內，故南有其饒也。」❼天府　天然的府庫。古稱財物所聚之處曰府。

【語 譯】蘇秦將實行合縱，北行游說燕文侯道：「燕國東有朝鮮、遼東，北與林胡、樓煩為界，西與雲中、九原為界，南邊據有滹沱及易水流域，土地方圓二千多里，甲兵數十萬，戰車七百乘，戰馬六千匹，糧食可以供應十年。燕國南部有碣石、雁門的富庶，北部有棗栗的出產，百姓即使不從事耕作，棗栗的果實，也足夠食用了。這就是所謂天府之地啊。

「夫安樂無事，不見覆軍殺將之憂，無過燕矣。大王知其所以然乎？夫燕之所以不犯寇被兵者，以趙之為蔽於其南也。秦、趙五戰，秦再❶勝而趙三勝，秦、趙相敝❷，而王以全燕制其後，此燕之所以不犯難也。且夫秦之攻燕也，踰雲中、九原，過代、上谷，彌地踵道❸數千里，雖得燕城，秦計固不能守也。秦之不能害燕亦明矣。今趙之攻燕也，發號出令，不至十日，而數十萬之眾軍於東垣❹矣。度滹沱，涉易水，不至四五日，而距國都矣。故曰秦之攻燕也，戰於千里之外；趙之攻燕也，戰於百里之內。夫不憂百里之患，而重千里之外，計無過❺於此者。是故願大王與趙從親，天下為一，則國必無患矣。」

【章　旨】本段陳述趙國與燕為鄰，地位重要，勸說燕王與趙縱親。

【注　釋】❶再　兩次。❷敝　疲困。❸彌地踵道　謂長途跋涉。彌，遠。踵，行。❹東垣　趙邑。河北石家莊東。❺過　錯。

【語　譯】「就安樂無事、不遭覆軍殺將的憂患而言，沒有超過燕國的了。大王知道為什麼能夠這樣嗎？燕國之所以不遭寇犯和兵災，是由於有趙國在南面做屏障啊。假如秦、趙五戰，秦兩勝而趙三勝，秦、趙互相削弱，而大王憑藉完好無損的燕國來控制秦、趙互損之後的局勢，這就是燕國所以不遭戰亂的原因啊。再說，秦進攻燕，要跨越雲中、九原，經過代、上谷，長途跋涉幾千里，即使得到燕國城邑，秦本來就無法守禦啊。秦不能加害於燕，是十分明白的了。如今趙國攻燕，自發號出令，不用十天，數十萬大軍就屯集在趙的東垣了。渡滹沱，涉易水，不用四、五天，就兵臨燕國首都了。所以說秦攻燕，是戰於千里之外；趙攻燕，則是戰於百里之內。不擔心百里之內的憂患，卻重視千里之外的入侵，計策沒有比這更錯誤的了。因此，希望大王與趙縱親，天下一體，那麼燕國必定無憂患了。」

燕王曰：「寡人國小，西迫彊秦，促近齊、趙，齊、趙彊國。今主君❶幸教詔之，合從以安燕，敬以國從！」❷於是齎❸蘇秦車馬金帛以至趙。

【章　旨】本段記載燕王聽從蘇秦之策。

【注　釋】❶主君　對人尊稱。❷燕王曰八句　《史記》作「子言則可，然吾國小，西迫彊趙，南近齊，齊、趙彊國也。子必欲合從以安燕，寡人請以國從。」主君，戰國時，國君、卿大夫皆可稱為主君。此以君稱臣，有特表尊重之意。詔，告。❸齎　給與。

【語　譯】燕王說：「我的國家很小，西邊迫近彊秦，與齊、趙又靠近，齊、趙都是彊國。現在主君教導我合縱以安燕，我願意帶領燕國合縱。」於是贈送蘇秦車馬金帛出使趙國。

【研　析】本篇說辭為蘇秦說六國合縱的第一篇。蘇秦說六國，大都利用各國所處形勢不同而採用不同的說法，即今所謂從地緣政治立論。燕國處於三晉之北，距秦遠，中間隔開一個趙國，因懼趙而親秦，乃其以往國策。蘇秦欲使其參與合縱，一方面闡明趙為其屏障，才保其「安樂無事」，以改變其懼趙為親趙；同時又以秦、趙如伐燕有遠近難易之不同，即所謂「千里之外」與「百里之內」，極力誇大其反差。總之，燕之利在趙，燕之憂亦在趙。利在趙，則當與縱親，威在趙，則必與縱親。《史記考證》引徐孚遠曰：「欲燕親趙，先以趙之威劫之，故其言易入。」講的也是這個道理。

蘇季子說趙肅侯

戰國策

【題解】本篇出自《戰國策・趙策二》，《史記・蘇秦列傳》略同。標題下姚鼐原注：「恐即蘇秦說燕之年，肅侯之十六年。」按：即西元前三三四年。蘇秦自燕至趙，以合縱說趙肅侯，謂趙國助秦或助齊造成對韓、魏、楚三國的削弱，這樣對趙國皆不利，唯有六國縱親方能對抗秦國。終於趙王聽從了蘇秦的合縱之策。

蘇秦從燕之趙，始合從說趙王❶曰：「天下之卿相人臣，乃至布衣之士，莫不高賢大王之行義，皆願奉教陳忠於前之日久矣！雖然，奉陽君❷妒，大王不得任事，是以外賓客，游談之士無敢盡忠於前者。今奉陽君捐館舍❸，大王乃今然後得與士民相親，臣故敢盡其愚忠。

【章旨】本段蘇秦陳述敢盡愚忠之意。

【注釋】❶趙王　趙肅侯。西元前三四九—前三二六年，在位二十四年。❷奉陽君　《史記・蘇秦列傳》謂奉陽君為肅侯弟公子成。蓋誤。按：〈趙世家〉公子成為趙武靈王之叔，號開平君。〈燕策〉又稱奉陽君李兌。公子成、李兌二人在趙惠文王四年（西元前二九五年）專國定亂。此時上距趙肅侯十六年已近四十年，不當云「捐館舍」。梁玉繩謂李兌之前趙先有奉陽君，是蓋奉陽君為肅侯之弟，特非公子成耳。❸捐館舍　死的委婉說法。

【語譯】蘇秦從燕到趙，開始推行合縱，游說趙王道：「普天下的卿相人臣，以至平民之士，沒有誰不認為大王的德義高尚的，很久以來都希望在您面前領受教誨表達忠誠了。雖然如此，奉陽君忌賢妒能，大王不得親理國事，因此對外謝絕賓客，游說之士沒有敢到您面前竭盡忠誠的。如今奉陽君已經離開人世，大王從今以後才能與士民相親，所以我才敢於前來陳述愚見表達忠心。

「為大王計，莫若安民無事，請無庸❶有為❷也。安民之本，在於擇交❸。擇交而得則民安，擇交不得，則民終身不得安。請言外患。齊、秦為兩敵，而民不得安。倚秦攻齊，而民不得安；倚齊攻秦，而民不得安。故夫謀人之主，伐人之國，常苦出辭❹斷絕人之交，願大王慎無出於口也。請屏左右，白言所以異陰陽❺而已矣。大王誠能聽臣，燕必致❻氈裘狗馬之地，齊必致海隅❼魚鹽之地，楚必致橘柚雲夢❽之地，韓、魏皆可使致封地湯沐之邑❾，貴戚父兄，皆可以受封侯。夫割地效實❿，五霸之所以覆軍禽⓫將而求也。封侯貴戚，湯、武之所以放⓬殺而爭也。今大王垂拱⓭而兩有之，是臣之所以為大王願也。大王與秦，則秦必弱韓、魏；與齊，則齊必弱楚、魏；魏弱則割河外⓮，韓弱則效宜陽⓯。宜陽效則上郡⓰絕，河外割則道不通⓱。楚弱則無援。此三策者，不可不熟計也。夫秦下軹道⓲

則南陽⑲動，劫韓包周則趙自銷鑠⑳，據衛取淇㉑則齊必入朝。秦欲已得行於山東，則必舉甲㉒而向趙。秦甲涉河踰漳㉓據番吾㉔，則兵必戰於邯鄲之下矣。此臣之所以為大王患也。

【章旨】本段論述擇交的重要，助秦助齊皆不利。

【注釋】❶無庸 不用。❷有為 《史記》作「自為」。❸擇交 選擇盟國。❹苦出辭 苦於說出口。❺陰陽 鮑彪注：「言事只有兩端，指謂縱橫。」❻致 送到。❼海隅 海濱。隅，角。❽雲夢 楚澤名，今湖北長江南北，包括洞庭湖在內。❾湯沐之邑 師古注：「凡言湯沐邑者，皆以其賦稅供湯沐之具也。」湯沐邑為天子賜給諸侯的封邑，朝見天子以備齋戒潔清之用，邑在天子之縣內。❿效實 貢獻實物。⓫禽 同「擒」。⓬放 指放逐；流放。如湯放桀。⓭垂拱 垂衣拱手無為而治。⓮河外 對「河內」而言，古指今河南西部黃河以南一帶。⓯宜陽 今河南西部宜陽。⓰上郡 姚鼐注：「此上郡是韓地，在河北者平陽、上黨皆是。非魏西河之外地後入於秦之上郡。」按：平陽（今山西臨汾）、上黨（今山西長治），戰國初韓雖置郡，但此時已屬趙。⓱道不通 指與上郡隔絕。⓲軹道 當在河南濟源，為太行山交通孔道。⓳南陽 河南濟源至荻嘉一帶。⓴銷鑠 熔化。比喻削弱或破亡。張琦云：「宜陽、新城在周西，滎陽、城皋在周東，故劫韓則包周。趙都邯鄲去韓殊遠，『趙』疑當作『魏』。劫韓則逼魏，故自銷鑠。」今從張說。㉑淇 淇水，河南北部，為古黃河支流。㉒甲 甲兵；部隊。㉓漳 漳水，發源於山西黎城縣，流入河北境內衛河。㉔番吾 趙邑。在河北磁縣境。

【語譯】「為大王著想，沒有什麼比安民無事更好，請大王不用去生事擾民。安定百姓的根本，在於選擇友邦。選擇友邦得當，百姓就安定，選擇友邦不當，百姓就終身不得安定。請允許我談談外患。如果齊和秦成為趙國的兩個敵對國家，那樣一來，百姓就不得安寧了。因為，倒向秦來攻齊，百姓不得安寧；倒向齊來攻秦，百姓也不得安寧。所以那些算計準備攻伐別國的君主，總是難於措辭以表達與人斷絕邦交，希望大王千萬謹慎，切勿說出這樣的話啊。請您叫左右的人退下，讓我明白說清連橫合縱的利弊罷了。大王當真能聽從我的意見，那麼燕國一定會進獻盛產氈裘狗馬之地，齊國一定會進獻盛產魚鹽的濱海之地，楚國一定會進獻盛產橘柚的雲夢之地，韓國、魏國都可使之進獻自己的封地和湯沐邑，於是您的貴戚父兄均可封侯得地。割取別人的土地，收受別人的貢物，這才是五霸寧願損兵折將也要謀求的。使貴戚父兄封侯得地，乃是商湯、周武之所以放逐夏桀、殺戮紂王進行爭奪的原因啊！當今大王在割地受貢、封侯貴戚這兩方面都毫不費力地得到它，這是我所為大王期望的事情。大王如果倒向秦國一邊，那麼秦國必然會削弱韓、魏；如果倒向齊國一邊，那麼齊國必然會削弱楚、魏；魏被削弱則割河外之地給秦，韓被削弱則會獻出宜陽。宜陽獻出就斷絕了與趙國上郡的通道，河外割讓，也與上郡完全阻隔。楚國如果被削弱，趙國就孤立無援。這三方面由於決策所產生的後果，不可不仔細考慮啊。秦國取得軹道，那麼南陽就會動搖，劫取韓南陽就能包圍周都洛陽，那麼魏國自然緊張，再占據衛國進而占據淇水，那麼齊國就會向秦稱臣。這時秦已經能在山東各國實現它的欲望，那麼必然大發甲兵向趙進攻。秦軍渡過黃河，越過漳水占領番吾，那麼秦兵必定會在邯鄲城下交戰了。這是我所為大王憂慮的事情啊。

「當今之時，山東之建國，莫如趙強。趙地方三千里，帶甲數十萬，車千乘，騎萬匹，粟支十年。西有常山❶，南有河、漳，東有清河❷，北有燕國。燕固弱國，不足畏也。且秦之所畏害於天下者莫如趙。然而，秦不敢舉兵甲而伐趙者，何也？畏韓、魏之議❸其後也。然則，韓、魏，趙之南蔽也。秦之攻韓、魏也則不然，無有名山大川之限，稍稍蠶食之，傅❹之國都而止矣。韓、魏不能支秦，必入臣於秦，秦無韓、魏之隔，禍必中❺於趙矣。此臣之所以為大王患也。

【章旨】本段陳述趙雖條件優越，但以韓、魏作為屏障對趙十分重要。

【注釋】❶常山　即恆山，在今河北曲陽西北與山西接壤處。❷清河　即濟水，下游為大清河。源出今河南內黃，流經當時齊、趙二國，東入古黃河。❸議　指策劃。❹傅　通「附」。逼近。❺中　對準。

【語譯】「當今，殽山以東建立的國家，沒有哪國像趙國這樣強大。趙國土地方圓三千里，披甲之士數十萬，戰車千輛，戰馬萬匹，糧食可支撐十年。趙國的西邊有常山，南邊有黃河、漳水，東邊有清河，北邊有燕國。燕國本就是個弱國，不值得畏懼啊。再說秦國在天下所最害怕的莫如趙國。然而，秦國為什麼不敢舉兵攻打趙國呢？原因就是害怕韓、魏兩國在後面打秦國的主意啊。那麼，韓、魏兩國就成了趙國南邊的屏障。如果秦國進攻韓國和魏國，就不是這樣，它們沒有名山大川的險阻，逐步蠶食，直到迫近它們的國都為止。韓國、魏國不能抵抗住秦國，必然入秦稱臣，這時秦國再沒有韓國、魏國的阻隔，災禍就落到趙國的頭上了。這是我所為大王憂慮的事情啊。

「臣聞堯無三夫之分❶，舜無咫❷尺之地，以有天下；禹無百人之聚❸，以王諸侯；湯武之卒，不過三千人，車不過三百乘，而為天子。誠得其道也。是故明主外料其敵國之彊弱，內度其士卒之眾寡，賢與不肖，不待兩軍相當，而勝敗存亡之機節❹固已見於胸中矣。豈掩於眾人之言，而以冥冥❺決事哉？

【章旨】本段陳述明主要善於決策。

【注釋】❶三夫之分　據傳上古時，一夫受田百畝。此謂三百畝。❷咫　古代的長度單位，周制八寸。❸聚　村落。吳師道云：「此（指上所述）說士無據之辭。且舜，顓頊後，有國於虞。其側微，特在下爾。禹乃崇伯鯀子，亦有國土者。今日云云，豈足信哉？枚乘書『舜無立錐之地，禹無十戶之聚』，李善注又引《韓子》云云，皆此類。」❹機節　猶今言「關鍵」。❺冥冥　昏暗無知。

【語　譯】「我聽說帝堯連三百畝土地都沒有，帝舜連尺寸的土地都沒有，卻能擁有天下；夏禹連百人之眾都沒有，卻能統率諸侯；商湯、周武的士卒不過三千人，戰車不過三百輛，卻被擁立為天子。他們確實是治理有方啊。因此，英明的君主對外要善於預料敵國的強弱，對內要能估計士卒的多少，素質的好壞，不必等到兩軍對壘，而勝敗存亡的關鍵，本早就心中有數了。怎能被眾人的說法所蒙蔽，糊裡糊塗地決斷大事呢？

「臣竊以天下地圖按❶之，諸侯之地，五倍於秦，料❷諸侯之卒，十倍於秦。六國并力為一，西面攻秦，秦破必矣。今西面而事之，見❸臣於秦。夫破人之與破於人也，臣人之與臣於人也，豈可同日而言之哉？夫橫人❹者，皆欲割諸侯之地以與秦成❺。與秦成，則高臺榭，美宮室，聽竽笙琴瑟之音，察五味之和，前有軒轅❻，後有長庭❼，美人巧笑。卒❽有秦患，而不與其憂。是故橫人日夜務以秦權恐猲❾諸侯，以求割地。願大王之熟計也。

【章　旨】本段陳述連橫者皆以割地予秦為目的。

【注　釋】❶按　驗證；考察。❷料　估量。❸見　被。❹橫人　主張連橫的人。❺成　和解。❻軒轅　金正煒云：「疑當作『軒縣』，音近而誤。」諸侯陳列樂器，三面懸掛，闕南面，故稱「軒縣」，亦稱「曲縣」。❼長庭　後宮美人所居之處。❽卒同「猝」。❾恐猲　恐嚇。猲，通「喝」。恫喝；嚇唬。

【語譯】「我私自根據天下地圖考察，諸侯的土地相當於秦國的五倍，估計諸侯的士卒相當於秦國的十倍。如果六國把兵力合而為一，向西進攻秦國，秦國被攻破是必然的了。而現在卻被秦國所攻破，向西事奉秦國，反被秦國所臣服。這種攻破別人與被別人攻破，使別人臣服與對別人臣服，怎麼可以同日而語呢？那些鼓吹連橫的人，都想拿出諸侯的土地去同秦國媾和。同秦國媾和，他們便可高建臺榭，裝飾宮室，欣賞竽笙琴瑟之音，品嚐五味調和的佳餚，前面陳列樂器，後面有美人居住的長庭，美人發出動人的笑聲。一旦有秦的侵犯，鼓吹連橫的人卻不與諸侯分憂。因此那些鼓吹連橫的人日夜用秦的權勢來恐嚇諸侯以便割地。希望大王仔細考慮啊。

「臣聞明主絕疑去讒，屏流言之迹，塞朋黨之門，故尊主廣地強兵之計，臣得陳忠於前矣。故竊為大王計，莫如一韓、魏、齊、楚、燕、趙，六國從親以擯畔❶秦，令天下之將相相與會於洹水❷之上，通質❸，刑白馬❹以盟之。約曰：『秦攻楚，齊、魏各出銳師以佐之，韓絕食道❺，趙涉河漳，燕守常山之北。秦攻韓、魏，則楚絕其後，齊出銳師以佐之，趙涉河、漳，燕守雲中❻。秦攻齊，則楚絕其後，韓守成皐❼，魏塞午道❽，趙涉河、漳、博關❾，燕出銳師以佐之。秦攻燕，則趙守常山，楚軍武關❿，齊涉渤海，韓、魏出銳師以佐之。秦攻趙，則韓軍宜陽，楚軍武關，魏軍河外，齊涉清河⓫，燕出銳師以佐之。諸侯有先背約者，五國共伐之。』六國從親以擯秦，秦必不敢出兵於函谷關以害山東矣。如是，則霸業成矣。」

【章　旨】本段蘇秦提出六國合縱的主張。

【注　釋】❶擯畔　擯，斥；棄。畔，同「叛」。「畔」當為衍文。❷洹水　河南北部安陽北。❸通質　交換人質。❹刑白馬　古代諸侯會盟，殺牲畜取血以書。刑，殺。❺食道　張琦云：「按是時秦未有巴、蜀、漢中，伐楚必出武關。韓自宜陽道盧氏而西，可絕其食道。」食道，糧道。❻雲中　在今山西大同西北。❼成皋　今河南汜水西北。❽午道　《史記・張儀列傳》索隱：「此午道當在趙之東，齊之西也，午道地名也。」大約在今山東聊城西北。❾博關　亦名博陵，今山東博平縣西北。❿武關　今陝西商縣東南。⓫清河　本作「渤海」。姚鼐注云：「秦攻趙，齊不應遠涉渤海，蓋清河之誤耳。《史記》是。」

【語　譯】「我聽說英明的君主能夠排除疑慮消除讒言，摒棄流言的影響，杜塞朋黨的門戶，所以尊崇君主、擴大疆土、加強兵力的計謀，我就可以當面陳述忠言了。故此我私下為大王考慮，不如把韓、魏、齊、楚、燕、趙結為一體，以六國合縱相親來對抗秦國，使天下的將相一同到洹水之上集會，以交換人質、刑殺白馬來結成聯盟。盟約說：『如果秦國進攻楚國，齊國、魏國分別派出精兵參戰，韓國切斷秦國的糧道，趙國渡過黃河、漳水，燕國鎮守常山以北。如果秦國進攻韓國、魏國，那麼楚國切斷秦的後路，齊國派出精兵參戰，趙國渡過黃河、漳水，燕國鎮守雲中。如果秦國進攻齊國，那麼楚國切斷秦的後路，韓國鎮守成皋，魏國堵住午道，趙國渡過黃河、漳水直到博關，燕國派出精兵參戰。如果秦國進攻燕國，那麼趙國鎮守常山，楚軍駐紮武關，齊國渡過渤海，韓國和魏國派出精兵參戰。如秦國進攻趙國，那麼韓國駐紮宜陽，楚國駐紮武關，魏國駐紮河外，齊國渡過清河，燕國派出精兵參戰。諸侯之中誰首先背叛盟約，五國共同討伐它。』六國合縱相親以對抗秦國，秦國一定不敢從函谷關出兵侵犯山東六國了。這樣霸業就成功了。」

趙王曰：「寡人年少，蒞國❶之日淺，未嘗得聞社稷之長計。今上客❷有意存天下，安諸侯，寡人敬以國從。」乃封蘇秦為武安君，飭❸車百乘，黃金千鎰❹，白璧百雙，錦繡千純❺，以約諸侯。

【章　旨】本段言趙王聽從蘇秦之策。

【注　釋】❶莅國　居國之位。莅，臨。❷上客　貴客。❸飭　整治。❹鎰　二十兩。❺純　匹；束。

【語　譯】趙王說：「我很年輕，在位的時間很短，不曾聽說治理國家的長遠之計。如今貴賓有意撫慰天下，安定諸侯，我願意率全國以聽從先生。」於是封蘇秦為武安君，整治百乘車輛，贈以黃金千鎰，白玉百雙，錦繡千束，用以聯合各國諸侯。

【研　析】本篇亦如上篇。蘇秦說辭主要著眼於地理形勢。山東六國以趙、齊、楚較強，而趙地處齊、秦之間，南有韓、魏為屏，占有舉足輕重之勢。故說辭告誡趙王決不可兩面樹敵，亦不可單獨與齊，更不能聽從連橫之議以親秦，否則，秦將削弱韓、魏，韓、魏弱則秦必伐趙。故說辭首先提出擇交的重要性及其對趙國的利害關係，強調趙與山東六國，特別是與韓、魏唇齒相依的形勢，進而闡明合縱抗秦，應該是趙的基本國策。然後，具體詳明地闡述六國縱親以抗秦的攻守方針。其中雖有不少誇誕的言辭、主觀的設想，但其基本精神符合六國，特別是趙國的長遠利益。

蘇季子說韓昭侯

戰國策

【題　解】本篇出自《戰國策・韓策一》。《史記・蘇秦列傳》所載稍異。原標題下姚鼐注：「《史記》作『說宣惠王』。」韓昭侯，西元前三三二—前三一二年在位。梁玉繩《史記志疑》曰：「此篇〈韓策〉置於昭侯時，是也。」《通鑑》、顧觀光《戰國策編年》、于鬯《戰國策年表》皆繫此篇於周顯王三十六年，即韓昭侯三十年（西元前三三三年）。蘇秦述說了韓的優越條件，認為不必西向事秦。況且韓地有盡而秦欲無窮，適足以市怨買禍。最後又以「寧為雞口，無為牛後」激發韓王，終使韓王聽從蘇秦的合縱之策。韓王表示：「寡人雖死，必不能事秦。」

蘇秦為趙合從，說韓王❶曰：「韓北有鞏洛❷、成皋之固，西有宜陽、商阪❸之塞，東有宛、穰、洧水❹，南有陘山❺。地方千里，帶甲數十萬，天下之彊弓勁弩，皆自韓出。谿子、少府、時力、距來❻，皆射六百步之外。韓卒超足❼而射，百發不暇止，遠者達胸，近者掩心❽。韓卒之劍戟，皆出於冥山、棠谿、墨陽、合伯❾。鄧師、宛馮、龍淵、太阿❿，皆陸斷馬牛，水擊鵠雁，當敵即斬。堅甲鐵幕⓫，革抉㕹芮⓬，無不畢具。以韓卒之勇，被堅甲，蹠⓭勁弩，帶利劍，一人當百，不足言也。夫以韓之勁，與大王之賢，乃欲西面事秦，稱東藩⓮，築帝宮⓯，受冠帶⓰，祠春秋⓱，交臂⓲而服焉。夫羞社稷而為天下笑，無過此者矣！是故願大王之熟計之也。

【章旨】本段陳述以韓之優越條件，欲西面事秦為天下笑。

【注釋】❶韓王　韓昭侯，亦稱昭釐侯，名武，此時尚未稱王，繼昭侯之宣惠王，韓始稱王。❷鞏洛　今河南鞏縣和洛陽。

❸商阪　即商山，在今陝西商縣東南。武關即在此。❹宛穰洧水　宛，今河南南陽。穰，今河南鄧縣西南。宛及穰皆為邑名。洧水，源出河南登封北陽城山，東南流入潁水。❺陘山　在今河南新鄭西南。❻谿子少府時力距來　皆為弩名。王念孫云：「『距來』當為『距黍』，『黍』、『來』隸書相近，故『黍』訛為『來』。〈韓策〉作『距來』，亦後人依《史記》改之。」(《讀書雜志‧史記四》) ❼超足　舉足踏弩。❽掩心　鮑彪注：「箭中心上，如掩。」❾冥山棠谿墨陽合伯　冥山，在今河南信陽西南。棠谿，在今河南舞縣東南。其地產美金，可製利劍。墨陽，在今河南淅川北。一說寶劍名。合伯，亦作「合賻」。在今河南舞陽南。或以為韓寶劍名。❿鄧師宛馮龍淵太阿　皆寶劍名。鄧師，鄧國善鑄劍的人。宛馮，謂宛人於馮池鑄劍。龍淵，吳人干將所鑄劍。太阿，越人歐冶子所鑄劍。古寶劍之名，或以其地，或以其人，不一其說。如《索隱》引《太康地記》稱「天下之寶劍韓為眾，一曰棠谿，二曰墨陽，三曰合伯，四曰鄧師，五曰宛馮，六曰龍泉，七曰太阿，八曰莫邪，九曰干將也。」⓫鐵幕　鐵製的護臂。⓬革抉㕹芮　革抉，革製的扳指，射箭時套在拇指上，用以鉤弦。㕹，同「瞂」。盾。芮，繫盾絲帶。⓭蹠　用腳踩。⓮東藩　東方的屬國。⓯築帝宮　為秦王建築宮室，以備巡視。⓰受冠帶　接受秦王封爵。⓱祠春秋　指春秋助秦王祭祀。⓲交臂　拱手，表示恭敬。

【語　譯】蘇秦為趙國合縱游說韓王說：「韓國北面有鞏洛、成皋險固的邊邑，西面有宜陽、商阪的關塞，東面有宛、穰和洧水，南面有陘山，土地縱橫千里，披甲士卒數十萬。天下的強弓勁弩，都是韓國製造的。谿子、少府、時力、距來等良弓，都能射到六百步以外。韓國士卒踩弩機而射，連發上百而不停留，遠的可以射中胸膛，近的可以射透心臟。韓國士卒的劍戟，都出產於冥山、棠谿、墨陽、合伯。鄧師、宛馮、龍淵、太阿等寶劍，能在陸上斬斷馬牛，在水上擊殺天鵝鴻雁，遇上敵人立即消滅。至於堅硬的鎧甲、鐵護臂、皮扳指、繫盾絲帶，應有盡有，無不具備。憑著韓國士卒的勇敢，身披堅甲，腳踏強弩，佩帶利劍，一人可以抵擋百人，這是不值一說的啊。憑著韓國的強大和大王的賢能，卻想向西侍奉秦國，自稱是東方的藩國，為秦王建立帝宮，接受秦王的封爵，參與秦王的春秋祭祀，拱手對秦國屈服如此。使自己的國家社稷蒙羞受辱並被天下人所嘲笑，再沒有比這更壞的事了。因此希望大王仔細考慮這件事啊。

「大王事秦，秦必求宜陽、成皋。今茲效❶之，明年又益求割地。與之，即無地以給之；不與，則棄前功而後更受其禍。且夫大王之地有盡，而秦之求無已。夫以有盡之地，而逆❷無已之求，此所謂市怨而買禍者也，不戰而地已削矣！臣聞鄙語❸曰：『寧為雞口，無為牛後❹。』今大王西面交臂而臣事秦，何以異於牛後乎？夫以大王之賢，挾彊韓之兵，而有牛後之名，臣竊為大王羞之。」

【章　旨】本段陳述事秦適足以市怨買禍。

【注　釋】❶效　獻。❷逆　迎；承受。❸鄙語　俗語。❹寧為雞口二句　張守節《史記正義》云：「雞口雖小，猶進食；牛後雖大，乃出糞也。」《顏氏家訓》引作「寧為雞尸，不為牛從」。尸者主也。二句為古人成語，意思是寧可作個小頭目，也不願聽從別人的發號施令。

【語　譯】「大王事奉秦國，秦國一定會要求割讓宜陽、成皋。今年把這地方獻給它，明年又更加要求割地。如果給它吧，就再沒有地方可給了；如果不給吧，那麼就會前功盡棄，日後更加遭受其禍。再說大王的土地畢竟有限，而秦國的要求卻沒有止境。用有限的土地來迎合沒有止境的要求，這就是所謂花代價購買怨恨和災禍啊，未曾交戰土地就被占去了。我聽到俗語說：『寧可做個雞口，也不要作個牛屁股。』現在大王西面拱手事奉秦國，與做個牛屁股有什麼不同呢？本來憑著大王的賢能，掌握著強大韓國的士卒，而有著『牛屁股』的名聲，我替大王為此事感到羞恥啊！」

韓王忿然作色，攘臂❶按劍，仰天太息曰：「寡人雖死，必不能事秦！今主君以趙王之教詔❷之，敬奉社稷以從。」

【章旨】本段述韓王表示願意聽從蘇秦合縱之策。

【注釋】❶攘臂　挽袖伸臂。❷詔　告。

【語譯】韓王氣沖沖地變顏失色，振臂按劍，仰天歎息說：「我即使死掉，也不能事奉秦國。現在您將趙王的教導告訴我，我將把國家託付給您。」

【研析】本篇為蘇秦說六國的第三篇，同樣亦根據地理形勢的不同而確定強調的重點。韓地小而弱，且近於秦，此乃合縱抗秦不利之所在，故蘇秦說辭迴避其不利之處，而突出其有利之處，這稱之為「躲閃之法」。韓國有利之處在於強弓勁弩、利箭堅甲，且聞名天下。故說辭著重渲染其兵器之精良，誇大韓卒「被堅甲，蹠勁弩，帶利劍，一人當百，不足言也」。韓近強秦，本為其不利之處，但正由於近秦，故秦索地無厭，求之無已，韓地有盡而秦之欲無窮。故割地事秦，等於市怨買禍。最後通過對韓王心理的揣摩，韓王年長（在位三十年，此為最後一年），秦惠文王年幼（在位二十七年，此為五年），復以雞口牛後之喻以激發韓王自尊心，韓王焉得不按劍而起，其忿然作色而言「寡人雖死，必不能事秦！」這也表明不類新主語氣，適似垂暮之言，故本篇當繫於韓昭侯末年而非宣惠王初年。

蘇季子說魏襄王

戰國策

【題解】本篇出自《戰國策・魏策一》。標題下姚鼐原注：「顯王三十六年，魏襄二年。」以上兩個年次中間相距十六年，明顯有誤。此篇當繫於周顯王三十六年（西元前三三三年）蘇秦說韓之後。此時為魏惠王後元二年。標題之「襄」應改為「惠」。蘇秦指出，魏國地廣民眾，武備精良，而群臣主張事秦是為了破公家而成私門，因勸魏王參與合縱以對抗秦國。魏王聽從了蘇秦之策。

蘇子為趙合從說魏王❶曰：「大王之地，南有鴻溝、陳、汝南、許、鄢、昆陽、邵陵、舞陽、新郪❷，東有淮、潁、沂、黃、煮棗、無疏❸，西有長城❹之界，北有河外、卷、衍、酸棗❺。地方千里，名雖小❻，然而廬田廡舍❼，曾無所芻牧❽牛馬之地。人民之眾，車馬之多，日夜行不絕，輷輷殷殷❾，若有三軍之眾。臣竊料之，大王之國，不下於楚。然橫人訹❿王外交虎狼之秦，以侵天下，卒⓫有國患，不被其禍。夫挾彊秦之勢，以內劫其主，罪無過此者。且魏，天下之彊國也，大王，天下之賢主也，今乃有意西面而事秦，稱東藩⓬，築帝宮，祠春秋，臣竊為大王愧之。

【章旨】本段陳述魏國條件優越，不可聽橫人事秦之策。

【注釋】❶魏王　魏襄王嗣，西元前三一八－前二九六年，在位二十三年，故當指魏惠王。魏惠王名罃，武侯之子，西元前三六九－前三一九年在位。西元前三六四年徙都大梁，故又稱梁惠王。❷南有鴻溝　鴻溝，古運河，魏惠王十年（西元前三六〇年）開通，故道自今河南滎陽北引黃河水，東經開封北，折而南經淮陽入潁水。故道約今河南中牟至商水縣之賈魯河。陳，古邑名，在今河南淮陽。汝南，河南汝水以南之地。許，邑名，在今河南許昌東。鄢，《史記》作「郾」，通「鄢」。在今河南鄢陵西南。昆陽，邑名，在今河南葉縣。邵陵，邑名，即召陵，在今河南郾城東。舞陽，邑名，在今河南舞陽西北。新郪，邑名，在今河南沈丘東。❸東有淮　淮，淮河。潁，水名，源於河南登封嵩山西南，東南流經安徽壽縣西北正陽關入淮。

沂，沂水，在山東境內。黃，或指黃池，在今河南省封丘南。《史記》無「沂」、「黃」二字。煮棗，邑名，在今山東菏澤西南。無疎，《史記索隱》：「疎」作「胥」，地名。地址不詳。❹長城　《史記・秦本紀》：魏築長城，自鄭濱洛以北。❺北有河外，指當時黃河以北地區，即今河南新鄉、湯陰、安陽一帶。戰國時黃河由今滎陽折向東北，經滑縣、濮陽、山東館陶至天津南入海。時魏都大梁，其中心地區在黃河以南，故稱河北魏地為「河外」。卷，今河南原陽。衍，今河南鄭州北。酸棗，在今河南延津北。卷、衍、酸棗，均在黃河故道南。❻名雖小　即名雖小國之意。❼廬田廡舍　此指房屋密布。廬田，野外之舍。廡，舍。❽芻牧　放牧。芻，草。❾輷輷殷殷　車輪震動之聲。❿橫人訹　橫人，主張連橫的人。訹，恐嚇。⓫卒終於。⓬東藩　東方的屬國。

【語譯】蘇秦為趙國合縱，游說魏王說：「大王的地域，南邊有鴻溝、陳、汝南、許、郾、昆陽、邵陵、舞陽、新郪，東邊有淮水、潁水、沂水、黃池、煮棗、無疎，西邊有長城作為邊界，北邊有河外、卷、衍、酸棗。地域方圓千里，雖然名義上是個小國，然而房屋密布，連牧放牛馬的地方也沒有。人民眾多，車水馬龍，日夜來往絡繹不絕，車輪震響輷輷殷殷，好像有三軍之眾。我私下估量，大王的國家之盛不亞於楚國。然而連橫的人卻恐嚇大王對外結交虎狼般的強秦，以此去侵犯別的國家，國家終於遭禍，而那些主張連橫的人卻安然無恙。倚仗強秦的勢力，在國內威逼自己的君主，罪惡之大是無過於此的。再說魏國是天下的強國，大王是天下的賢主，現在卻有意倒向西方去事奉秦國，自稱東方藩國，給秦王修築帝宮，接受秦王的封爵，參與秦王的春秋祭祀，我私下為大王感到羞愧。

「臣聞越王句踐以散卒❶三千，禽❷夫差於干遂❸；武王卒三千人，革車❹三百乘，斬紂於牧之野❺。豈其士卒眾哉？誠能振其威也。今竊聞大王之卒，武力❻二十餘萬，蒼頭❼二十萬，奮擊二十萬，廝徒❽十萬，車六百乘，騎五千匹，此其過越王句踐、武王遠矣！今乃劫於群臣之說，而欲臣事秦！夫事秦，必割地效質❾，故兵未用而國已虧矣！凡群臣之言事秦者，皆姦臣，非忠臣也！夫為人臣，割其主之地以外交，偷❿取一日之功而不顧其後，破公家而成私門，外挾彊秦之勢，而內劫其主以求割地，願大王之熟察之也！

【章旨】本段陳述魏之武備強大，指出言事秦者非忠臣。

【注釋】❶散卒　潰敗之兵。❷禽　通「擒」。❸干遂　吳王夫差自殺的地方，在今江蘇蘇州西北。❹革車　兵車。❺牧之野　即牧野，在今河南淇縣西南。❻武力　當從《史記》作「武士」。❼蒼頭　《史記索隱》曰：「謂以青巾裹頭，以異於眾。」❽廝徒　軍中任炊烹供養的雜役。❾質　姚宏云：「劉作『實』。」《史記》作「實」。實，指財物。❿偷　苟且。

【語譯】「我聽說越王句踐以三千敗散之卒，在干遂擒獲了夫差；周武王以三千士卒、三百輛兵車，在牧野殺死了殷紂王。難道是他們的士卒眾多嗎？的確是他們能夠發揚自己的雄威啊。現在我聽說大王的士卒，武士有二十餘萬，蒼頭兵有二十萬，奮擊之士有二十萬，雜役之卒有十萬，戰車六百輛，戰馬五千匹，這就遠遠超過越王句踐和周武王當時的軍備了。現在卻為群臣中連橫之說所逼迫，竟想臣服事秦！如果事秦必定割地獻財，所以尚未出兵國家已經受到損失了！凡群臣中有說要屈事於秦的，都是姦臣，不是忠臣啊！作為人臣，割去君主之地以求結交外人，苟且取得一時之功而不顧國家的長遠利益，損害公家成全私門，國外倚恃強秦的勢力而國內脅迫自己的君主以求割地，希望大王仔細考慮這件事啊。

「《周書》❶曰：『緜緜❷不絕，蔓蔓❸若何？毫毛❹不拔，將成斧柯❺。前慮不定，後有大患，將柰之何？』大王誠能聽臣，六國從親，專心并力，則必無彊秦之患。故敝邑趙王使使臣獻愚計，奉明約，在❻大王詔之。」

【章旨】本段提出六國從親的主張。

【注釋】❶周書　引《逸周書・和寤解》。❷緜緜　軟弱之貌。此指細弱的藤蔓。❸蔓蔓　蔓延；滋長。❹毫毛　鮑注：「謂樹之萌。」嫩芽。❺斧柯　斧柄。❻在　任憑。

【語譯】「《周書》說：『藤蔓綿綿不斷，蔓延開了怎麼辦？細細嫩芽如不拔，不久將成斧頭把。事前主意不拿定，後來必有大患，那時將它怎麼辦？』大王如果真能聽從我的意見，實行六國合縱相親，同心協力，那麼肯定就不會有強秦之患。所以我國趙王派我前來貢獻愚計，送上結盟之約，聽憑大王的指教。」

魏王曰：「寡人不肖，未嘗得聞明教，今主君以趙王之詔詔之，敬以國從。」

【章旨】本段述魏王聽從蘇秦合縱之策。

【語譯】魏王說：「我不才，未曾聽到高明的指教，現在您以趙王的命令告誡我，我願率領全國服從。」

【研析】韓、魏地處中原，國小而近秦。戰國初年，魏文侯招賢任能，獎勵耕戰，曾敗秦取河西之地，一度成為當時的強國。故本文稱魏為「天下之強國」，亦非虛語。但自武侯以來，數為秦所敗，不得不徙都大梁，固守今河南中部一帶，國勢雖弱，但地處繁榮富庶之區。故本篇說辭，突出強調其人口眾多不下於楚；士卒之眾足以振作，不當受鼓吹連橫之大臣所裏脅。故吳闓生評曰：「韓、魏弱小而迫近秦，無可張大。故說韓特以兵器為言，魏則極口詡其人眾，此皆躲閃之法。」

蘇季子說齊宣王

【題解】本篇出自《戰國策・齊策一》。《史記・蘇秦列傳》略同。標題下姚鼐注：「齊宣十年。」即西元前三一〇年。實誤。呂祖謙《大事記》載：「周顯王三十六年（西元前三三三年），『蘇秦說趙肅侯以六國合從，肅侯使蘇秦約韓、魏、齊、楚，皆聽命。』」顧觀光《戰國策編年》、于鬯《戰國策年表》皆繫於此年。亦即齊威王二十四年。文中之「齊宣王」，疑為「齊王」。後人據《史記》之誤，補一「宣」字，姚鼐不察，又引作標題。下篇言蘇秦「自齊反燕」為西元前三三二年，不應前後如此矛盾。蘇秦以齊地大兵強、人口眾多、百姓殷富說齊王，指出齊離秦遠，不必西向事秦。齊王聽從了蘇秦的意見。

蘇秦為趙合從說齊宣王❶曰：「齊南有泰山，東有琅邪❷，西有清河❸，北有渤海，此所謂四塞之國也。齊地方二千里，帶甲數十萬，粟如邱山。齊車之良，五家之兵❹，疾如錐矢❺，戰如雷霆，解❻如風雨。即有軍役，未嘗倍❼泰山，絕清河，涉渤海也。臨淄❽之中七萬戶，臣竊度之，下戶三男子，三七二十一萬，不待發於遠縣，而臨淄之卒，固已二十一萬矣。臨淄甚富而實，其民無不吹竽鼓瑟，擊筑❾彈琴，鬬雞走狗，六博蹹鞠❿者。臨淄之途，車轂擊，人肩摩，連衽成幃，舉袂成幕，揮汗成雨，家殷⓫人足，志高氣揚。夫以大王之賢，與齊之彊，天下不能當。今乃西面事秦，竊為大王羞之。

【章　旨】本段陳述齊國的優越條件。

【注　釋】❶齊宣王　名辟疆，西元前三二〇年即位，在位十九年。此時當為齊威王（西元前三五六－前三二一年在位）二十四年。❷琅邪　山名，山東膠南琅邪臺西北。❸清河　即濟水。❹五家之兵　謂齊五家編制之兵。《國語・齊語》「五家為軌，故五人為伍，軌長帥之」。韋昭注：「居則為軌，出則為伍。」❺錐矢　《史記》作「鋒矢」，義同。❻解　解散。❼倍　通「背」。離開。❽臨淄　當時齊國都城，在濟水之東，戰國時最繁華的城市。❾筑　一種樂器。❿六博蹹鞠　六博，古代一種博戲。共十二棋，六黑六白，兩人對博。蹹鞠，即蹴鞠。似今之踢球，古代軍中遊戲。蹹，即「蹋」字。⓫殷　富實。

【語　譯】蘇秦為趙國合縱說齊宣王說：「齊國南面有泰山，東面有琅邪山，西面有清河，北面有渤海，這就是一般所說的四面險固的國家啊。齊國的地域方圓二千里，披甲之士數十萬，糧食堆積如山丘。齊國精良的戰車，五家編制的兵卒，調動迅疾如飛箭，戰鬥威勢如雷霆，解散疾如風雨。就是有兵役征戰，敵兵從來也沒有跨越泰山、越過清河，遠涉渤海。都城臨淄有七萬戶人家，我私下估計，每戶以三個男丁計，就有三七二十一萬，不須徵發遠縣，只臨淄之兵就有二十一萬了。臨淄十分富厚殷實，市民無不吹竽、鼓瑟、擊筑、彈琴、鬥雞、賽狗、下棋、踢球。臨淄的街道上，車輪相撞，人肩相摩，連起衣襟可以成帷幕，揮掉汗珠可以成雨，家家都富足殷實，志高氣揚。就憑大王的賢能與齊國的強大，可謂天下無敵。如今卻向西事奉秦國，我替大王感到羞愧！

「且夫韓、魏所以畏秦者，以與秦接界也。兵出而相當，不十日而戰勝❶存亡之機決矣。韓、魏戰而勝秦，則兵半折，四境不守；戰而不勝，以亡隨其後。

是故韓、魏之所以重與秦戰而輕為之臣也。今秦攻齊則不然。倍❷韓、魏之地，至衛陽晉❸之道，經亢父❹之險，車不得方軌❺，馬不得並行，百人守險，千人不能過也。秦雖欲深入，則狼顧❻，恐韓、魏之議其後也。是故恫疑虛喝❼，高躍❽而不敢進，則秦不能害齊亦明矣。夫不料秦之不柰我何也，而欲西面事秦，是群臣之計過。今臣無事秦之名，而有彊國之實，臣固願大王之少留計。」

【章　旨】本段陳述齊國離秦遙遠，條件比韓、魏優越，不必聽群臣事秦之計。

【注　釋】❶戰勝　據《史記・蘇秦列傳》考證，當作「勝敗」。❷倍　通「背」。❸陽晉　故城在今山東曹縣北，原為衛地。❹亢父　故城在今山東濟寧南，是險隘之地。❺方軌　兩輪所行為軌。方軌則二車並行。❻狼顧　驚而還顧。張守節曰：「狼性怯，走常還顧。」❼恫疑虛喝　恫，恐懼。喝，《史記》作「猲」。高誘曰：「虛猲，喘息懼貌也。」司馬貞引劉氏云：「秦自疑懼，不敢進兵，虛作恐怯之詞，以脅韓、魏也。」❽高躍　高跳躍以作勢，氣勢洶洶的樣子。《史記》作「驕矜」。

【語　譯】「至於韓、魏之所以畏懼秦國，是由於與秦國接壤。一旦出兵就可相遇，不到十天，勝敗存亡的大局就決定了。韓、魏即使戰勝秦國，自己的兵力也會損失一半，四境還無法防守；如果不能戰勝秦國，跟著來的就是滅亡。這就是韓、魏之所以要認真考慮與秦國作戰而比較容易向秦國臣服的原因。如今秦如要攻齊就不是這樣。背後有韓、魏之地，到了衛國晉陽的路上，要經過亢父的險隘，車不能並行，馬不能並走，百人把守險隘之處，千人也不能通過。秦即使想深入齊地，那就會驚恐還顧，擔心韓、魏會襲擊它的後面啊。因此只能虛張聲勢加以恫嚇，表面氣勢洶洶，實際不敢前進，那麼秦不能損害齊國，也就很明白的了。不去考慮秦對我無可奈何，只想向西屈事秦國，這是群臣計策的失誤啊。如今若行縱親之策既沒有屈事秦國的名聲，又有強國的實際好處，所以我希望大王對我的計策稍加留意。」

齊王曰：「寡人不敏，今主君以趙王之詔告之，敬奉社稷以從。」

【章　旨】本段述齊王聽從蘇秦之策。

【語　譯】齊王說：「我不敏慧，現在您把趙王的命令告訴我，謹以國家社稷囑託聽從您的安排。」

【研　析】在抗秦這一問題上，齊國處於最為有利的地位，一是國富且強，二是不與秦接壤，中間有韓、魏阻隔，秦實不敢冒然進犯，故秦患實不足憂。王文濡評之曰：「齊患較遠於韓、魏，故始以富強動之，終以西面事秦為恥以警之，那得不動聽。」故文中大肆渲染臨淄之富且實，民眾兵多，從而反跌出事秦之可恥。但卻閉口不談合縱對齊如何有利，與說趙、韓、魏不同，這也屬於躲閃之法。而且描寫臨淄一段文字，鋪張揚厲，恢閎奇麗，不僅開漢賦鋪排之風，且富有史料價值。戰國時描寫城市之繁華，無過此篇，從中可見當時城市經濟之發達，故經常為史學家所稱引。

蘇季子自齊反燕說燕易王

戰國策

【題　解】本篇並見於《戰國策・燕策一》及《史記・蘇秦列傳》，事同而文有所異。〈蘇秦列傳〉載：「文侯卒，太子立，是為燕易王。易王初立，齊宣王因燕喪伐燕，取十城。」不久，蘇秦又見齊宣王，歸燕之十城。下面即本篇云云。按此，燕易王即位在西元前三三二年，當即本篇繫年。當時有人毀謗蘇秦為左右賣國反覆之臣，蘇秦恐得罪，回到燕而燕不恢復官職。蘇秦以忠信反得罪為主旨說服燕王，終於恢復了官職，而且更給予優厚待遇。

人有毀蘇秦者，曰：「左右賣國反覆之臣也，將作亂。」蘇秦恐得罪，歸而燕王不復官❶也。蘇秦見燕王曰：「臣，東周之鄙人也，無有分寸之功，而王親拜之於廟，而禮之於廷。今臣為王卻❷齊之兵，而攻得十城，宜以益親。今來而王不聽臣者，人必有以不信傷臣於王者。臣之不信，王之福也。臣聞忠信者，所以自為也；進取者，所以為人也。且臣之說齊王，曾非欺之也。臣棄老母於東周❸，固去自為而行進取也。今有孝如曾參❹，廉如伯夷❺，信如尾生❻，得此三人者以事大王，何若？」王曰：「足矣。」蘇秦曰：「孝如曾參，義不離其親一宿於外，王又安能使之步行千里而事弱燕之危主哉？廉如伯夷，義不為孤竹君之嗣，不肯為武王臣，不受封侯，而餓死首陽山下。有廉如此，王又安能使之步行千里，而行進取於齊哉？信如尾生，與女子期於梁下，女子不來，水至不去，抱柱而死。有信如此，王又安能使之步行千里，卻齊之彊兵哉？臣所謂以忠信得罪於上者也。」

【章　旨】本段蘇秦自辯忠信之臣不如進取之臣有利於王。

【注　釋】❶官　《戰國策》有本作「館」。❷卻　退。❸東周　蘇秦本東周洛陽人。❹曾參　孔子弟子，以孝行見稱。❺伯夷　《史記．伯夷列傳》言伯夷為孤竹君之子，周武王伐紂，伯夷扣馬而諫，後來恥食周粟，餓死於首陽山。❻尾生　古時守信用的人。傳說他與女子約會於橋下，水漲不去，抱柱而死。

【語譯】有人在燕王前毀謗蘇秦說：「蘇秦是個左右賣國反覆無常的臣子啊，將會作亂。」蘇秦恐怕獲罪回到燕國，可是燕王不再恢復他的官職。蘇秦拜見燕王說：「我本是東周鄉野之人，對燕國沒有分寸之功，而大王親自在廟堂上授官拜爵，在朝廷上降禮接待。現在我為大王說齊退兵，而歸還十城，按理對臣應該更加親近。可是現在來到燕國，大王不信任我，其中必定有人在大王面前以不講信用來傷害我。事實上我的不講信用，倒還是大王的福分啊。我聽說，忠信的人是為了自己，而進取的人才是為了別人。況且我去說服齊王，並不是欺騙他啊。我棄置老母於東周而不顧，本來就是想拋棄自己利益而行進取之道啊。現在假如有孝行如曾參，廉潔如伯夷，信用如尾生，得到這三個人以事奉大王，大王以為如何？」大王說：「我滿足了。」蘇秦說：「孝行如曾參的人，為守孝道不離雙親在外住宿一晚，大王又怎能使他步行千里，來事奉弱小燕國的危難君主呢？廉潔像伯夷的人，為表現廉潔不願作孤竹君的嗣主，不肯作周武王的臣子，不接受封侯，卻餓死在首陽山下。像這樣廉潔，大王又怎能使他步行千里，而到齊國來實行進取之道呢？像守信用如尾生的人，與女子約在橋梁下相會，女子不來，漲水也不離開，抱柱被水淹死。像這樣講信用，大王又怎能使他步行千里，讓齊國的強兵撤退呢？這就是我所說的忠信的人會得罪於主上啊。」

燕王曰：「若不忠信耳，豈有以忠信而得罪者乎？」蘇秦曰：「不然。臣聞客有遠為吏而其妻私於人者，其夫將來，其私者憂之。妻曰：『勿憂，吾已作藥酒待之矣。』居三日，其夫果至，妻使妾舉藥酒進之。妾欲言酒之有藥，則恐其逐主母也；欲勿言乎，則恐其殺主父也。於是乎詳僵❶而棄酒。主父大怒，笞之五十。故妾一僵而覆酒，上存主父，下存主母，然而不免於笞，惡❷在乎忠信之無罪也？夫臣之過，不幸而類是乎！」燕王曰：「先生復就故官。」益厚遇之。

【章旨】本段以寓言故事說明忠信反獲罪的道理。

【注釋】❶詳僵　假裝倒在地上。詳，通「佯」。❷惡　何。

【語譯】燕王說：「你自己沒有忠信罷了，難道有因忠信而得罪的嗎？」蘇秦說：「不是如此。我聽說有人到外地去做官，他的妻子卻與人有私情，她的丈夫將要回家，那人擔憂起來。妻子曰：『不要擔憂，我已經作好了藥酒等待他了。』過了三天，她的丈夫果然回來，妻子要妾將藥酒送給丈夫。妾本想說明酒當中放了毒藥，那麼又恐怕主母被驅逐；如果不說明，又恐怕殺死主父啊。於是假裝倒在地上潑掉毒酒。結果主父大怒，將妾打了五十大板。所以妾一倒地潑掉毒酒，上得以保住了主父，下得以保住了主母，然而不能免受鞭打，怎麼能說忠信之人不獲罪呢？我的過失，不幸有點像這件事情啊！」燕王說：「先生官復原職。」並且更加給予優厚的待遇。

【研析】蘇秦發跡，其合縱之說得行，皆始於燕。而齊乘燕喪而伐之，占十城，後又還之，此時蘇秦正在齊。故燕人以秦為反覆不忠之臣。蘇秦並不正面反駁，反而提出「忠信為己，進取為人」這一謬說。因為按一般常理，應該是忠信為人（《論語》：「為人謀而不忠乎，與朋友交而不信乎。」），進取為己。將謬說證明為真理，用的是詭辯手法，正因為是謬說，故而無法從理論上加以證明，只好借助於個別特殊事例強辯。前舉曾參、伯夷、尾生為例，只能說明他們在某個特定的環境下不能遠出為國君效勞，而絕不能說明他們的孝、廉、信是為了沽名釣譽，完全為了自己。至於妾婦寧棄酒而受笞，守忠信而遭禍，其用心最後無人理解，反而證明了忠信為人（即主父、主母）而非為己。適足以破此謬說。而且所舉四例，全都著眼於「忠信為己」這一個方面，至於「進取為人」，則完全棄置不顧，雖言之鑿鑿，實乃以偏概全。縱橫家為達到個人目的，常不惜顛倒黑白，本篇就是最好證明。

蘇代止孟嘗君入秦

戰國策

【題　解】本篇出自《戰國策・齊策三》，《史記・孟嘗君列傳》簡載其寓言。事繫周赧王十五年（西元前三〇〇年）。秦昭王聞孟嘗君賢而欲見，孟嘗君準備入秦，蘇代，應為蘇秦之誤，《風俗通・祀典》引此文作蘇秦，《文選》李善注及《藝文類聚》引「秦四塞之國」均作蘇秦之言。故標題之「蘇代」應改為「蘇秦」。以土偶桃梗寓言諫止。時孟嘗君任齊相。齊湣王時，孟嘗君復入秦，秦昭王以孟嘗君為相。

孟嘗君❶將入秦，止者千數而弗聽。蘇代❷欲止之，孟嘗君曰：「人事者，吾已盡知之矣；吾所未聞者，獨鬼事耳。」蘇代曰：「臣之來也，固不敢言人事也，固且❸以鬼事見君。」孟嘗君見之。謂孟嘗君曰：「今者臣來，過於淄❹上，有土偶人與桃梗❺相與語。桃梗謂土偶人曰：『子西岸之土也，挻❻子以為人，至歲八月，降❼雨下，淄水至，則汝殘矣。』土偶曰：『不然，吾西岸之土也，殘則復西岸耳。今子東國❽之桃梗也，刻削子以為人，降雨下，淄水至，流子而去，則子漂漂者將何如❾耳？』今秦四塞之國，譬如虎口，而君入之，則臣不知君所出矣。」孟嘗君乃止❿。

【注　釋】❶孟嘗君　即田文。齊威王少子田嬰的少子，繼其父的封爵，封於薛，稱薛公，號孟嘗君，被齊湣王任為相國，門下食客數千，為戰國四公子之一。曾聯合韓、魏，打敗楚、秦。❷蘇代　蘇秦之弟，亦主張合縱之策。鮑本《國策》據《史記》改，諸本《國策》均作「蘇秦」。因《史記》誤將蘇秦卒年提前三十餘年，故改「秦」為「代」。❸固且　姑且。❹淄淄水，在今山東臨淄東。❺桃梗　用桃木雕製的木偶。❻埏　揉黏木。❼降　蓋同「洚」。洪水。❽東國　指齊國。秦在西，齊在東，故曰「東國」。❾何如　何往。❿乃止　孟嘗君仍於次年（西元前二九九年）入秦，因受人讒毀，幾乎被殺，後逃歸。

【語譯】孟嘗君將要到秦國去，成千人勸阻不聽。蘇秦想去勸阻，孟嘗君說：「關於人的事情，我已經全部知道了，我所未聽到的，只有鬼事罷了。」蘇秦說：「我這次到這裡，本就不敢談人事啊，就是準備談鬼事才來拜見您的。」孟嘗君接見了他。蘇秦對孟嘗君說：「今天我來，經過淄水，有土偶人和桃梗刻成的人像在對話。桃梗人對土偶人說：『你是淄水西岸的泥土啊，把你揉捏成人樣，到今年八月，洪水下泄，淄水猛漲，那麼你就土崩瓦解了。』土偶人說：『並非如此，我本是西岸的泥土啊，土崩瓦解又歸於西岸的泥土罷了。現在你是齊國的桃梗啊，把你削刻成人，洪水下泄，淄水猛漲，大水把你沖走，那麼你漂浮而去將漂往何處啊？』當今秦國是四境險阻的國家，譬如老虎口，而您進入其中，那麼我不知道您有什麼辦法逃出來呢。」於是孟嘗君停止入秦。

【研析】這是一則著名寓言。土偶人與木偶人相互對話，預言對方在洪水到來後的必然遭遇，不僅饒有奇趣，且富含哲理。木偶人嘲笑土偶人將遇水而消解，但土偶人以復歸故土自解，並嘲笑木偶人漂漂者將何如耳。土偶、木偶均用以喻孟嘗君，不離齊則為土偶，言外之意，即遭禍去職仍可為齊人；但若遠離故國入不測之強秦，則有如木偶，一旦遭禍，則不知所之。即事編撰，獨出心裁，而又能喻義貼切，故孟嘗君從其言。

蘇代說齊不為帝

戰國策

【題解】本篇出自《戰國策・齊策四》。《史記・田敬仲完世家》載有此事。《戰國策》諸本均作「蘇秦」，僅鮑本據《史記》改為「蘇代」。《史記》繫此事於齊湣王三十六年（西元前二六六年），蘇秦之死提前至西元前三二〇年燕王噲初立之時，故有此誤。但秦約齊同時稱帝在秦昭王十九年（西元前二八八年），據《縱橫家書》，此時蘇秦尚在，方侍燕質子於齊，故應改正為「蘇秦」。秦昭王約齊湣王同時稱帝以共同對付趙國，蘇秦自燕入齊，向湣王分析了當時形勢，認為放棄帝號，則天下愛齊而憎秦，同時伐宋亦比伐趙有利，不如讓秦單獨稱帝。於是齊湣王從其言去了帝號，接著秦也去了帝號。

蘇子說齊王曰：「齊、秦立為兩帝，王以天下為尊秦乎？且尊齊乎？」王曰：「尊秦。」「釋帝，則天下愛齊乎？且愛秦乎？」王曰：「愛齊而憎秦。」「兩帝立，約伐趙，孰與伐宋之利也？」王曰：「不如伐宋❶。」對曰：「夫約均❷，然與秦為帝，而天下獨尊秦而輕齊；齊釋帝❸，則天下愛齊而憎秦。伐趙不如伐宋之利。故臣願王明釋帝以就天下，倍約擯秦❹，勿使爭重，而王以其間舉宋。夫有宋，則衛之陽城❺危；有淮北❻，則楚之東國❼危；有濟西❽，則趙之河東❾危；有陰、平陸❿，則梁門⓫不啟。故釋帝而貳⓬之以伐宋之事，則國重而名尊，燕、楚以形服，天下不敢不聽，此湯、武之舉也。敬秦以為名，而後使天下憎之，此所謂以卑易尊者也。願王之孰慮之也。」

【注釋】❶王曰二句　姚鼐注：「姚宏曰：劉本有『王曰不如伐宋』六字。」今從之。❷約均　指皆稱帝。❸釋帝　放棄帝號。❹倍約擯秦　倍，通「背」。擯，拋棄。❺陽城　在今河南濮陽南，即帝丘。❻淮北　淮水之北，指徐、泗等地。❼東國　楚東部與齊接壤之處，即今安徽東北部。❽濟西　濟水之西。❾河東　即漳河以東之地，張琦謂今荷澤、鄆城、壽張等地。❿陰平陸　陰，《史記》作「陶」，定陶，今山東定陶。平陸，故城在今山東汶上北，魏國之東界。⓫梁門　魏都大梁之門。⓬貳　變也。即改變共伐趙的決策。鮑彪曰：「貳，不與秦和也。秦約伐趙而此伐宋。」

【語　譯】蘇秦說齊王說：「齊、秦兩國均稱帝，大王以為天下的人是尊秦呢？還是尊齊呢？」齊王說：「尊秦。」「如果齊國放棄帝號，那麼天下的人是愛齊呢？還是愛秦呢？」齊王說：「愛齊而憎秦。」「秦、齊兩帝皆立，約定伐趙還是伐宋，哪一個有利呢？」齊王說：「伐宋有利。」蘇秦回答說：「如果都稱帝號，跟隨與秦為帝，那麼天下的人獨尊秦而輕齊；齊如果放棄帝號，那麼天下的人就愛齊而憎秦。伐趙不如伐宋之利。所以我希望大王公開放棄帝號以順應天下，背約棄秦，勿與秦爭個高低，而大王乘此機會伐宋。如果得宋，那麼衛的陽城就危險了；據有淮北，那麼楚的東國就危險了；占有濟西，那麼趙國的河東就危險了；占有陶、平陸，那麼魏大梁的城門就不敢打開了。所以放棄帝號，改變行動而進攻宋國，那麼齊就能國重名尊，燕、楚迫於形勢變化來服從齊國，天下都不敢不聽齊的指揮，這是商湯、周武的舉措啊。以尊敬秦為名，從而使天下的人都來怨恨它，這就是一般所說的『以卑易尊』的作法啊。希望大王能認真考慮我的意見。」

【研　析】秦昭王欲稱帝，恐諸侯背叛，故約齊共同稱帝，以分諸侯之怨。故秦昭王自己想稱帝是真，尊齊為帝，不過是一個圈套而已。蘇代（應為蘇秦）目的在於揭露秦之陰險用心，但這一目的並不正面表明，而是處處著眼於齊國本身利害，利齊則所以害秦，敬秦以帝號之虛名而自己不爭，甘居秦下，故曰「卑」。而代以伐宋擴土從而取得「天下不敢不聽」的實惠，故曰「尊」，這就是「以卑易尊」的實際涵義。王文濡評曰：「稱帝之欲望，殊不易遏，茲以利害言之，自能動聽。」

蘇代遺燕昭王書

戰國策

【題解】本篇並見於《戰國策・燕策一》及《史記・蘇秦列傳》，語句略有差異。本篇繫年，當在齊釋帝號之當年下半年，或其後的一、二年之間（西元前二八八—前二八六年之間）。當時齊伐宋，蘇代遺燕王書，勸燕不要助齊攻宋，以免使齊國更加強大。因提出燕表面尊齊為盟主以孤立秦國，同時又勸秦國接受燕、趙，使秦攻打齊國。燕王聽從了蘇代的意見，與謀伐齊，終於擊破齊國，閔王出走。本篇所宣揚的主張，頗接近於連横，因為一方面挑起六國之間，主要是燕、齊的不和，另方面則鼓吹燕、趙與秦聯合，共謀伐齊，這些都必將瓦解六國對抗強秦的聯合陣線。都違背了蘇氏兄弟一貫倡導的合縱策略。反映了縱橫家缺乏原則性、唯利是趨、政治上搖擺不定的傾向。合縱之所以失敗，六國之所以最後被秦吞併，這也是一個重要原因。

齊伐宋，宋急。蘇代乃遺燕昭王書曰：「夫列在萬乘❶，而寄質❷於齊，名卑而權輕。奉齊助之伐宋❸，民勞而實費。夫破宋，殘楚淮北，肥大齊，讎彊而國害。此三者皆國之大敗也。然且王行之者，將以取信於齊也。齊加❹不信於王，而忌燕愈甚，是王之計過❺矣。夫以宋加之淮北，彊萬乘之國也，而齊并之，是益一齊也。北夷❻方七百里，加之以魯、衛，彊萬乘之國也，而齊并之，是益二齊也。夫一齊之彊，燕猶狼顧❼而不能支，今以三齊臨燕，其禍必大矣。

【章　旨】本段奉勸燕王不要助齊攻宋。

【注　釋】❶萬乘　謂能出一萬輛兵車的大國。❷寄質　《史記正義》：「燕前有一子質於齊。」❸奉齊助之伐宋　姚鼐注：「《史》作『奉萬乘助齊伐宋』，今從《國策》。」❹加　更。❺過　錯。❻北夷　王念孫謂當作「九夷」。金正煒曰：「九夷地接泗上，而魯為十二諸侯之一，故此言齊并九夷與魯、衛也。」❼狼顧　狼性多疑，走常還顧。此言燕驚懼。

【語　譯】齊國攻打宋國，宋國緊急。蘇代於是致燕昭王書說：「燕作為萬乘大國，卻把王子送到齊國作人質，名聲既卑，權力又輕。幫助齊國攻打宋國，既勞民又傷財。如果攻破宋國，又侵入楚國的淮北，壯大齊國，增強敵對的國家而損害自己的國家。這三點都是自己國家的大失敗啊。然而大王仍然這樣作的原因，是想取得齊國的信任。恰好相反，齊國更加不會信任大王，而忌恨燕國更厲害，這是大王的計謀錯了啊。宋國再加上淮北，算是個很強的萬乘大國，而齊國卻兼併了它，等於增加了一個齊國。九夷之地方圓七百里，加上魯國和衛國，又是個強大的萬乘大國，而齊國也兼併了它，這又增加了第二個齊國啊。只是一個齊國的強威，燕國尚且惶恐不安而不能支撐，現在以三個強齊面臨於燕境，那禍害必定很大了。

「雖然，智者舉事，因禍為福，轉敗為功。齊紫，敗素也❶，而賈十倍；越王句踐棲於會稽，復殘彊吳而霸天下。此皆因禍為福，轉敗為功者也。今王若欲因禍為福，轉敗為功，則莫若遙霸齊而尊之，使使盟於周室，焚秦符❷，曰：『其大❸上計，破秦；其次，必長擯❹之。』秦挾❺擯以待破，秦王必患之。秦五世伐諸侯，今為齊下，秦王之志，苟得窮齊❻，不憚以國為功。

【章旨】本段提出佯尊齊為盟主以孤立秦國的策略。

【注釋】❶齊紫二句　齊國紫色的絲綢，是用低劣的絲帛染成。《史記正義》曰：「齊君好紫，故齊俗尚之。」《韓非子・外儲說左上》：「齊桓公好服紫，一國盡服紫，當是時，五素不得一紫。」❷秦符　指諸侯與秦建立友好關係的信物。❸大　最也。❹擯　棄。❺挾　懷；持。❻窮齊　使齊處於困境。窮，走投無路。

【語譯】「雖然如此，智者辦事，是能夠將禍轉為福，將失敗轉為成功的。齊國的紫色絲綢，本是用低劣的白色絲帛染成的，可是價格卻為一般絲綢的十倍；越王句踐棲居在會稽山，又打敗了強大的吳國而稱霸天下。這些都是將禍轉為福，將失敗轉為成功的例子啊。現在大王如果想將禍轉為福，將失敗轉為成功，那麼不如遠遠地尊齊為霸主，派使者到周室締結盟約，焚毀秦國的符節，說：『最高的計策是攻破秦國，其次是長期排斥它。』秦國處於被排斥的地位坐待攻破，秦王必定以此為患。秦國上下五代攻伐諸侯，現在居於齊國之下，秦王的心志，只要能夠使齊國處於困境，將不惜付出全國的精力也要取得成功。

「然則王何不使辨士以此言說秦王曰：『燕、趙破宋肥齊，尊之為之下者，燕、趙非利之也。燕、趙不利而埶為之者，以不信秦王也。然則王何不使可信者接收燕、趙，令涇陽君、高陵君❶先於燕、趙？秦有變，因以為質，則燕、趙信秦。秦為西帝，燕為北帝，趙為中帝，立三帝以令於天下。韓、魏不聽則秦伐之，齊不聽則燕、趙伐之，天下孰敢不聽？天下服聽，因驅韓、魏以伐齊，曰：「必反宋地，歸楚淮北。」反宋地，歸楚淮北，燕、趙之所利也；並立三帝，燕、趙之所願也。夫實得所利，尊得所願，燕、趙棄齊，如脫躧❷矣。今不收燕、趙，齊霸必成。諸侯贊齊而王不從，是國伐❸也；諸侯贊齊而王從之，是名卑也。今收燕、趙，國安而名尊；不收燕、趙，國危而名卑。夫去尊安而取危卑，智者不為也。』秦王聞若❹說，必若刺心。然則王何不使辨士以此若❺言說秦？秦必取，齊必伐矣。夫取秦，厚交也；伐齊，正利也。尊厚交，務正利，聖王之事也。」

【章旨】本段提出燕、趙親秦以伐齊的策略。

【注釋】❶涇陽君高陵君　皆秦昭王弟。涇陽君名悝，高陵君名顯。❷躧　草鞋。❸國伐　國家遭攻伐。❹若　此。❺此若　當去「此」字。

【語譯】「這樣看來那麼大王何不派遣善辯之士以這種說法來游說秦王說：『燕、趙攻破宋國以壯大齊國，尊齊而屈居其下，燕、趙並不以為對自己有利。燕、趙明知無利而又迫於形勢這樣作，是因為不相信秦王啊。那麼大王何不派遣可信任的人去接納燕、趙，並令涇陽君、高陽君先居燕、趙呢？秦假如背叛二國，便以二人作為人質，那麼燕、趙就會相信秦國了。這時秦國作西帝，燕國作北帝，趙國作中帝，立這三個帝王向天下發號施令。韓、魏如果不服從，那麼秦國就可攻伐它；齊國如果不服從，那麼燕、趙就可攻伐它，這樣天下還有誰敢不服從？天下既服從，就迫使韓、魏攻伐齊國，說：「一定歸還宋地，歸還楚的淮北。」歸還宋地，歸還楚淮北，這對燕、趙是有利的事情啊；並立三個帝王，是燕、趙的願望啊。在實際上得到好處，在名聲上得遂所願，那麼燕、趙拋棄齊國就會像拋棄破草鞋一樣。現在大王如果不接納燕、趙，那麼齊國的霸業必定完成。諸侯各國都擁護齊國而大王不跟隨，這就會使國家遭到攻伐啊；諸侯各國擁護齊國而大王跟隨，名聲就會卑下啊。現在如果接納燕、趙，國家平安而名聲尊顯；如果不接納燕、趙，國家危險而名聲卑下。

丟掉了尊顯和平安而選擇危險和卑下，聰明人是不去幹的啊。』秦王聽到這種說法，必定像尖刀刺心一樣。那麼大王何不派遣善辯之士將這種說法告訴秦國呢？秦國必然接受，攻伐齊國是肯定的了。爭取秦國，是厚交啊；攻伐齊國，是正利啊。重視厚交，務求正利，這是聖王的事業啊！」

燕昭王善其書，曰：「先人❶嘗有德蘇氏❷，子之之亂❸，而蘇氏去燕。燕欲報仇於齊，非蘇氏莫可。」乃召蘇代❹，復善待之，與謀伐齊。竟破齊，湣王出走❺。

【章旨】本段記述燕昭王讚賞蘇代的書信，並與謀伐齊。

【注釋】❶先人　已死的人，此指燕王噲。❷蘇氏　指蘇代、蘇厲兄弟。❸子之之亂　子之為戰國時燕王噲相，善於決斷，噲為獲取讓賢之名，讓子之行南面之事，噲老不聽政，反為子之之臣。將軍市被與太子平謀攻子之，搆難數月，死者數萬。齊出兵攻子之，燕王噲死，子之被殺。後燕人共立太子平，是為燕昭王。❹召蘇代　當時蘇代在宋。❺湣王出走　當是燕昭王二十八年（西元前二八四年）樂毅破齊。

【語譯】燕昭王認為書信很好，說：「先王曾對蘇氏兄弟有恩德，由於子之之亂，蘇氏兄弟離開了燕國。燕國想要對齊國報仇，非蘇氏兄弟不可。」於是召回蘇代，又對他加以優待，同他謀劃攻伐齊國。終於攻破齊國，齊湣王出走。

【研析】這封信的中心是為了削弱齊國，首先指責燕不當助齊伐宋，齊得宋，又併北夷，等於三個齊國，燕之禍必大。接下提出如何才能轉禍為福，因敗為功。首先是佯尊齊為霸主以懼秦。其次是勸秦結盟燕、趙，立為三帝，以號令諸侯，孤立齊國。第三是促使秦驅韓、魏以攻齊，使之反宋地，歸楚之淮北。最後是鼓吹秦伐齊。全篇縱橫捭闔，反覆曲折，充分表現了縱橫家那種為達目的不擇手段的一貫作法。但其真實意圖還是企圖讓燕國乘齊伐宋之弊以奪取齊河間之地（見〈燕策一〉十四章），對於燕昭王而言，則是為了報復齊乘燕亂伐燕、殺燕王噲之大仇。而這封信也是與蘇秦為燕行反間於齊的活動相一致的。故王文濡評曰：「此計雖未實行，而代之以計劃，實不下於季子。」

蘇代約燕昭王

戰國策

【題解】本篇見於《戰國策・燕策二》，又見於《史記・蘇秦列傳》，只個別字詞有異。標題下姚鼐注：「當在赧王三十六七年，燕昭末年，秦拔楚鄢、郢時。」按燕昭王在周赧王三十七年（西元前二七八年）卒，文中有說燕昭王「楚亡」之語，而白起拔楚鄢、郢正在周赧王三十七年，故可知本篇當在燕昭王卒前，楚之亡鄢郢以後。文中蘇代以大量實事揭露秦國使用欺詐手段，恐嚇六國事秦，諫阻燕、趙不要「爭事秦說其主」，以免造成更大禍患。約，制止。

秦召燕王，燕王欲往。蘇代約燕王曰：「楚得枳而國亡❶，齊得宋而國亡❷。齊、楚不得以有枳、宋事秦者，何也？是則有功者，秦之深讎也。秦取天下，非行義也，暴也。秦之行暴，正告❸天下。告楚曰：『蜀地之甲，輕舟❹浮於汶❺，乘夏水而下江，五日而至郢❻；漢中之甲，輕舟出於巴❼，乘夏水而下漢，四日而至五渚❽。寡人積甲宛❾，東下隨❿，智者不及謀，勇者不及怒，寡人如射隼⓫

矣。王乃待天下之攻函谷，不亦遠乎？』楚王為是之故，十七年事秦。秦正告韓曰：『我起乎少曲⓬，一日而斷太行；我起乎宜陽而觸平陽⓭，二日而莫不盡繇⓮；我離兩周⓯而觸鄭，五日而國舉。』韓氏以為然，故事秦。秦正告魏曰：『我舉安邑⓰，塞女戟⓱，韓氏、太原卷⓲；下軹道⓳，道南陽、封、冀⓴，兼包兩周；乘夏水，浮輕舟，彊弩在前，銛㉑戟在後，決滎口㉒，魏無大梁㉓；決白馬之口㉔，魏無黃、濟陽㉕；決宿胥之口㉖，魏無虛、頓丘㉗；陸攻則擊河內，水攻則滅大梁。』魏以為然，故事秦。

【章　旨】本段揭露秦行欺詐迫使楚、韓、魏屈事秦。

【注　釋】❶楚得枳而國亡　枳，在今重慶涪陵。古屬巴郡。國亡，指白起攻破郢都。亡，鮑彪云：「亡，皆謂失地」。❷齊得宋而國亡　齊湣王十五年（西元前二八六年）滅宋，兩年以後，燕上將軍樂毅率燕、秦、韓、魏、趙五國之兵伐齊，齊湣王出奔衛，旋即走莒。❸正告　直告。❹輕舟　姚鼐注：「《史》作『乘船』，下同。」❺汶　通「泯」。即岷江。❻郢　楚國國都。今湖北荊州。❼巴　巴水。❽五渚　通「五都」。指鄢（湖北宜城）、鄧（河南鄧縣）、巫郡（重慶巫山）、西陵（湖北宜昌）及郢。或指洞庭。裴駰《集解》云：「沅、澧、資、湘四水自南而入，荊江自北而過，洞庭瀦其間，謂之五渚。」據文意，前說為長。❾宛　楚邑　今河南南陽。❿隨　春秋隨國，為楚所滅。在今湖北隨州。⓫隼　一種凶猛的鳥，鷹類。⓬少曲　韓地。沁水古稱少水，地處少水彎曲處，故稱。在今河南濟源東北。⓭起乎宜陽而觸平陽　宜陽，在今河南宜陽西。平陽，在今山西臨汾西南。二者皆韓大邑。⓮繇　司馬貞《索隱》云：「繇，音搖，搖動也。」⓯兩周　戰國兩個小國家。東周，今河南鞏縣。西周，今河南洛陽。⓰安邑　魏地。今山西安邑西。⓱女戟　魏地。在太行之西。⓲韓氏太原卷　據〈趙策〉：「秦舉安邑而塞女戟，韓之太原絕。」則「氏」當作「之」，「卷」當作「絕」。《正義》引劉伯莊云：「太原當為太行。

卷猶斷絕。」⑲軹道　地名，今河南濟源東南（從吳師道說）。⑳道南陽封冀　張琦謂南陽應次封、冀之後。南陽，今河南濟源至獲嘉一帶。封，封淩，即今山西風陵渡。冀，今山西皮氏有冀亭。皆魏地。㉑銛　鋒利。㉒滎口　滎澤之口，在今河南滎陽。㉓大梁　魏國都城，今開封市。㉔白馬之口　白馬津，黃河渡口。在今河南滑縣東北。㉕魏無黃濟陽　黃，此指小黃，在今山東曹縣，與濟陽相近。又，他本均無「黃」字，疑衍。濟陽，在今河南蘭考東北。因在濟水之北，故稱。㉖宿胥之口　黃河渡口，今河南滑縣西南。㉗魏無虛頓邱　虛，邑名，在今河南安陽北。頓邱，在今河南清豐西南。

【語　譯】秦國召請燕王，燕王想要前往。蘇代阻止燕王說：「楚國得到枳弄得國都失陷，齊國得到宋也弄得幾乎亡國。齊、楚不能因擁有枳與宋就屈事秦國，是什麼原因呢？這是因為它們有功，恰是秦國所深惡痛疾的。秦國想奪取天下，不是行仁義，而是用暴力啊。秦國施行暴力，曾直言不諱地宣告於天下。對楚國說：『我蜀地的軍隊，輕舟浮於岷江之上，趁夏季水漲循江而下，五天就能到達郢都；漢中的軍隊，乘船出於巴江，趁夏季水漲循漢水而下，四天就能到達五渚。寡人屯兵於宛，東下隨，智者來不及謀劃，勇者來不及發怒，寡人就像射老鷹一樣那麼容易了。你楚王卻等待天下諸侯來攻打函谷關，那不是時間太遙遠了嗎？』楚王就因為這番話，十七年屈事秦國。秦又公開對韓國說：『我從韓的少曲起兵，一天就能跨越韓北太行；我從宜陽起兵直搗平陽，兩天就能使全韓震動；我兵臨東西周抵達新鄭，五天而韓國就可全部拿下。』韓國以為這番話是對的，所以屈事秦國。秦又公然警告魏國說：『我攻克魏的安邑，阻塞女戟，那麼韓國的太行就斷絕了；我下軹道，經由南陽、封、冀，包圍兩周；趁夏水漲勢，浮輕舟，強弩在前，利戟在後，決開滎陽口，灌魏大梁；決開白馬口，灌魏濟陽；決開宿胥口，灌魏虛、頓邱。從陸路進軍打擊河內，從水路進軍攻克大梁。』魏國以為這番話是對的，所以屈事秦國。

「秦欲攻安邑，恐齊據❶之，則以宋委❷於齊，曰：『宋王❸無道，為木人以象寡人，射其面。寡人地絕兵遠，不能攻也。王苟能破宋有之，寡人如自得之。』

已得安邑，塞女戟，因以破宋為齊罪。秦欲攻韓，恐天下救之，則以齊委於天下，曰：『齊王四與寡人約，四欺寡人，必率天下以攻寡人者三。有齊無秦，有秦無齊。必伐之！必亡之！』已得宜陽、少曲，致藺、離石❹，因以破齊為天下罪。秦欲攻魏，重楚❺，則以南陽委於楚，曰：『寡人固與韓且絕矣，殘均陵❻，塞黽阸❼，苟利於楚，寡人如自有之。』魏棄與國而合於秦，因以塞黽阸為楚罪。

【章　旨】本段揭露秦使用各個擊破的策略以征服諸侯。

【注　釋】❶據　姚鼐注：「《史》作『救』。」一本作「救」。❷委　託付。❸宋王　宋王戴偃，即宋康王。他射血囊，命曰「射天」，淫於醇酒婦人，群臣諫者輒射之。諸侯皆稱「桀宋」。後齊湣王與魏、楚伐宋，殺王偃，遂滅宋而三分其地。❹藺、離石　二縣名，藺在離石西，皆在山西。❺重楚　懼楚救魏。重，難；憚。❻均陵　蓋今湖北均縣北。❼黽阸　即今河南信陽西南平靖關，為楚北險隘關口。

【語　譯】「秦想攻魏安邑，恐怕齊來救援，就將攻宋的任務委託給齊，說：『宋王無道，做一個像寡人的木人，用箭射它的臉。寡人與宋地隔兵遠，不能前去攻伐。你齊王如果能夠攻占宋國，就像寡人自己攻占一樣。』等到秦攻下安邑，堵塞了女戟，反過來又以破宋作為齊國的一條罪狀。秦想要攻占韓，恐怕天下救援，就將攻齊的任務委託給天下諸侯，說：『齊王四次與寡人訂約，四次欺騙寡人，三次決心率領天下諸侯攻打寡人。現在是有齊無秦，有秦無齊，必定攻打它！必定消滅它！』當秦已攻占宜陽、少曲，拿下藺、離石，反過來又以破齊作為天下諸侯的一條罪狀。秦想要攻魏，很擔心楚國襲擊，就將南陽委託給楚國，說：『寡人將要與韓國絕交了，你們攻破均陵，阻絕黽阸，只要有利於楚國，就像寡人自己占領一樣。』等到魏拋棄盟國而與秦聯合，秦反過來又以阻塞黽阸作為楚國的一條罪狀。

「兵困於林中❶，重燕、趙，以膠東委於燕，以濟西委於趙。已得講於魏，質公子延❷，因犀首屬行❸而攻趙。兵傷於離石❹，遇敗於馬陵❺。而重魏，則以葉、蔡委於魏。已得講於趙，則劫魏，魏不為割。困則使太后、穰侯❻為和，嬴則兼欺舅與母。適❼燕者曰『以膠東』，適趙者曰『以濟西』，適魏者曰『以葉、蔡』，適楚者曰『以塞黽隘』，適齊者曰『以宋』。必令其言如循環，用兵如刺蜚❽。母不能制，舅不能約。龍賈之戰❾，岸門之戰❿，封陵之戰⓫，高商之戰⓬，趙莊之戰⓭，秦之所殺三晉之民數百萬。今其生者，皆死秦之孤也。西河之外，上雒之地，三川、晉國之禍，三晉之半⓮。秦禍如此其大，而燕、趙之秦者⓯，皆以爭事秦說其主，此臣之所大患也⓰。」

【章　旨】本段揭露秦欺詐燕、趙，勸燕、趙不要事秦，以免更生禍害。

【注　釋】❶林中　又稱「林城」、「林鄉」。魏地。在今河南新鄭東。❷質公子延　質，姚鼐注：「《史》作『至』。」公子延，秦公子。❸犀首屬行　犀首，魏臣，本為公孫衍的官名，故號「犀首」。屬行，謂連兵相屬。❹離石　今山西離石。❺馬陵　程恩澤曰：馬陵有五，此指山西榆社西北九十里，時為趙地。❻太后穰侯　指秦昭王母宣太后與舅父魏冉。❼適　通「謫」。責備；歸罪。❽刺蜚　蜚，一種小飛蟲。刺蜚，殺死小蟲，猶言極易之事。❾龍賈之戰　《史記・魏世家》載：「（襄王）五年秦敗我龍賈軍四萬五千于雕陰，圍我焦、曲沃。予秦河西之地。」❿岸門之戰　周赧王元年（西元前三一四年）秦敗韓師於岸門（今河南許昌西北），斬首萬人，迫韓太子倉入質於秦以和。⓫封陵之戰　周赧王十二年（西元前三〇三年）秦攻魏，取蒲阪（即蒲坂，今山西永濟西北）、陽晉、封陵（皆今永濟西南）。⓬高商之戰　《索隱》曰：「此戰事不見。」有人認為乃「高安」之誤。《史記・趙世家》：「成侯四年（西元前三七一年），與秦戰高安。」高安在河東。⓭趙莊之戰　周顯王四十一年（西元前三二八年），秦攻趙，敗趙師於河西，殺其將趙疵（莊）。⓮西河之外四句　指西河、上雒、三川、晉國等處，已過三晉全地一半，皆受秦兵之禍。姚鼐注：「晉國謂安邑。晉末居安邑近之，趙、韓皆遠，故謂為晉國。蘇厲曰：『韓亡三川，魏亡晉國。』」西河、上雒，魏地。三川，韓地。⓯而燕趙之秦者　方望溪云：「之秦，謂奉使於秦者。」《索隱》曰：「燕、趙之人往秦者，謂游說之士。」⓰此臣之所大患也　此後《戰國策・燕策二》及《史記・蘇秦列傳》尚載：「燕昭王不行，蘇代復重於燕。燕反約諸侯從親如蘇秦時，或從或否，而天下由此宗蘇氏之從約。代、厲皆以壽死，名顯諸侯。」

【語　譯】「秦軍被魏困於林中，秦國恐怕燕、趙來襲，許燕攻齊膠東，許趙攻齊濟西。等到已與魏講和，便以秦公子延為質，因與魏將公孫衍接連不斷派兵進攻趙國。趙國損兵於離石，在馬陵吃了敗仗。攻趙時又怕魏兵來襲，許魏攻楚的葉、蔡。等到已與趙講和，則又劫持魏，魏不答應割地。秦在困窘中則派太后及穰侯出面求和，待已得勝，又撕毀和約，連同舅舅與母親也受到欺騙。譴責燕的理由說是『因為伐膠東』，譴責趙的理由說是『因為伐濟西』，譴責魏的理由說是『因為伐葉、蔡』，譴責楚的理由說是『因為阻絕黽阸』，譴責齊的理由說是『因為伐宋』。必令其言出爾反爾，沒完沒了，有如循環，它用兵好像消滅小蟲一般。母親不能制止它，舅父不能約束它。秦與魏的龍賈之戰，秦、韓岸門之戰，秦、魏封陵之戰，秦、趙高商之戰、趙莊之戰，秦所殺三晉之民數百萬。今天活著的人，都是死於秦禍之民的孤兒啊。西河之外、上雒之地、三川、安邑四地受禍之民，占了晉國的一半。秦禍既如此之大，而燕、趙的親秦者，都爭著游說他的君主以服事秦，這是我所深憂的事情。」

【研　析】本篇意圖在於止昭王入秦，即與秦通好。但書並未正面分析入秦之禍及與秦通好可能帶來的危害。全書集中列舉以往史實，以揭露秦國如何使用威脅欺騙的手段，以分化瓦解六國的合縱；用背信棄義、出爾反爾的伎倆來對付六國。如秦欲攻魏，恐齊來救，乃以破宋託付給齊，等到秦得安邑後，回過來又以破宋為齊之罪。秦欲攻趙，恐魏來救，又誘使魏攻楚，等到趙被迫與和，又劫魏欲得其地。像這樣翻雲覆雨，反覆無常，毫無信義可言。且秦兵暴行，荼毒天下，乃至「所殺三晉之民數百萬」，才吞併了「三晉之半」。通過這些史實揭露了秦國的真實面目。這樣一來，昭王能否入秦，與秦通好是否有利，就不言自明了。這種寫法，稱之為「避虛就實」之法。姚永樸評曰：「通篇皆引秦往事，筆力奇肆，只末句說明事秦為大患，以為結穴。」

蘇厲為齊遺趙惠文王書

戰國策

【題解】本篇兼採《戰國策．趙策》及《史記．趙世家》，二者文字小異，不同處多從《史記》。惟《史記》篇前載：「(趙惠文)十六年(西元前二八三年)，秦復與趙數攻齊，齊人患之。蘇厲為齊遺趙王書曰」。而《戰國策》作「趙收天下，且以伐齊。蘇秦為齊上書說趙王曰」。此信究竟為蘇厲所作或蘇秦所作，研究者頗多異議，今且從《史記》。但《史記》繫年於趙惠文王十六年，則恐非。因此前一年，樂毅率五國兵伐齊，下齊七十餘城，僅餘即墨、莒二邑，齊湣王被殺，太子匿於民間，齊已無君，蘇厲(或秦)又何能為齊說趙？《史記》之紀年實誤。故此書應作於趙惠文王十五年、五國兵尚未發齊之前。蘇厲(或秦)為制止五國伐齊，特致書趙惠文王。書中指出秦並不愛趙而憎齊，真正意圖是借諸侯伐齊之機以獨占韓與二周，然後北聯燕以謀趙。同時，齊曾背五國之約以西禁秦國，齊實為趙之上交，不能反以齊抵罪。因勸趙王不要追隨秦國去攻打齊國。於是趙謝秦不出兵。

臣聞古之賢君，其德行非布於海內也，教順❶非洽❷於人民也，祭祀時享，非數常❸於鬼神也。甘露降，時雨至，年豐穀熟，民不疾疫；眾人善之，然而賢主圖之❹。今足下之賢行功力，非數加❺於秦也；怨毒積怒❻，非素深於齊也。秦、趙與國❼，以彊徵兵於韓，秦誠愛趙乎？其實憎齊乎？物之甚者，賢主察之。秦非愛趙而憎齊也，欲亡韓而吞二周，故以齊餤❽天下。恐事之不合，故出兵以劫魏、趙；恐天下畏己也，故出質以為信；恐天下亟❾反也，故徵兵於韓以威之。聲以德與國❿，而實伐空韓。臣以秦計為必出於此。夫物固有埶異而患同者，楚久伐而中山亡⓫，今齊久伐而韓必亡。破齊，王與六國分其利也；亡韓，秦獨擅之；收二周西，取祭器，秦獨私之。賦田計功⓬，王之獲利孰與秦多？

【章旨】本段指出秦並非愛趙而憎齊，其意在於獨擅韓與二周。

【注釋】❶順 通「訓」。❷洽 霑溉。❸數常 《戰國策》作「當」。❹圖之 姚鼐注：「《國策》作『惡之』。」惡，畏懼；心不安。宜從《國策》。❺加 高出。或施加。❻怨毒積怒 積累起來的怨恨和忿怒。❼與國 猶盟國。❽餤 食，此指誘餌。❾亟 急。❿與國 盟國。《索隱》「與國，趙也。秦、趙今為與國，秦徵兵於韓，帥之共趙伐齊，以威聲和趙，是以德與國也。」⓫楚久伐而中山亡 吳師道曰：「〈年表〉：武靈王二十五年攻中山，而秦、魏、韓、齊擊楚敗唐昧，亦此時也。」⓬賦田計功 田稅和力役。

【語譯】我聽說古代賢明的君主，他的德行影響並不遍布於海內，教化的功效未必遍霑於人民，祭祀享神，也未必符合鬼神的要求。甘露降下，時雨來到，五穀豐登，百姓不生疾疫；百姓非常讚賞，然而賢明之主卻仍然心懷不安。現在大王的德行武功並沒有經常施加秦國，而齊國對大王平素積累的仇怨和忿怒也並不深重。現在秦、趙成為友邦，以強制手段向韓國徵兵，秦國當真喜歡趙國嗎？它當真憎恨齊國嗎？事物當中有些突出的問題，賢明的君主應當看得清楚。秦國並不是喜歡趙國而憎恨齊國啊，它是想滅掉韓國而併吞二周，所以把齊國作為天下的誘餌。它恐怕事情不如意，所以佯向齊出兵以要挾魏、趙；又恐怕天下諸侯畏懼秦國，所以派出人質以表示自己守信；又恐怕天下諸侯急起反抗，所以向韓徵兵加以威脅。名義上是對盟國施以恩惠，而實際上卻是要攻伐孤立的韓國。我以為秦國的計謀必定從這裡產生。一般事物本來就有形勢不同而所遭禍患卻相同的，楚國長久被攻伐，結果中山亡了國，當今齊國如果長久被攻伐，韓國必遭滅亡。如果攻破了齊國，大王與六國可得點小利；而滅了韓國，秦國卻單獨占有；它還可以占領二周以西之地奪取祭器，由秦國單獨私有。就占有的田賦和力役而言，大王的獲利與秦國的獲利誰多呢？

說士❶之計曰：「韓亡三川，魏亡晉國❷，市朝❸未變❹而禍已及矣。」燕盡齊之北地，去沙邱鉅鹿❺，斂❻三百里，韓之上黨去邯鄲❼百里，燕、秦謀王之河山，間三百里而通矣。秦之上郡❽近挺關❾，至於榆中❿者千五百里。秦以三郡⓫攻王之上黨，羊腸⓬之西，句注⓭之南，非王有已。踰句注，斬常山⓮而守之，三百里而通於燕⓯，代⓰馬胡犬不東下，昆山⓱之玉不出，此三寶者亦非王有已。王久伐齊，從⓲彊秦攻韓，其禍必至於此。願王孰慮之！

【章旨】本段言如果秦滅韓，將北聯燕以侵犯趙國。

【注釋】❶說士　游說之士。❷晉國　晉都，指安邑（今山西夏縣）。❸市朝　市集。❹變　帛書作「罷」。❺沙邱鉅鹿　沙邱，在今河北鉅鹿東北。鉅鹿，趙國城邑。在今河北平鄉西南。以上說燕國侵邊迫近趙國。❻斂　減；不足。❼邯鄲　趙國都城。今河北邯鄲。姚鼐注：在「韓之上黨」前「《策》有『秦盡』二字。」有此二字意更明。❽上郡　今陝西榆林至延安一帶。❾挺關　姚鼐注：「《策》作『扞關』。」趙之扞關當在今陝西綏德東南。❿榆中　內蒙河套東北岸。一說陝西東北角榆林一帶。⓫郡　姚鼐注：「《策》作『軍』。」⓬羊腸　趙國的險塞，山形曲折狀如羊腸，羊腸坂在山西太行山，有南口與北口，此指北口，在今山西壺關。⓭句注　即雁門山，在今山西代縣西北。⓮常山　即恆山，在今河北曲陽西北與山西接壤處。⑮攻王之上黨七句　姚鼐注：「鼐按：上黨，蓋韓、趙各有分地。韓之上黨在南，趙之上黨在北。燕盡齊之北地以下，言秦兵之從南路者。秦之上郡以下，言秦兵之從北路者。兩路皆通燕，則趙斷為三矣。」⑯代　趙郡，在今山西東北部和河北蔚縣一帶。⑰昆山　崑崙山。⑱從　通「縱」。縱容。

【語譯】況且游說之士的計謀說：「韓國失去三川郡，魏國失去安邑，市集未罷的須臾之間災禍便已來臨了。」燕國盡占了齊國的北方疆域，離趙國的沙邱、鉅鹿不足三百里，秦國盡占了韓國的上黨，離邯鄲僅百里，燕、秦共謀大王的河山，中間只隔三百里就相通了。秦國的上黨近於扞關，離榆中的路程只有一千五百里。秦用三郡的兵力進攻大王的上黨，羊腸以西、句注以南的大片土地，就不是大王所有了。越過句注，攻陷常山再加以據守，再進三百里就與燕相通，到那時代馬胡犬就不能東運而來，昆山的玉也不能進入趙國，這三種寶物都不是大王所有了。大王如果長久伐齊，縱容秦國攻韓，那災禍必然到達這裡。希望大王仔細考慮這件事情。

且齊之所以伐❶者，以事王也；天下屬行❷，以謀王也。燕、秦之約成而兵出有日矣，五國三分王之地❸，齊倍❹五國之約而殉❺王之患，西兵而禁彊秦。秦廢帝❻請服，反高平、根柔❼於魏，反巠分、先俞❽於趙。齊之事王，宜為上佼❾，而今乃抵罪，臣恐天下後事王者之不敢自必也。願王孰計之也。今王毋與天下攻齊，天下必以王為義。齊抱社稷❿而厚事王，天下必盡重王義。王以天下善秦，秦暴，王以天下禁之，是一世之名寵⓫制於王也⓬。

【章　旨】本段奉勸趙王重視與齊的邦交，不要伐齊，以立一世之名。

【注　釋】❶伐　指被伐。❷屬行　連屬而行。❸五國三分王之地　《戰國策》言「昔者五國之王嘗合橫而謀伐趙，三分趙國壤地。」五國，指秦、齊、韓、魏、燕。或謂「秦」為「楚」。❹倍　通「背」。❺殉　從。❻廢帝　秦原與齊約定稱西帝和東帝，此指秦廢去西帝號。❼高平根柔　高平，即向邑。今河南濟源西南。根柔，未詳。❽茎分先俞　茎分，《正義》云「分」字誤，當作「山」，即句注山，一名西陘山。先俞，即西俞，雁門山。蓋陘山、西隃二山之地並在代州鴈門縣，皆趙地。❾佼　姚鼐注：「《策》作『交』。」當從《策》。❿抱社稷　猶率領齊國。社，土神。稷，穀神。社稷象徵國家。⓫寵　榮。⓬制於王也　此句後《史記》尚載：「於是趙乃輟，謝秦不擊齊。」

【語　譯】況且齊國之所以被攻伐，是因為齊國曾幫助過趙國；天下諸侯跟隨著參加討伐，最終目的還是要打趙國的主意。燕國與秦國達成盟約已經有些日子了，過去五國曾出兵攻打趙國，想瓜分大王之地，齊國違背五國之約而解除趙王之禍患，向西出兵以禁制強秦。秦國廢止帝號以便服從齊國，還把高平、根柔歸還於魏，把茎山、西俞歸還於趙。齊國事奉大王，應當看作上等邦交，現在卻拿齊國抵罪，我擔心天下將來事奉大王的不敢下定決心啊。我希望大王仔細謀劃這件事情。當今希望大王不要參與天下攻齊，天下人必然認為大王深明大義。齊王將率領齊國來厚事大王，天下人必然尊重大王之義。大王率領天下與秦友善，見到秦國肆行強暴，大王又率領天下禁制秦國，這樣，一世的美名都掌握在大王的手中啊。

【研　析】縱橫家為達到說服的目的，常常掩蓋其真實動機，揣摩對方心理，打著關心對方的旗號，以實現自己的真正意圖，這就是所謂「移花接木」之法。本篇主要是勸趙收兵，勿與秦伐齊，以紓齊困，其出發點是為了齊國利益。但表面上卻處處都著眼於趙國的利益。如首段揭露六國攻齊，趙得小利，而秦得以乘機併吞韓與二周，獨享大利。二段分析如果韓亡，秦、燕將攻趙，趙將面臨被瓜分的危險。三段說明齊曾有殉趙難之功，並因此而遭伐。趙如能撤兵，天下必以為義而尊趙，趙可名實俱收。處處為趙，正是處處為齊。故王文濡評曰：「趙有舉足輕重之勢，此為齊說，表面卻是為趙，是語言之妙處。」

蘇厲為周說白起

戰國策

【題解】本篇出自《戰國策・西周策》。《史記・周本紀》同。並謂事在周赧王三十四年，當秦昭王二十六年（西元前二八一年）。文中蘇厲以養由基百步穿柳的故事游說秦將白起，謂白起之功甚多，如不知止，一攻不得，則前功盡滅，不若稱病不出。

蘇厲謂周君❶曰：「敗韓、魏，殺犀武❷，攻趙取藺、離石、祁❸者，皆白起❹。是攻用兵，又有天命也。今攻梁，梁必破，破則周危，君不若止之。」謂白起曰：「楚有養由基❺者善射。去柳葉❻者百步而射之，百發百中。左右皆曰『善』。有一人過曰：『善射，可教射也矣！』養由基曰：『人皆善❼。子乃曰「可教射」，子何不代我射之也？』客曰：『我不能教子支左屈右❽。夫射柳葉者百發百中，而不以善息；少焉，氣力倦，弓撥矢鉤❾，一發不中，前功盡矣。』今公破韓、魏，殺犀武；而北攻趙，取藺、離石、祁者，公也。公之功甚多。今公又以秦兵出塞❿，過兩周，踐⓫韓，而以攻梁。一攻而不得，前功盡滅⓬，公不若稱病不出也。」

【注　釋】❶周君　蓋指西周君。❷犀武　魏將。西元前二九三年，秦左更白起攻韓、魏聯軍於闕，斬首二十四萬，殺魏將犀武。❸藺離石祁　皆趙地。藺，今山西離石西。離石，今山西離石。祁，今山西祁縣。西元前二八二年，秦大良造白起攻取趙的藺、祁二城，次年，取趙離石。❹白起　秦國大將，昭王時官至大良造，曾攻取七十餘城，斬首過百萬，以戰功封武安君。後為相國范雎所忌，被讒自殺。❺養由基　春秋時楚國大夫，以善射聞名。❻柳葉　《藝文類聚》、《太平御覽》皆引作「楊葉」，今猶有「百步穿楊」成語。❼善　讚揚。❽支左屈右　《索隱》按：《列女傳》云：「左手如拒，右手如附枝，右手發之，左手不知，此射之道也。」又《越絕書》曰：「左手如附泰山，右手如抱嬰兒。」此言左手拉弓，用力向前，如支住泰山；右手拉弦，向後彎曲，如抱嬰兒，皆為射箭之法。❾弓撥矢鉤　撥，不正。鉤，彎曲。❿塞　指伊闕塞。⓫踐　猶「過」。⓬滅　沒。

【語　譯】蘇厲對西周君說：「擊敗韓、魏，誅殺魏將犀武，攻打趙國，奪取藺、離石、祁等邑，都是白起。這是善於用兵，又有天助啊！如今來進攻魏都大梁，大梁必破無疑，大梁如被攻破，周就有危險了，您不如對白起加以阻止。」對白起說：「楚國有個叫養由基的人善於射箭。距離柳葉百步之外發射，結果百發百中。左右觀看的人都說『不錯』。有一位過路的人說：『箭射得好，可以教你射箭的道理了！』養由基說：『人們都說射得好，你卻說「可教我射箭」，你何不代替我射一下呢？』那客人說：『我不能教你支撐左臂彎曲右臂開弦的射箭之法。你對準柳葉而射，百發百中，而不能見好就停；等一會兒，精疲力盡，弓歪箭曲，一次射不中就前功盡棄了。』如今您擊破韓、魏，誅殺犀武；北面攻打趙國，奪取藺、離石、祁等邑的，也是您啊。您的功勞很多。現在您又率領秦兵出塞，經過兩周，進犯韓國又去攻打梁國。如有一攻而不獲勝，那就前功盡棄，您不如假託有病而不出兵啊。」

【研　析】運用歷史故事或寓言，來闡明一個道理或主張，乃是縱橫家的一種慣用手法，其目的在於使抽象的道理更加具體化，從而更具有感染力和說服力。本文正是借助養由基的百發百中，來影射白起的百戰百勝；但是，世上並無只勝不敗的常勝將軍，正如同雖能百發百中，但不可能如同萬無一失的神箭手一樣。這中間蘊含了勝與敗、中與不中可以相互轉化的哲理。正如俗話所說：「月滿則虧，水滿則溢。」全文構思巧妙，表面上分析的是白起的利害，實際上乃是關心於西周的安危。

卷二十六 書說類 二

張儀說魏哀王

戰國策

【題解】本篇出自《戰國策・魏策一》。《史記・張儀列傳》事同而字句有異。其前《史記》載：「魏襄王卒，哀王立。張儀復說哀王，哀王不聽。於是張儀陰令秦伐魏。魏與秦戰，敗。明年，齊又來敗魏於觀津。秦復欲攻魏，先敗韓申差軍，斬首八萬，諸侯震恐。而張儀復說魏王曰」。按《竹書紀年》魏無哀王。蓋《史記》誤以魏惠王后元凡十六年為襄王年，並誤以襄王凡二十三年為哀王年。據此，標題之「哀王」當為「襄王」。襄王元年，當周慎靚王三年（西元前三一八年）。次年當即張儀復說魏王之時。于鬯《戰國策年表》亦載於此年。說辭中張儀極言魏處於四戰之地的劣勢，而合縱之謀不可信，只有秦為魏之大患，因勸魏事秦連横可以高枕無憂。

張儀為秦連横，說魏王曰：「魏地方不至千里，卒不過三十萬人。地四平，諸侯四通，條達輻湊[1]，無有名山大川之阻。從鄭至梁不過百里，從陳至梁二百餘里，馬馳人趨，不待倦而至。梁南與楚境，西與韓境，北與趙境，東與齊境，卒戍四方❷，守亭障❸者參列❹，粟糧漕庾❺不下十萬。魏之地埶，故❻戰場也。魏南與❼楚而不與齊，則齊攻其東；東與齊而不與趙，則趙攻其北；不合於韓，則韓攻其西；不親於楚，則楚攻其南。此所謂四分五裂之道也。

【章　旨】本段言魏處於不利形勢。

【注　釋】❶條達輻湊　鮑彪注：「如木枝分布，而四方湊之如輻於轂。」輻，車輪中連接軸心和輪圈的木條。比喻人及物集中於一處。❷卒戍四方　鮑注：「他國境或有山川關塞，惟梁無之，皆以卒戍守。」❸亭障　邊地要塞設置守望亭和堡壘。❹參列　排列。❺漕庾　為水道轉運糧食而設立的倉庫。漕，通過水道轉運糧食。庾，露天糧倉。❻故　通「固」。❼與　結交。

【語　譯】張儀為秦國連橫，游說魏王說：「魏國的土地縱橫不到千里，士卒不超過三十萬。土地四面平坦，與四方諸侯相通，道路暢達，為人力物力集中之地，其間沒有名山大川的阻隔。從韓國首都鄭邑到大梁不超過一百里，從楚國首都陳邑到大梁也只二百餘里，人馬奔馳，不等疲倦就到了魏國。魏國南面和楚國接壤，西面和韓國接壤，北面和趙國接壤，東面和齊國接壤，四方都要士卒戍守，防守邊塞的亭壘排列成陣，儲存水路轉運糧食的倉庫不下十萬處。魏國這樣的地理形勢，本就是個戰場啊。如果魏國向南親附楚國而不親附齊國，那麼齊國就會進攻它的東部；向東親附齊國而不親附趙國，那麼趙國就會進攻它的北部；不跟韓國和好，那麼韓國就會進攻它的西部；不跟楚國親善，那麼楚國就會進攻它的南部。這就是一般所說的處於四分五裂的形勢啊。

「且夫諸侯之為從者，以安社稷、尊主、強兵、顯名也。今從者，一天下約為兄弟，刑❶白馬以盟於洹水❷之上，以相堅也。夫親昆弟同父母，尚有爭錢財，而欲恃詐偽反覆蘇秦之餘謀❸，其不可以成亦明矣。大王不事秦，秦下兵攻河外，拔卷、衍、燕❹、酸棗，劫衛取陽晉❺，則趙不南。趙不南則魏不北，魏不北則從道絕。從道絕❻，則大王之國欲求無危，不可得也。秦挾韓而攻魏，韓劫於秦，不敢不聽。秦、韓為一國，魏之亡可立而須❼也。此臣之所以為大王患❽也。

【章　旨】本段言合縱如不可成，而不事秦則為魏之大患。

【注　釋】❶刑　殺。❷洹水　又名安陽河，源出今河南林縣林慮山，東流經安陽市到內黃縣北入衛河。❸蘇秦之餘謀　繆文遠云：「蘇秦年輩較張儀為晚，張儀死時，蘇秦事迹尚不甚著，此所言，與史實不合。」其實，據《公羊傳疏》：「餘，末也。」，餘謀，猶言「下策」。非指蘇秦死後之謀。❹燕　此指南燕，在今河南封丘北。❺陽晉　在今山東鄆城西。姚鼐注：「《策》作『晉陽』誤，今從《史記》。」❻從道絕　合縱的道路斷絕。❼須　待。❽患　憂。

【語　譯】「至於諸侯中參與合縱的，為的是使國家安定、君主尊貴、兵力強盛、名聲顯赫啊。合縱的意思，就是要統一天下諸侯的行動，彼此結為兄弟，在洹水上殺白馬訂盟約，以便大家堅守。就是親兄弟，同父母所生，尚且存在為錢財而相互爭鬥的事，而想依靠狡詐虛偽反覆無常的蘇秦所倡導的下策，它不可取得成功是明擺著的了。大王如果不事奉秦國，秦國就會派兵直下進攻河外，拿下卷、衍、南燕和酸棗，威逼衛國奪取陽晉，那麼趙國就不能向南聯合。趙國不能向南聯合，那麼魏國就不能向北聯合。魏國不能向北聯合，那麼合縱的道路就斷絕了。合縱的道路斷絕，那麼大王的國家想求得平安無危是不可能的啊。秦國挾持韓國進攻魏國，韓國被秦國威逼，不敢不服從。秦、韓合而為一，魏國的滅亡可立而待啊。這是我為大王擔憂的事啊。

「為大王計，莫如事秦。事秦則楚、韓必不敢動，無楚、韓之患，則大王高枕而臥，國必無憂矣。且夫秦之所欲弱莫如楚，而能弱楚者莫若魏。楚雖有富大之名，其實空虛；其卒雖眾多，然而輕走易北❶，不敢堅戰。悉魏之兵南面而伐，勝楚必矣。夫虧楚而益魏，攻楚而適❷秦，內嫁禍安國❸，此善事也。大王不聽臣，秦甲出而東伐，雖欲事秦而不可得也。且夫從人多奮辭❹而寡可信，說一諸侯之王，出而乘其車；約一國而成，反而取封侯之基。是故天下之游士，莫不日夜搤腕瞋目切齒❺以言從之便，以說人主。人主覽其辭，牽其說，惡得無眩❻哉？臣聞積羽沉舟❼，群輕折軸❽，眾口鑠金，積毀❾銷骨，故願大王之孰計之也。」

魏王曰：「寡人惷愚，前計失之。請稱東藩，築帝宮，受冠帶，祠春秋❿，效⓫河外。」

【章　旨】本段奉勸魏王連橫事秦，並介紹魏王聽從張儀之計。

【注　釋】❶輕走易北　輕易敗逃。走，逃跑。北，敗。❷適　王念孫云：「適者，悅也。言攻楚而民悅秦也。」❸內嫁禍安國　金正煒云：「〈張儀傳〉無『內』字，疑『內』當為『而』。而，猶以也。嫁禍謂虧楚，安國謂適秦也。」❹奮辭　說大話。❺搤腕瞋目切齒　搤腕，手握其腕，表示振奮。搤，同「扼」。瞋目，張大眼睛，表示激憤。切齒，咬牙切齒，表示決心。❻眩　惑。❼積羽沉舟　羽毛本輕，而多積則可以沉舟。❽群輕折軸　物雖輕，而多載則可壓斷車軸。❾毀　謗言。❿稱東藩四句　見前〈蘇季子說韓昭侯〉及〈蘇季子說魏襄王〉。⓫效　獻。

【語　譯】「替大王著想，不如事奉秦國。事奉秦國那麼楚國、韓國必不敢妄動，沒有楚國、韓國的禍患，那麼大王就可高枕而臥，國家就沒有憂患了。況且秦國想要削弱的首先是楚國，而能夠削弱楚國的首先是魏國。楚國雖然有富裕強大的名聲，但它實際上是空虛的；它的士卒雖然眾多，然而輕易敗逃，不敢堅持戰鬥。魏國用全部兵力向南攻伐，戰勝楚國是必然的了。像這樣，使楚國受損而使魏國受益，進攻楚國以取悅秦國，把禍患轉嫁給別人使自己得到安寧，這是好事啊。大王如果不聽從我的建議，等到秦國出兵向東進攻，即使再想事奉秦國也辦不到了啊。況且那些鼓吹合縱的人大多好說大話，很少有令人相信的，以言辭打動一個國家的君主，出來就可以乘高車駟馬；為一個國家合縱成功，回頭就建立了自己封侯的基礎。因此天下的游說之士，沒有誰不日夜握腕瞋目咬牙切齒大談合縱的好處，用以游說各國的君主。君主們聽了他們的言辭，被他們的游說所牽動，怎能不為所惑呢？我聽說積累羽毛能把船壓沉，積累輕物能把車軸壓斷，眾口一詞能把金屬熔化，毀謗不斷能把筋骨銷熔，所以希望大王仔細考慮這件事啊。」魏王說：「我本性愚蠢，以前的計策錯了。我願意自稱秦的東方藩國，給秦王建築行宮，接受秦王的封爵，贊助秦王春秋的祭祀，並獻上河外的土地。」

【研　析】縱橫家往往根據其政治目的的需要，誇大事物有利的一個方面，而抹煞與自己主張不利的其他方面，即所謂攻其一點，不及其餘。如將本文與上卷〈蘇季子說魏襄（應為「惠」）王〉作一參照，必將發現此中微妙之處。蘇秦說魏「地方千里」；張儀說魏「地方不至千里」。說大則大，說小則小。張儀強調魏乃四戰之地，齊、趙、楚、秦、韓皆強國，四平條達，無險可守，非事秦則不得安。而蘇秦卻極稱四境皆有大邑河川，極口詡其人眾，「不下於楚」；人眾則兵多（各種兵力可達七十萬之眾），進而讚揚其國強主賢，完全足以自立。並以句踐、武王率三千卒而霸天下以激其合縱抗秦之志。而張儀則以齊、趙、韓可攻其東、北、西各方，莫如親秦伐楚最為有利。蘇秦之說先於張儀十五年，魏國形勢變化不大。針對同一形勢，蘇秦從中得出結論是合縱有利，而張儀則得出結論連橫有利。實際上都只言其利，不言其害，都缺乏全面的客觀的科學分析。欲達目的不擇手段，這正是一切縱橫家所遵循的原則。

張儀說楚懷王

戰國策

【題解】本篇出自《戰國策・楚策一》。《史記・張儀列傳》同。司馬貞曰：「此時當秦惠王之後元十四年。」當西元前三一一年。〈張儀列傳〉載：秦欲伐齊，齊、楚縱親，於是張儀往楚說楚懷王與齊絕交，願獻商於之地六百里。懷王貪地，與齊斷交。而入秦索地時，張儀稱「臣有奉邑六里，願以獻大王左右」。懷王大怒，發兵攻秦，一敗於丹陽，再敗於藍田，楚不但損兵折將，進而割兩城以平。後秦要楚欲得黔中地，欲以武關外易，懷王說願得張儀而獻黔中地。於是張儀再次至楚，懷王囚張儀。張儀通過靳尚、鄭袖言惑懷王，懷王赦張儀。「張儀既出，未去，聞蘇秦死，乃說楚王曰」。張儀在說辭中極言秦之強大，秦之攻楚，危在三月之內；而楚恃諸侯之救，在半歲之外，勢不可及。不可相信蘇秦的縱約，希望懷王與秦交質聯姻，約為兄弟，無相攻伐，此為便計。最後懷王表示願率國以從。

張儀為秦破從連衡，說楚王曰：「秦地半天下，兵敵四國❶，被山帶河，四塞以為固。虎賁之士❷百餘萬，車千乘，騎萬匹，粟如邱山。法令既明，士卒安難樂死，主嚴以明，將智以武。雖無出兵甲，席卷常山❸之險，折天下之脊❹，天下後服者先亡。且夫為從者，無以異於驅群羊而攻猛虎也！夫虎之與羊，不格❺明矣。今大王不與猛虎而與群羊，竊以為大王之計過❻矣！

【章　旨】本段言秦國之強，天下無敵。

【注　釋】❶四國　四方之國。❷虎賁之士　勇士。❸常山　即北嶽恆山。❹天下之脊　司馬貞曰：「常山於天下在北，有若人之脊背也。」❺格　鬥。❻過　錯。

【語　譯】張儀為秦國破壞合縱締結連橫，游說楚王道：「秦地占天下的一半，兵力足以對抗各國，披山帶河，四方有險固的邊塞。精兵武卒百餘萬，戰車上千輛，駿馬上萬匹，糧食堆積如山。法令嚴明，士卒安於患難，樂於犧牲。君主嚴厲而且賢明，將軍機智而且勇武。即使不出兵甲，聲威也足以席捲恆山的險阻，摧折天下的脊梁，天下後服的諸侯先遭滅亡。再說鼓吹合縱的，跟驅趕群羊進攻猛虎沒有什麼兩樣啊。那虎之與羊不能相鬥，是很明白的了。如今大王不跟隨猛虎而跟隨群羊，我認為大王未免失計了。

「凡天下彊國，非秦而楚，非楚而秦，兩國敵侔❶交爭，其勢不兩立。而❷大王不與秦，秦下甲兵，據宜陽❸，韓之上地❹不通；下河東❺，取成皋❻，韓必入臣於秦。韓入臣，魏則從風而動。秦攻楚之西，韓、魏攻其北，社稷豈得無危哉？且夫約從者，聚群弱而攻至強也。夫以弱攻強，不料敵而輕戰，國貧而驟❼舉兵，此危亡之術也。臣聞之：『兵不如者勿與挑戰，粟不如者勿與持久。』夫從人者，飾辯虛辭❽，高主之節行，言其利而不言其害，卒❾有秦禍，無及為已！是故願大王之孰計之也！

【章　旨】本段言如楚合縱，秦與韓、魏西北合攻楚，楚必危。

【注　釋】❶侔　齊等。❷凡天下彊國……而　姚鼐注：「『凡天下』以下二十五字係從人語，與下文義不貫，疑衍。」吳汝綸曰：「姚氏疑『凡天下』以下二十五字當衍。汝綸案：楚大國，故說之亦異。下文兩虎相搏及交質、和親，皆與此義相發，盛稱秦強而不過貶損楚國，故易動聽。『大王不與秦』以下，言秦挾韓、魏以臨楚。『秦西有巴、蜀』以下，言行軍遲速之效。皆非謂強弱不敵也。」❸宜陽　故城在今河南宜陽東。❹上地　《後語》作「上黨地」。《帛書》第十三章注：「韓之上地指韓之上黨地。」上黨，山西東南部一帶。❺河東　山西西南部。❻成皋　在今河南汜水西。❼騶　《史記》作「數」。❽飾辯虛辭　鮑彪曰：「飾，緣飾非實也。」❾卒　通「猝」。

【語　譯】「凡天下強國，不是秦國就是楚國，不是楚國就是秦國，兩國力量相當而互相爭鬥，其勢不能兩立。然而大王如果不親秦，秦動其甲兵，占據宜陽，韓的上黨之地不通；順河而東，攻取成皋，韓必臣服於秦。韓人秦稱臣，魏國就順風而服。這樣，秦攻楚的西面，韓、魏攻楚的北面，國家難道沒有危險嗎？況且那些主張合縱的人，是聯合一些弱小的國家來進攻最強大的國家啊。以弱攻強，不估量敵國而輕率攻戰，國力貧乏而屢屢興兵，這是自取滅亡的辦法啊。我聽說：『兵力不如人的不要對人挑戰，糧食不如人的不要與敵持久作戰。』主張合縱的人，巧辯虛辭，讚頌君主的節操德行，只說合縱的好處，不說合縱的危害，突然受到秦的襲擊，就來不及應對了。因此我希望大王仔細考慮這件事啊。

「秦西有巴、蜀，方❶船積粟，起於汶山❷，循江而下，至郢❸三千餘里。舫❹船載卒，一舫載五十人與三月之糧，下水而浮，一日行三百餘里，里數雖多，不費汗馬之勞，不至十日，而距扞關❺。扞關驚，則從竟陵❻以東盡城守矣，黔中❼、巫郡❽，非王之有已。秦舉甲出之武關❾，南面而攻，則北地絕。秦兵之攻楚也，危難在三月之內，而楚恃諸侯之救，在半歲之外，此其勢不相及也。夫恃弱國之救，而忘強秦之禍，此臣之所以為大王患也。且大王嘗與吳⑩人五戰三勝而亡之，陳⑪卒盡矣；有偏守新城⑫，而居民苦矣。臣聞之：『功⑬大者易危，而民敝者怨於上。』夫守易危之功，而逆強秦之心，臣竊為大王危之！

【章旨】本段言如與楚合縱，則秦水陸兩路攻楚之捷速，諸侯亦無法及時救援。

【注釋】❶方　併舟。❷汶山　岷山。❸郢　楚都城。❹舫　併兩舟之船。❺扞關　關名，為楚所作扞衛之關，在今湖北宜昌西南。❻竟陵　楚邑。在今湖北潛江西北。❼黔中　故城在今湖南沅陵西。❽巫郡　故城在今四川巫山縣。❾武關　在今陝西丹鳳東南。❿吳　此指越，吳越一體，故可互稱。西元前四七三年越滅吳。楚懷王二十六年（西元前三〇六年）楚始滅越。疑此時越雖未亡，已有滅亡之勢。⓫陳　通「陣」。⓬有偏守新城　偏，僻遠。新城，正義曰：「新攻得之城，未詳所在。」鮑彪曰：「一偏之戍繕築之城。」⓭功　姚宏注：「《策》作『攻』。」

【語譯】「秦國西有巴、蜀，併船運糧，從岷山出發，循大江而下，到郢都路程三千多里。併船運載士卒，一船裝載五十人及三個月的糧食，順流而下一日可行三百多里。路程雖遠，不費汗馬之勞，不到十日就可到達楚扞關。扞關震驚，那麼竟陵以東的城邑，都緊急而加強戒備，從而扞關以西的黔中郡、巫郡也就不是大王所有了。同時秦再派兵從武關出發，向南進攻，那麼楚國北部地區也就喪失了。秦兵的攻楚，不出三月便能使楚產生危難，而楚國仰仗諸侯的救援，卻要等半年之後才能趕到，救援的形勢是不相適應的啊。至於倚仗弱國的救援，卻忘掉了強秦的禍害，這就是我為大王擔憂的原因啊。況且大王曾與越人五戰三勝而有滅越之勢，然而己之士卒陣亡殆盡了；又遠守新得城邑，居民受苦了。我聽說：『進攻強大的國家容易遭到危險，而人民疲憊則容易對主上產生怨恨。』抱著容易遭到危險的進攻策略，違背強秦的心願，我替大王感到危險。

「且夫秦之所以不出甲於函谷關十五年以攻諸侯者，陰謀有吞天下之心也。楚嘗與秦構難，戰於漢中❶，楚人不勝，通侯、執珪❷死者七十餘人，遂亡漢中。楚王大怒，興師襲秦，與秦戰於藍田❸，又卻❹。此所謂兩虎相搏者也。夫秦、楚相敝❺，而韓、魏以全制其後，計無過於此者矣。是故願大王孰計之也！秦下兵攻衛陽晉❻，必扃天下之匈❼。大王悉起兵以攻宋，不至數月而宋可舉。舉宋而東指，則泗上十二諸侯❽，盡王之有已。

【章　旨】本段指出秦、楚相爭則楚害，秦、楚相親則楚利。

【注　釋】❶戰於漢中　漢中，指陝西西南部、湖北西北部漢水中游地區。此指周赧王三年（西元前三一二年）秦大破楚師於丹陽（陝西、河南兩省間的丹江以北地區）。❷通侯執珪　通侯，即徹侯。執珪，楚爵位，對功臣賜以珪謂執珪。❸藍田　楚邑，在今陝西藍田。藍田之役與「取漢中」同年。❹卻　退。❺相敝　互困；互相消耗削弱。❻陽晉　在今山東鄆城西。司馬貞引劉氏云：「陽晉，地名，蓋適齊之道。衛國之西南也。」❼扃天下之匈　扃，關閉。匈，同「胸」。此句謂以常山為天下脊，則衛陽晉當秦、魏、趙、齊之通道，好比天下之胸。❽泗上十二諸侯　指宋、魯、邾、莒等國，此時有的已遭滅亡，此沿用春秋時習用語。泗，水名。泗上指江蘇西北部，楚之北界。

【語　譯】「再說，秦國所以十五年兵不出函谷關攻伐諸侯，是因為有陰謀併吞天下之心啊。楚國曾與秦國結為仇怨構成禍亂，在漢中作戰，結果楚人戰敗，徹侯執珪的將領死了七十多人，於是丟掉了漢中。楚王大怒，興兵襲秦，戰於藍田，又敗退。這是所謂兩虎相爭啊。秦、楚兩國相互削弱，而韓、魏則用全力控制其後，計謀沒有比這更錯的了。因此希望大王仔細考慮這件事啊。秦兵直下攻打衛的陽晉，必然關閉天下的胸腹之地。大王趁此起兵攻打宋國，不用數月宋國便可拿下。拿下宋後揮兵而東，那麼泗上的十二諸侯國便全部歸大王所有了。

「凡天下所信約從親堅者蘇秦，封為武安君而相燕，即陰與燕王謀破齊，共分其地。乃佯有罪，出奔入齊❶，齊王因受而相之。居二年而覺，齊王大怒，車裂蘇秦於市❷。夫以一詐偽反覆之蘇秦，而欲經營天下，混一諸侯，其不可成也亦明矣。

【章旨】本段言蘇秦縱約不可成。

【注釋】❶出奔入齊　據《史記・蘇秦列傳》載：「（燕）易王母，文侯夫人也，與蘇秦私通。燕王知之，而事之加厚。蘇秦恐誅，乃說燕王曰：『臣居燕不能使燕重，而在齊則燕必重。』燕王曰：『唯先生之所為。』於是蘇秦詳為得罪於燕而亡走齊，齊宣王以為客卿。」❷車裂蘇秦於市　事亦見〈蘇秦列傳〉。吳師道曰：「蘇秦為客所刺，設計以取賊，故車裂而得賊。今儀言如此，蓋借事為說，破從親也。」

【語譯】「天下相信合縱最堅定的蘇秦，被趙封為武安君，又做了燕國的丞相，他暗自與燕王定計，準備破齊以共分其地。於是假裝有罪，出逃到齊。齊王接納蘇秦並委任為相國。過了兩年，事被發覺，齊王大怒，在市集車裂蘇秦。就憑一個欺詐反覆無常的蘇秦，想要經營天下，統一諸侯，事情不能成功啊也是再明白不過的了。

「今秦之與楚也，接境壤界，固形親之國也。大王誠能聽臣，臣請秦太子入質於楚，楚太子入質於秦，請以秦女為大王箕帚之妾❶，效萬家之都，以為湯沐之邑❷，長為昆弟之國，終身無相攻擊。臣以為計無便於此者，故敝邑秦王使使臣獻書大王之從車下風❸，須以決事。」

【章　旨】本段張儀為楚提出連橫親秦的策略。

【注　釋】❶箕帚之妾　謂任灑掃的奴婢。❷湯沐之邑　古時諸侯朝見天子，在王畿內有專供沐浴齋戒的城邑。❸從車下風　指楚王左右侍從的人。不敢直說楚王，表示謙敬的辭令。

【語　譯】「當今秦與楚，國境接壤，本來在地形上就是互相親近的國家啊。大王果能聽信我的話，我請求秦國送太子到楚國做人質，楚太子送到秦國做人質，請將秦女作為大王備灑掃的奴婢，獻上萬家之邑作為湯沐費用，長久成為兄弟之邦，永遠不相攻伐。我以為再沒有比這更好的計策了，所以敝國秦王派我奉書獻於大王隨從車駕之下，敬候大王裁決其事。」

楚王曰：「楚國僻陋，託東海之上；寡人年幼❶，不習國家之長計。今上客幸教以明制❷，寡人聞之，敬以國從。」乃遣使車百乘，獻雞駭之犀❸、夜光之璧❹於秦王。

【章　旨】本段載楚王同意張儀的主張。

【注　釋】❶年幼　如為楚懷王，不當說「年幼」。鮑彪曰「言其為從時」。❷明制　鮑彪曰：「秦王之制詔。」❸雞駭之犀

《抱朴子・登涉》云：「通天犀角有一赤理如綖，自本徹末。以角盛米，置群雞中，雞欲啄之，未至數寸，即驚，卻退。故南人或名通天犀為駭雞犀。」❹夜光之璧　《尹文子》：「田父得寶玉徑尺，置於廡上，其夜照明一室。」

【語　譯】楚王說：「楚偏僻狹小，寄託在東海之濱；我當時很年幼，不懂得國家的長遠之計。現在貴客用秦王的明詔教導我，我領教了，願意率楚國以聽從。」於是派遣百乘之使，將雞駭之犀和夜光之璧奉獻秦王。

【研　析】張儀依仗強秦，欲以連橫之策拆散諸侯合縱之約，轉而事秦，說來說去，不外威脅利誘四字。本篇說辭，以「秦之所以不出甲於函谷關十五年」為界，可分前後兩部分：前一部分著重於威脅；後一部分著重於利誘。一般認為縱合則楚王，橫成則秦帝。楚地之大，居六國首；楚兵之強，亦居六國首。故張儀在說辭中，盛稱秦強而不過分貶抑楚國，以免傷楚王之自尊。故威脅之辭：一為以秦為猛虎，比五國為群羊，而合縱乃「與群羊不與猛虎」。二為秦挾韓、魏以伐楚之西北，將危社稷。三為秦伐楚，三月將危；諸侯之救，在半歲以外，勢不相及。這三條中，頭條抑揚失真，二、三兩條，想當然而已，未必如此。後一部分講利誘：一是使楚攻宋，舉宋東指；泗上諸侯盡歸楚有。二是秦、楚交質永為昆弟。這兩條都是空頭支票，根本沒兌現的可能。張儀攻擊縱人為「飾辯虛詞」，其實他所說的，無論想當然，還是空頭支票，又何嘗不是「飾辯虛詞」？惜楚懷王不察，中其圈套，以致國運受挫，身死異國，實為可歎！

張儀說韓襄王

戰國策

【題　解】本篇出自《戰國策・韓策一》，《史記・張儀列傳》略同。〈張儀列傳〉云：「張儀去楚，因遂之韓，說韓王曰」。諸家皆繫於周赧王四年（西元前三一一年）。張儀說韓王，稱韓國地勢險惡，不便種植，地窄兵少，而秦國則國力雄厚，帶甲百萬，韓事秦則國安，不事秦則國危，因勸韓王西面事秦以攻楚，轉禍而悅秦，是為便宜之計。結果韓王聽從張儀之計。

張儀為秦連橫說韓王曰：「韓地險惡，山居，五穀所生，非麥而豆❶。民之所食，大抵豆飯藿❷羹，一歲不收，民不厭❸糟糠。地方不滿九百里，無二歲之所食。料大王之卒，悉之不過三十萬，而廝徒負養❹在其中矣。為除守徼亭障塞❺，見卒不過二十萬而已。秦帶甲百餘萬，車千乘，騎萬匹，虎鷙❻之士，跿跔科頭❼、貫頤❽奮戟者，至不可勝計也。秦馬之良，戎兵之眾，探前趹後❾，蹄間三尋❿者，不可勝數也。山東之卒，被甲冒冑⓫以會戰，秦人捐甲徒裎⓬以趨敵，左挈人頭，右挾生虜。夫秦卒之與山東之卒也，猶孟賁⓭之與怯夫也；以重力相壓，猶烏獲⓮之與嬰兒也。夫率孟賁、烏獲之士，以攻不服之弱國，無以異於墮千鈞⓯之重集於鳥卵之上，必無幸矣。諸侯不料兵之弱、食之寡，而聽從人之甘言好辭，比周⓰以相飾也，皆言曰：『聽吾計，則可以彊霸天下。』夫不顧社稷之長利，而聽須臾之說，詿⓱誤人主者，無過於此者矣。大王不事秦，秦下甲據宜陽，斷絕韓之上地⓲，東取成皋、宜陽⓳，則鴻臺之宮、桑林之苑⓴，非王之有也。夫塞成皋，絕上地，則王之國分矣。先事秦則安矣，不事秦則危矣。夫造禍而求福，計淺而怨深，逆秦而順楚㉑，雖欲無亡，不可得也。故為大王計，莫如事秦。秦之所欲，莫如弱楚，而能弱楚者莫如韓。非以韓能強於楚也，其地勢然也。今王西面而事秦以攻楚，為敝邑㉒，秦王必喜。夫攻楚而私其地，轉禍而說秦，計無便於此者也。是故秦王使使臣獻書大王御史㉓，須以決事。」

【章旨】本段張儀游說韓王親秦攻楚。

【注釋】❶豆 《史記》作「非菽而麥。」姚宏注：「古語只稱菽，漢以後方呼豆。」❷藿 豆葉。❸厭 同「饜」。飽。❹廝徒負養 廝徒，從事雜役的人。負養，即「扈養」。《公羊傳・宣公十二年》范注：「養馬者曰扈，炊烹者曰養。」❺徼亭障塞 徼亭，邊亭。徼，塞也，障塞，堡壘。此句《史記》無「為」字，當從之。❻虎鷙 《史記》作「虎賁」。王念孫云：「作『虎賁』是也。」虎賁，勇士。❼跿跔科頭 跿跔，赤腳。科頭，不戴頭盔徑入敵陣。❽貫頤 猶彎弓之士。王引之云：「『貫』讀為『彎弓』之『彎』。頤，弓名也。」❾探前趹後 司馬貞《史記索隱》云：「謂馬前足探向前，後足趹於後。趹，謂後足抉地，言馬之走勢疾也。」❿尋 八尺。⓫冒冑 戴上頭盔。⓬徒裎 赤腳裸身。⓭孟賁 戰國著名勇士。⓮烏獲 秦武王時的力士。⓯鈞 三十斤。⓰比周 以利結黨。⓱詿 《廣雅・釋詁》：「欺也。」⓲上地 即上黨之地，在今山西東南部。⓳宜陽 《史記》作「滎陽」，宜從。涉上句而誤。滎陽、成皐相近，皆在宜陽之東。⓴鴻臺之宮桑林之苑 鴻臺、桑林，皆韓國宮苑名，在韓都城內。㉑楚 鮑本原作「趙」，誤。從《史記》作「楚」，與後一致。㉒為敝邑 黃丕烈《戰國策札記》案：「《史記》無『為敝邑』三字，《策》文不同，當以此三字別為句。」為，王引之《經傳釋詞》：「為，猶則也。」㉓御史 戰國時諸國多有御史，在王左右掌管文書與記事。此處為謙虛說法，意謂不敢直獻韓王，而獻之左右或屬下。

【語譯】張儀為秦國連橫游說韓王道：「韓國的地勢險惡，在山中居住，農業的種植，不是麥子就是豆子。人民的食物，大都是豆子飯和豆葉羹，一年遇上收成不好，人民連糟糠都無法填飽肚子。土地縱橫不到九百里，沒有兩年的糧食儲備。估計大王的士卒，盡數算上不超過三十萬，而且雜役勞工、牧夫廚工全都算在其中了。除去駐守邊亭關塞的士兵，現有的士兵不過二十萬罷了。秦國的披甲之士百餘萬，戰車上千輛，戰馬上萬匹，勇猛的士卒，赤足光頭、張弓奮戟的，甚至不計其數。秦國戰馬精良，兵卒又眾多，戰馬前蹄躍起，後蹄蹬開，一躍足有三尋，這樣的良馬不計其數啊。山東六國的士卒，披上鎧甲戴著頭盔來交戰，而秦人卻脫掉鎧甲赤足裸身去迎擊敵人，結果左手提著人頭，右手挾住俘虜。那秦國的士卒與六國的士卒對比起來，就好像勇士孟賁和懦夫一樣；秦國軍威壓制六國，就好像力士烏獲和嬰兒一樣。率領像孟賁、烏獲這樣的士兵，去攻打不馴服的弱小國家，與在鳥卵之上加上千鈞重力沒有什麼不同，必然會遭到不幸了。各國諸侯不想想自己兵力弱小、糧食缺少，竟聽信合縱者的甜言蜜語，結黨營私自我標榜啊，都慷慨激奮說：『採納我的計策，可以強大而稱霸天下。』那種不顧國家的長遠利益，使別人聽信須臾之間的搖唇鼓舌，以貽誤人主的言論，沒有比這更過分的了。大王如不事奉秦國，秦國就會派出甲兵占據宜陽，截斷韓國上黨，接著向東奪取成皋、滎陽，那麼鴻臺之宮、桑林之苑，就不屬於大王所有了。封鎖成皋，截斷上黨，那麼大王的國家就被分割了。首先事奉秦國那麼就安寧了，不事奉秦國那麼就危險了！那種自造禍害再去求福，謀劃短淺而結怨甚深，違背秦國而順從楚的作法，即使想不亡國，也是不可能的啊。所以替大王著想，不如事奉秦國。秦國所想的，就是要削弱楚國，而能削弱楚國的沒有比韓國更合適。並不是因為韓國比楚國強大，是因為韓國的地理形勢所造成的啊。現在大王向西事奉秦國以進攻楚國，那麼我們敝國秦王必定高興。進攻楚國而占領它的土地，既轉嫁禍患又取悅秦國，任何計謀也沒有比這更有利的了。因此秦王派我向大王的御史呈上書信，等待大王裁決此事。」

韓王曰：「客幸而教之，請比郡縣❶，築帝宮，祠春秋，稱東藩，效宜陽。」

【章　旨】本段言韓王同意張儀之策。

【注　釋】❶比郡縣　視同秦的郡縣。

【語　譯】韓王說：「貴客幸而教我，請求將韓國視同秦的郡縣，為秦王建築行宮，贊助秦王的春秋祭祀，自稱東方藩國，獻出宜陽之邑。」

【研　析】王文濡云：「韓弱而近秦，直以強秦說之，而韓自俯首聽命，較說魏說楚為易矣。」既然容易，但張儀還是反反覆覆，大肆渲染秦之強大、六國之怯弱；還多次運用比喻以突出強弱對比，極力誇大二者反差之大。原因有二：一是不單要韓「事秦」，而且要韓「先事秦」。這實際上就是讓韓國充當六國連橫事秦的「帶頭羊」。韓一旦事秦，則六國合縱，不攻自破。二是韓與秦、楚為鄰，秦、楚皆強國，故秦最擔心的是，韓國「順楚逆秦」。故文中誘韓攻楚，韓、楚交惡，而秦可坐收其利。這正是張儀這篇說辭中的狡猾之處。

淳于髡說齊宣王見七士

戰國策

【題　解】本篇出自《戰國策・齊策三》。顧觀光附此於赧王元年（西元前三一四年）。淳于髡以物以類聚的道理說明求賢當善視其類，則賢人眾多。「士」，一作「人」，文中多作「士」，故宜統一。士，古代一般指大夫和庶民之間一類知識階層，且又多指學有專長，對治國之道有一定見解的人。

淳于髡❶一日而見❷七士於宣王。王曰：「子來！寡人聞之，千里而一士，是比肩❸而立；百世而一聖，若隨踵❹而至也。今子一朝而見七士，則士不亦眾乎？」淳于髡曰：「不然。夫鳥同翼者而聚居❺，獸同足者而俱行。今求柴胡、桔梗於沮澤❻，則累世不得一焉。及之睪黍、梁父❼之陰則郄車❽而載耳。夫物各有儔❾，今髡，賢者之儔也。王求士於髡，譬若挹❿水於河，而取火於燧⓫也。髡將復見之，豈特七士也？」

【注　釋】❶淳于髡　《史記・孟子荀卿列傳》載：淳于髡，齊人。博聞彊記，滑稽善辯，學無所主，以承意觀色為務。曾仕於齊威王、齊宣王朝，為齊稷下先生。梁惠王欲以卿相位待之，髡謝去。於是送以安車駕駟，束帛加璧，黃金百鎰。終身不仕。❷見　引見。❸比肩　併肩。❹隨踵　接著。踵，腳後跟。❺居　應為「飛」之誤，二字篆文形近。❻求柴胡桔梗於沮澤　柴胡、桔梗，兩種植物名，均可入藥。沮澤，水草所聚之處。❼睪黍梁父　皆山名。睪黍之地不詳。梁父在今山東泰安東南。❽郄車　《戰國策》鮑注：「言多獲，車重不前。」❾儔　類。❿挹　舀。⓫燧　古代取火的燧石。

【語　譯】淳于髡一天中向齊宣王引見七位士人。宣王說：「你前來！寡人聽說，每隔千里才出現一位士人，也就算多得肩挨肩了；百代才出一位聖人，也就算多得腳跟腳了。如今你一個早晨就引見七位士人，那麼士人不就太多了嗎？」淳于髡說：「不是如此。那鳥類都有翅膀，所以一塊兒飛翔；獸類都有腳，所以一塊兒奔跑。如今假如到水草之澤尋找柴胡、桔梗，那麼就是幾輩子也尋不到一株。等到了睪黍、梁父二山的北面，那麼連車子也壓得載不起啊。那事物本來各有其類，現在，我淳于髡，屬賢者一類的啊。大王向我求賢士，就好像到黃河舀水，用燧石取火一樣。我將繼續引見，哪裡只是七位士人呢？」

【研　析】本篇說理，全部通過比喻。淳于髡的說辭僅八十餘字，卻一連用了鳥、獸、柴胡、桔梗、挹水、取火等六個比喻，基本上屬於類比。前四種為暗喻，後二種為明喻，中間插入「物各有儔」四字，以點明物以類聚、人以群分的主旨。而且在這六個正比中，復插入「求柴胡、桔梗於沮澤，則累世不得一焉」，這一反比，使文筆曲折多變，從而避免單調板滯之弊。所借以比喻之事物，全部是日常習見，貼近生活，沒有書卷氣。故王文濡評之曰：「說理處以調笑出之，不愧滑稽之雄。」

淳于髡說齊王止伐魏

戰國策

【題　解】本篇出自《戰國策・齊策三》。繫年不詳。文中淳于髡以良犬逐狡兔為喻，說明齊攻魏將會使秦、楚收田父之功。於是齊王休士。

齊欲伐魏。淳于髡謂齊王❶曰：「韓子盧❷者，天下之疾犬也；東郭逡❸者，海內之狡兔也。韓子盧逐東郭逡，環山者三，騰山者五，兔極❹於前，犬廢❺於後，犬兔俱罷❻，各死其處。田父見之，無勞勸之苦而擅❼其功。今齊、魏久相持，以頓❽其兵，敝其眾，臣恐強秦、大楚承其後，有田父之功！」齊王懼，謝將休士。

【注釋】❶齊王　指齊宣王。❷韓子盧　犬名。《說苑》：「韓氏之盧，天下疾狗也，見兔而指屬，則無失兔矣。」《博物志》：「韓國有黑犬名盧。」盧，黑色。❸東郭逡　齊國迅兔。逡，同「毚」。狡兔。❹極　力竭；疲憊。❺廢　《禮記・表記》注：「廢，喻力極疲頓，不能復行則止也。」❻罷　通「疲」。❼擅　專有。❽頓　通「鈍」。

【語譯】齊國想要攻伐魏國。淳于髡對齊王說：「韓子盧，是天下知名的疾犬；東郭逡，是海內有名的迅兔。韓子盧追趕東郭逡，繞過三座山，越過五座嶺，兔在前跑得精疲力竭，犬在後追得疲憊不堪，犬、兔都累得氣力全無，都就地死亡。田父見到，沒有付出勞倦之苦便專有其利。如今齊、魏作戰長久相持，雙方兵力困頓削弱，民眾勞碌疲憊，我恐怕強秦、大楚乘勢攻其後，坐收田父的利益。」齊王畏懼，於是辭將休卒，停止戰爭。

【研析】本篇僅百餘字的短文。其主要內容是犬兔相爭的寓言，目的在於諫阻齊王伐魏，與〈燕策〉中蘇代用鷸蚌相爭諷趙王伐燕命意相同，但各有特色。本篇雖為寓言，但寫來卻彷彿曾經發生過的客觀事實，無鷸蚌對話之類的虛擬之辭，其可信度大為增加，說服力因而得以增強。其次是用大量對句，盡情渲染犬兔相逐的緊張氣氛，以說明兩敗俱傷的必然結局，並進而歸結到齊、魏相持、頓兵弊眾的不可避免，使文章主旨更為突出。

淳于髡解受魏璧馬

戰國策

【題　解】本篇出自《戰國策・魏策三》。林春溥《戰國紀年》編此策於周顯王三十六年（西元前三三三年）。淳于髡以「名醜實危」說服了齊王不伐魏，又以私不妨公的道理說服齊王不必責己。

齊欲伐魏，魏使人謂淳于髡曰：「齊欲伐魏，能解魏患，唯先生也。敝邑有寶璧二雙，文馬二駟❶，請致之先生。」淳于髡曰：「諾。」入說齊王曰：「楚，齊之仇敵也；魏，齊之與國❷也。夫伐與國，使仇敵制其餘敝❸，名醜而實危❹，為王弗取也！」齊王曰：「善。」乃不伐魏。

【章　旨】本段記淳于髡說齊王不伐魏。

【注　釋】❶文馬二駟　文馬，指文飾彩繪之馬。或指馬毛色成文。駟，四馬為駟。❷與國　盟國。鮑彪曰：「馬陵之敗，魏請臣於齊，楚怒伐齊，則此所言也。」❸制其餘敝　鮑彪曰：「言楚將因齊兵勞而伐之。」❹名醜而實危　鮑彪曰：「伐與國，醜也，而有楚伐之危。」

【語　譯】齊國想要攻伐魏國，魏國派人對淳于髡說：「齊國想攻伐魏國，能夠解除魏國患亂的，只有您先生。我國有寶玉二雙，文馬八匹，請允許我把它們送給先生。」淳于髡說：「好吧！」於是入宮游說齊王道：「楚國，是齊國的仇敵啊；魏國，是齊國的友邦啊。若攻伐友邦，使仇敵趁機控制我們的殘餘困敝之卒，名聲上不光彩而實質上遭危害，我替大王不取啊。」齊王說：「好吧。」於是不攻伐魏國。

客謂齊王曰：「淳于髡言不伐魏者，受魏之璧馬也。」王以謂淳于髡曰：「聞先生受魏之璧馬，有諸？」曰：「有之。」「然則先生之為寡人計之何如？」淳于髡曰：「伐魏之事不便❶，魏雖刺髡，於王何益？若誠便❷，魏雖封髡，於王何損？且夫王無伐與國之誹❸，魏無見亡之危，百姓無被兵之患，髡有璧馬之寶，於王何傷乎？」

【章　旨】本段記淳于髡對齊王的責問加以辯解。

【注　釋】❶便　利。「便」上「不」字衍。王念孫云：「《藝文類聚．寶玉部》、《太平御覽．珍寶部》引此並作『伐魏之事便，雖刺髡，於王何益？』」吳師道云「不」字當衍。此二句應為假設之辭，可從。❷若誠便　《戰國策》有本作「若誠不便」，宜從。❸誹　非議。

【語　譯】有客人對齊王說：「淳于髡主張不攻伐魏國的原因，是他接受了魏國的雙璧和文馬啊。」齊王因對淳于髡說：「聽說先生接受了魏國的雙璧和文馬，有這件事嗎？」淳于髡說：「有這件事。」齊王說：「既然如此，那麼先生又是怎麼替我考慮的呢？」淳于髡說：「如果攻伐魏國之事有利於齊，我勸大王伐魏，那麼魏國即使把我刺死，這對大王又有什麼好處呢？如果攻伐魏國之事確實不利於齊，我勸大王不伐魏，那麼魏國即使對我封賞，這對大王又有什麼損失呢？再說大王沒有攻伐友邦的非議，魏國沒有被滅亡的危險，百姓沒有遭受戰爭的患亂，我得到雙璧文馬這些珍寶，對大王又有什麼妨害呢？」

【研　析】本篇兩段。首段辯魏可伐不可伐。髡曾受璧馬，但面對國事，一以公心，完全從齊國國家利益出發，這乃是後段辯誣的基礎。後段借客獻疑以引發髡私不妨公的議論。如便魏害齊，這等於受賄賣國；如便魏更便齊，則何止受璧馬，「魏雖封髡，於王何損」。集中說明個人利益與國家利益是完全不相干的兩碼事。文中還以「雖刺髡」、「雖封髡」來加以強調，未免過於絕對化，但尚能言之成理。全篇眉目清晰，層次井然，語言尤為精練有力。胡韞玉云：「凡事不論事之是非，止言事之公私，是大不可也。議論爽快。」

黃歇說秦昭王

戰國策

【題解】本篇出自《戰國策・秦策四》。《史記・春申君列傳》亦載，文字有異。據〈春申君列傳〉載：「秦昭王方令白起與韓、魏共伐楚，未行，而楚使黃歇適至於秦，聞秦之計。當是之時，秦已前使白起攻楚，取巫、黔中之郡，拔鄢郢，東至竟陵，楚頃襄王東徙治於陳縣。黃歇見楚懷王之為秦所誘而入朝，遂見欺，留死於秦。頃襄王，其子也，秦輕之，恐壹舉兵而滅楚，歇乃上書說秦昭王。」篇首所言頃襄王二十年，則當周赧王三十六年（西元前二七九年）。黃歇說秦昭王，以為秦、楚都是天下大國，秦如伐楚，猶兩虎相鬥，駑犬乘敝。況且秦與韓、魏有累世之怨，秦當以韓、魏為社稷之憂；如秦伐楚，由於地形不便，只能是有毀楚之名，而無得地之實；同時齊、魏也會趁機而強，足以對抗秦國。因奉勸昭王莫若善楚，秦楚合一，則韓、魏臣服，而燕、趙、齊、楚四國，不待戰而服矣。昭王聽黃歇之說，於是乃止白起而謝韓、魏。發使賂楚，約為與國。

頃襄王二十年，秦白起拔楚西陵❶，或拔鄢、郢、夷陵❷，燒先王之墓。王徙東北，保於陳❸城。楚遂削弱，為秦所輕。於是白起又將兵來伐。

【章旨】本段介紹楚國當時的危急形勢。

【注　釋】❶西陵　在今湖北宜昌西北。❷鄢郢夷陵　俱楚地。鄢，河南鄢陵西北。郢，湖北江陵，楚都。夷陵，湖北宜昌東南。❸陳　今河南淮陽。

【語　譯】楚頃襄王二十年，秦將白起率軍攻破楚的西陵，又攻占鄢、郢、夷陵，燒毀楚先王的陵墓。襄王遷徙東北的陳城以自保。楚於是被削弱，為秦國所輕視。於是，白起又率兵來攻伐。

楚人有黃歇❶者，游學博聞，襄王以為辯，故使於秦。說昭王曰：「天下莫強於秦、楚。今聞大王欲伐楚，此猶兩虎相鬭，而駑犬受其敝❷，不如善楚。臣請言其說。臣聞之：『物至❸而反，冬夏❹是也；致至而危，累棊❺是也。』今大國之地半天下，有二垂❻，此從生民以來，萬乘之地未嘗有也。先帝文王、武王，王之身，三世❼而不忘接地於齊❽，以絕從親之要❾。今王使成橋守事於韓❿，成橋以其地入秦，是王不用甲，不伸威，而出百里之地，王可謂能矣！王又舉甲兵而攻魏，杜大梁之門，舉河內，拔燕、酸棗、虛、桃人⓫，楚、燕之兵雲翔⓬而不敢校，王之功亦多矣！王休甲息眾，二年然後復之，又取蒲、衍、首垣⓭，以臨仁、平邱⓮，小黃、濟陽嬰城⓯，而魏氏服矣。王又割濮、磨之北屬之燕⓰，斷齊、韓之要⓱，絕楚、魏之脊。天下五合六聚⓲而不敢救也，王之威亦殫⓳矣！王若能持功守威，省攻伐之心而肥⓴仁義之地㉑，使無復後患，三王不足四，五霸不足六也㉒！

【章　旨】本段指出秦已發展到極盛，應該省攻伐行仁義。

【注　釋】❶黃歇　戰國四公子之一，楚國貴族。頃襄王時任左徒，考烈王即位，任為令尹，封給淮北地十二縣，後改封於吳，號春申君。門下有食客三千。曾派兵救趙伐秦，取得勝利，並於西元前二五六年滅魯。西元前二三八年考烈王卒，黃歇在內亂中被殺。❷駑犬受其敝　駑犬，無用的犬。受，承。❸至　極。❹冬夏　《史記正義》：「冬至，陰之極；夏至，陽之極。」❺累棊　將棋子一顆顆疊起來。❻二垂　指秦的西方和北方邊境極遠。垂，同「陲」。❼三世　指秦惠文王、武王、昭王。❽接地於齊　秦齊之間，有韓、趙、魏相隔，秦併此三國，則可接地於齊。故此句意指不忘吞併韓、趙、魏。❾要　同「腰」。《索隱》：「以言山東從，韓、魏是其腰。」❿今王使成橋守事於韓　《索隱》按：「秦使盛橋守事於韓，亦如楚使召滑相趙然也，并內行章義之難。」「盛」、「成」字同。鮑彪曰：「成橋，秦人。守，猶『待』。」⓫燕酸棗虛桃人　燕，指南燕，在今河南省汲縣。酸棗，魏邑。在今河南延津西南。虛，在延津以東殷墟之地，在酸棗東北，屬魏。桃人，魏地，在延津縣北。⓬雲翔　如雲之盤旋而不進。⓭蒲衍首垣　蒲，原衛地，後併入魏。在今河南長垣縣。衍，魏邑。在今河南鄭州以北。首垣，魏地。在今河南長垣東北。⓮仁平邱　《索隱》：「仁及平邱二縣名。」仁，其地不詳。平邱，在今河南封丘東。⓯小黃濟陽嬰城　謂二地以兵環城自守。小黃，即外黃，在今河南開封東北。濟陽，在今河南蘭考東北。因在濟水北岸，故名。嬰，環繞。⓰濮磨之北屬之燕　濮，濮水為濟水支流。此指濮上，原衛地，後併入魏，在今河南東北部。磨，黃丕烈《戰國策札記》：「『磨』者『歷』之誤。」歷，古作「厤」，與「磨」形近而誤。歷，蓋濮水附近之歷山，《新序》：「濮、歷」連文可證。屬，連接。燕，南燕。⓱斷齊韓之要　韓，原作「秦」，依上下文義改。要，同「腰」。⓲五合六聚　指分裂混亂。⓳殫　盡。此句言王之威盡行矣。⓴肥　厚；加重。㉑地　猶「道」。㉒三王不足四二句　不足，不難；易為。此言秦王之功等同三王五霸。

【語　譯】楚人有個叫黃歇的，遊學各國，知識廣博，頃襄王認為他善於辭辯，所以派他出使秦國。對秦昭王說：「天下沒有比秦、楚兩國更強大的。現在聽說大王想攻伐楚國，這就好比兩虎相鬥，讓劣犬從雙方困敗中得到好處，不如與楚國友善為佳。請讓我陳述其中的道理。我聽說：『物極必反，冬至夏至就是這樣；到頂而危，疊累棋子就是這樣。』現在大國秦的地盤占天下之半，西北兩方有極遠的邊陲，這是從有人類以來，萬乘大國的地域所未曾有過的啊。先帝惠文王、武王到大王本人，三代都沒有忘記吞併三晉以便直接與齊國相連接，來斷絕合縱聯盟的腰部。如今大王派遣成橋到韓國等待事態的變化，結果成橋把韓國的土地納入秦國，這就是大王既不用甲兵，又不依靠軍威，而得到百里之地，大王可謂才能傑出了。大王又興甲兵來攻魏，堵塞魏都大梁的要道，占領河內，攻取南燕、酸棗、虛、桃人，使楚、燕的軍隊盤旋不進而不敢抵抗，大王取得的成功已經很重大了。大王又休息甲兵，經過兩年，又派兵攻取蒲、衍、首垣，以兵臨仁、平邱，小黃、濟陽二城被迫環城自守，魏國終於屈服了。大王又割取濮水和歷山之北的地域而與燕國相連接，切斷齊、韓的腰身和楚、魏的背脊。天下諸侯混亂恐懼，都不敢互相救援，大王的威力也盡發揮作用了！大王若能保持成功和威力，減少攻伐的用心，而加強仁義之道，使秦不再產生後患，那麼三王就會變成四王，五霸就會變成六霸了。

「王若負人徒之眾，恃甲兵之強，乘毀魏氏之威，而欲以力臣天下之主，臣恐有後患。《詩》云：『靡不有初，鮮克有終❶。』《易》曰：『狐涉水，濡其尾❷。』此言始之易，終之難也。何以知其然也？昔智氏見伐趙之利，而不知榆次之禍❸也；吳見伐齊之便，而不知干隧之敗❹也。此二國者，非無大功也，沒❺利於前，而易❻患於後也。吳之信越也，從而伐齊；既勝齊人於艾陵❼，還為越王禽於三江之浦❽。智氏信韓、魏，從而伐趙，攻晉陽❾之城；勝有日矣，韓、魏反之，殺智伯瑤於鑿臺⑩之上。今王妒楚之不毀也，而忘毀楚之強韓、魏也，臣為大王慮而不取。詩云：『大武遠宅不涉⑪。』從此觀之，楚，國援也；鄰，國敵也。《詩》云：『他人有心，予忖度之。躍躍毚兔，遇犬獲之⑫。』今王中道而信韓、魏之善王也，此正吳之信越也。臣聞：『敵不可易，時不可失。』臣恐韓、魏之卑辭慮患⑬，而實欺大國也！何則？王既無重世⑭之德於韓、魏，而有累世之怨焉。夫韓、魏父子兄弟接踵而死於秦者，將十世矣。本國殘，社稷壞，宗廟隳；刳腹折頤⑮，首身分離，暴骨草澤，頭顱僵仆，相望於境；父子老弱，係虜⑯相隨於路，鬼神狐祥⑰無所食⑱，百姓不聊生，族類離散流亡，為臣妾滿海內矣。韓、魏之不亡，秦社稷之憂也。今王資之攻楚，不亦失乎？

【章旨】本段指出秦與韓、魏有累世之怨，秦當以韓、魏為社稷之憂。

【注釋】❶靡不有初二句　引自《詩經・大雅・蕩》。鮮，少。❷狐涉水二句　《周易・未濟》卦辭作：「小狐汔濟，濡其尾。」濡，濕。卦辭的意思是：小狐渡水，差一點就渡過的時候，卻打濕了尾巴。黃歇引此作為有始無終之證。汔，幾乎。❸榆次之禍　榆次，趙地，在今山西省榆次縣。智伯敗死於此。❹干隧之敗　干隧，在今江蘇吳縣西北。吳王夫差兵敗為越王句踐所擒之處。❺沒　鮑彪注：「沒，猶溺。」沉溺，即貪也。❻易　輕視。❼艾陵　齊地。在今山東萊蕪市東北。❽三江之浦　指婁江、松江與東江匯合之處的水濱。❾晉陽　今山西太原。❿鑿臺　《水經》云：「榆次縣南，洞渦水側有鑿臺。」⓫大武遠宅不涉　古逸詩。語本《逸周書》：「大武遠宅不薄也。」吳師道云：「威武之大者，遠安定之，不必涉其地。」⓬他人有心四句　引自《詩經・小雅・巧言》。躍躍，跳躍貌。毚兔，狡兔。⓭慮患　憂慮禍患。金正煒疑為「慮意」之訛。

《史記》、《新序》並作「除患」。⑭重世　猶累世、幾代。⑮折頤　頤，下巴。此折頤當為折頸之義。⑯係虜　鮑彪云：「係累為虜。虜，獲也。」⑰狐祥　鮑彪云：「狐之為妖者。」姚鼐注：「言鬼無所歸，而為妖祥，如狐也。《史》作『狐傷』。」祥，妖怪。⑱食　《史記》上有「血」字。血食，殺牲取血以祭祀。

【語　譯】「大王如倚恃人徒眾多，仰仗甲兵強大，乘著勝魏的餘威，而想用武力臣服天下諸侯，我耽心會生後患。《詩經》說：『做任何事總有開端，但很少能善始善終。』《周易》說：『狐狸渡水幾乎渡過，結果打濕了尾巴。』這都是說開端容易，堅持到底就困難了。何以見得是如此呢？昔日智伯只見到伐趙有利，而不知道會遭受榆次之禍；吳王夫差只見到伐齊之便，而不知道會有干隧之敗啊。這兩國之主並不是沒有建過大功，只是沉溺於眼前之利，而輕視了未來的禍患。吳王相信越王的臣服，因此才去攻伐齊國；已經在艾陵戰勝齊人，回師至三江之濱卻被越王所擒。智伯相信韓、魏兩家，因此才去攻伐趙氏，襲擊趙的晉陽城；眼看快成功了，韓、魏兩家背叛，在鑿臺之上殺了智伯瑤。現在大王又嫌楚國未遭毀損，卻忘掉毀損楚反會加強韓、魏的實力，我認為大王的考慮是不可取的。古詩說：『威武的大國只能遠加安撫，不必親涉其地。』由此看來，楚國是秦的友邦；鄰國的韓、魏才是秦的敵國啊。《詩經》說：『別人懷有害人之心，我能猜測出來。跳跳蹦蹦的狡兔，獵犬遇上捕獲牠。』如今大王在中途相信韓、魏對大王有善意，這正如吳國相信越國一樣啊。我聽說：『敵人不可輕視，時機不可錯過。』我耽心韓、魏的卑辭假意，實際上是欺騙秦國啊！這是何故呢？因為大王對韓、魏沒有累世的德惠卻有累世的仇怨。韓、魏人的父子兄弟接連死在秦國之手，將近有十世了。國家殘破，社稷損壞，宗廟摧毀；剖腹斷頸，身首分離，暴骨草野，死屍倒地，國境中到處都是；父子老弱，被俘擄的在路上一個接一個，鬼神狐妖無人祭祀，民不聊生，親族失散，到處流離，淪為奴僕婢妾，充斥於海內了。韓、魏如不滅掉，是秦國的重大憂患啊。如今大王攻楚，不是失策嗎？

「且王攻楚之日，則惡❶出兵？王將藉❷路於仇讎之韓、魏乎？兵出之日，而王憂其不反也。是王以兵資於仇讎之韓、魏也。王若不藉路於仇讎之韓、魏，必攻隋陽右壤❸。此皆廣川大水、山林谿谷不食之地，王雖有之，不為得地。是王有毀楚之名，無得地之實也。且王攻楚之日，四國❹必悉起應王。秦、楚之兵構而不離，魏氏將出兵而攻留、方與、銍、胡陵、碭、蕭、相❺，故宋必盡。齊人南面，泗北必舉❻。此皆平原四達膏腴之地也，而王使之獨攻。王破楚於以肥韓、魏於中國而勁齊。韓、魏之強，足以校於秦矣。而齊南以泗為境，東負❼海，北倚河，而無後患。天下之國，莫強於齊、魏。齊、魏得地葆❽利，而詳❾事下吏，一年之後，為帝若未能，於以禁王之為帝有餘❿。夫以王壤土之博，人徒之眾，兵革之強，而注地⓫於楚，詘令韓、魏歸帝重於齊⓬，是王失計也。

【章旨】本段指出如秦伐楚，必使韓、魏、齊得利而強，足以對抗秦國。

【注釋】❶惡　何。❷藉　借。❸隋陽右壤　《史記》作「隨水右壤」。《索隱》：「楚都陳，隨水之右壤蓋在隨之西，即今鄧州之西，其地多山林者矣。」❹四國　指韓、魏、趙、齊。❺留方與銍胡陵碭蕭相　高誘曰：「七邑，宋邑也。宋，戰國時屬楚，故言『故宋必盡』也。」❻齊人南面二句　《史記》作：「齊人南面攻楚，泗上必舉。」可從。泗上，在今江蘇省西北部，為楚之北界，北與齊為鄰。❼負　背靠。❽葆　同「保」。❾詳　同「佯」。偽也。❿一年之後三句　《索隱》：「言齊一年之後，未即能為帝，而能禁秦為帝有餘力矣。」⓫注地　《史記》作「樹怨」，當從。⓬詘令韓魏歸帝重於齊　反使韓、魏擁齊為帝，這必將抬高齊國的地位。

【語譯】「況且大王攻楚，又從哪裡出兵呢？難道大王將向有仇怨的韓、魏借路嗎？兵出的那一天，大王就會擔心有出無返。這是大王用兵力來資助有仇怨的韓、魏啊。大王如果不向有仇怨的韓、魏借路，那就必定去攻打隨水右壤。隨水右壤，這地區都是大川大水、山林谿谷什麼莊稼都沒有的地方啊，大王雖然攻占了它，卻算不得得到了土地。這樣，大王既背上了攻打楚國的名聲，卻沒有得到一點實際利益啊。而且大王攻楚的期間，趙、韓、魏、齊四國必然都聞風而動。秦、楚之兵交戰不停，魏國將出兵攻占楚國的留、方與、銍、胡陵、碭、蕭、相七邑，這些舊日宋地必全為魏人所得。齊兵南下，則泗上地區，必皆為齊所取。這些都是平原四通八達而肥美的土地，而大王使齊、魏獨自攻占。大王攻破楚國反過來壯大地處中原的韓、魏，而使齊更加強勁。韓、魏壯大也足以與秦較量了。齊國南面以泗水為界，東負大海，北靠黃河，沒有後顧之憂。天下之國，沒有比齊、魏更強的了。齊、魏得了土地，擁有財利，再假意事秦，一年之後，即或不能稱帝，但對於制止大王的稱帝，其力量是綽綽有餘的。就拿大王土地的廣闊，人口的眾多，兵革的強盛，卻一心要對楚國構成仇怨，反而使韓、魏把稱帝的重利歸於齊國。這是大王的失策啊。

「臣為王慮，莫若善楚。秦、楚合而為一，以臨韓，韓必授首❶。王襟❷以山東之險，帶❸以河曲之利，韓必為關中之侯❹。若是，王以十萬戍鄭，梁氏寒心，許、鄢陵❺嬰城，上蔡、召陵❻不往來也如此，而魏亦關內侯矣。王一善楚而關內二萬乘之主注❼地於齊，齊之右壤可拱手而取也。是王之地一經兩海❽，要絕天下也。是燕、趙無齊、楚，齊、楚無燕、趙也。然後危動燕、趙，持齊、楚，此四國者，不待痛❾而服矣。」

【章　旨】本段提出秦、楚親善的主張。

【注　釋】❶授首　《史記》作「斂手」,《新書》作「拱手」,均有投降之意。❷襟　鮑彪曰「蔽障如襟」。❸帶　鮑彪曰「圍繞如帶」。山東、河曲,姚鼐據《史記》改作「東山」、「曲河」,而《國策》諸本無如此者。蓋山東,乃崤山以東,此戰國時最為通行之語。河曲,在今山西永濟縣,黃河自北而南,至此折而東,成一曲形,本秦之東界。故仍從之。❹關中之侯　即下文關內侯。因秦據山東之險,有黃河之利,韓國失去獨立,僅相當秦所屬之侯爵而已。❺許鄢陵　均魏邑。許,在今河南許昌市。鄢陵,河南鄢陵西北。❻上蔡召陵　均楚地,與魏接壤。上蔡,在今河南上蔡西南。召陵,在今河南郾城東。❼注　連接。因韓、魏已屬秦,故秦之國土與齊相連接。❽兩海　《索隱》:「謂西海至東海皆是秦地。」言秦地已跨中國東西。❾痛　高注云:「急也。不待急攻而服從也。」

【語　譯】「我為大王考慮,不如親楚。秦、楚兩國合一以兵臨韓,韓必拱手歸服。大王據有山東的險固之地作為屏障,占領黃河的有利地域,韓國必然被秦國所控制而成為秦國的侯爵。如果大王用十萬兵力戍守鄭地,魏國就會心寒膽顫,許與鄢陵環城自衛,那麼上蔡、召陵就與大梁的聯繫割斷了,像這樣魏國也會臣服而成為秦國的侯爵了。大王一旦與楚相親善,就有兩個萬乘之主成為關內侯,秦國國土就與齊國相連接,那麼齊國西部的土地也就拱手可得了。這樣一來,大王的疆域從西海到東海,把天下攔腰截斷了啊。在這樣的形勢下,則燕、趙無齊、楚之援,而齊、楚無燕、趙之援。然後再威懾燕、趙,動搖齊、楚,這四個國家不待急攻就都會臣服了。」

【研　析】本篇說辭產生於戰國後期,不少研究者贊同于鬯《戰國策注》:「當在始皇九年(西元前二三八年)。」因文中言秦「取蒲、衍、首垣」在始皇九年,與頃襄王二十年前後相隔四十二年。鮑本亦無首段文字。但無論此說是否當從,僅從說辭本身判定,秦將統一六國的大局已定,說辭對此似亦予以默認。故說辭所討論的中心,已不是合縱連橫之爭,而是秦統一首先應東併韓、魏以定齊,還是南下伐楚。春申君(一說另有其人)正是站在保楚的立場止秦伐楚,以免韓、魏、齊坐收其利。進而提出秦、楚相親,表面上有似連橫,目的實為自保,且採用「以鄰為壑」的辦法,將伐楚的秦兵引向韓、魏。正如浦起龍所分析的:「止秦伐楚耳。直抉出秦人規取天下，定勢迴異，傾詭游談，其大要在提起韓、魏，歸重強齊，為搤吭樹敵之形，能中秦人之隱而披其窾也。」所謂「中秦人之隱」，即投合了秦人陰謀統一天下的用心。因此說辭中句句似乎都在為秦如何才能統一天下出謀劃策，處處都在為秦國的利益著想，而無一字涉及楚之利益。實際上，利秦則所以利楚，處處為秦，實則處處為楚，止秦伐楚以保存楚國，此乃說辭的核心意圖。王文濡評之曰：「于迭北之後而欲止其伐，聯其交，此說之甚難措者也。文乃說得善楚之如何利，似利楚即所以利秦，策士之口無所不可。」

范雎獻書秦昭王

戰國策

【題　解】本篇出自《戰國策・秦策三》，《史記・范雎蔡澤列傳》基本相同。范雎上此書當作於秦昭王三十八年（西元前二七一年）。據〈范雎蔡澤列傳〉載：秦昭王之謁者王稽出使於魏，知范雎賢，載以入秦。已報使，因言曰：「魏有張祿先生，天下辯士也。曰『秦王之國危於累卵，得臣則安，然不可以書傳也』。臣故載來。」秦王弗信，使舍食草具。待命歲餘。范雎早知秦有穰侯等貴戚，私家富重於王室。及穰侯為秦將，且欲越韓、魏而伐齊綱壽，欲以增大封邑陶。於是范雎上書。書中雖未明言穰侯事，然所言賞有功，官有能，天下有明主諸侯不得擅厚等語，穰侯事已隱括其中。范雎希望能得到召見，以便面陳。書上，秦昭王悅之，乃以傳車召之。

范子❶因王稽入秦，獻書昭王曰：「臣聞明主蒞政❷，有功者不得不賞，有能者不得不官。勞大者其祿厚，功多者其爵尊，能治眾者其官大。故不能者不敢當其職焉，能者亦不得蔽隱。使以臣之言為可，則行，而益利其道；若將弗行，則久留臣無謂❸也。語曰：『庸主賞所愛而罰所惡；明主則不然，賞必加於有功，刑必斷於有罪。』今臣之胸不足以當椹質❹，要不足以待斧鉞❺，豈敢以疑事❻嘗試於王乎？雖以臣為賤而輕辱臣，獨不重任臣者之無反覆於王耶❼？

【章　旨】本段陳述明主蒞政，當賞有功官有能，表明自己不敢以疑事說王。

【注　釋】❶范子　即范睢，標題原作「睢」。睢、睢二字，一從且，一從目，形太似，故常混用。如《史記》多數刊本作「睢」。但其中百衲宋本、汲古閣本及蜀本則睢、睢雜出，唯會注本通體作「睢」。而《戰國策》姚宏注本及其翻刻本多作「睢」，鮑彪注本及其翻刻本多作「睢」。故作「睢」或作「睢」，均有相當的版本依據。但據清人錢大昕、梁玉繩，近人王伯祥、楊寬等人考證，參以戰國時有穰且（通睢）、豫且、夏無且、馮睢、唐睢，而無名「睢」者，故以作「睢」為是。范睢，戰國時秦相。字叔，時化名張祿，魏國人。入秦游說秦昭王，驅逐專權的貴戚，西元前二六六年被任為相國。封於應（今河南寶豐），號應侯。主張遠交近攻，殲滅敵國兵力。執政時在長平大勝趙軍，後圍攻趙都邯鄲失敗，西元前二五六年被免職。❷蒞政　臨朝當政。❸謂　《史記》作「為」。❹椹質　椹，砧板。質，同「鑕」。剉刀。椹質，皆腰斬所用刑具。❺鉞　大斧。❻疑事　指無把握的事。❼獨不重句　原作「獨不重任臣者後無反覆於王耶」，此依《史記》。任臣者，指王稽。任，用。

【語　譯】魏人范睢跟隨王稽來到秦國，上書給秦昭王說：「我聽說明主臨朝治政，有功勞的不得不獎賞，有才能的不得不任官。效力大的俸祿就優厚，功績多的爵位就尊顯，能夠治理百姓的官職就崇高。所以沒有能力的不敢居其位，有能力的也不會被埋沒。假使認為我的話是對的，就希望能加以實行，就會更有利於治國之道；假使認為我的話不對，把我久留也沒有什麼意義。有這樣的說法：『平庸之君獎賞他所喜歡的人，懲罰他所討厭的人；明主就不是這樣，獎賞必給予有功的人，懲罰必加於有罪的人。』如今我的胸膛不足以作砧板，我的腰身也不足以經斧鉞，怎麼敢在大王面前拿無把握的建議作嘗試呢？即使把我當作賤人而對我輕慢侮辱，難道就不相信推薦我的王稽，他在大王面前有無反覆無常的情況呢？

「臣聞周有砥砨，宋有結綠，梁有懸黎，楚有和璞❶。此四寶者，工❷之所失也，而為天下名器。然則聖主之所棄者，獨不足以厚國家乎？

【章　旨】本段提醒昭王不要埋沒人才。

【注　釋】❶周有砥砨四句　砥砨、結綠、懸黎、和璞，皆美玉名。和璞，即和氏璧。❷工　指治玉的工匠。

【語　譯】「我聽說周朝有砥砨，宋國有結綠，魏國有懸黎，楚國有和璞。這四種寶玉，連工匠也不能識別啊，卻成為天下有名的寶器。那麼聖主所棄置不用的人，難道就不足以對國家作出貢獻嗎？

「臣聞善厚家者，取之於國；善厚國者，取之於諸侯。天下有明主，則諸侯不得擅厚❶者，何也？為其凋榮❷也。良醫知病人之死生，聖主明於成敗之事，利則行之，害則舍之，疑則少嘗之，雖堯、舜、禹、湯復生，弗能改已。語之至❸者，臣不敢載之於書，其淺者又不足聽也。意者臣愚而不闔❹於王心耶？亡❺其言臣者將賤而不足聽耶？非若是也，則臣之志，願少賜游觀之閒，望見足下❻而入之。」書上，秦王說之，因謝王稽說，使人持車召之。

【章　旨】本段言關於成敗之事不能載之於書，希望得到召見以便當面陳述。

【注　釋】❶擅厚　專擅富厚。暗指穰侯伐齊以厚己之封邑。❷凋榮　鮑彪注：「凋，傷也。榮，草華也，此喻厚重。」實暗喻英秀傑出的人才，被庸主所捨棄。❸語之至　猶言說得最深刻的話。與下文「其淺者」相對。至，極。❹闔　通「合」。❺亡　猶言「毋乃」，莫不是。有本「亡」作「抑」。❻足下　稱對方的敬辭。古代下稱上，同輩相稱，皆可稱足下。此指秦王。

【語譯】「我聽說善於富家的，從國家盜取財物；善於富國的，從各諸侯國掠奪財物。天下有了明主，那麼一國諸侯就不能專擅富厚之利，這是什麼原因呢？是因為有人捨棄英秀傑出的人才啊。良醫可以判斷病人的死生，聖主可以預見事情的成敗，認為有利的事就實行，認為有害的事就捨棄，認為有疑的事就嘗試一下，即使堯、舜、禹、湯復生，也不能改變這個道理。有些最深刻的話，我不敢寫在書信，一般的道理又不值得一聽。或者是因為我愚暗無能，所說的話不合於大王之意嗎？莫非是推薦的人地位卑賤，他說的話不值得一聽嗎？如果不是這種情況，那麼我的想法，是希望大王賜予一點遊觀的閒暇，讓我進宮向大王當面陳述。」書信呈上，秦王很高興，因感謝王稽說明欲見之意，並命人用車召見范雎。

【研析】本篇最大特色在於措辭用語極為含蓄婉轉，有意閃爍其辭，引而不發。首段即從正反兩面說明明主和庸主的不同。明主賞有功而罰有罪，庸主則反是，「賞所愛而罰所惡」。時秦用四貴，其得官主政，乃恃其親愛而非有功。後段進一步明指厚家為取之於國，暗指穰侯等四貴損公以肥私。下文復以「天下有明主，則諸侯不得擅厚」，如進一步推衍，自然得出「國家有明主，則大臣不得擅厚」，而秦無明主，故四貴擅厚。這些都不必說透，昭王自然領悟。本文的另一命意，乃是吐露自己來秦一年，一直居下舍，食草具，受排斥的怨憤不平。即所謂「為其凋榮也」。英才被排斥，親信受重用，這是一個問題的兩個方面，故文中以四寶為喻，借指明珠暗投。故末尾意味深長地點明，「語之至者」不敢載於此書中，從而引出入謁面陳之請，以便無所顧忌地暢談。這一切，正如王文濡所評：「只是要求入謁耳，語氣已咄咄逼人。」

范雎說秦昭王　戰國策

【題解】本篇並見於《戰國策・秦策三》及《史記・范雎蔡澤列傳》，二書所載文字略有不同。具體年代同上篇，但時間則緊承上篇之後。本篇記載范雎初入秦如何取得秦昭王的信任，指出穰侯攻齊的不當，提出首先攻伐韓、魏遠交近攻的重大戰略決策，這對秦後來統一六國具有指導意義。

范雎上書，秦昭王大說，使以傳車❶召范雎。於是范雎乃得見於離宮❷，佯為不知永巷❸而入其中。王來而宦者怒，逐之曰：「王至。」范雎繆為❹曰：「秦安得王？秦獨有太后、穰侯❺耳！」欲以感怒昭王。昭王至，聞其與宦者爭言，遂延迎，謝曰：「寡人宜以身受命久矣！會義渠❻之事急，寡人日暮自請太后；今義渠之事已，寡人乃得受命。竊閔然❼不敏，敬執賓主之禮。」范雎辭讓。是日觀范雎之見者，群臣莫不灑然❽變色易容者。

【章旨】本段介紹范雎初見昭王的情態。

【注釋】❶傳車　傳舍之車。秦有廣成傳舍。❷離宮　《正義》：「長安故城本秦離宮。」❸永巷　《正義》：「永巷，宮中獄也。」❹繆為　妄說。繆，通「謬」。❺太后穰侯　太后，宣太后，昭王母。穰侯，宣太后弟魏冉，封於穰，復益封陶，號穰侯。屢出任相，權勢很大。後昭王起用范雎，免相。❻義渠　西戎國名。今甘肅慶陽、涇川一帶。義渠戎王與宣太后亂，有二子。秦昭王三十五年，宣太后誘殺義渠戎王於甘泉宮。❼閔然　愚昧無知貌。❽灑然　肅敬之貌。

【語譯】范雎上書，秦昭王十分高興，派人用傳舍之車召見范雎。於是范雎在秦離宮被接見，范雎假裝不知道是永巷而進入其中。昭王出來，宦官對范雎大怒，驅逐范雎，說：「大王來了。」范雎故意妄說：「秦國哪裡有王呢？只有太后、穰侯罷了。」想以此來激怒昭王。昭王來到，聽到了宦官與范雎爭論，於是前去延請迎接，謝罪說：「我本來很久就該親自接受您的教導了。恰巧遇上義渠的事情緊急，我早晚都要向太后請安；現在義渠的問題已經解決了，我才有機會接受您的教導。我愚昧無知，恭敬地按賓主之禮來接待先生。」范雎辭讓。當天觀看范雎見昭王的群臣，沒有不肅敬變色改容的。

秦王屏❶左右，宮中虛無人，秦王跽❷而請曰：「先生何以幸教寡人？」范雎曰：「唯唯❸。」有間，秦王復跽而請曰：「先生何以幸教寡人？」范雎曰：「唯唯。」若是者三。秦王跽曰：「先生卒不幸教寡人耶？」范雎曰：「非敢然也。臣聞昔者呂尚❹之遇文王也，身為漁父而釣於渭濱耳。若是者，交疏也。已說而立為太師，載與俱歸者，其言深也。故文王遂收功於呂尚，而卒王天下。鄉使文王疏呂尚而不與深言，是周無天子之德，而文、武無與成其王業也。今臣羈旅❺之臣也，交疏於王，而所願陳者皆匡❻君之事，處人骨肉之間❼，願效愚忠而未知王之心也。此所以王三問而不敢對者也。

【章　旨】本段陳述初見昭王再三「唯唯」的原因在於交疏而不知王之心。

【注　釋】❶屏　同「摒」。退去；避開。❷跽　長跪。上身直伸，臀離腳踵。這裡昭王表示恭敬。❸唯唯　應答辭，順應而不表示可否。❹呂尚　即姜尚，姜子牙。輔周滅商有功，封於齊，為齊國始祖。❺羈旅　寄居之旅客。❻匡　匡正。❼處人骨肉之間　謂將所言者乃宣太后、穰侯等貴戚之事。

【語　譯】秦昭王要身旁左右的人退避，宮中空無別人，秦王長跪請求說：「先生用什麼來教導我呢？」范睢說：「是是。」過一會，秦王又長跪請求說：「先生用什麼來教導我呢？」范睢說：「是是。」像這樣經過三次。秦王長跪說：「先生終於不想教導我嗎？」范睢說：「我不敢這樣啊。我聽說從前呂尚遇到周文王的時候，呂尚只是一個漁父在渭水濱釣魚罷了。像這時，呂尚和文王還關係生疏啊。已經交談而被立為太師，並一道乘車回宮，原因是他說的話深刻啊。所以文王從呂尚身上收到功效，終於受命統一天下。過去假使文王疏遠呂尚而不同他深談，這就是周家沒有做天子的福氣，而文王、武王無人幫助完成王業啊。當今，我作為羈旅之客，與大王交情生疏，而我所想陳述的都是有關匡輔君國的大事，插手別人骨肉之間的關係，想貢獻愚忠卻不了解大王的心思。這就是大王三問而我不敢對答的原因啊。

「臣非有畏而不敢言也。臣知今日言之於前，而明日伏誅於後，然臣不敢避也。大王信❶行臣之言，死不足以為臣患，亡不足以為臣憂，漆身為厲❷，被髮為狂❸，不足以為臣恥。且以五帝之聖焉而死，三王之仁焉而死，五伯之賢焉而死，烏獲、任鄙❹之力焉而死，成荊、孟賁、王慶忌、夏育❺之勇焉而死，死者，人之所必不免也。處必然之埶，可以少有補於秦，此臣之所大願也，臣又何患哉？伍子胥橐載而出昭關❻，夜行晝伏，至於陵水❼，無以餬其口，膝行蒲伏，稽首肉袒❽，鼓腹吹篪❾，乞食於吳市，卒興吳國，闔閭❿為伯。使臣得盡謀如伍子胥，加之以幽囚，終身不復見，是臣之說行也，臣又何憂？箕子、接輿⓫漆身為厲，被髮為狂，無益於主，假使臣得同行於箕子，可以有補所賢之主，是臣之大榮也，臣又何恥？臣之所恐者，獨恐臣死之後，天下見臣之盡忠而身死，因以是杜口裹足⑫，莫肯鄉秦耳。足下上畏太后之嚴，下惑於姦臣之態，居深宮之中，不離阿保⑬之手，終身迷惑，無與昭姦⑭。大者宗廟滅覆，小者身以孤危，此臣之所恐耳。若夫窮辱之事，死亡之患，臣不敢畏也。臣死而秦治，是臣死賢⑮於生。」

【章旨】本段表明自己對秦國盡忠，不避死亡之患。

【注釋】❶信 誠；果真。❷漆身為厲 身上塗漆而致癩病。厲，通「癩」。一種惡瘡。此豫讓為智伯報仇所為。❸被髮為狂 箕子佯狂披髮。❹烏獲任鄙 烏獲，秦武王力士。任鄙，《史記・樗里子甘茂列傳》：秦人諺曰：「力則任鄙，智則樗里。」❺成荊孟賁王慶忌夏育 成荊，或作「成慶」，古之勇士。孟賁，師古謂古之勇士，水行不避蛟龍，陸行不避豺狼。王慶忌，吳王僚之子。據傳「射能捷矢」。夏育，〈秦策三〉：「夏育、太史啟，叱呼駭三軍。」❻伍子胥橐載而出昭關 伍子胥，名員，父、兄仕楚，為楚平王所殺，伍子胥奔吳，橐載出昭關。橐，一種兩頭收口的袋子。昭關，在今安徽含山西北。當時為吳、楚邊界。❼陵水 今江蘇溧陽之溧水。❽肉袒 脫去上衣，裸露上體。❾箎 古樂器。❿闔閭 吳王，名光，夫差之父。闔閭用伍子胥、孫武，西破強楚，五戰而入郢都，成為當時霸主。⓫箕子接輿 箕子，商紂王叔父。紂王無道，諫不聽，佯狂為奴。接輿，春秋時隱士，鳳歌過孔子，不與相見。但無漆身為厲事。⓬杜口裹足 閉口不言，裹足不前。⓭阿保 鮑彪注：「女保、女傅，非大臣也。」⓮昭姦 辨別姦臣。⓯賢 勝過。

【語譯】「我不是有什麼畏懼而不敢說啊。我知道今天在前面說了，明天在後面就會被殺害，然而即使如此我也不敢有所迴避啊。大王如果真的照我說的去做，就是死了也不算我的災患，就是流亡我也不會以此為憂愁，就是漆身變癩、披髮裝瘋也不算我的恥辱。再說像五帝那樣聖明也要死，三王那樣仁厚也要死，五霸那樣賢能也要死，烏獲、任鄙那樣有力也要死，成荊、孟賁、王慶忌、夏育那樣勇敢也要死，死是人們不可避免的啊。處在這必然要死的趨勢當中，能夠稍微對秦國作點有益的事情，這就是我的最大願望啊。我又有什麼可怕的呢？伍子胥藏在袋子裡車載逃出昭關，夜晚潛行，白天躲藏，到達陵水，沒有辦法糊口，伏在地上爬行，光著上身叩頭，挺著肚子吹篪，在吳市上討飯吃，終於使吳國興盛，吳王闔閭做了霸主。假使我能像伍子胥那樣用盡謀略，被關在牢獄，終身不復見，只要我的主張實行了，我又有什麼憂愁呢？箕子、接輿漆身變癩、披髮裝瘋，對他們的君主沒有補益，假使我與箕子有同樣的行為，可以對我敬重的君主有所補益，這是我最大的榮耀啊，我又有什麼恥辱呢？我所擔心的，只是怕我死了以後，天下人知道我是為盡忠而死，因而都閉口不言，裹足不前，沒有人再敢到秦國來了。大王對上害怕太后的嚴厲，對下受姦臣媚態的迷惑，住在深宮之中，不能脫離保傅之手，終身迷惑，沒有人同你辨明姦人。這種危害，大而至於宗廟覆滅，小而至於自身孤立危險，這倒是我所害怕的事。至於我個人困頓羞辱的情況，死亡的禍患，我是不敢畏懼的。我如果死了，只要秦國得到治理，那麼我的死比生還更有意義。」

秦王跽曰：「先生是何言也！夫秦國辟遠，寡人愚不肖，先生乃幸辱至於此，是天以寡人慁❶先生而存先王之宗廟也。寡人得受命於先生，是天所以幸❷先王，而不棄其孤也。先生奈何而言若是？事無大小，上及太后，下至大臣，願先生悉以教寡人，無疑寡人也。」范睢拜，秦王亦拜。

【章旨】本段秦王表示誠懇聽取范睢的意見。

【注釋】❶慁 煩擾。鮑彪注：「慁，『溷』同，亂也，濁貌。」❷幸 寵愛。

【語　譯】秦王長跪說：「先生，這是什麼話啊！秦國地處偏僻遙遠，我愚昧無能，先王卻屈身來到這裡，這是上天要我打擾先生，用以保存先王的宗廟啊。我能有機會聽到先生的教導，這是上天用以寵愛先王而不拋棄我啊。先生為何這樣說話呢？現在事情無論大小，上自太后，下到大臣，希望先生盡力教導我，不要懷疑我啊！」范睢下拜，秦王也回拜。

范睢曰：「大王之國，四塞以為固，北有甘泉、谷口❶，南帶涇、渭❷，右隴、蜀❸，左關、阪❹，奮擊百萬，戰車千乘，利則出攻，不利則入守，此王者之地也。民怯於私鬭，而勇於公戰，此王者之民也。王并此二者而有之。夫以秦卒之勇，車騎之眾，以治諸侯，譬若馳韓盧❺而搏蹇❻兔也，霸王之業可致也。而群臣莫當其位，至今閉關十五年，不敢窺兵於山東者，是穰侯為秦謀不忠，而大王之計有所失也。」

【章　旨】本段述以秦之優越條件而十五年閉關，是穰侯不忠而大王失計。

【注　釋】❶甘泉谷口　甘泉，山名，在今陝西淳化西北。谷口，在今醴泉縣東北涇水流出處。❷涇渭　即涇水、渭水。涇水流至陝西高陵入於渭水。❸右隴蜀　西方為隴西、巴蜀。❹左關阪　東有阪為殽山，關為函谷關。❺韓盧　良犬名。❻蹇　跛足。

【語　譯】范睢說：「大王之國，四圍邊塞險固，北有甘泉、谷口，南有涇水、渭水環繞如帶，西邊是隴西、巴蜀，東邊是函谷關與殽山，奮勇出擊之卒上百萬，戰車上千輛，有利就出攻，不利就入守，這乃是可以稱王於天下的土地啊。百姓不敢為私利爭鬥，卻勇於為國家作戰，這乃是可以稱王於天下的人民啊。大王在這兩方面都擁有統一天下的優勢。憑著秦卒的勇敢，車馬的眾多來制服諸侯，好比是驅使韓盧去捕捉跛兔啊，霸王的功業可以實現。可是群臣沒有盡到職責，到今閉關十五年，不敢向山東諸侯出兵的原因，是穰侯為秦謀劃不忠，而大王的計策有所失誤啊。」

秦王跽曰：「寡人願聞失計。」然左右多竊聽者，范雎恐，未敢言內，先言外事，以觀秦王之俯仰。因進曰：「夫穰侯越韓、魏而攻齊剛壽❶，非計也。少出師則不足以傷齊，多出師則害於秦。臣意王之計，欲少出師而悉韓魏之兵也，則不義矣。今見與國❷之不親也，越人之國而攻，可乎？其於計疏矣！且昔齊湣王南攻楚❸，破軍殺將，再辟地千里，而齊尺寸之地無得焉者，豈不欲得地哉？形勢不能有也。諸侯見齊之罷弊❹，君臣之不和也，興兵而伐齊❺，大破之。士辱兵頓❻，皆咎❼其王，曰：『誰為此計者乎？』王曰：『文子❽為之。』大臣作亂，文子出走，故齊所以大破者，以其伐楚而肥韓、魏也。此所謂借賊兵而齎❾盜糧者也。王不如遠交而近攻❿，得寸則王之寸也，得尺亦王之尺也。今釋此而遠攻，不亦繆乎？且昔者中山⓫之國，地方五百里，趙獨吞之，功成名立而利附焉，天下莫之能害也。今夫韓、魏，中國之處而天下之樞⓬也。王其欲霸，必親中國以為天下樞，以威楚、趙。楚彊則附趙，趙彊則附楚，楚趙皆附，齊必懼矣。齊懼，必卑詞重幣以事秦。齊附，而韓、魏因可虜也。」昭王曰：「吾欲親魏久矣，而魏多變之國也，寡人不能親。請問親魏奈何？」對曰：「王卑詞重幣以事之；不可，則割地而賂之；不可，因舉兵而伐之。」王曰：「寡人敬聞命矣。」乃拜范雎為客卿，謀兵事。卒聽范雎謀，使五大夫綰⑬伐魏，拔懷⑭。後二歲，拔邢丘⑮。

【章旨】本段提出遠交近攻的戰略決策，指出穰侯伐齊的不當，而要伐魏。

【注釋】❶剛壽　剛，故城在今山東寧陽。壽，今山東壽張。❷與國　盟國，指韓、魏。❸齊湣王南攻楚　齊湣王初年（或謂宣王末年）齊、韓、魏聯軍攻楚，齊將匡章、魏將公孫喜、韓將暴鳶共攻楚方城，楚使唐昧（一作唐蔑）率軍拒之，夾沘水而軍，相持六月。三國之師大敗楚師於沘水之重沙（《史記・楚世家》、〈田敬仲完世家〉均作「重丘」），殺其將唐昧。韓、魏取楚宛、葉以及北地，是為垂沙之役。❹罷弊　疲憊。❺興兵而伐齊　齊湣王十七年（西元前二八四年）燕將樂毅率燕、秦、韓、魏、趙五國之兵伐齊（一說包括楚為六國），樂毅攻齊都臨淄，齊師大敗，湣王出走，不久被殺。❻兵頓　兵刃受損。頓，通「鈍」。❼咎　罪；指責。❽文子　田文，即孟嘗君。❾齎　贈送。❿遠交而近攻　是秦連橫最重要的戰略決策。即實行各個擊破，離秦距離遠的就友善，近的就攻伐，故韓近而先亡於秦。⓫中山　春秋戰國時小國，與趙連界，後為趙武靈王所滅，故下文有「趙獨吞之」云云。⓬樞　樞紐。鮑彪注：「言出入來往所由。」⓭五大夫綰　五大夫，秦爵名，列第九級。綰，人名。秦昭王四十七年用范雎謀，派五大夫綰伐魏。⓮懷　魏懷邑，今河南武涉西南。⓯邢丘　今河南溫縣平皋故城。

【語譯】秦王長跪說：「我想聽聽你說的計策失誤的情況。」然而秦王左右有很多人偷聽，范雎害怕，不敢說秦王貴戚內部的事，先說說國外有關的事，以觀察秦王的表情。於是進言說：「穰侯越過韓、魏來攻打齊國的剛、壽二邑，不是好計策啊。如果兵出少了，不能損傷齊國，兵出多了，又對秦國有損害。我猜想大王的計策是少出兵，而讓韓、魏的兵卒全部出征，我看這就不相宜了。如今明知韓、魏與秦不相親善啊，又要越過別人的國家來攻打齊國，辦得成嗎？這種計策太不周密了。況且昔日齊湣王南攻楚，破軍殺將，還開闢土地上千里，可是齊國連尺寸土地都沒有得到，難道是不想得到土地嗎？地理形勢不允許啊。諸侯見到齊國士卒疲憊，君臣之間不和睦，各國興兵伐齊，大破齊國。士卒受辱，兵器鈍毀，都歸罪齊王，說：『是誰出的這個計策呢？』齊王說：『是田文出的。』於是大臣作亂，田文逃出國。所以齊國大為破敗的原因，就在於齊國攻打楚國反使韓、魏得利了啊。這就是一般所說的把兵器借給賊寇把糧食送給強盜啊。大王不如結交遠國攻打鄰國，取得一寸土地就是大王的一寸土地，取得一尺土地也是大王的一尺土地。現在放下鄰國不攻而攻遠國，那不是荒繆嗎？況且昔日中山國土地方圓五百里，趙國單獨把它吞併，功業也成就了，名聲也樹立了，財利也得到了，天下也沒能把趙國怎麼樣啊。如今韓、魏的地理位置，處於中原的中央，天下的樞紐之地。大王如果想稱霸，一定要使居於中原的韓、魏親服，而讓秦國掌握天下的中心，以此來威脅楚國和趙國。如果楚國強盛那麼趙國就會來依附，如果趙國強盛那麼楚國就會來依附，如果楚、趙兩國都來依附秦國，齊國一定害怕。齊國害怕，必定會言辭謙卑準備厚禮來事奉秦國。如果齊國歸附，韓、魏兩國之君就可擄獲而至了啊。」秦王說：「我本來好久以前就想親近魏國了，可是魏國是個反覆無常的國家，我無法親近它。請問與魏國親近有什麼辦法呢？」范睢對答說：「用謙卑的言辭厚重的禮品事奉它；不行，就割地來收買它；再不行，就發兵攻打它。」秦王說：「我遵命了。」於是拜請范睢作客卿，謀劃出兵的事。終於聽從范睢的謀劃，派五大夫綰攻打魏國，攻下懷邑。兩年之後，又攻下邢丘。

【研　析】本篇在《國策》諸說辭中頗具特色。最突出的是范睢的出場，就寫得有聲有色，頗為不凡：先佯誤入永巷，一不凡也；公然提出秦有太后而無王，二不凡也；秦王三請，均以「唯唯」而不作答，三不凡也。

這不是為了製造戲劇性效果，而是另有深意。王文濡評曰：「秦王之積怨於穰侯、太后也，非一日矣。雎已探得其隱，而進說未敢造次。」在未探知秦王誠意之前，未敢冒然進辭。因以疏間親，交淺而言深，此乃進說者之大忌，故范雎不得不爾。其次本篇雖同為大段說辭，但其中卻分為四問四答，並採用了「秦王跽而請曰」、「秦王跽曰」之類辭語，復雜以「范雎拜，秦王亦拜」，這既為了表現秦王的誠意，也為了使說辭先遠後近、步步深入，最後才引出遠交近攻之策，指斥穰侯攻齊剛、壽之非計，以表現出范雎神態言辭自顯胸中機杼。林紓云：「此篇費無數口舌，只措意在滅韓。故秦得天下，韓最先亡。范雎之策，於秦不得謂非首功也。」

范雎說昭王論四貴

戰國策

【題解】本篇出自《戰國策・秦策三》。《史記・范雎蔡澤列傳》文字略異。《通鑑》、林春溥《戰國紀年》、顧觀光《戰國策編年》，于鬯《戰國策注》均定此篇於秦昭王四十一年（西元前二六六年），本篇在姚本《戰國策》中與前篇合為一篇。但鮑本分為二章，茲從鮑本。范雎指出「四貴」專權，使王孤立而危害國家，甚至秦國後世非王子孫所有。昭王因懼，從范雎之言而棄逐「四貴」。

范雎曰：「臣居山東❶，聞齊之內有田單❷，不聞其有王。聞秦之有太后、穰侯、涇陽、華陽❸，不聞其有王。夫擅國之謂王，能專利害之謂王，制生殺之威之謂王。今太后擅行不顧，穰侯出使不報❹，涇陽、華陽擊斷❺無諱，高陵進退不請，四貴備而國不危者，未之有也。為此四者，下乃所謂無王已。然則權焉得不傾，而令焉得從王出乎？

【章　旨】本段指出「四貴」目中無王。

【注　釋】❶山東　殽山以東，指六國。范睢魏人，故此特指魏國。❷田單　齊公族。因光復齊國有功，齊襄王時任為相。❸聞秦之有太后穰侯涇陽華陽　《史記》作「聞秦之有太后、穰侯、華陽、高陵、涇陽」，當從《史記》補「高陵」。《史記》稱：「穰侯、華陽君，昭王母宣太后之弟也；而涇陽君、高陵君皆昭王同母弟也。」穰侯魏冉，宣太后同母弟。華陽君羋戎，宣太后同父弟。涇陽君公子市，高陵君乃公子悝。四貴，當指此四人。❹報　稟告。❺擊斷　謂決斷。擊，決音近故通。

【語　譯】范睢說：「我居魏國時，只聽說齊國有個田單，沒有聽說有個齊王。只聽說秦國有太后、穰侯、華陽君、高陵君、涇陽君，沒有聽說有個秦王。其實要專掌國政才稱作王，能決定國家利害才稱作王，能掌握生殺大權才稱作王。如今太后擅自行事而不理睬王，穰侯出使他國而不報告王，華陽、涇陽二君決斷國事無所顧忌，高陵君提升罷免官員自作主張，這四貴都在朝廷橫行而國家不遭危害，是不可能的啊。因為有四貴在上，下面才說沒有君王了。那麼國家權力怎能不被破壞，而命令怎麼能由君王發出呢？

「臣聞善為國者，內固其威而外重其權。穰侯使者操王之重，決裂諸侯❶，剖符❷於天下，征敵伐國，莫敢不聽。戰勝攻取，則利歸於陶，國敝御於諸侯❸；戰敗則結怨於百姓，而禍歸社稷。詩曰：『木實繁者披其枝，披其枝者傷其心。大其都者危其國，尊其臣者卑其主❹。』淖齒管齊之權❺，縮❻閔王之筋，懸之廟梁，宿昔❼而死。李兌❽用趙，減食主父❾，百日而餓死。今秦太后、穰侯用事，高陵、涇陽佐之，卒無秦王，此亦淖齒、李兌之類也。臣今見王獨立於廟朝矣，且臣將恐後世之有秦國者，非王之子孫也。」

【章　旨】本段指出「四貴」的危害。

【注　釋】❶決裂諸侯　鮑彪曰：「謂分剖其地。」❷剖符　剖分符信。此句言擅與人結約分符表信。鮑彪曰：「此『剖符』，承上『決裂』而言，謂擅封爵也。」❸國敝御於諸侯　敝，通「幣」。指財物。御，《廣雅·釋詁》：「進也，亦入也。」諸侯，此指「四貴」，言其勢比諸侯，以此激怒秦王。❹木實繁者披其枝四句　引詩不知所出。披，折斷。❺淖齒管齊之權　淖齒本為楚將，樂毅攻占臨淄，湣王出走，至莒。楚派淖齒救齊，湣王任淖齒為齊相，淖齒遂殺湣王而欲與燕共分齊之侵地鹵器。管，專主。❻縮　通「摍」。牽引；抽。❼宿昔　夜晚。宿，夜。昔，通「夕」。❽李兌　趙惠文王司寇。公子成與李兌殺死前來爭奪王位的武靈王長子公子章，並包圍主父，三月餘餓死主父於沙丘宮（見《史記·趙世家》）。❾主父　即趙武靈王，退位後自稱主父。

【語　譯】「我聽說善於治國的人，對內鞏固他的威信，對外加強他的權力。穰侯的使者憑藉大王的崇高威信，瓜分諸侯土地，擅剖符分爵於天下，征伐敵國，不敢不聽。打了勝仗攻占的土地，則歸於穰侯的封地陶邑，所得財物則全歸四貴所有；打了敗仗，則與百姓結下仇怨，禍害就歸國家。有古詩這樣說：『樹木果實過多，會壓斷樹枝；樹枝折斷了，就會傷害樹幹。封地都邑過大的，就會危害國家；大臣過分尊貴，就會降低君主的地位。』淖齒專主齊國的權力，結果抽了齊湣王的筋，倒懸在廟梁之上，一晚就死了。李兌在趙國做司寇，把主父困在沙丘宮，減掉主父食物，經過百日就餓死了。如今的秦國，太后、穰侯主管朝政，高陵君、涇陽君輔佐，終於目無秦王，這也是淖齒、李兌一類的人啊。我現在已發現大王在朝廷上已經孤立了，而且我恐怕後世擁有秦國的，並不是大王的子孫啊。」

秦王懼，於是乃廢太后，逐穰侯，出高陵，走涇陽於關外。昭王謂范雎曰：「昔者，齊公❶得管仲❷，時以為仲父❸。今吾得子，亦以為父。」

【章旨】本段載昭王聽從范雎的意見，逐「四貴」，並以范雎為仲父。

【注釋】❶齊公　指齊桓公。❷管仲　名夷吾，相齊桓公成就霸業。❸仲父　或謂「亞父」，對其尊敬僅次於父親。

【語譯】秦王害怕，於是廢除太后，把穰侯、高陵君、涇陽君逐出函谷關之外。昭王對范雎說：「當初齊桓公得到管仲，稱他作仲父。現在我得到您，也以您為仲父。」

【研析】前篇欲觀其俯仰，故先言外；此篇已得昭王之心，故專言內，前之含蓄而不敢發者，至此一泄無遺矣。浦起龍云：「敘事首尾，遲時便遲，報緊時便報緊。一宮之間，氣候不齊。最是讀書異趣。」

樂毅報燕惠王書

戰國策

【題解】本篇並見於《戰國策．燕策二》、《史記．樂毅列傳》，文字略異。《戰國策》文由兩部分構成，前一部分是史官的記述，後一部分是樂毅的書信。前所記簡要地把樂毅破齊以及奔趙的經過作了交代，為讀者閱讀書信打下了基礎。書信全文表達出樂毅對燕昭王的一片赤忱，並表明奔趙在於免身全功，不致反親為仇。文中包涵著深沉的憂憤，情致委婉，激動人心，可謂文情並茂，是一篇經過苦心構思、千錘百煉的著名書信。策文前一部分載：「昌國君樂毅為燕昭王合五國之兵而攻齊，下七十餘城，盡郡縣之以屬燕。三城（應為二城）未下，而燕昭王死。惠王即位，用齊人反間，疑樂毅，而使騎劫代之將。樂毅奔趙，趙封以為望諸君。齊田單欺詐騎劫，卒敗燕軍，復反七十城以復齊。燕王悔，懼趙用樂毅承燕之弊以伐燕。燕乃使人讓樂毅，且謝之曰：『先王舉國而委將軍，將軍為燕破齊，報先王之讎，天下莫不振動，寡人豈敢一日而忘將軍之功哉！會先王棄群臣，寡人新即位，左右誤寡人。寡人之使騎劫代將軍者，為將軍久暴露於外，故召將軍且休計事。將軍過聽，以與寡人有隙，遂捐燕而歸趙。將軍自為計則可矣，而亦何以報先王之所以遇將軍之意乎？』

樂毅，原為魏國大臣，使燕，受燕昭王禮遇留燕，被封為亞卿，號昌國君。後來死在趙國，號望諸君。

臣不佞❶，不能奉承王命❷，以順左右❸之心，恐傷先王之明❹，有害足下之義❺，故遁逃走趙。今足下使人數之以罪，臣恐侍御者❻不察先王之所以畜幸臣之理，又不白臣之所以事先王之心，故敢以書對。

【章旨】本段表明寫書信之由。

【注釋】❶不佞　猶不才、不肖，謙辭。❷王命　指燕惠王欲其返國之命。❸左右　對燕惠王委婉之稱，因惠王書中有「左右誤寡人」語。❹先王之明　指燕昭王的知人善任。❺足下之義　足下，亦指燕惠王。古代可用於尊者，後代只用於同輩。《戰國策》在「以順左右之心下」作「恐抵斧質之罪，以傷先王之明，而又害於足下之義」，意思更明確，但失之含蓄。❻侍御者　侍奉國君的人，猶左右、執事。

【語譯】我不才，不能接受大王要我回國的命令，順從左右大臣的心意，這樣做恐怕會傷害先王知人善任的精明，有損大王的名聲，因此逃奔到趙國。現在您派使者來責備我的罪過，我擔心侍候您的人不了解先王為什麼要畜養寵信我的道理，又不明白我究竟是怎樣事奉先王的衷心，因此大膽地寫了這封信來回覆。

臣聞賢聖之君，不以祿私❶親，其功多者賞之，其能當者處❷之。故察能而授官者，成功之君也；論行❸而結交者，立名之士也。臣竊觀先王之舉❹也，見有高世主❺之心，故假節於魏❻，以身得察於燕。先王過舉，廁❼之賓客之中，立❽之群臣之上，不謀父兄，以為亞卿❾。臣竊不自知，自以為奉令承教，可幸無罪，故受命而不辭。

【章旨】本段陳述受命於先王之由。

【注釋】❶私　利。❷處　居其位。❸行　品德。❹舉　行事。《戰國策》作「舉錯」。❺世主　當世的君主。❻假節於魏　借魏之節。指樂毅憑著魏昭王的符節出使燕。❼廁　置。❽立　位。❾亞卿　次卿，位僅次於上卿。樂毅為魏適燕，燕王任之為亞卿，蓋當周赧王二十年（西元前二九五年）。

【語譯】我聽說聖明的君主，不拿俸祿私利親人，功勞多的才賞賜給他，官職能當其位的才授予他。所以考察對方能力之後再授給官職的，這才是能成就功業的君主；衡量對方德行之後再去結交的，這才是能成就名聲的人。我私下看到先王的舉措，見識比當時一般君主要高，所以借用魏王的符節出使，得以親身被燕國所了解。由於先王的錯加提拔，把我擺在賓客當中，位居群臣之上，不與父兄商量，便賜我以亞卿的高位。我不自量力，以為遵循命令和接受教訓，便可幸免無罪，所以受命效力而不推辭。

先王命之曰：「我有積怨深怒於齊❶，不量輕弱，而欲以齊為事。」臣曰：「夫齊，霸國之餘業❷，而最❸勝之遺事也，練於兵甲，習於戰攻。王若欲伐之，必與天下圖之。與天下圖之，莫若結於趙。且又淮北、宋地❹，楚、魏之所欲也。

趙若許而約四國❺攻之，齊可大破也。」先王以為然，具符節，南使臣於趙。顧❻反命，起兵擊齊。以天之道，先王之靈，河北之地，隨先王而舉之濟上。濟上之軍，受命擊齊，大敗齊人。輕卒銳兵，長驅至國。齊王❼遁而走莒❽，僅以身免。珠玉財寶，車甲珍器，盡收入於燕。齊器設於寧臺❾，大呂❿陳於元英⓫，故鼎⓬反乎磿室⓭，薊丘之植⓮，植於汶篁⓯。自五霸以來，功未有及先王者也。先王以為慊⓰於志，故裂地而封之⓱，使得比小國諸侯。臣竊不自知，自以為奉令承教，可幸無罪，是以受命不辭。

【章　旨】本段陳述託先王之靈取得伐齊之功。

【注　釋】❶我有積怨深怒於齊　指齊承燕子之之亂伐燕，燕王噲死於亂軍中，齊大勝。故昭王於齊有破國殺父之怨。❷霸國之餘業　指齊桓公留下的業績。❸最　《戰國策》作「驟」。王念孫曰：「最，當為『取』字之誤。『取』與『驟』同。『驟勝』者，數勝也。」❹淮北宋地　當時屬齊。淮北，指今安徽、江蘇淮河以北一帶。本屬楚，西元前三一八年為宋所攻占。前二八六年齊滅宋，因歸齊。宋地，指宋國舊地，今河南東部及山東、江蘇、安徽三省之間的部分地區。❺四國　指燕、楚、魏、趙。❻顧　及；待。❼齊王　指齊湣王。❽莒　齊地，今山東莒縣。❾寧臺　燕國臺名。《史記正義》謂在薊縣西四里（今北京城西南）。❿大呂　鐘名。代指齊國廟堂樂器。⓫元英　燕宮殿名。⓬故鼎　指原齊所掠燕鼎。⓭磿室　即「曆室」，形近故誤。《史記》作「曆室」。「磿」、「曆」字通。鮑彪注：「凡鼎以占休咎，故歸之律曆之室。」曆室，亦燕宮名。⓮薊丘之植　燕國都城，故址在今北京城西南。植，指所植之物。⓯汶篁　齊國汶水之竹田。《集解》：「徐廣曰：『竹田曰篁。謂燕之疆界移於齊之汶水。』」⓰慊　快。⓱裂地而封之　燕昭王封之於昌國（在今山東淄博東南，燕伐齊後屬燕），故號昌國君。

【語　譯】先王命令我說：「我對齊國有久積的仇怨和惱怒，因此不估量自己國力弱小，想把報復齊國作為首要大事。」我說：「那齊國，繼承了霸主的餘業和屢戰屢勝的戰績，熟練兵甲，習於戰攻。大王若想攻齊，就必須與天下諸侯謀劃。與天下諸侯謀劃，沒有比結交趙國更好的。況且淮北、宋地，是楚、魏所欲得到的啊。趙國如果同意，就約定四國一道攻打齊國，齊國可以大破啊。」先王以為我說的有道理，就帶著符節，向南出使到趙國。等到回返復命，於是派兵擊齊。憑著上天的意願和先王的威靈，原先河北的土地完全為先王所有，一直到達濟上。濟上的軍隊，受命出擊，大敗齊人。輕裝的精銳士卒長驅直入，一直攻到齊國國都。齊湣王逃到莒，僅僅保住了自己的性命。齊國的珠玉、財寶、戰車、鎧甲、珍貴器物全被收到燕國。齊國的貴重器物陳列在寧臺殿中，大呂之鐘擺在元英殿上，被齊奪去的寶鼎又回到燕國，放在曆室，而燕都薊丘的竹木，已經種植在齊國汶水的竹田裏。自春秋五霸以來，功勞沒有誰趕得上先王啊。先王認為我符合他的意志，所以割地給我封賞，使我比得上一個小國諸侯。我不自量力，以為遵循命令和接受教訓，便可幸免無罪，因此受命效力而不推辭。

臣聞賢聖之君，功立而不廢，故著於《春秋》❶；蚤❷知之士，名成而不毀，故稱於後世。若先王之報怨雪恥，夷❸萬乘之彊國，收八百歲之蓄積❹，及至棄群臣之日，餘教未衰，執政任事之臣，修法令，慎庶孽❺，施❻及乎萌隸❼，皆可以教後世。

【章　旨】本段歌頌先王功名稱於後世。

【注　釋】❶春秋　此指一般史書。❷蚤　通「早」。❸夷　平；征服。❹收八百歲之蓄積　言燕破齊後，收取了齊國積累了將近八百年的財貨、寶器。從西元前一〇六六年周武王封姜尚於齊算起，至西元前二八四年燕伐齊，歷時七八二年，八百乃約數。❺庶孽　庶子。天子、諸侯之妾所生之子。❻施　延伸。❼萌隸　百姓。

【語　譯】我聽說賢明的君主，功業建立就不會廢棄，故能垂於青史；先知的士人，名聲成就就不會毀壞，所以被後世稱道。像先王的報怨雪恥，削平萬乘的彊國，收繳齊國八百年的蓄積，等到拋下群臣與世長辭之日，遺留的教令並未衰竭，執政從事的大臣，遵循法令，謹慎處理好庶孽的地位，教化延伸到百姓，這些都可以教育後代。

臣聞之：「善作者不必善成，善始者不必善終。」昔伍子胥❶說聽於闔閭，而吳王遠迹❷至郢。夫差弗是也，賜之鴟夷而浮之江❸。吳王不寤先論❹之可以立功，故沉子胥而不悔；子胥不早見主之不同量❺，是以至於入江而不化❻。

【章　旨】本段引伍子胥的史事暗寓諷諫之義，亦昭己之不改初衷。

【注　釋】❶伍子胥　名員，春秋時楚國人，入仕於吳。西元前五〇六年，吳王闔閭伐楚，伍子胥為之謀劃，吳國大勝，攻陷楚郢都。後遭吳太宰伯嚭陷害，被吳王夫差賜死。❷遠迹　猶長途跋踄。❸賜之鴟夷而浮之江　伍子胥被賜劍自殺後，吳王夫差又把他的屍首裝入皮囊，投入江中。鴟夷，用皮革製的口袋。❹先論　指伍子胥勸夫差滅掉越國的意見。❺主之不同量　姚鼐注：「主不同量，謂夫差非其父之倫。」量，器量；胸懷。❻入江而不化　《史記索隱》：「言子胥懷恨，故投江而神不化，猶為波濤之神也。」今浙江濤仍稱「胥濤」。一說，〈伍子胥列傳〉載，伍子胥被賜死，自殺前還對人說：「抉吾眼，懸吳東門之上，以觀越寇之入滅吳也。」似指前者。

【語　譯】我聽說：「善於創始的不一定善於完成，有好的開端未必有好的結果。」昔日伍子胥的主張被吳王闔閭聽信，吳王經過長途跋涉攻伐到達楚國郢都。吳王夫差就不是這樣啊，他賜死伍子胥，並將其屍裝入皮袋投入江中漂浮。吳王夫差不醒寤伍子胥原說的話可以用來建立功業，所以把伍子胥沉江也不感到後悔；伍子胥不早發現兩個君主的器量不同，因此屍體被投入江中也不改變他的憤怒。

夫免身立功❶，以明先王之迹，臣之上計也。離❷毀辱之誹謗，隳先王之名，臣之所大恐也。臨不測之罪，以幸為利，義之所不敢出也。臣聞古之君子，交絕不出惡聲❸；忠臣去國，不潔其名。臣雖不佞，數奉教於君子矣。恐侍御者之親左右之說，不察疏遠之行，故敢獻書以聞，惟君王之留意焉。

【章　旨】本段委婉表明自己奔趙的目的在免身全功，不會作出有損燕國的事，並再明獻書之意。

【注　釋】❶免身立功　免身，免被殺。立功，《戰國策》作「全功」，保全功業。❷離　通「罹」。遭受。❸惡聲　傷害人的話。

【語　譯】離開燕國，免遭大禍，保全過去的功勞，以顯示先王的業績，這是我的上策啊。遭受誹謗責難，敗壞先王知人善任的好名聲，這是我最大的惶恐啊。面臨著不測的大罪，卻想借助趙國圖謀燕國，以便僥幸謀取私利，在道義上我是不敢這樣做的啊。我聽說古代的君子，斷絕交誼之後不說傷人的惡語；忠臣因受冤屈而離開本國，不表白自己的名聲。我雖不才，卻多次從賢人君子那裡受過教育。恐怕您聽信左右親近人的話，而不能詳察我這個被疏遠的人的行為，因此大膽地寫了這封書信讓您知道，希望大王有所留意啊。

【研　析】此書略無縱橫家矯揉造作之態，句句落到實處，意篤情深，至為感人，司馬遷稱蒯通、主父偃讀此書，未嘗不廢書而泣也。姚鼐云：「詞氣淵雅，似西漢人，於戰國文嶢然而出其類。」林雲銘云：「茲篇委婉纏綿，用意忠厚。敘前比伐齊之功，語語歸之先王，毫不矜伐；及敘騎劫代將，懼誅奔趙，只閑閑將吳子胥成敗往事作吊古感慨之詞，隨即披瀝自己衷曲，明其無他，絕不侵犯燕惠一語，尤妙。在說自己處，不但不肯盡功，亦不敢辭罪。其不敢侵犯燕惠王也，正是交絕不出惡聲處；其不敢辭己罪也，正是去國不潔其名處。此等文字，總是一腔心血揮灑而成，真有德者之言也。」

周訢止魏王朝秦

戰國策

【題解】本篇出自《戰國策・魏策三》。事當在周赧王四十二年（西元前二七三年）華陽之役之後。以前後兩部分成篇。周訢以兩比喻止王入秦，支期則以計誑長信侯止王入秦，皆新奇而可供玩味。

秦敗魏於華❶，魏王❷且入朝於秦。周訢❸謂王曰：「宋人有學者，三年反，而名其母❹。其母曰：『子學三年，反❺而名我者，何也？』其子曰：『吾所賢者無過堯舜，堯舜名；吾所大者無大天地，天地名。今母賢不過堯舜，母大不過天地，是以名母也。』其母曰：『子之於學者，將盡行❻之乎？願子之有以易名母❼也；子之於學也，將有所不行也？願子之且以名母為後❽也。』今王之事秦，尚有可以易入朝者❾乎？願王之有以易之，而以入朝為後。」

【章旨】本段周訢以食古不化「子呼母名」的比喻，說明事秦之事可以放到後面。

【注釋】❶秦敗魏於華　周赧王四十二年（西元前二七三年）趙、魏攻韓華陽（今河南新鄭北），韓人告急於秦。秦魏冉使白起、客卿胡陽往救，大敗魏於華陽下，逐魏將芒卯，斬首十五萬。魏將段干子請割南陽予秦以和。華，即華陽。❷魏王　指魏安釐王。❸周訢　魏臣。❹名其母　直呼母名。❺反　同「返」。❻盡行　指全部照所學內容去作。❼有以易名母　指用所學別的內容來替換一下直呼母名的內容。易，替換。❽且以名母為後　暫且將呼母之名一事推後。❾易入朝者　指用別的事秦方式替代親自入朝事秦。

【語譯】秦國在華陽擊敗了魏國，魏將要到秦國朝拜秦王。周訢對魏王說：「宋國有個出外求學的人，三年後回來，就稱呼他母親的名字。他母親說：『你求學三年，回來就稱呼我的名字，為什麼？』他說：『我所認為賢能的人，沒有誰能超過堯與舜，對堯舜都稱呼名字；我所認為偉大的東西，沒有什麼能超過天和地，對天地都稱呼名字。如今母親的賢能沒有超過堯與舜，母親的偉大沒有超過天和地，因此稱呼母親的名字。』他母親說：『你對所學的道理，打算全部實行嗎？希望你先實行別的來替換稱呼母親的名字；你對所學的道理，不打算全部實行嗎？希望你暫且把稱呼母親名字的作法推到以後。』如今大王事奉秦國，還有可以用別的方式替換親身入朝的方式嗎？希望大王用別的方式來替換，把親身入朝推到以後。」

魏王曰：「子患寡人入而不出耶？許綰❶為我祝❷曰，入而不出，請殉❸寡人以頭。」周訢對曰：「如臣之賤也，今人有謂臣曰：『入不測之淵而必出，不出，請以一鼠首為汝殉者。』臣必不為也。今秦不可知之國也，猶不測之淵也；而許綰之首，猶鼠首也。內❹王於不可知之秦，而殉王以鼠首，臣竊為王不取也。且無梁❺，孰與無河內❻急？」王曰：「梁急。」「無梁，孰與無身急？」王曰：「身急。」曰：「以三者，身上❼也，河內，其下❽也。秦未索其下，而王效其上，可乎？」王尚未聽也。

【章旨】本段周訢以鼠首殉王的比喻說明許綰祝辭的一文不值，王不可入秦。

【注釋】❶許綰　魏臣。一說秦臣。❷祝　對神明的誓辭。❸殉　從死曰殉。❹內　通「納」。❺梁　魏國。魏都大梁，故魏又稱梁。❻河內　地域名，相當今河南省黃河以北一帶，當時屬魏。❼上　指最重要的。❽下　指最不重要的。

【語譯】魏王說：「你擔心我入秦就出不來嗎？許綰對我發誓說，如果入秦出不來，請用他的頭來為我殉葬。」周訢回答說：「像我這樣卑賤的人啊，假如有人對我說：『跳入深不可測的深淵一定能出來，倘若出不來，請用一個老鼠腦袋為你殉葬。』我一定不幹。如今秦國是個不可捉摸的國家，猶如不測的深淵；而許綰的頭，猶如老鼠腦袋。使大王陷入不可捉摸的秦國，竟用一個老鼠腦袋為大王殉葬，我認為大王不能採取這種作法。再說失去大梁跟失去河內比哪個要緊？」魏王說：「失去大梁要緊。」周訢問：「失去大梁跟失去大王性命比哪個重要？」魏王說：「失掉性命重要。」周訢說：「就拿這三者來說，性命是最重要的，河內是最次要的。秦國還未曾索取最次要的，而大王竟要送上最重要的，可以這麼做嗎？」魏王還是不聽。

支期❶曰：「王視楚王❷，楚王入秦，王以三乘❸先之；楚王不入，楚、魏為一，尚足以捍秦。」王乃止。王謂支期曰：「吾始已諾於應侯❹矣，今不行者，欺之矣。」支期曰：「王勿憂也。臣使長信侯❺請無內王，王待臣也。」支期說於長信侯曰：「王命召相國。」長信侯曰：「王何以臣為？」支期曰：「臣不知也。王急召君。」長信侯曰：「吾內王於秦者，寧以為秦耶？吾以為魏也。」支期曰：「君無為魏計，君其自為計！且安死乎？安生乎？安窮乎？安貴乎？君其先自為計，後為魏計。」長信侯曰：「樓公❻將入矣，臣今從。」支期曰：「王急召君，君不行，血濺君襟矣。」長信侯行，支期隨其後。且見王，支期先入，謂王曰：「偽病❼者乎而見之，臣已恐之矣。」長信侯入見王，王曰：「病甚，奈何？吾始已諾於應侯矣，意雖道死，行乎！」長信侯曰：「王毋行矣！臣能得之於應侯矣，願王無憂！」

【章　旨】本段支期以計誑長信侯止王入秦。

【注　釋】❶支期　人名，魏臣。❷楚王　指楚頃襄王。❸三乘　三輛車，指輕使。三乘先之，指輕使之車先楚至秦。❹應侯　秦相范雎。范雎封應侯在西元前二六六年，故一說本篇當在此後。❺長信侯　鮑彪注：「長信侯，魏相之善應侯者。」❻樓公　蓋趙人樓緩，時為秦國使臣。❼偽病　裝病。下「乎」字為語氣辭。

【語　譯】支期說：「大王瞧瞧楚王，如果楚王入秦稱臣，大王就用輕車搶在他的前面；如果楚王不入秦稱臣，楚、魏聯合為一，還可以抵禦秦國。」魏王於是作罷。魏王又對支期說：「我當初已經答應應侯了，現在如不去，就是欺騙他了。」支期說：「大王不要憂慮。我叫長信侯向應侯請求不要接納大王，大王等待著吧！」支期對長信侯說：「大王命令我來召請相國。」長信侯說：「大王要我幹什麼呢？」支期說：「我不知道，大王請您快去。」長信侯說：「我把大王送到秦國去，難道這是為了秦國嗎？我是為了魏國。」支期說：「您不必為魏國打算，您還是為自己打算吧！再說您是甘心死呢？還是甘心活呢？甘心窮呢？還是甘心貴呢？您還是先為自己打算，然後再為魏國打算。」長信侯說：「樓公就要來了，我現在要跟從他去。」支期說：「大王請您快去，您若不去，鮮血就要濺到您的衣襟上了！」長信侯前往，支期跟在後面。長信侯即將拜見魏王，支期搶先進去，對魏王說：「您要假裝生病來接見他，我已經嚇唬過他了。」長信侯進來拜見魏王，魏王說：「我的病很重，怎麼辦呢？我當初已答應應侯了，我想即使死在路上，還是去吧！」長信侯說：「大王莫去了！我能取得應侯同意，希望大王不要憂慮！」

【研析】本篇三段，前二段為篇中主體，周訢並未正面說理，而是借助比喻，比喻新奇、貼切而又深刻。前一則活畫出一個食古不化的蠢才形象，用以說明事秦諸策中，不可先用「朝秦」一策。後一比喻更為精警，用以說明許綰之誓，等於「鼠首」之一文不值。進而用河內、大梁、王身加以比較，說明「秦未索其下，而王效其上」的不當。王仍未聽，由於已諾應侯，故支期又以恐嚇誘騙、軟硬兼施的手段迫使長信侯改變其「內王於秦」的主張，寫出無數曲折，聲情畢現。故浦起龍評曰：「兩截分格（按：指一、二段及三段），上截談言微中，以緩勝；下截力疾刺姦，以急勝。而緩以急攻，急以緩收，節節詭奇。」

孫臣止魏安釐王割地

戰國策

【題解】本篇出自《戰國策・魏策三》。華陽之戰（西元前二七三年）秦敗魏之後一年，魏王迫於群臣的壓力想割地於秦。孫臣指出：魏的姦臣想割地得封，秦又想得地而授璽，王之地有盡而秦之求無窮，勢必無魏矣。魏聽其言而停止割地。

華陽之戰❶，魏不勝秦。明年，將使段干崇❷割地而講❸。孫臣❹謂魏王曰：「魏不以敗之上❺割，可謂善用不勝矣；而秦不以勝之上割，可謂不善用勝矣。

今處期年乃欲割，是群臣之私，而王不知也。且夫欲璽者❻，段干子也，王因使之割地；欲地者，秦也，而王因使之授璽。夫欲璽者制地，而欲地者制璽，其埶必無魏矣。且夫姦人固皆欲以地事秦，以地事秦，譬猶抱薪而救火也。薪不盡，則火不止。今王之地有盡，而秦求之無窮，是薪火之說也。」魏王曰：「善！雖然吾已許秦矣，不可以革❼也。」對曰：「王獨不見夫博者之用梟耶？欲食則食，欲握則握❽。今君劫於群臣而許秦，因曰不可革，何用智之不若梟也？」魏王曰：「善！」乃按❾其行。

【注　釋】❶華陽之戰　見前篇注。❷段干崇　魏臣。有作「段干子」。子，尊稱。❸講　講和。❹孫臣　魏人，生平不詳。《史記．魏世家》亦載此事，但諫割地者作「蘇代」。❺上　鮑彪注：「上，謂當其時。」一說，上猶初也。❻欲璽者　想得璽求封的人。璽，印。自秦以後專指皇帝的大印。❼革　更改。❽王獨不見夫三句　博，古代一種賭輸贏的棋類遊戲。梟，博棋五粒骰子（梟、盧、雉、犢、塞）之一，上刻梟鳥的形狀。擲得梟者為勝，可以吃對方的棋子，也可以走別的棋（據張守節《史記正義》）。食、握，都是博棋的術語。食指吃子。握指不吃子。「王獨不見」至此，是孫臣以「博者用梟」的道理曉喻魏王：在割地的問題上應該取捨由己，利則行，不利則止；雖然已答應秦國，仍可改變主意。❾按　止。高步瀛案：「〈六國表〉魏安釐王四年與秦南陽以和。〈秦本紀〉曰：昭王三十三年，魏入南陽以和。三十五年初置南陽郡。是魏終割地而孫臣之說不行也。」

【語　譯】華陽那次戰役，魏國沒有戰勝秦國。第二年，魏王要派段干崇割讓土地與秦國講和。孫臣對魏王說：「魏國沒有在戰敗之初割讓土地，可以說是善於應付戰敗的不利局面了；而秦國沒有在戰勝之初割取土地，可以說是不善於利用戰勝的有利時機了。現在過了一整年還想割讓土地，這是群臣謀求私利，而大王卻不知道啊。況且想要得到秦國賜土授璽封賞的人，便是段干子啊，大王卻派他去割讓土地；欲得到土地的，是秦國啊，大王於是派他去接受玉璽。想得到官印的段干崇掌握著割地的權力，而想得到土地的秦國卻掌握著賜給官印的權力，這種趨勢發展下去魏國就沒有了。況且姦臣本來就想用土地來事奉秦國，用土地來事奉秦國，好比抱著木柴去救火。木柴不用完，火就滅不了。現在大王的土地有限，而秦國的貪求無窮，這就與用木柴救火的說法一樣啊。」魏王說：「說得很好！雖然如此，我已經答應秦國了，不可以更改啊。」孫臣回答說：「大王難道沒有看到博棋使用梟子嗎？想吃對方的棋子就吃掉對方的棋子，不想吃就握在手裡。現在您被群臣脅迫才允許割地予秦，因此而說不可更改，為什麼用智謀還不如博棋的用梟子呢？」魏王說：「很好！」於是阻止段干崇出使。

【研　析】本篇之說者孫臣（一作蘇代），亦應屬縱橫家之儔；然本篇之說辭，卻一改縱橫家鋪張揚厲的談風和虛辭飾辯的作法，顯得樸實、簡練、懇切而又精闢。其說理的主要方法是使用比喻。孫臣用薪火之說以喻「王之地有盡，而秦求之無窮」；用博梟之喻以說明為國者當根據形勢變化而隨時改變其策略，比喻確切而生動形象，幾句話就把道理說透。特別是薪火之說，成為戰國時期最著名的一個比喻，蘇洵〈六國論〉（見本書卷三）其構思的基礎，正是借助於這一比喻。故王文濡評曰：「薪火之說以喻當時形勢，甚當。何六國之不知悟也。」

卷二十七 書說類 三

魯仲連說辛垣衍

戰國策

【題解】本篇出自《戰國策・趙策三》。《史記・魯仲連鄒陽列傳》亦載。《史記》於此文前載：「趙孝成王時，而秦王使白起破趙長平之軍前後四十餘萬，秦兵遂東圍邯鄲。趙王恐，諸侯之救兵莫敢擊秦軍。」事在趙孝成王九年（西元前二五七年）。魏本為趙的親鄰，在這種緊急形勢下，魏安釐王表面派晉鄙將兵救援而實持觀望，又派辛垣衍暗入邯鄲說服平原君尊秦為帝。齊人魯仲連遊於趙，聞此事，他不顧個人安危，挺身而出，表現出寧死不屈於強秦的凜然大義。他援古引今，以不可辯駁的事實，指出屈己以尊人終致無窮後患的歷史教訓；同時又以尖刻辛辣的言辭，鞭撻了辛垣衍自比於臣妾的卑怯心理，激發他的自尊心；最後指出如屈膝臣服於強秦與辛垣衍個人的利害關係，終於使辛垣衍表示再不言帝秦，秦亦因此退兵五十里。最後，魯仲連堅決拒絕了平原君的封賞。他一生為人排難解紛，但卻功成身退，一介不取，這種高尚品質是一切縱橫家所望塵莫及的，並為後人所稱揚。唐代大詩人李白曾歌頌說：「卻秦振英聲，後世仰末照。」（〈古風〉之十）本篇亦以「魯仲連義不帝秦」為題，被選入《古文觀止》及其他一些通俗選本之中，因而成為傳誦不衰的名篇。

秦圍趙之邯鄲❶。魏安釐王❷使將軍晉鄙❸救趙，畏秦，止於蕩陰❹，不進。

魏王使客將軍❺辛垣衍間入邯鄲，因平原君❻謂趙王❼曰：「秦所以急圍趙者，前與齊閔王爭強為帝，已而復歸帝❽，以齊故。今齊閔王❾益弱，方今惟秦雄天下。此非必貪邯鄲，其意欲求為帝。趙誠發使尊秦昭王❿為帝，秦必喜，罷兵去。」平原君猶豫未有所決。

【章　旨】本段介紹當時緊急形勢：秦圍趙，魏不敢援救，並派辛垣衍說趙尊秦為帝。

【注　釋】❶秦圍趙之邯鄲　西元前二五九年，秦軍攻趙，包圍趙都邯鄲（今河北邯鄲），前後達三年之久。前二五七年（秦昭王五十年，趙孝成王九年），魏信陵君、楚春申君救趙，秦軍解圍而去。魯仲連說辛垣衍事，當在本年。❷魏安釐王　魏昭王之子，名圉。❸晉鄙　魏將。西元前二五七年奉安釐王之命率軍十萬救趙，因畏秦之強，止軍不進。後信陵君竊得魏王兵符，擊殺晉鄙，奪其兵權。❹蕩陰　即湯陰，今河南湯陰。❺客將軍　他國人在魏國為將者之稱。❻平原君　趙勝，趙孝成王之叔父，戰國四公子之一，封於東武城（今山東武城），號平原君，當時為趙相。❼趙王　指趙孝成王，惠文王之子，名丹。❽前與齊閔王爭強為帝二句　西元前二八八年，秦相魏冉約齊並稱帝，秦稱西帝，齊稱東帝。蘇秦由燕到齊，勸閔王不稱帝，又策劃聯趙攻秦，並出兵以示威。齊閔王放棄帝號，秦昭王也被迫放棄帝號，復稱王。歸帝，去掉帝號。「閔王」，亦作「湣王」。❾閔王　姚鼐注：「二字衍。」此時閔王已死，為齊王建八年。❿昭王　姚鼐注：「二字亦衍。」或為旁注誤入正文。

【語　譯】秦國圍攻趙國的都城邯鄲。魏安釐王派將軍晉鄙援救趙國，由於害怕秦國，停留在湯陰，按兵不動。安釐王派客籍將軍辛垣衍潛入邯鄲，通過平原君對趙孝成王說：「秦國加緊圍攻趙國的原因是，過去秦昭王與齊閔王互相爭勝稱帝，接著又都去掉帝號，是由於齊閔王首先廢除帝號的緣故。如今齊國更加衰弱，當今只有秦國稱雄天下。這次行動不一定是貪占邯鄲，其意圖是謀求稱帝。趙國如果派遣使臣前去尊秦昭王為帝，昭王一定大喜，撤兵離開趙國。」平原君猶豫拿不定主意。

此時魯仲連❶適遊趙，會秦圍趙。聞魏將欲令趙尊秦為帝，乃見平原君，曰：「事將奈何矣？」平原君曰：「勝也何敢言事！百萬之眾折於外❷，今又內圍邯鄲而不去。魏王使客將軍辛垣衍令趙帝秦，今其人在是。勝也何敢言事！」魯仲連曰：「始吾以君為天下之賢公子也，吾乃今然後知君非天下之賢公子也。梁客辛垣衍安在？吾請為君責而歸之。」平原君曰：「勝請為紹介，而見之於先生❸。」平原君遂見辛垣衍曰：「東國有魯連先生，其人在此，勝請為紹介，而見之於將軍。」辛垣衍曰：「吾聞魯連先生，齊國之高士❹也。衍，人臣也，使事有職，吾不願見魯連先生也。」平原君曰：「勝已泄之矣。」辛垣衍許諾。

【章旨】本段寫魯仲連見平原君，並請平原君介紹辛垣衍。

【注釋】❶魯仲連　齊國人，善於計謀劃策，常周遊各國，為人排難解紛，而不肯仕宦任職，好持高節，最後逃隱於海上。其辯說除本篇說服辛垣衍之外，還為書說服燕將撤守聊城。均見《史記‧魯仲連鄒陽列傳》。❷百萬之眾折於外　指長平之役（西元前二六〇年），趙軍損失四十五萬。折，損。❸勝請為紹介二句　此從《史記》。《戰國策》作「勝請召而見之於先生」。❹高士　品格高尚而不願做官的人。

【語譯】這時魯仲連恰好在趙國遊歷，正趕上秦軍圍攻趙國。他聽說魏國想要趙國尊秦昭王為帝，就去拜見平原君，說：「事情將怎麼辦呢？」平原君說：「我哪裡還敢談論國事！趙國百萬大軍在外戰敗，如今秦軍又深入國境圍攻邯鄲不退。魏王派客將軍辛垣衍來勸趙國尊秦為帝，現在這個人還在這裡。我哪裡還敢談論國事！」魯仲連說：「當初我把您看成天下的賢明公子，我今天才知道您並不是天下的賢明公子啊！梁國客人辛垣衍在哪裡？我替您責問他，叫他回去。」平原君說：「讓我召他來見先生。」平原君就去見辛垣衍，說：「東方齊國有位魯連先生，這個人在這裡，請讓我介紹他來見將軍。」辛垣衍說：「我聽說魯連先生是齊國的高士。我辛垣衍，是個人君的臣子，出使到趙有職事在身，我不願見魯連先生。」平原君說：「我已經把您的事情透露給他了。」辛垣衍只好答應。

魯連見辛垣衍而無言。辛垣衍曰：「吾視居此圍城之中者，皆有求於平原君者也。今吾視先生之玉貌，非有求於平原君者，曷為久居此圍城之中而不去也？」魯連曰：「世以鮑焦無從容而死者，皆非也❶。今眾人不知，則為一身❷。彼秦者，棄禮義、上首功❸之國也，權❹使其士，虜使其民。彼則肆然❺而為帝，過而遂正於天下❻，則連有赴❼東海而死耳，吾不忍為之民也。所為見將軍者，欲以助趙也。」辛垣衍曰：「先生助之奈何？」魯連曰：「吾將使梁及燕助之，齊、楚固助之矣。」辛垣衍曰：「燕則吾請以從❽矣；若乃梁，則吾乃梁人也，先生惡能使梁助之耶？」魯連曰：「梁未睹秦稱帝之害故也，使梁睹秦稱帝之害，則必助趙矣。」辛垣衍曰：「秦稱帝之害將奈何？」魯仲連曰：「昔齊威王❾嘗為仁義矣，率天下諸侯而朝周。周貧且微，諸侯莫朝，而齊獨朝之。居歲餘，周烈王⑩崩，諸侯皆弔，齊後往。周怒，赴⑪於齊曰：『天崩地坼⑫，天子下席⑬。東藩⑭之臣田嬰齊後至，則斮⑮之。』威王勃然怒曰：『叱嗟⑯！而⑰母婢也！』卒為天下笑。故生則朝周，死則叱之，誠不忍其求也。彼天子固然，其無足怪。」

【章　旨】本段寫魯仲連見辛垣衍，首先表明態度，如尊秦為帝則不忍為之民，並舉齊威王尊周而不忍其求的例子，一證尊帝之害。

【注　釋】❶世以句　鮑焦，周時隱士，不滿時政，抱木而死。《史記正義》引《韓詩外傳》云：「姓鮑，名焦，周時隱者也。飾行非世，廉潔而守，荷擔採樵，拾橡充食，故無子胤，不臣天子，不友諸侯。子貢遇之，謂之曰：『吾聞非其政者不履其地，汙其君者不受其利。今子履其地，食其利，其可乎？』鮑焦曰：『吾聞廉士重進而輕退，賢人易愧而輕死。』遂抱木立枯焉。」無從容，指心地不開闊。❷今眾人不知二句　眾人以為鮑焦心地狹窄，是為了個人利害而死。魯仲連舉他為例駁斥辛垣衍，表明自己毫無個人利害計較，而是幫助趙國反抗秦國侵略。❸上首功　以首功為上。上，同「尚」。秦為獎勵軍功，以斬獲敵首多少作為計功授爵的標準，斬首越多，授爵越高。❹權　權術；權詐。❺肆然　無所約束之貌。❻過而遂正於天下　王念孫云：「高誘注《呂氏春秋‧知士》篇曰：『過猶甚也。』言秦若肆然而為帝，甚而遂為政於天下，則吾有死而已，不忍為之民也。」正，通「政」。❼赴　姚鼐注：「《史記》作『蹈』。」❽吾請以從　我就算聽您說的。這是辛垣衍退一步的說法，為下句作勢。❾齊威王　名嬰齊，宣王的父親。❿周烈王　周安王之子，名喜。據《史記‧六國年表》及《通鑑》，周烈王六年（西元前三七〇年），即齊威王九年，威王朝周。但繆文遠云：「據諸家依《紀年》所重排之戰國年表，周烈王崩當在田齊桓公時，與齊威王並不相值，何來齊威王朝見周烈王之事乎？」⓫赴　同「訃」。報喪。⓬天崩地坼　指天子死。坼，裂。⓭天子下席　天子，指繼承烈王的新君周顯王。下席，指離開原來的宮室，居廬舍睡草席守喪。⓮東藩　東方藩國，指齊國。古代諸侯皆為天子藩國，以保衛天子。⓯斮　斬。⓰叱嗟　怒斥聲。⓱而　汝；你。

【語　譯】魯仲連見到辛垣衍，卻不說話。辛垣衍說：「我觀察待在這個被圍城市裡的人，都是向平原君有所求的啊。現在我觀察先生的樣子，並不是對平原君有所求的啊，為什麼久待在這個被圍城市中而不離開呢？」魯仲連說：「一般人認為鮑焦是由於心地狹窄才尋死的看法，都是不對的啊。眾人不清楚，以為只是為了個人利害打算。那秦國，是個拋棄禮義、崇尚戰功的國家啊，用權術手段來對待他的士人，像對待奴婢那樣役使他的民眾。那秦王假如肆無忌憚地稱帝，甚至執掌天下之政，統治了天下諸侯，那麼我寧可跳入東海自殺罷了，我不想作他的臣民啊。我所以見將軍的原因，是想幫助趙國啊。」辛垣衍說：「先生怎麼幫助趙國？」魯連說：「我將使魏國和燕國幫助它，齊國和楚國本就幫助它了。」辛垣衍說：「燕國嗎我想是您說的那樣；至於魏國，那麼我是魏國人啊，先生又怎麼能讓魏幫助它呢？」魯連說：「魏國不幫助趙國是沒有認識秦國稱帝的危害的緣故啊，假如魏國認識到秦國稱帝的危害，就一定會幫助趙國了。」辛垣衍說：「秦國稱帝的危害將是怎樣呢？」魯仲連說：「從前齊威王曾行過仁義，他率領天下的諸侯朝見周天子。周貧窮弱小，諸侯沒有誰朝見，只有齊國朝見他。過了一年多，周烈王死了，諸侯都去弔喪，齊國晚了一步。周天子發怒，派人到齊國訃告，說：『天子去世像天崩地裂一樣，新天子離開宮室到新築廬舍居草席守喪。你東方守臣田嬰齊遲到，那麼該殺！』齊威王聽了勃然大怒說：『叱嗟！你母親是個婢女！』終於為天下人所譏笑。所以，周天子活著的時候去朝拜他，死了就叱罵他，這實在是齊威王忍受不了周天子的苛求的緣故。那做天子的本來就是如此作威作福，不足為怪。」

　　辛垣衍曰：「先生獨未見夫僕乎？十人而從一人者，寧❶力不勝智不若耶？畏之也！」魯仲連曰：「嗚呼！梁之比於秦，若僕❷耶？」辛垣衍曰：「然。」魯仲連曰：「然則吾將使秦王烹醢❸梁王！」辛垣衍怏然❹不悅，曰：「嘻！亦太甚矣，先生之言也！先生又惡能使秦王烹醢梁王？」魯仲連曰：「固也，待吾言之。昔者鬼侯、鄂侯、文王❺，紂之三公也。鬼侯有子❻而好，故入之於紂，紂以為惡，醢鬼侯。鄂侯爭之急，辯之疾，故脯❼鄂侯。文王聞之，喟然而嘆，故拘之於牖里之庫❽百日，而欲令之死。曷為與人俱稱帝王，卒就脯醢之地也？齊閔王將之魯，夷維子❾執策❿而從，謂魯人曰：『子將何以待吾君？』魯人曰：『吾將以十太牢⓫待子之君。』夷維子曰：『子安取禮而來待吾君？彼吾君者，天子也。天子巡狩⓬，諸侯避舍⓭，納筦鍵⓮，攝衽抱几⓯，視膳於堂下。天子已食，乃退而聽朝也。』魯人投其籥⓰，不果納，不得入於魯。將之薛，假塗於鄒⓱。當是時，鄒君死，閔王欲入弔。夷維子謂鄒之孤⓲曰：『天子弔，主人必將倍殯柩⓳，設北面於南方，然後天子南面弔也。』鄒之群臣曰：『必若此，吾將伏劍而死。』故不敢入於鄒。鄒、魯之臣，生則不能事養，死則不得飯含⓴，然且欲行天子之禮於鄒、魯之臣，不果納㉑。今秦萬乘之國，梁亦萬乘之國，俱據萬乘之國，交有稱王之名，睹其一戰而勝，欲從而帝之。是使三晉㉒之大臣，不如鄒、魯之僕妾㉓也。且秦無已㉔而帝，則且變易諸侯之大臣，彼將奪其所謂不肖，而予其所謂賢；奪其所憎，而與其所愛。彼又將使其子女讒妾為諸侯妃姬，處梁之宮，梁王安得晏然㉕而已乎？而將軍又何以得故寵㉖乎？」

【章　旨】本段魯仲連復引紂王無道，魯、鄒不堪齊閔王稱帝之求再證尊帝之害，並指出秦如為帝，則辛垣衍將失去故寵。

【注　釋】❶寧　難道。❷若僕　像主僕關係。❸烹醢　古代酷刑。烹，煮。醢，剁成肉醬。❹怏然　不愉悅貌。❺鬼侯鄂侯文王　商紂王時的三個諸侯。鬼侯，《史記》作「九侯」。封地在今河北臨漳縣境。鄂侯，封地蓋在今河南沁陽縣境。文王，即周文王，封地在今陝西鄠縣一帶。❻子　指女。❼脯　肉乾。❽牖里之庫　牖里，又作「羑里」。在今河南湯陰縣北。庫，監牢。❾夷維子　齊閔王臣子。❿策　馬鞭。⓫太牢　牛羊豬各一謂之「太牢」。⓬巡狩　天子到諸侯國去視察叫做「巡狩」。⓭諸侯避舍　天子巡狩諸侯，諸侯要退出原住的宮舍讓給天子。⓮納筦鍵　指把權力交給天子。筦鍵，鎖鑰。筦，即「管」字。⓯几　古代設在座側的小几。⓰投其籥　閉門落鎖。籥，同「鑰」。鑰匙。⓱鄒　鄒國，在今山東鄒縣。⓲鄒之孤　鄒國的新君。⓳倍殯柩　把殯柩轉向朝北。倍，同「背」。古天子聽政位是坐北朝南，而擺放靈柩也是坐北朝南，故天子弔喪，就要將靈柩改為坐南朝北。⓴飯含　古時殯禮，人死後，把粟米放在口中叫「飯」，把珠玉放在口中叫「含」。此言鄒、魯貧弱，連國君死後也不能「飯含」盡禮。姚鼐注：「《史記》作『賻襚』。」㉑然且二句　姚鼐注：「鄒、魯兩國，是時俱亡矣。是於其君不能奉養、飯含也。當齊閔經過兩國，兩國距其亡無幾時耳，亦微甚矣，而尚不肯以天子奉人也。《史記》、《國策》凡注家皆失其解。」今錄以備一說。㉒三晉　韓、趙、魏，這裡指魏國而言。㉓鄒魯之僕妾　因辛垣衍自比魏為僕，故魯仲連亦說鄒魯之僕妾。㉔無已　吳師道曰：「無已，必欲為之而不止也。」㉕晏然　安心貌。㉖故寵　原有的寵幸。

【語　譯】辛垣衍說：「先生獨獨沒有見過做奴僕的嗎？十個人服從一個人，難道是力氣勝不過、智慧不及嗎？是害怕他啊。」魯仲連說：「可悲啊！可是魏國跟秦國比，像奴僕嗎？」辛垣衍說：「是的。」魯仲連說：「既然這樣，我將叫秦王烹煮魏王，把他剁成肉醬。」辛垣衍怏怏不樂，說：「唉！先生說得太過分了吧！你又怎麼能叫秦王烹煮魏王剁成肉醬呢？」魯仲連說：「本來就是如此啊，讓我說給你聽。從前鬼侯、鄂侯、文王，是紂王的三公。鬼侯有個女兒很美，所以獻給紂王，紂王以為醜，於是把鬼侯剁成肉醬。鄂侯為這件事激烈爭辯，所以殺了鄂侯把他做成肉乾。文王聽到這事，嘆了一口氣，就被囚禁在牖里的牢獄一百天，並且想置之死地。為什麼魏國和別人都是諸侯王，卻心甘情願居於被製成肉乾、剁成肉醬的境地呢？齊閔王要到魯國去，其臣夷維子執鞭駕車隨行，他對魯國人說：『你們打算用什麼禮節接待我們的國君？』魯國人說：『我們準備牛羊豬各十頭來接待你們的國君。』夷維子說：『你們從哪裡找到這種禮節來接待我們的國君？我們那國君，是天子啊。天子巡視藩國，諸侯就得離開自己的宮室，交出鑰匙，提起衣襟，捧著几案，在堂下伺候吃飯。天子吃飯完畢，才退下聽理朝政啊。』魯國人當即閉門下鎖，終不接待，閔王未能進入魯國。齊閔王將到薛邑去，向鄒國借道。正當這時，鄒國的國君死了，齊閔王想入境弔喪。夷維子對鄒國嗣位的新君說：『天子來弔喪，主人必將靈柩轉一個方向，就在南邊安排一個位子將靈柩朝北方放置，然後天子便面朝南方弔喪。』鄒國的群臣說：『一定要這樣的話，我們將伏劍而死。』所以齊閔王不敢進入鄒國。鄒、魯兩國的臣子，當國君活著的時候不能好好侍奉，在國君去世的時候不能飯含盡禮，然而齊閔王想要鄒、魯的臣民用迎接天子的禮節來接待，終被拒絕進入。現在秦國是擁有萬輛兵車的大國，魏國也是擁有萬輛兵車的大國，彼此都是萬乘大國，都有稱王的名分，看到秦國打了一仗獲得勝利，就想接著尊秦為帝。這就使得三晉的大臣連鄒、魯的僕妾都不如啊。況且秦國如果逞欲不止終於稱帝，那麼就將更換諸侯的大臣，他還會撤掉他所認為不賢的人，而委任他所認為賢能的人；驅除他所憎惡的人，而安插他所喜歡的人。他還將派他的子女讒妾作諸侯的妻妾，安置在魏王的宮廷，這樣魏王怎麼能放心地過下去呢？將軍您又憑什麼取得往日的寵幸呢？」

於是辛垣衍起，再拜，謝曰：「始以先生為庸人❶，吾乃今日而知先生為天下之士❷也！吾請去，不敢復言帝秦。」秦將聞之，為卻❸軍五十里。適會公子無忌❹奪晉鄙軍以救趙，擊秦，秦軍引而去。

【章　旨】本段寫辛垣衍不再言帝秦，秦為退兵五十里。

【注　釋】❶庸人　平常的人。❷天下之士　天下的賢士。或謂天下人所推崇之士。❸卻　退。❹公子無忌　即信陵君魏無忌，戰國四公子之一，任魏相國。西元前二五七年設法竊取兵符，擊殺晉鄙以救趙。

【語　譯】於是辛垣衍起身，拜了兩拜，賠罪說：「當初我認為先生是個平常的人，今天才知道先生是天下的賢士啊！我請求離開，不敢再說帝秦了。」秦國的將領得知這個消息，為此退兵五十里。恰好遇上魏公子無忌奪取了晉鄙的兵權來救援趙國，攻打秦軍，秦軍便撤退離開了。

於是平原君欲封魯仲連，魯仲連辭讓者三，終不肯受。平原君乃置酒，酒酣，起前，以千金為魯連壽。魯連笑曰：「所貴於天下之士者，為人排患釋難、解紛亂而無所取也。即有所取者，是商賈之人❶也，連❷不忍為也！」遂辭平原君而去，終身不復見。

【章　旨】本段寫魯仲連拒封賞辭贈金。

【注　釋】❶商賈之人　行商坐賈，商人統稱。此就商人求利一點而言之，其實商人亦不乏持高節者。❷連　姚鼐注：「魯仲，氏也；連，其名也。《國策》誤有『仲』字。」

【語　譯】於是平原君打算封魯仲連，魯仲連再三辭讓，始終不肯接受。平原君便為他設宴備酒，當酒喝得暢快的時候，平原君起身走到魯仲連面前，捧上千金厚禮為魯仲連祝福。魯連笑著說：「被天下賢士所珍視的，是為人排除禍患、消除危難、解除紛亂，而不求取報酬啊。如果有所求取，那就是求利的商人了，我不忍心做這種人啊！」於是魯仲連告辭平原君離開趙國，終身不再露面。

【研　析】全文以魯連為線索，以揭示帝秦之害為中心，在辛垣衍問話的推動下，使魯連洋洋灑灑，發揮盡致。最後辛垣衍不得不承認魯連為天下之士，不敢復言帝秦，大收奇效。文中平原君膽小怕事、優柔寡斷，辛垣衍自負心虛、狡詐無恥，魯連義正辭嚴、高節自守，三人各盡情態。至於齊威之可笑、商紂之殘暴、齊閔之不自量，都繪聲繪色出自魯連口中，讀之令人生趣。因而本篇之文學意味甚濃，為歷來被人誦讀之名篇。前人亦有不少精當評述，今引林紓所云：「通篇眼目，在『不為一身』四字。辛垣衍之來，正為一身富貴來也。經魯連大聲疾呼，謂秦且為帝，先變易諸侯之大臣，彼將奪其所謂不肖，而予其所謂賢，奪其所憎，而予其所愛。將軍又何以得故寵？此數語是打破後壁，使辛垣衍憬然大悟。蓋戰國策士，非利不行。寧使其國君為人臣僕，一己苟得富貴亦冒為之，故貿然而來。魯連一一喻以利害。而衍相見第一語，即曰：『曷為不去？』則其心中大有把握，全不將魯連看在眼中。第二語曰：『先生助之奈何？』蓋藐其空言無實，特書生之見耳。第三語曰：『吾乃梁人，先生惡能使梁助之？』冷如冰雪，已視趙為不關痛痒矣。實則與己不關痛痒，且欲用是討好於秦也。第四語曰：『秦稱帝之害將奈何？』其心似云：秦即稱帝，天下將無奈之何，矧區區爾之一身耶？一似坐秦令旨而來，不是奉魏王之命者。魯連見其無恥，又不覺悟，率性當頭一棒，使之震驚。於是灑灑洋洋，高擡鄒、魯之有志，以斥魏國君臣之無恥，直刺到辛垣衍身家之利害，至此方悟帝秦之害，稱為『天下士』。」此評對分析辛垣衍的心態，十分確切，可加深對文章的理解。

魯仲連與田單論攻狄

戰國策

【題　解】本篇出自《戰國策·齊策六》。事當在周赧王三十六年（西元前二七九年）。田單擊敗燕國、復興齊國之後三年（西元前二七六年），在攻打狄城時受阻。魯仲連以為田單前後地位發生了變化，不能與士卒同甘苦共死生，故得不到士卒的支持。於是田單聽從魯仲連的意見，親自臨戰冒矢石，援枹而鼓，狄城才被攻下。

田單❶將攻狄❷，往見魯仲子。仲子曰：「將軍攻狄，不能下也。」田單曰：「臣以五里之城，七里之郭，破亡餘卒，破萬乘之燕，復齊墟❸。攻狄而不下，何也？」上車弗謝❹而去。

【章　旨】本段寫田單自負，堅持己見。

【注　釋】❶田單　齊國將領。湣王時為臨淄市吏。燕將樂毅率五國之師攻齊，他堅守即墨。襄王五年（西元前二七九年），他施反間計，使燕惠王以騎劫代樂毅為將，並以火牛陣擊敗燕軍，一舉收復七十餘城，復興齊國。襄王任為相國，封安平君。❷狄　同「翟」。戰國時齊邑。今山東高青東南。❸齊墟　指齊故地。❹弗謝　不辭別。無禮自負之至。

【語　譯】田單將要攻狄，往見魯仲連先生。仲連先生說：「將軍攻狄，不能攻下啊。」田單說：「我憑著五里之城、七里之郭，破亡之齊的殘餘部隊，攻破萬乘大國燕，收復了齊國舊地。如今攻區區之狄而不能下，這是什麼道理呢？」不道別便上車而去。

遂攻狄，三月而不克之也。齊嬰兒謠曰：「大冠若箕，修劍拄頤❶，攻狄不能下，壘枯骨成丘❷。」田單乃懼，問魯仲子曰：「先生謂單不能下狄，請問其說！」魯仲子曰：「將軍之在即墨❸，坐而織蕢❹，立則杖插❺，為士卒倡❻，曰：『可❼往矣！宗廟亡矣！亡日❽尚矣！歸於何黨❾矣！』當此之時，將軍有死之心，而士卒無生之氣，聞若❿言，莫不揮泣奮臂而欲戰，此所以破燕也。當今將軍東有夜邑⓫之奉，西有菑⓬上之虞⓭，黃金橫帶，而馳乎淄澠⓮之間，有生之樂，無死之心，所以不勝者也。」田單曰：「單有心，先生志⓯之矣。」

【章　旨】本段寫魯仲連分析田單攻狄不下的原因。

【注　釋】❶大冠若箕二句　形容田單功高位尊而躊躇滿志的樣子。大冠，《通鑑》卷四胡注：「大冠，武冠也。」箕，簸箕。修，長。拄，支撐。頤，下巴。❷壘枯骨成丘　謂壁壘枯骨成丘山。此從《通鑑》卷四。王念孫以為「當從《說苑・指武》作『攻狄不下，壘於梧丘』，於文為順，於義為長。」（見《讀書雜志・戰國策第一》）。梧，地名。❸即墨　今山東平度東南。❹蕢　草筐。❺杖插　杖，持。插，通「鍤」。農具，鍬之類。❻倡　字亦作「唱」。帶頭領唱。❼可　姚鼐注：「當作『何』字。」❽亡日　有本作「云曰」。黃丕烈案：「此『曰』字當作『白』。『云白』者，『魂魄』之省文。尚，讀為戃，即《說苑》之『魂魄喪矣』也。作『亡日』者，非。」今譯從黃說。❾黨　鮑彪注：「黨，猶鄉也。」❿若　如此。⓫夜邑　即掖邑。齊邑名，今山東掖縣。⓬菑　通「淄」。淄水。⓭虞　通「娛」。⓮淄澠　即淄水和澠水。淄水即今山東境內之淄河。澠水源出今山東臨淄東北，至博興入時水，其下游亦通稱澠水。⓯志　記。

【語　譯】於是進攻狄城，經過三個月還不能攻破啊。齊國兒童歌謠唱道：「高高的頭盔像簸箕，長長的寶劍與人齊，攻打狄城不能下，壁壘枯骨成山丘。」田單害怕，問魯仲連先生說：「先生說我不能攻下狄城，願聽一聽您的說法。」魯仲連說：「將軍在即墨的時候，坐著編製草筐，站著手拿鍬柄，為士卒們帶頭唱道：『沒有去處啦！宗廟滅亡啦！魂不在身了！無家可歸了！』在這時，將軍有必死的決心，而士卒沒有求生的想法，聽到這樣的歌唱，沒有不揮淚振臂而要求作戰的，這就是破燕的原因啊！現在將軍東有掖邑的奉養，西有淄上的娛樂，腰間橫繫黃金帶，在淄、澠二水之間騎馬奔馳，有貪生的樂趣，沒有誓死的決心。所以就不能戰勝啊！」田單說：「我存有誓死的決心，先生記著就是了！」

明日，乃厲氣❶循❷城，立於矢石之所及，援枹❸鼓之，狄人乃下。

【章　旨】本段寫田單親臨奮戰，攻下狄城。

【注　釋】❶厲氣　意氣激昂。厲，同「勵」。❷循　通「巡」。巡視。❸援枹　拿著鼓槌。

【語　譯】第二天，田單意氣激昂地巡視城下，站在對方矢石能射到的地方，拿著鼓槌擊鼓督戰，狄城遂被攻破。

【研　析】本篇實近於史傳中記事之文，因篇中主線乃記事而非記言。故本書所錄《國策》諸章，除書信外，多用「說」、「止」之類字眼，獨本篇選用一「論」字。田單攻狄不下，到最後終於攻下，關鍵作用在於魯仲連之論。在此論中，魯仲連揭示了田單在復齊與攻狄兩次戰鬥中的不同心態。復齊以必死之心，攻狄則身居安樂之中。諺曰：「哀兵必勝，驕兵必敗。」講的也正是這個道理。為了突出兩種心態的不同，文中特錄入兩首歌謠作為對照，使全文更為形象生動而頗多深意。王文濡評曰：「復齊之功，單不為小，而驕心一起，致挫於區區之狄，將兵者其鑑諸！」

戰國策

魯仲連遺燕將書

【題解】本篇並見於《戰國策・齊策六》、《史記・魯仲連鄒陽列傳》，文字略異。《史記》書信之前載：「其後（按：指卻秦軍後）二十餘年，燕將攻下聊城，聊城人或讒之燕，燕將懼誅，因保守聊城歲餘，士卒多死而聊城不下。魯連乃為書，約之矢以射城中，遺燕將。」聊城，齊邑，在今山東聊城市北。書信中首先說明燕將保於聊城是徒勞之舉，有背於智者、勇士、忠臣的節操，然後指出歸燕、遊齊的兩條出路，末引管仲、曹沫不拘於「小節」、「小恥」以成大功榮名的事例，用以鼓勵燕將。據《史記》介紹，燕將見書後乃自殺，聊城下。所謂「燕將」，不傳其名。書信寫作年代，《國策》著於田單復齊（西元前二七八年）之後，但書中引燕將栗腹之敗（西元前二五一年），二者相距二十餘年，魯連焉得預知。《史記》著於卻秦軍（西元前二五七年）之後二十餘年，但韓亡於卻秦後二十七年，再過八年則燕亡。齊、燕此時安得有此相爭之事，其誤更甚。今暫從《通鑑》、《大事記》繫於燕王喜五年、齊王建十五年（西元前二五〇年）。此說雖亦未盡善，因田單於齊王建元年（西元前二六四年）出為趙相，《史記》不言其返齊事。但諸說中，以此說較為折中，故姑從之。

吾聞之，智者不倍❶時而棄利，勇士不怯死❷而滅名，忠臣不先身而後君。今公行一朝之忿，不顧燕王之無臣，非忠也；殺身亡聊城，而威不信❸於齊，非勇也；功敗名滅，後世無稱焉，非智也。三者世主不臣，說士不載，故智者不再計，勇士不怯死。今死生榮辱貴賤尊卑，此時不再至❹，願公詳計而無與俗同。

【章　旨】本段提出智者、勇士、忠臣的節操標準，以供燕將借鑑。

【注　釋】❶倍　通「背」。❷怯死　怕死。《史記》作「卻死」。《索隱》「卻死猶避死也。」亦通。❸信　通「伸」。❹此時不再至　意謂此時為榮辱關鍵時刻。林雲銘曰：「首段側重『擇利而行為智』，不可畏首畏尾，坐失事機。」

【語　譯】我聽說，智者不作背時而棄利的事，勇士不作怕死而滅名的事，忠臣不作先己而後君的事。現在您出於一時憤慨，不顧燕王失去大臣，這是不忠啊；殺身而丟掉聊城，而聲威不能伸展到齊國，這是不勇啊；功績廢敗名聲消失，後世無所稱譽，這不是智啊。具備這三條的人，當代的君主都不會把他任為大臣，遊士說客也不會把他傳載，所以智者不猶豫再三，勇士不會怕死。現在是決定您死生榮辱、貴賤尊卑的關鍵，這種時機不再有，希望詳加計慮，不要與一般俗見相同。

且楚攻齊之南陽❶，魏攻平陸❷，而齊無南面之心，以為亡南陽之害小，不如得濟北❸之利大，故定計審處之❹。今秦人下兵，魏不敢東面，衡秦❺之勢成，楚國之形危。齊棄南陽，斷右壤❻，定濟北，計猶且❼為之也。且夫齊之必決於聊城，公勿再計。今楚魏交退於齊，而燕救不至。以全齊之兵，無天下之規❽，與聊城共據期年之敝，則臣見公之不能得也。且燕國大亂，君臣失計，上下迷惑。栗腹❾以十萬之眾五折於外，以萬乘之國被圍於趙，壤削主困，為天下僇❿笑。國敝而禍多，民無所歸心。今公又以敝聊之民，距⓫全齊之兵，是墨翟之守⓬也；食人炊骨⓭，士無反北⓮之心，是孫臏⓯之兵也。能見於天下⓰。

【章　旨】本段分析形勢，指出聊城為齊必爭之地，而燕民心動盪，聊城之民不足以對抗全齊之兵。

【注　釋】❶南陽　齊地區名，在泰山南、汶水北一帶。南與魯為鄰，西元前二五五年，楚伐魯，五年後滅之。攻南陽疑在此時。❷平陸　在今山東汶上縣北。西元前二五四年魏取陶郡及衛地，平陸近陶、衛，魏攻平陸疑在此時。❸濟北　濟水之北。指聊城所在地。❹審處之　《戰國策》作「而堅守之」。❺衡秦　猶與秦連橫。❻右壤　指平陸。平陸在齊西，故稱。❼且　《戰國策》作『必』。❽天下之規　指天下謀齊。規，謀劃。❾栗腹　燕相。西元前二五一年，燕王喜不聽樂間、將渠之諫，堅持派栗腹、卿秦率軍攻趙。趙將廉頗大破燕軍，殺栗腹，進圍燕都。燕以將渠為相，向趙請和解圍。❿僇　辱。⓫距　通「拒」。⓬墨翟之守　言燕將守城有方，可比墨翟。據《墨子．公輸》載：公輸般為楚造雲梯，將攻宋。墨子聞之，自齊之楚見公輸般。墨子解帶為城，以牒為械，公輸般九設攻城之機變，墨子九拒之，公輸般之攻械盡，墨子防禦之方有餘。⓭炊骨　以骨為薪，生火煮飯。此指燕將士居圍城中的困窘。⓮反北　叛逃。⓯孫臏　戰國時著名軍事家，曾為齊威王軍師，著有《孫臏兵法》。⓰能見於天下　能，才能。見，通「現」。林雲銘云：「此段言燕國大亂，以孤城能守期年，人之所難。即棄之而去，亦可告無罪。」

【語　譯】況且楚國攻齊之南陽，魏國攻平陸，齊國無南向與楚、魏爭奪之心，以為丟失南陽的危害小，不如得到濟北的利益大，所以定計慎重處置。如今秦人派兵救齊，魏國不敢東向攻齊，齊國與秦國連橫的形勢已形成，楚國的形勢就危險了。齊國拋棄南陽，丟掉平陸，只要求平定濟北，決計將這樣進行啊。再說齊國必定在聊城決戰，您不要再作其他打算了。現在楚國和魏國都從齊國撤兵，燕國的援救又不來。齊國可以拿出整個兵力，天下又沒有誰圖謀齊國，因而與聊城相持已經一年，雙方都已疲憊，那麼我見到您是不能抵擋齊兵的啊。況且燕國大亂，君臣失計，上下迷惑。栗腹將十萬之眾五次失敗於外，以萬乘大國被趙國包圍，土地被占，君主受困，被天下人恥笑。國家困頓而禍亂眾多，民心渙散不安。現在您又僅憑聊城的困頓之民，來對抗整個齊國的兵力，這真如同墨翟那樣善於防守啊；城中以人肉為食，以白骨為炊，士卒卻無叛逃之心，這真如同孫臏的兵卒啊。您的才能已經顯現於天下了。

雖然，為公計者，不如全車甲以報於燕。車甲全而歸燕，燕王必喜；身全而歸於國，士民如見父母，交遊攘臂而議於世，功業可明。上輔孤主❶，以制群臣；下養百姓，以資說士；矯國更俗，功名可立也。亡意❷亦捐燕棄世東遊於齊乎？裂地定封，富比乎陶、衛❸，世世稱孤❹，與齊久存，又一計也。此兩計者，顯名厚實也。願公詳計而審處一焉。

【章　旨】本段為燕將提出兩計，或退兵歸燕，或投奔於齊。

【注　釋】❶孤主　指燕王。此時（西元前二五〇年），燕王喜新立僅五年。❷亡意　無意。❸陶衛　魏冉封陶，商君乃衛諸公子，二人皆顯富貴，故喻。此言降齊可得富貴。一說，指善於貨殖的范蠡及子貢，范蠡居陶，稱陶朱公。子貢衛人，亦稱衛賜（見《左傳》）。此言「富比陶衛」，似後說為長。❹稱孤　裂地定封，可比侯王。

【語　譯】雖然如此，為您著想，不如保全車甲以回報燕王。車甲完整地回到燕國，燕王必定高興；活著回到燕國，士人百姓好像見到父母，朋友們興奮振作議論於世，功業自可顯揚。對上輔佐君主，以掌握群臣；對下贍養百姓，以幫助遊士說客；改變國家的風俗，功名可以建立啊。或者是否有意拋棄燕國而東遊於齊國呢？割地定封，富裕可與范蠡、子貢比美，世世代代成為封君，與齊國長久保存，這又是一種打算啊。這兩種打算，或是名顯或是實富，希望您詳加考慮而慎重選擇其一啊。

且吾聞之，規❶小節者不能成榮名，惡小恥者不能立大功。昔者，管夷吾射桓公中其鉤❷，篡也；遺公子糾不能死❸，怯也；束縛桎梏❹，辱也。若此三行者，世主不臣，而鄉里不通❺。鄉使管仲幽囚而不出，身死而不反於齊，則亦名不免為辱人賤行矣。臧獲❻且羞與之同名矣，況世俗乎！故管子不恥身在縲紲❼之中，而恥天下之不治；不恥不死公子糾，而恥威之不信❽於諸侯。故兼三行之過，而為五霸首，名高天下，而光燭❾鄰國。曹子❿為魯將，三戰三北，而亡地五百里。鄉使曹子計不反顧，議不還踵⓫，刎頸而死，則亦名不免為敗軍禽⓬將矣。曹子棄三北之恥，而退與魯君計。桓公朝天下，會諸侯，曹子以一劍之任，枝⓭桓公之心於壇坫⓮之上，顏色不變，辭氣不悖⓯，三戰之所亡，一朝而復之，天下震動，諸侯驚駭，威加吳、越。若此二士者，非不能成小廉而行小節也，以為殺身亡軀，絕世滅後，功名不立，非智也。故去感忿之怨，立終身之名，棄忿悁⓰之節，定累世之功，是以業與三王爭流，而名與天壤相弊⓱也。願公擇一而行之。

【章旨】本段引述管仲、曹沫的史事，奉勸燕將不要拘於小節、小恥以成大的功名。

【注釋】❶規　約束。❷管夷吾句　春秋齊襄公時，齊國內亂，諸公子皆出奔。管仲、召忽隨公子糾奔魯，鮑叔牙隨公子小白奔莒。襄公被殺，國人欲迎小白為君。魯聞之，亦發兵送糾，並遣管仲領兵截小白，射小白帶鉤。小白先入齊，自立為君，是為桓公。❸遺公子糾不能死　桓公即位，請魯國殺公子糾，召忽自殺。管仲請將自己囚送回齊國。遺，棄。❹束縛桎梏　指囚送回齊。❺通　交往。❻臧獲　奴婢。❼縲紲　被綑綁。指被囚。❽信　通「伸」。❾燭　照。❿曹子　曹沫。魯人，曾事魯莊公。為將，與齊戰三戰三敗。後齊桓公與魯盟於柯，曹沫持匕首劫桓公，盡復魯國失地。⓫還踵　旋踵；轉身。

⑫禽　通「擒」。⑬枝　《史記索隱》：「枝，猶擬也。」《戰國策》作「劫」。⑭壇坫　會盟之臺。⑮悖　亂。⑯忿悁　氣憤。⑰天壤相弊　鮑彪注：「言天壤敝，此名乃敝。」敝，同「弊」。壞。

【語　譯】況且我聽說，拘泥於小節的人不能成就美名，不忍小恥的人不能建立大功。從前，管夷吾射齊桓公射中了他的衣帶鉤，這是篡逆；拋下公子糾而不能效死，這是怯懦；被綑綁披枷戴鎖，這是恥辱。像這三種行為都具備的人，當世君主不屑以為臣子，鄉黨的人也不會同他交往。過去假如管子被幽囚而不出，寧死而不回到齊國，那麼管子包括他的名聲也免不了是個受辱的卑賤之人罷了。就是奴僕也會恥於同他並稱了，何況是世上的一般人呢！所以管子不以身處縲絏之中為恥，而以為恥的是天下沒有得到治理；不以不從公子糾效死為恥，而以威望沒有伸張到各諸侯國為恥。所以管子兼有這三種行為的過失，卻使齊國成為五霸之首，名高天下，光照鄰國。曹沫作魯將率兵與齊國打仗，三戰而三敗，喪失土地五百里。假使曹沫謀事不知進退，論事不知轉向，刎頸而死，那麼也不免背上敗軍擒將的名聲了。曹沫拋開三敗的恥辱，而回頭與魯國君主謀劃。齊桓公率天下朝拜，與各國諸侯相會，曹沫僅憑一把寶劍，在盟誓壇臺上對準桓公的胸膛，面色不變，說話不亂，三戰所失去的土地，一朝工夫就收了回來，天下為之震動，諸侯驚駭，聲威影響到吳國和越國。像這兩位士人，並非不能殺身以便成就小廉、實行小節啊，他們認為殺身亡命，絕世滅後，功名不立，不是理智的行為。所以去掉感忿的怨恨，建立終身的榮名，拋棄氣憤的小節，確定累代的功勳，因而業績與三王一併流傳，而名聲與天地永垂不朽。希望您選擇其中的一策加以實施。

【研　析】這封書信的目的在於勸燕將獻出孤守無援的聊城，但文中並未多借助要挾威嚇之語，主要以道理和事實進行說服，特別注意講究謀篇布局。首段指出燕將「行一朝之忿」，死守聊城，有背於忠臣、勇士、智者之所為。二段對比齊、燕兩國形勢，齊得秦助，以傾國之力圖聊城，燕則內外交困，無力施救。三段指出歸燕、遊齊兩條可行出路，前者「顯名」得貴，後者「厚實」得富。末段復以古人不「規小節」、「惡小恥」而成大功、立榮名的事例鼓勵燕將。總之，欲其棄城息兵，於齊、於燕、於己均有利而無害。這種動之以情、喻之以理、證之以史的寫法，說服力和鼓動性確是很強的。

觸龍說趙太后

戰國策

【題　解】本篇出自《戰國策・趙策四》。又載《史記・趙世家》。文字稍異。觸龍，原作「觸讋」，據《史記》及帛書《縱橫家書》改。趙太后，趙惠文王妻，孝成王母。事在趙孝成王元年（西元前二六五年）。文中觸龍以真正地愛子之道說服趙威后，以為諸侯子弟不可「位尊而無功，奉厚而無勞」，否則會「近者禍及身，遠者及其子孫」，最後太后聽從了觸龍之言，以長安君為質於齊。

趙太后新用事❶，秦急攻之。趙氏求救於齊，齊曰：「必以長安君為質❷，兵乃出。」太后不肯，大臣強諫。太后明謂左右：「有復言令長安君為質者，老婦必唾其面！」

【章　旨】本段介紹當時的緊張形勢。

【注　釋】❶趙太后新用事　趙太后，趙惠文王妻趙威后，齊女。新用事，剛開始執政。西元前二六六年，趙惠文王卒，太子丹立，即孝成王。時孝成王年少，政事由太后掌管。次年，秦國攻打趙國，攻占了趙國的三座城邑，形勢危急。❷長安君為質　長安君，趙太后少子，「長安君」為其封號。質，人質。

【語　譯】趙太后剛執政，秦國就加緊進攻趙國。趙國向齊國求援，齊國宣稱：「一定要以長安君作為人質，齊國才能出兵。」太后不肯，大臣們竭力規勸。太后明白地對左右的人表示：「如果有再說叫長安君作人質的，我定要朝他臉吐唾沫！」

左師觸龍言願見太后❶，太后盛氣而揖❷之。入而徐趨❸，至而自謝，曰：「老臣病足，曾❹不能疾走❺，不得見久矣。竊自恕，恐太后玉體之有所郄❻也，故願望見太后。」曰：「老婦恃輦❼而行。」曰：「日食飲得無衰乎？」曰：「恃鬻❽耳。」曰：「老臣今者殊不欲食，乃自強步，日三四里，少益耆食❾，和❿於身也。」曰：「老婦不能。」太后之色少解⓫。

【章旨】本段介紹觸龍初見太后候問安康以緩和太后的情緒。

【注釋】❶左師句　左師，官名。胡三省謂「冗散之官，以優老臣者也。」觸龍，《戰國策》諸本皆作「觸讋」，誤「龍」、「言」二字為一。帛書及《史記》均作「觸龍言」。王念孫云：「今本『龍言』二字，誤合為『讋』耳。太后聞觸龍願見之言，故盛氣以待之。若無『言』字，則文義不明。」❷揖　帛書及《史記》均作「胥」。胥，通「須」。等待。王念孫云：「隸書『胥』作『咠』，因訛而為『揖』，後人又加『手』旁耳。下文言『入而徐趨』，此時觸龍尚未入，太后無緣揖之也。」❸徐趨　趨，快走。當時臣見君，禮當快步走。觸龍腳有毛病，故只能徐趨。心欲快而實慢。❹曾　乃。❺疾走　快跑。❻郄　通「隙」。不舒服。❼輦　人拉的車子。一說古時王者所用車稱輦。❽鬻　通「粥」。❾少益嗜食　稍微增加一點食慾。少，稍。嗜，喜好。❿和　調和。⓫少解　稍有消散。少，通「稍」。

【語譯】左師觸龍聲言要拜見太后，太后怒氣沖沖地等待他。觸龍進門就緩慢地快步向前，到太后跟前直接謝罪，說：「我的腳有毛病，竟然不能快跑，沒有拜見您已經好久了。我私下裡原諒自己，但耽心太后貴體有所不適啊，所以希望看望太后。」太后說：「我靠輦車代步。」觸龍問：「您每天的飲食該不會減少吧？」

太后說：「靠喝點粥罷了。」觸龍說：「老臣近來食慾很不好，自己就勉強散步，每天走三四里，食慾稍有增強，對身體有所調和啊。」太后說：「我辦不到。」太后的臉色稍有緩解。

左師公曰：「老臣賤息❶舒祺，最少，不肖❷，而臣衰，竊愛憐之。願令補黑衣❸之數，以衛王宮，沒死❹以聞。」太后曰：「敬諾。年幾何矣？」對曰：「十五歲矣。雖少，願及未填溝壑❺而託之。」太后曰：「丈夫亦愛憐其少子乎？」對曰：「甚於婦人。」太后曰：「婦人異甚。」對曰：「老臣竊以為媼❻之愛燕后❼，賢於長安君。」曰：「君過矣，不若長安君之甚。」左師公曰：「父母之愛子，則為之計深遠。媼之送燕后也，持其踵，為之泣，念悲其遠也，亦哀之矣。已行，非弗思也，祭祀必祝之，祝曰：『必勿使反。』豈非計久長有子孫相繼為王也哉？」太后曰：「然。」左師公曰：「今三世以前❽，至於趙之為趙❾，趙王之子孫侯者❿，其繼⓫有在者乎？」曰：「無有。」曰：「微⓬獨趙，諸侯有在者乎⓭？」曰：「老婦不聞也。」「此其近者⓮禍及身，遠者⓯及其子孫。豈人主之子孫則必不善哉？位尊而無功，奉厚而無勞，而挾重器⓰多也。今媼尊長安君之位，而封以膏腴之地，多予之重器，而不及今令有功於國，一旦山陵崩⓱，長安君何以自託於趙？老臣以媼為長安君計短⑱也，故以為其愛不若燕后。」太后曰：「諾。恣⑲君之所使之。」於是為長安君約車⑳百乘，質於齊。齊兵乃出。

【章　旨】本段觸龍以託幼子引入正題，並以愛燕后作為對比，指出父母之愛子當為之計深遠，不可位尊而無功，俸厚而無勞。

【注　釋】❶賤息　對人謙稱自己的兒子。息，子。❷不肖　無用。肖，似。兒子不像先輩，不成器。❸黑衣　宮廷衛士之服。姚鼐注：「古者軍禮上下服同色，玄衣玄裳，故曰袀服（按兵戎之服）。宿衛者用軍禮，故皆黑衣。」❹沒死　冒死。❺填溝壑　指死。對己死的謙稱。❻媼　對老年婦女的敬稱。❼燕后　趙太后的女兒嫁給燕國國君，故稱「燕后」。❽今三世以前　即三代以前，指趙惠文王、趙武靈王、趙肅侯三代以前，即趙肅侯之前。❾至於趙之為趙　上推到趙國建立的時候，指趙烈侯時。趙烈侯六年（西元前四〇三年），周威烈王命趙、韓、魏為諸侯。❿趙王之子孫侯者　指那一段歷史時期趙王的子孫（除嫡長繼承君位）封侯的。⓫其繼　指趙王子孫的繼承人。⓬微　無。⓭諸侯有在者乎　這是個省略句子。全句大意是從今三代以前算起，上推到各諸侯立國之時，那段歷史時期各國國君封侯的子孫們，他們的後代還保存了侯位嗎。⓮近者　指遭禍時間很近的。⓯遠者　指遭禍時間遠一點的。⓰挾重器　挾，持。重器，指象徵國家權力的貴重器物。⓱山陵崩　指國君死亡。此指趙太后去世。⓲計短　考慮不長遠。⓳恣　任憑。⓴約車　束車；整頓車輛。

【語　譯】左師公說：「我的兒子舒祺，最小，不成器，可是我已衰老，又很疼愛他。希望能讓他加入宿衛的行列，以便保衛王宮，我冒著死罪把這事提出讓您知道。」太后說：「好吧。年齡多大了？」左師公回答說：「十五歲了，雖然還小，希望趁我還未填溝壑之前把他拜託給您。」太后說：「男子漢也疼愛自己的小兒子嗎？」回答說：「比婦人家還疼愛得厲害。」太后說：「婦人家疼愛得特別厲害。」回答說：「我私下認為您老人家疼愛燕后的程度，勝過疼愛長安君。」太后說：「您說錯了，不如疼愛長安君那麼厲害。」左師公說：「父母的疼愛子女，就要替他們作長遠打算。您老人家送燕后出嫁的時候，抱著她的腳跟痛哭，為她的遠嫁思念而悲傷啊，也夠可憐的了。出嫁以後，不是不想念她啊，但是每逢祭祀的時候一定要為她禱告，禱告說：『一定不要讓她回來！』這難道不是為她作長遠打算，希望她有子孫世世代代相繼為王嗎？」太后說：「是的。」左師公說：「從現在三代以前算起，一直上推到趙氏建立趙國，趙國君主的子孫受封為侯的，他們的繼承人還有保存侯位的嗎？」太后說：「沒有。」左師公說：「不僅趙國，其他各國諸侯的子孫，他們的繼承人還有保持侯位的嗎？」太后說：「我未聽說啊。」左師公說：「這就是他們有的遭禍患早一點的就落到自己頭上，有的遭禍患晚一點的就落到他們子孫頭上。難道君主的子孫就一定不好嗎？是因為他們的地位高卻沒功勳，俸祿厚卻沒有勞績，並且擁有大量的貴重寶器啊！現在您老人家提高長安君的地位，而且封給他肥沃的土地，賜給他很多的寶器，然而卻不趁現在讓他對國家有所貢獻，一旦您老人家與世長辭，長安君憑什麼在趙國立足呢？我認為您為長安君沒有從長考慮啊，所以我認為您對他的疼愛不如燕后。」太后說：「好吧！任憑您怎麼安排他。」於是就給長安君準備一百輛車子，到齊國去作人質。齊國救兵於是開出。

子義❶聞之，曰：「人主之子也，骨肉之親也，猶不能恃無功之尊❷，無勞之奉，以守金玉之重❸也，而況人臣乎？」

【章旨】通過子義進行評論以突出主旨。

【注釋】❶子義　鮑彪注：「趙之賢士。」❷尊　指尊顯的地位。❸重　指重器。

【語譯】子義得知這件事，說：「國君的兒子啊，至親的骨肉啊，尚且不能倚仗沒有功勳取得的高位，沒有勞績取得的俸祿，並擁有金玉的重器啊，更何況作臣子的呢？」

【研析】觸龍面對盛怒的太后，先從飲食起居緩緩道來以創造融洽的氣氛，動之以情，喻之以義，終使太后緩解怒氣而樂於從諫，其義也正，其辭也婉而肅，可謂善諫矣。吳楚材、吳調侯云：「左師悟太后，句句閑話，步步閑情。又妙在從婦人情性體貼出來，便借燕后反襯長安君，危辭警動，便爾易人。老臣一片苦心，誠則生巧，至今讀之，猶覺天花滿目，又何怪當日太后之欣然聽受也。」

馮忌止平原君伐燕

戰國策

【題解】本篇出自《戰國策・趙策三》。馮忌以強秦攻弱趙難下的實例說明攻難守易的道理，今以弱趙攻強燕必不能勝，同時會給秦以可乘之機，蹈強吳之所以亡的覆轍。於是平原君聽諫不伐燕。事在周赧王五十九年（西元前二五六年）。

平原君謂馮忌❶曰：「吾欲北伐上黨❷，出兵攻燕，何如？」馮忌對曰：「不可！夫以秦將武安君公孫起❸乘七勝之威，而與馬服子❹戰於長平❺之下，大敗趙師，因以其餘兵圍邯鄲之城。趙以七敗之餘，收破軍之敝❻，而秦罷❼於邯鄲之下。趙守而不可拔者，以攻難而守者易也。今趙非有七克之威也，而燕非有長平之禍也。今七敗之禍未復，而欲以罷趙攻強燕，是使弱趙為強秦之所以攻，而使強燕為弱趙之所以守。而強秦以休兵❽承趙之敝，此乃強吳之所以亡，而弱越之所以霸❾。故臣未見燕之可攻也。」平原君曰：「善哉！」

【注　釋】❶馮忌　平原君門客。鮑彪注：「後稱外『臣』，知非趙人。」❷上黨　鍾鳳年云：「當是『上谷』之訛，上谷為燕地，近於趙之代郡。」❸武安君公孫起　即白起。❹馬服子　原作「馬服之子」，即趙括。其父趙奢，曾大破秦軍，賜號「馬服君」。王念孫云：「本無『之』字，後人以趙括為趙奢之子，因加『之』字耳。不知當時人稱趙括為馬服子，沿其父號而稱之也。馬服子猶言馬服君。」❺長平　趙邑，今山西高平西北。❻收破軍之敝　王念孫云：「『敝』亦『餘』也。『收破軍之敝』，所謂收合餘燼也。」❼罷　通「疲」。❽休兵　休整之士卒。❾此乃強吳之所以亡二句　春秋末期吳王夫差敗越，越王句踐經過十年生聚十年教訓以恢復國力，趁夫差北伐齊之機，一舉滅吳而稱霸。此以吳、越事比趙伐燕，當吸取吳國的教訓。

【語　譯】平原君對馮忌說：「我想向北進攻上谷，出兵攻打燕國，怎麼樣？」馮忌回答說：「不行！那秦國將領武安君公孫起乘著七次戰勝趙國的威勢，與馬服君在長平城下作戰，大敗趙國的軍隊，接著用剩餘的兵力圍攻邯鄲城。趙國憑藉打過七次敗仗的餘軍，收集殘兵敗卒進行防守，而秦軍則在邯鄲城下弄得疲憊不堪。趙國的防守所以不可攻破，是因為進攻困難而防守容易啊。現在趙國沒有當時像秦國連勝七次的威勢，而燕國也沒有像當時趙國長平大敗的禍患啊。如今趙國戰敗七次的禍患還沒有得到恢復，竟要以疲憊的趙國去進攻強盛的燕國，這就好比用弱趙代替強秦去進攻，而讓強燕代替弱趙去防守一樣。而且強秦會利用已經休整的兵力，趁趙國攻燕困頓的時機發起進攻，這就是昔日強吳之所以滅亡，而弱越之所以稱霸的原因啊。所以我看不出燕國有可攻之機啊。」平原君說：「好吧！」

【研　析】平原君欲以屢敗之餘，邯鄲圍解之後一年，就準備興兵征伐未受損傷之強燕，這一決策的錯誤，是極其明顯的。故馮忌的諫止，並不用長篇大論，多費唇舌。他只強調兩點：一是強弱之不同，趙承七敗之餘，故稱「弱趙」、「強燕」。二是攻守之勢不同，即「攻難守易」。在說理之中，又輔以對比，如用秦以七勝之威圍邯鄲，趙以七敗之敝守邯鄲，而秦不能拔；今以弱趙代強秦去攻，強燕代弱趙為守，結局如何，不言自明。何況趙、燕交兵，強秦乘其後，正如當年吳、越故事。通過這些史實對比，道理自然十分清楚而明白了。王文濡評之曰：「屢敗之餘，尚思黷武，是自速其亡耳。不有馮忌，其能國乎？」

蔡澤說應侯

戰國策

【題解】本篇並見於《戰國策·秦策三》及《史記·范雎蔡澤列傳》。篇中蔡澤通過與應侯（即秦相范雎）的對話，就商君、吳起、大夫種等歷史人物進行評論，認為君明臣賢才是國家的福，作人臣的要身與名俱全才是上計。依據物盛必衰、功成身退的道理，指出應侯祿位已過以上三子，其功績已達極盛，「成功之下，不可久處」，因奉勸應侯退相印、讓賢者，以達到身名兩全的目的。應侯對蔡澤的話表示同意，終以上賓接待蔡澤。事繫於秦昭王五十二年（西元前二五五年）。

蔡澤❶見逐於趙，而入韓、魏，遇奪釜鬲❷於涂❸。聞應侯任鄭安平、王稽❹，皆負重罪，應侯內慙，乃西入秦。

【章旨】本段記述蔡澤西入秦。

【注釋】❶蔡澤　燕國人。曾游說各國。西元前二五六年乘秦剛被趙、魏、楚聯軍打敗，秦相范雎失意的時機，勸說范雎辭退，被任為相國，獻計秦昭王攻滅西周。幾月後辭去相位，被封為剛成君。居留秦國十餘年，秦始皇時曾出使燕國。❷釜鬲　炊具，鍋與空足鼎。❸涂　同「塗」。❹鄭安平王稽　鄭安平，魏人，曾暗向秦使王稽薦范雎。雎事秦昭王，舉安平為將軍、王稽為河東守。後安平兵敗降趙，王稽與諸侯暗通關節。

【語譯】燕人蔡澤被趙國驅逐，來到韓、魏，在途中鍋和鼎又被人劫去。他聽說應侯范雎任用鄭安平、王稽，二人都犯了重罪，應侯感到很內疚，便趁機西入秦。

將見昭王，使人宣言以感怒應侯曰：「燕客蔡澤，天下駿雄弘辯❶之士也。彼一見秦王，秦王必相之而奪君位。」應侯聞之，曰：「五帝三代之事，百家之說，吾既知之，眾口之辯，吾皆摧❷之，彼惡能困我而奪我位乎？」使人召蔡澤。蔡澤入，則揖❸應侯。應侯固不快，及見之，又倨。應侯因讓❹之曰：「子嘗宣言代我相秦，豈有此乎？」對曰：「然。」應侯曰：「請聞其說。」蔡澤曰：「吁！君何見之晚❺也！夫四時之序，成功者去。夫人生手足堅強，耳目聰明而心聖智，豈非士之所願與？」應侯曰：「然。」蔡澤曰：「質❻仁秉義，行道施德，得志於天下，天下懷樂敬愛而尊慕之，皆願以為君王，豈不辯智之期與？」應侯曰：「然。」蔡澤復曰：「富貴顯榮，成理萬物，萬物各得其所；性命壽長，終其天年❼而不夭傷；天下繼其統❽，守其業，傳之無窮；名實純粹❾，澤流千里，世世稱之而毋絕，豈非道德之符❿，而聖人所謂吉祥善事與？」應侯曰：「然。」

【章　旨】本段蔡澤見應侯指出建功立業、富貴顯榮而傳之無窮是一般士人追求的目標，從而為後文功成身退的進說作鋪墊。

【注　釋】❶駿雄弘辯　駿雄，指傑出的人才。弘辯，大辯。❷摧　折。指辯勝。❸揖　揖而不拜，故下文云「倨」。倨，傲。❹讓　責備。❺見之晚　見識太遲，早該覺悟。❻質　《漢書・石奮傳》師古注：「質，重也。」猶言重視。❼天年自然年限。❽統　緒。❾純粹　鮑彪注：「言其兩全美。」❿符　符驗；徵兆。

【語　譯】蔡澤將要拜見昭王，使人揚言激怒應侯說：「燕國客人蔡澤，是天下的雄俊善辯之士啊！他一見秦王，秦王肯定會用他作相國而取代應侯的相位。」應侯聽到這個消息，說道：「五帝三王的事情，諸子百家的學說，我已經悉知了，眾口的辯論，我都能摧折它，他怎麼能讓我受困而奪取我的相位呢？」使人召見蔡澤。蔡澤進入相府，只是長揖不拜。應侯本就不愉快，等到見面，蔡澤又顯得倨傲。應侯於是責備蔡澤說：「你曾經揚言要替代我作秦相，難道有這事嗎？」回答說：「是的！」應侯說：「願聽聽你的說法。」蔡澤說：「唉！您的見識怎麼如此之晚啊！那四季的順序，春種、夏長、秋收、冬藏，完成其功用的就要退去。人生手足結實，耳聰目明，心神智慧，難道不是士人所希望的嗎？」應侯說：「是的！」蔡澤說：「重仁守義，行道施德，在天下得志，天下的人都樂於敬愛而尊重仰慕他，都願意把他作為君王對待，難道不是明智之士所期望的嗎？」應侯說：「是的！」蔡澤又說：「富貴榮顯，萬物成功治理，各自得到恰當的安排；人生年壽長久，自然老死而不中途夭傷；天下繼承他的傳統，保持他的業績，留傳到無窮無盡；有名有實，純潔美好，恩澤流布千里，世世代代稱頌不斷，這難道不是道德的效驗，聖人所說的吉祥美事嗎？」應侯說：「是的！」

澤曰：「若秦之商君❶，楚之吳起❷，越之大夫種❸，其卒亦可❹願與？」應侯知蔡澤之欲困己以說，復繆❺曰：「何為不可？夫公孫鞅之事孝公也，極身❻毋貳慮❼，盡公而不顧私，設刀鋸❽以禁姦邪，信賞罰以致治。竭智能，示情素❾，蒙怨咎，欺舊交，虜魏公子卬❿，安秦社稷，利百姓，卒為秦禽將破敵，攘⓫地千里。吳起之事悼王也，使私不得害公，讒不得蔽忠，言不取苟合，行不取苟容，行義不顧毀譽，必欲霸主強國，不辭禍凶。大夫種之事越王也，主雖困辱，悉忠⓬而不解⓭，主⓮雖亡絕，盡能而不離，多功而不矜，貴富不驕怠。若此三子者，義之至也，忠之節也。是故君子以義死難，視死如歸，生而辱，不如死而榮。士固有殺身以成名，義之所在，身雖死無憾，何為而不可哉？」

【章　旨】本段寫應侯因蔡澤提出商君、吳起、大夫種皆因功成而不知退遭到殺害的史事以難己，故佯稱三子盡忠守義、視死如歸，當死而無憾。

【注　釋】❶商君　商鞅。助秦孝公變法，孝公死，被車裂。❷吳起　衛國人，仕魏，後相楚悼王改革內政。悼王死，被貴族射殺。❸種　文種。相越王句踐滅吳，後被賜死。❹可　《古書虛字集釋》卷五：「可，所也。」❺繆　違。繆曰，指違己之心而言說。❻極身　竭己。❼貳慮　二心。❽刀鋸　指刑具。❾素　通「愫」。誠。❿欺舊交二句　秦使商鞅伐魏，魏使公子卬率師拒之。商鞅遺公子卬書曰：吾始與公子歡，不忍相欺，欲與公子相見盟。卬乃與會，鞅伏甲襲卬虜之。⓫攘　奪取。⓬悉忠　盡忠。⓭解　即「懈」。鬆懈；怠慢。⓮主　金正煒謂「主」當為「國」之訛。

【語　譯】蔡澤說：「像秦國的商君，楚國的吳起，越國的大夫種，他們的結局也是他們所希望得到的嗎？」應侯內心明白蔡澤是想用辯說來難倒自己，又故意違心地說：「有什麼不可？那公孫鞅的事奉秦孝公，終身盡忠而無二心，全心為公而不謀私利，設立刑具以禁止奸邪，信賞必罰以達到大治。竭盡自己的智慧和才能，袒露自己的真情，蒙受埋怨和指責，欺騙過去的朋友，將魏公子卬擄獲，安定秦國的社稷，使百姓得利，終於為秦國擒將破敵，開闢土地千里。吳起的事奉楚悼王，使私人不得損害國家，佞讒不得蒙蔽忠臣，聽別人說話而不隨聲附和，觀別人行為而不輕易贊同，堅持大義而不顧旁人毀謗或讚譽，一定要使楚主稱霸，楚國富強，而不迴避禍難兇險。大夫種的事奉越王，越王雖然遭到困辱，總是盡忠而不怠慢，國家雖然面臨滅亡祭祀斷絕，仍然盡其所能而不離開，功勞雖多而不誇耀，富貴既得而不驕怠。像這三個人，乃是義的榜樣，忠的楷模啊。因此君子憑著大義可以死於禍難，視死如歸，與其活著受辱，不如死了光榮。士人本就具有殺身以成名的節操，只要大義所在，即使死了也沒有什麼遺憾和後悔，有什麼不可以的呢？」

蔡澤曰：「主聖臣賢，天下之福也。君明臣忠，國之福也。父慈子孝，夫信婦貞，家之福也。故比干❶忠不能存殷，子胥❷智不能存吳，申生❸孝而晉國亂❹。是皆有忠臣孝子，而國家滅亂者，何也？無明君賢父以聽之，故天下以其君父為戮❺辱，而憐其臣子。今商君、吳起、大夫種之為人臣是也，其君非也。故世稱三子致功而不見德，豈慕不遇世死乎❻？夫待死而後可以立忠成名，是微子❼不足仁，孔子不足聖，管仲不足大也。夫人之立功，豈不期於成全耶？身與名俱全者，上也。名可法而身死者，其次也。名在僇辱而身全者，下也❽。」於是應侯稱善。

【章　旨】本段蔡澤提出立功的最高標準在身名俱全。

【注　釋】❶比干　殷紂王叔父，以諫紂王被殺。❷子胥　伍員。❸申生　晉獻公太子，為驪姬所讒，被獻公賜死。❹晉國亂　申生死後，諸公子爭位，晉國大亂。❺戮　辱。❻今商君吳起四句　按：《戰國策》無此四句。❼微子　名啟，紂王庶兄，因數諫不被採納而出走。殷亡，周武王封之於宋，成為宋國的開國之君。❽夫人之立功八句　按：《戰國策》無此八句。

【語　譯】蔡澤說：「天子聖明，臣子賢能，是天下的福分。國君明智，臣子忠誠，是國家的福分。父親慈愛，兒子孝順，丈夫誠實，妻子貞潔，這是一家的福分。所以比干雖然忠誠卻不能保存殷代，伍子胥雖然智慧卻不能保存吳國，太子申生雖然孝順而晉國還遭動亂。這些人都是忠臣孝子，而國家卻遭滅亡動亂，是什麼原因呢？是因為沒有明君賢父來接受忠臣孝子的意見，所以天下人認為他們的君父可以唾棄，而憐憫那些忠臣孝子。現在看來，商君、吳起、大夫種作為人臣是對的啊，他們的國君不對啊。所以世人稱道他們三人立了功勞卻沒有得到好的回報，難道是羨慕他們生不逢時作出犧牲嗎？如果等到殺身以後才可以立忠成名，這就是說微子就不能算作仁人，孔子就不能算作聖人，管仲就不能算作偉大啊。至於人們的立功，難道不期望名成身全嗎？身與名二者都保全的，算是上等。名聲被人們效法而本人死了的，算是次等。名聲蒙受恥辱而自身保全的，算是下等。」於是應侯稱道很好。

蔡澤得少間，因曰：「商君、吳起、大夫種，其為人臣，盡忠致功，則可願矣。閎夭❶事文王，周公輔成王也，豈不亦忠聖乎？以君臣論之，商君、吳起、大夫種其可願孰與閎夭、周公哉？」應侯曰：「商君、吳起、大夫種不若也。」蔡澤曰：「然則君之主慈仁任❷忠，惇厚❸舊故，其賢智與有道之士為膠漆❹，義不倍❺功臣，孰與秦孝、楚悼、越王乎？」應侯曰：「未知何如也。」蔡澤曰：「今主親忠臣，不過秦孝、越王、楚悼。君之設❻智能，為主安危修政，治亂強兵，批患折難❼，廣地殖穀，富國足家，強主、尊社稷、顯宗廟，天下莫敢欺犯其主，主之威蓋震海內，功彰萬里之外，聲名光輝傳於千世，君孰與商君、吳起、大夫種？」應侯曰：「不若。」蔡澤曰：「今主之親忠臣，不忘舊故，不若孝公、悼王、句踐；而君之功績愛信親幸，又不若商君、吳起、大夫種，然而君之祿位貴盛，私家之富過於三子，而身不退，恐患之甚於三子，竊為君危之！

【章旨】本段蔡澤指出應侯功不及三子而祿位有過，如不退身，其禍必甚於三子。

【注釋】❶閎夭　周文王四友之一，武王十亂（治）臣之一。❷任　信。❸惇厚　厚道。《戰國策》作「不欺」，意同。❹膠漆　喻結合緊密。❺倍　通「背」。❻設　施。❼批患折難　排除患難。批，排開。折，制止。

【語譯】蔡澤停了一會兒，接著說：「商君、吳起、大夫種，他們作為人臣，為君主盡忠心創造功業，那麼可以說如願了。閎夭事奉文王，周公輔佐成王，難道不也是忠誠智慧嗎？以君臣關係而論，商君、吳起、大夫種，他們與閎夭、周公相比哪個更如願呢？」應侯說：「商君、吳起、大夫種不如啊。」蔡澤說：「那麼您的君主愛仁人信忠臣，對故舊誠實厚道，他的賢智與有道之士的結合如膠漆那樣緊密，堅持大義而不背棄功臣，與秦孝公、楚悼王、越王句踐相比，哪個強呢？」應侯說：「不知道怎麼樣啊。」蔡澤說：「當今您的君主親近忠臣，趕不上秦孝公、越王、楚悼王。而您施展才智，為君主轉危為安，理順政事，治理動亂，加強軍備，排除禍患，擴展土地，種植五穀，富國足家，加強君主的權力，尊奉社稷，光顯宗廟，天下無人敢侵犯國家，君主的威力覆蓋震懾海內，功德彰顯於萬里之外，名聲的光輝流傳千世，在這方面您與商君、吳起、大夫種相比，哪個強呢？」應侯說：「我不如他們。」蔡澤說：「當今您的君主親忠臣，不忘故舊，趕不上孝公、悼王、句踐；而您的功績和受寵信親幸，又不如商君、吳起、大夫種，然而您的祿位貴盛，私家的財富超過他們三人，而自身不引退，恐怕您的禍患比他們三人還要厲害，我私下為您感到危險。

「語曰：『日中則移，月滿則虧❶。』物盛則衰，天之常數也。進退、盈縮、變化，聖人之常道也。故國有道則仕，國無道則隱❷。聖人曰：『飛龍在天，利見大人❸。』『不義而富且貴，於我如浮雲❹。』今君之怨已讎❺而德已報，意欲至矣，而無變計，竊為君不取也。且夫翠鵠❻犀象，其處埶非不遠死❼也，而所以死者，惑於餌也。蘇秦、智伯❽之智，非不足以辟辱遠死也，而所以死者，惑於貪利不止也。是以聖人制禮節欲，取於民有度，使之以時，用之有止，故志不溢，行不驕，常與道俱❾而不失，故天下承而不絕。昔者齊桓公九合諸侯，一匡天下，至葵丘之會❿，有驕矜之志，畔⓫者九國。吳王夫差⓬，兵無敵於天下，勇強以輕諸侯，陵⓭齊、晉，遂以殺身亡國。夏育、太史啟⓮，叱呼駭三軍，而身死於庸夫。此皆乘至盛而不返道理⓯，不居卑退處儉約之患也。」

【章　旨】本段蔡澤以物盛則衰來論證應侯當退身處約。

【注　釋】❶日中則移二句　《周易・豐卦》彖辭：「日中則昃，月盈則食。」❷國有道則仕二句　《論語・泰伯》：「天下有道則見，無道則隱。」〈衛靈公〉：「邦有道則仕，邦無道則可卷而懷之。」❸飛龍在天二句　語出《周易・乾卦》九五爻辭。飛龍在天，比喻事物發展到極盛，有利於去見君上。大人，有位者之稱。這裡主要是用上句喻義。❹不義而富且貴二句　見《論語・述而》。❺讎　通「酬」。報。❻翠鵠　鳥類。翠，青羽雀。鵠，大雁。❼遠死　遠離死亡；避死。❽蘇秦智伯　蘇秦，在齊被刺而死。智伯，晉六卿之一，被三家消滅。❾與道俱　行不離正道。❿葵丘之會　《左傳・僖公九年》：

「秋，齊侯盟諸侯於葵丘。」葵丘，春秋時宋地，在今河南蘭考、民權境內。⓫畔　通「叛」。⓬夫差　吳王闔廬之子，伍子胥輔之以成霸業。敗越之後，又屢北伐齊，並會諸侯於黃池而與晉定公爭諸侯長，後越王趁機滅國身亡。⓭陵　侵犯。⓮夏育太史啟　夏育，古勇士。太史啟，未詳，似亦為古代勇士。諸祖耿以「太史啟」三字為「太噭」二字之訛。噭，呼號之聲。⓯不返道理　指反躬自問自身行為是否符合道理。《戰國策》作「不及道理」。

【語譯】「俗語說：『太陽當頂就要偏西，月亮盈滿就要損缺。』事物發展到極盛就要衰落，這是天道永恆的規律啊。有進有退，有盈有縮，變化不居，這是聖人的永恆之道啊。所以國家有道就出仕，國家無道就歸隱。聖人說：『飛龍升到天頂，大人見而有利。』『如果不依據大義而得到富貴，對我來說好像浮雲一樣。』如今您的怨恨已伸雪，恩德已報答，欲望都實現了，卻沒有變動的打算，我私下為您不取啊。況且那翠鳥、大雁、犀牛、大象，牠們的棲身之地並不是不遠離死難，而遭遇死難的原因，就是為誘餌所惑啊。蘇秦、智伯的智慧，並不是不足以避開遭遇凌辱和死難，而遭遇死難的原因，是由於為貪利不止所惑啊。因此聖人制禮以節制貪欲，徵稅有一定標準，使民有一定季節，開支有一定限度，所以心志不放蕩，行為不驕奢，常與道相合而不分離，所以天下繼承聖人之道而不斷絕。昔日齊桓公九次召集諸侯，把天下扶正，可是到了葵丘的會盟，產生了驕傲自滿的情緒，結果有不少諸侯背叛盟約。吳王夫差，兵力本無敵於天下，由於恃勇逞強輕視諸侯，侵凌齊、晉，終歸殺身亡國。夏育、太史啟，吼叫一聲使三軍驚駭，卻死於凡夫之手。這些都是由於升到極盛而不懂得反躬自問自己行為是否符合道理，不懂得居於卑下退處儉約所帶來的後患啊。

「夫商君為孝公明法令，禁姦本，尊爵必賞，有罪必罰，平權衡，正度量，調輕重，決裂阡陌，以靜生民之業而一其俗，勸民耕農利土，一室無二事❶，力田稸❷積，習戰陳❸之事，是以兵動而地廣，兵休而國富，故秦無敵於天下，立威諸侯，成秦國之業。功已成矣，遂以車裂。楚地方數千里，持戟百萬，白起❹率數萬之師以與楚戰，一戰舉鄢、郢❺以燒夷陵❻，再戰南并蜀、漢。又越韓、魏攻強趙，北坑馬服❼，誅屠四十餘萬之眾，盡之於長平之下，流血成川，沸聲若雷，遂入圍邯鄲，使秦有帝業❽。楚、趙天下之強國而秦之讎敵也，自是之後，趙、楚懾服不敢攻秦者，白起之埶也。身所服者七十餘城，功已成矣，而遂賜劍死於杜郵❾。吳起為楚悼王立法，卑減大臣之威重，罷無能，廢無用，損不急之官，塞私門之請，一楚國之俗，禁遊客之民，精耕戰之士，南攻揚、越❿，北并陳、蔡，破橫散從，使馳說之士無所開其口，禁朋黨以厲⓫百姓，定楚國之政，兵震天下，威服諸侯。功已成矣，而卒支解⓬。大夫種為越王深謀遠計，免會稽之危，以亡為存，因辱為榮，墾草創邑，辟地殖穀，率四方之士，專上下之力，輔句踐之賢，報夫差之讎，卒禽勁吳，令越成霸。功已彰在信⓭矣，句踐終負而殺之。此四子者，功成而不去，禍至於此，此所謂信而不能屈，往而不能反者也。范蠡知之，超然避世，長為陶朱⓮。

【章　旨】本段蔡澤以商君等四人為例，說明功成不去而遭禍的道理。

【注　釋】❶無二事　指不經商，專一農業。❷稸　通「畜」。❸陳　通「陣」。以上皆為變法內容。《史記・商君列傳》載：「令民父子兄弟同室內息者為禁。而集小鄉邑聚為縣，置令、丞，凡三十一縣。為田開阡陌封疆，而賦稅平。平斗桶權衡丈尺。」❹白起　也叫公孫起。秦國郿（今陝西郿縣）人。秦昭王時從左庶長官至大良造。善於用兵，率軍屢戰屢勝，奪得韓、魏、趙、楚很多土地。西元前二七八年攻取郢都，因功封為武安君。長平之戰大勝趙軍，坑殺俘虜四十萬人。後來秦攻趙都邯鄲，因與秦王意見不合，被逼自殺。❺鄢郢　鄢，楚邑，今河南鄢陵西北。郢，楚都，今湖北荊州境。❻夷陵　楚先王的陵墓名。後為縣，在湖北宜昌東南。❼馬服　指趙將領趙括。趙括被白起擊潰，四十萬趙卒被坑殺於長平。❽帝業　此時秦已滅周，九鼎已歸秦，故有此稱。❾杜郵　白起伏劍自殺之地。今陝西咸陽東有杜郵館。❿揚越　今廣東、廣西和越南。⓫厲　通「勵」。⓬卒支解　《史記・孫子吳起列傳》載：「及悼王死，宗室大臣作亂而攻吳起，吳起走之王尸而伏之。擊起之徒因射刺吳起，並中悼王。悼王既葬，太子立，乃使令尹盡誅射吳起而並中王尸者。坐射起而夷宗死者七十餘家。」⓭信　通「伸」。⓮陶朱　范蠡佐越滅吳之後，離越適齊，終歸定陶，改姓朱，經商致富，號陶朱公。

【語　譯】「那商君為秦孝公修明法令，禁絕姦邪，尊爵必賞，有罪必罰，統一權衡，匡正度量，調整賦稅的輕重，鏟平阡陌，以穩定百姓的生產而統一風俗，勸民從事農耕，利從土出，一家不准從事兩種職業，盡力種田以增加蓄積，練習戰陣之事，因此出兵就擴展土地，休兵就國家富強，所以秦國無敵於天下，在諸侯中建立威信，成就了秦國的大業。功業已經完成了，於是就被車裂。楚國地方數千里，持戟之士上百萬，白起率領數萬之師，同楚國作戰，一次戰鬥就拿下鄢、郢，並燒毀了楚國先人的宗廟，再次戰鬥就兼併了蜀、漢。又越過韓、魏攻打強大的趙國，在北面坑殺了馬服君，誅滅屠殺了趙卒四十餘萬，全部死在長平城下，血流成河，叫喊聲沸騰若雷，於是包圍邯鄲，使秦國有了帝業的基礎。楚國和趙國，是天下的強國且是秦國的仇敵啊，從此以後，趙國和楚國害怕而不敢攻秦的原因，就是白起的威勢啊。他一人降服七十餘城，功業已經完成了，於是就被賜死於杜郵。吳起為楚悼王立法，降低大臣的權威，罷免無能，廢止無用，減少冗員，杜絕私人請託，統一楚國的風俗，禁止游說之民，精選耕戰之士，南方進攻揚、越，北方兼并陳、蔡，打破連橫，拆散合縱，使游說之士無法開口，禁止朋黨以鼓勵百姓，穩定楚國的朝政，兵力震懾天下，威勢降服諸侯。大功已經告成了，於是終被肢解處死。大夫種為越王句踐深謀遠慮，免除會稽遭受的危難，把將被滅亡的國家挽救過來，把遭受的恥辱加以洗雪，墾草荒，創城邑，闢土地，種五穀，率領四方的士人，集中上下的精力，輔佐句踐這個賢君，報了夫差的仇怨，終於擒住強吳，使越國完成霸業。當大夫種功成名顯成為現實的時候，句踐終於忘恩負義而把他殺了。這四個人，功業已成而捨不得離開，故遭禍到這種地步，這就是一般所說的能伸而不能屈，能進而不能退啊。范蠡懂得這個道理，超脫名利富貴，避開官場，長享陶朱公之樂。

「君獨不觀博❶者乎？或欲大投❷，或欲分功❸，此皆君之所明知也。今君相秦，計不下席❹，謀不出廊廟，坐制諸侯，利施三川以實宜陽，決羊腸之險，塞太行之口，又斬范、中行❺之途，六國不得合從，棧道千里，通於蜀、漢，使天下皆畏秦，秦之欲得矣，君之功極矣，此亦秦之分功❻之時也。如是不退，則商君、白公、吳起、大夫種是也。吾聞之，『鑑❼於水者見面之容，鑑於人者知吉與凶。』《書》曰：『成功之下，不可久處❽。』君何不以此時歸相印，讓賢者授之，退而巖居川觀❾，必有伯夷❿之廉，長為應侯，世世稱孤，而有許由、延陵季子⓫之讓，喬松⓬之壽，孰與以禍終哉？此則君何居焉？」

【章　旨】本段蔡澤奉勸應侯歸相印讓賢者。從「蔡澤得少間」起至此合為一大段，寫蔡澤依據物盛則衰的道理引證歷史，說明功成身不退之害，奉勸應侯歸相讓賢，以獲名身兩全。

【注　釋】❶博　博弈；賭戲。❷大投　擲骰子以取全勝。鮑彪注：「大，言全勝也。」意即孤注一擲，以求全勝，否則全敗。❸分功　鮑彪注：「分勝者所獲。」即分所得與人共有。❹席　金正煒謂「席」上疑缺「几」字。❺范中行　皆為晉之六卿，後為三晉所併，此指三晉。❻秦之分功　此指范雎已是全勝者，秦將抑其全勝，削弱其權利。❼鑑　鏡子；照鏡子。❽成功之下二句　蓋《周書》逸文。❾巖居川觀　言隱居山水之間。居於巖穴，觀賞山水。❿伯夷　伯夷、叔齊為商末孤竹君之二子，相互謙讓，都拒絕嗣位，均逃隱首陽山。⓫許由延陵季子　許由，傳說堯帝時的隱士，拒絕接受堯的讓位。延陵季子，即吳公子季札，其父欲立之，堅決不受。⓬喬松　王子喬，即赤松子，古傳為仙人。

【語　譯】「您偏偏沒有見到博弈的人嗎？有時想大投以圖獲得全勝，有時又想略分彩頭與人共有，這都是您心中所清楚的啊。如今您作秦相，劃策不離几席，出謀不出廊廟，安坐而制服諸侯，施利於韓國的三川郡從而控制宜陽，打開羊腸坂的險徑，堵塞太行山的關隘，又斬斷三晉的通道，使六國不能合縱，修建棧道千里，通到蜀、漢，使天下都畏服秦國，秦國的願望實現了，您的功績登峰造極了，這也是秦國要求您採取分功的時候了。如果此時不引退，那麼就會有商君、白公、吳起、大夫種的下場啊。我聽說，『把水當作鏡子可以見到自己的面容，把人作為鏡子可以預知自己的吉凶。』《逸周書》說：『成功之下，不可久居。』您何不乘此時歸還相印，授給賢能的人，引退居於巖穴，觀光山水，必定會獲得伯夷廉潔的名聲，長久作應侯，世世代代保住封號，又有著許由、延陵季子讓賢的美譽，赤松子的長壽，這與遭禍而終究竟哪種好呢？」

應侯曰：「善。」乃延❶入坐為上客。

【章　旨】本段言應侯聽從了蔡澤的意見。

【注　釋】❶延　請；引進。

【語　譯】應侯說：「很好。」於是引進入座，成為上賓。

【研　析】蔡澤說辭長篇大論，萬語千言，集中起來不過是功成身退還是貪位招禍。從理論上說並不新奇，范雎也懂，但何以不及早退位，而經蔡澤一說才翻然覺悟呢？說明這篇說辭，具有極大的感染力和說服力。蔡澤說服范雎，主要不是借助理論上的條分縷析，而是通過確鑿史實的旁徵博引。說辭中引用古人達二十餘人之多，其中主要引用了商君、吳起、大夫種（後段又加一白起）作為功成身不退終致遭禍被誅的典型，並反覆分析，貫串全篇，以作為鑑戒；又以比干、子胥、申生死而無益於國，以證明國君忌害功臣，借死以立名之不足取；又以微子、孔子、管仲和閎夭、周公不死照樣立名作為正面例證。所舉事例，大都三人並稱，皆非孤證，這除了使文章顯得酣暢淋漓、氣勢磅礴外，還有一種強烈的邏輯力量，體現出似乎真理在握，足以壓倒對方的宏大氣概。故王文濡評之曰：「反覆申勸，為懷祿而又畏死者說法，智似范雎，那得不悟。」

魏加與春申君論將

戰國策

【題　解】本篇出自《戰國策・楚策四》。據《史記・春申君列傳》，楚考烈王「二十二年，諸侯患秦攻伐無已時，乃相與合從，西伐秦，而楚王為從長，春申君用事。」又〈秦始皇本紀〉云：「六年，韓、魏、趙、衛、楚共擊秦，取壽陵。秦兵出，五國兵罷。」考烈王二十二年，即始皇六年（西元前二四一年），此章繫年，各家多依此。篇中魏加認為臨武君曾打過敗仗，心有餘悸，如驚弓之鳥，不可復用。

天下合從，趙使魏加❶見楚春申君❷，曰：「君有將乎？」曰：「有矣。僕欲將臨武君❸。」魏加曰：「臣少之時好射，臣願以射譬之，可乎？」春申君曰：

「可。」加曰：「異日者更羸❹與魏王處京臺❺之下，仰見飛鳥，更羸謂魏王曰：『臣為君引弓虛發而下鳥。』魏王曰：『然則射可至此乎？』更羸曰：『可。』有間，雁從東方來，更羸以虛發而下之。魏王曰：『然則射可至此乎！』更羸曰：『此孽❻也！』王曰：『先生何以知之？』對曰：『其飛徐而鳴悲。飛徐者，故瘡❼痛也；鳴悲者，久失群也。故瘡未息，而驚心未去也，聞弦者音烈而高飛❽，故瘡隕也。』今臨武君嘗為秦孽，不可為拒秦之將也。」

【注　釋】❶魏加　鮑彪注：「趙人，全晉舊姓。」❷春申君　黃歇，時為楚相。❸臨武君　姓名不詳。《荀子・議兵》：「臨武君與卿議兵於趙孝成王前」，楊倞注為「楚將」。臨武君乃其封號。❹羸　一作「嬴」。❺京臺　一云高臺，一謂楚臺名。❻孽　《呂覽・遇合》注：「孽，病也。」❼瘡　傷。❽聞弦者音烈而高飛　或當作「聞弦音引而高飛」。吳師道以為「者」為衍文，「烈」為「引」之誤。

【語　譯】天下諸侯合縱以抗秦，趙國使魏加見楚相春申君，問道：「您有帶兵的將領嗎？」春申君說：「有了。我想讓臨武君作將領。」魏加說：「我小時候喜好射箭，我願意以射箭來作比喻，可以嗎？」春申君說：「可以。」魏加說：「有一天，更羸與魏王在高臺下面閒坐，仰頭看見飛鳥，更羸對魏王說：『我能為大王拉弓虛射不放箭而使鳥墜落。』魏王說：『然而射箭水平可以達到這種地步嗎？』更羸說：『可以。』過一會兒，有大雁從東方飛來，更羸拉弓虛射而大雁落下。魏王說：『那麼射箭水平果真到了這種地步啊！』更羸說：『這是一隻病鳥。』魏王說：『先生憑什麼知道呢？』回答說：『牠飛得很慢而且叫聲很悲。飛得慢的原因，是由於傷痛啊；叫聲悲的原因，是由於長久失群啊。所以傷痛未息而驚心未止，聽到拉弓的聲音很大，想引翅高飛，由於傷痛就掉下來了。』如今臨武君曾被秦國所打敗，不可再作為抗秦的將領啊！」

【研　析】敗軍之將就不能夠再讓他率師拒敵，一次失敗就不可以再試，立論不免片面，與俗語「失敗為成功之母」相背，不足為訓。但是魏加所採用的比喻極為新穎、巧妙，他在描述驚弓之鳥心有餘悸的精神狀態時，具體入微而又情致真切。問題在於用在這裡未必貼切。鳥固有舊傷未復而驚懼不安者，亦應有一次受創再次知避者，未可一概而論。這正如王文濡所評：「敗軍之將非不可用，但視其人何如耳，魏加亦一偏之見。」

汗明說春申君

戰國策

【題　解】本篇出自《戰國策・楚策四》。汗明以堯、舜事諷諭春申君，如真正重視人才，就要接近並仔細了解人才，應像伯樂那樣，不僅具有識賢的能力，而且要有珍愛的感情。

汗明❶見春申君，候問三月而後得見。談卒，春申君大說❷之。汗明欲復談，春申君曰：「僕已知先生，先生大息❸矣。」汗明憱❹焉曰：「明願有問君，而恐固❺。不審❻君之聖孰與堯也？」春申君曰：「先生過矣，臣何足以當堯？」汗明曰：「然則君料臣孰與舜？」春申君曰：「先生即舜也。」汗明曰：「不然，臣請為君終言❼之。君之賢實不如堯，臣之能不及舜。夫以賢舜事聖堯，三年而後乃相知也。今君一日而知臣，是君聖於堯，而臣賢於舜也。」春申君曰：「善。」召門吏為汗先生著客籍❽，五日一見。

【章旨】本段汗明以堯、舜為喻說明春申君不知人。

【注釋】❶汗明　事跡不詳。從本文看，當為沉淪於民間的賢能之士。❷說　通「悅」。❸大息　王念孫《讀書雜志・戰國策第二》：「『息』上不當有『大』字，此因上文『大』字而誤衍耳。《太平御覽・人事部》引此無『大』字。」當從此說。❹憱　吳師道曰：「『憱』即『蹴』，不安貌。」❺固　鮑彪云：「固，陋也。」❻審　明。❼終言　把話說完。❽著客籍　把姓名登記在賓客的簿籍上。

【語譯】汗明求見春申君，等候了三個月之後才得以見面。談話完畢，春申君非常高興。汗明還想談話，春申君說：「我已經了解先生，先生休息去吧！」汗明不安地說：「我還有話想問您，又恐怕自己的鄙陋。不知道您與堯哪一個聖明啊？」春申君說：「先生錯了，我怎麼能夠與堯相比呢？」汗明說：「那麼您估量一下我與舜相比哪個賢能呢？」春申君說：「先生就是舜啊！」汗明說：「不對，我想對您把話說穿。您的聖明實際不如堯，我的賢能也不及舜。以賢能的舜事奉聖明的堯，尚且需要三年之後才能互相了解啊。如今您在極短時間就了解我了，這就是說您比堯還聖明，而我比舜還賢能啊。」春申君說：「您說的很對。」於是告訴門吏將汗先生的名字登記在賓客簿上，並約定五天見面一次。

汗明曰：「君亦聞驥乎？夫驥之齒❶至矣，服鹽車而上太行❷，蹄申膝折❸，尾湛胕潰❹，漉汁❺灑地，白汗交流，外坂❻遷延❼，負棘❽而不能上。伯樂❾遭之，下車攀而哭之，解紵衣❿以冪⓫之，驥於是俛⓬而噴，仰而鳴，聲達於天，若出金石聲⓭者，何也？彼見伯樂之知己也。今僕之不肖，阨於州部⓮，堀穴窮巷⓯，沉洿⓰鄙俗之日久矣，君獨無意湔祓僕，使得為君高鳴屈於梁乎⓱？」

【章　旨】本段汗明建議春申君要像伯樂一樣知人善任。

【注　釋】❶齒　指馬的年齡。❷太行　太行山。❸蹄申膝折　指馬上山的艱難姿態。申，通「伸」。折，彎曲。❹尾湛胕潰　尾巴下垂，皮膚潰爛。湛，同「沉」。胕，同「膚」。❺漉汁　滲出的汗水。漉，滲。吳師道曰：「下有『汗』字，『汁』與『汗』對，言其重者。」❻坂　坡。❼遷延　鮑彪注：「不進貌。」❽棘　《索引》引《戰國策》改「棘」作「轅」。當從。❾伯樂　吳師道曰：「伯樂，姓孫名陽，秦穆公時人。」❿紵衣　麻布衣。⓫羃　覆蓋。⓬俛　同「俯」。⓭金石聲　金石，如鐘、磬之類的古樂器。吳師道曰：「此『聲』字宜衍。」⓮州部　周制二千五百家為州。所以州部蓋指地方行政機構。《韓非子．顯學》：「宰相必起於州部。」⓯堀穴窮巷　鮑彪注：「堀，窟也。以窮巷為窟穴。」堀，同「窟」。窮巷，不通車馬的偏僻小巷。⓰沉洿　沉沒而受汙染。洿，同「汙」。⓱君獨無意湔祓僕二句　汗明以困於太行的千里馬自喻，他希望春申君作一名伯樂使自己大鳴冤屈。湔，洗。祓，除。《文選．廣絕交論》注引此作「拂」。梁，山梁。吳師道曰：「『高鳴屈於梁』，疑明嘗困於梁（魏）者。」

【語　譯】汗明說：「您聽說過千里馬的事嗎？那千里馬的齒齡已到達負役的時候，牠駕著鹽車上太行山，牠累得伸蹄屈膝，尾垂膚爛，滲汁灑地，白汗遍流，在太行外坡緩慢難進，負著車轅不能上去。伯樂遇上牠，下車攀著千里馬而痛哭，解開自己身上的麻布衣覆蓋在馬背上，千里馬於是低頭噴氣，仰頭而鳴，聲音響徹雲漢，如從金石中發出一樣，這是為什麼呢？牠見到伯樂是知己啊。如今我不才，在州部受困阨，寄居於偏僻窮巷的窟穴，已沉沒汙染於世俗之中很久了，您難道不想清洗我的汙穢，使我能對您大聲喊出自己困於山坂的委屈嗎？」

【研　析】本篇兩段，全用比喻。第一段以堯舜為喻，賢舜事聖堯，三年後知。而汗明一說而春申言已知，這是反喻，說明如真正愛重人才，就不能隨隨便便，滿足於一知半解，而應當深入細致去接近和了解他。第二段以伯樂遇千里馬上太行為喻，汗明以千里馬自比，而希望春申君作伯樂，不單有識賢的眼力，且有珍愛千里馬的感情，這是正喻。兩個比喻互相為用，講的都是對待人才的態度，特別是後一喻，影響更大，韓愈〈雜說四〉（見本書卷二）正是受其影響寫成。鮑彪曰：「世之懷材抱德之士，陸沒於時，若此驥者不少。而伯樂之不世有，長鳴之無其時，可不為之大哀邪？故招延不可不博，試用不可不詳也。」

遺章邯書

陳餘

【題解】本篇錄自《史記・項羽本紀》。秦滅六國統一天下後，因暴政擾民，僅十二年即有陳勝、吳廣等揭竿而起，關東群雄及六國之後紛紛響應，多數郡縣均被攻占。秦二世乃派少府（掌皇家財政）章邯率驪山徒人七十萬前往鎮壓。章邯先破陳勝軍，又破齊、楚、魏軍，項梁敗死。復進軍攻趙，項羽率各路諸侯軍前往救趙，戰於鉅鹿，大敗章邯。此時陳餘為趙王趙歇大將軍，此信應作於秦二世二年（西元前二〇八年）十一月鉅鹿之戰中。當時章邯外受諸侯所困，內為趙高所忌，故陳餘勸其投降。書中指出章邯應以白起、蒙恬為鑑，自己領兵於外，多內郤，是有功亦誅，無功亦誅。因奉勸章邯還兵，與諸侯聯合共同攻秦，以分王其地，這總比自身伏誅、妻子為戮要好。書中論事言理都很具說服力，故章邯產生了猶豫欲降的念頭。後來章邯終於投降，除了項籍的武力攻擊外，這封書也起了一定作用。

【作者】陳餘，秦末大梁人，生年不詳。戰國末與張耳同為魏國著名遊士。陳涉起義後，命與張耳等定趙地，先後立武臣、趙歇等為趙王，自任大將軍。後因張耳受封為常山王，他憤憤不平，擊走張耳，自立為代王。西元前二〇四年兵敗為韓信所殺。留下作品僅此一篇。

白起為秦將，南征鄢、郢，北阬馬服，攻城略地，不可勝計，而竟賜死。蒙恬❶為秦將，北逐戎人，開榆中❷地數千里，竟斬陽周❸。何者？功多秦不能盡封，因以法誅之。今將軍為秦將三歲矣，所亡失以十萬數；而諸侯並起❹滋益多。彼趙高❺素諛日久，今事急，亦恐二世誅之，故欲以法誅將軍以塞責❻，使人更代將軍以脫其禍。夫將軍居外久，多內卻❼，有功亦誅，無功亦誅。且天之亡秦，無愚知皆知之。今將軍內不能直諫，外為亡國將，孤特❽獨立而欲常存，豈不哀哉？將軍何不還兵，與諸侯為從，約共攻秦，分王其地，南面稱孤，此孰與身伏鈇質❾，妻子為僇❿乎？

【注釋】❶蒙恬　秦代名將。其先本齊國人，自祖父蒙驁起世代為秦名將。秦統一六國後，他率兵三十萬人擊退匈奴，收河南地（今河套和寧夏黃河以南地域），並奉命修築長城。守邊數年，匈奴不敢南侵。西元前二一〇年為秦二世所殺。❷榆中　內蒙河套東北地區；一說陝西東北角。❸竟斬陽周　據《史記‧蒙恬列傳》稱：二世又遣使者之陽周，令蒙恬曰：「君之過多矣，而卿弟毅有大罪，法及內史。」恬曰：「自吾先人，及至子孫，積功信於秦三世矣。今臣將兵三十餘萬，身雖囚繫，其勢足以倍畔，然自知必死而守義者，不敢辱先人之教，以不忘先主也。」乃吞藥自殺。陽周，縣名，故城蓋在今陝西安定境。❹諸侯竝起　指陳涉起義後，六國諸侯之後均紛起獨立。❺趙高　秦代宦官。通獄法，為中車府令。秦始皇死後，他和李斯合謀，迫使始皇長子扶蘇自殺，立少子胡亥為二世皇帝。後任中丞相，專擅朝政。西元前二〇七年殺二世，立子嬰為秦王，不久為子嬰所殺。❻塞責　指趙高委罪於人以脫己責。❼卻　同「隙」。隔閡。❽特　獨。❾鈇質　皆刑具。鈇，鍘刀之類。質，通「鑕」。鐵砧板。❿僇　同「戮」。

【語譯】白起作秦國的將領，南征鄢陵、郢都，北坑馬服君趙括，攻占的城邑和土地，不可盡數，卻終於被賜死。蒙恬作秦國的將領，北邊驅逐戎人，開闢榆中土地數千里，終於在陽周被迫服毒自殺。這是何故呢？他們功績太多，秦國不能全部封賞，因而借故用法律來誅戮他們。現在將軍作秦國的將領三年了，所亡失的士卒以十萬統計；而且六國諸侯紛起獨立的越來越多。那趙高平素長久阿諛二世，今事有急，也恐怕遭到二世誅戮，所以想借法律誅戮將軍來搪塞責任，派人替代將軍以擺脫災禍。將軍在外久居，內部多有隔閡，朝廷是有功亦誅戮，無功亦誅戮。況且，上天要滅掉秦國，無論愚蠢的人還是聰明的人都是清楚知道的。現在將軍對朝廷不能直諫，對外作為一個亡秦的將領，孤立無援而想常存，難道不可悲嗎？將軍何不倒戈相向，與諸侯合縱，約定共攻秦國，瓜分其地，南面稱孤，這與自己伏鈇鑕，妻室子女被誅戮哪一個強呢？

【研 析】書信判然三段：首以白起、蒙恬為鑑，明秦將不可為；次以章邯多所敗亡，加之趙高用事，明秦將更不可為；末則另闢蹊徑，還兵約共攻秦以解其窘境，自是章邯上策。文之簡樸、明淨，絕無襯筆。

卷二十八　書說類　四

諫吳王書

鄒陽

【題　解】吳王，即劉濞（西元前九三—前一五四年），劉邦兄劉仲之子。劉邦擊破英布後，被封為吳王，領有吳、鄣、東陽三郡五十三城，成為漢初東南之大國。他即山鑄錢，煮海為鹽，故國富民足；又招納各地亡命，擴張勢力，圖謀不軌。文帝末年，吳太子入朝，侍皇太子（即景帝）飲博，因爭博不恭，皇太子引博局擲殺之，吳王由是怨望。文帝為了安撫他，特賜几杖，許其不朝。景帝即位後，謀削藩。吳王乃聯合楚、趙等七國於景帝三年（西元前一五四年）叛亂，不久即兵敗被殺。本篇應作於景帝即位之初。《漢書・鄒陽傳》稱：「漢興，諸侯王皆自治民聘賢，吳王濞招致四方遊士，（鄒）陽與吳嚴忌、枚乘等俱仕吳，皆以文辯著名。久之，吳王以太子事怨望，稱疾不朝，陰有邪謀。陽奏書諫，為其事尚隱，惡指斥言，故先引秦為諭，因道胡、越、齊、趙、淮南之難，然後乃致其意。」可見本篇之主旨在於諷諫吳王不得舉兵作亂。但此事尚在謀劃中，不便明言，故只能借題發揮，借胡、越以喻趙、吳諸國。二、三兩段，才點明諸侯之兵，不足以敵漢天子；並勸吳王不可聽新垣平之類小人的蠱惑。雖較為明顯，但仍多曲筆。王文濡評之曰：「是時吳王反意尚在醞釀中，陽又新至吳，交淺而未能深言，全篇指陳大勢，隱若其旨者，此也。」

【作　者】鄒陽，漢初齊人，生卒年不詳。初仕吳，因吳王不納其言，改事梁孝王，受讒下獄，幾死。乃上書自明，出獄後為梁王上客。梁王因求嗣事獲罪，鄒陽乃齎金往長安見王美人之兄王長君，懇長君乘間進說，果得不治。此後事跡無考，大約終老於梁。其著作共七篇（見《漢書·藝文志》），今存者僅本書所選的兩篇書信。

臣聞秦倚曲臺之宮❶，縣衡天下❷，畫地而不犯❸，兵加胡、越❹。至其晚節末路，張耳、陳勝❺連從兵❻之據❼，以叩函谷，咸陽遂危。何則？列郡不相親，萬室不相救也。今胡數涉北河❽之外，上覆飛鳥，下不見伏兔❾，鬭城不休，救兵不止，死者相隨，輦車相屬❿，轉粟流輸，千里不絕⓫。何則？彊趙責於河間⓬，六齊望於惠后⓭，城陽顧於盧博⓮，三淮南之心思墳墓⓯。大王不憂，臣恐救兵之不專⓰，胡馬遂進窺於邯鄲。越水長沙，還舟青陽⓱，雖使梁并淮陽之兵，下淮東，越廣陵，以遏越人之糧⓲。漢亦折西河而下，北守漳水，以輔大國⓳。胡亦益進，越亦益深，此臣之所為大王患也。

【章　旨】本段純為譬喻。先言秦因孤立而亡，繼言諸侯怨漢而心不齊，以明諸侯之力不足恃。又借胡、越以喻趙、吳。而梁併淮南之兵，足以遏吳之糧道；漢兵折西河北守漳水，以護大國，則吳、趙腹背受敵矣（王先謙說）。全段特錯亂其辭，可以互文見意也。

【注　釋】❶曲臺之宮　秦宮名，始皇治事處。❷縣衡天下　衡，俗稱秤砣。言懸法度於其上，若懸衡以稱輕重。縣，通「懸」。❸畫地而不犯　《漢書》顏師古注：「畫地不犯者，法制之行也。」❹胡越　秦及漢初南北兩處之邊患。胡，指匈奴。越，指閩越、甌越與南越，時號「三越」。文帝時諸侯欲叛，趙王遂北連匈奴，吳王濞素事三越。❺張耳陳勝　均為反秦義軍首領。張耳後降漢封趙王。陳勝即陳涉，首發難者。❻從兵　合縱之兵。指六國反秦之兵。❼據　《廣雅》：「引也。」言相引以為援。❽北河　指黃河河套一帶，乃黃河最北處。《史記・秦本紀》：「惠文王游至北河。」❾上覆飛鳥二句　言胡兵人馬之盛，塵土飛揚，致飛鳥伏兔均為其遮蓋。❿輦車相屬　輦車，指人力牽引之車。屬，連接。此句與上句應指百姓死傷逃亡之狀。⓫轉粟流輸二句　《文選》劉良注：「此假言吳與諸國并力為漢拒胡，而實言諸國怨漢，與吳連兵北伐於漢耳。故說諸國之心不齊，必無成矣，下文言其所由也。」⓬彊趙責於河間　趙為大國，故稱強趙。惠帝元年，徙劉邦之庶子、淮陽王劉友為趙王。劉友獲罪諸呂，為呂后幽閉死。文帝即位後，立友之長子劉遂襲為趙王。次年，復立遂弟辟彊為河間王。辟彊立十三年薨。子劉福嗣，一年薨。無子國除。責，求也。河間，漢郡國名，地在今河北東南。治所在樂城，今河北獻縣東南。⓭六齊望於惠后　六齊，齊為東方大國，始封之君為高帝子悼惠王劉肥，傳三世，其孫文王則死後無子，文帝乃封悼惠王所存六子分王齊地：將閭為齊王、惠為濟北王、賢為淄川王、雄渠為膠東王、卬為膠西王、辟光為濟南王。望，怨也。六齊因何怨漢？《文選》注引孟康曰：「高后割濟南郡為呂王台奉邑，又割琅邪郡封營陵侯劉澤為琅邪王。六齊不保今日之恩而追怨惠帝與呂后也。」而全祖望則曰：「誅諸呂大臣許立齊王為惠帝後也，已而背之，故六齊怨望耳。」後、后，古字通。全說較長。⓮城陽顧於盧博　城陽，此指城陽王劉喜，其父劉章，章弟興居，均為齊悼惠王劉肥之子。因誅諸呂有功，本當盡以趙地王章，梁地王興居；文帝聞其欲迎立齊王，乃黜其功，以城陽封章，濟北封興居。城陽王章，立一年卒。子喜嗣位。濟北王興居，立二年以謀反伏誅。城陽，在今山東東南部，治莒縣。盧博，古邑名，濟北王治事處，今山東長興南。興居誅死於此，故喜顧念而恨也。⓯三淮南之心思墳墓　淮南，漢初國名，以封劉邦幼子劉長。文帝即位後，劉長因謀反被廢，徙蜀，不食而死。文帝乃封其三子：安為淮南王，勃為衡山王，賜為廬江王。此言念其父被遷殺，而思墳墓，欲報怨。⓰臣恐救兵之不專　明言胡數入邊，諸侯各有私怨，無專救漢者。暗指吳若舉兵反，天子來討，諸侯各有私怨欲申，必不肯專為吳。⓱越水長沙二句　青陽，《輿地廣記》：「潭州長沙縣，故青陽地也。」此言越由水路進軍長沙，以助吳戰，但恐其中變，反攻長沙，以說明越不足恃。⓲雖使梁并淮陽之兵四句　此指文帝子梁孝王劉武，文帝四年徙淮陽王，十二年徙梁王。廣陵，即今揚州。遏越人之糧，實暗指遏吳人之糧，則吳將腹背受敵。⓳漢亦折西河而下三句　西河，指山西、陝西之間的一段黃河，因地處中原之西，故名。漳水，在今河北南部。輔，扶持。引申為保護。大國，疑指漢。此三句明說胡，暗指趙。

【語譯】我聽說秦王憑藉曲臺宮，制定法令號令天下，凡法令所禁止的，人們都不敢觸犯，還出兵征討匈奴、南越。但到了晚年衰落之時，張耳、陳勝聯合諸侯之兵互為支援，以攻打函谷關，咸陽也就危險了。為什麼呢？各郡不親附，萬家萬戶都不來救援，因為孤立才失敗了。現在匈奴多次渡過北部的黃河，塵土飛揚，上不見飛鳥，下不見伏著的兔子，攻城奪地，一直不停止，救援的軍隊也無法阻止，死去的人遍地都是，逃亡的車輛連續不斷，吳與諸侯國如欲救援，就要冒千里運糧易受攻擊的危險。為什麼呢？強大的趙國要求重新獲得河間郡，齊悼惠王的六個兒子因齊不能繼惠帝為天子而怨恨漢室，城陽王劉喜因其叔被誅死看到盧博而懷恨，淮南王劉長的三個兒子因其被流放致死而思念他的父親。大王不憂慮這些，我恐怕諸侯不會專心救助，匈奴的人馬就會進入邯鄲。那時越人從水路直達長沙，回師攻下長沙，即使梁國合併淮陽的兵力，直下淮東，越過廣陵，以阻擋越人的糧草運輸。漢兵也從西河南下，向北守住漳水，以保護大國。匈奴還是會繼續前進，越兵還是會繼續深入，這就是我之所以要替大王憂慮的事情啊。

臣聞交龍❶襄首❷奮翼，則浮雲出流，霧雨咸集；聖王底❸節修德，則游談之士，歸義思名。今臣盡智畢議，易❹精極慮，則無國不可奸❺。飾固陋之心，則何王之門，不可曳長裾乎？然臣所以歷數王之朝❻，背淮千里而自致者，非惡臣國而樂吳民也，竊高下風之行❼，尤說❽大王之義。故願大王之無忽，察聽其志。臣聞鷙鳥累百，不如一鶚❾。夫全趙之時❿，武力鼎士，袨服⓫叢臺⓬之下者，一旦成市，而不能止幽王之湛患⓭。淮南連山東之俠，死士盈朝，不能還厲王之西⓮也。然而計議不得，雖諸、賁⓯不能安其位，亦明矣。故願大王審畫而已。

【章旨】本段敘述自己因傾慕吳王而來，並言諸侯雖強，但不足與漢天子相抗。

【注釋】❶交龍　即蛟龍。鱗甲相交，故稱「交」。❷襄首　襄通「驤」。驤首，昂首。❸底　應作「厎」。通「砥」。磨刀石。引申為砥礪、磨鍊。❹易　修治。《孟子．盡心》：「易其田疇，薄其稅斂。」❺奸　通「干」。求也。❻歷數王之朝　鄒陽齊人，由齊之吳，須渡江淮，歷濟北、城陽、淮南等諸侯國。❼下風之行　《文選》劉良注：「下風之行，言王之美行及人和，如風之馳下也。」❽說　通「悅」。喜歡。❾臣聞二句　鷙鳥，猛禽，如鷹鸇之類。鶚，大鵰也。《漢書》注引如淳說：「鷙鳥比諸侯，鶚比天子。」相傳為趙簡子語。❿全趙之時　指趙未分之時，即趙幽王友在位之時，幽王被幽，國分為三。⓫袨服　黑衣，古戎裝。⓬叢臺　古高臺名，相傳為趙武靈王所築，地在今邯鄲市東北。⓭湛患　湛，同「沉」。作幽閉解。以指趙幽王被呂后幽閉，使不得食，以致餓死。⓮不能還厲王之西　淮南厲王劉長，文帝之弟，因謀反事發，被廢遷蜀之嚴道，不食，死於雍。⓯諸賁　專諸、孟賁，皆古之勇士。

【語譯】我聽說蛟龍昂起頭顱，振翅騰飛，那麼浮雲就會出現並跟隨著，白露雨水都集中在牠的身邊；聖明的君王磨練節操，修養品德，那麼遊士說客，也都會慕名來歸。現在我竭盡我的智慧，講完我的意見，集中精力，深入思考，就沒有哪個國家不可以去求官。掩蓋我淺陋的想法，那麼哪一個諸侯王的門，我不可以拖著長裙子出出進進嗎？然而我之所以經歷幾個王國的朝廷，越過淮河，不遠千里而親自來到吳國的原因，並不是由於討厭我的國家而喜歡吳國的百姓，而是我私下敬重大王美好聲譽到處流傳，特別對大王的仁義心悅誠服。所以我希望大王不要草率行事，要仔細考察並聽從我的意見。我聽說上百隻鷙鳥，趕不上一隻大鵰。當趙國尚未分裂的時候，有勇力的舉鼎之士，穿著戎裝從叢臺下面走過，人數多得像早上趕集一樣，但是卻不能夠阻止趙幽王被幽閉餓死的災難發生。淮南王連絡山東的俠士，敢死之士充滿朝廷，也不能夠使厲王從四川返回來。可見，如果計謀不得當，即使是專諸、孟賁也不能安安穩穩地坐在他們的位置之上。所以我只希望大王仔細審察以確定自己的策略罷了。

始孝文皇帝據關入立，寒心銷志❶，不明求衣。自立天子之後，使東牟、朱虛❷，東褒義父之後，深割嬰兒王之壤❸。子王梁代，益以淮陽❹。卒仆濟北❺，囚弟於雍❻者，豈非象新垣平❼等哉？今天子❽新據先帝之遺業，左規山東，右制關中，變權易埶，大臣難知❾。大王弗察，臣恐周鼎復起於漢，新垣過計於朝，則我吳遺嗣，不可期於世矣。高皇帝燒棧道，水章邯❿，兵不留行，收弊民之倦，東馳函谷，西楚⓫大破。水攻則章邯以亡其城，陸擊則荊王以失其地，此皆國家之不幾者也⓬。願大王孰察之。

【章 旨】本段敘述文帝、景帝勵精圖治，平定諸侯叛亂，占有天下有利地勢，告誡吳王不要受奸臣蠱惑。

【注 釋】❶寒心銷志 小心謹慎，去掉逸樂之心。❷東牟朱虛 指東牟侯劉興居、朱虛侯劉章。❸東褒義父之後二句 指劉興居、劉章因誅諸呂有功，被封為濟北王、城陽王，東就封國。義父，《文選》作「儀父」，即邾儀父，邾本為附庸，其後服事齊王，以獎王室，故《春秋·莊公十六年》徑書「朱子克卒。」此處借喻劉章等扶漢滅呂，自然像邾儀父那樣受到褒獎。文帝十六年，又將悼惠王之六子均分為王，其中有小小嬰兒者。❹子王梁代二句 文帝四子，長子為景帝，次子武，初為代王，後徙淮陽王。三子參為太原王，後兼有代地，稱代王。四子勝為梁王。❺卒仆濟北 指濟北王劉興居謀反兵敗自殺事。仆，僵仆也。❻囚弟於雍 指淮南王劉長於文帝六年謀反，廢徙蜀，死於雍。❼新垣平 漢文帝時人，常託言符瑞，以蠱惑人主。他曾說：周鼎亡在泗水中。文帝乃使人修造廟宇，欲祠出周鼎。人有上書告新垣平所言神氣事皆詐也，文帝乃夷其三族。❽今天子 指景帝。下文「先帝」，指文帝。❾大臣難知 王先謙曰：「謂漢用事大臣深謀難測如鼂錯是也。」❿水章邯 章邯本秦將，後降楚被封為雍王，劉邦復出時，擊敗章邯，並以水灌其城而滅之。⓫西楚 項羽自號西楚霸王，下文之荊王亦即楚王。⑫此皆國家之不幾者也　《文選》李注引孟康曰：「言國家不可庶幾得之也。」

【語　譯】開始的時候，孝文皇帝占有函谷關，進入長安，立為皇帝，小心謹慎，力戒逸樂，天尚未明就起床穿衣。從他當上了皇帝以後，便褒獎東牟侯劉興居、朱虛侯劉章為王爵，就像《春秋》對邾儀父一樣，並派他們到東邊的封國中去，不惜把齊國一大塊土地分割出來，而這些土地本應屬於齊王的六個兒子，包括小小的嬰兒在內。文帝之子當上了梁王、代王，又增加一個淮陽王。最後能夠掃平濟北王的叛亂，把他的弟弟淮南王囚禁於雍，這二國所以如此，難道不是有著新垣平那樣的奸臣嗎？今天的皇帝據有先帝留下來的事業，左邊俯視崤山以東地區，右邊控制了關中平原，權力和形勢變幻莫測，而大臣的深謀遠慮，難於了解。大王不考察這些，我恐怕像周鼎會在漢朝泗水出現那樣的謊言，像新垣平之類小人在朝中出謀劃策，那麼我們吳國的後代，不能指望還會留在世上了。高皇帝入蜀時焚燒棧道，出蜀之後用水灌章邯，大軍前進不止，將疲弊老百姓從困苦之中解救出來，東出函谷關，西楚霸王項羽大敗。用水進攻，章邯因而失掉他的城邑；陸地出擊，楚王項羽因而失去了他的土地。這說明國家是不能夠輕易地便可得到的。我希望大王深思熟慮。

【研　析】這是一篇寫得較有特色的奏書，目的在於諫阻吳王濞不得舉兵叛逆，但又不便明言，只旁敲側擊。第一段不用說，二段舉前趙、淮南，三段言濟北及囚弟事，都是借趙、淮南、濟北以言吳，希望吳王記取前車之鑑。為了加強說服力，作者採用了鋪排的寫法，用事特多，文章的主旨和命意，往往都通過用事來表現，這也正是本文比較晦澀難讀的原因之一。

獄中上梁王書

鄒陽

【題　解】梁王，漢景帝同母弟劉武，初封代王，復徙淮陽王，文帝十二年（西元前一六八年）又徙為梁王。《漢書・鄒陽傳》稱：「是時，景帝少弟梁孝王貴盛，亦待士。於是鄒陽、枚乘、嚴忌知吳不可說，乃去之梁，從梁王游。陽為人有智略，忼慨不苟合，介於羊勝、公孫詭間。勝等疾陽，惡之孝王，孝王怒，下陽吏，將殺之。陽客游以讒見禽，恐死而負累，乃從獄中上書。」孝王讀過此信後，立出之獄，並奉為上客，可見這封信具有很大的說服力。信中除開頭一段對自己蒙冤受屈略作辯解之外，完全沒有涉及自己與羊勝等進讒者的恩怨，而是立足於廣闊的歷史背景下，借助大量的事例以說明忌賢妒能，壓抑人才，以致「信而見疑，忠而被謗」乃是普遍存在的社會現象。如果君主能夠「去驕傲之心，懷可報之意，披心腹，見情素，墮肝膽，施德厚」則士必能效忠；而今君王「沉諂諛之辭」，則天下有志之士將屈死於巖穴山澤之間，而不得為世所用。信中抒發了信義之士懷忠而受屈的不平之氣，表達了作者懷才不遇的憤慨堅強不屈的氣節。信中所揭發的當權者賞罰不明、壓抑人才的現象至今仍有現實意義。

臣聞「忠無不報，信不見疑」，臣常以為然，徒虛語耳。昔荊軻慕燕丹之義，白虹貫日，太子畏之❶。衛先生為秦畫長平之事，太白食昴，昭王疑之❷。夫精變天地，而信不諭兩主，豈不哀哉？今臣盡忠竭誠，畢議願知，左右❸不明，卒從吏訊❹，為世所疑。是使荊軻、衛先生復起，而燕、秦不寤❺也。願大王孰❻察之。

【章　旨】本段以荊軻、衛先生為例，說明自己盡忠竭誠，卻受屈下獄，希梁王明察。

【注　釋】❶昔荊軻慕燕丹之義三句　《漢書》顏注引應劭曰：「燕太子丹質於秦，始皇遇之無禮，丹亡去。故厚養荊軻，令西刺秦王，精誠感天，白虹為之貫日也。」畏之，荊軻因待其友，未即行，太子畏其不去也。❷衛先生為秦畫長平之事三句　《漢書》注引蘇林曰：「白起為秦伐趙，破長平軍，欲遂滅趙，遣衛先生說昭王益兵糧，乃為應侯所害，事用不成，故太白為之蝕昴。」太白，即金星。昴，二十四星宿之一，為趙之分野。❸左右　梁王左右服事人員，不敢直斥梁王，故舉左右以代。❹吏訊　指下獄。吏，獄吏。訊，猶言「審訊」。❺寤　通「悟」。❻孰　通「熟」。

【語　譯】我聽說「忠誠的人沒有不得到報答的，守信的人不會被懷疑」，我經常以為這是對的，現在看來不過是一句空話罷了。過去荊軻羨慕燕太子丹敢於反抗秦始皇的大義，白色的虹霓貫穿太陽，但仍然遭到太子丹的畏懼。衛先生替秦國策劃長平取勝後如何滅趙之事，太白星侵入昴宿，但仍然遭到秦昭王的猜疑。他們的精誠可以使天地發生改變，而他們的信用卻不被兩位君主所了解，這難道不悲哀嗎？現在我竭盡我的忠誠，說出我所有的計畫，希望得到大王的了解，而大王左右的人不清楚，最後還是把我下獄受審訊，被社會上的人所懷疑。這像是使荊軻、衛先生再出來，而燕國和秦國的君主還是不會醒悟的。我希望大王仔細地加以考慮。

昔玉人獻寶，楚王誅之❶。李斯竭忠，胡亥極刑❷。是以箕子❸佯狂，接輿❹避世，恐遭此患也。願大王察玉人、李斯之意，而後楚王、胡亥之聽，毋使臣為箕子、接輿所笑。臣聞比干剖心❺，子胥鴟夷❻，臣始不信，迺今知之。願大王孰察，少加憐焉。

【章　旨】本段列舉古人事例，以說明忠信而不見知，甚至遭極刑，乃是歷史上的普遍現象。

【注　釋】❶玉人獻寶二句　《漢書》注引應劭曰：「卞和得玉璞，獻之武王，武王示玉人，玉人曰『石』，刖其右足。武王沒，復獻文王，玉人復曰『石也』，刖其左足。至成王時，卞和抱其璞哭於郊，乃使玉尹攻之，果得寶玉。」誅，責罰。❷李斯竭忠二句　李斯曾諫二世以正，但二世反聽信趙高的讒言，將李斯腰斬於咸陽。極刑，最高的刑法。❸箕子　商紂王叔父，封國於箕，故稱箕子。商紂暴虐，箕子累諫不聽，乃被髮佯狂為奴。❹接輿　楚國隱士，一說姓陸名通，曾譏諷孔子。❺比干剖心　《史記・殷本紀》：「比干強諫紂，紂怒曰：『吾聞聖人之心有七竅。』剖比干觀其心。」❻子胥鴟夷　伍子胥受讒自剄，吳王乃以子胥屍盛鴟夷之革，浮之江中。鴟夷，皮囊。

【語　譯】過去楚國有個玉人進獻玉璧，楚王反而處罰他。李斯盡忠進諫，二世判處他以最高的刑罰。所以箕子才假裝瘋狂，接輿才躲避塵世，都是害怕遇上這樣的災難。我希望大王仔細考察玉人和李斯的心意，而推遲楚王和胡亥對讒言的聽從，不要使我被箕子、接輿所譏笑。我聽說比干為了盡忠，最後連心都被挖了出來，伍子胥為了守信，最後連屍體都被裝進了革囊，我開始還不相信，而現在才懂得了。希望大王仔細考察，稍微增加點同情心吧！

語曰：有白頭如新，傾蓋如故❶。何則？知與不知也。故樊於期逃秦之燕，藉荊軻首以奉丹事❷；王奢去齊之魏，臨城自剄，以卻齊而存魏❸。夫王奢、樊於期非新於齊、秦，而故於燕、魏也。所以去二國死兩君者，行合於志，慕義無窮也。是以蘇秦不信於天下，為燕尾生❹；白圭戰亡六城，為魏取中山❺。何則？誠有以相知也。蘇秦相燕，人惡之燕王，燕王按劍而怒，食以駃騠❻。白圭顯於中山，人惡之魏文侯，文侯賜以夜光之璧。何則？兩主二臣，剖心析肝相信，豈移於浮辭哉？

【章　旨】本段復舉歷史上的事例，說明君臣相知，不在於新舊，要使人主不為讒言所動，在於君臣能

「剖心析肝」相交。

【注　釋】❶白頭如新二句　指相交至白頭，仍如新交，彼此互不了解；偶然相逢，停車交談，就像結識多年的故人。傾蓋，兩車相逢以致車蓋傾斜。❷故樊於期逃秦之燕二句　樊於期，秦將領，因犯事而逃往燕國，秦王懸賞緝拿。燕太子丹欲使荊軻往刺秦王，荊軻要求得到樊於期的首級以作進獻之禮，樊乃自殺而死。❸王奢去齊之魏三句　《漢書》顏注引孟康曰：「王奢，齊臣也，亡至魏。其後齊伐魏，奢登城謂齊將曰：『今君之來，不過以奢故也，義不苟生，以為魏累。』遂自剄也。」❹蘇秦不信於天下二句　蘇秦為合縱之策以抗秦，任縱約長，相六國。後來各國均不信秦，獨燕國仍信任他，命為相，又派他為間於齊，使齊歸還燕十城。尾生，古代極守信用之人，據說他曾與一女子約定在橋下相會，女子未來而水勢大漲，他便抱橋柱而死。❺白圭戰亡六城二句　《漢書》注引張晏曰：「白圭為中山將，亡六城，君欲殺之，亡入魏，文侯厚遇之，還拔中山。」中山，戰國時諸侯國名，在今河北中部一帶，最後為趙所滅。❻駃騠　良馬名，相傳生七日而超過其母。此言敬重蘇秦，雖有讒謗，而更食以珍奇之味。

【語　譯】俗話說：有些人相交到白頭，還是像新交一樣互不了解；有些人偶然相逢，停車交談，便一見如故。為什麼呢？關鍵在於彼此知心和不知心罷了。所以樊於期逃出秦國到達燕國，把頭顱借給荊軻來協助燕太子丹完成行刺秦王的事；王奢離開齊國前來魏國，齊兵伐魏，他在城樓自刎，使齊兵退卻而保存魏國。對於王奢、樊於期來說，齊國和秦國並不是他們的新交，燕國和魏國也不是他們的舊友。他們之所以要離開秦、齊兩國，為燕太子和魏國君而死，是因為他們的這種行為符合他們的心意，表達了他們對正義無窮無盡的追求。所以蘇秦後來不被天下信任，他卻能為燕國像尾生那樣，寧可溺死也不失信；白圭為中山將領，打戰失敗，喪失六座城池，後來到了魏，替魏國奪取中山。為什麼呢？那是由於確實有相互知心的人啊。蘇秦擔任燕國的丞相，有人在燕王面前毀謗他，燕王手握寶劍，面有怒色，還賜給蘇秦良馬肉這種異味。白圭曾在中山國擔任將領，地位顯要，有人據此在魏文侯面前毀謗他，魏文侯反而賜給白圭以夜光璧這種珍寶。為什麼呢？兩位君主兩位大臣都能夠竭誠相見，肝膽相照，互相信任，這難道是那些毫無根據的謠言所能夠打動得了的嗎？

故女無美惡，入宮見妒；士無賢不肖，入朝見嫉。昔司馬喜❶臏腳於宋，卒相中山；范睢❷拉脅折齒於魏，卒為應侯。此二人者皆信必然之畫，捐朋黨之私，挾孤獨之交，故不能自免於嫉妒之人也。是以申徒狄蹈雍之河❸，徐衍❹負石入海。不容於世，義不苟取比周於朝，以移主上之心❺。故百里奚乞食於道路，繆公委之以政❻；甯戚飯牛車下，桓公任之以國❼。此二人者，豈素宦於朝，借譽於左右，然後二主用之哉？感於心，合於行，堅如膠桼❽，昆弟不能離，豈惑於眾口哉！

【章　旨】本段亦引史料說明，孤獨者最易受謗；只有遇到明君，才能君臣契合，堅如膠漆。

【注　釋】❶司馬喜　戰國時人，曾在宋受過臏刑，後來曾三次出任中山國丞相。臏，砍去膝蓋骨的一種酷刑。❷范睢　戰國時魏人，曾隨中大夫須賈使齊，被讒私通齊國，遭毒打，以致脅骨被打斷，牙齒被打脫，後改名逃往秦國，任丞相，封應侯。❸申徒狄蹈雍之河　申徒狄為商代末年人，恨道之不行，乃投河而死。雍，同「甕」。蹈甕義同負石，欲其速亡也。荀悅《申鑒》：「故徐衍負石入海，申徒狄蹈甕之河。」❹徐衍　周朝末年人。《文選》呂向注：「徐衍惡周末之亂，負石投入海中。」❺義不苟取比周於朝二句　《文選》李善注：「言皆義不苟取比周朋黨在朝廷，以移主上之心。」比周，結黨營私。❻百里奚乞食於道路二句　《漢書》注引應劭曰：「百里奚，虞人也。聞秦繆公賢，往干之乏資，乞食以自致也。」但此說與《左傳》、《史記》諸書不合。❼甯戚飯牛車下二句　《漢書》注引應劭曰：「齊桓公夜出迎客，而甯戚疾擊其牛角商歌……公召與語，說之，以為大夫。」並見《管子．小問》、《呂氏春秋．舉難》等書。❽桼　同「漆」。

【語　譯】所以，女子不論美醜，只要進入王宮就會受到妒忌；士子不論賢愚，只要進入朝廷都要受到嫉恨。

過去司馬喜在宋國受過臏刑，最後擔任了中山國丞相；范睢在魏國被打得斷了脅骨，掉了牙齒，最後在秦國封為應侯。這兩個人，都堅信自己認為必然實現的打算，拋棄結黨營私的念頭，單憑一己之力獨來獨往，所以沒有辦法使自己避免受到那些嫉妒之人的譖害。因此申徒狄踩在瓦甕中投入黃河，徐衍背著石頭跳進大海。即令不被社會所容納，按照道義，他們也不隨便在朝廷結黨營私，以改變君主的心意。所以百里奚沿途乞討，秦繆公把朝政委託給他；甯戚在車子底下餵牛作歌，齊桓公任命他掌管國家大權。這兩個人，難道是在朝廷做官多年，讓左右的人替他們宣揚，然後這兩位君主才重用他們的嗎？只要君臣之間彼此心靈感應，行為相互合拍，契合得像膠漆一樣堅固，像兄弟一樣不能分離，即使是眾口一聲，君主難道還會受到迷惑嗎！

故偏聽生姦，獨任成亂。昔魯聽季孫之說逐孔子❶，宋任子冉之計囚墨翟❷，夫以孔、墨之辯，不能自免於讒諛，而二國以危。何則？眾口鑠金，積毀銷骨❸也。秦用戎人由余，而伯中國❹；齊用越人子臧，而彊威宣❺。此二國豈係於俗，牽於世，繫奇偏之辭哉？公聽並觀❻，垂明當世，故意合則胡越為兄弟，由余、子臧是矣；不合則骨肉為讎敵，朱、象、管、蔡❼是矣。今人主誠能用齊、秦之明，後宋、魯之聽，則五伯不足侔，而三王易為也。

【章　旨】本段亦引史料以說明讒言之厲害，如國君能不信讒，君臣意合，則胡越可作兄弟。

【注　釋】❶昔魯聽季孫之說逐孔子　《漢書》顏注：「季孫，魯大夫季桓子也，名斯。《論語》云：「齊人歸女樂，季桓子受之，三日不朝，孔子行。」蓋桓子故使定公受齊女樂，欲令去孔子也。」❷宋任子冉之計囚墨翟　子冉，姚氏原注：「史作子罕。」按《左傳》，宋有大夫司城子罕。《韓詩外傳》七、《淮南子・道任》、《說苑・君道》皆言司城子罕劫君擅政。而因墨翟一事，諸書未載。❸眾口鑠金二句　王先謙《漢書補注》：「金骨皆以最堅者，眾口積毀，雖金可鑠，骨可銷也。」❹秦用戎人由余二句　由余，本春秋時晉人，寄居西戎，秦穆公用為謀臣，為秦謀伐西戎，益國十二，闢地千里，穆公因而成為霸主。伯，通「霸」。❺齊用越人子臧二句　子臧，應為越人，餘不詳。《文選》李善注：「言齊任子臧，故威、宣二王所以強盛。」❻公聽並觀　李善注：「公聽，言無私也；並觀，言無偏也。尸子曰：論是非者，自公心聽之而後可知也。」❼朱象管蔡　即堯之子丹朱、舜之弟象，周公之弟管叔鮮與蔡叔度，皆不肖，象曾多次企圖謀害舜，管、蔡曾散布流言讒毀周公。

【語　譯】所以，偏聽一面之辭就會使奸謀得逞，只任用一個人就會釀成禍亂。過去魯國聽信季孫斯的邪說而把孔子逼走，宋國任用子罕的計謀而把墨翟囚禁，以孔子、墨子二人之善辯，仍然無法使自己免於受讒言佞諛之害，而這兩個國家也產生危機。為什麼呢？眾口一辭可以把黃金熔化，毀謗積累起來可以致人於死地。秦國起用西戎人由余，秦穆公才得以稱霸中國；齊國任用越國人子臧，而齊威王、宣王時國勢強盛。這兩個國家難道會受世俗之見所約束，束縛在怪異偏激而又不實之辭之中嗎？公正地聽取意見，全面地觀察事情，在當代顯示出君主的賢明。所以意見相同，哪怕是北方的胡人和南方的越人都可以成為弟兄，由余、子臧就是這種情況；意見不同，即使是骨肉之親，也會變成仇敵，丹朱、象、管叔、蔡叔就是這種情況。現在擔任君主的人真正能夠採用齊國、秦國的明智態度，而避免宋國、魯國對讒言的聽信，那麼這不但可以超過五霸的業績，而且還能夠與三王的治世相媲美。

是以聖王覺寤，捐子之❶之心，而不說田常❷之賢；封比干之後❸，修孕婦之墓❹，故功業覆於天下。何則？欲善亡厭也。夫晉文親其讎❺，彊伯諸侯；齊桓用其仇❻，而一匡天下❼。何則？慈仁殷勤，誠加於心，不可以虛辭借也。

【章　旨】本段從帝王角度，通過史料說明慈仁寬大才能有所成就。

【注　釋】❶子之　戰國時燕王噲之相，極受寵信。燕王噲讓位給他，燕國大亂，齊國乘機入侵，幾乎亡國。❷田常　《漢書》注引應劭曰：「田常事簡公，簡公說之，而殺簡公。使人主去此心，則國家安全也。」田常，又稱陳恆，殺簡公後，立齊平公，欲專國政，至其後代田和，終於篡位。❸封比干之後　相傳周武王伐紂之後，曾封比干之子。❹修孕婦之墓　《漢書》注引應劭曰：「紂刳妊者觀其胎產。」顏曰：「武王克商，反其故政，乃封修之。」❺晉文親其讎　讎，同「仇」。指寺人勃鞮。晉文公逃亡時，其父獻公曾命勃鞮去殺他，斬其衣袖。後來晉文公嗣位，呂甥、郤芮欲作亂，勃鞮前來告密，文公不記前仇，召見了他。文公才得幸免於難並成就其霸業。❻齊桓用其仇　仇，指管仲。齊襄公死後，桓公與公子糾分別從莒國和魯國返回爭奪君位。管仲為公子糾截擊桓公，並用箭射桓公中其帶鉤。齊桓公奪得君位後，立即用管仲為相，在管仲輔佐下成為霸主。❼一匡天下　語出《論語・憲問》：「管仲相桓公，霸諸侯，一匡天下。」匡，正也。

【語　譯】所以聖明的君王能夠覺察清楚，必須拋棄對燕相子之那種有野心的大臣親近之心，而且不要喜歡齊國大夫田常收買民心的賢能；應該要學周武王那樣封賞忠臣比干的後代，修築被紂王所殺死的孕婦的墳墓，所以周武王的功德事業才能覆被於天下。為什麼呢？要做的好事是沒有止境的。晉文公親近他過去的仇人，才能稱霸於諸侯；齊桓公敢任用他的仇人為相，使天下都得到匡正。為什麼呢？這種好賢樂善，不記舊仇的仁慈親切之情，實出於內心，並不是虛辭所能應付的。

至夫秦用商鞅❶之法，東弱韓、魏，立彊天下，卒車裂之。越用大夫種❷之謀，禽勁吳而伯中國，遂誅其身。是以孫叔敖❸三去相而不悔，於陵子仲❹辭三公，為人灌園。今人主誠能去驕傲之心，懷可報之意❺，披心腹，見情素，墮❻肝膽，施德厚，終與之窮達，無愛於士；則桀之犬可使吠堯，跖之客可使刺由❼，何況因萬乘之權，假聖王之資乎❽？然則荊軻湛七族❾，要離❿燔妻子，豈足為大王道哉。

【章旨】本段主要從反面舉例以說明人主如能以誠待人，「披心腹，見情素」，則士感其意，無不用命。

【注釋】❶商鞅　衛人，封於商，故稱。助秦孝公變法，秦以強大。孝公死後，被處以車裂之刑。車裂，指用牛或馬駕車以分裂人的肢體的一種酷刑。❷大夫種　春秋時越國大夫文種，曾與范蠡輔佐遭慘敗後的越國復興，打敗強敵吳國，越得以稱霸諸侯。但文種卻被越王句踐所賜死。❸孫叔敖　春秋時楚人，曾三次做過楚莊王的令尹（即相）。《史記・循吏列傳》說他「三得相而不喜，知其材自得之也；三去相而不悔，知非己之罪也」。❹於陵子仲　即陳仲子，戰國時齊人，其兄載為齊相，仲子以為不義，乃攜妻逃於楚，家於陵，取名於陵子仲。楚王聞其賢，使人以金百鎰聘為相，子仲不許，又逃去為人灌園。❺懷可報之意　《文選》李善注：「言士有功可報者必報。」❻墮　沈曾植曰：「墮，與隋通。」《說文》：「隋，裂肉也。」❼桀之犬可使吠堯二句　桀，暴君代表。堯，仁君代表。跖，壞人代表。由，即許由，堯時高士，此用作好人代表。《史記・淮陰侯列傳》：「蒯通曰：『跖之狗吠堯，堯非不仁，狗固吠非其主。』」這兩句言人主待士之厚，則士感其意，無不用命。❽何況因萬乘之權二句　萬乘，本指能出兵車萬乘之天子，此借指梁乃大國。假，憑藉。此言梁孝王勢非跖可比，德非桀可及，故士無不樂為之用。❾湛七族　湛，沉也。引申為誅。《史記索隱》以父之族、姑之子、姊妹之子、女子之子、母之族、從子及妻父母為七族。❿要離　春秋時吳國人，公子光（即吳王闔閭）殺吳王僚而自立，而吳王僚之子慶忌在衛，乃派要離前往刺之，為接近慶忌，要離請公子光加罪於他，燒殺其妻子，揚其灰。後果刺殺慶忌。此二句言荊軻之報燕丹，要離之報吳王，直尋常爾，何足稱道於大王之前。

【語譯】至於秦國採用商鞅的新法，向東擴展，使韓、魏兩國被削弱，迅速成為天下強國，但自己最後卻遭到車裂的酷刑。越國採用大夫文種計謀，消滅了它的勁敵吳國而稱霸於中國，但隨之是他自身也被殺。所以楚國的孫叔敖三次離開令尹的職位而不後悔，於陵子仲推辭要他擔任三公的聘請，寧可替人家去澆灌菜園。現在的君主假如確實能夠去掉驕橫倨傲的心理，抱定立功必報、信賞必罰的思想，開誠布公，表現出真情實意，披肝瀝膽，廣施仁德，始終與臣下同甘苦，共命運，對臣下毫不吝惜；那麼，即使是桀這樣的暴君的狗也可以去吠堯這樣的聖君，像盜跖這種壞人的門客也可以去刺殺許由這種高士，何況大王掌握大國的權勢，憑藉賢能王者的才幹呢？那麼，荊軻為刺秦王連累七族，要離為刺慶忌焚燒妻子，這種報答君主知遇之恩的事情也不足以為大王稱道的了。

臣聞明月之珠，夜光之璧，以闇❶投人於道，眾莫不按劍相眄者。何則？無因而至前也。蟠木根柢❷，輪囷離奇❸，而為萬乘器❹者，以左右先為之容也。故無因而至前，雖出隨珠、和璧❺，祇結怨而不見德；有人先游❻，則枯木朽株，樹功而不忘。今夫天下布衣窮居之士，身在貧羸，雖蒙堯、舜之術，挾伊、管之辯，懷龍逢❼、比干之意，而素無根柢之容，雖竭精神，欲開忠於當世之君，則人主必襲按劍相眄之迹矣。是使布衣之士不得為枯木朽株之資也。

【章　旨】本段借助比喻以說明士之見用不見用，全在於人主左右是否為之先容。

【注　釋】❶闇　通「暗」。❷蟠木根柢　屈曲的木料和樹根，意指無用之材。❸輪囷離奇　盤結彎曲貌。❹萬乘器　《漢書》顏注：「天子車輿之屬也」。❺隨珠和璧　即隨侯珠與和氏璧。相傳隨侯曾救活一條大蛇，後來大蛇銜來一顆大珠以報答他。和氏璧即上文「玉人」所獻之璧。❻先游　事先稱讚頌揚。游，游揚；隨處稱揚其美，使之名聲遠播。❼龍逢　關龍逢，夏桀時賢臣，因諫阻夏桀被殺。

【語　譯】我聽說晶瑩如月的珍珠，夜晚發光的玉璧，如被人偷偷地拋棄在道路上，大家沒有不把它當作怪物，手扶著寶劍怒目而視的。為什麼呢？沒人說明便出現在人們面前。屈曲的木料和無用的樹根，盤結歪斜，而能夠作為皇帝車輛的材料，因為皇帝身邊的人首先替這些木材加工修飾的緣故。所以，沒人說明便出現在人們面前，即使是隨侯之珠、和氏之璧，只能結下怨恨而看不到它的優點；一當有人替它首先稱讚頌揚，哪怕是枯木朽株，也會成為有功之物而不被忘記。現在天下沒有官職身居下層的人士，生活在貧困之中，即使具有致君堯舜的辦法，掌握伊尹、管仲的口才，抱著關龍逢、比干的志向，但向來都沒有像樹根那樣被人修飾讚揚；儘管他盡心盡力，想要施展自己的忠誠於當世的君主，而做人主的一定會照樣採用手握寶劍、怒目而視的老樣子。這就使得無官職的人士，不能夠像枯木朽株那樣成為有用之材啊。

是以聖王制世御俗，獨化於陶鈞之上❶，而不牽乎卑辭之語，不奪乎眾多之口。故秦皇帝任中庶子蒙嘉❷之言，以信荊軻，而匕首竊發❸；周文王獵涇渭❹，載呂尚❺歸，以王天下。秦信左右而亡❻，周用烏集❼而王。何則？以其能越攣拘❽之語，馳域外之議❾，獨觀乎昭曠❿之道也。今人主沉諂諛之辭，牽帷牆⓫之制，使不羈⓬之士，與牛驥同皁⓭。此鮑焦⓮所以憤於世也。

【章　旨】本段諷勸吳王不應受某些言論所左右，不要被左右群小所牽制；要效法古代聖王，獨立考慮問題並作出判斷和決定。

【注　釋】❶獨化於陶鈞之上　跟泥瓦匠一樣運轉陶鈞以製作瓦器。《漢書》注：「陶家名轉者為鈞，蓋取周回調鈞耳。言聖王制馭天下，亦猶陶人轉鈞。」❷中庶子蒙嘉　中庶子，官名，太子的屬官。蒙嘉，原文無嘉字，據《史記》、《文選》補。蒙嘉為秦始皇寵臣，荊軻入秦，先送價值千金的重禮給他，他先為荊軻宣揚燕國效忠之意，秦始皇才接見荊軻。❸匕首竊發荊軻刺秦王時，先秦地圖匣於秦王前，開匣取圖，圖窮匕首現，因左手把秦王之袖，右手持匕首揕抗之。❹涇渭　涇水與渭水。涇水乃渭水支流。❺呂尚　即姜太公，因祖先封於呂，名尚。未遇時，在渭水釣魚，遇文王，與語大悅，故載以歸。❻亡　此言致荊軻行刺，有可亡之道，並非真亡。其後趙高亂秦而亡，亦屬信左右之咎。❼烏集　《漢書》顏注：「言文王之得太公，非因舊故，若烏鳥之暴集。」指一時相見，素不相識之人。❽攣拘　拘泥固執。❾域外之議　域外，本指疆域之外，這裡引申為不受限制、不負責任。❿昭曠　光明寬廣。⓫帷牆　帷帳屏風，借指妻妾群小和左右親信。⓬不羈　才行高遠，不可約束。⓭皁　通「槽」。牛馬食槽。⓮鮑焦　《文選》注引《列士傳》曰：「鮑焦，怨世不用己，采疏於道，子貢難曰：『非其世而采其疏，此焦之有哉？』棄其疏，乃立枯於洛水之上。」疏，古蔬字。

【語　譯】所以，聖明的君王統治國家，領導社會，往往在上面單獨操縱著政府機構，而不受底下混亂的言論所牽連，不被眾人所說的話而改變。正因為這樣，秦始皇聽從中庶子蒙嘉的話，才相信荊軻，以致圖窮而匕首現；周文王在渭水河邊打獵，裝載著姜太公回來，因而統一了天下。秦國相信左右身邊的人，自取滅亡之道；周朝任用不期而遇、素不相識之人，而成為天下的君王。為什麼呢？因為周文王能超越拘泥固執的見識，擺脫不受限制、不負責任的議論，獨具慧眼地認識到光明廣闊的治國之道。而現在的一些君主沉迷於阿諛奉承的言辭之中，受到左右妻妾的牽制，使得那些才華橫溢而又不受約束的才士，只能得到同牛馬一般的待遇。這也就是周朝耿介之士鮑焦所以對世道憤憤不平的原因。

臣聞盛飾入朝者，不以私汙義；砥厲名號者❶，不以利傷行。故里名「勝母」，曾子不入❷；邑號「朝歌」，墨子回車❸。今欲使天下寥廓之士，籠於威重之權，脅於位勢之貴，回面汙行❹，以事諂諛之人，而求親近於左右，則士有伏死堀❺穴巖藪❻之中耳，安有盡忠信而趨闕下者哉！

【章　旨】本段以寥廓之士自比，表示但求砥礪名節，決不會改向易志，汙穢其行，以事權貴。

【注　釋】❶砥厲名號者　講求修德立名的人。砥厲（同礪），均為磨刀石，砥細而礪粗。用作動詞有磨鍊之意。❷里名勝母二句　《淮南子・說山》：「曾子立孝，不過勝母之閭。」曾子，即曾參，以至孝聞名，因里名不順，故不入。❸邑號朝歌二句　《淮南子・說山》：「墨子非樂，不入朝歌之邑。」以上四句，說明古代耿介之士，不肯絲毫苟合。❹回面汙行　面，向也。此謂轉易其向而汙穢其行。❺堀　同「窟」。❻藪　水淺草茂的澤地。

【語　譯】我聽說裝飾整齊進入朝廷的臣子，不會因為私心而沾汙他的正直；修德立名的人，不會因為私利而傷害他的品行。所以，里巷名叫「勝母」，曾子就不進入；城邑名叫「朝歌」，墨子便轉回他的車子。現在要想讓天下志向遠大的人士，被威重的權勢所控制，受高官厚祿所脅迫，改變自己的追求，沾汙自己的品德，以侍奉那些阿諛諂媚的小人，以求得親近於大王身邊的親信，那麼正直的人士只有隱藏老死在洞穴山巖草澤之中罷了，怎麼會跑到宮闕之下來盡自己的忠心呢！

【研　析】本篇錄自《漢書》，無標題，而《文選》題之為「獄中上書自明」。但全文千餘言，除第一段有幾句話表達出自明無辜外，此後很少涉及。全文基調，轉入為古來忠智之士受讒蒙冤者鳴不平。正由於這一基調，決定了本篇特殊表現手法，即大量用事，用事之多，不下數十處。前人雖有「語多重複」（吳乘權語）、「用古過多，不免傷氣」（林雲銘語）之譏。但這正是為了表現本文主旨所必需的。儘管全部典故，雖不離「信而見疑，忠而被謗」這一總的模式，但具體而言，既有負面的，也有正面的，還有因世道不公而隱居高蹈以避禍這類介乎二者之間的；三者交錯成文，常常先後出現在一段之內。故而在立意行文上仍顯得錯落有致。其次，只要仔細閱讀，全文仍有一定層次。如首段言「忠無不報，信不見疑」，但只提出問題，不分析原因。二段提及「知與不知」，對原因初步探索。三、四段明確以臣下的「嫉妒」作為君臣間知與不知、和與不和的癥結，探索逐步加深。五段強調君王之大度、容人甚至用仇。六段提出先容的必要性，七段則從另一角度要求君主擺脫帷牆的牽制，八段照應首段，闡明個人素志，決不易行以事諂諛。可見全篇用事，主要是為了分析問題。

議論是骨架，用事是血肉；議論能層層深入，故不覺繁複。但用事略多，這也是事實。因為凡文中舉例用事，往往都成對出現；同一性質的古事，總是要連舉兩個。浦起龍提到：「鄒、枚（叔）以賦手為文章。」本篇的確採用了賦體所常用的鋪排手法，但其事必雙舉和華辭麗藻等特色，更接近於後來的駢文。故吳汝綸評之曰：「此體殆鄒生所創，其源出於風騷。隸事之多，而以俊氣舉之，後人無繼之者，由是分為駢體矣。」

說吳王書

枚叔

【題解】據《漢書・枚乘傳》言：「為吳王濞郎中，吳王之初怨望，謀為逆也。乘奏書諫。」可見本篇之作，其意圖與鄒陽〈諫吳王書〉相同，其寫作時間亦應相近，均寫於吳王逆謀祕而未發之際。故對吳王逆謀，只能虛指，不可明說。故文中只含蓄提及「所欲為」三字，以表明彼此心知，點到為止。上下文全用譬喻，與鄒陽書引古今時事為比，故有時晦澀難明，本篇顯得更為明朗近切。書中首先指出，能自圖保全的會致昌盛，反之則敗亡；而吳王所欲為，其危如累卵，非但陰謀不能得逞，且後果無法挽回。只有改弦易轍，則事甚易而可致泰山之安。進而指出，陰謀必將暴露，欲人勿知，莫若勿為。最後強調：禍福之來，必有根由，勸吳王「積德累行」，則必然會有好的結果；若「棄義背理」，則必將自取其咎。文章不僅以防微杜漸的勸誡希望消弭禍患於未萌，甚至可以說是以「苦海無邊，回頭是岸」的警告呼籲吳王懸崖勒馬。但這一切都毫無效果，吳王仍然走向自取滅亡的結局。

【作　者】枚叔，名乘，字叔，淮陰（今屬江蘇）人。生年不詳，卒於漢景帝後元三年（西元前一四一年）。初為吳王濞郎中，吳王欲反，乘上書進諫，不聽，吳果亡國。七國亂平，乘由是知名，景帝召拜為弘農都尉。乘久為大國上賓，與英俊並遊，不樂為郡吏，藉口有病去官。復遊梁，為梁孝王上客，與他客共作辭賦。孝王死，他仍返故鄉。武帝為太子時，已聞乘名。及嗣位，乘年已老，乃以安車蒲輪徵乘，死於道中。枚乘作品，除兩篇〈說吳王書〉外，以辭賦最為有名。《漢書・藝文志》著錄枚乘賦九篇，今存僅三篇，其中以〈七發〉最為有名。

臣聞得全者全昌，失全者全亡❶。舜無立錐之地，以有天下；禹無十戶之聚，以王諸侯。湯武之士，不過百里❷，上不絕三光之明❸，下不傷百姓之心者，有王術也。故父子之道，天性也❹。忠臣不避重誅以直諫，則事無遺策❺，功流萬世。臣乘願披腹心而效愚忠，唯大王少加意念惻怛❻之心於臣乘言。

【章　旨】本段闡明，國家存亡之因在於能否獲得自我保全之道，並以此作為上書進諫的理論基礎。

【注　釋】❶得全者全昌二句　《史記．田敬仲完世家》：「淳于髡曰：『得全全昌，失全全亡。』」全，保全；安全。指自我保全之道。蓋得自全之道，則聲名俱泰，福澤後世，一得則無所不得；苟失自全之道，則身死名滅，殃及子孫，一失則無所不失。❷舜無立錐之地六句　《史記．趙世家》載，蘇秦說趙王曰：「舜無咫尺之地，以有天下；禹無百人之聚，以王諸侯；湯武之士，不過百里，立為天子，誠得其道也。」聚，村落。❸上不絕三光之明　《漢書》顏注：「德政和平，上感天象，則日月星辰，無有錯謬。」三光，日、月、星。此指無日蝕月蝕，五大行星運轉正常；人間政教得體，故天象合度。
❹父子之道二句　語出《孝經》。李善注：「父子喻君臣也。」為子盡孝，為臣自能盡忠，其理一也。❺遺策　失策；失計。
❻惻怛　憐憫；同情。

【語　譯】我聽說獲得保全之道的一切都興旺昌盛，喪失保全之道的一切都衰敗淪亡。舜沒有絲毫土地，因此而獲得天下；夏禹沒有十家人的村落，因此而成為諸侯的帝王。湯武原來的土地，不超過一百里，天上日月五星依次照耀，地下萬民百姓不受傷害，因為湯武具有王天下的方法。所以兒子對父親盡孝，臣子對君主盡忠，這都是天性。忠臣不會躲避嚴重的處罰而敢於直言進諫，那麼國家事務就不會產生失誤，功績就會流傳萬世。我枚乘願意披露腹心，以表達我的愚忠，希望大王稍微注意，用同情憐惜的態度來對待我所講的話。

夫以一縷之任，繫千鈞❶之重，上縣❷無極之高，下垂不測之淵，雖甚愚之人，猶知哀其將絕也。馬方駭，鼓而驚之；係❸方絕，又重鎮❹之。係絕於天，不可復結；隊入深淵，難以復出。其出不出，間不容髮。能聽忠臣之言，百舉必脫❺，必若所欲為，危於累卵❻，難於上天。變所欲為，易於反掌，安於太山。今欲極天命之壽❼，敝❽無窮之樂，究❾萬乘之勢，不出反掌之易，以居泰山之安，而欲乘累卵之危，走上天之難，此愚臣之所大惑也。

【章　旨】本段指出，吳王所欲為之事，危如累卵，難於上天；如能改弦易轍，則易於反掌，安於泰山。

【注　釋】❶千鈞　極言其重。古代以三十斤曰鈞。❷縣　同「懸」。❸係　吊東西的繩子。❹鎮　壓。❺脫　《漢書》顏注：「脫者，免於禍也。」❻危於累卵　以卵相疊，比喻極端危險。語出《韓非子・十過》及《史記・范雎蔡澤列傳》。❼壽　《文選》為「上壽」。《論衡・正說》：「上壽九十，中壽八十，下壽七十。」❽敝　《漢書》顏注：「敝，盡也。」這裡有「享盡」之意。❾究　《漢書》顏注：「究，竟也。」

【語　譯】如果用一根絲線的負擔，綑上千萬斤的重量，上面掛在看不到頂點的高處，下面吊在不可測量的深淵，即使是極端愚蠢之人，也能知道可憐它快要斷絕了。馬將要驚駭，又敲起鼓去恐嚇它；吊的繩子快要斷了，還增加重量去壓它。吊的繩子從天空斷絕下來，不能夠再綁上去；綑的東西掉進深淵，難以重新打撈出來。在這將斷未斷、將入不出之際，幾微差別，只在毫釐間，容不下一根頭髮。大王能夠聽從忠臣的話，所做的一切事情都一定會免於禍患，如果一定要像大王想要做的事，比堆積雞蛋還要危險，比登天還要困難。改變大王想要做的事，比把手掌翻過來還要容易，比泰山還要安穩。現在大王想安享上天賜給你的高壽，享受無窮的歡樂，受盡君王的權勢，不用像反掌之易那樣的辨法，並穩居於泰山一樣安全，反而要冒著登上累卵的危險，面臨登天的困難，這就是愚蠢的臣子大惑不解的原因。

人性有畏其景而惡其跡者❶，卻背而走，跡愈多，景愈疾，不如就陰而止，景滅跡絕。欲人勿聞，莫若勿言；欲人勿知，莫若勿為。欲湯❷之滄，一人炊之，百人揚之，無益也，不如絕薪止火而已。不絕之於彼，而救之於此，譬猶抱薪而救火也。養由基❸，楚之善射者也，去楊葉百步，百發百中。楊葉之大，加百中焉，可謂善射矣。然其所止，迺百步之內耳。比於臣乘，未知操弓持矢也❹。福生有基❺，禍生有胎，納其基，絕其胎，禍何自來？

【章旨】本段採用隱喻手法，言吳王欲使反謀之不露，莫如不為。

【注釋】❶人性有畏其景而惡其跡者　景，古「影」字。跡，足跡。《莊子・漁父》：「人有畏影惡迹而去之走者，舉足愈數而迹愈多，走愈疾而影不離身。自以為尚遲，疾走不休，絕力而死，不知處陰以休影，處靜以息迹，愚亦甚矣！」此篇為莊子後學所擬作，較大可能是襲枚乘語，而非枚乘襲〈漁父〉語。❷湯　熱水。❸養由基　見本書卷二十四〈蘇厲為周說白起〉。❹比於臣乘二句　《漢書》顏注：「乘自言所知者遠非止見百步之中，故謂由基為不曉射也。」借以說明自己能察微知著，料吳王之心，無有不中者，非由基可比。❺基　《漢書》注引服虔曰：「基、胎，皆始也。」

【語譯】有個人的性情害怕自己的影子又厭惡自己的足跡，就背轉身來逃跑，足跡更多，影子跟隨他更快了，不如到陰暗的地方停止下來，影子不見了，足跡也沒有了。想要別人不聽見，不如不講話；想要別人不知道，不如不去做。想要熱水冷下來，一個人燒火，一百個人翻動熱水，毫無用處，不如拿走乾柴，停止燒火，就冷下來了。不在那個地方停止，而在這個地方挽救，就好像抱著乾柴去救火一樣。養由基是楚國擅長射箭的人，離開楊柳葉子一百步，能夠百發百中。楊柳葉只有那麼大，而百發百中，可以叫做會射箭了。但是他所處的位置，不過是一百步以內罷了。跟我枚乘相比，我比他看得遠得多，他簡直是不懂得射箭。幸福產生有基礎，災禍產生有起源，接受幸福的基礎，斷絕災禍的起源，災禍還能從什麼地方產生出來呢？

泰山之霤❶穿石，單極之統斷幹❷。水非石之鑽，索非木之鋸，漸靡❸使之然也。夫銖銖❹而稱之，至石❺必差；寸寸而度之，至丈必過。石稱丈量，徑而寡失❻。夫十圍❼之木，始生如蘖❽，足可搔而絕，手可擢而拔。據其未生，先其未形也。磨礱底厲❾，不見其損，有時而盡。種樹畜養，不見其益，有時而大。積德累行，不知其善，有時而用。棄義背理，不知其惡，有時而亡。臣願大王孰計而身行之，此百世不易之道也。

【章旨】本段連用比喻，說明在禍患未萌之際加以消弭，最易為力，也最能轉禍為福。

【注釋】❶霤　本指順屋檐下滴之水，此指由巖角掉下點滴之水。❷單極之統斷幹　統，通「綆」。繩索。幹，井上木欄。久汲為綆契斷。單極二字，孟康解為井之轆轤，晉灼解為盡（均見《漢書》注），也有解為單一井梁者。均似未合。如與霤為小水滴相對應，疑指單股之繩索。過商侯《古文評注》釋之為「單條之繩索，汲久而斡穿。」❸靡　通「摩」。又作「劘」。❹銖　古代重量單位，兩的二十四分之一。❺石　一百二十斤為石。《漢書》注引張晏曰：「乘所轉四萬六千八十銖而至於石。合而稱之，必有盈縮也。」❻石稱丈量二句　徑，直，引申為簡單。以上數句比喻如按各個現象分析則尚明，合較之則必有差誤；當把前後事體總計之，自然可得出明確結論。❼圍　古以三尺曰圍，約當一人雙手合抱。❽櫱　木之萌芽。❾磨礱底厲　都有磨的意思。礱，亦磨也。後專指磨穀之具。底厲，通「砥礪」。均磨刀石。此指磨刀斧等鐵器。

【語　譯】泰山山崖的滴水可以滴穿石頭，單條的繩索可以契斷井欄。水滴並不是石頭的鑽子，繩索也不是木材的鋸子，逐漸磨損就能使它這樣。一銖一銖地稱它，到了一石一定會有差誤；一寸一寸地量它，到了一丈必然有過錯。用石去稱，用丈去量，就會簡單而少差誤。那些十人合抱的大樹，開始生長的時候就像幼芽，用腳趾一撓就可截斷，用手一扯就可拔出來。這是根據它還沒有生長，在它還沒有形成樹木之前就採取了措施。在粗細石頭上磨刀，看不到它有什麼磨損，等到了一定時候它就磨損完了。栽種樹木畜養牲口，看不到它多少增長，等到了一定時候它就長大了。積累德行，多做好事，不知道這會有什麼好處，等到了一定時候它就會起作用。拋棄道義，違背正理，不知道這會有什麼壞處，等到了一定時候就會導致滅亡。我希望大王仔細思考並能親自用行動來表示有所醒悟，因為這是千百代也不會改變的法則。

【研　析】這是一篇頗有特色的進諫之書，與鄒陽〈諫吳王書〉無論在時代、對象、內容、目的諸方面都完全相同，在基本態度方面也都是曉之以理，動之以情，示之以利害，希望吳王能翻然醒悟，痛改前非。然而在表現方法上，卻各有不同特色。鄒陽主要通過分析形勢，列舉事實，或明諭，或暗諷，以規勸吳王；枚乘則完全借助於比喻，將當前形勢、吳王處境，特別是逆謀必將招致的災難化為習見易曉的生活經驗，以達到諷諫的目的。故胡韞玉說：「全用設喻，揭出危勢，層層滾進。不指明其事，而反覆安危之理，令人自然警悟，比之鄒陽為近切矣。鄒以事諷，枚以理諭也。」浦起龍則進而分析：「將欲彌於未形，不得用隱語時，鄒陽亦為隱諫，然多道胡、越、齊、趙、淮南之難，猶屬比事，屬辭尚未若此之四虛無著而駭刺耳，愈出愈奇也。仔細尋之，仍復肌理細膩，得不詫為靈物？」全文所用比喻，不下十五六處，從不同方面，不同角度，反覆申說，但卻不點明本題，而只在前後左右，盤旋回環，但又能字字縝密，言言危警，層次井然，故而不覺重複。正如林雲銘所評：「吳謀甚祕，此時欲諫一字，著迹不得。初以道理虛起，再言反事必不可為，中言反謀未有不露，末言轉禍為福，在於早改前非。層層托之譬語，使吳王會意，高絕。」

復說吳王書

枚叔

【題解】本篇是前書遭吳王拒絕，枚乘因而離開吳國，吳王濞公然舉兵叛變之後所寫的第二封信。《漢書・枚乘傳》曰：「乘等去而之梁，從梁孝王游。景帝即位，御史大夫鼂錯為漢定制度，損削諸侯，吳王遂與六國謀反，舉兵西鄉，以誅錯為名。漢聞之，斬錯以謝諸侯，枚乘復說吳王曰……」這就是本篇的具體寫作背景。作者上書的出發點，一是維護漢王朝的統一，一是考慮吳王濞的利害。因此，本文主要從三個方面來規勸吳王：一是就漢王朝的實力足以維護其統一，並以秦能兼併六國作為對照；二是漢已誅其三公以謝過，吳已名實俱得；三是當時軍事形勢，吳已處於孤立無助，四面受敵，動彈不得的境地。故呼籲吳王「還兵疾歸」。而吳王一意孤行，不聽勸說，一個月後，卒被擒殺，七國亂平。

昔者秦西舉胡戎之難❶，北備榆中之關❷，南拒羌筰之塞❸，東當六國之從。六國乘信陵之籍❹，明蘇秦之約，厲荊軻之威，并力一心以備秦。然秦卒禽六國，滅其社稷而并天下，是何也？則地利不同，而民輕重❺不等也。

【章旨】本段分析秦之所以能夠統一六國的原因。

【注釋】❶西舉胡戎之難 《文選》李善注曰：「胡戎為難，舉兵而卻也。」《呂氏春秋・異寶》高誘注曰：「舉，謀也。」❷榆中之關 《史記・秦始皇本紀》：「自榆中，并河以東屬之陰山，以為三十四縣，城河上為塞。」榆中為地區名，在今陝西榆林附近一帶，秦始皇曾於此擊敗匈奴。參見卷二十七〈遺章邯書〉。❸南拒羌筰之塞 羌，西南邊境民族。筰，亦稱筰都，古國名。秦通西南夷，後滅其國，改置郡縣，至漢初復棄之。至漢武帝時，邛筰之君，皆請為內臣。筰，地在今四川漢源東南。❹六國乘信陵之籍 信陵，指信陵君魏公子無忌，曾統六國兵打敗秦軍。籍，指憑藉六國地勢。❺輕重 猶言主次。秦漢時以關中地區民眾作為王業的主體。

【語譯】過去秦國在西部謀劃對付戎人的騷亂，在北部防備榆中一帶的關塞，在南部抵禦了羌人筰都的進攻，在東部面對六國的聯合。六國趁信陵君憑藉其地勢戰勝秦國的聲威，遵守蘇秦合縱抗秦的條約，為荊軻刺秦王的勇氣所振奮，同心協力以防備秦國。但是最後秦國還是打敗了六國，滅掉他們的國家而統一了天下，這是為什麼呢？乃是地理條件不相同，而民眾主次不相等的緣故。

今漢據全秦之地，兼六國之眾，修戎狄之義❶，而南朝羌筰❷。此其與秦，地相什❸而民相百，大王之所明知也。今夫讒諛之臣，為大王計者，不論骨肉之義❹，民之輕重，國之大小，以為吳禍，此臣所以為大王患也。

【章旨】本段說明漢之國勢較秦強大，吳之叛漢，乃自取其禍。

【注釋】❶修戎狄之義 《漢書》顏注：「修恩義以撫戎狄。」❷南朝羌筰 指南方羌人筰國前來朝貢。吳先生曰：「漢興，西南夷雖不置吏，諸國蓋仍朝貢。」❸什 通「十」。十倍。❹骨肉之義 指同宗親屬。景帝乃高祖劉邦之孫，而吳王濞乃劉邦之兄劉仲之子，故景帝乃吳王之再從侄。

【語譯】今天的漢朝占有整個秦國的土地，兼有六國的民眾，修恩德安撫周圍各邊境民族，連南方羌人筰國都來朝貢。此時漢朝與秦國相比，土地十倍於秦而人口百倍於秦，這是大王所清楚知道的。而現在那些進讒言阿諛奉承的臣子，替大王出這個叛亂的計謀，不考慮骨肉的情誼，民眾的主次，國家的大小，實際上正是禍害吳國，這就是我替大王憂慮的原因。

夫舉吳兵以訾❶於漢，譬猶蠅蚋之附群牛，腐肉之齒❷利劍，鋒接必無事❸矣。天子聞吳率失職❹諸侯，願責先帝之遺約❺。今漢親誅其三公❻以謝前過，是大王之威加於天下，而功越於湯武也。夫吳有諸侯之位，而實富於天子；有隱匿❼之名，而居過於中國❽。夫漢并二十四郡，十七諸侯❾，方輸錯出。運行數千里，不絕於道，其珍怪不如東山之府❿。轉粟西鄉⓫，陸行不絕，水行滿河，不如海陵之倉⓬。修治上林⓭，雜以離宮，積聚玩好，圈守禽獸，不如長洲之苑⓮。游曲臺⓯，臨上路，不如朝夕之池⓰。深壁高壘，副以關城，不如江淮之險。此臣之所為大王樂也。

【章旨】本段論述吳雖不敵漢，但漢已誅三公以謝過，且吳之富美不下於漢，從而說明吳不必反。

【注釋】❶訾 《漢書》顏注引李奇曰：「訾，量也。」❷齒 當；觸。❸無事 言必敗無成事也，此婉言之。❹失職 指削地。景帝從鼂錯議，削楚東海郡，趙常山郡及吳之會稽、豫章兩郡。❺先帝之遺約 指漢高祖、惠帝或文帝時對諸王之本來封地。❻三公 漢代以丞相、太尉及御史大夫為三公。此指擔任御史大夫之鼂錯。❼隱匿 楊樹達謂與「隱慝」同。吳有叛亂之跡而未顯，故曰「隱慝」。然天下皆知其事，故曰「有隱匿之名」。❽中國 指漢王朝。❾二十四郡十七諸侯 《漢書》顏注引如淳曰：「東方諸郡以封王侯，不以封者，二十四耳。時七國謀反，不反者十七也。」❿東山之府　《文選》作「山東之府」。呂向注曰：「山東府，吳府名也。」府，應為府庫之「府」。但其具體地址，則無考。⓫鄉　同「嚮」。向也。⓬海陵之倉　海陵，縣名，今江蘇泰州。時吳設太倉於此。⓭修治上林　本秦之舊苑，漢武帝大加擴建，周圍至三百里，有離宮七十所。其地在今陝西長安、周至、戶縣界。疑景帝時已開始修治，武帝時始加速並完成。⓮長洲之苑　吳苑名，在今江蘇長洲，以江水洲為苑也。⓯曲臺　《三輔黃圖》：「未央（宮）有曲臺殿。」⓰朝夕之池　即以大海為池。朝夕，猶「潮汐」。海濤朝曰潮，夕曰汐。

【語譯】若用整個吳國的軍隊跟漢王朝相抗衡，譬如蚊子蒼蠅去叮咬一群牛，用腐爛的肉去接觸鋒利的寶劍，那是不堪一擊的。漢天子聽說吳國率領被削領地的諸侯，希望能夠恢復先帝原本約定的封土。現在漢王朝親自處死了它的三公御史大夫鼂錯以表示對從前過失道歉之意，這乃是大王的聲威覆蓋於天下，而功績超過湯武王了。吳國具有諸侯的位置，但實際上比漢天子還要富裕；大王雖然有陰謀叛亂的名聲，而現在卻把過錯歸之於漢王朝。漢王朝兼有中原二十四郡，十七諸侯，方軌而輸，雜出貢賦。運行幾千里，一路上絡繹不絕，而所運送的珍寶奇異物品趕不上吳國山東府所貯藏的。向西方轉運的糧食，在陸地上接連不斷，水運的船隻充滿河流，但糧食還趕不上吳國的海陵倉。修築整治的上林苑，建設一些離宮於其中，搜積集聚不少賞玩嗜好之物，圈養著很多珍禽異獸，仍然趕不上吳國的長洲苑。遊賞曲臺殿，面對宮廷輦路，更不如吳國潮汐起落的大海。把壁壘濠溝修得又高又深，再加以關塞城堡，也不如長江淮河這些自然險阻。這就是我替大王感到高興的地方。

今大王還兵疾歸，尚得十半❶。不然，漢知吳之有吞天下之心也，赫然加怒，遣羽林黃頭❷循江而下，襲大王之都❸，魯東海絕吳之饟道❹，梁王飭車騎，習戰射，積粟固守，以備滎陽，待吳之飢。大王雖欲反都，亦不得已。夫三淮南之計，不負其約❺，齊王殺身❻以滅其跡，四國❼不得出兵其郡，趙囚邯鄲❽，此不可掩，亦已明矣。大王已去千里之國，而制於十里之內矣。張、韓將北地❾，弓高宿左右❿，兵不得下壁⓫，軍不得大息，臣竊哀之。願大王孰察焉！

【章旨】本段分析當時的軍事形勢，吳軍處於外援斷絕、孤立無助的不利局面，勸吳王及早還兵東歸。

【注釋】❶十半　《漢書》顏注：「十分之中，可冀五分無患。」❷羽林黃頭　羽林，本宮廷衛軍名，但漢武帝時始建。但《漢書·百官表》有羽林騎、羽林令丞諸官名，疑為其所率之陸上軍隊。黃頭，指水軍將士，因土勝水，其色黃，故刺船之郎，皆戴黃帽，因號黃頭郎。❸都　此時吳都吳中，即今蘇州市。❹魯東海絕吳之饟道　饟，古「餉」字。饟道即糧道。《文選》李善注：「吳饟軍自海入河，故命魯國入東海郡以絕其道也。」魯國，景帝子劉餘所封，治魯縣，今山東曲阜。東海郡，今山東東南部，治郯縣。❺三淮南之計二句　漢文帝十六年封淮南王劉長三子為淮南、衡山、濟北三國，故稱三淮南。吳王濞謀反時曾派使遊說三王，三王皆不應。舉兵後，三王皆堅守無異心。❻齊王殺身　齊王，指齊孝王將閭。《漢書·齊王傳》曰：「吳楚已平，齊王乃自殺。」因齊王曾與吳密謀共反，後未響應，其自殺則在亂平之後。而《史記·吳王濞列傳》載，吳王先起兵，「齊王後悔，飲藥自殺畔約，濟北王郎中令劫守其兵。膠西為渠率膠東、菑川、濟南共攻圍臨菑」。是齊王先與諸國通謀，至發兵時中悔自殺，王死而膠西等乃圍臨菑也。❼四國　指膠西、膠東、菑川、濟南四國，皆應吳謀反者，此時兵圍臨菑，故不出齊郡。❽趙囚邯鄲　趙，指趙王劉遂，參與謀反。但漢使曲周侯酈商將兵擊之，圍其都邯鄲。趙王遭困，與囚無異。❾張韓將北地　張韓，指張羽、韓安國，時皆仕梁。北地，言二將領兵處吳軍之北以拒吳，故吳軍不得過梁。❿弓高宿左右　弓高，指弓高侯韓頹當。顏師古注：「宿，止也。言弓高所將之兵屯止於吳軍左右也。」⓫下壁　壁，壁壘。指軍營之圍牆，乃進攻或防守之工事。下壁，即離開工事休息，與下句大息，即大休息同義。

【語譯】現在大王退兵趕回去，十分國土，還可以保有五分。不這樣的話，漢王朝知道吳國有著奪取天下的意圖，憤然震怒，派遣水陸兩路軍隊沿著長江而下，攻打大王的都城，魯國派軍隊進入東海郡以截斷吳國運糧食的道路，梁孝王整頓車騎，加強戰鬥射箭準備，積下糧食以固守，防備吳兵進攻滎陽，以便等待吳軍飢饉。大王那時即使想返回吳都，也不能夠了。而淮南三國的計謀，乃是固守城池，不背叛與漢王朝的關係。齊王則自殺以消除曾經參與謀反的事跡，膠西、膠東、濟南、菑川四國軍隊在圍攻臨菑，不能夠離開齊郡，趙王被漢軍包圍於邯鄲，就像被囚一樣。吳國叛逆的形跡無法掩蓋，這已經很清楚了。大王早已離開了版圖千里的吳國，而受困於十里方圓之內的戰場上。張羽、韓安國領兵堵住吳軍的北方，弓高侯韓穨當所將之兵，屯扎於吳軍左右，吳軍不能夠從防禦工事上來，士卒得不到長久的休息。我私下非常憐憫他們，希望吳王深思熟慮、詳細考察罷！

【研　析】本篇之真偽，歷來頗多爭論。清人王文濡言：「此書似後人摹擬為之，無論事實未合，即文氣亦迴異前篇。」懷疑此書為偽作者，自唐顏師古、李善而下，尚有李周翰、劉邠、劉奉世、何焯、孫志祖、沈欽韓、胡紹煐等。綜其所疑者，不出以下五事，即秦拒羌筰、修治上林、羽林黃頭、齊王自殺及文氣不類。羌筰及齊王事均有史書可證，不容置疑。羽林軍或景帝初已有其名，修治上林或景帝曾有其事。朱琦曰：「此書班氏載之《漢書》，不容不真。」此說甚是。懷疑者皆唐以後人，唐以前似無疑之者。王先謙《漢書補注》據西漢劉向《說苑》言：「梁孝王中郎枚乘為書諫吳王，稱『君王之外臣乘』。」以為「乘在梁寓事吳王，實有其事。」劉向去枚乘為不遠，自當無誤。至於文氣不合，前書婉諷，此書實指；前書隱喻，此書明斥。此乃形勢變化所致，前書作於吳王反跡未露，而枚乘為其臣下，故不得不層層託之譬語；此書作於吳王正舉兵為逆，而乘已改事梁王，故言無禁忌，語多斬截有力。首二段言漢之不可反，三段言吳之不必反，四段言不退必敗。文氣與當時情境吻合，且鋪陳排比手法之大量運用，亦如前書，不得以此疑為偽作。

報任安書

司馬子長

【題解】司馬遷因李陵事，於天漢二年（西元前九九年）下獄，次年受宮刑，出獄後為中書令，尊寵任職。此書當作於任中書令之後。具體時間則有太始四年（西元前九三年）及征和二年（西元前九一年）二說，現姑從後說。任安，滎陽人，曾任益州刺史。戾太子劉據因巫蠱事受江充譖害，征和二年七月於長安擅自發兵，後兵敗自殺。時任安為北軍使者護軍，受太子節，令發兵，安閉門不出。武帝認為安持兩心，欲坐觀成敗，下獄，後被腰斬。《漢書‧司馬遷傳》曰：「遷既被刑之後，為中書令，尊寵任職，故人益州刺史任安予遷書，責以古賢臣之義。遷報之曰云云。」信中以回答任安不能「推賢進士」為線索，追敘自己的家世、志向和遭遇，並申述撰寫《史記》的原因，抒發了作者憂憤深廣的思想感情，著重談論了士節與屈辱的關係，說明自己深幽囹圄、慘遭腐刑之後，之所以能忍辱含垢，堅強地活下來，乃是為了完成「究天人之際，通古今之變，成一家之言」的未竟著作。文中關於「人固有一死，死有重於泰山，或輕於鴻毛」的人生觀和對「文王拘而演《周易》」等受到壓制的歷史人物的奮鬥事跡的論述，都給後世以深刻影響。這是一篇對封建專制統治的控訴書，也是研究《史記》和作者思想的一份極為重要的史料。

太史公❶牛馬走❷司馬遷再拜言，少卿足下❸：曩者辱賜書，教以慎於接物，推賢進士為務❹。意氣勤勤懇懇，若望❺僕不相師而用❻流俗人之言，僕非敢如此也。僕雖罷駑❼，亦嘗側聞❽長者之遺風矣。顧自以為身殘處穢❾，動而見尤，欲益反損，是以獨抑鬱而無誰語。諺曰：「誰為為之？孰令聽之❿？」蓋鍾子期死，伯牙終身不復鼓琴⑪。何則？士為知己者用，女為說己者容⑫。若僕，大質⑬已虧缺矣，雖材懷隨、和⑭，行若由、夷⑮，終不可以為榮，適足以見笑而自點⑯耳。書辭宜答，會東從上來⑰，又迫賤事，相見日淺，卒卒無須臾之間，得竭志意。今少卿抱不測之罪⑱，涉旬月，迫季冬⑲；僕又薄從上上雍⑳，恐卒然不可諱㉑。是僕終已不得舒憤懣以曉左右㉒，則長逝者魂魄，私恨無窮。請略陳固陋，闕然㉓久不報，幸勿為過。

【章　旨】本段引述任安來信的勸勉和自己的不幸處境，並說明書辭宜答的緣由。

【注　釋】❶太史公　即太史令，漢史官名。司馬遷於三十八歲時繼其父為太史令。先列官職、姓名，是古人書信慣例。姚鼐原注以「公」乃「令」之誤，不確。因《史記》中所有論贊，均以「太史公曰」領之。❷牛馬走　自謙辭。言己之職司有如牛馬之供驅走。前人亦有認為「牛」乃「先」之誤，即馬前走卒之意。❸少卿足下　任安字少卿。足下，是古人向人表示尊敬的稱呼，多用於平輩。❹教以慎於接物二句　此為對任安來信主旨的概括。包世臣謂：太史公諱少卿求援，故以此四字約束書之意。❺望　怨。❻不相師而用　姚注：「《漢書》作『用而』。」可從。師用，效法實行。而，猶「如」。清王念孫言：「謂視少卿之言如流俗人之言，而不相師用也。」❼罷駑　罷，通「疲」。駑，劣馬。借喻才能低下。❽側聞　從旁聞知，自我謙下之語。❾身殘處穢　指身遭宮刑，處於汙穢可恥的地位。中書令雖職掌尚書出入奏章，為宮廷中樞要之職；但武帝時用宦官充任，故司馬遷認為這是恥辱。❿諺曰三句　諺，古今相傳之言。李善注：「誰為，猶為誰也。言己假欲為善，當為誰為之乎？欲誰聽之乎？」⓫鍾子期死二句　《呂氏春秋・本味》：「伯牙鼓琴，鍾子期聽之。方鼓琴而志在太山，鍾子期曰：『善哉乎鼓琴！巍巍乎若太山。』少選之間而志在流水，鍾子期又曰：『善乎哉鼓琴！湯湯乎若流水。』鍾子期死，伯牙破琴絕絃，終身不復鼓琴，以為世無足復為鼓琴者。」又見《說苑・說叢》。伯牙俞姓，皆春秋間楚國人。⓬士為知己者用

二句　見《戰國策．趙策》豫讓語，《史記．刺客列傳》同。說，通「悅」。⑬大質　身體。身體是人從事一切的根本，故稱大質。⑭隨和　指隨侯珠、和氏璧，比喻其珍美。⑮由夷　許由及伯夷，均古之高士，拒絕過帝王之位。⑯點　有黑義，用作動詞，玷汙。⑰會東從上來　隨從皇上向東回來。征和二年閏四月，武帝幸甘泉宮。宮在長安西淳化縣。七月，因戾太子事，從甘泉宮向東返回。又：若以本文作於太始四年，則這年三月武帝巡行泰山，五月返回長安，是役司馬遷亦隨行。⑱不測之罪　指生死不可預測之大罪，此為死的婉轉說法。⑲涉旬月二句　再過一個月，就逼近冬末。旬月，滿月。季冬，十二月。漢律於十二月處決囚犯。⑳僕又薄從上上雍　言己急於隨帝去雍。薄，迫。雍，地名，春秋時秦故都，漢於此設祭天神的五時，地在今陝西鳳翔南。前一「上」指皇上，後一「上」為動詞，西行地勢愈高，故言「上雍」。《漢書．武帝紀》：「征和三年春正月，行幸雍。」㉑卒然不可諱　卒，同「猝」。不可諱，被殺之婉詞。李善曰：「難言其死，故云不可諱。」如按此書作於太始四年說，武帝曾於此年十二月幸雍。《漢書．田叔列傳》載褚先生述武帝語云：「任安有當死之罪甚眾，吾嘗活之。」故任安有可能於征和二年之前因罪下獄，但無證據可說明其時在太始四年。㉒左右　指任安。不直指其名，謙言奉書於其左右。㉓闊然　相隔久長。任安與司馬遷書，似應在因戾太子事下獄之前。

【語　譯】太史公供牛馬般驅走之僕役司馬遷再拜陳言，少卿足下：前些時候承蒙您屈尊賜信給我，教導我謹慎地待人接物，並以推薦賢能人士作為自己的任務。信中的旨意和語氣，誠摯懇切，好像抱怨我沒有能遵從您的意見行事，而把這些意見當成世俗人的話，我是不敢這樣做的。我雖然平庸無能，也曾聽到過德高望重的長者遺留下來的風氣。只是我認為自己的身體已經殘廢，而又處在卑賤的地位，稍有舉動就要受到責難，想要對事情有所補益，反而會招致損害，因此獨自愁悶而無人可以訴說。正如諺語所說的：「我是為誰這麼做呢？又有誰來聽我的話呢？」鍾子期死了，俞伯牙終生不再彈琴。為什麼呢？士子為了解自己的人去效力，女子為喜愛自己的人去打扮。像我這樣身體已經殘廢的人，即使才能像隨侯珠、和氏璧那樣美好可貴，品德像許由、伯夷那樣高尚純潔，終究不能引以為榮，恰恰足以被人嘲笑而使自己遭受侮辱罷了。來信本該回答，剛好碰上隨從皇帝由西向東回來，又忙於繁瑣的事務，彼此能相見的日子很少，而我又匆匆忙忙地沒有片刻空閒得以詳盡地說明我的心意。如今您遭到無法揣測的罪名，再過一個月就逼近十二月了；我又隨即要隨從皇帝西上雍邑，恐怕轉眼之間您就會遭到不幸。這樣，我便終究不能抒發內心的憤懣讓您身邊的人有所了解，而死去的人的魂靈必將抱著無窮的遺憾。請允許我簡略地敘述我的鄙陋的見解，隔了很長時間沒有給您回信，希望不要見責。

僕聞之：修身者，智之符❶也；愛施者，仁之端也；取與者，義之表也；恥辱❷者，勇之決也；立名者，行之極❸也。士有此五者，然後可以託於世，而列於君子之林矣。故禍莫憯❹於欲利，悲莫痛於傷心，行莫醜於辱先，詬莫大於宮刑❺。刑餘之人，無所比數，非一世也，所從來遠矣。昔衛靈公與雍渠同載，孔子適陳❻。商鞅因景監見，趙良寒心❼。同子參乘，袁絲變色❽。自古而恥之。夫中材之人，事有關於宦豎❾，莫不傷氣，而況於慷慨之士乎！如今朝廷雖乏人，奈何令刀鋸之餘，薦天下豪傑哉！

【章旨】本段闡明宮刑為最大恥辱，先賢莫不以事涉宦豎為羞；自己因受刑不得列入君子之林，豈可推賢進士。

【注釋】❶符　古代用作憑證的信物。❷恥辱　以被辱為可恥。恥，用作動詞。❸行之極　品行的最高境界。以上數句亦見《說苑・說叢》，應為古語。❹憯　通「慘」。❺宮刑　古代五刑之一，又叫腐刑。男子割去睪丸，婦女幽閉。❻衛靈公與雍渠同載二句　衛靈公，名姬元，春秋時衛國君。雍渠，衛國宦官。李善注引《家語》曰：「孔子居衛月餘，靈公與夫人同車出，令宦者雍渠參乘，孔子次乘，遊過市。孔子恥之，去衛，過曹。」此言孔子適陳，未詳。❼商鞅因景監見二句　見卷二十五〈趙良說商君〉。❽同子參乘二句　同子，文帝時宦者趙同，名談，司馬遷避父諱，故稱為同子。參乘，古乘車之法，尊者居左，御者居中，又有一人處車之右以備傾側，是以戎事則稱車右，其餘則稱參乘，亦稱驂乘。袁絲，袁盎字絲，時為郎中。《史記・袁盎鼂錯列傳》：「孝文帝出，趙同參乘，袁盎伏車前曰：『陛下奈何與刀鋸餘人載？』於是上笑，下趙同。」

❾豎　指供役使的小臣，因而凡卑賤者亦稱為豎。

【語譯】我聽說過：加強自我修養，是有智慧的象徵；樂於施捨，是行仁愛的開端；索取與給予得當，是遵守道義的標誌；以被辱為可恥，是具備勇敢的先決條件；樹立好名聲，是品行的最高準則。一個士人具備了這五條，就可據此在社會上立足，從而進入君子的行列。所以，災禍沒有比貪圖私利更悲慘的了，悲哀沒有比內心受到傷害更令人痛苦的了，行為沒有比使祖先蒙受恥辱更醜惡的了，而恥辱沒有比受宮刑更嚴重的了。受過宮刑的人，沒有人肯和他相提並論，這樣的事不只一兩個例子，在歷史上由來已久了。過去衛靈公與雍渠同車，孔子便因此離開衛國到了陳國。商鞅通過景監見到秦孝公，趙良為他寒心。趙同替文帝參乘，袁盎發怒變了臉色。自古以來人們就看不起這種人。即使是一般之人，只要牽涉到有關宦官的事，沒有不認為傷害情緒、感到羞辱的，何況激昂慷慨的有志之士呢！現在朝廷雖然缺乏人才，怎麼能讓受過刑罰的人去推薦天下的豪傑俊士呢？

僕賴先人緒業❶，得待罪輦轂下❷，二十餘年矣。所以自惟：上之不能納忠效信，有奇策材力之譽，自結明主；次之又不能拾遺補闕，招賢進能，顯巖穴之士；外之不能備行伍❸，攻城野戰，有斬將搴旗❹之功；下之不能積日累勞，取尊官厚祿，以為宗族交遊光寵。四者無一遂，苟合取容，無所短長之效，可見如此矣。鄉者，僕亦嘗廁下大夫之列❺，陪奉外廷末議❻。不以此時引綱維❼、盡思慮，今已虧形為掃除之隸，在闒茸❽之中，乃欲仰首伸眉，論列是非，不亦輕朝廷、羞當世之士邪！嗟乎！嗟乎！如僕尚何言哉！尚何言哉！

【章旨】本論論述個人生平，借以說明既然刑前不能有所作為，而刑後豈可論列是非。

【注釋】❶緒業　前人所遺留下來的學術與事業，此指司馬談之學與司馬談之職。❷待罪輦轂下　待罪，做官的婉轉說法。輦轂下，帝王車駕左右，後來用作京城的代稱。❸備行伍　參加軍隊，充當士兵。古時軍隊：五人為伍，五伍為行。❹搴旗　指拔除敵人旗幟，插上自己旗幟。❺廁下大夫之列　廁，參與其中。下大夫，漢之太史令，秩六百石，相當於古代下大夫。❻外廷末議　外廷，即外朝。漢朝朝廷有中朝、外朝之別。王先謙《漢書補注》引劉逵說：「漢氏大司馬、侍中、散騎諸吏為中朝，丞相、六百石為外朝。」末議，自謙之詞，言參與議事。❼綱維　維繫一切的政治綱領，指國家法令。❽闒茸　指微賤之地。章炳麟《新方言・釋言》：「闒為小戶，茸為小草，故並舉以狀微賤。」

【語　譯】我依賴去世的父親的學術和事業，得以在京城任職，已經二十多年了。對這段期間自己常想：我對上不能夠竭盡忠心，表達誠信，以顯示卓異策略和特出才幹的聲譽，用來取得聖明君主的賞識；其次，又不能替君主揀取遺漏小事，彌補欠缺工作，招攬賢能之人，引薦隱居巖穴的高士；在外面，不能參加軍隊，充當士卒，攻城野戰，取得斬將拔旗的功勞；最後，也不能憑藉年資所積累的勞苦，以便取得高官厚祿，使宗族和朋友享受榮耀。這四個方面沒有一個方面取得成就，我只好勉強迎合皇帝的心意以獲得容身之地，不會有什麼或大或小的貢獻，從這裡也就可以看出來了。過去，我也曾排列在下大夫的行列中，陪同侍奉在外廷討論，發表些微不足道的言論。不在那個時候申張國家的法度，竭盡個人思維謀略，現今形體已殘，成了卑賤的奴才，在低微卑下的隊伍之中，竟然要昂首揚眉，陳說是非，豈不是蔑視朝廷、羞辱當今的士人嗎！唉！唉！像我這種人還能說什麼呢！還能說什麼呢！

且事本末未易明也。僕少負不羈之才，長無鄉曲之譽❶，主上幸以先人之故，使得奏薄技❷，出入周衛❸之中。僕以為戴盆何以望天❹，故絕賓客之知，忘室家之業，日夜思竭其不肖之才力，務壹心營職，以求親媚於主上。而事乃有大謬不然者。

【章　旨】本段追敘個人生平志向。

【注　釋】❶鄉曲之譽　鄉曲，鄉里。司馬遷恃其不羈之才，故無法得到鄉里好評。漢代士子以舉「賢良方正」為上進階梯，遷不由此進身，故有此言。❷薄技　小技。太史令掌天官，不治民，且文史星曆，近乎卜祝之間，故曰小技。❸周衛　顏師古注：「言宿衛周密。」即皇帝周圍護衛人員極為嚴密。❹戴盆何以望天　漢時諺語，言二者不可得兼。《漢書補注》：「言一意親媚主上，故披豁一切，以營職為知也。」

【語　譯】況且，事情的原委不容易講清楚。我年輕的時候抱有放任不受羈束的才能，長大以後不能博得鄉里的讚賞推薦，幸賴主上因為我父親的關係，使我得以奉獻微薄的才能，出入於宮禁之中。我認為頂著盆子怎麼能夠望見天空呢，所以我斷絕了與賓客朋友的交往，把家庭私事拋在一邊，日夜想著竭盡我微薄的才力，一心一意專門致力於本職事務，以期取得主上的信任與寵幸。然而，事情竟然會出現與我所想像的完全相反的情況。

夫僕與李陵❶，俱居門下❷，素非相善也。趨舍❸異路，未嘗銜盃酒，接殷懃之餘歡。然僕觀其為人自奇士❹，事親孝，與士信，臨財廉，取與義，分別有讓❺，恭儉下人，常思奮不顧身，以徇國家之急。其素所蓄積也，僕以為有國士之風。夫人臣出萬死不顧一生之計，赴公家之難，斯已奇矣。今舉事一不當，而全軀保妻子之臣，隨而媒孽❻其短，僕誠私心痛之。且李陵提步卒不滿五千，深踐戎馬之地，足歷王庭❼，垂餌虎口❽，橫挑彊胡，抑億萬之師，與單于連戰十有餘日，所殺過半當❾。虜救死扶傷不給，旃裘之君長❿咸震怖，乃悉徵其左右賢王⓫，舉引弓之民⓬，一國共攻而圍之。轉鬭千里，矢盡道窮，救兵不至，士卒死傷如積。然陵一呼勞軍，士無不起，躬⓭流涕，沬血⓮飲泣，張空弮⓯，冒白刃，北嚮爭死敵⓰者。陵未沒時，使有來報⓱，漢公卿王侯，皆奉觴上壽。後數日，陵敗書聞，主上為之食不甘味，聽朝不怡。大臣憂懼，不知所出。僕竊不自料其卑賤，見主上慘愴怛悼，誠欲效其款款之愚。以為李陵素與士大夫絕少分甘⓲，能得人死力，雖古之名將，不能過也。身雖陷敗，彼觀其意，且欲得其當而報漢⓳。事已無可奈何，其所摧敗，功亦足以暴於天下矣。僕懷欲陳之，而未有路，適會召問，即以此指推言陵之功，欲以廣主上之意，塞睚眦之辭⓴。未能盡明，明主不深曉，以為僕沮貳師㉑，而為李陵游說，遂下於理㉒。拳拳之忠，終不能自列，因為誣上，卒從吏議。家貧，貨賂不足以自贖㉓，交游莫救，左右親近，不為一言。身非木石，獨與法吏為伍，深幽囹圄之中，誰可告愬㉔者！此正少卿所親見，僕行事㉕豈不然邪？李陵既生降，隤其家聲㉖，而僕又佴之蠶室㉗，重為天下觀笑。悲夫！悲夫！事未易一二為俗人言也。

【章旨】本段敘述李陵之為人及其出征始末，並自述個人對李陵敗降的看法以及受屈下獄的經過。

【注釋】❶李陵　漢名將李廣之孫子，字少卿。少為侍中、建章監，善騎射，謙讓下士，甚得名譽，武帝以為有廣之風。天漢二年（西元前九九年）率兵深入匈奴，先勝後敗，矢盡援絕，投降匈奴。❷俱居門下　太史令與侍中同居「侍中曹」內，西晉後改「侍中曹」為「門下省」。姚鼐注：「侍中得入宮門，故謂之門下；太史令蓋亦入宮門者，故俱居門下。」❸趨舍　顏師古注：「趨，所嚮也；舍，所廢也。」言志趣不同。❹自奇士　姚注：「《選》有『守』字。」王念孫曰：「奇士二字統『事親孝』以下七事而言，若加一『守』字，則失其義矣。」❺分別有讓　指能分別尊卑長幼，有謙讓之禮。❻媒蘖其短　像酵母一樣把李陵罪狀漲大起來。媒蘖，亦作媒糵、媒孽。即麴餅，用以釀酒的酵母，此作動詞，有醞釀之意。❼王庭　匈奴單于所居之處。《漢書・匈奴傳》：「使騎都尉李陵將步兵五千人，出居延（塞名，在今內蒙額濟納旗北）北千餘里，與單于會，合戰。」❽垂餌虎口　深入危險之地引誘敵人。餌，言其少。虎口，言匈奴強大兼指危險之地。❾所殺過半當　《漢書》無「半」字。過當，即漢兵五千人，所殺者已過此數。❿旃裘之君長　匈奴貴族酋長。《史記・匈奴列傳》：「自君王以下，咸食肉，衣其皮革，披旃裘。」⓫左右賢王　匈奴最高官位。匈奴語謂「賢」為「屠耆」（音譯），常以其太子為左屠耆王，各屠耆王統率萬騎兵。⓬舉引弓之民　顏師古注：「能引弓者皆發之。」匈奴人善騎射，此暗指全國丁壯。⓭起躬　言士卒已負傷仆地，再爬起來作戰。或以「躬」字屬下句。而王念孫、王先謙皆謂「躬」下之「自」當衍，「起躬流涕」當為句。可從。⓮沬血　沬，通「頮」。以手掬水洗臉。此言血流滿面。⓯張空弮　弮，弩弓。沈欽韓謂當為「桊」，弦也。因矢已射盡，故張空弦以表現憤怒殺敵之情。⓰爭死敵　即爭死於敵，意指與敵人拚命。⓱使有來報　《漢書・李陵傳》載：「陵於是將其步卒五千人出居延，北行三十日至浚稽山，止營。舉圖所過山川地形，使麾下騎陳步樂還以聞。步樂召見，道陵將率得士死力。上甚說，拜步樂為郎。」⓲絕少分甘　李善注引《孝經援神契》曰：「母之於子，絕少分甘。」宋均曰：「少則自絕，甘則分之。」但《漢書》、《文選》均作「絕甘分少」，姚鼐似據李善注改。絕甘分少，指甘美者推讓於他人，分用財物自己取最少。⑲且欲得其當而報漢　顏師古注：「欲於匈奴立功而歸，以當其破敗之罪。」⑳睚眦之辭　怨家憤恨的話。睚眦，怒目相視，凡人平素有怨，以睚眦示其忿。故以睚眦代怨憤。㉑沮貳師　沮，毀壞。貳師，指貳師將軍李廣利，漢武帝寵妃李夫人之兄，因曾於大宛國貳師城奪取良馬，因稱貳師將軍。此次出征，李廣利為主力，李陵為偏師。但李廣利未能支援李陵，無功而返。司馬遷為李陵辯護，無形中貶低了李廣利，因而引起武帝的忌恨，認為他是有意中傷貳師。㉒理　即廷尉。景帝時曾改廷尉為大理，武帝時復為廷尉。廷尉為朝廷掌刑法的長官。㉓貨賂不足以自贖　漢時規定可以按價出錢贖罪。㉔愬　同「訴」。㉕行事　《廣雅》：「行，往也。」漢人多以往事為行事。㉖隤其家聲　隤，敗壞。《史記．李將軍列傳》：「單于既得陵，素聞其家聲，以女妻陵而貴之……自是之後，李氏名敗。」《漢書．李陵傳》載：「上聞，於是族陵家，母弟妻子皆伏誅。隴西士大夫以李氏為愧。」㉗佴之蠶室　《說文》：「佴，佽也。」佽、次音義同。次又可訓為處、舍。蠶室，受宮刑後之人最忌寒，故其居密閉溫和如養蠶之屋。

【語　譯】我和李陵，都能出入宮廷門下，平素並不是相好的朋友。各人的志向也並不相同，從來不曾在一起喝過一杯酒來溝通相互間殷勤的情誼。但是我看他的為人本來就是傑出的人士，侍奉雙親很孝敬，結交朋友講信用，對待財物廉潔奉公，索取或給予按照原則辦事，能分別尊卑長幼講究禮讓，謙恭自約，禮賢下士，常想奮不顧身，為國家的急難而獻身。他平素所含蘊的品德，我以為具有國家最突出人才的風度。作為臣子，出於寧願萬死，不求一生的考慮，以奔赴國家的危難，這已經很了不起了。現在做事稍有些不恰當，而那些貪生怕死、保全自己家室妻子的臣子，隨即誇大他的過失，對此我私下實在感到痛心。況且李陵率領不到五千名步兵，深入匈奴鐵騎縱橫之地，足跡到達單于的王庭，這就像在虎口邊投下誘餌，勇猛地向強大的匈奴軍隊挑戰，抑制億萬敵軍的氣燄，與單于率領的軍隊接連作戰十幾天，所殺傷的敵人超過自己軍隊的數目。敵軍連救死扶傷都顧不上，匈奴貴族酋長都震驚了，便徵調了左賢王、右賢王全部隊伍，出動了所有能拉弓射箭的人，全國共同攻打並包圍他們。李陵率領的軍隊已經轉戰千里，箭已射盡，無路可走，而救兵卻不見到來，死傷的士卒堆積如山。但是李陵一聲號召，負傷仆地的士卒，全都流著眼淚親身站立起來，血流滿面，拉開空的弓弦，冒著敵人的兵刃，向北爭著與敵人決死搏鬥。李陵未遭覆沒的時候，有使者來報告戰況，漢朝廷上的王侯公卿都舉杯向主上祝賀。過了幾天，李陵失敗的奏章呈報給主上，主上為此吃飯無味，上朝聽政不樂。大臣們擔憂害怕，不知如何是好。我個人沒有考慮自己地位的卑微低賤，看到主上是那樣的悲痛傷心，實在想奉獻出自己誠摯懇切的愚昧看法。我認為李陵向來在跟士大夫交往中從不貪求甘美之物，分配財物時自己只取最少的部分，因而能夠得到部下拚死出力，即使古代的名將也不能超過他。李陵雖然失敗被俘，觀察他所顯示出來的心意，大約是想得到適當的機會立功以報效漢朝。事到如今已無可奈何，但他挫敗敵人的功勞，也足以表白於天下了。我的這些看法想向主上陳說，而沒有機會，恰巧碰上主上召見詢問，我就本著這個意思，推崇論說李陵的功績，想要借此以寬慰主上的心，堵塞那些對李陵挾私報復的言辭。我還沒有完全表達明白，聖明的君主也還沒有深刻領會我的心意，便認為我是在詆毀貳師將軍而替李陵開脫，於是把我交給廷尉治罪。我的耿耿忠心始終沒有機會詳細地加以表述，因而被定下了欺騙主上的罪名，最後只好服從法吏的判決。我因為家貧，沒有那麼多的錢財用來贖罪，交遊的朋友沒有誰來營救，左右同僚和親近的人，也不替我說一句話。人身都是血肉之軀，並非木頭石塊，卻要獨自同那些執行宮刑的法吏在一起，拘禁在牢獄之中，還能夠向誰去訴說呢！這些正是你親眼所看到了的，我過去的經歷難道不是這樣嗎？李陵已經活著投降，敗壞了他家族的聲譽，而我又幽閉在蠶室之中，深為天下人所恥笑。可悲啊！可悲啊！這些事情是不容易跟世俗的人一條一條地講得清楚的。

僕之先人，非有剖符丹書❶之功，文史星曆❷，近乎卜祝❸之間，固人主所戲弄，倡優❹畜之，流俗之所輕也。假令僕伏法受誅，若九牛亡一毛，與螻蟻❺何以異？而世俗又不與能死節者次比❻，特以為智窮罪極，不能自免，卒就死耳。

何也？素所自樹立使然也。人固有一死，死有重於泰山，或輕於鴻毛，用之所趨異也。太上不辱先[7]，其次不辱身[8]，其次不辱理色，其次不辱辭令，其次詘體[9]受辱，其次易服[10]受辱，其次關木索、被箠楚[11]受辱，其次剔毛髮、嬰金鐵[12]受辱，其次毀肌膚、斷肢體[13]受辱，最下腐刑[14]極矣。傳曰：「刑不上大夫[15]。」此言士節不可不勉勵也。猛虎在深山，百獸震恐，及在檻穽[16]之中，搖尾而求食，積威約之漸[17]也。故士有畫地為牢，埶不可入；削木為吏，議不可對[18]，定計於鮮[19]也。今交手足，受木索，暴肌膚[20]，受榜箠，幽於圜牆[21]之中，當此之時，見獄吏則頭槍地，視徒隸則心惕息。何者？積威約之埶也。及已至是，言不辱者，所謂強顏耳，曷足貴乎？且西伯伯也，拘於羑里[22]；李斯相也，具於五刑[23]；淮陰王也，受械於陳[24]；彭越[25]、張敖[26]，南面稱孤，繫獄抵罪；絳侯誅諸呂[27]，權傾五伯，囚於請室；魏其大將也，衣赭衣，關三木[28]；季布[29]為朱家鉗奴；灌夫[30]受辱於居室。此人皆身至王侯將相，聲聞鄰國，及罪至罔[31]加，不能引決自裁，在塵埃之中。古今一體[32]，安在其不辱也？由此言之，勇怯，埶也；彊弱，形也[33]。審矣，曷足怪乎？夫人不能早裁繩墨之外[34]，已稍陵遲[35]，至於鞭箠之間，乃欲引節[36]，斯不亦遠[37]乎！古人所以重施刑於大夫者，殆為此也。夫人情莫不貪生惡死，念父母，顧妻子。至激於義理者不然，乃有所不得已也。今僕不幸，早失父母，無兄弟之親，獨身孤立，少卿視僕於妻子何如哉？且勇者不必死節，怯夫慕義，何處不勉焉？僕雖怯懦欲苟活，亦頗識去就之分㊳矣，何至自湛溺縲紲㊴之辱哉？且夫臧獲㊵婢妾，猶能引決，況僕之不得已乎！所以隱忍苟活，幽於糞土之中㊶而不辭者，恨私心有所不盡，鄙陋沒世㊷而文采不表於後世也。

【章旨】本段詳細論述下獄受辱和有關乎生死之大節，以及自己受此奇恥大辱而一直不死的真實原因。

【注釋】❶剖符丹書　《漢書・高帝紀》：「與功臣剖符作誓，丹書鐵契，金匱石室，藏之宗廟。」符乃憑證，多以竹為之，剖開君臣各執一半，表示皇帝永不剝奪臣下的爵位。丹書，指在鐵製契卷上用朱砂寫上誓言，以便長期保存，子孫可憑它享受免罪等特權。❷文史星曆　太史令主管史籍、天文、曆法諸事務。星，代指天文。❸卜祝　主管占卜和祭祀的人。祝，古時祭祠需向神念誦祝辭，故稱。❹倡優　樂工伶人。舊時視為最下賤之人。❺螻蟻　螻蛄和螞蟻，皆蟲之微小者。❻次比　相比。次，緊隨其後。《文選》劉良注：「言世人輕我，見誅死不與王事者相比。」❼不辱先　指道德、事業有所成就，無愧祖先。❽不辱身　謂身名俱泰，不受挫折。❾詘體　詘，同「屈」。指匍匐跪拜。❿易服　古時刑徒著赭衣，故曰易服。⓫關木索被箠楚　關，通「貫」。木，指枷與桎、梏之類。索，即繩索。箠為杖，楚即荊條，用以責打犯人之具。⓬剔毛髮嬰金鐵　即古之髡刑與鉗刑。剔，同「鬄」。嬰，環繞。即頸上帶著鐵鍊。⓭毀肌膚斷肢體　指劓（割鼻）、刵（割耳）、臏（去膝蓋）、黥（刻面額染以墨）等肉刑。⓮腐刑　即宮刑。《漢書》顏注引如淳曰：「丈夫割勢，不能復生子，如腐木不生實。」⓯刑不上大夫　出《禮記・曲禮》。《文選》李善注引《東方朔別傳》：「武帝問曰：刑不上大夫何？朔曰：刑者，所以止暴亂、誅不義也。大夫者，天下表儀，萬人法則，所以共承宗廟而安社稷也。」⓰檻穽　關獸的籠子和捕獸的陷阱。⓱積威約之漸　約，屈也，與「威」為對文。指長期受威力制約，漸漸使其馴服。⓲畫地為牢四句　極言氣節之士不受監牢、獄吏之屈辱。⓳定計於鮮　鮮，鮮明；完善。亦可作「先」解。指預作妥善計，不等受到欺陵恥辱，就應引身自殺。⓴暴肌膚　指剝去犯人衣服以受刑。㉑圜牆　指監獄。圜，通「圓」。㉒西伯三句　西伯即周文王。伯，方伯，一方諸侯之長。《史記・周本紀》載：商紂王曾聽信崇侯虎的讒言，將文王囚禁於羑里。羑里，地在今河南湯陰。㉓李斯三句　五刑，《漢書・刑法志》：「當三族者，皆先黥劓，斬左右趾，笞殺之，梟其首，菹其骨於市……故謂之五刑。」《史記・李斯列傳》：「二世立，以趙高之譖，乃具斯五刑，腰斬咸陽。」㉔淮陰三句　指淮陰侯韓信，初封齊王，後徙封楚王。有人告其謀，漢高祖偽游雲夢，發使告諸侯會陳（今河南淮陽），韓信至，「遂械繫信」。乃貶其王爵，改封淮陰侯。㉕彭越　漢初著名功臣，封梁王。後被人誣告謀反，被殺滅族。㉖張敖　漢初趙王張耳之子，嗣立為趙王。因其相貫高等陰謀刺殺劉邦，事發，受牽連以檻車解送長安。後得赦免。㉗絳侯誅諸呂　絳侯周勃，曾誅呂祿、呂產等，迎立漢文帝。後有人誣告他謀反，文帝將其逮捕下獄。出獄後曾說：「吾嘗將百萬軍，然安知獄吏之貴乎？」請室，請罪之室，即囚禁有罪官吏的牢獄。㉘魏其四句　指魏其侯竇嬰，本文帝竇后從兄之子。七國亂時，景帝命為大將軍，以功封魏其侯。後失勢，因救灌夫與武安侯田蚡衝突，被殺。關三木，指項、手、足皆帶刑具，即鉗、梏與桎。㉙季布　漢初楚人，初為項羽將，曾多次窘困劉邦。項羽敗後，劉邦懸重賞捉拿，他躲在濮陽周氏家中，周氏為定計，髡鉗為奴，賣與著名大俠朱家。後經朱家幫助，高祖赦免了他，拜為郎中。㉚灌夫　西漢潁陰人。文帝時為中郎將，景帝時為代相，武帝時為太僕。因使酒罵座，得罪武安侯田蚡，「坐不敬，繫居室」，後被殺，族滅。居室，少府所屬官署名。㉛罔　通「網」。法網。亦可解為誣罔。㉜古今一體　吳辟畺曰：「引諸人自證，故云古今一體。」㉝勇怯執也四句　出《孫子兵法・兵勢》。吳辟畺曰：「言形勢所在，豪傑不能與之爭。」㉞早裁繩墨之外　繩墨，本匠人以繩濡墨劃線的工具，比喻法度。王先謙曰：「早自財則朝廷不能更繩以法，是引身繩墨之外也。」㉟陵遲　卑下之意，言如丘陵之逐漸削平。㊱引節　引決從節，即自殺以殉節。㊲遠　即遠於知幾，不符上文之「定計於鮮」。㊳去就之分　取捨的界限，此有舍生就義之意。㊴湛溺縲紲　陷身於牢獄之中，無法自拔。湛，通「沉」。縲紲，繫囚犯的繩索。引申為囚禁。㊵臧獲　古人罵奴婢之辭。《方言》：「海岱之間，罵奴曰臧，罵婢曰獲。」㊶糞土之中　與上文「塵埃之中」同意，皆指監獄汙穢之地。㊷鄙陋沒世　鄙陋，指庸碌無為。王念孫以為「陋」字為衍文。鄙，恥也。與上句「恨」字相對為文。沒世，《論語》：「君子疾沒世而名不稱。」

【語　譯】我的祖先，並沒有受剖符、賜丹書那樣的功勞，只是掌管文獻、史料、天文、曆法之類，與占卜、祝禱相近似，本來是主上所戲弄，像樂工、優伶那樣被豢養，而為世人所看不起的。假使我被法辦遭殺戮，如同九條牛失去一根毛，跟死去一隻螻蛄、螞蟻又有什麼不同呢？而世俗之人又不會把我和堅持氣節而死的人相提並論，只是認為智謀用盡，罪惡到頂，不能自脫，終於被殺而已。為什麼呢？平素自己所處的社會地位和所從事的工作使人們有這樣的看法。人終歸有一死，有的人死得比泰山還重，有的人死得比鴻毛還輕，這是因為他們在朝著什麼樣的目標而死方面有所區別。最上一層是不使祖先受到侮辱，其次是使自身不受侮辱，其次是不受別人臉色的侮辱，其次不受別人言辭教令的侮辱，其次是不因強迫跪拜而受侮辱，其次是被換上犯人的衣服而受侮辱，其次是戴上刑具、被杖打而受侮辱，其次是剃毛髮、戴鐵圈而受侮辱，其次是毀壞肌膚、截斷肢體而受侮辱，最下等就是腐刑，受侮辱已經到了極點！經傳上說：「刑罰不用於大夫以上。」這是說士大夫的節操應該從正面加以磨鍊和鼓勵。猛虎在深山之中，足以使百獸震恐，一旦落進陷坑或籠子裡，便搖著尾巴向人求食，這是由於受到威勢約束逐漸造成的狀況。所以有氣節的士大夫，即使在地下劃個圈圈當作監獄，他也決不進入；削個木頭人當成法吏，他也決不與之對案議論，所以不少人在受刑被辱之前就決計自殺。如今捆綁了手足，戴上了刑具，暴露了肌膚，受了杖打，幽閉在牢獄之中，在這種時候，見到獄吏便叩頭觸地，看到衙役就惶恐不敢喘氣。為什麼呢？這是由於個人尊嚴受到制約所造成的形勢。已經到了這種地步，還說自己沒有受到侮辱，這不過是所說的厚著臉皮罷了，哪裡值得珍貴呢？況且，西伯是一方諸侯之長，卻被拘禁在羑里；李斯是丞相，身受五種刑罰；淮陰侯本是王爵，卻在陳邑戴上了刑具；彭越、張敖坐北朝南，稱孤道寡，都被捕入牢中抵罪；絳侯消滅了諸呂，權勢超過了春秋五霸，卻被囚禁在請室之中；魏其侯是大將軍，卻穿上赭色囚衣，戴上木枷、手銬和腳鐐；季布剃去毛髮，頸帶鐵鍊給朱家做奴隸；灌夫在居室中受侮辱。這些人自身都一直做到了王侯將相，連周圍國家都聽到他們的名聲，及至犯罪落入法網，卻不能及早自殺，以致囚禁在監獄之中。這些古人和我現在的情況是一樣的，哪裡有不受侮辱的道理呢？根據這種情況來看，勇敢和怯懦是在權勢的對比中形成的，強大和軟弱是在具體情況中表現出來的，這是明白的事實，有什麼值得奇怪的呢？一個人不能及早自殺於法律制裁之前，因而逐漸受到挫折侮辱，以致到了身受鞭打的時候，才想到堅持節操而死，這不也是太晚了嗎！古人不輕易對大夫施刑的原因，大概就是這個緣故。按照人之常情，沒有不貪生怕死，想念父母，照顧妻兒子女的。至於為義理所激發的人，卻不貪生怕死，乃是不得不拋棄一切去死。如今我不幸父母早逝，沒有兄弟那樣的親人，獨自一個孤立活在世界上，你看我對待妻兒子女會怎麼樣呢？況且勇敢的人不必一定為節義而死，怯弱的人如果仰慕節義，在什麼情況下不能夠勉勵自己為節義而獻身呢？我雖然膽小軟弱，想苟且偷生，多少也懂得些舍生就義的道理，何至於甘心讓自己陷入牢獄之中備受汙辱呢？況且那些奴僕婢妾下賤之人都能夠不願受辱而自殺，何況我也是處在不得不捨棄一切勇於就義的情況下，不是更應該一死嗎！我之所以暗自忍耐著苟活下來，身陷於汙穢的監獄之中而不推辭的原因，是因為我有所憾恨於自己內心想做的事尚未完成，怕庸碌無為地結束這一生，而文章著述不能夠留傳於後世啊。

古者富貴而名磨滅，不可勝記，惟倜儻❶非常之人稱焉。蓋文王拘而演《周易》❷；仲尼戹而作《春秋》❸；屈原放逐，乃賦〈離騷〉❹；左丘失明，厥有《國語》❺；孫子臏腳，《兵法》脩列❻；不韋遷蜀，世傳《呂覽》❼；韓非囚秦，〈說難〉、〈孤憤〉❽；《詩》三百篇❾，大氐❿賢聖發憤之所為也。此人皆意有所鬱結，不得通其道，故述往事，思來者⓫。及如左丘明無目，孫子斷足，終不可用，退而論書策，以舒其憤思，垂空文⓬以自見。僕竊不遜，近自託於無能之辭，網羅天下放失⓭舊聞，略考其行事，綜其終始，稽其成敗興壞之紀，上計軒轅，下至於茲⓮，為十表，本紀十二，書八章，世家三十，列傳七十，凡百三十篇。亦欲以究天人之際，通古今之變，成一家之言。草創未就，會遭此禍。惜其不成，是以就極刑而無慍色。僕誠已著此書，藏之名山，傳之其人，通邑大都⑮，則僕償前辱之責⑯，雖萬被戮⑰，豈有悔哉！然此可為智者道，難為俗人言也。

【章旨】本段歷舉古代聖賢發憤著書的道理和事實，並簡述自己寫作《史記》的動機、內容和篇章。

【注釋】❶倜儻　卓越豪邁。❷文王拘而演周易　相傳周文王囚拘於羑里之時，曾推演古代的八卦為六十四卦，成為《周易》一書的核心內容。❸仲尼戹而作春秋　戹，困阨。指孔子周遊列國，受到過不少冷遇甚至圍攻、絕糧等困阨，這才回到魯國，著手《春秋》的寫作。❹屈原放逐二句　司馬遷在《史記・屈原賈生列傳》中說〈離騷〉作於懷王疏遠屈原之後。此處是根據當時流傳的另一種說法。❺左丘失明二句　即春秋時魯國史官左丘明，一般學者認為《左傳》為其所作。他失明後乃著《國語》，除此文外不見他書。❻孫子臏腳二句　即戰國時齊國軍事家孫臏。臏，古代斷足之刑。孫臏曾被龐涓陷害，受臏刑，後事齊威王，兩次大敗魏軍，殺龐涓。《史記・孫子吳起列傳》稱其「名顯天下，世傳其兵法」。但《孫臏兵法》長期失傳，西元一九七二年在山東臨沂銀雀山出土該書竹簡若干，已整理出版。❼不韋遷蜀二句　呂不韋，秦莊襄王時為丞相，秦王政即位，尊為相國。十年，因罪貶蜀，後自殺。為相時，曾聚賓客為《呂氏春秋》一書，亦稱《呂覽》。《史記・呂不韋列傳》稱其「集論以為八覽、六論、十二紀，二十餘萬言，以為備天地萬物古今之事」。❽韓非囚秦二句　韓非，戰國思想家，韓王室諸公子，曾多次書諫韓王，不被用。乃著〈說難〉、〈孤憤〉、〈五蠹〉十餘萬言，書傳至秦，秦王政很欣賞，因急攻韓，韓王派韓非出使秦國。由於李斯進讒，他被下獄自殺而死。❾詩三百篇　即《詩經》。《詩經》在先秦漢初被稱為《詩》或《詩三百》。❿大氐　氐，通「抵」。大體；大致。⓫思來者　關心後來之人，以書遺之，以見己之志行。⓬空文　與實際事功不同的文章。⓭放失　因戰亂而散失的東西。失，通「佚」。⓮上計軒轅二句　《史記》記事，從軒轅黃帝起，下至漢武帝太初年間（西元前一〇四—前一〇一年），前後約三千年左右的歷史。⓯藏之名山三句　顏師古注：「其人，謂能行其書者。」吳辟彊曰：「書藏名山，而以其副本於通都大邑覓人傳之也。」《史記・自序》：「藏之名山，副在京師，以竢後聖君子。」均為此意。⓰責　通「債」。⓱戮　此作侮辱解。《國語・晉語》：「魏絳戮寡君之弟。」即辱寡君之弟，乃說為著書而承受多次侮辱不死之意。

【語　譯】古時候富貴榮耀而後來卻聲名磨滅不傳的人，多得無法記述，只有那些卓越特出的人才受到後人的稱道。周文王被拘禁而推演出《周易》；孔子遭困阨而著作《春秋》；屈原被放逐，便抒寫了〈離騷〉；左丘明眼睛瞎了，才有《國語》一書；孫子被砍去雙腳，《兵法》才得以編寫出；呂不韋流放蜀地，《呂覽》就在社會上廣為流傳；韓非在秦國被捕下獄，他寫出了〈說難〉、〈孤憤〉；《詩經》的三百篇，大都是聖人、賢人抒發他們內心的憤懣而寫出來的。這些人都是心意有其抑鬱悶結之處，理想得不到實現，所以才追述過去的事，寄希望於後來之人。就像左丘明雙目失明，孫子剁去雙腳，再也不能為君王所用，於是便退隱著書，借以抒發他們的不平，希望這些無關事功的文章流傳後世，使自己的心意得以表白。我不自量力，近年來一直想運用自己那枝笨拙的文筆，搜輯天下散失了的歷史傳聞，大略地考證各個歷史事件，綜合每件事從開端到結束的發展過程，考察其成功、失敗、興起和衰亡的道理，上從黃帝時代起，往下一直寫到今天，總共完成表十篇、本紀十二篇、書八篇、世家三十篇、列傳七十篇，合計一百三十篇。這也是想用來弄清自然和人事之間的關係，溝通從古代到現今的變化，以便成為一家之言。草稿寫作還沒有完成，正好碰上這起災禍。我惋惜這部書沒有完成，因此受到最殘酷的刑罰而沒有怨憤的表示。我確實想寫完這部書，將它保存在名山之中，流傳給懂得此書價值之人和通都大邑之內，那麼我以前所受到的侮辱就都得到了補償，即使是被羞辱一萬次，那有什麼可後悔的呢！但是這些只可以向能理解我感情的聰明人傾訴，很難向那些世俗人解釋清楚的。

且負下未易居❶，下流❷多謗議。僕以口語遇遭此禍，重為鄉里所戮笑❸，以汙辱先人，亦何面目復上父母之丘墓乎？雖累百世，垢彌甚耳！是以腸一日而九迴❹，居則忽忽若有所亡，出則不知其所往。每念斯恥，汗未嘗不發背霑衣也！身直為閨閤之臣❺，寧得自引深藏巖穴邪？故且從俗浮沉，與時俯仰，以通其狂惑。今少卿乃教以推賢進士，無乃與僕私心剌❻謬乎？今雖欲自雕琢❼，曼辭以自飾，無益於俗，不信，祇足取辱耳。要之死日，然後是非乃定。書不能悉意，略陳固陋。謹再拜。

【章　旨】本段敘述寫信前的感受和心態，最後並對任安要求「推賢進士」作出答復。

【注　釋】❶負下未易居　《文選》注：「負累之下，未易可居。」❷下流　《論語・子張》：「君子惡居下流，天下之惡皆歸焉。」此處借喻社會底層。❸重為鄉里所戮笑　李周翰曰：「朝廷以辱笑，是一也；為鄉黨辱笑，是重也。」❹腸一日而九迴　李周翰曰：「憂心迴復於心腸，一日至九。九，數之極久。」❺閨閤之臣　即宦官。閨閤，宮中小門，指內廷深密之處。❻剌　違逆。❼自雕琢　雕，雕刻。琢，刻成連綿狀花紋。猶言自我裝飾，意指用推賢進士來掩蓋個人恥辱。

【語　譯】而且，背負著犯罪的壞名聲不容易安居，處於下賤地位的人常受到誹謗和非議。我因說話而遭致這樣災禍，又受到鄉里所恥笑，而玷汙辱沒了祖先，我又有什麼臉面再到父母的墳墓上去呢？即使延續到一百代，恥辱仍然會越來越深！因此痛苦之情在腸胃中整天整天地迴蕩不停，平日在家往往恍惚迷離，若有所失，出門常常不知道要到哪裡去。每當念及這樁恥辱，未嘗不汗流浹背，沾濕衣裳！我簡直成了個宮廷中的宦官，還怎麼能夠自我引退，躲藏在深山巖洞之中呢？所以只好暫且隨著世俗而浮沉，緊跟時勢周旋應付，借以抒發內心的悲憤和矛盾。現在您竟然要我來推薦賢能人士，豈不是和我個人的想法相違背嗎？如今即使我想用推薦人才的作法來掩蓋自己的恥辱，借助美好的言辭來妝點自己，對社會也沒有益處，不會得到信任，恰恰足以增加恥辱罷了。總而言之，只有到了死去之後，是非才會有個定論。這封信不能詳盡地表達出我的心意，只能大略地敘述我的鄙陋的見解。我再一次恭敬地給您磕頭。

【研析】本篇洋洋三千餘言，雄深雅健，情文並茂，洵為不可多得之佳篇。作者在構思謀篇中，頗能獨出心裁。通篇緊緊圍繞任安所提出「推賢進士」這一要求而作出答復落筆，首呼尾應，貫串全文。實際上這只是一個引子，目的是借題發揮，以寫出自己的滿腹牢騷，特別是集中闡明自己忠而賈禍，受辱不死，發憤著書之私衷。林雲銘評之曰：「是書反覆數千百言，其敘受刑處，只點出『僕沮貳師』四字，是非自見。所謂『舒憤懣以曉左右』者，此也。結穴在受辱不死，著書自見。通篇淋漓悲壯，如泣如訴，自始至終，似一氣呵成。」但行文卻能伸縮變化，不可捉摸。全文以議論為主，融合敘事和抒情。說理時議論縱橫，警句迭出；敘事則婉轉曲折，神采飛揚；抒情猶如江河奔流，曲盡其意。三者密切結合，集中表達了作者深廣的幽憤之情。前人多強調其氣盛，如方苞曰：「如山之出雲，如水之赴壑，千態萬狀，變化自然，由其氣盛也。」呂思勉曰：「此篇為長篇之法。凡作文字，先求其暢，故氣不可不盛。此篇氣極盛，然仍紆徐寬博，不失史公本色。」氣盛源於理直，文中無論言宮刑恥辱之大、刑餘人之遭人輕賤、自己之盡忠、李陵之勇、古今王侯將相之受刑不死以及古代聖賢之發憤著書，都論述得非常之透闢，不惜濃墨重彩，反覆強調，使文章形成一瀉千里、不可阻遏的氣勢。但氣盛的另一原因在於情真。文章自抒心跡，剖析滿腹難言的苦痛，全都發自肺腑，披肝瀝膽，可以說是用血淚寫成，故而感人至深。雖然有人認為「怨悱而不亂」（過商侯語），但卻隱隱感觸到封建專制淫威對有才之士的扼殺，使讀者亦悲亦嘆，不覺為之扼腕切齒。

遺蓋寬饒書

庶子王生

【題解】蓋寬饒，字次公，魏郡（今河北南部）人。舉方正對策高第，漢宣帝以為大中大夫，稱意，擢為司隸校尉，舉刺無所迴避。公卿貴戚及郡國吏傜使至長安，皆恐懼莫敢犯禁。其為人剛直高節，志在奉公，家貧，俸錢月數千，半以給吏民為耳目言事者。然深刻喜陷害人，又好言事刺譏奸犯上意，上以其儒者優容之，然亦不得遷。同列後進或至九卿，寬饒自以功高而為凡庸所越，愈失意不快，數上書諫爭，太子庶子王生高寬饒節而非其如此，特予此書（以上摘自《漢書》七七〈蓋寬饒傳〉）。此書主要針對蓋寬饒執法刻深、譏刺犯上這兩大毛病進行規勸和警告，執法刻深則樹敵過多，譏刺犯上則禍臨不測。要求他能改弦易轍，奉法宣化，明哲保身，為自己留條後路。而對他的優點，如絜白公正，不畏彊禦，則僅從旁點到，未作闡述。可見這主要還是一封批評性的信件，但其出發點還是與人為善，但可惜蓋寬饒並未採納。後不久，宣帝用宦官為中尚書，他上書認為這是「以刑餘為周、召」，並提出「五帝官天下，三王家天下；家以傳子，官以傳賢」。大臣曲解其意，誣告他「意欲求禪，大逆不道」。宣帝欲下寬饒吏，他引佩刀自刎北闕下，眾莫不憐之。事情的發展果然不出王生信中之所料，可見這是一封頗有預見性的書信。

【作　者】王生，史佚其名字。同時有王生者，初為勃海太守龔遂議曹，因教龔遂對答宣帝詢問，而受到宣帝讚賞。龔遂為水衡都尉，王生為水衡丞。就其時代和思想考察，很可能就是此人。庶子，《周禮．夏官》有「諸子」。庶子、諸子都是眾子之意。眾子是服屬於太子的，故秦漢都以庶子為太子宮官之一，其性質與皇帝宮中的侍中相近。為太子的近侍官，在其左右伺應雜事。

明主知君絜白❶公正，不畏彊禦❷，故命君以司察❸之位，擅君以奉使之權，尊官厚祿，已施於君矣。君宜夙夜惟思當世之務，奉法宣化❹，憂勞天下，雖日有益，月有功，猶未足以稱職而報恩也。

【章　旨】本段從正面勉勵寬饒應勤於職守，奉法宣化，以報答明主知遇之恩。

【注　釋】❶絜白　清白廉潔。絜，通「潔」。❷彊禦　強梁。彊，即強，意同「強圉」。〈離騷〉王逸注：「強圉，多力也。」

《春秋繁露・必仁且智》：「其強足以覆過，其禦足以犯詐。」禦與彊同義。❸司察　即司隸校尉，漢武帝置，領兵千二百人，督察大奸猾。後罷所領兵，使察三輔、三河及弘農七郡。❹奉法宣化　指奉行法律，宣揚德化。此處強調多從正面進行教育引導，以防範於未然，暗含反對苛察之意。

【語譯】聖明的君主了解您清白廉潔，公平正直，不害怕強暴，所以才命令您擔任司隸校尉的職位，專門委託您奉命行使糾察的大權，高官厚祿，已經賞賜給您了。您應該從早到晚認真思考當前國家的事務，奉行法紀，盡力宣揚以道德教化那些不知守法之人，為天下的治理憂心操勞，即使您每天都有進益，每月都有功績，還是不足以完成您的職務並報答皇上的恩典。

自古之治，三王之術，各有制度。今君不務循職而已，迺欲以太古久遠之事，匡拂❶天子。數進不用難聽之語，以摩切❷左右❸，非所以揚令名、全壽命者也。方今用事之人，皆明習法令，言足以飾君之辭❹，文足以成君之過。君不惟蘧氏之高蹤❺，而慕子胥之末行❻，用不訾❼之軀，臨不測之險，竊為君痛之。

【章旨】本段以不當用三王以要求今天子為例，從君臣皆不滿的險惡處境，告誡蓋寬饒改變「不務循職」的作法。

【注釋】❶匡拂　匡正輔弼。拂，通「弼」。❷摩切　摩，同「磨」。磨切，琢磨切磋，引申有頂撞、冒犯之意。❸左右　指皇帝左右周圍之人，諱言皇帝，故以左右代。❹飾君之辭　與下句「成君之過」意同。飾，妝點；增益。猶俗言添油加醋。❺蘧氏之高蹤　即蘧伯玉，春秋時衛國大夫，名瑗。孔子稱：「君子哉蘧伯玉，邦有道則仕，邦無道則可卷而懷之。」高蹤，指蘧伯玉善識時務，能屈能伸，以此保身的明智行徑。❻子胥之末行　即春秋時吳國相國伍員，因不識時務，知吳王不可諫而仍直言極諫，終於被殺。此處將忠不顧身稱為「末行」，與上句之「高蹤」，都是著眼於個人的全身遠害，而並非從封建道德觀念上作出的評價。❼不訾　顏師古注：「貲與訾同，不貲者，言無貲量可以比之，貴重之極也。」

【語　譯】從古代起，對國家的治理，夏禹王、商湯王、周文王武王的辦法是，各有各的制度，互不相襲。而現在您不致力於遵循您的職責，做好自己的本分工作，卻想要用上古久遠的事情，來要求督促當今皇帝。累次進諫一些既無法實行又聽不進去的話，來頂撞冒犯皇帝左右的人，這種作法並不是能夠傳播您的美名，保全您的壽命的好辦法啊。如今掌握朝政大權的人，都精通法令，他們的話完全可以增飾妝點成您的罪名，他們上的奏章完全可以構陷完成您的過錯。您不考慮效仿蘧伯玉善於保身的明智行徑，而要羨慕伍子胥不識時務的愚蠢作法，用您那貴重的身體，面臨不可測度的凶險，我私下替您感到痛惜。

夫君子直而不挺，曲而不詘❶。〈大雅〉云：「既明且哲，以保其身。」❷狂夫之言，聖人擇焉。惟裁省覽。

【章　旨】本段提出君子之道，勉勵對方明哲保身。

【注　釋】❶直而不挺二句　《左傳》襄公二十九年載季札曰：「直而不倨，曲而不屈。」挺，倨傲貌。詘，同「屈」。❷大雅云三句　見〈大雅・烝民〉。朱熹注：「明，謂明其理。哲，謂察其事。」顏師古注：「言明智者可以自全，不至亡身。」

【語　譯】而君子處世，正直而不傲慢，圓通但不違背原則。〈大雅〉上面講：「又明察又智慧，用來保護自身。」狂妄人的話，還可供聖人選擇。我的信希望您能閱讀裁定。

【研　析】這是一篇僅有二百餘字的短信，而其內容卻極為廣泛，包括如何處理君臣關係，如何履行職責，甚至涉及到為人處世、安身立命之類重大問題，其關鍵全在於善於用簡。所謂要言不煩，的確寫得簡明扼要，但需要點到的又都點到了。其具體手法：一是抓重點。在處理君臣、朝廷同僚和郡國徭使這三類關係中，君臣關係事關個人禍福安危，故而突出加以表現。其次在用筆方面，有正寫，有側寫；有明示，也有暗示。如蓋寬饒「深刻喜陷害人」，以致「公卿貴戚皆恐懼」，信中就沒有直接點出，而只用今之用事者「言足以飾君之辭，文足以成君之過」，以說明這些同僚隨時準備伺機一擊，這是側寫。還用「君宜……奉法宣化」，來暗示他不應當僅僅滿足於執法嚴苛，而需多作正面疏導。言不到而意到，這可以節省不少筆墨。

報孫會宗書

楊子幼

【題　解】楊子幼即楊惲，因橫被口語而被罷職，免爵為庶人。在家居時，心懷不滿，治產業，以財自娛。其友孫會宗與書勸戒，言「大臣廢退，當闔門惶懼，為可憐之意，不當治產業，通賓客，有稱譽」。此書是對孫會宗來信的答復。文中含蓄地發洩了作者對朝廷處置的不滿，並對孫會宗勸戒加以駁斥。信中說明，自己所以治產業，乃是為了供賦斂，田作之後歌酒自樂，這也是人之常情，聖人弗禁，豈能長為惶懼可憐之態？自己所為，實乃安守庶人之本分，不得以卿大夫之制相責。所以遭眾人之毀，不過因己一居下流，則為眾毀所歸，令人不寒而慄！信中寫酒後所歌之詩，暗寓朝廷荒亂，朝臣皆諛，使忠貞見棄。進而譏刺孫氏的指責，乃是隨風而靡，是染上了貪鄙之習。全文言語雖宛轉含蓄，但不難從中窺見牢騷怨憤殊深。嬉怒笑罵，皆為文章，以一吐胸中塊壘為快，充分反映了作者嫉惡如仇，敢於向權貴挑戰的性格。後不久，遇日食，有人上告：「惲驕奢不悔過，日食之咎，此人所致。」章下廷尉案驗，得此書，宣帝見而惡之。以大逆無道腰斬楊惲，妻子流酒泉，與惲厚善者包括孫會宗等皆免官。

【作　者】楊子幼，名惲（?—西元前五四年），華陰（今屬陝西）人。父楊敞，昭帝時曾為丞相。他又是司馬遷的外孫。楊敞死後，長子忠補為常侍騎郎。而惲以材能名顯朝廷，擢為左曹。以首告霍光諸子謀反，有功，封平通侯，遷中郎將，居殿中。楊惲為人廉潔無私，然頗自驕，又性忌刻，好發人陰私，由是人多怨尤。太僕戴長樂為宣帝在民間時的相知，忽為人所告，疑惲所為，於是彼此相訐。宣帝將惲與長樂皆免為庶人。不到兩年以後，楊惲即因驕奢及這封信終於被殺。楊惲作品，僅存此書。

惲材朽行穢，文質無所底❶，幸賴先人餘業，得備宿衛❷。遭遇時變，以獲爵位；終非其任，卒與禍會❸。足下哀其愚蒙，賜書教督以所不及，殷勤甚厚。然竊恨足下不深惟其終始，而猥隨俗之毀譽也。言鄙陋之愚心，若逆指而文過；默而息乎，恐違孔氏「各言爾志」之意❹。故敢略陳其愚，唯君子察焉。

【章旨】本段自敘生平，並簡述來書教誡以及自己不得不作出答復的心理。

【注釋】❶文質無所底　文，文采。質，實質。底，至。言外而為文，內而為質，俱無能自致於成，敢望見用於時乎。❷宿衛　指在宮廷中擔任職務。楊惲初官左曹，乃左署中郎將的屬官。❸卒與禍會　指與戴長樂相互攻訐而失去爵位一事。❹孔氏各言爾志之意　孔氏，即孔子。《論語・公冶長》：「顏淵、季路侍。子曰：『盍各言爾志？』」楊惲借此以說明他必須回信以說明自己的想法。

【語譯】我楊惲才能低劣，品行汙穢，文采和實質都不會有什麼成就，有幸依靠父親的蔭庇，能夠得到宮廷侍衛的職務。正好碰上朝中那次變故，我因此得以封為侯爵；不過到底跟職位不配，突然遇上了這次災禍。您可憐我的愚蠢糊塗，賜給我書信，對於我不足之處給予教育督促，情意非常深厚。然而，我私心卻抱怨您還沒有深入思考事情從頭到尾的變化過程，而是輕率地跟隨採用世俗的眼光來對我進行褒貶。我想說出我鄙陋的心裡話，卻好像是在違背您的意思而文過飾非；想沉默不言不給您回信，又恐怕不符合孔夫子要弟子們「各言爾志」的原則。所以才敢於把我愚蠢的想法稍加陳述，但願君子能夠予以體察。

惲家方隆盛時，乘朱輪者十人❶，位在列卿❷，爵為通侯❸。總領從官❹，與聞政事❺。曾不能以此時有所建明，以宣德化；又不能與群僚同心并力，陪輔朝廷之遺忘，已負竊位素餐❻之責久矣。懷祿貪勢，不能自退，遭遇變故，橫被口語❼，身幽北闕❽，妻子滿獄。當此之時，自以夷滅不足以塞責，豈意得全首領，復奉先人之丘墓乎？伏惟聖主之恩，不可勝量。君子游道，樂以忘憂；小人全軀，說以忘罪❾。竊自思念，過已大矣，行已虧矣，長為農夫以沒世矣。是故身率妻子，戮力耕桑，灌園治產，以給公上❿。不意當復用此為譏議也。

【章旨】本段追敘自己家中原來的貴盛和犯錯誤的經過，以及目前的處境和想法。

【注釋】❶乘朱輪者十人　漢制，二千石以上官員均可乘坐朱輪的車子。十人，包括惲兄楊忠襲父爵為安平侯，忠之子楊譚官典屬國。其餘未載。十人，疑為虛數。❷列卿　即九卿。楊惲官至光祿勳，屬九卿之一。❸通侯　即徹侯，秦爵二十級中最高一級，漢代襲用，因避漢武帝諱，改名通侯。❹總領從官　惲曾官中郎將。西漢時，宮廷侍衛分置五官、左、右三署，各設中郎將統率之。從官，指宮廷侍從之官。❺與聞政事　《漢書》本傳稱楊惲「擢為諸吏光祿勳，親近用事」。光祿勳居宮中，凡光祿、大中、中散、諫議等大夫，羽林郎、五官、虎賁、左右等中郎將都歸他管轄。❻素餐　語本《詩經・伐檀》：「彼君子兮，不素餐兮。」❼橫被口語　楊惲與戴長樂失和，戴上書告惲罪：如觀西閣畫，指桀、紂謂王武曰：「天子過此，一二問其過，可以為師矣！」又稱讚匈奴大臣弒其主單于，又言秦時但任小臣而誅殺忠良，竟以滅亡……古與今為一丘之貉。認為楊惲「妄引亡國，以誹謗當世，無人臣禮。」惲之所以除爵免職，正是被這些「口語」所中傷。❽北闕　皇宮北面的門樓。漢制，上章奏事和被皇帝召見均在北闕。❾君子游道四句　指以道為歸宿，則為君子。重全身，重享受，則為小人之事。❿公上　政府上官。指上繳賦稅。

【語譯】我楊惲家當初正值家勢隆盛的時候，夠資格乘坐紅漆輪的車子的就有上十人之多，我官居九卿，封有通侯的爵位，統率宮廷侍從，參與政治事務。竟然不能夠趁此時機有什麼建議主張，以宣揚道德教化；又不能與同僚們齊心協力，輔佐朝廷做些拾遺補缺的工作，因此很早就背上了尸位素餐的指責了。而我又貪戀祿位，不能夠自行引退，以至於遭到變故，被人無緣無故地亂加指責，我自己被幽禁於北闕之下，妻兒子女關滿了監獄。在這個時候，自認為即使遭到誅殺滅族，也不能完全抵銷自己的罪責，哪裡想得到還能夠保全性命，再到祖先墳墓上去掃墓祭奠呢？那真正聖明的君主的恩德，簡直是無法計量。君子沉湎於道德之中，愉快得忘記了憂愁；小人只考慮保全性命，就高興得忘記犯過的罪過。我私下想，我的過失是夠大的了，德行已經有了虧缺，那就只好去當個農夫去度過餘生算了。因此我才率領妻兒子女，努力耕田養桑，澆灌菜園，治理產業，用以供給官家的賦稅。沒有想到有人還是用士大夫君子的標準來評論譏刺我。

夫人情所不能止者，聖人弗禁。故君父至尊親，送其終也，有時而既❶。臣之得罪已三年❷矣。田家作苦，歲時伏臘❸，亨羊炰❹羔，斗酒自勞。家本秦也❺，能為秦聲，婦趙女也，雅善鼓瑟，奴婢歌者數人。酒後耳熱，仰天拊缶❻，而呼烏烏。其詩曰：「田彼南山，蕪穢不治。種一頃豆，落而為萁❼。人生行樂耳，須富貴何時！」是日也，拂衣而喜，奮褎低卬，頓足起舞，誠淫荒無度，不知其不可也。惲幸有餘祿，方糴賤販貴，逐什一之利，此賈豎之事，汙辱之處，惲親行之。下流之人，眾毀所歸，不寒而栗。雖雅知惲者，猶隨風而靡，尚何稱譽之有？董生❽不云乎：「明明求仁義，常恐不能化民者，卿大夫意也；明明求財利，常恐困乏者，庶人之事也❾。」故「道不同，不相為謀」❿。今子尚安得以卿大夫之制而責僕哉！

【章　旨】本段集中描寫自己鄉居生活的種種樂趣，反對對方仍以卿大夫之制來相責。

【注　釋】❶有時而既　古代規定：臣子為其君父服喪三年，除服之後，行動就不再受到喪服的限制。❷臣之得罪已三年　據《漢書・宣帝紀》載：五鳳二年十二月，「平通侯楊惲坐為光祿勳有罪，免為庶人。」五鳳四年「夏四月辛丑晦日，有蝕。」楊惲之被腰斬當在四或五月，而此復信則至遲寫於這年三月。故楊惲從獲罪到寫此書，不過十六個月，不過已跨三個年頭。❸歲時伏臘　指歲首、春分秋分、夏至冬至及伏日、臘日。古以夏至後第三個庚日為初伏，《說文》：「冬至後三戌臘，祭百神。」《荊楚歲時記》則以十二月初八為臘日。這些都是古代民間節日。❹炰　同「炮」。裹起來燒烤。❺家本秦也　楊惲華陰人，古屬秦地。❻缶　一種瓦器，秦人用作樂器，唱歌時按節奏敲擊。❼田彼南山四句　田，耕種。其，豆稈。《漢書》顏注引張晏曰：「山高而在陽，人君之象也。蕪穢不治，言朝廷之荒亂也。一頃百畝，以喻百官也。言豆者，貞實之物，當在囷倉，零落在野，喻己見放棄也。其曲而不直，言朝臣皆諂諛也。」亦見《文選》注引。解釋雖不無牽強，但比喻朝政混亂、賢人廢棄之意，還是比較明顯的。❽董生　指漢武帝時大儒董仲舒。引文見〈賢良對策三〉。❾明明求仁義六句　原文為：「夫皇皇求財利，常恐乏匱者，庶人之意也；皇皇求仁義，常恐不能化民者，大夫之意也。」（見本書卷二十一）明明，猶「黽黽」。勉力。與「皇皇」意近。❿道不同二句　引自《論語・衛靈公》孔子語。

【語　譯】凡屬於人之常情不能控制的，聖人也不會加以禁止。所以君主最為尊貴，父親最為親近，而給他們送終服喪，滿了一定時間就要結束。我得罪免官，到現在已經三個年頭。種田人家辛勤勞苦，逢年過節，伏日臘日，都要烹烤羊肉羊羔，飲酒自慰。我本是秦地人，能唱秦聲，妻子是趙地之女，善於彈琴，又有幾個能歌唱的奴婢。喝夠了酒耳根發熱，我就拍著瓦盆，仰天唱出嗚嗚的秦聲來。唱的歌詞是：「耕種在南山，荒蕪不去管；種下一頃豆，豆落剩枯稈。人生不過是行樂啊，富貴要等到哪一天！」那天的情形，高興得我摺開衣裳，甩起袖子高低揮動，抖動雙腳跳起了舞，這確實有點荒淫無度，但我不知道這麼做也是不允許的。我楊惲僥倖還有點剩餘俸祿，正在從事賤買賣貴，追求十分之一的利錢，這是小商販們幹的事，低級卑下的活計，可是我楊惲卻親自去做了。處在低賤地位的人，自然成了眾人攻擊的對象，對此我感到不寒而慄。即使是平素了解我楊惲的人，居然也隨風而倒來批評我，那還會有什麼人替我講點好話呢？董仲舒不是說過嗎：「勤勉致力於追求仁義，經常擔心不能教育好百姓的，那是卿大夫的想法；勤勉致力於追求財利，經常擔心貧窮困苦的，那是普通民眾的事情。」所以「走不同道路的人，就不在一起商量謀劃」。您現在怎麼還可以用卿大夫的那一套規矩來要求我呢！

夫西河❶魏土，文侯❷所興，有段干木、田子方❸之遺風，澟然皆有節槩，知去就之分。頃者，足下離舊土❹，臨安定❺。安定山谷之間，昆戎❻舊壤，子弟貪鄙，豈習俗之移人哉？於今迺睹子之志矣❼。方當盛漢之隆，願勉旃，毋多談！

【章　旨】本段直接批評孫會宗不應該用昆戎子弟貪鄙的眼光來批評自己。

【注　釋】❶西河　戰國時魏地，今河南安陽。當時黃河流經安陽之東，西河意即河西。與漢代西河郡（今山西西北部）不同。❷文侯　即魏文侯名斯。西元前四〇三年與趙籍、韓虔三家分晉，列為諸侯。是魏國著名的賢君。❸段干木田子方　皆魏文侯時賢人，守道不仕，魏文侯以客禮待之，故出而為文侯師。❹舊土　即西河。孫會宗為西河人。❺安定　漢郡名，故治在今寧夏固原。當時孫會宗任安定太守。❻昆戎　應即西戎，西方邊境民族。《文選》作「昆夷」，疑為「昆彌」的不同音譯。烏孫國內分大小二昆彌，均受漢朝冊封。❼於今迺睹子之志矣　顏師古注：「言平生謂子為達道，今乃見子之志與我不同也。」

【語譯】那西河地區過去屬魏國的領地，從魏文侯時就興盛了，有古代賢人段干木、田子方遺留下來的風氣，那裡的人都凜然有氣節，明白什麼該做什麼不該做的界限。最近一段時間，您離開了這塊故鄉之土，來到安定郡。安定郡位於山谷之間，過去是昆戎族居住之處，那裡的人性情貪鄙，難道昆戎習俗會影響一個人改變他的操守嗎？我現在才看清楚您的志向了。當今正值大漢隆盛興旺的時候，但願您努力多作貢獻，我的事就不用您多講了！

【研析】這也是一篇著名書信，前人多與〈報任安書〉相類比，如《古文觀止》評曰：「惲，太史公外孫，其報會宗書，宛然外祖答任安書風致。辭氣怨激，竟遭慘禍。」浦起龍亦評之曰：「兀傲恢奇，筆陣酷類其外祖。」二者確有其相似之處：其一，都寫於蒙冤受屈之後，內心充滿怨憤不平之際。其二，對於對方的來信，或勸勉，或教督，均不以為然。由於觸動舊傷，故乘機發洩胸中之憤懣。其三，二人均為自己目前進行的工作或選擇的生活方式進行說明或加以辯護。因此，前人所提出的「風致」、「筆陣」、「文氣」等，確有相一致之處。但這兩篇書信也還是有若干不同之處：其一，本篇不如〈報任安書〉之幽憤深廣，楊惲僅只奪爵罷職，屬於「太上不辱先」一類，而司馬遷則為「最下腐刑極矣」。其二，司馬遷之所以忍辱苟活，在於發憤著書，這是一項效法聖賢的崇高事業。而楊惲則憤懣觖望，故而自甘於庶民小人的行列，無復有所追求，狂放不羈，無視當時法網，多少有點玩世不恭、遊戲人生的情調。二人理想境界的高低，近乎於天淵之別。其三，司馬遷用直筆剖析內心，披肝瀝膽，字字血淚，故感人至深。本篇則多用曲筆。過商侯評曰：「句句引過，即是句句怨望。」故文章亦以嬉笑怒罵、酣暢恣肆為其基調。

移讓太常博士書

劉子駿

【題解】據《漢書・劉歆傳》載：歆繼父劉向為中壘校尉，校祕書，見古文《春秋左氏傳》，大好之。因《左氏傳》多古字古言，以往學者傳訓故而已，及歆治《左氏》，引傳文以解《春秋》經，轉相發明，由是章句義理備焉。劉歆欲將古文諸經《左氏春秋》及《毛詩》、《逸禮》、《古文尚書》皆列入學官，與已立學官之今文《五經》並列。漢哀帝令歆與五經博士講論其義，而諸博士多不肯置對，故特移書太常博士責讓之。這就是此書寫作背景和原因。移，文體名。《文心雕龍・檄移》：「移者，易也，易風易俗，令往而民隨者也。」「劉歆之移太常，文移之首也。」太常，官名。《漢書・百官公卿表》：「奉常，秦官，掌宗廟禮儀。景帝中六年，更名太常。」屬官中有博士。「武帝建元五年，初置五經博士，宣帝黃龍元年，稍增員十二人。」本文闡述了儒家經典的源流和發展，指出了古文典籍的重要價值和不可取代的歷史地位，著重批判了以太常博士為代表的今文經學家們抱殘守缺的頑固心態和排斥異己的門戶之見。作者明辨是非，說理透徹，所論皆鑿然有據，對東漢以後古文經學的興起並逐步取代今文經學而成為經學主流，本篇起了某種程度的奠基作用。如僅就當時而言，本篇也有助於《左傳》等古文典籍的傳播和地位的確立，對了解作者的學術思想和漢代今古文學派之爭也具有重要價值。

昔唐虞既衰，而三代迭興，聖帝明王，累起相襲，其道甚著。周室既微，而禮樂不正，道之難全也如此。是故孔子憂道之不行，歷國應聘，自衛反魯，然後樂正，《雅》、《頌》乃得其所❶，修《易》序《書》❷，制作《春秋》，以紀帝王之道。及夫子沒而微言絕，七十子終而大義乖❸。重遭戰國，棄籩豆❹之禮，理軍旅之陳❺，孔氏之道抑，而孫、吳之術興。陵夷至於暴秦，燔經書，殺儒士，設挾書之法❻，行是古之罪❼，道術由是遂滅。漢興，去聖帝明王遐遠，仲尼之道又絕，法度無所因襲。時獨有一叔孫通❽，略定禮儀，天下唯有《易》卜，未有它書❾。至孝惠之世，乃除挾書之律❿。然公卿大臣絳、灌⓫之屬，咸介冑武夫，莫以為意。至孝文皇帝，始使掌故朝錯，從伏生受《尚書》⓬。《尚書》初出於屋壁⓭，朽折散絕，今其書見在，時師傳讀而已。《詩》始萌牙⓮。天下眾書，往往頗出，皆諸子傳說，猶廣立於學官，為置博士⓯。在漢朝之儒，唯賈生而已⓰。至孝武皇帝，然後鄒、魯、梁、趙，頗有《詩》、《禮》、《春秋》先師，皆起於建元⓱之間。當此之時，一人不能獨盡其經，或為〈雅〉，或為〈頌〉，相合而成。〈泰誓〉後得⓲，博士集而讀之。故詔書稱曰：「禮壞樂崩，書缺簡脫，朕甚閔焉⓳！」時漢興已七八十年，離於全經⓴固已遠矣。

【章旨】本段列敘儒學道術的淵源流變及儒家經典的形成和秦時被焚、漢以後復出的變化情況。

【注釋】❶自衛反魯三句　引自《論語・子罕》。孔子返魯在魯哀公十一年。孫詒讓曰：「凡《詩》皆可弦歌入樂，故《詩》亦通謂之樂。」故樂正，即編定《詩經》。雅頌得所，亦指對《詩經》中〈雅〉、〈頌〉部分整理其篇章次第。❷修易序書　易，即《周易》，其經文相傳為文王所作。而《易傳》中〈彖辭〉、〈象辭〉、〈繫辭〉、〈文言〉等所謂「十翼」，相傳為孔子晚年所作。書，即《尚書》。漢人相傳《尚書》原有百篇，每篇有序，為孔子所編定。《史記・孔子世家》亦言孔子「序《書傳》，上紀唐虞之際，下至秦繆，編次其事」。❸夫子沒而微言絕二句　《漢書・藝文志》亦曰：「昔仲尼沒而微言絕，七十子喪而大義乖。」微言，指精微之言。❹籩豆　祭祀時放置貢品之禮器，以竹曰籩，以木曰豆。❺陳　通「陣」。軍陣；行列之法。❻設挾書之法　《漢書・惠帝紀》注引張晏曰：「秦律：敢有挾書者，族。」❼行是古之罪　《史記・秦始皇本紀》中規定「以古非今者族」。❽叔孫通　秦漢間薛人，儒生，曾為秦博士，後歸劉邦，號稷嗣君。劉邦稱帝，他採擇古禮，結合秦制，定立朝儀。後為太子太傅。漢王朝朝制典禮，大都由他所定。❾天下唯有易卜二句　秦焚書時所不去者，「醫藥卜筮種樹之書」。❿至孝惠之世二句　《漢書・惠帝紀》：「四年三月，除挾書律。」⓫絳灌　指絳侯周勃與灌嬰。⓬使掌故朝錯二句　《史記・儒林列傳》：「孝文帝時，欲求能《尚書》者，天下亡有。聞伏生治之，欲召；時伏生年九十餘，不能行。於是詔太常使掌故朝錯往受之。」掌故，漢官名，六百石，主故事。朝錯，即鼂錯。伏生，即伏勝，濟南人，曾任秦博士。今文《尚書》最早傳授者。⓭尚書初出於屋壁　《史記・儒林列傳》：「秦時焚書，伏生壁藏之。其後兵大起，流亡。漢定，伏生求其書，亡數十篇，獨得二十九篇，即以教於齊魯之間學者。」⓮詩始萌牙　牙，通「芽」。西漢傳詩最早者為魯人申公、白生、穆生，俱受詩於荀卿門人浮丘伯，號「魯詩」。隨即有齊人轅固生所創之「齊詩」及燕人韓嬰所創之「韓詩」。號為「三家詩」，皆屬今文經學。後來傳世者為毛亨所創之「毛詩」，西漢未立學官。⓯廣立於學官二句　學官，王國維謂即學館，如後世太學。《漢書・儒林傳》：「初，《書》唯有歐陽（伯和），《禮》后（蒼），《易》楊（何），《春秋》公羊（高）。至孝宣世，復立大小夏侯（勝、建）《尚書》、大小戴（德、勝）、施（讎）、孟（喜）、梁丘（賀）《易》、穀梁（赤）《春秋》。至元帝世，復立京氏（房）《易》。」以上均為今文經學中重要流派。武帝時立五經博士，以上僅四經，因《詩》於文、景時已立學官。⓰在漢朝之儒二句　賈生，即賈誼。曾編寫《左氏傳訓》，以授趙人貫公。劉歆欲立《左氏春秋》於學官，是以獨推賈生（採何焯說）。而錢大昕則認為：濟南伏生、魯申公、齊轅固生、燕韓嬰等皆諸侯王國人，唯賈生洛陽人，在漢十五郡之內，故云。按：此二說並無矛盾，可兼採。⓱建元　漢武帝的第一個年號，共六年（西元前一四〇—前一三五年）。⓲泰誓後得　泰誓，《尚書》篇名，亦作「太誓」。相傳為周武王伐紂至孟津時的誓言。其來源有二說：一為武帝末有民間屋壁內得而獻之；一為宣帝時有河內女子壞老子屋而得。劉向、劉歆從前說。至其真偽，後漢馬融等以「其文似若淺露」，且與《春秋》、《國語》、《孟子》、《荀子》、《禮記》中所引〈泰誓〉之文不同，疑其為偽作。故伏生所傳之今文《尚書》就有二十八篇（不計〈泰誓〉）及二十九篇兩說。但〈泰誓〉後已佚，由清人輯綴而成。今傳另一種古文〈泰誓〉三篇，為東晉梅頤偽撰。⓳詔書稱曰四句　《漢書・武帝紀》：「元朔五年六月詔曰：蓋聞導民以禮，風之以樂，今禮壞樂崩，朕甚閔焉。」⓴全經　李善注引韋昭曰：「全經，未焚書之時也。」

【語譯】過去唐堯、虞舜衰亡以後，隨之夏、商、周三代相繼興起，聖潔賢明的帝王不斷地興起，相互承襲，他們所推行的治國之道非常顯著。周王朝衰落以後，禮制音樂也脫離了正常的軌道，可見王道是這樣的難於保全。因此，孔子擔心王道得不到實行，他周遊列國，應聘不成，才從衛國返回魯國，然後把能入樂的詩的篇章整理完善，使〈雅〉歸入〈雅〉，〈頌〉歸入〈頌〉，各有適當的位置。他還修撰《易傳》，為《尚書》各篇作序言，編寫《春秋》，用記載帝王治國之道。等到孔子死了以後，這些精微深刻的言論就從此斷絕了，七十位弟子結束以後，這些經書的重要意義就沒有傳下來了。後來又碰上戰國時期，拋棄祭祀等禮儀，治理布陣打仗等軍事，孔子所傳授的王道行不通了，而孫武、吳起的兵法就興起來了。這種衰落的局面一直延續到殘暴的秦朝，焚燒經書，坑殺儒士，設立收藏詩書治重罪的法律，實行以古非今就要族滅的罪名，由於這個原因，王道儒術便遭到毀滅的命運。漢朝建立後，離古代聖潔賢明的君王很遠了，孔子儒家之道又斷絕不傳，法紀制度沒有可供繼承因襲的。當時只有一個叔孫通，粗略地制定了朝儀禮制，天下的經書只有《周易》這部占卜之書，其他的經書都沒有。到了孝惠帝的時候，便取消收藏詩書要治罪的法律。但當時公卿大臣如周勃、灌嬰之類，都是身披甲冑的赳赳武夫，對這一情況並不在意。到了孝文皇帝時，才開始派太常使掌故鼂錯到伏生那裡學習接受《尚書》。《尚書》最初是從房屋牆壁中取出來的，竹簡腐朽，繫簡的繩子斷了，散亂不堪，如今這部書依然存在，由各個時期的經師一個個傳授下來罷了。《詩經》的恢復和傳授剛剛開始。天下的各種經典，各地都紛紛出現，都是由各位先生注釋解讀，但仍然廣泛地建立學館，為這些經典設置博士。在漢王朝直接管轄下的儒生，只有賈誼一個人罷了。到了孝武皇帝時代以後，鄒、魯、梁、趙等地，都有一些傳授《詩經》、《禮記》、《春秋》的前輩經師，他們都從建元年間就出現了。在這個時候，光一個人不能夠單獨掌握整部經書，有的專門研究〈雅〉，有的專門研究〈頌〉，相互配合才能完成整部經書。《尚書》中〈泰誓〉一篇是後來才找到的，一些博士集中起來才能讀懂它。所以漢武帝曾經在詔書中說：「禮與樂都已經崩潰毀壞，經書殘缺，竹簡脫落，對這種現象我深感憂慮！」當時距離漢朝建立已經有七八十年了，與焚書前完整無缺的那些經書的差別，本來就已經很大了。

及魯恭王壞孔子宅，欲以為宮，而得古文於壞壁之中❶。《逸禮》❷有三十九，《書》十六篇❸。天漢❹之後，孔安國❺獻之，遭巫蠱倉卒之難，未及施行。及《春秋》左氏丘明所修❻，皆古文舊書，多者二十餘通❼。藏於祕府❽，伏而未發。孝成皇帝❾閔學殘文缺，稍❿離其真，乃陳發祕藏，校理舊文⓫，得此三事⓬，以考學官所傳，經或脫簡，傳或間編⓭。博問⓮民間，則有魯國桓公，趙國貫公，膠東庸生⓯之遺，學與此同，抑而未施⓰。此乃有識者之所惜閔，士君子之所嗟痛也。往者綴學之士⓱，不思廢絕之闕，苟因陋就寡，分文析字，煩言碎辭，學者罷老，且不能究其一藝⓲。信口說而背傳記，是末師⓳而非往古。至於國家將有大事，若立辟雍⓴、封禪㉑、巡狩㉒之儀，則幽冥而莫知其原。猶欲保殘守缺，挾恐見破之私意，而無從善服義之公心。或懷妒嫉，不考情實，雷同相從，隨聲是非，抑此三學。以《尚書》為備㉓，謂左氏為不傳《春秋》㉔，豈不哀哉！

【章　旨】本段敘述古文經書的發現、收藏及展現的曲折過程，並進而批判了今文經學家抱殘守缺、排斥異己的門戶之見。

【注　釋】❶魯恭王壞孔宅三句　《漢書・藝文志》：「武帝末，魯共王壞孔子宅，欲以廣其宮，而得古文《尚書》及《禮記》、《論語》、《孝經》，凡數十篇，皆古字也。」此指其事。魯共王劉餘，景帝庶子。共，同「恭」。他死於武帝元朔元年（西元前一二八年），與武帝末（西元前八七年）相距甚遠。故「武帝末」應為「景帝末」之誤。古文，指用蝌蚪古字書寫，而非漢代通用之隸書。❷逸禮　即今《儀禮》十七篇以外的古文《禮經》。皮錫瑞《三禮通論》：「漢所謂《禮》，即《儀禮》。專主經言，則曰《禮經》；合記而言，則曰《禮記》。許慎、盧植所稱《禮記》，即皆《儀禮》與篇中之記，非今四十九篇之《禮記》也。後「禮記」之名為四十九篇之《記》所奪，乃別稱十七篇之《禮經》曰《儀禮》。」《漢書・藝文志》中記載從孔壁中發現之《禮記》，即《逸禮》，亦即今《儀禮》十七篇以外部分，共三十九篇，後佚。❸書十六篇　即較當時通行之《尚書》二十九篇（包括後出之〈泰誓〉）多出十六篇，稱古文《尚書》，經西漢末年兵亂，已亡佚。今傳之古文《尚書》二十五篇，據考定為東晉豫章內史梅賾所偽造，習慣稱為《偽古文尚書》。❹天漢　漢武帝年號，共四年（西元前一〇〇—前九七年）。❺孔安國　孔子後人，曾官諫大夫、臨淮太守。魯恭王所得之古文逸書，即交與孔安國整理。❻春秋左氏丘明所修　即《左傳》，又稱《左氏春秋》或《春秋左氏傳》，相傳為春秋戰國之際左丘明所作。《左傳》之出，歷來有兩說：王充《論衡・案書》：「《春秋左氏傳》者，蓋出孔子壁中。」而許慎《說文序》則曰：「北平侯張蒼獻《春秋左氏傳》。」後說較為近實。但《左傳》屬古文學派，與《公羊傳》、《穀梁傳》為今文學派不同。《左傳》多用事實解釋《春秋》，與公、穀二傳完全義理解釋有異。❼通　疑指卷帙。❽祕府　即藏祕書之所，因在宮中，亦稱「中祕」。❾孝成皇帝　漢成帝劉驁，元帝子，在位二十七年（西元前三二—前六年）。❿稍　《廣雅・釋詁》：「稍，盡也。」⓫陳發祕臧二句　即指劉向、劉歆父子校書一事。⓬三事　此指《古文尚書》、《逸禮》及《左傳》三部古文經書。⓭經或脫簡二句　連數竹簡成編，其中脫去一簡曰「脫簡」。編中諸簡篇次錯亂，中有間隔曰「間編」。按《漢書・藝文志》言劉向以古文《尚書》校今文，〈酒誥〉脫簡一，〈召誥〉脫簡二。⓮傳問　原作「傳聞」。據《文選》校改。⓯魯國桓公趙國貫公膠東庸生　均為各諸侯國經師。魯有桓生治《禮》，「說經頗異」（李善注引《七略》）。趙人貫公治《左傳》，為賈誼所授，「為河間獻王博士」。膠東庸生治古文《尚書》，乃孔安國再傳弟子。庸生名譚，亦傳《論語》（據《漢書・儒林傳》）。⓰抑而未施　指未能立學官於朝廷。⓱綴學之士　指今文學家徒知蹈襲前人知識。《大戴禮・小辯》孔廣森補注：「綴學，捃拾聞見以為學也。」⓲分文析字四句　《漢書・藝文志》批評這種現象說：「不思多聞闕疑之義，而務碎義逃難，便辭巧說，破壞形體，說五字之文（指《尚書・堯典》「若稽古帝堯」五字），至於二三萬言，後進彌以馳逐，故幼童而守一蓺，白首而後能言。」⓳末師　膚淺無本的今文經師。因今文學派依賴口耳相傳，囿於成說，故逐成末流。⓴辟雍　周朝在京城所設之大學。《禮記・王制》：「大學在郊，天子曰辟雍，諸侯曰頖宮。」又，《白虎通・辟雍》：「辟雍，所以行禮樂、宣德化也。」㉑封禪　指封泰山而禪梁父。帝王受命改制，以功成祭告天地，歷來為國家之大典。㉒巡狩　帝王按一定時間巡行四方。《白虎通・巡狩》：「巡者循也，狩者牧也。為天下巡行守牧民也。」㉓以尚書為備　《漢書》、《文選》均引臣瓚曰：「當時學者謂《尚書》唯有二十八篇，不知本有百篇也。」還認為二十八篇，取天象之二十八宿（見《孔叢子》）。㉔謂左氏為不傳春秋　今文家以《公羊》為《春秋傳》，認為《左傳》自為一書，並不解經。

【語　譯】等到魯恭王拆除孔子的舊居，想以此來擴大自己的王宮，從毀壞的牆壁中得到一些用古代蝌蚪文書寫的經典。其中有《逸禮》三十九篇，《尚書》十六篇。武帝天漢年以後，孔安國將它們獻給朝廷，後來碰上突然發生的巫蠱的變亂，沒有來得及設立學館。等到左丘明撰寫的《春秋左傳》出現，這些都是用古代蝌蚪文所寫的舊經典，多的有二十多卷。保存在宮中收藏祕書之處，長期埋沒而沒有拿出來。孝成皇帝痛惜經學衰落，經文殘缺，完全脫離了經典的真實面貌，便把收藏的祕籍拿出陳列，派人將這些舊書加以校訂整理，才得到《古文尚書》、《逸禮》、《左傳》這三部書，用它們來考察校對學館中所傳授的，經文有的竹簡脫落，傳文有的編次錯亂。廣泛地向民間諮詢，便有魯國桓公、趙國貫公和膠東國庸生所遺留下來的經書，他們的研究結果同這三種古文經典一樣，但也受到壓制而沒有立學館。這就是有識之士之所以感到惋惜遺憾，士大夫君子之所以嗟嘆悲痛的原因。過去那些只知道掇拾舊聞的人士，不考慮這些經書由於長期廢棄不能流行的缺陷，滿足於因陋就簡，分析文辭，解釋字句，花費大量繁雜瑣碎的文字，使得學習之人一直學到衰朽的老年，還不能夠弄懂其中的一部經書。這些今文學者只知道信口亂說和背誦前人傳注，贊成那些膚淺無本的經師而反對古代留存下來的經典。到了國家要舉辦大事情的時候，像設立辟雍、皇帝去泰山封禪或巡狩四方的儀式禮節，他們就昏聵糊塗而不知道這些禮節的本源。他們只想抱殘守缺，帶著恐怕被人看破的私心，而沒有服從真理、為社會做好事的公德。有的人則心懷忌妒，不考察真實情況，只知道人云亦云，隨聲附和，盲從他人的是非觀，壓制《古文尚書》、《逸禮》和《左傳》這三門經學。認為二十八篇的今文《尚書》就已經完整無缺了，認為左丘明的書不是用來解釋《春秋》的，這些淺陋見解難道不可悲嗎！

今聖上德通神明，繼統揚業，亦閔文學錯亂，學士若茲。雖昭其情，猶依違❶謙讓，樂與士君子同之。故下明詔，試左氏可立不❷。遣近臣奉指❸銜命，將以輔弱扶微，與二三君子，比意同力，冀得廢遺❹。今則不然，深閉固距而不肯試，猥以不誦絕之，欲以杜塞餘道，絕滅微學。夫可與樂成，難與慮始，此乃眾庶之所為耳❺，非所望士君子也。且此數家之事，皆先帝❻所親論，今上所考視。其古文舊書，皆有徵驗，外內相應❼，豈苟而已哉？夫禮失求之於野❽，古文不猶愈於野乎！往者博士《書》有歐陽❾，《春秋》公羊❿，《易》則施、孟⓫；然孝宣皇帝猶復廣立穀梁《春秋》⓬、梁丘《易》、大小夏侯《尚書》⓭，義雖相反，猶並置之。何則？與其過而廢之也，寧過而立之。傳曰：「文武之道，未墜於地，在人。賢者志其大者，不賢者志其小者⓮。」今此數家之言，所以兼包大小之義，豈可偏絕哉？若必專己守殘⓯，黨同門，妒道真⓰，違明詔，失聖意，以陷於文吏之議，甚為二三君子不取也！

【章旨】本段敘述漢哀帝下詔提出《左傳》等古文經典可否建立學官，而這些今文博士囿於門戶之見，不敢置對，作者對此進行批判。

【注釋】❶依違　不明言可否。顏師古注：「不專決也。」❷不　同「否」。❸指　通「旨」。❹冀得廢遺　顏師古注：「經藝有廢遺者，冀得興立之也。」❺夫可與樂成三句　《史記・商君列傳》：「鞅曰：民不可與慮始，而可與樂成。」❻先帝平帝。下句「今上」，則為哀帝。❼外內相應　何焯曰：「內謂陳發祕藏，外謂民間桓公、貫公、庸生遺學。」❽禮失求之於野　《漢書・藝文志》：「仲尼有言：禮失而求諸野。」顏注：「言都邑失禮，則於外野求之，亦將有獲。」❾書有歐陽指今文《尚書》歐陽學派，始創人歐陽和伯，千乘（今山東高青）人，伏生之再傳弟子。世代相傳，曾孫歐陽高為博士。❿春秋公羊　《春秋公羊傳》，原三十卷，舊題戰國齊人公羊高著，其實高僅口述，由其玄孫公羊壽與壽之弟子胡母生集錄成書。胡母生景帝時人為博士。大臣董仲舒、公孫弘均屬公羊學派，故影響甚大。⓫易則施孟　《周易》之學由田何傳丁寬，丁寬傳田王孫，田王孫傳施讎、孟喜、梁丘賀。故《易經》十二篇，有施、孟、梁丘三家。三人於宣帝時皆立為博士。據本文所述，則施、孟二家先立。⓬穀梁春秋　《春秋穀梁傳》十一卷，相傳戰國時魯人穀梁赤所著。赤受《春秋》於子夏，為經作傳。傳至瑕丘江公，江公傳子至孫，至宣帝時立為博士。江公孫死，周慶、丁姓繼為博士。⓭大小夏侯尚書　即夏侯勝與其從兄之子夏侯建。勝從族父夏侯始昌學今文《尚書》，建從勝和歐陽學，二人皆於宣帝時立為博士，故有大小夏侯之別。《漢書・宣帝紀》：「甘露三年（西元前五一年），召諸儒講五經同異。太子太傅蕭望之等平奏其議，上親稱制臨決焉，乃立梁丘《易》，大小夏侯《尚書》，穀梁《春秋》博士。」⓮傳曰六句　見《論語・子張》篇。衛公孫朝問於子貢曰：「仲尼焉學？」子貢以此回答。⓯專己守殘　顏師古注：「專執己所偏見，苟守殘缺之文。」⓰黨同門二句　顏師古注：「黨同師之學，妒道藝之真也。」

【語　譯】如今，聖明的皇帝，其品德見識如神之明，繼承漢家傳統，弘揚統一事業，同時也惋惜文化學術的差誤雜亂，經學之士如此抱殘守缺。儘管對這種情況瞭若指掌，但仍然不作決斷以表示謙讓，而高興與士人君子共同討論。所以才下達明確的詔令，試探大家的意見，看《左傳》可不可以建立學館。皇帝派遣親近大臣接受命令帶著聖旨，打算用這個方法幫助少數派，扶植弱小者，同太常博士們同心協力，希望那些被廢遺的經典，能夠有興立的機會。可是現在卻不是這樣，博士們都關起門來頑固地加以拒絕而不肯參加討論，草率地用不曾誦讀過這些古文經典來拒絕發表意見，他們正是想用這一辦法從而達到堵塞異己之道，滅絕開始出現的古文經學的目的。這種只願意享受成功之樂，而對謀劃創業感到為難，這種態度乃是普通百姓們所採取的，不是我寄希望於士人君子所應該做的。而且這幾種古文經典立學館的事情，都是先成帝所親自討論過，現在的皇帝所考察看清楚的。這些古文書寫的原來經典，都有證據可供檢驗，而且宮中祕藏與民間流傳互相符合，這難道是隨隨便便所提出來的嗎？如果禮儀在都邑失傳，還可以在鄉村郊野求得，這些古文經典不是仍然要比郊野的禮儀更為可靠嗎！過去太常博士中立了《尚書》歐陽學派，《春秋》公羊學派，《易經》施讎和孟喜兩個學派；然而，孝宣皇帝還是又廣泛地建立了穀梁派的《春秋》、梁丘派的《易經》、大小夏侯派的《尚書》，各派的立意即使相反，還是同時建立學館。為什麼呢？與其犯廢止學派的過錯，寧願犯建立學派的過錯。《論語》上說：「周文王武王之道，還並沒有失傳，而是散落在人間。賢能的人記住了大的方面，不賢能的人只能記住小的方面。」現在我提出的古文《尚書》、《逸禮》和《左傳》這幾個學派的言論，它們的內容完全包括了文武之道的大的方面和小的方面，難道能夠獨獨讓它們斷絕嗎？假若一定要專執一己之偏見，固守殘缺的文獻，勾結同學派之人，忌妒來源可靠的經典，違背明確的詔令，拋棄皇上的意圖，以致陷於掌管文史官吏的評議之中，這是我很為諸位博士君子所不贊成的！

【研　析】這封書實際上是篇重要的學術論文，它在我國的學術史、特別是經學史上的影響特別巨大。經學上的古今文之爭不僅是學術思想之爭，而且實際上常常與政治觀點、政黨派別的鬥爭聯繫在一起。這一爭論從西漢末一直延續到清末，綿延達兩千年之久。而此書就代表著古今文兩大學派第一次正面交鋒，故歷來都受到一些評論家的推崇。真德秀評之曰：「按此書則漢於六經殘缺之餘收拾補完，其功蓋不少也。」方苞評曰：「此兩漢經學淵源所繫。」然而文章卻寫得比較通俗淺明，並無學究氣；但又能辭嚴義正，慷慨激烈。吳汝綸評曰：「子駿文氣峻厲過於闕考（指其父劉向）。」完全顯示出論戰文章的固有特色，而且在布局謀篇、議論抒情等方面也有其獨到的成就。正如浦起龍所分析的：「道源經委，正大詳明，艱難鄭重，字裡有淚。至細審其制局，如成、哀之相接，而議論間之；孝宣之居前也，而留後陳之。尤意象經營處。」本篇敘述經術淵源流變，基本上是按照歷史線索，特別第一段，漢前按朝代，漢後按帝王順序，絲毫不亂。可是敘述「孝成皇帝」對經術的關注，放在第二段，而對「今聖上」提出立古文學官的詔令，卻放在第三段，中間插入對那些抱殘守缺的今文博士們心態的揭露和抨擊。而成帝的祖父宣帝廣立學官一事則放在最後。這些都是服從全文的布局。因為這便於在第二段集中闡明為什麼古文經典發現百餘年來卻一直受壓抑的原因，第三段則可突出批駁太常博士的無理阻撓，而這乃是本文的主旨。

卷二十九 書說類 五

與孟尚書書

韓退之

【題解】孟尚書，名簡，字幾道，平昌（今山西鄉寧）人。元和十二年（西元八一七年）任戶部侍郎，次年加檢校工部尚書。十四年改授太子賓客分司東都。十五年穆宗即位以後，貶吉州司馬，此書當寫於是年。孟簡為人，佞佛過甚，為時所誚，曾與劉伯芻等譯次梵言佛經。而韓愈則正是在元和十四年正月因諫迎佛骨貶潮州刺史，同年十月，量移袁州（今江西宜春）刺史。愈在潮州時，曾與當地靈山院僧大顛時有往來，故人言韓愈改奉佛氏。吉州（今江西吉安）與袁州相近，孟簡來書詢及此事，故韓愈回信首先說明與大顛交遊的實際情況，與自己闢佛的一貫立場並無任何矛盾不當之處，並借機重申其捍衛儒家道統、排斥佛老，效法孟子力拒楊、墨的一貫思想。他之所以從大顛遊，不求其福，不畏其禍，不學其道，故兩不相妨，正所謂能以理自勝，不為外物侵亂者，因而不足以成為攻擊者或曲解者的口實。曾國藩評曰：「此為韓文第一等文字，當與〈原道〉並讀。」可見本篇的思想內容，與〈原道〉所表述的衛道闢佛的精神是完全一致的。

愈白：行官❶自南迴，過吉州，得吾兄二十四日手書數番❷，忻悚❸兼至。未審入秋來眠食何似，伏惟萬福❹！

【章　旨】本段為書信之緣起，簡述對方來信並致問候。

【注　釋】❶行官　《通鑑》胡三省注：「行官，主為命往來京師及鄰道郡縣。」此指刺史派出的使者。❷數番　《韓昌黎集》一本上有「披讀」二字。❸忻悚　悚，同「愯」。《說文》：「愯，懼也。」此謙詞，意謂喜於得書，但所言非實，使己驚懼。❹伏惟萬福　此古時書信問好、祝福之常語。

【語　譯】韓愈說：我的使者從南方回來，路過吉州，得到我的兄長您二十四日親筆寫的書信，閱讀幾次，驚喜交集。不知道進入秋天以後您的飲食睡眠如何，但願您一切都平安幸福！

來示云：有人傳愈近少信奉釋氏，此傳之者妄也。潮州時，有一老僧號大顛❶，頗聰明，識道理。遠地無可與語者，故自山召至州郭，留十數日。實能外形骸❷，以理自勝，不為事物侵亂。與之語，雖不盡解，要自胸中無滯礙，以為難得，因與來往。及祭神至海上，遂造其廬。及來袁州，留衣服為別。乃人之情，非崇信其法，求福田❸利益也。

【章　旨】本段敘述在潮州時與大顛僧交往情況，以說明自己能以理自持，不為物亂的心態。

【注　釋】❶大顛　《潮州府志》卷三十：「寶通號大顛，俗姓陳氏，或曰楊姓，先世為潁川人。生於開元末。大曆中，與藥山、惟儼並師事惠照於西山，即復與之同遊南嶽，參石頭（希遷大師）。貞元六年，開闢牛巖，立精舍。七年，又於邑西幽嶺下，創建禪院，名曰靈山。時已大悟宗旨，得曹溪之緒，門人傳法者千餘人，自號為大顛和尚。」曹溪之緒，指禪宗門派，因禪宗南宗創始人慧能曾主持韶州曹溪寶林寺。南宗提倡心性本淨，佛性本有，主頓悟不假外求，不讀經，不禮佛，不立文字。這是一種完全中國化了的佛學，其主張與〈大學〉中正心、誠意，《孟子》中養浩然之氣，不無相通之處。韓愈與之往來，並稱讚他「識道理」，應該包含這一因素。❷外形骸　王羲之〈蘭亭集序〉：「放浪於形骸之外。」形骸，指人的形體、軀殼。此處兼有不拘形跡，跨越儒、釋界限兩重含意。❸福田　佛家謂積善行，可得福報，猶種田可以收穫。《阿毗曇甘露味經》：「福田好有三種：一大德田，二貧苦田，三大德貧苦田。若施大德田，恭敬心得大報；若施貧苦田，憐愍心得大報；若施大德貧苦田，恭敬憐愍心得大報。」

【語　譯】來信中說：有人傳說我韓愈近來有些信奉佛教了，這是傳達消息的人的誤傳。我在潮州的時候，有一個老和尚，法號大顛，相當聰明，能認清道理。潮州僻遠，找不到可以跟我交談的人，所以從深山禪院把他請到潮州城中來，留他住了十幾天。我們確實能夠不受形體、門派的羈束，用義理來維持自己的信念，不受外來事物的侵擾惑亂。我跟他交談，雖然不能夠全部相互了解，但主要是彼此都能暢所欲言，一切都發自胸中，不受約束，我認為這樣的人很難找到，所以才跟他來往。後來我到海邊祭神，就到禪院去拜訪他。等到離潮州來袁州時，我還留下一套衣服作為贈別。這些都是人之常情，並不是要崇拜迷信他們的佛法，種植福田以謀取個人利益啊！

孔子云：「丘之禱久矣❶。」凡君子行己立身，自有法度。聖賢事業，具在方冊❷，可效可師。仰不愧天，俯不愧人❸，內不愧心。積善積惡，殃慶自各以其類至❹，何有去聖人之道，捨先王之法，而從夷狄之教，以求福利也？《詩》不云乎：「愷悌君子，求福不回❺！」《傳》又曰：「不為威惕，不為利疚❻。」假如釋氏能與人為禍祟，非守道君子之所懼也。況萬萬無此理！且彼佛者，果何人哉？其行事類君子耶，小人耶？若君子也，必不妄加禍於守道之人；如小人也，其身已死，其鬼不靈，天地神祇❼，昭布森列，非可誣也，又肯令其鬼行胸臆，作威福於其間哉？進退無所據，而信奉之，亦且惑矣❽。

【章旨】本段自陳心跡，只要效法聖賢，光明正大，善惡自有報應，佛氏不可能妄加禍福於守道之人。

【注釋】❶孔子云二句　《論語・述而》記述孔子病重時，子路請求「禱爾於上下神祇」，孔子便回答：「丘之禱久矣。」此處說明，禱神祈福，聖人亦不拒絕。❷具在方冊　《禮記・中庸》：「文武之政，布在方策。」鄭玄注：「方，板也。策，簡也。」冊，通「策」。❸仰不愧天二句　《孟子・盡心上》：「仰不愧於天，俯不怍於人。」❹積善積惡二句　《周易・坤卦・文言》：「積善之家必有餘慶，積不善之家必有餘殃。」❺愷悌君子二句　見《詩經・大雅・旱麓》。愷悌，和樂平易。回，邪也（據朱集注）。❻不為威惕二句　《左傳・哀公十六年》：「不為利諂，不為威惕。」又〈昭公二十年〉：「不為利疚於回。」杜注：「疚，病；回，邪也。以利故不能去，是病身於邪。」❼神祇　天曰神，地曰祇。❽亦且惑矣　曾國藩曰：「以上辯己不信佛。」吳闓生謂：「此等處質直光明，磊落正大，最近似《孟子》。」

【語譯】孔子說過：「我的祈禱已經很久了。」大凡君子立身行事，自然有一定的法度。古代聖人賢士，他們成就的事業，詳細地記錄在文獻史料之上，可以效仿，可以學習。抬頭面對青天不會感到慚愧，低頭面對民眾不會感到慚愧，捫心自問也不會感到慚愧。多做好事或多做壞事，災禍或幸福都會因為善惡的不同而降臨，有什麼必要背離聖人之道，拋棄先王之法，而去聽從從夷狄傳來的佛教，以便追求幸福利益呢？《詩經》不是說過嗎：「和樂平易的君子啊，祈求幸福不能走邪門歪道！」《左傳》上又說：「不要被威力所脅迫，不要被利益引誘而犯錯誤。」假如佛教確實能夠給人以禍害，這也不是遵守聖賢之道的君子所應該害怕的。何況絕對沒有這種道理！而且所說的那個佛陀，果真是什麼樣的人呢？他的行為像個君子呢，還是像個小人呢？如果像個君子，那他一定不會胡亂加禍於遵守聖賢之道的人；如果像個小人，那他的身體早就死了，他的鬼魂也沒有靈驗，天地神靈，分布羅列，無所不在，並不是可以被蒙蔽欺騙的，又怎麼能夠允許這種鬼魂在人體內部橫行，作威作福於其中呢？佛教使人進益或讓人倒霉都沒有什麼根據，卻要去信奉它，這不是也很糊塗了嗎。

且愈不助釋氏而排之者，其亦有說❶。孟子云：「今天下不之楊，則之墨❷。」楊、墨交亂，而聖賢之道不明，則三綱❸淪而九法❹斁，禮樂崩而夷狄橫，幾何其不為禽獸也！故曰：「能言距楊、墨者，聖人之徒也❺。」揚子雲云：「古者楊、墨塞路，孟子辭而闢之，廓如也。」❻夫楊、墨行❼，正道廢，且將數百年，以至於秦，卒滅先王之法，燒除其經，坑殺學士，天下遂大亂。及秦滅，漢興且百年，尚未知修明先王之道。其後始除挾書之律，稍求亡書，招學士。經雖少得，尚皆殘缺，十亡二三❽。故學士多老死，新者不見全經，不能盡知先王之事，各以所見為守，分離乖隔❾，不合不公。二帝、三王、群聖人之道，於是大壞。後之學者，無所尋逐，以至於今泯泯❿也。其禍出於楊、墨肆行，而莫之禁故也。孟子雖賢聖，不得位，空言無施，雖切何補？然賴其言，而今學者，尚知宗孔氏，崇仁義，貴王賤霸而已。其大經大法，皆亡滅而不救，壞爛而不收，所謂存十一於千百，安在其能廓如也⓫？然向無孟氏，則皆服左衽⓬，而言侏離⓭矣。故愈嘗推尊孟氏，以為功不在禹下者⑭，為此也。漢氏已來，群儒區區修補，百孔千瘡，隨亂⑮隨失，其危如一髮引千鈞，緜緜延延，寖以微滅。於是時也，而倡釋、老於其間，鼓天下之眾而從之。嗚呼！其亦不仁甚矣！釋、老之害，過於楊、墨；韓愈之賢，不及孟子。孟子不能救之於未亡之前，而韓愈乃欲全之於已壞之後。嗚呼！其亦不量其力，且見其身之危，莫之救以死也。雖然，使其道由愈而粗傳，雖滅死，萬萬無恨。天地鬼神，臨之在上，質之在傍，又安得因一摧折⑯，自毀其道以從於邪也？

【章　旨】本段進一步從儒學道統相繼受到楊、墨、佛、老的交侵破壞和秦焚書之害，以說明自己闢佛正是為了衛道，雖萬死而不辭的堅定決心。

【注　釋】❶且愈不助釋氏二句　吳汝綸評曰：「提筆軒爽，以下發明己之學識，故特鄭重而出之。」❷孟子云三句　《孟子・滕文公》：「天下之言不歸楊，則歸墨。」又曰：「楊、墨之道不熄，孔子之道不著。」❸三綱　《白虎通・三綱六紀》：「三綱者何謂也？謂君臣、父子、夫婦也。故《含文嘉》曰：君為臣綱、父為子綱、夫為妻綱。」❹九法　周天子治理國家的九項措施。《周禮・大司馬》：「大司馬之職，掌建邦國之九法，以佐王平邦國：制畿封國以正邦國，設儀辨位以等邦國，進賢興功以作邦國，建牧立監以維邦國，制軍詰禁以糾邦國，施貢分職以任邦國，簡稽鄉民以用邦國，均守平則以安邦國，比小事大以和邦國。」又：舊注有以「九疇」來解釋。參閱《尚書・洪範》。❺故曰三句　見《孟子・滕文公下》。❻揚子雲云四句　揚子雲，即揚（或作楊）雄。引文見《法言・吾子》。廓如，廣大寬闊的樣子。❼夫楊墨行　劉大櫆評曰：「以下屈盤瘦硬，千回百折，有真氣行乎其閒，具江河沛然之勢。」❽稍求亡書五句　《漢書・藝文志》：「漢興，改秦之敗，收篇籍，廣開獻書之路，迄孝武世，書缺簡脫，禮壞樂崩。於是建藏書之策，置寫書之官，下及諸子傳說，皆充祕府。至成帝時，以書頗散亡，使謁者陳農求遺書於天下。」❾分離乖隔　漢代經學分今文、古文兩大學派，各派經典又分若干家，諸家各以師說傳授，互不相通。參閱上篇劉歆〈移讓太常博士書〉。❿泯泯　紊亂不堪的樣子。《尚書・呂刑》：「民興胥漸，泯泯棼棼。」傳：「泯泯為亂。」⓫安在其能廓如也　安在，何處存在。汪份曰：「以翻為應。」張裕釗評曰：「極力翻起，為下文作勢。」⓬左袥　《尚書・畢命》：「四夷左衽。」古代少數民族服裝前襟向左。袥，通「衽」。⓭侏離　形容異地語音難辨，特別是不同民族之間。《後漢書・南蠻傳》：「語言侏離。」⓮愈嘗推尊孟氏二句　《孟子・滕文公下》：「昔者禹抑洪水，而天下平；周公兼夷狄，驅猛獸，而百姓寧；孔子成《春秋》，而亂臣賊子懼。我亦欲正人心，息邪說，距詖行，以承三聖者。」此言孟子功不在禹下，本此。⓯亂　《爾雅・釋詁》：「亂，治也。」⓰摧折　指韓愈因諫阻迎佛骨由刑部侍郎貶官蠻荒之地的潮州刺史。這是仕途上一大挫折。

【語　譯】而且，我韓愈不僅不幫助佛教而且還要排斥它的原因，這也有我自己的說法。《孟子》中講：「現在天下人不聽從楊朱，就聽從墨翟。」楊朱、墨翟的學說交相混亂，而聖賢所講的道理就不會被天下人認識清楚，那麼維繫君臣、父子、夫婦的大綱就會淪喪，而治理邦國的九種大法就會敗壞，整頓社會秩序的禮和樂就會崩潰，而夷狄之法就會橫行於中國，人們憑什麼不接近於成為禽獸呢！所以孟子說：「能夠宣言抵制楊朱、墨翟的人，都是聖人的門徒啊。」揚子雲說：「古時候楊朱、墨翟的學說堵塞大道，孟子斥責並掃除了這些邪說，使大道廣闊通暢。」由於楊朱、墨翟的邪說流行，正確的聖賢之道遭廢棄，將近幾百年，一直到了秦朝，最後消滅先王之法，焚燒以消除先王的經典，用活埋來殺害儒學之士，天下於是大亂。等到秦朝滅亡，漢朝興起將近一百年，還不知道治理闡明先王之道。在此之後才開始廢除秦朝頒布的對藏書者治以重罪的法律，漸漸地尋求失傳的經書，招攬經學之士。經書雖然獲得一小部分，得到的都仍然殘缺破損，十分之中缺損二三分。原來的學士大多老了死了，後起的人看不到全部經典，因此不能夠完全了解古代帝王治理國家的事情，各人只能局限於自己所看到的那一部分，彼此分離阻隔，相互矛盾、攻擊而得不到公正的看法。帝堯、帝舜、夏禹王、商湯王、周文王、武王和一些聖人之道於是乎完全被破壞。後來的學者無所遵循，一直到今天，還是紊亂不堪。這一災禍產生於楊朱、墨翟的邪說到處流行而沒有能夠禁止的緣故。孟子雖然是賢人中最好的，但他沒有職位，只能發表一些空口言辭，而沒有具體措施，即使這些言辭非常激切，但於事又有什麼補益？然而正是依靠孟子的這些言論，今天的學者還知道宗仰孔子，崇尚仁義，尊重王道鄙視霸道罷了。而聖賢之道的重要經典和重大法則都已經消亡毀滅而無法挽救，破損腐爛而沒能收集保存，在千百種之中所保存的不過十分之一而已，哪裡會有什麼孟子能使大道廣闊通暢呢？可是如果從前沒有孟子，那麼人們就會穿著向左邊開襟的衣服，講著佶屈難聽的話，淪為落後民族了。所以我韓愈經常推崇孟子，認為他的功勞並不在夏禹王之下，就是因為這個緣故。從漢代以來，很多儒生做了一些小小的修補工作，但還是百孔千瘡，而且一邊整治，一邊散失，聖賢道統的危險局面就好像一根頭髮牽引著千鈞之重，綿綿延延，漸漸地走向衰落泯滅。在這個時候，卻有人提倡佛教、道教，鼓動天下的民眾去聽從他們的說法。唉！這些人的不仁不義也太過分了。佛教道教的危害，超過了楊朱、墨翟；我韓愈的才能，趕不上孟子。孟子都不能夠挽救聖賢道統於尚未滅亡之前，而我韓愈卻想要保全聖賢道統於已經破壞之後。唉！這也是我不考慮個人的力量，而且沒有看到自身的危險，在沒有把道統挽救起來以前也許就會死去！即使這樣，如果能使聖賢道統由於我韓愈的努力而能夠大體上傳下去，我即使毀滅死亡，也絕對沒有任何悔恨。天地鬼神，在上面觀看著我，在旁邊可以為我作證，我怎麼會由於遭受一次挫折，就自己毀滅自己所遵循的聖賢之道而去聽從佛教的邪說呢？

籍、湜輩❶，雖屢指教，不知果能不叛去否？辱吾兄眷厚，而不獲承命，惟增慚懼。死罪死罪❷！愈再拜。

【章　旨】本段補述他事，並以冒犯對方旨意表示惶恐不安，從而結束全書。

【注　釋】❶籍湜輩　張籍，字文昌，吳郡人。皇甫湜，字持正，睦州新安人。兩人都是韓門弟子，著名詩人。受韓愈思想影響頗大。❷死罪死罪　謙詞。此書以違孟簡之意，冒犯其尊嚴，故如此說。

【語 譯】張籍、皇甫湜等，雖然我曾經多次指教過，但不清楚他們果真能夠不背叛脫離聖賢之道嗎？承蒙我兄長的厚愛給我來信，卻得不到我的接受，只能增加我的慚愧和恐懼，死罪死罪！我韓愈再一次下拜。

【研 析】這是一封回信，主要是對來信中的不實之辭予以辯解，並借機闡明自己的觀點，實際上這也是對「佞佛過甚」的孟簡的批評。所以本篇並不以辯誣為滿足，而是通過「且愈不助釋氏而排之者，其亦有說」作為轉折，把問題引向更深的層次。前後兩大部分銜接異常高明，第一是自然，不覺牽強；第二是和諧，前後一體，不覺累贅；第三是雄勁，「理足氣盛，浩然如江河之達」（方苞評語），而決非強弩之末。故林雲銘評之曰：「篇中總為衛道起見，筆力所至有惓惓不容已之心，而又有勃勃不可遏之氣。如勁弩初張，所中必洞。」磅礡雄勁，固為韓文一大特色，但由於這是一篇給同僚的回信而不是駁論文，特別是作者不僅想通過闡明事實以說服對方改變對自己的看法，而且還想通過說理以教育對方改變其一貫的觀點。因此文章就不宜一味強勁，而必需輔之以騰挪變化，委婉曲折；曉之以理，同時又動之以情。三段末尾作者自明心跡，表示為衛道而萬死不辭，就含有現身說法、以情動之的深意。文章還能夠把這兩種文筆統一起來。張裕釗評之曰：「渾灝變化，千轉百折，而氣愈勁，其雄肆之氣，奇傑之辭，並臻上乘。」書信因不同的人，不同的事，因而採取不同的寫法，這也是韓文中書信體的一大特色。近人林紓在《韓柳文研究法》中說：「與書一體，漢人多求詳盡，如司馬遷之〈報任少卿〉是也。六朝人則貴簡，不多說話。前清考訂家則務極穿穴……獨昌黎與人書則因人而變其詞……一篇之成，必有一篇之結構，未嘗有信手揮灑之文字。熟讀不已，可悟無數法門。」

與鄂州柳中丞書

韓退之

【題 解】柳中丞，即柳公綽，字起之，京兆人。元和五年（西元八一〇年）拜御史中丞。八年，移為鄂州（今湖北武昌以南部分）刺史、鄂岳觀察使。九年彰義軍（駐蔡州，今河南汝南）節度使吳少陽卒，其子元濟自稱知事，抗王命，掠四方，東都為之騷動。朝廷命宣武等十六道兵進討，但諸將各懷觀望，三年無功。朝廷亦命公綽以鄂、岳兵五千隸安州（今湖北安陸一帶）刺史李聽，率赴行營。公綽曰：「朝廷以吾儒生，不知兵耶?」即日上奏，願自征行，許之。由於公綽對出征士卒之家，養生送死，厚其廩給，軍士感激，故每戰剋捷。十年五月，上遣中丞裴度詣行營宣慰，察用兵形勢。考功郎中韓愈曾條陳用兵利害，應與隨行。本篇及下篇二信應作於元和十年。本篇除了對柳公綽慷慨請行、英勇敢戰的行為表示了欽慕之意外，著重強調公綽以一介書生，卻能鼓三軍而進，取勝於當世，足可為戎臣之師。故林雲銘評之曰：「『朝廷以吾書生不知兵』，原是柳公之語。即借此語敘其知兵，與武夫對看，使彼自愧。」本文批評諸武將畏懦蹙蹜，而又妄自尊大，反對藩鎮叛亂，維護唐王朝統一的立場和態度，都是積極的，值得肯定的。

淮右殘孽❶，尚守巢窟，環寇之師❷，殆且十萬。瞋目語難❸，自以為武人，不肯循法度，頡頏作氣埶❹。竊爵位自尊大者，肩相摩，地相屬也。不聞有一人援桴鼓誓眾而前者，但日令走馬來求賞給，助寇為聲埶❺而已。

【章旨】本段簡述當時淮西周圍軍事形勢，著重批判武人自作威福，卻全都畏蹜不前，以反襯下文。

【注釋】❶淮右殘孽　指吳元濟。吳元濟之父吳少陽自德宗貞元即割據淮西，不遵號令。至元濟則四出焚掠，公然為逆。淮右，即淮西。代宗大曆八年設淮西節度使，徙治蔡州，貞元十四年，賜號彰義軍節度使。❷環寇之師　指朝廷派往征討吳元濟者，如忠武軍節度使李光顏、河陽節度使烏重胤、宣武軍節度使韓弘、魏博節度使田弘正以及淮南、宣歙、浙西、淮泗等凡十六鎮。詳本書卷四十一〈平淮西碑〉。❸瞋目語難　語出《莊子・說劍》：「瞋目而語難。」「難」有二解：或作艱難，「勇士憤氣積於心胸，言不流利也」。或作畏難，「既怒而語為人所畏難」（均見《釋文》）。❹頡頏作氣埶　形容舉棋不定，卻耀武揚威。《詩經・邶風・燕燕》：「燕燕于飛，頡之頏之。」《傳》：「飛而上曰頡，飛而下曰頏。」近人錢基博稱：「頓挫，極意形容武人之顛頏作聲勢，以反跌下文之不聞有一人援枹鼓誓眾而前。」❺助寇為聲執　指諸道武將為保存實力，觀望不前；作為淮西諸軍都統韓弘，也「欲倚賊自重，不願淮西速平」（《通鑑》卷二三九）。錢基博稱：「頓挫，又以武人之不援鼓誓眾而前，反跌下文閣下書生之鼓三軍而進之。」

【語　譯】淮西殘賊吳元濟，仍然盤據在他的老巢之中，圍攻賊寇的軍隊，將近十萬。這些統兵武將瞪大眼睛，惡言惡語，叫人害怕，自認為是帶兵之人，不肯遵守法度，舉棋不定，卻耀武揚威。這些只知道獲取爵位以便妄自尊大的人，肩膀挨著肩膀、領地連著領地，到處都是，卻沒有聽到有一個人用鼓槌敲著戰鼓以命令士卒前進的，但只每天派使者騎馬來要求賞賜，這無異是幫助賊寇以壯大他的聲勢罷了。

閣下❶，書生也。詩書、禮樂是習，仁義是修，法度是束。一旦去文就武，鼓三軍而進之。陳師鞠旅❷，親與為辛苦，慷慨感激，同食下卒。將二州之牧❸，以壯士氣。斬所乘馬，以祭踶死之士❹。雖古名將，何以加茲！此由天資忠孝，鬱於中而大作於外。動皆中於機會，以取勝於當世，而為戎臣師。豈常習於威暴之事❺，而樂其鬬戰之危也哉？

【章　旨】本段集中敘述柳公綽以一書生而能勇敢進擊，與士卒同甘苦以勵士氣，雖古之名將，不過於此。

【注　釋】❶閣下　對人的敬稱。唐趙璘《因話錄》卷五：「古者三公開閤，郡守比古之侯伯，亦有閤。所以世之書題有閤下之稱。」❷陳師鞠旅　出《詩經・小雅・采芑》。朱集注：「言將戰陳其師旅而誓告之也。陳師鞠旅，亦互文也。」鞠，告也。二千五百人為師，五百人為旅。❸將二州之牧　柳公綽任岳鄂觀察使，其轄區從岳州（今岳陽）到鄂州（今武昌）之間大片地區，但限於長江以南。元和元年增安、黃二州。安州（今湖北安陸）、黃州（今湖北黃岡）皆靠近吳元濟盤踞地。二州指此。❹斬所乘馬二句　踶，蹋也。公綽所乘馬，蹋殺圉人，公綽令殺馬以祭。有人說：「圉人不自備耳，良馬可惜！」公綽曰：「材良性劣，必殺之。」❺威暴之事　指能威懾、制服強暴者。即蕩平動亂的戰爭。劉孝綽〈司空安成王碑〉：「剛毅足以威暴。」錢基博評曰：「繳應『閣下書生』句，反跌作勢。」

【語　譯】閣下只是一個讀書人。學習的是詩書禮樂，修養的是仁義，約束自己的是法度。一旦棄文就武，就能夠指揮三軍將士向前進攻。把軍隊排列布置並與之宣誓效忠國家，不辭辛苦親自上陣，慷慨激昂之氣使部下為之感激奮起，包括飲食都能與士卒相同。還率領安、黃兩州的刺史，使士氣得到鼓舞。又殺掉自己所乘坐的馬匹，用來祭奠被牠踢死的士兵。即使是古代的名將，這些作法也無法超過！這是由於您天性忠貞孝順，鬱積於內心才能在行動上突出地表現出來。所以一舉一動都能符合時機，因而在當前的戰鬥中取得勝利，故能成為武將的表率。這難道是那種經常習慣於光憑用威力蕩平暴亂，以危險的拚搏爭戰當成快樂的武將們所能夠做到的嗎？

愈誠怯弱，不適於用，聽於下風❶，竊自增氣。誇於中朝稠人廣眾會集之中，所以羞武夫之顏，令議者知將國兵而為人之司命❷者，不在彼而在此也。

【章　旨】本段說明柳公綽的英勇行為對自己的影響及其重大意義。

【注　釋】❶下風　風向的下方。借喻位置卑下，多作謙詞。《左傳・僖公十五年》：「實聞君之言，群臣敢在下風。」❷人之司命　《孫子兵法・作戰》：「故知兵之將，民之司命、國家安危之主也。」人，即「民」。因避太宗諱。司命，神名，主管生壽命。

【語　譯】我韓愈確實膽怯懦弱，不適合行軍打戰之用，但我在卑下的位置上聽到您的事跡，也能夠增加我自己的勇氣。我常在朝廷集會稠人廣眾之前誇耀您，正是為了讓那些武將的臉上感到羞愧，使那些議論朝政的人懂得，率領國家軍隊並掌握民眾性命的人，不在於那些武將而在於像您這樣的文臣。

臨敵重慎，誡輕出入，良食自愛❶，以副見慕之徒之心，而果為國立大功也。幸甚幸甚！

【章　旨】本段勉勵對方並結束全書。

【注　釋】❶良食自愛　祝願之詞。良食，猶言「加餐飯」。

【語　譯】面對頑敵，一定要穩重謹慎，特別注意不要隨意出入，吃好一點，珍惜自己的身體，以符合敬慕您的人的心意，而又確實能夠為國家建立大功。但願您非常幸運！非常幸運！

【研　析】本篇最突出的手法乃是反襯法。反襯與對比，非常相似，但並不完全相同。對比乃是將相反或矛盾事物一視同仁，平分秋色，以強調作者需要說明的問題。而反襯則利用人或物的對立條件，從反面襯托主體敘述的一種筆法。正如烘雲托月，月乃是主體。所以特別強調主次分明，切忌輕重倒置。本篇重點在於表彰柳公綽的慷慨赴敵，英勇進擊；而文章第一段卻先寫武將們的畏蹜不前，妄自尊大。這又叫「反類尊題之法」，即先不正面寫，而是從與要寫的人相反的意思說起，形成一個對照面，然後再轉向要寫的人時，前後映襯，以突出主旨，這比單純孤立地去表現其人其事，更富有吸引力和說服力，使讀者獲得更強烈的印象。為了突出對照映襯意義，文章在第二段寫柳公綽時，處處強調其為文人書生，這次出征乃是去文就武，並處處與第一段所描寫的武將相照應。如寫柳「法度是束」，錢基博評「非不肯循法度，頡頏作氣勢」；寫柳「鼓三軍而進之」，錢評「非不援桴鼓誓眾而前」；寫柳謙恭自處，「同食下卒」，也與武將之「自尊大」、「求賞給」相對照。至於「雖古名將，何以加茲」，「為戎臣師」，「所以羞武夫之顏」，善惡褒貶之意，更是昭然若揭。最後得出的結論是：「令議者知將國兵而為人之司命者，不在彼而在此也。」這就不單使環攻淮西之武夫自愧，進而使書生吐氣揚眉。浦起龍評之曰：「公力持取淮西之議，聞柳中丞風，不覺激昂傾倒。公亦書生也，可以激同仇矣！」

再與鄂州柳中丞書

韓退之

【題解】這封信寫作時間同上篇，亦為元和十年（西元八一五年）。不過，這是在作者收到柳公綽回信之後所作的答復。兩封信都表示了對柳公綽讚揚期待之意，但其主旨卻不相同。浦起龍評之曰：「前篇用意借書生以激惰師也，便不應綴衍寇孽；此篇進策選士，募以省徵軍也，便不須闌責將弁。兩篇各有所略，各有所詳，並中窾會。」本篇的主要用意雖為「召募」，但為了避免產生「越職言事」之嫌，所以才把它放在篇末論述，而開篇仍舊與前書那樣從對柳公綽的頌揚寫起。文章首先描寫淮西叛賊的囂張氣焰和罪惡行徑，接下揭露文臣武將或「勞於圖議」，或「畏懦蹴蹜」的情狀；在這一背景下極力突出柳公綽那種奮然前行、揚兵界上的英雄氣概，出入行間、同甘共苦的優良作風。最後才接觸到本題，將徵集之兵與召募之士從方方面面加以對比，從而得出「徵兵滿萬，不如召募數千」這一令人信服的結論。

愈愚，不能量事勢可否，比常念淮右以靡弊困頓三州❶之地，蚊蚋❷蟻蟲之聚，感兇豎❸呴濡❹飲食之惠，提童子❺之手，坐之堂上，奉以為帥。出死力以抗逆明詔，戰天下之兵。乘機逐利，四出侵暴，屠燒縣邑，賊殺不辜。環其地數千里，莫不被其毒。洛、汝、襄、荊，許、潁、淮、江❻，為之騷然。丞相、公卿、士大夫，勞於圖議。握兵之將，熊羆貙虎❼之士，畏懦蹙蹜，莫肯杖戈為士卒前行者。

【章　旨】本段交代淮西前線軍事情況，突出叛賊吳元濟的兇殘和環攻諸將的畏懦，以為下文鋪墊。

【注　釋】❶三州　淮西節度使管轄申、光、蔡三州。申州治義陽縣（今河南信陽），光州治定城縣（今河南潢川），蔡州治汝陽縣（今河南汝南）。❷蚊蚋　蚊蟲。《說文》：「秦晉謂之蜹，楚謂之蚊。」蜹，通「蚋」。❸兇豎　指吳元濟之父吳少陽，曾割據淮西達二十餘年。❹呴濡　《莊子・天運》：「泉涸，魚相與處於陸，相呴以濕，相濡以沫。」引申為愛撫、關照。❺童子　指吳元濟，少陽死時，年僅二十二歲，部下奉之為知事。❻洛汝襄荊許潁淮江　均唐州名。洛州治洛陽縣，汝州治梁縣（今河南臨汝），襄州治襄陽縣（今湖北襄樊），荊州治江陵縣（今湖北荊州），許州治長社縣（今河南許昌），潁州治汝陰縣（今安徽阜陽）。淮，即淮寧軍，指蔡州。江州治潯陽縣（今江西九江）。❼熊羆貙虎　皆猛獸名。《列子・黃帝》：「黃帝與炎帝戰于阪泉之野，帥熊羆狼豹貙虎為之前驅。」羆，熊屬，似熊而大。貙，《爾雅・釋獸》：「貙似狸。」注：「今貙虎也，大如狗，文如狸。」

【語　譯】我韓愈愚蠢，不能夠衡量事情和形勢的好壞，近來經常考慮淮西節度使不過只管轄衰敝貧困落後的申、光、蔡三個州的地方，一些像蚊蟲螞蟻一樣弱小無能的軍隊，這些將士感激兇惡的叛賊吳少陽由於關照飲食之類小恩小惠，便擁戴年輕的吳元濟，牽著他的手坐在大堂上，讓他擔任統帥。出死力抗拒抵制皇上英明的詔令，與國家各地的軍隊交戰。並趁此機會，追逐財物，出兵侵擾四方，屠殺焚燒州縣城邑，殺害無辜民眾。淮西周圍幾千里的地方，沒有不受到他們的荼毒。洛州、汝州、襄州、荊州、許州、潁州、淮寧和江州等地，全都為之騷動不安。朝廷的丞相、公卿和士大夫，都忙於圖謀劃策。掌握軍隊的將領，像熊羆虎豹一樣兇猛的戰士，全都恐懼畏怯，裹足不前，沒有一個人願意拿著武器為士卒向前衝鋒。

獨閣下奮然率先，揚兵界上，將二州之守，親出入行間，與士卒均辛苦，生其氣勢，見將軍之鋒穎，凜然有向敵之意。用儒雅文字章句之業，取先天下武夫，關其口而奪之氣。愚初聞時，方食，不覺棄匕箸❶起立，豈以為閣下真能引孤軍單進，與死寇角逐，爭一日僥倖❷之利哉？就令如是，亦不足貴❸。其所以服人心，在行事適機宜，而風采可畏愛故也。是以前狀輒述鄙誠，眷惠手翰❹還答，益增忻悚。

【章旨】本段突出表現柳公綽敢於奮勇前行，慷慨赴敵，這種英雄氣概足以塞武夫之口，並使自己深受感動。

【注釋】❶匕箸　湯匙筷子。❷僥倖　求利不止，意外獲得成功。《莊子．在宥》：「此以人之國僥倖也。」《釋文》：「僥倖，求利不止之貌。」❸貴　重視。引申為計較。❹手翰　手書。翰，筆也。引申為筆寫之文。

【語譯】在這種時候，只有閣下您奮勇爭先，拿起武器戰鬥在與敵人接界的地方，率領安、黃兩州的刺史，親自出入於隊伍中間，與士兵同甘共苦，鼓舞了軍隊的士氣和聲勢，顯示出將軍般的鋒鋩，威風凜凜，有慷慨赴敵的決心。作為一個書生，您雖然從事於風流儒雅、文字章句的工作，但打起戰來卻超過國家的那些武將，用事實堵住了他們的嘴巴，挫折了他們的驕氣。我開始聽到您取得勝利的消息時，正在食飯，不覺把湯勺筷子掉下站立起來，這難道是認為閣下真正能夠憑藉一支薄弱隊伍，孤軍深入，同拼命頑抗的敵人，作殊死鬥爭，以爭取一個時候意外獲得的勝利嗎？就算是這樣，也不值得計較。您的這種行動之所以能夠讓人們心悅誠服，主要在於行動符合時機，而風度文采令人敬佩畏服啊。因此在上次的信中就陳述了我內心仰慕之情，承蒙您親筆給我寫的回信，更使我增加了對您的欽佩和尊敬。

夫一眾人心力耳目，使所至如時雨❶，三代用師，不出是道。閤下果能充其言，繼之以無倦，得形便之地，甲兵足用，雖國家故所失地，旬歲❷可坐❸而得。況此小寇，安足置齒牙間？勉而卒之，以俟其至。幸甚幸甚！

【章旨】本段表達作者對柳公綽繼續努力，以期恢復原先喪失的全部國土的希望。

【注釋】❶時雨　及時而下的雨。《荀子・議兵》：「仁人之兵，所存者神，所過者化，若時雨降，莫不說喜。」❷旬歲　滿一年。《漢書・翟方進傳》注：「旬歲，猶言滿歲也。」❸坐　安坐。引申為不費力，很容易。

【語譯】而能統一大家的內心、氣力和耳目，使軍隊所到之處彷彿降下了及時之雨，夏商周三代用兵，沒有超出這條原則。閤下果真能夠實現您信中所講的話，並堅持下去而不懈怠，占領形勢有利的地方，武器和士兵充足夠用，即使是國家原來喪失的領土，只需一年就可以毫不費力地重新獲得。何況淮西這支小寇，何足掛齒呢？希望努力戰鬥到底，以等待最大的勝利。但願您非常幸運！非常幸運！

夫遠徵軍士，行者有羈旅離別之思，居者有怨曠❶騷動之憂，本軍有饋餉煩費之難，地主多姑息形迹之患。急之則怨，緩之則不用命。浮寄孤懸，形埶銷弱。又與賊不相諳委，臨敵恐駭，難以有功。若召募土人，必得豪勇，與賊相熟，知其氣力所極，無望風之驚；愛護鄉里，勇於自戰❷。徵兵滿萬，不如召募數千。閣下以為何如？儻可上聞❸行之否？計已與裴中丞❹相見，行營事宜，不惜時賜示及。幸甚。不宣❺。

【章　旨】本段著重闡明此次軍事行動中的遠徵軍士，不如召募當地土人，抒所見以備對方採用。

【注　釋】❶怨曠　怨恨別離之久。《文選・為袁紹檄豫州文》呂延濟注：「怨，別。曠，久也。」❷若召募土人七句　土人，當地鄉民。韓愈在〈論淮西事宜狀〉中陳述：「今諸道發兵各二三千人，勢力單弱，羈旅異鄉，與賊不相諳委，望風懾懼。將帥各以其客兵，待之既薄，使之又苦；或分割隊伍，兵將相失，心孤意怯，難以有功。又其本軍各須資遣，道路勞遠，勞費倍多。聞陳、許、安、唐、汝、壽等州與賊連接處，村落百姓悉有兵器，習於戰鬬，識賊深淺，比來未有處分，猶願自備衣糧，保護鄉里。若令召募，立可成軍。賊平之後，易使歸農。乞悉罷諸道軍，募土人以代之。」（轉引《通鑑》卷二三九）與此書所言之意正合。❸上聞　以事報告君主。此即指〈論淮西事宜狀〉。❹裴中丞　即裴度（西元七六五—八三九年），聞喜人，字中立。元和十年五月，以御史中丞銜視察淮西行營，觀其用兵形勢，當與柳公綽見面討論。裴度還奏攻取策，多合上旨。兩年後授門下侍郎平章事，往淮西督諸軍進兵，終得擒獲吳元濟，平淮西之亂。以功封晉國公。韓愈因意見與裴度相合，任行軍司馬。而柳公綽則因被譖於一年後為李道古所代，未能參與最後平蔡之役。❺不宣　舊時書信末尾常用語，不一一細說之意。《文選・答臨淄侯牋》：「反答造次，不能宣備。」後省作「不宣」。

【語　譯】那些從遠地徵集來的兵士，出來的人有旅居外地、離別家人的思念，在家的人有抱怨久別、騷動不安的憂慮，所屬軍隊有運送糧餉、事煩費多的困難，當地官員有姑息容忍士兵舉止的隱患。操之過急就會引發怨恨，操之過緩就會不服從命令。這些人飄浮寄居於外地，孤獨一身，無依無靠，實際力量和軍隊陣勢都受到削弱。這些人又對賊兵情況不熟悉，臨敵對陣常常恐懼驚駭，難以建立功勞。假若能召募當地鄉民，一定可以得到豪壯勇敢之士，又熟悉賊兵，了解他們的習氣力量究竟怎麼樣，不會一聽到敵人的風聲就害怕。

這些人愛護本鄉本土，所以勇於為自己而進行戰鬥。徵調的士兵足足一萬，不如召募幾千。閣下認為怎麼樣？是否可以向皇上奏明使其能夠推行？估計您已經同裴中丞互相見過面了，淮西行營的一些事情，希望您隨時不吝賜教告知。願您非常幸運。不再一一敘說。

【研　析】這是一篇有根有據、「擘畫分明」（浦起龍評語），而又切合時用的書信，與上封信獨抒仰慕之情、空發感慨不同。故何焯評之曰：「字字著實，觀昌黎議禮制、談兵農刑律等文，稽古而不迂，適時而不詭，經術純明，非諸子修辭者所及。」全文之重點、主旨雖然擺在最後一段；前面三段，表面看來似與末段無直接關係，實際上除少量文字係重申前書仰慕對方、批評武將之意外，大多與末段，即本篇重點有著深刻的內在聯繫，都是為末段蓄勢的。如首段突出渲染淮西賊「四出侵暴，屠燒縣邑，賊殺不辜」，流毒數千里，正是為了說明召募之土人出於「愛護鄉里」，故能「勇於自戰」。二段寫那些「握兵之將」之所以「畏懦蹴蹜」，與末段所分析的那些「遠徵軍士」「浮寄孤懸，形埶銷弱」相呼應。三段寄希望於柳公綽「國家故所失地，旬歲可坐而得」，但這一目標的實現，必須找到一個有效的方法，這就是「召募土人」。故前三段與最後一段脈絡貫通，渾然一體，線索分明，筆無滯礙。姚範評之曰：「二書如河決下流而東注。」不僅前書如此，本篇亦如此。

與崔群書

韓退之

【題　解】崔群，字敦詩，清河（今屬山東）人。自幼與韓愈相識，二人同登貞元八年（西元七九二年）進士第。但此後二人皆沉抑下僚，落魄不偶。韓愈曾入宣武軍（今開封）董晉幕，為觀察推官；董晉死，又入武寧軍節度使張建封幕，為府推官。十七年，入京師，從調選。十八年，授四門博士（國子監中官職）。這正如本篇所述「轉困窮甚」。而在此之前，好友崔群亦入宣歙觀察使崔衍幕，任判官。韓愈感其不遇，特寫此書。

文中既暢敘二人相交情誼之深，別後相思之切，又對崔群的品德表示由衷的欽佩，甚至以「鳳皇芝草」、「青天白日」來比喻他的明白淳粹、輝光日新，可謂傾倒之至。同時還請對方不宜以得失憂戚其心，好好保養身體。但全文的重點還是借崔群的不遇以抒發自己的抑鬱和憤懣。林紓評曰：「昌黎文字，多牢騷不平之語。崔群之佐宣歙，未聞有抑塞之言，而昌黎竟代為規畫，以為不得其所。蓋公此時方守四門博士，窮困無告，特借崔群以發舒其抑塞耳。」文章針對社會上大量存在賢者不得其志，而不賢者則志滿氣得的現實情況，提出懷疑造物者的好惡與人相異，進而得出「合於天而乖於人，何害」的這一結論。表明作者寧可窮困終身，歸老嵩下，也不會為求顯達而放棄個人操守的決心。本書寫於貞元十八年（西元八〇二年），韓愈時年三十五歲。

自足下離東都❶，凡兩度枉問❷，尋承已達宣州❸。主人❹仁賢，同列皆君子❺，雖抱羈旅之念，亦且可以度日。無入而不自得❻，樂天知命者，固前修❼之所以禦外物者也。況足下度越此等百千輩，豈以出處近遠，累其靈臺❽耶？宣州雖稱清涼高爽，然皆大江之南，風土不並於北。將息之道，當先理其心。心閒無事，然後外患不入。風氣所宜，可以審備，小小者亦當自不至矣。足下之賢，雖在窮約，猶能不改其樂；況地至近❾，官榮祿厚❿，親愛盡在左右者耶？所以如此云云者，以為足下賢者，宜在上位，託於幕府⓫，則不為得其所，是以及之，乃相親重之道耳。非所以待足下者也。

【章　旨】本段寫崔群在宣州幕為不得其所，作者出於相互情誼，特加以慰勉，願其勿為外物所累。

【注　釋】❶東都　唐高宗時，以洛陽為東都。❷枉問　委屈給我寫信。問，此指書信。❸宣州　宣歙觀察使駐地。即今安徽宣城。❹主人　指崔衍。貞元十二年八月，以崔衍為宣歙觀察使（《舊唐書．德宗紀》）。❺同列皆君子　據《舊唐書．崔衍傳》載：崔衍任觀察使時，「幕府奏聘，皆有名士，後多顯於時」。其中有李博，與韓愈、崔群皆同年進士。韓愈在〈送楊儀之序〉中亦云：「今藩翰之賓客，惟宣州多賢。與之遊者二人焉：隴西李博、清河崔群。」❻無入而不自得　《禮記．中庸》：「君子無入而不自得焉。」包含有「守道不改」之意。❼前修　前代賢人。修，善。❽靈臺　《莊子．庚桑楚》王弼注：「靈臺者，心也。」《釋文》：「謂心有靈智能住持也。」❾況地至近　至近，最近。疑指與江北。宣州距長江不遠，而與崔群家鄉清河及韓愈所在之長安均較遠。❿官榮祿厚　按觀察判官，官品為從五品。據《唐會要》載，觀察判官每月料錢五十貫文，每月雜給，準時估，不得過二十貫文。不盡符「官榮祿厚」，此處帶有慰安之意。⓫幕府　古代軍隊出征，施用帳幕，故將軍府可稱幕府，後來地方大員設有衙署者，也可統稱幕府。

【語　譯】自從您離開東都洛陽以後，一共兩次屈尊賜教，不久又接奉您的消息，知道您已到達宣州。宣州主管官員仁德賢良，同行們都是些有道德的君子，儘管您懷抱異鄉飄泊的念頭，但也可以暫且安身過日子。無論到哪個地方都可以讓自己過得舒服，安於天命而自得其樂的處世態度，這本來就是古代賢人用來抵禦一切身外之物的方法。何況您超越那些成百上千的平庸之輩，難道會因為離開家鄉的遠近，就牽動您的內心嗎？宣州雖然被認為地勢高，空氣明澈，氣候清涼，但都處於長江以南，風俗水土跟北方不一樣。調養休息的方法，首先應該調理好自己的心態。心態安閒穩定，沒有牽掛之事，然後外物的侵擾就無法進入。風土氣候所適合的事，可以仔細察考準備，那麼連小小的病患也不會侵入了。您是那樣的賢明，即使處在貧窮困乏之中，還是能不改變自己的樂觀態度；何況宣州離江北非常之近，您的官爵俸祿也還算榮顯豐厚，親近愛慕的人全都在您的身邊呢？我之所以要講這樣一些話，主要是認為您是一個賢者，應該在更高的位置之上，現在卻寄身於幕府之中，這並不是與您的才能相符合的職務，因此我才這麼說，這只是朋友之間互相表示親切敬重的道理。而並不是要用這些牢騷不平之詞來期待於您。

僕自少至今，從事於往還朋友間，一十七年❶矣，日月不為不久。所與交往相識者千百，人非不多，其相與如骨肉兄弟者，亦且不少。或以事同；或以藝取；或慕其一善；或以其久故；或初不甚知而與之已密，其後無大惡，因不復決捨；或其人雖不皆入於善，而於己已厚，雖欲悔之不可。凡諸淺者固不足道，深者止如此。至於心所仰服，考之言行而無瑕尤，窺之閫奧❷而不見畛域❸，明白淳粹，輝光日新❹者，惟吾崔君一人。僕愚陋無所知曉，然聖人之書，無所不讀，其精麤巨細，出入明晦，雖不盡識，抑不可謂不涉其流者也。以此而推之，以此而度之，誠知足下出群拔萃。無謂僕何從而得之也，與足下情義，寧須言而後自明耶？所以言者，懼足下以為吾所與深者多，不置白黑❺於胸中耳。既謂能粗知足下，而復懼足下之不我知，亦過也。

【章　旨】本段說明作者在各種相識朋友中，交情有深淺之別，人品有好壞之分，但最為仰慕的，只有崔群一人。

【注　釋】❶一十七年　嚴有翼言：「退之貞元二年，與群往還，至是蓋十七年矣。」❷閫奧　閫，門限；門檻。奧，室之西南隅。合指內室深隱之處。引申為隱微深奧的境界。❸畛域　界限；範圍。❹輝光日新　借火光與陽光為喻，說明德業不斷進步。《周易・大畜・彖》：「剛健篤實，輝光日新其德。」❺白黑　此借喻是非好壞的評定。

【語　譯】我從幼小時到現在，跟像您這樣的朋友相互之間來往打交道已經有一十七年了，時間不能說不久。

跟我有來往相互認識的人成百上千，人數不能說不多，這中間相互交情就像骨肉兄弟一樣的人，也還是不少。有的是工作相同；有的是取其長於某種技藝；有的是羨慕他具有某種優良品德；有的是因為老交情；有的是開始不很了解，但跟他交往已經很密切，到後來又沒發現大的毛病，因此就不再拋棄；有的是這個人的品質雖然並不能全都歸入善良一類，但他對於我的交情已經相當深厚，即使我想後悔也不能夠了。大凡所有那些交情淺薄的固然不值一提，交情深厚的也只是這樣。至於我內心所敬仰佩服，考察他的言論行為都沒有任何毛病和過失，窺探他的幽隱細微之處，也看不到任何由於私心阻隔所形成的界限，胸懷坦蕩，道德淳良，德業與日俱增的，只有我的崔群君一個人。我愚昧淺陋，沒有什麼知識，但是聖人的書，沒有什麼是我不曾讀過的，書中無論精密的還是粗略的，重大的還是細微的，突出的還是深入的，明顯的還是隱晦的，即使我還不能知道得一清二楚，但也不能說沒有下過一番工夫，粗知其大略情況。根據這些知識來推測，根據這些知識來衡量，我確實知道您是一個出類拔萃的人才。不要說我是從什麼地方所得出的這個結論，我同您的交情友誼，難道還需要我說明然後才清楚嗎？我之所以要加以說明的原因，主要是擔心您認為跟我交誼深厚的人很多很雜，就沒有把是非好壞的標準放在心中了。我既然自認為能大體上了解您，但又顧慮您會不了解我，這看來也是一種錯誤吧。

比亦有人說足下誠盡善盡美，抑猶有可疑者。僕謂之曰：「何疑？」疑者曰：「君子當有所好惡，好惡不可不明。如清河❶者，人無賢愚，無不說其善，伏❷其為人，以是而疑之耳。」僕應之曰：「鳳皇芝草❸，賢愚皆以為美瑞；青天白日，奴隸亦知其清明。譬之食物，至於遐方異味，則有嗜者，有不嗜者。至於稻也，粱也，膾也，炙也❹，豈聞有不嗜者哉？」疑者乃解。解不解，於吾崔君，無所損益也。

【章　旨】本段通過破除他人對崔群的懷疑，進一步稱頌崔群的優良品質。

【注　釋】❶清河　清河為崔群家鄉，也是崔氏郡望，故代指崔群。❷伏　通「服」。《昌黎集》五百家本作「服」。❸鳳皇芝草　傳說中的瑞禽瑞草。《說文》：「鳳，神鳥也……見則天下寧。」雄的叫鳳，雌的叫凰。❹膾也二句　《說文》：「膾，細切肉也。」炙，通「炙」。

【語　譯】近來也有人評論您確實非常善良，非常優秀，不過還是有著值得懷疑之處。我對懷疑的人問：「懷疑什麼？」懷疑的人回答說：「有道德的君子應該有喜歡他的人和厭惡他的人，喜歡和厭惡的兩類人不會不壁壘分明。而像崔群嘛，無論是好人壞人，沒有哪一個不喜歡他的善良，佩服他的人品，因為這個原因我才懷疑他呢。」我回答他說：「鳳凰靈芝，好人壞人都認為是美好的祥瑞；青天白日，僕人奴隸也都知道它的清澄明亮。拿食物來做比喻，對於遠方出產的滋味奇特的食品，就有些人喜歡食，有些人不喜歡食。至於稻米、高粱、肉絲、烤肉，難道聽到過有不喜歡吃的人嗎？」懷疑的人於是便理解了。理解不理解，對於我們崔群來說，是沒有什麼好處或壞處的。

自古賢者少，不肖者多。自省事❶已來，又見賢者恆不遇，不賢者比肩❷青紫❸；賢者恆無以自存，不賢者志滿氣得；賢者雖得卑位，則旋而死；不賢者或至眉壽❹。不知造物者意竟如何，無乃所好惡與人異心哉？又不知無乃都不省記，任其死生壽夭耶？未可知也。人固有薄卿相之官，千乘之位，而甘陋巷❺菜羹者。同是人也，猶有好惡如此之異者，況天之與人，當必異其所好惡，無疑也。合於天而乖❻於人，何害？況又時有兼得者耶。崔君崔君，無怠無怠！

【章　旨】本段一方面提出天之好惡不同於人，為崔群悅於人而不遇於時鳴不平；另方面又以「合於天而乖於人何害」來勉勵崔群不要懈怠。

【注　釋】❶省事　曉事；通世故。❷比肩　肩並肩。猶言人多。❸青紫　漢朝丞相、太尉用金印紫綬，御史大夫用銀印青綬。青紫二色乃高級文武官員印綬所用顏色。此借指達官貴人。❹眉壽　老年人眉間往往有長毫秀出，故對高壽者為眉壽。❺陋巷　陋，狹小。巷有二義，或作街巷，或作居室。此處宜解為狹小居室。❻乖　背離；違忤。合天乖人，應指那些享眉壽的「不賢者」。

【語　譯】自從古代以來，好人少，不好的人多。從我懂事以來，又看到好人常常不走運，而不好的人卻一個接一個地高官厚祿；好人常常沒有辦法讓自己生存，而不好的人卻心滿意足，神氣十足；好人即使得到一個低級官位，就很快地死去，不好的人有的活到高壽。我不知道天老爺的思想究竟怎麼樣，莫不是它愛好與厭惡的東西跟人的心理不同嗎？也不清楚莫非它全都沒去察考記錄，所以才任憑這些人生生死死、長壽或者短命嗎？這一切都無法知道。本來就有些人瞧不起公卿丞相的官職、諸侯的爵位，而心甘情願住在狹小的房屋，喝著菜湯的。同樣都是人，他們的愛好和厭惡還是這麼大的不同，何況天老爺和人，他們的愛好和厭惡應當是有所不同，這是沒有懷疑的了。符合天老爺的愛好而違背人類的道德，有什麼害處呢？何況有的時候這兩者可以兼而有之，既受到天老爺的照顧，又能保持優良品質。崔君崔君，不要懈怠，不要懈怠！

僕無以自全活者，從一官❶於此，轉困窮甚，思自放❷於伊、潁❸之上，當亦終得之。近者尤衰憊，左車❹第二牙，無故動搖脫去。目視昏花，尋常間便不分人顏色。兩鬢半白，頭髮五分亦白其一，鬚亦有一莖兩莖白者。僕家不幸，諸父諸兄，皆康彊早世❺，如僕者又可以圖於久長哉？以此忽忽，思與足下相見，一道其懷。小兒女滿前❻，能不顧念？足下何由得歸北來？僕不樂江南❼，官滿便終老嵩下❽。足下可相就，僕不可去矣。珍重自愛，慎飲食，少思慮，惟此之望。愈再拜。

【章旨】本段敘述個人之困窮與早衰，因生隱退之意，希望與崔群相見，並以慰勉作結。

【注釋】❶從一官　指擔任四門博士。四門，即四門館，北魏置，唐合於太學。博士管教七品以上官員子弟。❷自放　使自己休息。暗指退隱。放，息。《尚書・武成》：「放牛於桃林之野。」❸伊潁　皆水名。伊水源出河南盧氏縣熊耳山，東北經嵩縣地方流入洛水。潁水源出河南登封西，東南經禹縣等地，最後流入淮水。韓愈家河陽（今河南孟縣），地在伊、潁附近。❹車　牙床。❺諸父諸兄二句　韓愈〈祭十二郎文〉中說：「吾上有三兄，皆不幸早世。」其長兄會，死年四十二。仲兄介，剛入世即卒。另一兄闕名，應屬早夭。愈叔父雲卿之子弇，死年三十五。另一叔父仲卿之子岌，死年五十七。❻小兒女滿前　韓愈有子三人，長曰昶，貞元十五年生於徐州之符離，小名符，此時年僅四歲。❼不樂江南　韓愈嘗家宣城，故有是說。❽嵩下　嵩山之下。嵩山為古代五嶽之一，地在今河南登封北。韓愈家河南河陽，即在嵩山之北。

【語譯】我沒有辦法保全養活自己，才在長安謀得一個官職，反而更加貧窮困頓，就想自己退隱休息於伊水和潁水之上，最後必將獲得這樣一個機會的。近來尤其感到衰老疲憊，左邊牙床第二枚牙齒，無緣無故便動搖脫落。眼睛視力昏花，平常時候看不清楚別人的顏色。兩邊髮鬢半黑半白，頭髮已經白了五分之一，鬍鬚也有一兩根白的。我們家不幸，伯叔父及兄弟輩，都健康強壯卻過早去世，像我這種情況，怎麼能夠希望活得長久呢？因為這個我總是鬱鬱不樂，想同您見一次面，敘述自己的心情。但兒女年幼，圍繞在我身邊，能夠不照顧掛念嗎？所以我無法離開。但不知道您有什麼理由能夠回到北方來？我不喜歡江南，官職任期屆滿便打算在嵩山之下的家鄉養老。您可以到我這裡來，我是不能夠到您那裡去的。珍重愛護自己，注意飲食，少動腦筋，這是我對您的希望。我韓愈再一次下拜。

【研　析】這是一封寫得極為明白曉暢、符合所謂「文從字順」的書信。全文不用一個難詞難字，除借用兩句經典成語之外，不用一個典故。通篇如促膝談心，如敘家常，這固然表明兩人不同一般的友誼，但更主要的是由於兩人有著相似的坎坷經歷和不幸命運，所以文中每一段都既寫到崔群，也說到自己，兩人情況和遭遇，大多能相互滲透，難分彼此。但更多的乃是借崔群來寄寓自己的情懷，通過崔群來抒發自己的牢騷與不平。沈德潛評之曰：「屈身幕府，非敦詩（崔群字）所樂，與己落拓一官相似。末段以賢愚食報每每倒置，舉而歸之不可知之天，而仍以立身行己自勉。」敘崔之不遇，正是為了傾訴個人的不遇；勉勵崔群，也正是為了勉勵自己。故浦起龍評之曰：「相知深，處遇同，故作爾語。似憤，似冤，似讚，似勸。」本篇的感情基調的確相當複雜，文章內容似乎也有些散亂；但仔細分析，全篇還是圍繞著一個中心，這個中心就是為崔群同時也是暗中為自己鳴不平，揭露當時賢愚倒置的世態的不公，對造物者（實為主宰文人命運的當局）大加抨擊。這主要是文章的第四段。而前三段是為第四段作鋪墊的，如首段言崔至宣州，能得地利人和，當樂天知命。但這些話其實是故作慰勉，主要還是在於強調「足下賢者，宜在上位，託於幕府，則不為得其所」。二、三兩段，著重突出崔之賢，所蘊極為宏富，這實際是為「不得其位」造勢。至於末段，那不過是自寫在這種世道之下個人悲憤消沉的心態，以為全文的尾聲。

答崔立之書

韓退之

【題　解】崔立之，字斯立，博陵（今河北蠡縣）人，貞元四年進士，六年中博學宏詞科。元和初為大理評事。韓愈四試禮部，於貞元八年（西元七九二年）始中進士。但唐代科考，進士雖為時人所貴，但欲得官，卻須應吏部詮試或博學宏詞科。韓愈自貞元九年起，因窮困求仕，曾連續三次應吏部博學宏詞科試，皆不中。大約在第二次失利之後，時間應為貞元十年（西元七九四年），崔立之與之書，對其一再落第表示安慰，並以卞和獻玉，一再遭刖為喻，因而激起韓愈的滿腹牢騷，特寫此書回答。文中不同意來信中獻玉之喻，認為這種考試，包括禮部進士科與吏部博學宏詞科，都不過是「與夫斗筲者決得失於一夫之目，而為之憂樂」，既不符所謂「博學」，也算不得所謂「宏詞」。重讀個人應試之文，「乃類於俳優者之辭，顏忸怩而心不寧者數月」。參加這類考試，對於有才能的人乃是一種侮辱，而根本無從衡量出一個人的真才實學。針對崔的比喻回答說：「僕之玉固未嘗獻，而足固未嘗刖。」故林紓評之曰：「始斥詩賦策之不足憑準；繼又斥宏詞科之不足憑準……將有唐科舉之學，罵到一錢不值。其下亦實無可奈何，一障之乘，耕釣之事，特解嘲語。本意在作書，仍是欲以文章自見。」曾國藩評曰：「前半述己隱忍就試之由，中段鳴其悲憤，後幅寫其懷抱。視世絕卑，自負絕大，極用意之作。」對中唐科舉制弊端的揭露與抨擊，乃是本篇中最有價值的部分。

斯立足下：僕見險不能止❶，動不得時❷，顛頓❸狼狽，失其所操持，困不知變，以至辱於再三，君子小人之所憫笑❹，天下之所背而馳者也。足下猶復以為可教，貶損道德，乃至手筆以問之。扳援古昔，辭義高遠，且進且勸。足下之於故舊之道得矣。雖僕亦固望於吾子，不敢望於他人者耳。然尚有似不相曉者，非故欲發余乎？不然，何子之不以丈夫期我也？不能默默，聊復自明。

【章　旨】本段敘述自己在困頓屈辱處境之中，得到對方手書賜教，一方面有感於崔之情誼，一方面對來信中對自己「不相曉」有必要加以答復。

【注　釋】❶見險不能止　《周易・蹇卦・彖傳》：「見險而能止。」險，《說文》：「阻難也。」❷動不得時　《周易・艮彖》：「動靜不失其時。」這兩句說明自己行為違背聖人經典教誨。❸顛頓　顛沛困頓。《淮南子・要略》：「今學者無聖人之才，而不為詳說，則終身顛頓於混溟之中。」此處暗用其意。❹憫笑　憐惜、譏笑。此言君子憐惜而小人譏笑。

【語　譯】斯立足下：我看到阻難不能夠停止，舉動不符合時機，違背聖人教誨以至於顛沛困頓，狼狽不堪，喪失我生平所堅持的原則，陷入困境還不知道改變，以至於兩次三次受到侮辱，為君子所憐憫小人所譏笑，天下人都拋棄並離開了我。而您還是認為我可以教育，抑制自己的道德心，甚至親筆寫信來問候我。援引古代事例，辭義高深，目光遠大，又是鼓勵，又是勸勉。您對於老朋友算是盡到了自己的責任了。雖然我本來也只寄希望於您，而不敢寄希望於其他人。可是從您的來信中看，好像還是有些不夠了解我的地方，莫非您是有意要啟發我嗎？如果不是這樣的話，為什麼您不用大丈夫的標準來要求我呢？我不能夠沉默不作回答，姑且寫這封回信來說明自己的態度。

僕始年十六七時，未知人事，讀聖人之書，以為人之仕者皆為人耳，非有利乎己也。及年二十時，苦家貧，衣食不足，謀於所親，然後知仕之不唯為人耳。

及來京師❶，見有舉進士者，人多貴之❷。僕誠樂之，就求其術，或出禮部所試賦、詩、策等❸以相示，僕以為可無學而能。因詣州縣求舉❹，有司者好惡出於其心，四舉而後有成❺，亦未即得仕。聞吏部有以博學宏詞選者❻，人尤謂之才，且得美仕。就求其術，或出所試文章，亦禮部之類。私怪其故，然猶樂其名。因又詣州府求舉，凡二試於吏部，一既得之，而又黜於中書❼。雖不得仕，人或謂之能焉。退自取所試讀之，乃類於俳優❽者之辭，顏忸怩❾而心不寧者數月。既已為之，則欲有所成就，《書》所謂「恥過作非」❿者也。因復求舉，亦無幸焉。乃復自疑，以為所試與得之者不同其程度，及得觀之，余亦無甚愧焉。

【章　旨】本段敘述自己應科考的曲折經歷及感受；四舉禮部然後得中，二試吏部而不成，深感考試內容之不足取。

【注　釋】❶及來京師　〈祭十二郎文〉曰：「吾年十九，始來京城。」可知退之來京在貞元二年。又〈歐陽生哀辭〉序曰：「貞元三年，余始至京師舉進士。」可知初次應進士考在來京後第二年。❷見有舉進士者二句　唐代科舉科目有秀才、明經、俊士、進士、明法、明字、明算等多種，但以進士科最受推重。李肇《國史補》：「進士為時所尚久矣，是故俊乂實集其中，由此出者終身為聞人，故爭名常切。」❸賦詩策等　唐代進士科多數情況下考詩、賦各一首，時務策五道，明經策三道。其中最重要的是詩賦，故後人多言唐以詩賦取士。❹因詣州縣求舉　唐代科舉應試者有生徒及鄉貢兩類。生徒為官辦學校修業期滿的學生，鄉貢為地方士人向本縣本州投請應試，經地方學官預試合格再進貢到京師者。初唐以生徒為多，中唐以後，鄉貢占絕大多數。❺四舉而後有成　韓愈從貞元三年初與進士試，至貞元八年始得中，時主考官為陸贄，這次錄取的除韓愈外，尚有崔群、李觀、李博、歐陽詹、王涯等二十餘人，多天下孤雋偉傑之士，時人號「龍虎榜」（《唐科名記》）。❻吏部有以博學宏詞選者　唐時中進士後尚不能得官，需經吏部銓試。銓試合格後即隸屬吏部，候有缺額時遞補，且官職較低，等待時間常達數年之久。急於求官者可再參加博學宏詞科，所試仍為詩、賦、論、判之類，目的在於從進士中選取文辭超卓之士。但每試僅取數人，立即授官，且得美差。❼凡二試於吏部三句　韓愈共三次應博學宏詞科，時間從貞元九年至十一年。此信寫於貞元十年二次失敗之後。大約貞元九年韓愈應省試得名，報送中書省詳覆，被黜落（據洪興祖《韓子年譜》）。❽俳優　古代以樂舞作詼戲的藝人。借指文無個性，猶如演說他人言語。❾忸怩　《尚書・五子之歌》：「顏厚有忸怩。」疏：「羞不能言，心慚之狀。」❿書所謂恥過作非　指《尚書・說命》篇中有「勿恥過作非」。又，〈說命〉及〈五子之歌〉皆屬《偽古文尚書》，但唐時未能論定。恥過作非，「孔傳」曰：「恥過，誤而文之，遂成大非。」

【語譯】當我年齡十六七歲的時候，還不懂得人間事務，讀的是聖人的經書，認為人們出來當官都是為了民眾的利益，並不對自己有利。等到我二十歲的時候，由於家庭貧窮，衣食不足而感到苦惱，跟我所親近的人商量，然後我才知道出來做官不僅僅是為了民眾哩。等到我來到京城以後，看到那些考中進士的人，人們特別尊重他。我確實高興自己能中個進士，就到進士那裡請求考中的辦法，有的人便拿出禮部考試時所考的賦、詩和時務策這些東西給我看，我認為這些不必學我都會。便到州縣去參加預試以求得貢舉，但主考官員完全按照個人的好惡來主持考試，我經過了四次進士科考然後才成功，但也不能夠馬上就得到官職。聽說吏部有博學宏詞科選拔官吏，考中的人被認為特別有本事，而且能夠得到一個很好的官職。就向考中的人詢問考試之法，有人便拿出吏部所考的文章給我看，也和禮部的考題一樣。我私下很奇怪這為什麼，但還是喜歡博學宏詞這個名聲。便又到州府去尋求薦舉，總共參加吏部科考兩次，一次已經考上，但又被中書省所黜落。雖然沒有得到官職，但有的人還是認為我有本事。回家以後我把考場上所寫的文章拿出來一讀，就像是優伶演戲講的都是別人的話，臉紅耳赤，羞愧難當，心情很不平靜有幾個月之久。既然我已經參加了這種考試，就想考出一個成績來，正像《尚書》中所講的「要掩蓋過錯的恥辱，只好繼續這種過錯」。便再一次參加博學宏詞科考，同樣也沒有得到錄取。我便又懷疑自己，認為我在考場所寫的文章同考中的人所寫的文章程度水平不相同，等到我找到他們的文章來看，沒有什麼不同，我一點也不感覺到慚愧了。

夫所謂博學者，豈今之所謂者乎？夫所謂宏詞者，豈今之所謂者乎？誠使古之豪傑之士，若屈原、孟軻、司馬遷、相如、揚雄之徒，進於是選，必知其懷慚，乃不自進而已耳❶。設使與夫今之善進取者，競於蒙昧之中，僕必知其辱焉。然彼五子者，且使生於今之世，其道雖不顯於天下，其自負何如哉？肯與夫斗筲❷者決得失於一夫之目，而為之憂樂哉！故凡僕之汲汲於進者，其小得，蓋欲以具裘葛，養窮孤；其大得，蓋欲以同吾之所樂於人耳。其他可否，自計已熟，誠不待人而後知。今足下乃復比之獻玉者，以為必俟工人之剖，然後見知於天下，雖兩刖足不為病，且無使勍者❸再刓。誠足下相勉之意厚也。然仕進者，豈舍此而無門哉？足下謂我必待是而後進者，尤非相悉之辭也。僕之玉固未嘗獻，而足固未嘗刖，足下無為為我戚戚也。

【章　旨】本段先論述古代豪傑之士亦必以參加這類考試為羞恥，接下來說明自己參考的目的，估計無法通過，從而透露出將選擇其他途徑。

【注　釋】❶必知其懷慚二句　曾國藩曰：「懷慚之極，至於自甘終不進取而後已。」❷斗筲　《論語・子路》：「斗筲之人，何足算也。」斗筲，皆容器。斗容十升。筲，竹器，容二升。喻才識短淺。❸勍者　《左傳・僖公二十二年》：「且今之勍者，皆吾敵也。」杜注：「勍，強也。」此指有勢力的人。錢基博於句末評曰：「以上論古之豪傑必慚進於是選，而已亦不必待是進，以答崔之勸。」

【語譯】而且，人們所講的博學，難道就是今天吏部科考中所認為的「博學」嗎？人們所講的「宏詞」，難道就是今天吏部科考中所認為的「宏詞」嗎？如果讓古代的一些豪傑人士，像屈原、孟軻、司馬遷、司馬相如、揚雄之類，貢舉他們參加博學宏詞科考，我一定知道他們會心懷慚愧，寧願自己終身不得進取罷了。假若促使他們跟那些擅長應考做官的人，相互競爭於這種昏昧愚蠢的考試之中，我一定知道他們只會得到羞辱啊。然而這五個豪傑之人，如果讓他們出生在今天的社會上，他們的主張即使不會在天下得到發揮，他們也會怎樣以自己的主張而自負呢？怎麼會願意跟那些才識淺陋的人在一個考官的眼光衡量之下較量勝敗，並因為取勝而高興，因為失敗而憂傷呢！所以我每次都如此急切地參加科考的目的，其中小的目的，乃是想通過取錄做官以便購置冬夏衣服，贍養家中窮苦孤弱之人；其中大的目的，乃是想通過錄取做官以便使百姓們能夠享受到跟我一樣的快樂。至於其他的事，能不能考中，自己已經想清楚了，確實不需要等待別人告訴然後我才知道。而現在您又把我比喻為獻玉的卞和，認為一定要等待治玉工人將玉石剖開，然後我的文采學識才能被天下人所了解，為了這個目標，即使兩次被砍去膝蓋骨也不值得苦惱，而且不要讓那些強有力的人再一次黜落我。這確實表示了您勉勵我的情意非常深厚。可是要想出仕做官，難道除了參加這種科考就沒有別的門路了嗎？您認為我一定要等待這種科考然後才能進入仕途，尤其不是熟悉我的情況的話。我的真實才能，就像卞和的玉，原本從來就沒有獻出過，兩次落選對於我來說，也不同於卞和，我的膝蓋骨，原本從來就沒有被砍掉，您大可不必為我感到悲傷。

方今天下風俗尚有未及於古者，邊境尚有被甲執兵者。主上不得怡，而宰相以為憂。僕雖不賢，亦且潛究其得失。致❶之乎吾相，薦之乎吾君，上希卿大夫之位，下猶取一障而乘之❷。若都不可得，猶將耕於寬閑之野，釣於寂寞之濱，求國家之遺事，考賢人哲士之終始，作唐之一經❸，垂之於無窮。誅姦諛於既死，發潛德之幽光。二者將必有一可。足下以為僕之玉凡幾獻，而足凡幾刖也？又所謂勍者果誰哉？再刖之刑❹，信如何也？士固信於知己❺，微足下，無以發吾之狂言。

【章旨】本段在對博學宏詞科表示絕望之餘，轉而希求得到有力者的推薦，以求進入仕途；不然，則將退隱耕釣，作唐之一經，以文章自見。

【注釋】❶致　進獻。《論語・學而》：「事君能致其身。」❷取一障而乘之　障，指於塞上險要之地築有城堡，置吏守之。乘，登而守之。典出《漢書・張湯傳》：「匈奴求和親，博士狄山曰：『和親便。』上作色曰：『吾使生居一郡，能無使虜入盜乎？』山曰：『不能。』曰：『居一縣？』曰：『不能。』復曰：『居一鄣間？』山自度辯窮且下吏，曰：『能。』乃遣山乘鄣，至月餘，匈奴斬山頭而去。」鄣，同「障」。❸作唐之一經　意指撰寫唐史。❹刑　《昌黎集》注：「刑，或作形。」❺信於知己　《史記・管晏列傳》：「君子詘於不知己而信於知己者。」信，同「伸」。

【語譯】現今天下的民風習俗還有著趕不上古代的地方，邊境還不安寧，需要有身披盔甲手拿武器的將士防守。皇上還得不到安樂，而宰相以此為憂慮。我雖然沒有什麼才幹，但也曾經深入研究過治理國家成敗得失的道理。如果能把我的意見進獻給我們的宰相，推薦給我們的皇上，最好是希望獲得相當於卿大夫的職位，最低也能夠取得一座要塞來防守。假若全都不能夠得到，我還打算回去耕種在空曠寬闊的田野裡，垂釣於寂寞無人的水邊，同時尋求國家所遺逸的事跡，考察那些賢能明智的人士的一生，為唐代寫作一部經典，使之能夠流傳後世，傳之無窮。我要在書中將那些已死的姦佞諛妄之輩口誅筆伐，對那些名位不顯而品德高尚的人被掩蓋的光輝加以闡發，使之顯露。出仕或著書這兩者一定有一項可以實現的。而您認為我身上的寶玉總共獻了幾次，而我的膝蓋骨又總共被砍掉了幾次呢？還有您所講的強有力者果真是什麼人呢？他們再次將我黜落的情況，真的還會是那樣嗎？作為一個文士，本來就應該把自己的心事向知己盡情抒發，如果沒有您的話，我就沒有辦法把我的這些狂妄的話全部講出來。

【研　析】這是一篇極具個性，體現「昌黎本色」（林紓評語）的書信。錢基博評之曰：「噴薄出之，直起直落，文勢極寬衍，而氣自緊括。沉鬱頓挫，脫胎太史公〈報任安書〉。」韓愈寫作此書，確實受到過〈報任安書〉很多的影響：兩封信都是以對方來信中提到的問題作為引子，借此將生平遭遇中最大恥辱（即宮刑）或多次挫折（被黜落），結合滿腔悲憤，傾瀉而出，不能自已。兩封信都將由於不幸遭遇從而勾起內心之中的種種曲折、矛盾、衝突和艱難抉擇的複雜過程具體表現出來。在司馬遷而言，是寧死不辱還是忍辱苟活、著書自見的矛盾；而在韓愈而言，則是在明知考試之不足憑準的情況下，仍然汲汲以求還是棄此不顧、另謀他途的矛盾。兩封信都能把這一矛盾和抉擇和盤托出，不加掩飾，故都能真切感人。張裕釗評之曰：「此文及與孟尚書、柳中丞諸書，皆退之自抒胸臆，信筆寫出，自然鬱勃雄勁，真氣動人。作家所不可磨滅者，實在於此。」當然，韓文不及司馬遷之憂憤深廣，氣勢磅礴；仕與不仕，也不如司馬遷所面臨的生死抉擇那樣尖銳和激烈。本篇最多只能說是前者的具體而微，粗具規模。曾國藩評曰：「前半述其隱忍就試之由，中段鳴其悲憤，後幅寫其懷抱。視世絕卑，自負絕大，極用意之作。」這一評語還是比較公允的。

答陳商書

韓退之

【題　解】陳商，字述聖，太平府繁昌縣（今屬安徽）人。元和九年進士。至武宗會昌年間，始榮顯，曾官禮部侍郎、諫議大夫知貢舉等職，終官祕書監。《新唐書・藝文志》有《陳商集》十七卷，今佚。此書乃陳商未第以前，以文求教於韓愈，韓愈時為國子博士，時間大約在元和七年前後。陳商來書，大約寫得比較艱澀古奧，連韓愈也感到「三四讀，尚不能通曉」。與韓所讚許的「文從字順」（〈樊紹述墓誌銘〉）的風格顯然不符。儘管韓文也有其排奡奇崛的一面，但正如方孝孺所言：「唐之文奇者莫如韓愈。而其文皆句妥字適，初不難曉。」（《遜志齋集》）所以，韓愈特在這封回信中，如實指明對方缺點正在於「為文必使一世人不好」。既然文章是給世人讀的，讓人們能夠讀懂，這應該是一個起碼要求和基本條件。這一點直到現在也是真理。陳商之所以能在此後不久即得中進士，並能著有自己的文集，可以說明他是接受並採納了韓愈的意見的。

愈白：辱惠書，語高而旨深，三四讀，尚不能通曉，茫然增愧赧❶。又不以其淺弊無過人知❷識，且喻以所守，幸甚！愈敢不吐情實❸，然自識其不足補吾子所須也。

【章　旨】本段以謙遜而又含蓄的語氣，指出對方來信文風過於艱澀費解之弊，並表示願意如實相告。

【注　釋】❶愧赧　因羞愧而面紅耳赤。《方言》：「赧，愧也。秦晉之間凡愧而見上謂之赧。」❷知　通「智」。一本作「智」。❸情實　真實；實情。情，亦作「實」解。

【語　譯】我韓愈說：承蒙您賜給我一封信，言辭高古而主旨幽深，我讀了三四遍，還是不能夠讀通讀懂，糊裡糊塗地增加了我的羞愧臉紅。您能夠不因為我的淺薄孤陋沒有超出普通人的智慧和見識，還告訴我您所堅持的原則，我真僥倖！我韓愈怎麼敢不講出真實情況，雖然我自己認識到我所講的意見並不足以滿足於您所需求的東西。

齊王好竽❶，有求仕於齊者，操瑟❷而往。立王之門，三年不得入。叱曰：「吾瑟鼓之，能使鬼神上下。吾鼓瑟，合軒轅氏之律呂❸。」客罵之曰：「王好竽，而子鼓瑟；瑟雖工，如王不好何？」是所謂工於瑟而不工於求齊也。

【章旨】本段借用齊宣王好竽而不好瑟這一被改製過的典故，說明擅長的東西必需符合人們的需求。

【注釋】❶齊王好竽　竽，古代樂器，似笙而稍大，三十六管。《韓非子·內儲說上》：「齊宣王使人吹竽，必三百人。南郭處士請為王吹竽，宣王說之，廩食以數百人。宣王死，湣王立，好一一聽之，處士逃。」❷瑟　古代弦樂器，多為二十五弦，以手彈撥而成音。❸軒轅氏之律呂　軒轅氏，即黃帝。律呂，古代樂律的總稱。即十二律中，陽（即單數）為「律」，陰（即雙數）為「呂」。相傳黃帝令樂師伶倫求律呂。馬其昶謂凡作樂者八音並奏。而其一音之中，大者為宮，細者為羽，莫不皆有五音之序，又以六律、六呂節之，然後聲之大、細，得其次第而不差。

【語譯】齊宣王喜歡聽吹竽，有一個希望能在齊國當官的人，拿著瑟去到齊國。站在齊王的宮門前，三年都不能夠進去。大聲呵斥說：「我的瑟彈起來，能夠感動鬼神使之降臨。我彈奏這把瑟，符合黃帝制定的樂律。」齊王門下客人罵他說：「齊王喜歡的是竽，而您彈的是瑟；您的瑟彈得雖然好，可齊王不愛好怎麼辦？」這就是所謂擅長彈瑟卻不擅長於在齊國求官啊。

今舉進士於此世，求祿利行道於此世，而為文必使一世人不好，得無與操瑟立齊門者比歟？文雖工，不利於求；求不得，則怒且怨。不知君子必爾❶為不❷也？故區區之心——每有來訪者，皆有意於不肖者也——略不辭讓，遂盡言之。

惟吾子諒察。愈白。

【章旨】本段轉入全篇主旨：陳商之文雖高深，但不為世人所好，必將不利於求官。

【注釋】❶爾 如此也。見《經傳釋詞》。❷不 同「否」。

【語譯】現在您想在這個時代參加進士科考，想在這個時代求取功名利祿以推行治國之道，可是寫的文章卻一定要讓整個社會的人都不喜歡，這豈不是跟拿著瑟站在齊王宮門求官的人一樣嗎？文章即使寫得很精緻，但卻對您追求的東西毫無好處；追求的東西得不到，您就會又是發怒又是埋怨。我不知道您一定要這樣做還是也可以不這樣呢？所以我的淺薄的想法——每逢有來訪問我的人，都是有意於向我這個才德低下的人尋求幫助——也只好不推辭謙讓了，就全部講出我的意見。只希望您能夠諒解參考。這就是我韓愈所說的。

【研析】這是一篇只有兩百多字的短信，過商侯評之曰：「此篇細玩其句法、字法、篇法，婉曲而奇，是曲摹《國策》文字。」張裕釗則更具體分析：「文似《戰國策》機趣，而無劍拔弩張之態。修辭亦文事之最要者，如此等文，固是意奇，其辭尤足以副之。又，昌黎諸短篇遒古而波折，自然簡峻，而規模自宏，最有法度。而轉換變化處更多，學韓者宜從此等入。」同樣，錢基博也認為此篇「乃仿戰國策士遊說之辭」。眾口一辭，足以證明本篇確實受到《戰國策》很深的影響。首先是重利尊時的思想傾向，其次是犀利精闢而又形象生動的論證方法，本文在論形勢，析利害，破對方愛好，陳個人見解，無不氣勢恢宏，語語中的。劉熙載《藝概・文概》中說：「戰國說士之言，其意類能先立地步，故得如善攻者使人不能守，善守者使人不能攻也。」本篇之所論，確實做到了使對方不得不信，不得不服，無法自辯的程度。而文中說理的主要手法，也正是《戰國策》中所慣用的借助於寓言，以便隨物賦形，即事寓意。作者借用「齊王好竽」這一典故，加工改製，賦予全新的含義，用來說明比較抽象的事理，使外在形象與內在意義互為呼應，這不僅比純理論的分析具有更強的說服力，而且還增強文章超越時空的神奇的藝術魅力。

答李秀才書

韓退之

【題解】題或作「李師錫秀才」。師錫，名圖南，蘇州吳人。秀才，與明經、進士同為科舉項目，但因要求過高，士人怯於應試，貞觀中即廢。開元、天寶間曾一度恢復，但亦無及第者。李肇《國史補》曰：「進士通稱謂之秀士。」《昌黎集》書、序二類，稱人為「秀才」者共達八篇，而無稱「進士」者。可見秀才乃中唐以後對進士的一般稱呼，或寓有尊稱之意。又，本文開頭即稱「故友李觀」，李觀卒於貞元十年（參見本書卷四十四〈李元賓墓誌銘〉），文中又有「十年之前，示愈〈別吳中故人〉詩」之語，韓愈與李觀同舉貞元八年進士，故書應作於貞元十八年作者擔任四門博士之時。本文體現了作者對故友深厚情誼，韓愈接受李師錫之書、文，頗為讚許、推崇，雖素未謀面，但卻宛如舊交，傾慕之情，溢於言表，這大約也是基於「愛屋及烏」的心理。文中還明確提出：「愈之所志於古者，不惟其辭之好，好其道焉爾。」這說明了韓愈推動古文運動的目的，乃是借文章為明道的手段，從而闡明古文的內容與形式的關係。重道而不輕文，這是韓愈高於前輩及宋代理學家之處，也是在這封信中鄭重地提出來與李師錫共勉的意圖所在。

愈白：故友李觀元賓，十年之前，示愈〈別吳中故人〉詩六章❶，其首章則吾子也，盛有所稱引。元賓行峻潔清，其中狹隘，不能包容❷，於尋常人，不肯苟有論說。因究其所以，於是知吾子非庸眾人。時吾子在吳中，其後愈出在外❸，無因緣相見。元賓既沒，其文益可貴重。思元賓而不見，見元賓之所與者，則如元賓焉。

【章旨】本段通過敘述李觀的性格及其所稱引，間接表現出李師錫的為人。

【注釋】❶別吳中故人詩六章　《全唐詩》卷三一九載有李觀詩四首。第一首為〈贈馮宿〉，疑為其中之一。餘皆不存。❷不能包容　指其量狹窄，不能容物，令人有犯而必絕之弊。❸其後愈出在外　韓愈從貞元十二年至十七年，曾佐宣武節度使董晉於汴州，復依武寧節度使張建封於徐州。

【語譯】我韓愈說：我去世的朋友李觀，字元賓，十年以前，曾經拿他的詩作〈別吳中故人〉六首給我看，其中第一首寫的就是您，對您大為稱讚。李元賓品行嚴峻，純潔無私，但心胸狹窄，不能包容他人過錯，他對於普通人，是決不願意隨便地加以評論的。我就此探討他之所以這麼做的原因，因此知道您不會是平庸的普通人。當時您還在吳中，在此之後我離開京城到了外地，沒有機會相互見面。李元賓去世以後，他留下的詩文更加值得寶貴珍重。想念李元賓卻不能夠見面，如果能看到李元賓所要好的朋友，那就像見到李元賓一樣。

今者辱惠書及文章，觀其姓名，元賓之聲容，怳若相接。讀其文辭，見元賓之知人，交道之不汙。甚矣！子之心，有似於吾元賓也。子之言，以愈所為不違孔子，不以雕琢❶為工，將相從於此。愈敢自愛❷其道，而以辭讓為事乎？

【章旨】本段敘述李師錫來信、文章及其內容，並從中感到李元賓的存在。

【注釋】❶雕琢　雕章琢句。指與古文相對立的駢偶文之文風。❷愛　吝惜。

【語　譯】現在承蒙您賜給我書信及文章，觀看上面所寫的姓名，李元賓的聲音和容貌，模糊不清地好像就在面前。細讀書信文章的辭語，表現了李元賓能夠充分了解人，和他那不隨便交朋友的作風。確實啊！您的思想，真是太像李元賓了。您在信中所講的話，認為我韓愈所作所為都能不違背孔子之道，我不把雕章琢句、駢辭儷句視為精巧，打算到這裡來跟隨我。我韓愈怎麼敢吝惜自己所主張的聖人之道，而去一味地推辭謙讓呢？

然愈之所志於古者，不惟其辭之好，好其道焉爾。讀吾子之辭，而得其所用心，將復有深於是者，與吾子樂之，況其外之文乎？愈頓首。

【章　旨】本段闡明作者之志向，並同意對方相從之意。

【語　譯】然而我韓愈之所以有志於古文的原因，不僅僅在於喜歡古文的文辭，更愛好的是古代文章中所表現的聖賢之道。閱讀您的文章，就能夠知道您用心之所在，應該還有著比這些更加深刻的內容，我將同您樂在其中，何況作為外在形式的文辭呢？韓愈頓首下拜。

【研　析】由於韓愈與李師錫從未相識，且沒有見過一面，所以這種答書最難下筆。因此文章只好從故友李元賓寫起，由元賓到師錫，引出師錫之後，復又照應元賓。這叫借賓法，或稱借客形主法。浦起龍評之曰：「次第三節，由人而文，而相從學問，善用借賓法，開尺牘無限機軸。」以客作陪，襯托主體，不僅可以借此突出主體的中心地位，而且還可以利用客體的橋樑作用，以彌補作者對主體了解的不足，使主體得到更加充分的描寫。本篇正是充分利用借賓法對李師錫進行不寫之寫：如通過元賓性格說明師錫「非庸眾人」；「觀其姓名」，如見元賓；「讀其文辭，見元賓之知人」；總之，師錫之心，「有似於吾元賓也」。故元賓與師錫，可以說是一而二、二而一的。因此，第一段由元賓引出師錫，乃是一分為二；第二段寫師錫無不與元賓相同，是合二而一。可見本篇不僅用了借賓法，而且是借賓法的極致，是借賓法的典範之作。

答呂毉山人書

韓退之

【題解】呂毉，《昌黎集》中僅一見，故不詳其平生籍貫。隱居山林，不求功名富貴者，稱之為山人。呂毉出山以破衣麻鞋叩其門，並責韓愈不能如信陵君以執轡之禮款待他，隱約似有求薦之意。韓愈亦表示能「進足下趨死不顧利害去就之人於朝」，還聲言「自度若世無孔子，不當在弟子之列」。從這些情況和用語中分析，本篇當作於晚年，即元和十三、四年（西元八一八、九年，時年五十、五十一）任刑部侍郎或長慶二、三年（西元八二三、四年，時年五十五、六）任吏部侍郎之時。對於呂毉，韓愈雖然肯定他「有朴茂之美意」，但仍指出他的議論「未中節」，由於呂毉「不肯阿曲以事人」，這正是韓愈之所求，因此要用「三浴而三熏」的厚禮來接待他。但這和信陵君的禮賢下士是「以取士聲埶傾天下」和「市於道」完全是兩回事。韓愈是以「獎勵後進」而聞名於時，但他獎勵後進的目的是要和他們共同講明「聖人之道」來爭救當時「天下靡靡，日入於衰壞」的習俗，共同擔負起宏揚儒學、繼承道統的重任。這正如沈德潛所說的：「總欲裁山人之狂簡而進以道也。」從本篇中不難看出韓愈對後學之士既嚴格而又坦誠，既能抑其狂傲而又循循善誘，又能以禮貌待人，使人心悅誠服。韓門弟子之所以能盛極一時，正是由於這個原因。

愈白：惠書責以不能如信陵執轡❶者。夫信陵，戰國公子，欲以取士聲埶傾天下❷而然耳。如僕者，自度若世無孔子，不當在弟子之列。

【章旨】本段首先聲明自己不能如信陵君之執弟子禮以待侯嬴，以點破對方立論之非。

【注釋】❶信陵執轡　《史記・魏公子列傳》：「魏有隱士曰侯嬴，年七十，家貧，為大梁夷門監者。公子從車騎，虛左自迎侯生。侯生攝弊衣冠直上，載公子上座不讓，欲以觀公子，公子執轡愈恭。」轡，馬轡繩。❷以取士聲執傾天下　《史記・呂不韋列傳》：「當是時魏有信陵君、楚有春申君、趙有平原君、齊有孟嘗君，皆下士喜賓客以相傾。」

【語譯】我韓愈說：您在賜給我的信中用不能像信陵君手執馬轡繩親自駕車去迎接侯生的禮貌來責備我。說起信陵君，乃是戰國四大公子之一，這些公子都想用爭取和接待賢士的辦法為自己樹立聲譽和勢力，使天下人都佩服他們，所以才以接待老師之禮來接待侯生。至於我，自己思量如果社會上沒有像孔夫子那樣的人，就不應當排列在門生弟子的行列之中。

以吾子始自山出，有朴茂之美意，恐未礱磨❶以世事。又自周後文弊❷，百子為書，各自名家，亂聖人之宗。後生習傳，雜而不貫，故設問以觀吾子。其已成熟乎，將以為友也；其未成熟乎，將以講去其非而趨是耳。不如六國公子，有市於道❸者也。

【章旨】本段說明自己接待呂豎，目的在於造就人才，去非趨是，不同於六國公子以交友擴張個人聲勢。

【注釋】❶礱磨　皆磨也，後以磨穀去殼之具曰礱，磨粉之具曰磨。引申為磨鍊、鑽研之意。❷周後文弊　指周人專講虛文，少誠意，不切實際。《禮記・表記》：「殷、周之文，不勝其質。」《史記・高祖本紀》：「周人承之以文，文之敝小人以僿，故救僿莫若以忠。周、秦之間，可謂文敝矣。」❸市於道　即把交友之道當作買賣。目的在於擴張聲勢，而非以道義相結合。

【語　譯】因為您開始從山林中出來，保持一種純樸善良的美好心態，恐怕沒有受到人情世故的磨鍊。而且從周朝以後專講虛文，道德衰微，諸子百家，著書立說，自成一家，擾亂聖人的傳統。後世儒生，傳授學習，雜亂而不能貫通，所以我才提出問題來考察了解您。如果您能明辨是非，已經成熟的話，我將把您當作朋友看待；如果還沒有成熟的話，我打算通過講授聖人之道以拋棄那些錯誤而以正確為依歸。而不同於六國諸公子，毫無原則地把交友當作買賣來做。

方今天下入仕，惟以進士、明經❶，及卿大夫之世❷耳。其人率皆習熟時俗，工於語言，識形勢，善候人主意。故天下靡靡❸，日入於衰壞，恐不復振起。務欲進足下趨死不顧利害去就之人於朝，以爭救之耳。非謂當今公卿間，無足下輩文學知識也。不得以信陵比！

【章　旨】本段說明作者重視呂毉的原因，乃是為了振起天下日漸衰壞的時俗，故不得與信陵君比。

【注　釋】❶進士明經　唐取士之法，雖尚有秀才、明法、明書、明算諸科，然均不甚流行，或旋設旋廢。通行者實只有進士、明經二科。進士科考以詩賦為主，明經科考以帖經為主。❷卿大夫之世　指恩蔭法而言。《新唐書・選舉志》：「凡用蔭：一品子正七品上，二品子正七品下，三品子從七品上……從五品及國公子從八品下。」❸靡靡　指附和他人，見風使舵。《文選・琴賦》李善注：「靡靡，順風貌。」

【語　譯】現在天下人進入仕途的辦法，不過是通過進士、明經之類的科考，和卿相大夫之類高官的兒子依靠恩蔭而得官。這些人大部分都非常熟悉人情世故，會講話，能認清權勢地位，善於領會主子的意圖。所以天下人都見風使舵，習俗一天天地變得衰落敗壞，我擔心不會再振作起來。因此才致力於推薦像您這種寧可捨棄個人生命，不顧利害，或去或就，都不為個人打算的人給朝廷，以求起衰救弊，改變世風。而並不是認為當今的一些王公卿相之中，就沒有像您這類人所具有的文學知識了。我對待您的態度，不能夠拿信陵君來相比呀！

然足下衣破衣，繫麻鞋，率然❶叩吾門。吾待足下，雖未盡賓主之道，不可謂無意者。足下行天下，得此於人蓋寡。乃遂能責不足於我，此真僕所汲汲❷求者。議雖未中節，其不肯阿曲以事人，灼灼明矣。方將坐❸足下三浴而三熏❹之，聽僕之所為，少安無躁。

【章　旨】本段自述過去已採取的和今後準備採取的接待呂璧的方式，兼寫從其來信中認識到對方不肯阿曲事人的品質。

【注　釋】❶率然　直率的樣子。意指無人介紹便敲門而入。❷汲汲　心情急切。《廣雅・釋訓》：「彶彶，劇也。」彶，通「汲」。❸坐　《說文》：「止也。」引申為對待。❹三浴而三熏　比喻禮貌之隆重。《國語・齊語》：「魯莊公將殺管仲，齊使者請曰：『寡君欲以親為戮，請生之。』於是莊公使束縛以予齊使，齊使受之而退。比至，三釁三浴之。」韋昭注：「以香塗身曰釁，亦或為薰。」熏，通「薰」。

【語　譯】但是您穿著破衣服，繫上草鞋，不經介紹就直率地來敲我的門。我匆忙地接待您，雖然沒有盡到賓主之間的禮貌，但也不能夠講沒有一點情意。您走遍天下，能夠像我這樣接待您的人大約不多。您因此而責備我禮貌不周，這確實是我迫切希望尋求的人。儘管您對我的評論不夠恰當，您的那種不肯逢迎巴結以侍候別人的態度，是非常明顯的。我正準備用三浴三薰這種隆重的禮儀來對待您，您應該聽候我這麼做，稍微安靜一下，用不著急躁。

【研　析】對於韓文的藝術風格，蘇洵有段精闢的論述：「韓子之文，如長江大河，渾浩流轉，魚黿蛟龍，萬怪惶惑，而抑遏蔽掩，不使自露；而人望見其淵然之光，蒼然之色，亦自畏避不敢迫視。」本篇雖不算長，亦正體出這一風格。茅坤概括為「奇氣」，而張裕釗則具體分析為：「此文生殺出入，擒縱抑揚，奇變不可方物，可謂極文章之能事矣！」奇，乃是本篇最突出的特徵。立意奇，構思奇，布局奇，擒縱抑揚奇，前後呼應奇，開頭結尾奇，起承轉合，無一不奇。如開篇第一句，李剛己評曰：「直起斬截。」出人意表。第二句李評：「折筆矯健明快。」首段末李評：「乘勢將本意揭出，文筆奇縱，如風起水湧。」二段末李評：「回應首段，筆勢橫厲絕倫，與尋常前後呼應一味掉弄虛機者不同。」第三段開頭數句，李評曰：「全係凌空起步，而體勢雄直，辭指沉鬱。」第四段開頭數句，李評曰：「有此一段，意義愈覺圓足，所謂筆力破餘地者也。」結尾處，張裕釗評曰：「結尤奇詭不可測。」總之，通篇無論在段與段、句與句之間，都有一種無法以常規衡量的奇變之氣，故林雲銘評之曰：「筆致橫絕，如怒馬不可羈勒，煞是難得。」

答竇秀才書

韓退之

【題　解】竇秀才，名存亮，長安人。秀才，此處應為讀書求學之士的通稱。據洪興祖《韓子年譜》：「貞元十九年癸未，拜監察御史。冬，貶陽山令。是時，有詔以旱饑蠲租之半，有司徵愈急，公與張署、李方叔上疏言：『關中天下根本，民急如是，請寬民徭而免田租之弊。』天子惻然，卒為幸臣所讒，貶連州陽山令。幸臣，李實也。」貞元二十年（西元八〇四年）春，韓愈方至陽山，本篇即作於此年。竇秀才裹糧數千里，來從韓愈求學問文章之道。這一方面固然可以看到他求師之誠篤，但更足以說明韓愈影響力之大。在這封答書中，作者雖然表示將「倒廩傾囷」，不敢有所吝惜；但卻對個人的道窮身廢，陽山之蠻荒瘴癘，以及對方之身勤事左，興盡而歸，反覆論述，大加渲染。這不單是出於謙虛的原因，更多地是為了借此以反襯竇秀才的勤奮好學，為後學之士樹立一個榜樣。

愈少駑怯❶，於他藝能自度無可努力，又不通時事，而與世多齟齬❷。念終無以樹立，遂發憤篤專於文學。學不得其術，凡所辛苦而僅有之者，皆符於空言，而不適於實用，又重以自廢。是故學成而道益窮，年老而智愈困。今又以罪，黜於朝廷，遠宰蠻縣❸，愁憂無聊，瘴癘❹侵加，惴惴焉無以冀朝夕。

【章　旨】本段敘述自己求學及獲罪被放過程，謙言個人道窮智困，學不適用。

【注　釋】❶駑怯　自喻才能卑弱。駑，能力低下之馬。❷齟齬　上下牙齒不齊。喻抵觸不合。❸遠宰蠻縣　指韓愈被貶為陽山縣令。陽山唐屬嶺南連州，今屬廣東，距長安兩千餘里。❹瘴癘　舊指南方山林間濕熱蒸鬱而成之疫氣，人觸之即病。

【語　譯】我韓愈年幼時才能低下，對於其他技藝本領自己估計沒有可以從事的，又不熟悉時局事務，跟社會發生不少矛盾衝突。考慮到最後也沒有辦法使自己有所成就，便發憤專心致力於文章之學。但我的學習又找不到門徑，大凡我經過辛勤刻苦而僅僅獲得的東西，都只能算是空洞的言辭，而不適合於實際的用途，又加之以自己半途而廢。所以學業雖然略有所成但學問之道卻越來越匱乏，年齡大了但智慧卻越來越不足。現在又因為獲罪被朝廷所貶謫，遠離京師來到這蠻荒之地擔任縣令，愁苦憂傷，無所事事，瘴癘之氣，交相侵入，整天都惶恐不安，從早到晚都沒有把握希望能夠平安無事。

足下年少才俊，辭雅而氣銳。當朝廷求賢如不及之時，當道者又皆良有司，操數寸之管❶，書盈尺之紙，高可以釣爵位，循序而進，亦不失萬一於甲科❷。今乃乘不測之舟，入無人之地，以相從問文章為事。身勤而事左❸，辭重而請約，非計之得也。

【章　旨】本段寫竇秀才不在京城求取功名，反而相從來此，並非得計。表面似為批評，實乃表彰其求師之勤苦。

【注　釋】❶管　毛筆。❷甲科　唐時科考，進士分甲、乙二科，明經分甲、乙、丙、丁四等。後雖不分等第，但文人仍稱名第居前者為甲科。❸左　不妥當；不正確。

【語　譯】您年紀輕而才能優異，文辭典雅而氣概豪壯。現在正是朝廷尋求賢才好像來不及的時候，主管官吏又都是一些賢良有責任心的人，您只要拿著幾寸的毛筆，寫下一尺長的紙，運氣好就可以獲得爵位，按照科考的次序一步步考上去，也可以十拿九穩得中一個很高的名次。而現在您卻要乘坐著危險性無法估計的船隻，進入這人煙稀少的地方，來跟隨我詢問關於寫文章的事情。身體勤勞而想做的事不恰當，辭去重要的工作而追求的目標卻很小，這個計畫實在是不太合算。

雖使古之君子，積道藏德，遁❶其光而不曜，膠其口而不傳者，遇足下之請懇懇，猶將倒廩傾囷❷，羅列而進也。若愈之愚不肖，又安敢有愛於左右哉？顧足下之能，足以自奮；愈之所有，如前所陳，是以臨事愧恥而不敢答也。錢財不足以賄左右之匱急，文章不足以發足下之事業，稇載而往，垂橐而歸❸，足下亮❹之而已。

【章　旨】本段說明由於對方的誠懇，作者不敢有所吝惜，但限於能力，恐怕會空手而回。

【注　釋】❶遁　隱去。《詩經・白駒》：「慎爾優游，勉爾遁思。」❷倒廩傾囷　比喻盡其所有。廩、囷，均為糧倉。圓曰囷，方曰廩。❸稇載而往二句　稇，用繩捆束。垂，空的樣子。橐，囊也。《國語・齊語》：「諸侯之使，垂橐而入，稇載而歸。」此處反用其意，雖為自謙之辭，亦風趣之語。張裕釗有評：「歐公風趣，以紆余出之；退之風趣，以兀岸出之。」❹亮　同「諒」。

【語　譯】即使是古代的君子，有著很深的道德修養，但卻隱藏他的光輝而不閃耀，封住自己的嘴巴而不宣揚，但一遇到您這樣勤勤懇懇的請求，也會翻箱倒櫃，傾其所有，按次序教給您。像我韓愈這麼愚昧不賢，又怎麼敢對您有所吝惜呢？但看到您的能力，完全可以自我奮發；而我所有的學識像前面所講的，所以面對您的請求感到慚愧羞恥而不敢給您回信作答。我的錢財不足以濟助您身邊人的窮困，我的文章不足以使您的事業得到發展，滿載而來，一無所得而歸，但願您能夠諒解我罷了。

【研　析】本篇藝術上的主要特色，在於對反跌法的成功運用。所謂反跌法，如疾風遇阻而回旋，流水激石而波瀾。就回旋更可以寫出風之疾，就波瀾更可以寫出水流之迅。本篇著重表現的乃是竇秀才不辭辛勞，裹糧千里，求師學道之心，情真意切。而第一段卻大寫自己無才無能，智窮身廢，不堪為師。這就是反跌，借此更可突出竇求師之誠篤。錢基博評之曰：「與〈送區冊序〉（本書卷三十二）同一反跌文章。惟〈送區冊序〉極言陽山地窮道險惡，以反跌區生拏舟相從之為遺外聲利；此則言己之道窮身廢，以反跌秀才相從問文章之為身勤而事左。一以地為翻騰，一就人作波瀾。」其實，第二段寫竇才俊氣銳，求取功名應萬無一失，卻捨此而來蠻縣求師，這應該也是一種反跌，更能說明竇立志之高，故能「辭重而請約」，重學道而輕富貴。

答李翊書

韓退之

【題解】李翊，字號籍貫均不詳，史有其人，並曾與韓愈有過師生般交往。貞元十八年（西元八〇二年），祠部員外郎陸傪佐主司權德輿禮部進士科考，韓愈曾薦李翊等十人，包括李翊等六人得中。但韓集別本有作「李翺」者，李翺乃韓門弟子中最有成就的古文家（參見本書卷二〈復性書〉），吳汝綸認為當從別本。理由是：「篇中所論，翊殆不足與聞。」且據〈重答李翊書〉來看，李翊「亦非不志乎利者」。但論據似有所不足，姑錄以備考。這是一篇以書信為形式的文論，作者現身說法，比較系統地總結了他長期學習古文寫作的經驗、規律、此中甘苦及曲折過程。文章首先強調學習古文應以立行為本，立言為表。「仁義之人，其言藹如也。」要獲得文學上的成就，必須首先從道德的修養入手。接下，作者自敘其寫作古文的三個階段：深入鑽研古代經典和前人著作，作文務去陳言，不顧時人的議論嘲笑，此為第一階段；識別古書正偽，然後加以繼承揚棄，文思就能汩汩湧流，此為第二階段；功夫臻於成熟，文思如長江大河，浩乎其沛然矣，但仍恐雜有不純，平心靜氣再加省察，然後才放筆寫去，此為第三階段。貫徹始終的一個中心思想則是寫作以氣為本，實開論文重氣的先河。本篇應是作者倡導古文運動在理論建設上的代表之作，也是研究韓愈文學思想的重要史料。

六月二十六日❶，愈白：李生足下，生之書辭甚高，而其問何下而恭也！能如是，誰不欲告生以其道❷。道德之歸也有日矣，況其外之文乎？抑愈所謂望孔子之門牆而不入於其宮❸者，焉足以知是且❹非耶？雖然，不可不為生言之。

【章　旨】本段讚許對方來信及謙恭求教的品德，並謙言自己學道不足，但又不可不作復，為以下論述開端。

【注　釋】❶六月二十六日　應為貞元十七年。❷道　本篇所說的「道」，多指仁義而言。❸望孔子之門牆而不入於其宮　作者謙稱自己未能學得孔子之道。《論語・子張》：「子貢曰：『譬之宮牆，賜之牆也及肩，闚見室家之好。夫子之牆數仞，不得其門而入，不見宗廟之美，百官之富。』」❹且　或。作選擇連詞。

【語　譯】六月二十六日，我韓愈回答：李生足下，您的來信文辭很高雅，而且您的詢問又多麼謙卑並且恭敬啊！能夠這樣，誰不願意把那仁義之道告訴您呢。您成為一個有道德的人已經指日可待了，何況那作為道德之外在形式的文章呢？但我不過是所謂遠遠望見孔子的門戶圍牆，還沒能進入他的宮殿的人，怎麼能夠辨別正確還是錯誤呢？雖然如此，但還是不得不跟您談談學習古文的問題。

生所謂立言❶者，是也。生所為者，與所期者，甚似而幾矣。抑不知生之志，蘄❷勝於人而取於人邪？將蘄至於古之立言者邪？蘄勝於人而取於人，則固勝於人而可取於人矣。將蘄至於古之立言者，則無望其速成，無誘於勢利❸。養其根而竢其實，加其膏❹而希其光。根之茂者其實遂，膏之沃者其光曄❺。仁義之人，其言藹如❻也。

【章　旨】本段闡述學寫文章應有遠大目標，要獲得成果必先「養其根」，即加強道德修養，不求速成，不惑於勢利，這才是為文之根本。

【注 釋】❶立言 《左傳·襄公二十四年》：「太上有立德，其次有立功，其次有立言。」此指著書立說，流傳後世。❷蘄 通「祈」。求也。❸無誘於埶利 當時應試科目及士大夫習用的文體仍為駢文，而非古文，作駢文才可以取富貴，故致力古文者必需排除功名引誘。❹膏 油。古人用油燈照夜，燈碗中放置燈芯，注油點燃。❺曄 《廣雅·釋詁》：「曄，明也。」❻藹如 朱駿聲《說文通訓定聲》卷十三：「藹，言之美也，故曰仁義之人，其言藹如。」如，詞尾，相當於「然」。

【語 譯】您所說的著書立說這件事，是正確的。您所做的跟您所預期的，目標很一致而且接近實現了。但是不知道您的志向，是希望要勝過別人的文章因而被別人所效仿呢？還是希望要達到古代的那些有著作流傳後世的名家的境界呢？希望勝過別人因而被別人所效仿，那麼您本來就已經勝過別人並且可以被別人所效仿了。如果打算要達到古代的那些有著作流傳後世的名家的境界，那就不要指望很快成功，不要被官爵利祿所引誘。文章好比果實，要培養它的根本，以便等待它結出碩果；文章好比油燈，要增加它的油脂，才能希望它發出光輝。基根茂盛的，結出的果實必定成熟；油脂肥沃的，發出的光輝必定明亮。仁義的人，連他講的話都是優美的。

抑又有難者，愈之所為，不自知其至猶未也。雖然，學之二十餘年❶矣。始者，非三代兩漢之書不敢觀，非聖人之志不敢存。處若忘，行若遺。儼乎其若思，茫乎其若迷。當其取於心而注於手也，惟陳言❷之務去，戛戛乎其難哉！其觀於人，不知其非笑之為非笑也。如是者亦有年，猶不改，然後識古書之正偽❸，與雖正而不至焉者，昭昭然白黑分矣。而務去之，乃徐有得也。當其取於心而注於手也，汩汩然❹來矣。其觀於人也，笑之則以為喜，譽之則以為憂，以其猶有人之說者存也。如是者亦有年，然後浩乎其沛然矣。吾又懼其雜也，迎而距❺之，平心而察之，其皆醇也，然後肆焉。雖然，不可以不養也。行之乎仁義之途，游之乎《詩》、《書》之源，無迷其途，無絕其源，終吾身而已矣。氣，水也；言，浮物也。水大而物之浮者大小畢浮，氣之與言，猶是也。氣盛，則言之短長與聲之高下者皆宜。

【章旨】本段為全文重點，作者具體敘述學寫文章的三個階段，並強調以仁義、《詩》、《書》來養氣，從氣勢與言辭的關係上說明寫古文應以氣勢為先。

【注釋】❶學之二十餘年　韓愈〈上邢君牙書〉中說：「十三而能文。」本文寫於貞元十七年，時韓三十四歲，距「能文」之年二十二年。❷陳言　即〈樊紹述墓誌銘〉中「詞必己出」之意，但銘文僅指遣詞造句，此處兼指詞句與意義兩個方面而言。❸正偽　正，立意純正。偽，立意駁雜，或為偽託之作。❹汩汩然　水流急遽貌。借指得心應手，文思自然湧出。原文誤作「汨汨」，形近而訛。❺距　通「拒」。

【語譯】但是這還有一些困難之處，我韓愈在寫作上所做過的，自己也不知道究竟達到了古代的那些著作家的水平沒有。儘管這樣，我學習古文已經有二十多年了。開始，除非夏、商、周三代和前、後兩漢的書，否則不敢拿來閱讀，除非古代聖人的思想，否則不敢保存在心裡。在家靜處的時候好像忘記身外的一切，外出行動的時候好像拋棄周圍的事情，一心一意鑽研寫作。時而神態莊嚴，好像正在凝神思考，時而表情茫然，好像有所迷惑不解。一當我有了心得，用手拿筆將它表達出來的時候，便集中精力一定要把前人用過的陳舊了的思想語言全都去掉，一切都得用自己的語言來表述，這該是多麼大的困難啊！把文章給別人看，也不管別人的非議譏笑，自己並不理會，照樣我行我素。像這樣也經過了許多年，還是堅持這種態度，然後就能夠識別古書內容的純正和駁雜，以及雖然純正但卻不夠完美的地方，都能認識得清清楚楚，就像白的和黑的那樣一眼就能分別出來。並且在寫作時盡力去除這些內容不純正或者雖然純正但卻不夠完美的地方，這才慢慢地有了一些收穫。一當我有心得，用手拿筆將它表達出來的時候，就能得心應手，文思像流水一樣奔瀉出來。把文章拿給別人看，別人如果譏笑自己就高興，別人如果稱讚自己便憂愁，認為其中還有前人用過的陳舊的說法存在。像這樣又經過了許多年，然後下筆之時，便如同江潮海浪般的浩浩蕩蕩傾瀉而來。但我又擔心它的內容駁雜，不夠純正，便主動前去找出那些駁雜之處加以刪除，平心靜氣考察所寫下的，一切都純正了，然後便無所顧忌地盡情揮寫。即使這樣，我還不能不加強自己的道德修養。走在仁義的大道之上，沉浸在《詩經》、《尚書》的源泉之中，不能迷失這條道路，不能斷絕這個源泉，一直到我生命終止才罷休就是了。這樣，寫起文章來才會有充沛的氣勢。文章的氣勢，好比是水；文章的語言，好比是飄浮在水面上的東西。水大，凡是可以浮起來的東西，不論大小，全都可以飄浮起來，氣勢與語言的關係也是這樣。如果氣勢旺盛，那麼文章語句的長短，聲調的高低抑揚都會適當合拍的。

雖如是，其❶敢自謂幾於成乎？雖幾於成，其用於人也奚取焉？雖然，待用於人者，其肖❷於器邪，用與舍❸屬諸人。君子則不然：處心有道，行己有方，用則施諸人；舍則傳諸其徒，垂諸文❹而為後世法。如是者，其亦足樂乎？其無足樂也❺？

【章　旨】本段進一步說明寫作古文完全出於個人的志向和愛好，而不是寄希望於別人的取捨。

【注　釋】❶其　通「豈」。❷肖　相像。❸舍　通「捨」。❹垂諸文　本道德而發為文章，故可為後世效法。❺其亦足樂乎

二句　這兩個疑問句正面意思是「此中有至樂」者。

【語　譯】即使這樣，怎麼敢就認為自己的文章接近於成功了呢？就算是接近成功，這種文章對於需要的人來說，又有什麼可取的呢？雖然如此，希望被別人採用的東西，那只能像一件器物罷了，用與不用的權柄掌握在別人手上。君子卻不能夠這樣：他們的思想要遵從一定的原則，他們的行為具有一定的方向，受到任用，就把自己的道德通過工作加惠於人；不被任用，就把自己的道德傳授給自己的學生，並體現於著作中，流傳後世作為人們效法的榜樣。如果能夠這樣做的話，這中間有著值得高興的嗎？還是沒有什麼值得高興的呢？

有志乎古者希❶矣。志乎古，必遺乎今，吾誠樂而悲之。亟❷稱其人，所以勸之，非敢褒其可褒，而貶其可貶也。問於愈者多矣，念生之言，不志乎利，聊相為言之。愈白。

【章　旨】李翊能在有志於古文者極少之時，向韓愈詢問古文之道，故本段特加表彰，並申述答書用意，照應首段。

【注　釋】❶希　同「稀」。❷亟　屢次。

【語　譯】有志向學習古文的人現在很稀少了。立下志向學習古文必定會被當今所拋棄，我確實既為他高興，又為他感到悲傷。我多次稱讚這種人，目的在於鼓勵他們，而並不是敢於褒獎那些值得褒獎的，貶斥那些需要貶斥的。向我求教的人很多，考慮您來信中所說的話，沒有為了追求利祿而去投合世俗的想法，姑且為您講講學習古文的這些問題。韓愈謹啟。

【研　析】這是一篇論述古文寫作的書信。張裕釗評之曰：「退之自道所得，字字從精心撰出，故自絕倫。」

作者歷敘學習古文過程中的曲折甘苦，這本屬一件極為抽象，甚至是只可意會，難以言傳的事，卻能敘述得如此生動具體，其方法主要是善用比喻。姚鼐對本篇的評語為「此文學《莊子》」。作者首先學習《莊子》借助比喻以「刻雕眾形」的方法，明喻、暗喻、借喻、博喻，無所不用，而且都用得異常準確。其中如借用水流來比喻文思，從第二階段的「汩汩然來矣」到第三階段的「浩乎其沛然矣」，就充分地寫出自己從隨筆書寫到盡情揮灑的演進過程。用水與浮物的關係來說明氣勢與語言的關係，也能恰到好處。其次，作者也受到《莊子》的那種「汪洋辟闔，儀態萬方」（魯迅語）的文風的影響，本文也如《莊子》之文一般「無端而來，無端而去」（劉熙載《藝概》），文章的線索，潛伏至深，蹤跡難尋。表面上雖然「曲折無數，轉換不窮」（林雲銘評語），實際上仍然緊緊扣住文章主旨，絲毫不亂。這正如李剛己所評：「昔歸熙甫論為文之法，謂『如兒童放紙鳶，愈放愈高，要在手中綫索牢』。此文中幅歷敘平生為學之方，一層深一層，即所謂『愈放愈高』也。而其行文則一綫穿成，半絲不亂，即所謂手中『綫索牢』也。」

答劉正夫書

韓退之

【題　解】本篇蜀本《昌黎集》作「喦夫」。篇末之「賢尊給事」指門下省給事中劉伯芻，伯芻三子：寬夫、端夫、巖夫，而無名「正夫」者。喦，通「巖」。故宜從蜀本。劉巖夫，字子耕，登元和十年（西元八一五年）進士第，本文之作，大約在此後不久。與上篇一樣，這也是一篇論文書信。儲欣評曰：「答劉正夫是作文要旨，答李翊是用功節奏，二書缺一不可。」本篇所論之「作文要旨」有四：要以古聖賢人為師；師古人之意而不師其詞；文「無難易，惟其是爾」，即把內容的正確、合理作為文的主要目標；最後是，「能自樹立不因循」，提倡個人獨創性和特有風格。亦如沈德潛之所評：「『師古聖賢人』，『師其意』，『惟其是』三層即是立異，立異即是能自樹立者。作文要領拈出示人，不似後人但云『鴛鴦綉出從君看』（隱去下句『不把金針度與人』）也。」

愈白，進士劉君足下：辱牋教以所不及，既荷厚賜，且愧其誠然，幸甚！幸甚！凡舉進士者，於先進❶之門，何所不往。先進之於後輩，苟見其至，寧可以不答其意邪？來者則接之，舉城士大夫，莫不皆然，而愈不幸獨有接後輩名❷。名之所存，謗之所歸也。

【章旨】本段說明收到對方來信以及不可不答的原因和更深一層的含義。

【注釋】❶先進　猶前輩。此指後中進士者對先中進士者而言。按：韓愈於貞元八年中進士，較劉早二十三年。❷愈不幸獨有接後輩名　《舊唐書》本傳言韓愈「成就後進士，往往知名。經愈指授，皆稱韓門弟子。」但為避免政敵忌恨，甚至加以「結黨營私」罪名，故特加「不幸」二字予以辯白。

【語譯】我韓愈說，進士劉君足下：承蒙賜信指教我不夠之處，已經得到您豐厚的賜與，又慚愧您所提到的確實如此，非常幸運！非常幸運！凡是得中進士的人，對於前輩進士之門，沒有哪一家可以不去的。前輩進士對於後輩，只要看到他來了，怎麼可以不回答他的提問呢？登門來訪的人就要接待，全長安城的士大夫沒有不是這樣做的，而我韓愈卻不走運獨獨被人們稱之為「成就後進」之名。名聲存在的地方，自然也成為毀謗歸屬之處。

有來問者，不敢不以誠答。或問：「為文宜何師？」必謹對曰：「宜師古聖賢人。」曰：「古聖賢人所為書具存，辭皆不同，宜何師？」必謹對曰：「師其意，不師其辭。」又問曰：「文宜易宜難❶？」必謹對曰：「無難易，惟其是爾。」

如是而已。非固開其為此，而禁其為彼也❷。

【章　旨】本段提出寫作古文的主要原則。

【注　釋】❶宜易宜難　《昌黎集》注引李翺〈答朱載言書〉云：「天下之語文章，其愛難者則曰：文章宜深而不當易；其愛易者則曰：文章宜通不當難。此皆偏滯而不流，未識文章之所主也。」當時確有不同愛好，韓門弟子中，皇甫湜尚奇，李翺尚易，韓愈則既有「文從字順」者，亦有「怪怪奇奇」者。❷非固開其為此二句　林紓曰：「觀彼此二字，此字何指，彼字又何指？此者，師古聖賢人之是也；彼者，隱斥有司之不是也。」

【語　譯】凡是有前來詢問求教的人，我都不敢不以真實情況來回答。有人問：「寫作古文應該學習誰？」我一定嚴格地回答：「應該向古代聖人賢人學習。」問的人說：「古代聖人賢人所寫的書全都保存著，言語文辭都不相同，應該學習什麼？」我一定嚴格地回答：「學習他們的思想，不學習他們的言語文辭。」又問我說：「文章應該寫得淺近易懂些，還是應該寫得艱深古奧一些呢？」我一定嚴格地回答：「文章不講究艱深還是淺易，只要它寫得正確合理就行了。」就像這樣罷了。我並不是一定要開闢學習古代聖賢以寫作古文的道路，而去禁止寫作官府所流行的駢文啊。

夫百物朝夕所見者，人皆不注視也，及覩其異者，則共觀而言之。夫文豈異於是乎？漢朝人莫不能為文，獨司馬相如、太史公、劉向、揚雄為之最。然則用功深者，其收名也遠。若皆與世沉浮，不自樹立，雖不為當時所怪，亦必無後世之傳也。足下家中百物，皆賴而用也，然其所珍愛者，必非常物。夫君子之於文，豈異於是乎？今後進❶之為文，能深探而力取之，以古聖賢人為法者，雖未必皆是，要若有司馬相如、太史公、劉向、揚雄之徒出，必自於此，不自於循常之徒也。若聖人之道，不用文則已，用則必尚❷其能者。能者非他，能自樹立不因循者是也。有文字來，誰不為文？然其存於今者，必其能者也。顧常以此為說耳。

【章旨】本段舉漢代文人及家用百物為例或為喻，以說明用功深且不因循者方能流傳後世。

【注釋】❶後進 本《論語・先進》：「先進於禮樂，野人也；後進於禮樂，君子也。」先進、後進，既可作前輩、後輩解，亦可先學禮樂後入世或先入仕後學禮樂解。本篇「先進」凡三見，均可作前輩或先舉進士者解。而「後進」僅一見，另有「後輩」凡二見。故可知此「後進」應不同於「後輩」，似指先習駢文以入仕，之後再學古文者，故下句接以深探力取「以古聖賢人為法者」。❷尚 《說文》：「曾也，庶幾也。」

【語譯】那些成百上千種東西，從早到晚所看到的，人們都不會仔細注目觀察，等到一看出其中有特殊的東西，人們就會一起觀察並議論它。難道文章跟這個有什麼不同嗎？漢朝人沒有不會寫文章的，但只有司馬相如、太史公、劉向、揚雄成為漢朝最好的作家。如此看來花費功夫最深的人，他留下的名聲也就最遠。假如他們同社會上的人一樣，隨波逐流，沒有建立個人的特有風格，雖然不會被當時的人感到奇怪，但他們的文章也一定不會流傳到後代了。您家中的各種器物，都得依靠它作某種用途，但其中值得珍惜愛護的，一定不是普通的器物。而君子對於文章來說，難道跟這有什麼不同嗎？現在那些進入仕途後才學習古文的人寫作文章時，能夠深入探討並且盡力採用古代聖人賢人寫文章的法則，即使不一定都正確，但是如果要有司馬相如、太史公、劉向、揚雄這類人出現，必然從這些人中間產生，而不會產生於那些平庸普通的人們當中。如果聖人的思想不體現在文章之中就罷了，假若體現就只能是那些比較有才能的人。有才能的人不是別的，能夠建立自己獨有的風格而不因循守舊的人就是了。自從有了文字以來，誰不寫文章？但是其中能夠保存到今天的，必然是那些有才能建立個人風格的人。所以我經常拿這些理由來進行解釋。

愈於足下，忝同道而先進者，又常從遊於賢尊給事❶。既辱厚賜，又安敢不進其所有以為答也！足下以為何如？愈白。

【章　旨】本段補敘與其父之交誼，並說明回信的原因，以照應首段。

【注　釋】❶賢尊給事　尊，即父親。指劉伯芻，字素芝，累官給事中，元和八年出任虢州刺史。韓愈有〈奉和虢州劉給事使君三堂新題二十一詠〉。序曰：「劉兄自給事中出刺此州，在任逾歲，職修人治。」由此可知，韓愈從劉伯芻遊應在元和九年。

【語　譯】我跟您，同為進士而我僥倖比您先得中，我又曾經隨從擔任給事中的令尊一起遊玩。既然承蒙您的豐厚的賜與，又怎麼敢不把我全部想法作為回答呢！您的意見認為怎麼樣？韓愈謹啟。

【研　析】本篇與上篇〈答李翊書〉主旨略同，都是以書信來論文，具體而言，乃是闡明古文寫法。當然，前篇結合個人經驗現身說法，本篇則從理論角度進行分析，因而在表現方法上也就各有其特點：前篇「如剝蕉干，剝進一重，更有一重，把公一生工夫，和盤托出，逐層均有斟酌」（林紓評語）；本篇則採用設問方式，先將論文主旨，集中闡述，然後再作綜合論證。故第二段首先將「師古聖賢人」、「師其意」、「惟其是」三個要點拈出，而第三段則為綜論，又緊緊圍繞「能自樹立不因循」落筆。二、三兩段緊密相連，內容銜接貫串。韓愈提倡古文，目的在於宣傳聖賢之道；因此只有「師古聖賢人」，就能「自樹立」。韓愈「文起八代之衰」，而所謂之「衰」，就在於語多雷同。本文所言之「不師其辭」，就是反對雷同，要求「詞必己出」，這也就是「不因循」。二段所提的「惟其是」，即對所論之萬事萬物，都必須有一個正確、合理的解釋，不經過第三段所講的「深探而力取」的工夫是無法達到的。先提出綱領，後細加分析，這能使文章綱舉目張，條理清晰。

答尉遲生書

韓退之

【題解】 標題一作「答尉遲生汾書」，尉遲汾，應為韓門弟子。韓集遺文有〈洛北惠林寺題名〉云：「韓愈、李景興、侯喜、尉遲汾，貞元十七年七月二十二日，漁於溫洛，宿此而歸。」貞元十八年，權德輿主禮部試，陸傪輔之，韓愈曾向陸傪推薦侯喜、李翊、尉遲汾等十人。尉遲得中當年進士第。此後情況不詳。此書應寫於貞元十七年或此前，其內容也是討論學習古文。但本篇著重強調的乃是為文為人，必須「慎其實」，這個「實」字，正是〈答李翊書〉所說的「養其根而竢其實」中的「根」，亦即「行之乎仁義之途，游之乎《詩》、《書》之源」，也就是一個人的思想淵源和道德修養，正是這些決定了文章價值的高低。沈德潛評曰：「文必本乎其實，猶白賁（賁，無色也）無飾，自然致飾而亨也。若其實不存，同於木無根，水無源，立見其枯涸而已。入手一段論文之義已盡。」後段則進一步抒發「有志乎古必遺乎今」的感慨，其諷世之意更為強烈，表現了作者堅持理想、兀傲自得的精神。

愈白，尉遲生足下：夫所謂文者，必有諸其中，是故君子慎其實。實之美惡，其發也不揜❶。本深而末茂，形大而聲宏，行峻而言厲，心醇而氣和。昭晰❷者無疑，優游者有餘。體不備，不可以為成人；辭不足，不可以為成文。愈之所聞者如是，有問於愈者，亦以是對。

【章 旨】本段集中闡明為文必需本乎其實，文章的價值，完全取決於「實之美惡」。作者以此回答對方之所問。

【注 釋】❶揜 同「掩」。遮蓋。❷昭晰 清晰；明白。陸機〈文賦〉：「情曈曨而彌鮮，物昭晰而互進。」

【語 譯】我韓愈說，尉遲生足下：人們所講的文章，一定得包含有中心內容，因此，修養高尚的人注重自己思想道德這些決定文章具體內容的主要因素。這些因素的好壞，在它表達出來的時候是無法掩蓋的。就好比樹大根深自然枝葉繁茂，身材高大聲音一定宏亮，行為嚴肅的人說話一定嚴厲，心地寬厚的人性情一定溫和。明白事理的人自然沒有疑慮，優閒自得的人必定會有餘暇。四肢不全，不能算作完整的人；詞彙貧乏，不能算是完整的文章。我韓愈聽到的道理是這樣，有來向我請教的人，我也用這些道理回答。

今吾子所為皆善矣，謙謙然若不足，而以徵於愈。愈又敢有愛於言乎？抑所能言者，皆古之道。古之道，不足以取於今。吾子何其愛之異也？賢公卿大夫，在上比肩❶；始進之賢士，在下比肩。彼其得之，必有以取之也。子欲仕乎❷？其往問焉，皆可學也。若獨有愛於是❸而非仕之謂，則愈也嘗學之矣，請繼今以言。

【章 旨】本段根據古文之道不為世俗所取的這一現象，鼓勵尉遲生所追求的不是仕進，而是求教古文。

【注 釋】❶比肩 並肩。喻人數眾多。❷子欲仕乎 林紓評：「子欲仕乎四字，是冷語。言欲仕則不必問道，若愛道則不為仕，則己嘗學之。」❸有愛於是 林紓評：「言『是』者，道在是也。自命任道之意，毅然見之辭色。」

【語　譯】現在您在古文寫作上所做的都很好了，但您還那麼謙虛，好像還有所不足，而向我徵求意見。我韓愈怎麼敢吝惜我的想法不講出來呢？只是我所能說的，都是寫作古文的道理。懂得寫作古文的道理，並不能被當代所取法。你的興趣愛好為什麼會跟當代人如此之不同呢？賢德的公卿大夫，在上級官府多的是；剛進入官場的有才能的人士，在下邊官府多的是。他們能夠得到官職，一定是有他們的辦法才取得的。您想做官嗎？請去問問他們吧，都有值得學習的地方。如果您僅僅喜歡古文，而不是為了做官，那麼我韓愈是曾經學習過古文寫作的，希望今後我們繼續討論。

【研　析】本文也是一篇論述古文寫作的書信，劉大櫆評之曰：「簡古。」寫得極其簡約。可分為前後兩段：前段為古文寫作的要領，後段為古文寫作的態度；前段發揮〈答李翊書〉的「養其根而竢其實」，後段則發揮同書之「無誘於埶利」；前段主要是答其所問，後段主要是為其鼓氣。文雖簡古，但能抓住要點，要言不煩，啟示頗多。林紓評曰：「入手論文數語，是大師之言。末幅用三『愛』字，二『取』字，自為解釋，用筆伸縮，皆極自然……文於雄直中卻有轉折之筆，是昌黎長技。」

與馮宿論文書

韓退之

【題　解】馮宿，字拱之，婺州東陽（今屬浙江）人，與韓愈同為貞元八年進士，後官至比部郎中。愈諫迎佛骨，馮宿亦受牽連出為歙州刺史。文中提到李翺、張籍二人近「從僕學文」，據李翺〈祭韓侍郎文〉（本書卷七十四）：「貞元十二，兄在汴州。我游自徐，始得兄交。視我無能，待予以友，講文析道，為益之厚。」而張籍此時亦正好在汴州，韓愈曾「命車載之至，引坐於中堂，開懷聽其說，往往副所望」（〈此日足可惜贈張籍〉）。故本篇當作於貞元十二至十五年韓愈在汴州董晉幕時。馮宿與韓愈為文字素交，作者在文中除讚揚對方所作〈初筮賦〉，認為「直似古人」外，因而趁勢對得於古卻不能得於今的現象深表慨嘆。韓愈所倡導的古文，一直得不到時人的認同，故造成美惡錯位。小稱意，小怪之；大稱意，大怪之。反過來也是小慚小好，大慚大好。文章鼓勵對方不能為投世俗之所好而放棄原則，應該學習揚子雲「不祈人之知也」。既然當時美惡不辨，只有歷史才會作出公正的評價，這也就是「百世以俟聖人而不惑」的這種不屈從於流俗，敢於提倡古文於舉世不為之時的反潮流精神，正是韓愈之所以能夠「文起八代之衰」的主要原因。

辱示〈初筮賦〉❶，實有意思。但力為之，古人不難到。但不知直似古人，亦何得於今人也？

【章旨】本段讚揚〈初筮賦〉的成就，鼓勵馮宿力追古人。

【注釋】❶初筮賦　筮，一本作「仕」。古人將出仕，先占吉凶，謂之筮仕，故筮亦有仕意。又：《新唐書・藝文志》著錄《馮宿集》四十卷，今佚。《全唐文》載有馮宿遺文四篇，無〈初筮賦〉，應佚。

【語譯】承蒙您給我看〈初筮賦〉，確實很有意義。只要您努力寫作，達到古人境界，是不會有困難的。但是我不知道完全跟古人一樣，對於今天的人來說又會有什麼好處呢？

僕為文久，每自測：意中以為好，則人必以為惡矣。小稱意，人亦小怪之；大稱意，即人必大怪之也。時時應事作俗下文字，下筆令人慚。及示人，則人以為好矣。小慚者，亦蒙謂之小好；大慚者，即必以為大好矣。不知古文直❶何用於今世也？然以俟知者知耳❷。

【章　旨】本段作者根據自己的經驗，自以為好者則人惡之，自以為壞者則人好之，證明古文不適用於今世。

【注　釋】❶直　五百家本《昌黎集》作「真」。❷以竢知者知耳　前「知」通「智」。方苞有評曰：「古文無用於今世，束上；以竢知，啟下。」

【語　譯】我寫作古文已經很久了，時常自己測試：心中認為寫得好，那麼人家一定會認為寫得壞。稍稍滿意的文章，人家也稍稍感到奇怪；非常滿意的文章，人家便一定感到非常之奇怪的了。有時為了應付情況需要寫作流行的淺近文字，下筆行文就令人感到慚愧。等到拿出來給人看，而人家卻認為寫得很好。稍稍感到慚愧的文章，也就被別人認為稍稍有些好；感到非常慚愧的文章，人家便一定認為非常之好的了。我不知道古文對於當代社會確實會有什麼用呢？如此就只能留下等候聰明的智者出現以後才能被了解的了。

昔揚子雲著《太玄》❶，人皆笑之。子雲之言曰：「世不我知，無害也。後世復有揚子雲，必好之矣❷。」子雲死近千載，竟未有揚子雲，可歎也！其時桓譚❸亦以為雄書勝《老子》，《老子》未足道也，子雲豈止與老子爭彊而已乎？此未為知雄者。其弟子侯芭❹頗知之，以為其師之書勝《周易》。然侯之他文，不見於世，不知其人果如何耳？以此而言，作者不祈人之知也明矣。直百世以竢聖人而不惑，質諸鬼神而無疑❺耳。足下豈不謂然乎？

【章　旨】本段通過揚雄著《太玄經》不為時人所知的事跡，以說明寫作不求媚世，當留待「百世以竢聖人而不惑」。

【注　釋】❶太玄　又稱《太玄經》，揚雄著。共十卷，體裁模擬《周易》，思想則以儒家為主，兼有道家及陰陽家。全書以「玄」為中心思想，相當於《老子》的「道」和《周易》的「易」。原文揚作「楊」。❷後世復有揚子雲二句　《漢書・揚雄傳》：「客有難《玄》太深，眾人之不好也。雄解之，號曰〈解難〉。於時人皆曶（通忽）之。」〈解難〉中云：「師曠之調鐘，竢知音之在後也；孔子作《春秋》，幾君子之前睹也；老聃有遺言知希者。我貴此，非其操與。」❸桓譚　前後漢間學者，年輩略晚於揚雄。字君山，沛國相（今安徽宿縣）人。著有《新論》一書。〈揚雄傳〉載桓譚回答王邑問「雄書豈能傳於後世乎」答曰：「必傳。昔老聃著虛無之言兩篇，薄仁義，非禮學，然後世好之者尚以為過於五經。今揚子之書，文義至深，而論不詭於聖人。若使遭遇時君，為所稱善，則必度越諸子矣！」句義本此。❹侯芭　《漢書・揚雄傳》：「鉅鹿侯芭，常從雄居，受其《太玄》、《法言》焉。」惟下句芭以《太玄》勝《周易》之說，不知所出。❺百世以竢聖人而不惑二句　《禮記・中庸》：「質諸鬼神而無疑，百世以俟聖人而不惑。」

【語　譯】從前，揚子雲撰寫《太玄經》，人家都嘲笑他。揚子雲的話說：「社會上不了解這部書，沒有關係，後代再有揚子雲這樣的人出現，一定會喜歡這部書的。」揚子雲去世接近一千年了，竟然沒有揚子雲這樣的人出現，這實在值得嘆惜啊！當時桓譚也認為揚雄的這部書超過《老子》，《老子》是不值得稱道的，揚子雲難道僅僅滿足於跟老子爭勝負就罷了嗎？這種意見並不了解揚雄。揚雄的弟子侯芭比較了解揚雄，認為他老師的書超過《周易》。但是侯芭的其他文章，社會上看不到，不知道這個人究竟怎麼樣？根據這些情況來說，作者不祈求人們的了解這是明顯的。只要流傳百世以等待聖人都不會感到迷惑，哪怕質問於鬼神而都不存在疑問。您難道不認為是這樣嗎？

近李翺從僕學文，頗有所得，然其人家貧多事，未能卒其業。有張籍❶者，年長於翺，而亦學於僕，其文與翺相上下。一二年業之，庶幾乎至也。然閔其棄俗尚而從於寂寞之道，以爭名於時也。久不談，聊感足下能自進於此，故復發憤一道。愈再拜。

【章　旨】本段提及李翺、張籍皆有志於古文，藉此以勉勵對方發憤。

【注　釋】❶張籍　見本書卷七〈張中丞傳後序〉注。張籍較李翺大約年長三歲。

【語　譯】近來李翺跟隨我學寫古文，很有心得，但他家庭貧窮，事情很多，還不能夠完成他的學業。有個叫張籍的人年紀比李翺大，也向我學習，他寫的古文與李翺的在上下之間，經過對古文一兩年的學習，差不多接近於成功了。但我還勉勵他能夠拋棄世俗的愛好，而跟隨我學習無人問津的古文，以爭取聞名於時。很久沒有跟您交談了，卻感覺到您能夠使自己的古文達到這種境界，所以回信說明發憤的這一道理。韓愈再一次下拜。

【研　析】本篇主旨在於：「聊感足下能自進於此，故復發憤一道。」但怎樣才能鼓勵對方繼續發憤呢？無外乎排除干擾和樹立榜樣。干擾來自社會，即得於古而不得於今。第二段是對當時古今人我、尖銳對立的最鮮明、最突出的描述，正如林紓所評：「小慚小好，大慚大好，說得酸甜自得，非論文之極處，莫得有是語也。」至於揚雄，則是韓愈最尊崇的漢代古文家之一。他「所敬者，司馬遷、揚雄」（柳宗元〈答韋珩示韓愈相推以文墨事書〉）。在〈答崔立之書〉、〈答劉正夫書〉（見本卷）及名篇〈進學解〉（本書卷七十二）諸篇中，都對揚雄的成就大加讚揚。故第三段特地拈出揚雄著《太玄經》不求為時人所知的精神作為榜樣，進而借用〈中庸〉中「百世以俟聖人而不惑」，以表達讓歷史來作結論，相信古文必將取得勝利的堅定信心。末段以古文運動並不孤立，韓門弟子大有人在來勉勵對方。張裕釗評曰：「篇末寄托遙遠，含蘊深妙。」

答衛中行書

韓退之

【題解】據《昌黎集》集注曰：「中行字大受，御史中丞晏之子。貞元九年進士。公始從董晉汴州、張建封徐州，二公甫卒而軍皆亂，大受喜公脫禍，以書遺公。公後寓東都，作此書與之，故言其窮居之狀云。」衛中行為河南伊闕縣人，後官至兵部郎中。衛中行在來書中，除了祝賀韓愈能逃脫軍亂之禍，讚揚他的品德之外，還特別提出希望韓愈能早日謀取富貴，以兼濟天下，不應消極等待命運。而韓愈在這篇答書中，仍然堅持貴賤禍福存乎天，賢不肖存乎己；修己以待天命，「豈不約而易行哉」。沈德潛評之曰：「衛書意大率勸公亟取祿位，以救天下，不當諉為時命。公意濟世本我素懷，然謂必得祿位，恐流入枉道詭遇一途。惟盡其在我，而付窮達於不可知之數，則隨在皆樂天安命之時也。直截了當，不為支詞，此公信道能篤處。」此外，本篇還對傳統福善禍淫之說，提出比較符合實際的修正。

大受足下：辱書為賜甚大。然所稱道過盛，豈所謂誘之而欲其至於是歟？不敢當！不敢當！其中擇其一二近似者而竊取之，則於交友忠而不反於背面者❶，少似近焉，亦其心之所好耳。行之不倦，則未敢自謂能爾也。不敢當！不敢當！

【章旨】本段對來書稱道過盛表示不敢接受之意。

【注釋】❶交友忠而不反於背面者　《新唐書》本傳言韓愈「與人交，終始不少變」，可證。

【語譯】大受足下：承蒙來信，受賜良多。但信中對我的稱讚太過分了，這難道是所說的要鼓勵我想讓我達到那種境界嗎？不敢當！不敢當！在您對我的讚揚言辭裡面選擇一兩點近似的我私下可以接受下來，那就是結交朋友能夠一心一意而不會變心背叛，稍微接近於我的作風，不過那也是我發自內心就喜歡這麼做罷了。而且一直做下去而不厭倦，也不敢自認為就一定能夠這樣。不敢當！不敢當！

至於汲汲於富貴，以救世為事者，皆聖賢之事業，知其智能謀力能任者也，如愈者又焉能之？始相識時，方甚貧，衣食於人。其後相見於汴、徐二州❶，僕皆為之從事，日月有所入❷，比之前時，豐約百倍。足下視吾飲食衣服，亦有異乎❸？然則僕之心，或不為此汲汲也。其所不忘於仕進者，亦將小行乎其志耳。此未易遽言也。凡禍福吉凶之來，似不在我。惟君子得禍為不幸，而小人得禍為恆；君子得福為恆，而小人得福為幸。以其所為，似有以取之也。必曰「君子則吉，小人則凶」者，不可也。賢不肖存乎己；貴與賤、禍與福存乎天；名聲之善惡存乎人。存乎己者，吾將勉之；存乎天、存乎人者，吾將任彼而不用吾力焉。其所守者，豈不約而易行哉？

【章　旨】本段闡明自己對於吉凶禍福的看法，從而解釋不願汲汲於富貴，但求小行其志的初衷。

【注　釋】❶其後相見於汴徐二州　據程俱《韓文公歷官記》載：「貞元十二年秋七月，董晉節度汴州，辟署試校書郎，汴、宋、亳、潁四州觀察推官。十五年二月，晉薨，隨晉喪出，四日而汴州亂。」後來韓愈輾轉到達徐州，「節度使張建封奏為節度推官，居之於符離。」❷日月有所入 據《唐會要》卷九十一載，當時任諸道觀察使、團練使推官者，每月料錢三十貫文。❸亦有異乎 以上言雖處豐約而衣食無異，證明己之不汲汲於富貴。

【語譯】至於來信所講的要我盡快求取富貴以拯救天下作為自己的工作，我認為這都是聖人賢士們的事業，他們了解自己的智慧才能、謀略力量完全能夠勝任，像我韓愈這種人又怎麼能夠辦得到呢？我們相互認識的時候，我正好非常貧窮，穿衣吃飯都得依靠別人。在此之後我們曾在汴州和徐州相見，我都是擔任節度使的佐吏，每月都有些收入，比前段時期，豐裕和貧窮的程度，相差百倍。您看我那時的飲食衣服，比過去又有什麼不同呢？這樣看來我的思想，大約不會因為這點官職而去盡力追求吧。我之所以不忘記當官求仕，也就是打算要稍微能夠推行我的志願罷了。這些都不容易講清楚的。大凡禍福吉凶的來臨，原因似乎並不在自己。只是君子碰上災禍是一種不幸，而小人碰上災禍乃是經常的；君子碰上幸福的事乃是經常的，而小人碰上幸福的事乃是一種僥倖。因為他的所作所為好像有獲得幸福或災禍的緣由。但一定要說「君子只會吉利，小人只會凶險」，是不可以的。賢能或不賢能，取決於自己；富貴與貧賤、災禍與幸福取決於上天；名聲的好壞，取決於別人。取決於自己的事，我打算努力去做好；取決於上天和取決於別人的事，我打算聽憑上天和別人而不使用我的力量。這樣一來，我所堅持的，難道不是很簡單而又容易實行嗎？

足下曰：「命之窮通，自我為之。」吾恐未合於道。足下徵前世而言之，則知矣。若曰：「以道德為己任，窮通之來，不接吾心。」則可也。窮居荒涼，草樹茂密，出無驢馬，因與人絕。一室之內，有以自娛。足下喜吾復脫禍亂❶，不當安安而居，遲遲而來也。

【章　旨】本段重申一心以道德修養為己任，而不問窮困通達。

【注　釋】❶復脫禍亂　據洪興祖《韓子年譜》載：貞元十六年五月十三日，張建封卒。十五日，徐州軍亂。而韓愈於十四日在下邳寫〈題李生壁〉，則建封未死時已離開徐州，故得脫軍亂。原在汴州時，從董晉喪至偃師，而汴軍始亂，韓愈因得脫。故稱復脫禍亂。

【語　譯】您說：「命運的窮困或通達，是由於我自己所招致的。」我恐怕這不符合道理。您查證前代的事例來說，就清楚了，假若說：「以道德修養作為自己的任務，命運窮困或通達的到來，跟我的思想沒有關係。」這種說法是可以的。獨自住在荒涼的地方，野草樹木茂盛稠密，出門沒有驢馬可騎，故而與人斷絕往來。一間書室之內，有著可以自我娛樂之處。您為我又一次逃脫禍亂而高興，但不應該安安穩穩地住下來，拖拖拉拉這麼久都不來看我。

【研　析】本篇亦屬於韓文中「文從字順」一類。通篇無生僻詞語，不用典，包括三段「足下徵前世而言之」，隱約包含前代不少事例，但亦略去而不列舉。故全文仿佛促膝談心，如敘家常，娓娓道來，而不著意於布局謀篇。大量比較通俗，甚至接近口語化的詞句，如首段連用四個「不敢當」，更加強這種隨意寒暄的氣氛。從中也可以看出二人友誼之深，情感之摯。文章的重點是第二段。韓愈雖不同意對方提出的「汲汲於富貴，以救世為事」，但並不採用針鋒相對地進行反駁，而只是正面解釋，闡明個人對吉凶禍福的看法。一則曰此聖賢之事，非韓愈之所能，以說明無力救世。又以自己擔任汴、徐二州從事，衣食不改，說明自己不為祿仕，而只為小行吾志，證明自己非汲汲於富貴者。再就禍福吉凶與君子小人的關係，以破福善禍淫之說。進而歸結到自己，但以修省為己任，不考慮存乎天之禍福與存乎人之善惡名聲。這樣，既能充分說明自己的立場觀點，又不致傷害對方之美意。

與孟東野書

韓退之

【題解】孟東野，唐代著名詩人孟郊（西元七五一—八一四年），字東野，湖州武康（今屬浙江）人。貞元七年（西元七九一年）入京應進士考，連續兩次落選，但卻受到韓愈的推重，「一見為忘形交」（《新唐書》本傳）。至貞元十二年始得中進士，四年之後，經銓選委派為溧陽縣尉。這封信寫於韓愈入張建封幕，任節度推官一年之後，即貞元十六年三月。此時孟郊亦尚未出仕，在家奉養老母。韓愈在徐州幕中，無所建樹，鬱鬱不樂，而孟郊也懷才不遇，「混混與世相濁」。而此二人不僅是道義之交，也是文字之交，彼此的坎坷經歷更加深了相互間的感情和理解。韓愈寫這封信正是為了表達在落魄無聊中思念故人，渴望會晤傾談的心情。林雲銘有評曰：「人生知己最難相遇，即相遇亦不能同在一方。若同在貧賤寥落，尤可悲也。公詩與東野倡和聯句最多，頗化為雲龍上下，四方相逐，則其交情非他人可比矣。」

與足下別久矣❶，以吾心之思足下，知足下懸懸於吾也。各以事牽，不可合并。其於人人❷，非足下之為見，而日與之處。足下知吾心樂否也？吾言之而聽者誰歟？吾唱之而和者誰歟？言無聽也，唱無和也，獨行而無徒❸也，是非無所與同也，足下知吾心樂否也？

【章旨】本段訴說自己孤獨無偶，以表達對東野思念之切。

【注釋】❶與足下別久矣　王元啟注：「孟於十四年秋去汴，此書十六年三月作。已逾歲半，故云別久。」❷人人　一般人；眾人。此詞又見於〈答張籍書〉及〈歐陽生哀詞〉等篇，故朱熹認為「疑當時俗語也」。❸徒　朋輩。

【語　譯】跟您分別已經很久了，根據我心裡想念您的情況，料知您會對我念念不忘的。彼此都因事務牽制，不能聚在一起。我見到的是周圍一般的人，而無法見到您，但每天都得跟這些人相處。您知道我心裡會高興還是不高興呢？我想說話，可是有誰來聽呢？我想吟詩，可是有誰來和呢？說話沒有人聽，吟詩沒有人和，獨自一人行走，沒有志同道合的人，評論是非，也沒有見解一致的人，您知道我心裡會高興還是不高興呢？

足下才高氣清❶，行古道，處今世，無田而衣食，事親左右無違，足下之用心勤矣！足下之處身勞且苦矣！混混與世相濁❷，獨其心追古人而從之。足下之道，其使吾悲也！

【章　旨】本段讚揚孟郊的人品才能，並對他的艱難處境表示關切和同情。

【注　釋】❶氣清　風神清雅，思想淳樸。❷與世相濁　指世人皆濁，不得已而與之周旋應付。

【語　譯】您的文才高超，氣質不俗，遵行古人之道，處在當今之世，沒有田地卻要謀求衣食，奉養老母能做到事事孝順，您的用心夠殷勤的了！您對待自己夠勞碌辛苦的了！社會汙濁紛亂，您只得跟世俗之人周旋應付，獨有您的思想還是追慕古人並效法他們。您的為人處世之道，不禁使我為之悲傷感慨！

去年春，脫汴州之亂❶，幸不死，無所於歸，遂來於此。主人❷與吾有故，哀其窮，居吾於符離睢上❸。及秋，將辭去，因被留以職事❹。默默在此，行一年矣。到今年秋，聊復辭去。江湖余樂也，與足下終，幸矣。

【章　旨】本段追敘自己一年來的行蹤及感受。

【注　釋】❶脫汴州之亂　指貞元十五年二月，宣武軍節度使董晉卒，韓愈隨靈柩出，前往偃師。四天後，汴州軍亂，御史大夫知留後事陸長源等被殺。故韓愈得以脫禍。❷主人　指徐、泗、濠節度使張建封。❸符離睢上　符離，古縣名，地在今安徽宿州符離集。睢，淮河支流名，出陳留縣西，流經符離故城北。❹職事　指張建封委韓愈為節度推官。

【語　譯】去年春天，躲過了汴州之亂的那場災禍，幸而沒有喪命，無處投奔，於是便來到這裡。主管官員跟我有老交情，同情我貧困，讓我住在符離縣睢水岸邊。到了秋天，我打算告辭另找地方，就被留下來委任我一個職務。我默默無聞地待在這裡，快一年了。等到今年秋天，我還想辭掉職務，退隱江湖，這是我的人生樂趣。如果能跟您相伴到老，那就更好了。

李習之娶吾亡兄❶之女，期在後月❷，朝夕當來此。張籍在和州居喪，家甚貧。恐足下不知，故具此白，冀足下一來相視也。自彼❸至此雖遠，要皆舟行可至，速圖之，吾之望也。春且盡，時氣向熱，惟侍奉吉慶❹！愈眼疾比劇，甚無聊，不復一一。愈再拜。

【章　旨】本段順便介紹李翺、張籍情況，熱切盼望孟郊速來此相見。

【注　釋】❶亡兄　指韓愈之從兄韓弇，任朔方節度使掌書記、殿中侍御史。貞元三年，為吐番所殺害。❷後月　下月，即貞元十六年四月。五月十四日，韓愈即離開徐州，西去洛陽。❸彼　指孟郊當時所居之地。清沈欽韓曰：是年孟郊在湖州原籍。今人華忱之《孟郊年譜》說：當時應在常州。後說較可信。❹侍奉吉慶　侍奉，指孟郊奉養老母，吉慶，是為他老母祝福。

【語　譯】李習之來娶我亡兄的女兒，時間預定在下個月，很快就會來這裡。張籍現在和州老家守喪，生活很貧苦。恐怕您不知道這兩個人的近況，所以在此報知，希望您能前來相會。從您那裡到這裡雖然路途遙遠，但主要是都能坐船到達，趕快辦理出發之事，這是我的希望。春季即將過去，氣候越來越熱，祝您奉養老母健康長壽！我的眼睛近來病得厲害，很無聊，不再一一詳談了。韓愈再一次下拜。

【研　析】這是一封不以討論問題，而僅限於抒發相互間真摯友誼的書信。故此，文風亦以樸實無華、情真語切為其特色。曾國藩評曰：「真氣足以動千載下之人。韓公書札，不甚經意者，其文尤至。」為了表達知己間思念之深，故第一段集中抒寫自己的孤獨無偶，第二段則描寫對方處境艱辛，令人悲傷，三段回頭又寫自己默默無聊，交叉敘述，足見彼此之心跡。末段歸結盼二人及早相見。沈德潛評曰：「只淡淡一二語，傳出深情。篇中三『樂』字，一『悲』字，一『幸』字，天然觀照。」但「樂」、「悲」二字，各有所屬。林紓曰：「說到自己，著眼在一『樂』字；說到東野，著眼在一『悲』字……寄『道』字於東野身上，因東野而自悲，分外尤見親密。」但此中「悲」是實境，而「樂」乃自己之所求。前二「樂」字，緊接一「否」字，實際乃是不樂。第三「樂」字，指的是「江湖余樂也」，故應為虛境。接下又以「與足下終，幸矣」，復綰以二人之深情，盼相聚之殷切，使友誼得到充分表達。

答劉秀才論史書

韓退之

【題　解】劉秀才名軻，字希仁，元和十四年進士，後累官至洛州刺史，亦曾以史才直史館。有著作多種，均不傳。元和八年（西元八一三年），韓愈任史館修撰。劉軻有書勉之，希能秉持史筆，明示褒貶。韓作此書答之，並錄寄柳宗元。柳有〈與韓愈論史官書〉指出此書中所言「與退之往年言史事甚大謬」。按韓愈在〈答崔立之書〉（見本卷）中，言己將「作唐之一經」，「誅奸諛於既死，發潛德之幽光」，是其素志如此。而此時身在史館，反而畏葸退縮，顧慮重重，甚至認為編寫歷史，「不有人禍，則有天刑」，並列舉大量未必準確的歷史事例，以實其說。故柳宗元對此書論點，逐一加以批駁，極有見地。但縱觀此書，似與韓愈一貫仗義執言、誓死衛道的無畏精神不符。有人認為此因其「年志衰退」，而官書難修，這也是事實；但他能在六年後的元和十四年冒殺身危險，諫迎佛骨，而對修史卻如此畏懼，殊難解釋。吳辟畺評曰：「自古有道之君子，未有惑於禍福之謬說者。此文所言，皆非莊語，乃故謬悠其詞，以為文章詭異之觀耳。」張子韶曰：「此亦退之說得未盡處，想其意亦不專在畏禍，但恐褒貶足以貽禍，故遷就其說，而失之泥，宜為子厚所攻。」把本篇全部或部分視為退之隨意遷就之作，亦不合作者為文的嚴正態度。至於《危辭》認為本篇乃「有激而言」者，但卻缺乏具體內容。《昌黎集》編纂者韓愈之女婿兼門人李漢，自謂「收拾遺文，無所失墜」，乃逸此篇於正集之外，也許並非無心，是否包含一點為尊者、親者諱的意思。這些問題都有待進一步研究。

六月九日，韓愈白秀才劉君足下：辱問見愛，教勉以所宜務，敢不拜賜！愚以為凡史氏褒貶大法，《春秋》已備之矣。後之作者，在據事跡實錄❶，則善惡自見。然此尚非淺陋偷惰者所能就，況褒貶邪？

【章　旨】本段回應對方來信，強調修史之不易，而褒貶則尤難。

【注　釋】❶實錄　《漢書・司馬遷傳贊》：「其文直，其事核，不虛美，不隱惡，故謂之實錄。」注：「言其錄事實。」

【語　譯】六月九日，我韓愈稟告劉秀才足下：承蒙來信，表現對我的關愛，教育勉勵我以應該努力做的事，我怎敢不拜謝您的恩賜！但我認為大凡史官所掌握的褒貶大法，在《春秋》中已經全都具備了。後代的寫作史書的人，主要工作在於根據事情的發生作如實記錄，那麼誰好誰壞，就自然會得到表現。但這些並不是才學淺陋、工作懶惰的人所能夠完成的，更何況褒貶大法的掌握呢？

孔子聖人，作《春秋》，辱於魯、衛、陳、宋、齊、楚，卒不遇而死；齊太史氏兄弟幾盡❶；左丘明紀春秋時事以失明；司馬遷作《史記》刑誅；班固瘐死❷；陳壽起又廢❸，卒亦無所至；王隱謗退死家❹；習鑿齒❺無一足；崔浩❻、范曄❼亦族誅；魏收夭絕❽；宋孝王❾誅死；足下所稱吳兢❿，亦不聞身貴而今其後有聞也。夫為史者，不有人禍，則有天刑。豈可不畏懼而輕為之哉！

【章旨】本段列舉古代史官遭禍受刑的事例，以說明為史乃一畏途，人禍天刑將隨之而來。

【注釋】❶齊太史氏兄弟幾盡　《左傳·襄公二十五年》載崔杼弒齊莊公，「太史氏書曰：『崔杼弒其君。』崔子殺之。其弟嗣書而死者二人，其弟又書，乃舍之。」❷班固瘐死　班固後以中護軍隨竇憲出征，憲因驕橫敗，班固亦牽連免官。其教授諸子不法，得罪洛陽令种兢，被捕下獄，瘐死獄中。《漢書》顏注：「言因或以掠笞及饑寒及疾病而死。」❸陳壽起又廢　陳壽，西晉人，《三國志》作者。曾仕蜀為觀閣令史、黃門侍郎等職。入晉，沉滯有年，張華愛其才，薦任著作郎、治書侍御史等職。以母憂去職。母遺言令葬洛陽，又坐以不令母歸葬西蜀，竟被貶議，終身不得復官。❹王隱謗退死家　王隱，字處叔，陳郡人，東晉初為著作郎，令撰《晉史》。時著作郎虞預私撰《晉書》，抄襲《晉史》，並誣隱為朋黨。因遭罷黜，歸老於家。❺習鑿齒　字彥威，襄陽人。東晉時曾官滎陽太守，以足疾廢歸。著有《漢晉春秋》五十四卷，起東漢光武帝，終晉愍帝，以蜀漢為正統。❻崔浩　北魏人，字伯淵，籍清河。累官侍中，進撫軍大將軍。曾奉詔撰《國書》三十卷，因其中對北方鮮卑族人有所不恭，為北魏太武帝所殺，清河崔氏及浩之姻親盧氏、郭氏、柳氏皆族滅。❼范曄　南朝宋人，字蔚宗，曾刪輯各家後漢史為《後漢書》一百二十卷。累官尚書吏部郎，後被捲入宋文帝與其弟彭城王劉義康爭鬥，被孔熙先所惑，參與謀殺宋文帝，事泄被族誅。❽魏收夭絕　魏收，字伯起，鉅鹿人，仕北魏、北齊，累官中書令、右僕射，奉詔撰《魏書》一百三十卷，能秉筆直書，揭人陰私，貶多褒少。書出，舉國大譁，言其挾私妄為，賄賂成書，名其書為「穢史」（劉知幾《史通》），齊亡後，冢為人所發，骨棄於道。魏收無子，可稱為「絕」；但死年六十七，不得稱之為「夭」。❾宋孝王　北齊人，宋隱之從孫，求入文林，不遂，因非毀朝士，作《關東風俗傳》三十卷。北周時，參與尉遲迥事被誅死。❿吳兢　汴州人，於武后、高宗、中宗、玄宗四朝歷居史職，官至太子左庶子，時有「今董狐」之譽。曾撰《武后實錄》，秉筆直書，不隱惡虛美。又刪梁、齊、周史各十卷，《陳史》五卷，《隋史》二十卷。卒後其子進所撰《唐史》八十餘卷，事多紕繆，不逮壯年所修諸史。其史作以《貞觀政要》最為有名。又，將以上史家之不幸遭遇歸咎於修史，實牽強不當。柳宗元〈與韓愈論史官書〉曾駁之曰：「孔子困於魯、衛、陳、宋、蔡、齊、楚者，其時暗，諸侯不能行也。其不遇而死，不以作《春秋》故也……范曄悖亂，雖不為史，其宗族亦赤。司馬遷觸天子喜怒，班固不檢下，崔浩沽其直以鬭暴虜，皆非中道。左丘明以疾盲，出於不幸。」分析較為公正。

【語　譯】孔子是聖人，寫作《春秋》，受辱於魯國、衛國、陳國、宋國、齊國和楚國，最後得不到重用而死；齊國太史氏堅持秉筆直書，兄弟一個接一個被殺，幾乎殺光；左丘明記錄春秋時大事因而失明；司馬遷寫作《史記》受到腐刑懲罰；班固死在牢獄之中；陳壽被推薦復職，不久又罷官，最後也沒能受任用；王隱受到誹謗罷官，老死家中；習鑿齒一足殘廢；崔浩、范曄遭滅族之禍；魏收夭折無後；宋孝王被誅殺；您來信中所稱讚的吳兢，也沒有聽說他自己身居顯貴，他的後代在今天有什麼名聲。凡編纂史書的人，如果沒有人禍，就會受到天的懲罰。這些難道不值得畏懼而能夠隨便去寫作嗎！

唐有天下二百年❶矣，聖君賢相相踵。其餘文武士，立功名，跨越前後者，不可勝數。豈一人卒卒能紀而傳之邪？僕年志已就衰退❷，不可自敦率❸。宰相知其他才能不足用，哀其老窮，齟齬無所合，不欲令四海內有戚戚者，猥言之上，苟加一職❹榮之耳。非必督責迫蹙，令就功役也。賤不敢逆盛指❺，行且謀引去。

【章旨】本段言唐史之難修，自己雖加一史職，乃屬照顧性質，並無令其修史意圖。

【注釋】❶二百年　自唐開國至元和八年，實為一百九十六年。❷年志已就衰退　韓愈當時四十六歲。❸敦率　勉勵、督促。《爾雅・釋詁》：「敦，勉也。」「率，循也。」❹加一職　元和八年正月，韓愈為比部郎中、史館修撰。前者為虛銜。❺賤不敢逆盛指　指，同「旨」。吳辟畺曰：「全文中惟此數語為真意所在，以當世無知己之人，不得已而相依就，非真欲藉以自見也。」

【語譯】唐代據有天下已經二百年了，聖明的君主、賢能的宰相一個接一個。其他文臣武將，立下不朽功名，跨越時代前後的，連數都數不清。這難道光憑一個人的力量，匆匆忙忙地記錄下來就能傳之後世嗎？我的年齡和志氣都已經衰退，不能夠督促勉勵自己。宰相知道我沒有其他才能，不值得任用，但同情我衰老窮困，跟社會抵觸不合，又不想讓四海之內有這麼一個悲傷愁苦之人，姑且向皇上建議，隨便加給我這樣一個職務作為我的榮譽罷了。並不是一定要督促責備，迫使我參與這項任務。我不敢違背宰相的盛意，不久就要考慮離職引退。

且傳聞不同，善惡隨人所見。甚者附黨憎愛不同，巧造語言，鑿空❶構立善惡事迹，於今何所承受取信，而可草草作傳記，令傳萬世乎？若無鬼神，豈可不自心慚愧；若有鬼神，將不福人。僕雖騃，亦粗知自愛，實不敢率爾❷為也。

【章旨】本段進一步申說修史之難：傳聞異詞，善惡難於取信，不可率爾為之。

【注釋】❶鑿空　無中生有，憑空立論。❷率爾　輕遽貌。《論語・先進》：「子路率爾而對。」

【語譯】而且，傳聞之詞，各不相同，誰好誰壞，隨人所見。甚至有人阿附結黨，憎惡或喜愛就更加不同，巧妙捏造某些語言，無中生有，虛構編造善惡事跡，到了今天究竟接受哪些真實可信的材料，便匆忙草率編寫歷史傳記，這能讓它流傳萬世嗎？假若沒有鬼神，這難道不讓內心感到慚愧；假若有鬼神，就不會賜福於人。我雖然愚昧，也略知愛護自己，實在不敢隨隨便便就來做這件事。

夫聖唐鉅跡，及賢士大夫事，皆磊磊❶軒❷天地，決不沉沒。今館中非無人，將必有作者勤而纂之。後生可畏❸，安知不在足下？亦宜勉之！

【章旨】本段言唐史事關重大，必不湮沒，但寄希望於史館之後生。

【注釋】❶磊磊　石眾多貌。屈原〈九歌〉：「石磊磊兮葛蔓蔓。」此借喻才幹傑出。❷軒　高起；高舉。❸後生可畏　《論語・子罕》：「子曰：『後生可畏，焉知來者之不如今也？』」

【語譯】聖明唐朝的偉大歷程，和那些賢能士大夫的事業，都卓越傑出，頂天立地，一定不會被埋沒。現在史館中並不是沒有人才，將來肯定會有作者勤勞地把它編纂起來的。年輕的人是可怕的，怎麼知道這個責任不會落在您身上呢？您也應該勉勵自己！

【研　析】本篇雖有不少論點、論據因牽強悖謬而受到柳子厚諸人所批駁，但畢竟有其不可一筆抹殺之處。如強調修史之不易，作史不當草草率爾，提出據事實錄，則善惡自現這一作史之法，皆極有見地。在寫作上，文章寫得層次分明，論證周全。如首段即揭示作史基本原則，二段舉事例言作史之危，三、四兩段言作史之難，其中三段著重從自己角度立論，四段則從一般人角度立論，五段補論不致因危難而遂無人作史，故寄希望於後生。一切都寫得那麼自然，仿佛問題本身就是這樣，文章層次完全符合思維進程。張裕釗評之曰：「絕無章法而氣脈自然貫注，中有造句似子雲，而琢雕復璞，一歸自然。」所謂「絕無章法」，指不違反自然而刻意求新求巧也。

重答李翊書

韓退之

【題解】這是作者給李翊的另一封信，口吻措辭似與前書有所不同，但其思想與前書所強調的「無望其速成」仍有一脈相承之處。李翊正是由於「急乎其所自立」，因此才對韓愈提出「汲汲於知而求待之殊」，即希望對自己給予特殊對待的無理要求。而韓愈對後進汎愛無別，有求必應，有問必答的作法，乃是基於孔子有教無類，誨人不倦的精神，不應受到懷疑。故在信中，一開頭就明確指出：「所疑於我者，非也。」從中可以看到韓愈對後學之士，既能熱情幫助，與人為善，又能不姑息遷就，敢於批評的原則態度。這樣處理師生關係是正確的，值得借鑑的。

愈白李生：生之自道其志，可也；其所疑於我者，非也。人之來者，雖其心異於生，其於我也皆有意焉。君子之於人，無不欲其入於善，寧有不可告而告之，孰有可進而不進也？言辭之不酬，禮貌之不答，雖孔子不得行於互鄉❶，宜乎余之不為也。苟來者，吾斯進之而已矣❷。烏待其禮踰而情過乎？

【章　旨】本段主要闡明作者對於來求教者全都抱著熱情幫助、有問必答的態度。

【注　釋】❶孔子不得行於互鄉　《論語・述而》：「互鄉難與言，童子見，門人惑。子曰：『與其進也，不與其退也，唯何甚？人潔己以進，與其潔也，不保其往也。』」互鄉，地名，今不詳其所在。朱集注：「其人習於不善，難與言善。」「蓋不追其既往，不逆其將來，以是心至，斯受之耳。程子曰：聖人待物之洪如此。」❷苟來者二句　王文濡言有教自應無類。

【語　譯】我韓愈告訴李生：你自己說明你的志向，那是可以的；你對我的作法有所懷疑，那是不對的。人們到我這裡來求教，即使他們的思想跟你不同，但他們對於我都抱著真心實意。有道德的君子對於來求教的，沒有不希望他能夠進入善良的境界，寧可有不該告訴的卻告訴他，哪裡會有著可以促進之處卻不去促進他呢？人家發言詢問卻不理睬，人家以禮貌拜見卻不回答，即使是孔子也不用這種態度來對待難與言善的互鄉之人，我不這樣做是應該的。如果有來求教的，我就這樣促進他罷了。何必要等待人家禮貌過頭，熱情過分才接待他呢？

雖然，生之志求知於我邪？求益於我邪？其思廣聖人之道邪？其欲善其身而使人不可及邪？其何汲汲於知而求待之殊也？賢不肖固有分❶矣，生其急乎其所自立，而無患乎人不已知。未嘗聞有響大而聲微❷者也，況愈之於生懇懇邪！屬❸有腹疾，無聊。不果自書。愈白。

【章　旨】本段對李翊要求特殊對待，急於自立的態度，含蓄地加以批評。

【注釋】❶賢不肖固有分　不肖，《漢書・吳王濞傳》注：「不肖，謂其鄙陋無所象似也。」《漢書・刑法志》注：「庸妄之人，謂之不肖。」固，本然之詞。全句謂賢不肖在人自擇，語意極其含蓄。❷響大而聲微　響，回聲。《尚書・大禹謨》傳：「吉凶之報，若影之隨形，響之應聲。」此處以自立喻聲，人知喻響，不務自立，而欲人知，故曰響大聲微。❸屬　適逢；恰好。《左傳・成公二年》：「下臣不幸，屬當戎行，無所逃遁。」

【語　譯】即使如此，你的目的是要求得到我的了解呢？還是要求得到我的幫助呢？是想推廣聖人之道呢？還是想完善你自己而使別人都無法趕上你呢？為什麼如此迫切地希望得到了解並要求得到特殊的對待呢？賢和不賢，本來屬於人的素質，可以選擇培養，你如果能夠加快使自己有所樹立，就不必擔心人家不了解你。我從來沒有聽說過回聲大而聲音小的這種事，何況我韓愈對於你是如此誠懇啊！正好我肚子鬧病，煩惱無聊，不能夠自己書寫。韓愈說。

【研　析】這是一封回答門生提出要求不盡妥當的書信。細讀文意，李翊來信中希望韓愈能給自己以特殊照顧。這就意味著對其他求教者少加接納，而對自己額外關照。故回信也分兩段：一段專言他人，一段專言李生。對他人不能來而無誨，問而不答，這不合君子待人之道。對李生，則期其自立。二段一開頭便連用五個疑問句，著重批駁李生求教目的不夠端正，不是為了推廣聖人之道，而是為了樹立個人的名聲，即所謂「善其身而使人不可及」。用一連串疑問以解剖其內心想法，這比正面分析更含蓄有力。曾國藩評曰：「韓公文如主人坐堂上，而與堂下奴子言是非。」將師生比喻為主奴，表面似有不當。不過這主要說明二人關係之密切，親如一家，故措詞立論，均極誠懇樸實，而又能不放棄原則。

上兵部李侍郎書

韓退之

【題　解】李侍郎名巽，字令叔，趙郡（今河北趙縣）人。為湖南觀察使，改江西觀察使。順宗即位（西元八〇五年），入為兵部侍郎。《昌黎集》及《文苑英華》此書開端尚有「十二月九日（即永貞元年），將仕郎守江陵府法曹參軍韓愈謹上書侍郎閣下」二十五字。將仕郎，從九品；法曹參軍，正七品；階卑任高，故曰「守」。而侍郎則為正四品，以下對上，亦稱「上書」。韓愈寫這封信並獻上詩文各一卷，究其目的，恐不限於「如賜覽觀，亦有可采」。他在信中還炫耀自己對「唐虞以來」之典籍，「靡不通達」，但卻「薄命不幸」，「困阨悲愁」，要求對方提攜援引之情，溢於言表。沈德潛評之曰：「格律謹嚴，光燄騰上，第李巽庸劣而以知己望之，未可謂知人。」事實上韓愈看重的並不是李巽的人品，而僅僅是他的官銜；因此他才寄希望於李巽「既有聽之之明，又有振之之力」。韓愈於次年六月，始自江陵召還朝，拜國子博士，不知是否李巽之力。

愈少鄙鈍，於時事都不通曉。家貧不足以自活，應舉覓官，凡二十年❶矣。薄命不幸，動遭讒謗，進寸退尺，卒無所成。性本好文學，因困阨悲愁，無所告語，遂得究窮於經傳史記百家之說。沉潛乎訓義，反覆乎句讀❷，礱磨乎事業，而奮發乎文章。

【章　旨】本段自敘因長期以來功名蹭蹬，乃窮究經史，致力於文章。

【注　釋】❶凡二十年　韓愈於貞元二年（西元七八六年）入京師應舉，到永貞元年（西元八〇五年）赴江陵府任法曹參軍，正二十年。❷句讀　凡經書成文語絕處謂之「句」，語未絕而須停頓處，點分之以便誦詠謂之「讀」。

【語　譯】我韓愈年輕時卑賤遲鈍，對於時勢事務全都不懂不明白。家庭貧窮不能夠養活自己，參加科舉以求一官，總共二十年了。命運不好，遭逢不幸，動不動就受到讒言毀謗，前進一寸就要後退一尺，最終也沒有任何成就。我生性本來就愛好文學，由於困頓窮阨，悲傷愁苦，而又沒有地方可以訴說求告，於是才得以盡心盡力地研究經典傳疏、歷史傳記和諸子百家的學說。沉浸在訓詁義疏之中，反覆於句讀之學，琢磨砥礪自己的學業，並發憤努力抒寫成文章。

凡自唐虞以來，編簡所存，大之為河海，高之為山嶽；明之為日月，幽之為鬼神；纖之為珠璣華實，變之為雷霆風雨。奇辭奧旨，靡不通達。惟是鄙鈍，不通曉於時事。學成而道益窮，年老而智益困。私自憐悼，悔其初心。髮禿齒豁，不見知己。夫牛角之歌❶，辭鄙而義拙；堂下之言❷，不書於傳記。齊桓舉以相國，叔向❸攜手以上。然則非言之者難為，聽而識之者難遇也。

【章旨】本段說明自己雖能通達博大精深的古代典籍，但卻始終不遇知己，無人提攜。

【注釋】❶牛角之歌　《琴操》曰：「甯戚飯牛車下，叩牛角而歌曰：『南山矸，白石爛，生不逢堯與舜禪，短布單衣纔至骭，長夜漫漫何時旦？』齊桓公聞之，舉以為相。」❷堂下之言　《左傳・昭公二十八年》：「昔叔向適鄭，鬷蔑惡，欲觀叔向，從使之收器者而往，立於堂下。一言而善。叔向將飲酒，聞之曰：『必鬷明也。』下，執其手以上，曰：『子若無言，吾幾失子矣。』」鬷蔑，字然明，故亦稱鬷明。但鬷明堂下何言，《左傳》未作記載。❸叔向　春秋時晉國大夫，羊舌氏，名肸。晉平公任為太傅，是著名政治家。

【語譯】大約從唐堯、虞舜以來，所有保存下來的書編典籍，廣大得像黃河大海，高深得像山峰峻嶽；明晰得像太陽月亮，幽微之處彷彿鬼神所作；細微之處字字珠璣，有如花果，奇變之處好像雷霆風雨。奇特的辭語，深奧的內容，沒有我不能貫通明白的。只是我卑賤遲鈍，不理解不明白時勢事務。因此學業雖有成就而處世之道卻更加缺乏，年紀越老而智力更加困窘。我私下為自己感到憐惜悲傷，後悔開始所下的決心。到現在頭髮禿了，牙齒掉了，還沒有見到知己之人。古時甯戚餵牛時唱的歌，言辭鄙陋而涵義笨拙；鬷明在堂下講的話，《左傳》中不見記載。但齊桓公卻推舉他為相國，叔向也牽著他的手登於堂上。那麼並不是說這些話的人難得說出來，而是聽見並能夠懂得這些話的人難得遇上啊。

伏以閣下❶內仁而外義，行高而德鉅，尚賢而與❷能，哀窮而悼屈。自江而西，既化而行矣。今者入守內職，為朝廷大臣。當天子新即位❸，汲汲於理❹化之日，出言舉事，宜必施設。既有聽之之明，又有振之之力；甯戚之歌，鬷明之言，不發於左右，則後而失其時矣。

【章　旨】本段稱頌李侍郎仁德賢能，天子即位，必有施設，隱含希望提攜推薦之意。

【注　釋】❶閣下　對人的敬稱，多用於郡守以上官員。唐趙璘《因話錄》五：「古者三公開閣，郡守比古之侯伯，亦有閣。所以世之書題有閣下之稱。」❷與　通「舉」。選拔。《禮記・禮運》：「選賢與能，講信脩睦。」❸天子新即位　是年八月，順宗退位為太上皇，憲宗李純即位。❹理　即「治」字。唐避高宗諱改。

【語　譯】謹以為閣下內懷仁恕而外行道義，人品高尚而恩德鉅大，尊重賢才而舉薦能人，同情窮困而憐憫委屈。長江以西地區，教化已經得到推行了。現在，進入京城負責中央職務，成為朝廷大臣。正當皇帝剛剛即位，急切地進行治理教化的時候，要發言辦事，應該一定會做出某些安排。您既然具備了傾聽語言從而發現人才的智慧，又有著推薦人才使之振作有為的力量；那麼，像甯戚飯牛之歌，鬷明堂下之言，如果不能在您身邊發出的話，到了以後就會失掉時機了。

謹獻舊文一卷，扶樹教道，有所明白。《南行詩》❶一卷，舒憂娛悲，雜以瓌怪之言，時俗之好，所以諷於口而聽於耳也。如賜覽觀，亦有可采。干黷嚴尊，伏增惶恐。

【章旨】本段說明獻上文、詩各一卷的意圖，並希望能得到李侍郎的覽觀。

【注釋】❶南行詩　應為貞元十九年冬到貞元二十一年之間，韓愈被貶為山陽縣令時所作詩篇。

【語譯】恭謹呈上以前寫的文章一卷，對於扶植樹立道德教化，有所闡明。還有《南行詩》一卷，可以解除憂愁，化悲傷為愉快，詩中摻雜一些瑰麗怪異的言辭，和社會風俗的愛好，是可以用嘴巴吟誦、用耳朵傾聽的東西。如果能得到您賞臉閱讀披覽，也有可以採擇之處。干犯褻瀆您的尊嚴，更增加我的惶惑恐懼。

【研析】這是一封主要意圖為求人提攜的上書，其特色一是含蓄不露，二是無低聲下氣、搖尾乞憐的窘態，反而顯示出「盤硬雄邁」(劉大櫆語)的風格。信中大談個人之所長，頌揚對方品德並強調其能「尚賢而與能，哀窮而悼屈」的作風，以及新主嗣位，宜必施設的有利時機，並以甯戚、鼷明以言以詩得人賞識為例，自己也仿此獻上詩文各一卷，希其薦引之意，只差最後點睛而已。可作者卻以「如賜覽觀，亦有可采」虛幌一筆，就此打住，含蓄蘊藉，意味深長。雖未點明，但對方當能心領神會。至於全書不作乞憐語，目的則在於維護自我尊嚴。此時韓中進士近十五年，進入仕途亦已十載，包括擔任監察御史等要職。因此大談個人優勢，除炫耀自己對經史百家無不通曉外，進而連帶將古來典籍之博大精深亦大肆吹噓一番，一連串的排比句，以加強文章的氣勢，而對自己的不足(不通曉時事)和薄命(動遭讒謗)，則只一兩句輕輕帶過。這樣就能使文章保持一種豪放雄奇的風格。這正如張裕釗所評「內氣充足」，「才力雄大，恣睢放縱，無所不可」。這兩者是有聯繫的，惟含蓄才能避免乞求，而乞求則務須低聲下氣，這必然有損尊嚴。

應科目時與人書

韓退之

【題　解】《昌黎集》題下注曰：「或作『與韋舍人』，即貞元九年宏詞試也。」韓愈於貞元八年中進士第，例須候選，選未滿，則須就吏部之科目，如博學宏詞、書判拔萃、三禮、三傳、三史、五經、九經、開元禮諸科。韋舍人，名不詳。但宏詞科主試者，九年為中書舍人高郢，十年為權德輿，而無韋舍人者。本篇立意在於籲請主試者憐其才高命舛，提攜援引，但並不直言其事，而是把自己的處境暗喻為困在淺灘的蛟龍。得水，則變化風雨，上天不難；不得水，則爬行尺寸之間，為猵獺所笑。死生榮辱，全在乎有力者能否「哀其窮而運轉之」。通過這一生動的比喻，巧妙地把自己的處境、心性、要求和對方的身分、作用，深刻具體地表現出來。攀附權勢以追逐功名，這對古代文人而言，本也無可厚非；因為不進入仕途，生平大志，則得不到施展；救國救民的事業，則無從談起。唐時文人，包括李白、杜甫在內，早年無不如此，韓愈當然不能免俗。

月，日，愈再拜：

天池❶之濱，大江之濆❷，曰有怪物焉，蓋非常鱗凡介❸之品彙匹儔❹也。其得水，變化風雨，上下於天不難也。其不及水，蓋尋常❺尺寸之間耳。無高山大陵曠途絕險為之關隔也，然其窮涸不能自致乎水，為猵獺❻之笑者，蓋十八九矣。如有力者，哀其窮而運轉之，蓋一舉手一投足之勞也。

【章　旨】本段強調此怪物得水則可升天，失水則陷於尺寸之地；得與不得，取決於有力者舉手投足之勞。

【注釋】❶天池 寓言中所說的大海。《莊子·逍遙遊》：「南冥者，天池也。」又說：「窮髮之北，有冥海者，天池也。」❷濆 《說文》：「濆，水厓也。」❸常鱗凡介 鱗介指水中動物統稱。鱗指魚龍之屬，介指龜鱉之屬。❹品彙匹儔 指物之品種類別相當相等。《晉書·孝友傳》：「資品彙以順名，功苞萬象。」❺尋常 古長度單位，八尺曰尋，倍尋曰常。❻獱獺 獱，較獺而小，似狐，青色，水居食魚。獺，水獺，穴居水岸，善游，喜食魚。

【語譯】某月某日，韓愈再三拜上：

南海之濆，大江之岸，傳說有一種怪物，不能把它和普通的鱗甲動物各種品類相比。如果它得到水，就能夠興風降雨，變化無常，上天下地，毫不費力。如果它得不到水，只能受困於尺寸之地。雖然沒有高山大崗、遠路險阻之類成為它的障礙，但它還是只能困在這個乾涸之處，不能夠憑自己的力量得到水，被獱獺之類小動物所嘲笑，十次之中會有八九次。如果有力量的人，同情它的困境，把它運送轉移到水裡，只不過是一舉手一抬足之勞罷了。

然是物也，負其異於眾也，且曰：「爛死於沙泥，吾寧樂之。若俛首帖耳❶，搖尾而乞憐者，非我之志也。」是以有力者遇之，熟視之若無覩也。其死其生，固不可知也。

【章旨】本段寫出此物自負其能，寧死也不願搖尾乞憐的剛直不屈的骨氣。

【注釋】❶俛首帖耳 俛，同「俯」。此句及下句形容非常恭順謙卑。張裕釗謂「此退之本色」。

【語譯】然而這個怪物，因其與眾不同而自負，還說：「像這樣爛死在泥沙之中，我也甘心樂意。假若要我為了有求於人，而去做出俯首帖耳、搖尾乞憐的可憐樣，那就絕非我的本意了。」因為這樣，那些有力量的人遇見它，雖然清楚地看到了它，就也像沒有看見一樣。這東西是死是活，實在是不可預料的。

今又有有力者當其前矣，聊試仰首一鳴號焉。庸詎❶知有力者，不哀其窮，而忘一舉手一投足之勞，而轉之清波乎？其哀之，命也；其不哀之，命也；知其在命而且鳴號之者，亦命也！

【章旨】本段落實到當前有力之人，向其鳴號，哀之與否，均為「命也」。既不失身分，又暗念盼其哀之之意。

【注釋】❶庸詎　反詰副詞復用，相當於豈、難道。

【語譯】現在又有一位有力量的人站在它的面前了，姑且試著抬起頭來，向他呼叫一聲。怎麼知道這位有力量的人不會同情它困窘的遭遇，而不在意舉手抬足之勞，把它轉到碧波中去呢？如果人家同情它，這是命運；不同情它，也是命運；明明知道這些都是命中注定而又偏偏要呼叫，同樣也是命運啊！

愈今者實有類於是。是以忘其疏愚之罪而有是說焉，閣下其❶亦憐察之！

【章旨】本段最後點明，上述故事，乃韓愈借以自喻也。

【注釋】❶其　副詞，表示祈望、請求。

【語譯】我韓愈目前的處境，確實跟這怪物有些相像。因此也就忘記了粗疏愚笨的毛病，而訴說出這番言辭，希望閣下也能夠哀憐和體察我的實際情況！

【研　析】本篇構思奇特，主要篇幅都是隱喻，直到末尾才畫龍點睛地歸結到自己。寫法有似《莊子》，有似《國策》，雖未必實有其事，亦未必實有其理，卻作無數曲折，無數峰巒，詼詭瑰瑋，天趣盎然。當然作者採用這種寫法，也有他的理由，林雲銘評之曰：「一篇譬喻到底，末只點出自己一句。人以為布局之奇，而不知應科目時與人之書，分明衒玉求售，與鑽營囑托相去幾何，若不借喻，恐涉誇詡。」但是喻體選擇之精巧，使之得以開展多重聯繫，而又能無不貼切，這仍須歸功於構思布局之奇妙。錢基博評之曰：「戰國策士游說……往往突設一喻，多方取譬，而正意只入後瞥然一現……此書及〈為人求薦〉、〈答陳商書〉，皆仿其體。而劃然軒昂，筆力一出一入，跌宕遒變，尤推此書。」這種「多方取譬」的特點在本篇最為突出，如以怪物自喻，以得水喻考入仕途，以變化風雨喻得官後大有作為，以尋常尺寸喻當前之困境，以有力者喻韋舍人，以舉手投足喻援引之易，以常鱗凡介喻普通士子，以獱獺喻勢利之徒，以仰首鳴號喻這封求援書信等等。總之，幾乎每句每義，無不雙關。奇奇怪怪，彎彎曲曲，隱隱微微，歷歷落落，真不愧為奇筆怪墨也。

為人求薦書

韓退之

【題　解】這是一篇為他人代作，以求某公薦舉之書。所代之人與致書之人，均不可考。但文中提到「某在公之宇下」，「又辱居姻婭之後」等語，可知二人應有姻親之誼，且其人似為某公治下之士，而某公大約為守牧之類地方官。正因為是為人求薦，故措辭立意比較空泛。全文借助於比喻，以木、馬自比，而以匠石、伯樂喻某公，雖千萬人遇而不顧，不足為病；但得某公之一顧，則「價增三倍」。何況與其相等之人，「咸得以薦聞」。更何況二人情誼，非同一般，自己乃「生於匠石之園，長於伯樂之廄者也」，當然更有理由得到某公的眷顧。何焯評之曰：「面目似《國策》，命意則左氏之善為說辭者也。公文真難為狀。」

某聞木在山，馬在肆，遇之而不顧者，雖日累千萬人，未為不材與下乘也。及至匠石❶過之而不睨，伯樂遇之而不顧，然後知其非棟梁之材，超逸之足也。

【章　旨】本段開頭即以木、馬自喻，其良否無關千萬人，而取決於匠石、伯樂之是否一顧。

【注　釋】❶匠石　古時有名工匠，名石，楚之郢人。《莊子・人間世》載：匠石至齊，見櫟樹，「大蔽數千牛，絜之百圍，其高臨山，十仞而後有枝」，觀者如市，匠石不顧。弟子問之，答曰：「是不材之木也，無所可用。」由此可知，匠石之善於相木，猶如伯樂之善於相馬。

【語　譯】我聽說樹在山中，馬在市集，遇見它們連頭都不回過來看一看的，即使每天每天加起來超過成千上萬人，不見得就是沒用的樹和下等的馬。要等到匠石經過它而不看，伯樂遇見它而不回顧，然後才知道這不是棟樑之材，不是能快跑的千里馬。

以某在公之宇下❶非一日，而又辱居姻婭❷之後，是生於匠石之園，長於伯樂之廐者也。於是而不得知，假有見知者千萬人，亦何足云？今幸賴天子每歲詔公卿大夫貢士❸，若某等比，咸得以薦聞。是以冒進其說以累於執事❹，亦不自量已。然執事其知某如何哉？

【章　旨】本段指出二人不同一般的關係，並希望對方能推薦為貢士。

【注　釋】❶宇下　屋檐下，比喻在別人庇護之下。《左傳・昭公十三年》：「諸侯事晉，未敢攜貳；況衛在君之宇下，而敢有異志？」此處疑指治理之下。❷姻婭　《爾雅・釋親》：「婿之父曰姻，兩婿相謂為亞。」亞，同「婭」。此泛指親戚。❸每歲詔公卿大夫貢士　《通典・選舉三》：「大唐貢士之法：上郡歲三人，有才能者無常數。」❹執事　《後漢書・蘇竟傳》李賢注：「執事，猶言左右也。」

【語　譯】因為我在您的治理之下已經很久了，而且又慚愧地處在您的親戚之後，這就像樹生在匠石的園子裏，像馬長在伯樂的馬廄中一樣。在這種地位上還得不到您的了解，假如有成千上萬的人能夠了解我，這又有什麼值得稱道的呢？現在有幸依靠皇帝每年都命令王公卿相大夫貢舉士子，像我這樣相等的人，都得到以推薦上報。所以我才冒昧地呈獻我的這些說法，以此來打擾您身邊的辦事人員，這也是有些不自量力吧。但是您身邊的人究竟對我有多少了解呢？

昔人有鬻馬不售於市者，知伯樂之善相也，從而求之。伯樂一顧，價增三倍。某與其事頗相類，是故終始言之耳。某再拜❶。

【章　旨】本段復以伯樂相馬，價增三倍為喻，以求推薦。

【注　釋】❶某再拜　某，原作「愈」，本篇係代人求薦，不得書韓愈之名，此據《昌黎集》五百家本校改。又韓集閣杭本無本段四十三字。

【語　譯】過去有人賣馬，在市集上一直都賣不出去，他知道伯樂很會相馬，便到那裡求他。伯樂一看，馬的價格就增加了三倍。我的情況同這件事情非常相似，所以才最後跟您講這些話。我再一次下拜。

【研　析】本篇之寫作時間雖不可考，但既為人求薦，理當自己已進入仕途，故應作於〈應科目時與人書〉，即前篇之後。由於兩篇內容都是求人提攜薦取，故本篇寫法自然亦模仿前篇，都採用比喻以貫串全文。但具體分析，也有一些不同之處：第一，前篇自我設喻，全為虛構；而本篇則借助舊典，加以申說。第二，前篇

「突設一喻，多方取譬」；本篇則匠石、伯樂二喻並用，而重點為伯樂，取譬方面，不如前篇之廣。第三，前篇只在末尾點出自己一句，其餘全為寓言；而本篇則比喻與被比喻者交叉而行，如首段全寫比喻，二段主要寫自己，其間插入兩句比喻，末段主要寫喻，再歸結到自己。第四，前篇風格詼詭瑰瑋，屈曲奇巧；而本篇則以流暢平易取勝。正如王文濡所評：「雖似不經意之作，而水到渠成，自然入妙。」雖不無可取之處，但命意構思，奇想天趣，均遜前篇。可見，為人作嫁，當然不及自抒情愫更具有沁人肺腑的感染力。

與陳給事書

韓退之

【題　解】陳給事名京，字慶復，大曆元年（西元七六六年）進士。歷官太子正字、太常博士、左補闕、膳部考功員外郎，貞元十七年，韓愈為四門博士，二人皆議禘祫。京奏禘祭必尊太祖，正昭穆，德宗嘉之。貞元十九年（西元八〇三年），陳京遷給事中，韓愈則於是年冬貶陽山縣令。此信寫於陳京遷給事中以後，韓愈貶陽山令以前。陳京較愈年長二十餘歲，為愈之前輩；而給事中乃門下省要員，其地位僅次於門下省之侍中及侍郎，地位之顯貴非韓愈之四門博士可比。在這封信中，韓愈歷舉二人交往多次反覆之過程，始得獲見，並得其稱譽，繼以地位懸殊，多年無緣拜謁。貞元十八年，韓愈曾兩次進見，而陳給事的態度，卻由熱情一變而為冷淡，這種不知緣由的變化，自然引起韓愈的疑慮，只好以歸咎於自己的方式強為解釋，所以才寫這封信並獻上文章若干以求自解。這就從側面反映出封建官場等級森嚴、奔競成風的陋習和地位低微的小官動輒得咎的艱難處境。信中措辭極其委婉，處處自貶自責，但明眼人不難從字裡行間看出一個「怨」字來，多少還流露出一種並不甘於低首乞憐的慷慨之情。

愈再拜：愈之獲見於閣下有年矣，始者亦嘗辱一言之譽。貧賤也，衣食於奔走，不得朝夕繼見。其後閣下位益尊，伺候於門牆者日益進❶。夫位益尊，則賤者日隔；伺候於門牆者日益進，則愛博而情不專。愈也道不加修，而文日益有名。夫道不加修，則賢者不與❷；文日益有名，則同進者忌。始之以日隔之疏，加之以不專之望，以不與者之心，聽忌者之說，由是閣下之庭，無愈之迹矣。

【章旨】本段回顧早年曾獲一見，並蒙稱譽，後來因地位懸隔，故長久未能至給事之庭。

【注釋】❶伺候於門牆者日益進　門牆，見本卷〈答李翊書〉注，此處用作恭維一般尊貴者。進，增進，引申為多。❷與　讚許。

【語譯】我韓愈再一次下拜：我有幸得以跟閣下相見已經很多年了。開始也曾經承蒙您誇獎過一兩句。由於貧窮，不能不為衣食而奔走，所以不能夠隨時繼續拜見您。後來閣下的地位越來越尊貴，守候在您家門外希望接見的人越來越多。地位越來越尊貴，那麼與貧賤者自然一天天隔得遠了；守候門外要求接見的一天天增多，那麼您喜愛的人就更加廣泛而感情也就不能夠專注。我在道德修養方面沒有提高，而文章卻一天天有名。道德修養沒有提高，那麼賢人就不屑同我交往；文章一天天有名，那麼跟我一同謀求出路的人就會產生忌妒。開始由於貴賤隔閡而一天天疏遠，又加上對您感情不能專注的抱怨，和您以不屑與我交往的心態，又聽信忌妒者的讒言，這樣，閣下的門庭，自然就沒有我的足跡了。

　　去年春，亦嘗一進謁於左右矣。溫乎其容，若加其新也；屬❶乎其言，若閔其窮也。退而喜也，以告於人。其後如東京取妻子❷，又不得朝夕繼見。及其還也，亦嘗一進謁於左右矣。邈❸乎其容，若不察其愚也；悄❹乎其言，若不接其情也。退而懼也，不敢復進。

【章旨】本段敘述去年前後兩次進謁，陳給事態度由熱情而冷淡的變化。

【注釋】❶屬　連續。❷如東京取妻子　如，到。東京，唐代以洛陽為東京。韓集嚴注曰：「謂為四門博士上謁告還洛之時也。」❸邈　遠。此指容色冷淡，顯得很疏遠。❹悄　靜。指態度沉默，說話不多。

【語譯】去年春天，我也曾到府上拜見過一次。您的態度是那麼溫和，好像是接見新來的人；您的談話連續不斷，好像是很同情我的失意。告辭回家，心情十分高興，便把您接見我的情況告訴給別人。自此之後，我往東京洛陽接家眷，又不能時常去看望您。等到我回來，又曾來拜見您一次。您的表情淡漠，好像不體察我的心思；您的言語甚少，好像沒領會我的情意。告辭回家，感到惶恐不安，也就不敢再來求見您了。

今則釋然悟，翻然悔，曰：「其邈也，乃所以怒其來之不繼也；其悄也，乃所以示其意也。不敏之誅，無所逃避。」不敢遂進，輒自疏其所以，并獻近所為〈復志賦〉❶已下十首為一卷，卷有標軸❷。〈送孟郊序〉❸一首，生紙❹寫，不加裝飾❺。皆有指字、注字❻處，急於自解而謝，不能竢更寫。閣下取其意而略其禮，可也。愈恐懼再拜。

【章旨】本段以自責來解釋對方態度的變化，並以寫信、獻文以自解和謝罪。

【注　釋】❶復志賦　韓愈於貞元十三年在病中所寫的一篇賦，抒寫懷才不遇的幽憤。❷標軸　標有題號的書軸。古人書寫用帛或紙，捲起以便收藏，故用卷計其數量，卷端安有棍桿，稱為軸。❸送孟郊序　即〈送孟東野序〉，見本書卷三十一。❹生紙　未經加工精製的紙。宋邵博《聞見錄》二八：「唐人有熟紙，有生紙。熟紙，所謂姸妙輝光者。其法不一。生紙非有喪故不用。退之與陳京書云〈送孟郊序〉用生紙寫，言急於自解，不暇擇耳。」❺裝飾　即裝裱，並加軸簽等。❻揩字注字　塗改抹去的字和添加補充的字。

【語　譯】現在我才恍然大悟，頓覺懊悔，心想說：「您態度冷漠，正是不滿我沒有時常來看望您；您言語甚少，正是對我來得少表示不滿之意。不能敏銳地領會您的深意，我是無法逃避這種責備的了。」現在我不敢貿然前來拜見，特呈上此信陳述情由，並獻上近年所作的〈復志賦〉以下十篇詩文，作為一卷，卷端有標了題號的卷軸。〈送孟郊序〉一篇，是用生紙寫的，沒有裝裱。各篇都有塗改添字的地方，因為急於要表白自己的心跡並向您道歉，來不及重新謄寫清楚。閣下能夠體察我的心情而不計較禮節，那就好了。韓愈惶恐不安，恭敬地再一次下拜。

【研　析】本篇以結構之周密嚴謹著名，故被選入《古文觀止》，其中有評曰：「通篇以『見』字作主，上半篇從『見』說到『不見』。下半篇從『不見』說到『要見』。一路頓挫跌宕，波浪層疊，姿態橫生，筆筆入妙。」另一線索則是時間，從多年前到去年，再到現在，按時間順序分為三段。首段「口中雖是說見，卻反是不得見」，中段「口中雖是說不得見，卻反是得見」（均過商侯評語），末段則不敢遂見。故全文以時間為經，以見不見為緯，從而構成文章的主要間架，而復以兩扇對舉為貫串全文的章法。如首段言對方「位益尊」，「伺候於門牆者日益進」，兩扇對舉；「賤者日隔」，「愛博而情不專」，以兩扇復引出兩扇。說自己則以「道」和「文」為兩扇，進而引出「道不加修，則賢者不與」，「文日益有名，則同進者忌」，也是兩扇並舉，復引出兩扇。二段寫「去年春」與「其後」兩次進見，均以「其容」、「其言」對舉。結構章法之嚴密，可謂潑水難入。但這並非單純著眼於結構，作者於此中有深意存焉。正如林雲銘有評曰：「篇首提出『始』字，轉出『其後』兩字，又再提出『去年春』，轉出『其後』兩字。而以『位益尊』三字做個前後眼目，則親疏厚薄，判若兩人，肺肝如見矣。奈公已挈家累抵京，又圖仕進不能引去，必不敢恝絕招尤，因想出一個『不得繼見』的話，自為引咎，且待他回護，而以賦、序為獻。其實文章不堪喫著，不繼見正其歡幸，以熱眼射人冷面，自知扯淡之極，無可奈何，只得如此支離附會也。止賞其結構之工，而不知其握筆時淚落如雨焉耳，悲哉！」

上宰相書

韓退之

【題解】本篇作於貞元十一年（西元七九五年）。韓愈於貞元八年中進士後，曾連續三次應吏部博學宏詞科考，皆落選。流落京師，奔走衣食，處境實為狼狽。不得已，在五十天內，曾三次上書宰相，希望得到提攜援引，但都得不到回音，只好於當年五月，東歸河陽。這是寫給宰相的第一封信。當時宰相為賈耽、盧邁與趙憬。三人中，惟賈耽與韓愈有舊，諸書所上，疑為賈耽。作者在本篇中援引《詩經》、《孟子》長育、教育人才之義，指明育才、選才乃君相之責，並以自薦口吻，說明自己當在長育之列。而君相也有責任使賢者得其位，這乃是國家設官制祿之本意，而不應滿足於舉於州縣、試於禮部、吏部之常規，這將使某些有化俗之方、安邊之策的傑出之士，因不中程，只得隱居山林。儘管本文主旨，在於為個人謀得一官，但客觀上仍然揭露了封建社會壓抑人才，不能舉賢授能的本質。

正月二十七日，前鄉貢進士❶韓愈，謹伏光範門❷下，再拜獻書相公❸閣下：

【章旨】本段為書信開頭，之所以鄭重點明時間、身分者，因上書宰相也。

【注釋】❶前鄉貢進士　鄉貢，指由州縣經考試合格獲得貢舉者，而非由國子、四門諸學館完成學業者（此稱「生徒」）。前，指已經禮部考試合格者，稱前進士。❷光範門　在宣政殿西南，通中書省，唐時宰相議事，多在中書省之政事堂。庶士候宰相，多在光範門。❸相公　顧炎武《日知錄》：「前代拜相者必封公，故稱之曰相公。」

閣下：

【語　譯】正月二十七日，前鄉貢進士韓愈，恭敬地俯伏在光範門外，再一次下拜，呈獻這封書信給宰相諸公閣下：

《詩》之〈序〉❶曰：「菁菁者莪，樂育材也。君子能長育人材，則天下喜樂之矣。」其詩曰：「菁菁者莪，在彼中阿。既見君子，樂且有儀。」說者曰：「菁菁者，盛也。莪，微草❷也。阿，大陵也。言君子之長育人材，若大陵之長育微草，能使之菁菁然盛也。『既見君子，樂且有儀』云者，天下美之之辭也❸。」其三章曰：「既見君子，錫我百朋❹。」說者曰：「百朋，多之之辭也。言君子既長育人材，又當爵命之，賜之厚祿以寵貴之云爾。」其卒章曰：「汎汎楊舟，載沉載浮。既見君子，我心則休❺。」說者曰：「載，載也。沉浮者，物也。言君子之於人才，無所不取，若舟之於物，浮沉皆載之云爾。『既見君子，我心則休』云者，言若此，則天下之心美之也。」君子之於人也，既長育之，又當爵命寵貴之，而於其才無所遺焉❻。《孟子》曰：「君子有三樂，王天下不與存焉❼。」其一曰：「樂得天下之英才而教育之。」此皆聖人賢士之所極言至論，古今之所宜法者也。然則孰能長育天下之人材，將非吾君與吾相乎？孰能教育天下之英才，將非吾君與吾相乎？幸今天下無事，小大之官，各守其職，錢穀甲兵之問，不至於廟堂。論道經邦❽之暇，捨此宜無大者焉。

【章旨】本段援引《詩經・菁莪》內容並加申說，復結合《孟子》之論，以闡明長育人才、教育英才，乃君相最大職責。

【注釋】❶詩之序　指《詩經・小雅・菁莪》之〈小序〉。❷微草　據孔穎達疏：莪，蒿也，一名蘿蒿，生澤田，生三月，中莖可生食或蒸食，味鮮美。❸既見君子三句　《毛詩》鄭箋曰：「既見君子者，官爵之而得見也，見則心既善樂，又以禮儀見接。」朱熹集注曰：「既見君子，則我心喜樂而有禮儀矣。」按：本文中「說者」對經典的解釋與傳統說法略有不符，主要出於行文的需要。❹百朋　朱集注曰：「古者貨貝，五貝為朋。錫我百朋者，見之而喜，如得重貨之多也。」❺汎汎楊舟四句　《毛詩傳》曰：「楊木為舟，載沉亦沉，載浮亦浮。」朱集傳曰：「楊舟，楊木為舟也。載，則也。載沉載浮，猶言載清載濁，載馳載驅之類，以比未見君子而心不定也。休者，休休然言安定也。」❻無所遺焉　錢基博曰：「總收上數章詩意。」❼君子有三樂二句　見《孟子・盡心上》。下文為「父母俱存，兄弟無故，一樂也。仰不愧於天，俯不怍於人，二樂也」。❽論道經邦　《尚書・周官》：「茲惟三公，論道經邦。」

【語譯】《詩經・菁莪》的〈序〉說：「『菁菁者莪』這首詩，講的是高興育養人才。在位的君子能夠培植育養人才，那麼天下人都為這事感到快樂和興奮。」這首詩說：「菁菁者莪，在彼中阿。既見君子，樂且有儀。」解釋的人說：「菁菁，是繁茂的意思。莪，是一種小草。阿，大的丘陵。這是說在位的君子培植育養人才，就好像大丘陵的培植養育小草，能夠讓它長得格外茂盛。『既見君子，樂且有儀』這兩句話，乃是天下人讚美它的辭句。」這首詩的第三章說：「既見君子，錫我百朋。」解釋的人說：「百朋，數量很多的辭語。這是說在位的君子既然能夠培植養育人才，就應當授給他爵位，賜給他豐厚的俸祿，讓他獲得寵愛和尊貴的意思。」這首詩的最後一章說：「汎汎楊舟，載沉載浮。既見君子，我心則休。」解釋的人說：「載，裝載的意思；沉和浮，都指物品。這是說在位的君子對於人才，沒有哪個不採用的，就好像船隻對於物品，無論沉的浮的都要裝載它的意思。『既見君子，我心則休』的意思，乃是說如果這樣，那麼天下人都會從內心讚美它的。」在位的君子對於人才，既已培植養育他，又應當給他爵位、俸祿、寵愛和尊貴，因而對於人們的才能就沒有什麼遺漏的了。《孟子》上說：「君子有三種快樂的事，而統一天下不在其中。」其中的一件是說：「高興得到天下有傑出才能的人而教育他。」這些都是聖人賢士所講的最崇高、最正確的言論，無論古代或當今都應該遵守的原則。那麼，究竟靠誰能夠培植養育天下的人才，難道不是我們的皇帝和我們的宰相嗎？究竟靠誰來教導撫育天下的傑出人才，難道不是我們的皇帝和我們的宰相嗎？好在現今天下平安無事，小官大官，各人都忠於自己的職守，錢糧收支、軍備邊防的事情，都由主管部門處理好了，不會上報到朝廷之上。宰相們在討論治國之道、管理國家政務的空閒時間，除了這件事應該沒有更大的事情了。

今有人生二十八年❶矣，名不著於農工商賈之版❷，其業則讀書著文，歌頌堯、舜之道，雞鳴而起，孜孜焉亦不為利❸。其所讀皆聖人之書，楊、墨、釋、老之學，無所入於其心。其所著皆約六經之旨而成文，抑邪與正❹，辯時俗之所惑。居窮守約❺，亦時有感激怨懟奇怪之辭，以求知於天下，亦不悖於教化，妖淫諛佞譸張❻之說，無所出於其中。四舉於禮部乃一得，三選於吏部卒無成。九品之位❼其可望，一畝之宮❽其可懷。遑遑❾乎四海無所歸，恤恤❿乎饑不得食，寒不得衣，濱於死而益固。得其所者爭笑之。忽將棄其舊而新是圖，求老農、老圃而為師。悼本志之變化，中夜涕泗⓫交頤。雖不足當詩人、《孟子》之謂，抑長育之使成材，其亦可矣！教育之使成才，其亦可矣！

【章旨】本段自述個人的學問、才幹和文章，以及命運坎坷，窮愁潦倒，應該屬於長育、教育使成才的行列。

【注釋】❶人生二十八年　人，韓愈自指。韓生於大曆三年（西元七六八年），至貞元十一年正好二十八歲。❷版　戶籍。《周禮・天官・宮伯》：「掌王宮之士庶子，凡在版者。」古代戶籍多注明職業。❸雞鳴而起二句　《孟子・盡心》：「雞鳴而起，孳孳為利者，跖之徒也。」孳孳，同「孜孜」。此反言之。❹抑邪與正　邪，指釋道之學。與，稱許；宣揚。正，指孔孟之道。❺約　窮困。《論語・里仁》：「不仁者不可以久處約。」❻譸張　虛誑放肆。《尚書・無逸》：「民無或胥譸張為幻。」傳：「譸張，誑也。君臣以道相正，故下民無有相欺誑幻惑也。」❼九品之位　古代品官最低一級。❽一畝之宮　《禮記・儒行》：「儒有一畝之宮，環堵之室。」宮，或作「宅」。古代多稱五畝之宅（見《孟子》）。一畝，乃宅之最小者。❾遑遑　同「惶惶」。不安貌。❿恤恤　憂傷貌。《左傳・昭公十二年》杜注：「恤恤，憂患。」⓫涕泗　《詩經・澤陂》毛傳曰：「自目曰涕，自鼻曰泗。」涕即今之淚，泗即今之涕。

【語　譯】現在有個人年紀二十八歲了，名字不記載在農夫、工匠、行商、坐賈的戶籍之上，他的職業是讀書寫文章，歌頌堯舜之道，雞一叫就起床，勤奮不倦地努力也不是為了謀利。他所讀的都是聖人的書，楊朱、墨翟、佛教、老子的學說，一點也不能進入他的思想。他所寫的都是遵循六經的大義而構成的文章，排斥邪說，宣揚正道，辨析世俗所受到的那些迷誤。安於貧困，保持儉約，某些時候也有激動怨恨甚至奇怪的言辭，以求得天下人的了解，但也不違背禮教風化，至於那些妖豔淫佚、阿諛奸佞、虛誑放肆的說法，不會在他的文章中出現。四次參加禮部進士科考才得一第，三次參加吏部宏詞科選官最後都沒有成功。九品的官位怎麼會有希望，一畝地的房屋怎麼才會獲得。整天惶惶不安，四海之內，無家可歸，憂傷愁苦，飢餓時得不到食物，寒冷時得不到衣服，面臨死亡卻愈加固執。那些得到自己的位置的幸運者爭著譏笑此人。忽然打算拋棄老的一套而考慮新的生活道路，去求老農夫、老菜農當老師。由於感傷原來志向的改變，以致半晚突然痛哭失聲涕淚交流。即使不能夠符合《詩經》、《孟子》所講的人才和英才的稱呼，但是通過培植養育使之成為有用之材，大約也可以吧！教導撫育使之成為人才，大約也可以吧！

抑又聞古之君子相其君也，一夫不獲其所，若己推而內之溝中❶。今有人，生七年而學聖人之道以修其身，積二十年，不得已一朝而毀之，是亦不獲其所矣。伏念今有仁人在上位，若不往告之而遂行，是果於自棄，而不以古之君子之道待吾相也，其可乎？寧往告焉，若不得志，則命也！其亦行矣！〈洪範〉❷曰：「凡厥庶民，有猷、有為、有守，汝則念之❸。不協於極，不罹於咎，皇則受之❹。而康而色，曰：『予攸好德。』汝則錫之福❺。」是皆與善❻之辭也。抑又聞❼古之人有自進者，而君子不逆之❽矣。曰「予攸好德，汝則錫之福」之謂也。

【章　旨】本段提出宰相有責任使人皆得其所，國無遺賢，並引〈洪範〉經文對各類人才分別給以祿位以證明。

【注　釋】❶一夫不獲其所二句　《孟子‧萬章》：「伊尹思天下之民，匹夫匹婦有不被堯舜之澤者，若己推而內之溝中。」內，同「納」。這裏化用其義。❷洪範　《尚書》篇名。舊說相傳為商末箕子所作，以此向周武王陳述天地之大法。❸凡厥庶民三句　猷，道；法則。孔穎達《正義》曰：「民能斂德行智，能使其身有道德，其才能有所施為，用心有所執守，如此人者，汝念錄敘之，宜用之為官也。」❹不協於極三句　協，相同；相合。極，中；中正的準則。皇，天也。《正義》曰：「不合於中，不罹於咎，謂未為大善，又無惡行，是中人已上，可勸勉有方將者，故皆可進用……取其所長，棄瑕錄用也。」❺而康而色四句　而，同「爾」。康，安。攸，所。《尚書》孔安國傳曰：「汝當安汝顏色，以謙下人。人曰：『我所好者德。』汝則與之爵祿。」《正義》曰：「不合於中之人，初時未合中也。汝與之爵祿，置之朝廷，見人為善，心必慕之……言可勸勉使進也。」❻與善　與，舉也。錢基博評曰：「引〈洪範〉應上『爵命寵貴之』，即長育之實也。」❼抑又聞　吳汝綸曰：「三字乃與他人文所用不同。」今按此三字疑為衍文，去之文義更順。❽而君子不逆之　錢基博評曰：「層波迭起，一面斟旋自己，一面擒拿宰相，『自進』對『往告』，『不逆』對『長育』。」

【語譯】不過，我又聽說古代君子輔佐他的國君，只要有一個成年男子沒有得到他應有的職位，就好像自己把他推進水溝之中。現在有一個人，出生七年就學習聖人之道來修養自己的品德，一直積累了二十年，沒有辦法，一下子就要前功盡棄，這也是沒有得到他應有的職位啊。我私下想到現在有仁德之人處在宰相的職位，假如不到那裡去告訴他便走掉，那乃是將自暴自棄當成最後結局，而不是用古代君子之道來看待我們的宰相，這怎麼可以呢？寧可前去告訴他，假如志願得不到實現，那就是命中注定的了！那也只好走了！〈洪範〉說：「大凡是這些庶民百姓，有道德，有作為，有學業的，你就應當考慮給他們官職。有些人雖然沒有大的優點，但也沒有什麼過惡，就應當遵照上天的意旨，棄瑕錄用。對於那些不夠中等水平的人，你也應當用和藹謙虛的臉色來接待，如果他說：『我所愛好的乃是道德。』你就應當賜給他爵祿。」這些都是推舉賢良的話。古代的人有自我推薦的，而在位的君子就不會拒絕他。這就是說「我所愛好的乃是道德，你就賜給他爵祿」的意思。

抑又聞上之設官制祿，必求其人而授之者，非苟慕其才而富貴其身也，蓋將用其能理不能，用其明理不明者耳。下之修己立誠，必求其位而居之者，非苟沒❶

於利而榮於名也，蓋將推己之所餘，以濟其不足者耳。然則上之於求人，下之於求位，交相求而一其致焉耳。苟以是而為心，則上之道，不必難❷其下；下之道，不必難其上。可舉而舉焉，不必讓❸其自舉也；可進而進焉，不必廉❹於自進也。

【章旨】本段說明設官制祿的目的，並非僅僅為了使賢者得其位，更主要是在於用士以治理國家。

【注釋】❶沒　沉溺，引申為貪求。《國語・晉語》韋注：「沒，貪也。」❷難　拒絕。《尚書・堯典》：「惇德允元，而難任人。」❸讓　責難。❹廉　拒絕。《考工記》：「外不廉而內不挫。」

【語譯】不過，我又聽說國家的設立官制，制定俸祿，必須選拔恰當的人選而授給他職務的目的，並不是愛慕他的才能而使他能夠享受富貴，主要因為打算採用他的才能去治理那些沒有才能的人，採用他對政策法令的了解去治理那些不了解的人。有才無位的人士修養自身樹立誠信，一定要求得到合適的官位來擔任的目的，並不是貪求利祿誇耀名聲，主要是因為打算推廣自己多餘的東西，用以補充民眾的不足。那麼，國家的尋求人才，有才無位的人士的尋求職務，彼此相互尋求而目標完全一致。假如都以這個作為動機，那麼在上位的人的態度，就不應該拒絕下面的有才之士；下面有才之士的態度，也不應該拒絕國家的選拔。可以推舉的就要推舉，不應該責備某些人的自我推舉；可以進入仕途的就要進入仕途，不要拒絕自己進入。

抑又聞上之化下得其道，則勸賞不必徧加乎天下，而天下從焉。因人之所欲為而遂推之之謂也。今天下不由吏部而仕進者幾希矣，主上感傷山林之士有逸遺者，屢詔內外之臣❶，旁求❷於四海，而其至者蓋闕焉，豈其無人乎哉？亦見國家不以非常之道禮之而不來耳。彼之處隱就閒者亦人耳，其耳目鼻口之所欲，其心之所樂，其體之所安，豈有異於人乎哉？今所以惡衣食，窮體膚，麋鹿之與處，猨狖❸之與居，固自以其身不能與時從順俯仰，故甘心自絕而不悔焉。而方聞國家之仕進者，必舉於州縣，然後升於禮部、吏部，試之以繡繪雕琢之文❹，考之以聲埶之逆順、章句❺之短長，中其程式者，然後得從下士❻之列。雖有化俗之方，安邊之策，不由是而稍進，萬不有一得焉。彼惟恐入山之不深，入林之不密，其影響昧昧❼，惟恐聞於人也。今若聞有以書進宰相而求仕者，而宰相不辱焉，而薦之天子而爵命之❽，而布其書於四方，枯槁、沉溺、魁閎、寬通之士❾，必且洋洋焉動其心，峩峩焉纓其冠，于于❿焉而來矣。此所謂勸賞不必徧加乎天下，而天下從焉者也。因人之所欲為而遂推之之謂者也。

【章　旨】本段提出國家取士，除按程序經科舉這一渠道外，還應以具體辦法，包括上書宰相求薦，以鼓勵隱逸枯槁之士，而不宜停留在空泛的號召之上。

【注　釋】❶內外之臣　朝廷之臣稱內臣，地方官員稱外臣。❷旁求　廣泛訪求。《尚書．堯典》：「旁求俊乂。」❸猨狖　猨，同「猿」。似猴而大。狖，一種黑色的長尾猿。❹繡繪雕琢之文　唐以詩賦取士，又試以表、判，亦四六之類。皆講究文辭華麗，字句工巧。❺章句　詩、賦、表都講究對仗，律詩則篇有定句，句有定字。賦、表則上下句大體相等。❻下士　古代天子及諸侯均設有卿、大夫及士三級。而士又分上、中、下三等。故下士為官員中之最低者。❼影響昧昧　猶言銷聲匿跡。

影響，消息。昧昧，隱沒；不明。❽爵命之　爵祿任命，封官授爵。錢基博評曰：「映上自進而君子不逆之意。」❾枯槁沉溺魁閎寬通之士　指各類人士。枯槁，貧困。陶淵明〈飲酒〉十一：「雖留身後名，一生亦枯槁。」沉溺，指陷於困厄痛苦之中。《文選・難蜀父老》：「拯民於沉溺。」魁閎，指有奇才異能者。寬通，博學通達。❿于于　安然得意貌。

【語　譯】不過，我又聽說國家如果找到正確的方式來教育感化民眾，那麼，獎勵賞賜不一定施加於全國，而天下人都會聽從國家的號召。這就是根據人們的欲望因而封官授爵的道理。現在天下人不經過吏部考試而能夠進入仕途的幾乎很少了，皇上感到隱居山林的人士中有逸才異能者，多次命令朝廷和地方的大臣，在四海之內廣泛訪求，而能夠前來應召的卻未見，難道是沒有這種人嗎？這也說明國家沒有採用不同一般的規格來接待這些人，所以他們才不來。這些隱居山林、閒暇無事的也是人，他們的耳目口鼻的欲望，他們內心所高興的事，他們身體所貪圖的安逸，難道也跟人們有什麼不同嗎？而現在他們之所以寧願敝衣粗食，忍受肢體困苦，與麋鹿相處，與猿猱同居，根本原因就在於他們自己認為他們本身就不能夠順從世俗，沆瀣一氣，所以才甘心斷絕上進而不後悔。何況還聽說國家要求進入仕途的人，必需得到州縣的貢舉，然後再到禮部和吏部進行選拔，用華麗詞藻、雕章琢句的文章來應試，用聲調氣勢的順逆，章法語句的短長來考察，符合規格的，然後才能夠隨從最低一級官員的行列。即使你有移風易俗的政治才能，安定邊疆的軍事謀略，不通過這條道路而能夠稍稍進入官場的，一萬人之中不會有一個。因此，那些人惟恐入山還不夠深，入林還不夠密，他們銷聲匿跡，音訊全無，惟恐怕人們知道。今天假若聽說有人寫信進呈宰相而請求官職的，而宰相並不埋沒它，把他推薦給皇帝因而被封爵授職，並且把他的書信公布在各個地方，那些貧窮困頓、奇才異能、博學通達的各類人士，一定會得意洋洋地內心受到感動，戴好高高的帽子，悠然自得地到京城來。這就是所講的獎勵賞賜不一定要施加於全國，而天下人都會跟著來的理由。根據人們所想做的事而順勢促進的道理就是這樣。

伏惟覽《詩》、《書》、《孟子》之所指，念育才錫福之所以，考古之君子相其君之道，而忘自進、自舉之罪，思設官、制祿之故，以誘致山林逸遺之士，庶天下之行道者❶知所歸焉。小子不敢自幸，其嘗所著文，輒❷采其可者若干首，錄在異卷，冀辱賜觀焉。干瀆尊嚴，伏地待罪！愈再拜。

【章　旨】本段總結全文，並兼敘寫信意圖和呈獻文章若干，冀其觀覽。

【注　釋】❶行道者　遵守道德教化的人。錢基博評曰：「『伏惟』以下，將以前所說一筆總縮，如珠簾倒挂，神回氣合。」又曰：「以上論上之化下，因人之所欲而遂推之，不過勘發『自進而君子不逆』之意，而換言以申明之。」❷輒　即。

【語　譯】俯伏思惟閱讀了《詩經》、《尚書》、《孟子》所表達的意思，思考養育人才、賜給爵祿的緣由，考察古代君子輔佐國君的原則，而忘記了自我進獻、自我薦舉的罪過，考慮國家設立官位、制定爵祿的目的，是用來引誘那些隱居山林，有逸才異能之士出來，希望天下所有遵守道德教化的人士知道自己歸宿之處。我不敢寄希望於僥倖，我過去所寫的文章，就選擇其中較好的若干篇，寫在另外一卷裡，希望委屈您賞臉能夠讀一讀。冒犯您的尊嚴，俯伏地上等待治罪！韓愈再一次下拜。

【研　析】這是一封上書宰相的自薦信。因為是自薦，即今所謂自我推銷，因此必須充分闡明自己之所長；又因為對方是宰相，過多炫耀自我，又難免產生貶抑對方之嫌。因此本文不孤立從個人出發，而是圍繞人才學理論，引經據典以展開論證。全文六段，除第二段著重從個人角度論證自己應屬長育之列外，其餘五段全都從國家君相角度立論，或論證長育天下人才乃君相之大事，或說明設官制祿的目的，或探討化下之道，如何而使隱逸之士來歸。總之，把個人的進退與宰相的職責緊密地聯繫起來。故浦起龍評之曰：「直作一篇相臣育才論，不特本身占地磊落光明，並令舉世揚眉，激昂鼓舞，〈卷阿〉藹吉（〈卷阿〉，《詩經．大雅》篇名，詩中有『藹藹王多吉士』之句），盛世昌言，豈是尋常竿牘。」由於涉及內容較多較廣，所以行文採取逐段圍繞某一點展開論證，逐段綰結，末段總收全文，以加強文章的整體性。這正如錢基博所評：「引經據典，以誦數出議論，逐段解說，逐步鎖勒，看似散漫，而入後總收，如神龍掉尾，怒獅回顧。骨節靈通，局勢緊湊。」

後十九日復上宰相書

韓退之

【題　解】本篇作於〈上宰相書〉之後十九日，亦有改標題為「再上宰相書」者。兩篇主旨相同，均為祈求一官以濟貧困。但前篇主要著眼於國家君相，而本篇則純從個人角度出發。文章首先以「蹈水火」來比喻自己窘迫之狀，用「往而全之」或「安而不救」的兩種態度，並提到仁與不仁的高度來要求宰相作出抉擇。然後提出某些地方大小官員可以自舉判官的事實，何況宰相。並說明擢拔後進之士並不會因時而異，人才得用的時機完全掌握在當政者手上。與前書從容論道的情形相比，本篇更顯得言辭迫促，情緒哀懇，故而大聲疾呼，以求憐憫。

二月十六日❶，前鄉貢進士韓愈，謹再拜言相公閣下：

【章　旨】本段以書信套語作鄭重開頭。

【注　釋】❶二月十六日　貞元十一年乙亥正月大，共三十日，故距前書正月二十七日為十九日。

【語　譯】二月十六日，前鄉貢進士韓愈，恭敬地再次下拜上書宰相閣下：

向上書及所著文後，待命❶凡十有九日，不得命。恐懼不敢逃遁❷，不知所為。乃復敢自納於不測之誅，以求畢其說，而請命於左右。

【章　旨】本段說明再次上書的緣由。

【注　釋】❶待命　等待命令、指示。❷逃遁　逃走，這裡指離京退隱。

【語　譯】前些日子呈上書信和我所寫的文章以後，等候回音一共十九天，一直沒有得到指示。內心惶恐害怕又不敢離開，真不知道該怎麼辦好。只好大膽地再一次為自己招惹不可預料的責罰，以求能把自己想說的話說完，而請求得到您身邊人的指示。

愈聞之：蹈水火❶者之求免於人也，不惟其父兄子弟之慈愛，然後呼而望之也。將有介❷於其側者，雖其所憎怨，苟不至乎欲其死者，則將大其聲疾呼而望其仁❸之也。彼介於其側者，聞其聲而見其事，不惟其父兄子弟之慈愛，然後往而全之也。雖有所憎怨，苟不至乎欲其死者，則將狂奔盡氣，濡手足，焦毛髮，救之而不辭也。若是者何哉？其埶誠急，而其情誠可悲也。

【章　旨】本段先寫比喻：蹈水火者求救於人，包括不欲其死的仇家，亦將奔走而往救之，因其勢急而其情可悲。

【注　釋】❶蹈水火　蹈，投入。《莊子．達生》有「蹈火不熱」語，《史記．魯仲連鄒陽列傳》有「蹈東海而死」語。❷介處於二者之間。《漢書・鄒陽傳》顏注：「介，謂間廁也。」❸仁 作動詞用，施加仁愛。韓集五百家本「仁之」作「人之救」，《唐文粹》作「仁人之救」。

【語 譯】我韓愈聽說：陷入水火災禍的人向別人求救，並不只是考慮對方跟自己有著父兄子弟的慈愛情感，然後才呼喚並盼望他們前來救助。如果有人正在旁邊，即使是自己憎惡和怨恨的人，只要他還不至於希望自己死去，也就會向他大聲疾呼，希望那個人對自己施加仁愛。那個站在他旁邊的人，聽到他呼救的聲音，看到他危險的處境，也並不只考慮自己跟對方有著父兄子弟的慈愛情感，然後才前去挽救他的性命。即使對他心存憎惡和怨恨，只要還不至於希望他死，也就會拚命地跑過去，不顧弄濕了手腳，燒焦了毛髮，也得救他脫險而不會推辭。為什麼會如此呢？那是由於他所處的形勢的確危急，他眼前的情況實在可悲啊。

愈之彊學力行有年矣。愚不惟道之險夷，行且不息，以蹈於窮餓之水火，其既危且亟❶矣！大其聲而疾呼矣！閣下其亦聞而見之矣！其將往而全之歟？抑將安而不救歟？有來言於閣下者，曰：「有觀溺於水而爇❷於火者，有可救之道，而終莫之救也。」閣下且以為仁人乎哉？不然，若愈者，亦君子之所宜動心者也。

【章 旨】本段作者將自己的困頓處境比喻為蹈窮餓之水火，並籲請能得到宰相的拯救。

【注 釋】❶亟 趕快；急速。引申為危急。❷爇 燃燒。

【語 譯】我韓愈刻苦學習、努力實踐已經好多年了。生性愚笨，不考慮道路的險阻與平坦，一直堅持下去從不停息，以致陷入貧窮飢餓的水火之中，處境既危險而又緊迫！就只好聲嘶力竭地呼喊了！閣下想必已經聽到並且看到了！是準備前來援救以保全我呢？還是安然不動拒絕救助呢？如果有人前來稟告閣下說：「有人看到別人沉沒到水裡去了，或被圍困在火裡了，本來有辦法可以去救他的，卻終於沒有去救。」閣下難道會認為這是仁慈的人嗎？倘若不是這樣，像我這樣的境況，在位的仁人君子看到了是應該動憐憫之心的啊。

或謂愈：「子言則然矣，宰相則知子矣，如時不可何？」愈竊謂之不知言者，誠其材能不足當吾賢相之舉耳。若所謂時者，固在上位者之為耳，非天之所為也。前五六年時，宰相薦聞，尚有自布衣蒙抽擢者❶，與今豈異時哉？且今節度、觀察使及防禦、營田諸小使❷等，尚得自舉判官❸，無間於已仕未仕者，況在宰相，吾君所尊敬者，而曰不可乎？古之進人者，或取於盜❹，或舉於管庫❺。今布衣雖賤，猶足以方於此。

【章　旨】本段通過設問以說明時機取決於居上位之人，布衣之類皆可拔擢，地方大小官員亦能舉薦，何況宰相。

【注　釋】❶自布衣蒙抽擢者　布衣，平民。抽擢，選拔提升。沈欽韓《韓集補注》曰：「李泌薦陽城事也。」當時宰相李泌，曾薦陽城為著作郎。❷節度觀察使及防禦營田諸小使　節度使，唐時特置地方軍政長官，管轄一道或數州。開始時只設於邊疆，後來全國遍設，可以自行委派官吏，權力極大。觀察使，即經略觀察使，唐代分全國為十道，每道設一觀察使，以考察州縣長官政績。兵政屬之節度使，民事則屬之觀察使。防禦，唐於大郡要害之地置防禦使，治理軍事，多由當地刺史兼任。營田，唐玄宗時始置營田使，掌管軍隊屯墾，多設於邊境駐軍兼屯田者，軍隊萬人以上設一名。防禦使、營田使與節度使、觀察使相比，無論地位、權力都小得多，故稱小使。❸判官　唐代節度、觀察、防禦諸使，都設有判官，是地方長官的僚屬，佐理政事。❹或取於盜　《禮記・雜記》：「孔子曰：管仲遇盜，取二人焉，上以為公臣，曰：其所與遊辟也，可人也。」❺或舉於管庫 《禮記・檀弓》：「趙文子所舉於晉國，管庫之士七十餘家。」鄭注：「管庫之士，府史以下官長所置也。舉之於君，以為大夫、士也。」

【語譯】有人對我說：「你的話是對的，宰相也是了解你的，但是眼前的時機還不允許，有什麼辦法呢？」我韓愈私下認為這是不了解情況的話，由於某個人的才能確實不足以承當我們賢明的宰相的薦舉才會這樣說。要是說所謂時機，這本來就是身居高位的人所造成的，決不是老天爺所賜給的。五六年前的時候，由於宰相的薦舉奏聞，尚且有從平民百姓中被提拔擢升的，跟今天相比，難道時機有什麼兩樣嗎？況且現在的節度使、觀察使以及防禦、營田各種小使等，尚且能夠自己選拔判官，對有官職的或無官職的都一律看待，何況對於宰相來說，他是我們國君所尊敬的人，而可以說辦不到嗎？古時候薦舉人才，有的從小偷中選取，有的從管理倉庫的小吏中提拔。現在我這樣的無官平民，雖然地位卑賤，還是足以跟那些人相比的。

情隘❶辭蹙❷，不知所裁，亦惟少垂憐察焉。愈再拜。

【章旨】本段結尾。並強調「情隘辭蹙」，以求憐念。

【注釋】❶隘 困窘。《荀子・王霸》：「生民則致貧隘，使民則綦勞苦。」❷蹙 急促；緊迫。

【語譯】心情抑鬱焦慮，言辭急切緊迫，不知應該怎樣處置，也只希望能夠稍稍得到一點照顧憐憫。韓愈再一次下拜。

【研析】這是韓愈「三上宰相書」的第二封。但與第一封從容論道，文氣舒緩的寫法不同，何焯評曰：「文勢如奔湍急箭，所謂『情隘辭蹙』也。與前書氣貌迥異，故是神奇。」如果說，第一封信主要是說理，討論相臣當如何育才進賢，而這封信則主要是抒情，為自己的不幸大聲疾呼。吳汝綸評之曰：「此篇知其不可深語，故專以情動之。」文中把個人的困頓潦倒比喻為陷窮餓之水火，而籲請拯救；以布衣、盜賊、管庫之得舉反襯自己無人援助；借節度、觀察、防禦諸使皆得自舉來促進宰相之果於提拔。這些都屬於動之以情。正如林雲銘之所評：「此單就前書中所云負才不遇處，以蹈水火為喻，寫得異樣窮迫，異樣懇切，雖使石人聞之亦當下淚。末復以居上位不宜推諉於時，在宰相尤可取必於君，而布衣不至有負於舉，三意為異樣聳動，異樣勸勉，以堅其意。筆致跌宕繚繞，真千古無匹矣！」至於本篇之情調，儘管情辭焦慮迫促，但並不感傷悲涼；儘管按書信要求，不無乞憐盼救之語，但卻無低聲下氣、俯首帖耳之辭。貫串全文的仍然充斥著一種剛直之氣。過商侯評之曰：「鍾竟陵（即鍾惺）謂此書所見，似悲戚，非悲戚也。如此大聲疾呼，氣足以籠罩之。只因昌黎目空時宰，故發言激宕如此。即《孟子》所云，說大人則藐之，勿視其巍巍然也。若視其巍巍，必為莊語、軟語，不取激宕如此矣。如謂悲戚而求，非善讀昌黎之文者。」這話頗有幾分道理。

與汝州盧郎中論薦侯喜狀

韓退之

【題　解】盧郎中，名虔。曾舉進士，歷官御史府三院，刑部郎中，江、汝二州刺史。汝州屬河南道，治梁縣，即今河南臨汝。侯喜字叔起，上谷（今河北易縣一帶）人。是韓門弟子中與韓愈過從較密的一個。韓愈曾於貞元十八年薦侯喜等十人於祠部員外陸傪，言「喜之文章，學西京而為也。舉進士十五六年矣。」次年，喜果中進士第。本篇之寫作時間，《韓子年譜》魏仲舉按曰：「公薦侯喜於盧汝州，實在（貞元）十七年之秋。今年三月自京還，夏秋居於洛。喜五月至洛，七月二十二日與公釣魚溫水，洛北惠林寺有題名尚存。其薦喜于盧，蓋是秋也。」狀，亦文體名，一般指向上司陳述事實的文書。《文心雕龍・書記》曰：「狀者，貌也。體貌本原，取其事實。」《通典》有〈督郵保舉博士狀〉，即其例。但就本篇文體而論，應屬「書」類，「狀」乃「論」之賓語，相同於此前之「論文書」、「論史書」。《昌黎集》將本篇歸入「狀」類，不當。正因為不屬於「狀」，故本篇不以陳述事實、列舉侯生文行之所長為中心，而著重突出侯生困於舉場多年，竟無知遇，而今幸得盧公之深知，擬薦為選首，以見知己之可貴。故特致書，冀終成其德。沈德潛評曰：「薦侯生耳，偏寫出知己之感，古今所難，若不專為侯生起見，最有地步。」

右其人❶，為文甚古，立志甚堅，行止取舍，有士君子之操。家貧親老，無援於朝，在舉場❷十餘年❸，竟無知遇。愈常慕其才而恨其屈，與之還往，歲月已多。嘗欲薦之於主司，言之於上位，名卑官賤，其路無由。觀其所為文，未嘗不揜卷長歎。

【章　旨】本段敘侯生之學行，然無知遇，故坎坷多年，以反跌下文。

【注　釋】❶右其人　《昌黎集》此前有「進士侯喜」四字。吳辟畺曰：「此唐時論薦狀格式也。姚選刪去此行，則所謂右其人云云者，不可通矣。」此論甚是。有人以侯喜登進士第在此後兩年，故可刪。殊不知唐時得州縣貢舉者皆可稱進士，已得中者則稱「前進士」。❷舉場　科舉應試之場所。《國史補》卷下：「進士其都會謂之舉場。」❸十餘年　貞元十八年與陸傪書曰「舉進士十五六年」，故此時應為十四五年。

【語　譯】右邊所書進士侯喜這個人，他寫的文章很古樸，立下的志向很堅定，行為、舉止、選擇什麼和捨棄什麼，都像個有道德學問的人那麼品行崇高。但家庭貧困，雙親年老，在朝中沒有人幫助他，所以在科舉考試場中已經有十多年了，竟然一直都沒有人了解和賞識他。我經常羨慕他的才能而抱怨他受到的委屈，跟他交往，已經有很多年了。曾經想向主持考試的官員推薦他，向有關上司陳述他的才能，但我的名聲不大官職卑微，沒有辦法找到這條門路。看到他所寫的文章，我未嘗不闔上文卷為他長久地嘆息。

去年愈從調選❶，本欲攜持同行❷，適遇其人自有家事，迍邅❸坎坷，又廢一年。及春末，自京還，怪其久絕消息。五月初至此，自言為閣下所知，辭氣激揚，面有矜色。曰：「侯喜死不恨矣。喜辭親入關，羈旅道路，見王公數百，未嘗有如盧公之知我也。比者分❹將委棄泥塗，老死草野；今胸中之氣，勃勃❺然復有仕進之路矣。」

【章旨】本段敘別後行蹤及侯生深感得遇知己之言。

【注釋】❶去年愈從調選　指貞元十六年五月張建封卒，徐州軍亂，韓愈去徐至洛陽，是年冬如京師調選。❷本欲攜持同行　張建封死前，韓愈即離開徐州至下邳見李平，侯喜與之同行。見〈題李生壁〉。❸迍邅　迍，當作「屯」。《說文》：「屯，難也。」《周易》有屯卦，六二有「屯如邅如」語。《釋文》引馬融曰：「屯如，難行之貌。」喻處境不利，進退兩難。❹分　自料。《文選．贈劉琨詩》李善注：「分，謂己所當得也。」❺勃勃　《廣雅．釋訓》：「勃勃，盛也。」

【語譯】去年我到京師參加調職候選，本來想帶著侯生一起走，正好碰上他自己家中有事，艱難不利，命運折磨，又耽擱了一年。等到今年春末從京師回到洛陽，我為他很久都沒有消息感到奇怪。直到五月初才來到這裡，他自己說得到閣下的賞識，言辭語氣激動振奮，臉上流露出誇耀的神色。說道：「我侯喜死了都不會有遺憾了。我離別親人進入關中，無論在途中還是旅店，遇見的王公大臣幾百，從來沒有像盧公這樣賞識我的人。近來我自己估計一輩子都將奔走在汙濁的道路上，老死於田野之中；而現在胸中的豪氣又被激發起來，重新找到了仕進的道路了。」

愈感其言，賀之以酒。謂之曰：「盧公，天下之賢刺史也。未聞有所推引，蓋難其人而重其事。今子鬱為選首❶，其言『死不恨』，固宜也。古所謂『知己』者，正如此耳。身在貧賤，為天下所不知，獨見遇於大賢，乃可貴耳。若自有名聲，又託形埶❷，此乃市道之事，又何足貴乎？子之遇知於盧公，真所謂知己者也。士之修身立節，而竟不遇知己，前古以來，不可勝數。或日接膝而不相知，或異世而相慕❸，以其遭逢之難，故曰：『士為知己者死❹。』不其然乎！不其然乎！」

【章旨】本段闡明知己之難逢，故侯生之遇於盧公，尤為可貴，特以此賀之。

【注釋】❶鬱為選首　《後漢書・李固傳》李賢注：「鬱泱，雲起貌。」此處之鬱，亦有興起、提拔之意。選首，推選中的首名。陳景雲曰：「鬱為選首者，蓋州家牒送舉進士之首。」按：唐時，鄉貢進士，由州試之，然後舉報至禮部試之。❷形埶　猶言權勢。❸異世而相慕　《陳書・蕭允傳》：「(允)經延陵季子廟，設蘋藻之薦，託為異代之交。」❹士為知己者死　《戰國策・趙策一》：「豫讓曰：士為知己者死，女為悅己者容。」

【語譯】我對他說的話頗為感動，斟酒向他祝賀。並對他說：「盧公，乃是天下的賢德刺史。沒有聽說他推舉薦引過什麼人，因為很難找到值得推薦的人，又鄭重對待推薦這件事。而現在你被提拔為推選中的頭一名，你所說的『死了也不遺憾』，這本來是應該的。古代所講的『知己』的人，正是這樣啊。你生活在貧賤之中，被天下人所不了解，獨獨被大賢人所賞識，真是值得珍貴啊。假若自己有了名聲，又去依附權勢，這乃是買賣之道，又有什麼價值呢？你被盧公賞識和了解，這才真是所講的知己的人。讀書人的修養身心，樹立名節，可是居然沒有遇見知己之人，這種事在從前古代以來，不可數計。有的是每天都對面相坐而互不了解，有的是不在一個時代才有愛慕他的人，因為遭遇相逢實在太困難，所以有人說：『士子應該為了解自己的人去死。』難道不是這樣嗎！難道不是這樣嗎！」

閣下既已知侯生，而愈復以侯生言於閣下者，非為侯生謀也。感知己之難遇，大❶閣下之德，而憐侯生之心，故因其行而獻於左右焉。謹狀❷。

【章　旨】本段說明作者寫作此文意圖，非專為侯生謀，但言外之意，實有促成盧公薦舉之意望。

【注　釋】❶大　作動詞用，有誇獎、讚揚之意。❷狀　不作文體名，有陳述之意。

【語　譯】閣下既然已經了解侯生，而我又把侯生談到閣下的一些話告訴您，這並不是專門替侯生的利益考慮。而是深感知心的人很難碰上，表彰閣下的品德，並同情侯生的用心，所以才根據他的行為表現寫這封信呈獻給您身邊的人。恭敬地敘述。

【研　析】本篇標題為「論薦侯喜狀」而不是「薦侯喜狀」，並非直接推薦之呈文。但二者均應以「薦」為主旨，以推舉侯生為中心，這乃是一般常規。然而本篇卻獨出心裁，另覓蹊徑，「偏寫出知己之感」，以此為全文中心。由於知己難逢，故侯生坎坷舉場十餘年；也由於幸遇盧公「知我」，故侯生才「復有仕進之路」，甚至表示「死不恨」。表面看來，似乎是偷換論題，轉移中心，實則不然。正如浦起龍所評：「是反兵要劫之法，語語著實，筆筆凌空，沉鬱頓挫，不襲龍門之貌而有其神。」明明是自己向盧公介紹侯生之才德，卻反過來以盧公之知遇來替代；明明要促進盧公之推薦，卻把盧公將其「鬱為選首」以坐實此事；明明是自己一心一意為侯生謀，卻偏偏說「非為侯生謀也」。這就是所謂的「反兵要劫」之法。舉凡作者企圖達到的目的，全都反過來轉移到盧公身上。所謂「知己之感」固然是為了讚揚盧公之知人，但更重要的是，借讚揚盧公之知人，以實現作者對侯生的表彰和推薦，故沈德潛讚揚這種構思為「最有地步」。

卷三十 書說類 六

寄京兆許孟容書

柳子厚

【題解】許孟容，字公範，京兆長安人。元和初遷刑部侍郎、尚書右丞，四年，拜京兆尹。據文中「伏念得罪來五年」之語，柳宗元自永貞元年遭貶，故本書當作於元和四年（西元八〇九年），時宗元三十七歲。永貞元年（西元八〇五年），宗元參加銳意改革的王叔文政治集團，曾罷宮市，懲貪官，抑藩鎮，並擬奪宦官兵權，推行過一些進步措施。但為首的王叔文、王伾等雖有改革之志，卻缺乏政治經驗，且良莠不齊，有的賣官鬻爵，把持朝政，以至不到半年改革即告失敗。王叔文被殺，王伾死貶所。柳宗元、劉禹錫等八人，均貶邊州司馬。宗元任永州司馬前後達十年，史稱其「既罹竄逐，涉履蠻瘴，崎嶇堙厄，蘊騷人之鬱悼，寫情敘事，動必以文」（《舊唐書》本傳）。本篇就是他自敘其生平之志向和不幸之遭遇，以及竄逐以來反覆怨艾之心情，並以古人受屈遭厄終得申雪以表達胸中之不平，但亦深知不能復為士列，再希當世之用，對許孟容並無意外請託，但冀掃墓、歸廬、得嗣而已。沈德潛評之曰：「先述負罪之由，次述得罪以後之苦，次述不能如古人之始屈終伸，思著書以自表見，則用世之念久已斷絕，惟冀宗祀有託以盡餘年，他非所望也。感憤嗚咽，令讀者於百世下惻然起矜憫之心。」

宗元再拜五丈❶座前：伏蒙賜書誨諭，微悉重厚。欣踊恍惚，疑若夢寐。捧書叩頭，悸❷不自定。伏念得罪來五年，未嘗有故舊大臣，肯以書見及者。何則？罪謗交積，群疑當道，誠可怪而畏也。是以兀兀忘行❸，尤負重憂，殘骸餘魂，百病所集，痞結❹伏積，不食自飽。或時寒熱，水火互至，內消肌骨，非獨瘴癘為也。忽奉教命，乃知幸為大君子所宥，欲使膏肓沉沒，復起為人❺。夫何素望，敢❻以及此。

【章　旨】本段敘得對方來書後的欣喜心情，兼及遭貶後之孤獨、憂傷和潦倒，以襯托來書之可貴。

【注　釋】❶五丈　唐人重排行，許孟容排行為五。丈，丈人，長者。《大戴禮·本命》：「丈者，長也。」❷悸　《說文》：「悸，心動也。」❸兀兀忘行　《文選·遊天臺山賦》李善注：「兀，無知之貌也。」兀兀，昏昏沉沉。此句與〈報任安書〉中「出則不知所往」意同。❹痞結　即痞塊，腹內痞結成塊之病。朱震亨《丹溪心法》卷三：「痞塊在中為痰飲，在右為食積，在左為血塊。」子厚〈與楊憑書〉曰：「一二年來，痞氣尤甚。」❺欲使膏肓沉沒二句　膏肓，指病源在膏之上、肓之下的重病。沉沒，陷溺。二句言使陷於膏肓之疾者，能復起為人。❻敢　《儀禮·士虞禮》鄭注：「敢，冒昧之辭。」疏曰：「凡言敢者，皆是以卑觸尊，不自明之意。」

【語　譯】我柳宗元再拜許五丈人座位之前：承蒙您賜給我一封書信，教育開導，細微之處都很周詳，情深意重。我接信後，歡欣雀躍，神思恍惚，宛若夢中。捧著信向您磕頭，激動得安定不下來。想我獲罪被貶五年以來，從來沒有有老交情的大臣，願意寫信給我的。為什麼呢？加在我身上的罪責和誹謗交相累積，人們對我的疑慮充塞道路，確實令人感到奇怪和畏懼。因此，昏昏沉沉，出門就忘記了走路，過錯使我承受著沉重的憂慮，我受傷殘的身軀和心靈，百病叢生，痞塊在潛伏中積累，不想吃飯而腹中自飽。有時遇上嚴寒或暑熱的季節，就像水火交相襲來，銷磨損害我體內的肌骨，這不僅僅是這裡的瘴癘之氣才使我這樣。在這種情況下，忽然得到您的教誨，才知道我有幸被您這位賢德的君子所寬恕，想讓陷於膏肓之疾的人，能夠恢復成為健康者。我過去究竟有什麼名聲，能夠讓您這樣。

宗元早歲，與負罪者親善❶。始奇其能，謂可以共立仁義，裨教化。過不自料，懃懃勉勵，惟以中正信義為志，以興堯、舜、孔子之道，利安元元❷為務。不知愚陋不可力彊，其素意如此也。末路❸阨塞❹臲卼❺，事既壅隔❻，很忤貴近❼，狂疏繆戾，蹈不測之辜，群言沸騰，鬼神交怒。加以素卑賤❽，暴起領事，人所不信。射利求進者，填門排戶❾，百不一得。一旦快意，更造怨讟。以此大罪之外，詆訶萬端，旁午搆扇❿，使盡為敵讎。協心同攻，外連強暴失職者以致其事⓫。此皆文人所聞見，不敢為他人道說。懷不能已，復載簡牘。此人雖萬被誅戮⓬，不足塞責，而豈有賞哉！今其黨與，幸獲寬貸，各得善地，無公事，坐食俸祿⓭，明德至渥也。尚何敢更俟除棄廢痼⓮，以希望外之澤哉？年少氣銳，不識幾微，不知當不，但欲一心直遂，果陷刑法。皆自所求取得之，又何怪也⓯？

【章　旨】本段追敘早年志向及後來獲罪遭貶的緣由和心境。

【注　釋】❶與負罪者親善　應指王叔文、王伾二人。林紓謂此二句乃「自承不應親近二王」。按：此二句主要說他與二王交自早歲，相知有素，明其非後來趨炎附勢、植黨營私者可比。❷元元　《後漢書・光武帝紀》李賢注：「元元，謂黎庶也。」林紓曰：此言「自問夙心初不為惡」。❸末路　指王叔文集團失勢以後。❹阨塞　本指險要之地，引申為處境危險。❺臲兀　或作臲軏、臲卼，動搖不安。《周易・困卦》：「困於葛藟，於臲卼。」❻事既壅隔　唐順宗嗣位後，王叔文集團得勢專權。因順宗病重不能言語，乃內結宦官李忠言，美人牛昭容，侍帝左右，叔文任翰林學士，韋執誼任宰相。李忠言、牛昭容自帷中審議百官奏摺，韋執誼與其餘黨羽控制外廷議事，均下翰林由叔文定可否。後來，掌握兵權之宦官俱文珍等惡叔文等專權，乃奏請削去翰林之職，使叔文不得入內廷，與宮內聯繫渠道從此中斷。❼很忤貴近　很，違；逆。貴，指當朝守舊大臣如御史中丞武元衡、太常卿杜黃裳等。近，指宦官俱文珍等。❽素卑賤　指王叔文於德宗末年以棋待詔，後為東宮侍讀，始獲太子李誦（即順宗）寵信。❾射利求進者二句　《通鑑》卷二三六曰：「於是叔文及其黨十餘家之門，晝夜車馬如市……（王）伾尤闒茸，專以納賄為事，作大匱貯金帛，夫婦寢其上。」❿旁午搆扇　交相連接，扇動攻擊。《漢書・霍光傳》：顏注：「一縱一橫為旁，午，猶言交橫也。」⓫外連強暴失職者以致其事　強暴失職者，指劍南節度使韋皋。因順宗臥病，叔文等擅權，韋皋首請太子李純（即憲宗）監國，接著荊南節度使裴均、河東節度使嚴綬牋表繼至。李純於當年八月即位，叔文黨即徹底失敗。⓬此人雖萬被誅戮　憲宗即位，即貶王伾開州司馬，王叔文渝州司戶。伾尋病死貶所。明年，賜叔文死。⓭今其黨與五句　黨與，主要指柳宗元貶永州（今屬湖南）司馬，劉禹錫貶朗州（今湖南常德）司馬，韋執誼貶崖州（今海南瓊山）司馬，韓泰貶虔州（今江西贛州）司馬，陳諫貶台州（今浙江臨海）司馬，程异貶郴州（今屬湖南）司馬，韓曄貶饒州（今江西上饒）司馬，凌準為連州（今屬廣東）司馬。史稱「八司馬」。所貶之地，均遠離中原，此處稱為「善地」，意在反諷。司馬，唐代州刺史之佐官，實為閒任，不能與聞公事。上州司馬秩五品，歲廩數百石。白居易〈江州司馬廳記〉曰：「官足以亢身，食足以給家，州民康非司馬功，郡政壞非司馬罪，無言責，無事憂。」⓮廢痼　廢，指罷職廢棄。痼，通「錮」。禁錮。《左傳・成公二年》注：「禁錮勿令仕。」⓯又何怪也　林紓曰：言「京兆親見，故能固諒己心，不惜一箋相投也。『幸獲寬宥』是不敢觖望語；『迷不知恥』是尚有希望意。」

【語　譯】我柳宗元早年，跟那些後來犯罪的人親近友好。開始的時候對他們的才能感到與眾不同，認為可以共同宣揚仁義，補益教化。但我犯了過於不自量力的毛病，只知道勤勤懇懇，勉力向上，一心一意以中正信義作為志向，以復興堯、舜、孔子之道，讓百姓能安定富裕作為奮鬥目標。不知道愚蠢卑陋之人是不可以強求有所作為的，我原本的心意就是這樣。到了最後這批人處境險惡，惶惶不安，與皇帝的聯繫被阻隔，又違忤得罪大臣和親信，狂妄輕率，謬誤暴戾，面臨無從預測的罪惡之中，群情激憤，鬼神交怒。加上這些人出身卑賤，突然出任要職，管理國家大事，人們全都不信任他們。那些利欲薰心鑽營求官之徒，蜂擁而來，堵塞門戶，百人之中很難有一個人得手。一旦稱心如意，反過來還製造各種流言蜚語。因此除所犯大罪之外，各種詆毀斥責的言論，交相煽動，朝中之人，幾乎都成為仇敵。大家同心協力，一致攻擊，外面連絡那些喪失臣節的強梁藩鎮以致造成最後結局。這些都是丈人親身聽到或見到的，我不敢對其他人敘述。胸中的想法無法停止，所以才將此事記錄在信函之中。那些犯罪的人即使被誅戮一萬次，也不足以抵償罪責，哪裡還有什麼賞賜可言！現在那些黨徒，都僥倖獲得寬恕赦免，各人都得一塊好的地方擔任職務，不處理公事，白白地享受俸祿，朝廷的恩德實在太豐厚了。我怎麼還敢等待廢除黨與的禁錮，以奢求希望之外的恩澤呢？年輕氣盛，不認識危險到來前細微的徵兆，不知道做的事恰當還是不恰當，只想一心一意按自己想法徑直做去，結果觸犯刑法。這都是我自作自受，又能夠怪罪誰呢？

宗元於眾黨人中，罪狀最甚❶。神理降罰❷，又不能即死，猶對人言語，求食自活，迷不知恥，日復一日。然亦有大故。自以得姓來二千五百年❸，代為冢嗣❹。今抱非常之罪，居夷獠❺之鄉，卑溼昏霿❻，恐一日填委溝壑，曠墜先緒❼。以是怛然痛恨，心骨❽沸熱。煢煢孤立，未有子息❾。荒陬❿中少士人女子，無與為婚，世亦不肯與罪人親昵。以是嗣續之重，不絕如縷。每當春秋時饗⓫，孑立捧奠，顧眄無後繼者，懍懍然欷歔惴惕⓬，恐此事便已，摧心傷骨，若受鋒刃。

此誠丈人所共憫惜也！

【章旨】本段說明在被貶母死之後，之所以迷不知恥，隱忍苟活，原因在於未有子息，嗣續無人。

【注釋】❶罪狀最甚　此言亦有一定根據，除「二王」外，韋執誼雖為宰相，但他是守舊大臣杜黃裳之婿，後來與「二王」頗有不合。故時人以「二王劉柳」為此集團之核心人物。❷神理降罰　指宗元之母盧氏隨同來到永州，未及半年，便因病去世，一年後歸葬先塋。但宗元待罪，不得歸奉喪事。❸得姓來二千五百年　據文安禮《柳先生年譜》，春秋時魯國大夫展禽，諡曰惠，食邑柳下，遂姓柳氏。秦併天下後，柳氏遷於河東。❹冢嗣　嫡長子。據《年譜》，宗元自高祖子夏之後，代為嫡長子。宗元父柳鎮，官侍御史，僅生宗元一子，宗元無嫡親兄弟。❺夷獠　均為古代異族名。夷，即東夷。獠，又稱仡獠，即今散居西南之仡佬族。❻霿　天氣昏蒙。《說文》：「天氣下，地不應曰霿。」霿，晦也。❼先緒　祖先的緒脈，即下文之「嗣續」。❽心骨　一作「心腸」，譯文從之。❾未有子息　宗元二十四歲時，與楊憑之女結婚，婚後三年，妻死，無子女。❿陬　《文選．魏都賦》張載注曰：「陬、落，蠻夷之居處也。一名聚居為陬。」⓫饗　合祭祖先。⓬惴惕　恐懼顫栗。

【語譯】我柳宗元在眾多黨人當中，犯罪的事實最多。神明加給我沉重懲罰，又不讓我立即死去，還在對人說話，找食物自己活下去，迷迷糊糊不知道恥辱，一天又一天地過著。然而我這麼做也有一個重要原因。自從我們柳氏得姓以來兩千五百年，我柳氏世世代代都是長房子孫。現在承受的不是一般的罪過，住在蠻夷的地方，低窪潮濕，霧氣昏濛，恐怕一旦死去葬身地下，祖先的血統從此斷絕。因為這個我才戰戰兢兢，痛心抱恨，心腸激憤不平。孤孤單單一個寡人，沒有子孫後代。蠻荒僻遠中很少書香門第家的女子，無法跟這種人定為婚姻，社會上也不願意跟犯罪的人過分親密。因此傳宗接代的重任，如線之將斷。每逢春秋兩季按時饗祭祖先，我孤獨地站著手捧祭品，回頭看望後祭無人，憂傷哀痛，欷歔飲泣，惶恐萬端，害怕這件事就此了結，摧心傷骨，就好像被刀刃砍了一樣。這些也許是丈人所共同憐憫痛惜的啊！

先墓在城南❶，無異子弟為主，獨託村鄰。自譴逐來，消息存亡，不一至鄉閭，主守者固以益怠。晝夜哀憤，懼便毀傷松柏❷，芻牧不禁❸，以成大戾。近世禮重拜埽，今已闕者四年矣。每遇寒食❹，則北向長號，以首頓地。想田野道路，士女徧滿，皁隸庸丐，皆得上父母丘墓，馬醫夏畦❺之鬼，無不受子孫追養者。然此已息望，又何以云哉？城西有數頃田，樹果數百株，多先人手自封植。今已荒穢，恐便斬伐，無復愛惜。家有賜書三千卷，尚在善和里舊宅❻。宅今已三易主，書存亡不可知。皆付受所重，常繫心腑，然無可為者。立身一敗，萬事瓦裂，身殘家破，為世大僇，復何敢更望大君子撫慰收卹，尚置人數中邪？是以當食不知辛鹹節適，洗沐盥漱，動逾歲時，一搔皮膚，塵垢滿爪。誠憂恐悲傷，無所告愬，以至此也。

【章　旨】本段主要抒發自己思念祖墳無人祭掃，老家無人照管，表達自謫宦思歸的肺腑深情。

【注　釋】❶先墓在城南　城，指萬年縣（今陝西臨潼）。城南棲鳳原，乃柳氏家族墓地。❷松柏　古人墓地，多栽松柏，以為標誌。❸芻牧不禁　在墳墓上放牧家畜，乃古人之大忌。❹寒食　清明節前三天（一說二天），乃古人集中掃墓之日。❺馬醫夏畦　皆指下等人。《列子．黃帝》：「路遇乞兒馬醫，弗敢辱也。」《孟子．滕文公》朱注：「夏畦，夏月治畦之人也。」❻善和里舊宅　即唐長安城光祿坊，乃朱雀街街西自北向南之第一坊。宗元尚有宅在親仁里。

【語　譯】祖先墓地在萬年城南，沒有其他子弟充當主祭之人，我只好單獨託付附近村莊的鄰人。自從貶官放逐來此，我的存亡消息，一次也沒有到達鄉間，負責主管的人一定會因此而更加懈怠。我從早到晚都悲傷激動，恐怕會毀壞墳塋，放牧牛羊也得不到禁止，以致鑄成大錯。近代禮儀注重掃墓祭祖，現在我已經四年沒有掃墓了。每年遇寒食節時，便朝著北方長久號哭，以頭叩地。遙想田野道路，到處都是士人女子，役夫徒隸，傭人乞丐，都能夠上父母墳墓，馬醫農夫的鬼魂，沒有不受到子孫追思供養的。但對此事我已經絕望，又有什麼值得說的呢？長安城西有田數百畝，果樹幾百株，大多是死去的父親親手培土種植。今天已經荒蕪，恐怕有人會來砍伐，也沒有辦法愛惜。我家中還有人家惠贈書本三千卷，仍然在善和里老屋中。老屋已經三次更換主人，這些書現在保存還是散失都不知道。這些書贈送的人和接受的人都很看重，所以我經常掛在心裡，但我現在也無從為力了。樹立自身形象一旦失敗，所有的事情全都破滅，身體衰殘，家庭瓦解，成為社會上最大的羞辱，我還怎麼敢再來希望賢德的君子安撫慰問，收留憐恤，仍然把我放在普通人的行列中呢？所以每當飲食都不知道酸鹹是否適中，洗臉洗澡洗手漱口經常超過數月或上年才做一次，一擦皮膚，塵垢充滿指甲。我的憂愁恐懼和悲傷，沒有地方可以訴說，所以才到達這種程度。

自古賢人才士，秉志遵分，被謗議不能自明者，僅❶以百數。故有無兄盜嫂❷，娶孤女云撾婦翁者❸，然賴當世豪傑，分明辯別，卒光史籍。管仲遇盜，升為功臣❹；匡章被不孝之名，孟子禮之❺。今已無古人之實，為而有詬，欲望世人之明己，不可得也。直不疑買金以償同舍❻；劉寬下車，歸牛鄉人❼。此誠知疑似之不可辨，非口舌所能勝也。鄭詹束縛於晉，終以無死❽；鍾儀南音，卒獲返國❾；叔向囚虜，自期必免❿；范痤騎危，以生易死⓫；蒯通據鼎耳，為齊上客⓬；張蒼、韓信伏斧鑕，終取將相⑬；鄒陽獄中，以書自活⑭；賈生斥逐，復召宣室⑮；倪寬擯死，後至御史大夫⑯；董仲舒、劉向下獄當誅，為漢儒宗⑰。此皆瓌偉博辯奇壯之士，能自解脫。今以恇怯⑱淟涊⑲，下才末伎，又嬰恐懼痼病，雖欲慷慨攘臂，自同昔人，愈疏闊⑳矣！

【章旨】本段廣泛徵引古代受誣得罪之賢人才士，後來皆得昭雪或得志，雖云自己無才等同古人，但多少仍表達一種不平之鳴和盼望用世之志。

【注釋】❶僅　原注引董塢（姚範）先生曰：「韓柳文及唐人詩內，凡用『僅』字，每以多為義。《晉書・劉頌傳》：『三代延祚久長，近者五六百歲，遠者僅將千載。』〈趙王倫傳〉：『戰所殺害僅十萬人。』以『僅』為多，亦不始唐人矣。」按：「僅」有兩義，言足夠者多義也，言僅夠者少義也，詞義之反覆相通也。❷無兄盜嫂　《漢書・直不疑傳》：「直不疑，南陽人也。人或毀不疑狀貌甚美，然特毋奈其善盜嫂何也。不疑聞曰：我乃無兄。然終不自明也。」❸娶孤女云撾婦翁者　《後漢書・第五倫傳》：「建武二十九年，從淮陽王朝京師，帝戲謂倫曰：聞卿為吏，篣婦翁，寧有之邪？對曰：臣三娶妻，皆無父。」撾，擊也。❹管仲遇盜二句　見上卷〈後十九日復上宰相書〉。❺匡章被不孝之名二句　匡章，齊人，由於在父子間責善，引起其父不滿，不得近，乃出妻屏子，但通國仍稱其不孝。而孟子與之遊，又從而禮貌之。見《孟子・離婁下》。❻直不疑買金以償同舍　《漢書・直不疑傳》：「不疑為郎，其同舍有告歸，誤持其同舍郎金去。已而同舍郎覺，亡（一作妄）意不疑，不疑謝有之，買金償。後告歸者至而歸金。亡金郎大慚，以此稱為長者。」❼劉寬下車二句　《後漢書・劉寬傳》：「寬字文饒，弘農華陰人也。嘗行，有人失牛者，乃就寬車中認之。寬無所言，下駕步歸。有頃，認者得牛而送還。叩頭謝曰：『慚負長者，隨所刑罪。』寬曰：『物有相類，事容脫誤，幸勞見歸，何為謝之。』」❽鄭詹束縛於晉二句　《國語・晉語》：「文公伐鄭，鄭人以名寶行成，公弗許，曰：『予我詹而師還。』詹請往，鄭人以詹于晉。晉人將烹之，詹乃據鼎耳而疾號，曰：『自今以往，知忠以事君者，與詹同。』乃命弗殺，厚為之禮而歸之。」詹，春秋時鄭大夫叔詹。❾鍾儀南音

二句　《左傳・成公九年》：「晉侯觀于軍府，見鍾儀問之曰：『南冠而縶者誰也？』有司對曰：『鄭人所獻楚囚也。』……使與之琴，操南音。公語范文子，文子曰：『楚囚，君子也。樂操土風，不忘舊也。君盍歸之，使合晉楚之成。』公從之，重為之禮，使歸求成。」❿叔向囚虜二句　《左傳・襄公二十一年》載：欒盈出奔楚，晉囚叔向。樂王鮒見叔向曰：「吾為子請。」叔向不應。其人皆咎叔向，叔向曰：「必祁大夫。」祁奚老矣，聞之，乘馹而見范宣子，認為叔向乃「社稷之固也，猶將十世宥之，以勸能者。今壹不免其身，以棄社稷，不亦惑乎？」宣子說，以言諸公而免之。叔向，即後來晉之賢大夫羊舌肸。⓫范痤騎危二句　《史記・魏世家》：「趙使人謂魏王曰：『為我殺范痤，吾請獻七十里之地。』魏王曰：『諾。』使吏捕之，圍而未殺。痤因上屋騎危，謂使者曰：『與其以死痤市，不如以生痤市。有如痤死，趙不予王地，則王將奈何？故不若先定割地，然後殺痤。』魏王曰：『善。』痤因上書信陵君，信陵君言於王而出之。」⓬蒯通據鼎耳二句　《漢書・蒯通傳》載：韓信定齊地，蒯通說信令背漢，不聽。後信被誅，臨死歎曰：「悔不用蒯通之言。」高帝乃詔齊召蒯通，通至，上欲烹之。曰：「若教韓信反，何也？」通曰：「狗各吠，非其主。彼時臣獨知齊王韓信，非知陛下也。」上乃赦之。至齊悼惠王時，曹參為相，禮下賢人，請通為客。⓭張蒼韓信伏斧鑕二句　張蒼，陽武人，坐法當斬，解衣伏質，身長大，肥白如瓠。時王陵見而怪之，乃言沛公，赦勿斬，遂從西入武關。孝文皇帝四年，張蒼為丞相。韓信亡楚歸漢，為連敖。坐法當斬。其輩十三人皆已斬，次至信，信乃見滕公曰：「上不欲就天下乎，何為斬壯士？」滕公奇其言，壯其貌，釋而不斬，與語大悅之。後經蕭何薦，漢王乃設壇拜為大將。以上見《史記》本傳。⓮鄒陽獄中二句　見卷二十八〈獄中上梁王書〉。⓯賈生斥逐二句　賈生，見卷一〈過秦論〉介紹。宣室，漢未央宮有宣室殿，乃皇帝齋戒之處。漢文帝曾於此召見賈誼，問鬼神之事。⓰倪寬擯死二句　倪寬，西漢武帝時人。初為廷尉，其後議封禪事，拜御史大夫。但《漢書・倪寬傳》不言「擯死」事。然〈劉向傳〉中言兒寬有重罪繫，韓說諫曰：「前吾丘壽王死，陛下至今恨之。今殺寬，後將復大恨矣。」上感其言，遂貰寬，復用之，位至御史大夫。兒、倪字通。⓱董仲舒劉向下獄當誅二句　董仲舒因遼東高廟長陵高園殿災，在家推說其意。未上，主父偃竊其書奏焉，武帝坐其私為災異書，譏諷朝政，下獄當死，幸蒙不誅，復為大中大夫、膠西王相。劉向事宣帝，獻言黃金可成，上令典尚方鑄作事，後不驗，下吏當死。上奇其才，得踰冬以減死論。以上均見《漢書》本傳。⓲恇怯　懦弱；膽小。《說文》：「恇，怯也。」《三國志》裴注引《魏書》：「(牛)輔恇怯失守，不能自安。」⓳淟涊　《廣雅・釋訓》：「淟涊，垢濁也。」《楚辭・九歎》：「切淟涊之流俗。」⓴疏闊　遠隔；距離甚大。

【語　譯】從古代以來的賢德之人和才能之士，堅持理想，安分守己，遭受毀謗而又不能自明心跡者，多達數百人。所以有並無兄長卻被誣與嫂嫂有姦情，娶無父之女卻毀謗打了岳父的情況，但都能依靠當時豪傑之士，替他分辨清楚，最後在史籍上留下好名聲。管仲遇見盜賊給予提拔，成為功臣；匡章蒙受不孝的名聲，孟子仍然以禮貌尊重他。而我現在已經沒有古人的實際，卻有古人所受的毀謗，想希望社會上的人了解自己，這是無法獲得的。直不疑被懷疑偷盜，他便買來金子賠償同居之人；劉寬駕車之牛被懷疑是偷的，他便把牛送還給鄉民。這些確實知道在似真似假中間是分不清的，並非口舌所能夠爭論明白的。鄭國叔詹被綑綁送到晉國，最後還是沒有死；鍾儀被俘於晉，彈奏南方歌曲，最後得以返回楚國；叔向被牽連入獄，自己知道一定會免罪開釋；魏國范痤被趙國勒逼以他的死換土地，他被迫爬到棟樑上，提出以生范痤代替死范痤；蒯通被漢高祖治罪欲烹，他靠著鼎耳為自己分辨，後來成為齊國上等賓客；張蒼、韓信早年伏身鐵鑕即將處死，最後終於取得將相之位；鄒陽被誣下在獄中，通過寫信自明，終得出獄；賈誼被排擠放逐長沙，又被召回到宣室；倪寬被擯斥要處死，後來官至御史大夫；董仲舒、劉向都曾經入獄應當斬首，後來成為漢代儒學宗師。這些人都是珍貴雄偉，博學善辯、奇特勇敢的人士，都能夠憑自己的力量解除災厄。而我現在卻以懦弱汙濁，才能低下，本領不多，又加之以恐懼痼疾，即使想激昂慷慨，攘臂高呼，把自己等同於上述古人，那是差得很遠的呀！

賢者不得志於今，必取貴於後，古之著書者❶皆是也。宗元近欲務此，然力薄才劣，無異能解。雖欲秉筆覼縷❷，神志荒耗，前後遺忘，終不能成章。往時讀書，自以不至觝滯❸，今皆頑然無復省錄❹。每讀古人一傳，數紙已後，則再三伸卷，復觀姓氏，旋又廢失。假令萬一除刑部囚籍，復為士列，亦不堪當世用矣！

【章　旨】本段說明自己雖有志於著書自見，但力薄才劣，神志荒耗，已無此可能，不能復為士列。

【注　釋】❶古之著書者　暗指〈報任安書〉中「昔文王拘而演《周易》」以下一段。❷覼縷　亦作「覶縷」。《古文苑・王孫賦》注：「覶縷，委曲也。」此指委曲敘述。❸觝滯　抵觸停滯。觝，通「抵」。一本作「抵」或「厎」。❹省錄　明白記下。

【語　譯】賢能的人在當代不得志，必定想在後世得到尊重，古代的那些著書立說的人都是這樣。我最近想要從事這件事，但是力量薄弱才能低劣，沒有特殊的技能和悟性。雖然想拿著筆一一陳述，但精神意志恍惚昏昧，寫了後面就忘記了前面，最後還是寫不成文章。以前讀書，自認為不至於牴牾停頓，而現在卻遲鈍得不再能明白地記下來。每次讀古人的一篇記載，幾頁以後，就要兩次三次展開書卷，回過頭再看他的姓名，不久又遺忘丟失。假若萬一我能夠在刑部囚犯名冊中被除名，又成為士大夫隊伍中的一員，也沒有辦法為當代社會上所用了！

伏惟興哀於無用之地，垂德於不報❶之所，但以通家❷宗祀為念，有可動心者，操之勿失。不敢望歸掃塋域❸，退託先人之廬，以盡餘齒。姑遂少北，益輕瘴癘，就婚娶，求胤嗣❹，有可付託，即冥然長辭，如得甘寢，無復恨矣。書辭繁委，無以自道。然即文以求其志，君子固得其肺肝焉。無任❺懇戀之至！不宣。宗元再拜。

【章　旨】本段申述自己的希求，雖不敢望歸，但求略近中原，以便就婚娶，求子嗣，有可託付，則此願已足，並對許孟容的關切表示懇謝之情。

【注　釋】❶不報　接人書信，置不答覆，表明自己是罪臣。林紓謂：「切實在『興衰於無用之地，垂德於不報之所』二語，是通篇關鎖阨要之言。」❷通家　謂世代有交誼之家。❸塋域　《廣雅．釋邱》：「宅、垗、塋、域，葬地也。」❹胤嗣　原作「亂」，避宋太祖諱。胤嗣，即子嗣。按：柳宗元後來曾續娶，生有兩子兩女，子名周六、周七，女無名。❺無任　不勝；非常。

【語　譯】俯伏思考您能興起同情心於沒有用處的地方，惠賜恩德於無法回報的所在，只求以世交之家宗族祭祀來考慮，有著可以使你動心之時，抓住這個機遇不要喪失。我不敢奢望回到家中祭掃祖墳，退出官場寄居先人的房屋，以盡剩餘的年歲。姑且希望滿足我稍微向北邊遷移，靠近中原的願望，使瘴癘之氣有所減輕，成就婚娶，求得子嗣，有後代可以付託，就算是默默地死去，我也好像快樂地睡著了，不再有什麼遺憾。信中言辭繁雜委曲，自感沒有什麼值得講的。但是就文章以探索我的想法，君子一定能夠看到我的肺腑。不勝感激依戀之至！不再一一細說了。柳宗元再一次下拜。

【研　析】本文乃受屈遭貶後，痛定思痛之時，給通家前輩的一封自明心跡的信，前人多比之於司馬遷之〈報任安書〉。如劉大櫆即評之曰：「子厚寄許、蕭、李三書（蕭、李二書見後），未嘗不自〈報任安書〉來，但史公刑不當罪，故悲憤而其氣豪壯；子厚自反不縮，故氣象衰颯。然撰造苦語絕工，足以動人矜憫。」儲欣亦評曰：「子長以無罪被刑，故言之慷慨激烈，其辭憤；子厚以有罪見謫，故反覆怨艾，其辭哀。然人自罹於罪而自引咎者，罕矣。此子厚所以為賢也。」有罪無罪之說，對於宗元而言，自北宋范仲淹以後，前人每多歧議，茲不贅述。但主要原因在於：二書之立足點有高低之分。馬遷之所以忍受非人之刑而不即死者，目的在於欲成一家之言以流傳後世，故悲憤之中寓有一股昂揚之氣，足可摧人奮進；而子厚貶謫蠻荒，迷不知恥，隱忍求活，主要為續嗣大事，惟恐宗祀斷絕，無關乎立身立言，立足點低，自然顯得沉痛衰颯，怨而少怒，缺乏高昂之正氣。本書不僅在內容情調方面受〈報任安書〉影響，且在結構方面也頗有相似之處；二者均按照獲罪之緣由，受刑或遭貶後的情況、心態，引古人作為不即死之例證，自己隱忍苟活的目的這樣一個思路進行構思謀篇。但此書層次更為分明嚴謹，不如〈報任安書〉紆徐寬博，伸縮變化，議論縱橫。林紓評之曰：「〈寄京兆許孟容書〉，詞語至哀痛，而段落又至分明，逐層皆有停頓。雖不如昌黎之穿插變幻，到吃緊處偏放鬆，及正面時轉逆寫，然迹自成柳州氣格。此無他，性情真，而文字亦無有不動人者。」

與蕭翰林俛書

柳子厚

【題解】 蕭俛，字思謙，貞元七年進士擢第，元和初，復登賢良方正制科，拜右拾遺，遷右補闕。元和六年，召充翰林學士。但據本文中自言「今已三十七矣」，故此書當作於元和四年（西元八〇九年），文安禮《柳先生年譜》亦繫於是年。而標題之「翰林」二字，或為編集者之所加也。前此蕭俛方官拾遺，居言路，故文中言：「喜思謙之徒，遭時言道。」本文之寫作時間及背景，與前書同；所談之內容，如年少氣盛，不知進退，終至眾口交謗，萬罪橫生，貶謫蠻荒，百病所集，有罪不能自明，不敢望復為士列，種種遭遇之困辱，亦同前書；而宗元修書之所祈求，亦不過「欲為兄一言」，「一釋廢錮，移數縣之地」，與前書所云「姑遂少北，益輕瘴癘」，同一意旨。但二書之情調，卻稍有不同。林紓評曰：「自比朽枿之生靈芝，作為雅詩，以紀聖武之功，到底以文章自鳴，冀思謙之援手。此書較前為少紆徐，亦不如前書之沉痛。」之所以有此不同，一為年輩不同，許孟容為前輩，而蕭俛為平輩，蕭雖早二年中進士，但中吏部制科進入仕途卻晚於柳。二為交誼之深淺不同，許乃其通家之好，而蕭與作者交情似不甚多。故前書可從中「得其肺肝」，較無保留；而本書中多遜詞，對橫逆之來，而委婉以出之，少舉事實，以避免過激之言。

思謙兄足下：昨祁縣王師範❶過永州，為僕言得張左司❷書，道思謙蹇然❸有當官❹之心，乃誠助太平者也。僕聞之喜甚！然微王生之說，僕豈不素知邪？所喜者耳與心叶❺，果於不謬焉爾。

【章　旨】本段主要讚揚蕭俛之能忠於職守。

【注　釋】❶祁縣王師範　祁縣（今屬山西）古屬太原郡，而太原乃王氏郡望。師範事跡不詳。❷張左司　左司，官名。唐時於尚書都省設左右司郎二人。張左司亦不知為何人。❸蹇然　《漢書・循吏傳》顏注：「蹇蹇，不阿順之意也。」❹當官　意指忠於職守。❺叶　協合。

【語　譯】思謙兄足下：昨天祁縣王師範經過永州，跟我說他得到張左司的信，信中提到思謙兄正直無私，有忠於職守的決心，這確實是想推動國家太平的事情。我聽了很高興！但是沒有王生的話，我難道不是向來就知道的嗎？我所高興的是聽到的與原先的想法相一致，果然沒有什麼差錯的啊。

僕不幸，嚮者進當臲卼❶不安之埶，平居閉門，口舌無數。況又有久與游者❷，乃岌岌❸而操其間。其求進而退者，皆聚為仇怨，造作粉飾，蔓延益肆。非的然❹昭晰，自斷於內，則孰能了僕於冥冥之間哉？然僕當時年三十三，甚少。自御史裡行❺，得禮部員外郎❻，超取顯美，欲免世之求進者怪怒媢嫉❼，其可得乎？凡人皆欲自達，僕先得顯處，才不能踰同列，名不能壓當世，世之怒僕，宜也。與罪人❽交十年，官又以是進，辱在附會。聖朝弘大，貶黜甚薄，不能塞眾人之怒，謗語轉侈，囂囂嗷嗷❾，漸成怪民。飾智求仕者，更言僕以悅讎人之心，日為新奇，務相喜可，自以速援引之路，而僕輩坐❿益困辱。萬罪橫生，不知其端。伏自思念，過大恩甚，乃以致此。悲夫！人生少得六七十者，今已三十七矣！長來覺日月益促，歲歲更甚，大都不過數十寒暑，則無此身矣。是非榮辱，又何足道？云云⓫不已，祇益為罪。兄知之，勿為他人言也。

【章　旨】本段追敘受謗獲罪，終遭貶黜前後之情況，以及在此事件過程中自己的認識及感慨。

【注　釋】❶臲鼿　注見上篇。❷久與游者　應指王叔文輩。❸岌岌　《孟子・萬章》：「天下殆哉岌岌乎！」趙注：「岌岌乎，不安貌也。」❹的然　鮮明、明白狀。《禮記・中庸》：「小人之道，的然而日亡。」❺御史裡行　《通典・職官六》：「御史臺大夫一人，中丞二人，侍御史四人，殿中侍御史六人，監察御史十人，主簿一人，內供奉裡行者，各如正員之半。」❻禮部員外郎　《唐六典》：「禮部員外郎，一人，從六品上……掌二尚書、侍郎，舉其儀制而辨其名數。」文安禮《年譜》：「貞元十九年為監察御史裡行，永貞元年，入尚書為禮部員外郎。」❼媢嫉　嫉妒。《禮記・大學》：「人之有技，媢嫉以惡之。」❽罪人　亦指王叔文。❾囂囂嗷嗷　眾口嘈雜貌。囂囂，喧嘩聲。《詩經・車攻》：「之子于苗，選徒囂囂。」嗷嗷，眾聲嘈雜。《詩經・鴻雁》：「鴻雁于飛，哀鳴嗷嗷。」❿坐　因；由此。⓫云云　紛紜；多言。《漢書・蔡義傳》顏注：「云云，眾語。」下文「云云者」，《漢書・金安上傳》顏注：「云云者，多言也。」

【語　譯】我不幸，過去正當動盪不安的形勢下當官仕進，平常在家關著門，也會惹上數不清的口舌。何況又有那麼一個長久和我交遊的人，在其間攪動得很不安寧。那些希求仕進而達不到目的的人，都聚集在一起成為仇人怨家，造作謊言，刻意誣蔑，到處散播，更加厲害。除非明白清楚，依靠內心自己作出判斷，不然，又有誰能夠在真象昏暗不明的情況下了解我呢？但我在當時三十三歲，還比較年輕。從御史裡行又當上禮部員外郎，越級提拔，得到顯要的美職，要想避免社會上的那些求取官職的人責怪抱怨和嫉妒，這怎麼可能呢？每個人都想自己能夠飛黃騰達，而我卻首先得到要職，但我的才幹不能超過同一行列中的人，名聲不能壓服當時社會，社會上的人惱怒於我，這是應該的。我還跟犯罪的人相交十年，而我的官又因為這個原因才得到提升，由於這一情況產生誤會使我受到恥辱。聖明的朝廷恩德廣大，對我的貶謫很輕薄，不能夠平息眾人的憤怒，毀謗的言語反而增多，眾人之口，嘈雜不休，使我慢慢成為不可理喻之人。玩弄小聰明以謀求官職的人，更加編造謊言以討好仇人之心，謊言編造得一天比一天新奇，務必使仇人聽了高興舒服，從而加快自己攀附權勢以求官職的道路，而我們便因此受到的困頓和侮辱就更加厲害了。數不清的罪狀被橫加在我們身上，而又不知道它的起源。但我考慮，我的過錯大而得到的恩惠很多，才能夠來到此地。可悲啊！人生很少能活到六七十歲的，而我現在已經三十七歲了！長久以來就感覺歲月越過越快，一年比一年更加明顯。大約不過幾十個冬夏，就沒有我這個人了。是非榮辱，又有什麼值得稱道的？囉囉嗦嗦講個不停，只會增加個人的罪惡。您知道這些，不要跟其他人說吧。

居蠻夷中久，慣習炎毒，昏眊❶重膇❷，意以為常。忽遇北風晨起，薄寒中體，則肌革慘懍❸，毛髮蕭條。瞿然注視，怵惕以為異候，意緒殆非中國❹人。楚、越間聲音特異，鴂舌❺啅譟，今聽之怡然不怪，已與為類矣。家生小童❻，皆自然嘵嘵❼，晝夜滿耳。聞北人言，則啼呼走匿，雖病夫亦怛然駭之。出門見適州閭市井者，其十有八九，杖而後興。自料居此，尚復幾何？豈可更不知止，言說長短，重為一世非笑哉？讀《周易・困卦》，至「有言不信，尚口乃窮❽」也，往復益喜，曰：「嗟乎！余雖家置一喙以自稱道，詬益甚耳！」用是更樂瘖❾默，思與木石為徒，不復致意。

【章　旨】本段敘述蠻夷中氣候殊異，有傷身體，加以語音特異，故只好緘口不言。

【注　釋】❶眊　《說文》：「眊，目少精也。」❷重膇　足部水腫。《左傳・成公六年》杜注：「重膇，足腫。」❸慘懍　陰冷貌。《文選・甘泉賦》：「下陰潛以慘懍兮。」❹中國　特指中原地區。❺鴂舌　《孟子・滕文公》：「南蠻鴂舌之人。」趙注：「其舌之惡如鴂鳥耳。」借喻言語難懂。❻家生小童　家中奴隸所生之子仍為奴隸，稱家生子。❼嘵嘵　驚叫聲。此處與文義不合，疑為「噭噭」之借字。噭噭，鳥雀嘈雜之聲。❽有言不信二句　《周易正義》：「處困求通，在於修德，非用言以免困；徒尚口說，更致困窮。」❾瘖　《說文》：「瘖，不能言也。」

【語　譯】我住在南蠻異族之中已經很久了，習慣了炎熱瘴氣，兩眼昏花，兩足水腫，都習以為常。忽然遇上早晨颳起北風，逼迫的寒氣傷害我的身體，使得肌膚陰冷，毛髮凋零。驚奇注視，戰戰兢兢認為這是特殊氣候，內心感覺自己恐怕不是中原地區的人了。楚、越地區之間講話的聲音特別不同，怪裡怪氣好像鳥雀喧噪，而現在聽起來安然不覺得奇怪，已經和當地居民成為同類了。家僕所生的小童，都自然而然地講起嘈嘈雜雜的方言，從早到晚充滿兩耳。一聽到北方人講話，就驚呼啼叫跑開躲起來，即使是病人也驚奇害怕。出門看到前來永州城街坊市井的人，其中十個有八九個，都是撐著拐杖才出來的。我自己估計住在這個地方還能有多久？怎麼可以更加不懂得適可而止，而去談論那些是非得失，又一次被社會上的人非議嘲笑嗎？我閱讀《周易・困卦》，到「身處困境即使講話也不被聽信，依仗口舌則更加困窮」的時候，反反覆覆更加高興，說：「啊呀！我即使在家中添置一把嘴巴專門為自己解釋稱讚，辱罵我的人會更加多！」因此我更喜歡緘口不言，當個啞巴，只想同木頭石塊作為同伴，不再表達我的意思。

今天子興教化，定邪正，海內皆欣欣怡愉。而僕與四五子❶者，獨淪陷如此，豈非命與？命乃天也，非云云者所制，余又何恨？獨喜思謙之徒，遭時言道，道之行，物得其利。僕誠有罪，然豈不在一物之數邪？身被之，目覩之，足矣。何必攘袂用力，而矜❷自我出邪？果矜之，又非道也。事誠如此，然居理平❸之世，終身為頑人❹之類，猶有少恥，未能盡忘。儻因賊平慶賞❺之際，得以見白，使受天澤餘潤，雖朽枿❻敗腐，不能生植，猶足蒸出芝菌❼，以為瑞物。一釋廢錮，移數縣之地，則世必曰罪稍解矣。然後收召魂魄，買土一廛❽為耕甿，朝夕謳謠，使成文章。庶木鐸❾者采取，獻之法宮❿，增聖唐大雅之什。雖不得位，亦不虛為太平之人矣。此在望外，然終欲為兄一言焉。宗元再拜。

【章旨】本段在歌頌朝政、表彰思謙的基礎上，希望對方一言相助，移數縣為平民，以歌頌聖唐，為太平之人。

【注釋】❶四五子　曾隨子厚至永州者有從弟宗直、宗玄、舅表弟盧遵及姐丈崔簡之二子等。❷矜　有自負賢能之意。《尚書・大禹謨》：「汝惟不矜，天下莫與汝爭能。」❸理平　即治平，避高宗李治諱。❹頑人　愚妄之人。《抱朴子・行品》：「闇事宜之可否，雖企慕而不及者，頑人也。」❺賊平慶賞　據《唐書・憲宗紀》載：元和四年十月，成德軍節度使王承宗反，左神策軍護書中尉吐突承璀為左右神策河陽、淮西、宣歙鎮州行營兵馬招討處置使以討之。子厚希望於賊平慶賞宥及罪謫耳。❻枿　樹木砍伐後重生之枝條。❼蒸出芝菌　《莊子・齊物論》：「蒸成菌。」成玄英疏：「濕暑氣蒸，故能生成朝菌。」❽一鄽　世綵堂《柳河東集》注：「一廛，二畝半也，一家之居也。」鄽、廛互通。《孟子・滕文公》：「願受一廛而為氓。」氓，通「甿」。農民。❾木鐸　以木為舌的大鈴。《漢書・食貨志》：「孟春之月，群居者將散行人，振木鐸徇於路，以采詩獻之。大師比其音律，以聞於天子。」❿法宮　帝王處理政事的宮殿，即正殿。

【語譯】現在皇帝振興教化，判定邪惡與正直，全國都高高興興，歡樂愉快。而我卻跟四五個年輕人，獨獨被埋沒像這個樣子，這難道不是命運嗎？命運乃是天意，並不是靠多講些話就能夠制服的，我又有什麼可抱怨的呢？我只是高興像您這一類人，碰上時機能夠討論治國之道，治國之道得以推行，萬物都將得到利益。我確實有罪，但是，難道不是萬物之內的一物嗎？親身享受聖明之治，親眼看到聖明之治，這就夠了。何必一定要捋起衣袖，奮臂出力，自己親口來肯定個人的才能呢？果真自己肯定，又不符合原則。事情確實是這樣，那麼我生活在太平盛世，卻一輩子都會是個愚妄之人一類，但我仍然感到有些恥辱，不能夠全都忘記。倘若因為逆賊平定慶賀賞賜的時候，能夠被人向皇帝陳述，使我得以受到皇帝的恩澤，少許的滋潤，即使是朽木已破敗腐爛，不能生長繁茂，仍然可以蒸發產生出靈芝朝菌，成為祥瑞之物。將我從廢棄禁錮之地釋放，向北轉移數縣之地，那麼社會上一定會說我的罪過稍微得到緩解了。然後召回我的魂魄，買一小塊土地房屋，當個耕田的農夫，早晚詠歌，寫成文章。希望採詩的人收集起來，獻給皇官，增加聖唐〈大雅〉的篇章。即使得不到官位，也不至於白白作為太平之人了。這是我希望之外的要求，但是最後還是想把這些話對您訴說。我柳宗元再一次下拜。

【研析】本篇與前篇內容、寫法、要求大體都相同。特別是要求，兩封信都不求復歸士列，但盼如前書所云「姑遂少北」，即此書所謂「移數縣之地」。所提要求完全一致，但希望於對方者，卻稍有不同，前書比較含蓄，要求對方念在通家之好，「有可動心者，操之勿失」；而此書卻在末尾明確提出「終欲為兄一言焉」。提法不同，源於對方職務不同，許孟容為京兆尹，無進諫之責；而蕭俛職司拾遺補闕，為言官，「遭時言道」，乃其本分。沈德潛評之曰：「儀曹（柳宗元）得罪，為世指斥，故以思謙之相知，不敢望其顯然明雪，只云既遇遭時利物之君子決不至棄我於一物之外，其情誠可悲也須看其難下筆時，不顯言而自達之妙。」所謂「不顯言而自達」，即作者修書之意圖不直接講出而又自然得到表達，這是除末句以外全文的表達方式，末句是畫龍點睛地道出作者的意圖，而其他各段均圍繞這一意圖進行構思並組織材料。如首段即突出對方之忠於職守；二段言獲罪之由，強調了怪怒媢嫉，謗語轉侈，從而暗示自己無辜而遭附會；三段說明自己無由申訴，故「更樂瘖默」；四段指出對方職在利物以及個人的最低要求。從首段之「乃誠助太平者也」，與末段之「亦不虛為太平之人矣」，兩用「太平」，遙相呼應。足證子厚被貶蠻荒，心氣絕平，一心望治，而成功不必在我。希求對方之意，全都從言語之外表達。

與李翰林建書

柳子厚

【題解】李建，字杓直，貞元中以進士第二補校書郎，擢左拾遺、翰林學士，憲宗初年為殿中侍御史，尋為比部員外郎，終官刑部侍郎。陳少章曰：「李入翰林在貞元末年，未久即解內職，此蓋追呼其前官耳。」文中言「前過三十七年」，則本書亦應作於元和四年，疑建此時為殿中侍御史。本書內容與前二書大體相同，如訴說己身之病、謫居異域之苦，但求量移為老農以沒世等，亦見於前二書。但其獲罪之由，群言沸騰、眾口謗議之狀，則皆不及，而以「足下適在禁中，備觀本末」，一筆略去。而補充一些述近況、敘寒溫、索藥餌、詢諸友之類家常語，因而使得本書政治方面的意圖更加隱晦。但書末祈其「勉盡志慮，輔成一王之法，以宥罪戾」，仍然含蓄表達希其援手之意。

杓直足下：州傳❶遽至，得足下書，又於夢得❷處得足下前次一書，意皆勤厚。莊周言逃蓬藋者，聞人足音，則跫然喜❸。僕在蠻夷中，比得足下二書，及致藥餌，喜復何言！僕自去年八月來，痞疾❹稍已，往時間一二日作，今一月乃二三作。用南人檳榔餘甘❺，破決壅隔太過，陰邪雖敗，已傷正氣，行則膝顫，坐則髀痺❻。所欲者補氣豐血，強筋骨，輔心力，有與此宜者，更致數物，得良方偕至，益善。

【章旨】本段對李建來書及所賜藥餌表示感謝，順便敘述個人病況，望致藥物。

【注釋】❶傳　驛車。古代傳送郵件的馬車。❷夢得　即劉禹錫（西元七七二—八四二年），字夢得。柳宗元的好友，永貞改革的骨幹。時貶朗州（今湖南常德）司馬。❸莊周言四句　《莊子・徐无鬼》：「夫逃虛空者，藜藋柱乎鼪鼬之徑，良位其空，聞人足音，跫然而喜矣。」跫然，喜貌。❹痞疾　胸中憤悶結塊的病。❺檳榔餘甘　檳榔，果名，橢圓，色橙紅。《證類本草》卷十三：「檳榔味辛溫無毒，主消穀逐水，除痰癖，殺三蟲伏尸，療寸白，生南海。菴摩勒味苦，甘寒無毒，主風虛熱氣，一名餘甘，生嶺南交、廣、愛等州。」菴摩勒又名無垢果，又名油柑。一說餘甘即橄欖。《太平御覽》九七二引《臨海異物志》：「餘甘子，梭形，初入口舌澀酸，飲水乃甘，又如梅實，核兩頭銳，呼為餘甘，橄欖同一物異名耳。」❻髀痺　髀，大腿。痺，通常指風、寒、濕等侵犯肌體引起關節或肌肉疼痛麻木等症狀。《素問・痹論》：「風、寒、濕三氣雜至，合而為痹也。」

【語譯】杓直足下：州裏的驛車突然來到，得到您給我的書信，我以前還曾經從劉夢得那裡收到過您的另一封書信，情意都殷勤深厚。莊周講過，躲到野草雜樹叢中的人，聽到人家走路的聲音，也會顯出高興的樣子。我生活在南蠻異族人中間，近來得到您的兩封書信，和送來的藥物，喜歡得還有什麼話說！我從去年八月以來，腹中膨脹結塊的病稍微好一些，以前隔一兩天就發作，現在一個月才發作兩三次。用南方人的檳榔橄欖，破壞疏通腹中塊結的堵塞太過頭，陰濕病症雖然解除，但已經傷害了正氣，走起路來便膝蓋顫抖，坐下來便大腿麻木。所需要的是補氣補血，強筋健骨，加強心臟活力，有適合這種症狀的，還給我幾種藥物，如果同時給我好的丹方，那就更好了。

永州於楚為最南，狀與越相類。僕悶即出遊，遊復多恐。涉野則有蝮虺❶、大蜂❷，仰空視地，寸步勞倦。近水即畏射工、沙蝨❸，含怒竊發，中人形影，動成瘡痏❹。時到幽樹好石，暫得一笑，已復不樂。何者？譬如囚拘圜土❺，一遇和景，負牆搔摩，伸展支體，當此之時，亦以為適。然顧地窺天，不過尋丈，終不得出，豈復能久為舒暢哉？明時百姓皆獲歡樂，僕士人頗識古今理道❻，獨愴愴如此，誠不足為理世下執事❼，至比愚夫愚婦，又不可得，竊自悼也！

【章旨】本段敘述謫居異域的種種苦害及歡樂之難得，進而慨嘆自己的前途。

【注釋】❶蝮虺　蝮，毒蛇名。虺，大蛇。此疑即作者〈捕蛇者說〉中所言之「異蛇」，「黑質而白章，觸草木盡死」者。❷大蜂　一種毒蜂。《酉陽雜俎》卷十七：「毒蜂，嶺南有毒菌夜明，經雨而腐，化為巨蜂，黑色，喙若鋸，長三分餘，夜入人耳鼻，斷人心繫。」❸射工沙蝨　相傳為水中毒蟲。《抱朴子．登陟》：「又有短狐，一名蜮，一名射工，一名射影，其實水蟲也。口中有橫物如角弩，聞人聲，緣口中角弩，以氣為矢，因水而射人，中人身者，即發瘡，中影者亦病。又有沙蝨，其大如毛髮之端，初著人，便入其皮裡，其所在如芒刺之狀，小犯大痛，可以針挑取之；若不挑之，蟲鑽至骨，便周行走入身，其與射工相似，皆殺人。」❹瘡痏　創傷，瘢痕。《文選．西京賦》薛綜注：「瘡痏，謂瘢痕也。」❺圜土　監獄。《釋名．釋宮室》：「獄，確也……又謂之圜土，土築表墻，其形圜也。」❻理道　即治道。下文「理世」即「治世」，避高宗諱。❼執事　指各部門專職人員，即百官之屬。

【語　譯】永州在楚地是最南的一州，地形地貌與南越相類似。我煩悶時便出去遊玩，遊玩時又有很多恐懼。穿過野外有毒蛇毒蜂，仰望空中俯視地下，稍走幾步就感到辛勞疲倦。靠近水邊就害怕射工沙蝨，這些小蟲一發怒便偷偷射人，射中人的形體身影，動輒成為創傷瘢痕。有時來到深邃陰暗的樹林或秀美奇特的巨石，暫時感到舒暢歡笑，但過後又不快樂。為什麼呢？正好像被囚禁在牢獄之中之人，一當遇到晴和的天氣，靠著牆壁抓撓按摩，將四肢身體伸展開來，在這種時候，也認為很舒服。但是俯視地面，窺視青天，只有幾尺幾丈，結果還是出不去，這怎麼能夠長久地舒服歡暢呢？政治清明時的老百姓都能得到歡樂，我是個讀書之人，懂得一些古今治國之道，卻偏悽悽愴愴像這個樣子，確實夠不上擔任太平治世之下的官吏，甚至於跟那些愚夫愚婦相並列，也都無法獲得，我私下真是為自己感到傷心。

僕曩時所犯，足下適在禁中❶，備觀本末，不復一一言之。今僕癃殘❷頑鄙，不死幸甚。苟為堯人❸，不必立事程功❹，唯欲為量移官❺，差❻輕罪累。即便耕田藝❼麻，取老農女為妻，生男育孫，以供力役。時時作文，以詠太平。摧傷之餘，氣力可想。假令病盡已，身復壯，悠悠人世，越不過❽為三十年客耳。前過三十七年，與瞬息無異。復所得者，其不足把翫，亦已審矣。杓直以為誠然乎？

【章　旨】本篇提出個人希望，或為量移官，或為老農以沒世，歲月易逝，來日無多，愈增悲愴。

【注　釋】❶適在禁中　舊注曰：「時建為翰林學士。」《唐會要》卷五十七：「翰林院者，本在銀臺門內，麟德殿西廂重廊之後。」❷癃殘　疲病衰殘。《說文》：「癃，罷病也。」❸堯人　即堯民，避太宗諱改。《論衡・藝增》：「儒書又言，堯舜之民，可比屋而封。」❹立事程功　興辦事績，考核功效。《禮記・儒行》：「程功積事，推賢而進達之。」❺量移官唐宋時，因罪被貶謫遠方的官員，遇赦酌情移近安置，其職務不變或略高，稱量移官。❻差　減輕。《廣雅・釋詁》：「差，次也。」❼藝　種植。《詩經・南山》毛傳：「蓺，樹也。」蓺、藝，古字通。❽越不過　最多不過。吳汝綸曰：「本集〈答友人求文章書〉亦云，越不過數十人耳。越不過，蓋當時語。」

【語　譯】我過去所犯錯誤，您正好在宮禁之中，完全看到事情從開端到結束的全過程，我不需要一件一件地敘述了。現在我疲病衰殘，冥頑鄙陋，沒有死就算僥倖得很了。假如能作為堯舜盛世之民，不必興辦事業，取得功效，只想能把我的官職酌情調近一些，以減輕我的罪責。這樣我便能耕田種麻，取老農之女為妻子，生男孩養孫子，以供應國家勞役。經常寫寫文章，以謳歌太平。遭受摧折傷害以後，我的心氣體力可想而知。假若我身上的疾病全都痊癒，體質恢復健壯，人生一世，無窮無盡，最多也不過當三十年客人罷了。在此之前，已經過了三十七年，跟一眨眼一呼吸又有什麼差別。此後還會取得的成績，那是不值得稱道欣賞，也已是明確的。杓直兄認為確實會這樣嗎？

僕近求得經、史、諸子數百卷，嘗候戰悸❶稍定，時即伏讀。頗見聖人用心，賢士君子立志之分。著書亦數十篇，心病，言少次第，不足遠寄，但用自釋❷。貧者士之常❸，今僕雖羸餒，亦甘如飴❹矣。

【章　旨】本段敘述作者近況，安貧讀書，著書自樂。

【注　釋】❶悸　《說文》：「悸，心動也。」❷自釋　自我怡悅。釋，通「懌」。喜悅。❸貧者士之常　《列子・天瑞》：「貧者，士之常也；死者，人之終也。處常得終，尚何憂哉！」❹甘如飴　飴，糖膏。《吳越春秋》載采葛之婦作苦之詩曰：「嘗膽不苦甘如飴。」

【語　譯】我近來得到經書、史傳、諸子共數百卷，經常等候顫抖驚悸之心稍微安定下來，立即伏案閱讀。清楚地看到聖人的用心，以及有賢德品行和淵深學問的士人立下志向所表現的素質。寫下文章也有幾十篇，心中有病，所以言辭敘次不清楚，不值得寄給您，只能用來自己怡悅。貧窮乃是讀書人的常態，現在我雖然瘦弱飢餓，但也過得甘美好像食飴糖一樣。

足下言已白常州❶煦❷僕，僕豈敢眾人待常州邪？若眾人，即不復煦僕矣。然常州未嘗有書遺僕，僕安敢先焉？裴應叔❸、蕭思謙，僕各有書，足下求取觀之，相戒勿示人。敦詩❹在近地，簡人事，今不能致書，足下默以此書見之。勉盡志慮，輔成一王之法❺，以宥罪戾。不悉❻。某白。

【章　旨】本段敘述與大臣中舊友書信往來情況，並隱含希能援助之意。

【注　釋】❶常州　指李建之兄李遜，字友道，元和四年任常州刺史，五年，遷越州刺史、浙東觀察使，終官刑部尚書。❷煦　覆育；關照。《禮記・樂記》：「煦嫗覆育萬物。」❸裴應叔　即裴墐。子厚於元和四年有〈與裴墐書〉，唯不詳其爵位。❹敦詩　崔群之字。參見上卷〈與崔群書〉。柳集陳注曰：「崔群時為翰林學士，唐時官翰林者，自以職親地禁，例不與人相聞，故書云爾。」《舊唐書・崔群傳》：「元和初，召為翰林學士，歷中書舍人，常以讜言正論聞於時。」❺一王之法　一代王朝的法規。《漢書・儒林傳序》：「孔子因魯《春秋》，舉十二公行事，繩之以文、武之道，成一王法。」❻不悉　意同「不宣」，「不詳」。

【語　譯】您說已經告訴常州刺史要他關照我，我怎麼敢用對待一般人的辦法來對待常州刺史呢？假若是一般人，他就不會照顧我了。但是，常州刺史還從來沒有寫書信給我，我怎麼敢先寫信給他呢？裴應叔、蕭思謙處，我每人都寫了信，您可以找他們取來一看，但互相注意不要讓別人看到。崔敦詩在宮禁中辦事，要省略人事接觸，我現在不能寫信給他，您暗地以這封信交給他看。你們努力竭盡自己的心意和謀略，輔佐皇上促成一代王朝的法規，以便能寬恕像我們這些犯罪的人。不再詳細敘述。某某稟白。

【研　析】本篇與前二篇在內容和寫法諸方面大體相類似，故《柳河東集》均歸入「書明謗責躬」一類。但其內容上也有某些新意，劉大櫆評之曰：「前寫永州風物之惡，後感人生歲月不促，造語極工。」在寫法更顯得紆徐矯健，其主旨「明謗責躬」，「以宥罪戾」更為隱晦含蓄。本篇著重描述自己貶謫蠻荒的險惡處境和對前途感到茫然的悲涼心態，借以引發對方的同情和關切，而不同於上兩篇那通過分析事實和說理來達到減罪量移的目的。姚鼐在篇末有評曰：「子厚永州與諸故人書，茅順甫（坤）比之司馬子長、韓退之，誠為不逮遠甚。而方侍郎（苞）遽云，相其風格，不過如（嵇康）〈與山巨源絕交書〉，則評亦失公矣。子厚風格緊健，自有得於古人。若叔夜（即嵇康）文雖有韻致，而輕弱不出魏、晉文格。如子厚山水記，間用《水經注》與象，然子厚豈酈道元所能逮耶？」此評雖不專為本篇，但錄於本篇之後，顯然以本篇最符合姚氏觀點。輕視魏晉六朝古文，此乃桐城派陋習，姚鼐亦未能免。如本書所選，魏晉六朝僅十篇，九篇為辭賦，古文才一篇（即〈出師表〉），可見一斑。但細讀柳文，何曾見有卑視六朝之意？子厚此三篇，在既能自由騁情而又條理明晰等方面，未嘗不能說受到〈絕交書〉的影響。子厚對六朝文人的重視，在柳文中亦不少見，如〈送文暢遊五臺序〉云：「晉宋以來，謝安石、王逸少、習鑿齒、謝靈運、鮑照之徒，皆時之選……偉長、德璉之述作，豈擅重千祀哉？」姚氏為肯定柳文而貶低嵇叔夜、酈道元，這一作法並不恰當。

答吳秀才謝示新文書

柳子厚

【題　解】吳秀才，《柳河東集》廖瑩中注曰：「當是武陵族子。」又文中「在族父處」，張敦頤音辯曰：「族父，想謂吳武陵。或曰，子厚自謂其叔父柳公綽耳。」廖瑩中又曰：「豈吳生隨柳公綽湖南耶？其時元和七年也。」以上二說，皆難遽信。吳武陵，信州（今江西上饒）人，柳宗元謫永州，吳武陵亦因事流永州，故二人為摯友，柳集中曾多次提及其人。柳公綽亦與永厚有過交往。然此二說皆無確證。故吳秀才不知為何許人，此書寫作時間亦待考。但細讀全文，吳秀才應為宗元後輩，並有意向宗元請教古文者，曾多次寄贈文章，但以長久未得親聆教誨為憾。王文濡評之曰：「秀才原書似因不得亟見而發，答辭以詼諧出之，雋永之至。」所謂「詼諧」之處在於，作者在文中把吳秀才文章之不斷提高與自己不亟見這兩件事聯繫在一起，既鼓勵對方日新，又安慰對方「間疏之患」，充分表達出作者對後學之士的關懷。

某白：向得秀才書及文章，類❶前時所辱遠甚，多賀多賀！秀才志為文章，又在族父處，蚤❷夜孜孜，何畏不日日新，又日新❸也？雖間不奉對❹，苟文益日新，則若亟見矣。

【章旨】本段賀對方文章有很大提高，如能日新，則如兩人相見。

【注釋】❶類　比。《禮記·學記》：「九年知類通達。」注：「知類，知事義之比也。」❷蚤　通「早」。❸日日新二句　《禮記·大學》：「湯之盤銘曰：『苟日新，日日新，又日新。』」❹奉對　奉命會晤，用作敬辭。

【語譯】某某稟白：近來收到秀才給我的書信及文章，比從前賜給我的文章好得多，應該特別祝賀，特別祝賀！秀才有志於寫作古文，又在族父身邊，從早到晚，努力不懈，還怕什麼不會每天每天有新成就，而且不斷有新成就呢？即使因為相隔而不能會面，假若你的古文愈越天天進步，那就好像我們多次見面了。

夫觀文章，宜若懸衡❶然，增之銖兩❷則俯，反是則仰，無可私者。秀才誠欲令吾俯乎？則莫若增重其文。今觀秀才所增益者，不啻銖兩，吾固伏膺❸而俯矣。愈重則吾俯茲❹甚，秀才其懋❺焉！苟增而不已，則吾首懼至地耳，又何間疏❻之患乎？還答不悉。宗元白。

【章旨】本段借比喻說明，只要對方文章不斷提高，則自己會衷心佩服，俯首至地，久別不足為患。

【注釋】❶衡　秤。❷銖兩　古代重量單位。二十四銖為一兩。❸伏膺　同「服膺」。從內心感到佩服。《禮記・中庸》：「得一善，則拳拳服膺而弗失之矣。」❹茲　通「滋」。《說文》：「滋，益也。」❺懋　《說文》：「懋，勉也。」❻間疏　闊別；遠別。《淮南子・俶真》高注：「間，遠也。」

【語譯】閱讀文章，應該像懸掛一杆秤一樣，增加些小重量，秤杆便低下來，不是這樣秤杆便高上去，沒有什麼私情可講。秀才如果確實想要讓我低下頭來嗎？那麼不如增加你文章的重量。現在我閱讀秀才文章中所增加進益的東西，不止一錢一兩，我本來就已經衷心佩服而低下頭來了。越增加我的頭便低得越厲害，希望秀才努力吧！假如能一直增加而不停止，那麼我的頭恐怕要俯伏到地下了，又害怕什麼遠隔不能會晤呢？復信回答不詳盡。宗元稟白。

【研析】這是一封短信，有似於箋、啟之類。不僅篇幅簡短，內容也異常集中。作者巧妙地將祝賀對方文章有成，且有良師相處，今後必日日更新，和兩人闊別，不得亟見之患這兩件本不相關的事緊緊地聯繫在一起；以前者反襯後者，彌補後者，讓高興之事替代缺陷之事。因此，全書內容便合諧地統一為一個整體。其次是借助「懸衡」這一比喻，將作者對吳秀才文章不斷提高則佩服的程度愈越加深這一因果關係，用形象而又詼諧的文筆表現出來。使人讀後，賞心悅目，意味深長。

卷三十一 書說類 七

與尹師魯書

歐陽永叔

【題　解】此書作於宋仁宗景祐三年（西元一〇三六年）。這一年，有志改革的吏部員外郎范仲淹揭露宰相呂夷簡不能選賢任能，呂反誣范「越職言事，離間君臣」，范因貶為饒州知州。祕書丞余靖，上言「請追改前命」，亦被貶監筠州（今江西高安）酒稅。太子中允尹洙，則表示「願從降黜」，被貶監郢州（今湖北鍾祥）酒稅。二人皆歐陽修好友，歐陽修激於義憤，揭露身為諫官卻趨炎附勢、偏袒權貴的高若訥的罪責和虛偽，亦由館閣校勘貶為夷陵縣令。此信乃是當年十月二十六日到達貶所後所寫。尹師魯，即尹洙，河南人。餘詳本書卷四十七〈尹師魯墓誌銘〉。這封信是答復尹洙的詢問，抒發自己的懷抱。作者把言事得罪，視為固然。說明當事情發生時，他唯一擔心的是，責難他人是否太嚴，自己有無借此邀取正直的動機。在自反不疑之後，就應處之泰然，不以遷謫之情縈懷。在貶所亦應勤官慎職，不作窮愁文字。信中對作為知己和同道且共遭貶謫的尹洙表達深切的慰藉之情，並以古代「有死不失義」的君子作為榜樣相勉勵，從而表達了自己堅守正道、勇於作為的高尚氣節和不因成敗得失變易其志的坦蕩胸懷，展示了一個端方耿介的知識分子身處逆境、堅貞不渝的光輝人格。

某頓首，師魯十二兄❶書記❷：前在京師相別時，約使人如河❸上。既受命，便遣白頭奴出城，而還言不見舟矣。其夕，又得師魯手簡，乃知留船以待，怪不如約，方悟此奴懶去而見紿。

【章　旨】本段追敘師魯臨行時因老奴懶去而見紿，故未能如約相送。

【注　釋】❶十二兄　唐宋時以同祖父兄弟排行，朋友間往往稱人排行以示親近。尹洙較歐陽修大六歲（西元一〇〇一—一〇四七年），故稱之為兄。❷書記　宋代官階與實際職務並不相同。貶前尹師魯曾任山南東道掌書記，表示「願從黜降」後，仍為掌書記、監郢州酒稅。掌書記乃其官階，監郢州酒稅才是實際職務。據〈職官志〉：掌書記為從八品。❸河　指汴河。即隋所鑿通濟渠東段，由滎陽引黃河水經開封東南流，經安徽至江蘇盱眙入淮河。

【語　譯】某某叩拜，師魯十二兄書記：先前在京城分別的時候，約我派個家人前去汴河岸邊。聽了吩咐以後，就派了個老僕人出城，而他回來說已經看不到船了。當天晚上，又收到您的手書，才知道您曾經停留船隻來等待，責怪我沒有按照約定派人前往，這時我才醒悟是這個僕人偷懶沒去，便拿這話來騙我。

臨行臺吏❶催苛百端，不比催師魯人長者有禮，使人惶迫，不知所為。是以又不留下書在京師，但深託君貺❷因書道修意以西。始謀陸赴夷陵，以大暑，又無馬，乃作此行。沿汴絕淮，泛大江❸，凡五千里，用一百一十程❹，纔至荊南❺。在路無附書處，不知君貺曾作書道修意否？

【章　旨】本段敘述自己離京前往荊南的情況，以及途中無法寄書緣由。

【注　釋】❶臺吏　指御史臺的吏役，凡被貶謫者均受其驅逐。❷君貺　王拱辰字君貺，與歐陽修為同榜進士，且為連襟，但二人後來政見不同。❸沿汴絕淮二句　指作者前往夷陵路線。即沿汴河，穿淮河，進入長江。❹程　本指站，古代以一天所走路程稱站，故此處作「天」解。❺荊南　即荊南節度，治江陵縣，峽州夷陵縣為其所屬。

【語　譯】我臨行之時，御史臺的官吏百般催促，不像催您的人是個寬厚長者那麼有禮貌，使得我惶恐急迫，不知該怎麼辦。因此來不及寫封信留在京城，只好鄭重託付王君貺，讓他在書信裏替我致意，然後就啟程西去。開始打算走陸路去夷陵，因為天氣炎熱，又沒有馬，於是便從這條路走。沿著汴河，穿過淮水，泛舟於浩瀚的長江，共計約五千里，走了一百一十天，才到達荊南。在途中沒有可以捎信之處，不知道王君貺曾經給您寫信替我致意沒有？

及來此問荊人，云去郢❶止兩程，方喜得作書以奉問。又見家兄❷，言有人見師魯過襄州❸，計今在郢久矣。師魯欣戚，不問可知。所渴欲問者，別來安否？及家人處之如何？莫苦相尤否？六郎❹舊疾平否？

【章　旨】本段主要問候尹洙及家人到達郢州情況及平安否。

【注　釋】❶郢　州名，西魏置，治所在長壽，即今湖北鍾祥縣。❷家兄　歐陽修有異母兄名昞。歐集有〈于役志〉記載此次行程，內言曾於黃陂與其兄相會。❸襄州　古州名，西魏置，治所在襄陽，即今襄樊市。❹六郎　應為尹洙之子，尹洙共有四子，但不知六郎為誰。

【語　譯】來到這裡以後，詢問荊南人，說是這裡距離郢州只有兩天路程，我才高興現在可以寫信向您問候了。

我在途中又聽見我哥哥說，有人看見您經過襄州，估計現在已經在郢州住下很久了。您的情緒高興或者憂愁，不用問就可以知道的。我所急於要問清的是，分別以後您是否平安？家裡的人對您被貶的態度如何？沒有人苦苦地埋怨您嗎？男孩老六的舊病治好了嗎？

修行雖久，然江湖皆昔所遊，往往有親舊留連，又不遇惡風水。老母用術者言，果以此行為幸❶。又聞夷陵有米麪魚如京洛，又有梨栗、橘柚、大筍、茶荈❷，皆可飲食，益相喜賀。昨日因參轉運❸作庭趨❹，始覺身是縣令矣。其餘皆如昔時。

【章　旨】本段簡述途中及來到夷陵後有關情況。

【注　釋】❶老母用術者言二句　術者，指宋代頗為流行的占卜、相面諸術。作者在〈瀧岡阡表〉（見本書卷四十六）中曾記載：「修貶夷陵，太夫人言笑自若，曰：『汝家故貧賤也，吾處之有素矣。汝能安之，吾亦安矣！』」❷茶荈　早採者為茶，晚取者為荈。見《爾雅・釋木》疏。❸轉運　即轉運使，宋代官名，初始時負責一路財賦轉運，仁宗即位後罷諸路提點刑獄官，職權併入轉運使，因而具有監察本路地方官員的權力。❹庭趨　屬吏在公庭謁見長官之禮節。趨，小步疾走，以示恭順。庭，公庭參拜。

【語　譯】我旅行時間雖然很長，然而所經過的江河湖泊都是從前遊歷之處，往往有些親戚舊交留住盤桓，又沒有遇上狂風惡浪。老母親相信算卦先生的話，真的認為這次離京外出是幸運的。來此又聽到夷陵這地方像汴京、洛陽一樣，有稻米、麵條、魚類，還有梨子、板栗、柑橘、柚子、大筍、茶葉，都是可以吃喝的，使我更加感到值得慶幸。昨天我畢恭畢敬地去拜見轉運使大人，才感覺到自己是做了縣令了。其他的都跟早先時候一樣。

師魯簡中，言疑修有自疑❶之意者，非他，蓋懼責人太深以取直耳。今而思之，自決不復疑也。然師魯又云，闇❷於朋友。此似未知修心。當與高書❸時，蓋已知其非君子，發於極憤而切責之，非以朋友待之也。其所為何足驚駭？洛中來，頗有人以罪出不測見弔者，此皆不知修心也。師魯又云非忘親❹，此又非也。得罪雖死，不為忘親。此事須相見，可盡其說也❺。

【章旨】本段對尹洙信函中提出的一些對自己的懷疑進行解釋，含蓄說明個人之所以獲罪，主要是激於義憤。

【注釋】❶自疑　反省自己行為有無不正確之處。指給高若訥寫信一事。❷闇　通「暗」。指估計不到高若訥會將書信上告朝廷。❸與高書　高，即高若訥，字敏之，并州榆次人，時任左司諫。作者在與高書中，曾嚴詞斥責他「不復知人間有羞恥事」。❹忘親　古人認為，身遭罪罰，是陷父母於不義，忘了父母養育之恩。尹洙說「非忘親」，是出於對作者的辯解，認為作者並未認識會因此而遭罪責。這也是一種誤解。❺得罪雖死四句　這是古代爭論不休的關於忠與孝的矛盾。魏晉以來，常以盡孝作為苟且偷生的藉口，故作者有此論，但此意非三言兩語可明，有必要待相見時始能評說。

【語譯】您的信中說，懷疑我內心有些疑慮，不是別的，就是因為擔心自己這麼做是否過分苛刻指責別人以換取正直的名聲。今天仔細想起來，自己很明確，沒有這種情況，因此不再懷疑了。但您又說，我對朋友太不了解。這似乎並不清楚我當時的心意。當我給高司諫寫信之時，本來就已經知道他不是一個君子，只是由於心情極其憤慨必須抒發，這才寫信斥責他，而並沒有把他當作朋友來看待。他後來的所作所為哪裡值得大驚小怪？從洛中出發以來，途中很有一些人說我的這次貶謫出乎他們意料之類的話來安慰我，這都是不了解我的想法。您又說我這麼做還不等於忘記了父母之恩，這又說錯了。由於盡忠朝廷而遭到處罰，即使被判死罪，也不能算忘記了父母之恩。但這件事也許要等到我們相見以後，才能夠完全講清楚。

五六十年❶來，天生此輩，沉默畏慎，布在世間，相師成風。忽見吾輩作此事，下至竈門老婢，亦相驚怪，交口議之。不知此事古人日日有也，但問所言當否而已。又有深相賞歎者❷，此亦是不慣見事人也。可嗟世人，不見如往時事，久矣。往時砧斧鼎鑊，皆是烹斬人之物，然士有死不失義，則趨而就之，與几席枕藉之無異。有義君子在旁，見其就死，知其當然，亦不甚歎賞也。史冊所以書之者，蓋特欲警後世愚懦者，使知事有當然，而不得避爾，非以為奇事而詫人也。幸今世用刑至仁慈，無此物，使有而一人就之，不知作何等怪駭也！然吾輩亦自當絕口，不可及前事也。居閒僻處，日知進道而已。此事不須言，然師魯以修有自疑之言，要知修處之如何，故略道也。

【章　旨】本段說明在古代捨生取義之事，被視為理所當然；而今世風沉淪，故對此均感驚怪，吾輩不應苟同流俗，絕口前事，但知進道而已。

【注　釋】❶五六十年　指宋太宗趙匡義即位（西元九七七年）以來，至此為六十年。宋王朝強化專制統治，士大夫諂諛成風，因循苟且。❷深相賞歎者　據《宋史紀事本末》，當范仲淹被貶時，「館閣校勘蔡襄作〈四賢一不肖詩〉，以譽仲淹、(余)靖、(尹)洙、(歐陽)修，而譏(高)若訥，都人士爭相傳寫，鬻書者市之得厚利」。足見時論所歸。正因為如此，故作者告誡不要再津津樂道「前事」。

【語　譯】五六十年以來，上天生下這樣一類人，沉默不語，畏縮謹慎，他們在社會上到處都有，相互仿效，形成風氣。忽然看到我們這幾個人做出這種事情，哪怕最下等的廚房裡負責燒火的老婢女，也都感到驚奇，交相議論。而不知道像這類事情古人天天都會有的，古人不管其他，只問自己所講的話是否正確罷了。現在還有一些對這種事深表欣賞讚歎的人，這也是沒有經常見到過這種事情的人。可歎社會上的人，很久都沒有見過像從前的這類事情了。過去的砧鑕、斧鉞、油鍋，都是用來處斬、烹煮犯人的刑具，然而那些寧可一死也決不背棄道義的人士，毫不猶豫地走上前去，把它看得就如同几案、坐席、枕頭、草墊一樣。懷有道義的君子站在旁邊，看見有人走向死亡，知道這是理所當然的事，也不會特別欣賞讚歎的。古代史書之所以記載這類事情，大概只是為了警戒後世的那些愚蠢怯懦的人，好讓他們懂得事情只有這樣才是對的，而不能夠逃避，並不是把它當成稀奇的事叫人們詫異。幸而現代使用刑法非常仁慈，不用這類刑具，如果現在還有，而且有個人走上前去受刑，不知道人們會怎樣吃驚呢！可是我們自然應當閉口，不必要再提及以前的事了。我們來到這偏遠的地方擔負閒散的官職，每天只注意增進道德修養罷了。這件事本來不必談論，不過因為您認為我內心有所疑慮，想知道我是怎樣看待這件事，所以才稍微說這麼一些。

安道❶與余在楚州❷，談禍福事甚詳，安道亦以為然。俟到夷陵寫去，然後得知修所以處之之心也。又常與安道言，每見前世有名人，當論事時，感激不避誅死，真若知義者；及到貶所，則慼慼怨嗟，有不堪之窮愁，形於文字，其心歡戚，無異庸人，雖韓文公❸不免此累。用此戒安道，慎勿作戚戚之文。師魯察修此語，則處之之心又可知矣。近世人因言事，亦有被貶者，然或傲逸狂醉，自言我為大不為小。故師魯相別，自言益慎職，無飲酒，此事修今亦遵此語。咽喉自出京愈矣，至今不曾飲酒。到縣後勤官，以懲洛中時懶慢❹矣。

【章旨】本段追敘途中與余靖晤談對待禍福之事，遭貶勿作戚戚之文，以及自己到縣後勤官慎行諸事。

【注釋】❶安道　余靖字安道，韶州曲江人。因上疏諫阻貶范仲淹，謫監筠州酒稅，徙監泰州稅。❷楚州　宋州名，治山陽縣，今江蘇淮安市。乃淮河流經處，距泰州頗近。作者前往夷陵時，曾和余靖在淮安會面。〈于役志〉載：「遂至楚州，泊舟西倉，始見安道於舟中。」❸韓文公　即韓愈。「文」乃其諡號。對於韓愈在貶謫中所寫文字，宋人多惋惜其過於哀傷。如胡仔《苕溪漁隱叢話》說：「凡人能處憂患，蓋在其平日胸中所養。韓退之，唐之文士也，正色立朝，抗疏諫佛骨，疑若殺身成仁者。一經竄謫，則憂愁無聊，概見於詩詞。」命意與本篇同。❹洛中時懶慢　懈怠散漫，意指言行不謹。據《續資治通鑑》宋紀三九：「始，錢惟演留守西京（洛陽），修及尹洙為屬官，皆有時名，惟演待之甚厚，修等游飲無節。惟演去，（王）曙繼至，數加戒敕，常厲色謂修等曰：『諸君知寇萊公（準）晚年之禍乎？正以縱酒過度耳。』眾客皆唯唯，修獨起對曰：『寇公之禍，以老不知止耳。』曙默然，終不怒，更薦修及洙置之館閣，議者賢之。」

【語譯】余安道跟我在楚州相會的時候，談到人世間禍福的事情非常詳細，安道對我的看法也認為是對的。等到了夷陵我才寫信去，然後才知道我對貶謫所持的具體態度。我又經常跟安道說，往往看到前代有名的人，當他議論政事的時候，感慨激動，不怕處死，儼然像個深明大義的人；可是到了貶所以後，卻憂愁傷悲，怨憤歎息，有無法忍受的窮困愁悵，表現在文字上，他的心情的歡樂和哀傷，與凡庸之輩沒有什麼區別，即使韓文公這樣的人物，也不免有這種毛病。因此我勸誡安道，千萬別寫那種憂愁傷感的文字。您考察一下我這番話，那麼我處理貶謫的態度，就可以知道了。近代的人由於議論政事，也有遭到貶謫的，可是有的就放蕩不羈，痛飲大醉，自己還說，只注意大事，不拘小節。所以您在分別時自己說過，對公事要更加謹慎，不要喝酒，這事我到今天仍然遵從您的意見。自從離開汴京咽喉已經痊癒了，直到現在也沒有喝過酒。到縣衙後勤謹辦理公務，以便改正從前在洛陽時言行不謹，懶散拖沓的不良作風。

夷陵有一路，祇數日可至郢，白頭奴足以往來。秋寒矣！千萬保重！不宣。

【章　旨】本段結尾，表示問候和思念。

【語　譯】從夷陵到您那裡，有一條路只要幾天就能到達，白髮老僕人也能夠來去。秋末天氣寒冷了！千萬保重身體！其餘的就不詳細講了。

【研　析】本篇雖為書信，但也體現出歐文平易自然、紆徐有致的總體風格。正由於對方乃是作者同患難的摯友，因而更顯得情真意切、深婉細密的特色。信中內容對遭貶原因、彼此離京情況、個人途中經歷、對待貶謫的看法和態度以及對尹洙的思念和關切，都能娓娓道來，一絲不亂，雖無慷慨激昂之辭而能情意深厚，不求工而自工。錢基博評之曰：「曾滌生（國藩）每言，唐宋八家書牘無可取者，以其瀾翻不竭，好為議論而不近情理也。所以文章雖好，而非書牘之體。歐公此書，隨筆抒寫，而不矜文章，如十五好女，粗頭亂服，自然嫵媚，韻致絕高，不失為好書牘也。」否定過多，失之偏頗；但對本篇評論，仍有其可取之處。徐師曾《文體明辨序說》所說：「書記之體，本在盡言，故宜條暢以宣意，優柔以懌情，乃心聲之酬獻也。」講的正是這個意思。但本篇看似散漫，然仍有頭緒，內容雖略顯繁雜，但亦有中心，一切全都圍繞「貶謫」二字精心組織材料，著意刻畫不以仕途得失為欣戚的理想情操，以之自勉，也以之規勸對方。故結構完整，前後貫串。王文濡評之曰：「前後敘事，歷落有致，中幅軒然大波，議論不無高處。即就全篇而論，看似心平氣和，而無限牢騷時隱見於紙上，故知素位而行，此境良非易致。」這種看法是有道理的。

寄歐陽舍人書

曾子固

【題解】歐陽舍人，即歐陽修。仁宗慶曆六年（西元一〇四六年）夏，曾鞏請求歐陽修給他祖父曾致堯撰寫墓碑銘文，當年秋即收到。慶曆七年，作者特寫此書向歐陽修致謝。為了避免一般感謝信所常見的浮泛溢美之辭，作者採取了不同尋常的寫法，文章以墓誌銘的警惡勸善作用為中心議題，先提出墓誌銘的警勸作用與歷史著作相同和不同之處，再指出後世不分善惡，濫寫墓誌銘的壞風氣，從反面說明如果對墓誌銘的作者選擇不當，就會對死者作出不公正的評價。然後從正面提出選擇作者的標準——「畜道德而能文章」。只有德才兼備的人才能透過現象看到本質，作出公正的評價，使之流傳後世，充分發揮墓誌銘的警勸作用。接著順勢轉入對歐陽修的感謝，強調說明德才兼備的作者十分難遇，借以突出歐陽修的道德文章非同尋常，能得到他所寫的這篇墓誌銘實在難能可貴，這必將在社會上產生廣泛的影響。本文如此推重歐陽修，實際上也是在讚譽自己的先祖父。《古文觀止》有評曰：「子固感歐公銘其祖父，寄書致謝，多推重歐公之辭。然因銘祖父而推重歐公，則推重歐公，正是歸美祖父。」

鞏頓首載❶拜，舍人先生❷：去秋人還，蒙賜書，及所譔先大父墓碑銘❸，反覆觀誦，感與慚并。

【章旨】本段敘收到賜書及墓碑銘表示感激開頭。

【注釋】❶載　通「再」。❷舍人先生　舍人，官名。但歐陽修於慶曆五年八月降知制誥、知滁州。八年閏正月轉起居舍人、知制誥、知揚州。故此函作時仍在滁州，尚未就任中書舍人一職。此處稱之為舍人，乃當時帶知制誥銜之通稱，《宋史・職官志》曰：「中書省舍人，掌行命令為制詞。」又，此處稱之為「先生」而不稱字，亦出於尊敬。曾鞏比歐陽修小十二歲。❸譔先大父墓碑銘　譔，同「撰」。先大父，即其祖父曾致堯。詳見本書卷九〈先大夫集後序〉。墓碑銘，立在墓上的碑文及銘文，碑文為散語，主記述；銘文為韻語，表讚頌。

【語　譯】曾鞏叩頭再一次下拜，謹致舍人歐陽先生：去年秋天，有人從滁州回來，承蒙您賜給書信和所撰寫的先祖父的墓碑銘文，我反覆閱讀吟誦，感激與慚愧之情一併湧上心頭。

夫銘誌❶之著於世，義近於史，而亦有與史異者。蓋史之於善惡，無所不書。而銘者，蓋古之人有功德材行志義之美者，懼後世之不知，則必銘而見之❷。或納於廟，或存於墓，一也。苟其人之惡，則於銘乎何有？此其所以與史異也。其辭之作，所以使死者無有所憾，生者得致其嚴。而善人喜於見傳，則勇於自立；惡人無有所紀，則以媿而懼。至於通材達識，義烈節士，嘉言善狀，皆見於篇，則足為後法。警勸之道，非近乎史，其將安近？

【章　旨】本段主要探討銘誌與史相近和相異之處，強調銘誌的警勸作用。

【注　釋】❶銘誌　兼指墓誌銘、神道碑銘（即本篇之墓碑銘）、墓表、廟碑之類，都是刻石以記載死者的事跡的。墓誌銘一般埋在墓中，神道碑和墓表一般立在墓前大道旁，廟碑則立於祖廟中。❷而銘者四句　《禮記・祭統》：「銘者，自名也。自名以稱揚其先祖之美，而明著之後世者也。為先祖者，莫不有美焉，莫不有惡焉，銘之義，稱美而不稱惡，此孝子孝孫之心也。」

【語　譯】墓銘碑誌所以能夠著稱於世，是因為它的意義與歷史傳記相接近，但也有跟歷史傳記不同之處。因為歷史傳記對於人們的美德惡行，沒有什麼不記錄下來的。而墓銘碑誌，大概是古代那些在功勳、道德、才能、品行、志氣、節義方面表現優秀的人，恐怕後代人不了解，便一定要寫作銘文來使他名揚後世。有的放在家廟裏，有的埋入墳墓中，作用都是一樣的。假如這個人是壞人，那麼在銘文中又有什麼值得讚揚的呢？這就是銘文與史傳不同的地方。銘文的寫作，是為了使死去的人沒有什麼可遺憾的，又使活著能借以表達對死者的尊敬之意。好人高興地想到自己的事跡將被流傳後世，就會勇於勤奮自立；壞人想到自己的所作所為沒有什麼可記載的，就會因此而感到慚愧和惶恐。至於博學多才、見識通達、正直剛毅、堅守節操的人，他們的美好言論和事跡，都會出現在墓銘碑誌的篇章之中，這就足以作為後世行為的準則。墓銘碑誌的警戒和勸勉作用，不跟史傳相近，又跟什麼相近呢？

及世之衰，人之子孫者，一欲褒揚其親，而不本乎理。故雖惡人，皆務勒銘❶，以誇後世。立言者既莫之拒而不為，又以其子孫之所請也，書其惡焉，則人情之所不得，於是乎銘始不實。後之作銘者，常觀其人，苟託之非人，則書之非公與是，則不足以行世而傳後。故千百年來，公卿大夫至於里巷之士，莫不有銘，而傳者蓋少。其故非他，託之非人，書之非公與是故也！

【章　旨】本段指出後世濫為銘誌，由於託之非人，故書之非公與是，以致銘始不實，故傳世者甚少。

【注　釋】❶勒銘　鐫刻碑銘。勒，雕刻。

【語　譯】到了世道衰微的時候，為人子孫者，只想要稱頌他們的先人，卻又不根據情理辦事。因此即使是壞人，也都力求刻寫碑銘，借以向後世誇耀。寫作碑銘的人既然無法拒絕不寫，又因為是死者子孫的請求，如果寫下死者的惡劣品行，便是不合乎人情的，於是碑銘中就開始出現了不真實的內容。後代想給其祖先作碑銘的人，常常要觀察作者的為人。假如所請託的作者不適當，那麼他所寫的碑銘就不公正不符合事實，也就不能夠傳播於當代和流傳後世。所以千百年來，從公卿大夫到鄉里小民，沒有一個人沒有碑銘，可是流傳下來的卻很少。這個原因不是別的，正是請託的作者不適當，寫下的碑銘不公正不合事實的緣故啊！

然則，孰為其人，而能盡公與是與？非畜❶道德而能文章者，無以為也。蓋有道德者之於惡人，則不受而銘之；於眾人則能辨焉。而人之行，有情善而迹非；有意姦而外淑❷；有善惡相懸，而不可以實指；有實大於名；有名侈❸於實。猶之用人，非畜道德者，惡能辯之不惑，議之不徇❹？不惑不徇，則公且是矣。而其辭之不工，則世猶不傳，於是又在其文章兼勝焉。故曰非畜道德而能文章者，無以為也。豈非然哉？

【章　旨】本段正面論述只有道德高尚而又能文章的人，才能寫出「公且是」，又能傳世的碑銘來。

【注　釋】❶畜　同「蓄」。積蓄。❷淑　善；美。❸侈　大；超過。❹徇　偏私；不公正。

【語　譯】那麼，誰是那種人，能夠完全做到又公正又符合事實呢？如果不是積蓄道德而又擅長文章的人，是無法做到的。因為具有道德的人對於壞人，就不會接受請託去為他們寫碑銘的；對於一般的人，他也能分辨清楚。可是人的品行很複雜，有內心善良而事跡不見得好的；有內心奸惡而外表善良的；有些人所作所為，或者是善，或者是惡，相差很大，卻不能夠確切地指明他們是好是壞；有的人實際大於名聲；有的人名聲大於實際。這就像用人一樣，如果不是道德修養很高的人，又怎麼能夠明辨善惡而不受迷惑，評論是非而不徇私情呢？能夠不受迷惑，不徇私情，就能夠做到既公正而又符合事實。但是如果碑銘的文辭不優美，那麼在社會仍然得不到流傳，於是又要求作者同時具備文學才能。所以說如果不是積蓄道德而又擅長文章的人，是無法做到的。難道不是這樣嗎？

然畜道德而能文章者，雖或並世而有，亦或數十年，或一二百年而有之。其傳之難如此，其遇之難又如此。若先生之道德文章，固所謂數百年而有者也。先祖之言行卓卓，幸遇而得銘其公與是，其傳世行後無疑也。而世之學者，每觀傳記所書古人之事，至其所可感，則往往衋然❶不知涕之流落也，況其子孫也哉！況鞏也哉！其追睎❷祖德，而思所以傳之之由，則知先生推一賜於鞏，而及其三世❸。其感與報，宜若何而圖之？

【章　旨】本段從上文一般議論轉入具體之人，從而表達對歐陽修的感謝之情。幸遇其人，幸得其文，故此銘必傳，故所當感謝者非同尋常。

【注　釋】❶衋然　心情激動貌。《說文》：「衋，傷也。」❷追睎　回溯；仰慕。《說文》：「睎，望也。」❸三世　指自己、父輩及祖父三代。

【語譯】但是，積蓄道德而又擅長文章的人，雖然有時會在同一時期出現，可也許要等幾十年，或一二百年才會出現。碑銘的流傳已經是這樣的困難了，而遇上一個符合條件的作者，又是如此的困難。像先生的道德文章，確實是幾百年才有的。我先祖的言論行為高尚卓越，又幸運地遇到先生寫作碑銘，它的公正和符合事實，傳播當代並流傳後世，那是無可懷疑的了。但世上的學者們，每當閱讀歷史傳記上所記載的古人事跡的時候，看到令人感動的地方，往往傷感激動，不覺流下了眼淚，何況還是死者的子孫呢！更何況還是我曾鞏呢！我追懷先祖父的品德，再想想此碑銘能夠流傳於後世的原因，就知道先生給予我的這一恩賜，將會廣及我們祖孫三代。我的感激與報答之情，應該怎樣設法表達呢？

抑又思若鞏之淺薄滯拙❶，而先生進之❷；先祖之屯蹷否塞❸以死，而先生顯之。則世之魁閎❹豪傑不世出之士，其誰不願進於門？潛遁幽抑❺之士，其誰不有望於世？善誰不為？而惡誰不愧以懼？為人之父祖者，孰不欲教其子孫？為人之子孫者，孰不欲寵榮其父祖？此數美者，一歸於先生。

【章旨】本段極言歐陽修作此碑銘具有警戒、勸勉的巨大作用，並歸「數美」於歐陽修，以進一步表達作者的感激之情。

【注釋】❶淺薄滯拙　淺薄，不深厚，這是就學問而言。滯拙，無智巧，這是就才能而言。❷先生進之　進，提拔。曾鞏二十歲時，「歐陽修見其文奇之」(《宋史》本傳)。後歐陽修又寫了〈送曾鞏秀才序〉，稱「予初駭其文，又壯其志」。曾鞏三十九歲始中進士，主考官即為歐陽修。❸屯蹷否塞　不順利，遭挫折。屯、否，均為《周易》中卦名，屯卦表示艱難，否卦表示困頓。曾鞏祖父曾致堯曾多次被貶官，參見〈先大夫文集序〉。❹魁閎　奇偉；高大。魁、閎，均有大意。❺潛遁幽抑潛遁，隱居山林。幽抑，窮居退處，默默無聞。

【語　譯】不過我又想到，像我這樣淺薄愚鈍的人，先生卻能加以提拔；我的先祖父困頓終生，坎坷而死，先生卻能使他顯揚於後世。那麼，世上那些俊偉豪傑、世所罕見的人，誰不願意投奔先生的門下？那些現在還遁跡山林、默默無聞的人，誰不期望在世上有一番作為？好事誰不去做？而壞事又有誰不覺得慚愧和恐懼？做父親、祖父的，誰不想好好地教導子孫使其成名？做子孫的，誰不想使自己的父親、祖父得到榮耀呢？這幾種良好的社會效果，應該一併歸功於先生。

既拜賜之辱，且敢進其所以然。所諭世族之次❶，敢不承教而加詳焉！愧甚，不宣。

【章　旨】本段答覆來信，表示接受指教並加以研究。

【注　釋】❶所諭世族之次　指歐陽修來信中曾論及曾氏家族世世相傳的系統。那信中說：「近世士大夫於氏族，尤不明其遷徙世次，多失其序。至於始封得姓，亦或不真。」還對曾鞏原信所說的提出過一些意見。

【語　譯】在榮幸地接受了先生的恩賜之後，又冒昧地把我心裡的一些看法向先生陳述。先生所指示的我家的世系情況，我怎敢不接受教誨而詳加考察呢！慚愧萬分，信中未能完全表達我的意思。

【研　析】本文是曾鞏散文中最有代表性的作品。《古文觀止》評曰：「紆徐百折，轉入幽深，在《南豐集》中，應推為第一。」過商侯《古文評注》則曰：「其立言品地，更加人一等；而感慨真摯中，更鄭重有體。在《南豐集》中，應推為千年絕調。」本篇的主要特色在於：第一，構思之巧妙。這是一篇感謝信，卻跟一般感謝信寫法不同，作者不是株守本題，平衍直露地去堆砌溢美之辭。全文只「若先生之道德文章，固所謂數百年而有者也」一句是稱揚，此外都緊扣作碑文需「畜道德而能文章」，才能使立言得以「公與是」。這樣，對於所謝之人和所謝之事，關係就不同於一般應酬之作。變浮泛的感謝為深切之議論，反過來卻又能使感謝更為深刻有力。布局之妙，實為後人之所不及。第二，章法之巧妙。林紓評之曰：「此書起伏伸縮，全學昌黎。妙在欲即仍離，將吐故茹。通篇著意在『畜道德，能文章』六字，偏不作一串說，把道德抬高，言有道德之人，方別得公與是，別得公與是矣，又須用文章以傳之。精神一副，全注在歐公身上。然而說近歐公時，忽又縮傳，如此者再。真有力量，方能吞咽。」文筆確實做到既疏放跳脫，又能漸漸說到本題，徐徐引到歐陽修身上，最後歸到題旨。通篇五段文字，一段一層，「逐層牽引，如春蠶吐絲，春山出雲，不使人覽而易盡」（沈德潛《唐宋八家文讀本》）。這五段文字，步步深入；每段之末，又復鎖住，既歸結上一層，又引出下一層，環環緊扣，層層推進。正如唐文治所評：「文妙在曲折而達，逶迤周至；既逐層脫卸，復兼剝繭抽絲之趣。」而末段則又能概括全篇並加以推衍，故唐又曰：「末段萬壑千巖，神回氣合，全篇意義作一總結束，所以繹如以成也。」

謝杜相公書

曾子固

【題　解】杜相公，即杜衍（西元九七八—一〇五七年），字世昌，山陰（今浙江紹興市）人。宋仁宗慶曆四年（西元一〇四四年）授同平章事（宰相），與范仲淹等推行新政，改革時弊。次年春即因讒罷相，徙知兗州。慶曆七年，告老致仕，寓居南都（即歸德府，今河南商邱）。也正是這一年，曾鞏之父曾易占（字不疑，曾官太子中允、太常丞、玉山縣令）被誣落職，歸不仕者十二年，擬如京師，路過南都，忽患重病。杜衍前往探視，多方為之治療。易占死後，又幫助料理後事，使曾鞏擺脫了孤立無援的困境。三年服除後，曾鞏滿懷酸辛與感激的心情寫了這封感謝信，訴說自己當時孤獨無依，哀苦無告的可悲處境，對杜衍的及時援助和熱情關懷，表示真誠的謝意。作者把杜衍置於退職宰相的地位來評論此事，故標題稱之為「相公」，突出讚揚了他雖然不在相位，但仍然「愛育天下之人材」的高尚品德。最後表示，既然杜衍能以關心天下大事的政治責任感愛護人才，自己也要用同樣的態度加以報答。

又，姚鼐在篇附注曰：「王明清（南宋人）《揮麈錄》云：曾密公諱易占，字不疑，為信州玉山令。有過客楊南仲，公厚贐其行，郡將錢仙芝捃摭，以客所受為賄，公不自辨，除名徙英州（今廣東英德）。以赦自便，將愬其事於朝，行至南都而卒。適公子南豐先生在京師，而杜祁公（杜衍後封祁國公）以故相居宋，自來逆旅為辦後事。鼐按：如書所云『方先人之病，一意於左右』，是密公卒時，子固在側。王語亦小異也。」不僅王明清記載不實，司馬光《日錄》云：「子固父葬英州，乃不奔喪，為鄉議所貶。」（《曾文定年譜》所引，應出於偽託。）可見宋人雜說不可信者極多。

伏念昔者，方鞏之得禍罰於河濱❶，去其家四千里之遠。南嚮而望，迅河大淮，埭堰湖江❷，天下之險，為其阻阨。而以孤獨之身，抱不測之疾，煢煢路隅，無攀緣之親，一見之舊，以為之託。又無至行上之可以感人，利埶下之可以動俗。惟❸先人之醫藥，與凡喪之所急，不知所以為賴。而旅櫬之重，大懼無以歸者。明公❹獨於此時，閔閔❺勤勤，營救護視，親屈車騎，臨於河上。使其方先人之病，得一意於左右，而醫藥之有與謀。至其既孤❻，無外事之奪其哀。而毫髮之私，無有不如其欲。莫大之喪，得以卒致而南。其為存全之恩，過越之義如此！

【章旨】本段敘述作者在父患重病，舉目無親的狼狽情況和杜衍為之謀醫藥、助喪事等感人事跡。

【注釋】❶得禍罰於河濱　指作者之父在赴汴京途中，病死於南京（今河南商邱）一事。宋至元明，黃河曾多次決口改道，仁宗時曾一度流經商邱城北。❷埭堰湖江　埭堰，壅水的土壩。埭，河堤。堰，低壩。古時在河流水淺不利行舟處，築土壩堵水，兩岸樹立轉軸，船過時，船頭繫一粗繩連接轉軸，再用人或牛推動轉軸，將船牽引過去。湖江，指湖泊長江，由商邱至曾鞏老家南豐，水路需經黃河、淮河、運河、長江。其中亦經洪澤、高郵諸湖。❸惟　思念。❹明公　對權貴長官的尊稱。❺閔閔　憂慮；擔心。❻既孤　已經成為孤兒。指父死。

【語譯】低頭回想當年，正當我在黃河之濱遭受喪父之痛的這一災禍懲罰的時候，離家鄉有四千里之遠。向南眺望，只見凶猛的黃河，寬闊的淮水，土堤水壩，湖泊長江，這些天下的險阻，都是我回鄉送葬的障礙。我孤身一人，遭遇了意想不到的災難，孤苦無告，徘徊路旁，沒有可以攀援的親戚和一面之交的朋友，作為自己的依託。對上沒有高尚品德可以感動達官貴人，對下也沒有財富勢力足以影響世俗的大眾。想到先父需用的醫藥和所有治理喪事所急需的物資，不知道這些要靠誰來置辦。而且寄存在異鄉的靈柩又這樣沉重，我非常害怕沒有辦法把它運送回去。唯獨您在這個時候，憂心忡忡，辛辛苦苦，營救看護，親自屈駕前來，光臨黃河之畔。使我在先父病重期間，能夠專心致志在他身邊護理侍奉，而如何請醫用藥也有人一同商量了。直到我成為孤兒之後，也沒有雜事干擾我為先父盡哀，就連最微小的內心欲望，也沒有不如願的。使得這場最大的喪事，終於能夠回到南方家鄉去完成。您對我體恤成全的恩德，超越一般情況的仁義，就是這樣啊！

竊惟明公相天下之道，吟頌❶推說者窮萬世，非如曲士❷汲汲一節之善。而位之極，年之高❸，天子不敢煩以政，豈鄉閭新學❹，危苦之情，叢❺細之事，宜以徹❻於視聽，而蒙省察？然明公存先人之故❼，而所以盡於鞏之德如此。蓋明公雖不可起而寄天下之政，而愛育天下之人材，不忍一夫失其所之道，出於自然。

推而行之，不以進退，而鞏獨幸遇明公於此時也！

【章　旨】本段稱頌杜衍能以「相天下之道」，不因職務進退，繼續「愛育天下之人才」，所以才如此關照自己。

【注　釋】❶吟頌　原作「唫訟」，據明刊本《南豐集》及康紹鏞刻本校改。「唫訟」即「吟頌」之借字。❷曲士　《莊子・秋水》：「曲士不可以語於道。」司馬彪曰：「曲士，鄉曲之士也。」❸年之高　按杜衍此時已七十三歲。❹新學　作者自指。父死時曾鞏年僅二十九歲，十年後才得中進士。❺藂　同「叢」。雜亂。❻徹　貫通，引申為充塞、灌注。❼存先人之故　先人，即其父。故，舊交情。曾易占與杜衍可能有過較多交往，但詳情待考。

【語　譯】我私下想您輔佐天下的原則，千秋萬代都會受到人們的謳歌頌揚，推崇稱道，並不像見識狹隘的人那樣苦苦追求一個小節上的完美。而且您的地位到了頂點，年事已高，皇上也不敢再用政事來麻煩您，難道我這個窮鄉僻壤的新學之士，危急悲苦的情況，雜亂細小的事務，應該拿來充塞您的耳目，承受您的關照嗎？但是您卻念及與先父的舊情，盡力來幫助我的恩德是如此之大。因為您雖然不能夠重新被起用，把天下的政事託付給您，但是您那愛護培育天下的人才，不忍心讓一個人喪失他應盡責任的道義，都是出於自然的天性。推廣並實行，並不因為任職或退位而有變化，而我唯獨在這個時候卻能幸運地遇到了您！

在喪之日，不敢以世俗淺意，越禮❶進謝。喪除❷，又惟大恩之不可名，空言之不足陳，徘徊迄今，一書之未進。顧其慙生於心，無須臾廢也。伏惟明公終賜亮察！夫明公存天下之義而無有所私，則鞏之所以報於明公者，亦惟天下之義而已。誓心則然，未敢謂能也。

【章旨】本段說明自己長久沒能有所表示的原因和今後當如何報答。

【注釋】❶越禮　違理。古人在守喪期間，不得與親友來往。❷喪除　古禮規定，父喪守孝三年。此信寫於皇祐二年（西元一〇五〇年），上距曾易占之死正好三年。

【語譯】在我守喪期間，不敢按照世俗淺薄情意，違反禮法去向您表示謝忱。喪服解除後，又想到您對我的大恩無法形容，幾句空話也不足表達我感謝之情。反覆考慮，直到如今，連一封信也沒有呈進。但我心中所產生的慚愧，一時一刻也沒有放下。只希望您終究會諒解我的！您堅持胸懷天下的大義，沒有一點私心雜念，那麼我報答您的東西，也只是胸懷天下的大義罷了。我發自內心的誓願就是這樣，但不敢說一定就能做到。

【研析】同上篇一樣，本篇也是一封感謝信；而且所謝之人，均為前輩高位者，其助人原因，均與其高尚道德有關。差別在於，所謝之事不相同：前篇指為作者之先祖撰寫墓銘，後篇指為作者之先父料理後事；前篇所謝者是一項作品，一篇文章；本篇所謝者則是一樁事件，一個過程。由於所謝之緣由性質不同，故而作者所採用的寫法也就不同：前篇所寫者是成果，故以議論為主，從深入說理，引出謝忱；本篇所謝者乃此經歷之過程，故以敘事、抒情為主，以直述這一事件為基礎，然後進而分析施恩者之動機，以及抒發自己的感謝之情。本篇在敘事抒情中也有其特色，除了用概括的寫法，表現杜衍的及時幫助之外，更著重突出這一幫助是在什麼樣的背景之下進行的，以說明這種幫助的可貴。因此，文章一開頭便集中描寫出歸葬道路之遙遠、山川之阻阨，而自己卻又處於舉目無親，孤立無助之時。杜衍之關照有如「雪中送炭」，進而探索其胸襟之開闊，自己不知何以為報，正說明作者感謝之情之深。

上韓樞密書

蘇明允

【題　解】韓樞密，即韓琦（西元一〇〇八—一〇七五年），字稚圭，安陽人。進士出身，歷任右司諫、陝西安撫使、知揚州、定州、并州，仁宗嘉祐元年（西元一〇五六年）八月，拜樞密使，三年，進同中書門下平章事，後封魏國公，卒謚忠獻。據王文誥《蘇詩總案》載：明允上韓琦書於嘉祐元年九月。故本篇當作於韓琦擔任樞密使一月之後。這一年四月，蘇洵攜二子第一次出川入京。雅州太守雷簡夫曾上書韓琦薦之曰：「眉人蘇洵攜文數篇，不遠相訪。讀其……《權書》十篇，譏時之弊，〈審勢〉、〈審敵〉、〈審備〉三篇，皇皇有憂天下之心……簡夫自念，道不著，位甚卑，言不為時所信重，無以發洵之迹。遽告之曰：『如子之文，異日當求知於韓公，然後決不埋沒矣！』……今春將二子入都謀就秋試，幸其東去，簡夫因約其暇日令自袖所業，求見節下，願加獎進。則斯人斯文，不為不遇也。」正是根據雷簡夫的推薦，蘇洵抵京後，即請見韓琦，並獻《權書》等作，後又撰寫此文，對於太平時期應如何管理全國軍政提出一些有價值的意見。《宋史・職官志》曰：「樞密院掌軍國機務、兵防邊備、戎馬之政令。」如何駕馭北宋初年大量驕兵，這是擺在樞密使韓琦面前的一個主要課題。故文章一開頭便提出「非用兵決勝之為難，而養兵不用之可畏」。這些獷悍之卒，如不用其勇，則足以為亂。漢初異姓侯王相繼為變，就是一例。宋代雖無割據之患，然士卒驕悍，莫肯效用。故作者建言韓琦「無恤三軍之多言」，「厲威武以振其惰」。這些意見應該是可取的。儲欣評曰：「以馭驕兵責樞臣，以威武多殺為馭驕兵之策，亦猶良醫之用烏喙、大黃，非此則頑疾不治也。」

太尉❶執事：洵著書無他長，及言兵事，論古今形勢，至自比賈誼。所獻《權書》，雖古人已往成敗之迹，苟深曉其義，施之於今，無所不可。昨因請見，求進末議❷，太尉許諾。謹撰其說，言語朴直，非有驚世絕俗之談，甚高難行之論。太尉取其大綱，而無責其纖悉。

【章旨】本段作者自述個人之所長，兼及獻書進說之意。

【注釋】❶太尉　秦官名，掌全國軍事，漢承之。但此後多為虛銜。宋之樞密使其職掌與太尉相等，故借此作為雅稱。❷末議　謙詞，指自己低淺的見解。

【語譯】太尉左右辦事人員：我蘇洵著書沒有其他特長，至於談到軍事問題，討論古代和當代形勢，甚至自己比作賈誼。我所呈獻的《權書》，雖然論及古人過去成功或失敗的事跡，假如能深入了解其中意義，並拿來在今天施行，也沒有什麼不可以的。早些天由於請求得以見面，希望貢獻我淺陋的見解，得到太尉的同意。現在我恭敬地寫下我的看法，言語樸實直率，並沒有驚世駭俗的言談，高深難行的議論。太尉可以採用信中主要綱領，而不要苛求細微末節之處。

蓋古者非用兵決勝之為難，而養兵不用之可畏。今夫水，激之山，放之海，決之為溝塍❶，壅之為沼沚❷，是天下之人能之。委江河，注淮泗❸，匯為洪波，瀦為太湖❹，萬世而不溢者，自禹之後，未之見也。夫兵者，聚天下不義之徒，授之以不仁之器，而教之以殺人之事。夫惟天下之未安，盜賊之未殄❺，然後有以施其不義之心，用其不仁之器，而試其殺人之事。當是之時，勇者無餘力，智者無餘謀，巧者無餘技。故其不義之心，變而為忠；不仁之器，加之於不仁；而殺人之事，施之於當殺。及夫天下既平，盜賊既殄，不義之徒，聚而不散。勇者有餘力，則思以為亂；智者有餘謀，則思以為姦；巧者有餘技，則思以為詐。於是天下之患雜然❻出矣。蓋虎豹終日而不殺，則跳踉❼大叫，以發其怒；蝮蝎終日而不螫❽，則噬齧草木，以致其毒。其理固然，無足怪者。

【章　旨】本段根據當時形勢，集中闡述養兵不用，勢必為患的道理。

【注　釋】❶塍　田間水溝。❷沼沚　池塘水澤。《詩經・采蘩》：「于以采蘩，于沼于沚。」朱注：「沼，池也。沚，渚也。」❸泗　即泗水。源於山東泗水縣，因四源合為一水，故名，南流經徐州、泗陽至淮陰入淮河，其南段故道為黃河所奪。❹潴為太湖　潴，水停積處。太湖，即大湖。今江蘇太湖宋時尚稱震澤。❺殄　滅絕。❻雜然　紛紛錯雜貌。姚鼐原評曰：「此段文字，子瞻兄弟策論常擬之，然精爽勁悍，終不逮此。」❼跳踉　狂跳不停貌。《晉書・諸葛長民傳》：「眠中驚起，跳踉，如與人相打。」❽螫　蟲類以器官刺人。

【語　譯】古時候並不是用兵打戰，一決勝負成為困難之事，而是養著軍隊又不使用變為可怕之事。今天好比水，從山中流出，放到大海中去，引導它成為水溝小渠，堵塞它成為池塘水澤，這類事天下人都能夠這麼做。將洪水放在長江黃河之中，注入淮河泗水之內，匯聚為波濤，蓄積為大湖，千年萬代都不會漫出為災的，自從夏禹之後，就再也沒看見過了。所謂軍隊，聚集天下凶悍一類的人，交給他們以殘暴的武器，而教導他們以殺人的事情。只有在天下還沒有安定，盜賊還沒有被消滅的時候，然後才有地方發泄他們的凶悍的心性，使用他們的殘暴的武器，而行使他們的殺人的職責。在這種時候，勇敢的人沒有多餘的力量，聰明的人沒有多餘的謀略，機巧的人沒有多餘的本領。所以，他們那凶悍的心性，一變而為忠誠；殘暴的武器，加在殘暴之人身上；而殺人的事情，施行於該殺之人。等到天下已經平定，盜賊已經被消滅，這些凶悍一類的人，仍然聚集在一起而不解散。勇敢的人有著多餘的力量，就想用它來製造動亂；聰明的人有著多餘的謀略，就想用它來幹壞事；機巧的人有多餘的本領，就想用它來詐騙。於是天下的災難禍患，便紛紛產生出來了。因為，老虎豹子整天不能殺生，就會狂跳不休，大聲嚎叫，以發泄牠的憤怒；蝮蛇蝎子整天不刺人，就會去吞咬草木，以放出牠的毒汁。這個道理本來如此，沒有什麼可奇怪的。

昔者劉、項奮臂於草莽之間，秦、楚無賴子弟，千百為輩，爭起而應者，不可勝數。轉鬭五六年，天下厭兵❶。項籍死，而高祖亦已老矣❷。方是時，分王諸將，改定律令❸，與天下休息。而韓信、黥布之徒，相繼而起者七國❹。高祖死於介冑之間❺，而莫能止也。連延及於呂氏之禍，訖孝文而後定。是何起之易而收之難也？劉、項之勢，初若決河順流而下，誠有可喜。及其崩潰四出，放乎數百里之間，拱手❻而莫能救也。嗚呼！不有聖人，何以善其後？

【章旨】本段舉漢初為例，劉氏起兵平定天下易，而收兵制止叛亂難，以說明這個道理。

【注釋】❶厭兵 即厭戰，希望和平。❷高祖亦已老矣 劉邦四十二歲即帝位，在位十二年壽五十三歲。項籍死時，劉邦四十六歲。❸改定律令 《漢書・刑法志》：「相國蕭何，攈摭秦法，取其宜於時者，作法九章。」❹相繼而起者七國 賈誼〈陳政事疏〉曰：「假設天下如曩時，淮陰侯尚王楚，黥布王淮南，彭越王梁，韓信王韓，張敖王趙，貫高為相，盧綰王燕，陳豨在代，令此六七公者皆亡恙……」七國，似本此。❺高祖死於介冑之間 高祖十二年南征黥布，為流矢所中，不久崩於長樂宮。❻拱手 兩手合抱，常以形容閒適、容易。《戰國策・秦策四》：「齊之右壤，可拱手而取也。」此處反用其義，言無可作為，只好拱起手來，一籌莫展。

【語譯】過去，劉邦、項籍從荒野之中振臂而起，秦、楚一帶的無賴子弟，幾千幾百個人一群，爭著起來響應的，數也數不清。輾轉戰鬥五六年，天下人都厭惡戰爭了。項籍戰敗自殺，而劉邦也已經老了。在那個時候，他分封諸將為王，改革制定法律條令，同天下人一起休養生息。而韓信、黥布之類人，一個接一個起來發動叛亂的，共有七國之多。連漢高祖劉邦也死於連年征戰之間，而沒有辦法阻止叛亂。連續延長一直到諸呂之禍，最後到了孝文帝時才得到安定。為什麼起兵建國那麼容易而收兵治國卻那麼困難呢？劉邦、項籍當初起兵時的形勢，開始好像黃河決口順流而下，席捲全國，的確值得慶賀。等到河堤全面崩潰，洪流四出，氾濫於幾百里之間，而朝廷卻無所作為，沒有辦法加以挽救。唉！沒有聖人，能夠用什麼辦法去處理這類善後事宜呢？

太祖、太宗，躬擐甲胄❶，跋涉險阻，以斬刈四方之蓬蒿❷。用兵數十年，謀臣猛將滿天下，一旦卷甲而休之，傳四世❸而天下無變。此何術也？荊楚九江之地，不分於諸將，而韓信、黥布之徒無以啟其心也。雖然，天下無變，而兵久不用，則其不義之心，蓄而無所發，飽食優游，求逞於良民。觀其平居無事，出怨言以邀其上；一日有急，是非人得千金，不可使也。往年詔天下繕完城池，西川❹之事，洵實親見。凡郡縣之富民，舉而籍其名，得錢數百萬，以為酒食饋餉之費。杵❺聲未絕，城輒隨壞。如此者數年而後定。卒事，官吏相賀，卒徒相矜，若戰勝凱旋而待賞者。比來京師，遊阡陌❻間，其曹往往偶語，無所諱忌。聞之土人，方春時尤不忍聞。蓋時五六月矣，會京師憂大水❼，鉏耰畚築❽，列於兩河之壖❾。縣官日費千萬，傳呼勞問之聲，不絕者數十里。猶且睊睊狼顧❿，莫肯効用。且夫內之如京師之所聞，外之如西川之所親見，天下之埶，今何如也？

【章　旨】本段論述宋初雖未分封，故無變亂；但在養兵服役諸方面，仍然弊端百出。

【注　釋】❶躬擐甲冑　親自穿著盔甲。《左傳・成公十三年》：「文公躬擐甲冑。」擐，貫；穿。❷斬刈四方之蓬蒿　斬刈，殺滅；剷除。蓬蒿，均野草名，借以比喻宋太祖、太宗削平北漢、南唐諸國。《國語・吳語》：「譬如農夫作耦，以刈殺四方之蓬蒿。」原文本此。❸四世　指太祖、太宗、真宗、仁宗四朝。❹西川　北宋初十五路之一。乾德二年，平兩川，併為西川路。❺杵　本為舂米棒槌，此築土之工具。張籍〈築城詞〉：「築城處，千人萬人抱把杵。」❻阡陌　田間道路。一說，此以阡陌為「仟佰」之借字。《史記索隱》：「仟佰，謂千人百人之長也。」❼會京師憂大水　《資治通鑑長編》：「嘉祐元年六月，時京師自五月大雨不止，水冒安上門關，折壞官私廬舍數萬區，城中繫栰渡人，命輔臣分行諸門。」❽鉏耰畚築　鉏，鋤頭。耰，碎土平田之具。畚，盛土具，俗稱畚箕。築，擣土之杵。《左傳・宣公十一年》：「稱畚築，程土物。」❾兩河之壖　兩河，指黃河及汴河。壖，河畔。❿睊睊狼顧　睊睊，側目相視。狼顧，猶如狼之顧望。以喻士卒之忿忿不平，心懷不滿。

【語　譯】我朝太祖、太宗，親自穿上盔甲，跋山涉水，穿越重重險阻，以削平割據四方的分裂勢力。前後用兵幾十年，謀臣猛將，佈滿天下，終於有一天戰爭平息，捲起盔甲，不用軍隊了，太祖、太宗、真宗、仁宗四朝相傳而天下平安，沒有變亂。這是用的什麼辦法呢？漢時分封給韓信、黥布的荊楚和九江一帶地區，不再分封給諸位將領，而韓信、黥布這類跋扈之徒，就沒有了啟發他們叛亂之心的東西。雖然如此，但天下沒有變亂，而軍隊也就長久不用，那麼他們那種凶悍的心性，長期蓄積而沒有地方可供發泄，飽食終日，優遊達旦，只好在善良百姓身上，以求一逞。只看他們平日居住，無事可做，便口出怨言，以要挾他們的上司；一旦有了急事，除非每人給千兩銀子，不然就不能派遣。早些年詔令全國修理完善各地城池，西川路的情況，是我親眼所見。所有郡縣裡的富裕民眾，全都登記在修城的名冊之上，從而得到免役錢幾百萬，用來作為修城士兵酒食餽贈糧餉的費用。但是，築土的聲音還沒有停止，剛修好的城牆又倒塌了。像這樣修了好多年才修完。任務完成時，官吏們相互祝賀，士卒們相互誇耀，好像是打了勝仗凱旋而歸，等候賞賜的人一樣。最近前來京師，路過田野之間，這些士卒往往相對私語此中內情，沒有一點忌諱。聽鄉人說，在春天的時候，這些人所講的尤其聽不下去。因為當時已經是五六月了，來京城時，又遇上洪水為患，鋤頭、耙子、畚箕、棒槌之類工具，擺在黃河、汴河的岸上。朝廷每天的花費上千萬，傳達呼叫、慰勞問候的聲音，綿延不絕，有好幾十里。而那些修堤的士兵還照樣是斜著眼睛像狼一樣看視，不肯盡力辦事。總起來看，內部如京師我所聽到的，外地如西川我所親眼看到的，天下的形勢，今天究竟怎麼樣呢？

御將者，天子之事也；御兵者，將之職也。天子者養尊而處優❶，樹恩❷而收名，與天下為喜樂者也。故其道不可以御兵，人臣執法而不求情，盡心而不求名，出死力以捍社稷。使天下之心繫於一人，而己不與焉。故御兵者，人臣之事，不可以累天子也。今之所患，大臣好名而懼謗，好名則多樹私恩，懼謗則執法不堅，是以天下之兵，豪縱至此，而莫之或制也。

【章　旨】本段論述天子與大臣不同的職責，而今大臣好名寬法，以致士兵豪縱至此。

【注　釋】❶養尊而處優　指供養尊貴的人，安置優秀人才。與俗稱自待豐厚為養尊處優，似有不同。❷樹恩　施予恩惠，使人感激。下文「樹私恩」則有以私人恩惠拉攏對方之意。

【語　譯】管理將領，乃是皇帝的事情；管理軍隊，則是將帥的職責。皇帝，供養出身高貴的人，安置優秀賢才，賜予恩惠，獲得名聲，讓天下人得到高興和快樂。所以，皇帝的這些作法不能用來管理軍隊。但臣子執掌法律而不顧恤人情，盡心辦事而不追求名聲，拚死出力來捍衛國家，使得天下人的心，全都維繫在皇帝一個人身上，而自己不在其內。所以，管理軍隊，乃是臣子的事情，不能夠拿來讓皇帝承受的。而今天的毛病是，大臣愛惜名聲而害怕批評，愛惜名聲就會到處用恩惠收買人心，害怕批評就會在執行法律時不堅決，這就使得天下的軍隊，恃強放縱到了如此地步，而沒有人能夠對此加以制約。

頃者，狄公❶在樞府，號為寬厚愛人，狎昵士卒，得其歡心。而太尉適承其後。彼狄公者，知御外❷之術，而不知治內之道，此邊將材也。古者兵在外，愛將軍而忘天子；在內，愛天子而忘將軍。愛將軍所以戰，愛天子所以守。狄公以其御外之心而施諸其內，太尉不反其道，而何以為治？或者以為兵久驕不治，一旦繩以法，恐因以生亂。昔者郭子儀去河南，李光弼實代之❸。將至之日，張用濟斬於轅門，三軍股慄❹。夫以臨淮之悍，而代汾陽之長者❺，三軍之士，竦然如赤子❻之脫慈母之懷，而立乎嚴師之側，何亂之敢生？且夫天子者，天下之父母也；將相者，天下之師也。師雖嚴，赤子不敢以怨其父母；將相雖厲，天下不敢以咎其君，其埶然也。天子者，可以生人，可以殺人，故天下望其生。及其殺之也，天下曰：是天子殺之。故天子不可以多殺。人臣奉天子之法，雖多殺，天下無所歸怨。此先王所以威懷天下之術也。

【章　旨】本段分析御外與治內的不同，要求韓琦反狄青之道，從嚴治內。

【注　釋】❶狄公　指北宋名將狄青（西元一〇〇八－一〇五七年），字漢臣，西河人，行伍出身，在與西夏戰爭中累立戰功，皇祐五年（西元一〇五三年）升為樞密使同平章事，三年後去職，由韓琦接任。史稱其「為人慎密寡言，行師先正部伍，明賞罰，與士卒同饑寒勞苦；雖敵猝犯之，無一士敢後先者。故其出常有功，尤喜推功與將佐」（《宋史》本傳）。❷御外　管理外地軍隊。宋代鑑於唐末藩鎮跋扈之弊，令各州鎮選兵壯勇者送京師充當禁軍，其餘留本鎮稱廂軍。禁軍由樞密院掌握，以防守京師。廂軍及各地召募的鄉兵，則由將領掌握，負責治安、勞役等雜務。仁宗後亦作戰守之用。故御外，主要指管理廂軍。下句之「治內」，主要指治理禁軍。❸郭子儀去河南二句　郭子儀、李光弼，均為唐代平定安史之亂的主要將領。郭華州鄭縣人，上元三年進封汾陽郡王。李柳城人，寶應元年封臨淮郡王。乾元二年（西元七五九年），安慶緒據守鄴城，唐朝派郭、李等九節度使率大軍圍攻，因互不統屬，結果大敗。時子儀為朔方軍節度使，派其軍斷河陽橋以保東京洛陽。因譖去職，召回京師，而以李光弼代之。河南，指河南府，治洛陽。❹張用濟斬於轅門二句　張用濟，原為朔方軍左廂兵馬使。《舊唐書・李光弼傳》稱：「張用濟承子儀之寬，懼光弼之令，與諸將頗有異議，欲逗留其眾。光弼與數千騎出次汜水縣，用濟單騎迎謁，即斬於轅門，諸將攝服。」轅門，軍營之門。《史記集解》：「軍行以東為陳，轅相向為門，故曰轅門。」❺夫以臨淮之悍二句　臨淮，指李光弼。汾陽，指郭子儀。光弼治軍較嚴，而子儀「雖威略不逮（李光弼），而寬厚得人過之」（《舊唐書・李光弼傳》）。❻赤子　本指嬰兒。《尚書・康誥》疏：「子生赤色，故言赤子。」引申為子民百姓。

【語　譯】不久前，狄青掌管樞密院，他號稱寬仁慈厚，喜愛人民，跟士兵很親近，能夠得到他們的喜歡。而您正好接替他的職務。那個狄青，懂得管理駐守外地廂軍的策略，而不懂如何治理駐防京師禁軍的辦法，這說明他是邊將之才。古代軍隊在外地，愛護將軍而忘記皇帝；在京師，愛護皇帝而忘記將軍。愛護將軍就憑藉這個去打戰，愛護皇帝就憑藉這個去防守。狄青用他那管理廂軍的心態施行於管理禁軍之上，您如果不把這個辦法反轉過來，那將要用什麼來治理？有的人認為軍隊長久驕縱，沒能得到治理，一旦用法令來約束它，恐怕會因此而發生動亂。過去，郭子儀被調離河南府，要李光弼實際代理朔方軍節度使職務。李光弼將上任的那一天，便將張用濟斬首軍門，三軍將士，都害怕得發抖。這是用臨淮王的嚴厲，來取代汾陽王這個忠厚長者，三軍將士，都驚奇害怕好像兒童離開慈母的懷抱，而站到嚴厲的老師的旁邊，又有什麼動亂敢於發生呢？而且皇帝，乃是天下人的父母；將軍宰相，乃是天下人的老師。老師即使嚴格，兒童不敢因為這個埋怨他的父母；將軍宰相即使厲害，天下人也不敢因為這個而歸罪他的君主，這是形勢決定這樣。皇帝嘛，可以生人，也可以殺人，因此天下人都希望自己能繼續生活下去。至於有人被處死，天下人會說：這是皇帝殺死他的。所以皇帝不能夠多殺人。作臣子的遵行皇帝的法律，即使多殺人，天下人也沒有地方表達他的怨恨。這就是古代先王恩威並用以治理天下的辦法。

伏惟太尉思天下所以長久之道，而無幸一時之名；盡至公之心，而無恤三軍之多言。夫天子推深仁以結其心，太尉厲❶威武以振其惰，彼其思天子之深仁，則畏而不至於怨；思太尉之威武，則愛而不至於驕。君臣之體順，而畏愛之道立。非太尉吾誰望邪？

【章旨】本段總結全篇，希韓琦以威配合天子之仁，使君臣之體順，三軍知畏愛。

【注釋】❶厲　通「勵」。勉力。

【語譯】我恭敬希望您思考天下能夠長治久安的道理，而不要追求一個時候的好名聲；竭盡您最公正的愛國之心，而不去顧念三軍將士有多少議論。皇帝推廣深厚的仁慈以團結他們的心，您努力厲行威武以鼓起他們的懈惰，那麼，三軍將士思念皇帝的深厚仁慈，就會畏懼而不至於怨恨；思念太尉您的威武，就會愛護您而不至於驕縱。君臣間的關係理順了，而畏懼與愛護的原則建立了。除了太尉您之外，我還能希望於誰呢？

【研　析】本篇雖為書信，但卻以議論為主，談的是治軍治內之策，似與作者本人無涉。但實際上乃是一篇自薦信，不過其自薦方式更為特殊，自薦內容特別隱蔽而已。蘇洵曾報考進士，無果；試茂才，不中；成都府尹薦之為學官，不報；入京後，仁宗召試舍人院，他藉口有病不應召。他來京師的目的是為了求官，攜有張安道、雷簡夫二人推薦信，並拜會韓琦、歐陽修等大臣，目的正是謀求二人薦舉，以求得一職，他上書二人，也正是出於自薦的需要。不過，蘇洵善為文，又喜言武；故上書歐陽，主要談文（見下篇），因歐陽時為翰林學士。上書韓琦，則大談兵事，因韓時任樞密使。因老蘇之文「大抵兵謀、權利、機變之言也」（邵博《聞見後錄》引王安石語）。以其所長，投其所需，希望得到對方的賞識，這乃是本篇寫作意圖所在。儘管文中所言，多為紙上談兵，個別論點，難免失之偏頗，沈德潛就評之曰：「馭驕兵可用嚴，不可多殺。蓋多殺，必至激而生變也。老泉議論，每近雜宿，而行文如刀斬亂絲，讀一段輒見其快。」這一批評，確有道理，但畢竟有著不少有價值的見解。文章結構也較為嚴密，內容深奧，文風勁悍恢奇。如首先即提出「養兵不用之可畏」，就顯奇警逼人；接下以漢初之事證之，也較為帖切；再以宋初事對比漢初，實際上接觸到宋初「冗兵」、「冗費」諸弊端；最後比較御外、治內之不同，以作為對韓琦的期望。這樣就全面表達出作者對樞密院工作原則的看法，目的就在於以此取得對方的認同，從而達到自薦的目的。

上歐陽內翰書

蘇明允

【題　解】歐陽內翰，即歐陽修，時任翰林學士，翰林學士供職內廷，故稱「內翰」。本篇亦作於仁宗嘉祐元年（西元一〇五六年），時間、背景均與上篇相同。作者攜有雷簡夫、張安道二人薦書往謁歐陽修。雷簡夫上書曰：「恭維執事，職在翰林，以文章忠義為天下師，洵之窮達，宜在執事。嚮者洵與執事不相聞，則天下不以是責執事；今也讀簡夫之書，既達於前，而洵又將東見執事於京師，今而後天下將以洵累執事矣。」（見《邵氏聞見後錄》）葉少蘊《避暑錄話》卷下曰：「張安道與歐陽文忠素不相能，嘉祐初，安道守成都，文忠在翰林，蘇明允求知安道，安道曰：吾何足以為貴，其歐陽永叔乎？不以其隙為嫌也。乃為作書辦裝，使人送之京師，謁文忠，文忠得明允所著書，亦不以安道薦之非其類，即極力推譽，天下於是高此兩人。」歐陽修讀過他的書信、文章後，大為賞識，認為賈誼、劉向之文，不過如此。蘇洵之名遂大振。本篇傾訴對范仲淹、富弼、歐陽修諸賢在政治、道德方面的仰慕之情，表述自己在治道、修業方面的得失；特別稱頌歐陽修「光明盛大之德」，推崇他的文章「紆餘委備，往復百折」的獨特風格。雖然讚譽備至，卻無吹捧之嫌。而對自己，既能如實肯定已有的成績，闡明修業的途徑；又能謙虛謹慎，誠心求教，故無自我吹噓之弊。茅坤評曰：「此書凡三段，一段敘諸賢之離合，見己慕望之切；二段稱歐陽之文，見己知公之深；三段自敘平生經歷，欲歐陽公之知之也。事情婉曲周折，何等意氣！何等風神！」全文不落俗套，自立高格，我們可以因文而見其人。

洵布衣窮居，常竊自歎，以為天下之人，不能皆賢，不能皆不肖。故賢人君子之處於世，合必離，離必合。往者天子方有意於治❶，而范公❷在相府，富公❸為樞密副使，執事與余公、蔡公為諫官❹，尹公馳騁上下❺，用力於兵革之地。方是之時，天下之人，毛髮絲粟之才，紛紛然而起，合而為一。而洵也，自度其愚魯無用之身，不足以自奮於其間。退而養其心，幸其道之將成，而可以復見於當世之賢人君子。不幸道未成，而范公西⑥，富公北⑦，執事與余公、蔡公分散四出⑧，而尹公亦失埶，奔走於小官⑨。洵時在京師，親見其事⑩，忽忽仰天歎息，以為斯人之去，而道雖成，不復足以為榮也。既復自思念，往者眾君子之進於朝，其始也必有善人焉推之，今也亦必有小人焉間之。今之世無復有善人也則已矣，如其不然也，吾何憂焉？姑養其心，使其道大有成而待之，何傷？退而處十年，雖未敢自謂其道有成矣，然浩浩乎其胸中若與曩者異。而余公適亦有成功於南方⑪，執事與蔡公復相繼登於朝⑫，富公復自外入為宰相⑬，其埶將復合為一。喜且自賀，以為道既已粗成，而果將有以發之也。既又反而思其向之所慕望愛悅之而不得見之者，蓋有六人焉，今將往見之矣。而六人者，已有范公、尹公二人亡焉⑭，則又為之潸然⑮出涕以悲。嗚呼！二人者不可復見矣，而所恃以慰此心者，猶有四人也，則又以自解。思其止於四人也，則又汲汲欲一識其面，以發其心之所欲言。而富公又為天子之宰相，遠方寒士，未可遽以言通於其前。而余公、蔡公，遠者又在萬里外⑯。獨執事在朝廷間，而其位差⑰不甚貴，可以叫呼扳援而聞之以言。而饑寒衰老之病，又痼而留之，使不克自至於執事之庭。夫以慕望愛悅其人之心，十年而不得見，而其人已死，如范公、尹公二人者，則四人者之中，非其埶不可遽以言通者，何可以不能自往而遽已也！

【章　旨】本段歷敘范公等六賢人君子的離合，穿插自己對諸公仰慕已久，渴望得到指教的心情，最後突出對歐陽修敬佩愛悅之情，拜見求教之切。

【注　釋】❶天子方有意於治　天子，指宋仁宗趙禎。此處指慶曆新政，慶曆三年（西元一〇四三年）范仲淹提出「明黜陟、抑僥倖、精貢舉、擇長官、均公田、厚農桑、修武備、推恩信、重命令、減傜役」等十項政治改革主張，得到富弼等人支持，仁宗曾予採用。但不久即遭到保守派反對，被斥為朋黨，范、富等人皆被貶去職。❷范公　指范仲淹（西元九八九—一〇五二年），字希文，吳縣人。仁宗寶元三年（西元一〇四〇年），西夏攻延州，他與韓琦同任陝西經略副使，改革軍事，鞏固邊防。慶曆三年，任參知政事，即副宰相。❸富公　指富弼（西元一〇〇四—一〇八三年），字彥國，河南（今洛陽）人。慶曆三年出任樞密副使。❹執事與余公蔡公為諫官　執事，即歐陽修，慶曆三年他任太常丞並知諫院。余公，指余靖，參見本卷〈與尹師魯書〉。慶曆三年，被任為右正言，諫院供職。宋初改唐代之左右拾遺為左右正言，掌規諫。蔡公，指蔡襄，字君謨，興化仙遊（今福建仙遊）人。慶曆三年為祕書丞、知諫院。❺尹公馳騁上下　即尹洙，字師魯。慶曆初為太常丞知涇州（今甘肅涇川）；後又以右司諫知渭州（今甘肅隴西），兼領涇原路經理公事。❻范公西　慶曆四年六月，因夏竦進讒，范仲淹不安，乃自請外任，出為陝西河東路宣撫使。❼富公北　由於夏竦誹謗中傷，富弼自請為河北宣撫使。❽執事與余公蔡公分散四出　范、富相繼以黨議罷去，歐陽修上疏辨白，也於慶曆五年貶知滁州。余靖出使契丹，嘗對契丹主作蕃語詩，因被彈劾，慶曆五年出知吉州（今江西吉安）。蔡襄曾議陳執中不可執政，帝不從，慶曆四年以親老乞歸，出知福州。❾尹公亦失勢二句　尹洙因與邊臣有爭議，徙知慶州、晉州，又知潞州。後又被御史劉湜羅織罪名，貶崇信軍（治所在今湖北隨州）節度副使，徙監均州（今湖北光化）酒稅。❿洵時在京師二句　指慶曆五年蘇洵第一次單獨遊京師。七年，舉制科，下第歸。⓫余公適亦有成功於南方　皇祐五年（西元一〇五三年）余靖為廣西路安撫所，協助狄青平定僮人儂智高之叛，因功入朝為工部侍郎。⓬執事與蔡公復相繼登於朝　歐陽修於至和元年（西元一〇五四年）入朝為翰林學士；蔡襄於皇祐四年遷起居舍人，至和元年遷龍圖閣直學士，知開封府。⓭富公復自外人為宰相　《宋史・富弼傳》：「徙知鄭、蔡、河陽，加觀文殿學士，宣徽南院使，判并州。至和二年，召拜同中書門下平章事（即宰相）。」⓮范公尹公二人亡焉　范仲淹卒於皇祐四年（西元一〇五二年）。尹洙卒於慶曆七年（西元一〇四七年）。⑮潸然　流淚貌。《詩經．大東》：「潸然出涕。」毛傳：「潸，涕下貌。」⑯而余公蔡公二句　此時余靖尚留廣西，而蔡襄則於至和三年以樞密直學士知泉州，徙知福州，未幾復知泉州。⑰差　稍微。一說：差，比較。

【語　譯】我蘇洵本是鄉野平民，曾經私下慨嘆，認為世上的人，不可能全都賢德，也不可能全都不賢德。所以賢德正直的人處在世上，聚合久了一定要分散，分散久了一定會聚合。先前，當皇帝有志於治理國家的時候，范公仲淹在宰相府，富公弼為樞密副使，您和余公靖、蔡公襄擔任諫官，尹公洙奔走上下，在邊防戰亂之地為國效力。正是在這時候，天下的那些稍有才能之人才，都紛紛起來，聚合在一起為朝廷辦事。而我蘇洵，考慮到自己愚昧無知，不能夠在這中間有所作為。便退居家中休養身心，希望自己的道德學問會有所成就，從而能夠有機會見到當今的這些賢德正直的人物。不幸的是，自己的道德學問還沒有修養好，而范公仲淹已西去，富公弼已北行，您和余公靖、蔡公襄則分散到四方任職，尹公洙也已失勢，出任小官，奔走各地。我當時在京城，親眼看到這些事情，憂傷煩亂地望著天空嘆息，認為這些人離開朝廷，即使自己道德學問有所成就，再也不能夠受到朝廷任用的榮耀了。後來自己又尋思，想到以往這些人被朝廷重用，開始的時候，必定有好人推薦他們，而現在也必定有小人間離他們。當今之世，如果不會再有好人，那就罷了，如果不是這樣的話，我還有什麼值得憂慮的呢？姑且修養身心，使自己的道德學問有更大的成就，以便等待機會，這有什麼損害呢？回家居住了十年，雖然不敢自稱學問道德已經有了成就了，但是胸中廣闊浩然之氣與過去是不相同了。而此時余公靖正好在南方建立了功績，您與蔡公襄又先後進入朝廷，富公弼也從外地人朝任宰相，這種趨勢好像又將聚合在一起。我心中高興並為自己祝賀，認為道德學問剛已略有成就，而果然會有施展的機會了。接著又反過來一想，自己過去所仰慕愛戴而不能相見的，總共有六人，如今就要去拜見他們了。而這六人中，已經有范公仲淹、尹公洙二人去世了，就又為他們的不幸死亡而悲傷地流下眼淚。唉！這兩人是不會相見的了，而賴以安慰自己心情的是，還有四位大人，那又可以為自己寬慰。考慮到只有這四位大人了，就又急切地想見一面認識他們，以便傾訴自己心裡要說的話。而富公弼又身為皇帝的宰相，遠道而來的窮書生，不可能很快便把仰慕求見的言辭通報在他面前。而余公靖、蔡公襄又遠在萬里以外的地方。唯獨您在朝廷中間，而地位比較不十分高貴，可以呼喚攀援而把我求見的話轉達給您聽。但飢寒衰老的身體，加上久病而耽擱下來，使我不能夠親自到您的府上。懷著仰慕愛戴這些人的心情，等候十年都不能夠相見，而這些人有的已死，如范公仲淹、尹公洙，那麼剩下的四人之中，如果不是因為他的威勢不能夠貿然以言語通報的話，那怎麼可以不親自前往拜見就算了呢！

執事之文章，天下之人莫不知之。然竊自以為洵之知之特深，愈於天下之人。何者？孟子之文，語約而意盡，不為巉刻斬絕❶之言，而其鋒不可犯。韓子❷之文，如長江大河，渾浩流轉，魚黿蛟龍，萬怪惶惑，而抑遏蔽掩，不使自露；而人望見其淵然之光，蒼然之色，亦自畏避，不敢迫視。執事之文，紆餘委備❸，往復百折，而條達疏暢，無所間斷；氣盡語極，急言竭論，而容與閑易❹，無艱難勞苦之態。此三者，皆斷然自為一家之文也。惟李翱❺之文，其味黯然❻而長，其光油然而幽，俯仰揖讓❼，有執事之態。陸贄❽之文，遣言措意，切近的當，有執事之實。而執事之才，又自有過人者。蓋執事之文，非孟子、韓子之文，而歐陽子之文也。夫樂道人之善❾而不諂者，以其人誠足以當之也。彼不知者，則以為譽人以求其悅己也。夫譽人以求其悅己，洵亦不為也。而其所以道執事光明盛大之德，而不自知止者，亦欲執事之知其知我⑩也。

【章旨】本段集中評論歐陽修的文章風格，兼及孟子、韓愈、李翶、陸贄之文，從比較之中見出特色。

【注釋】❶巉刻斬絕　形容文辭銳利陡峭。巉，險峻。《正字通》：「巉，山絕險如巉刻也。」❷韓子　指韓愈。❸紆餘委備　形容文辭曲折詳備。語出司馬相如〈上林賦〉：「紆餘委蛇。」劉良注：「屈曲貌。」❹容與閑易　形容文風從容舒緩。容與，《後漢書・馮衍傳》注：「容與，猶從容也。」閑易，安和悅。❺李翶　參見本書卷二〈復性書〉作者介紹。❻黯然　幽深貌，指意蘊深遠。❼俯仰揖讓　指文章結構起伏嚴謹。揖讓，本是古代賓主相見時的禮節，借喻文章平正嚴謹。❽陸贄（西元七五四—八〇五年）　唐德宗時政治家，曾官翰林學士、中書侍郎門下同平章事（即宰相），謚號「宣」，因稱「陸宣公」。所作以奏議最為有名，文風委婉暢達。著有《翰苑集》，或稱《陸宣公奏議》。❾樂道人之善　語出《論語・季氏》：「孔子曰：『樂道人之善，益矣！』」❿知我　知己。

【語譯】您的文章，天下人沒有不知道的。但是我私下認為自己的了解特別深入，超過了天下的人。為什麼這樣說呢？孟子的文章，語言簡約而意義詳盡，不用陡峭尖刻的言辭，而它的鋒芒卻不可侵犯。韓愈的文章，像長江黃河，洶湧澎湃，魚鱉蛟龍，各種精怪，惶恐奔忙，而又隱蔽潛藏，不讓它們顯露出來；但人們望見它那深邃的光芒，青蒼的顏色，也都各自畏懼退避，不敢近前觀看。您的文章，委婉詳備，迴環往復，千折百轉，而條理清晰，通達流暢，毫無間斷；氣勢曲盡，語言也達到了極致，急切的言辭，透徹的論述，而又顯得從容舒緩，沒有艱苦費力的狀態。這三家的文章，都肯定是自成一家的文章。只有李翶的文章，它意味深遠，自然流暢，起伏曲折，平正謹嚴，有您的恣態。陸贄的文章，遣詞表意，準確得當，有您的本色。而您的才能，又自然有超過常人的地方。您的文章，不是孟子、韓愈的文章，而是歐陽先生的文章。以宣揚別人的長處為快樂，而又不流於諂媚的，是因為這個人實在當得起這種稱譽。那些不了解情況的人，卻以為稱讚別人是為了讓那個人喜歡自己。稱讚別人是為了讓那個人喜歡自己，我也是不幹的。我之所以稱道您光明盛大的道德學問，而不能自我控制的原因，也是想讓您了解我是您的知己。

雖然，執事之名滿於天下，雖不見其文，而固已知有歐陽子矣。而洵也不幸墮在草野泥塗之中，而其知道之心，又近而粗成。欲徒手奉咫尺之書❶，自託於執事，將使執事何從而知之，何從而信之哉？洵少年不學，生二十五歲，始知讀書❷，從士君子遊。年既已晚，而又不遂刻意厲行❸，以古人自期，而視與己同列者皆不勝己，則遂以為可矣。其後困益甚，然後取古人之文而讀之，始覺其出言用意，與己大異。時復內顧，自思其才，則又似夫不遂止於是而已者。由是盡燒其曩時所為文數百篇，取《論語》、《孟子》、韓子及其他聖人賢人之文，而兀然端坐終日以讀之者，七八年矣。方其始也，入其中而惶然，博觀於其外而駭然以驚；及其久也，讀之益精，而其胸中豁然以明，若人之言固當然者。然猶未敢自出其言也，時既久，胸中之言日益多，不能自制，試出而書之。已而再三讀之，渾渾❹乎覺其來之易矣。然猶未敢以為是也。近所為〈洪範論〉❺、〈史論〉凡七篇，執事觀其如何？噫嘻！區區而自言，不知者又將以為自譽，以求人之知己也。惟執事思其十年之心，如是之不偶然也而察之。

【章　旨】本段介紹自己的學習經歷，起步雖晚，但能堅持不懈；甘苦備嘗，終能目標明確，故能有所成。

【注　釋】❶咫尺之書　《漢書・韓信傳》顏注：「八寸曰咫，咫尺者，言其簡牘或長咫或長尺，喻輕率也。」❷洵少年不學三句　傳藻《紀年錄》：「明允少不習學，年二十有七，始發憤讀書，六年而大究六經百家之旨。」❸刻意厲行　鍛鍊意志，砥礪德行。語出《莊子・刻意》：「刻意尚行。」司馬彪注：「刻，削也，峻其意也。」厲，通「礪」或「勵」。❹渾渾　泉水湧流的樣子。《荀子・富國》：「財貨渾渾如泉源。」❺洪範論　《洪範》乃《尚書》中篇名，相傳乃箕子對武王所講的天地之大法，近人疑為戰國時人偽託之作。〈洪範論〉乃蘇洵所寫評論〈洪範〉之文，今存上中下三篇。〈史論〉亦存三篇。

【語　譯】雖然如此，您的名聲，已經傳遍天下，即使沒有見過您的文章，本來也早已知道有個歐陽先生了。而我卻不幸運，落在草野平民的地位，而自己的道德修養，近來又稍有成就。想空手拿著這一紙書信，把自己的前途託付給您，這將使您從什麼地方了解我，從什麼地方信任我呢？我年輕的時候沒有好好學習，長到二十五歲才開始懂得讀書，與有學問的士子交往。論年歲已經遲了，而又不能嚴格地鍛鍊意志，砥礪德行，用古人的標準來要求自己，而是只看跟自己情況相同的人，都不如自己，就自認為可以了。後來困惑更加嚴重，然後拿古人的文章來讀，才開始感覺到他們用詞表意，跟自己大不相同。這時又回頭來看看自身，考慮自己的才能，就又覺得似乎不應該停留在這一點上就算了。於是便把自己過去所寫的幾百篇文章全都燒掉，拿著《論語》、《孟子》、韓愈以及其他聖人賢士的文章，一動不動地端端正正地坐在那裡，整天閱讀它們，花了七八年時間。當開始的時候，深入其中境界感到惶惑，從外部採用宏觀角度考察這些文章的總體，又令人感到驚訝；等到時間長了，閱讀它們越來越精細，而自己胸中也豁然開朗起來，好像古人所講的話本來就是理所當然的一樣。但是我還不敢用自己的話來寫文章。又過了很長時間，心中的話越來越多，連自己也不能控制，便試著把要說的話寫出來。過了些時候再反覆閱讀它們，便覺得文思奔湧，寫起來也容易多了。然而還是不敢自認為就很好了。近來所寫的〈洪範論〉、〈史論〉共七篇，您看看它們怎麼樣？咳！我的這些淺薄的意見，不了解情況的人會認為我是在炫耀自己，以求得別人對自己的賞識。希望您考察到我十年修養道德學問的苦心，像這樣做絕不是偶然的，但願您能夠明察。

【研　析】本文也是一篇自薦信，其寫法又與上篇有所不同，自薦之意，較為顯豁，而態度亦更為誠懇平實。

特別在自述生平學文經歷之時，寫其歲晚始知學，寫其以勝於同列為可，寫其讀古人書方悟為學之道，寫其有所成而未敢以為是，這些都顯示出他的謙虛和平實。作者推崇歐公之文，雖然讚譽備至，但毫無吹捧之嫌。文章特地舉出孟、韓二家與歐文作比較，從比較中見出歐文特色，以表明自己對歐文（亦包括孟韓二家）的精闢見解。汪份評曰：「既以孟、韓相較量，又引李、陸形容之，波瀾極闊。」實際上，作者意圖不是以個人成就去說服歐公，而是以自己對歐公相知之深，以顯示自己對文章領悟之精到。惺惺自古惜惺惺，唯有大作家方能理解大作家。第一段著重表現作者對歐公仰慕已久，渴望得到指教之情，文章也不單寫歐公，而是從諸賢之離合寫起。因賢人相離，因而失去求教的良機。當諸賢合而為一之際，不幸兩人去世，其餘皆為條件所限，又只能求教於歐公一人。這樣就在表現對諸君子的敬仰中突出歐公，委婉曲折而表意周密懇到。沈德潛評曰：「從諸賢之或離或合，千迴百折，折到歐公身上，極轉換脫卸之妙。」由諸賢到歐公，由歐公轉入其文，由其文轉入自己學文，都顯示出「轉折脫卸之妙」。而且，前後關鎖，此呼彼應，使文章結構嚴密，故汪份評之曰：「茅評（見「題解」引）固然，然尤妙在第一段中，歷敘諸君子離合，即將自己於道之成未成夾敘，既為第一段之線，又為第三段之根。則十年慕望愛悅諸君子之心，首尾融洽，打成一片矣。若第一段中止敘諸君子離合，見己慕望之切，不將己之於道預為插入，至第三段乃始更端自敘，其於法不已疎乎？」

上王兵部書

蘇子瞻

【題　解】王兵部，名不載。王文誥《蘇詩總案》：「嘉祐四年（西元一〇五九年）十二月，上荊州王司馬（即兵部）書，見其少子璋，留荊度歲。」據有關資料考定，疑為王子融，初名皞，字熙仲，青州益都人。生於辛丑（西元一〇〇一年），祥符間進士，後拜天章閣待制、尚書吏部郎中知荊南。其任兵部郎乃在此之後。《宋史》卷三一〇有傳。據此，則「兵部」二字當為後人所改。本篇應寫於蘇軾二次出川進京路過荊州之時，此時作者雖已中進士，但尚未參加吏部考試，故無緣進入仕途。王子融雖知荊南，但帶吏部郎中銜，也許這是他寫此信自薦的原因。文章前半部以千里馬自比，而期望對方能作「善相者」，能夠在「聞其一鳴」、「一目而眄之」之後就能辨識，而不應等到「久居而後察」。原因在於作者僅僅是「荊之過客」，「偶然而至於執事之門」，希望王兵部能作這種「善相者」，薦自己於「仕進之門」，使得以施展平生的志向。文章雖然表現了急欲仕進的心理，但態度不卑不亢，落落大方。

荊州，南北之交，而士大夫往來之衝也。執事以高才盛名，作牧❶於此。蓋亦嘗有以相馬之說，告於左右者乎？聞之曰：騏驥❷之馬，一日行千里而不殆。其脊如不動，其足如無所著，升高而不輊，走下而不軒❸。其伎藝卓絕，而效見明著，至於如此。而天下莫有識者何也？不知其相而責其伎也。夫馬者，有昂首而豐臆，方蹄而密睫，捷乎若深山之虎，曠❹乎若秋後之兔，遠望目若視日，而志不存乎芻粟。若是者，飄忽騰踔，去而不知所止。是故古之善相者❺，立於五達之衢❻，一目而眄之，聞其一鳴，顧而循其色，馬之技盡矣。何者？其相溢於外而不可蔽也。士之賢不肖，見於面顏而發泄於辭氣，卓然❼其有以存乎耳目之間，而必曰久居而後察，則亦名相士者之過矣！

【章旨】本段從千里馬的特長、外形標誌引出善相者之能一目辨識，進而與士及相士者作對比。

【注釋】❶牧　知府。❷騏驥　良馬名，此指千里馬。以下一段文字，冠之以「聞之曰」，應有其出處。疑取自宋人所撰之《馬經》。據《宋史・藝文志》卷五、卷六，共著錄《馬經》三種，今不傳。❸升高而不輊二句　指千里馬上山下坡，如走平地。《詩經・小雅・六月》：「戎車既安，如輊如軒。」車前重向下曰輊，後重而仰曰軒。❹曠　曠達不羈，引申為放縱奔馳。❺古之善相者　善於相馬之人，指伯樂。參見本書卷二〈雜說四〉。❻五達之衢　指市井繁華處，通向五方的大路。五達，《史記集解》：「如淳曰：四面中央，凡五達也。」衢，四通五達的道路。《戰國策・燕策》：「蘇代曰：客有謂伯樂曰：臣有駿馬欲賣，比三旦立于市，人莫與言，願子一顧之，請獻一朝之費。伯樂乃旋視之，夫而顧之，一旦而馬價十倍。」數句本此。❼卓然　《漢書・成帝紀》顏注：「卓然，高遠之貌也。」

【語　譯】荊州，乃是南方和北方交會之處，士大夫來來往往的交通要道。而您以優異的才能，盛大的名聲，來此地擔任知府。大約也曾經有人以相馬的說法，告訴您身邊的人嗎？我聽人說：騏驥這種良馬，一天能走一千里而不懈怠。馬的背脊似乎沒有動，馬的腳似乎沒有落地，拉車上山不會前重而垂，拉車下坡不會後重而仰。牠的技藝本領卓越超絕，而牠的功效表現得明顯清楚，以至於達到這種地步。而天下卻沒有能夠認識牠的人，這是什麼緣故呢？乃是不了解馬的外形而只要求牠的本領吧。關於馬，有的頭顱高昂，胸肌發達豐滿，腳趾方正，眼睫毛濃密，敏捷得好像深山中的老虎，奔馳之快好像秋後的狡兔，目光遠望像是看著太陽，而牠的志向並不在於草料。像這樣的千里馬，輕快地凌空跳躍，奔跑離去而不知道跑到哪裡去。因此古代善於相馬的人，常常站立在四通八達的道路上，一眼便能看出牠，聽到馬的一聲鳴叫，回頭巡視前後的顏色，馬的本領全部都被看出來了。為什麼呢？千里馬的相貌表現在外表而不能夠掩蓋的。而士子的賢與不賢，也是表現在臉面顏色之上，而發洩流露於文辭氣勢之中，高超遠大的氣質有所保存於耳目之間，而如果一定要說久住以後才能認識清楚，這也是所謂善於選擇士子的人的錯誤啊！

夫軾，西川❶之鄙人，而荊之過客也。其足跡偶然而至於執事之門，其平生之所治以求聞於後世者，又無所挾持以至於左右，蓋亦易疏而難合也。然自蜀至於楚，舟行六十日，過郡十一❷，縣二十有六，取所見郡、縣之吏數十百人，莫不孜孜論執事之賢，而教之以求通於下吏，且執事何修而得此稱也？軾非敢以求知，而望其所以先後於仕進之門者，亦徒以為執事立於五達之衢，而庶幾乎一日之眄，或有以信❸其平生爾。夫今之世，豈惟王公擇士，士亦有所擇❹。軾將自楚遊魏❺，自魏無所不遊，恐他日以不見執事為恨也，是以不敢不進。不宣。

【章旨】本段說明自己雖為「荊之過客」，但仍希望對方給以「一目之眄」，推薦入仕途，以施展平生之志。

【注釋】❶西川　北宋十五路之一，相當於今四川省大部地區，治所在益州（今成都市）。❷過郡十一　蘇軾此次出川，多由水路，計經眉州、嘉州、戎州、瀘州、渝州、涪州、忠州、萬州、夔州、歸州、峽州至江陵府。共十一州。下文「縣二十有六」，亦屬事實，此從略。❸信　通「伸」。伸張；施展。❹夫今之世三句　《後漢書・馬援傳》：「當今之世，非獨君擇臣也，臣亦擇君矣！」原文本此。❺魏　戰國時魏國，魏都大梁（今開封市），此處借指東京汴梁。

【語譯】我蘇軾是西川路淺陋之人，而今天是荊州的過客。我的足跡不過是偶然來到了您的門前，我平生所致力希望能夠流傳於後世的東西，這次又沒有攜帶以便轉呈您的左右，大約我們也是離開容易而聚合困難的了。然而，我從蜀地來到楚地，坐船行走六十天，途經十一郡，二十六縣，以所遇到的郡縣的官吏幾十上百人，沒有一個不極力談論您的賢能，並教導我以求得通稟於您的下屬，不知您是怎樣修養才能得到這樣的稱讚呢？我不敢希求成為您的知交，但希望您能夠或先或後推薦我進入仕途，也只不過認為您站立在四通八達的道路上，也許可以看上我一眼，或者有辦法讓我施展平生的志向罷了。在現在的社會上，難道僅僅是王公大臣選擇士子，士子也有他自己的選擇。我打算從荊州去遊歷東京，從東京到任何地方都可以去，恐怕將來因為再見不到您成為遺憾，因此才不敢不寫這封信呈上。其他的不一一敘述。

【研　析】以騏驥喻賢才，這乃是古代常見的比喻模式。首見於《戰國策》之〈汗明說春申君〉（見本書卷二十七），之後著名的有韓愈的〈雜說四〉（見本書卷二）。劉大櫆評曰：「似從《戰國策・汗明說春申君》來，文亦雄肆，然終不及其簡古有味。」首創者自然較為「簡古」，模倣者不得不多加形容修飾，不免費辭，關鍵在於貼切程度如何。本文在緊承前人名篇之後，仍有其獨到之處。王文濡評之曰：「此文意態瀟灑，殊有別致，為子瞻集中僅見之作。」評價似略高，但卻能指明其獨有風格。儘管文章以善相者喻王兵部，而以騏驥自況，與前人同一機杼；但全文緊扣二人身分和境況，著重表示二人相知不深，相遇之短暫，即所謂「易疎而難合」的這一特殊情況，所以文章在描寫騏驥時，不僅寫騏驥之能，更突出騏驥之相。對於「善相者」，強調的是一眄一鳴，而否定「久居而後察」，這樣才能與作者作為「過客」、「偶然而至」這一境況相吻合。因此，儘管在前人名篇之後，仍能自有其新意。

答李端叔書

蘇子瞻

【題　解】李端叔，名之儀，後號姑溪居士，樂壽（今河北獻縣）人。元豐中舉進士，元祐初為樞密院編修官，後從蘇軾於定州幕府。能詩詞，善為文，工於尺牘，著有《姑溪居士集》七十卷，《姑溪詞》一卷。此信寫於神宗元豐三年（西元一〇八〇年）十二月，蘇軾被貶黃州（今湖北黃岡）正好一年，一年前，他遭受「烏臺詩案」不白之冤，幾乎被殺，最後貶黃州團練副使。政治上重大挫折，使得他心存餘悸，故而在信中說：「自得罪後，不敢作文字。此書雖非文，然信筆書意，不覺累幅，亦不須示人。」吳汝綸評曰：「此文可謂怨而不怒，養到之驗，雖振筆直書，氣韻自然，非他家可及。」更重要的是，他能在屈辱後否定「故我」，「怪時人待軾過重」，不以別人推薦為喜，提出「人苦不自知」的見解。這在當時文人相輕，喜奉承、惡諍言的封建世風，是難能可貴的。蘇集俗作〈答李廌書〉，李廌為另一人，實誤。

軾頓首再拜：聞足下名久矣！又於相識處往往見所作詩文，雖不多，亦足以髣髴其為人矣。尋常不通書問，怠慢之罪，猶可闊略。及足下斬然在疚❶，亦不能以一字奉慰。舍弟子由至❷，先蒙惠書，又復懶不即答。頑鈍廢禮，一至於此！而足下終不棄絕，遞❸中再辱手書，待遇益隆，覽之面熱汗下也。足下才高識明，不應輕許與人，得非用黃魯直、秦太虛輩❹語，真以為然邪？不肖為人所憎，而二子獨喜見譽，如人嗜昌歜、羊棗❺，未易詰其所以然者。以二子為妄則不可，遂欲以移之眾口，又大不可也。

【章旨】本段敘述對方對自己的關心和稱許，並謙稱此類推譽之言皆不足憑信。

【注釋】❶斬然在疚　斬，通「慚」。王伯申《經義述聞》卷十九：「斬，讀為慚；慚焉者，哀痛憂傷之貌。《國語・晉語三》曰：『吾君斬焉其亡之不恤，而群臣是憂。』是也。《說文》：『憯，痛也。』古聲憯、慚相近。」疚，病。❷舍弟子由至　舍弟，向別人提到自己弟弟時之謙稱。子由，蘇轍之字。元豐三年正月十四日，蘇轍帶著蘇軾之妻及二子，從應天府（今河南商邱）乘船來到黃州。❸遞　驛站。❹黃魯直秦太虛輩　二人與張耒、晁補之為蘇門四學士。黃魯直名庭堅，號山谷道人，洪州分寧（今江西修水）人。以詩負盛名。曾官中書舍人等職。秦太虛，名觀，字少游，一字太虛，揚州高郵人。善詩文，詞尤著名，曾官國史編修。❺嗜昌歜羊棗　昌歜，即昌蒲菹，沼澤地帶多年生草本植物，有香氣。嗜昌歜，指周文王。《呂氏春秋・遇合》：「文王嗜昌蒲菹。」羊棗，即小黑棗。《爾雅・釋木》郭璞注：「羊棗，實小而圓，紫黑色，今俗呼之羊矢棗。」嗜羊棗，指孔子弟子曾晳。《孟子・盡心下》：「曾晳嗜羊棗。」

【語譯】我蘇軾磕頭再拜：聽說您的大名已經很久了，我又在相識朋友住處，常常看到您所作的詩歌文章，雖然不很多，但是也足以大略了解您的為人了。一般情況下，我沒有跟您寫信問候，怠慢的過錯，還可以寬恕。等到您患病哀痛憂傷之時，我也沒能寫一個字來表達我的慰問。我弟弟子由來到黃州，首先承蒙您賜給我一封信，我又因為懶惰沒有立即回答。愚昧遲鈍，沒有禮貌，到了這種程度！而您最後還是不拋棄我，驛遞之中第二次賜給我您親自寫的書信，對待我更為隆重，讀過您的信臉上發熱，汗流浹背。您才能高超，見識精明，不應該輕易地讚許他人，莫不是您採用了黃魯直、秦太虛這些人的話，認為這些話真的是這樣嗎？我不賢為人們所憎惡，而這兩人獨獨喜歡稱讚我，這就好像有的人喜歡食昌蒲、羊棗，不容易探問出他們為什麼會有此嗜好的緣故。認為這兩人荒誕，這不可以，就想把這兩人的話轉移到眾人的口中，這便更加不可以的。

軾少年時，讀書作文，專為應舉而已。既及進士第❶，貪得不已，又舉制策❷，其實何所有？而其科號為「直言極諫❸」，故每紛然誦說古今，考論是非，以應其名耳。人苦不自知，既以此得，因以為實能之。故譊譊至今，坐此得罪幾死❹。所謂齊虜以口舌得官❺，真可笑也。然世人遂以軾為欲立異同❻，則過矣。妄論利害，攙說得失，此正制科人習氣。譬之候蟲時鳥❼，自鳴自己，何足為損益？軾每怪時人待軾過重，而足下又復稱說如此，愈非其實。

【章　旨】本段敘述自己仕進經歷和獲罪情由，兼怪時人待己過重，對方不宜復加稱說。

【注　釋】❶及進士第　第，科舉考試及格的名次。仁宗嘉祐二年（西元一〇五七年），蘇軾進士及第，時年二十二歲。❷舉制策　嘉祐五年，由歐陽修推薦，蘇軾參加「直言極諫科」，答對制策，入三等。❸直言極諫　宋代制科名，其全稱為「賢良方正直言極諫」。此外尚有「茂才異等」、「經學優深」、「才識兼茂」諸科，不定期舉行，錄取之名額也極少。❹坐此得罪幾死　據周紫芝《詩讞》載：「元豐二年己未，先生四十四歲。七月，太子中允權監察御史何大正、舒亶，諫議大夫李定，言公作為詩文，謗訕朝政，及中外臣僚，無所忌憚。國子博士李宜之狀亦上。七月二日，奉聖旨送御史臺根勘……八月十八日，赴臺獄時，獄司必欲置之死地。鍛煉久之，不決。子由請以所賜爵贖之。而上終憐之，促具獄。十二月二十四日，得旨，責檢校尚書、水部員外郎、黃州團練副使，本州安置。」其獲罪原因，乃是這些人摭拾蘇軾詩歌中片言隻語，深文周納，彈劾他「銜怨懷怒，恣行醜詆」、「指斥乘輿」、「包藏禍心」之類。❺齊虜以口舌得官　語出《史記・劉敬叔孫通列傳》：「上（高祖劉邦）使劉敬復往使匈奴，還報曰：『匈奴不可擊也。』上怒，罵劉敬曰：『齊虜以口舌得官，今乃妄言沮吾軍。』械繫敬廣武。」劉敬，本姓婁，齊人，因建議劉邦入都關中，有功，賜姓劉。故稱「齊虜」、「口舌得官」。劉邦親征匈奴，曾派人往察敵情，均言匈奴僅有老弱殘兵，可擊，唯劉敬言匈奴有詐。結果劉邦擊匈奴中計，被困平城。此處蘇軾以劉敬自比，由於在詩中反映了真實情況，結果亦與劉敬一樣被捕入獄。❻異同　偏義複詞，不一樣。諸葛亮〈出師表〉：「陟罰臧否，不宜異同。」❼候蟲時鳥　指隨著季節氣候變化而從蟄居中出來的昆蟲和從外地回歸的候鳥。

【語　譯】我在少年時候，讀書寫文章，專門為了應付科舉考試罷了。等到考中進士之後，貪多務得不停止，又去參加制科考試，但其實我究竟有什麼本事？但我應考的制科名稱是「直言極諫」，所以常常喜歡發表很多評說古今的言論，考察論述其中的是是非非，以符合「直言極諫」的名稱。人的憂患在於不了解自己，我既然以「直言極諫」而得名，便認為自己實際上能夠做到這個。所以議論喧呼，直到現在，因為這個原因犯下罪過，幾乎被處死刑。正如漢高祖罵劉敬的話：「齊虜以口舌得官。」真正的可笑。然而社會上的人便以為我是想要標新立異，那也錯了。胡亂地評論利害，插嘴談論朝政得失，這正是參加制科考試的人的習慣。就好像按季節氣候出現的昆蟲和鳥類，牠鳴叫的是牠自己而已，對國家朝廷又有什麼損害呢？我經常責怪現時的一些人看待我太重了，而您又再一次這樣稱說讚許，這就更加不符事實了。

得罪以來，深自閉塞❶。扁舟草履❷，放浪山水間，與樵漁雜處。往往為醉人所推罵，輒自喜漸不為人識。平生親友，無一字見及，有書與之亦不答，自幸庶幾免矣。足下又復創相推與，甚非所望。

【章旨】本段自述得罪以來，幸喜逐漸被人們所淡忘，埋怨對方不應復加推許。

【注釋】❶閉塞　閉門塞戶，杜絕人事往來。神宗令蘇軾貶黃州團練副使，「本州安置，不得簽書公事，令御史臺差人轉押前去」（《資治通鑑長編》卷三〇一）。實同軟禁。❷扁舟草履　即小船草鞋，指失意隱居時的穿著和生活。蘇轍〈亡兄子瞻墓誌銘〉：「公幅巾芒屩，與田父野老，相從谿谷之間。築室於東坡，自號東坡居士。」

【語譯】我自從得罪貶黃州以來，關門閉戶，杜絕一切人事往來。一葉小舟，一雙草鞋，在山水之間遊覽，跟漁夫樵父混雜在一起。常常被喝醉酒的人推擠責罵，而我卻高興逐漸不被人們認識了。平生的一些親戚朋友，沒有一個字寫給我，我寫信給他們也不回答，我自己慶幸也許可以不再被人看重了。而您又重新開始對我的推崇讚許，這非常不符合我的希望。

木有癭❶，石有暈❷，犀有通❸，以取妍於人，皆物之病也。謫居無事，默自觀省，回視三十年以來❹所為，多其病者。足下所見，皆故我，非今我也❺。無乃聞其聲不考其情，取其華而遺其實乎？抑將又有取於此也？此事非相見不能盡。自得罪後，不敢作文字。此書雖非文，然信筆書意，不覺累幅，亦不須示人，必喻此意。歲行盡，寒苦，惟萬萬節哀強食。不次❻。

【章　旨】本段敘獲罪後對三十年來的反省，提出今我不同於故我，並表達慎於作文的態度。

【注　釋】❶木有癭　癭，肉瘤。此指木瘤，即樹木外部隆起的病態。謝肇淛《五雜俎》：「木之有癭，乃木之病也。而後人乃取其癭瘤砢礧者，截以為器。蓋有癭而後有旋文，磨而光之，亦自可觀。」❷石有暈　暈，日月旁的雲氣。此指石上紋圈。❸犀有通　犀牛角中間本不通，通者乃其病。段成式《酉陽雜俎》卷十六：「犀角通者是其病，然其理有倒插、正插、腰鼓插，倒者一半下通，正者一半已上通，腰鼓者中斷不通。」❹三十年以來　此時蘇軾年四十五歲，故此處自初學為文以來。❺皆故我二句　《莊子．田子方》郭注：「雖忘故吾，而新吾已至，未始非吾，吾何患焉。」❻不次　未按尋常次序，照應上文「信筆書意」，暗含乞諒之意。

【語　譯】木頭有的長了癭瘤，石頭有的有著紋理，犀牛角有的左右相通，因而用這種美麗獲得人們的喜愛，但這些都是它們的病態。住在貶所無事可做，默默之中自我觀察反省，回顧我三十年以來所作所為，我也有很多不當之處。您所看到的，都是過去的我，不是今天的我。豈不正是聽到聲音而不考察實情，注重花朵而忘記果實嗎？還是又打算對現在的我有所讚許嗎？這件事除非相見不能說清楚。我自從得罪以後，就不敢寫文章。這封信雖然不是文章，但是隨意書寫，不知不覺就寫滿了整整的一張紙，也不必交給別人看，我這個意思，您一定得領會。今年快要到盡頭了，天氣特別寒冷，希望您千萬要節制悲哀，增加飲食。信中言語沒有次序，乞諒。

【研　析】這是一篇隨手拈來，「信筆書意」的書信，落筆之先，大約未作構思謀篇之各種準備。故劉大櫆評之曰：「本色語，自然工雅，然已開語錄之漸。」所謂「語錄」，此應指北宋以來理學家如二程、朱熹等人師徒傳授，明經闡道之體，多口語，漫無中心。此體似與本篇不甚相符。本篇雖本色自然，不求工而自工，表面似信筆書寫，實際上仍然緊緊圍繞一個中心，這就是在讀到李端叔讚許推重的兩封信以後，因而引發對自己獲罪之由及此前所作所為的反省，表示改弦易轍，棄故我而就今我之意。而這正是他突遭打擊，貶後不久，驚魄初定，閉門思過，難免感到苦惱鬱悶、孤獨惶忽的心情的直接流露，故讀來真切感人。蘇軾之所以能夠處逆如順，隨緣自適，正在於他能夠以反躬自責的態度來對待自己的無罪遭謗。這與司馬遷〈報任安書〉之慷慨激烈，柳宗元〈寄京兆許孟容書〉之反覆怨艾，處境相近而風格全然不同。因為蘇軾的人生態度的超脫與豁達是二人所不能相比的，這正是蘇軾之所以為蘇軾的根本所在。

上樞密韓太尉書

蘇子由

【題　解】樞密韓太尉，即韓琦，詳本卷蘇明允〈上韓樞密書〉之「題解」。本篇作於嘉祐二年（西元一〇五七年），作者當時年僅十九歲，與其兄蘇軾同年考中進士。作者寫信的目的，是為了抒發對韓琦的景仰，表示求見請教，實際暗含希望對方賞識推薦之意。而文章卻先從作文當有養氣之功談起，闡述了「養氣」就需要閱歷豐富，見多識廣，為此就要周遊名山巨川，交結和了解著名人士。因此作者立志要觀覽天下之「奇聞壯觀」，謁見京華人物。現在雖然拜見了歐陽修，遺憾的是惟獨尚未求教於韓太尉。「故願得觀賢人之光耀，聞一言以自壯」，從而受到教益，培養自己的浩然之氣。至於本篇所提出的「養氣」說，則是對孟子、曹丕《典論・論文》、劉勰《文心雕龍・養氣》、韓愈〈答李翊書〉有關此說的一個發展。前人多強調先天的秉賦，而本篇則更重視後天的學習和修養。至於怎樣養氣的問題，除了內心修養之外，文章更著重於外界的閱歷，這種把寫作同社會和生活聯繫起來的觀點，應該是很有價值的。由於這個原因，現時不少人都把本篇當作內容豐富的文學論文來認識和評價，可見本篇影響之大。

太尉執事：轍生好為文，思之至深。以為文者氣之所形，然文不可以學而能，氣可以養而致❶。孟子曰：「我善養吾浩然之氣❷。」今觀其文章，寬厚宏博，充乎天地之間，稱其氣之小大。太史公行天下，周覽四海名山大川❸，與燕、趙間豪俊交游❹，故其文疏蕩，頗有奇氣。此二子者，豈嘗執筆學為如此之文哉？其氣充乎其中而溢乎其貌，動乎其言而見乎其文，而不自知也。

【章　旨】本段闡明當有養氣之功，提出「文者氣之所形」這一基本論點，並以孟子、太史公的文章為證。

【注　釋】❶然文不可以學而能二句　指離開養氣，捨本逐末學為文，則文章不能寫好，但氣卻可以通過修養而獲得。郭紹虞在《中國文學批評史》中曾加以解釋：「蘇氏兄弟都用力於文字，而同時又都不敢有作文之意……子由上不能如子瞻之入化境，而下又不敢有作文之意，不欲求工於語言句讀以為奇，此所謂『文不可以學而能』。但神化妙境雖不可學，語言句讀雖不屑學，而『生好為文』，癖性所嗜，未能忘情，於是不得不求之於氣。蓋理直則氣壯，氣壯則言宜，氣是理與言的中間關鍵，於是想由養氣以進乎宜言之域。這樣，所以說文是氣之所形，而養氣則文自工。」❷孟子曰二句　見《孟子・公孫丑上》。朱集注：「浩然，盛大流行之貌。」❸太史公行天下二句　《史記・太史公自序》：「遷生龍門，耕牧河山之陽。年十歲則誦古文。二十而南游江、淮，上會稽，探禹穴，闚九疑，浮於沅、湘，北涉汶、泗，講業齊、魯之都，觀孔子之遺風，鄉射鄒、嶧，戹困鄱、薛、彭城，過梁、楚以歸。」❹與燕趙間豪俊交游　太史公與趙人田仁、燕人董仲舒、主父偃相善，見《史記》之〈田叔列傳〉、〈儒林列傳〉、〈平津侯主父列傳〉。

【語　譯】太尉左右：我蘇轍生性喜歡寫文章，研究思考它已經達到很深的程度。我認為文章是人的精神氣質的外在體現，然而單純地學寫文章是不能寫好的，但精神氣質卻可以通過加強修養而獲得。孟子說：「我善於培養我博大剛正的氣質。」現在讀他的文章，內容寬廣深厚，宏偉博大，充塞於天地之間，同他的精神氣質的大小完全相稱。司馬遷周遊天下，遍觀各地的名山大川，與燕、趙一帶的英雄豪傑交結來往，所以他的文章疏朗跌蕩，奔放不羈，富有新穎奇特的氣勢。這兩個人，難道專門拿著筆學寫過這樣的文章嗎？他們的精神氣質充滿在心中而流露在外表，發而為言辭並表現為文章，而他們自己卻並沒有覺察到。

轍生十有九年矣，其居家所與游者，不過其鄰里鄉黨❶之人。所見不過數百里之間，無高山大野，可登覽以自廣。百氏之書❷，雖無所不讀，然皆古人之陳迹，不足以激發其志氣。恐遂汩沒，故決然捨去，求天下奇聞壯觀，以知天地之廣大。過秦、漢之故都，恣觀終南、嵩、華之高，北顧黃河之奔流❸，慨然想見古之豪傑。至京師，仰觀天子宮闕之壯，與倉廩府庫、城池❹苑囿之富且大也，而後知天下之巨麗。見翰林歐陽公❺，聽其議論之宏辯，觀其容貌之秀偉，與其門人賢士大夫❻游，而後知天下之文章聚乎此也。太尉以才略冠天下，天下之所恃以無憂，四夷之所憚以不敢發❼。入則周公、召公❽，出則方叔、召虎❾。而轍也未之見焉。

【章　旨】本段敘述自己為求養氣為文，雖得見天下之奇聞壯觀，與京師人才、天下之文章，但惜獨未得見太尉。

【注釋】❶鄰里鄉黨　古代社會基層組織名。據《周禮．地官》：五家為鄰，二十五家為里，一萬二千五百家為鄉，五百家為黨。❷百氏之書　諸子百家的著作。❸過秦漢之故都三句　秦都咸陽，漢都長安。《蘇詩總案》卷一：「嘉祐元年三月，公與子由赴京秋試，過成都，子由始謁張方平。自閬中出褒斜，發橫渠鎮，入鳳翔驛。驛壞，出次逆旅。途次長安，出關中，至河南……五月抵京師。」核其途程，則秦、漢故都、終南山、太華山、嵩山皆其所經，而黃河正在其北。❹池　此指護城河。❺翰林歐陽公　即歐陽修。嘉祐二年，歐陽修兼知貢舉，蘇氏兄弟同中進士。❻門人賢士大夫　指梅堯臣、蘇舜欽、曾鞏、徐無黨等人。❼太尉以才略冠天下三句　按韓琦早年曾任陝西安撫使，與范仲淹共同防禦西夏，累建功勳，天下稱為「范韓」。後任并州太守，又曾收回契丹冒占的邊地。文韜武略，著名於時，故下文以周公、方叔等擬之。❽周公召公　周文王子，佐武王定天下並為立朝重臣，周公姬旦，召公姬奭。❾方叔召虎　均為周宣王時大臣。方叔征玁狁有功，召虎平定淮夷有功。

【語譯】我出生已經十九年了。平素在家所交遊的，不過是些鄰里同鄉一類人。所看到的，不超過幾百里的範圍，沒有高山曠野可以登臨觀覽，以便用來開拓自己的心胸。諸子百家的著作，雖然沒有不閱讀的，但都是古人的陳舊東西，不足以激勵自己的雄心壯志。我擔心這樣會沉淪下去，所以果斷地拋開它們，訪求天下奇異的事情和壯麗的景觀，以便認識天地的寬廣博大。我經過秦朝、漢朝的故都，盡情觀賞終南山、嵩山、華山的高峻雄偉，向北眺望黃河洶湧奔騰的急流，深有感慨地想起了古代的多少英雄豪傑。來到京城，瞻仰了皇室宮殿的壯麗，以及糧倉府庫、城池園林的富庶和宏偉，這才知道了天下的廣闊和美麗。還拜見了翰林學士歐陽公，聆聽了他那恢宏恣肆的論辯，看到了他那俊秀奇偉的容貌，同他的門生賢士大夫交遊往來，才知道天下的文章都匯聚在這裡了。太尉以您的才能和謀略，位居天下第一，國家依靠您才沒有憂患，外邦畏懼您才不敢侵犯。您入朝是周公、召公一樣的大臣，出征是方叔、召虎一樣的將帥。而我卻至今還沒有機會拜見您。

且夫人之學也，不志❶其大，雖多而何為？轍之來也，於山見終南、嵩、華之高，於水見黃河之大且深，於人見歐陽公，而猶以為未見太尉也！故願得觀賢人之光耀❷，聞一言以自壯，然後可以盡天下之大觀而無憾矣。

【章　旨】本段以不見太尉，則不足以盡天下之大觀，進一步突出欲見太尉之意。

【注　釋】❶志　用作動詞，有志於。❷光耀　丰采。

【語　譯】而且，一個人做學問，如果不樹立遠大的志向，即使學得再多又有什麼用呢？我這次出來，在山的方面觀賞了終南山、嵩山、華山的高峻雄偉，在水的方面看到了黃河的廣闊幽深；在人的方面拜見了歐陽公，只是還沒有見到太尉您呢！所以衷心希望能看到您的丰采，聆聽您的一番教訓來激勵充實自己，這樣就可以算是看遍了天下的盛大景象而不會再有什麼遺憾了。

轍年少，未能通習吏事。嚮之來，非有取於斗升之祿❶，偶然得之，非其所樂。然幸得賜歸待選❷，使得優游數年之間，將歸益治其文，且學為政。太尉苟以為可教而辱教之，又幸矣。

【章　旨】本段申明這次入京並非為了仕祿，敘述此後打算，希望得到太尉教導。

【注　釋】❶斗升之祿　指微薄的俸祿，此指品級不高的小官。《漢書・梅福傳》：「民有上書求見者，輒使詣尚書，問其所言，言可採取者，秩以升斗之祿，賜以一束之帛。」❷賜歸待選　指回鄉以待吏部銓選。宋代科舉與唐代不同，中進士者不一定要經制科考試，即可由吏部候補授官，但亦由於每次得中進士者數量大增，故仍需待以時日。四年後蘇轍與其兄蘇軾同參加「賢良方正直言極諫」制科，得中四等，授商州軍事推官。

【語　譯】我年紀還輕，還不熟悉當官做吏的事務。先前到京城來應試，並不是為了謀取微薄的俸祿，偶然能夠得官，也不是自己樂趣之所在。幸而得到允許我回家等待朝廷的選拔，使我能夠有幾年空閒的時間，進一步鑽研提高自己的文章，並且學習處理政事的本領。太尉如果認為我還可以開導而屈尊指教的話，那我就更感到榮幸了。

【研　析】本篇頗具特色：既是一篇傑出的文論，又是一篇著名的自薦信。文中既闡明自己關於作文養氣的深刻見解，又表達了對韓琦的無限景仰之情。作為文論，寫得形象生動，不像某些文論那麼枯燥無味；作為書信，寫得熱情洋溢，「英邁無雙，一掃自薦窠穴」（浦起龍語）。值得注意的是，這兩者各不相關，本身似無直接聯繫，而作者卻能使之融為一體，從中發掘出二者之間的內在聯繫，使之成為相互包融的因果關係。文章先從作文應有養氣之功說起，舉孟子、司馬遷為證，接寫自己如何擺脫百家之書的局限而求天下之奇聞壯觀，與名人交遊以養其氣，而自己急欲求見韓琦，正是為了「願得觀賢人之光耀，聞一言以自壯」，即擴大交遊，豐富閱歷以「養氣」。這樣，見韓乃是養氣的需要，養氣自然涵蓋了見韓這一內容，二者交錯在一起。養氣乃是終生之志，見韓則是眼前迫切之願。在具體表現方面，文章採用了步步深入，層層展開，如剝竹筍，直到篇末才點出「見韓」這一主題。文章還採用了烘雲托月的手法，通過多方面的陪襯，讚頌韓琦的功德高超，表達對韓琦的無比崇敬。文章利用嵩華之高峻，宮闕之壯麗，歐陽公之秀偉等，烘托太尉之「冠天下」。連用三個排比句，「於山見終南、嵩、華之高，於水見黃河之大且深，於人見歐陽公，而猶以為未見太尉也」，反覆渲染欲盡天下之大觀，還必須得見太尉。仿佛在峭拔的群峰陪襯下，奇峰突兀參天，就顯得更加壯偉。過商侯評之曰：「『養氣』二字，為通篇骨子。以下觀名山大川，及求見賢豪長者，皆是助其養氣處。從山水陪出歐公，從歐公陪出太尉，一過一束，高奇豪邁，的是規摹史公處。」

答韶州張殿丞書

王介甫

【題解】韶州，唐時屬廣南東路，治曲江縣（今廣東韶關）。此指韶州知州。殿丞，即殿中丞，官名。《宋史·職官志》：「殿中省監、少監、丞各一人，掌供天子玉食、醫藥、服御、幄帟、輿輦、舍次之政令。少監為之貳，丞參領之。」張蓋以殿中丞銜知韶州者，其名字、里貫及作書年月均不詳。有人認為是張師錫，開封襄邑人，乃給事中張去華之子，《宋史》卷三〇六〈張去華傳〉僅附一句「子師錫，殿中丞」，並無知韶州記載，且年輩亦不甚相合，疑不確，姑存疑待考。據文中「言行不足信於天下」，則本篇似作於慶曆七年（西元一〇四七年）作者中進士後調知鄞縣以後，至嘉祐三年（西元一〇五八年）提點江東刑獄上〈言事書〉之前之十餘年間。此時張殿丞繼作者之父擔任韶州知州，乃將其為政及吏民稱頌之情函告王安石，王安石特以此書答之。書中首先說明自己當時年少，「不得備聞為政之迹」，故對這位仁人君子「樂道人之善」，表示深深感謝之情；進而慨嘆古今史官操守之不同，三代史官能不避刑誅，忠於職守，故所傳「皆可考據」；而近世執筆為史者則重爵位，輕道德，忠邪顛倒，褒毀不當，甚至挾私欺世，任情抑揚，完全喪失了作為史傳的公正與可信。故劉大櫆評之曰：「中間慨古今作史之不同，曲折淋漓，介甫僅見之作。」

某啟：伏蒙再賜書，示及先君❶韶州之政，為吏民稱頌，至今不絕。傷今之士大夫不盡知，又恐史官不能記載，以次前世良吏之後。此皆不肖之孤❷，言行不足信❸於天下，不能推揚先人之功緒餘烈❹，使人人得聞知之。所以夙夜愁痛，疚心疾首而不敢息者，以此也。

【章旨】本段感謝對方能提供先君之政績，並痛心自己不能推揚先人之功。

【注釋】❶先君　作者死去之父，名益，字舜良。祥符八年（西元一〇一五年）進士，歷官大理寺丞、知廬陵、新繁，改殿中丞知韶州，至屯田員外郎。知韶州時，多善政，長老言，自嶺海服朝廷，為吾州置州守，未有賢於公者。寶元二年（西元一〇三九年）以疾卒，享年四十六（據介甫〈先大夫述〉）。❷孤　無父之子曰孤。❸信　同「伸」。施展。❹功緒餘烈　功，已完成的事。緒，事情的開端。《周禮・天官・宮正》：「稽其功緒。」餘烈，遺留的功業。《史記・東越列傳》：「由此知越世世為公侯矣，蓋禹之餘烈也。」

【語譯】某某稟告：承蒙您兩次寫信給我，告訴我先父任韶州知州的政績，為官吏百姓稱讚歌頌，直到現在還沒停止。我感傷現在的士大夫不能夠全部了解，又害怕史官不能記錄下來，以便排列在前代良吏傳的後面。這都是不肖兒子，言論行為還不能夠在天下施展，不能推崇表彰先父的全部政績和遺留下來的功業，使每個人都能夠聽到並了解它。所以我從早到晚都憂愁苦惱，痛心疾首而不敢安處，正是由於這個原因。

先人之存，某尚少❶，不得備聞為政之迹。然嘗侍左右，尚能記誦教誨之餘。蓋先君所存，嘗欲大潤澤於天下。一物枯槁，以為身羞。大者既不得試，已試乃其小者❷耳。小者又將泯沒而無傳，則不肖之孤，罪大釁❸厚矣，尚何以自立於天地之間邪？閣下❹勤勤惻惻❺，以不傳為念，非夫仁人君子樂道人之善，安能以及此？

【章旨】本段作者自敘年少不聞其父政績，僅知父之志，進而感謝對方「樂道人之善」。

【注釋】❶某尚少　其父死時，安石年僅十九歲。❷小者　指王益所任官，多為地方小官。❸釁　《左傳・昭公元年》杜

注：「釁，過也。」❹閣下　對人敬守。古以稱侯伯，州牧郡守比古之侯伯，亦有閣，故稱之。❺勤勤惻惻　殷勤懇切，情意深厚。《後漢書・張酺傳》：「闇闇惻惻，出於誠心，可謂有史魚之風矣。」

【語　譯】先父在世之時，我年紀還小，不能夠詳細聽到他處理政治事務的情況。但我時常在他身邊侍候，還能夠記住他在公務之餘對我的教導的言辭。大約先父生平志向，一直都想把最大的恩澤賜給天下百姓。只要一個人貧窮困頓，就看作自身的羞辱。大的事業已經不能夠辦了，最後只得做些小的事情。而這些小的事又要泯滅而不能流傳下去，那麼我這個不肖的兒子，罪孽和過錯就大了，還能靠什麼自立於天地之間呢？您殷勤懇切，情深意厚，考慮到先君的政績不能流傳，才寫信告知我，如果不是仁人君子樂於稱道別人的好處，怎麼能夠做到這樣呢？

自三代之時，國各有史❶。而當時之史，多世其家❷，往往以身死職❸，不負其意。蓋其所傳，皆可考據。後既無諸侯之史，而近世非尊爵盛位，雖雄奇俊烈，道德滿衍❹，不幸不為朝廷所稱，輒不得見於史。而執筆者又雜出一時之貴人，觀其在廷論議之時，人人得講其然不❺，尚或以忠為邪，以異為同，誅當前而不慄，訕在後而不羞，苟以饜其忿好之心❻而止耳。而況陰挾翰墨以裁前人之善惡，疑可以貸褒，似可以附毀。往者❼不能訟當否，生者不得論曲直。賞罰謗譽，又不施其間。以彼其私，獨安能無欺於冥昧之間❽邪？善既不盡傳，而傳者又不可盡信如此。唯能言之君子，有大公至正之道，名實足以信後世者，耳目所遇，一以言載之，則遂以不朽於無窮耳。

【章　旨】本段縱論古今作史之不同，既有公正與偏私之別，又有真實與虛假之分，尚望君子能傳信於無窮。

【注　釋】❶國各有史　《孟子・離婁》：「晉之《乘》，楚之《檮杌》，魯之《春秋》，一也。」《史通・正史》：「當春秋之世，諸侯國自有史。故孔子求眾家史記，而得百二十國寶書，如楚之《書》，鄭之《志》，魯之《春秋》，魏之《紀年》，此可得言者。」❷世其家　按世代記載諸侯國的歷史。世，用作動詞。家，本指卿大夫之有采邑，此借指各諸侯國。❸以身死職　如齊太史書「崔杼弒其君」，為杼所殺。見卷二十九〈答劉秀才論史書〉注。❹衍　超溢。《詩經・板》毛傳：「衍，溢也。」❺不　同「否」。❻饜其忿好之心　饜，滿足。忿好，猶愛憎。❼往者　指死者、逝者。❽冥昧之間　《易經》王弼注：「造物之始，始於冥昧。」此處引申為天地神靈。

【語　譯】自從夏商周三代的時候，每個諸侯國都有自己的史書。而當時的史書，大多按世代順序記錄諸侯家族的歷史，所以常常有以身殉職，而不違背如實記載的本意。因此他們所流傳下來的，都有根據可以考察。到了後代，已經沒有了諸侯國的歷史，而近代除非高爵顯位，即使才能傑出，知識淵博，道德高尚，但不幸沒有被朝廷所稱讚，就不能夠出現在史書上。而執筆修史的又都是當時的達官貴人，看他們在朝廷議論朝政的時候，人人都能夠講出他們贊同或否定的意見，有的甚至把忠直當作邪惡，把特殊當作一般，責備眼前的事而不害怕，譏笑已做的事而不羞愧，只求滿足他們愛憎之心罷了。何況有的還暗中利用他們的筆墨，用來主觀裁定前人的善惡，可疑之人可以送給他褒獎之辭，類似之事可以加上毀謗之語。死去的人不能爭辯恰當與否，活著的人不能討論歪曲還是真實。獎賞懲罰，批評稱讚，又不能夠施行在這些史官身上。這些史官憑藉他們的私心，怎麼能夠沒有欺騙於天地之間呢？好人好事既然不能夠全部傳下來，而傳下來的又不能夠全都可信，就像這個樣子。只有那些能夠講話的君子，懷抱大公無私、極其正直的原則，名聲和實際都足以讓後世信服的人，耳聞目睹，一旦用他們的言語記載下來，就可以傳之無窮而不朽了。

伏惟閣下，於先人非有一日之雅❶，餘論所及，無黨私之嫌。苟以發潛德❷為己事，務推所聞，告世之能言而足信者❸，使得論次以傳焉。則先君之不得列於史官，豈有恨哉！

【章旨】本段稱讚對方正直無私，能以發潛德為己事，望告知史，使得論次為傳。

【注釋】❶雅　交往；交誼。❷潛德　不為人知的美德。❸能言而足信者　指在史書中有發言權而又正直的人，即無私的史官。

【語譯】我俯伏思考，您和我先父並沒有一天的交往，信中附帶論及之事，沒有結黨營私的嫌疑。假如以發掘不為人知的美德作為自己的任務，那就請務必推廣您所聽到的事，告知當代對於國史有發言權而他的話又足以讓人信服的史官，使他能夠按順序加以論述以便流傳。如果這樣做了，而先君還是不能夠進入史傳，那難道還會有遺憾嗎！

【研析】這封答書實際上是封感謝信，因對方來函中將作者之父，不為人知、也不為作者所知的潛德、政績及民眾口碑告知作者，故信中首先感謝對方之盛情，並慨嘆自己之年少無知。但本文的主要內容，不是抒情，而是議論。對古今作史之不同，頗多感慨；對當代史官重位輕德、偏私不公，以致是非不明，忠邪倒置，深為不滿。這些都頗有深意。但本文的關鍵還在於：如何使抒情與議論緊密地結合在一起。文章抓住作者之先父不過是僅任職地方官的小人物，雖然得到張殿丞的一言記載，但卻只能受到當時史官的漠視和輕蔑，因而在輕重褒貶之間形成強烈對比，抒發對褒揚者的感謝之情與抨擊對無視者的議論自然溶為一體。而且，通過對史官的批判來烘托張殿丞的樂道人之善，這種感謝就更為突出，更有意義。反過來說，通過對張殿丞大公至正之道的表彰，進而揭露史官的勢利與偏私，這種揭露就更有深度。這一切都體現出王安石散文「文辭奇峭，推闡入理」（劉師培《論文雜記》）的藝術特色。茅坤評之曰：「荊公之書多深思遠識，要之於古之道。而其行文處，往往適以婉、鑱以刻，譬之入深谷邃壑，令人神解而興不窮，中有歐、曾所不及處。」

上凌屯田書

王介甫

【題解】 據《臨川集》原注云：「代人作。」惟不知所代者何人。屯田，官名。《宋史・職官志》：「屯田郎中、員外郎，掌屯田、營田、職田、學田、官莊之政令及其租入、種刈、興修、給納之事。」凌屯田，名字不詳。據《資治通鑑長編》載：「慶曆三年（西元一〇四三年）五月己巳，罷屯田員外郎凌景陽。」不知是否即此人。如係此人，則本篇當作於作者二十三歲以前。雖其所代者姓名不詳，但據信中所言，則其祖父及父親皆先後去世，以致陷入「屯蹶困塞」之中，因為家貧長期不能安葬，為此特跋涉千里，有求於凌屯田，希望他能夠「憫艱而悼阨」，伸其援助之手。雖為代人之作，但哀惻懇切，一如其人。從中可以窺見困頓中的窶貧者向人乞憐的心聲。

俞跗❶，疾醫❷之良者也。其足之所經，耳目之所接，有人於此，狼疾❸焉而不治，則必欲然❹以為己病❺也。雖人也，不以病俞跗焉則少矣。隱而虞❻俞跗之心，其族媢❼舊故有狼疾焉，則何如也？未如之何其已，未有可以治焉而忽者也。

【章　旨】本段用比喻開頭，借良醫以不能為人治病為己憂，意在借此打動凌屯田。

【注　釋】❶俞跗　黃帝時良醫名。《史記・扁鵲倉公列傳》：「中庶子曰：『臣聞上古之時，醫有俞跗。』」《正義》引應劭曰：「黃帝時醫也。」❷疾毉　《周禮・天官》：「疾醫掌義萬民之疾病。」毉，同「醫」。❸狼疾　語出《孟子・告子上》：「養其一指而失其肩背而不知也，則為狼疾人也。」王安石常借指致命疾病，他在〈上時政疏〉中說：「臣願陛下以終身之狼疾為憂，而不以一日之瞑眩為苦。」狼，此處形容疾病的凶惡。❹欿然　《孟子・盡心上》：「如其自視欿然。」朱注：「欿然，不自滿之意。」❺病　責怪。❻隱而虞　隱，猜測；審度。《廣雅・釋詁》：「隱，度也。」虞，估量；意料。❼婣　同「姻」。指由婚姻關係而結成的親戚。

【語　譯】俞跗，治療民眾疾病的良醫。他的腳經過之處，耳目所接觸之處，有人在那兒患有致命的疾病卻不接受治療，俞跗就一定感到很不滿意而認為是自己的責任。即使是其他的人，不因為這種現象而責怪俞跗的也是很少的。猜測並估量俞跗的心，假若是他的族人親戚舊交本來患上了致命疾病，那他會怎麼樣呢？最終他總會用什麼辦法使疾病治好，他絕不會對可以治療的人卻忽略而不予療治的。

今有人於此，弱而孤❶，壯而屯蹷❷困塞。先大父棄館舍❸於前，而先人從之，兩世之柩，窶而不能葬也。嘗觀傳記，至《春秋》過時而不葬❹，與子思所論未葬不變服❺，則慼然不知涕之流落也。竊悲夫古之孝子慈孫，嚴❻親之終，如此其甚也。今也乃獨以窶故，犯《春秋》之義，拂子思之說，鬱其為子孫之心而不得伸，猶人之狼疾也，奚有間❼哉！

【章　旨】本段歷敘個人遭遇之不幸，祖父、父親相繼逝世，而貧不能葬，為子孫者，將何以堪！

【注　釋】❶弱而孤　指二十歲即死了父親。《禮記・曲禮》：「二十曰弱，冠。」下句之「壯」指三十歲。《禮記・曲禮》：「三十曰壯，有室。」❷屯蹇　艱難挫折。屯，卦名，有艱難困苦之意。蹇，跌倒，引申為顛仆、挫折。❸棄館舍　婉言士或庶人之死。❹春秋過時而不葬　《春秋・隱公三年》：「冬，十有二月癸未，葬宋繆公。」《公羊傳》曰：「葬者曷為日或不日？不及時而日，渴葬也。不及時而不日，慢葬也。過時而日，隱之也。過時而不日，謂之不能葬也。」此指超過規定下葬時間，卻仍然不能葬埋。❺子思所論未葬不變服　子思，孔子之孫，名伋。服，喪服。《孔叢子・抗志》：「司馬文子曰：『喪服既除，然後乃葬，則其服何服？』子思答曰：『三年之喪，未葬服不變，除何有焉！』」❻嚴　重視；肅恭其事。❼問　差別。

【語　譯】現在，有個人在這裡，二十歲就成了孤兒，三十歲還是艱難挫折，困頓阻塞。先祖父去世在前，先父又隨之去世，兩代人的靈柩，因為貧窮一直不能安葬。我曾經閱讀古代傳記，讀《春秋》所指超過時期而不能安葬，和子思所講的在沒有安葬之時不能改變喪服，使悲傷哀慼不覺眼淚為之流下。我感傷古代的孝子慈孫，重視親人的後事，是這樣的認真。而現在我僅僅因為貧窮的緣故，冒犯了《春秋》的大義，違背子思的說法，蘊結我作為子孫的孝心而得不到表達，正好像一個人患上了致命疾病，這又有什麼區別啊！

伏惟執事，性仁而躬義，憫艱而悼阨，窮人之俞跗也。而又有先人一日之雅焉。某之疾，庶幾可以治焉者也。是故不謀於龜❶，不介❷於人，跋千里之途，犯不測之川，而造執事之門，自以為得所歸也。執事其忽之歟？

【章　旨】本段籲請凌屯田給予援助，自己長途跋涉，登門求救，望能得所歸。

【注　釋】❶龜　古人以龜為靈物，灼龜甲以卜，故稱占卜為龜。❷介　紹也，指無介紹而進也。

【語　譯】我俯伏思考，您性格仁慈行為仗義，能憐憫他人的艱難，悲悼他人的困厄，是窮人的俞跗。何況又跟先父有過一段時期的交誼。我的疾病，也許可以得到您的治療。所以我不謀求用龜甲來占卜，不通過他人的介紹，步行千里的路程，渡過危險的河流，親自抵達您的門口，自認為能夠獲得可以回家安葬先人的資助。您難道能夠忽視我的這個要求嗎？

【研　析】先訴苦況，後求救援，這乃是一般求助信的常見模式。本篇最突出的特色即在於能打破這一模式，以比喻開頭，並以此喻貫串全篇，故張裕釗評之曰：「起甚奇崛。」而且，在比喻的選擇上也頗具匠心，以良醫治病喻淩某救人。故第一段便突出渲染俞跗能主動醫人，視人之疾為己之病，這在敘述個人苦況之前，不僅首先樹立了一個值得效法的榜樣，而且還能起以情動人的效果。二、三兩段又一再照應。如二段敘述個人連遭不幸、屯蹷困塞的苦況，「猶人之狼疾也」。三段一則恭維對方乃「窮人之俞跗也」，再則寄望於對方：「某之疾，庶幾可以治焉者也。」這種寫法，既能使全篇在結構上脈絡清晰，首尾貫通；又能在情調上顯得哀而懇，於情於理，均能使對方難於拒絕。

答司馬諫議書

王介甫

【題　解】司馬諫議，即司馬光，字君實。陝州夏縣（今屬山西）人。《宋史》本傳曰：「神宗即位，擢為翰林學士。御史中丞王陶罷，光代之。」一般注本多以司馬光時兼右諫議大夫，無據。顧震滄《司馬溫公年譜》亦曰：「治平四年夏四月（按神宗於正月繼位），除御史中丞。熙寧三年二月二十七日，公與介甫書。」亦未言任諫議大夫一事。御史中丞掌「舉劾按章」（《漢書・百官公卿表》），糾彈百官過失，其職責有似於諫議大夫，故有此稱。此信即作於熙寧三年（西元一〇七〇年），乃是對司馬光來信的答覆。王安石出任參知政事，在宋神宗支持下革新變法。新法總原則為理財、整軍、富國、強兵。如青苗法、農田水利法、免役法、方田均稅法、市易法，都屬於理財、富國；而保田法、保馬法、置將法，都屬於整軍、強兵。新法實行之始，即受到司馬光等守舊派元老大臣的紛紛反對。司馬光原信長達三千餘言，指責變法使「士夫沸騰，黎民騷動」。此書即針對原信中提出的「侵官」、「生事」、「征利」、「拒諫」等罪狀，逐一批駁。指出議定法制是經朝廷修訂，「不為侵官」；新法是興利除弊，「不為生事」；替國家增加財收，「不為征利」；批駁謬論，斥責小人，「不為拒諫」。至於新法招怨，則是早就在自己意料之中。最後批評對方因循守舊，苟且偷安；申明自己推行新法的決心毫不動搖。本篇實際上是一篇書信形式的駁論文章，集中體現了這位政治改革家的那種「天變不足畏，祖宗不足法，人言不足恤」（《宋史》本傳）的大無畏精神。

某啟：昨日蒙教，竊以為與君實游處相好之日久，而議事每不合，所操之術多異故也。雖欲強聒❶，終必不蒙見察，故略上報❷，不復一一自辨。重念蒙君實視遇厚，於反覆❸不宜鹵莽。故今具道所以，冀君實或見恕也。

【章旨】本段為酬答之語，敘述自己從本不欲自辨，到決定寫這封信的思考過程。

【注釋】❶強聒　囉嗦不休，硬要對方聽。《莊子．天下》：「雖天下不取，強聒而不舍者也。」《經典釋文》：「謂強聒其耳而語之也。」❷略上報　即不作回答。略，省略。一般選注本作「簡略」解，於上下文義與事實均有所未合。查《臨川集》作者與司馬光僅此一函，並無所謂的簡略回信。❸反覆　指書信往來。司馬光給王安石共寫了三封信，這是對第二封信的回答。

【語譯】某某謹啟：早幾天承蒙您的指教，我私下認為跟您來往相處彼此友好的時間很長，可是議論政事往往意見分歧，這是我們所持的政治主張大多不同的緣故。雖然我想向您勉強解釋，最終一定不能得到您的諒解，所以想不作答覆，不再一項一項地為自己分辨。但又想到承蒙您過去接待照顧我情意殷厚，在書信往來上不應該簡慢草率。因此現在具體說明理由，希望您也許會原諒我吧。

蓋儒者所爭，尤在於名實❶。名實已明，而天下之理得矣。今君實所以見教者，以為侵官❷、生事❸、征利❹、拒諫❺，以致天下怨謗也。某則以謂受命於人主，議法度，而修之於朝廷，以授之於有司，不為侵官；舉先王之政，以興利除弊，不為生事；為天下理財，不為征利；闢邪說，難任人❻，不為拒諫。至於怨誹之多，則固前知其如此也。

【章　旨】本段從辨明「名實」入手，逐條批判來信中所列舉的四條罪名，以證明改革有根有據，合理合法。

【注　釋】❶名實　指綜核名實，即名稱應與實質相符。《論語・子路》：「子曰：『必也正名乎。』」《孟子・告子下》：「先名實者，為人也。」趙岐注：「名者，有道德之名；實者，治國惠民之功實也。」《荀子・正名》亦提出「制名以指實」。❷侵官　謂添設新機構，侵奪原來機構的職權。王安石為推行新法，特設立制置三司條例司。司馬光來信中卻認為：「條例司不當置而置之……使行新法於四方……於是士大夫不服，農商喪業，故謗議沸騰，怨嗟盈路，迹其本原，咸以此也。」又說：「夫侵官，亂政也，介甫更以為治術而先施之。」他要求王安石「罷置制三司條例司及追還諸路提舉常平、廣惠倉使者。」❸生事　造事；惹起麻煩。司馬光認為：「自古聖賢所以治國者，不過使百官各稱其職，委任而責成功也……今介甫為政，盡變更祖宗舊法，先者後之，上者下之，右者左之，成者毀之，棄者取之，矻矻焉窮日力繼之以夜而不得息；使上自朝廷，下及田野，內起京師，外周四海，士吏兵農，工商僧道，無一人得襲故而守常者，紛紛擾擾，莫安其居。」❹征利　謂設法生財，與民爭利。司馬光認為：「今介甫為政，首建制置條例司，大講財利之事，又命薛向行均輸法於江淮，欲盡奪商賈之利，又分遣使者散青苗錢於天下而收其息，使人愁痛。」❺拒諫　拒絕接受反對者的意見。司馬光批評安石：「或所見小異，微言新令之不便者，介甫輒艴然加怒，或詬罵以辱之，或言於上而逐之，不待其辭之畢也。明主寬容如此，而介甫拒諫乃爾，無乃不足於恕乎！」（以上皆引自〈與介甫書〉）❻難任人　駁斥巧辯的小人。《尚書・舜典》：「而難任人。」孔傳：「任，佞。難，拒也。」

【語　譯】因為讀書人所爭論的，特別是關於名稱和實際的關係。如果名稱和實際的關係明確了，那麼天下的道理也就清楚了。現在您用來指教我的，以為實行變法是侵犯職權、惹起事端、奪取財利、拒絕規諫，以致遭到全國臣民的怨恨和指責。而我卻認為，從皇上那裡接受命令，討論法令制度並在朝廷上加以修訂，把它分別交給主管官吏去執行，不能說是侵犯職權；實行古代先王的政治思想，以便興利除害，不能說是惹起事端；替國家整理財政，增加收入，不能說是奪取財利；批駁錯誤的言論，斥責花言巧語的小人，不能說是拒絕規諫。至於說到招致這樣多的怨恨和指責，那是我早就預料到會這樣的。

人習於苟且非一日，士大夫多以不恤國事，同俗自媚於眾為善。上乃欲變此，而某不量敵之眾寡，欲出力助上以抗之，則眾何為而不洶洶❶？然盤庚之遷，胥怨者民也❷，非特朝廷士大夫而已。盤庚不為怨者故改其度。度義而後動，是而不見可悔故也。如君實責我以在位久，未能助上大有為，以膏澤斯民❸，則某知罪矣。如曰今日當一切不事事，守前所為而已，則非某之所敢知。

【章　旨】本段指出當時官員習於苟安，不恤國事，並以盤庚遷殷為例，指責對方當責其不能有為，而不當責其有為。

【注　釋】❶洶洶　同「匈匈」。喧擾；爭吵。《荀子・天論》：「君子不為小人之匈匈也輟行。」楊倞注：「匈匈，喧嘩之聲。」❷盤庚之遷二句　《尚書・盤庚上》：「盤庚五遷，將治亳殷，民咨胥怨。」孔疏：「自湯至盤庚，凡五遷都。今盤庚將欲遷居，而治於亳之殷治。民皆戀其故居，不欲遷徙，咨嗟憂愁，相與怨上。」盤庚，商朝君主，商帝陽甲之弟。即位後，欲將都城從奄（今山東曲阜）遷至殷（今河南安陽），因而遭到臣民的反對。❸膏澤斯民　加恩惠於人民。《孟子・離婁下》：「膏澤下於民。」

【語　譯】人們習慣於苟且敷衍，已經不是一天兩天了，而一些士大夫大多不為國家大事操心，附合流俗，討好眾人，把這當作處世妙方。皇上就是想要改變這種風氣，而我沒有去估量反對的人是多是少，只想要貢獻自己的力量幫助皇上抵制這種風氣，這樣，眾人為什麼不吵吵嚷嚷，一片沸騰呢？商朝君主盤庚把國都遷到殷地，一起埋怨的是廣大百姓，而不僅僅是朝廷中的一些士大夫。但是盤庚不因為有人埋怨就改變他的計畫。這是由於他經過考慮，認為合乎道理而後行動，這種行動是正確的，那就看不出有什麼值得後悔的緣故。如果您責備我擔任朝廷職務已經很久了，沒有能夠輔佐皇上大有作為，以便讓民眾都能享受恩惠，那我是承認這種罪過的。如果說今天一切都應該照老一套辦，不應該做任何變革的事，那就不是我所敢領教的了。

無由會晤，不任❶區區❷向往之至。

【章　旨】本段為古代書信往返禮貌性的結束語。

【注　釋】❶不任　不勝。❷區區　愛慕；思念。《廣雅・釋訓》：「區區，愛也。」

【語　譯】沒有機會和您會面，我愛慕嚮往的心情已經到了極點。

【研　析】這是一篇以答辯為宗旨的短信，區區三百多字，而其所答者，乃洋洋三千餘言的長篇大論，卻能以少勝多，秤砣雖小，足以壓千斤。文章措辭簡潔，乾淨俐落，抓住要害，深刻犀利，充分體現了作者「意惟求多，字惟求少」的為文主張。作者行文口吻堅定，語氣斬絕，文勢充沛，明顯地帶有其傲岸崛強、睥睨凡眾的個性。吳汝綸評之曰：「固由兀傲性成，究亦理足氣盛，故勁悍廉厲無枝葉如此。」不僅在風格上有其特色，而且在結構上也是千錘百煉，緊湊自然。全文四段，首末兩段乃一般書信之常規，但亦有其獨到之處，都委婉得體；特別是首段，逶迤周延，有行雲流水之致；表面是曲通情款，實則表現出毫釐不讓，使人初步感受到其堅定的氣勢。二段是駁論，三段是開導；駁論是針對來信意見，批評其錯誤觀點；開導是揭舉社會風習，探求病態本源。駁論所批駁來信中四項指責，分別只用一句話，就逐項駁倒對方見罪論點。劉熙載《藝概》說：「半山（安石號）文善用揭過法，只下一二語，便可掃他人數大段。」提要鉤玄，稱得上詞鋒銳利的力作。開導一段語氣雖稍舒緩，但亦為柔中有剛，擘肌分理，痛快淋漓。特別對頹風的揭發，並宣稱「欲出力助上以抗之」，表示自己「矯世變俗」的決心和鬥志，頗有《孟子》「自反而縮，雖千萬人吾往矣」的氣概。「立論極嚴，文如其人。」——本篇正體現了劉師培在《論文雜記》中對作者文風的這一論斷。

贈序類

文體介紹

贈序，古代文章分類大多從屬於序跋一類。《文章辨體序說》書中「序」云：「東萊（即南宋呂本中）云：『凡序文籍，當序作者之意；如贈送、宴集等作，又當隨事以序其實也。』大抵序事之文，以次第其語，善敍事理為上。近世運用，惟贈送為盛，須當取法昌黎韓子諸作，庶幾有得古人贈言之義。」徐師曾《文體明辨序說》列古文章為一百二十七類，但贈序仍未單獨列出。僅《文苑英華》中有「餞送」，《唐文粹》中有「餞別」，但皆作為「序」類中子目而已。將贈序從一般序跋中獨立出來，成為一個大類，只有《古文辭類纂》一書，這足以說明姚氏對「贈序」一體的重視。

贈送之作，其來甚遠。《詩經》中有吉甫之贈申伯（〈大雅・烝民〉）、莊姜之送歸妾（〈邶風・燕燕〉）、秦公子之送重耳（〈秦風・渭陽〉），但這些都是贈詩，而非贈文。姚氏在〈序目〉中解釋贈序的起源時說：「老子曰：『君子贈人以言。』（語見《史記・孔子世家》）」並不引《詩經》，而舉「顏淵子路之相違，則以言相贈處（見《禮記・檀弓》），梁王觴諸侯於範臺，魯擇言而進（見《戰國策・魏策》）作為例子；但這些都屬於片斷之言，尚未能成篇。贈序的正式形成，姚鼐認為始於唐代，他說：「唐初贈人，始以序目，作者亦眾。」此話亦稍欠準確。大量寫作贈序，始於韓柳；但在唐之前，晉代傅玄有〈贈扶風馬鈞序〉（見張溥輯《傳鶉觚集》）、潘尼有〈贈二李郎詩序〉（見《太平御覽》卷二五九），已確立贈序一體，但仍為個別之作；此體盛行，則在唐宋。

贈序一體，雖與序跋之序，在內容、性質諸方面均有所不同，但贈序應該是從序跋中的詩序演變發展而來。古代文人在親朋師友離別之際，往往設宴餞別；在宴席上又往往飲酒賦詩，以抒離情。諸人之所作，一般都要裒為一帙，這就需要為文以作說明，便指定在場之某人為之作序。這篇序，既是詩序，也是贈序。到了以後，則發展為雖無餞別聚會及賦詩作別，而送別者也撰寫一篇表示惜別、祝願與勸勉之詞相贈。這樣，贈序就逐漸割斷了與序跋之序的關係，而成為一種單獨的文體。據統計，韓愈《昌黎集》共收有贈序文三十四篇，文中直接提到贈詩的就有十六篇。本書所選確為贈序文者四十二篇（另有十一篇為名說、字說、壽序之類），其中明確提到贈詩的也有十篇，而九篇均為韓愈之作，另一篇即為劉大櫆的〈送張閑中序〉。而宋明以後諸作大多未提餞別贈詩之事，可見此時贈序已成為不依附於序跋的獨立文體。

贈序一體，一般以述友誼、敘交遊、道惜別、勵德業為主，但也不局限於這些內容；例如韓愈就往往借此以述主張、議時事、抒懷抱、談學識，因而極大地充實了贈序文的思想內容，而且在寫法上也靈活多變，不拘一格。韓愈不少思想性很強的名篇，就是用贈序體寫成的。所以，韓愈既是古代第一個大量寫作贈序的作家，正是通過他的努力，贈序一體才得以確立；同時他又代表著古代贈序文的最高成就，他的不少贈序，都成為傳頌不衰之作。例如他的〈送孟東野序〉，就以「大凡物不得其平則鳴」劈空起句，系統發揮了自己的文學見解，實為一篇重要的文藝學論文；文章一直到篇末才點出：「東野之役於江南也，有若不懌然者，故吾道其命於天者以解之。」借以表達出對行者勸勉、送別之意。而他的〈送李愿歸盤谷序〉，則借李愿的歸隱，刻畫出得勢權貴、鑽營小人的醜態，以諷刺世態庸俗；而且在表現方法上，大量借李愿本人之言，末段復綴以詩歌，實為憤世嫉俗的詠懷之作。可見，贈序文可以議論，可以敘事，也可以抒情，較其他各體更為自由。唯一的限制是：它必須具有寫作對象的特定性，也就是說，文章內容必須從被贈的對象具體情況出發，包括行者離此前往的地區和目的，這才符合贈別之意。

一般認為：贈序文以韓、柳成就最高。本書選入韓愈贈序二十三篇，超過韓集中全部贈序的一半以上。《柳河東集》有贈序近三十篇，而本書卻一篇未選，似有失公允。宋以後歐、曾、王及老蘇、大蘇，均不乏佳作，但總的成就不及韓、柳。他們的贈序大多與贈詩無關，已成為獨立的文學作品。因此，蘇軾的幾篇贈序，除標示出「贈」字外，還另立一題。如本書選入的〈送秦少章〉、〈贈吳彥律〉、〈贈張琥〉分別還用〈太息〉、〈日喻〉、〈稼說〉為題。可惜這一作法，後人未能繼承下去。

此外，本類所選歸有光文八篇，四篇為壽序，四篇為名說、字說之類，歐陽修與蘇洵亦各有一篇或兩篇名字說。這些雖然不是贈序，因無贈別之意；但總的看來，仍屬於「贈人以言」的範疇，姚氏將這些文章編入此類，這一處理，雖不完全妥當，但多少還是有些道理的。

卷三十二　贈序類　一

送董邵南序

韓退之

【題　解】《昌黎集》五百家注本作「送董邵南遊河北序」。董邵南，壽州安豐（今安徽壽縣）人，與韓交誼甚深。《昌黎集》卷二有〈嗟哉董生行〉云：「壽州屬縣有安豐，唐貞元時，縣人董生邵南隱居行義於其中。刺史不能薦，天子不聞名聲，爵祿不及門。門外惟有吏，日來徵租更索錢。」故本篇大約作於德宗貞元末年，方崧卿《年譜增考》定此文為貞元十八、九年（西元八〇二、三年），時韓愈任四門博士。安史亂後，叛亂雖粗平，但藩鎮之禍，仍綿延不絕，特別是河北一帶更甚。當時，藩鎮喜招攬人才，增強實力，以對抗朝廷；而失意之士，也多託身幕府，以謀求個人出路。董邵南因累舉進士落第，故欲往河北謀事。韓愈反對藩鎮割據，主張統一，故在文中既對董邵南的遭遇，予以深切的同情，同時又對他前往投靠藩鎮的舉動不敢苟同。但又不便明說，只好在贈序中曲折地表示那裡隱伏著某種危機。文章先說「燕趙古稱多感慨悲歌之士」，又說「風俗與化移易」，暗示河北諸鎮並非忠義之輩，連用兩句「董生勉乎哉」，深表警戒之意。最後舉歷史人物為例，勸告河北豪傑義士出來報效朝廷，董生之當留京城也就不言而喻了。陳景雲曰：「董生北遊，正幕府需才，王室多事之日。文中立言，尚欲招燕趙之士，則鬱鬱適茲土者，亦可以息駕矣。送之所以留之，其辭紋而婉矣。」（《韓集點勘》）。

燕、趙❶古稱多感慨悲歌之士❷。董生舉進士❸，連不得志於有司❹，懷抱利器❺，鬱鬱適茲土❻，吾知其必有合❼也。董生勉❽乎哉！

【章　旨】本段點明董生往遊河北的原因，並祝其必有所遇合。

【注　釋】❶燕趙　戰國時國名。燕，在今河北省北部。趙，在今河北省南部。❷感慨悲歌之士　指舊時所謂豪俠之士，如戰國時荊軻、高漸離一流人物。《史記・刺客列傳》：「荊軻既至燕，愛燕之狗屠及善擊筑者高漸離。荊軻嗜酒，日與狗屠及高漸離飲於燕市。酒酣以往，高漸離擊筑，荊軻和而歌於市中，相樂也。已而相泣，旁若無人者。」此處化用其意。❸舉進士　唐代科舉之法，士子先需經縣、州考試合格後，於每年十月貢舉入京師，稱舉進士。❹有司　主管官府。唐自玄宗後，進士科考歸禮部主持。考試合格，稱為及第。❺利器　語本《三國志・曹植傳》：「植常自憤怨，抱利器而無所能。」本指銳利兵器，借喻卓越的才能。❻茲土　即燕、趙之地，指河北。當時為盧龍（領州九，今河北盧龍）、成德（領州四，今河北正定）、魏博（領州七，今河北大名）三鎮所割據。三鎮自置官吏，不受朝廷節制。❼有合　有所遇合，即得到當權人物的賞識任用。❽勉　勸勉；勉力。又含促其警惕之意。

【語　譯】燕、趙一帶，自古以來就稱說出過許多慷慨激昂、高歌悲壯的不得志的豪俠義士。董生被貢舉參加進士科考試，接連幾次都由於主考官的原因而失敗，懷抱傑出的才幹，心情悒鬱動身前往這個地方，我預料他一定會受到賞識重用的。董生勉力而為吧！

夫以子之不遇時，苟慕義強仁者❶，皆愛惜焉，矧❷燕、趙之士出乎其性者哉！然吾嘗聞風俗與化移易❸，吾惡知其今不異於古所云邪？聊以吾子之行卜❹之也。董生勉乎哉！

【章　旨】本段提出今之燕、趙能否不異於古的擔心，只好以董生之行來預測。

【注　釋】❶慕義強仁者　與下文「出乎其性」相對而言，指勉力行仁義者。❷矧　況且。❸風俗與化移易　化，教化。高步瀛曰：「古也感慨悲歌，今也犯上作亂，風化不同，故古今亦易。」❹卜　卜卦，古有卜以決疑的習俗，此引申為預測、考察。

【語　譯】因為您沒有遇到施展抱負的時機，只要是仰慕道義、勉力仁德的人都會愛護您的，何況燕、趙一帶的人士，這種仰慕是出自他們的本性呢！可是我也曾聽說過，風俗人情是會隨著當時推行的風氣教化而改變的，我又怎麼能夠知道那裡今天的情況和古代所說的不會不同呢？姑且用您的這次遊歷作為檢驗吧。董生勉力而為吧！

吾因子有所感矣。為我弔望諸君之墓❶，而觀於其市，復有昔時屠狗者❷乎？為我謝❸曰：「明天子❹在上，可以出而仕矣！」

【章　旨】本段借古人為例，號召當地豪傑之士為朝廷效力。

【注　釋】❶望諸君之墓　即樂毅之墓。樂毅，戰國時趙人。曾輔佐燕昭王破強齊，後受讒離燕歸趙。趙封於觀津（今河北武邑東南），號曰望諸君。其墓在邯鄲西南十八里，見《元和郡縣志》。❷屠狗者　指隱於市井的豪俠之士。見前引《史記・刺客列傳》。❸謝　殷勤致意。❹明天子　指唐德宗。此句言外之意，是說應該效力朝廷，不要為當地藩鎮所利用。

【語　譯】由於您的這次出遊，我不禁有所感慨。到了河北以後，請為我去到望諸君樂毅的墓前去憑弔一番，再到市場上看看，還有沒有像從前那種隱藏在屠狗行業中的豪傑義士？替我致意他們：「聖明天子在位，可以出來為朝廷效力了！」

【研　析】韓昌黎為贈序寫作之聖手，而本篇又是其中名篇。本篇特色：一是措辭委婉，含義隱微。正如劉大櫆所說：「旨微情妙，寄之筆墨之外。」名為送行，實乃留之，而又不明書留之，而是隱約其詞，微言相諷。浦起龍曰：「本不喜董生河北去，若作阻之之詞，則留行非送行矣；今偏勸他去，正要因他去。此一序也，邵南藉以傳觀燕趙，讀之感悟，何可無此一去，恰好還他送行文字。」一是文雖僅百五十餘字，卻有無限開闔，無限變化，無限曲折。全文可分三小段：首言董生之往必有合，中言恐未必合，終諷慷慨之士來歸。不僅段與段之間，甚至句與句之間亦曲折變化，跌宕有致。如中段首句之「不遇」與二句之「愛惜」、二句之「慕義強仁」與三句之「出乎其性」、「出乎其性」又與四句之「移易」，再引出五句之古今或將有異，都是曲折反覆，最後以六句之「卜之」收束。故謝枋得評之曰：「文章有短而轉折多氣長者，此序是也。」然全文仍經精心組織，頗見布局之巧。林雲銘評曰：「通篇以『風俗與化移易』句為上下過脈，而以『古今』二字呼應，曲盡吞吐之妙。」

送王秀才含序

韓退之

【題　解】秀才，此處亦指一般士子。王含，隋末隱士王績之後。樊汝霖注曰：「含，元和八年進士。」但此注所據乃徐松《唐登科記考》，未必是同一人。據文中所述，此序似作於德宗建中末年或貞元初年，下距元和八年（西元八一三年），約二十餘年，亦有未合，姑存疑待考。本篇讚揚王含「文與行不失其世守，渾然端且厚」，繼言「吾力不能振之」，可見王含乃求仕宦、應科舉而不能遂者。文章借其祖王績之〈醉鄉記〉發端，中將阮籍、陶潛與顏淵、曾參比較一番，暗諷王含當以聖人之徒為師，而不必如醉鄉之遊有託而逃，則區區仕宦得失，自然不足介於胸中矣。過商侯評之曰：「既不遇矣，惟當樂聖人之道，以終其身。王無功（即王績）自附聖賢，應為顏、曾，不應為陶、阮，〈醉鄉記〉之作，昌黎所以私怪也。借以尚論古人，便知韓子自立處。若王秀才者何人哉！姑與之飲酒而已。」

吾少時讀〈醉鄉記〉❶，私怪隱居者無所累於世，而猶有是言，豈誠旨❷於味邪？及讀阮籍、陶潛詩❸，乃知彼雖偃蹇❹，不欲與世接，然猶未能平其心，或為事物是非相感發，於是有託而逃焉者也。

【章　旨】本段借醉鄉發端，進而引出阮籍、陶潛，說明其心未平，乃有所託而逃於酒者。

【注　釋】❶醉鄉記　文章篇名，唐初王績所作。王績（西元五八五—六四四年），字無功，絳州龍門（今山西河津）人。隋末及唐初曾兩度出任小官，後棄官歸隱，每寄情於酒，嚮往阮籍、陶潛等嗜酒之文士，著〈醉鄉記〉以見其意。今存《王無功集》三卷。❷旨　味美，也用以形容美好。《尚書・說命》：「王曰：旨哉！」❸阮籍陶潛詩　阮籍，三國魏朝詩人，曾任步兵校尉。因懼禍而寄情於酒，韜光隱晦，但對現實不滿仍流露於詩中，所作〈詠懷詩〉八十二首，《文選》李善注言其「身仕亂朝，常恐罹謗遇禍，因茲發詠，故每有憂生之嗟，雖志在刺譏，而文多隱避」。陶潛，字淵明，晉末宋初詩人。因生於易代之際，曾辭彭澤縣令而歸隱，亦常借酒以抒其悼國傷時之情，集中有〈飲酒〉、〈述酒〉、〈止酒〉等詩，真德秀評曰：「淵明惓惓王室，蓋有乃祖長沙公（即陶侃）之心，獨以力不得為，故肥遯以自絕，食薇飲水之言（〈擬古〉），銜木填海之喻（〈讀山海經〉），至深痛切。」此二人皆心有所不平而借酒抒懷者，故王績在〈醉鄉記〉中言：「阮嗣宗、陶淵明等十數人，並遊於醉鄉，沒身不返，死葬其壤，中國以為酒鄉云。」❹偃蹇　高傲。《左傳・哀公六年》：「陳乞言諸大夫曰：彼皆偃蹇。」杜注：「偃蹇，驕敖。」

【語　譯】我年輕時閱讀王無功的〈醉鄉記〉，私心很奇怪這種隱居的人在社會上應該沒有什麼牽累，但還是寫了這些話，難道他確實是愛好酒的美味嗎？後來閱讀阮籍、陶潛的詩歌，才知道他們雖然高傲，不想跟社會接觸，但是他們的內心仍然沒有得到平衡，或許因為現實社會一些事情的是非所感動觸發，於是才假託嗜酒因而躲避到飲酒之中。

若顏氏子❶操瓢與簞，曾參❷歌聲若出金石，彼得聖人而師之，汲汲每若不可及。其於外也固不暇，尚何麴糵❸之託而昏冥❹之逃邪？吾又以為悲醉鄉之徒不遇❺也。

【章旨】本段借顏淵、曾參得聖人而師之，無暇飲酒，因而悲逃於酒者之不遇聖人。

【注釋】❶顏氏子　指孔子賢弟子顏回，字子淵，能樂道安貧。孔子讚之曰：「賢哉回也，一簞食，一瓢飲。」《論語・雍也》簞，盛飯食者，圓曰簞，方曰笥。❷曾參　孔子弟子。《莊子・讓王》：「曾子居衛，曳縰而歌商頌，聲滿天地，若出金石。」❸麴糵　酒母；酵母。《尚書・說命下》：「若作酒醴，爾惟麴糵。」注：「酒醴須麴糵以成。」❹昏冥　陰晦暗昧，包括外界與內心兩個方面。即〈醉鄉記〉所描述的「無丘陵阪險」，「無晦明寒暑」，「無邑居聚落」，「無愛憎喜怒」。❺不遇　韓集五百家注引孫曰：「不遇，謂不遇聖人。」

【語譯】像顏回拿著裝水的瓢和盛飯的筐就知足，曾參歌商頌聲如金石樂器而能自得其樂，他們能夠以聖人為師，努力不止還常常感到趕不上。他們對於外物的需求本來就沒有空閒，還怎麼會有對於美酒的依賴和想躲避到陰晦昏昧的醉鄉境界中去呢？我又根據顏回、曾參的情況而替那些經常躲避到醉鄉中去的人沒能遇見聖人而深感悲哀。

建中初，天子嗣位❶，有意貞觀、開元之丕績❷，在廷之臣爭言事。當此時，醉鄉之後❸世，又以直廢。

【章旨】本段讚揚德宗之立志求治，又以良臣見廢，陪襯王含之求仕不遂。

【注釋】❶天子嗣位　大曆十四年五月，代宗死，太子李适繼位。明年（即西元七八〇年），改元建中。❷貞觀開元之丕績　貞觀，唐太宗時年號。開元，唐玄宗前期年號。政治清明，民生富庶，被譽之為盛世。丕，大也。韓集五百家注引嚴有翼曰：「建中初天子始紀年更元，命官司舉貞觀、開元之烈，群臣惕栗奉職，命才登良，不敢私違。」❸醉鄉之後　即王績之後代，此人以直言被廢，但其人其事均無考。

【語譯】建中初年，德宗皇帝即位，有意於繼承貞觀之治和開元之治的豐功偉業，在朝廷中的大臣爭著發表意見，提出建議。但正在這個時候，〈醉鄉記〉作者王無功的後代又因為講直話而被罷官。

吾既悲〈醉鄉〉之文辭，而又嘉良臣之烈❶，思識其子孫。今子之來見我也，無所挾，吾猶將張之，況文與行不失其世守，渾然端且厚。惜乎吾力不能振之，而其言不見信於世也。於其行，姑與之飲酒。

【章旨】本段稱頌王含之文行，可惜自己不能引之顯達，特以飲酒作結。

【注釋】❶良臣之烈　良臣之同輩人。烈，同「列」。汪份曰：「良臣之烈，即以醉鄉貫。」

【語譯】我已經為〈醉鄉記〉的文字辭語感到悲傷，而且又對敢於直言的賢臣一輩人非常喜愛，很想認識〈醉鄉記〉作者的子孫後代。今天您能夠來見我，不攜帶什麼東西，我還是打算對您加以宣揚，何況您的文章與行為沒有喪失世代所遵循的原則，全都顯得正直而且厚道。可惜我的力量太小，不能讓您得到發展，而我講的表彰您的話又不被世人所相信。對於您的遠行，姑且跟您飲酒餞別吧。

【研析】本篇如同上篇，均以曲折隱晦見稱。劉大櫆評之曰：「含蓄深婉，頗近子長。退之文以雄奇勝人，獨董邵南及此篇，深微屈曲，讀之覺高情遠韻，可望不可及。」沈德潛評曰：「借醉鄉點染，中將阮、陶、顏、曾較量一番，見得聖人為師，其心自平，必不以不遇為悲也。此行文最占地步處，離迷變滅，一片雲煙。」諸家所評，都離不開一個「曲」字。曲，乃是本篇的主要特色。本篇之作，其原意不過是因王含求宦未遂，離京他往，作者勉之仍須以聖學為師，不宜頹放。如直接寫出，僅三言兩語即可表達。而文章卻以「醉鄉之遊」代表頹放，首先借撰寫〈醉鄉記〉之乃祖王績發端，正所謂「空中起步，其來無端」（張裕釗評語）。以陶、阮之類「醉鄉之徒」，實有託而逃，未能平其心，以反襯不能師聖學者，故得失縈其懷。又以顏、曾等聖人之徒，安貧自得，作為效法榜樣。「建中初」一段，頗有董邵南序「明天子在上之意」。末段言王含蘊蓄深厚，言外之意，似預言其將有出頭之日。唐文治評曰：「文僅數行，而曲折有四（即四段）。奇情壯志，都寓其中，絕不外露。」「通篇用意在此，而以縹渺凌空之筆出之，遂令人淵然莫測其際。」

送孟東野序

韓退之

【題　解】孟東野，即詩人孟郊。長期窮困潦倒，四十六歲時始得中進士，至五十一歲（西元八〇一年，時韓愈三十四歲）時經銓選僅得任小小的溧陽縣（今屬江蘇）尉。其內心頗有懷才不遇、鬱結酸辛之嘆。韓愈作為他多年知交，既同情他的命運，且珍惜他的詩才，故於臨別之際，特地寫了此文贈給他，一方面安慰寬解他的憂愁，另方面更著重啟示他，遭遇不幸，內心不平，未必不是好事，這可以充分鍛煉和施展他的詩才。文章以「大凡物不得其平則鳴」以領起全篇，從自然界之「鳴」，進而推論人事，歷敘歷史人物各種「鳴」的不同情況：有善與不善之鳴，亦有自鳴其不幸者。在盛世時，天擇其善鳴者而假之鳴，唐虞時，皋陶、禹鳴，伊尹鳴殷，周公鳴周，「皆鳴之善者」。在衰世時，有「孔子之徒鳴」，有「莊周以其荒唐之辭鳴」，楚亡有「屈原鳴」，以及諸子百家以道、術爭「鳴」的局面：說明各家之鳴不僅與個人生活遭遇有關，而且也與時代環境有著密切關係，這與太史公〈報任安書〉中「發憤著書」說相較，則是作了進一步的闡發，在古代文論史上，有著重要的地位。文章字裡行間，流露出對於善鳴者不受重視、陷於不幸的深切同情，表達了不滿當權者壓抑人才的情緒。這些既是為孟郊而發，同時也是為自己而發。

大凡物不得其平則鳴。草木之無聲，風撓❶之鳴；水之無聲，風蕩之鳴；其躍也，或激之❷；其趨也，或梗之；其沸也，或炙❸之。金石之無聲，或擊之鳴。人之於言也亦然，有不得已者而後言。其歌也有思；其哭也有懷。凡出乎口而為聲者，其皆有弗平者乎！

【章　旨】本段首先提出「物不得其平則鳴」這一中心論點，從物之鳴，再說到人之出口為聲，皆鳴其不平。

【注　釋】❶撓　擾動。《周易・說卦》：「橈《釋文》作「撓」）萬物者莫疾乎風。」❷其躍也二句　《孟子・告子上》：「今夫水，搏而躍之，可使過顙；激而行之，可使在山。」躍，濺起，指波濤。激，阻遏水勢。❸炙　燒烤。

【語　譯】大凡物體得不到平衡，就要發出聲音。草木沒有聲音，風吹動它才發出響聲；水沒有聲音，風激蕩它才發出響聲；水花飛濺，是由於受阻而激起波瀾；它奔騰急流，是由於遭受梗塞所致。它沸騰翻滾，是由於有火在燒它。金石沒有聲音，是由於敲打才發出鳴聲。人們講話也是一樣，是由於有了不得已的事然後才講。他唱歌，那是有所思念；他哭泣，那是有所感傷。凡是出於口而發為聲音的，那都是有什麼不平之事吧！

樂也者，鬱於中而泄於外者也，擇其善鳴者而假之鳴。金、石、絲、竹、匏、土、革、木❶八者，物之善鳴者也。維天之於時也亦然，擇其善鳴者而假之鳴。

是故以鳥鳴春，以雷鳴夏，以蟲鳴秋，以風鳴冬。四時之相推敚❷，其必有不得其平者乎！其於人也亦然。人聲之精者為言，文辭之於言，又其精也，尤擇其善鳴者而假之鳴。

【章　旨】本段就音樂而言，無論為物為人，均擇其善鳴者而假之鳴。

【注　釋】❶金石絲竹匏土革木　此八物皆能發音，古人稱之為八音。金指鐘、鎛之類，石如磬，絲指琴、瑟，竹指簫、管，匏乃葫蘆之屬，用匏為座，上設簧管，如笙、竽；土如塤（吹奏樂器，陶製，多橢圓形，有孔）、缶；革如鼓、鼗，木如柷（打擊樂器，狀如漆筩，作樂開始時先擊之）、敔（亦打擊樂，狀如伏虎，止樂時擊之）等。❷推敚　推移變化。敚，同「奪」。

【語　譯】音樂，是將鬱結在心中的感情宣泄出來的聲音，選擇那些善於發聲的憑藉它們來鳴。金、石、絲、竹、匏、土、革、木這八類東西，是器物中善於發出鳴聲的。上天對於季節變化也是這樣，選擇那些善於發聲的憑藉它們來鳴。因此，讓鳥為春天而鳴，雷為夏天而鳴，蟲為秋天而鳴，風為冬天而鳴。四季這樣推移變化，其中必有什麼地方不得其平吧！對於人來說也是這樣。人能發出的種種聲音，語言是其中的精華，文辭對於語言來說，又是其中的精華，尤其要選擇那些善於發聲為文辭的憑藉他們來鳴。

其在唐、虞，皋陶、禹❶其善鳴者也，而假以鳴。夔❷弗能以文辭鳴，又自假於韶以鳴。夏之時，五子以其歌鳴❸。伊尹❹鳴殷，周公❺鳴周。凡載於《詩》、《書》、六藝，皆鳴之善者也。周之衰，孔子之徒鳴之❻，其聲大而遠。傳曰：「天將以夫子為木鐸❼。」其弗信矣乎？其末也，莊周以其荒唐之辭鳴❽。楚，大國也，其亡也以屈原鳴⑨。臧孫辰⑩、孟軻⑪、荀卿⑫，以道鳴者也。楊朱⑬、墨翟⑭、管夷吾⑮、晏嬰⑯、老聃⑰、申不害⑱、韓非⑲、眘到⑳、田駢㉑、鄒衍㉒、尸佼㉓、孫武㉔、張儀、蘇秦㉕之屬，皆以其術鳴。秦之興，李斯㉖鳴之。漢之時，司馬遷、相如㉗、揚雄㉘，最其善鳴者也。其下魏晉氏，鳴者不及於古，然亦未嘗絕也。就其善者，其聲清以浮，其節數㉙以急，其辭淫以哀，其志弛以肆。其為言也，亂雜而無章。將天醜㉚其德莫之顧邪？何為乎不鳴其善鳴者也？

【章　旨】本段列舉從堯舜之世至唐代以前的諸多善鳴者，其內容則包括以文辭鳴、以歌鳴、以道鳴、以術鳴等等，甚至有鳴其不善者。

【注　釋】❶皋陶禹　皋陶，或作咎繇。唐虞時制作法律典章的法官，《尚書》中有〈皋陶謨〉篇，又有〈禹貢〉及〈大禹謨〉篇，相傳其成篇與他們有關。《尚書·序》稱：「皋陶矢厥謨，禹成厥功，舜申之；作〈大禹〉、〈皋陶謨〉、〈益稷〉。」❷夔　人名，唐虞時著名樂官。《尚書·皋陶謨》：「夔曰：『簫韶九成，鳳凰來儀。』」❸五子以其歌鳴　相傳夏代國君太康荒淫無度，失去帝位，他的兄弟五人於洛汭作〈五子之歌〉，原文已佚，今見於《尚書》中者，乃後人偽作。❹伊尹　商代初年賢臣，曾輔佐商湯、卜丙、仲壬及湯之孫太甲。其所作〈咸有一德〉、〈伊訓〉、〈太甲〉諸篇。今《尚書》所載，乃後人湊補偽造。《漢書·藝文志》道家類有《伊尹》五十一篇，小說家類有《伊尹說》二十七篇，均佚，但亦皆後人偽託。❺周公　即姬旦。他的著作，《尚書》載有〈金滕〉、〈大誥〉、〈洛誥〉、〈多士〉、〈無逸〉、〈君奭〉、〈立政〉諸篇。相傳《周禮》、《儀禮》也是他手定。❻孔子之徒鳴之　孔子曾刪《詩》、《書》，定《禮》、《樂》，贊《易》，作《春秋》。其言論集《論語》，是諸弟子纂集而成。其弟子之所作，卜商有《喪服傳》、〈詩大序〉，曾參有《曾子》十八篇，現存十篇。相傳《孝經》亦由他記錄而成。清人馮雲鵷輯有《顏子》（回）、《冉子》（求）、《仲子》（由）、《閔子》（損）、《端木子》（賜）、《有子》（若）、《言子》（偃）、

《卜子》（商）、《顓孫子》（師）各若干卷。馬國翰輯有《漆雕子》（啟）、《宓子》（不齊）各一卷。❼天將以夫子為木鐸　出《論語・八佾》，乃儀封人稱讚孔子的話。木鐸，狀如今之鈴，舌係木製，搖之能發聲。古代發布政令，搖木鐸以聚眾。此借喻孔子著書立說，傳於弟子，其力量如同帝王發布政令一樣。❽莊周以荒唐之辭鳴　莊周，字子休，戰國時宋蒙人。荒唐之言，乃莊周自己的話，見《莊子・天下》，荒唐，廣大無邊之意。❾楚大國也三句　楚，春秋戰國時諸侯國，其疆域占有長江中游廣大地區，較同時諸侯國為大。屈原，名平，曾於楚懷王、頃襄王時任左徒，後被放逐，著有〈離騷〉、〈天問〉、〈九歌〉、〈九章〉等二十五篇。❿臧孫辰　即臧文仲（文乃諡號，仲是字），春秋時魯國大夫。《左傳・襄公二十四年》載，穆叔曰：「先大夫臧文仲既歿，其言立。」但史不錄其立言者為何書。其言論略見《國語・魯語》及《左傳》。⓫孟軻　即孟子，戰國時鄒人。《漢書・藝文志》著錄《孟子》十一篇，今存七篇。⓬荀卿　名況，趙人。儒家。著有《荀子》三十二篇。⓭楊朱　戰國時魏人，主張「為我」學說，故不留著作。他的思想多見於《呂氏春秋》、《韓非子》、《孟子》有關篇章中。⓮墨翟　墨家創始人，春秋末宋國人。《漢書・藝文志》著錄《墨子》七十一篇，今存五十三篇。⓯管夷吾　字仲，潁上人，齊桓公宰相。有《管子》八十六篇（今存七十六篇），《漢書・藝文志》列入道家。⓰晏嬰　字平仲，萊夷維（今山東高密）人，齊景公宰相，有《晏子》八篇，《漢書・藝文志》列入儒家。今佚。今傳之《晏子春秋》舊題晏嬰所撰，實為後人搜集整理而成。⓱老聃　即老子，姓李名耳，字伯陽，諡聃。楚苦縣（今河南鹿邑）人。著有《老子》上下篇。⓲申不害　京（今河南滎陽）人。韓昭侯宰相。《漢書・藝文志》法家類著錄《申子》六篇，已佚，馬國翰有輯本。⓳韓非　戰國末年韓國的公子，後出使秦為李斯譖害，有《韓非子》五十五篇，乃法家之集大成者。⓴昚到　昚通「慎」。慎到，趙人。《申子》、《韓非子》都曾稱引他。有《慎子》四十二篇，已佚。清嚴可均、馬國翰都有輯本。㉑田駢　齊人，道家，齊宣王時為上大夫，有《田子》二十五篇，已佚，馬國翰有輯本。㉒鄒衍　或作騶衍，戰國時齊人，曾為燕昭王師。深觀陰陽消息，作怪迂之談。《漢書・藝文志》陰陽家著錄《鄒子》四十九篇，《鄒子終始》五十六篇，皆佚。㉓尸佼　戰國時魯人，為商鞅之師，鞅死，逃入蜀中。有《尸子》二十篇，《漢書・藝文志》列入雜家，已佚。清人任兆麟、孫星衍均有輯本。㉔孫武　齊人，吳王闔閭時為將軍。有《孫子》十三篇，《漢書・藝文志》作八十二篇。張守節言：十三篇乃上卷，尚有中、下卷，已佚。㉕張儀蘇秦　均為戰國時著名縱橫家。張儀為魏人，蘇秦為周洛陽人。《漢書・藝文志》著錄《蘇子》三十一篇，《張子》十一篇，均佚。馬國翰有《蘇子》輯本。㉖李斯　上蔡人，秦始皇宰相。法家。所著有〈諫逐客書〉、〈論督責書〉，見《史記》。㉗相如　姓司馬，字長卿，成都人，辭賦作家。《漢書・藝文志》稱有二十九篇，今存七篇。㉘揚雄　字子雲，儒家兼辭賦家。所作除《太玄》、《法言》外，

《漢書・藝文志》稱其作賦十二篇，今存七篇。㉙其節數　數，頻；繁。其節數，言其節奏短促。㉚醜　意動用法，以之為醜，即憎惡之意。

【語　譯】在唐堯、虞舜時代，皋陶、大禹是當時善鳴的，就通過他們來鳴。夔不能用文章辭語來鳴，就憑藉自己製作的韶樂來鳴。夏朝的時候，太康的五個兄弟用他們的歌來鳴。伊尹鳴於商代，周公鳴於周代。凡是記載在《詩經》、《尚書》等六部經書上的，都是鳴得最好的。當周朝衰微的時候，有孔子和他的學生一班人起來鳴，他們的聲音影響大，流傳久遠。所以《論語》上說：「上天將要把孔夫子當作引路發令的人。」這能不相信嗎？到了周朝末年，莊周用他那氣勢宏大、無邊無際的文章來鳴。楚，是個大國，到它衰亡之時，通過屈原來鳴。臧孫辰、孟軻、荀卿，都是以儒家之道鳴於世。而楊朱、墨翟、管夷吾、晏嬰、老聃、申不害、韓非、慎到、田駢、鄒衍、尸佼、孫武、張儀、蘇秦這些人，都是以他們的學說主張鳴於當世。秦代興起，李斯為它而鳴。漢朝的時候，司馬遷、司馬相如、揚雄，是其中最善於鳴的了。在此之後到了魏晉時代，鳴的人雖然趕不上古代，但也從未斷絕。就其中鳴得較好的而論，他們的聲音清脆而浮泛，節奏頻繁而急促，文辭淫靡而哀傷，思想懈怠而放縱。發出來的言論雜亂無章，不成體系。這莫非是上天憎惡這個時代的道德淪喪而不給予顧全麼？不然，為什麼不叫那些善鳴的人來鳴呢？

唐之有天下，陳子昂❶、蘇源明❷、元結❸、李白❹、杜甫❺、李觀❻，皆以其所能鳴。其存而在下者，孟郊東野，始以其詩鳴。其高出魏晉，不懈而及於古，其他浸淫❼乎漢氏矣。從吾遊者，李翱、張籍其尤也。三子者之鳴信善矣。抑不知天將和其聲而使鳴國家之盛邪？抑將窮餓其身，思愁其心腸，而使自鳴其不幸邪？三子者之命，則懸乎天矣！其在上也奚以喜！其在下也奚以悲❽！

【章旨】本段敘述唐代的善鳴者，著重於孟郊、李翺、張籍三位當時作家，進而告誡在上不足喜，在下不足悲。

【注釋】❶陳子昂　初唐詩人，字伯玉，梓州射洪（今屬四川）人，曾官右拾遺。《唐書》本傳說：「唐初文章，承徐、庾餘風，天下祖尚之，子昂始變雅正。」著有《陳伯玉文集》十卷。❷蘇源明　中唐作家，字弱夫，武功（今屬陝西）人。曾官考功郎中，《新唐書・藝文志》載有《蘇源明前集》三十卷，已佚。《全唐文》載其文五首，《全唐詩》載其詩二首。❸元結　中唐詩人，字次山，河南（今洛陽）人，曾官容管經略使。著有《元次山集》十卷。❹李白　唐代著名大詩人，字太白，著有《李太白集》三十卷。❺杜甫　唐代著名大詩人，字子美，曾官檢校工部員外郎，著有《杜工部集》二十卷。❻李觀　中唐作家，字元賓，趙州（今河北趙縣）人。較韓愈大兩歲，與韓愈同年登進士第。當時為文與韓愈齊名，官太子校書郎。卒於德宗貞元十年（西元七九四年），年僅二十九歲。著有《李元賓集》十卷（據《新唐書・藝文志》），今佚。❼浸淫　借水為喻，滲透，引申為接近。❽三子者之命四句　錢基博評曰：「兩句一賓一主。三子之上下，繫國家之盛衰，卻說得蘊藉，不流於夸毗，又藏過棄才則國家之盛衰可卜，極得體。」

【語譯】唐代有了天下以來，陳子昂、蘇源明、元結、李白、杜甫、李觀，都以他們各自所擅長的來鳴。現在仍然在世卻身居下位的，有孟郊東野，開始用他的詩鳴於當世。他的詩已經超過魏晉，不懈怠地努力創作，就可以趕上古人，其他作品也逐漸接近於漢代了。跟我學習的人，以李翺、張籍最為傑出。這三位作家鳴於世的詩文的確是很好的了。但還不知道上天要使他們的聲音和諧，讓他們歌頌國家的興盛呢？還是將使他們身遭窮困飢餓，心被愁苦折磨，而讓他們來抒發各自的不幸呢？他們三位的命運如何，完全決定於天意。那麼他們高居上位又有什麼可喜呢！沉淪下僚又有什麼可悲呢！

東野之役於江南❶也，有若不釋然者，故吾道其命於天者以解之。

【章旨】本段借天命以消解孟郊之愁苦，點出寫作意圖。

【注釋】❶役於江南　指孟郊就任溧陽尉。溧陽，唐時屬江南東道。

【語譯】孟東野要去江南任職，好像有些不愉快的樣子，所以我談談命運決定於天意的道理來寬解他。

【研析】清人李扶九《古文筆法百篇》卷三有所謂「一字立骨之法」，骨，指文章體幹、意脈。一字立骨，指全文材料安排、結構脈絡，均圍繞一個字為其張本；此字貫穿、牽動、照應全篇。本文正典型體現這一手法。通篇以「鳴」字立骨，舉凡物種時令、古今人物，盡以「鳴」字貫之。大旨謂凡形之於聲者，皆謂之鳴，均出於不得已。就人物而言，其中又有善與不善之別；而所謂善鳴者，又有鳴其幸與不幸之分。全文列舉古今善鳴之人物三十九，共用「鳴」字三十八（別本有達四十者）。有以文辭鳴、以歌鳴、以辭鳴、以道鳴、以術鳴、以詩鳴、以所能鳴等等區別，這都是所謂善鳴者。而這些善鳴者之中，又有鳴其幸與不幸之別。凡朝代之興，乃鳴其幸者，如皋陶、禹、伊尹、周公之類。而王朝之衰，乃鳴其不幸者，如孔子之徒、莊周、屈原及魏、晉時之鳴者。最後方落腳於孟東野，將使其鳴國家之盛邪？抑將自鳴其不幸耶？過商侯評曰：「此篇極拉雜散漫，不可捉摸……至其用鳴字，凡四十；而轉換處二十有九，便有二十九樣頓挫，二十九樣聲調。有起有伏，有抑有揚，總把千古能文的才人看到異樣鄭重。然後轉到東野，盛稱其詩，愈讀愈奇。」林紓亦有評曰：「此篇為《昌黎集》中之創格，舉天地人物，盡以鳴字招之，至孔子之徒亦指為善鳴，則真有膽力矣。文無他妙巧，但以氣行。然觀其脫卸處、笋接處，覓得關頭，則讀此便大有把握。」

送高閑上人序

韓退之

【題解】據《高僧傳》卷三十載：「湖州開元寺釋高閑，本烏程人也。後入長安，於薦福、西明等寺肄習經律，克精講貫。宣宗重興佛法，召入對御前草聖，遂賜紫衣。閑常好將霅川白紵書真草之蹤，與人為學法焉。」可知高閑乃一擅長書法之高僧。但宣宗接位之時，韓愈已死二十三年，故本文當作於穆宗長慶年間（西元八二一—八二四年）或此時高閑之書法尚未精進，故文中對高閑書法，頗有微詞。而本篇主旨，則是借學書之題，抒發排佛之論。文章認為：學習書法，一要運用智巧，二要精神專注，三要感情奔馳。這都與佛家棄絕人事、心境淡泊的主張顯然是背道而馳的。高閑學張旭，只能是「不得其心，而逐其跡」，很難精通的。篇末筆鋒一轉，說到佛家善幻，暗寓譏諷。排斥佛學以維護聖人之道，這是韓愈的一貫主張，本篇也體現了這一思想。不過，高閑作為友人，語氣之間，不能不更為客觀和含蓄罷了。上人，是當時對僧人的尊稱。《摩訶般若經》說：「何名上人？佛言若菩薩一心行阿耨菩提，心不散亂，是名上人。」《十誦律》云：「人有四種：一麤人，二濁人，三中間人，四上人。」

苟可以寓其巧智，使機應於心❶，不挫於氣❷，則神完而守固。雖外物至，不膠於心❸。堯、舜、禹、湯治天下，養叔治射❹，庖丁治牛❺，師曠治音聲❻，扁鵲治病❼，僚之於丸❽，秋之於弈❾，伯倫之於酒❿，樂之終身不厭，奚暇外慕？夫外慕徙業者，皆不造其堂⓫，不嚌其胾⓬者也。

【章　旨】本段論述如欲精一藝，必需專一其心，終身不厭，否然，業必不能精。

【注　釋】❶機應於心　指心能隨機應變，了解並掌握事物真相，而不為其所迷。❷不挫於氣　指面對困難時能有信心克服，志氣不因此而消沉。❸雖外物至二句　姚氏原注：「機應於心，故物不膠於心；不挫於氣，故神完守固。韓公此言，本自狀所得於文事者，然以之論道亦然。牢籠萬物之態，而物皆為我用者，技之精也。曲應萬物之情，而事循其天者，道之至也。必離去事物而後靜其心，是韓公所斥解外膠泊然淡然者也。以是為道，其道淺矣！以是為技，其技粗矣！」膠，粘著。❹養叔治射　養由基，字叔，春秋時楚人，善射，能百步穿楊。見《左傳・成公十六年》。❺庖丁治牛　庖，庖人，名丁，戰國時人。為文惠君解牛，達到目無全牛的境界，十九年解牛數千，而刀刃若新發於硎。見《莊子・養生主》。❻師曠治音聲　師，樂師，名曠，字子野，春秋時晉人。生而目盲，能辨聲樂。《孟子・離婁上》：「師曠之聰，不以六律，不能正五音。」《淮南子・覽冥訓》：「師曠奏白雪之音，而神物為之下降。」❼扁鵲治病　扁鵲姓秦，名越人，春秋時人。虢太子死，扁鵲用針石治之，而太子復活。見《史記・扁鵲倉公列傳》。❽僚之於丸　宜僚，熊姓，春秋時楚之勇士。《莊子・徐無鬼》：「市南宜僚弄丸而兩家之難解。」舊注以白公與令尹子西為兩家，白公欲殺子西，往求宜僚，宜僚不許，弄丸如故。❾秋之於弈　弈，古圍棋。《孟子・告子上》：「弈秋，通國之善弈者也。」趙注：「有人名秋，通一國皆謂之善弈。」❿伯倫之於酒　劉伶字伯倫，西晉時人。嘗乘鹿車，攜一壺酒，使人荷鍤而隨之，謂曰：「死便埋我。」著有〈酒德頌〉。見《晉書》本傳。⓫不造其堂　《論語・先進》：「由也升堂矣，未入於室也。」⓬不嚌其胾　嚌，嘗也。胾，大塊肉。《禮記・曲禮上》：「三飯，主人延客食胾，然後辯殽。」

【語　譯】假如能夠把靈巧智慧集中到某一事物之上，使內心得以了悟事物的一切變化而且應付裕如，面對困難，志氣也不致挫傷，那麼就會保持精神充盈，意志堅定。即使受到外物的不斷干擾，也能保持內心的平靜而不受影響。唐堯、虞舜、夏禹、商湯治理天下，養由基練習箭法，庖丁解剖老牛，師曠演奏音樂，扁鵲治療疾病，宜僚耍弄鐵丸，弈秋鑽研圍棋，劉伶嗜好喝酒，他們都把這當作人生樂事，一輩子也不感到厭倦，哪裡還會有空閒愛好其他的東西呢？而那些由於受到外物引誘因而改變專業的人，都是還沒有登堂入室，沒有嘗到此中樂趣的。

往時張旭❶善草書，不治他伎。喜怒、窘窮、憂悲、愉佚、怨恨、思慕、酣醉、無聊、不平，有動於心，必於草書焉發之。觀於物見山水崖谷、鳥獸蟲魚、草木之花實、日月列星、風雨水火、雷霆霹靂❷、歌舞戰鬬，天地事物之變，可喜可愕，一寓於書。故旭之書，變動猶鬼神，不可端倪❸。以此終其身，而名後世。

【章旨】本段敘述張旭之專一於書，無論何種心情，觀任何事物，皆能一寓於書，故能聞名後世。

【注釋】❶張旭　盛唐書法家，尤善草書，約中宗、睿宗時人。《新唐書．文藝傳》：「張旭，蘇州吳人。嗜酒，每大醉呼叫狂走乃下筆，或以頭濡墨而書，既醒自視以為神，不可復得也。世呼張顛。旭自言始見公主擔夫爭道，又聞鼓吹而得筆法意，觀倡公孫舞劍器得其神。」❷雷霆霹靂　《說文》：「霆，雷餘聲也。」雷之急激者為霹靂。❸端倪　頭緒和邊際。

【語譯】先前張旭擅長草書，不鑽研其他伎藝。高興憤怒、困窘窮愁、憂傷悲苦、愉快歡樂、埋怨痛恨、思戀痛恨、酒酣大醉、百無聊賴、以及遇到不平之事，只要心中有所觸動，一定要在寫草書中發泄出來。他觀察事物看到山水崖谷、飛鳥走獸、昆蟲游魚、草木花果、日月星辰、風雨水火、雷霆霹靂、歌舞戰鬥，天地間事物的千變萬化，使人欣喜或使人驚奇之事，一切感受要融會在書法之中。因此，張旭寫的字，變化多端猶如鬼神一般，運筆莫測，不可捉摸。他以書法為一生事業，而且聞名後世。

今閑之於草書，有旭之心哉？不得其心，而逐其跡，未見其能旭也。為旭有道，利害必明，無遺錙銖❶，情炎於中，利欲鬬進，有得有喪，勃然不釋，然後一決於書，而後旭可幾也。今閑師浮屠氏，一❷死生，解外膠❸。是其為心，必泊然無所起；其於世，必淡然無所嗜。泊與淡相遭，頹墮委靡，潰敗不可收拾，則其於書，得無象❹之然乎？

【章旨】本段分析習佛之人學書，脫離外界事物而追求內心平靜，不符合張旭學書之道，恐難於有成。

【注釋】❶錙銖　極言輕微、細小。兩之二十四分之一為一銖（《禮記・儒行》疏），六銖為錙（《說文》）。❷一　等同；統一。❸解外膠　解脫對外界事物的牽掛，義近佛家所言之「萬事皆空」。❹象　通「像」。

【語譯】如今高閑在學習草書上，能有張旭的這種心態嗎？不具備這種心態，而只是追逐仿傚表面形跡，看不出他怎麼能夠達到張旭的水平。達到張旭的水平是有一定的途徑的，利益和弊害必須分清楚，即使一毫一釐也不放過，內心感情熱烈，順利發展的欲望不可遏止，有時獲得有時喪失，意志卻都能一直旺盛，決不放鬆，然後完全傾注到書法上，這樣一來，張旭的水平也許可以接近了。而現在高閑學習佛法，把生和死等同起來，對身外事物，一概不加關心。這樣的人在心態上，必定一片平靜，沒有什麼波動；對於外界事物，必定十分淡漠，沒有什麼愛好。平靜加上淡漠，就會造成情緒頹喪，萎靡不振，精神崩潰，不可收拾。那麼，他在書法上，不會也像這個樣子嗎？

然吾聞浮屠人善幻，多技能，閑如通其術，則吾不能知矣。

【章旨】本段掉轉筆鋒作結束，以善幻留下餘地，語氣之間，暗含譏諷。

【語譯】然而，我聽人說學佛之人善於變幻，技能很多，高閑如果懂得這些法術，那我這凡夫俗子就不能知道了。

【研　析】此文之妙在於結構上精心營造，迂迴曲折，出人意表。張裕釗評之曰：「退之奇處，最在橫空而來，鑿險縋幽之思，簫雲乘風之勢，殆窮極文章之變矣。」開宗明義，即拈出「神完而守固」作為學藝，包括學書在內的不二法門，並列舉一大批精於技藝治術的古名人以實之，然後再詳敘「草聖」張旭學書之道，接下再以高閑相參照比較，說明學佛之所以妨礙學書，正在於「頹墮委靡」，即不能「神完守固」。筆致奇崛，文勢起伏。文章論的是高閑學書，而高閑卻移至文章的後面；高閑學書之所以不如張旭，癥結所在，正由於不能「神完守固」，卻提前到文章的開頭。前者後置，後者前置。清人王源在《左傳評》中認為，行文結構可以「中者前之，後者前之，前者中之後之。使人觀其首，乃身乃尾；觀其身與尾，乃首乃身。如靈蛇騰霧，首尾都無定處，然後方能活潑潑也。」這種筆法，昔人稱之為「珠簾倒捲」之法。正如唐文治所評：「此文以常人為之，必先敘高閑善草書，再勉其近於張旭，再勉其不外慕徙業，然後能神完而守固。乃退之以倒捲珠簾法行之，先言神完守固，次言不外慕徙業，次入張旭，次入高閑之草書不如旭。文便處處得力，而勉勵之意自在言外，亦可謂神品矣。至其氣之蒼茫突兀，凌厲無前，猶為餘事。」論述頗為精到，然仍有不足，緣此文之作，目的不在於「勉勵」對方，更不是為學書者說法，而是借學書以辟佛，因此才迂迴包抄，層層剝筍，最後才畫龍點睛地突出文章本旨。

送廖道士序

韓退之

【題　解】廖道士，郴州（今屬湖南）人，名字不詳，曾學道於衡山。據《昌黎集》五百家注引韓曰：「公永貞元年（西元八〇五年），自陽山徙掾江陵，道衡山而作。」此時韓年三十九歲，由所貶之陽山縣令量移江陵府作法曹參軍。愁苦之情，稍得舒展，故而有心欣賞南嶽、五嶺一帶雄奇秀麗之美景，進而尋覓所謂「魁奇忠信材德之民」，這正是古人所常說的「地靈人傑」。但遺憾的是，「吾又未見也」。文章以「無乃迷惑溺沒於老佛之學而不出邪」，從而表達了作者力排佛老，弘揚儒學的一貫思想。儘管稱許廖道士「氣專而容寂，多藝而善遊」，但對其迷溺於老氏之道含蓄地表示一種惋惜之情。

五岳❶於中州❷，衡山最遠。南方之山，巍然高而大者以百數，獨衡為宗❸。最遠而獨為宗，其神必靈。衡之南，八九百里，地益高，山益峻，水清而益駛，其最高而橫絕南北者嶺❹。郴之為州❺，在嶺之上，測其高下，得三之二焉。中州清淑之氣，於是焉窮。氣之所窮，盛而不過，必蜿蟺❻扶輿❼，磅礴❽而鬱積。衡山之神既靈，而郴之為州又當中州清淑之氣，蜿蟺扶輿，磅礴而鬱積。其水土之所生，神氣之所感，白金❾、水銀、丹砂❿、石英⓫、鍾乳⓬、橘柚之包⓭，竹箭⓮之美，千尋之名材，不能獨當也。意必有魁奇忠信材德之民生其間，而吾又未見也。其無乃迷惑溺沒於老佛之學而不出邪？

【章旨】本段描寫衡山、五嶺之山川氣象及奇特物產，進而引出其必有魁奇之人才。

【注釋】❶五岳　岳，通「嶽」。五嶽，東嶽泰山，西嶽華山，南嶽衡山，北嶽恆山，中嶽嵩山。❷中州　《漢書・司馬相如傳》顏注：「中州，中國也。」中國，實指中原地區。❸宗　長也。見《風俗通・山澤》。❹嶺　即五嶺，即今江西大庾之大庾嶺，湖南郴州之騎田嶺，湖南藍山之都龐嶺，湖南江華之萌渚嶺，廣西興安之越城嶺。❺郴之為州　郴州，唐時屬江南西道，即今湖南郴州。❻蜿蟺　屈曲盤旋貌。《文選・長笛賦》：「蚡緼蟠紆，緸冤蜿蟺。」❼扶輿　猶「扶搖」。形容盤旋而上。《楚辭・九懷》：「登羊角兮扶輿。」清黃生謂扶輿即「彷徉」之音轉（《字詁》）。❽磅礴　亦作旁薄；旁礴。《莊子・逍遙遊》：「磅礴萬物。」王先謙集解引李楨云：「亦作旁魄，廣被意也。」釋文引司馬彪云：「旁礴，猶混同也。」❾白金　古指銀。《說文》：「銀，白金也。」❿丹砂　即朱砂，成分為一硫化汞，為提煉水銀之重要原料。⓫石英　礦物名，為天然產之二氧化矽，成錐狀或柱狀體，其純粹者為水晶。⓬鍾乳　亦名石鐘乳，石灰巖洞頂部的簷冰狀物，以形似鐘乳而為石，故名。《唐本草》注曰：「鐘乳第一始興，其次廣、連、澧、朗、郴等州者。」始興、連州、郴州均屬五嶺山脈。⓭橘柚之包　《尚書・禹貢》：「厥包橘柚。」偽孔傳曰：「小曰橘，大曰柚，其所包裹而致者。」一說，包通「苞」。叢生；茂盛。⓮竹箭　一種小竹，又名篠。

【語譯】中原地區的五岳，以南岳衡山為最遠。南方的山峰，高峻而又廣大的有上百座，唯獨以衡山為首。最遠而又只以它為首，山神一定靈驗。衡山往南八九百里，地勢益高，山峰益險峻，水流清澈而更加急速，其中最高而又橫貫斷絕南方和北方的是五嶺。郴州就在五嶺之上，測量郴州的高低，為五嶺三分之二的高度。中原一帶清和淳澈的氣象，在這個地方便到了盡頭了。這種氣象的盡頭，自然非常旺盛而又不能越過此地，那一定會屈曲蜿蜒，扶搖盤旋，覆蓋四野，蓄藏積累。衡山的山神已經很靈驗，而且郴州又承受了中原清和淳澈的氣象屈曲蜿蜒、扶搖盤旋並覆蓋四野。所以此地水流土壤之所生，神靈氣象之所感，產生出白金、水銀、朱砂、石英、鐘乳，橘柚繁茂，竹箭良好，千丈高大的著名木材，但這些都不足以單獨承當的。我想一定還會有魁偉奇特、忠誠信義、才德兼備的人士產生在這個地方，而我卻沒有能夠看見。這莫非迷惑沉溺於老子佛家的學說之中而不能出現嗎？

廖師郴民，而學於衡山。氣專❶而容寂❷，多藝而善遊，豈吾所謂魁奇而迷溺者邪？廖師善知人，若不在其身，必在其所與遊。訪之而不吾告，何也？於其別，申以問之。

【章　旨】本段稱讚廖道士的素質，並含蓄地批評他迷溺老子學。

【注　釋】❶氣專　性情氣質專一。《列子》：「其在嬰孩，氣專志壹，和之至也。」❷容寂　容顏淡漠安閑。《莊子・大宗師》：「……是之謂真人。若然者，其心志（當作「忘」），其容寂……」。

【語　譯】廖大師是郴州人，而在衡山學道。性情專心一意而容顏淡漠安閑，材藝技能很多而又很善於交遊，這難道是我所講的魁偉奇特但卻迷惑沉溺的人士嗎？廖大師很會了解人，這種魁偉奇特的人士如果不在他自身，那就一定在他所交遊的朋友當中。我向他訪問，但他不告訴我，這是為什麼呢？在我們分別之際，特地說明我的想法以便詢問他。

【研　析】這是一篇主要不以思想內容是否深刻，而是以章法結構、布局謀篇的巧妙取勝之作。韓愈一貫視佛老為當時的洪水猛獸，而本篇所贈者卻正好是一位皈依道教的朋友。因此，文章的主旨自然是惋惜其何以為道士，但既然是朋友，這種惋惜遺憾之情，既不能不提及，又不可太露；不能用直筆，只能用曲筆。若隱若現，適可而止。為此，本篇特採取避虛就實之法。所謂「虛」，即惋惜遺憾之情；所謂「實」，即文章主要篇幅所渲染的郴、衡間山川風物之神靈奇偉。文章以「意必有魁奇忠信材德之民生其間」作為過脈，接下一句「而吾又未見也」，忽又颺開，奇變不測。二段首句「廖師郴民……豈吾所謂魁奇而迷溺者邪」，但接下忽又颺開，以「若不在其身」輕輕將「吾所謂」掃去，隨落隨掃，如海上三神山，望之如雲，及到，輒引去。迷離恍惚，極盡風雲變幻之妙。篇末「必在其所與遊」數句，重巒復嶺，若即若離，正如方東樹《昭味詹言》中所說：「詩文無頓挫，只是說白話，無復行文之妙。頓挫者，橫斷不即下，欲說又不直說，所謂『盤馬彎弓惜不發』。」而劉大櫆有評曰：「此文如黑雲漫空，疾風迅雷，甚雨驟至，電光閃閃，頃刻盡掃陰霾，皎然日出，文境奇絕。」

送竇從事序

韓退之

【題　解】竇從事，名平，扶風平陵（今陝西咸陽西北）人。貞元五年（西元七八九年）登進士第，餘不詳。貞元十七年（西元八〇一年），廣州刺史趙植委為從事。竇平離東都洛陽前往廣州赴任，其友人能詩文者賦詩以贈別。韓愈於十六年離開徐州張建封幕，冬，往京師，次年春三月，東還洛陽，故得作此序以贈之。序言的內容，一是讚揚唐代統治疆域的擴大，雖南海亦無異中州。胡韞玉有評曰：「敘述南海風氣之異，以頌揚唐代聲教之所及，是無中生有法。」進而借此安慰竇平，勿以蠻荒視之。但實際上還有更深一層的意圖，正如吳汝綸所評：「平以文士不得志於京師，而遠出南海，從幕職，故為言此。其意微妙高遠，非苟為壯麗也。」竇平之生卒年雖不可考，但其族侄竇牟（西元七四九—八二二年）此時已五十三歲，竇平之年歲當與之相近或略長。平以五六十歲之高齡，舉進士十二年後，還不得不遠離中原，為人作幕，實在是一樁值得同情之事。文章宣揚「瀕海之饒」，「癘疫不興」，稱讚「趙南海之能得人」，這實際上乃是對竇平的安慰和鼓勵。而這又與此前韓愈曾隨董晉作幕於汴州、隨張建封作幕於徐州的這段親身經歷，深知其中甘苦，有著密切關係。

踰甌閩❶而南，皆百越❷之地。於天文其次星紀，其星牽牛❸。連山❹隔其陰，鉅海❺敻❻其陽，是維島居卉服❼之民。風氣之殊，著自古昔。

【章　旨】本段敘述唐時廣州的地理位置及民風。

【注　釋】❶甌閩　即甌越與閩越，均為古代部族百越之一支。甌越分布在今浙江南部和福建東部一帶，相傳為越王句踐的後代，都東甌（今溫州市）。閩越，分布於今福建省，秦末曾助漢滅秦破楚，受封為閩越王，都東冶（今閩侯）。此處代指浙江、福建一帶。❷百越　古代南方越人的總稱。周時有于越、揚越，秦漢時，越的分部更多，故有百越或百粵之稱。有斷髮文身之俗。南北朝時，大批漢人南遷，漸受同化。❸於天文其次星紀二句　古人為了說明日月五星的運行及節氣的變換，將黃道附近一周天由西向東分為十二個等分，其中之一為星紀。星紀包括斗宿、牛宿和女宿。牛宿古時常稱為牽牛，不同於今之牽牛星（即河鼓二）。這裡主要是從天文學上說明廣州一帶所處的位置，即所謂「分野」。《漢書・地理志》：「粵地，牽牛、婺女（即女宿）之分野也。」❹連山　即五嶺。五嶺相連，故稱。❺鉅海　大海。指南海。❻歊　炎熱。《廣韻》：「歊，熱氣。」❼卉服　指用葛麻等草類製成的衣服。《尚書・禹貢》：「島夷卉服。」孔疏：「卉服，以葛為之。」鄭玄曰：「此州下濕，故衣草服。」

【語　譯】越過甌越、閩越往南，都是古代百越的地方。從天文上屬於十二次的星紀，其分野之星為牽牛。北邊有五嶺連綿阻隔來往，南邊有大海茫茫熱氣蒸騰，這裡只有靠近海島穿著葛麻衣服的居民。風俗習慣的不同，自從古代以來就很明顯。

唐之有天下，號令之所加，無異於遠近。民俗既遷，風氣亦隨，雪霜時降，癘疫不興。瀕海之饒，固加於初。是以人之之南海❶者，若東西州❷焉。

【章　旨】本段說明唐代聲教之所及，南海亦如中原。

【注　釋】❶南海　唐天寶元年，曾改廣州為南海郡，乾元元年，復為廣州。轄境約當今珠江三角洲一帶，治所在番禺（今廣州市），屬嶺南道。❷東西州　指長安以東及以西各州，即今中原及關中地區，乃唐代經濟文化繁榮地區。

【語　譯】唐朝統一天下以來，政教法令施加之處，無論遠近都沒有差別。民情風俗有所改變，社會風氣也隨之變化，霜雪偶而降落，瘟疫不再發作。濱海地區的富饒，應當超過早先時候。因此人們到南海郡去，就好像到了長安以東和以西各州去一樣。

皇帝臨天下二十有二年❶，詔工部侍郎趙植❷，為廣州刺史，盡牧南海之民。署從事❸扶風❹竇平，平以文辭進。於其行也，其族人殿中侍御史牟❺，合東都交遊之能文者二十有八人，賦詩以贈之。於是昌黎韓愈，嘉趙南海之能得人；壯從事之答❻於知我，不憚行之遠也；又樂貽周之愛其族叔父，能合文辭以寵榮之。作〈送竇從事少府❼平序〉。

【章　旨】本段敘述竇平任職、交遊送別及作者寫此贈序之緣由。

【注　釋】❶皇帝句　指唐德宗李适自建中元年（西元七八〇年）至貞元十七年，在位已二十二年。❷趙植　京兆奉天（今陝西乾縣）人。《舊唐書・德宗紀》：「貞元十七年五月丙戌，以工部侍郎趙植為廣州刺史兼御史大夫、嶺南節度使。」❸從事　指別駕、長史、司馬之類，乃州郡佐吏之通稱。❹扶風　唐郡名，治所在雍縣（今陝西鳳翔）。❺殿中侍御史牟　竇牟，字貽周，扶風平陵人。貞元二年進士，歷官祕書省校書郎、東都留守巡官、檢校水部郎中，再為東都留守判官，入為都官郎中。為韓愈之友，愈撰有〈唐故國子司業竇牟墓誌銘〉，亦稱「兩佐東都留守」，未載曾任殿中侍御史，故此應為加銜。❻答　指以恩義相待。《漢書・五行志下》顏注：「答，對也。不答，言不以恩義接對之。」❼少府　對刺史、府尹佐吏的尊稱，因其職位低於府尹，故稱之為少府。

【語　譯】德宗皇帝治理天下已經二十二年，詔令工部侍郎趙植，出任廣州刺史，整個南海郡的民眾，全都歸他治理。他委派扶風人竇平為從事，竇平以文章著名。當他啟行前往赴任之時，他的族人殿中侍御史竇牟，會同東都洛陽的親朋友好能寫文章的共二十八人，大家都寫詩送給他。在這個時候，我韓愈表彰南海刺史趙植能夠得到最佳人選；讚賞竇平從事能以恩義來報答趙植對自己的了解，不害怕這次遠行；又為竇貽周關愛他的族叔父感到高興，他能夠匯集送別詩文以為竇平此行的榮耀。特地撰寫了這篇〈送竇從事少府平序〉。

【研　析】姚鼐在篇末引劉大櫆評曰：「起得雄直，惟退之有此。」竇平以垂暮之年，遠道前往荒僻之南海，出任從事，為人作幕。這本來是一件令人感傷之事，文章並不直接表示其慰安之意，反而通篇都用豪放雄奇的文筆以壯其行色。其意圖不過是化感傷為豪壯，寓慰安於鼓勵之中。故首段一開頭便敘述廣州所處之位置，從地理、天文兩重角度大加渲染。二段頌揚唐代聲教之所及，以致荒僻之州亦無異中原。三段將竇平之被署為從事，並與「皇帝臨天下二十有二年」，詔趙植為廣州刺史聯繫在一起。因而把竇平此任此行，表現得有聲有色，寵榮無比。文末復以二十八人「賦詩以贈之」，其叔侄竇牟「能合文辭以寵榮之」，進一步坐實此行之榮耀光彩。故張裕釗評之曰：「起勢如河之注於海，如雲出而風驅之。而造意雄堅，無一字懈散，讀之但覺騰邁而上行。」

送楊少尹序

韓退之

【題　解】楊少尹，名巨源，字景山，河中府（今山西永濟）人。約生於天寶十五年（西元七五五年），貞元五年進士，歷官太常博士、虞部員外郎、國子監司業等職。穆宗長慶三、四年（西元八二三、八二四年）因年滿七十，辭官退休。執政以為河中府少尹，食祿終身。少尹，為州郡之副職。韓愈時任吏部侍郎，因病未能參與送別，故寫此文以贈之。在這篇文章中，作者讚揚楊巨源功成身退，懷舊還鄉，頗有古君子之風。為此，文章把楊辭職歸鄉的情景與漢代著名的二疏祖道歸鄉的情景具體進行比較，從而突出楊巨源思想品德之美，富貴而歸故鄉之榮。同時，多少亦反映了自己年已衰邁（寫此序後一年左右韓愈即病逝），久倦仕途，欲歸則門衰祚薄，親人大多不幸死去，故有有家難歸的悲哀。錢基博評之曰：「此序長慶初愈為吏部侍郎時作。久宦京師，老而歸鄉，事極尋常。特以中世士大夫以官為家，罷則無所歸，故為詠嘆，以致其意。是時，愈仕宦久，亦有倦意。其文不為健肆，而故作搖曳，流連詠慕，令人低徊嚮往，於《昌黎集》中又是一體。」

昔疏廣、受二子❶，以年老，一朝辭位而去。於時公卿設供張❷，祖道❸都門❹外，車數百兩。道路觀者，多歎息泣下，共言其賢。漢史既傳其事，而後世工畫者，又圖其迹❺。至今照人耳目，赫赫❻若前日事。

【章　旨】本段回溯漢代疏廣、疏受告老還鄉，公卿設帳餞送之盛況。

【注　釋】❶疏廣受二子　疏廣字仲翁，東海蘭陵人。西漢宣帝時，官至太傅。廣兄子受，字公子，任少傅。在位五年，告老乞歸。公卿大夫，故人邑子，設祖道供張東都門外，送者車數百輛。道路觀者皆曰：「賢哉！二大夫。」或歎息為之泣下。見《漢書．疏廣傳》。❷供張　張，通「帳」。古代送別朋友，多在城郊設帷帳，擺宴席以餞別。❸祖道　古人於出行前祭祀路神稱祖道，後因稱餞行為祖道。《左傳．昭公七年》杜注：「祖，祭路神。」❹都門　《漢書》顏注引蘇林曰：「長安東郭門也。」❺工畫者又圖其迹　晉顧愷之、梁張僧繇並畫「群公祖二疏圖」。❻赫赫　顯明；盛大。

【語　譯】從前疏廣、疏受兩位君子，因為年紀老了，有一天便辭去官職離開京城。當時朝中公卿大臣都在長安東郭門外設帷帳、擺宴席，為他們餞行，送行的車子多達數百輛。路旁圍觀的人紛紛為之歎息、落淚，異口同聲地稱讚他們的賢德。《漢書》上已經記載了他們的事跡，而後世擅長繪畫的人，又把當時的情景畫成圖像。直到今天，還呈現在人們眼前，回響在大家耳邊，清清楚楚，就好像幾天以前發生的事情一樣。

國子司業❶楊君巨源，方以能詩訓後進❷，一旦以年滿七十，亦白丞相❸，去歸其鄉。世常說古今人不相及，今楊與二疏，其意豈異也？予忝在公卿後❹，遇病不能出。不知楊侯❺去時，城門外送者幾人？車幾兩？馬幾匹？道邊觀者，亦有歎息知其為賢以❻否？而太史氏又能張大其事為傳，繼二疏蹤跡否？不落莫❼否？見今❽世無工畫者，而畫與不畫，固不論也。

【章　旨】本段將楊巨源之告老離京與二疏相互比較，其意雖同，但其事則不知是否有無差別。

【注　釋】❶國子司業　國子監副職。《唐書・百官志》：「國子監祭酒一人，從三品；司業二人，從四品下。掌儒學訓導之政。」❷以能詩訓後進　楊著有《楊少尹集》五卷，《全唐詩》輯錄其詩一卷。趙璘《因話錄》載：「巨源在元和中，詩詠不為新語，體律務實，工夫頗深，以高文為諸生所宗。」❸丞相　據《唐書・宰相表》載：長慶二年，元稹、李逢吉，長慶三年，牛僧孺，四年，李程、竇易直，皆嘗為同平章事。但此宰相未何人也。❹忝在公卿後　韓愈時任吏部侍郎之謙稱。❺楊侯　古時士大夫之間彼此以「侯」為尊稱，如杜甫詩「李侯有佳句」即是。❻賢以否　以，通「與」。姚鼐曾加注引其叔姚範（薑塢）的說法，據《儀禮》鄭注「以猶與也」，證明此二字古通用。❼落莫　冷落。莫，通「寞」。上二句云：司業去位，國史亦書；但不張大其事，雖書亦落寞也。❽見今　即現今。見，通「現」。以下二句言畫其跡，應為後代之事，故此處只宜存而不論。

【語　譯】國子監司業楊尹巨源，正在用他擅長作詩的才學教育後輩，一當他年滿七十，也稟告丞相，請求去職還鄉。人們常說今人趕不上古人，現今楊公與二疏相比，他們的思想情懷又有什麼不同呢？我雖然慚愧地跟隨在公卿大臣的後面，卻碰上有病沒能出去送行。不知楊公離京的時候，有多少人到城門外送別？車有多少輛？馬有多少匹？路旁圍觀的人，是不是也有為他歎息知道他賢良與否？而當朝史官又能不能張揚渲染這件事，寫成傳記以承接二疏的事跡，而不致使他受到冷落呢？現在世上沒有擅長繪畫的人，畫他還是不畫，也就不必去管它了。

然吾聞楊侯之去，丞相有愛而惜之者，白以為其都少尹❶，不絕其祿❷，又為歌詩以勸之。京師之長於詩者❸，亦屬而和之。又不知當時二疏之去，有是事否？古今人同不同，未可知也。

【章　旨】本段點出楊之還鄉，仍為當地少尹，享有俸祿，說明與二疏不同之處。

【注　釋】❶其都少尹　其都，即河中府。《昌黎集》五百家注陳景雲曰：「唐以河中府為中都，設大尹、少尹，如東西兩都制，其都者，中都也。」大尹，從三品，掌宣德化；少尹二人，從四品下，掌貳府州之事。可知少尹官品，與國子司業相等。❷不絕其祿　唐制：五品以上朝官致仕者，並給半祿，而楊加少尹之銜，乃得全祿。❸京師之長於詩者　五百家注引孫曰：「張籍亦有〈和裴司空酬蒲城楊少尹〉詩。」

【語　譯】然而，我聽說楊公離開朝廷，丞相有愛重其才而表示惋惜的，奏請皇上讓他擔任中都河中郡的少尹，繼續領取俸祿，又寫了首詩歌來勉勵他。京城那些擅長寫詩的人，也作詩奉和。不知道當年二疏辭官離京的時候，有沒有這樣的事情？古人和今人在這方面相同還是不同，就不很清楚了。

中世士大夫，以官為家，罷則無所於歸。楊侯始冠❶，舉於其鄉，歌〈鹿鳴〉而來也❷。今之歸，指其樹曰：某樹，吾先人之所種也；某水某邱，吾童子時所釣遊也。鄉人莫不加敬，誡子孫以楊侯不去其鄉為法。古之所謂鄉先生，沒而可祭於社❸者，其在斯人與！其在斯人與！

【章　旨】本段陳述楊巨源對家鄉的深厚之情，並預測他必將受到家鄉民眾的尊崇。

【注 釋】❶冠 古代男子以二十歲為成年，行加冠禮。❷舉於其鄉二句 《通典・選舉》：「每歲仲冬，郡縣館監課試，其成者，長吏會庶僚設賓主，陳俎豆，備管弦，牲用少牢，行鄉飲酒禮，歌〈鹿鳴〉之詩，徵耆艾，敘少長而觀焉。」不在館學經課試而成舉者，稱鄉貢。鹿鳴，《詩經・小雅》篇名，為宴會賓客時所奏之樂歌。〈詩序〉：「〈鹿鳴〉，燕群臣嘉賓也。」❸社 本為祭土地之神祠，此處指鄉賢祠一類祠廟。

【語 譯】中古時候的士大夫，往往以官府為家，一旦離職就無處可以歸宿。楊公剛剛成年，由家鄉推薦應試中舉，設宴歌〈鹿鳴〉詩才來到京師。如今他回到家鄉去，指著那些樹木說：某棵樹，是我家先人種的；某條河，某座山，是我童年時釣魚、遊玩的地方。家鄉人無不更加敬重他，並告誡子孫效法楊公不忘故里的美德。古人所說的鄉先生，死了以後可以進入鄉賢祠享受祭祀的，大概就是這樣的人吧！大概就是這樣的人吧！

【研 析】楊巨源始冠來京，七十返里，混跡官場，近五十載，功成身退，告老還鄉。這在封建官場，雖不失為美事，但畢竟是一般慣例，其中並無多少奇警榮顯、可羨可歎之處。即使要寫，亦難跳出應酬文字範圍。但本篇採取了無中生有、翻平為奇的寫法。作者特地拈出西漢二疏告老還鄉，公卿大臣齊集祖道餞送這一世代相傳的盛典加以烘托對照，因而極大地提高了巨源返鄉的歷史地位。故沈德潛評之曰：「前說二疏所有，或少府所無；後說少府所有，或二疏所無。婉轉回環，無中生有。」林雲銘則分析得更為具體：「七十致仕之年也，楊侯原不得為高；增秩而不奪其俸，亦國家優老之典也，楊侯又不得為奇。至於贈行唱和，乃古今之通套；而不去其鄉，尤屬本等之常事，看來無一可著筆處。昌黎偏尋出漢朝絕好故事來，與他辭位增秩及詩歌數事有同有不同處，彼此相形，作了許多曲折。末復把中世絕不好的事作反襯語，逼出他歸鄉之賢，便覺件件出色，皆從無可著筆處著筆也。」當然，將巨源之去方之二疏，但二疏自二疏，巨源自巨源，無端拈合，其詞不無溢美。故文中特作不了語、疑問語（僅第二段即連用七個問句），疑其同，又疑其異，一切都並不說死。這既能擴大讀者想像空間，又表明作者立言之妙，使文情抑揚唱嘆，增加無限波瀾。鏡花水月，海市蜃樓，平中顯奇，實中寓虛，前後照應，而又錯綜變化。故姚氏特引劉大櫆之評曰：「馳驟跌盪，生動飛揚，曲盡行文之妙。」

送李愿歸盤谷序

韓退之

【題解】李愿，生平不詳。《昌黎集》五百家注載唐人〈跋盤谷序後〉曰：「隴西李愿，隱者也。不干譽以求進，每韜光而自晦。」隴西，乃其郡望。據文意，似為孟州濟源縣盤谷之隱士，與當時西平王李晟之子李愿當是另一人。本文是一篇送人隱居的序。《孟子・盡心上》：「古之人得志，澤加於民；不得志，修身見於世。窮則獨善其身，達則兼善天下。」為此文用意所本。文章指出：士人在不得志的情況下，為了保持人格的獨立，只能走退隱山林、潔身自好的道路。儘管「理亂不知，黜陟不聞」，對社會無所貢獻，但較之同流合汙、奔走權勢者，則不可同日而語。文章特借李愿之口，刻劃了得勢權貴專橫跋扈，志得意滿，窮奢極慾，妻妾成群，生活腐化；諷刺了勢利小人巴結權門，趨炎附勢，諛功頌德，利欲薰心的種種醜態。與這兩種人相比，更加顯示出山林隱士的清高恬淡，無毀無憂。樊汝霖曰：「貞元十七年（西元八〇一年）作，時公年三十四。脫汴、徐之亂，來居洛，方且求官京師，鬱於中而見於外，故其辭如此。」此時正是作者求官不得、心情抑鬱之時，故文章借對李愿隱居的讚美，以表達自己對山林生活的嚮往之心和對齷齪官場的憤懣之情。此文在當時影響頗深，濟源縣令崔俠（或作「浹」，字君徠）曾將此文命工勒石於盤谷之西偏，以旌不朽。

太行❶之陽有盤谷。盤谷之間，泉甘而土肥，草木藂❷茂，居民鮮少。或曰：謂其環兩山之間，故曰「盤」。或曰：是谷也，宅幽而勢阻，隱者之所盤旋。友人李愿居之。

【章　旨】本段敘述盤谷之位置風物，宜其為隱者之所居。

【注　釋】❶太行　山脈名。綿延於山西與河北、河南交界處。❷藂　「叢」的異體字。

【語　譯】太行山的南面，有個盤谷。盤谷當中，泉水甜美，土地肥沃，草木茂盛，居民稀少。有人說：因為它環繞在兩山之間，所以叫做「盤谷」。又有人說：這個山谷，地勢幽靜，四周險阻，乃是隱士盤桓逗留的地方。我的朋友李愿就隱居在這裡。

愿之言曰：「人之稱大丈夫者，我知之矣。利澤施於人，名聲昭於時，坐於廟朝❶，進退百官，而佐天子出令。其在外，則樹旗旄❷，羅弓矢，武夫前呵，從者塞途，供給之人，各執其物，夾道而疾馳。喜有賞，怒有刑。才畯❸滿前，道古今而譽盛德，入耳而不煩。曲眉豐頰，清聲而便體❹，秀外而惠❺中，飄輕裾❻，翳❼長袖，粉白黛綠❽者，列屋而閒居，妒寵而負恃，爭妍而取憐。大丈夫之遇知於天子，用力於當世者之所為也。吾非惡此而逃之，是有命焉，不可幸而致也。」

【章　旨】本段引李愿之言，集中刻劃號稱「大丈夫」的那些權勢顯赫、生活腐化的達官貴人。

【注　釋】❶廟朝　宗廟與朝廷。古時發布政令、祭祀宴享，接見外賓多在宗廟中舉行；而召見臣子、商議國事則在朝廷中，故並稱廟朝。❷旄　古時以旄牛（即犛牛）尾裝飾在旗竿上的一種旗幟。❸畯　通「俊」。❹便體　輕盈的體態。❺惠　通「慧」。❻裾　衣服的前後衿。❼翳　遮蔽。❽粉白黛綠　粉、黛，婦女化妝用品。粉以擦臉，黛以畫眉。黛為青黑色顏料，青黑近綠，故稱。

【語譯】李愿說過這樣的話：「人們稱之為大丈夫的，我太知道了。就是要把利益恩澤施給人們，讓自己的名譽聲望昭著於世，他們坐在廟堂之上，任免文武百官，輔佐天子發布政令。到了外地，就樹起旗旄，羅列弓箭，武士在前面開道，隨從把道路都堵塞了，供應服侍之人，各自拿著所用物品，夾道奔馳。他們高興了就有賞賜，發怒了就用刑法。才智傑出的人士聚滿跟前，稱今道古，讚揚他們盛大的功德，聽起來和諧入耳而不致感到厭煩。還有那些眉毛彎彎，面頰豐滿，聲音清脆而體態輕盈，外貌秀美而內心聰慧的美人，飄動著輕輕的衣襟，揮舞長長的袖子，香粉抹臉，黛青畫眉，清閒地住在一排排的房子裡，自負依仗自己的美貌，忌妒別人受到的寵愛，鬥豔爭妍以爭取獲得憐愛。這就是那些被天子所賞識，為當代而拚搏的大丈夫的所作所為。我並不是厭惡這些才故意逃避，只是人各有命，不可能僥倖得到。

「窮居而野處，升高而望遠，坐茂樹以終日，濯清泉以自潔。採於山，美可茹❶；釣於水，鮮可食。起居無時，惟適之安。與其有譽於前，孰若無毀於其後；與其有樂於身，孰若無憂於其心。車服不維❷，刀鋸不加❸。理亂不知，黜陟不聞❹。大丈夫不遇於時者之所為也，我則行之。

【章旨】本段續引李愿之言，以讚美那些避世隱居的高潔之士的美德和閒適自得、無憂無慮的生活情趣。

【注釋】❶茹　《廣雅・釋詁二》：「茹，食也。」❷車服不維　古代車馬和服飾按照官階的高低而有差別，故天子常賞賜功臣車馬以示賞勵或晉升之意。《尚書・舜典》孔疏：「人以車服為榮，故天子之賞諸侯，皆以車服賜之。」維，維繫。此處含有不受官職約束，自由自在之意。❸刀鋸不加　指身在官場之外，刑法之所不及。《國語・魯語上》：「大刑用甲兵，其次用斧鉞；中刑用刀鋸，其次用鑽笮；薄刑用鞭撲：以威民也。」此處代指各種刑具。❹理亂不知二句　意謂朝政不與相關。理亂，治與亂，避高宗諱改。黜陟，貶官與升官。

【語　譯】「住在窮鄉僻壤，處在草叢野外，登上高崗可以遠望，坐在茂盛的樹林裡從早晨直到晚上，在清澈的泉水裡洗滌以保持自身的潔淨。從山上採來的，甘美可口；從水中釣到的，鮮嫩可食。生活作息沒有一定的時間，只要舒適就行。與其當面聽到讚譽之辭，不如背後不受別人毀謗；與其身體得到快樂，不如內心無所憂患。不受官職禮數的約束，不遭刀鋸刑戮的危險。天下治亂不須知道，貶謫升遷一概不聞。這就是那些生不逢時的大丈夫所能做的，我就是這樣去做。」

「伺候於公卿之門，奔走於形勢❶之途，足將進而趦趄❷，口將言而囁嚅❸，處穢汙而不羞，觸刑辟❹而誅戮，徼倖於萬一，老死而後止者，其於為人賢不肖何如也？」

【章　旨】本段續引李愿之言，以揭露另一類奔走鑽營、趨炎附勢的小人。

【注　釋】❶形勢　意同權勢。❷趦趄　同趑趄、次且。且行且卻，徘徊不進貌。❸囁嚅　欲言又止貌。❹刑辟　刑罰。《說文》：「辟，法也。」

【語　譯】「伺候在公卿大臣的門前，奔走在趨奉權貴的路上，腳想邁進卻又躊躇不決，口想說話卻又遲疑難開，處於汙穢之中而不知羞恥，觸犯刑律而將遭誅戮，總想萬一能夠僥倖發跡，直到老死而後已，這種人在為人處世方面究竟是好還是不好呢？」

昌黎韓愈，聞其言而壯之，與之酒，而為之歌曰：「盤之中，維子之宮。盤之土，可以稼❶。盤之泉，可濯可沿❷。盤之阻，誰爭子所？窈❸而深，廓其有容❹。繚而曲，如往而復。嗟盤之樂兮，樂且無央。虎豹遠迹兮，蛟龍遁藏❺；鬼神守護兮，呵禁不祥❻。飲則食兮壽而康，無不足兮奚所望？膏吾車❼兮秣吾馬，從子於盤兮，終吾生以徜徉❽。」

【章旨】本段通過作者所作之歌以讚美盤谷隱居之樂，進而表達作者嚮往退隱之志。

【注釋】❶稼　播種五穀曰稼，此指種穀之處。❷可濯可沿　可濯，暗用《孟子・離婁》所引〈孺子歌〉：「滄浪之水清兮，可以濯我纓；滄浪之水濁兮，可以濯我足。」比喻超脫塵俗，操守高潔。可沿，意謂可以沿泉流而尋幽探勝。❸窈　幽深貌。❹廓其有容　意謂盤谷幽深廣闊，無所不有。其，作而字解。❺虎豹遠迹兮二句　借喻朝中專橫之權臣、地方跋扈之藩鎮均不能破壞隱居處之清幽。❻不祥　五百家注引孫曰：「不祥，謂魑魅之屬。」❼膏吾車　即用油脂塗車，使之潤滑。與下文之「秣馬」，都是遠行前的準備工作。❽徜徉　疊韻連綿詞，又作倘佯、常羊、相羊等。徘徊留戀，自由遊蕩。

【語譯】昌黎韓愈聽了他的這番話，極為讚賞，給他敬酒，並為他作一首歌：「盤谷中間，有您的房舍。盤谷的土地，可以耕田。盤谷的泉水，可以洗濯可以盤桓。盤谷地勢險阻，誰會來爭奪您的住房？幽靜而又深遠，空曠遼闊能把萬物包涵。彎彎曲曲，好像向前走卻又回到了原處。讚歎盤谷的樂趣啊，快樂久長。虎豹遠遠離開啊，蛟龍逃走躲藏；神靈看守護衛啊，不許妖魔猖狂。這裡有食有喝啊，長壽而且健康，沒有不滿足的啊，還有什麼奢望？準備好我的車啊，餵飽我的馬，跟隨您去盤谷啊，讓我一輩子在那兒逍遙徜徉。」

【研析】這是韓愈較為著名的贈序。《東坡題跋》卷一〈跋退之送李愿序〉曰：「歐陽文忠公嘗謂晉無文章，惟陶淵明〈歸去來〉一篇而已。余亦以謂唐無文章，惟韓退之〈送李愿歸盤谷〉一篇而已。平生願效此作一篇，每執筆輒罷，因自笑曰，不若且放教退之獨步。」也許這只是「一時戲語」（王若虛語），但仍可說明本篇有其獨到的特色，這主要是：結構之工和語言之巧。就結構而言，有詩有文，文述三種人，詩贊隱逸，相互配合。古人知交臨別，常賦詩以贈，而序是敘述詩之意旨，本篇正符合這一傳統。此其一。以李愿之言作全文主要部分，林紓評曰：「文之妙處在『愿之言曰』四字，一團傲藐不平之概，均出李愿之口，罵得痛快淋漓。」《古文觀止》有評曰：「一節是形容得意人，一節是形容閑居人，一節是形容奔走伺候人，都結在『人賢不肖何如也』一句上。全舉李愿自己說話，自說只前數語寫盤谷，後一歌盤谷，別是一格。」具體而言，前以兩「或曰」，中以「愿之言曰」，末以「為之歌曰」作章法。此其二。名為贈序，卻無一字涉及送別。既不敘兩人之間的交往，也不寫李愿歸隱的始末。首段只對盤谷作簡略介紹，陡以「愿之言曰」接之，破空而來，突開異境。末尾復以「昌黎韓愈，聞其言而壯之，與之酒，而為之歌曰」遙相呼應，似乎兩人在舉杯告別，互訴衷腸。這不僅變議論為記敘，且能使依依惜別之情，流露於筆墨之外，這乃是不寫之寫。此其三。至於語言之妙，尤表現在駢散結合，氣勢暢達之上。全篇以散句為骨，駢句為肉；散句貫通文章脈絡，推進內容的開展；而以大量駢句鋪陳描寫，形容刻劃，以表達作者褒貶愛憎之情，增強全文氣勢。散句、駢句各司其職，相互為用，誠「哲匠之妙用也」（劉大櫆語）。充分表現出韓愈能以散馭駢、以氣使詞的語言技巧。故惲敬評之曰：「字字有本，句句自造，事事披根，惟退之有此。」

送區冊序

韓　退之

【題　解】區冊，生平里貫均不詳。《昌黎集》卷四有〈送區弘南歸〉詩，舊注：「區弘嘗從公於江陵，召拜國子博士，又從之至京，此詩有『從我荊州來京畿』之句。弘將歸，公以詩送之。張籍、孟郊，亦皆有詩，元和元年也。」區冊是否就是區弘，無論肯定或否定，均乏確證，只能存疑。韓愈於貞元十九年（西元八〇三年），上疏極論宮市，德宗怒，貶陽山縣令。二十年春，始抵陽山，其年夏秋，區冊慕名來訪，從受學。至二十一年（即順宗永貞元年）正月，歸拜其親，退之特寫此序以贈之。文章讚揚區生不顧路途艱險、江流悍急，敢於引舟來此偏僻荒涼之小城，一心從師學道。故聞詩書，則欣然喜，能不慕聲利，不厭貧賤。這種精神，實為難得。表面上是表彰區生，客觀上多少寫出韓愈這位「文起八代之衰，道濟天下之溺」的一代宗師，雖然貶居窮鄉，仍然有著巨大的影響力和感召力。

陽山❶，天下之窮處也。陸有邱陵之險，虎豹之虞❷。江流悍急，橫波之石，廉❸利侔❹劍戟，舟上下失勢，破碎淪溺者，往往有之。縣郭無居民，官無丞尉❺，夾江荒茅篁竹之間，小吏十餘家，皆鳥言夷面❻。始至，言語不通，畫地為字。然後可告以出租賦，奉期約。是以賓客游從之士，無所為而至。愈待辠❼於斯，且半歲矣。

【章旨】本段集中描寫陽山之荒僻窮陋。

【注釋】❶陽山　唐縣名，即今廣東陽山。❷虞　憂慮。《詩經・閟宮》：「無貳無虞。」朱集注：「虞，慮也。」❸廉　有稜角，喻鋒利。❹侔　相等。❺丞尉　指縣丞、縣尉。縣丞為縣令之副職，縣尉負責地方治安。❻鳥言夷面　中原人不諳粵語，聽之如鳥雀聲。南方之水土、日照與北方不同，故面目各別。夷，舊指少數民族。❼待辠　謙詞，等候處分。辠，古罪字。

【語譯】陽山，天下貧窮的地方。陸地上有高山丘陵的險阻，老虎豹子的禍患。水流兇猛湍急，橫擋在波濤中的石頭，稜角尖銳就同劍戟一樣，舟船向上划或向下划都容易出事，舟船破碎人員傷亡的事，經常都有。陽山縣城內沒有居民，官署中沒有縣丞和縣尉，只是在兩江之間野草竹林叢生之處，住著小吏十多家，說話的聲音跟鳥雀一般，面目也與漢人不一樣。我開始來的時候，言語不通，只好在地上寫字交談。然後才可以告知收繳租稅，規定期限。因此，一些賓客朋友隨從人士，來此沒有什麼事可做。我韓愈在這裡等待朝廷治罪，將近半年了。

有區生者，誓言❶相好，自南海挐舟❷而來。升自賓階❸，儀觀甚偉。坐與之語，文義卓然。莊周云：「逃空虛者，聞人足音跫然而喜矣！」❹況如斯人者，豈易得哉？入吾室，聞《詩》、《書》、仁義之說，欣然喜，若有志於其間也。與之翳❺嘉林，坐石磯❻，投竿而漁，陶然以樂。若能遺外聲利，而不厭乎貧賤也。歲之初吉❼，歸拜其親，酒壺既傾，序以識❽別。

【章　旨】本段敘述區生之儀容、言語、思想和情趣以及來去之由。

【注　釋】❶言　助詞，無義。❷挐舟　駕舟。《說文》：「挐，牽引也。」由南海（即廣州）至連山，皆逆水行舟，故沿途多需牽引。❸賓階　即西階，古時以西為尊，主東賓西。《禮記・曲禮》：「主人肅客入，主人就東階，客就西階。」❹莊周云三句　語見《莊子・徐无鬼》。跫，行人腳步聲。句謂巡走於空曠寂靜之所的人，滿目荒涼，聽到別人腳步聲，認為有了同伴，便感歡喜。❺翳　《離騷》王逸注：「翳，蔽也。」❻磯　水邊大石。《廣雅・釋水》：「磯，磧也。」❼歲之初吉　指歲首，即正月初一。《毛詩傳》：「初吉，朔日也。」❽識　通「誌」。記載。

【語　譯】有個區生，決心與我相好，要做我的學生，從南海郡牽引著一條船來到這裡。我按照接待之禮，讓他從西階登堂，我見他儀容外表非常雄偉。坐下後跟他交談，文章道義都有不同尋常的見解。莊周說過：「躲到空曠寂靜環境中的人，只要聽到人的腳步聲，就很高興了！」何況像這樣的人呢，這難道是容易得到的嗎？

他進入我的房間裡面，聽到談論《詩經》、《尚書》和仁義的言論，就顯得很高興，好像有志在這方面下工夫。我同他一道進入深林，坐在水邊石磯之上，拿著漁竿投餌釣魚，欣喜而又快樂。好像他能夠排除身外的功名利祿，而不厭煩貧賤生活。今年正月初一，他將回家拜見他的雙親，餞行的酒已經斟上，我寫下這篇序以記錄這次離別。

【研 析】本篇為一僅二百餘字的短文，分為兩段：一寫陽山，一寫區生；前者為賓，後者為主，寫陽山正為了表現區生。故寫陽山，主要表現其荒涼窮陋、山川險惡、言語不通諸事，目的正是為了反襯區生不厭貧賤，不畏艱險，為聞仁義之說，拏舟來投的這種虛心求教精神。吳汝綸評曰：「敘貶所往往舍荒涼而矜佳勝，公此文乃正言窮陋，然止以反跌區生耳，故文勢為之益峻。」不僅兩段之間，對照鮮明；而且兩段句與句之間，不少脈絡暗通，相互烘托。如首段言江流悍急，上下之舟，往往「破碎淪溺」；二段寫區生「自南海拏舟而來」，可見其不畏險阻。首段言「是以賓客游從之士，無所為而至」，二段寫區生之來，喜聞仁義，相與入林垂釣，「陶然以樂」，足以說明區生來此確有所為。反跌之法，不僅表現在段與段之間，且能貫穿於句與句之間，這使得全文融匯為一個整體，足見章法之妙。

送鄭尚書序

韓退之

【題 解】鄭尚書，名權，字復常，汴州開封人。貞元六年舉進士第。長慶三年（西元八二三年），工部尚書鄭權被派任嶺南節度使，並帶刑部尚書兼御史大夫銜。韓愈特撰寫此序贈之。內容不外說明新職權大任重，鄭以往政績之佳，祝其早日功成來歸，一切都符合對官職升遷者贈文之慣例。蔡世遠評之曰：「首敘其權之大，足以有為。次敘關係之重，勉以處置之意在言外。末規其廉，祝其政成而來。筆極雅。」實際上，本篇頗多曲筆，不少言外之意，暗寓譏諷。《舊唐書》本傳曰：「入拜工部侍郎，遷本曹尚書。以家人數多，俸入不足，求為鎮守。旬日，檢校右僕射、廣州刺史、嶺南節度使。初權出鎮，有中人之助，南海多珍寶，權頗積聚以遺之，大為朝士所嗤。四年十月卒。」《新唐書》亦說他出鎮嶺南後，「多裒貲珍，使吏輸送，凡帝左右助者皆有納焉」。任職不過一年多，就能大積珍寶以行賄，可見此人善於搜刮，其為人實不足取。本篇之所以如此盡情渲染嶺南節度使權力之大，責任之重，強調「非有文武威風知大體可畏信者，則不幸往往有事」，其目的正如吳汝綸所謂：「此序譏鄭不足當其任也。」其他讚揚之語亦多有曲筆。沈德潛曰：「鄭權因鄭注通王守澄（宦官）以得節鎮，非清節者。文中以廉風之，稱其仁而不富，即岑參送人南海作尉謂『此中多寶玉，慎勿厭清貧』也。立言之妙如此。」

嶺之南，其州七十❶，其二十二隸嶺南節度府，其四十餘分四府❷。府各置帥，然獨嶺南節度為大府。大府始至，四府必使其佐❸啟問起居，謝守地不得即賀以為禮。歲時必遣賀問，致水土物。大府帥或道過其府，府帥必戎服，左握刀❹，右屬弓矢，帕首袴鞾❺，迎郊。及既至，大府帥先入據館，帥守屏❻，若將趨入拜庭之為者。大府與之為讓，至一再，乃敢改服，以賓主見。適位執爵皆興拜❼，不許乃止，虔若小侯之事大國。有大事，諮而後行。

【章　旨】本段敘述嶺南節度使轄區之廣、職位之尊及權力之大。

【注　釋】❶嶺之南二句　唐貞觀十道，開元後之方鎮，皆有嶺南。設節度使，其轄區相當於今廣東、廣西、海南三省及越南北部一帶。因在五嶺以南，故名。所轄之州，各書記載不一，或為七十，或為七十三。❷其二十二隸嶺南節度府二句　二十二州為廣州、循州、潮州、端州、康州、封州、韶州、春州、新州、雷州、羅州、高州、恩州、潘州、辯州、瀧州、勤州、崖州、瓊州、振州、儋州及萬安州（據《元和郡縣志》）。此二十二州由嶺南節度使直接管轄。節度使統桂管、容管、安南、邕管四經略使，加廣州號為五府。其中桂管經略使領州十四，容管經略使領州十四，邕管經略使領州十二，安南都護府領州十一（據《通典．州郡》）。❸佐　指佐吏，即司馬、別駕之屬。❹握刀　刀名，亦稱把刀。❺帕首袴鞾　皆為戎裝。袴鞾，袴，類似今之套褲，兩足各一，以便騎射。鞾，「靴」之本字。❻帥守屏　本段凡稱府、府帥、帥，皆指桂管、容管等四經略使；嶺南節度使則稱大府、大府帥。屏，指門內小牆。❼適位執爵皆興拜　適位，即「入座」。執爵，指舉杯敬酒。興，起來。

【語譯】五嶺以南地區，共有七十州，其中二十二州直接隸屬嶺南節度府，其餘四十多州分別隸屬桂管、容管、邕管及安南四府。五府都有帥，但只有嶺南節度使稱為大府。大府初到任，四府必須派他的副手前來問候，並說明自己因防守疆土不能親來祝賀行禮，為此表示歉意。逢年過節必須派員祝賀問候，送上土特產品。節度使有時路過各府，各府經略使必須穿上軍服，左邊掛著握刀，右邊帶上弓箭，以帕包頭，套褲皮靴，到郊外迎接。等到到達以後，節度使首先進入館驛之內，經略使則守衛在門內牆邊，好像要進入內庭叩拜一樣。節度使跟他謙讓一次兩次，才敢去掉軍裝，以賓主之禮相見。到了入座舉杯敬酒之時，都要起來下拜，節度使不同意才停止。虔誠的程度就好像小諸侯服事大國諸侯。凡有重大事情，一定要首先諮詢節度使然後才辦。

隸府之州❶，離府遠者至三千里❷，懸隔山海，使必數月而後能至。蠻夷悍輕，易怨以變。其南州皆岸大海，多洲島，颿❸風一日踔❹數千里，漫瀾不見蹤迹。控御失所，依險阻，結黨仇❺，機毒矢❻，以待將吏。撞搪❼呼號，以相和應。蜂屯蟻雜，不可爬梳❽。好則人，怒則獸，故常薄其征入。簡節而疏目，時有所遺漏，不究切之。長養以兒子，至紛不可治，乃草薙而禽獮❾之，盡根株痛斷乃止。其海外雜國，若耽浮羅❿、流求⓫、毛人⓬、夷、亶之州⓭，林邑⓮、扶南⓯、真臘⓰、干陀利⓱之屬，東南際天地以萬數。或時候風潮朝貢，蠻胡賈人，舶⓲交海中。若嶺南帥得其人，則一邊盡治，不相寇盜賊殺，無風魚之災、水旱癘毒之患。外國之貨日至，珠香、象犀、玳瑁，奇物溢於中國，不可勝用。故選帥常重於他鎮，非有文武威風知大體可畏信者，則不幸往往有事。

【章　旨】本段敘嶺南節鎮諸州地廣人雜，易生動亂，海南諸國，貿易頻繁，關係重大，故選帥必需得人，方保平安。

【注　釋】❶隸府之州　指直接由嶺南節度府管轄的二十二州。❷三千里　約數。多指今屬海南島之崖州、瓊州、儋州等地，距廣州直線距離遠者近二千里。❸颿　通「帆」。《文選・吳都賦》劉逵注：「颿者，船帳也。」❹踔　通「趠」。《史記・貨殖列傳》索隱：「踔，遠騰也。」❺黨仇　黨指黨徒。仇，匹也，即勢力相當的人。❻機毒矢　《博物志》：「交州（即安南都護府一帶）夷名俚子（古黎族），俚子弓長數丈，箭長尺餘，以燋銅為鏑，塗毒藥於鏑鋒，中人即死。」❼撞搪　衝擊抵擋。❽爬梳　同「杷梳」、「耙梳」。清理梳櫛，引申整頓治理。❾草薙而禽獮　薙，除草；剷除。獮，殺戮。❿耽浮羅　《隋史・東夷傳》：「百濟其南，海行三月，有耽牟羅國。」耽牟羅，即耽浮羅。疑即今韓國南之濟州島。⓫流求　即今琉球群島，為日本沖繩縣。⓬毛人　《山海經・海外東經》有所謂「毛民之國」，學者多論定為日本古代未開化之蝦夷族，其民多毛及鬚髯，眼凹鼻尖，多居北海道。⓭夷亶之州　州，《文苑英華》作「洲」。東漢、三國時稱今臺灣為夷洲。吳黃龍二年（西元二三〇年），衛溫、諸葛直曾率甲士萬人至此。見《三國志・吳主傳》。亶州，或作澶洲。《史記正義》引《括地志》：「亶州在東海中……去瑯玡萬里。」應為太平洋中島嶼。⓮林邑　即占城，故地在今越南中南部。其國由西元二世紀直至十五世紀皆存在。《晉書．南蠻傳》、《南史．夷貊傳》、《南齊書．東南夷傳》均稱其為「林邑國」。⓯扶南　南海古國名，位於今印度支那半島，其國盛時奄有今湄公、湄南二河下游一帶。三國吳曾遣康泰、朱應出使，後為真臘所滅。⓰真臘　古國名，自稱吉蔑王國，與我國來往頻繁，明萬曆後改稱柬埔寨。⓱干陀利　《梁書．南夷傳》：「干陀利國在南海洲上，其俗與林邑、扶南略同。」近人考證，以為在馬來半島上。干陀利為吉打之別稱。⓲舶　《廣韻》：「舶，海大船也。」

【語　譯】直屬嶺南節度府的各州，距離節度府最遠的有三千里，有山有海遠遠阻隔，派出的使者一定得好幾個月然後才能到達。蠻人夷人，生性勇猛而又浮躁，容易由怨恨發生動亂。所屬南部各州都緊靠大海，沙洲島嶼很多，帆船乘風一天就可遠航好幾千里，海天茫茫看不到一點蹤跡。控制駕馭不得法的話，他們就依仗險阻，把自己的黨徒和其他勢力聚結起來，準備好有毒的弓箭，用這些來等待朝廷的將領和官吏。衝擊抵擋，大聲呼喊，相互應和。就像蜜蜂、螞蟻一樣雜亂地糾集在一起，再也無法整頓治理了。好的時候他們是人，發怒的時候他們就成了野獸。所以，官府經常減輕他們的租稅徵收。減少租稅的項目，有時有所遺漏，也不去追究查處。長期對待他們就像對待自己的兒女一樣，一直到混亂無法治理的時候，然後才像剷除雜草捕殺禽獸一樣，把這些作亂之人連根拔除才停止。南海之外的各個國家，像濟州島、琉球、北海道、臺灣、亶州這些島國，占城、扶南、柬埔寨、干陀利之類國家，從東南到天邊不下萬數。有時隨著季風潮水前來進貢，南方蠻人和西域胡人的商賈，各種海船交錯於海中。假若嶺南節度使人選得當，那麼一方邊境全都得到治理，強寇盜賊搶財殺人的事都沒有了，颶風鱷魚之災害，水旱癘疫的禍患都消除了。外國的貨物每天都會來到，珍珠、香料、象牙、犀牛角、玳瑁，這類珍奇之物就會充滿中國，用都用不完。所以選擇嶺南節度使的重要性要超過其他藩鎮，除非具備文治武功、風度威猛、認識大體而又可畏可信的人，否則的話，就不幸常常出事。

長慶三年四月，以工部尚書鄭公為刑部尚書，兼御史大夫❶，往踐其任。鄭公嘗以節鎮襄陽❷，又帥滄、景、德、棣❸，歷河南尹❹，華州刺史❺，皆有功德可稱道。入朝為金吾將軍❻、散騎常侍、工部侍郎尚書❼。家屬百人，無數畝之宅，僦❽屋以居，可謂貴而能貧，為仁者不富❾之效也。

【章　旨】本段寫朝廷任命及鄭權仕宦經歷及其治績，進而含蓄暗示他求為邊帥之緣由。

【注　釋】❶兼御史大夫　《舊唐書》本傳為「檢校右僕射」，與此不符，疑為兼御史大夫以往，後始為檢校右僕射。❷節鎮襄陽　《舊唐書・憲宗紀》：「元和十一年秋七月，以河南尹鄭權為襄州刺史，充山南東道節度。」唐時，山南東道治襄陽（今湖北襄樊）。❸帥滄景德棣　《舊唐書・憲宗紀》：「元和十三年，以華州刺史鄭權為德州刺史，橫海軍節度，德、棣、滄、景等州觀察使。」橫海軍節度使領滄、景、德、棣四州。滄州今屬河北，景州今為河北東光，德州今屬山東，棣州今為山東惠民。❹歷河南尹　據本傳，鄭權曾兩度為河南尹，一次在元和十一年之前，一次在長慶元年。河南尹治東都洛陽，從三品。❺華州刺史　《舊唐書》本傳載：元和十二年，權轉華州刺史、潼關防禦鎮國軍使。華州，即今陝西華縣。❻金吾將軍　《舊唐書・憲宗紀》：「元和十四年十一月，以原王傅鄭權為右金吾大將軍，充左衛使。」金吾大將軍，正三品，掌宮中及京城晝夜巡警之法，以執御非違（據《唐六典》）。❼工部侍郎尚書　據《舊唐書》，鄭權於長慶元年入拜工部侍郎，二年十月，升為工部尚書。❽僦　賃；租。❾仁者不富　按《通鑑》載，權家多姬妾，祿薄不能贍。《新唐書》本傳言「權用度豪侈」。此語蓋譏之也。

【語　譯】唐穆宗長慶三年四月，派工部尚書鄭公為刑部尚書，兼御史大夫銜，前往嶺南擔任節度使之職。鄭公曾經擔任節度使鎮守襄陽，又擔任橫海軍帥管轄滄州、景州、德州和棣州，還歷官河南府尹、華州刺史，都有功德值得稱道。後來進入朝廷擔任金吾將軍、散騎常侍、工部侍郎和工部尚書。家屬上百人，卻沒有幾畝地的房子，只好租房子來居住，可以稱為職位尊貴但生活貧窮，是個仁人卻不富裕的結果。

及是命，朝廷莫不悅。將行，公卿大夫士，苟能詩者，咸相率為詩，以美朝政，以慰公南行之思。韻必以「來」字❶者，所以祝公成政而來歸疾也！

【章旨】本段寫為鄭公南行吟詩送別及祝願。

【注釋】❶韻必以來字　謂詩的韻腳必以「來」及其所屬之咍韻，如韓愈〈送鄭尚書赴南海〉詩：「衙時龍戶集，上日馬人來。」張籍、王建等人詩亦如之。唐人餞行時，送行之能詩者各有詩作，合之成卷，由一人作序，故唐之贈序多為「送行詩」之序，後漸演變為無詩而作序者。

【語譯】等到這次任命下達，朝廷大臣沒有不高興的。鄭公即將啟行之時，王公、卿相、大夫和士人只要能夠寫詩的，都一個接一個寫了詩，用以讚美朝廷政事，用來安慰鄭公去南方的思念。韻腳一定用「來」字的原因，正是為了預祝鄭公治理成功並早日歸來啊！

【研析】如不了解文章背景，此篇頗近於應酬文字。如全文之布局：首段言職務之重，二段言關係之大，三段頌以往治績，四段敘送行贈詩之盛，這都符合應付贈別文章之慣例。特別是三、四兩段，所下文字如「皆有功德可稱道」、「貴而能貧」、「仁者不富」、「朝廷莫不悅」、「能詩者，咸相率為詩」諸語，歌功頌德，跡近浮誇。這多少表現了韓愈未能免俗和缺乏求實之意。韓此時不過侍郎，而鄭則為尚書，品位在其上，故亦有其不得不爾的苦衷。但字裡行間，細心讀者不難看出其中暗含譏諷之意。唯其誇張過分，所以必然失實。如「家屬百人」正暗含「家多姬妾」，「公卿大夫士，苟能詩者」咸贈以詩，而不寫具體數字（如〈送竇從事序〉則明指二十八人），這可以反證贈者實際並不多，不便用數字標記。前兩段大肆鋪陳節鎮嶺南職尊任重之狀，方苞評曰：「字句俱學《儀禮》。」《儀禮》純係教訓人們各種禮節程式規定，這裡頗如《儀禮》，教訓語氣甚濃，這至少表露出作者疑其有所不能的擔心，故而告誡他如果「控御失所」，則後果不可收拾。這些都可以看出作者苦心經營、寓諷於賀的深意。

送殷員外序

韓退之

【題　解】韓集五百家本標題作「送殷侑員外使回鶻序」。據新舊《唐書》，殷侑，陳郡（今河南淮陽）人，貞元末，及五經第。元和中，累為太常博士。時回鶻請和親，朝廷欲緩其期，乃命宗正少卿李孝誠奉使宣諭，以殷侑為副。可汗驕甚，侑不為所屈。虜責其倨，侑曰：「可汗唐婿，欲坐屈使者拜，乃可汗無禮，非使臣倨也。」虜憚其言，不敢逼。還遷虞部員外郎。其時間《新唐書》定為元和八年，而本文云十二年（西元八一七年），當以本文為準。由殷侑出使事跡可知，他應該是一個敢於面折虜廷、不辱君命的使節。但這些情節發生於本文之後，非作者之所能前知。但本文強調唐朝國體之重要，並借詔書中「學有經法，通知時事」二語加以發揮，並借那種「出門惘惘」，只知顧個人身家性命，而置國家於腦後的庸俗委瑣之人加以對照，從而突出殷侑不愧為「真知輕重大丈夫」的本色。沈德潛評之曰：「通知時事，自然知輕重，而總由於學有經術，立言有體。」

唐受天命為天子，凡四方萬國，不問海內外，無小大，咸臣順於朝❶。時節貢水土百物，大者特來，小者附集❷。

【章　旨】本段寫唐王朝的地位和影響，為下文敘事的基礎。

【注　釋】❶咸臣順於朝　唐太宗擊破突厥後，西北各部族，大部分服屬唐朝。❷小者附集　五百家注孫曰：「謂小國不能自致，因大國行得朝貢，故曰附集。」

【語　譯】唐朝承受上天的意志成為天帝的兒子，凡是四方各地的所有國家，不管是海內或者海外，也無論是大國還是小國，都稱臣服從於朝廷。按季節進貢土產和各種物品，大國特地派使臣前來，而小國則附託大國使臣代為進貢。

元和睿聖文武皇帝❶既嗣位，悉治方內就法度❷。十二年，詔曰：「四方萬國，惟回鶻於唐最親，奉職尤謹❸。丞相其選宗室四品一人❹，持節❺往賜君長，告之朕意。又選學有經法❻，通知時事者一人，與之為貳❼。」由是殷侑，自太常博士❽，遷尚書虞部員外郎❾，兼侍御史❿，朱衣象笏⓫，承命以行。

【章　旨】本段敘唐憲宗遣使回鶻之詔令，並委派殷侑出使之意。

【注　釋】❶元和睿聖文武皇帝　指唐憲宗李純，元和為其年號，「睿聖文武」是當時內外大臣所上的尊號。❷悉治方內就法度　方內，指四方以內，即唐朝本部。全句指憲宗即位初，平夏、平蜀、平江東、平澤潞，遂定易、定，致魏、博、貝、衛、澶、相諸州。參見本書卷四十一〈平淮西碑〉。❸唯回鶻於唐最親二句　回鶻原稱回紇，貞元五年改稱回鶻，取回旋輕健如鶻之義。隋初建國，盛時疆域包括今內外蒙古至新疆北部一帶。安史亂時曾助唐收復長安等地。其王葛勒可汗娶肅宗女寧國公主，骨咄祿毗伽可汗娶德宗女咸安公主。故言「最親」、「尤謹」。❹宗室四品一人　指宗正寺少卿、唐宗室李孝誠。宗正寺掌皇九族六親之屬籍。少卿之銜為從四品上。❺節　節指符節、旄節之類。大臣出使，以為憑證。❻學有經法　指通曉五經家法。殷侑以五經登第，其學尤長於禮。❼為貳　做副職；擔任出使副大臣。❽太常博士　屬太常寺，掌管禮儀祭典之類事務。銜為從七品上。❾遷尚書虞部員外郎　尚書，指尚書省，下轄工部。工部其屬有四，三曰虞部，掌天下山澤苑囿之種植及草木薪炭供給諸事。員外郎，從六品上。《舊唐書・殷侑傳》但稱：「使還，拜虞部員外郎。」蓋使時為假官，還後始真拜。❿侍御史　屬御史臺，從六品下，掌糾舉百官，推鞫獄訟。⓫朱衣象笏　唐制：四品五品服緋，六品七品以綠。但入蕃使臣可借緋。笏即笏板，五品以上用象牙，五品以下用竹木。殷侑官止六品，均以使蕃而暫借。

【語　譯】唐憲宗睿聖文武皇帝繼位以後，使國內各地都依照法度得到治理。元和十二年，頒發詔令說：「四方各國，只有回鶻同唐朝最為親密，侍奉職務特別謹慎。命令丞相選擇皇族宗室四品官一人，手持符節前往回鶻賞賜其君王，告訴他我的意思。再選通曉五經家法，完全了解時局事務的一人，作為他的副職。」因此殷侑君從太常博士，升為尚書省虞部員外郎，兼侍御史，身穿紅袍，手持象笏，奉命即將啟行。

朝之大夫，莫不出餞。酒半，右庶子❶韓愈，執盞言曰：「殷大夫！今人適數百里，出門惘惘，有離別可憐之色；持被入直三省❷，丁寧顧婢子，語刺刺❸不能休。今子使萬里外國，獨無幾微出於言面，豈不真知輕重❹大丈夫哉？丞相以子應詔，真誠知人。士不通經，果不足用。」於是相屬為詩，以道其行云。

【章　旨】本段寫眾人餞送及殷侑沉著鎮定之狀，以說明他乃真知輕重大丈夫。

【注　釋】❶右庶子　太子屬官，屬右春坊，掌侍從左右，獻納啟奏宣傳令言。元和十一年五月，韓愈為太子右庶子。❷入直三省　唐以尚書省、中書省、門下省為三省。入直，即進入三省衙署值班。❸刺刺　或作「刺刺」。二者形近，故多訛誤。刺刺，象聲詞，猶囉囉嗦嗦。刺刺，多言貌。《管子・心術》：「焉能去刺刺為咢咢乎。」二說皆通，但以作「刺刺」為優。❹知輕重　明白個人為輕、國家為重的道理。

【語　譯】朝廷的大臣，沒有不出來餞別的。酒宴當中，右庶子韓愈，手執酒杯說道：「殷大夫！現在的人到幾百里的地方去，一出門就神情迷惘，有離別時難分難捨非常可憐的顏色；拿著被子進入三省去值班，對丫鬟丁寧交代，囉囉嗦嗦，講個不停。而今天您出使到萬里之外的另一個國家去，卻獨獨沒有絲毫不愉快表露在言語和臉色之上，這難道不真正是懂得國事為重、個人為輕的大丈夫嗎？丞相選擇您去接受皇帝詔令，真不愧確實了解人。一個人不通曉經學，果然是不值得任用的。」於是，在座的人一個接一個賦詩，以歌詠他的這次出行。

【研　析】作者撰寫這篇贈序，最困難之處恐怕在於立意謀篇。就本篇內容及韓集有關材料看，韓與殷似無多少私交，韓官太子右春坊，殷官尚書省，不相隸屬，應無公務來往；韓此時年已五十，殷舉明經才十餘年，二人年齡似不同代；且其遠赴之目的地為外邦，詳情亦非韓所知。所以，就這些方面而言均無從下筆。作者特抓住奉君命出使這個中心，就詔令要求和殷侑自身條件這兩個方面對照考察以落墨，並以某些庸俗之徒小別時委瑣不堪的表現以為烘托，從而突出殷之「知輕重」的大丈夫氣概，而其根源正是詔令中所說的「學有經法，通知時事」。浦起龍評之曰：「人盡賞誦殷大夫一節，誠然。然唐時回鶻輕中國……則所遣信使，非真有經術應變膽略者，安能勇赴絕域？如此故於前後兩『通經』句特地摘出也。」林雲銘更具體分析：「前半敘事善存國體，若論殷大夫，此乃本無可說。止借詔書中二語，考驗一番。蓋知輕重，即通知時事，總由於學有經法一串說來，照應完密，皆無中生有妙筆。」這正道出本篇立意謀篇之苦心，於無從下筆處生發出一篇結構嚴密、首尾完整的文章來，不愧為「無中生有」之筆。

送幽州李端公序

韓退之

【題　解】李端公，指唐代著名的邊塞詩人李益（西元七四八—八二七年），益字君虞，隴西姑臧（今甘肅武威）人，大曆四年（西元七六九年）進士，曾官鄭縣主簿。因少有癡疾，加以自負才高，凌藉士眾，故長期不得升遷。而流輩皆居顯位，益鬱鬱不樂，乃辭官客遊燕趙，幽州盧龍節度使劉濟辟為府從事。元和五年（西元八一〇年），李益經洛陽前往幽州（今河北薊縣），此時韓愈任河南令，特寫此序贈之。文章要李益勸劉濟率先歸順朝廷，以便「名流千萬歲」，這是韓愈反對割據混亂局面，希望國家統一、天下太平、恢復開元盛世的表現。篇中通過相國李藩的話，詳細描寫了劉濟虔誠恭謹接待皇帝使臣的情形，是為下文「司徒公勤於禮」做張本。接下推論，既然勤於禮，自然應該率先歸唐。又用歷史循環來打動劉濟的心。後來劉濟為其子劉總毒死，裨將譚勸劉總歸唐說：「河北與天離六十年，數窮必合。」也是襲用韓愈的說法，竟然說動了劉總。沈德潛評曰：「憲宗五年，劉濟自將以擊王承宗，其無背朝廷可知也。濟果能率先奉職，是濟之忠；端公能佐之，是端公之忠。說到亂極當治之時，見機會尤不可知，此文章立意最高處。」端公，唐人對侍御史的俗稱，以其位居御史臺之首，亦稱臺端，他人稱之為端公。李益並未任此職，但唐時幕官多兼朝官之銜。大約劉濟為李益求得御史職名，韓愈乃稱之為「端公」，韓較李小二十歲，非此不足以表示對長者的尊敬。

元年，今相國李公❶，為吏部員外郎，愈嘗與偕朝❷，道語幽州司徒公❸之賢，曰：「某前年被詔，告禮❹幽州，入其地，迓勞之使里至❺。每進益恭。及郊，司徒公紅帓首❻，鞾袴，握刀在左，右雜佩❼，弓韔服❽，矢插房❾，俯立迎道左。某禮辭曰：『公天子之宰❿，禮不可如是。』及府，又以其服即事。某又曰：『公三公⓫，不可以將服承命。』卒不得辭。上堂即客階，坐必東向⓬。」

【章　旨】本段借助李藩之言，追敘其使幽州時，劉濟對天子使者禮儀之恭謹。

【注　釋】❶今相國李公　即李藩，字叔翰，趙郡人。元和四年二月至六年二月為門下侍郎，同中書門下平章事，即宰相。秦漢時以相國為宰相。❷偕朝　共同上朝。韓愈於元和元年六月，自江陵召為國子博士。❸司徒公　即劉濟，幽州昌平人，繼父劉怦為盧龍節度使。順宗即位後，加檢校司徒銜。❹告禮　貞元二十一年正月，德宗崩，以李藩為告哀使。❺里至　指每隔一里路，便有一使者來迎。一本作「累至」。❻紅帓首　紅巾裹首。即〈送鄭尚書序〉之「帕首」。❼握刀在左二句　按朱熹《考異》謂「在」為衍文，以「左右雜佩」為句。姚鼐原注曰：「此當從杭本作『握刀在左』。蓋握刀者，其佩刀之名，若不連『在左』二字，則真為手持刀而見，無是理也。此雜佩只是戎事之用，如射決之類，與〈內則〉之『雜佩』不同。右有而左無，無害弓矢亦在右。『右雜佩，弓韔服，矢插房』九字相連。〈送鄭尚書序〉：『左握刀，右屬弓矢。』文正與此同。」射決，或稱射玦，一種戴在手指上用以鉤動弓弦的工具。❽弓韔服　韔與服均為弓袋。此「韔」作動詞用，藏的意思。❾房　插箭之器。《左傳・宣公十二年》杜注：「房，箭舍也。」❿天子之宰　劉濟於貞元初曾加檢校兵部尚書，遷左僕射。唐自貞觀後廢尚書令，而以左右僕射為尚書省長官，其地位相當於宰相。劉濟既為天子之宰，按禮不必戎服郊迎。蓋節度使為武職，理當戎服，既加僕射銜，便不必如此。⓫三公　唐以太尉、司徒、司空為三公。劉濟有檢校司徒銜，故得稱三公。⓬上堂即客階二句　古禮：客上西階坐東向，主人上東階坐西向，但以賓主之禮不符合敬事天子使者之道，故劉濟自西階上，東向坐，以主位讓使者，以示尊重。

【語譯】元和元年，現在的宰相李藩當時擔任吏部員外郎，我韓愈曾經同他一同上朝，途中談到幽州節度使、檢校司徒劉濟的賢德，他說：「我前年奉皇帝詔令，到幽州通報德宗喪禮。進入幽州以後，迎接慰勞之使者，每隔一里地都有，一個比一個更加恭敬。到達郊外，司徒公劉濟頭上裹著紅巾，皮靴套褲，左邊帶上佩刀，右邊掛著射箭用器，弓藏在弓袋裡，箭插在箭匣裡，俯首站在路旁迎接。我以禮節辭謝說：『您乃是天子的宰相，按禮節不應該這樣。』到達節度使府署，劉濟還是用戎裝辦理接待事務，我又說：『您有三公之位，不須要用武將的服裝來接受聖命。』但最終還是無法推辭掉，劉濟仍執禮如故。登上府堂之時，劉濟從西面客階上，入座之時，劉濟東向而坐，而把主位讓與使者。」

愈曰：「國家失太平，於今六十年❶。夫十日十二子相配，數窮六十❷，其將復平。平必自幽州始，亂之所出也。今天子大聖，司徒公勤於禮，庶幾帥先河南北之將❸，來覲奉職，如開元❹時乎？」李公曰：「然。」

【章　旨】本段韓愈用數窮復治、劉濟知禮來說明對恢復開元之治的期待。

【注　釋】❶六十年　從唐玄宗天寶十四年（西元七五五年）安祿山從幽州起兵反唐，到元和五年，已達五十六年。此略舉成數而言。❷十日十二子相配二句　《周禮・春官》載馮相氏掌十有二辰十日。鄭注：「日謂從甲至癸，辰謂從子至亥。」《史記・律書》載十母十二子，今俗稱天干地支。干支相配，其數六十，然後周而復始。作者借以表物極必反，其將復平之意。❸河南北之將　指黃河南北割據自雄的節度使。河南如彰義吳少誠、淄青李師古，河北如成德王士真、魏博田季安等。❹開元　唐玄宗李隆基在位前期之年號，共二十九年。時天下治平，號稱盛世。

【語　譯】我韓愈回答說：「國家喪失太平，進入動亂之中，到今天六十年了。而十天干和十二地支相互配合，配成六十就到了盡頭，就又要重新復原。而國家的恢復一定是從幽州開始，因為幽州乃是叛亂的發源地。現在皇帝非常聖明，而司徒公劉濟對禮儀又極為尊重，希望他能夠首先率領黃河南北各地節度使來拜見朝廷，遵行職守就好像開元年間一樣呢？」李公說：「是的。」

今李公既朝夕左右，必數數為上言。元年之言殆合矣。端公歲時來壽其親❶東都，東都之大夫士❷，莫不拜於門。其為人佐❸甚忠，意欲司徒公功名流千萬歲。請以愈言，為使歸之獻。

【章　旨】本段敘李藩為相，必為上言；端公甚忠，望諷劉濟來歸，結出文章本意。

【注　釋】❶其親　李益之父名虬。五百家注引孫曰：「益父時官洛陽。」按：元和五年，李益年已六十三歲，其父年必八十以上。「時官洛陽」，似無可能。大約曾在洛陽任職，後致仕留居。但不詳曾任何官職。❷東都之大夫士　應包括韓愈。據洪興祖《韓子年譜》：「元和四年，改都官員外郎，守東都省。五年庚寅，為河南令。」❸佐　孫曰：「佐，謂為幽州從事。」

【語　譯】現在，李公藩已經是宰相，早晚都在皇帝左右，一定會不斷地對皇帝講。元和元年他所講的話大約可能成為事實的了。端公在某個時候都要來東都給他父親祝壽，東都的士大夫沒有不登門拜訪的。他擔任別人的佐吏一定會很忠實，如果想讓司徒公劉濟的功德名聲流傳千年萬載，那就請你用我的這些話，獻給劉濟使他歸順朝廷。

【研　析】浦起龍對本篇有評語曰：「河北藩鎮自擅日久，公輒乘機寓諷，與送董生同。」送董生，即〈送董邵南序〉。二者主旨略同，而寫法各異。送董生開篇即點明董將「適茲土」，以古今、合不合為論，直至篇末始以「明天子在上」，諷諸鎮歸順。是由董生之去進而論及諸鎮。而本篇則以四年前韓愈與李藩的一段對話為主要內容，以闡明劉濟之「勤於禮」和「數窮六十，其將復平」的道理，而將端公將為人佐，可諷其來歸置於篇末。是由藩鎮之賢引出端公之去，思路正與前篇相反。其所以採取不同寫法的原因在於：董生能否有合，事未可知；而端公應聘而往，對象具體，可引事實為據，故命意較送董生之含蓄蘊藉不同，顯得更加明朗質實。但兩篇都寫得軼蕩空靈。送董生固然「寄興無端」、「妙遠不測」（張裕釗評語）；而本篇吳汝綸亦評之曰：「意在諷厲效順，而借往事著筆，又參以術數之說，痕迹都化，一片空靈。」文雖運用術數之說，但並非有意宣揚，高步瀛認為此乃「借術數之說為點染，語意便覺靈活，非真有取於術數家言也。」

送王秀才塤序

韓退之

【題　解】標題或作「王塤秀才」，或作「王秀才」。疑「塤」字乃後加，因退之另有〈送王秀才含序〉，不加「塤」、「含」，不足以相區別。秀才，亦應為一般士子之稱。王塤，生平履歷不可考。據本文所稱，其人好孟子之道，「信悅孟子，而屢贊其文辭」。故本篇一開始即列舉儒家道統之源流，孔子歿後，其學分為三派：一派由子夏傳田子方，流而為莊周；一派由商瞿傳馯臂子弓而至荀卿；一派由曾子傳子思再傳孟子。最後論定孟子一派「獨得其宗」。脈絡清晰，敘述簡明。這一說法極大地提高了孟子在儒學體系中的地位，進而啟發宋儒將《孟子》和《大學》（相傳為曾子作）、《中庸》（相傳為子思作）與《論語》（唐時已尊為經部）合稱「四書」，而與「五經」並重。文章後半部以行船為喻，強調「學者必慎其所道」，暗示由孟子上溯孔子之道的重大意義，並以此勗勉王塤。沈德潛評之曰：「學以孟子為歸，而孟子得統於孔子。曾、思、孟正傳歷歷指出，此昌黎見道親切處。公以前無持此論者。」

吾嘗以為孔子之道，大而能博，門弟子不能徧觀而盡識也，故學焉而皆得其性之所近❶。其後離散，分處諸侯之國❷，又各以所能授弟子。原❸遠而末益分。

【章旨】本段從博不能遍及弟子離散以說明孔子之道必然分流的道理。

【注釋】❶學焉而皆得其性之所近　如顏回、閔損、冉耕、冉雍長於德行，宰予、端木賜長於言語，冉求、仲由長於政事，言偃、卜商長於文學之類（見《論語・先進》）。❷其後離散二句　《史記・儒林列傳序》：「自孔子卒後，七十子之徒散遊諸侯。大者為師傅卿相，小者友教士大夫，或隱而不見。故子路居衛，子張居陳，澹臺子羽居楚，子夏居西河，子貢終於齊。」❸原　「源」之本字。

【語譯】我經常認為，孔子所宣講的道理，既重要又廣博，門人弟子不能夠全部看清、所有的都認識，所以他們所學得的都是同他們的性格所接近的那一部分。到了後來他們離開分散，分別住在各個諸侯國中，各人又用他們所擅長的傳授給弟子。發源之處很遠，末流分歧自然愈來愈大。

蓋子夏之學，其後有田子方❶，子方之後，流而為莊周。故周之書，喜稱子方之為人❷。荀卿之書，語聖人必曰：「孔子、子弓。」❸子弓之事業不傳，惟太史公書弟子傳有姓名字曰：「馯臂子弓。」子弓受《易》於商瞿❹。孟軻師子思❺，子思之學，蓋出曾子❻。自孔子歿，群弟子莫不有書，獨孟軻氏之傳得其宗，故吾少而樂觀焉。

【章　旨】本段分析孔子之學分為三派及其承傳情況，其中以孟子之傳得其宗。

【注　釋】❶蓋子夏之學二句　《史記・儒林列傳序》：「如田子方、段干木、吳起、禽滑釐之屬，皆受業於子夏之倫。」子夏，孔子弟子卜商，曾講學於西河。田子方，名無擇，魏人，為魏文侯師。但《呂氏春秋・當染》說：「田子方學於子貢。」兩說不同。❷子方之後四句　《莊子・外篇》中有〈田子方〉，內載田子方和魏文侯談話，稱說其師東郭順子之道德。全書僅引田子方一次，且〈天下〉篇敘諸子不及子方。故言子方「流而為莊周」及周書「喜稱」子方，均無據。❸荀卿之書二句　見《荀子》中〈非相〉、〈非十二子〉、〈儒效〉諸篇。如〈儒效〉篇曰：「非大儒莫之能立，仲尼、子弓是也。」❹惟太史公書弟子傳有姓名字曰三句　太史公書，指《史記》。弟子傳，指《史記・仲尼弟子列傳》。中云：「商瞿，魯人，字子木。孔子傳《易》於瞿，瞿傳楚馯臂子弘。」而《漢書・儒林傳》及《荀子》皆作「子弓」。按：弓、弘，古字均與「肱」通。馯臂子弓，姓馯名臂字子弓。商瞿，孔子弟子。❺孟軻師子思　《史記・孟子荀卿列傳》：「孟軻受業子思之門人。」《索隱》曰：「王劭以人為衍字，則以軻親受業子思之門也。」趙岐〈孟子題辭〉：「孟子長師孔子之孫子思。」但此說恐與事實不符，因孟子生時距孔子死年已有百歲，子思不可能活到孟子長成之時。《荀子・非十二子》：「子思唱之，孟軻和之。」思、孟為同一學派，則當無疑義。❻子思之學二句　《孟子・離婁下》：「曾子、子思同道。」二人為同一學派。但子思為曾子之弟子，除本篇外，柳宗元〈論語辨〉（見本書卷七）亦含蓄表示此類看法，然唐人以前，未見此說。

【語　譯】大約子夏的學術，傳下來後有田子方，田子方傳下後，衍變而成為莊周。所以莊周寫的書，喜歡稱道田子方的為人。荀卿寫的書，談到聖人的時候一定說：「孔子、子弓。」子弓的生平事業沒有傳下來，只有太史公的《史記》中〈仲尼弟子列傳〉載有他的姓名和字為「馯臂子弓」。子弓曾經從商瞿那裡接受《周易》之學。孟軻曾經受教於子思，而子思的學術，大約出自於曾子。自從孔子死後，他的那批弟子們沒有不寫書的，只有孟軻的《孟子》所傳授的思想得到孔子的正宗，所以我從小就喜歡閱讀它。

太原❶王塤，示予所為文，好舉孟子之所道者。與之言，信悅孟子，而屢贊其文辭。夫沿河而下，苟不止，雖有遲疾，必至於海。如不得其道也，雖疾不止，終莫幸而至焉。故學者必慎其所道。道於楊、墨、老、莊、佛之學，而欲之聖人之道，猶航斷港絕潢❷以望至於海也。故求觀聖人之道，必自孟子始。今塤之所由，既幾於知道，如又得其船與檝❸，知沿而不止，嗚呼！其可量也哉！

【章　旨】本段論證欲求聖人以道必自孟子始，並以此讚揚、勗勉王塤。

【注　釋】❶太原　為王氏郡望，王塤是否即太原人，待考。❷斷港絕潢　指航行不通的水。港，江河支流。潢，積水池。❸檝　同「楫」。船上用以撥水前進的工具，長的叫棹，短的叫楫。

【語　譯】太原郡王塤，給我看他寫的文章，喜好列舉孟子所說的話。跟他交談，相信且佩服孟子，而且多次稱讚孟子的文章和辭藻。順著黃河直駛而下，只要不停止，雖然有快有慢，但一定會到達海洋。如果找不到這條水路，即使航行得快又不停止，最後也不能希望到達海洋。所以學者一定謹慎小心他所走的道路。選擇的道路是楊朱、墨翟、老聃、莊周、佛教的學派，而又想獲得聖人之道，就好像航行在沒有出口的支流和水池之中，還希望到達海洋一樣。所以，希望了解聖人之道，一定要從孟子開始。現在王塤所經歷的途徑，已經接近於正確的道路，如果又能夠得到船和槳，並知道順著這條路而不停止的話，那麼，他的前途難道可以衡量嗎！

【研　析】姚鼐在篇末引海峰先生（劉大櫆）評曰：「韓公序文掃除枝葉，體簡辭足。」本篇所論：一是儒學之流派，進而歸結以孟子為「得其宗」；二是通過比喻，說明「求觀聖人之道，必自孟子始」，順勢聯繫王塤之所好。二者都是闡明道統的大問題，頗有發前人之所未發之氣概，但全文僅三百餘字，卻能斷制分明，朴老簡峻，條暢明潔，一目了然。林紓評之曰：「此篇論道之源流，歸於統一，以孟子為宗……文字著墨不多，而吃緊處一字不可移易。」如敘孔子歿後，儒學簡明扼要地劃分為三派，這就擺脫了《韓非子．顯學》中「儒分為八」的繁瑣框架。至於對此三派源流的敘述，從子夏到莊周，用的是順敘；而後兩派則用逆推。但二者亦稍有不同，由荀卿追溯子弓，由子弓再追溯商瞿，全都以書為證；而孟子師子思，子思出曾子，則用直陳句式。用筆錯綜變換，波瀾起伏。前一論題，主要從理論上加以闡述。而後一論題，則借助生動具體的形象來說明。不拘一格的文筆，更為本文生色不少。

贈張童子序

韓退之

【題　解】張童子，其名字及事跡俱不詳。唐時設有童子科，取十歲以下者，能通一經，及《論語》、《孝經》，每卷誦文十通者，與出身。張於貞元八年舉童子科。兩年後，兼通二經，吏科授之衛兵曹之職。張童子歸家省親至鄭州。韓愈亦於貞元八年得中進士，二人同出於陸贄之門。貞元十年（西元七九四年），韓愈曾往河陽省墳墓，二人得以相遇，故作此序贈之。在文中歷述明經科考之不易，先經禮部試，再試之於吏部，動輒數十年，以致鬚髮斑白，甚至有終身不得第者。從而說明張童子少年成才，獲得官職，顯示了他的才華優異。最後勉勵張童子不應以目前成就為滿足，還必須勤苦學習，「宜暫息乎其已學者，而勤乎其未學者」，做到通達成人之禮。這就不同於一般讚揚神童的世俗套語，提出了對待神童的更高要求。林紓評之曰：「少長異觀，是真閱歷語。少惟童子之異，即王荊公之異仲永也；責成人而不得，即王荊公之傷仲永也（見本書卷五十八〈傷仲永〉）。盡童子之能稱之，而加以切望之詞也。息已學而勤未學，又本此意而加以匡誘也。君子愛人以德，書至此，忠厚之氣，溢於言表。」

天下之以明二經❶舉於禮部者，歲至三千人。始自縣考試，定其可舉者，然後升於州若府❷。其不能中科者，不與是數焉。州若府總其屬之所升，又考試之如縣，加察詳❸焉。定其可舉者，然後貢於天子，而升之有司❹。其不能中科者，不與是數焉。謂之鄉貢❺。有司者，總州府之所升而考試之，加察詳焉。第❻其可進者，以名上於天子而藏之，屬之吏部，歲不及二百人。謂之出身❼。能在是選者，厥惟艱哉！

【章　旨】本段敘明經科須由地方貢至禮部試，再試吏部，歲三千及二百人，通過吏部考獲得出身者，則更少。其艱難如此。

【注　釋】❶明二經　唐時明經科之一。《唐六典》：「正經有九：《禮記》、《左傳》為大經，《毛詩》、《周禮》、《儀禮》為中經，《周易》、《尚書》、《公羊》、《穀梁》為小經。通二經者，一大一小，若（或）兩中經。通三經者，大中小各一。通五經者，大經並通。」❷州若府　唐時分全國為三百餘州，其中大州稱為府，因其設有都督府或都護府。若，或者。❸察詳　細致考察。州府取士除考試有關科目外，還要考察門第出身、生平履歷等情況。❹有司　主管部門，此指禮部。❺鄉貢　唐代取士，經過地方考試錄取後推薦給中央，稱為鄉貢。被貢之士子，通稱舉人。❻第　區分等級。禮部試明經科，常分上上、上中、中上等級別。❼出身　唐代科舉，中禮部試者稱為及第，及第後再經吏部考試，合格者稱為出身，可立即授以官職。

【語　譯】全國因為精通兩種經書被選拔到禮部的，每年達三千人。開始從縣一級進行考試，評定他們當中可以向上面推薦的，然後上報到州裡或者府裡。那些不能及格的，當然不會列入這個名額裡。州裡或者府裡集中它所屬各縣推薦上來的舉子，又一次進行考試，就像縣裡那樣，並且加以細致考察。評定他們當中可以推薦上去的，然後呈送皇帝，上報禮部。那些不能及格的，當然不會列入這個名額裡。通過地方考試上報的，叫做鄉貢。禮部集中全國各個州府所推薦上來的舉子，又一次進行考試，並加以詳細考察，按照等級錄取其中可以推薦的，把名單上報皇帝然後收藏起來，再交給吏部考核，每年不到二百人。吏部考試合格，叫做出身。能夠列入這個名單的，那可真是難啊！

二經章句僅❶數十萬言，其傳注在外，皆誦之，又約知其大說。繇是舉者，或遠至十餘年，然後與乎三千之數❷，而升於禮部矣。又或遠至十餘年，然後與乎二百之數❸，而進於吏部矣。斑白❹之老半焉，昏塞不能及者，皆不在是限。有終身不得與者焉。

【章　旨】本段說明通曉經書之不易，十餘年至禮部，又十餘年至吏部，或垂老斑白，或終身不與。

【注　釋】❶僅　多；達到。❷與乎三千之數　意即列入鄉貢數中，被錄取為舉人。❸與乎二百之數　意指禮部考試及第，被錄取為明經。❹斑白　指頭髮黑白相間。《禮記・王制》鄭注：「雜色曰斑。」

【語　譯】兩種經書的全部章節字句，總數足有幾十萬字，它們的傳注疏解還不在內，全部都得背誦下來，又還要簡略地懂得它們的基本精神。因此，被推薦來參加州府考試的，有些人得花費多至十幾年時間，然後才列入三千人的名額之內，從而推薦到禮部。又有的得花費多至十幾年時間，然後才列入二百人的名額之內，從而推薦到了吏部。頭髮花白的老頭子占了其中一半。那些頭腦糊塗、遲頓不通，不能及格的，不在這個範圍內。還有熬了一輩子也沒有一點結果的呢。

張童子生九年，自州縣達禮部，一舉而進立於二百之列❶。又二年，益通二經❷，有司復上其事，繇是拜衛兵曹❸之命。人皆謂童子耳目明達，神氣以靈，余亦偉童子之獨出於等夷❹也。童子請於其官之長，隨父而寧母。歲八月，自京師道陝❺南，至虢❻，東及洛師❼，北過大河之陽❽，九月始來及鄭❾。自朝之聞人，以及五都❿之伯長群吏，皆厚其餼賂⓫，或作歌詩以嘉童子。童子亦榮矣！

【章　旨】本段敘述張童子聰明超群，故能一舉得中，回家探母，沿途都受到官府的厚賜。

【注　釋】❶一舉而進立於二百之列　一舉，即一次考試。二百之列，意指成為明經。唐時，童子科考與明經科相同。唯成人之明經至少試兩經，童子則只試一經。❷益通二經　指又多通曉一經，應為試於吏部，還加策問、口義，中選者即可命官。❸衛兵曹　即左右衛兵曹參軍，正八品下。兵曹掌五府外府武官職員簿書名數。❹等夷　平輩。《史記・留侯世家》集解引徐廣曰：「夷，猶儕也。」❺陝　唐河南道陝州治陝縣，今河南陝縣。❻虢　唐河南虢州治弘農縣，今河南靈寶南。❼洛師　即洛陽。❽北過大河之陽　水北為陽。此似指河陽軍節度使所在之懷州，今河南沁陽，地在黃河以北。❾鄭　唐河南道鄭州治管城，今河南鄭州。本段前曰「寧母」，此曰「始及於鄭」，故人多疑張童子為鄭州人，本文或許作於鄭。鄭應為此次出行的目的地。❿五都　似指雍州、陝州、虢州、懷州及洛陽等沿途所經的五個都市。⓫餼賂　食品和財物。

【語　譯】張童子長到九歲，從州縣推薦到禮部，一次考試就入選，進入二百人的行列之中。又過了兩年，精通的經書增加到兩部，禮部又上報他的情況，經過吏部考核，因此頒發給他擔任衛兵曹的任命。人們都說張童子耳朵聰敏，眼睛明亮，神思特別靈巧，我也特別讚賞張童子超出一般兒童的水平。張童子請求得到他的長官的批准，隨同父親回鄉探望母親。這年八月，從都城長安取道陝州，向南到達虢州，向東到了洛陽，渡過黃河北岸，直到九月，才來到家鄉鄭州。從朝中達官顯貴，到所經過的五個州府的長官及下屬官吏，都送給張童子豐厚的食品財物，有的寫了詩歌來表揚他。張童子也夠榮耀的了！

雖然，愈將進童子於道，使人謂童子求益者，非欲速成者❶。夫少之與長也異觀。少之時，人惟童子之異；及其長也，將責成人之禮❷焉。成人之禮，非盡於童子所能而已也。然則童子宜暫息乎其已學者，而勤乎其未學者可也。愈與童子，俱陸公❸之門人也。慕回、路二子之相請贈與處❹也，故有以贈童子。

【章　旨】本段勉勵張童子不能滿足已有成就，應繼續深造，以成人的標準來要求自己。

【注　釋】❶使人謂童子求益者二句　化用《論語・憲問》，中曰：「闕黨童子將命。或問之曰：『益者與？』子曰：『……非求益者也，欲速成者也。』」此處反用其義。❷成人之禮　《禮記・冠義》：「成人之者，將責成人禮焉也。責成人禮焉者，將責為人子、為人弟、為人臣、為人少者之禮行焉。」❸陸公　即陸贄，字敬輿，蘇州嘉興人。貞元七年，拜兵部侍郎。八年，知貢舉。張童子與韓愈皆出其門。❹慕回路二子之相請贈與處　回路，即孔子弟子顏回、子路。《禮記・檀弓下》：「子路去魯，謂顏淵曰：『何以贈我？』曰：『吾聞之也，去國，則哭於墓而後行；反其國不哭，展墓而入。』謂子路曰：『何以處我？』子路曰：『吾聞之也，過墓則式，過祀則下。』」古時朋友離別相互贈言，故有「相請贈與處」的話。處，安排；

囑咐。

【語　譯】雖然這樣，我想要勉勵張童子在學識道德上繼續深造，使人認為張童子是要求上進的，不是想要走捷徑、急功近利的人。一個人年紀幼小和長大成人，人們對他會有不同看待的。少年時期，人們只認為張童子不同尋常；等到他長大了，人們將會要求他一切行為都符合成人禮制。成人的禮制，並不是全部拿出張童子所掌握的知識就能夠用的。既然這樣，那麼張童子應當暫時停下他已經學過的，努力鑽研他還沒有學到的，這才行呢。我和張童子，都是那年科舉主考官陸公的門生。我仰慕顏回、子路二位賢人臨別之際互相要贈言的作法，所以有這些話以便贈送給張童子。

【研　析】本篇純用對比法。前二段詳敘科考得中者之少、之難，全都指成人而言，目的在於強調：「斑白之老半焉」，「有終身不得與者焉」。三段接寫張童子年僅九歲，「一舉而進立於二百之列」，二年後又「拜衛兵曹之命」，極寫其易與幸。還以回鄉途中伯長群吏「皆厚其餼賂」，進一步表現張童子的榮耀，與前兩段形成強烈反差，也使文章波瀾頓挫。但作者文筆之妙，不僅在於通過烘托以讚揚張童子「耳目明達，神氣以靈」，還在於作者選擇了一個最為恰當的角度來勗勉張童子，這就是他雖為童子，必將長大成人，故而勉之學習成人之禮。這才能不僅榮顯於今，進而才有可能榮顯於後。這樣，成人與童子，童子與成人，自然形成兩重對照。不過，前者是就客觀而言，後者是就其主觀而言。故而全文結構嚴密，一氣貫注，筆法又能變幻莫測。

與浮屠文暢師序

韓退之

【題　解】韓集各本多作「送」文暢序。蓋是時文暢欲往東南，退之乃作序送之。浮屠，梵文音譯，此指僧人。文暢，法名，其俗家姓名不詳。此文蓋作於貞元十九年（西元八〇三年）韓愈任四門博士之時。其後元和初年，文暢師又北遊河朔，韓愈復贈以詩云：「昔在四門館，晨有僧來謁。自言本吳人，少小學城闕……謂僧當少安，草序頗排訐。」柳宗元同時亦有〈送文暢上人遊河朔序〉，內云：「服道江表，蓋三十年。」由此可知，文暢師是一位修行多年的僧徒，但樂於與士大夫交往，喜好文章詩歌，並不因釋而排儒，故柳文鼓勵他「統合儒釋，宣滌疑滯」。韓愈雖一生排佛，但卻從不拒絕與僧人來往，並能堅持在來往中宣傳儒學宗旨。本篇主旨，正如作者〈送文暢師北遊〉詩中所云「草序頗排訐」。不過，辟佛寫得較為隱晦含蓄，主要是正面宣儒學原則和儒家道統，一方面責備那些與文暢師交往之士大夫不能以聖人之道相告；另方面也暗諷文暢師之所以能安居暇食，優游終日，全賴聖人之教，寧可不知邪？曾國藩評曰：「韓公言若無中國聖人，則彼佛者亦入禽獸，為物所害，莫能自脫。如此立說，彼教何以置喙？」

人固有儒名而墨行者，問其名則是，校其行則非，可以與之游乎？如有墨名而儒行者，問其名則非，校其行則是，可以與之游乎？揚子雲❶稱在門牆則揮之，在夷狄則進之。吾取以為法焉。

【章　旨】本段借「墨」代「佛」，指出名稱與行為常有不相符合之人。從而為文暢師預留地步，也為自己預留地步。

【注　釋】❶揚子雲　揚原作「楊」，據韓集及李本、徐本改。揚子雲，即揚雄。《法言・修身》：「或問：倚孔子之牆，弦鄭衛之聲，誦韓莊之書，則引諸門乎？曰：在夷貉則引之，倚門牆則麾之。」

【語　譯】人們當中本來就有號稱為儒家而實際行為卻是墨者的，問他的名稱乃是儒家，考察他的行為卻不是，能夠跟他交遊嗎？如果有號稱墨者而實際行為卻是儒家，問他的名稱乃是墨者，考察他的行為卻不是，能夠跟他交遊嗎？揚子雲說過，如果這個人在孔子門牆之內，就應該拒絕他，如果這個人在夷狄之類民族地區居住，就應該引進他。我就用這個原則作為處理這類人的方法。

浮屠師文暢，喜文章，其周遊天下，凡有行，必請於縉紳先生，以求詠謌其所志。貞元十九年春，將行東南，柳君宗元❶為之請，解其裝，得所得序詩，累百餘篇。非至篤好，其何能致多如是邪？惜其無以聖人之道告之者，而徒舉浮屠之說贈焉。夫文暢，浮屠也。如欲聞浮屠之說，當自就其師而問之，何故謁吾徒而來請也？彼見吾君臣父子之懿❷，文物事為之盛，其心有慕焉，拘其法而未能入，故樂聞其說而請之。如吾徒者，宜當告之以二帝三王之道，日月星辰之所以行❸，天地之所以著，鬼神之所以幽，人物之所以蕃，江河之所以流而語之，不當又為浮屠之說而瀆❹告之也。

【章旨】本段介紹此序寫作緣由，並慨嘆縉紳先生所贈詩文之多，但卻無人能以聖人之道告之。

【注釋】❶柳君宗元　貞元十九年，柳由藍田縣尉調任監察御史裡行，與韓愈同朝為官。❷懿　美；美德。《周易・小畜卦》：「君子以懿文德。」❸之所以行　原作「之行」。韓集五百家本、《文苑英華》等選本皆作「之所以行」，其下四句皆有「所以」，故校補。❹瀆　輕慢；褻瀆。《禮記・表記》鄭注：「瀆之言，褻也。」

【語譯】佛教徒文暢法師喜歡文章，他遊覽遍及天下，凡是打算出行，一定請求士大夫先生，用詩歌來詠讚他的志向。貞元十九年春天，將要到東南方去，柳宗元君替他請求我寫篇文章。打開他的行裝，人家給他的贈序贈詩加起來有一百多篇。如果不是至交友好之人，他怎麼能夠得到這麼多的詩文像這樣呢？可惜這中間沒有用聖人之道告訴他的人，而是徒勞無益地列舉佛教的學說贈送給他。而文暢法師，是個佛教徒。如果他想聽佛教的學說，就應當親自到他的師傅面前去詢問，為什麼要謁見我們這些儒家門徒而來請求呢？他看到我們這裡君臣父子之間的美德，文化制度措施設備的興盛，他的內心有所羨慕，但受佛法教規的約束而不能參與進來，所以才高興聽到儒家學說而請求我們。像我們這些儒家門徒，應當告訴他堯舜二帝、夏商周三王的治國之道，太陽月亮和星宿為什麼穿行不息，天和地為什麼明顯分開，鬼和神為什麼幽隱不現，人民和物品為什麼繁衍富庶，長江黃河為什麼奔流不止，要把這些道理告訴給他，不應該又講那些佛教的學說去褻瀆他那樂於聞道的心情啊。

民之初生，固若禽獸夷狄然。聖人者立，然後知宮居而粒食，親親而尊尊，生者養而死者藏❶。是故道莫大乎仁義❷，教莫正乎禮樂刑政。施之於天下，萬物得其宜；措之於其躬❸，體安而氣平。堯以是傳之舜，舜以是傳之禹，禹以是傳之湯，湯以是傳之文武，文武以是傳之周公、孔子。書之於冊❹，中國之人世守之。今浮屠者，孰為而孰傳之邪？

【章旨】本段闡明聖人之道的主要原則及其具體傳授。

【注釋】❶藏 《禮記・檀弓》：「葬也者，藏也。」❷道莫大乎仁義 見卷二〈原道〉。❸躬 自身。❹冊 指五經、九經之類。

【語　譯】天下開始有人類的時候，本來就像禽獸，像夷狄之類野蠻人的樣子。有了聖人出來，然後才曉得住在屋子裡，並且食的是一粒粒的糧食，親愛親近的人，尊敬尊貴的人，撫養出生的兒童，埋葬年老的死者。所以，聖人之道沒有比仁義更重要的了，儒學教化沒有比禮樂刑政更正常的了。把這些推行於天下，萬物都能得到合適的地位；實行於自己身上，軀體安定氣息和平。唐堯用這個傳給虞舜，虞舜用這個傳給夏禹，夏禹用這個傳給商湯，商湯用這個傳給周文王周武王，周文王周武王用這個傳給周公和孔子。周公孔子把它寫在經書上，中國人世世代代都遵守它。而今天的佛教學說，是誰創立又是誰傳下來的呢？

夫鳥，俛❶而啄，仰而四顧；夫獸，深居而簡出，懼物之為己害也，猶且不脫焉。弱之肉，彊之食。今吾與文暢，安居而暇食，優游❷以生死，與禽獸異者，寧可不知其所自邪？夫不知者，非其人之罪也；知而不為者，惑也；悅乎故，不能即乎新者，弱也；知而不以告人者，不仁也；告而不以實者，不信也。余既重柳請，又嘉浮屠能喜文辭，於是乎言。

【章　旨】本段點明文暢之所以安居優游，不受傷害，實乃聖人之功，故知不可不告，從而揭示贈序主旨。

【注　釋】❶俛　同「俯」。❷優游　悠閒自得。《文選・東都賦》：「莫不優游而自得。」

【語　譯】那個鳥，低頭啄食，抬起頭四面觀看；那個獸，住進深山，很少出來，害怕其他動物傷害自己，但還是逃脫不了。弱者的肉，乃是強者口中食物。而現在我和文暢師能夠平安居住自由進食，從生到死都悠閒自得，跟生活在恐懼中的禽獸完全不同，這怎麼可以不知道其中的原因呢？如果是不知道，那不是這個人的過錯；知道而不去做，那是受了迷惑；喜歡老的一套，而不能接受新的東西，那乃是弱者；知道而不把它告訴別人，那是缺乏仁德；告訴而又不談真實情況，那是不守信用。我既然尊重柳宗元君的請求，又讚賞佛教徒文暢師能夠愛好文章辭藻，於是我才講了以上一些話。

【研　析】韓愈一生以辟佛衛道為己任，但與之交遊之浮屠並不少，此處還為浮屠作贈序，這應該是最難下筆的一篇。然作者卻能駕輕就熟，縱筆自如。看他開頭一段，就提出所謂「儒名墨行」、「墨名儒行」，以便為文暢師出脫，為自己下文的申說，即欲進文暢師以聖人之道預留餘地。文章並不直接與文暢所宗仰的佛學作正面交鋒，僅借其喜文章，喜與士大夫交遊，且多得所贈序詩，卻無人告以聖人之道這些情況作為引子，略加駁斥之後，即正面闡明儒學之淵源承傳，語極正大簡明，且論而不駁，有意迴避作者視之為洪水猛獸的佛學異端。只在結尾數句，略有所接觸，但卻寫得極為含蓄，而實際上乃是外柔內剛。如「知而不為者，惑也」，「悅乎故，不能即乎新者，弱也」，這都是針對文暢師的批評，指出他雖知聖人之道，卻惑於異端而不為；是個只知守舊，不知圖新的弱者。幾經轉折，最後歸結撰寫此文的本意。全篇文筆如珠走盤，圓轉自如，結構嚴謹，令人有潑水難入之嘆。

送石處士序

韓退之

【題　解】處士，指未仕或不仕的士人，《漢書》顏注：「處士，謂不官於朝而居家者也。」石處士，名洪，字濬川，唐代河陽（今河南孟縣南）人，曾任黃州錄事參軍，後歸隱河陽，十餘年不肯出仕。元和五年（西元八一〇年）四月，烏重胤鎮守河陽，官節度使，為平定藩鎮之亂，特召他入幕任參謀。次年，奉調為京兆昭應尉、集賢校理。元和七年六月去世，韓愈為他作有墓誌銘（見本書卷四十四）。本篇當作於元和五年六七月間，時韓愈任河南縣（今洛陽市）令，洛陽人士賦詩餞送石洪前往烏公幕府，故寫此序以贈之。文章先述石處士的為人，淡泊名利，寄情山水，才智過人，仁義果敢。再寫烏大夫禮賢下士，求訪石處士出仕；而石處士能以國事道義為重，應邀赴軍。最後通過設筵餞行場面的描寫，對烏、石兩人不圖名利，精誠合作，寄予殷切的希望。當時朝廷正在對成德節度使王承宗發動的叛亂用兵，烏公之聘，處士之出，都是在這一背景下的決策。韓是把維護國家統一，反對割據分裂看作道義之所在，這乃是本文最有價值之處。何焯評曰：「此篇命意，蓋因石之行，望重胤盡力轉輸，使朝廷能成討王承宗之功，不可復若盧從史之陰與之通。而位置有本，藏諷諭於不覺。」

河陽軍節度、御史大夫烏公❶，為節度之三月，求士於從事之賢者。有薦石先生者。公曰：「先生何如？」曰：「先生居嵩、邙、瀍、穀❷之間，冬一裘，夏一葛，食，朝夕飯一盂，蔬一盤。人與之錢，則辭；請與出遊，未嘗以事辭；勸之仕不應。坐一室，左右圖書。與之語道理，辯古今事當否，論人高下，事後當成敗，若河決下流而東注，若駟馬駕輕車，就熟路，而王良、造父❸為之先後也，若燭照、數計而龜卜❹也。」大夫曰：「先生有以自老，無求於人，其肯為某來邪？」從事曰：「大夫文武忠孝，求士為國，不私於家❺。方今寇聚於恆❻，師環其疆，農不耕收，財粟殫亡。吾所處地，歸輸❼之塗，治法征謀，宜有所出。先生仁且勇，若以義請，而彊委重焉，其何說之辭？」於是譔書詞，具馬幣，卜日以授使者，求先生之廬而請焉。

【章　旨】本段通過烏大夫與其從事的一段對話，寫出石處士的人品才幹和烏大夫求賢的目的。

【注　釋】❶烏公　即烏重胤，字保君，初為昭義節度使盧從史部將，盧奉詔討王承宗，陰與之速，吐突承璀將圖之，以告重胤，乃縛從史。憲宗嘉其功，擢河陽節度使。❷嵩邙瀍穀　即嵩山、邙山、瀍水和穀水。嵩山在河南登封縣內。邙山在洛陽市北。瀍水源出洛陽市西，入洛水。穀水源出澠池縣東，經新安縣南，東至洛陽西南入洛水。❸王良造父　均人名。王良，春秋時晉國大夫郵無恤字子良，為趙簡子御。《孟子》、《荀子》中均稱為王良。造父，周穆王時人，相傳為穆王駕車巡遊全國。二人都是馭馬能手。❹燭照數計而龜卜　燭照，比喻見事之明。數計，比喻論析精確。龜卜，比喻善於推斷因而富有預見。❺求士為國二句　古時大夫稱家，諸侯稱國，天子稱天下。後來廢封建，故天子亦可稱國。此處家與國為對文。❻寇聚於恆　恆，恆州，今河北正定縣，唐時為成德軍治所。元和四年三月，成德軍節度使王士真卒，其子王承宗叛。十二月，詔吐突承璀率諸道討之。但石洪歸烏公幕下後不久，朝廷即赦承宗罪。❼歸輸　依朱熹說，歸讀作「饋」，謂漕運也。

【語　譯】河陽軍節度使、御史大夫烏公，擔任節度使的第三個月，就要賢能的僚屬訪求人才。有人推薦了石洪先生。烏公問道：「這位石先生怎麼樣？」回答說：「石先生住在嵩、邙兩山與瀍、穀兩水之間，冬天披一件皮裘，夏天穿一身葛衫，早晚吃飯，粗飯一碗，蔬菜一盤。別人送錢給他，他謝絕不收；邀請他一起去遊玩，從未藉故推辭；勸他出來做官，卻不肯答應。經常坐在一間房子裡，兩旁放滿圖書。跟他一起談論道理，辨析古今事件的是非，評論人物的高下，推斷事情最後的成敗，他的話就像黃河決口，從高處向東方滾滾流下，就像四匹駿馬駕著一輛輕便車子，在熟悉的道路上奔跑，又有王良、造父那樣的高明馭手在前後鞭策，所以他的意見，就像用燭光照著那樣明顯，用數字計算那樣準確，用龜甲占卜那樣靈驗。」烏公說：「石先生堅持信念，隱居到老，無求於他人，怎麼會願意為我前來？」僚屬說：「大夫文武雙全，忠孝兼備，是為國家訪求人才，而不是擴大個人勢力。當今叛寇聚集於恆州，征討大軍包圍四境，農民不能耕種收穫，前方糧食財物消耗殆盡。我們所處的地方，是輸送供應軍需錢糧的要道，治軍的方法，征討的計謀，都應當有人出來幫助規劃。石先生既仁義又勇敢，如果以國家大義為理由堅決敦請他出來並委以重任，他還能拿什麼話來推辭呢？」於是寫好聘請的書信，準備了馬匹和禮物，選擇好吉日，委派了使者，尋訪石先生的住處，懇請他出來。

先生不告於妻子，不謀於朋友，冠帶出見客，拜受書禮於門內。宵則沐浴，戒行事❶，載書冊，問道所由，告行於常所來往。晨則畢至，張上東門外❷。酒三行❸，且起，有執爵而言者曰：「大夫真能以義取人，先生真能以道自任，決去就。為先生別。」又酌而祝曰：「凡去就出處何常？惟義之歸。遂以為先生壽。」又酌而祝曰：「使大夫恆無變其初，無務富其家而飢其師，無甘受佞人而外敬正士，無昧❹於諂言，惟先生是聽，以能有成功，保天子之寵命。」又祝曰：「使先生無圖利於大夫，而私便其身。」先生起拜祝辭曰：「敢不敬蚤❺夜以求從祝規！」於是東都之人士，咸知大夫與先生，果能相與以有成也。遂各為歌詩六韻❻，退愈為之序云。

【章　旨】本段敘石洪受聘出山，朋友餞送並祝願烏、石二人忠心國事，誠心合作，以求成功。

【注　釋】❶戒行事　戒，預備。行事，出門應備辦之物。❷張上東門外　張，通「帳」。古代送別親友，在城郊設帷帳，具酒筵為之餞行。上東門，唐洛陽城東有三門，南曰永通，中曰建春，北曰上東。❸酒三行　即斟酒三次。古人宴會，一般以三巡為度，以免酒醉賓主失儀。❹味　《白虎通・禮樂》：「味之言，昧也。」一本逕作「昧」。❺蚤　通「早」。❻六韻　古人作詩，一般兩句一韻，六韻即十二句。韓愈賦詩〈送石處士赴河陽幕〉：「長把種樹書，人云避世士。忽騎將軍馬，自號報恩子。風雲入壯懷，泉石別幽耳。鉅鹿師欲老，常山險猶恃。豈惟彼相憂，固是吾徒恥。去去事方急，酒行可以起。」詩意與本文大意相近。

【語　譯】石先生聞訊後沒有告訴妻子兒女，也不跟朋友商量，便戴冠束帶穿著整齊出來接見客人，在屋內恭敬地接受了聘書和禮物。當晚就沐浴更衣，準備行李，裝載書籍，問清前往的道路，向經常來往的朋友辭行。第二天清晨，朋友們都來到上東門外為他設宴餞行。酒斟過三次，石先生就要起身上路。有人端著酒杯致辭說：「烏大夫真能憑藉大義訪求人才，石先生真能為了道義挺身而出，決定進退。這杯酒為先生送別。」又斟上一杯酒，祝告說：「人生的進退去留依據什麼準則？唯有以道義作為依歸，就以這杯酒祝先生長壽！」又斟上一杯酒，祝告說：「但願烏大夫永遠不改變他的初衷，不要只顧自家富足而讓士兵挨餓，不要喜歡那些能說會道的奸滑小人而只在表面上敬重正直之士，不要被讒言所蒙蔽而能一心聽從先生的高見，這樣才能獲得成功，保全天子賜予的光榮使命。」又祝告說：「希望先生不要在大夫那裡謀求私利，乘機達到個人的目的。」石先生站立起來，答謝這些祝辭說：「我怎敢不從早到晚時時刻刻都不忘記，遵照諸位規囑去做！」這樣一來，東都洛陽的人士都知道烏大夫與石先生一定能彼此配合而有所成就。於是大家即席各賦詩六韻，回家後，我為此寫了這篇序文。

【研　析】這是韓集中一篇頗有特色的贈序，文章內容雖以議論為主，但卻以敘事方式出之。茅坤評曰：「以議論行敘事，是韓之變調。」上半篇用對話，下半篇也用對話，有意相犯，卻絕不重疊雷同。上半篇側重介紹烏、石二人的人品才能，寫的是此前之事；下半篇則對二人加以祝願勗勉，著眼於今後的配合。上半篇寫大夫與其從事為訪求人才，四轉反覆；下半篇寫執爵者於石先生之行，亦四轉祝辭，有無限曲折，愈轉愈佳。林雲銘評之曰：「要說處士賢，又要說節度賢；要說目前相得，又要說異日建功。若係俗筆，敷衍便成濫套。

看他特地尋出一個從事，一個祖餞之人，層層說來，段落句法，無不錯落古奧。乃知推陳出新，總在練局。」細讀本篇，當領悟其章法構思之妙。

送溫處士赴河陽軍序

韓退之

【題　解】溫處士，名造，字簡輿，并州祁（今河北安國）人。早年隱居王屋山，人號其居曰處士墅。後受聘入壽州刺史張建封幕。張節度徐州，溫復歸隱東都，與韓愈、石洪等為友。石洪被聘去不數月，他也接著被征討藩鎮王承宗之亂的河陽軍節度使、御史大夫烏重胤召到帳下。韓愈為接連失去兩位知交而依戀難捨，故本篇一開頭即以「伯樂一過冀北之野，而馬群遂空」起筆，比喻烏大夫任用石、溫等賢才，洛陽無人，讚揚了烏大夫能在國家危難時招納賢才。接著也為自己失去兩位助手耿耿於懷，從側面寫出溫造之賢。進而論述從天子到諸侯，無輔佐則不能得治的道理，並為賢才得到任用，可以為國家效力而深感欣慰，理應「為天下賀」。

伯樂一過冀北❶之野，而馬群遂空。夫冀北馬多天下，伯樂雖善知馬，安能空其群邪？解之者曰：「吾所謂空，非無馬也，無良馬也。伯樂知馬，遇其良輒取之，群無留良焉。苟無良，雖謂無馬，不為虛語矣。」

【章　旨】本段借比譬開頭，以伯樂善相良馬喻烏公之精於選拔人才。

【注　釋】❶冀北　即今河北北部一帶。《左傳・昭公四年》：「司馬侯曰：『冀之北土，馬之所生。』」

【語譯】伯樂在冀州北部原野上經過一次，馬群便空無所有了。冀州北部是天下產馬最多的地方，伯樂雖然善於相馬，怎麼能使馬群空無所有了呢？解釋的人說：「我所講的空無所有，不是說沒有馬，而是說沒有良馬。伯樂善於相馬，遇到良馬，就把牠挑走，馬群中就沒有良馬了。如若沒有良馬，即使說沒有馬，也不能算是假話。」

東都，固士大夫之冀北也。恃才能深藏而不市者，洛之北涯曰石生，其南涯曰溫生❶。大夫烏公，以鈇鉞❷鎮河陽之三月，以石生為才，以禮為羅，羅而致之幕下。未數月也，以溫生為才，於是以石生為媒❸，以禮為羅，又羅而致之幕下。東都雖信多才士，朝取一人焉，拔其尤；暮取一人焉，拔其尤。自居守、河南尹❹，以及百司之執事，與吾輩二縣之大夫❺，政有所不通，事有所可疑，奚所諮而處焉？士大夫之去位而巷處者，誰與嬉遊？小子後生，於何考德而問業焉？縉紳之東西行過是都者，無所禮於其廬。若是而稱曰：「大夫烏公一鎮河陽，而東都處士之廬無人焉。」豈不可也？

【章旨】本段敘石生、溫生之相繼受聘，進而慨嘆東都處士之無人。

【注釋】❶洛之北涯曰石生二句　《韓集》五百家注引嚴曰：「石洪、溫造二處士皆洛陽，北涯曰石生，南涯曰溫生。」涯，水濱。❷鈇鉞　鈇，即「斧」。鈇與鉞，皆刑戮之具。《新唐書・百官志》：「兵部，凡將出征，告廟授斧鉞，軍不從令，大將專決。」又曰：「節度使掌總軍旅，顓（即專）誅殺。」此代指烏公有節度使身分。❸媒　《文選・射雉賦》徐爰注：

「媒者，少養雉子，至長狎人，能招引野雉，因名曰媒。」此指居中介紹、聯繫。❹居守河南尹　居守，指東都留守鄭餘慶。河南尹，即河南府尹。元和五年十二月以前，當為房式。此後為郗士美。本文寫作時間，應為元和五年底或六年初。❺二縣之大夫　即二縣之縣令，東都郭下二縣，即河南及洛陽，此時韓愈為河南縣令，竇牟為洛陽縣令。

【語　譯】東都洛陽，本來就是人才聚集之地，如同冀北是良馬出產之地一樣。自負有才，隱逸山林，不肯去求官職的，洛水之北有一個石生，洛水之南有一個溫生。御史大夫烏公，以節度使的身分鎮守河陽，到任三個月，便看中石生是個人才，即以禮相請，把他羅致到自己幕下。沒過幾月，又看中溫生是個人才，於是通過石生介紹，以禮相邀，又把他羅致到自己幕下。東都洛陽雖然是人才薈萃之地，但早上挑走一個，選的是其中傑出的；晚上又挑走一個，選的也是其中傑出的。這樣一來，從東都留守、河南府尹及其各部門的官員，到我們這些洛陽、河南二縣的縣令，施政遇到障礙，事情有了疑難，到哪裡去諮詢請教從而加以妥善處理呢？離職閒居在家的士大夫，跟誰去交遊娛樂呢？青年後輩，到哪兒去探討德行、請教學業呢？東西往來路過洛陽的各級官員士紳，也沒有值得拜訪的隱居之士了。像這種情況，所以我們才說：「御史大夫烏公一旦鎮守河陽，而東都處士住所就沒有人才了。」難道不可以嗎？

夫南面❶而聽天下，其所託重而恃力者，惟相與將耳。相為天子得人於朝廷，將為天子得文武士於幕下，求內外無治，不可得也。愈縻❷於茲，不能自引去，資二生以待老，今皆為有力者奪之，其何能無介然❸於懷邪？生既至，拜公於軍門，其為吾以前所稱，為天下賀；以後所稱，為吾致私怨於盡取也。留守相公❹，首為四韻詩❺歌其事，愈因推其意而序之。

【章　旨】本段賀烏公之得人，乃國家之福，同時私怨東都無人，兼敘作序之緣由。

【注　釋】❶南面　面向南方，朝中皇帝所處位置。《周易．說卦》：「聖人南面而聽天下。」❷縻　《廣雅．釋詁》：「縻，係也。」即牽絆，時韓愈任河南縣令。❸介然　《後漢書．孔融傳》注：「介，猶蔕芥也。」指有心事，耿耿於懷。❹相公　指東都留守鄭餘慶，他曾兩度為相，故稱相公。❺四韻詩　用四個韻腳的詩，即八句。《新唐書．藝文志》有《鄭餘慶集》十卷，今佚。《全唐詩》僅載有鄭餘慶二首，無此篇。

【語　譯】帝王治理天下，他所委以重任並依靠其力量的，只有宰相與將軍了。宰相為天子網羅人才到朝廷，將軍為天子網羅文人武士於幕下，假若能夠這樣，國家內外還治理不好，那是絕對不可能的。我羈留此地作個縣令，不能自行引退，就是依靠石、溫兩生的幫助以等候告老退休，現在他們都被握有實權的人奪走了，我怎麼能夠不耿耿於懷呢？溫生到任後，會在軍門拜見烏公，就我前面所說的那樣，幕府得到了這樣的人才，應該為國家慶賀；就我後面所說的那樣，把本地的人才都選光了，我個人是不無抱怨的。東都留守鄭相公，首先寫詩四韻頌揚這件事，我就發揮他詩中的意思寫了這篇序文。

【研　析】本篇與前篇，寫作時間相同，都作於元和五年（或稍後）；內容相同，都是送處士入幕；社會背景相同，均為從烏公以平叛；因此主題亦非常接近，可以稱之為姊妹篇。本篇開頭一句：「伯樂一過冀北之野，而馬群遂空。」錢基博評曰：「是第二人，登端以『空』字關鎖兩篇。」「空」作為本篇的一個中心詞，都是連帶前篇而言。故本篇不離前篇，溫生常與石生並舉。然兩篇寫法卻截然不同：送石處士，純用實寫，送溫處士，純用虛寫。送石處士，首段即鋪敘處士之賢德才識，烏公之文武忠孝；而本篇並無一語言及溫生之賢，而其賢卻已處處躍露，無所不在。清代朱宗洛《古文一隅》曰：「作文須知避實擊虛之法，如題是送溫處士，便當讚美溫生，然必實講溫生之賢若何，便是呆筆。作者已有送石生文，便從彼聯絡下來，想出『空群』二字，全用吞吐之筆，令讀者於言外得溫生之賢，而烏公能得士意，亦於筆端帶出，此所謂避實擊虛法也。」吳汝綸則評之曰：「意含諧諷，詞特屈曲盤旋。凡文字以意在言外，委婉不盡，為最上乘。」此種手法能給人以峰迴路轉、曲徑通幽的藝術魅力。「作人貴直，作詩文貴曲。」（清人袁枚語）文情曲折，才不致落入平直淺近，令人一覽無餘的境地。

贈崔復州序

韓退之

【題解】崔復州，名字生平不詳，一說為崔討（據《一統志》、《輿地紀勝》等）。復州，唐州名，北周初置，治所在建興（今沔陽），唐轄境相當今湖北沔陽、天門、監利等地。唐代宗時移治竟陵（今天門市）。復州在當時屬於邊遠荒僻之州，屬山南東道，其節度使為于頔，此人以善於搜刮聞名。《舊唐書》本傳說他「橫暴已甚」、「公然聚斂」，所以崔君出任此州刺史，確實是任重道遠。故本篇一方面著重說明官吏權重祿厚，小民深受重重壓迫而投訴無門，以致造成「民就窮而斂愈急」的社會矛盾，另方面亦含蓄提出「縣令不以言，連帥不以信」，刺史處在這一夾縫之中的尷尬局面。末尾「崔君之仁」四句，對崔君用一「仁」字，用一「蘇」字；對于頔用一「賢」字，用一「庸」字，目的是要崔君負起責任來，切切實實照顧人民；要于頔聽信崔君，停止橫徵暴斂。稱美之中，實含諷諫。沈德潛評曰：「極言民窮斂急，見刺史之難為。後轉到崔君之仁，又遇于公之賢，則難者不難，而復人可蒙其休澤矣。篇中有頌無規，而規即寓頌中。」陳景雲則進一步提出：「按《詩．碩鼠小序》曰：『刺重斂也。』其首章曰：『爰得我所。』二章曰：『爰得我直。』此序專為于頔重斂而作，與詩人所刺同。發端先言小民不得其所，能自直於鄉里之吏者鮮，蓋即用詩語而反之。民窮斂急，惟仁人至，庶有來蘇之望。曰『崔君之仁，足以蘇復人』，痛乎其言之矣！」二說於輕重緩急之間，稍有不同。讀者不妨自擇其是而從之。

有地數百里，趨走之吏，自長史、司馬[1]已下數十人。其祿足以仁其三族[2]

及其朋友故舊。樂乎心，則一境之人喜；不樂乎心，則一境之人懼。丈夫官至刺史❸，亦榮矣！

【章旨】本段敘述刺史之官職，權重祿厚，實繫一境民眾之喜與懼。

【注釋】❶長史司馬　均刺史之佐。唐制：刺史而下，長史一人，司馬一人，以下則有錄事、參軍、推官、司戶、司法以及虞候、押衙等多人。❷仁其三族　仁，惠及；施恩。古以父族、母族、妻族為三族。❸官至刺史　《唐書・百官志》：「上州刺史一人，從三品。」復州號稱上州。

【語譯】領有土地幾百里，聽他驅使、為他奔走的官吏差役，從長史、司馬以下共有幾十人。他的俸祿足以照顧他的宗族親戚和他的朋友故舊。他心裡樂了，那麼一州的人都會因而高興；他心裡不樂，那麼一州的人都會為之懼怕。大丈夫官銜升到刺史，也夠榮耀的了。

雖然，幽遠之小民，其足跡未嘗至城邑。苟有不得其所❶，能自直❷於鄉里之吏者鮮矣，況能自辨於縣吏乎！能自辨於縣吏者鮮矣，況能自辨於刺史之庭乎！由是刺史有所不聞，小民有所不宣。賦有常而民產無恆，水旱癘疫之不期，民之豐約懸於州。縣令不以言，連帥❸不以信，民就窮而斂愈急，吾見刺史之難為也。

【章旨】本段從小民受欺壓、賦斂和水旱災害而又不得申訴，以說明刺史之難為。

【注　釋】❶不得其所　即不得其處，意指處在受委屈、受壓迫的境地中，不能過上安穩日子。❷自直　自己伸訴冤枉，伸張正義。❸連帥　《禮記・王制》：「十國以為連，連有帥。」唐時節度使管轄好幾個州，故以連帥稱之。

【語　譯】雖然這樣，閉塞、偏遠地方的小老百姓，他們的足跡不曾到過城裡。假如遇到什麼不公平的事，能夠自己去到鄉長里正那裡講清冤情、求得伸張的很少了，何況能夠自己去到縣官那裡辯明是非呢！能夠自己去到縣官那裡辯明是非的很少了，何況能夠自己去到刺史公堂辯明是非呢！由於這樣，作為一州刺史，必定會有不少聽不到的不法事件，小老百姓也必定會有不少怨憤之情得不到發洩和表達。每年國家徵收的賦稅有固定數額，可是人民卻沒有固定的財產，加上水災、旱災、瘟疫，說不定什麼時候就會鬧起來，人民衣食充足還是缺乏，都取決於州官。各縣縣長不把情況如實上報，上面的節度使又不相信州官的處置措施，人民到了貧困飢寒的境地可是上頭催逼租稅更加緊迫，我看刺史夾在這中間好不為難呢。

崔君為復州，其連帥則于公❶。崔君之仁，足以蘇復人；于公之賢，足以庸崔君。有刺史之榮，而無其難為者，將在於此乎！愈嘗辱于公之知❷，而舊游於崔君，慶復人之將蒙其休澤也，於是乎言。

【章　旨】本段點出于公，回顧與崔、于二人之舊情，對二人今後之配合表示了貌似稱頌而暗含規諷的話。

【注　釋】❶于公　即于頔，字允元，河南人，貞元十四年為襄州刺史，充山南東道節度使。《舊唐書》稱其「公然聚斂，恣意虐殺，專以凌上威下為務」。山南東道領襄、郢、復、鄧、隋、唐、均、房八州。❷愈嘗辱于公之知　韓愈曾寫過兩封與于襄陽書，一作於貞元十八年（西元八〇二年），一作於元和元年（西元八〇六年）。本篇似應作於貞元十九年前後。

【語　譯】崔君治理復州，他的上司正好是節度使于公。崔君的仁德，完全能夠減輕復州人民頭上的重壓；于公的賢明，完全能夠信任崔君。享有刺史的榮耀，而又沒有那些困難的事，大約就在這裡吧！我曾經有幸受到于公的知遇，而又同崔君有過交往，慶幸復州人民將會得到他們兩位大人仁慈的恩澤，於是就寫了這些文字。

【研　析】寓規於賀，乃是本篇寫作上的最大特色。這不僅通過末段用字斟句酌的方法所體現的《春秋》筆法，而且它也滲透於全篇構思立意之中。如首段敘刺史之職權，次段言民生困頓以顯刺史之難為，三段賀于、崔二人兼賀復人。表面上看這符合為赴任者所撰之贈序，但就其具體內容上看，首段強調的只是刺史之祿厚權重，刺史祿厚，連帥之祿豈不更厚，既已厚矣，何必聚斂？而權重則萬民之喜樂皆繫焉。二段寫刺史難為，可以從很多角度，而本篇卻單獨列出並大肆渲染民生困苦，描繪出一副呻吟在暴政下投告無門的小民的悲慘畫面，這應該是有其針對性的。段末還點出「民之豐約懸於州」、「連帥不以信」、「民就窮而斂愈急」諸語，指斥譏諷之意，溢於言表。與第二段相銜接，三段開頭便提出「蘇復人」，足見復州之民長期處於忍死待蘇的境地，于頔任此地連帥，超過四年，仁者為政，能如是乎？故文章以「仁」稱崔君，而以「賢」歸于公，而「賢」之落腳點，卻在於「足以庸崔君」，而於其他，則不作任何指望。反諷之情，盡露於楮墨之外，會心的讀者不難一眼看出。

送水陸運使韓侍御歸所治序

韓退之

【題　解】韓侍御，名重華，後改名約。朗州武陵（今湖南常德）人。元和六年，振武軍饑饉，宰相李絳提議請開營田屯墾，可節省度支、漕運、和糴等費。憲宗稱善，乃以韓重華為振武京西營用和糴水陸運使，後又授殿中侍御史銜。重華到任後，首先釋放因貪汙遭流放振武軍有罪官吏九百餘人，給農具，使墾田，連二歲大熟，不復饑饉。後又召募流民兩千人，墾田一千五百頃，又獲豐收，歲省度支錢千三百萬。八年秋，重華來朝上奏，要求增開田四千頃，共需召募七千人。無事則農耕習武，有事則備邊禦虜，可收一舉兩得之效。而大臣持議不決，以致重華不得不鬱鬱而返。於其歸也，退之特撰此序以贈之。文中對重華開墾營田，救饑荒，省國用，固邊防，給以充分肯定和讚揚，認為「其功烈又赫赫如此」。對於他關於進一步擴大營田的建議，更是竭力稱揚和支持，認為「使盡用其策，西北邊故所沒地，可指期而有也」。沈德潛評之曰：「開營田之法而行之前，此已有成效，則八年冬入朝所奏，不過推此而廣之，可以卜其兵農兼得者也。乃大臣持議不下，深為可惜。公於篇末歸美天子，又引中臺大夫公論，致不能盡用其意，有君無臣，隱然言外矣。文筆樸老，猶近西京。」此序應作於元和八年（西元八一三年）冬，韓愈任比部郎中、史館修撰，時年四十六歲。

六年❶冬，振武軍❷吏走驛馬詣闕告饑。公卿廷議，以轉運使不得其人❸，宜選才幹之士往換❹之，吾族子❺重華適當其任。

【章　旨】本段敘韓重華出任振武軍轉運使緣由。

【注　釋】❶六年　指唐憲宗元和六年（西元八一一年）。❷振武軍　舊為單于都護府，肅宗時置方鎮，轄區約今內蒙陰山至河套一帶，治所在今內蒙和林格爾。❸轉運使不得其人　韓集舊注時薛謇為代北水陸運使，重華乃代謇也。轉運使，唐官名，掌水陸發運諸務。❹換　原注：「鼐按『換』字見〈薛宣傳〉。」查《漢書》，有交換、對換之意。❺族子　韓愈河陽人，重華武陵人，譜系不同，但唐人多以同姓子為族子。

【語　譯】元和六年冬天，振武軍派吏員通過驛站跑馬到朝廷報告出現饑荒。公卿大臣在朝廷商議認為這是轉運使一職沒有找到合適的人才，應該選擇有才能、能辨事的人前往交換，我的同族子弟韓重華正好被選中擔任這個職務。

至則出贓罪吏九百餘人❶，脫其桎梏❷，給耒耜❸與牛，使耕其傍便近地，以償所負。釋其粟之在吏者四十萬斛，不徵❹。吏得去罪死，假種糧，齒❺平人，有以自效，莫不涕泣感奮，相率盡力以奉其令。而又為之奔走經營，相原隰❻之宜，指授方法，故連二歲大熟。吏得盡償其所亡失四十萬斛者，而私其贏餘，得以蘇息，軍不復饑❼。君曰：「此未足為天子言，請益募人為十五屯❽，屯置百三十人，而種百頃，令各就高為堡❾。東起振武，轉而西過雲州界，極於中受降城❿，出入河山之際，六百餘里，屯堡相望。寇來不能為暴，人得肆耕其中，少可以罷漕輓⓫之費。」朝廷從其議，秋果倍收，歲省度支⓬錢千三百萬。八年，詔拜殿中侍御史⓭，錫服朱銀⓮。

【章　旨】本段寫韓重華到任，連續兩番舉措，兩建功榮，既免除飢饉，又節省開支，朝廷為之拜官賜爵。

【注　釋】❶贓罪吏九百餘人　此指流放於當地犯有貪汙受賄諸罪的官吏。唐時，凡配流犯人，每逢恩赦，悉得放還，但邊境之地則不在此例，故累積至九百人之多。❷桎梏　古代刑具。在足曰桎，在手曰梏。❸耒耜　古代翻土農具，耜以起土，耒為其柄。❹釋其粟之在吏者四十萬斛二句　斛，唐以前以十斗為一斛，一斛即一石。至南宋始改五斗為一斛，兩斛為一石。此四十萬斛疑指贓罪吏九百餘人所虧欠之糧食數字。❺齒　相等。❻原隰　指平野與低濕之處，乃適合農耕之地。❼軍不復饑　五百家注王元啟曰：「以下文百三十人種百頃計之，九百餘人約種七百頃。以畝收四石為率，連二歲得粟五十六萬石，償所亡失四十萬石，餘十六萬石，一人歲得八十餘石，則餐飧之外有餘矣。」❽屯 《史記集解》：「案律謂勒兵而守曰屯。」此處兼指屯田。❾堡 小城；城堡。❿東起振武三句 振武，指振武軍治所。即單于都護府（今內蒙和林格爾）。雲州，唐雲中郡治所，今山西大同。中受降城，唐睿宗時，朔方軍總管張仁愿築東、中、西三受降城。其後東西兩城皆廢，中受降城在今包頭市西。⓫漕輓 指糧食及其運輸。水運曰漕，陸運曰輓。⓬度支 國家財政開支。⓭殿中侍御史 為御史臺成員，行監察等職，省稱侍御。但此為韓重華之加銜。⓮錫服朱銀 指賜緋（即朱紅色）衣，佩銀飾之文魚袋。唐制：四品五品以上服緋。五品以上官員，給隨身魚袋，三品以上飾以金，五品以上飾以銀。自是百官賞緋、紫必兼魚袋，謂之章服。

【語譯】到任後，他便放出貪汙犯罪而流放在此地的官吏九百多人，脫掉他們身上的腳鐐手銬，給他們農具和耕牛，讓他們耕種旁邊方便靠近的地方，用耕種之所得，來賠償他們因貪汙而欠下的債務。免除這些人所虧欠的四十萬斛口糧，不予徵收。這些犯罪的官吏能夠離開罪犯的地位，通過種植糧食，跟普通百姓一樣，有了自己效力的地方，沒有一個不是哭泣著深受感動和振奮，大家都盡心竭力來遵循這個命令。而韓重華又替這些人奔走經營，考察平野低濕適合耕種的地方，傳授耕作方法，所以接連兩年都獲得大豐收。這些犯罪的官吏就能夠全部賠償他們所貪汙或丟失的糧食四十萬斛，剩餘的糧食則歸他們私人所有，在困頓的流放生活之後能夠得到休息一下，戍邊軍隊不再受饑荒的困擾了。韓君說：「僅僅這一點還不足以奏明天子，請求增加招募人員，建立十五個屯墾區，每個屯墾區安置一百三十人，耕種一百頃地，每區都就其高地修築城堡。東邊從振武軍起，轉向西面經過雲州地界，終點一直到達中受降城，進出於黃河高山之間，長達六百多里，屯墾區和城堡一個接一個。這樣，敵寇進犯就會被阻擋，不能進行搶掠之類暴行，而人們卻可以在裡面自由耕種，略微可以節省一些水陸運輸的費用。」朝廷同意他的建議，這年秋天果然獲得成倍的收穫，每年可以節省國家財政開支一千三百萬錢。元和八年，皇帝詔令封韓重華為殿中侍御史，賜五品緋服，銀飾魚袋。

其冬來朝，奏曰：「得益開田四千頃，則盡可以給塞下五城❶矣。田五千頃，法當用人七千❷。臣今吏於無事時，督習弓矢，為戰守備，因可以制虜。庶幾所謂兵農兼事，務一而兩得者也。」大臣方持其議❸。

【章旨】本段敘韓重華建議進一步擴大屯田禦邊的規模，但大臣持議不下，無法進行。

【注釋】❶塞下五城　舊注以靈武、定遠及三受降城為五城。但此東、西受降城早已荒蕪。近人以東振武、西天德，中間包括麟、勝、豐三州為五城。❷法當用人七千　王元啟注曰：「上文十五屯已開田千五百頃，今益開田四千頃，共得五千五百頃，以百三十人種百頃計之法，當用人七千一百五十人。曰五千頃用人七千者，約舉成數言之。」❸大臣方持其議　持，相持不下，在贊成與反對之間猶豫不決。因元和八年冬，原支持韓重華之宰相李絳已罷去。見《舊唐書・食貨志》。

【語譯】這年冬天，侍御韓君來京師上朝，進奏說：「我請求增加開墾屯田四千頃，那麼就可以完全供應長城外面五個城池的需要了。總共開田五千頃，按比例共需招募人員七千名。我叫官吏在農閒無事之時，督促他們練習弓箭，準備發生戰爭之時盡防守的責任，憑藉這個辦法可以制服敵寇的侵犯。這接近於所說的士兵和農夫合為一體，一舉而兩得的事。」但是，一些大臣對於這項建議相持不下，沒有贊成，也不敢反對。

吾以為邊軍皆不知耕作，開口望哺。有司常僦人，以車、船自他郡往輸，乘沙逆河❶，遠者數千里，人畜死，蹄踵❷交道，費不可勝計。中國坐耗❸，而邊吏恆苦食不繼。今君所請田，皆故秦漢時郡縣地❹。其課績❺又已驗白。若從其言，其利未可遽以一二數也。今天子方舉群策，以收太平之功，寧使士有不盡用之歎，懷奇見而不得施設也？君又何憂？

【章　旨】本段對照過去漕輓之法，說明韓重華新建議的好處，並以天子方致力於群策太平來安慰韓君。

【注　釋】❶乘沙逆河　指陸行要穿過沙漠，水運要逆黃河而行。❷蹄踵　畜足曰蹄，人足曰踵。人畜死者甚多，故二者屍體交接於道路之上。❸坐耗　指無故被消耗。❹故秦漢時郡縣地　這一帶乃秦時上郡、雲中郡、雁門郡及漢代朔方郡故地。❺課績　考核功效。

【語　譯】我認為戍邊軍隊都不會耕田種地，張開嘴巴要吃飯。官府經常要僱民工，用車、船從其他州郡去運糧食來，穿過沙漠，逆黃河而上，路途遠的有好幾千里，民工和牲畜勞累至死的很多，屍體交錯於道路之上，花掉的錢數都數不清。中國無緣無故被消耗，而邊疆的官吏卻常常因為糧食接繼不上而叫苦。今天韓君請求開墾屯田之處，都是秦漢過去的郡縣所在之地。而韓君屯田的功效，又已經考核得清清楚楚的了。假若遵從韓君的建議，它的利益不是馬上可以用一條兩條就數得清楚的。現在，皇帝正在倡導群策群力，以便獲得天下太平的功效，難道會讓士大夫有著自己的才能不能全部被採用而嘆息，懷抱治世良策而得不到施行和推廣的嗎？韓君又有什麼值得憂慮的呢？

而中臺❶士大夫，亦同言侍御韓君前領三縣，紀綱二州❷，奏課常為天下第一。行其計於邊，其功烈又赫赫如此。使盡用其策，西北邊故所沒地❸，可指期而有也。聞其歸，皆相勉為詩以推大之，而屬余為序。

【章　旨】本段借助中臺士大夫之言，從韓重華過去「天下第一」的政績，進一步肯定他的建議的重大意義，兼敘作序之緣由。

【注　釋】❶中臺　即尚書省，秦漢時稱尚書為中臺，與謁者（外臺）、御史（憲臺）合稱三臺。唐龍朔二年及長安初年，都曾改尚書省為中臺。❷前領三縣二句　紀綱，治理。《舊唐書・韓約（重華）傳》甚簡略，僅言其曾為虔州（今江西贛州）刺史，餘不載。❸西北邊故所沒地　唐自天寶亂後，河西、隴右等方鎮，均陷於吐番，此時仍未恢復。

【語　譯】而尚書省的一些官員，也都說侍御韓重華君此前曾經擔任三個縣的縣令，治理兩個州，上奏給皇帝的考核成績經常是天下第一名。在邊疆施行他的計劃，其功勞又這樣的赫赫有名。假如能夠全部採納他的辦法，西北邊境過去失陷了的國土，就可以指日恢復。聽說他要回去，大家都相互勉勵寫下詩歌以誇獎頌揚他，並叮囑我寫下這篇序言。

【研　析】這是一篇在內容上較有特色的贈序。它主要討論政治問題，而不僅僅著眼於個人的學道修身、悲歡離合等孤立事務。正如曾國藩所評：「此條議時事之文。」可以說是以政論為贈序。但又不同於一般政論，因為它並不是一般地討論政治，而是始終緊密地聯繫著所贈之人——即韓重華的安邊之策，包括這一策略已經取得的成就和他計劃推而廣之，使其獲得更大的收效，但卻受到阻撓，無法進一步施展的「懷奇見而不得施設」的苦惱。所以，政治與個人命運在本篇中是融為一體的。浦起龍評之曰：「述邊政兩實一虛，兩賓一主，而借實以證虛，則實者反非正面也。又要借賓以定主，則賓者正是用人也。於後幅兩番忻動處，見出作意；非忻成績，忻後效耳……曲於運意，神於運法。」所謂「兩實」、「兩賓」，指的是出贓罪吏九百人和募人為十五屯。而所謂「虛」和「主」，係指增開田四千頃一事。借實證虛，借賓定主，即以前兩次取得的巨大成功，以證明和確定增加屯田的正確和有利。所以，前面的兩實、兩賓，都不是文章命意所在，而僅僅是作為本篇主旨的烘托。文章中心是增開屯田以為安邊節用之策，雖上有天子之「舉群策」，下有中臺士大夫之公論，這乃是「兩番忻動處」，但仍無法得到推行。故作者惋惜之意，見於言外。文章前有兩次烘托，後有兩番「忻動」，可見結構之嚴密，筆法之神妙。

送湖南李正字序

韓退之

【題解】韓集此篇標題或作「送李礎判官正字歸湖南」，或作「送李正字歸湖南」。李正字，即李礎，李仁鈞之子。貞元十九年登進士第，元和初年，任祕書省正字、湖南觀察推官。元和五年（西元八一〇年），李仁鈞為親王府長史，居東京，李礎自湖南請告來覲其父，此時韓愈以都官員外郎守東都，三人得以再次相聚，故韓愈特寫一詩一序以贈之。在這篇序言中，作者首先追溯貞元十五年前他們之間的交往和相得情況，然後再敘元和五年的重聚，經過十三年（應為十二年）之久，世事滄桑，人生坎坷，說不盡的辛酸感慨。文章讚揚了李仁鈞等先輩成德，李礎亦學有所成，而自己卻毫無進益，不禁感愧有加。文章表達了對故友舊交的真摯感情和見賢思齊、嚴於責己的精神。

貞元中❶，愈從太傅隴西公❷平汴州。李生之尊府❸以侍御史管汴之鹽鐵，日為酒殺羊享賓客。李生則尚與其弟學，讀書習文辭，以舉進士為業。愈於太傅府年最少❹，故得交李生父子間。公薨軍亂，軍司馬、從事皆死❺，侍御亦被讒，為民日南❻。其後五年，愈又貶陽山令❼。

【章旨】本段追敘貞元年間作者與李生父子之間的交誼。

【注釋】❶貞元中　具體為德宗貞元十二年七月韓愈從董晉於汴州，到十五年二月董晉去世為止的這段時間。❷太傅隴西公　指董晉。晉卒後，贈太傅；其爵，累升為隴西郡開國公。董晉於貞元十二年出任宣武軍節度副大使知節度事、汴州刺史。

時汴州軍亂，董赴任得以平息。參見本書卷三十八〈贈太傅董公行狀〉。❸尊府　對人父之尊稱。此指李仁鈞。五百家注孫曰：「礎父仁鈞知河陰院。」❹年最少　時韓愈年二十九歲。❺軍司馬從事皆死　董晉死後，軍亂，殺行軍司馬陸長源，節度判官孟叔度、丘潁等。參見〈董公行狀〉。❻為民日南　孫曰：「仁鈞為人所告，流愛州。」愛州，其轄境約當今越南清化一帶。即漢代之日南郡。❼愈又貶陽山令　愈貶抵陽山，乃貞元二十年事，參見本卷〈送區冊序〉。

【語　譯】貞元年間，韓愈隨從太傅、隴西郡公董晉平定汴州之亂。李生的令尊李仁鈞以侍御史銜管理汴州的鹽鐵事務，每天都設酒宴殺牛羊來款待賓客。李生還年輕，同他弟弟一同上學，讀書學習寫文章，以準備參加進士考試為目標。我在董晉的幕府裡面，是年齡最小的一個，所以能夠同李生父子都交好。董公去世，汴州軍發生動亂，行軍司馬、判官等多人被殺害，侍御李仁鈞亦受人誣告，流放日南。在此後五年，我也遭貶謫為陽山縣令。

今愈以都官郎守東都省❶。侍御自衡州刺史，為親王長史❷，亦留此掌其府事。李生自湖南從事，請告來覲❸。於時太傅府之士，惟愈與河南司錄周君❹獨存，其外則李氏父子，相與為四人。離十三年❺，幸而集處，得燕而舉一觴相屬❻。此天也，非人力也。

【章　旨】本段敘作者與李生父子離別十三年後，又得以重新相聚於東都。

【注　釋】❶守東都省　洪興祖《韓子年譜》記載，韓愈於元和四年至五年初，「改都官員外郎，守東都省」。都官，屬刑部。掌配沒隸簿，錄俘囚，以給衣糧藥療。守，駐守。省，總群臣而聽政為省，東都之制仿朝廷，故其官署亦稱省。❷親王長史　《唐書・百官志》：「王府官長史一人，從四品上，掌統府僚紀綱職務。」因兩《唐書》均無李仁鈞傳，此親王為誰，無考。

❸覲 拜見。古代諸侯朝見天子曰覲，這裡指兒子拜見父親，故亦稱覲。❹河南司錄周君 指周君巢，貞元十一年進士，當時擔任河南府司錄參軍。❺離十三年 疑為十二年之誤。從貞元十五年至元和五年，僅十二個年頭。或者韓愈與李礎分別，在貞元十四年。❻屬 連續，即一個接一個。

【語 譯】現在，韓愈擔任都官員外郎，駐守東都衙署。侍御史李仁鈞離開衡州刺史，來擔任親王府長史，也留在這裡掌管親王府事務。而其子李生也從湖南觀察使推官任上請假來這裡拜見父親。這個時候，太傅董晉幕府中的人士，只有我韓愈和河南府司錄參軍周君巢還在此，除此之外，就是李礎父子了，加起來共四人。分別十三年，僥倖得以聚集在一起，舉行宴會大家舉起杯子一個接一個喝酒。這乃是天意，並不是人力可以做到的。

侍御與周君，於今為先輩成德。李生溫然為君子，有詩八百篇❶，傳詠於時。惟愈也業不益進，行不加修，顧惟未死耳。往拜侍御，謁周君，抵❷李生，退未嘗不發媿❸也。往時侍御有無盡費於朋友，及今則又不忍其三族之寒飢，聚而館之，疏遠畢至。祿不足以養，李生雖欲不從事於外，其勢不可得已也。重李生之還者，皆為詩。愈最故❹，故又為序云。

【章 旨】本段慨嘆三人都能進德修業，而自己卻一無所成；並說明李仁鈞能慷慨周濟親屬，故李生不得不去湖南任職，點明送別作序之意。

【注 釋】❶有詩八百篇 《唐書·藝文志》未載李礎詩集，大約久已亡佚。❷抵 拜會。李白〈與韓荊州書〉：「三十成文章，歷抵卿相。」❸媿 通「愧」。❹故 交久。

【語　譯】李仁鈞侍御和周君巢，到現在成了年高德劭的前輩。而李生則是個溫文爾雅的君子，他寫了八百首詩，為時人所流傳吟誦。只有我韓愈學業沒有得到進步，品行的修養也沒能增加，但僅僅是沒有死罷了。我前去拜見李侍御，謁見周君巢，會見李生，回來以後沒有一次不感到慚愧的。過去李侍御拿出不少的費用來款待朋友，到現在又不忍心讓他的宗族親戚受到飢寒，全都集中招待他們住下來，疏族遠親都來了。他的俸祿不夠供養，李生即使不想到外地擔任從事，這種形勢促使他不得不這樣。重視李生返回湖南的人，都寫了詩為他送行。韓愈與他的交情最長久，所以除寫詩外又寫了這篇序。

【研　析】與以上各篇贈序不同，這是一篇主要敘述雙方情誼，即離合聚散的贈序，而不涉及其他任何具體問題。贈別對方為一雙父子，其中又以其子（即李生）為主，其父（即李侍御）為賓，周君不過作為陪襯，故主次井然。他們之間兩合兩離，方苞評曰：「三番敘次，不覺其冗，良由筆力天縱。」但這也不完全是「天縱」，作者善於在平靜的敘述之中寓有無限感慨、無限悽愴之情，使人感受到這種超越時空的友誼真誠與可貴。林紓評曰：「此文須看其穿插之妙。」善於穿插，這也是本文取得成功的一個主要因素。這種穿插在文中頗多，如首段寫三人之初聚，而後又因變而不得不相離，段末接以侍御被讒，為民日南，韓愈五年後貶陽山令。這一穿插，寫出兩人有著相似的命運，離別之悲因彼此遭遇之悲而得到深化。二段寫三人，包括周君（這也可視為穿插）則四人相聚於東都，這是不幸之後有幸相會。段末又以「此天也，非人力也」為結束，既表達出相聚的歡欣，又有感於相別之無可奈何。三段慨嘆於離別十三年的變化，自己不能如三人之學有所成而有愧，接下插入「往時侍御有無盡費於朋友」，這既為了照應首段「日為酒殺羊享賓客」，同時又借以引出當時侍御之祿不足以養其三族，故李生不得不別離遠去，從而歸結到作序緣由。此等穿插都極其自然，又極富深情，使文章顯得錯落有致。

愛直贈李君房別

韓退之

【題解】五百家本《昌黎集》引集注曰：「南陽公，徐帥張建封也。李君房，張婿也，貞元六年進士。公以十五年（西元七九九年）秋來佐徐州幕，作此文。其後君房自著作佐郎除太子舍人，知宗子表疏。」但標題「愛直」二字，舊注未作解釋。但《昌黎集》列本篇於卷十三「雜著」一類，是否將「愛直」視為人名，將本篇視為代人之作，不得而知。然近人林紓以為「細觀此篇文字，名曰愛直，愛者，惜之替字也。李既為南陽公之甥，何以不留而去於彼？彼為誰？必當時節度中之桀驁者。李生不合於南陽，故往就之。昌黎惜其直於南陽，而南陽不能用，故使生舍而就彼，為可惜也」。此說雖不無牽強，但捨此則不得其解，故姑從此說。作者撰寫此文目的，主要是就李生之去南陽一事評論主人與幕僚的關係，望推薦者「舉不失辭」，望其主人「待不失道」，即能虛心納諫，從善如流。否則，即使至親之人，亦將去之而不顧。但文章寫得含蓄蘊藉。林紓評曰：「通幅愛惜李生，不滿南陽，卻不曾一語道破。真神出鬼沒之技。」

左右前後皆正人也，欲其身之不正，烏可得邪？吾觀李生，在南陽公❶之側，有所不知，知之未嘗不為之思；有所不疑，疑之未嘗不為之言。勇不動於氣，義不陳乎色。南陽公舉措施為，不失其宜，天下之所窺觀稱道洋洋❷者，抑亦左右前後有其人乎！凡在此❸趨公之庭、議公之事者，吾既從而遊矣。言而公信之者，謀而公從之者，四方之人則既聞而知之矣。

【章　旨】本段說明李生在南陽公之側，能有所知而思，有所疑而言，故使南陽公舉措不失其宜。

【注　釋】❶南陽公　即張建封，字本立，鄧州南陽人，後封南陽郡公。貞元四年，拜御史大夫，徐、泗、濠節度使兼徐州刺史。❷洋洋　形容眾多。❸凡在此　馬其昶謂「此」下疑當有「而」字。

【語　譯】如果前後左右都是正人君子，而他自己卻想做壞事，這怎麼有可能呢？我觀察李生在南陽公張建封的身邊，除非有什麼不知道的，知道的事未嘗不替他仔細思考；除非沒有什麼懷疑，懷疑的事未嘗不對他講出來。李生的勇於進諫能夠心平氣和，李生的仗義執言也不表現於詞色之上。南陽公舉動措施，所作所為，都能夠做到合情合理，天下人所看到的，不少都誇獎稱讚，大約也就是他的身邊有著李生這樣一個正人君子啊！大凡在這裡奔走於南陽公的公庭上，討論南陽公事務的人，我早已經跟隨他們交往一段時間了。一講話南陽公就相信，一出謀劃策南陽公就聽從的人，各地來此的幕僚只要聽說以後，便知道此人是誰了。

李生，南陽公之甥❶也。人不知者，將曰李生之託婚於貴富之家，將以充其所求而止耳。故吾樂為天下道其為人焉。今之從事於彼❷也，吾為南陽公愛之。又未知人之舉李生於彼者何辭？彼之所以待李生者何道？舉不失辭，待不失道，雖失之此足愛惜，而得之彼為歡忻，於李生道猶若也。舉之不以吾所稱，待之不以吾所期，李生之言，不可出諸其口矣。吾重為天下惜之。

【章　旨】本段對作為南陽公女婿的李生，卻要棄此而他就，表示了惋惜之意。

【注　釋】❶甥　甥館簡稱，即女婿。❷從事於彼　五百家注孫蕖田曰：「謂為他帥所辟。」

【語譯】李生，乃是南陽公的女婿。不了解情況的人，會說李生高攀婚姻於富貴人家，大概是為了想要滿足自己的一切要求才停止罷。所以我很高興向天下人說明他的為人並非這樣。現在他要到其他節度使那裡去做幕僚，我替南陽公感到可惜。我又不知道有人薦舉李生給其他節度使講的是什麼話？其他節度使對待李生用的是什麼方式？如果薦舉的話沒有不恰當之處，對待李生的方式完全合理，那麼，即使這裡失去李生值得惋惜，而那裡獲得李生應該非常歡喜，對於李生為人之道仍然可以保持一致。如果推薦他的不是按照我所說的那樣，對待他的方式不是我所希望的那樣，那麼，李生有所懷疑而應該講出來的話，就不能夠再從口裡講出來了。我特別要替天下人可惜他了！

【研析】本篇寫得婉轉而又蘊藉，正如王文濡所評：「淡淡寫去，似不經意，而面面俱到，所謂玉磬聲聲徹，金鈴個個圓者，文境似之。」前後兩段，無論談論李生，談論南陽，談論薦舉之辭，談論他帥待人之道，全都從正面、反面兩個角度；主觀、客觀多個層面，反反覆覆地加以分析，娓娓道來，又都入情入理。文筆細緻周密，有理論，有事實，有分析，有推論，還有駁論。但讀後令人深思的問題是：李生別此而他就，這一選擇是否正確？究竟出於什麼原因才不得不這樣？林紓認為「不滿南陽」乃是原因所在。這話確有一定道理。因為，開頭第一句即提出「左右前後皆正人也，欲其身之不正，烏可得邪」這樣一條原則，但接下強調的乃是南陽身邊「言而信」、「謀而從」者，只有李生一個正人。一人力薄，何足以使主帥身正。李生之所以毅然捨棄至親之岳父，另就不可知的他帥，這豈不證明南陽公連自己的女婿也不能容；之所以不能容，恐怕由於此人知則思，疑則言的耿直個性。譏諷南陽之意，難道不是深深地蘊含於其中嗎？

送鄭十校理序

韓退之

【題解】五百家注本標題作「送鄭涵校理序」。鄭涵，宰相鄭餘慶之子。初名涵，排行十，後因與唐文宗在藩邸時名同，改名瀚，貞元十年舉進士，以父謫官，累年不仕，自祕書省校書郎遷洛陽尉，充集賢院修撰，改長安尉，集賢校理。韓愈於元和四年六月為都官員外郎，分司東都。涵求告來東都省父，韓愈於其行，作詩以送之，應為元和五年（西元八一〇年）春天，因其贈詩有「歸騎春衫薄」之句。本篇對鄭餘慶高尚的人品，鄭涵能嚴守其家法以及作者與餘慶的關係，都作了熱情的表彰和具體的論述，還對集賢校理一職的重要地位和必備條件有所闡明。文章的主旨為何？對鄭餘慶父子的表彰頌揚，應該是作者撰寫此文的一個主要意圖。在讚頌之餘，似乎也暗含某些譏諷之意，這也是可能的。吳汝綸評曰：「此譏鄭以公卿子弟為之，非其任也。」王文濡評曰：「校理一職偏重文學，似不當以搢紳子弟為之。文之揄揚處，似含諷意。吳（汝綸）評甚當。」但譏諷之意，看來只是偶有涉及，隨筆點染，似不宜視為全文的主旨。

祕書，御府也❶。天子猶以為外且遠，不得朝夕視，始更聚書集賢殿，別置校讎官，曰學士，曰校理，常以寵丞相為大學士❷。其它學士，皆達官也。校理則用天下之名能文學者。苟在選，不計其秩次❸，惟所用之。由是集賢之書盛積，盡祕書所有，不能處其半。書日益多，官日益重。

【章　旨】本段介紹集賢殿成立原因、職掌及其所轄官職的情況。

【注　釋】❶祕書二句　唐代設有祕書省，掌禁中圖書秘記，係皇帝御用之藏書府庫。❷始更聚書集賢殿五句　玄宗開元十三年，因皇宮之中圖書漸多，乃改集仙殿為集賢殿，寫四部書以充其中，設五品以上之學士，六品以下之直學士，以宰相張說為大學士，其後更置修撰、校理等校讎官員。校讎，一人讀書，校正其上下謬誤，一人持本，相對若怨讎，故稱。至憲宗元和二年，以武元衡為大學士。❸不計其秩次　不拘品級資格，即僅憑其才學，便可選充集賢殿職務。

【語　譯】祕書省乃是皇帝御用的藏書府庫。皇帝還是認為祕書省在宮廷外面而且很遠，無法早晚經常去看書，便開始改變地方，把書收藏在集賢殿，另外設置校讎官員，有的叫學士，有的叫校理，經常以寵信的丞相擔任大學士。其他的學士，也都是高級官員。校理則選用天下著名會寫文章的人。只要被選上，就不考慮他的品級年資，只求能勝任工作。因此，集賢殿的書收藏得很多，祕書省全部所有之書，不及集賢殿的一半。書一天天的增多，其官位也一天天的重要。

四年，鄭生涵始以長安尉❶選為校理。人皆曰：「是宰相❷子，能恭儉，守教訓，好古義施於文辭者，如是而在選，公卿大夫家之子弟，其勸耳矣！」愈為博士也，始事相公於祭酒❸；分教東都生也，事相公於東太學❹；今為郎於都官也，又事相公於居守❺。三為屬吏，經時五年❻。觀道於前後，聽教誨於左右，可謂親薰而炙之❼矣。其高大遠密者，不敢隱度❽論也。其勤己而務博施❾，以己之有，欲人之能，不知古君子何如耳？

【章　旨】本段表彰鄭涵及其父的品德才能，並認為鄭涵任校理對公卿子弟是一種鼓勵。

【注　釋】❶長安尉　即京師屬縣縣尉，從八品下。❷宰相　即鄭餘慶。餘慶於貞元十四年七月以工部侍郎為中書侍郎、同中書門下平章事（即宰相）。十六年九月罷。永順元年八月以尚書左丞同中書門下平章事，元和元年五月罷。❸愈為博士也二句　元和元年七月，餘慶為國子祭酒，韓愈時為國子博士。❹分教東都生也二句　元和二年、三年，韓愈為國子博士，分教於東都之國子監。唐高宗時，於東都置國子監，猶今日之分校。而鄭餘慶於元和元年十一月為河南尹，二年三月加兼知東都國子監事，三年六月為東都留守。❺今為郎於都官也二句　元和四年，韓愈為都官員外郎，守東都省。而鄭餘慶自三年六月至六年十月，均任東都留守。❻五年　指元和元年至五年，韓愈均為鄭餘慶之下屬。❼親薰而炙之　言因親近而受薰陶。《孟子・盡心下》：「況於親炙之者乎。」❽隱度　揣測。《禮記・少儀》鄭注：「隱，意也，思也。」❾博施　《論語・雍也》：「博施濟眾，堯舜其猶病諸！」

【語　譯】元和四年，鄭生涵才由長安縣尉被選拔為集賢殿校理。人們都說：「這是宰相的兒子，能謙恭勤儉，遵守父師教訓，喜歡把古代的義理寫進文章裡，像這樣的人而被選上，對於公卿大夫家中的子弟是一種鼓勵啊！」韓愈擔任博士的時候，就開始侍候國子祭酒鄭餘慶相公；分配我執教東都的學士，又侍候相公於東都國子監；現在我改任都官員外郎了，又侍候相公所擔任的東都留守。三次擔任相公的下屬，前後歷時五年。能夠在身邊觀察學習相公道德操守，聆聽相公的教育訓誨，可以說是親身直接受到相公薰陶。相公的道德文章，高大深遠，我不敢妄加揣度。他自己勤勞刻苦，又致力於博施濟眾，認為自己所有的，希望人家也能具有，我不知道古代的君子是否能夠如此呢？

今生始進仕，獲重語於天下，而慊慊❶若不足，真能守其家法矣。其在門者❷可進賀也。求告來寧❸，朝夕侍側，東都士大夫不得見其面❹。於其行日，分司吏與留守之從事，竊載酒肴，席定鼎門❺外，盛賓客以餞之。既醉，各為詩五韻，且屬愈為序❻。

【章　旨】寫鄭涵來東都省親以及臨行時餞別情況。

【注　釋】❶慊慊　心不足貌。❷在門者　指在鄭餘慶門下的人。❸寧　探望、省視父母。《左傳・莊公二十七年》杜注：

「寧，問父母安否。」❹不得見其面　言鄭涵謙謹靜退，不務招搖。❺定鼎門　洛陽城南三門，正南為定鼎門，乃周成王時定九鼎於郟鄏之所。❻屬愈為序　《昌黎集》後附詩。詩曰：「相公倦臺鼎，分正新邑洛。才子富文華，校書天祿閣。壽觴佳節過，歸騎春衫薄。鳥哢正交加，楊花共紛泊。親交誰不羨，去去翔寥廓。」

【語　譯】現在，李生開始進入仕途，便獲得天下人高度的評價，而他自己恭謙謹慎，虛懷若谷，這真是能夠遵守家傳教育的了。那些在鄭餘慶相公門下的人可以前往祝賀。李生告假到東都省親，從早到晚都侍候在父親身旁，東都的一些士大夫都不能夠見到他。只好在他啟行這一天，分司東都的官吏和留守府的辦事人員，私自準備好酒菜，在定鼎門外設筵席，邀集不少賓客為他餞行。大家酒醉以後，各自寫了一首五韻十句之詩，並且要我韓愈寫下這篇序。

【研　析】本篇內容，大體可分為兩個部分：一是表彰鄭涵父子，主要是二、三兩段。文章先從鄭涵任職，說明「是宰相子」，從子轉入其父。又先寫自己與鄭餘慶「三為屬吏」的關係，由「親薰而炙之」，寫出其品德之高尚。再回到其子「能守其家法」，因而具有謙謹靜退的作風。最後點明餞行作序。由子到父，由父再到子，父子一體，中間插敘自己與其父子的關係，文筆周匝細密。另一部分是說明校理一職的地位和條件以作為鄭涵任職的對照，主要在首段和二段前數句。首段突出的一句是「校理則用天下之名能文學者」，二段寫鄭涵任職條件卻與要求不甚銜接。文章更多的是突出他的德，較少肯定他的才（文中僅一句「好古義施於文辭者」），反而突出「是宰相子」、「公卿大夫家之子弟，其勸耳矣」。至於稱職與否，全都略而不論。彷彿鄭涵出任此職，並非著眼於工作需要，而只是借以為公卿子弟樹立一個榜樣而已。故吳汝綸指斥「非其任也」，應該是有道理的。

送浮屠令縱西游序

韓退之

【題解】本篇標題，《文苑英華》作「送令縱上人西游序」，與此微異。令縱，其俗家姓名、生平里貫均無考。據本文內容所述，僅知其為一有見解的詩僧，他能遍遊大臣豪士，歌頌其功業美德；品評人物文章，深而有歸，使作者忘其為釋氏，這多少有點佛其名而儒其行的傾向。故文章開頭一段即點明：「其行異，其情同，君子與其進可也。」韓愈正是基於「與其進」的態度來撰寫這篇贈序的。這也是韓愈與一些僧侶交往的出發點。五百家注引韓曰：「公與浮屠氏游，於詩則見澄觀、惠師、靈師、盈上人、無本師、廣宣、僧約、文暢師；於序則見文暢、高閑、令縱；皆取其行，不取其名焉。不然，則排釋老為虛語矣。」總的立場和意圖是一致的，但具體內容和寫法卻各不相同。張裕釗評之曰：「退之以辟佛自任，其為釋子作贈序，內不失己，外不失人，最見精心措注處。此所以為能言。然每篇各出意義，無相襲者，所謂筆端具有造化，惟退之足以當之。此可悟變化之法。」

其行異，其情❶同，君子與其進❷，可也。

【章旨】本段提出文章綱領。

【注釋】❶情 實。❷與其進 《論語・述而》：「互鄉難與言，童子見，門人惑。子曰：『與其進也，不與其退也，唯何甚？』」

【語譯】他的行為表面上跟我們不一樣，但其實際情況卻相同，正人君子贊成他的進步，這是可以的。

令縱，釋氏之秀者，又善為文，浮游徜徉，跡接於天下。藩維大臣❶，文武豪士，令縱未始不褰衣而負業，往造其門下。其有尊行美德，建功樹業，令縱從而為之歌頌。典而不諛，麗而不淫❷，其有中古❸之遺風與！乘閒致密❹，促席接膝，譏評文章，商較人士，浩浩乎不窮，愔愔❺乎深而有歸。於是乎吾忘令縱之為釋氏之子也。

【章　旨】本段介紹浮屠令縱的一些具體行為，以說明自己忘令縱之為釋氏。

【注　釋】❶藩維大臣　指封疆大臣。❷麗而不淫　揚雄《法言・吾子》：「辭人之賦麗以淫。」淫，過分；放蕩。❸中古　似指秦漢而言。左思〈三都賦〉謂蜀「開國於中古」，即指秦漢而言。❹密　貼近；親密。❺愔愔　和悅、安閒貌。《文選・琴賦》李善注引《聲類》曰：「愔愔，和靜貌。」

【語　譯】令縱，佛門中的優秀人士，又善於寫文章，遊覽徘徊，蹤跡遍於天下。從封疆大臣，直到文人武士，令縱沒有不提起衣裳，背著詩文作品到其門下拜訪的。這些人如有高尚德行，或建立了功績事業的，令縱都要隨之為他們歌頌。他的作品典雅而不阿諛，華麗而不過頭，大約有著中古時期的風格啊！他還能利用空閒時間貼近他們，與之促膝交談，評詩論文，商榷討論古今人士，內容無邊無際，沒有窮盡；態度安閒和悅，深刻而又目標明確。於是，我幾乎也忘記了令縱是個佛門弟子了。

其來也雲凝，其去也風休❶。方懽而已辭，雖義而不求。吾於令縱不知其不可也。盍賦詩以道其行乎！

【章旨】本段敘述令縱來去自如，無求於人，特賦詩為之送行。

【注釋】❶休　止。此處反訓為吹走。此二句言令縱行蹤飄忽不定。

【語譯】令縱之來就好像雲霧凝結，令縱之離開就好像風一樣吹去。剛剛歡聚馬上辭別，即使應該之事也不多求。我不知道令縱的這些作法是不是不可以呢。為什麼不寫首詩為他送行啊！

【研析】這是一篇不足二百字的短文，立意與送文暢師同，寫法卻與之略有不同。二者均從其交遊落墨，但送文暢師主要藉交流贈詩文者不能以聖人之道告之作為議論的出發點；而本篇則直接寫令縱能不顧佛門偏見，為大臣豪士歌功頌德，論詩評人，以說明他不同於一般釋子。正如胡韞玉所評：「先敘交游，次敘歌詠，次敘議論，看來只若干字，卻有無數層次。」這主要指第二段。這一段還首先從「釋氏之秀者」，最後進而推論出忘其為「釋氏之子」；中經若干曲折，若干層次。加上開頭、結尾兩小段，先從理論上奠定全文綱領，最後再歸結令縱之為人及全文主旨；這既增加了層次，又擴大充實了內容。結構嚴密，首尾完整。

卷三十三 贈序類 二

送楊寘序

歐陽永叔

【題解】本篇題一作「送楊二赴劍浦」。據《宋史・文苑傳》載：楊寘，字審賢，楊察之弟。家成都，後遷合肥。少有雋才，慶曆二年舉進士，後試國子監、禮部，皆第一。授將作監丞、通判潁州，未至官，以母喪，病羸卒。據此，則本文當作於宋仁宗慶曆二年（西元一〇四二年）楊寘中進士之前，按：《獨醒雜志》，楊寘生於甲寅（真宗大中祥符七年、西元一〇一四年），故此時已年近三十，多次應進士考，卻連連落第而歸，只是靠著蔭襲，才補了一個遠在數千里外、地勢極為偏僻的小小縣尉之職。歐陽修知道他的朋友身體多病，內心不平，臨別之際，頗為他的前途憂慮不安。因此，特送他一張琴，並寫了這篇作者也自稱為「琴說」的贈序，勸告朋友借助音樂消除愁悶，調養疾病，振起精神，戰勝磨難。不論寫音樂療病的功效，還是寫朋友的身世遭遇，處處都流露出深切的同情，真摯的友誼，至情所在，感人肺腑。

予嘗有幽憂之疾❶，退而閒居，不能治也。既而學琴於友人孫道滋❷，受宮聲數引❸，久而樂之，不知疾之在其體也❹。

【章　旨】本段作者回憶過去學琴愈病的經驗。

【注　釋】❶幽憂之疾　因憂勞而患重病。《莊子・讓王》：「堯以天下讓許由，許由不受。又讓於子州支父，子州支父曰：『以我為天子，猶之可也。雖然，我適有幽憂之病，方且治之，未暇治天下也。』」《釋文》引王叔之云：「謂其病深固也。」❷孫道滋　當時琴師，餘待考。❸宮聲數引　古代五音有宮、商、角、徵、羽。此指以宮聲為主的調式。《公羊傳》范注：「聞宮聲則使人溫雅而廣大。」引為琴曲名，《初學記》卷十六：「古琴曲有《九引》。」❹不知疾之在其體也　意為琴聲能使人移情。作者〈贈無為軍李道士〉詩：「彈雖在指聲在意，聽不以耳而以心；心意俱得形骸忘，不覺天地白日愁雲陰。」

【語　譯】我曾經得過一種由於憂慮的重病，退職閒居在家，還是沒有辦法治好。後來就向朋友孫道滋學習彈琴，學會了幾支宮調曲子，彈的時間長了也就愛好起來，慢慢地也就忘記了自己身上的疾病了。

夫琴之為技小矣。及其至也，大者為宮，細者為羽❶。操弦驟作，忽然變之，急者悽然以促，緩者舒然以和。如崩崖裂石，高山出泉，而風雨夜至也；如怨夫寡婦之歎息，雌雄雍雍❷之相鳴也。其憂深思遠，則舜與文王、孔子之遺音❸也；悲愁感憤，則伯奇❹孤子、屈原忠臣之所歎也。喜怒哀樂，動人必深。而純古淡泊，與夫堯舜三代之言語，孔子之文章，《易》之憂患❺，《詩》之怨刺無以異。其能聽之以耳，應之以手，取其和者，道❻其湮鬱，寫❼其幽思，則感人之際，亦有至者焉。

【章　旨】本段著力描寫變化無窮的琴音及其陶冶感情、動人心魄的藝術力量。

【注釋】❶大者為宮二句　在五音中，以宮聲為最低，羽聲為最高。聲宏大者音低，聲尖細者音高。《國語・周語》：「大不踰宮，細不過羽。」❷雝雝雍雍　雄鳥雌鳥和鳴之聲。《詩經・匏有苦葉》：「雝雝雁鳴。」毛傳：「雝雝，雁聲和也。」雍，同「雝」。❸舜與文王孔子之遺音　相傳舜、周文王、孔子都善於用琴聲表達思想。舜曾彈五弦琴，詠唱〈南風歌〉；周文王曾作琴曲〈文王操〉；孔子更是經常弦歌不絕，重視音樂的教化作用。❹伯奇　周宣王大臣尹吉甫之子，吉甫聽信後妻之言，驅逐伯奇，伯奇自傷無罪被誣，乃投河而死。❺易之憂患　易，即《周易》，相傳為周文王所作。司馬遷〈報任安書〉提到，「文王囚而演《周易》。」❻道　通「導」。❼寫　通「瀉」。

【語譯】彈琴作為一種技藝，不過是小技而已。但是學到了很高造詣的時候，宏大低沉的是宮聲，尖細清脆的是羽聲。驟然彈撥，音調一下子發生變化，那節拍急切的淒楚而短促，那節拍緩慢的舒徐而柔和。好像山崖崩墜，巖石斷裂，高山瀉出泉水，風雨夜間降臨；又像鰥夫寡婦的嘆息，雌鳥雄鳥和諧的鳴叫。它所抒發的深沉憂思，仿佛就是舜帝、文王、孔子所遺留下來的聲音；它所表達的悲愁憤慨，仿佛就是伯奇那樣遭到遺棄的孤兒、屈原那樣被人誣陷的忠臣所發出的哀嘆。琴聲中的喜悅憤怒、哀傷快樂，一定會深深地打動人心。而那純正古樸、恬淡寧靜的格調，跟那堯舜三代的言語、孔子的文章、《周易》裡的憂患、《詩經》裡的怨刺沒有什麼兩樣。如果有人能夠用耳傾聽，用手彈撥，選取其中柔和的曲調，借以開擴自己鬱悒的心胸，抒發自己幽深的愁緒；那麼，當他的彈奏達到使人感動的時候，也會達到這種佳境。

予友楊君，好學有文，累以進士舉，不得志。反從廕調❶，為尉於劍浦❷，區區❸在東南數千里外，是其心固有不平者。且少又多疾，而南方少醫藥，風俗飲食異宜。以多疾之體，有不平之心，居異宜之俗，其能鬱鬱以久乎？然欲平其心以養其疾，於琴亦將有得焉。故余作〈琴說〉以贈其行，且邀道滋酌酒進琴以為（ㄨㄟˋ）別（ㄅㄧㄝˊ）。

【章旨】本段敘述楊君因屢試不第，故不得不遠去東南，故特此贈琴贈序以為別。

【注釋】❶廕調　一作「蔭調」。宋代規定，一定品級以上的官員子弟，因父兄之官位也可授官。楊寘之祖楊鈞，曾官後蜀孟昶，後歸宋。其父楊居簡，曾知廬州，故楊寘得以門蔭得官。❷劍浦　宋代縣名，屬福建路南劍州，即今福建南平。❸區區　指縣尉地位卑微。宋制，縣尉為從九品。

【語譯】我的朋友楊君，既好學又有文才，多次去考進士，都不被錄取。只好等到父祖輩蔭封補缺的機會，才當上福建路劍浦縣的縣尉，官卑職小，又在東南幾千里外，他的心裡當然感到不平。何況他自幼多病，南方又缺醫少藥，風俗飲食也不適合他。像這樣帶著多病的身體，懷著不平的心情，居於風俗習慣不相適宜的地方，怎麼能夠精神苦悶地長久堅持下去呢？因此，要想寬慰他的心情，調養他的病體，也許可以從學習彈琴中得到一些好處。所以我寫了這篇〈琴說〉給他，作為送行之禮，還邀請了孫道滋一同來飲酒，送上一張琴，以此告別。

【研析】本篇之妙，首先在於敘琴聲之真切。作者採用博喻、比擬等手法，把悠揚動聽的琴音及其感人的力量，描繪得異常生動，而又富於詞采，可與唐代詩人白居易〈琵琶行〉相媲美。唐文治評之曰：「此文滿紙皆琴聲。桃花流水杳然去，別有天地非人間，文境仿佛似之，神乎技矣。」劉大櫆亦評之曰：「《考工記》之言鐘虡，《莊子》之言風，淳于髡之言飲酒，老蘇之言風水相遭，皆能備極形容。歐公此篇，當與並美。」但此文並非專寫琴，寫琴的目的乃是出於贈友的需要，因楊寘心懷鬱鬱，而歐公借琴以解之，故通篇只說琴，而送友意已在其中。文致曲折，結構上獨出心裁。《古文觀止》中有評曰：「送友序，竟作一篇〈琴說〉，若與送友絕不相關者，及讀至末段，始知前幅極力寫琴處，正欲為楊子解其鬱鬱耳。文能移情，此為得之。」

送田畫秀才寧親萬州序

歐陽永叔

【題　解】田畫，字文初，潁州汝陰（今安徽阜陽）人。景祐四年（西元一〇三七年），歐陽修為夷陵（今湖北宜昌）縣令，田畫省親路過夷陵，歐陽修與之遊覽夷陵山水名勝。於其別，特作此序贈之。田畫省親路線是從荊南經夷陵入歸、忠、萬等州，這條路線正好是宋太祖時分兩路進軍西蜀其中之一，田畫之祖父曾從此路線入川。作者正是利用這一點加以生發，一則歌頌了其祖之功勞，更重要的乃是讚揚了宋王朝結束五代紛爭、統一中原地區的歷史功勳，這才是本篇意義之所在。

五代之初，天下分為十三四❶。及建隆❷之際，或滅或微，其在者猶七國❸，而蜀❹與江南❺地最大。以周世宗之雄，三至淮上，不能舉李氏❻。而蜀亦恃險為阻，秦隴山南，皆被侵奪❼，而荊人縮手歸峽，不敢西窺以爭故地❽。及太祖受天命，用兵不過萬人，舉兩國如一郡縣吏❾，何其偉歟！

【章　旨】本段陳述宋初掃滅群雄、統一中原的豐功偉業。

【注　釋】❶天下分為十三四　據《新五代史·職方考》載：「梁初，天下別為十一，南有吳、浙、荊、湖、閩、漢，西有岐、蜀，北有燕、晉。」合朱梁共十一國，如以唐末計算，還有成德之王鎔、魏博之羅紹威、平盧之王師範等，故稱。❷建隆　宋太祖趙匡胤的第一個年號，共三年（西元九六〇—九六二年）。❸七國　指南唐、吳越、蜀、楚、南漢、北漢、荊南。❹蜀　指後蜀，其國君為孟知祥、孟昶。占有自劍以南及山南西道四十六州。❺江南　指南唐，共歷李昪、李璟、李煜三主，占有長江以南二十一州。其餘諸國，均不過十州。❻以周世宗之雄三句　周世宗，後周太祖郭威養子柴榮，曾於顯德三年（西元九五六年）春，四年二月及十月三次伐南唐，僅得江北四州之地。❼蜀亦恃險為阻三句　蜀指前蜀王建及後蜀孟知祥、孟昶。其領地除兩川外，尚有山南西道之秦、鳳、階、成四州。❽荊人縮手歸峽二句　荊，指荊南高季興，後唐兵伐前蜀，季興請以本道兵自取夔、忠、萬、歸、峽等州，但後來此數州又陸續為後蜀孟知祥所復得。❾用兵不過萬人二句　宋太祖乾德二年（西元九六四年），命王全斌、崔彥進等人帥步騎五萬，分兩路從歸州、鳳州伐蜀，次年，蜀王孟昶請降。開寶七年（西元九七四年），命曹彬、潘美等將兵十萬伐江南，次年，俘其國君李煜。此言「不過萬人」，特極言其取之易耳。

【語　譯】五代開始的時候，天下分為十三四個國家或獨立藩鎮。到了宋太祖建隆年間，有的滅亡了，有的衰微了，其中存在的還有七個國家，而以後蜀和割據江南的南唐占有的地盤最大。以周世宗的雄才大略，三次進兵於淮河之上，還是不能掃平李氏的南唐。而後蜀也依仗山川險阻，擴充地盤，秦隴山南西道，都被它侵占奪取，而荊南高季興，亦對原先占有的歸州和峽州等地，縮手不前，不敢向西窺伺，來爭奪它失去的土地。等到我朝宋太祖承受天命，登基即位，用兵不過萬人，掃平後蜀、南唐兩個國家就好像平定一個郡縣一樣，這是多麼地偉大啊！

當此時，文初之祖❶，從諸將西平成都。及南攻金陵，功最多。於時語名將者稱田氏。田氏功書史官，祿世於家，至今而不絕。及天下已定，將率❷無所用其武，士君子爭以文儒進。故文初將家子，反衣白衣❸，從鄉進士❹舉於有司❺。彼此一時，亦各遭其勢而然也。

【章　旨】本段追敘田文初祖上之武功，以及文初在天下太平之後，以文儒繼承祖上武業。

【注　釋】❶文初之祖　舊注指田欽祚及其子承誨、承說。但是否其祖，尚無確證，姑存以備考。田欽祚等曾參與平蜀及平南唐之役。❷率　通「帥」。❸白衣　古時未舉之士子著白衣，此指文士之服。❹鄉進士　即鄉貢進士。指經郡縣考試推薦給朝廷者。❺有司　指禮部。

【語　譯】在這個時候，文初的祖父，隨從一些將領西征滅後蜀，直抵成都。後又南征南唐，直抵金陵，功勞最大。當時談到名將的人都稱讚田氏。田氏的功勞被史官記錄下來，家庭世世代代享受爵祿，直到現在還不斷絕。等到天下平定以後，將帥沒有使用他的武略的地方，士人、君子爭著用文章、儒術以便應考做官。所以田文初雖然是將門之子，反而穿上儒者之服，以鄉貢進士通過禮部考試。現在的時代不同於過去了，各人的遭遇都是由於當時的形勢不得不如此的。

文初辭業通敏，為人敦潔可喜。歲之仲春，自荊南❶西拜其親於萬州❷。維舟夷陵，予與之登高以望遠，遂遊東山❸，窺綠蘿溪❹，坐磐石，文初愛之，數日乃去。夷陵者，其地志云：北有夷山以為名❺。或曰：巴峽❻之險，至此地始平夷。蓋今文初所見，尚未為山川之勝者。由此而上泝江湍，入三峽❼，險怪奇絕，乃可愛也。當王師伐蜀時，兵出兩道：一自鳳州❽以入，一自歸州以取忠、萬❾以西。今之所經，皆王師嚮所用武處。覽其山川，可以慨然而賦矣。

【章　旨】本段敘述田文初西歸省親，途中遊覽夷陵名勝，並慨嘆他將從其祖上伐蜀之路線入川。

【注　釋】❶荊南　即今湖北荊州。❷萬州　今重慶萬縣。❸東山　寺名，在夷陵城東五里外，有山如屏，環之。❹綠蘿溪溪名，在東山之下。歐陽修有詩曰：「江上孤峰蔽綠蘿。」❺其地志云二句　指《舊唐書・地理志》。其文云：「夷陵有夷山，在西北，因以為名。」❻巴峽　清《一統志》曰：「湖北宜昌府巴峽，在巴東縣西二十里。」❼三峽　即瞿塘峽、巫峽及西陵峽。❽鳳州　即今陝西鳳縣，大抵沿今寶成路以入川。❾自歸州以取忠萬　歸州，今湖北姊歸。忠、萬，即重慶市之忠縣及萬縣。這一路線大抵沿長江上溯。

【語　譯】田文初辭章學業通達敏捷，為人處世敦厚廉潔，受人喜愛。今年二月，從荊南西行，將拜見其雙親於萬州。路過夷陵，停船上岸，我同他一道登高望遠，於是便遊覽了東山寺，觀看綠蘿溪，坐在磐石之上，文初很喜歡這些風景，遊覽了幾天才離開。夷陵這個名稱，本地的地理志上說：北邊有座夷山而得名。有的又說：長江經過巴峽的險阻，流到這裡才開始平夷。而現在文初所看到的，還不是山川的最美景。從這裡沿江上溯，進入三峽，險峻駭怪，奇妙絕倫，才是最可喜愛的。本朝初年王師伐蜀時，兵分兩路：一路是從鳳州向南進入，一路就是從歸州攻取忠州、萬州向西進兵。現在文初探親所經過的地方，都是王師過去進軍打戰之處，觀察這些地方的山峰川流，你便會感慨萬端，賦詩一番了。

【研　析】田秀才省親，路過夷陵，作為夷陵縣令的歐陽修，陪同遊覽，臨行送別，並以序贈之，應該從何處落筆，這乃是本文立意構思精妙之所在。文章從田秀才西行路線，正好是宋初伐後蜀「兵出兩路」之一，聯想到田秀才之祖在伐西蜀、征南唐中，均立下赫赫戰功，又聯想到唐末五代，天下分裂，到宋太祖掃滅群雄，統一全國，「何其偉歟」！再聯想到天下已定之後，偃武修文，故田文初雖將家子，亦以文儒進。總之，拉雜寫來，而不覺其煩；信筆而書，卻井然有序，而又能首尾相應，風韻跌宕。錢基博有評曰：「此文起勢雄遠，為無結構之結構，小題大做，亦是一格，其氣調與韓退之〈送董邵南序〉相近。雖愈送董特為短幅，而永叔此篇較長，然直起直落，寄興無端則一。惟〈送田序〉發慨於沿途所經，以生烟波；〈送董序〉則寄慨於所往之地，以為回瀾。」

送徐無黨南歸序

歐陽永叔

【題解】據《居士集》舊注：「至和二年（西元一〇五〇年）。」時歐陽在史館修撰《新唐書》。又據《兩浙名賢錄・文苑傳》載：「徐無黨，永康人，從歐陽修學古文詞，嘗注《五代史》，妙得良史筆意。皇祐中以南省第一人登進士第，仕止郡教授而卒。」正由於他新科及第，名列前茅，不免會有些驕矜得意之色，因此作者在這篇贈序中論述立德、立功、立言三者的關係。強調歷久而能不朽者，當以修身為第一，感慨只靠文章是難以不朽的，終生只在文字上用功夫是可悲的。這反映作者關於道德重於文章的觀點，對當時流行的浮靡的文風有著明顯的針砭作用。這些看法，既是勉勵他的學生，也是自我警戒，更見語意深摯。

草木鳥獸之為物，眾人之為人，其為生雖異，而為死則同，一歸於腐壞澌盡❶泯滅而已。而眾人之中，有聖賢者，固亦生且死於其間，而獨異於草木鳥獸眾人者，雖死而不朽，逾遠而彌存也。其所以為聖賢者，修之於身，施之於事，見之於言，是三者所以能不朽而存也❷。修於身者，無所不獲；施於事者，有得有不得焉；其見於言者，則又有能有不能也。施於事矣，不見於言可也。自《詩》、《書》、《史記》所傳，其人豈必皆能言之士哉？修於身矣，而不施於事，不見於言，亦可也。孔子弟子，有能政事者矣，有能言語者矣❸。若顏回者，在陋巷，曲肱饑臥而已；其群居則默然終日如愚人❹。然自當時群弟子，皆推尊之，以為不敢望而及。而後世更百千歲，亦未有能及之者。其不朽而存者，固不待施於事，況於言乎？

【章　旨】本段論述聖人之所以異於鳥獸草木及眾人，在能修之於身，施之於事，見之於言。三者之中，以修身最重。

【注　釋】❶澌盡　《禮記・曲禮下》鄭注：「死之言澌也，精神斯盡也。」❷修之於身四句　《左傳・襄公二十四年》：「穆叔曰：豹聞之，太上有立德，其次有立功，其次有立言，雖久不廢，此之謂不朽。」修之於身，指立德；施之於事，指立功；見之於言，指立言。❸孔子弟子三句　《史記・仲尼弟子列傳》：「孔子曰：受業身通者七十有七人，皆異能之士也。德行：顏淵、閔子騫、冉伯牛、仲弓。政事：冉有、季路。言語：宰我、子貢。文學：子游，子夏。」❹若顏回者四句　《論語・雍也》：「子曰：賢哉回也！一簞食，一瓢飲，在陋巷，人不堪其憂，回也不改其樂。」〈述而〉：「子曰：飯疏食飲水，曲肱而枕之，樂亦在其中矣。」〈為政〉：「子曰：吾與回言終日，不違如愚。」此四句據此。

【語　譯】草木、鳥獸作為生物，眾人作為人類，他們活著的時候雖然不同，可是死去以後卻相同，全都歸於腐爛、消失、泯滅罷了。眾人當中，有聖人賢士這一類人，他們當然也是生存而且死亡在萬物之間，可是偏偏跟草木、鳥獸、眾人都不相同，原因就是他們雖然死去卻能永垂不朽，越是時間久遠越是享有威望。他們能夠成為聖人賢士，就是由於本身修養道德，在事業上有所作為，在著述上有所表現，這三個方面就是他們能夠永垂不朽的原因。本身修養道德的，各方面都能取得成就；想在事業上有所作為的人，有些人能取得成就，有些人就不能取得成就；那些想在著述上有所表現的人，也是有些人能夠成功而有些人不能成功。在事業上有所作為了，在著述上卻無所表現，這是可以的。《詩經》、《尚書》上傳頌的，《史記》上記載的，難道一定每個人都是擅長著述的人物嗎？本身修養道德，可是在事業上無所作為，在著述上無所表現，這也是可以的。孔子的弟子中間，有擅長於政事的，有擅長於著述的。至於顏回這人，住在荒僻的里巷裏，忍著飢餓彎著胳膊躺著罷了；當他跟其他弟子一起的時候，整天沉默不語，好像一個愚昧無知的人。可是當時大家都很推崇尊重他，認為自己不能跟他相比，趕不上他。而且，後世經歷百年千年，也沒有人能趕得上他。他的永垂不朽，自然不一定要在事業上有所作為，何況著述呢？

予讀班固〈藝文志〉，唐《四庫書目》❶，見其所列，自三代、秦、漢以來，著書之士，多者至百餘篇，少者猶三四十篇，其人不可勝數。而散亡磨滅，百不一二存焉。予竊悲其人，文章麗矣，言語工矣，無異草木榮華❷之飄風，鳥獸好音之過耳也。方其用心與力之勞，亦何異眾人之汲汲營營❸！而忽焉以死者，雖有遲有速，而卒與三者同歸於泯滅。夫言之不可恃也蓋如此。今之學者，莫不慕古聖賢之不朽，而勤一世以盡心於文字間者，皆可悲也。

【章　旨】本段引古史藝文志、《四庫書目》為例，進一步證明文字辭章之不足恃。

【注　釋】❶唐四庫書目　唐玄宗在長安、洛陽各建書庫，以甲乙丙丁為次，分為經史子集四庫。其著錄者，五萬三千九百一十五卷，而唐之學者自為之書，又二萬八千四百六十九卷（據《新唐書・藝文志》）。❷榮華　植物開花，木本者為華，草本者為榮。❸汲汲營營　不停地經營謀劃。《漢書・揚雄傳》顏注：「汲汲，欲速之義；營營，周旋貌。」

【語　譯】我曾閱讀班固〈藝文志〉、唐代《四庫書目》，看到上面所列舉的，從三代、秦漢以來那些著書立說的人，寫得多的達到一百多篇，少的也有三四十篇，這樣的作者多得不可勝數。可是，到了現在，他們的文章散失不全了，或者已經磨滅了，一百篇裡，保存下來的還不到一兩篇呢。我為這些人傷心感嘆，文章寫得夠優美了，語言用得夠精采了，然而竟跟草木開出的花朵在風雨中飄落，鳥獸動人的叫聲在耳畔迴響沒有什麼差別。當年那些作者用心費力的辛苦程度，跟眾人忙來忙去謀求生計又有什麼兩樣！他們很快地就死去了，雖然有的活的時間長些，有的活的時間短些，可最後還是跟草木、鳥獸和眾人一起歸於泯滅了。看來文章的不能依恃大概就像這樣。今天的學者，沒有誰不羨慕古代聖人賢士的能夠永垂不朽，因而勤奮一生在文字上耗盡心血，這樣的人都是令人悲嘆的。

東陽❶徐生，少從予學為文章，稍稍見稱於人。既去，而與群士試於禮部，得高第，由是知名。其文辭日進，如水涌而山出。予欲摧其盛氣，而勉其思也，故於其歸，告以是言。然予固亦喜為文辭者，亦因以自警焉。

【章　旨】本段稱讚徐生之才並說明寫作這篇贈序的緣由。

【注　釋】❶東陽　宋永康縣屬兩浙路婺州東陽郡。

【語　譯】東陽徐生，年輕時候跟我學習寫文章，漸漸受到人們稱讚。離開以後，他跟很多儒生前去參加禮部考試，獲得很高的名次，從此有了名聲。他的文辭一天比一天精進，猶如泉水奔湧從山間流出來。我想抑制一下他的得意自滿的情緒，促使他深入冷靜地思考，所以在他離開京城南下回鄉之時，把這些話告訴他。可我本來也是喜歡寫作文辭的人，也要用這些話來警戒自己。

【研　析】本篇之布局立意與〈送楊寘序〉相同，都是先論述一事，表面似與送友毫不相干，直到篇末才用一兩句話點明其所以如此寫的緣由，使所論之事與臨別贈友融為一體。後來作者多承襲此法，遂為定式。贈序也就從開始時的贈詩之序變為完全不依附於詩的單純贈文。本篇的另一特色是作者善於大量運用對比手法，如草木、鳥獸、眾人之與聖賢對比，立德與立功、立言的對比，顏回與孔子諸弟子對比，工於文者用心力之勞與眾人之汲汲營營的對比，正是通過這一連串的對比來進行論證，逐層深入，主旨才得以闡明。

鄭荀改名序

歐陽永叔

【題解】滎陽鄭昊，生平不詳。欲改名，多次請求歐陽修。歐公令其自擇，遂改名曰「荀」，其用意大約是對荀子之學的仰慕，作者特地寫了這篇序，對於荀子的歷史地位、荀子的為人，荀學的正面價值及後來影響，都表達了作者自己的看法，作出較高的評價。王文濡評曰：「論荀子處恰如其分，因徇其請而為此，不得以尊荀目之。」

三代之衰，學廢而道不明，然後諸子出。自老子厭周之亂，用其小見，以為聖人之術止於此，始非仁義而詆聖智❶。諸子因之，益得肆其異說。至於戰國，蕩而不反，然後山淵、齊秦、堅白異同之論興❷，聖人之學，幾乎其息。

【章旨】本段敘春秋戰國時，諸子百家，各鳴其說，聖人之學，幾乎其息。

【注釋】❶非仁義而詆聖智 《老子》曰：「絕聖棄智，民利百倍；絕仁棄義，民復孝慈。」❷山淵齊秦堅白異同之論興 《荀子·不苟》：「山淵平，天地比，齊秦襲，是說之難持者也。」據楊倞注：「比，謂齊等也。地雖卑於天，若以宇宙之高，則天地皆卑，天地皆卑，則山與澤平矣。襲，合也。齊在東，秦在西，相去甚遠，若以天地之大包之，則曾無隔異，亦可合為一國也。」按：以上為戰國時名家惠施一派之觀點，而堅白同異，則為名家另一派公孫龍觀點，見於《公孫龍子·堅白論》，謂堅與白為石之互不相干的兩種屬性，謂目視石但見白不知其堅，則謂之白石；手觸石則知其堅而不知其白，則謂之堅石。故堅白終不可合為一也。這兩派一個傾向於合萬物之異，即誇大相對事物的同一性；一個傾向於離萬物之同，即誇大事物的差別性，二者都以詭辯為其手法。

【語譯】夏、商、周三代衰落以後，教育廢棄，聖人之道昏暗不明，諸子百家紛紛起來。最早是老子，由於厭惡東周動亂，長期不能安定，便用他那淺薄的見解，認為聖人治理天下的辦法就只有這些了，便開始攻擊仁義，詆毀聖賢智慧。後來諸子承襲這種說法，各種奇談怪論愈來愈厲害，肆無忌憚。到了戰國時代，就更加放縱而不歸於正道，然後，像什麼山與淵平、齊與秦合、石之堅、白只能分離而不能同處一體的各種論調都起來了，聖人的學術，差不多完全停止下來了。

最後荀卿子，獨用《詩》、《書》之言，貶異扶正，著書以非諸子，尤以〈勸學〉為急❶。荀卿楚人，嘗以學干諸侯，不用，退老蘭陵❷，楚人尊之。及戰國平，三代《詩》、《書》未盡出，漢諸大儒賈生、司馬遷之徒，莫不盡用荀卿子❸。蓋其為說最近於聖人而然也。

【章　旨】本段論述荀子生平、學說及其對漢初的影響。

【注　釋】❶著書以非諸子二句　《荀子》今存三十二篇，首篇即為〈勸學〉，而〈非十二子〉是對先秦各學派一個批判性總結，十二子即它囂、魏牟、陳仲、史鰌、墨翟、宋鈃、慎到、田駢、惠施、鄧析、子思、孟軻。❷荀卿楚人四句　《史記・孟子荀卿列傳》：「荀卿，趙人。年五十，來游學於齊。齊襄王時，荀卿最為老師，三為祭酒。齊人或讒荀卿，荀卿乃適楚，而春申君以為蘭陵令。春申君死而荀卿廢，因家蘭陵。」蘭陵，今山東嶧縣，時屬楚。此言「楚人」，指後來家蘭陵而言。❸漢諸大儒賈生司馬遷之徒二句　劉向《別錄》敘《左氏傳》曰：荀卿授陽武張蒼，蒼授洛陽賈誼；故賈生之學出於荀卿，其《新書》有〈勸學〉、〈君道〉等篇，皆取《荀子》篇名，其書多言禮，亦荀子家法。司馬遷《史記》中〈禮書〉、〈樂書〉亦多取荀子〈禮論〉、〈樂論〉之文。

【語　譯】最後，荀卿出來單獨採用《詩經》、《尚書》裡面的話，貶斥異端，扶植正道，專門寫書批駁諸子，特別以〈勸學〉篇最為重要。荀卿是楚國人，曾經以自己所學求官於諸侯，不得重用，只好退隱終老於蘭陵，楚國人都非常尊重他。等到戰國結束，三代典籍如《詩經》、《尚書》都還沒有完全發掘出來，漢朝的一些大儒像賈誼、司馬遷之類，沒有不完全採用荀卿的學說的。因為他的說法最接近於聖人，才會有這種現象。

滎陽❶鄭昊，少為詩賦，舉進士，已中第，遂棄之。曰：「此不足學也。」始從先生長者學問，慨然有好古不及之意。鄭君年尚少，而性淳明，輔以彊力之志，得其是者而師焉，無不至也。將更其名，數以請，予使之自擇，遂改曰「荀」。於是又見其志之果也。

【章　旨】本段敘鄭生之經歷及其為人，從他改名為「荀」，足以見其志。

【注　釋】❶滎陽　乃鄭氏之郡望，不一定是鄭生的籍貫。即今河南滎陽。

【語　譯】滎陽郡鄭昊，年輕的時候寫過詩賦，參加進士科考，已經考中，但他卻拋棄了。說：「這個沒有什麼可學的。」開始跟隨一些先輩長者學習諮詢，心中感慨，便有了喜愛古代聖人之道惟恐趕不上之意。鄭生年紀還不大，而性格淳厚賢明，如果能夠加上堅強有力的志向，得到正確的老師來幫助他，那他就沒有什麼目標不能達到的了。他打算更改他的名字，多次向我請求，我讓他自己選擇，於是便改名叫「荀」。從這個改名又表現出他的志向果然如此。

夫荀卿者，未嘗親見聖人，徒讀其書而得之。然自子思、孟子已下，意皆輕之❶，使其與游、夏❷並進於孔子之門，吾不知其先後也。世之學者，苟如荀卿，可謂學矣；而又進焉，則孰能禦哉！余既嘉君善自擇而慕焉，因為之字曰「叔希❸」，且以勖其成焉。

【章　旨】本段指明荀卿最為可貴之處在於能通過閱讀聖人之書來學習聖人，特以此勗勉鄭生，故為之字「叔希」。

【注　釋】❶然自子思孟子已下二句　《荀子・非十二子》曾批判子思、孟軻曰：「案往舊造說，謂之五行，甚僻違而無類，幽隱而無說，閉約而無解。」❷游夏　吳人言偃，字子游；衛人卜商，字子夏。皆孔子之優秀弟子。❸叔希　古代男子有字，字是解釋「名」的，故與名相互配合。此中之「叔」係排行，大約在弟兄中位居第三。希，《廣韻》：「望也。」即有以荀子為理想之意。

【語　譯】而荀卿，從來沒有親眼見到過聖人，僅僅讀過孔子的經書就懂得聖人之道。但是從子思、孟子以下的儒家，他都有瞧不起的意思，假使他能跟子游、子夏一同到孔子的門下受業，我不知道他們究竟誰先誰後呢。社會上的一些學者，假若像荀卿這樣，就可以認為善於學習的了；如果還能前進一步，那麼誰也不能阻擋他啊！我既然誇獎鄭生很會選擇自己的名諱以表達他的追求，因此就替他取個字號，叫做「叔希」，並以此勉勵他能夠成功。

【研　析】本文的主要特色在於善於確定論題並能有層次、有條理地展開論述。鄭昊改名鄭荀，借以表達對荀卿仰慕傚仿的願望，故文章緊緊抓住以論荀為主，以論鄭為賓。論荀又以荀子的歷史地位、思想內容及後世影響為重點，論鄭則以「好古不及」、「得其是者而師」為中心。一、二段專門論荀，三段集中寫鄭，突出其自擇改名之深意。而末段之構思尤見精妙，除最後一句外，其餘表面上句句論荀，實際上句句論鄭，且句句都分別與前三段相呼應，從而將前三段所論述的內容作一總的收束，使全篇渾然一體，結構之嚴密，真可謂匠心獨運。

送周屯田序

曾子固

【題　解】周屯田，名不詳，字中復，生平待考。屯田，即屯田員外郎，屬尚書省工部。姚選原注引姚範云：「仁宗時，文武官年七十以上不自請致仕者，司馬池、賈昌朝、包拯、吳奎，皆相繼被糾劾。周君想亦迫迮而退，非止足而甘引年者也。子固文殆為釋譏。」姚範所云，前半甚誤。司馬池等四人皆以七十應致仕糾劾他人，非被糾劾者。後半言及周中復，與本篇語氣，頗相符合。周之所以不想致仕但又被迫不得不退休，主要是由於退職後享受的待遇和榮譽都大不如前，故不得不「欲然於心」；但如欲維持原來的待遇，勢必增加國家的負擔。在此兩難選擇中，文章提出一個折中方法：一方面，希望當政者仿照上古舊制，給退休官員以足夠的物質待遇和崇高的政治榮譽，使他們舒適地在家養老。另方面，又勸慰周中復把利害榮辱看得淡些，體諒國家困難。與其因為追求享受和虛名，招來許多麻煩和苦惱；倒不如清心寡欲，自由自在地優游山水，反而可以自得其樂，益壽延年。文章對當政者既有批評，又有體諒，對周中復既有同情，又有勸解。實話直說，態度公允。與上卷〈送楊少尹序〉相比，雖無煙雲變幻的氣象，卻有實事求是的用心。

士大夫登朝廷，年七十，上書去其位。天子官其一子[1]而聽之，亦可謂榮矣。

然而，有若不釋然者。

【章　旨】本段點明宋代官員致仕規則，並暗示周屯田因此而不釋。

【注　釋】❶官其一子　《宋史・職官志》：「天聖、明道（按：宋仁宗時年號）間，員外郎以上致仕者，錄其子試祕書校書郎。三丞以上為太廟齋郎。」

【語　譯】士大夫在朝廷做官，年滿七十，就要上書皇帝表示離開他的職務退休。皇帝給他一個兒子封官而同意他退職，這也可以稱之為榮耀了。可是，還是有一些人好像不太高興的樣子。

余為之言曰：「古之士大夫倦而歸者，安居几杖❶，膳羞被服，百物之珍好自若。天子養以燕饗、飲食❷、鄉射之禮❸，自比子弟❹，袒韝鞠跽❺，以薦其物，諮其辭說。不於庠序❻，於朝廷。時節之賜，與縉紳之禮於其家者，不以朝，則以夕。上之聽其休，為不敢勤以事；下之自老❼，為無為而尊榮也。今一日辭事，返其廬，徒御散矣，賓客去矣，百物之順其欲者不足，人之群嬉屬好之交不與，約居而獨遊，散棄乎山墟林莽、僻巷窮閭之間。如此其於長者薄也，亦曷能使其不歆然❽於心邪？雖然，不及乎尊事，可以委蛇❾其身而益閒；不享乎珍好，可以窒煩除薄❿而益安。不去乎深山長谷，豈不足以易其庠序之位？不居其榮，豈有患乎其辱哉？然則，古之所以殷勤奉老者，皆世之任事者所自為，於士之倦而歸者，顧為煩且勞也。今之置古事者，顧有司為少耳。士之老於其家者，獨得其自肆也。然則，何為動其意邪？」

【章　旨】本段通過個人發表議論的方式，對七十去位而有所不釋者，從朝廷和本人兩方面提出解決方法。

【注　釋】❶几杖　几案手杖。老人體弱，故憑几而坐，拄杖而行。《禮記・曲禮》：「大夫七十而致仕，若不得謝，則必賜之几杖；適四方，乘安車。」上文「安居」，疑為「安車」之誤。❷燕饗飲食　古代帝王敬老之禮所行宴飲，多於歲首或月初舉辦。原注引《禮記・內則》曰：「凡養老，有虞氏以燕禮，夏后氏以饗禮，殷人以食禮，周人脩而兼用之。」燕禮，行一獻禮，坐而飲酒以致於醉。饗禮，體薦而不食，爵盈而不飲。食禮，不飲酒，享太牢，以禮食之。❸鄉射之禮　原注引姚範曰：「文內鄉射字疑訛，或易作大射，或作天子養以燕饗食飲射之禮皆可……若鄉射則天子無親與其間矣。」此說雖符經傳之意，但亦不宜過泥，古時鄉飲鄉射，必連類而行，是以天子諸侯饗與射亦嘗連類而行。《詩經・行葦》箋曰：「先王將養老，先與群臣行射禮，以擇其可與者以為賓。」❹自比子弟　《禮記・文王世子》：「遂設三老五更、群老之席位焉。」鄭注：「三老五更各一人也，皆年老更事致仕者也，天子以父兄養之，示天下之孝悌也。」更，疑為叟之誤。❺袒韝鞠腃　袒，卷袖露內衣。韝，射箭時所用皮製臂套。鞠，曲身。腃，小跪。以上均為古代敬老之禮節。《禮記・樂記》：「食三老五更於太學，天子袒而割牲，執醬而饋，執爵而酳。」❻庠序　鄉學。《孟子》：「夏曰校，殷曰序，周曰庠。」❼自老　《左傳・隱公三年》杜注：「老，致仕也。」❽欿然　《孟子・盡心》音義：「內顧不足而有所欲也。」❾委蛇　《詩經・羔羊》鄭注：「委蛇，委曲自得之貌。」❿窒煩除薄　窒，杜塞。薄，干擾；侵犯。

【語　譯】我對這些人說道：「古代因為年老疲倦而退歸故里的官員，每天安居在家，憑几而坐，拄杖而行，品嘗精美食物，享用溫暖被服，玩賞各種珍貴的寶物，自由自在地過日子。天子賜與各種宴會，舉辦鄉射等禮儀，以表達敬老奉養之意，並自比為晚輩子弟，脫下上衣，戴上臂套，曲身下跪，進獻禮物，徵詢他們對國事的意見。這些活動，不在學校裡進行，就在朝廷上進行。至於按不同時節賜予禮物，以及官員們到他們家中看望拜見，不在早上來，就在晚上來。皇上准許他們辭職退休，是因為不敢用繁忙的事務去辛苦他們；臣下主動告老還鄉，是因為既可以清靜無事，又可以安享尊榮。而現在一旦辭職，回到家中，隨從車夫都散了，一些賓客也都離開了，適應生活要求的各種物品不能滿足，人們在一起嬉戲友好的交遊活動不能參加，只得待在家裡，孤獨出遊，被拋棄在深山密林和窮鄉僻壤之中。像這樣對待年長者就太薄情了，又怎麼能夠使他不感到內心空虛得不到滿足呢？雖然如此，不接觸尊貴的事務，卻可以從容不迫地休心養性，而更加清閒自在；不享用珍貴的東西，卻可以排除煩惱和干擾，而越發安然逍遙。不離開深山峽谷，難道不足以抵得上在學校中享有的尊貴地位嗎？不得到那些榮譽，難道還擔心遭受侮辱嗎？既然如此，那麼古代之所以要殷勤地供奉老年人，都是因為當時管事的人自動去做的，但這對於年老疲倦而退歸田園的人，反倒造成了麻煩和勞累。現在把古代尊奉退休官員的制度廢置不用，不過是因為辦事人員太少罷了。但這對於在家養老的人，反倒可以獨自享受自由自在的快樂。既然如此，那還為什麼心意躁動，有所不足呢？」

余為之言者，尚書屯田員外郎周君中復。周君與先人❶俱天聖二年❷進士，與余舊且好也。既為之辨其不釋然者，又欲其有以處而樂也。讀余言者，可無異周君，而病今之失矣。南豐曾鞏序。

【章旨】本段補敘與周中復的兩世交誼及發表上述言論的目的。

【注釋】❶先人　作者先父，名易占，字不疑。有子六人，曾鞏為其次子。死於仁宗慶曆七年（西元一〇四七年）。故本文當作於皇祐（西元一〇四九—一〇五三年）初年。❷天聖二年　天聖為宋仁宗年號，二年即西元一〇二四年。

【語　譯】我說這番話的具體對象，就是尚書省屯田員外郎周中復先生。周先生和我先父同是天聖二年的進士，與我有舊交，並且很要好。所以我既替他分析了一下心情不愉快的原因，又想讓他有一個善於自處又能自得其樂的辦法。讀過我這篇文章的人，便可以和周先生抱同樣的態度，而不必抱怨當今執政者的過錯了。南豐曾鞏序。

【研　析】周中復乃曾鞏之父輩，送父輩致仕歸里，一般多為祝頌稱讚之語，而本篇卻主要是「辨其不釋然」，寓有規勸之意，故落筆頗為不易。茅坤評曰：「議論似屬典型，而文章烟波馳驟不足，讀昌黎所送楊少尹致仕序，天壤矣。」此評似欠公允，因為二者內容不同，故寫法亦須有別，不得使用同一標準。昌黎送楊少尹，內容全為頌揚稱美，故煙波馳驟，經營不難。而本篇乃有為而發，有的放矢，而非應酬之文，故特採用逐層牽引、紆徐百折的寫法。既有站在對方立場，表示同情理解之語，亦有顧念時艱，勸其清心寡欲，安居知足，以化解內心不滿的安撫慰問之言。這樣，既能起到規勸作用，又不失對長輩的尊重。通篇語語皆落在實處，這就不同於一般敷衍應付之作。

贈黎安二生序

曾子固

【題　解】黎生、安生，均為蜀人，但其名字及生平俱不詳。蘇軾於治平三年（西元一〇六六年）丁老蘇憂扶櫬返里，熙寧二年還朝，本篇當作於治平四年或熙寧元年（西元一〇六八年）。作者針對二生好寫作古文卻遭到時人非議譏笑一事，發表自己的見解，誠懇地告誡二生不要因為害怕他人嘲笑就去迎合世俗，放棄原則，鼓勵他們寫好古文，堅守儒道，只有徹底擺脫一切無謂的干擾，才能在學習古文方面有所擇取，得到長進。作者以自己雖然長期遭受世人嘲笑，也絕不迎合世俗，以至於「困於今而不自知」的堅定態度和對儒道的忠誠為例，委婉地勸勉寬慰對方，分析利弊，處處為對方著想，故而能使人從中受到教益和鼓舞。文章反映了北宋初期以歐陽為首所倡導的詩文革新運動所遇到的重重阻力，以及作者曾鞏不顧流俗，力矯時弊所遭受的坎坷，從而表達了一個改革者的決心和勇氣。

趙郡❶蘇軾，余之同年❷友也。自蜀以書至京師遺余，稱蜀之士曰黎生、安生者。既而黎生攜其文數十萬言，安生攜其文亦數千言，辱以顧余。讀其文，誠閎壯雋偉，善反覆馳騁，窮盡事理。而其材力之放縱，若不可極者也。二生固可謂魁奇特起之士，而蘇君固可謂善知人者也。

【章旨】本段敘述由蘇軾介紹，得見黎、安二生，並盛讚二人之文章和材力。

【注釋】❶趙郡　即趙州，宋代州名，在今河北趙縣。蘇氏以趙郡為郡望，且蘇軾之祖先為趙郡欒城人。古人多以祖籍稱對方，以示尊重。❷同年　曾鞏與蘇軾皆嘉祐二年（西元一〇五七年）進士。李肇《國史補》曰：「進士俱捷，謂之同年。」

【語譯】趙郡人蘇軾，是和我同年考中進士的學友。他從四川寫信寄到京城來給我，推薦四川的學子黎生和安生。不久，黎生帶著他的文章幾十萬字，安生帶著他的文章也有好幾千字，屈駕前來看望我。我讀了他們的文章，確實是氣勢宏大壯闊，俊逸雄偉，善於反覆論辯，縱橫馳騁，深入詳盡地分析事物的規律。他們那種奔放恣肆的才情筆力，似乎是不可估量的。他們二人可以說是雄偉傑出、獨立特行的人士，而蘇君也的確可以說是善於識別人才啊！

頃之，黎生補❶江陵府❷司法參軍❸。將行，請余言以為贈。余曰：「余之知生，既得之於心矣，迺將以言相求於外邪？」黎生曰：「生與安生之學於斯文，里之人皆笑以為迂闊❹。今求子之言，蓋將解惑於里人。」余聞之，自顧而笑。

【章　旨】本段敘述寫作贈序的緣由，並點出「迂闊」二字為下文展開議論的基礎。

【注　釋】❶補　委任官職。前任離職，任缺曰補。❷江陵府　宋代屬荊湖北路，治江陵縣，今湖北荊州。❸司法參軍　州府長官的佐吏，掌管刑獄治安，為從八品。❹迂闊　拘泥守舊；不切實際。亦即信古志道，不合流俗。意近迂腐，故以「迂腐」譯之。

【語　譯】不久以後，黎生補任江陵府司法參軍。臨走的時候，請我寫幾句話作為臨別贈言。我說：「我對你的了解，已經保存在內心裡了，還需要用言語表達出來嗎？」黎生說：「我和安生學寫古文，家鄉的人都嘲笑我們，認為是迂腐。現在請你贈言，目的是想要解除家鄉人的糊塗認識。」我聽了這話，回想到自己，不禁笑了起來。

夫世之迂闊，孰有甚於余乎？知信乎古，而不知合乎世；知志乎道❶，而不知同乎俗。此余所以困於今而不自知也。世之迂闊，孰有甚於余乎！今生之迂，特以文不近俗，迂之小者耳。患為笑於里之人，若余之迂大矣。使生持吾言而歸，且重得罪，庸詎❷止於笑乎？然則，若余之於生，將何言哉？謂余之迂為善，則其患若此；謂為不善，則有以合乎世，必違乎古；有以同乎俗，必離乎道矣。生其無急於解里人之惑，則於是焉必能擇而取之❸。

【章　旨】本段抓住「迂闊」二字發表議論，認為自己之「迂闊」，較二生為甚。

【注　釋】❶道　指聖人之道，即儒家的政治、經濟、文化、倫理等學說思想。❷庸詎　庸、詎意同。豈；難道。❸擇而取之　指在古文、道與時文、世俗之間的選擇。

【語　譯】世人的迂腐，有誰比我更嚴重呢？只知道相信古訓，卻不懂得迎合當世；只知立志學習聖賢之道，卻不懂得附合流俗。這正是我為什麼一直窮困到現在，而自己尚且不知道的原因啊。世人的迂腐，有誰比我更嚴重呢！現在你們的迂腐，只是因為文章不合世俗，這不過是小的迂腐罷了。還擔心被同鄉鄰里所譏笑，像我的迂腐可就大了。假使你們堅持我的意見而回去，就會得罪更多的家鄉人，豈止是受到一些嘲笑呢？既然如此，那麼像我這樣的人對你們，又能說些什麼呢？說我的迂腐是好的吧，那麼，它造成的災難就是這樣；說我的迂腐不好吧，那麼，有迎合當世的地方，就一定會違背古訓；有附合流俗的地方，就一定會背離聖賢之道。你們還是不要急於解除家鄉人的糊塗認識吧，就一定能在古文和聖賢之道兩方面精心加以選擇並有所進取。

遂書以贈二生，并示蘇君以為何如也？

【章　旨】本段結束全文，「示蘇君」，目的是照應首段。

【語　譯】我於是寫了這些話贈給黎生和安生，並請蘇君過目，以為怎麼樣呢？

【研　析】本篇明顯地採用李扶九《古文筆法百篇》中所提到的「一字立骨之法」，通篇緊緊圍繞「迂」（包括「迂闊」）組織材料和議論，此字貫穿、牽動、照應全文。文章抓住「里人笑為迂闊」步步生發，逐層展開。目的雖然是為懷才不遇者吐氣，同時又融注了作者個人憤懣和不平，但文章沒有讓感情一瀉無餘地迸發，而是以一波三折的語調緩緩地展開議論。作者實際上是要反擊世俗對古文運動的誣蔑，但並沒有正面加以駁斥，卻扣住迂闊二字，作了三層轉折：由黎安二生之「迂」轉入自己之「迂」，且其「迂」較二生為甚；由文章之「迂」，轉入立身行事之「迂」；「迂」之「善」與「不善」，其後果將若何。吞吐抑揚中流露出勃鬱之氣，正如林雲銘所評曰：「通篇拿定『里人笑為迂闊』一語，步步洗發，就作文上攙到立身行己上去，命意正大無匹，其行文似嘲似解，總言自信得過，不可移於世俗之毀譽，而以迂闊不迂闊兩路聽自擇，嚴中帶婉，此有德者之言也。」

送江任序

曾子固

【題　解】江任，臨川人，宋真宗景德年間（西元一〇〇四—一〇〇七年）進士，有詩名，官至祕書閣校理、知泰州。本篇當作於江任中進士後不久，授官豐城縣令之時。因豐城與臨川接壤，跟易地為吏相較，可以享受就地為吏的種種便利。封建時代的官員，大多不得在家鄉附近任職，而且在一地任職期滿之後，又必須另行調遣，不得在原地留任，目的是防止地方官吏利用久居一地的方便條件，結黨營私，殉情枉法，危及朝廷的集中統治。但這樣就會給官員的工作和生活造成諸多困難，也不利於保持政治措施的連續性。為避免這種易地為吏的弊端，作者認為江任能近鄉為吏是很幸運的，希望他能充分利用熟悉當地風土人情的方便條件，為朝廷施仁政，為百姓謀福利。沈德潛評之曰：「雖兩段分說，一賓一主，正意只在後段。蓋江君勢既處於易，則宣上德意以利澤下民，其責有不得辭者也。勉勵之旨，自在言外。」

均之為吏，或中州之人，用於荒邊側境、山區海聚❶之間，蠻夷異域之處；或燕、荊、越、蜀、海外萬里之人，用於中州。以至四遐之鄉，相易而往，其山行水涉，沙莽❷之馳，往往為風霜冰雪、瘴霧之毒之所侵加，蛟龍虺蜴❸、虎豹之群之所抵觸，衝波急洑❹、隤崖落石之所覆壓。其進也，莫不籯糧❺裹藥，選舟易馬，刀兵曹伍而後動；戒朝奔夜❻，變更寒暑而後至。至則宮廬器械、被服飲食之具，土風氣候之宜，與夫人民謠俗、語言習尚之務，其變難遵，而其情難得也，則多愁居惕處，歎息而思歸。及其久也，所習已安，所蔽已解，則歲月有期❼，可引而去矣。故不得專一精思，修治具❽，以宣布天子及下之仁，而為後世可守之法也。

【章　旨】本段論述封建社會官員易地為吏，而且任滿調離所帶來旅途奔走、治理困難和政令不得專一的種種弊端。

【注　釋】❶海聚　海邊的村落。《史記正義》：「聚，猶村落之類也。」❷沙莽　即沙漠。❸虺蜴　虺，即毒蛇。蜴，爬行動物，蜥蜴，俗稱四腳蛇。❹洑　漩渦。《廣韻》：「洑，洄流。」❺籯糧　背負糧食。籯，竹籠，此作動詞用。❻戒朝奔夜　準備於晨，奔走至夜。言整天跋涉。❼歲月有期　期，指任期。舊時官吏，多以三年為一任期，期滿則調離。❽治具　治國的措施。

【語　譯】同樣是做官，有的是中原地區的人，被委派到荒涼偏僻的邊境、山區、海邊和其他民族居住的特殊地區；有的則是長城內外、江南、吳越、巴蜀和海外相距萬里之人，被委派到中原地區。以至於家鄉遠在四面八方，卻要互相交換地區去做官。他們跋山涉水，奔走在沙漠叢林之中，常常遭到風霜、冰雪、瘴氣霧露這些毒害的侵犯，受到蛟龍、毒蛇、蜥蜴、虎豹這些獸群的攻擊，在衝天的波浪和湍急的漩渦中翻船，被崩塌的山崖和滾落的石頭擠壓。他們前往赴任的時候，沒有不裝好糧食，帶上藥品，選好船舶，換上良馬，帶著武器，領著隨從人員，才敢行動；天剛亮就起身，天黑了還在趕路，經歷了寒暑的變化，才能到達任所。到任以後，又會遇到房屋、器械、被服、飲食等生活設施能否適應，水土、風俗、氣候是否適宜，以及當地民情風俗和語言習尚等等事務，由於很難適應這些變化，很難掌握這些情況，便會對自己的處境憂愁不安，唉聲嘆氣地想回家去。等到任久了以後，對熟習的情況已經安心，不清楚的問題已經解除，可是任期已滿，又應該調動職務離此而去了。因此，地方官吏不能專心致志精心籌劃，整頓法令制度，借以推廣皇上關心下民的仁德，建立可供後世遵循的法度。

或九州之人，各用於其土，不在西封❶在東境，士不必勤，舟車輿馬不必力，而已傳❷其邑都，坐其堂奧❸。道途所次，升降之倦，淩冒之虞，無有接於其形，動於其慮。至則耳目口鼻百體之所養，如不出乎其家。父兄六親❹故舊之人，朝夕相見，如不出乎其里。山川之形，土田市井，風謠習俗，辭說之變，利害得失，善惡之條貫，非其童子之所聞，則其少長之所游覽；非其自得，則其鄉之先生老者之所告也。所居已安，所有事之宜，皆已習熟如此。故能專慮致勤，營職事，以宣上恩而修百姓之急。其施為先後，不待旁詢久察，而與奪損益之幾❺，已斷於胸中矣。豈累夫孤客遠寓之憂，而以苟且決事哉？

【章旨】與上段相對照，本段闡明近鄉為吏無論對自己，還是對工作，都有著種種便利。

【注釋】❶封 區域。與「境」同義。❷傅 靠近；接近。❸奧 《爾雅・釋宮》：「西南隅謂之奧。」❹六親 古來說法不一，此泛指有血緣關係的各種親戚。❺幾 通「機」。事情的苗頭，徵兆。

【語譯】有的是全國各地的人，各在自己的家鄉做官，反正不在家鄉西邊，就在家鄉東邊。做官的人不必辛苦，車馬船轎不必用力，就已經走近了城市，安坐在堂屋裡了。旅途中的停頓，上山下山的疲勞，沖霜冒雪的憂患，都不能接近他的身體，攪動他的思慮。到任以後，耳目、口鼻、四肢用以供養的東西，好像在自己家中一般。父兄、親戚、朋友這些人，白天晚上都能見面，就像自己村裡一般。山嶺平川的地理形勢，土地、田野、市井、風謠、習俗、語言詞彙的變化，利害、得失、善惡的緣由演進，不是他小時候聽到的，就是他長大以後看見的；不是自己了解到的，就是本鄉的長輩和老人告訴的。久居本鄉，早已安定，對所有事情應該怎樣處理才合適，都已熟練到這種程度，就能專心思考，勤奮工作，精心搞好自己的本職事務，借以推廣皇上的恩德，辦好百姓們的緊迫事務。政治措施的先後次序，不必等到長期四方查訪之後再作安排，而賞功罰惡和增減賦稅的初步方案，早已在胸中作出決斷了。這難道會被那種孤身遠遊，寄居他鄉的憂愁所牽累，因而用草率的態度決定政事嗎？

臨川❶江君任，為洪之豐城❷。此兩縣者，牛羊之牧相交，樹木果蔬、五穀之壟相入也。所謂九州之人，各用於其土者，孰近於此？既已得其所處之樂，而厭聞飫聽其人民之事；而江君又有聰明敏慧之才，廉潔之行，以行其政。吾知其不去圖書講論之適，賓客之好，而所為有餘矣。蓋縣之治，則民自得於大山深谷之中，而州以無為於上。吾將見江西之幕府❸，無南嚮❹而慮者矣。於其行，遂書以送之。

【章　旨】本段具體闡明江任以臨川人擔任接壤的豐城縣令，因而獲得種種便利，並預期其必將取得成功。

【注　釋】❶臨川　郡名，宋代屬江南西路。今江西臨川市及以南一帶。❷洪之豐　洪，洪州，宋州名，轄今南昌市附近一帶，豐城為其屬縣，即今江西豐城縣。❸江西之幕府　江西，即江南西路的簡稱。幕府，此指衙署，此指豐城的上級機關洪州及江南西路各級官署。❹南嚮　豐城在作為州治及路治洪都（今南昌）之南。

【語　譯】臨川人江任君，擔任了洪州的豐城縣縣令。這兩個縣，放牧牛羊的牧場相互交錯，樹木、水果、蔬菜和五穀的田埂互相出入。所謂全國各地的人，各自在當地做官，有誰能比這更近呢？江君既然已經得到了近鄉安居的快樂，而且對當地人民的情況也已經有了很多的見聞和了解；何況江君又具有耳聰目明、敏捷智慧的才能，廉潔奉公的品行，足以推行他的政治方針。我知道他不必捨棄閱讀圖書、講論學問的快樂，以及結交賓客的興致，就會有所作為，而且綽綽有餘的了。因為一個縣治理好了，老百姓哪怕在大山深谷之中都會自得其樂，而所屬的州府也就能在上面用不著操心了。我將會看到江南西路的一些官署，不必對南方的政事表示擔憂的了。當江君前往赴任的時候，我便寫了這篇序文給他送行。

【研　析】臨川江任中進士後，前往豐城擔任縣令，這在宋代乃是比較常見、無甚新奇之事。為其送行贈言，頗難下筆。作者抓住近鄉為吏這一點，大加發揮，居然寫成一篇鋪陳排比、極有氣派的生動文字。正如王文濡所評：「於無可發揮之中，偏說得如此熱鬧。前中兩段信手寫來，利害較然，呼應亦極靈緊，所謂文成而法自立。」前中兩段採用對比寫法，將近鄉為吏的從容自如，與易地為吏的倉皇奔波形成強烈對照。從而對宋代，實際上也是對整個封建時代的人事制度的一些弊端，提出比較切實而又中肯的批評。末段再歸結到江任赴任一事，故有水到渠成之美。林紓評曰：「入手氣派，大近柳州。一路突兀寫來，如崩崖墜石，賦色結響均佳。」

送傅向老令瑞安序

曾子固

【題　解】本篇當作於宋神宗熙寧二年至四年（西元一〇六九—一〇七一年）間，作者時年五十一至五十三歲。此前十年，作者一直在京師充館職。熙寧二年，王安石出任參知政事，開始實行變法，新舊黨爭日趨激烈，舊黨如司馬光、歐陽修等相繼受排擠。曾鞏同情舊黨，曾上疏極言變法當先正本，不被採納，繼而自求外任，通判越州（即山陰，今浙江紹興）。在越州結識傅向老兄弟，本篇即為向老出任瑞安縣令時臨行贈別時所作。文中所說的「古之道，蓋無所用於今」，主要是針對王安石所謂的「祖宗不足法」而言。他要求向老「能以此而易彼」，實際上乃是一種激憤之言，是對新黨變革舊法、是今非古的不滿。傅向老，除本篇所提供有關情況外，其他生平事跡待考。

向老，傅氏，山陰人。與其兄元老讀書知道理，其所為文辭可喜。太夫人❶春秋❷高，而其家故貧。然向老昆弟尤自守，不苟取而妄交。太夫人亦忘其貧。余得之山陰，愛其自處之重，而見其進而未止也，特心與❸之。

【章旨】本段介紹傅向老生平、為人以及家庭情況。

【注釋】❶太夫人　稱人之母，一般在其父歿後，始得稱其母為太夫人。❷春秋　借指年齡。❸與　同情；讚許。

【語譯】向老，姓傅，山陰人氏。同他的哥哥元老喜歡讀書，懂得聖賢之道，他所寫的文章很高明，令人喜愛。他的母親年歲很大，而他的家庭向來貧窮。然而向老兄弟特別能夠自我約束，不隨便收取財物，也不隨便結交朋友。他的母親也忘記自己家庭的貧窮。我在山陰時得以結交他們兄弟，很欣賞他們重視處理自己的言行，並且看到他們不斷進步而沒有停頓，內心非常讚許他們。

向老用舉者❶，今溫之瑞安❷，將奉其太夫人以往。予謂向老學古，其為令當知所先後。然古之道，蓋無所用於今；則向老之所守，亦難合矣。故為之言，庶夫有知予為不妄❸者，能以此而易彼也。

【章旨】本段敘向老為官赴任，以古今之道不同相勉，實則透露出內心的不滿。

【注釋】❶用舉者　言由人保舉。❷溫之瑞安　溫，溫州，今浙江溫州，宋時屬兩浙路。瑞安為溫州屬縣，今浙江瑞安。❸不妄　不以花言巧語討好人。《論語・公冶長》：「雍也仁而不佞。」

【語譯】向老得到別人的保舉，擔任溫州瑞安縣縣令，準備陪著他的母親到瑞安縣去。我認為向老學習古代聖賢之道，他擔任縣令一定知道政治措施的先後次序。但是古代聖賢之道，對於今天來說，大概沒有什麼用處了；而向老所堅持的原則，也很難符合今天的需要。所以我才對他講這些話，希望有人了解我是個不以口舌討好人家的人，輕易就能夠用古代聖賢之道來交換那些現在盛行的東西。

【研析】這是一篇僅一百五十多字的短文，王文濡評之曰：「不過百餘字，而敘事清晰，措語沉著，不失子固本色。」文章雖短，卻能呈現出明顯的層次感，並能將這種層次感和全文結構的包蘊密致結合在一起。如首段總敘向老及其兄、其母全家三人，末段主要單寫向老之赴任，先總後分，逐次推演。對向老之任職，著重強調古今之道不同，正反相形；並順勢帶出自己之為官處世，以為陪襯，主次分明。可見其精於布置，字字皆有法度，具有很高的精確性。胡韞玉評之曰：「頓挫得神。」這一評價是符合實際的。

送石昌言為北使引

蘇明允

【題解】石昌言，名揚休，字昌言，與蘇洵同為眉州人。進士出身，善為詩，有名當時。累官刑部員外郎、知制誥。宋仁宗嘉祐元年（西元一〇五六年）八月，被派出使北國，慶賀契丹國母生辰。北宋對待外患，一直採取屈辱求和的方針，連年向契丹繳納大量銀錢絹帛，以換取暫時的苟安。在此形勢下，宋朝派出的使臣，大多懾於強敵威逼，俯首帖耳，屈辱而還。故昌言的出使，責任是重大而艱巨的。蘇洵給他寫這篇贈序（因洵父名序，故不稱序改稱引），就是讓他借鑑歷史經驗，不怕強敵威脅，發揚民族正氣，奪取外交勝利。文章前半部分回憶他們之間的親密交往，對石昌言奉使強虜實現平生抱負，寄予莫大信任，充滿勸勉之情。後半部分回顧歷史情況，剖析強虜本質，指出藐視強虜是唯一正確的態度。林雲銘評之曰：「篇中前段瑣瑣敘來，止借來作昌言得為使的引子，把為使一節算做大丈夫第一等功業。其正意總在後段，中間『折衝口舌』四字是一篇主腦。」

昌言舉進士❶時，吾始數歲，未學也。憶與群兒戲先府君❷側，昌言從旁取棗栗啖❸我。家居相近，又以親戚❹故，甚狎❺。昌言舉進士，日有名。吾後漸長，亦稍知讀書，學句讀❻，屬對聲律❼，未成而廢。昌言聞吾廢學，雖不言，察其意甚恨。後十餘年，昌言及第第四人❽，守官四方❾，不相聞。吾日以壯大，乃能感悟，摧折復學。又數年，遊京師❿，見昌言長安，相與勞問，如平生歡。出文十數首，昌言甚喜稱善。吾晚學無師，雖日為文，中心自慚。及聞昌言說，乃頗自喜。今十餘年，又來京師⓫，而昌言官兩制⓬，乃為天子出使萬里外強悍不屈之虜廷。建大旆⓭，從騎數百，送車千乘，出都門，意氣慨然。自思為兒時，見昌言先府君旁，安知其至此？富貴不足怪，吾於昌言獨自有感也！大丈夫生不為將，得為使，折衝⓮口舌之間，足矣。

【章　旨】本段回顧年幼時與昌言的親密交往，並寫出對方從中進士、官四方到奉命出使的經歷。

【注　釋】❶舉進士　受地方官推薦選拔到京城應進士科考。《宋史》本傳不載昌言貢舉之年，但蘇洵生於宋真宗大中祥符二年，此後祥符四年、五年、八年皆有貢舉，故極有可能為祥符八年。❷先府君　指蘇洵之父蘇序，字仲先。府君本是漢代郡守的專稱，至晉代任其他官職亦稱府君，後來敘述先世，無論有無官職皆可稱府君。至宋代，府君只用來稱無官職者。❸啖　通「啗」。給人食。《說文通訓定聲》：「啖與啗微別，自食為啖，食人為啗。」此處通用。❹親戚　蘇洵之父蘇序有二女，次女嫁給昌言之兄石揚言，故昌言為作者兄弟一輩。❺狎　親近。《左傳・襄公六年》杜注：「狎，親習也。」❻句讀　斷句。句，句子。讀，通「逗」。雖不成句但需停頓之處。書面上在行間用圈（即句）和點（即逗）來標記。❼屬對聲律　在詩文中撰成對偶句叫屬對，屬，撰寫。詩詞中聲韻、平仄等格律稱聲律。當時用詩賦取士，故講究對偶韻律。❽後十餘年二句　昌言何時進士及第，《宋史》未載。但據上文推之，似在天聖五年（西元一〇二七年）或八年（西元一〇三〇年）。❾守官四方守官，做官。據《宋史》本傳載：昌言及第後，「為同州觀察推官，遷著作郎，知中牟縣，改祕書丞，為祕閣校理，開封府推官，累遷尚書祠部員外郎，歷三司度支鹽鐵判官，出知宿州」。❿又數年二句　宋仁宗慶曆五年（西元一〇四六年）蘇洵第一次遊京師。次年返回。⓫今十餘年二句　宋仁宗嘉祐元年（西元一〇五六年），蘇洵第二次遊京師，距上次已有十一、二年。⓬兩制　宋代以翰林學士掌內制（起草有關后妃、親王、宰相、節度使任命的詔書），以中書舍人掌外制（起草百官任免的詔書），未正式授與中書舍人者，稱知制誥。當時昌言以刑部員外郎知制誥，故稱「兩制」。⓭旆　《左傳・宣公十二年》杜注：「旆，大旗也。」⓮折衝　本意為擊退敵軍，迫使敵人戰車後撤。《詩經・皇矣》毛傳：「衝，衝車也。」此處引申為在外交談判中克敵制勝。《國策・齊策五》：「此臣所謂比之堂上，禽將戶內，拔城於尊俎之間，折衝席上者。」

【語　譯】昌言應考進士科目的時候，我才剛幾歲，還沒有開始學習。回憶當時，我同一群兒童在先父身邊嬉戲，昌言也在旁邊，還拿來棗子、板栗給我吃。兩家住處距離很近，又因為是親戚的緣故，所以昌言跟我又親近又隨便。昌言被推薦參加進士科考，他的詩文日益有了名聲。我後來漸漸長大，也稍微懂得讀書求學了，學習斷句和對仗、平仄聲韻之類作詩技巧，還沒學成就放棄了。昌言聽說我放棄了學習，雖然沒有說些什麼，但看他的意思，是很遺憾的。十多年以後，昌言以進士第四名及第，到各地去做官，彼此也就斷了音訊。我一天天地長大了，這才懂得悔恨自己，於是決心轉變，重新學習。又過了幾年，遊歷京城，在長安見到了昌言，彼此慰勞問候，好像過去那樣高興。我拿出十幾篇文章來，昌言看了很高興，稱讚寫得好。我年歲很大才開始學習，又沒有老師指導，雖然每天寫文章，內心還是感到慚愧。等到聽了昌言所說的話，自己這才興奮起來。到現在又過去了十多年，我第二次來到京城，這時昌言身居兩制要職，作為天子的使者，前去萬里之外強大凶悍、不肯馴服的契丹國。出發之時，樹起大旗，侍從的騎兵有好幾百人，歡送的車子有一千輛，走出京城大門，情緒激昂慷慨。我回想還是孩子的時候，在先父身邊看到昌言，那時怎麼會料到他會到這個地步呢？一個人求得富貴，並不值得奇怪，可是我對昌言惟獨有所感慨啊！大丈夫生在世間，不能做個將軍，能夠做個出國使臣，憑著口舌言詞，在外交場合中制服敵人，也就足夠了。

往年彭任❶從富公❷使還，為我言曰：「既出境，宿驛亭，聞介馬❸數萬騎馳過，劍槊相摩，終夜有聲，從者怛然❹失色。及明，視道上馬跡，尚心掉❺不自禁。」凡虜所以誇耀中國者，多此類也。中國之人不測也，故或至於震懼而失辭，以為夷狄笑。嗚呼！何其不思之甚也！昔者奉春君❻使冒頓❼，壯士健馬，皆匿不見，是以有平城❽之役。今之匈奴❾，吾知其無能為也。孟子曰：「說大人則藐之❿。」況於夷狄？請以為贈。

【章　旨】本段借助歷史上兩個出使敵國的典型史例，勗勉昌言應以大無畏精神完成這次使命。

【注　釋】❶彭任　字有道，蜀人，曾從富弼出使契丹，有功，官靈河縣主簿以死。❷富公　即富弼，字彥國，河南洛陽人。曾任宰相、樞密副使，封韓國公。宋仁宗慶曆二年（西元一〇四二年）四月，他以知制誥出使契丹。❸介馬　帶甲之馬。《左傳・成公二年》：「不介馬而馳之。」杜注：「介，甲也。」❹怛然　《廣雅・釋詁》：「怛，驚也。」❺心掉　內心震動。掉，顫動。❻奉春君　漢初劉敬。《史記・劉敬叔孫通列傳》：「婁敬賜姓劉，拜為郎中，號奉春君。漢七年，韓王信反，高帝自往擊之，至晉陽，聞信與匈奴欲共擊漢。上大怒，使人使匈奴。匈奴匿其壯士肥牛馬，但見老弱及羸畜，使者十輩來，皆言匈奴可擊；上使劉敬復往使匈奴，還報曰：『兩國相擊，此宜夸矜見所長；今臣往，徒見羸瘠老弱，此必欲見短，伏奇兵以爭利，愚以為匈奴不可擊也。』上怒，械繫敬廣武。遂往至平城，匈奴果出奇兵，圍高帝白登七日，然後得解。」❼冒頓　漢初匈奴君主之名。❽平城　漢代縣名，今山西大同東。❾今之匈奴　指契丹。《舊五代史・外國傳》：「契丹者，匈奴之種也。」但據考證，契丹應為鮮卑宇文別部的一支。❿孟子曰二句　《孟子・盡心下》：「說大人，則藐之，勿視其巍巍然。」說，遊說。大人，指王公諸侯。

【語　譯】早些年彭任跟隨富弼大人出使契丹，回國以後對我說：「出了國境以後，寄宿在驛站的館舍裏，晚上聽到身披鐵甲的戰馬好幾萬匹奔馳過去，寶劍和長矛互相撞擊，整個夜晚聲音不斷，隨從出境的人們，嚇得驚慌失色。到了天明，看到路上的馬蹄印，還止不住心驚肉顫。」大凡契丹用來向中國炫耀武力的手段，大多就是這一類。中國派出的使者，不了解他們的底細，所以有的竟然震驚害怕，以致張口結舌，說不出話，被外族人恥笑。唉！不用心思考為什麼達到如此厲害的程度！過去奉春君劉敬出使匈奴，匈奴把強健的士兵、肥壯的馬匹都藏了起來，不讓使者看見，高祖劉邦沒有識破這個詭計，結果在平城之役中遭到圍困。現在的匈奴，我看得出它沒有什麼本領了。孟子說過：「遊說那些王公諸侯之類大人物，就應該藐視他。」何況對待這些外族君主呢？請把這些話作為臨別贈言吧。

【研析】本篇重點在第二段，但用筆更多、篇幅更長的卻是第一段；第一段主要是為第二段作鋪墊。第一段採用追敘方法瑣瑣道來，通過自己孩提時期幾件生活小事的回憶，以表現人物的性格品質以及二人的成長過程。用「從旁取棗栗啖我」，表現二人交遊的密切；用自己「廢學」，昌言「甚恨」，表現對自己的關切和教誨；又以「後十餘年」、「又數年」交代昌言在仕途上的成長；再以「今十餘年」表現他功成名就，官「兩制」，身負出使契丹重任，為國家「建大旆」的壯觀場面。在歷敘昌言經歷的基礎上，作者直抒胸臆，發出「丈夫生不為將，得為使」的感慨。句句鏗鏘，情激語壯，並以「折衝口舌」勖勉對方，從而收束前段，同時引出下段。下段主要借助歷史事例寄託作者的期望。用「彭任從富公使還」的例子，說明對敵國之耀武揚威，不能「震懼」；又以「奉春君使冒頓」的事件，說明要識破敵人的陰謀詭計。這兩件事一為弱而示之強，一為強而示之弱，從不同角度提醒石昌言吸取歷史經驗，發揚大無畏精神，這樣就能「折衝口舌」，取得外交上的勝利。故樓鑰評之曰：「議論好，筆力頓挫而雄偉，曲盡事情物狀。」

仲兄文甫字說

蘇明允

【題　解】蘇洵之父蘇序，生有三子：長曰澹，不仕。次曰渙，以進士得官，所至有美稱，終於都官郎中、利州路提點刑獄。季則洵。蘇渙字公群，蘇洵為之改字「文甫」（或作「文父」，「父」，古代男子美稱）。本篇乃是申說改字的理由，實際乃是抓住「文」這一字借題發揮，以說明他對文學創作過程的看法。蘇氏論文，喜談「神來興會」，即所謂「文章本天成，妙手偶得之」（陸游〈文章〉）之意。本文以風水相激，自然成文為喻；水，比喻創作的源泉和藝術修養；風，比喻興會飆舉不能已於言的一種狀態，即創作的衝動和靈感。神來與會，兩相湊泊，才能極文章之偉觀。他反對修飾雕琢，主張「無意乎相求，不期而相遭」，這樣才能無意作文而成文，不求其工而自工。幽深的根柢與淋漓的興會交相為用而不可缺一，否則便如溫然之玉僅具內在之美，固「不得以為文」；而「刻鏤組繡」的作品，也「不足與論乎自然」。後來蘇軾的文論，正是受到乃父的影響。

洵讀《易》至〈渙〉之六四❶，曰：「渙其群，元吉❷。」曰：「嗟夫！群者，聖人之所欲渙以混一天下者也❸。」蓋余仲兄名渙，而字❹公群，則是以聖人之所欲解散滌蕩者以自命也，而可乎？他日以告，兄曰：「子可無為我易之？」洵曰：「唯。」既而曰：「請以文甫易之，如何？」

【章　旨】本段敘述蘇渙命名加字的根據以及所以為之改字的緣由。

【注　釋】❶渙之六四　渙，卦名，坎上巽下。《周易正義》：「渙者，散釋之名。大德之人建功立業，散難釋險，故謂之渙。」六四，爻名，每卦有六爻。❷渙其群二句　《周易正義》：「能為群物散其險害，故曰『渙其群』也……能散群險，則有大功，故曰『元吉』也。」元，大也。❸群者二句　《朱子語類》卷七十三：「老蘇此說，雖程傳有所不及……蓋當時人心渙散之時，各相朋黨，不能混一；惟『六四』能渙小人之私群，成天下之公道，此所以元吉也。」❹字　即表字。古代男子二十而冠，冠後據本名涵義另立別名稱字。故字是為了解釋其名的。蘇渙原字公群，乃根據《周易・渙卦》之六四。作者為之改字「文甫」，亦據〈渙卦〉中「象曰：風行水上渙。」乃「天下之至文」。根據相同，但前者以聖人相期，而後者僅以文人為其目標。

【語　譯】我讀《周易》，看到〈渙卦〉中六四這爻，爻辭說：「消散群物的危難艱險，最吉利。」於是便想到：「唉！物群人群，這是聖人要渙散他們的災害以便統一天下的對象。」大概我二哥名蘇渙，表字公群，就是因為聖人要為物群人群消散洗滌災害這個涵義來期望於他自己，這樣可以嗎？後來把這想法告訴二哥，二哥說：「你可不可以替我改改表字？」我說：「可以。」接著又說：「希望用文甫來替代，怎麼樣？」

且兄嘗見夫水之與風乎？油然而行，淵然而留，渟洄汪洋❶，滿而上浮者，是水也。而風實起之。蓬蓬然❷而發乎太空，不終日而行乎四方，蕩乎其無形，飄乎其遠來，既往而不知其迹之所存者，是風也。而水實形之。今夫風水之相遭乎大澤之陂❸也，紆餘委蛇❹，蜿蜒淪漣❺，安而相推，怒而相凌❻，舒而如雲，蹙而如鱗，疾而如馳，徐而如緬❼，揖讓旋辟❽，相顧而不前。其繁如縠❾，其亂如霧，紛紜鬱擾，百里若一。汩乎順流❿至乎滄海之濱，磅礴洶涌，號怒相軋，交橫綢繆⓫，放乎空虛，掉乎無垠，橫流逆折⓬，濆旋傾側，宛轉膠戾⓭。回者如輪，縈者如帶，直者如燧⑭，奔者如焱，跳者如鷺，躍者如鯉。殊狀異態，而風水之極觀備矣。故曰：「風行水上渙⑮。」此亦天下之至文⑯也。

【章　旨】本段極力描寫了風水相遭的各種情態，用以說明「風行水上渙」，乃天下之至文。

【注　釋】❶渟洄汪洋　渟洄，水聚集而不流，水面平靜的樣子。汪洋，水面廣闊無際的樣子。❷蓬蓬然　風初起的樣子。語出《莊子・秋水》：「蓬蓬然起於北海。」❸陂　岸邊。❹紆餘委蛇　彎曲向前。語出司馬相如〈上林賦〉：「紆餘委蛇。」劉良注：「紆餘委蛇，屈曲貌。」委虵，亦作委蛇、逶迤。曲折前進。❺蜿蜒淪漣　蜿蜒，形容水流彎曲。淪漣，風吹水面激起的波紋。淪指環形波，漣指平紋波。❻淩　相犯；交錯。❼緬　渺遠貌。一本作「徊」。❽揖讓旋辟　揖讓，古代賓主相見之禮，此處為擬人法，表風水相互禮讓。旋辟，旋轉迴避。❾縠　縐紗一類絲織品。❿汩乎順流　〈上林賦〉：「汩乎混流，順阿而下。」顏師古注：「汩，疾貌也。」按：字義應作「汩」，「汩」、「汨」字義相近，形似故常混用。⓫綢繆　《詩經・綢繆》毛傳：「綢繆，猶纏綿也。」《文選・思玄賦》李善注：「綢繆，連綿也。」⓬橫流逆折　語出〈上林賦〉：「橫流逆折，轉騰潎冽。」指橫溢泛濫，逆流彎轉。⓭宛轉膠戾　《史記・司馬相如列傳》引〈上林賦〉曰：「蜿蟺膠戾。」注：「膠戾，邪屈也。」此謂水流曲折蜿蜒。按：此處原有注曰：「鼐按：此段形容風水處極工，惜太襲長卿〈上林〉耳。」⓮燧　烽煙，其煙直升。⓯風行水上渙　見《周易・渙卦》：「象曰：『風行水上渙。』」孔穎達《周易正義》曰：「風行水上，激動波濤，散釋之象，故曰『風行水上渙』。」⓰至文　最好的文章。文，雙關。風水的波紋，兼指文章。

【語　譯】而且，二哥曾經見過那水跟風的關係嗎？從容地流著，大量地積累，水面靜止，一片汪洋，滿溢而且上漲起來的，這便是水啊。可是，風能夠激起它。一陣陣從遙遠的天空開始吹起來，不到一天就吹到四面八方；它動盪著，沒有形狀，它飄搖著，自遠而來；已經過去然而還不知道它的蹤跡所在，這便是風啊。可是，水能夠顯現它。今天，當風和水在大湖的岸邊相遭遇碰撞的時候，宛轉曲折，向前推進，蜿蜒起伏，波紋交錯，有時安穩，互相推移，有時暴怒，互相衝犯，有時舒展，好像雲彩，有時密集，好像魚鱗，有時急速，好像奔馳，有時緩慢，好像極遠，相互以禮相讓，旋轉迴避，彼此注視，誰也不肯向前。像縐紗般繁密，像煙霧般混亂，紛紜錯雜，叢聚散亂，縱觀百里，遠近一般。風急流速，順勢而下，到達滄海之濱，波瀾壯闊，浪濤洶湧，風號水怒，互相傾軋，縱橫交錯，彼此纏結，在天空中放盪恣肆，在大海上鼓盪不已，四處氾濫，橫流逆轉，湧起回旋，傾斜偏側，宛轉回環，左右曲折。旋轉的像車輪，縈繞的像腰帶，直立的像烽煙，奔竄的像火焰，跳動的像白鷺，騰躍的像鯉魚。形狀不一，恣態各異，這是風和水相互作用所有的景像全都展現了。所以說：「風在水上吹過，激起波紋，這是消散的形狀。」這也是天下最好的文章啊。

然而此二物者，豈有求乎文哉？無意乎相求，不期而相遭，而文生焉。是其為文也，非水之文也，非風之文也。二物者，非能為文，而不能不為文也。物之相使而文出於其間也。故曰「此天下之至文也」。今夫玉非不溫然❶美矣，而不得以為文；刻鏤組繡❷，非不文矣，而不可以論乎自然。故夫天下之無營而文生之者，唯水與風而已。

【章　旨】本段說明風與水相遭而自然成文，並非有意於為文，故能為天下之至文。

【注　釋】❶溫然　顏色溫潤柔和，具有內在之美。❷刻鏤組繡　借指雕刻刺繡的工藝品。鏤，雕刻花紋。組，編織成各種圖案。

【語　譯】然而，風和水這兩種物品，難道是有意識要求成為文章的嗎？它們本來是無心要求這樣，沒有想到卻互相碰上了，而文章自然就出來了。這樣形成的文章，不是水的文章，不是風的文章。風和水這兩種東西，不能成為文章，可是又不能不成為文章。兩種事物相互作用，在這中間文章就形成出來了。所以才說「這是天下最好的文章」。現在看來，玉石顏色柔和，不能說不美麗，而不能形成為文章；雕刻刺繡之類工藝品，它們身上的花紋不能不算花紋，但卻不可以認為它是自然形成的。所以，天下不需要去刻意追求就會形成為文章的，只有風和水罷了。

昔者君子之處於世，不求有功，不得已而功成，則天下以為賢；不求有言，不得已而言出，則天下以為口實❶。嗚呼！此不可與他人道之，唯吾兄可也。

【章旨】本段將自然成文的道理，進一步擴充引申到立功與立言之上。

【注釋】❶口實 原指口中所含之物，語出《周易・頤卦》：「自求口實。」引申為談話資料。

【語譯】從前，君子生活在社會上，不追求建立什麼功業，到了不得不這樣的時候，功業就自然建立了，那麼天下人都會認為他好；不要求發表什麼言論，到了不得不這樣的時候，他的言論就自然說出來了，那麼天下人都把它當作立論根據。唉！這個道理是不能夠跟別人講的，只有我哥哥才可以。

【研析】字說（包括名說、號說、室名說之類）乃古文文體中的一體。在分類學上，既可劃歸「書說」一類，亦可劃入「贈序」一類。但本書以進說於王侯貴人，以破疑解惑者，歸入「書說」類，而字說、名說，則以普通人為對象，且以闡明道理，義兼勸勉，其主旨與贈序有其相同之處，故列入「贈序」一類這是有道理的。本篇就作者為仲兄改字「文甫」一事，用風水相遭而成文，借波紋之文，雙關文章之文。文之本義，依《說文》所云，乃「錯畫也」，本指紋理、花紋；後來借用為文字之文，即「依類象形故謂之文」（《說文・序》），進而引申為文辭之文，文章之文。風吹水面，形成各種波紋，確能讓人聯想到文章之美，作者正是在此基礎上，暢敘他的創作主張。特別是第二段，描寫風水動態，採用漢賦手法，極盡鋪張排比之能事。而且基本上採用四字句，讀之鏗鏘有力。劉大櫆評之曰：「極形容風水相遭之態，可與《莊子》言風媲美。而其運辭，卻從〈上林〉、〈子虛〉得來。」

名二子說

蘇明允

【題　解】「名」，用為動詞，取名之意。本文就作者給兩個兒子命名一事，揭示「軾」、「轍」二名深刻的比喻性含義，從而表達對兩個兒子的殷勤希望、親切勉勵和諄諄告誡。作者之所以如此取名，主要是借此喻指二子各自的性格特徵，叮囑蘇軾要「有職乎車」、不要「無所為」、力戒「不外飾」的缺陷；叮囑蘇轍要為「天下之車」服務，不要只求自免於「禍福之間」。通過這巧妙的比喻和反覆辯析，使一篇記敘給兒子命名的小品，內容豐富而深刻，具有思辯力量，給人以哲理的啟迪。

輪輻蓋軫❶，皆有職乎車，而軾❷獨若無所為者。雖然，去軾，則吾未見其為完車也。軾乎！吾懼汝之不外飾❸也。

【章　旨】本段論述給長子取名「軾」的深刻涵義。

【注　釋】❶輪輻蓋軫　古代車子的四種部件。輻，車輪中湊集於中心轂的直木，即輻條。蓋，車蓋；車篷。軫，《說文》：「軫，車後橫木也。」❷軾　車前橫木，其形如半框，古人用手俯車軾，表示敬意。《釋名・釋車》：「軾，式也，所伏以式敬者也。」❸不外飾　不注意外表修飾，借喻蘇軾性格率真，言談行事不注意掩飾檢點。

【語　譯】車輪、輻條、車篷和車廂後面的橫木，它們在車子上都有重要的作用，而唯獨這車軾好像沒有什麼用處。既然如此，那麼去掉這車軾，我卻沒有見過這個樣子還能算是完整的車子。軾啊！我擔心你不注意外表的修飾檢點呢！

天下之車，莫不由轍❶。而言車之功，轍不與❷焉。雖然，車仆❸馬斃，而患不及轍。是轍者，禍福之間。轍乎！吾知免矣。

【章　旨】本段論述給次子命名「轍」的深刻涵義。

【注　釋】❶轍　《漢書・賈誼傳》顏注：「車迹曰轍。」引申為軌道。❷與　通「預」。參預。❸仆　《釋名・釋姿容》：「仆，踣也。」

【語　譯】天下的車子，沒有不經由車轍的。可是人們談論車子的功勞，車轍是沒有分兒的。既然如此，那麼一旦車翻了馬倒了，而災禍也不會波及到車轍身上。這車轍呀！正好處在災禍和福祉的中間。轍啊！我知道你會懂得如何免除災禍的了。

【研　析】這是一篇僅有八十餘字的短文，文章的主要手法是善用比喻，比喻準確而又貼切。以車明理，以事喻情，故能情理兼顧，解釋命名涵義與希冀勗勉之意緊相結合。寫好短文的重要訣竅在於多作起伏曲折，不能使人一眼望到底，正如劉大櫆所評：「凡作數行文字，不可使一平直之筆，須下筆有嶔崎之致，惟昌黎能之。老蘇作此，幾並昌黎。」浦起龍評曰：「兩片各四折，幅窄神遙。」例如首段起句言車上之物各司其職，立意為一折；而軾獨無用，二折；去軾則不成完車，三折；懼汝不外飾，四折。二段亦復如此。句句轉，筆筆緊，波瀾起伏，層出不窮。沈德潛評之曰：「文共八十一字耳。讀之如有濤浪動盪，不可遏抑之勢，大奇。」

太息送秦少章

蘇子瞻

【題解】《東坡七集》標題作「太息一首送秦少章」。秦少章，著名詞人秦觀之弟，名覯，字少章，揚州高郵（今屬江蘇）人。據張耒《柯山集・送秦少章赴臨安簿》提到，秦少章於元祐六年及第，調臨安主簿。而王文誥《蘇詩總案》以此篇作於元祐五年（西元一〇九〇年）二月，則此時秦少章尚未中進士，蘇軾於元祐四年三月至六年二月，擔任杭州太守，則本篇當作於杭州。故本篇首句即舉東漢末曾任吳郡（東漢之吳郡其轄區包括杭州）太守盛孝章，作為不容於世的「英偉奇逸之士」，用他來比擬自己及秦觀、張耒諸弟子。盛孝章儘管遭殺害，但其名望至今猶存，而譏評他的人早已與草木同腐了。接下敘述宋代古文運動領導者歐陽修曾經因為改革科舉考試文體而被圍攻，但不數年，攻擊者不見一人。最後再舉出作者所讚譽的張耒、秦觀，而論者紛紛，多所異同。故文章提出「士如良金美玉，市有定價，豈可以愛憎口舌貴賤之」的看法，說明一時毀譽，本不足憑，時間必將證明一切。作者為此深感「太息」，特以此勗勉後學之士秦少章，希望他不受一時議論所左右，只要能堅持下去，必將有所作為。

孔北海❶與曹公❷論盛孝章❸云：「孝章實丈夫之雄者也，游談之士，依以成聲。」「今之少年，喜謗前輩，或譏評孝章。孝章要為有天下重名，九牧之人所共稱歎❹。」吾讀至此，未嘗不廢書❺太息也。曰：嗟乎！英偉奇逸之士，不容於世俗也久矣。雖然，自今觀之，孔北海、盛孝章猶在世，而向之譏評者，與草木同腐久矣。

【章　旨】本段舉孔融薦盛孝章一事，說明奇傑之士，雖不容於當世，但卻為後世所崇敬。

【注　釋】❶孔北海　即孔融，孔子二十代孫，魯國人。漢獻帝時曾任北海太守。❷曹公　即曹操。❸盛孝章　《文選》李善注引《會稽典錄》：「盛憲，字孝章，器量雅偉，舉孝廉，補尚書郎，遷吳郡太守，以疾去官。孫策平定吳會（指吳郡及會稽郡），誅其英豪。憲素有名，策深忌之。初，憲與少府孔融善，憂其不免禍，乃與曹公書，由是徵為都尉。詔命未至，果為（孫）權所害。」❹孝章實丈夫之雄者也八句　引文見《文選》卷四十一，原文為：「今孝章實丈夫之雄也，天下談士，依以揚聲。……今之少年，喜謗前輩，或能譏評孝章；孝章要為有天下大名，九牧之人所稱嘆。」游談之士，游歷並談論學問的讀書人。成聲，造成聲譽。要，要之；總之。九牧，原指九州之長官，此指九州，即全國。❺廢書　放下書。

【語　譯】北海太守孔融在他給曹操〈論盛孝章書〉中說道：「盛孝章，確實是大丈夫中傑出之士，遊歷談論學問的讀書人，依靠他來成就自己的聲譽。」「今天的年輕人，總喜歡攻擊前輩，有的諷刺批評盛孝章。總之因為孝章有著天下人都知道的大名，全國各地共同稱讚。」我讀到這裡，沒有一次不放下書來深為嘆息的。說道：唉！傑出壯偉、罕見超凡的人士，不被世上平庸的人所寬容，這種現象已經很久了。儘管這樣，在今天看起來，孔融、盛孝章仍然活在世人的心裡，而過去的那些諷刺批評他們的人，早已經同草木一起腐爛很久了。

昔吾舉進士❶，試於禮部。歐陽文忠公見吾文，曰：「此我輩人也，吾當避之❷。」方是時，士以剽裂為文，聚而見訕，且訕公者，所在成市❸。曾未數年，忽焉若潦水❹之歸壑，無復見一人者，此豈復待後世哉？今吾衰老廢學，自視缺然❺，而天下士不吾棄，以為可以與於斯文❻者，猶以文忠公之故也。

【章旨】本段記述歐陽修改革科舉考試文體，提拔蘇軾，遭到眾人譏訕圍攻，但不數年，譏訕者已不見一人矣。

【注釋】❶吾舉進士　指宋仁宗嘉祐二年（西元一〇五七年），歐陽修主持禮部進士科考，梅堯臣參與其事，規定凡寫駢體文（即時文）者，一律不取；而堅持古文寫作並頗有成就的如蘇軾、蘇轍、曾鞏均得高中。從而有力地打擊了時文華而不實的文風，大大推進了古文運動。❷歐陽文忠公見吾文四句　歐陽修諡文忠，曾與梅堯臣書曰：「讀軾書（即蘇軾應進士科考論文〈刑賞忠厚之至論〉），不覺汗出，快哉！老夫當避路，放他出一頭地也。」❸方是時五句　剽裂，剽竊割裂前人文章。訕，毀謗。葉夢得《石林詩話》載：「至和、嘉祐間，場屋舉子為文尚奇澀，或不能成句。歐陽文忠公力欲革其弊，既知貢舉，凡文涉雕刻者皆黜之。及放榜，平時有聲如劉輝輩皆不預選，士論頗洶洶，因造為醜語。」《四朝國史・歐陽修傳》亦載：「嘉祐二年貢舉時，士子尚為險怪奇澀之文，號太學體，修痛排抑之，凡如是者輒黜畢。向之囂薄者，伺修出，聚譟於馬首，街邏不能制。然場屋之習從是遂變。」❹潦水　《說文》：「潦，雨水大貌。」❺缺然　廢而無用貌。《後漢書・靈帝紀》李賢注：「缺亦廢也。」❻斯文　斯，這。文，本指禮樂制度。《論語・子罕》：「天之將喪斯文也，後死者不得與於斯文也！」後指儒者或文人。

【語譯】過去我參加進士科考，在禮部考試。歐陽文忠公看到我的文章說道：「這人是同我們一樣學寫古文的人，我應該讓他上去。」在這個時候，參加科考的那些士子，把剽竊割裂前人的文章當作自己的文章，這些人聚集起來毀謗譏笑，而且毀謗譏笑歐公的人很多，就同市集一樣。事情過去還沒幾年，很快地就像大雨後的水流歸山溝中而消失了，不再看到有一個人了，這難道還需要等待後代的人來評判嗎？現在我已經年老衰弱，放棄學業，自己也感到廢而無用，但是天下的讀書人還是不拋棄我，仍然認為我能夠進入儒家學者的隊伍，這還是因為歐陽文忠公推薦我的緣故。

張文潛❶、秦少游❷，此兩人者，士之超逸絕塵❸者也。非獨吾云爾，二三子❹亦自以為莫及也。士駭於所未聞，不能無異同❺，故紛紛之言，常及吾與二子❻。吾策❼之審矣，士如良金美玉，市有定價，豈可以愛憎口舌貴賤之歟？

【章　旨】本段通過作者讚揚張耒、秦觀所引起的紛紛議論，進而說士子價值自有定評，不可以口舌改易。

【注　釋】❶張文潛　即張耒，字文潛，淮陰人。二十歲中進士，受學於蘇軾，為蘇門四學士之一，北宋著名的詩文作家，著有《張右史文集》。❷秦少游　即秦觀，字少游，秦少章之兄，亦為蘇門四學士之一。三十七歲始中進士。其創作以詞最為有名，著有《淮海集》。❸超逸絕塵　高出眾人，超絕塵世。《莊子・田子方》：「顏淵問於仲尼曰：『夫子步亦步，夫子趨亦趨，夫子馳亦馳，夫子奔逸絕塵，而回瞠夫若後。』」❹二三子　諸位。《論語・陽貨》：「二三子，偃之言是也。」後常代指門人弟子，此指張、秦兩人以外的其他蘇門諸人。❺異同　偏義複詞，強調「異」，猶今言不同看法。❻二子　指張耒、秦觀。❼策　謀劃，引申為思考；琢磨。

【語　譯】張文潛、秦少游，這兩個人，乃是讀書人士中最為優異，超出塵世的人才。這不僅我這樣說，我門下的諸位弟子也都自認為趕不上。一般讀書人對於沒聽到過的話感到吃驚，不會沒有不同意見，所以，議論紛紛，各種不滿的言詞，常常加在我和張、秦二人身上。我考慮得很清楚了，有才之士就好像美好的金玉一樣，市場上有固定的價格，難道會憑藉各人的喜愛或憎惡，用口舌言詞就使它貴或使它賤嗎？

少游之弟少章，復從吾游。不及朞年❶，而論議日新，若將施於用者。欲歸省其親，且不忍去。嗚乎！子行矣。歸而求諸兄，吾何加焉！作〈太息〉一篇，以錢其行，使藏於家，三年然後出之。

【章　旨】本段點出秦少章，表彰他不及一年而能議論日新，故作此文以為勉勵。

【注　釋】❶朞年　一年。朞，一週年。《尚書・堯典》：「朞，三百有六旬有六日。」

【語　譯】秦少游的弟弟秦少章，也跟從我交遊。不到一年，而他發表的議論一天天的有新意，好像打算要實行採用。他想回家探望他的雙親，而又不忍離開。唉！你還是走吧。回家去向你的兄長求教，我對你能增加什麼呢！特地寫作這一篇〈太息〉，用它來為你送行，讓你收藏在家中，三年之後再拿出來。

【研　析】贈序，一般是沒有另外標題，即以「贈某某序」為標題，而本篇則屬於有標題的贈序，這在贈序這類文體中是一個開創。全文主旨為：「士如良金美玉，市有定價，豈可以愛憎口舌貴賤之歟？」一時毀譽，常與歷史定評相左，作者為這一普遍現象深感嘆息，故而以「太息」名篇。為說明這一問題，作者特舉出三個例證加以說明：一是孔融薦盛孝章，一是歐陽修改革科舉文體，提拔作者蘇軾，一是蘇軾表彰張耒、秦觀。這三個例證，由古及今，由早年到現時，都受到時人的毀謗、譏評、訕笑或紛紛議論。這些是三個事例所共同的。不同之處是，盛孝章事至後世方得定評，歐陽修事不數年即有結論，而張、秦二人事則由作者自行下斷。故文章顯得眉目清晰，層層深入，事例雖相類似，但各具特色，互不相犯，避免雷同之弊。

日喻贈吳彥律

蘇子瞻

【題　解】本篇標題，《東坡文集》作「日喻」或「日喻說」，姚選為收入贈序類加上「贈吳彥律」四字，此四字或作題注。據傅藻《紀年錄》曰：「元豐元年（西元一〇七八年），公在徐州，十月十二日作〈日喻〉。」吳彥律，名琯，字彥律。蘇軾任徐州知州，吳彥律任監酒正字，嘗與蘇軾唱和。本文就吳彥律將求舉於禮部，針對王安石改「以聲律取士」為「以經術取士」而提出的批評意見。作者對兩種取士方法都持批評態度，認為前者弊病在於「士雜學而不志於道」，後者則導致了「士知求道而不務學」。他主張「道可致而不可求」、「君子學以致其道」，把「學」與「道」融合為一，不能偏廢。文章前半部以瞎子識日為喻，指出離開直接體驗無法獲得全面的認識，從而闡明「道不可求」。後半部以北人學潛水為喻，指出凡事必須獲得直接經驗，若僅憑聽得的一點道理，就輕率從事，未有不溺於水的，從而闡明「道可致」和「學以致其道」。作者反對空談儒家經典中的所謂「道」，強調從實際出發，獲得親身經驗，才能認識和體會「道」，並據此反對兩種片面觀點，都有其積極意義。至於何以標題為「日喻」，林紓有說曰：「此篇凡兩喻，一喻日，一喻水，似不能但舉喻日為標目。其仍標為『日喻』者，蓋喻水為喻日之補義，且從學道說，非喻道體也。日喻道體，沒喻學力，兩不相紊，故標以『日喻』為正。」

生而眇者❶不識日，問之有目者。或告之曰：「日之狀如銅槃。」扣槃而得其聲。他日聞鐘，以為日也。或告之曰：「日之光如燭。」捫燭而得其形。他日揣籥❷，以為日也。日之與鐘、籥亦遠矣，而眇者不知其異，以其未嘗見而求之人也。

【章旨】本段借助一個盲人想從他人的比喻認識日，由於缺乏自身經驗，因而鬧出各種笑話。

【注釋】❶眇者　原指一目失明，此指瞎子。❷揣籥　揣，原意為揣度，猜想。此處有摸觸之意，即用手摸觸，心裡揣摩，一詞二用。籥，古代竹制的管樂器，比笛短，有七孔或三孔。

【語譯】生而雙目失明的瞎子不知道太陽是什麼樣子，便去詢問眼睛好的人。有的人告訴他說：「太陽的形狀像一個銅盤。」瞎子敲響銅盤聽到它的聲音。有一天他聽到了鐘聲，以為那就是太陽。又有人告訴他說：「太陽的光輝像蠟燭發光。」瞎子摸摸蠟燭了解到它的形狀。有一天他摸觸到一支短笛，以為那就是太陽。太陽與銅鐘、短笛的差距也夠遠的了，可是瞎子卻不了解他們有什麼不同，這是因為他從來沒有親眼見過，只是向別人打聽來的。

道❶之難見也甚於日，而人之未達也，無以異於眇。達者告之，雖有巧譬善導，亦無以過於槃與燭也。自槃而之鐘，自燭而之籥，轉而相之，豈有既❷乎？故世之言道者，或即其所見而名之，或莫之見而意❸之，皆求道之過也。

【章　旨】本段就盲人識日的比喻，說明即使巧譬善導，亦難使不明道者認識道。

【注　釋】❶道　道理，指孔孟之道。道是抽象的，無形的，所以比具體而有形的太陽更難看見。❷既　《穀梁傳．桓公三年》：「既者，盡也。」❸意　《禮記．王制》鄭注：「意，思念也。」

【語　譯】真理的難於看清楚超過了太陽，因而人們不懂得認清真理，就跟瞎子沒有什麼不同。懂得真理的人去指點他，即使有巧妙的比喻和高明的誘導，也無法超過用銅盤和蠟燭比喻太陽那樣。從銅盤聯想到銅鐘，從蠟燭聯想到短笛，這樣輾轉相比下去，哪裡會有個完呢？因此，世上那些談論真理的人，有的只是就他個人一孔之見就說那是真理，有的什麼也沒有看到就主觀臆斷那是真理，這些都是在探求真理方法上的錯誤。

然則道卒不可求與❶？蘇子❷曰：「道可致而不可求。」何謂致？孫武曰：

「善戰者致人，不致於人。」❸孔子曰：「百工居肆以成其事，君子學以致其道。」❹莫之求而自至，斯以為致也與！

【章　旨】本段以設問自答的方式，連用兩個歷史典故作比喻，以闡明「道可致而不可求」的道理。

【注　釋】❶與　同「歟」。疑問詞。段末之「與」同。❷蘇子　作者自稱。❸孫武曰三句　孫武，即孫武子，春秋時齊人，傑出的軍事學家，著有《孫子兵法》。引文見其中〈虛實〉篇。致，招致，引申為打擊。人，指敵人。❹孔子曰三句　引文見《論語・子張》，乃子夏之言，非孔子語。子夏，即卜商，春秋時衛人，孔子弟子。

【語　譯】那麼，真理到底也無法探求嗎？蘇軾說：「真理可以自然而然地獲得，卻無法去強求。」怎麼能讓它自然而然地獲得呢？孫武說過：「善於用兵打仗的人能使敵人自投羅網，而不使自己陷入敵人圈套。」孔子也說過：「各行各業的工匠只有在作坊裡才能完成自己的工作，讀書人只有堅持學習，才能掌握真理。」不強求它而它能夠到來，這就是所謂的自然而然吧！

南方多沒人❶，日與水居也。七歲而能涉，十歲而能浮，十五而能沒矣。夫沒者豈苟然哉？必將有得於水之道者。日與水居，則十五而得其道。生不識水，則雖壯❷，見舟而畏之。故北方之勇者，問於沒人，而求所以沒，以其言試之河，未有不溺者也。故凡不學而務求道，皆北方之學沒者也。

【章　旨】本段通過北人學沒的故事，比喻不經過有步驟的長期學習，反覆實踐，僅憑聽來的點滴知識，勢必失敗。

【注　釋】❶沒人　善於潛水的人。《莊子・達生》郭象注：「沒人，謂能鶩沒於水底。」❷壯　《禮記・曲禮》：「三十曰壯，有室。」

【語　譯】南方有許多會潛水的人，天天都生活在水的周圍。七歲就敢涉水過河，十歲就會游泳，到十五歲就會潛水了。那些會潛水的人，難道是隨隨便便就能做得到的嗎？他們一定是摸透了水性的。天天都生活在水的周圍，十五歲才能摸透水性。生來就沒有見過水，那麼即使到了壯年，一看到船舶也會害怕。因此，北方的勇士向會潛水的人請教，打聽他們怎樣才能潛水，如果按照他們的話下河去試一試，沒有不被水淹死的。所以凡是不努力學習，卻專門想獲取真理的人，都是北方那種只想學潛水竅門的糊塗蟲。

昔者以聲律取士❶，士雜學❷而不志於道❸。今也以經術取士❹，士知求道而不務學。渤海❺吳君彥律，有志於學者也，方求舉於禮部，作〈日喻〉以告之。

【章　旨】本段點明全文主旨，即以聲律取士或經義取士的偏頗，進而交代寫作此文目的。

【注　釋】❶以聲律取士　唐代和宋初的科舉都用詩賦取士，因詩賦最講求聲韻格律，故以聲律代之。❷雜學　古人以學習儒家的經典為「正學」，學習其他書籍為雜學。❸志於道　《論語・述而》：「子曰：志於道。」何晏《集解》：「志，慕也。」❹以經術取士　北宋自王安石變法後，改為用經術取士。據《東都事略》載：宋神宗熙寧四年（西元一〇七一年），「罷貢舉詞賦科，以經術取士」。蘇軾認為這會造成知識分子空談仁義之道的氣氛，而詩賦雖無用，但乃祖宗之法，況自唐至今，以詩賦為名臣者，不可勝數。故對此表示了更大的不滿，本段正表達作者這一思想。❺渤海　唐郡名，為吳姓之郡望。宋時屬河北路濱州，即今山東惠民。

【語　譯】從前用詩賦考試讀書人，所以讀書人學習內容雜亂，卻不鑽研孔孟之道。現在用儒家經學考試讀書人，所以讀書人只曉得強求孔孟之道而不知道踏踏實實地努力學習。渤海人吳彥律君，是一個嚮往刻苦學習的人，正在準備參加禮部主持的考試，我便寫了這篇〈日喻〉，借以告訴他有關學習的道理。

【研　析】善用比喻，寓深奧的道理於通俗的比喻之中，使文章富於藝術感染力，乃是本篇的最大特色。全文一共用了四個比喻：第一個比喻，即盲人識日，是從反面著筆，先敘述這一帶有故事性的比喻，然後導入正題，點明道理。比喻與比喻內涵的闡明，採用分開寫的方法。而第四個比喻，即北人學沒，則從正反兩方面著筆，從正到反，既從正面立論，又以反面例子為戒，正反對比，相輔相成。而且採用夾敘夾議的筆法，將比喻與比喻內涵結合在一起，即在故事性的比喻中兼含作者的論斷。這兩個比喻都是作者所創造的，形象性強，生動風趣，通俗貼切，深入淺出，能啟發讀者想像，使讀者由感性認識，逐漸過渡到理性認識。而且在筆法上遙遙相對，前後呼應，使論證方法靈活多變，而又邏輯嚴密。無論從反面貶斥，或正面疏導，都能將抽象的道理，講得淺明易懂。為了說明問題，文章還利用歷史典故印證推斷，使內容更加充實有力，故第二、三個比喻，都是借用古人現成的話作比，顯得十分概括、經濟，使古人現成材料為自己的論點服務。此外文章有對話，有排比，有反問，也有設問自答，文筆曲折多變，顯得生動活潑。

稼說送張琥

蘇子瞻

【題　解】本篇標題，蘇軾全集多作「稼說」注「送張琥」，而《東坡七集》則作「雜說一首送張琥」。張琥，後改名璪，字邃明，滁州全椒人，未冠，登進士第，官鳳翔法曹。王文誥《蘇詩總案》以本篇作於嘉祐八年（西元一〇六三年），時蘇軾為大理評事簽書鳳翔府判官，本篇為送張琥還京之作。稼，指種莊稼。文章以富人和窮人兩種耕種方法和結果作對比，說明地力雄厚，收穫一定豐富；地力貧瘠，收穫必然微薄。前者是良性循環，能夠不斷發展再生產；後者則是惡性循環，想維持簡單再生產也不可能。然後順理成章地把這種物質生產的規律，引申到精神生產上去；再用古人與今人作對比，著重說明做學問和種莊稼的道理一樣，必須積以時日，勤苦修養，不要急於求成，切勿追求虛名。學習方法，要「博觀而約取」；使用方法，要「厚積而薄發」。這樣才會具有豐富精粹的知識基礎，用起來就會感到綽綽有餘，從容不迫了。最後又託張琥把這個意見轉告其弟蘇轍，看似閒筆，而意在表明這確實是發自內心的肺腑之言，態度親切誠懇，令讀者得到不少教益。

曷嘗觀於富人之稼乎？其田美而多，其食足而有餘。其田美而多，則可以更休❶，而地力得完。其食足而有餘，則種之常不後時，而斂之常及其熟。故富人之稼常美，少秕❷而多實，久藏而不腐。今吾十口之家，而共百畝之田，寸寸而取之，日夜以望之。鋤、耰、銍、艾❸，相尋於其上者如魚鱗，而地力竭矣。種之常不及時，而斂之常不待其熟，此豈能復有美稼哉？

【章　旨】本段就富人與貧人兩種不同的耕種方法進行對比，重點在於說明種莊稼不能寸寸而取，造成地力枯瘠。

【注　釋】❶更休　指讓田地輪流休整，以保持地力。❷秕　中空或不飽滿的穀粒。章炳麟《新方言・釋植物》：「今謂不成粟者為秕穀。」❸鋤耰銍艾　鋤，鋤頭，此用作動詞，鋤草。耰，古代農具，形如榔頭。此用作動詞，播種後用耰平土，掩蓋種子。《史記・龜策列傳》：「耕之耰之。」張守節《正義》：「耰，覆種也。」銍，鐮刀，此用作動詞，用銍割禾穗。艾，同「刈」。收穫。

【語　譯】您為什麼不經常去看看富人的莊稼呢？他們的田地又好又多，他們的糧食綽綽有餘。他們的田地又好又多，就可以實行輪作制，這樣便可以保全地力。他們的糧食綽綽有餘，那麼耕種就常常不誤農時，而收割也常常能夠等到莊稼成熟的時候。因此富人的莊稼總是好的，秕子很少，顆粒飽滿，長期儲藏也不會腐爛。現在我這個十口之家，卻一共只有一百畝田地，一寸一寸地搾取地力，白天黑夜地盼望收穫。用鋤頭鋤草，用耰播種平土，用鐮刀收割，這些農活一個緊接一個，就像魚鱗一樣，這樣就把地力搾光了。播種常常趕不上農時，而收割又等不到莊稼成熟，這怎麼還能有好的莊稼呢？

古之人，其才非有以大過今之人也。其平居所以自養，而不敢輕用，以待其成者，閔閔❶焉，如嬰兒之望長也。弱者養之以至於剛，虛者養之以至於充。三十而後仕❷，五十而後爵。信❸於久屈之中，而用於至足之後；流於既溢之餘，而發於持滿❹之末。此古之人所以大過人，而今之君子所以不及也。

【章　旨】本段借富人之稼以比喻古人善於「自養」，故能由弱到剛，由虛到實，以至於達到「至足」、「既溢」、「持滿」的程度，故為今人之所不及。

【注　釋】❶閔閔　憂懼貌。《左傳·昭公十三年》：「閔閔焉如農夫之望歲。」❷三十而後仕　《禮記·曲禮》：「三十曰壯，有室。四十曰強，而仕。五十曰艾，服官政。」〈王制〉：「五十而爵。」《白虎通·爵篇》：「《禮》曰：『四十強而仕，至五十爵為大夫。』」皆不言「三十而仕」。三十，疑為「四十」之誤。❸信　通「伸」。❹持滿　弓拉到圓形。

【語　譯】古代的人，他們的才能並沒有大大超過今人的地方。他們平時加強自我修養而不敢輕易使用，以便等待學習完全成熟，那種小心翼翼的樣子，就像盼望嬰兒健康成長。身材弱小的，要注意培養，使他剛強起來，體質虛虧的，要小心保養，使他充實起來。三十（應為四十）歲以後才出去做官，五十歲以後才接受爵位。在長期壓抑委屈的境況中得以伸展，在準備充足以後再發揮作用；就像裝滿過頭的水才往外流，又像把弓拉到最圓的時候才把箭射出去。這就是古代的人大大超過今天的人的原因，也是現在的君子之所以趕不上古代的人的關鍵所在。

吾少也，有志於學，不幸而早得與吾子同年❶。吾子之得，亦不可謂不早也。吾今雖欲自以為不足，而眾且妄推❷之矣。嗚呼！吾子其去此而務學也哉！博觀而約取，厚積而薄發，吾告子止於此矣。子歸過京師而問焉，有曰轍子由者，吾弟也，其亦以是語之。

【章　旨】本段點明送行主旨，希望對方博觀約取，厚積薄發，並叮囑以此告知其弟蘇轍。

【注　釋】❶與吾子同年　吾子，指張琥。同年，蘇軾與張琥俱為嘉祐二年（西元一〇五七年）進士，此時蘇軾年僅二十二歲，故曰「不幸」過早成名出仕。而據《宋史・張璪傳》，張璪（即張琥）中進士，尚不足二十歲，故下文稱「吾子之得，亦不可謂不早也」。❷妄推　不切實際地胡亂推舉。揚雄《法言》：「無驗而言之謂妄。」

【語　譯】我小的時候有志於堅持學習，不幸的是過早成名，與您同年中了進士。您的成名，也不能不說是太早了。我現在雖然自認為學習得還很不夠，可是眾人卻都妄加推許了。唉！您現在離開這裡一定要專心學習呀！在廣泛閱讀的基礎上簡要地吸取精華，在豐富的積累之後再精粹地加以表達，我所奉告您的話，就到此為止了。您回去路過京城的時候，順便在那裡打聽一下，有一個名叫蘇轍，字子由的，是我的弟弟，請您一定也把這個意見告訴給他。

【研　析】本篇以「稼說」為題，表面似乎說的是種莊稼，其實講的是治學修業之道。文章主要借助於比喻，以加強印象；說理論事，使人易於理解。借助形象事物，增強論證效果，乃是本篇寫作上的主要特色。文章一開頭，便列舉「富人」與「吾十口之家」（代指窮人，不代表作者自稱）各自對莊稼的種植管理，在兩相對比中，因地不同，種法不同，收穫也就不同。雖未涉及治學的主旨，但言在此，意在彼，是非得失，已涇渭分明。雖然，就全文構思而言，「富人之稼」實際上是用以借喻「古之人」，而吾家之稼則用以借喻「今之人」，但文章並沒有作直接的聯繫或比附，而是採用緣事論理，以達到觸類旁通，使人讀後自能深思徹悟的效果。作者有目的地選取這兩類不同情況的材料，從不同角度，由遠及近，由淺入深地逼近說明的中心。由富貧兩種種莊稼的方法，引出古人今人兩種治學修業的方法，今人之所以不及古人，正在於不能「自養，而不敢輕用」。接下還聯繫作者自己，過早成名因而未能「博觀」、「厚積」。至此，道，緣事而出；理，隨文而成。故能收到使人心領神會、自勉自勵的效果。

送孫正之序

王介甫

【題　解】孫正之，名侔，又字少述，吳興（今浙江湖州）人。《宋史・隱逸傳》言其「與王安石、曾鞏遊，名傾一時。早孤，事母盡孝，志於祿養，故屢舉進士，及母病革，自誓終身不求仕，客居江淮間，士大夫敬畏之。」顧棟高《王荊公年譜》：「慶曆二年（西元一〇四二年），簽書淮南判官。八月赴任，與孫正之定交。九月十一日，正之奉親從其兄官於溫，有〈送孫正之序〉。」在本文中，王安石把他視為當代少有的獨行君子，簡直能與孟軻、韓愈相提並論。作者極力讚揚他在現實生活中儘管窮苦無聊，挫折失敗，但決不動搖自己的志向，屈從世俗潮流。這正是他與眾不同之處。並且相信只要堅持不懈，他的志向一定能夠實現，得到君主賞識，發揮真正的儒者的政治作用。這充分說明，他們之間的友誼乃是在理想一致的基礎之上，互相鞭策，互相勉勵。文章將眾人與君子對比，以孟、韓與孫正之照應，特徵鮮明，感情強烈；而對那些「圓冠」、「大裙」之流的嘲諷，更有無限憤慨形諸筆端。

時然而然，眾人也；已然而然，君子也。已然而然，非私己也，聖人之道在焉爾。夫君子有窮苦顛跌，不肯一失詘己❶以從時者，不以時勝道也。故其得志於君，則變時而之道，若反手然。彼其術素修，而志素定也。時乎楊、墨，己不然者，孟軻氏而已。時乎釋、老，己不然者，韓愈氏而已。如孟、韓者，可謂術素修而志素定也，不以時勝道也。惜也不得志於君，使真儒之效，不白於當世，然其於眾人也卓矣。嗚呼！予觀今之世，圓冠峩如❷，大裙襜如❸，坐而堯言，起而舜趨，不以孟、韓之心為心者，果異眾人乎？

【章旨】本段著重闡明君子與眾人的區別。君子能堅守聖人之道而不從流俗，猶如孟軻韓愈；而當世「圓冠」「大裙」之流，無孟韓之心，則只能歸入眾人之流。

【注釋】❶詘己　即強迫自己改變立場。詘，屈枉，此作使動用法。❷圓冠峩如　《莊子・田子方》：「儒者冠圜冠者，知天時。」《廣雅・釋詁》：「峩，高也。」❸大裙襜如　《舊唐書・輿服志》：「長裙廣袖，襜如翼如。」大裙乃古代官僚貴族下身所穿。襜如，動搖貌。

【語譯】時俗潮流這樣，自己也就這樣，這是一般的人處世的態度；自己認為這樣正確，就這樣做，這是君子處世的態度。自己認為這樣正確，就這樣做，這並不是他自以為是，只顧自己，而是聖人之道在他心中的緣故。而君子有時也會窮困潦倒，遭到挫折，但是他一次也不願喪失原則，違背自己意志去附合時俗潮流，不能因為時俗潮流而改變處世之道。所以，他如果得到君主的重用，就要改變時俗潮流使之達到聖人之道，就像反掌那麼容易。那是由於他的學術早就修養好了，他的志向早就確定下了。時代潮流傾向楊朱、墨翟的學說，自己卻不這樣，只有孟軻一人罷了。時代潮流傾向佛教、道教的思想，自己卻不這樣，只有韓愈一人罷了。像孟軻、韓愈這樣的人，可以說是學術早就修養好了，志向早就確定下了，不能因為時俗潮流而改變處世之道。可惜像他們這樣的人沒有得到君主的重用，使得真正儒者的社會效用，沒有能在當時社會上顯示出來，但他們跟普通人比較起來，那還是很卓越的。唉！以我看來，現在社會上那般頭戴高高的圓帽，身穿飄飄的大裙，坐下來說的是堯舜的言語，站起來走路像堯舜那樣規矩，可是卻不把孟軻、韓愈的思想當作自己思想的人，比起普通人來果真就有什麼不同嗎？

予官於揚❶，得友曰孫正之。正之行古之道，又善為古文，予知其能以孟、韓之心為心而不已者也。夫越人之望燕為絕域也，北轅而首之，苟不已，無不至❷。孟、韓之道去吾黨，豈若越人之望燕哉？以正之之不已，而不至焉，予未之信也。一日得志於吾君，而真儒之效，不白於當世，予亦未之信也。正之之兄官於溫❸，奉其親以行，將從之，先為言以處予。予欲默，安得而默也❹？

【章旨】本段敘述與孫正之的交往以及孫正之為人，對孫加以表彰和鼓勵，最後說明寫作此文的緣由。

【注釋】❶予官於揚　揚，揚州。王安石於慶曆二年得中進士，以祕書郎簽校淮南節度判官。淮南節度駐揚州。❷夫越人之望燕四句　此反用《戰國策・魏策》中北轅而欲之楚一事。越，春秋時國名，地在今浙江北部。燕，春秋戰國時國名，地在今河北北部。首，首途；出發。❸正之之兄官於溫　正之之兄，名不詳。溫，宋有溫州，今浙江溫州，又有溫縣，今河南溫縣，此未知何指。譯文暫從溫州。❹安得而默也　《王安石文集》下有「慶曆二年閏九月十一日」，凡十字。

【語譯】我在揚州做官，結識一位朋友叫孫正之。正之勵行古人的處世之道，又善於寫作古文，我了解他是那種能把孟軻、韓愈的思想當作自己的思想並且不斷努力的人。越國人望去，燕國簡直是個非常遙遠的邊疆，如果駕起車子向北出發，不停地走，就沒有到達不了的。孟軻、韓愈的道德學問跟我們的距離，難道會像越國人北望燕國那樣遙遠嗎？按照正之這樣不斷努力，堅持下去卻不能夠到達，我是絕不會相信的。他一旦得到君主的重用，真正儒者的社會效用不能在當代顯示出來，這樣的事，我也絕不會相信的。正之的哥哥在溫州做官，陪侍母親一同前往任所。正之準備跟隨他們去，先用言語來安慰我。我想不說什麼，但這怎麼能夠沉默不言呢？

【研　析】本篇前半部分論虛，後半部分論實，虛實結合，集中刻劃出一個特立獨行，能堅持聖人之道，決不苟同流俗的反潮流的形象。儘管文章將這一形象落實在孫正之身上，但實際上更多的還是表現出作者的自我性格。這正如劉師培《論文雜記》中所說的「立論極嚴，如其為人」。本篇雖為短制，但仍能顯示出一個改革家的胸襟氣度和真知卓見。文章口吻堅定，語氣斬絕，文勢充沛，明顯地帶有其傲岸倔強、睥睨凡眾的個性，這也和作者的思想修養相適應。但作為贈別之作，本文又有其婉轉曲折、平易舒緩的一面。故林紓評曰：「此文在由功利上計較，然處處用縈復之筆，骨力堅凝，自是臨川本色。」如首段即將「時」與「道」當作一組對立面，反反覆覆展開論述，其中「時」字出現八次，「道」字出現四次。還兩用「不以時勝道」，中間又插入「變時而之道」，以「道」勝「時」，以「道」變「時」，這正是王安石一生所作所為。王文濡評曰：「不以時勝道，乃能變時之道，所論未嘗不是，而一以拗執行之，卒釀新法之弊耳。」新法利弊應如何評價，姑且不論，但這種擇善固執的作風，還是值得提倡的。

卷三十四 贈序類 三

周弦齋壽序

歸熙甫

【題解】周弦齋，據《崑山、新陽兩縣合志・耆碩傳》載：「周果，字世高，居同邱里，為諸生。晚以德齒賓于鄉，卒年八十六。」本文是為他八十壽誕所寫的一篇壽序。壽序之文，唐宋時無有作者。按《四庫總目提要》卷一六九別集類〈陶學士（名安，明初人）集提要〉云：「世言祝壽之序，自歸有光始入集，考此集已有二篇，則不自有光始矣。」但曾國藩則以為始於宋濂（見〈黃槩卿師父母壽序〉），但壽文之多，無過震川。此類壽序，本屬應酬文字，但作者在篇中只說些家常話，不作過分的諛詞，便是古文家義法所在。本文抓住周弦齋「齒」與「德」兩字落墨，年屆八十，是為高壽，「不可不舉觴而為之賀也」。母家諸舅兄弟，無非先生弟子，可見其培育後進，造福桑梓。這些都從作者回憶處著筆，如敘家常，使人倍感親切。林紓評曰：「顧亭林恆不為人作壽序，即《方望溪集》中亦絕少見。獨歸熙甫竟多至卷餘，其中不無隨手應酬之作。惟此篇俯仰沉吟，於壽序中別開生面。熙甫文長於述舊，以能舉瑣細之事為長，似學《史記》、《漢書》之〈外戚傳〉。故敘家庭細瑣之事，頗款款有情致。」

弦齋先生，居崑山❶之千墩浦❷上，與吾母家周氏居相近❸也。異時周氏諸老人，皆有厚德，饒於積聚❹，為子弟延師，曲❺有禮意。而先生嘗為之師，諸老人無不敬愛。久之，吾諸舅兄弟，無非先生弟子者。

【章旨】本段總敘周弦齋與作者母家的密切關係。

【注釋】❶崑山　明縣名，屬蘇州府，即今江蘇崑山。❷千墩浦　據《一統志》：「千墩浦在崑山縣東南三十六里。松江至吳門東下至此，江南北凡有千墩，故名。」墩，土堆。郭璞注《爾雅》云：「江東呼堆為墩。」❸與吾母家周氏居相近　歸有光之母名周桂，「世居吳家橋，去縣城東南三十里，由千墩浦而南直橋，並小港以東，居人環聚，盡周氏也」（見〈先妣事略〉）。吳家橋與同邱里，均靠近千墩浦，故相距不遠。❹周氏諸老人三句　指作者外祖父及其兄弟。據〈先妣事略〉：「外祖與其三兄皆以貲雄，敦尚簡實。」可與之參看。❺曲　指周到。

【語譯】弦齋先生，住在崑山縣的千墩浦上面，跟我母親娘家周氏住的地方相接近。從前，周家諸位老人，品德都很高尚，家財都很富有，他們替子弟聘請老師，禮貌很周到。而弦齋先生曾經當過他們的老師，諸位老人沒有不敬愛他的。過了很久，我舅舅的各位兄弟，個個都成了弦齋先生的門生。

余少時見吾外祖與先生遊處，及吾諸舅兄弟之從先生遊。今聞先生老，而強壯如昔，往來千墩浦上，猶能步行十餘里。每余見外氏❶從江南❷來，言及先生，未嘗不思少時❸之母家之室屋井里，森森如❹也；周氏諸老人之厚德，渾渾如❺也；吾外祖之與先生遊處，恂恂如❻也；吾舅若兄弟之從先生遊，齗齗如❼也。今室屋井里非復昔時矣！吾外祖諸老人無存者矣！舅氏惟長舅存耳，亦先生之弟子也，年七十餘矣！兄弟中，河南行省參知政事子和❽最貴顯，亦已解組❾而歸，方日從先生於桑梓❿之間。俛仰今昔，覽時事之變化，人生之難久長如是，是不可不舉觴而為之賀也！

【章　旨】本段撫今思昔，回憶少年時母家與弦齋交往情況以及今時之變化，不覺感慨並為先生祝賀。

【注　釋】❶外氏　即外祖父家。❷江南　此指安亭江之南。❸少時　年輕時，歸有光兒時曾在外祖父家居住過一段時期。❹森森如　如樹木之繁密貌。❺渾渾如　渾厚質樸貌。韓愈〈進學解〉：「上規姚姒，渾渾無涯。」❻恂恂如　《論語・鄉黨》：「孔子於鄉黨，恂恂如也。」《集解》：「恂恂，溫恭之貌。」❼齗齗如　爭辯貌。姚鼐指為作者誤用，按此以形容小兒讀書，時有好辯，似更形於寫實。王文濡謂當作「誾誾」，即和悅靜肅的樣子，反嫌迂腐。❽河南行省參知政事子和　子和，作者外祖父周行之從孫周大禮，字子和，嘉靖十一年進士，擢河南參政。明初承元制，設行省，洪武九年，改行省為承宣布政使司，改參知政事為佈政使，秩正二品。此處仍按明初稱呼。❾解組　解除印綬去官退休。❿桑梓　《詩經・小弁》：「惟桑與梓，必恭敬止。」桑與梓為古代住宅旁常栽之樹木，東漢以來遂用以代表家鄉。

【語　譯】我年紀很小的時候，看到我的外祖父和先生遊玩相處，以及我的各位舅舅兄弟們跟隨先生遊歷講學。而現在聽說先生雖然老了，但強壯還是同過去一樣，在千墩浦來來往往，依然能夠步行十多里路。每逢我看到外祖父家的人從安亭江南來，說到先生的時候，未嘗不想到年幼時母親家裡的房屋寢室，水井鄰里，密密匝匝的樣子；周家的一些老人品德高尚，樸實敦厚的樣子；我外祖父家諸位同先生遊玩相處，融洽恭順的樣子；我的舅舅他們兄弟跟隨先生遊歷講學，討論爭辯的樣子。而現在外祖父家房屋寢室，水井鄰里，已經不是過去的樣子了！我的外祖父和他們家諸位老人，都已經不在世了！我的舅舅中只有大舅還活著，他也是先生的弟子，年紀已經七十多歲了！我的表兄弟中，只有擔任過河南行省參知政事的周子和最為顯貴，但也已經辭官回家，正每天跟隨先生在家鄉一起生活。撫今思昔，看到時間事情的變化，人生就像這樣的難於長久，而先生卻能夠保持過去風貌，這不能不舉杯為先生祝賀。

嘉靖丁巳❶某月日，先生八十之誕辰。子和既有文以發其潛德❷，余雖不見先生久，而少時所識其淳朴之貌，如在目前。吾弟子靜❸復來言於予，亦以予之知先生也。先生名果，字世高，姓周氏，別號弦齋云。

【章旨】本段點明先生壽辰、寫作壽序之緣由，並補充交代先生之名字。

【注釋】❶嘉靖丁巳　嘉靖為明世宗年號，丁巳為三十六年（西元一五五七年）。此時歸有光五十二歲。❷潛德　不為人知的美德。❸吾弟子靜　似應為表弟，子靜，其名及生平不詳。

【語譯】嘉靖丁巳年某月日，乃是先生八十歲的誕辰。周子和已經寫了文章表彰先生人們不了解的美德，我雖然很久沒有見到先生了，而年幼時所認識先生淳厚樸實的相貌，好像在眼前浮現。我表弟周子靜又來跟我講，要我給先生寫篇壽序，也認為我是了解先生的。先生名果，字世高，姓周氏，別號弦齋。

【研析】王文濡對本文有評曰：「弦齋無學行之可言，因就外家之關係言之，此其所以為應酬之文歟？」此評似可商榷。壽序，包括歸有光所寫之大量壽序，確有不少屬於應酬文字，但本篇卻無溢美阿諛之言，敷衍應付之筆，故很難說僅僅出於應酬。弦齋究竟有無學行可言，似不宜以本篇並未提及而遽加否定，因文中有「子和既有文以發其潛德」之語，為避免主旨重複，故作者有意不再涉及這個方面。不涉及的另一重要原因，乃是作者與弦齋先生生平交往不多，僅「少時」見過先生與外祖及諸舅遊處，以後一直未能見面，故文中有「少時所識其淳朴之貌，如在目前」之語。本文所寫，完全限於作者親眼所見，親耳所聞，一切都通過自己親身感受，透過作者的眼光來描述對方，故全篇連用「吾」、「余」等字樣達十二處之多，這能給人以親切之感，而無做作痕跡。弦齋與其外家關係密切，借助對外家深厚感情以烘托先生風貌；通過瑣細事件的娓娓敘述，如道家常，復以人事滄桑作為背景，使人讀後更能獲得一種歷史的深沉感；而賀壽之意，就更顯得真摯而又深刻的了。

戴素庵七十壽序

歸熙甫

【題解】戴素庵，名字待考，據本文所言，僅知其為崑山人，入學為秀才多年，但屢考不利，無功名。五十多歲時，由縣學告歸，自此屏棄功名，享肥遯之樂。王文濡評此文曰：「通篇除肥遯外，無一語說及戴君佳處；而裕州（龔西野）之不薄，偏盡力表章之。文雖應酬，尚有關係。」本文除了同情素庵之不遇於時，讚賞其歸隱得享湖山之樂外，還著力描寫他與龔西野那種親密友愛「無異親昆弟」的深厚親情和友誼，這在世俗澆薄之際，尤顯得可貴。本篇明寫素庵與西野的友誼，同時暗寫先生與作者家父命運相同的親密關係。慨嘆之情，見於言外。素庵年七十，作者之父與其年相近；歸有光生時，其父年二十一。故本篇當作於歸有光五十歲左右，即嘉靖三十四年（西元一五五五年）前後。

戴素庵先生，與吾父❶同入學宮❷為弟子員❸，同為增廣生❹，年相次也。皆以明經工於進士之業❺，數試京闈❻不得第。予之為弟子員❼也，於班行中見先生輩數人，凝然古貌，行坐不敢與之列。有問，則拱以對。先生輩亦偃然自處，無不敢當之色。會予以貢入太學❽，而先生猶為弟子員。又數年，乃與吾父同謁告❾

而歸也。

【章　旨】本段敘述素庵先生與作者之父功名蹭蹬、科考不利之經歷，並夾寫自己的成長。

【注　釋】❶吾父　歸有光之父名正，字民表，號岫雲，庠生，後以歸有光故，贈文林郎。❷學宮　此指縣學。❸弟子員　即秀才、諸生，亦稱庠生。❹增廣生　科舉制度中諸生名目之一。明代諸生都有月廩，每人米六斗，但有一定名額，稱為廩膳生。後又於正額之外，增加少量名額，稱為增廣生，簡稱增生。❺進士之業　指八股文，亦稱制義、經義。明清科舉以進士為最高目標，而科舉各級考試均以八股文為主要科目。❻京闈　明清鄉、會試考場稱闈。鄉試在各省省城及南北兩京舉行，此指南京考場，蘇州府生員都參加南京鄉試。❼予之為弟子員　歸有光於二十歲時（西元一五二五年），以童子試第一名補蘇州府學生員。❽貢入太學　據孫岱《震川年譜》：「嘉靖十六年（西元一五三七年）丁酉，先生三十二歲，南還入南京國子監讀書。」貢，指選貢，經考試考查，學行兼優。太學，朝廷所辦的學校，明代於南北兩京均設有國子監。❾謁告　本指官員請假，此言由縣學告退，即不再參加鄉試，因素庵與歸正皆年近六十。

【語　譯】戴素庵先生跟我的父親同時進入縣學成為秀才，又同時成為增廣生員，享受國家廩食，因為他們年齡比較接近。他們都以精通經書大義擅長寫作八股制義，但他們多次參加南京鄉試，都未能得中。我成為蘇州府學生員的時候，在同輩行列中看到素庵先生這些老一輩的幾個人，古貌端莊，我無論走路入座都不敢跟他們並列。他們提問之時，我便拱手回答。這些老先生們也都安然自處，沒有什麼不敢當的樣子。等到我通過選拔貢入南京國子監，成為監生，而素庵先生仍然是個秀才。又過了幾年，才跟我父親同時從縣學中告退，返回家中。

先生家在某所，渡婁江❶而北，有陂湖❷之勝，裕州太守龔西野❸之居在焉。

裕州與先生為內外昆弟❹，然友愛無異親昆弟。一日無先生，食不甘，寢不安也。

先生嘗遘危疾，西野行坐視先生而哭之，疾竟以愈。日相從飲酒為歡。蓋龔氏之居枕傀儡蕩❺，遡蕩而北，重湖相襲，汗漫❻沉浸，雲樹圍映，乍合乍開，不可窮際。武陵桃源❼，無以過之。西野既解纓組❽之累，先生亦釋絃誦❾之負，相得於江湖之外，真可謂肥遯❿者矣。其後西野既逝，先生落然無所向。然其子上舍⓫君，猶嚴⓬子弟之禮，事先生如父在時。故先生雖家塘南，而常遊湖上為多。

【章旨】本段敘寫素庵先生告歸後，與解官而歸的龔裕州常來常往的深摯友誼。

【注釋】❶婁江　太湖支流，在蘇州東婁門外。分兩支，東流入崑山，東北流入太倉，復入長江。今亦稱瀏河。❷陂湖　陂，池塘。小者為陂，大者為湖。《淮南子・說林》：「十頃之陂，可以灌四十頃。」❸裕州太守龔西野　龔名德中，字天然，號西野，崑山人。順天鄉試中式，官至裕州知州。裕州，明代州名，州治在今河南方城。❹內外昆弟　即表兄弟。古以舅表兄弟為內兄弟，姨表或姑表兄弟為外兄弟。❺傀儡蕩　據《崑山志》載：「傀儡湖亦名蕩，縣西北二十四里，東納陽城諸水。」❻汗漫　水勢浩瀚，無邊無際。❼武陵桃源　典出陶淵明〈桃花源記〉。歸有光〈龔裕州詩序〉中曰：「環湖而居，魚鳥上下，田夫野老，謳呼而笑傲，當郡邑喧囂之間，而得武陵桃源之趣焉。」可見其居處之隱僻優雅。❽解纓組　纓，冠帶。組，印綬。二者均代表官職，此指辭卻官職。❾釋絃誦　《禮記・文王世子》：「春誦，夏絃。」鄭注：「誦，謂歌樂也；弦，謂以絲播詩。」後因以此稱學校教學。釋絃誦，即從學校告退。❿肥遯　隱居避世。《周易・遯卦》：「上九，肥遯，無不利。」疏：「肥，饒裕也……最在外極，無應於內，心無疑顧，是遯之最優，故曰肥遯。」遯，同「遁」。⓫上舍　宋代太學中分上舍、內舍、外舍，初入學為外舍，以後根據考選，得逐步升入內舍及上舍。但明時已無此制，這裏指肄業國子監中之秀才。⓬嚴　作動詞用，嚴格遵守。

【語譯】素庵先生的家在某個地方，從他家渡過婁江往北走，有一片湖泊，景緻很美，裕州太守龔西野的住房就在這裡。龔西野和先生是中表兄弟，但是相互友愛與嫡親兄弟沒有什麼差別。龔西野只要一天不見到先生，吃飯不好，睡覺不安。先生曾經患過危險的重病，龔西野坐在那裡看著先生痛哭，重病居然得以痊癒。兩人每天都在一起飲酒為樂。因為龔西野的住處，緊靠傀儡蕩，沿著傀儡蕩往北，湖泊一個接一個，水勢浩瀚，一片汪洋，周圍雲霧繚繞，樹木映照，時合時開，無邊無際。哪怕是武陵郡的桃花源，其靜謐清雅也不能超過。龔西野已經擺脫了官場的牽累，先生也解除學校上學的負擔，兩人得以縱情交遊於江湖之上，真可以稱作獲得最好隱居的人了。後來龔西野已經去世，先生一個人寂寞冷落，不知道往何處去。但西野的兒子監生某，還是嚴格遵守子弟的禮節，侍候先生就像父親活著的時候一樣。所以先生雖然住在傀儡蕩的南邊，但仍然經常多次遊覽湖上。

今年先生七十，吾族祖某，先生之子婿也，命予以文。為言先生平生甚詳，然皆予之素所知者也。因念往時在鄉校❶中，先生與家君❷已追道前輩事，今又數年，不能復如先生之時矣。俗日益薄，其間有能如龔裕州之與先生乎？而後知先生潛深伏隩❸，怡然湖水之濱，年壽烏得而不永也！先生長子某，今為學生，而餘子皆向學，不墜其教云。

【章　旨】本段點明先生壽辰及所以為文之故，並補敘有關事宜，再一次肯定先生退隱後怡然自樂之情。

【注　釋】❶鄉校　即縣學。❷家君　作者自稱其父。❸隩　幽深之處。

【語　譯】今年是素庵先生七十歲的壽辰，我的族祖父某，是先生的女婿，叫我寫篇文章。對我講述先生平生事跡非常詳細，但是這些都是我平素所了解的情況。因而回憶起過去在縣學之中，先生對家父已經追述他們作為前輩的事跡，如今又過去了好多年，跟先生在縣學的時候已經不一樣了。世俗一天比一天澆薄，這中間還有能夠像龔西野跟先生這種誠摯的友誼嗎？在此之後，我才懂得先生避世隱居於幽僻之地，在湖水之濱怡然自樂，年歲怎麼能夠不長久呢！先生的長子某，現在已經入學為諸生，而其餘的兒子都能一心向學，不違背他的家教。

【研　析】壽序，不同於一般贈序。贈序可以確定一個明確的主旨，只要與對方有某種關聯即可，甚至不妨命題作文，如〈日喻〉、〈稼說〉之類。而壽序則僅限於寫其人，而內容多不離賀壽、頌德之類，故多應酬敷衍之作。歸有光之所作，亦在所難免。但他為了避免這一弊端，常就個人對壽者的了解或印象落筆，借助敘事以抒發個人深摯之情，從而避免無病呻吟、矯柔造作，進而力求內容有一個中心，使敘事集中而不散亂。例如本篇，則著重寫素菴之交遊，其中又只寫兩人，一為作者之父，一為龔西野。前者寫其歸隱之前，借以含蓄表現出二人命運之坎坷不遇；後者主要寫「肥遯」之後，寫其隱居之樂，以表現彼此之間那種誠摯的情誼。二者相互配合，一前一後，基本上勾劃出素菴的一生，這比孤立寫其人內容更顯得豐富，更能多方面表現素菴的為人。

王母顧孺人六十壽序

歸熙甫

【題　解】王母，即王子敬之母。子敬名執禮，《崑山新志》載：他「少孤貧力學，從歸有光受經，因旁及子史。嘉靖乙丑（四十四年，西元一五六五年）與有光同登進士，授建寧府推官」。本篇似應作於中進士之後，即隆慶年間。孺人，明清時，七品官之母、妻封為孺人。本篇集中表彰顧孺人撫孤成人的崇高懿範。孺人在大病十八年之後，而子女四人皆少，幼子在娠，而她撫抱諸孤，含辛茹苦，歷盡艱辛，其困難之狀，可想而知。歷二十年，終於使子女長大成人，以嫁以娶，包括幼子執法，亦冠而受室，使全家得以少安，而又不墮先世之訓，這確實體現出中國婦女那種忍辱負重的精神。

王子敬欲壽其母，而乞言於予。予方有腹心之疾❶，辭不能為。而諸友為之請者數四。則問子敬之所欲言者，而子敬之言曰：

【章　旨】本段點明寫作本篇壽序之緣起，乃應其子之請。

【注　釋】❶腹心之疾　重病；大病。《國語・吳語》：「越之在吳也，猶人之有腹心之疾也。」

【語　譯】王子敬要給他的母親做壽，而想請我寫篇壽序。我當時正患有重病在身，所以推辭不能寫作。而一些朋友三番四覆地替王子敬請求。於是我便問王子敬需要在壽序中講些什麼，而王子敬的話是：

「吾先人生長太平。吾祖為雲南布政使❶，吾外祖為翰林，為御史❷。以文章政事，並馳騁於一時。先人在綺紈❸之間，讀書之暇，飲酒博弈，甚樂也。已而吾母病痿❹，蓐❺處者十有八年。先人就選，待次天官❻，卒於京邸。是時執禮生十年，諸姊妹四人皆少，而吾弟執法方在娠。先人返葬，執法始生，而吾母之疾亦瘳。自是撫抱諸孤，煢煢在疚❼，今二十年。少者以長，長者以壯，以嫁以娶。向之在娠者，今亦頎然❽成人矣。蓋執禮兄弟知讀書，不敢墮先世之訓。

而執法以歲之正月，冠而受室❾。吾母適當六十之誕辰。回思二十年前，如夢如寐，如痛之方定。如涉大海，茫洋浩蕩，顛頓於洪波巨浪之中，篙櫓俱失，舟人束手，相向號呼。及夫風恬浪息，放舟徐行，遵乎洲渚❿，舉酒相酬。此吾母今日得以少安，而執禮兄弟所以自幸者也。」

【章　旨】本段借助王子敬之言，介紹其家庭背景，其母經歷，特別是近二十年撫孤成人的艱辛過程。

【注　釋】❶吾祖為雲南布政使　子敬之祖名王秩。《崑山新志・王秩傳》：「秩字伯循，成化丁未（二十三年，西元一四八七年）進士，擢雲南右布政使。孫執禮。」布政使，全稱承宣布政使，明洪武九年，分全國為十三承宣布政使司，每司設左、右布政使，為一省之行政長官。❷吾外祖為翰林二句　子敬之外祖為顧潛。《崑山新志・顧潛傳》：「潛字孔昭，弘治丙辰（九年，西元一四九六年）進士，庶吉士，改授山西道御史。」庶吉士隸翰林院，以進士中擅長文學及書法者任之。故稱「為翰林」。御史則為各省司糾察之職。❸綺紈　富貴子弟，猶言「紈綺」。《漢書・敘傳》顏注：「紈，素也；綺，今細綾也，並貴戚子弟之服。」❹痿　指由風寒引起肌肉痿縮。《漢書・昌邑王傳》顏注：「痿，風痹疾也。」❺蓐　草席。❻先人就選二句　先人，指王子敬之父王崇德，字可久，號後山，王秩之子，曾官光祿寺醢鹽監（據《崑山新志》）。據《周禮》，醢人、鹽人，並屬天官冢宰。天官，即吏部。❼在疚　因喪事而悲痛、憂病。《詩經・閔予小子》：「遭家不造，嬛嬛在疚。」❽頎然　高高的樣子。❾冠而受室　到成年而娶妻。古人以二十歲為成年，始冠。❿遵乎洲渚　遵，沿著。洲渚均為水中陸地，大者為洲，小者為渚。《詩經・江有汜》傳：「渚，小洲也。」

【語　譯】「我的祖先生長在天下太平之時。我的祖父擔任過雲南布政使，我的外祖父曾進入翰林院，官至御史。他們都以文章和政治才能，在當時享有盛譽。先父為富貴人家子弟，在讀書求學的空閒時間，喝酒下棋，非常快樂。不久，我的母親因風寒患上肌肉痿縮之病，躺在床上達十八年之久。先父等候選官，在吏部擔任小吏，死在京城。這時，執禮我生下來才十年，有姊妹四人，都很年幼，而我的弟弟執法還在孕中。等到先父靈柩返回家鄉安葬，執法才出生，而我母親的病也好了。從此以後，我母親懷抱撫養我們幾位失去父親的孤兒孤女，孤孤單單在喪夫的悲傷中過日子，至今已經二十年了。年幼的得以長大，年長的進入壯年，女兒出嫁，男孩成婚。過去還在孕中的，現在也長得高高大大，已經成人了。我和兄弟都懂得讀書求學，不敢忘記先父的教訓。而我幼弟執法也在今年正月，已經成年並娶了妻室。而我的母親正好是六十歲壽辰。我回想二十年前，好像是做了一場夢一樣，又好像痛苦剛剛過去。當時正如駕舟在大海中航行，一片汪洋，浩瀚無邊，小舟在波濤洶湧之中顛簸飄流，竹篙船櫓都沒有了，船夫都束手無策，彼此相對呼叫。等到風平浪靜，任憑小舟慢慢行駛，沿著洲渚航行，大家舉著酒杯相互慶賀。這就是我母親今天能夠稍微享受安樂之福，而我們兄弟所以自我慶幸的原故。」

噫！子敬之言如是，諸友之所以賀，與予之所以言，亦無出於此矣。「恩斯勤斯，鬻子之閔斯❶」，子敬兄弟其念之哉！

【章　旨】本段作者借助《詩經》之言，對顧孺人辛勤撫育兒女予以表彰。

【注　釋】❶恩斯勤斯二句　語出《詩經・鴟鴞》。這是一首禽言詩，此處借鳥之育雛以喻王母之撫孤。據朱熹集注言：「恩，情愛也；勤，篤厚也；鬻，養；閔，憂也。……以我情愛之心，篤厚之意，鬻養此子，誠可憐閔。」

【語　譯】咦！子敬講的話就是這樣，諸位朋友之所以要來慶賀，跟我再三請求所講的話，也沒有超出子敬的這段話。正如《詩經》中所講的「以情愛之心，篤厚之意，育養子女，誠可憐閔」，子敬兄弟，希望能夠想到這些啊！

【研　析】以其子之言，作為壽序的主要內容，乃是本篇寫作上的最大特色。胡韞玉評之曰：「就乞序人之所言以作序，是文章討巧法。純以子敬之言為主，不加論斷，是應酬之作。」所謂「討巧法」，固然有理。但這並非純粹為了省心省力而討巧，作者這樣寫還有另外原因。歸有光作壽序，總是採用第一人稱個人視角，而力求避免採用第三人稱全能視角。借助子敬之言以代替敘事，這實際上乃是以個人之親耳所聞代替對事實經歷的客觀陳述。而且，文中第二段，即子敬所講的一大段話，完全是以一個兒子的身分對母親辛勤撫育的回顧，充滿感激之情和切身體會，這乃是任何客觀敘述所無法達到的。例如「如涉大海」一喻，就寫得既形象生動，又真切感人，非身歷其境者不能為。至於所謂的「不加論斷」，亦不確，作者引《詩經》下斷，乃是對王母的最高評價。

顧夫人八十壽序

歸熙甫

【題　解】顧夫人，朱氏，乃當時崑山第一顯貴顧鼎臣之妻。顧鼎臣官至禮部尚書，兼文淵閣大學士，入參機務，尋加少保太子太傅，進武英殿。雖然官高一品，但在政治上並無多少建樹。他的升官，主要靠寫青詞。世宗好道，學長生術，內殿設齋醮，鼎臣進〈步虛詞〉七章，故深受皇帝寵愛，《明史》本傳稱：「詞臣以青詞結主知，由鼎臣倡也。」雖秉國政，但其「素柔媚，不能有為，充位而已」。顧夫人除了享盡榮華福壽之外，亦無甚德行可紀。當然，同為崑山豪族，顧家與歸家曾有過一些交往，包括歸有光，亦曾經拜見過顧鼎臣，這也許正是歸有光寫作壽序，為之歌功頌德的原因，何況此時有光已中舉，卻屢上春官皆落第。孫岱《年譜》曰：「嘉靖二十七年（西元一五四八年）撰少保公夫人八十壽序，李忠丞憲卿見之云：少保家得此文一篇，多矣！何用餘文為？」如果說有光竭力寫好此文，以便討好權貴，為自己早入仕途創造條件，這也是可能的。不過，本篇對世宗信用群小，斥逐大臣，喜怒無常，以致朝政紊亂，多少有所揭露，這乃是本文積極方面。但僅此一點，無法改變本篇為應酬之作的性質。

太保顧文康公❶，以進士第一人，歷事孝、武二朝❷。今天子由南服入繼大統❸，恭上天地祖考徽號❹，定郊丘之位❺，肇九廟❻，饗明堂❼，秩百神❽，稽古禮文，粲然❾具舉。一時議禮之臣，往往拔自庶僚，驟登樞要❿。而公以宿學元老，侍經幄⓫，備顧問，從容法從⓬，三十餘年。晚乃進拜內閣⓭，參與密勿。會天子南巡湖湘，恭視顯陵⓮，付以留鑰之重⓯。蓋上雖不遽用公，而眷注隆矣。至於居守大事，天下安危所繫，非公莫寄也。夫人主之恩如風雨，而怒如雷霆，有莫測其所以然者。士大夫遭際，承藉貴勢，恩寵狎至，天下之士，誰不扼腕跂踵⓰而慕豔之？及夫時移事變，有不能自必⓱者，而後知公為天下之全福也。

【章旨】本段寫顧鼎臣仕宦升遷經歷，兼寫世宗入繼大統後之朝政。

【注釋】❶太保顧文康公　即顧鼎臣，字九和，崑山人。卒贈太保，謚文康。❷以進士第一人二句　據《明史》本傳，顧鼎臣於孝宗弘治十八年進士第一，授翰林院修撰，武宗正德初年，再遷左諭德。孝宗，名祐樘；武宗，名厚照。❸今天子由南服入繼大統　今天子，指世宗朱厚熜。乃憲宗朱見深之孫，其父祐杬，乃憲宗第四子，孝宗之弟，封興王，國安陸（今湖北安陸），正德十四年（西元一五一九年）薨，謚曰獻，故稱興獻王。世子厚熜時年十三，理國事。兩年後，武宗死，無嗣。皇太后與大學士楊廷和定策遣迎厚熜於興邸，即皇帝位，是為世宗，年號嘉靖。安陸在京城南方，古代以王畿五百里外為一服，故稱「南服」。❹恭上天地祖考徽號　考，父死曰考。此處涉及嘉靖初年一場大的政治鬥爭，一派由張璁、桂萼為代表，力主世宗「繼統不繼嗣」，應以本生父興獻王為皇考，尊之為帝，而以孝宗為皇伯父。一派以元老大臣楊廷和等為代表，力主世宗應繼孝宗之嗣，稱孝宗為皇考。由於世宗偏袒，前派得勢，興獻王被尊為獻皇帝，廟號睿宗，神主祔入太廟，躋武宗上；

其母興獻王妃蔣氏尊為章聖皇太后。而楊廷和一派完全失敗，或廷杖死，或下獄，或罷職，或降級，或奪俸，共達二百餘人，楊廷和亦被迫去職。史稱「議大禮」之爭。❺定郊丘之位　封建帝王每年都要郊祀天地，嘉靖九年，於京城南北郊作圜丘，以分別祭天地山川。❻肇九廟　肇，始建。九廟，古代帝王立七廟以祀祖先，七廟，指三昭三穆及太祖之廟。後王莽增建黃帝太初祖廟和帝虞始祖昭廟，共九廟。後代多有沿用者。但世宗既以興獻王為皇考，尊之為帝，入太祖，列三昭三穆，又加上興獻王之兄孝宗及孝宗之子武宗，與太祖共為九廟。❼饗明堂　明堂為古代帝王宣明政教的地方。凡朝會、祭祀、慶賞、選士等大典，均在此舉行。其後宮室漸備，明堂已無作用，僅在京郊東南建明堂，以存古制。而明初則無明堂之制，嘉靖十七年六月，建明堂，行大饗之禮，尊皇考獻皇帝，廟號睿宗，以配上帝。❽秩百神　秩，秩宗之省稱。秩宗為郊廟之官，百神指祭祀日月蠶穀諸神。❾粲然　明白貌。❿一時議禮之臣三句　議禮之臣，指提出大禮議的臣下，如張璁，原為待選進士，因首創追尊興獻王為帝，投世宗之所好。五年後，拜禮部尚書，兼文淵閣大學士，入參機務，並為首輔。如桂萼，始乃南京刑部主事，因附合璁議，七年後，以武英殿大學士，入參機務。其他如方獻夫、席書等，均因議大禮官至太子太保，為諸輔臣莫敢望。⓫侍經幄　為經筵講官。嘉靖初，顧鼎臣直經筵，以進講剴切，累官詹事，拜禮部右侍郎。⓬法從　依法當從天子法駕。《漢書．揚雄傳》顏注：「法從者，以言法當從耳，非失禮也。一曰從法駕也。」天子法駕，屬車三十六乘。顧鼎臣尋進禮部尚書，掌詹事府，主管東宮內外事務，故依法當隨從天子法駕。⓭晚乃進拜內閣　嘉靖十七年（西元一五三八年），顧鼎臣以本官兼文淵閣大學士，入參機務，即進入內閣。明代曾廢宰相，入閣之大學士其職權相當於宰相。顧鼎臣自弘治十八年得中狀元，至此已有三十三年，而此時年已六十七歲，故稱曰「晚」，一年後即病死。⓮天子南巡湖湘二句　湖，洞庭湖。湘，湘水。此指興獻王墓葬之地，即湖北安陸。嘉靖十八年二月，世宗幸安陸，謁興獻王墓，因已尊之為帝，故稱顯陵。顯陵在今湖北鍾祥東十里純德山陽。⓯付以留鑰之重　當時世宗南巡，立皇太子，命夏言扈行，顧鼎臣輔太子監國。留鑰，指掌管皇宮門戶，借喻處理朝廷日常事務。⓰扼腕跂踵　手握其腕，表示振奮；跕起腳跟，以便舉首翹望，表示羨慕。⓱自必　個人掌握自己命運。

【語　譯】太子太保顧文康公，由於考中第一名進士，擔任官職，經歷孝宗、武宗兩個朝代。現在，世宗皇帝從南方來繼承皇位，恭敬地定上天地祖宗和父親的稱號，修繕南北郊圜丘，創建九廟，在明堂設大饗禮，祭祀百神，這一切都考定古代禮儀制度，分明具體地舉行。當時提出議大禮的臣子，往往都從普通下級官員選拔，一下子就提升到掌握國家大政的重要地位。而顧文康公由前輩學者兼元老身分，為經筵講官，參與皇帝顧問，隨從皇帝車駕巡視，有三十多年。到了晚年才封大學士進入內閣，參與處理國家機密。後來又碰上皇帝南巡江南，謁拜皇考之墓顯陵，託付文康公留守京師，處理日常朝政的重任。由於皇上雖然沒有很快地重用文康公，但是垂愛關注之情還是非常深厚的。至於留守京師的大事，關係著天下的安危，除了文康公是沒有人可以寄託這一重任的。而皇帝的恩惠就像風雨一樣突然，皇帝的憤怒又像雷霆一樣迅猛，這都有著無法推測其何以會是這樣的原因。士大夫遭逢際遇，憑藉權貴勢要，以獲取皇帝的關愛和恩寵，天下的士子哪一個不握住手腕、踮起腳跟以表示羨慕和追求的？但一等到時代發展，事情變化了就產生了自己無法掌握的事件，然後才知道文康公是一個獲得畢生幸福的人。

公薨之後九年，夫人朱氏年八十。冢孫尚寶君❶，稱慶於家，請於其舅上舍梁君❷，乞一言❸以紀其盛。蓋夫人自笄❹而從公，與之偕老，壽考❺則又過之。公之德順而厚，其坤之所以承乾❻乎！夫人之德靜而久，其恆之所以繼咸❼乎！故曰：天下之全福也。常以陰陽之數，論女子之致福尤難。自古婦人，不得所偶，有乖人道之常者多矣，況非常之寵渥，重之以康寧壽考乎！

【章旨】本段點明顧夫人八十壽辰，並求其作壽序，兼論其夫婦配合，為天下之全福。

【注釋】❶冢孫尚寶君　冢孫，即長孫。據《崑山新志》載，顧鼎臣長子名履方，字仲立，嘉靖三十一年舉人，贈尚寶司丞。履方子謙亨，字嘉甫，以蔭官尚寶卿。據《明史・職官志》，尚寶卿掌寶璽符牌印章而辨明其用。❷其舅上舍梁君　梁君名字不詳，為太學生。❸乞一言　指求寫壽序。❹笄　女子十五以簪插定髮式稱笄。《儀禮・士昏禮》：「女子許嫁，笄而醴之稱字。」❺壽考　年高；長壽。《詩經・棫樸》箋：「文王是時九十餘矣，故曰壽考。」❻坤之所以承乾　《周易》八卦中有乾、坤二卦，代表陰陽，借指夫婦。〈說卦〉：「乾，天也，故稱乎父；坤，地也，故稱乎母。」❼恆之所以繼咸　恆、咸，皆《周易》卦名。恆，巽下震上，久也。咸，艮下兌上，指感應之速。在六十四卦中，咸卦之後，即為恆卦。故《周易・序卦》曰：「有男女然後有夫婦（謂咸），夫婦之道，不可以不久也，故受之以恆。」

【語　譯】文康公死後的第九年，其夫人朱氏八十歲。長孫尚寶卿顧嘉甫，要在家中舉行慶典，請求他的舅舅太學生梁君，要我寫篇壽序以便記載這一盛典。由於顧夫人從及笄之年就來歸文康公，夫妻白頭偕老，而夫人的年壽又超過文康公。文康公的品德既和順又深厚，這大約是坤卦之所以承襲乾卦的原因吧！顧夫人的品德貞靜而又持久，這大約是恆卦之所以緊接咸卦的原因吧！所以說：文康公夫婦能享受天下十全十美的幸福啊。一般按照陰陽術數來推論，女子能得到幸福尤其困難。從古代起一些婦人，得不到合適的配偶，以致違背人道的常規，這種情況是很多的，何況顧夫人能得到非常的寵愛和恩惠，又加上康健、安寧和高壽呢！

初，公為諭德，有安人之❶誥；為侍讀，有宜人之誥❷；進宮保，有一品夫人之誥❸。上崇孝養，冊上昭聖皇太后❹、章聖皇太后❺徽號。夫人於是朝三宮❻。親蠶之禮，曠千載不見矣。上考古事，憲周制，舉三繅之禮❼，夫人陪侍翟車❽。煌煌乎三代之典，豈不盛哉！

【章　旨】本段歷敘顧夫人所得到的朝廷的封賜和參與親蠶之禮的盛典。

【注　釋】❶公為諭德二句　諭德，官名，主管對太子的諷諫規勸，屬詹事府。據《明史・職官志》，諭德為從五品，五品應為宜人，六品始為安人，不知是否嘉靖初諭德為六品。❷為侍讀二句　《明史・職官志》載：翰林院侍讀學士，從五品，命婦五品曰宜人。❸進宮保二句　宮保，指太子太保。顧鼎臣死後追贈為太子太保，一品。命婦一品二品均為夫人，故夫人前特點明「一品」，以示為其最高封誥。❹昭聖皇太后　指孝宗皇后張氏，乃世宗之伯母，世宗即位後所上尊號。❺章聖皇太后　指世宗之母、興獻王妃蔣氏所上尊號。❻三宮　除昭聖、章聖二皇太后外，加武宗莊肅皇后，合為三宮。❼親蠶之禮五句　古代季春之月，皇后躬親蠶事的典禮。《穀梁傳・桓公十四年》：「王后親蠶以共祭服。」《禮記・祭義》：「古者，天子諸侯必有公桑、蠶室，及良日，夫人繅三盆手。」鄭注：「三盆手者，三淹也。凡繅，每淹大揔而手振之以出緒也。」親蠶之禮，明初未列入祀典，嘉靖九年，以大臣夏言建議，曾舉行過；命婦文四品、武三品以上俱陪祀。❽翟車　翟，雉之羽也。古諸侯夫人以之車飾，以雉羽為車前後之障蔽。

【語　譯】開初，文康公擔任詹事府諭德，夫人朱氏有安人的封誥；後來擔任翰林院侍讀學士，又獲得宜人的封誥；文康公進位太子太保，朱氏也得到一品夫人的封誥。皇上尊從孝道，奉養母親，頒發冊命立昭聖皇太后、章聖皇太后的稱號。顧夫人於是便朝拜三宮。皇后躬親蠶食的典禮，已經有一千多年都沒有舉行了。皇上考察古代這一事件，依據周朝的制度，舉行三繅的典禮，顧夫人陪同侍候皇后的翟車，親自參與這一榮耀輝煌的三代的典禮，這難道不是一樁千載難逢的盛典嗎！

有光辱與公家世通姻好。自念初生之年，高大父作高玄嘉慶堂，公時在史館，實為之記❶，所以勖我後人者深矣。其後公予告家居❷，率鄉人子弟釋菜❸於學宮，有光亦與其間。丙申之歲❹，以計偕❺上春官，公時以大宗伯領太子詹事❻，拜公於第。留與飲酒，問鄉里故舊甚懽。天暑，露坐庭中，酒酣樂作，夜分乃散。可以見太平風流宰相。自惟不佞，荏苒歲年，德業無聞，多所自媿，獨於文字少知好之。執筆以紀公之家慶，所不辭云。

【章　旨】本段敘述歸家及自己與文康公的多次交往，以說明不辭作壽序的原因。

【注　釋】❶高大父作高玄嘉慶堂三句　高大父，即高祖父，名歸璿，官承事郎。在歸有光生之次年，創高玄嘉慶堂於崑山之須浦。「高玄」，指由高祖至玄孫，即五世同堂之意。特請顧太史九和為之記。❷公予告家居　古代官員休假叫「告」，時有予告、賜告之分，準予休假日「予告」，病滿三月準予回家治病稱「賜告」。但《明史》本傳不載，意為時不久。❸釋菜　謂以芹藻之屬禮先師。古始入學，行釋菜禮。釋菜，不用牲牢幣帛，禮之輕者。釋，放置祭品於祭壇。❹丙申之歲　即嘉靖十五年（西元一五三六年），時歸有光三十一歲。❺計偕　指受應召偕同計吏一道上京師。計吏為掌管人事、戶口、賦稅官員，年終將本地計簿詣送京師。歸有光於嘉靖十五年膺選貢，故前往京師進試於禮部，禮部稱春官。❻大宗伯領太子詹事　顧鼎臣當時為禮部尚書兼掌詹事府。禮部尚書古稱「大宗伯」，詹事府掌東宮內外事務，故稱「太子詹事」。

【語　譯】我歸有光家承蒙與顧文康公家世代都是姻親友好。我回憶我剛生的那年，我的高祖父創建了高玄嘉慶堂，當時文康公任職史館，確實寫過一篇〈嘉慶堂記〉，用這來勖勉歸家後人的用意是很深厚的。此後文康公告假家居，曾率領家鄉人子弟舉行釋菜之禮於縣學，我歸有光也參與其中。嘉靖十五年丙申，我隨同上計之吏前往京師禮部參加貢選考試，文康公當時擔任禮部尚書兼領太子詹事府事，我曾經拜見文康公於府第之內。文康公留我一起喝酒，詢問家鄉故人舊交事情，談得很高興。當時天氣暑熱，大家坐在庭院之中，酒喝得盡興，還彈奏音樂，直到夜深才分別。使我能看到太平宰相的風範。考慮我自己沒有才能，歲月遷延，道德學業都毫無成就，值得慚愧的地方很多，僅僅對於文章從小就知道愛好。因此我今天拿起筆來紀錄文康公家中的慶典，是不能推辭的。

【研　析】本篇為伴食充位、無所作為的權貴歌功頌德，而其人除了官高爵顯，貴為一品之外，又無任何值得稱道的功德可紀，故不能不說是一篇純粹應酬之作。包括姚鼐也有評語曰：「太僕作婦人壽序，無非俗徑，足知君子不可以易其言。」但方昌翰認為此評有誤，曰：「此文選入《古文辭類纂》，而惜抱先生又自批如此，疑是他壽序之批，誤錄於此。」為此，不少刊本均將此批刪去。但無論是否屬實，姚批所云，尚屬不易之論。這在思想內容方面，反映了歸有光較為庸俗的一面。不過在文章寫作方面，尚有可取之處，不宜一筆抹煞。本篇結構嚴謹，層次清晰，敘事簡括分明，議論能與敘事緊密結合，文字老到，這些都表現了作者精湛的工力。

守耕說

歸熙甫

【題　解】 守耕，作者之所識唐虔伯之岳父沈翁居室之名。沈翁為長者，力耕六十年之久，故以此為名。所謂「守耕」，即以耕自守，多少包含某些「以耕為志」、「以耕為業」之意。但這位沈翁，究竟是一貫有志於耕，還是由於功名無望，不得已而寄情於耕、以耕自樂？雖其生平不詳，但作為士流中人，後者可能性更大。故本篇立論，仍以「君子」為其出發點。作者不過是在嚴格區分勞心勞力、高低貴賤的前提下，盡力抬高耕稼與耕者的地位。文章認為：耕稼之事，聖賢不免，孔子亦未嘗不耕；但此僅可為君子之時，不可為君子之學。言外之意，君子當以治天下為事；但治天下又談何容易，縱有此志，其奈無此機緣。故結尾處意味深長地提到：「今天下之事，舉歸於名，獨耕者其實存耳。」王文濡評之曰：「我國以農立國，自當趨重農事；收束數語，即小慨大，寓意頗深。」

嘉定❶唐虔伯❷，與予一再晤，然心獨慕愛其為人。吾友潘子實、李浩卿❸，皆虔伯之友也。二君數為予言虔伯，予因二君蓋知虔伯也。虔伯之舅❹曰沈翁❺，以誠長者見稱鄉里，力耕六十年矣，未有子，得虔伯為其女夫。予因虔伯蓋知翁也。翁名其居之室曰「守耕」，虔伯因二君使予為說。

【章旨】本段敘述與沈翁之婿相識經過及所以為沈翁居室室名作此「說」的原委。

【注釋】❶嘉定　縣名，明代屬蘇州府，即今上海市嘉定縣。❷唐虔伯　疑為唐道虔，名欽堯者之別字，道虔嘉定人，少孤，贅於沈翁。後以貢待選京師，居二年，得撫州訓導以行，未至濟州二十里，卒於舟中（參見有光〈撫州府學訓導唐君墓誌銘〉）。❸潘子實李浩卿　潘子實，名士英，本嘉定人，移居崑山，為縣學生員。李浩卿則待考。❹舅　《爾雅・釋親》：「妻之父為外舅。」❺沈翁　名字及生平事跡均不詳，應為崑山人，年輩較有光為長。

【語譯】嘉定人唐虔伯雖然只跟我見過一兩次面，但是我心中特別羨慕喜歡他的為人。我的朋友潘子實、李浩卿，都是唐虔伯的朋友。他們兩位多次在我面前提到唐虔伯，我因為他們才得以了解唐虔伯的。虔伯的岳父沈翁，被鄉人鄰里稱讚為一個真正的長者，他努力耕作達六十年之久，沒有兒子，得到唐虔伯做女婿。我是因為虔伯才了解沈翁的情況。沈翁把他所住的房間命名為「守耕」，唐虔伯通過潘、李二位讓我寫一篇室名說。

予曰：耕稼之事，古之大聖大賢，當其未遇，不憚躬為之❶。至孔子乃不復以此教人，蓋嘗拒樊遲之請❷，而又曰：「耕也，餒在其中矣。」❸謂孔子不耕乎？而釣、而弋、而獵較❹，則孔子未嘗不耕也。孔子以為如適其時，不憚躬為之矣。

【章　旨】本段舉史實論證，耕稼之事，聖賢不免；包括孔子，亦未嘗不耕。

【注　釋】❶不憚躬為之　如舜耕歷山、伊尹耕有莘之野，皆是。❷拒樊遲之請　樊須，字子遲，魯人，孔子弟子。《論語・子路》：「樊遲請學稼。子曰：『吾不如老農。』請學為圃，曰：『吾不如老圃。』樊遲出。子曰：『小人哉，樊須也……』」❸又曰三句　見《論語・衛靈公》篇孔子之言。❹而釣而弋而獵較　《論語・述而》：「子釣而不綱，弋不射宿。」《孟子・萬章》：「魯人獵較，孔子亦獵較。」趙注：「獵較者，田獵相較奪禽獸，得之以祭。」

【語　譯】我說：耕作種莊稼這些事情，古代的大聖人大賢人，當他們尚未遇上時機之時，也不害怕親身去做。到了孔子才不再用這個來教育學生，因為他曾經拒絕樊遲想學習種莊稼的請求，而且又說過：「耕種啊，飢餓也就包含在其中的了。」認為孔子不耕種嗎？但是他釣魚，他射鳥，他比賽打獵，那麼孔子未嘗不耕種了。孔子認為如果是某種時期的需要，也不害怕親自去耕種的了。

然可以為君子之時，而不可以為君子之學。君子之學，不耕將以治其耕者❶。故耕者得常事於耕，而不耕者亦無害於不耕。夫其不耕，非晏然❷逸己而已也。今天下之事❸，舉歸於名，獨耕者其實存耳。其餘皆晏然逸己而已也。志乎古者，為耕者之實耶？為不耕者之名耶？作〈守耕說〉。

【章　旨】本段辯明耕種只可以作為君子某一時期之事，但決非君子之學，君子當以治天下為務。

【注　釋】❶不耕將以治其耕者　此即孟子所謂勞心者治人，勞力者治於人之意。❷晏然　安逸貌。《莊子・山水》：「聖人晏然體逝而終矣。」❸天下之事　此處特指君子所應從事之治國、平天下諸事。

【語　譯】然而，耕種可以成為君子某個時候的工作，但不可以用它來作為君子一生的學問。君子一生的學問，不是耕種而是要學習如何治理那些耕田種地的人。所以耕田種地的人必須經常從事於耕種，而不耕種的君子不去耕田種地也沒有什麼妨害。因為他不耕田種地，並不是為了自己的安逸快樂罷了。現在，君子所從事的治國平天下的那些事情，全都僅存其名，只有耕種可以實現，而其他的都只能無所作為，不過滿足自己的安逸快樂罷了。有志於學習古代聖賢的人，究竟是為了耕種可以實現嗎？還是為了不耕種以便保持治國平天下的虛名？我為此才寫了這篇〈守耕說〉。

【研　析】本篇標題雖為室名之說，實際上乃是一篇議論文。議論的主題是：君子（即儒者）與耕稼的關係。君子雖不妨為耕稼，但耕稼決非君子之學，這就是本文著重闡明的中心思想。但何以有人居然會「力耕六十年」，進而名其居室曰「守耕」呢？文章並沒有明確地加以回答，甚至沒有直接地提出這個問題，只是在全文結尾處，含蓄地表示當時的社會環境，使得君子無法施展他的才學和抱負，因此，「獨耕者其實存耳」。故王文濡以「即小慨大，寓意頗深」來概括本文的深刻意圖和寫作特色。

二石說

歸熙甫

【題　解】青浦縣令呂調音，字宗夔，又自號「二石」。特請作者為其號寫篇說明，本文乃是應約而作。因此人之名、字均與音樂有關，「調音」屬音樂術語，而「夔」乃虞舜之樂官，故作為解釋名字的自號，亦應出自虞舜時的音樂。《尚書・益稷》中有「予擊石拊石，百獸率舞」之語，這大約就是「二石」的最早來源。本篇一方面推衍《尚書》、《論語》有關古代音樂，特別有關〈韶〉樂之本義；一方面論述並強調古代音樂在輔助政教、治理國家方面不可替代的重要作用。所謂「唐虞太和之景象」、「仁治之極」，皆不離音樂，甚至以音樂為重要原因。故孔子亦以「樂則〈韶舞〉」、「歌有虞氏之風」來教育學生。本篇引經立說，作了不少的考證，雖然略嫌繁瑣，但亦言之成理，自成體系。不過，對於今天來說，這一切已無多少意義。

樂者仁之聲，而生氣之發也❶。孔子稱〈韶〉盡美矣，又盡善也❷。在齊聞〈韶〉，則學之三月，不知肉味❸。考之《尚書》，自堯「克明峻德❹」，至舜「重華協於帝❺」，四岳❻、九官❼、十二牧❽，各率其職。至於蠻夷率服，若❾予上下❿、草木、鳥獸，至仁之澤，洋洋乎被動植矣。故曰：「虞賓在位，群后德讓⓫。」又曰：「庶尹允諧⓬。」「鳥獸蹌蹌，鳳凰來儀⓭。」又曰：「百獸率舞⓮。」此唐虞太和⓯之景象，在於宇宙之間，而特形於樂耳。

【章旨】本段說明音樂的本質及其重要意義，特別是〈韶〉樂在促成唐虞太和景象中的巨大功能。

【注釋】❶樂者二句 《禮記・樂記》曰：「仁近於樂。」又曰：「合生氣之和。」生氣，使萬物生長發育之氣。❷孔子稱韶盡美矣二句 韶，相傳為舜所作樂曲。語見《論語・八佾》。美，可能指聲音而言；善，可能指內容而言。❸在齊聞韶三句 《論語・述而》：「子在齊聞〈韶〉，三月不知肉味。」《史記・孔子世家》：「（孔子）與齊太師語樂，聞〈韶〉音，學之，三月不知肉味。」❹克明峻德 見《尚書・堯典》，但「峻」作「俊」。《禮記・大學》引作「峻」。克，能也。峻，高尚。俊，大也。❺重華協於帝 引自偽古文《尚書・舜典》，原文為「曰若稽古，帝舜曰重華，協於帝。」疏：「舜能繼堯，重其文德之光華。」協，合也。❻四岳 相傳為堯臣，羲和的四子，分管四方諸侯，故稱四岳。〈堯典〉中記堯曾向其諮詢。❼九官 相傳虞舜曾置九官：伯禹作司空，棄為后稷，契作司徒，皋陶作士，垂為共工，益作朕虞，伯夷作秩宗，夔為典樂，龍為納言。見《尚書・舜典》。❽十二牧 〈舜典〉載「肇十有二州」，但未載州名，應為冀、兗、青、徐、荊、揚、豫、梁、雍（見〈禹貢〉），及幽、并、營（《爾雅・釋地》），此十二州之州牧。❾若 順從。❿上下 上為山，下為澤。⓫虞賓在位二句 見《尚書・皋陶謨》。虞賓，指堯之子丹朱，舜繼位後，以賓禮待之，丹朱亦安於臣位，各諸侯亦以德相讓。⓬庶尹允諧 見偽古文《尚書・益稷》。庶尹，百官之長。允諧，和洽；順從。⓭鳥獸蹌蹌二句 出《尚書・皋陶謨》。原文為：「鳥獸蹌蹌，〈簫韶〉九成，鳳凰來儀。」蹌蹌，步趨而有節奏，猶言翩翩起舞。儀，《廣雅・釋詁》：「見也。」⓮百獸率舞　《尚書・皋陶謨》：「夔曰：子擊石拊石，百獸率舞，庶尹允諧。」⓯太和　指陰陽會和，喻太平之世。

【語　譯】音樂，乃是仁愛的聲音，促使萬物生長發育之氣。孔子稱讚虞舜所作之〈韶樂〉美極了，而且好極了。他在齊國聽到〈韶樂〉，便學習它，以至三個月時間嘗不出肉味。考察《尚書》，從唐堯「自己能夠通曉高尚的品德」，到了虞舜「自己能與帝堯和諧一致」，四方諸侯，九位大臣，十二州之州牧，各人都能忠於職守。以至於蠻夷之邦，也一個接一個歸順服從，連同其管轄的山峰水澤、草木鳥獸都馴服而無災害。最仁愛的恩澤，充滿宇宙之間，施加於動物植物之上。所以《尚書》中說：「在臣位之堯子丹朱，各地諸侯都以德相讓。」又說：「百官之長，都和洽順從。」又說：「鳥獸都按節奏起舞，鳳凰也來相見。」又說：「各種野獸一個接一個地舞蹈。」這就是唐堯虞舜時太平的景象，表現在宇宙之間，而尤其是體現在音樂上罷了。

〈傳〉曰：「夔始制樂，以賞諸侯。」❶《呂氏春秋》曰：「堯命夔擊石，以象上帝玉磬之音，以舞百獸。」❷擊石拊石❸，夔之所能也；百獸率舞，非夔之所能也。此唐虞之際，仁治之極也。

【章　旨】本段引古書進一步闡明音樂對仁治的重要意義，並點出「二石」的來源。

【注　釋】❶傳曰三句　引自《禮記・樂記》。❷呂氏春秋曰四句　《呂氏春秋》，戰國末年秦相呂不韋門下賓客所作。引文見〈古樂〉篇，原文「夔」誤為「質」，《初學記・樂部》引作「夔」。❸擊石拊石　石，磬也。拊，輕擊也。磬有大小，大者擊，小者輕敲。

【語　譯】〈樂記〉上說：「夔開始製作音樂，用以賜給諸侯。」《呂氏春秋》說：「帝堯命令夔打擊石磬，用來表現上帝玉磬的聲音，使百獸為之舞蹈。」打擊石磬，輕敲石磬，都是夔所能夠做的事；各種野獸，一個接一個地舞蹈，這就不是夔所能夠做的事。這是由於唐堯虞舜的時代，仁政的治理達到了頂點的緣故。

顏子學於孔子，「三月不違仁」，而未至於化❶。孔子告之以為邦，而曰「樂則〈韶舞〉❷」，豈驟語以唐虞之極哉？亦教之禮樂之事，使其行夏之時，乘殷之輅，服周之冕，而歌有虞氏之風。淫聲亂色，無以奸其間。是所謂非禮勿視、聽、言、動，而為仁之用達矣❸。雖然，由其道而舞百獸，儀鳳凰，豈遠也哉？冉求欲富國足民，而以禮樂俟君子❹。孔子所以告顏子，即冉求所以俟君子也。欲富國足民，而無俟於禮樂，其敝必至於聚斂❺。子游能以絃歌試於區區之武城，可謂聖人之徒矣❻。

【章　旨】本段闡明孔子常以禮樂教育門人弟子，而不宜限於富國足民，否則，其弊必至於聚斂。

【注　釋】❶顏子學於孔子三句　顏子，即顏回，字子淵。《論語・雍也》：「回也，其心三月不違仁。」朱集注引尹焞曰：「此顏子於聖人未達一間者也，若聖人則渾然無間斷矣。」故稱「未至於化」。❷而曰樂則韶舞　《論語・衛靈公》：「顏淵問為邦，子曰：『行夏之時，乘殷之輅，服周之冕，樂則〈韶舞〉，放鄭聲，遠佞人。鄭聲淫，佞人殆。』」夏時，即夏曆，較周曆更適合農曆生產。殷輅，即商代之車，較周代之車自然質樸。周冕，周代的禮帽較前代更為華美。❸非禮勿視聽言動二句　《論語・顏淵》：「顏淵問仁，子曰：『克己復禮為仁。』顏淵曰：『請問其目？』子曰：『非禮勿視，非禮勿聽，非禮勿言，非禮勿動。』」❹冉求欲富國足民二句　冉求，孔子學生，字子有。《論語・先進》：「子曰：『求，爾何如？』」

對曰：『方六七十，如五六十，求也為之，比及三年，可使足民；如其禮樂，以俟君子。』」❺其斂必至於聚斂　《論語・先進》：「季氏富於周公，而求也為之聚斂而附益之。」❻子游能以絃歌二句　子游，孔子學生，名言偃。《論語・雍也》：「子游為武城宰。」〈陽貨〉：「子之武城，聞絃歌之聲。」武城，魯國城邑，今山東費城西南。

【語　譯】顏回向孔子學習，受了孔子的薰陶，他的心三個月都不離開仁德，但仍然沒有達到渾然無間斷的程度。孔子告訴他治理邦國的方法，因而說「音樂就採用〈韶舞〉」，這難道是孔子突然要用唐虞最高盛世來要他實行嗎？這主要是用禮樂之事來教育他，讓他採用夏朝的曆法，乘坐商代的車子，戴上周朝的禮帽，而且歌唱虞舜時的歌謠。放蕩的樂曲和淫亂的內容，不能夠在這中間為奸作怪。這就是所謂的「非禮勿視，非禮勿聽，非禮勿言，非禮勿動」，而作為仁治的作用就達到了。能夠這樣，沿著這一道路而使百獸起舞，鳳凰來見，難道還會遠嗎？冉求想做到使國家富裕，人民豐足，而將禮樂的推行等候君子。孔子告訴顏回的話，也就是冉求等候君子要做的事。想使國家富裕，人民豐足，而又不去推行禮樂，這樣做的流弊勢必導致像冉求那樣幫助季氏搜括。子游在做武城令的時候，能夠把音樂歌聲在這小小的縣城推廣普及，使得處處都是絃歌之聲，他可以稱為聖人的門徒了。

自秦以來，長人❶者無意於教化之事，非一世也。江夏❷呂侯❸，為青浦❹令，政成而民頌之。侯名調音，字宗夔，又自號「二石」，請予為「二石」之說。予故推本《尚書》、《論語》之義，以達侯之志焉。

【章　旨】本段點明呂侯，兼敘本文的寫作意圖。

【注　釋】❶長人　撫育人；治理人。《詩經・蓼莪》：「長我育我。」❷江夏　明縣名，屬武昌府，即今武昌市。❸侯古時士大夫之間的尊稱，猶言君。杜甫〈與李白同尋范十隱居〉：「李侯有佳句，往往似陰鏗。」❹青浦　明縣名，屬松江府，今上海市青浦縣。

【語　譯】自從秦朝以來，負責培育百姓的官吏卻對教導感化工作毫不在意，已經不止一代的了。江夏縣呂君擔任了青浦縣令，政績很有成效，老百姓都歌頌他。呂君名調音，字宗夔，又自取別號叫「二石」，請求我為「二石」寫一篇解說。所以我推衍考證《尚書》、《論語》的本義，用以表達呂君的志向啊。

【研　析】對於本篇，王文濡有評語曰：「引經立說，頗近穿鑿，文勢亦嫌冗散，不解姚氏何以入選？」此評不無道理，但言辭過於偏激，似乎本篇一無可取，這就不太公平了。因為呂侯之名字與自號所本者實為經，冗散繁瑣之弊確有，但很難說是「穿鑿」。全文結構層次，眉目尚清晰；其中第三段，無論材料組織，抑或行文措辭，都頗見工力。正面材料和反面材料，交錯為用；起伏曲折，含意深遠，禮樂之作用，也寫得含蓄又深刻。這些都是可取之處。當然，總的來看，本篇在贈序類中，或者在《震川文集》中，都必須承認，應該是較弱的一篇。

張雄字說

歸熙甫

【題　解】張雄，生平居里不詳。在他年滿二十舉行冠禮之時，歸有光被聘為「賓」，而古代冠禮之「賓」有義務為其命「字」，有光乃字之曰「子谿」，本篇乃是對何以命此字的一個說明。文章發揮老子思想，揭示事物的存在是相互依存的，如禍福、榮辱、巧拙、大小、美醜、剛柔、強弱、生死等等，無不如此，都是對立的統一。一方不存在，對方也就不存在。而且，對立著的事物都不斷地向著相反的方向轉化，因此，對待生活，要貴柔守雌，反對剛強和雄飛。老子說過：「堅強者死之徒，柔弱者生之徒。」（第七十六章）經常處在柔弱的地位，就可能轉為堅強，就可以避免挫折或死亡的結局。谿居天下之最卑下處，故能容納天下之水。

所以文章提出的結論是：「不能守雌，不能為天下谿，不足以稱雄於天下。」胡韞玉評之曰：「此篇分兩大段，前半段引證詮釋，有勝人之德，操之以不敢勝人之心，即說字谿之由；後半篇言求勝之心，及不求勝之益，推闡字谿之必要。」此評雖稍欠準確，但大體上符合文意。

張雄既冠，請字於余❶。余辱為賓❷，不可以辭。則字之曰「子谿」。

【章　旨】本段交代為賓取字，作為全文之緣起。

【注　釋】❶張雄既冠二句　《禮記・曲禮上》：「男子二十冠而字。」《禮記・檀弓上》：「幼名，冠字……周道也。」疏：「人年二十，有為人父之道，朋友等類，不可復呼其名，故冠而加字。」❷賓　據《儀禮・士冠禮》載：舉行冠禮時，主人得延請德高望重的人為賓，由賓給冠者加冠。加冠時先祝而後加冠，既冠而賓字之，並有詞說。故謙之曰「辱」，依此常規故曰「不可以辭」。

【語　譯】張雄舉行冠禮完畢，請求我替他取個別字。我既然榮幸地擔任為賓，不能夠推辭。便給他取個別字，叫做「子谿」。

聞之《老子》云：「知其雄，守其雌，為天下谿。」「常德不離，復歸於嬰兒。」❶此言人有勝人之德，而操之以不敢勝人之心。德處天下之上，而禮居天下之下，若谿之能受，而水歸之也。不失其常德，而復歸於嬰兒，人己之勝心不生，則致柔❷之極矣。

【章旨】本段引證《老子》的話，以說明知雄守雌，才能如谿谷那樣棄剛守柔，容受天下。

【注釋】❶聞之老子云六句　見《老子》第二十八章。雄、雌，喻剛柔。谿，山谷，喻卑下之處。常德，恆常的德性，即本性。嬰兒，指最樸素最柔弱的狀態，像回歸到單純的嬰兒一樣。河上公注：「雄以喻尊，雌以喻卑。自雖知尊顯，當復守之以卑微，去之強梁，就雌之柔和。」王弼注：「谿不求物而物自歸之，嬰兒不用智而合自然之智。」❷致柔　達到柔和的境界。《老子》第十章：「專氣致柔，能嬰兒乎？」

【語譯】我聽說《老子》上講：「懂得什麼是剛強，卻安於柔弱的地位，就可以成為天下的谿谷。」「不背棄原有的道德本性，就能夠回歸到柔弱的嬰兒狀態。」這些話說的是人們具備了超過他人的道德，而又抱定不敢制服他人的心理。道德處天下人之上，而禮貌卻處在天下人之下，就好像谿谷那樣能夠容納一切，而溪水都會流向那裡。只要不喪失自己的道德本性，就可以回復到單純的嬰兒狀態，在自己同別人交往之中那種制服他人之心不產生，這就能達到柔弱狀態的極頂。

人居天地之間，其才智稍異於人，常有加於愚不肖之心；其才智彌大，其加彌甚。故愚不肖常至於不勝❶，而求返❷之。天下之爭，始於愚不肖之不勝。是以古之君子，有高天下之才智，而退然❸不敢以有所加，而天下卒莫之勝，則其致柔之極也。

【章旨】本段從反面角度，闡明爭勝的產生及致柔之道。

【注釋】❶不勝　不能制服。❷返　同「反」。康刻本作「反」。❸退然　和柔貌。《禮記・檀弓》：「退然如不勝衣。」

【語譯】人生活在天地之間，他的才能智慧稍微高於他人，就經常有著想施加影響於那些愚魯缺乏才能的人身上的心理；他的才能和智慧益高，想施加其影響的心理就更加厲害。而那些愚魯缺乏才能的人經常會不受制服，甚至還要求反過來想制服那些有才能和智慧的人。天下的爭端，都開始產生於愚魯缺乏才能的人的不受制服。所以古代的一些君子，儘管具備了高出天下人的才能和智慧，卻仍然溫和柔順，不敢以他所具備的條件施加影響於其他人，而天下最終還是沒有一個人能夠不受他制服，這就能達到柔弱狀態的極頂。

然則，雄必能守其雌，是謂天下之谿；不能守雌，不能為天下谿，不足以稱雄於天下。

【章　旨】本段總結全文。

【語　譯】那麼，剛強一定能夠安於柔弱的地位，這就叫做天下的谿谷；不能夠安於柔弱的地位，不能夠成為天下的谿谷，就沒有能力來稱雄於天下。

【研　析】這是一篇不足三百字的短文，然而卻能通過說明為張雄取字之內涵，將《老子》一書的重要思想，作了深入淺出的闡述。林紓評之曰：「文純從《老》、《莊》二書生出意義，而尺幅中饒有丘壑。此為震川文別開生面處。」文章的中心是推衍雄雌剛柔相互轉化的道理，但前段主要從正面角度加以詮釋，後段則主要從反面角度進行論證。兩段都以「致柔之極也」加以收束。前段主要著眼於「有勝人之德」者，後段則兼顧「愚不肖」者，兩段相互配合，互為補充，故論述全面，結構嚴謹。而末段概括全文，其中又分兩句：第一句總結前段，第二句連用三個「不」字，乃是對後段的歸納，並將「谿」與「雄」緊密聯繫起來，進一步明確點出依名取字的主題。

二子字說

歸熙甫

【題解】本文是作者為自己的第二和第三個兒子，即福孫和安孫，分別取字曰「子祜」、「子寧」，對此加以解說所寫成的文章。按照古代習慣，字是解釋名的，據《爾雅・釋詁》：「祜，福也。」「寧，安也。」命名取字，當然包含有幸福安寧之意。且二子之字，又與晉羊祜、魏管寧名同，故文章又以管寧之隱、羊祜之仕來勉勵二子，要他們在出處進退效法二位古人。本文的另一主要內容是對二子生母，即作者繼配王孺人的深刻懷念，因其子而及其母，念亡妻而及其子，文中述及「昔與其母共處顛危困厄之中」等數語，但其中卻含有不盡的哀思，作者能在簡略雅潔的敘述中表達出深摯的情感，故題材雖小卻能歷久不減其感人的力量。本文作於福孫二十歲之年，即嘉靖三十七年（西元一五五八年），作者年五十三，王孺人死後七年。

予昔遊吳郡❶之西山。西山並❷太湖❸，其山曰光福❹。而仲子❺生於家❻，故以福孫名之。其後三年，季子生於安亭❼，而予在崑山之宣化里，故名曰安孫。於是福孫且冠，娶。予因《爾雅》❽之義，字福孫以「子祜」，字安孫以「子寧」。

【章旨】本段交代作者為二子命名取字的緣由。

【注釋】❶吳郡　東漢時郡名，明清時稱為蘇州府，轄今江蘇東南部。❷並　傍之借字，依傍。《史記・秦始皇本紀》：「並陰山至遼東。」正義：「傍陰山東至遼東。」❸太湖　湖名，古代有震澤、笠澤等名，在今江蘇吳縣西南，地跨蘇浙兩省。❹光福　明《一統志》載：「蘇州府光福山，在府城西南七十里，上有光福寺。」❺仲子　作者長子名翺孫，乃元配魏孺人所生，後殤。據孫岱《震川年譜》載，嘉靖十八年（西元一五三九年），作者讀書鄧尉山中，子子祜生。鄧尉山即光福山，相傳漢代鄧尉曾隱居於此。❻家　即作者老家崑山縣城內宣化里。❼季子生於安亭　安亭，鎮名，傍安亭江，今屬上海嘉定縣。安孫生於嘉靖二十一年。❽爾雅　書名，今列入十三經。相傳為周公所撰，實乃秦漢間經師綴輯舊文，遞相增益而成。今本三卷，十九篇。

【語　譯】我過去遊覽吳郡西邊諸山。西邊諸山依傍太湖，其中有座山名叫光福山。而我的第二個兒子生於崑山縣城家中，所以我給他取名叫「福孫」。此後三年，我的第三個兒子生於安亭鎮，而我在崑山縣城歸化里，所以我給他取名叫「安孫」。到了這時，福孫快年滿二十，舉行冠禮，可以娶妻了。我根據《爾雅》的內容，給福孫取字為「子祜」，給安孫取字為「子寧」。

念昔與其母❶共處顛危困厄之中，室家懽聚之日蓋少。非有昔人❷之勤勞天下，而弗能子其子也。以是志之，蓋出於其母之意云。今母亡久矣❸，二子能不自傷，而思所以立身行道，求無媿於所生哉？

【章　旨】本段因二子之取字，追思其王孺人之艱苦操勞，不幸早逝，勖勉二子無愧於所生。

【注　釋】❶其母　即作者繼妻王孺人。嘉靖十四年，孺人十八歲時來歸，嘉靖三十年病卒。此時作者正處於奔走功名場中，曾兩次應鄉試，三次應會試。❷昔人　前人，此指作者之祖先。歸有光之遠祖頗為榮顯，故「吳中相傳謂之著姓」（〈叔祖存默翁六十壽序〉）。曾祖歸鳳，由進士任城武縣知縣，祖歸紳、父歸正，雖已式微，仍以讀書力田為業。❸今母亡久矣　王孺人之死，距作者寫此文時，已歷七年。王孺人死時，作者有〈報人小帖〉云：「命運畸薄，少偶寡徒，曠然宇宙，得遇斯人。一旦失之，胡能不悲。吾與吾妻，非獨伉儷之情，別有世外之交。此情此痛，不能向人道也。」

【語　譯】回想過去跟他們的母親共同生活在艱難困苦之中，我又經常為功名而奔波在外，全家在一起歡聚的時間很少。如果沒有前輩祖先辛勤勞苦，在天下創立這分家業，我們就不能把兒子撫養好的。我把這些記錄下來，這正是由於他母親的意思。而現在，他母親去世已經很久了，二子能夠不自感悲傷，進而考慮憑藉什麼去立身行道，以求得無愧於死去的母親呢？

抑此偶與古之羊叔子❶、管幼安❷之名同。二公生於晉、魏之世，高風大節，邈不可及。使孔子稱之，亦必以為夷、惠之儔❸。夫士期以自修其身，至於富貴，非所能必。幼安之隱，叔子之仕，予難以擬其後。若其淵雅❹高尚，以道素❺自居，則士誠不可一日而無此。不然，要為流俗之人，苟得爵祿，功名顯於世，亦鄙夫❻也。

【章旨】本段因二子之字與羊祜、管寧二位古人之名相同，進而借二公之立身行道，以勖勉二子。

【注釋】❶羊叔子　即羊祜，晉南城人。魏末任相國從事中郎，入晉封鉅平侯，都督荊州諸軍事，政績卓著。死後，南州為之罷市巷哭。其部屬於峴山羊祜遊息之所建碑立廟，人稱墮淚碑。❷管幼安　即管寧，魏北海人。少與華歆同席讀書，有軒車過，歆廢書往觀，寧與割席分座。後避亂居遼東，聚徒講學，三十七年始歸。魏文帝拜為大中大夫，明帝拜為光祿勳，皆辭不就。❸夷惠之儔　指伯夷、柳下惠之類。《孟子・萬章上》：「孟子曰：『伯夷，聖之清者也，柳下惠，聖之和者也。』」❹淵雅　淵薄高雅。《三國志・管寧傳》：「管寧淵雅高尚，確然不拔。」❺道素　樂道而守素。《晉書・羊祜傳》：「以道素自守，恂恂若儒者。」❻鄙夫　鄙陋淺薄之人。《論語・陽貨》：「子曰：『鄙夫可以言事君哉？』」

【語譯】不過，這兩個字碰巧跟古代的羊叔子、管幼安的大名相同。羊、管二公生於晉朝、魏朝的時代，他們崇高的風度，偉大的節操，遠不可及。假若他們能夠得到孔子的稱讚，也一定會認為他們是伯夷、柳下惠一類人。而一些讀書人希望通過加強自身修養，以達到富貴，但這不一定能夠實現。管幼安的隱居，羊叔子的出仕，我難以在後面仿傚他們。至於他們的淵薄儒雅，品德高尚，以樂道守素約束自己，那是讀書人的確不能夠一天沒有這些。要不然的話，只能夠成為世俗的普通人，假如他能夠獲得爵祿功名，榮顯於當世，也不過是個鄙陋淺薄的人。

【研　析】歸有光為二子取字，乃因《爾雅》之義，且「祜」、「寧」二字均為吉慶字眼，無其他文章可做，作者只好引出古之羊叔子、管幼安二人之名與此相同，借二位古人之為人處世，雖一仕一隱，然高風亮節，為世人稱頌，借以勖勉二子，期能效法。而其中插入二子之母的伉儷深情和真摯懷念，冀二子能無愧於其母。這些都表現出作者善於聯想，能從本無可寫處撰成此文。故林紓評曰：「熙甫此作，較老泉（即洵）為遜。然念其亡妻而及其子，情愫較綿遠可味。要在中間自述念妻，亦冀其子之念母，尋常語其中含有無窮悲梗之言，淡淡寫來，而深情若揭，此是震川長處。」

送王篛林南歸序

方靈皋

【題　解】王篛林，名澍，字若林，或書篛林，號虛舟，金壇（今屬江蘇）人。康熙四十四年，中南京鄉試舉人，五十年（西元一七一一年）成進士，欽選翰林院庶吉士。五十二年授翰林院編修。本文作於康熙五十七年（西元一七一八年）秋。在王篛林中進士、授翰林，平步青雲，春風得意之時，正好是方苞遭受打擊、陷入困境之日。康熙五十年十一月因《南山集》案入刑部獄，部審擬斬，十五個月之後，雖蒙寬免，但仍發往旗下為奴，因有文名，才命他以白衣入值南書房。而方、王之間的深摯友誼和密切來往，亦真正開始於這段期間。王篛林完全不顧方苞下獄為奴，經常「諮經諏史」，確能做到「無貴無賤……道之所存，師之所存也」（韓愈〈師說〉）。這種古道熱腸，不因貧賤易交的精神，令人欽佩。故胡韞玉評之曰：「略述家鄉往還之疏，襯出後來獄中過從之密。描寫獄中過從之情形，意志恢詭，出獄後往返更密，故別時愈覺悽然。文意深遠。」

余與篛林交益篤，在辛卯、壬辰間❶。前此篛林家金壇❷，余居江寧❸，率歷歲始得一會合。至是余以《南山集》❹牽連繫刑部獄，而篛林赴公車❺，間一二日必入視余。每朝餐罷，負手步階除❻，則篛林推戶而入矣。至則解衣盤薄❼，諮經諏史，旁若無人。同繫者或厭苦，諷余曰：「君縱忘此地為圜土❽，身負死刑，奈旁觀者姍笑❾何？」然篛林至，則不能遽歸，余亦不能畏訾謷❿而閉所欲言也。

【章　旨】本段敘述作者在刑部獄中與王篛林交往情況，並以在家鄉時交往之疏作為襯託。

【注　釋】❶辛卯壬辰間　即康熙五十、五十一年。作者於康熙五十年十一月至康熙五十二年二月，被囚禁於刑部獄中。❷金壇　縣名，今屬江蘇。王篛林先世於江州遷居金壇。❸江寧　即今南京市。方苞祖籍桐城，其曾祖方象乾，明末避亂，乃遷至江寧，故方苞實生於江寧。❹南山集　實指《南山集》案，清初著名文字獄。桐城人戴名世著有《南山集》，書中採用了方孝標（方苞叔祖）《滇黔紀聞》中史料，表彰一些南明抗清人物，還採用了永歷等南明年號，被人檢舉為大逆不道。結果，戴名世腰斬，方孝標戮屍，牽連被殺者近百人。方苞因為《南山集》寫序，被繫獄擬斬。後經宰相李光地竭力營救，才免死發往旗下為奴。❺公車　漢代有公車令，曾以公家車馬接送應舉之人，後代便以公車作為舉人入京應試的代稱。❻除　臺階。❼盤薄　同「般礴」。箕踞，伸開兩腿坐，示不拘形跡。《莊子．田子方》：「則解衣般礴。」《釋文》：「般礴，謂箕坐也。」❽圜土　《周禮．大司寇》鄭注：「圜土，獄城也。」❾姍笑　譏笑。❿訾謷　非議；詆毀。

【語　譯】我和王篛林交情更加深厚，是在辛卯、壬辰年間。在此之前，王篛林家在金壇縣，而我住在江寧縣，大約要經過一年才能會一次面。到了這個時候，我因為受到《南山集》案件的牽連，被關在刑部大牢中，而王篛林以舉人身分到京城參加會試，間隔一兩天就一定進入牢房來看我。每次吃過早飯，我背著兩手在臺階上散步，而王篛林便推開門進來了。每次他到來便脫掉衣服伸開兩足坐下，諮詢經史中的問題，根本不考慮旁邊是否有人。同時關在牢中的人有的感到厭煩苦惱，規勸我說：「即使您忘記了這裡是牢獄，忘記了身犯死罪，可旁觀的人要譏笑你怎麼辦？」但是，每次王篛林到來就不會立即回去，我也不會因為害怕別人的非議詆毀而把想講的話閉口不談。

余出獄編旗籍❶，寓居海淀❷。篛林官翰林。每以事入城，則館其家。海淀距城往返近六十里，而使問朝夕通，事無細大，必以關，憂喜相聞。每閱月踰時❸，檢篛林手書必寸餘。

【章旨】本段寫出獄以後兩人的交往更加密切。

【注釋】❶余出獄編旗籍　方苞於康熙五十二年二月赦死罪，舉族發配旗下為奴。但因方苞有文名，得以白衣入值南書房，但仍隸旗籍。旗，此指漢軍八旗。編，編管，即受約束失去人身自由。❷海淀　即今北京西海淀區頤和園附近。❸時　季度。

【語譯】我出獄後編管在漢軍旗籍，借住京西海淀。而王篛林擔任翰林院官職。每逢我因事進入京城，便住在他的家中。海淀距京城來回將近六十里，而他常派人早晚前來，事不論大小，都要關照詢問，不管高興的事或憂傷的事都相互知聞。常常經過一月或一季度，檢查篛林手書信箋都有一寸多厚。

戊戌❶春，忽告余歸有日矣。余乍聞，心忡惕❷，若瞑行駐乎虛空之逕❸，四望而無所歸也。篛林曰：「子毋然！吾非不知吾歸子無所向，而今不能復顧子。

且子為吾計，亦豈宜阻吾行哉？」

【章旨】本段描述篛林決定南歸自己的感受。

【注釋】❶戊戌　即康熙五十七年（西元一七一八年）。❷忡惕　憂慮不安。《說文》：「忡，憂也。」又曰：「惕，警也。」❸逕　同「徑」。

【語譯】戊戌年春天，他忽然告訴我選定好日子準備回家去。我開始聽到，心情憂慮不安，就好像晚上行走停留在空蕩蕩的道路上，四面張望，找不到歸宿之處。王篛林說：「您不要這樣！我並不是不知道我回家會使您失去來往的伙伴，而我現在確實不再能關顧您了。而且，您替我設想一下，也怎麼能夠阻止我這次旅行呢？」

篛林之歸也，秋以為期❶，而余仲夏出塞門❷，數附書問息耗，而未得也。今茲其果歸乎？吾知篛林抵舊鄉，春秋佳日，與親懿游好，徜徉山水間，酣嘻❸自適。忽念平生故人，有衰疾遠隔幽燕者，必為北鄉惆然❹而不樂也。

【章旨】本段主要敘述自己離京出塞後對故友的懷念。

【注釋】❶秋以為期　語出《詩經・氓》，並不一定限於秋天。❷仲夏出塞門　據《東華錄》載：康熙五十七年戊戌五月己酉朔，皇上駐蹕熱河。熱河指承德避暑山莊，此山莊於康熙四十三年建成。❸酣嘻　即「酣嬉」。飲酒遊耍。❹惆然　《荀子・禮論》楊倞注：「惆然，悵然也。」

【語譯】王篛林的回家，定下了具體的日期，而我正好在五月離京到長城以北，多次想捎個信打聽他的消息而沒能做到。現在他果然到了家嗎？我知道王翁林回到家鄉，春秋天氣好的日子，跟親戚朋友一道，徘徊遊覽於山水之間，飲酒娛樂，非常舒適。忽然會想到生平的一個老朋友，衰老疾病，又遠遠地阻隔在幽燕之地，他一定會朝著北方想念故人而悵然不樂的。

【研　析】細讀全文，王篛林南歸在前（即春天），而作者出塞在後（即仲夏），而本篇之作又在此後（似應入秋）。因此，標題仍為贈序，似有未當。本篇主旨，不在贈別，而在念舊，即懷念故友。也許清代贈序題材範圍有所擴大。王文濡評曰：「一往情深之作。」文章充滿了對故友真摯的思念。文章特別強調王篛林不棄貧賤，他能夠在友人身陷囹圄或編管旗籍之時，反而與之「交益篤」，作者採用對比手法，當二人都在家鄉時，儘管方苞較篛林早六年中舉，聲望功名均超過篛林，但篛林並不因此而攀高，仍「歷歲始得一會合」。而當方苞陷入困境之後，來往反而更密切。通過這一對比，王篛林品德之高尚及友誼之真摯，不言而喻。以下採用按時間順序的敘事手法。末段寫二人離別後，一在江南，一在塞北，阻隔萬里，不盡的思念。文章不寫自己思念篛林，卻反寫篛林思念作者，並將這種惆然之情，放在佳日、親友、山水和酣嬉諸樂事之中來表現，借樂景寫悲思，用對方來表現自己，這更能將友情表現得更為含蓄深厚。

送劉函三序

方靈皋

【題　解】劉函三，應為其字，而其名與其他事跡，則待考。劉函三曾擔任池陽縣令，不足三月，因有感於地方官場虐民害物，誅求無度，不願與之同流合汙，乃忿而辭官去職，回鄉授徒。而他的這一廉潔正直的行為，反而被某些「鄉人」譏為「迂怪不合於中庸」。本篇正是針對這一是非顛倒、褒貶不明的情況而作。「中庸」一詞，首見於《論語・雍也》中：「中庸之為德也，其至矣夫！」孔子以「中庸」為最高的美德，但其內容，即無過不及之意。而《禮記・中庸》則發揮孔子思想，把「中庸」視為道德修養和待人接物的基本原則，要求一切言行都能保持中正，嚴格約束在儒家規定的道德規範所許可的範圍內。南宋朱熹特把〈中庸〉篇取之以為《四書》之一，並認為：「不偏謂之中，不易謂之庸；中者，天下之正道，庸者，天下之定理。」但宋明一些理學家所說的不偏，即不偏離封建統治秩序；所說的不易，即不改變三綱五常的封建教條。因此，自然要把一切違背封建常規的過激言行都斥之為不合於中庸，這實際上是提倡隨俗俯仰，與世浮沉的庸人哲學。本篇一開始便結合正名闡述古今對中庸的不同理解，再以劉君之所行，雖合古之中庸，卻迂怪偏激，不符當世對中庸的看法。末段指責理學痼弊，對世俗官場抨擊尤為激烈。這些都有積極意義，在《方望溪文集》是較為難得的一篇。就思想內容和有關資料來看，本篇似應作者早期之作，即《南山集》案發生以前。

道之不明久矣！士欲言中庸之言，行中庸之行，而不牽於俗，亦難矣哉！蘇子瞻曰：「古之所謂中庸者，盡萬物之理而不過；今之所謂『中庸』者，循循焉為眾人之所為。」❶夫能為眾人之所為，雖謂之「中庸」可也。自吾有知識，見世之苟賤不廉❷，姦欺而病於物者，皆自謂「中庸」，世亦以中庸目之。其不然者，果自桎❸焉，而眾皆持中庸之論以議其後。

【章　旨】本段借蘇軾之言，論述古今對「中庸」的理解，揭露當世實際上把它變作「苟賤不廉」的同義語。

【注　釋】❶蘇子瞻曰五句　引自本書卷二十三〈策略四〉。其中「今」原文作「後」，「所為」作「所能為」。❷苟賤不廉　苟同於卑賤，不知廉潔。❸自桎　自己束縛自己。桎，桎梏，刑具，用作動詞。

【語　譯】孔孟之道很久以來都弄不清楚了！讀書人想講中庸的道理，做中庸的事情，而又不受世俗觀念的牽制，那也是多麼困難啊！蘇東坡說：「古代人所講的中庸，乃是完全掌握萬事萬物的道理而又能恰到好處；而今天的人所講的中庸，不過是亦步亦趨地做大家所做的事。」而能夠做大家所做的事，即使稱之為「中庸」，這也是可以的。自從我有了知識，懂得道理以後，看到社會上那些苟同卑賤，不知廉潔，奸詐欺騙，傷害事物的人，都稱自己是「中庸」，社會上也以「中庸」來看待他。而那些不這樣做的人，最後只能自己束縛了自己，而大家都拿著中庸的理論在他後面說三道四。

燕❶人劉君函三，今池陽❷，困長官誅求❸，棄而授徒江、淮間。嘗語余曰：「吾始不知吏之不可一日以居也。吾百有四十日而去官，食知甘而寢成寐，若昏夜涉江浮海而見其涯，若沉痾❹之霍然去吾體也。」夫古之君子，不以道徇人❺，不使不仁加乎其身❻。劉君所行，豈非甚庸無奇之道哉？而其鄉人往往謂君迂怪不合於中庸。與親暱者，則太息深矉❼，若哀其行之迷惑不可振❽救者。雖然，吾願君之力行而不惑也。

【章　旨】本段敘述劉函三因不滿官場腐敗，乃棄官授徒，故而被世人譏為迂怪不合中庸。

【注　釋】❶燕　古燕國地，即今河北北部。❷池陽　古縣名。漢初置，因在池水之陽而得名。北周廢，故址在今陝西涇陽西北。清無池陽縣，疑為涇陽縣之古名。一說乃今安徽貴池。❸誅求　敲詐勒索。《左傳・襄公三十一年》：「誅求無時。」杜注：「誅，責也。」❹沉痾　久治不愈的重病。❺不以道徇人　《孟子・盡心上》：「未聞以道徇乎人者也。」徇，順從；

曲從。❻不使不仁加乎其身　《論語・里仁》：「惡不仁者，其為仁矣，不使不仁者加乎其身。」❼矉　同「顰」。皺眉頭。❽振　通「拯」。

【語　譯】燕地人劉函三君，擔任池陽縣令，苦於長官敲詐勒索，便拋棄官職，在江淮一帶講學授徒。曾經跟我說：「我開初還不懂得官吏是一天也不能夠擔任的。我做了一百四十天的官便辭職了，現在食飯曉得味道，睡覺也睡得著了，正好像黑夜之中渡江出海看見了岸邊，又好像長久重病突然病魔離開了我的身體。」而古代的那些君子，不把道理迎合眾人，也不讓不仁德的東西加在自己身上。劉君的所作所為，難道不是非常平常沒有什麼奇特的地方嗎？而那些鄉下人往往認為他迂腐怪異不合中庸之道。可那些跟他親近的人，卻為他嘆息皺著眉頭，好像可憐他的行為受了迷惑無法拯救一樣。即使這樣，我還是希望劉君能夠堅持這樣做而不要動搖。

無耳無目之人，貿貿然❶適於鬱栖❷阬阱之中。有耳目者當其前，援之不克，而從以俱入焉，則其可駭詫也加甚矣！凡務為撓君之言者，自以為智，天下之極愚也。奈何乎不畏古之聖人賢人，而畏今之愚人哉？劉君幸藏吾言於心，而勿以示鄉之人，彼且以為譸張❸頗僻，背於中庸之言也。

【章　旨】本段作者抒發對劉函三棄官的感慨。

【注　釋】❶貿貿然　目不明貌。《禮記・檀弓下》：「有餓者，蒙袂輯屨，貿貿然來。」今指輕率，考慮不周。❷鬱栖　《釋文》引李頤曰：「鬱栖，糞壤也。」❸譸張　虛誑放肆。《尚書・無逸》：「民無或胥譸張為幻。」傳：「譸張，誑也。」

【語　譯】耳聾眼瞎之人，冒冒失失地掉進糞坑陷阱之中。耳聽目明的在他前面，想幫助他而不能夠，便隨同他一起掉進去，那麼他的這種行為就更加顯得驚奇駭怪的了！所有那些力圖阻止您辭官的言論，自以為聰明，實際上乃是天下最愚蠢的。為什麼不害怕古代的聖人賢人，而要去畏懼今天的那些蠢人呢？希望劉君把我的話隱藏在內心之中，而不要拿出來給那些鄉下人看，他們會認為我的話虛誑偏執，違背了中庸的說法。

【研　析】本篇亦如上篇，並非寫於劉函三辭官離任之際，而是作於去職一段時間之後，授徒江淮，遭人譏評之時。故文章不是一般贈序的臨別贈言，而是事過境遷，對此行的肯定和支持。故其主旨乃評論劉函三之辭官，寫法亦接近於議論文而與贈序有所不同。作為論說文來分析，本篇的一個主要特點在於論點集中，作者在諸多阻撓劉君辭官言論之中，單獨拈出不合中庸這一觀點來給予批駁。文章分三段：首段正名，次段敘事，末段抒慨。層次分明，結構嚴密。具體寫法上，又以古今對比貫串全文，以證明劉君之行雖符合古聖賢對中庸的界定，然而卻不免受到今之愚人以「不合中庸」來譏笑，這樣就不僅對劉君辭官給以有力的支持，而且又能對當時腐敗的官場表示了極大的不滿和猛烈的抨擊。

送左未生南歸序

方靈皋

【題　解】左未生，名待考。明代贈太子太保忠毅公左光斗之季孫。少好老莊，以遺物自遂為宗。雖與世齟齬，而重氣類，善鑑別人物。方苞因《南山集》案被逮北上，未生在桐城家中自責曰：「吾不一見方子，天下士其謂我何？」康熙五十八年四月至京師，偕方苞至塞上。秋七月南還，留京師。次年四月，方苞又將隨駕出塞，乃促其南歸，勸其修行著書，以自見於後世。未至家，即卒於途中（以上據方苞〈左未生墓誌銘〉）。本篇似應作於康熙五十九年（西元一七二〇年）四月臨別之時。文中主要敘與未生定交始末，著重描寫作者遭《南山集》案出獄後隨駕赴塞上，未生遠道相從，彼此相處之情狀，從而讚揚二人道義之交和深摯之誼；同時也兼寫作者與其他朋友劉北固、劉古塘及戴名世的或亡或離的深切懷念之情。至於末段數語，王文濡有評曰：「千古惟文章不死，後幅數語似得此旨。勉以修行著書，自合贈言之義。」

左君未生，與余未相見，而其精神、志趣、形貌、辭氣，早熟悉於劉北固、古塘❶及宋潛虛❷。既定交❸，潛虛、北固各分散，余在京師。及歸故鄉，惟與未生游處為久長。北固客死江夏❹。余每戒潛虛，當棄聲利，與未生歸老浮山❺。而潛虛不能用，余甚恨之。

【章旨】本段追敘作者與左未生定交前後情況。

【注釋】❶劉北固古塘　劉北固，名輝祖，本籍懷寧，遷居桐城，流寓江寧。康熙二十九年鄉試第一。古塘，名劉捷，北固之弟。❷宋潛虛　《桐城耆舊傳》：「戴先生諱名世，字田有，一字褐夫，南山其別號也。世人隱其名稱曰『宋潛虛』。」戴名世因文字獄被殺，其文亦遭禁止。戴氏遠祖戴不勝，乃宋國人（見《孟子・滕文公下》），故有此稱。❸既定交　據作者〈左未生墓誌銘〉載：作者與未生相見在康熙三十四、五年間，作者在京師，未生繼至，二人「一見如故」。❹北固客死江夏　劉輝祖死於康熙四十七年秋七月，輝祖自廣東歸，至江夏病逝。見方苞〈劉北固哀辭〉。江夏，即今武昌。❺浮山　山名，在桐城東九十里，一名符度山，為當地名勝之一，可參見本書卷五十九〈浮山記〉。

【語譯】左未生君，跟我還沒見過面，而他的精神、志向、形狀像貌、言辭氣度，我早已經從劉北固、劉古塘和戴名世等人言談中熟悉了。等到我和左未生見面定交之後，戴名世、劉北固各自分散了，我則還留在京城。等我回到故鄉，只同左未生相遊共處的時間最為長久。後來，劉北固途中死於江夏。而我經常告誡戴名世應當放棄對名聲利祿的追求，跟左未生返回家鄉遊覽名勝以養老。而戴名世不聽我的話，以致遭禍被殺，我感到非常遺憾。

辛卯之秋❶，未生自燕南附漕船❷東下，至淮陰❸，始知《南山集》禍作，而余已北發。居常自懟❹曰：「亡者❺則已矣。其存者遂相望而永隔乎？」己亥四月，余將赴塞上❻，而未生至自桐。瀋陽范恆菴❼高其義，為言於駙馬孫公❽，俾偕行以就余。既至上營八日，而孫死。祁君學圃❾館焉。每薄暮❿公事畢，輒與未生執手谿梁⓫間。因念此地出塞門二百里，自今上北巡建行宮，始二十年⓬，前此蓋人迹所罕至也。余生長東南，及暮齒⓭，而每歲至此涉三時⓮，其山川物色，久與吾精神相憑依，異矣！而未生復與余數晨夕於此，尤異矣！蓋天假之緣，使余與未生為數月之聚。而孫之死，又所以警未生而速其歸也⓯。

【章旨】本段敘述作者遭《南山集》案後，遠出塞外，左未生追隨前往，二人親密相處之情況。

【注釋】❶辛卯之秋　即康熙五十年秋天。這年十月，御史趙申喬劾奏《南山集》有大逆語，戴名世下獄。十一月，方苞於南京被逮北上。❷漕船　指漕運糧食之船。❸淮陰　古縣名，清代改稱清江縣，即今江蘇淮陰。❹懟　怨恨。《穀梁傳・莊三十一年》：「力盡則懟。」❺亡者　指戴名世。他於康熙五十二年被殺。下文「存者」指方苞。❻己亥四月二句　據《東華錄》載：康熙五十八年己亥夏四月，帝出塞幸熱河，至冬十月始還京師。方苞以文學侍從隨行。❼瀋陽范恆菴　此人情況不詳。❽駙馬孫公　名承運，遼東人，為公主婿，故稱駙馬。孫承運延見左未生情況，可參見方苞〈駙馬孫公哀辭〉。❾祁君學圃　白山人，名不詳，學圃應為其字，餘待考。❿薄暮　黃昏。⓫谿梁　河畔。谿，同「溪」。梁，《爾雅・釋宮》：「隄謂之梁。」⓬自今上北巡建行宮二句　如避暑山莊、張三營行宮、波羅河行宮，均於康熙四十二年始建或建成。王家營行宮，康熙四十三年建。兩間房行宮，康熙四十一年建。巴克什營行宮，康熙四十九年建。中關行宮，康熙五十一年建。黃土坎行宮，康熙五十六年建。前後近二十年。這些行宮，均在塞北承德、灤平等地。⓭暮齒　即暮年，老年。此時方苞五十二歲。⓮三時　指夏、秋、冬三季。如康熙五十八年夏四月出塞，至冬十月始還，歷三季，每歲多如此。⓯警未生而速其歸也　據方苞〈左未生墓誌銘〉言左「己亥四月至京師，因余赴塞上。秋七月南還，道京師，而宜興儲六雅止之。一時少俊爭慕與之游，遂留逾歲。今年（康熙五十九年）四月，余將出塞，趣之歸……入秋無息耗，心謂未生已歸，而凶問忽至」。是左未生並未歸。此文作於凶問至之前，故下段復勸其「修行著書」。而此句及下段前半數言，不幸遂成讖語。

【語　譯】康熙五十年辛未秋天，左未生從燕京南順便搭乘漕運船東下，到達淮陰，才知道《南山集》案的災禍發生了，而這時我已被捕押解北去。左未生回到家中，經常自責說：「被處死的就算了，幸而保全性命的能夠只遠望著而永久分離嗎？」康熙五十八年己亥四月，我即將到塞外去，而左未生從桐城趕來。瀋陽范恆菴讚賞他對朋友的道義，替他請求駙馬孫公，讓他能夠隨同我一起出行。到達皇上營地以後第八天而駙馬孫公去世。祁學圃君聘他為塾師。每天黃昏，我料理公事完畢，經常同左未生手牽手漫步河畔。因而想到這個地方已出長城兩百里，自從當今皇帝到北方巡遊建造行宮，從開始到現在已有二十年了，在此之前乃是人們極少來到之處。我生長在東南，現在已經衰老，而每年都要到此地經歷三個季度，這裡的山水風物景色，很久就跟我的精神相互憑藉依託，非常合諧，這是很奇特的！而左未生又能夠與我在此地度過多少個早早晚晚，這就更奇特了！這大約是蒼天賜給我們的緣分，使得我與左未生有幾個月的聚會。而駙馬孫公的去世，又因為這事警告左未生催促他早日回家。

夫古未有生而不死者，亦未有聚而不散者。然常觀子美❶之詩，及退之、永叔之文，一時所與游好，其人之精神、志趨、形貌、辭氣，若近在耳目間，是其人未嘗亡，而其交亦未嘗散也。余衰病多事，不可自敦率❷。未生歸，與古塘各修行著書，以自見於後世，則余所以死而不亡者有賴矣，又何必以別離為戚戚哉？

【章　旨】本段抒發對朋友間生死聚散的感慨並勉勵左未生歸家後修行著書。

【注　釋】❶子美　指唐代著名詩人杜甫。❷敦率　謹守；遵循。《文選・辯亡論下》：「敦率遺典。」此言以杜、韓、歐之所成就，非自己之所能及，故寄希望於左生。

【語　譯】從古以來就沒有生而不死的人，也沒有聚會而不分散的朋友。但是我經常閱讀杜甫的詩歌和韓愈、歐陽修的文章，當時所跟他們交遊友好的人，他們的精神、志向、形狀像貌、言辭氣度，就好像近在我的耳目之間，說明這些人從來就沒有消亡，而他們之間的交情也從來就沒有分散啊。我衰老疾病又遇上不少事故，自己不能夠繼承杜、韓、歐諸公的成就。未生回家去，同劉古塘各自修養實踐，著書立說，以此來表現自己於後代，那麼我死了而不會消亡的原因就要依賴他們的著作了，這又何必因為離別而感到傷心悲戚呢？

【研　析】左未生與方苞的友誼，確實情深意厚，不愧為道義之交。特別是當方苞遭難以後，左未生不遠千里，前來相聚，並隨行至塞外，更顯示出他對朋友的關切，不計個人安危的高風亮節。但文章更多地限於客觀陳述事實，而對左的深情，較少正面抒寫。故林紓評曰：「望溪文質樸，寡纏綿之致。蓋其為人嚴冷，守禮法，不如歐、歸之婉轉有情。」不過，這僅僅是表現方法的不同，在字裡行間，仍流露出深沉之意。如第二段中「異矣」、「尤異矣」兩句，林紓亦有評曰：「自異者，知塞上之行萬不能免，異者即不覺其異也。為未生異者，異其赴義若渴，在庸流每以為異，而道義之交則不異也。兩異字言中有物，不要輕易看過。」可見文章並不乏「婉轉之情」，只是表現得比較含蓄而已。作者還採用了烘托手法，借北固、古塘、潛虛以烘托未生，三人定交在未生之前，借助三人，作者在未見前即已「熟悉」未生。與未生定交之後，北固、潛虛先後死，故「惟與未生游處為久長」，因而得以借三人之交誼突出未生。開篇與未生未相見，「而其精神、志趣、形貌、辭氣」早已熟悉；而末段借古人友朋雖已生死聚散，而「其人之精神、志趣、形貌、辭氣」猶存耳目間。前呼後應，前寫未見之左生者，後著重於已死之遊好；前面開啟下文，後面則以綰結全篇。構思之細緻工巧，可見一斑。

送李雨蒼序

方靈皋

【題解】李雨蒼，名不詳，河南永城人，據本文，曾出任福建建寧府尹。本文是他因事來京，與作者結交，極為讚賞作者關於《周官》的一些著作，雍正七年（西元一七二九年）離京前乞求作者所書。文章除了推崇李雨蒼耿介端方，「篤自信而不苟以悅人」的正直性格之外，還著重談了一是交友之道，在於彼此將以求益，反對「古之治道術者」的那種黨同伐異的學風，目的在於希望雨蒼「好余文而毋匿其非」。二是為官與為文的關係，文章認為為官臨民，事關「世教、人心、政法所由興壞」；因此，行志立功，重於為書立言，故特勉勵雨蒼「併心於所事，而於文則暫輟可也」。

永城❶李雨蒼，力學治古文，自諸經而外，偏觀周、秦以來之作者而慎取焉。凡無益於世教、人心、政法者，文雖工弗列也。言當矣，猶必其人之可，故雖揚雄❷氏無所錄，而過以余之文次焉。余故與雨蒼之弟畏蒼交，雨蒼私論並世❸之文，舍余無所可。而守選❹踰年，不因其弟以通也。

【章旨】本段著重敘寫李雨蒼嚴格的治學原則。

【注釋】❶永城　清代永城縣屬河南歸德府。今為河南永城。❷揚雄　前人以他曾作〈劇秦美新〉，竭力為王莽的新朝歌功頌德，故謂其人品不高。❸並世　同時。《列子・力命》：「朕與子並世也。」❹守選　即候選。

【語譯】永城縣李雨蒼，刻苦學習寫作古文，除了儒家各種經典之外，還普遍翻閱從周、秦以來的一些著作，但選擇卻很慎重。只要對世教人心、政治法紀沒有益處的書，文章雖然寫得很好也不列入選擇範圍。言論很正確，還必須它的作者為人有可取之處，所以即使是揚雄也不列入，而且還錯誤地把我的文章擺在後面。我原先就跟雨蒼的弟弟畏蒼交好，雨蒼私下談論當代的文章，除了我以外就沒有什麼可取的了。雨蒼在京城候選超過一年，他也沒有因為他弟弟的關係跟我來往。

雍正六年❶，以建寧❷守承事來京師。又踰年，終不相聞。余因是意其為人，必篤自信而不苟以悅人者，乃不介而過之。一見如故舊，得余《周官》之說❸，時輟其所事而手錄焉。以行之速，繼見之難，固乞余言。

【章旨】本段敘述二人定交過程及雨蒼乞序之事。

【注釋】❶雍正六年　西元一七二八年。方苞此時任武英殿修書總裁，並已除旗籍。❷建寧　清代府名，府治在今福建建甌。❸周官之說　方苞著有《周官辯》一卷，成於康熙五十二年。《周官集註》十二卷，成於康熙五十九年。《周官析疑》三十六卷，成於康熙六十年。

【語譯】雍正六年，李雨蒼作為建寧府尹承辦事務來到京師。又過了一年，始終不跟我通信息。我根據這些推測他的為人，一定是非常自信而不會隨便討好別人，便不待他人介紹而前往他的住所。我們一見如故，他得到我關於《周官》的著作，立即停下他要辦的事而親手抄錄它。由於他很快就要啟行，再次見面很困難，特地要求我給他寫篇文章。

余惟古之為交也，將以求益也。雨蒼欲余之有以益也，其何以益余乎？古之治道術者，所學異，則相為蔽而不見其是；所學同，則相為蔽而不見其非。吾願雨蒼好余文而毋匿其非也。古之人得行其志，則無所為書。雨蒼服官，雖歷歷著聲績，然為天子守大邦，疆域千里，昧爽❶盥沐，質明❷而涖事臨民，一動一言，皆世教、人心、政法所由興壞也。一念之不周，一物之不應，則所學為之虧矣。君其併心於所事，而於文則暫輟可也。

【章　旨】本段作為作者贈言，勉勵李雨蒼盡力做好官府工作，而將文章寫作暫時擱下。

【注　釋】❶昧爽　拂曉，天未全明之時。《尚書・太甲》：「先王昧爽丕顯，坐以待旦。」❷質明　天剛亮之時。《儀禮・士冠禮》：「質明行事。」注：「質，正也。」

【語　譯】我考慮古代結交朋友，目的是為了得到好處。李雨蒼希望我能對他有所進益，但他又拿什麼好處來回報我呢？古代的那些從事於鑽研學術的人，他們所學的學派不同，便互相掩蓋彼此優點因而看不見那些正確之處；他們所學的學派相同，便互相掩蓋彼此缺點因而看不見那些錯誤之處。所以，我希望雨蒼不要因為愛好我的文章而隱瞞其中的錯誤。古代的人能推把他的志向付之實踐，就沒有時間著書立說。雨蒼擔任官職，雖然他的名聲政績顯著，歷歷在目，但是他替皇上鎮守大的州府，轄區有千里之廣闊，天沒亮就起床洗臉沐浴，天剛亮就處理事務，統管百姓，一個舉動，一句話，都關係著世教人心、政治法紀興盛或敗壞的根源。

一個想法不夠周到，一件事物收不到預期效果，那都說明他所學的東西有所虧缺。希望您集中心思於您所擔任的工作，而對於古文寫作來說，暫時停止一下，是可以的。

【研　析】本文可分為前後兩個部分：前部分（一二兩段）寫李雨蒼其人，後部分（末段）贈之以言；前部分為敘事，後部分為議論；前部分為贈序的緣起，後部分為贈序的內容。而敘事則突出其人品，贈言則勉以事功；人品乃事功之基礎，而事功則為人品之外在表現。至於文章，又當在事功之下。人品與事功合一，自然也包含了人品與文品的合一。前後兩部分的關係、全文的脈絡貫串正是這樣安排的。故林紓有評曰：「此文氣幹甚臨川（即王安石）。入手以人文合一為旨要，『言當矣，必其人之可』，為通篇主意。其言『舍予無所可』以下一段，語語是推雨蒼，卻語語自寫身分。至『一見如故舊』，則人文合一矣。其下『相為蔽不見其是』、『相為蔽不見其非』，語至真切，非閱歷精透者卻道不出。收處照應到世教、人心、政法，是應有之文法。行文頗曲折有步驟。」這一評論頗有道理，但略感不足的是，漏掉勉勵雨蒼以事功這一重要內容。

送張閑中序

劉才甫

【題　解】張閑中，名若矩，桐城人。劉大櫆早年曾在其家中教書。張閑中任職於河南，官洳河通判，協助山東按察使齊蘇勒總督河務。在他負責治河期間，上下奔走，親臨現場，甚至躬操畚筑，不避艱苦，故深得河督的誇獎，於雍正四年冬，題補入覲。也正在此時，黃河從陝西、山西至山東一帶，濁流變為清澈。河清千年難遇，古人因以之為太平祥瑞的象徵。文章將此歸美於皇帝，這體現了封建文人歌功頌德的用心。文章首先歷敘自古以來河患頻仍，目的也正是為了與當時河患平息，濁水變清作為對比。本文當作於雍正五年（西元一七二七年）春，作者時年三十歲。

河流自昔為中國患。禹疏九河，過家門不入❶，而東南鉅野❷，無潰冒洊❸沒之害者，七百七十餘年❹。周定王時，河徙礫溪❺，九河故道，浸以湮滅。自是之後，秦穿漕渠❻，而漢時河決酸棗、瓠子、館陶，泛溢淮、泗、兗、豫、梁、楚諸郡❼。歷魏、晉、唐、宋、元、明，數千百載，迄無寧歲❽。

【章　旨】本段敘自周定王以來，黃河屢次決口，河患連接不斷。

【注　釋】❶禹疏九河二句　相夏禹櫛風沐雨，歷十三年之久，三過其門而不入，終於戰勝洪水。九河，古代黃河自孟津而北，分為九道。《尚書・禹貢》：「九河既道。」注引《爾雅》：「徒駭一，太史二，馬頰三，覆釜四，胡蘇五，簡六，絜七，鉤盤八，鬲津九。」九河古道，湮廢已久，當在今山東德州以北，天津以南一帶。❷鉅野　古澤名。《尚書・禹貢》：「大野既豬（同「瀦」）。」大野，即鉅野，古代為黃河之泄水湖泊，今已廢，地在今山東鉅野。❸洊　同「淹」。❹七百七十餘年　自禹治水到春秋中葉周定王時，經夏、商、西周及春秋初年，約西元前二十一世紀至前五世紀，故此疑漏「一千」二字。❺周定王時二句　定王姬瑜，在位二十一年（西元前六〇六—前五八六年），據《水經注》：周定王五年，河徙故瀆，東合於濟水，過成皋、滎陽，礫溪。礫溪在今滎陽縣西。❻秦穿漕渠　漕渠，指人工開鑿用以運糧之運河，此指鄭國渠，戰國時，韓水工鄭國為秦所鑿。分涇水東流，經三原、富平、蒲城諸縣界，入沮洛。溉地四萬餘頃，使關中成為沃野。今已湮廢。❼漢時河決酸棗等二句　漢文帝時，河決酸棗，東潰金隄。漢武帝時，河決瓠子，東南注鉅野，通於淮泗。自後二十餘年，復決館陶及東郡、金隄，泛溢兗、豫，入平原、千乘、濟南，凡灌四郡三十二縣，水居地十五萬餘頃，深者三丈。以上據《漢書・溝洫志》。酸棗、館陶，均屬今山東省。瓠子，河名，自今河南濮陽，流經山東鄆城、壽張等地。淮、泗，指淮河、泗水。泗水在今山東西南部。兗、豫、梁、楚，泛指今河南、山東、安徽及江蘇北部一帶。❽迄無寧歲　據有關記載，從東漢至清初，黃河重大決口至少有九次之多，水患頻仍。

【語　譯】黃河從古以來就一直是中原地區的水患。從夏禹治水，疏通黃河下游的九條河道，他三次經過家門都不進去，而東南一帶，包括鉅野澤，沒有決堤或水漫過河堤、淹沒土地的災害，總共有七百七十多年。東周定王的時候，黃河改道從礫溪入海，原先下游的九河故道，就逐步湮滅了。從此以後，秦國從涇水開鑿運河，而西漢時期，黃河從酸棗、瓠子河、館陶等地多次決口，大水氾濫淹沒了淮河、泗水一帶包括兗州、豫州、梁州、楚州等大片土地。以後經歷了魏代、晉代、唐代、宋代、元代、明代，幾千百年，一直都沒有平平安安，不受水患的年月。

皇帝❶御極之元年，命山東按察使齊蘇勒❷，總督河務。吾友張君若矩，以通判❸河上事，效奔走淮水之南。迺畚迺築❹，共職維勤，險阻艱虞，罔敢或避。河督稱其能，以薦於天子，使署理兗之泇河❺。四年冬，題補❻入覲。而是時河水自河南陝州❼至江南之宿遷❽，千有餘里，清可照燭鬚眉者，凡月餘日不變❾。可以見太平有道，元首股肱❿，聯為一體，至治翔洽⓫，感格幽冥，天心協而符瑞⓬見，至於此也。

【章旨】本段敘述雍正時治河之舉措及成效，借河清以歌頌太平盛世，其間突出張開中奔走效勞，忠於職守，功勳卓著，故得題補入覲。

【注釋】❶皇帝　指清雍正帝胤禛，在位十三年（西元一七二三—一七三五年）。❷齊蘇勒　滿洲正白旗人，康熙六十一年任山東按察使，協理運河事。雍正元年，授河道總督。❸通判　明清時於各府設通判，分掌糧運、督捕、水利等事務，為輔佐之官。❹迺畚迺築　迺，同「乃」。助詞，無義。畚，土筐；畚箕。此處用作動詞，指以筐挑土。❺泇河　本由山東費縣東南流至江蘇邳縣入運河，又南自直河口入黃河。山東兗州府泇河通判駐滕縣夏鎮。運河自滕縣至邳縣，亦為泇河水道。❻題補　呈報補缺，即由候補改為實授。❼陝州　即今河南陝縣。❽宿遷　清縣名，即今江蘇宿遷。❾清可照燭鬚眉者二句　此處亦有史實根據。據《東華錄》：「雍正四年十二月戊寅，黃河清。」原注：黃河澂清，各省起止日期不同，山東曹縣一帶於雍正四年十二月初九日起，至五年正月初十日止，前後長達一月之久，實為千年之嘉應。❿元首股肱　元首，首腦，指皇帝。股肱，大腿及胳膊骨，指大臣。《尚書・堯典》：「乃賡載歌曰：『元首明哉，股肱良哉！』」⓫翔洽　指上下融洽。⓬符瑞　祥瑞的徵兆，猶言吉兆。

【語　譯】當今皇帝登基的第一年，就派山東按察使齊蘇勒總督河務。我的朋友張若矩君，以通判身分管理黃河的事情，在淮河的南方奔走效勞。親自挑土築堤，履行他的職責非常勤謹，一切艱難險阻，他都不敢稍微有所迴避。河道總督齊蘇勒稱讚他的才能，並把他推薦給皇帝，讓他負責管理兗州的宿遷的泇河。雍正四年冬天，他因呈報補缺，入京朝見皇帝。也正在這個時候，黃河水從河南陝州一直到江南的宿遷，一千多里，清澈得可以照見鬍鬚眉毛，總計有一個多月沒有變化。從這一現象中可以看出當今之世太平有道，聖君賢相，結為一體，上下融洽，國泰民安，以至感動了天神，天心合諧，所以祥瑞的徵兆得以表現，以至於出現了千年不遇的河清。

張君既入覲，卒判泇河，將歸其官廨❶。於是吾徒夙❷與張君有兄弟之好者，各為歌詩以送之。

【章　旨】本段點明寫作贈序的緣由。

【注　釋】❶官廨　官署；衙門。❷夙　向來；素來。

【語　譯】張君已經來到京師朝見皇帝，最後委任他擔任泇河通判，不久就要返回他的官府中去。於是我的學生中一些過去就跟有著像兄弟般情誼的人，各人都寫了詩歌來送行。

【研　析】姚鼐對本篇特加評語曰：「雄直似昌黎。」用韓愈文章來比擬本篇，表彰實屬過分，不敢苟同。而「雄直」二字，似可概括本篇風格。因為，張閑中僅是一個小小的治河通判，而其所管轄治理的泇河，也不過是黃河的一條小小支流，當然他能勤奮工作，忠於職守，但這亦與治河大局並無太多關係。但是，文章卻上從禹疏九河寫起，歷敘各朝水患，下寫河清千里，而將張閑中之工作置於核心地位。以數千年時間，上千里的地域，來烘托文章主旨，使文章的氣魄和力度都得到加強。也可以說，這種「雄直」是從韓文中學習而得。

送沈茮園序

劉才甫

【題　解】茮，同「菽」。沈菽園，名廷芳，字畹叔，一字荻林，號菽園，仁和（今杭州）人。乾隆元年選翰林院庶吉士，次年授編修，任職二十七年，以山東按察使致仕。沈廷芳曾學古文於方苞，學詩於查慎行。著有《隱拙齋詩文集》五十卷。本篇應作於雍正九年（西元一七三一年），劉、沈二人均未成名之時，故文中稱對方為「君」。劉大櫆於雍正四年，年二十歲應舉始入京師，作此文時已三十四歲，而沈廷芳二十歲。本文主要表現了封建知識分子為功名利祿博取一第，以致「去父母，別兄弟妻子」的那種孤獨狼狽的情況。沈廷芳應家人之召喚而南歸，而作者卻可以歸而不歸。這種不能與家人團聚，享受不到天倫之樂，主要應歸咎於名韁利鎖對封建知識分子的腐蝕。儘管文章並未講明這一點，但讀後是不難理解的。

去父母，別兄弟妻子而遊，既久而猶不欲歸。滫瀡❶闕，定省❷違，父母有子，如未嘗有子焉者；有兄弟，如未嘗有兄弟焉者；有夫而其妻獨處，有父而其子無怙❸，此鰥寡孤獨窮民之無告者❹類也。雖幸而取萬乘❺之公相，亦奚以云？

【章旨】本段概述封建文人為搏取功名，離鄉背井，給父母兄弟妻子所帶來的不幸。

【注釋】❶滫瀡　古代烹調方法，用澱粉拌合食品使其柔滑。《禮記・內則》：「堇、荁、枌、榆、免、薨，滫瀡以滑之，脂膏以膏之。」滫，拌合。瀡，使柔滑。❷定省　請安。《禮記・曲禮》：「凡為人子之禮，昏定而晨省。」❸無怙　怙，依靠。《詩經・蓼莪》：「無父何怙。」❹鰥寡孤獨窮民之無告者　《孟子・梁惠王下》：「老而無妻曰鰥，老而無夫曰寡，老而無子曰獨，幼而無父曰孤：此四者，天下之窮民而無告者也。」❺萬乘　萬輛車，借指諸侯或相當諸侯之公卿。

【語譯】離開父母親，與兄弟、妻子、兒女分別而到遠方遊歷，時間已經很久而仍然不想回去。三餐蔬菜不能親手烹調，早晚請安也沒有了，父母親有兒子，就好像從來沒有兒子一樣；有兄弟，就好像從來沒有兄弟一樣；有丈夫，而妻子卻一個人單獨居住；有父親，而他的兒子卻沒有依靠。這同鰥夫、寡婦、無兒的老頭和無父的兒童這些無處訴苦的窮苦百姓是一樣的。即使他僥倖取得家財萬貫的王公卿相的職位，那又有什麼可值得稱道的呢？

余在京師五年矣，父母年皆踰六十，兄弟四人，在家者尚一兄一弟，幼子三人，皆已死，寡妻❶在室。是亦可以歸矣，而不歸。嗟乎！余獨安能無愧於沈君哉？

【章旨】本段敘寫自己在京五年，家中困頓狼狽情況。

【注釋】❶寡妻　言自己長久在外，妻在家獨守。

【語譯】我在京師已經住了五年了，父親母親年齡都超過了六十，哥哥弟弟共四人，在家中的只有一個哥哥和一個弟弟，年幼的兒子共三個，都已死去，剩下孤孤獨獨的妻子在臥室中。按照這種情況也可以回家去了，但我沒有回去。唉呀！我一個人怎麼能夠對於沈菽園君的行為不感到慚愧呢？

沈君杭州人，其在京師亦數年。一日其家人遺之書曰：「盍歸乎來❶？」沈君不謀於朋友，秣馬束裝載道❷。嗟乎！余獨安能無愧於沈君哉！沈君行矣，余於沈君復何言！

【章旨】本段敘沈菽園自京師突欲返家的原委，從中寄託不盡的感慨。

【注釋】❶盍歸乎來　語出《孟子・離婁上》：「盍歸乎來，吾聞西伯善養老者。」❷載道　猶行路。《淮南子・俶真》注：「載，行也。」

【語譯】沈君是杭州人，他停留在京城也已經幾年了。有一天，他的家屬寄給他一封信說：「何不回來吧！」沈君不同朋友商量討論，便餵飽馬匹、整理行裝，準備上路。唉呀！我一個人怎麼能夠對於沈君的行為不感到慚愧呢！沈君走了，我對於沈君還有什麼可說的！

【研析】這是一篇文僅三百字的短文，但中心突出，主題集中，前後貫串異常緊密，無一枝節或閒筆。特別是開頭結尾，無端而來，倏然而去。正如姚鼐所評：「其來如潮水驟至，頃刻之間，消歸無有。此等神境，惟昌黎有之。」在文章結構方面，頗見作者工力。全篇主旨，乃是送沈菽園南歸，與家人團聚，但開頭卻偏偏從反面離鄉背井因而給父母妻子帶來的痛苦落筆，再以自己離家五年而不歸作一烘托，經過虛實兩重鋪墊之後，再接觸沈之應家人召喚，立即返家，便只簡單幾筆，便突出沈之急切不可待的心情。文章的另一特色是含蓄。離別父母妻子以致使其類乎鰥寡孤獨的原因是什麼？雖是萬乘公相也補償不了的痛苦，然何以仍樂此而不疲？包括作者離家五年，「是亦可以歸矣」而終不歸，這又是為什麼？所有這些，文章全都不予點破，一切盡在不言中，都留給讀者去思考。

送姚姬傳南歸序

劉才甫

【題解】本篇當作於乾隆十六年（西元一七五一年）夏秋以後，這一年，姚鼐剛過二十，而劉大櫆已五十四歲。姚第一次參加辛未榜會試，落第而歸。而此前一年，劉大櫆雖由大學士張廷玉推薦，參加經學特科，但經學非其所長，亦落選。由於彼此有著相同的遭遇，而年歲卻一少一老，故作者深為慨嘆，充滿感情的寫下這篇贈序。文章首先追敘與姚之父親和伯父的交往，交叉插入姚鼐之年輕有為，詩文成就，令人敬畏；而自己卻窮如曩時，學殖將落。接下以王守仁小時故事，勉勵姚鼐當以聖賢之立德自期，而不應以區區科甲之得失為念。《左傳・襄公二十四年》：「太上有立德，其次有立功，其次有立言。雖久不廢，此之謂不朽。」這個「三不朽」，乃是古代文人追求的目標，也正是本文立論的基礎。

古之賢人，其所以得之於天者獨全，故生而向學，不待壯而其道已成。既老而後從事❶，則雖其極日夜之勤劬，亦將徒勞而鮮獲。

【章旨】本段分述得天獨厚者成就早，而覺悟遲者收穫少，從而暗示對方與自己的區別。

【注釋】❶從事　指向學。此句轉入另一種人。

【語　譯】古代的那些賢人，他們從先天所獲得資質就很齊全，所以一生下來便知道努力學習，不必等待三十歲的壯年，他們的學問道德就已經完成了。另一些人要等到老了以後才從事於學習，那麼，即使他們日日夜夜竭盡全力，也只會白白花費了勞動而收穫很少。

姚君姬傳，甫弱冠，而學已無所不窺，余甚畏之。姬傳，余友季和❶之子，其世父則南青也❷。憶少時與南青遊，南青年纔二十❸，姬傳之尊府方垂髫❹，未娶。太夫人❺仁恭有禮。余至其家，則太夫人必命酒，飲至夜分，乃罷。其後，余漂流在外，倏忽三十年❻。歸與姬傳相見，則姬傳之齒，已過其尊府與余遊之歲矣。明年，余以經學應舉，復至京師。無何，則聞姬傳已舉於鄉而來，猶未娶也。讀其所為詩、賦、古文，殆欲壓余輩而上之。姬傳之顯名當世，固可前知，獨余之窮如曩時，而學殖將落❼，對姬傳不能不慨然而歎也。

【章　旨】本段歷敘與姚鼐父輩的交往及其成長之迅速。

【注　釋】❶季和　姚鼐之父姚淑，字季和。❷世父則南青也　世父即伯父。《釋名》：「父之兄曰世父，言為嫡統繼世也。」南青，姚範字，號薑塢。進士，授翰林院編修，是一個頗有造詣的經學家，姚鼐小時曾接受過他的教育。❸年纔二十　姚範生於康熙四十一年，故此時應為康熙六十年（西元一七二一年）。此時劉大櫆年二十四歲。❹垂髫　古時兒童頭髮下垂，因以垂髫指童年。❺太夫人　指姚範之母。❻倏忽三十年　倏忽，忽然。以下文推之應為乾隆十四年（西元一七四九年），實乃二十九年。此處舉其成數。❼學殖將落　指學業下降，知識萎縮。《左傳・昭公十八年》：「夫學，殖也。不學將落，原氏其亡乎？」注：「殖，生長也。言學之進德如農之殖苗，日新日益。」

【語　譯】姚姬傳君剛剛二十歲，而他的學業已經達到沒有什麼不研究過的程度，我很敬畏他。姬傳是我的朋友姚季和的兒子，他的伯父就是姚南青。回憶我少年時同姚南青一起玩，南青纔二十歲，姬傳的父親還是童年，尚未娶妻。太夫人仁慈謙恭很有禮貌。我到他們家中，太夫人一定要擺酒設宴，酒喝到夜半，才散席。在此之後，我在外地漂泊，行蹤不定，忽然便過了三十年。回到桐城家中和姬傳相見，而姬傳的年齡，早已經超過他父親同我一道遊玩的年歲了。第二年，我參加經學特科考試，又來到京師。沒過多久，就聽說姬傳已經鄉試中舉要來京師，但還沒有娶妻。我閱讀他所寫的詩歌、辭賦和古文，幾乎要在我們這一輩人之上。姬傳會聞名於當代，這是一定可以預先料到的，只有我窮困潦倒還像過去一樣，而我的學業不僅沒有進步，反而有所下降，因此對姬傳不能不感慨嘆息的了。

昔王文成公❶童子時，其父攜至京師。諸貴人見之，謂宜以第一流自待。文成問：「何為第一流？」諸貴人皆曰：「射策甲科❷為顯官。」文成莞爾❸而笑：「恐第一流當為聖賢。」諸貴人乃皆大慙。今天既賦姬傳以不世之才，而姬傳又深有志於古人之不朽。其射策甲科為顯官，不足為姬傳道；即其區區以文章名於後世，亦非余之所望於姬傳。

【章　旨】本段引用王守仁小時所懷之大志以勖勉姬傳不必以科甲為念。

【注　釋】❶王文成公　即王守仁，明中葉人，字伯安，諡文成。官至南京吏部尚書，是著名的哲學家，留有《王文成公全書》。所引之事見《傳習錄》及《明史・王守仁傳》、《明儒學案》。❷射策甲科　《漢書・蕭望之傳》：「望之以射策甲科為郎。」顏注：「射策者，謂為難問疑義，書之於策；量其大小，署為甲乙之科……有欲射者，隨其所取得而釋之，以知優劣……定高下也。」❸莞爾　《論語集解》：「莞爾，小笑貌。」

【語　譯】從前，王文成公年幼時，他的父親帶著他來到京師。一些貴人們見了他，都認為應該以第一等人來鼓勵自己。王文成公問：「什麼叫做第一等人？」那些貴人們都說：「科舉高中當大官。」王文成公微微一笑，說：「恐怕第一等人應該是聖賢。」那些貴人們都非常慚愧。現在，上天既然賜給姬傳以世間少見的才能，而姬傳又如此堅定地立志於古人所謂的不朽事業。那種科舉高中當大官的事，不值得為姬傳一提；就是那種以小小文章留名於後世的事，也不是我所寄希望於姬傳的。

孟子曰：「人皆可以為堯舜。」❶以堯舜為不足為，謂之悖天；有能為堯舜之資，而自謂不能，謂之慢天。若夫擁旄仗鉞❷，立功青海❸萬里之外，此英雄豪傑之所為，而余以為抑其次也。

【章　旨】本段以孟子「人皆可以為堯舜」來鼓勵姬傳。

【注　釋】❶孟子曰二句　見《孟子・告子下》。❷擁旄仗鉞　旄，古代用旄牛尾裝飾的旗幟，代指軍隊。鉞，大斧，皇帝賜與大將專征伐的憑證。❸青海　即今青海湖一帶，唐時常在此處與吐番戰鬥。此借指邊疆。

【語　譯】孟子講過：「人人都可以成為堯、舜一樣的人。」認為堯、舜一樣的人不值得去做，這叫做違背天意；有著可以成為堯、舜一樣的資質，卻自認為不能夠，這叫做不尊重天意。至於那種擁有軍隊，掌握征伐大權，立功於邊疆萬里之外的，這是英雄豪傑所做的事業，而我還是認為這不過是第二等的志向。

姬傳試於禮部，不售❶而歸，遂書之以為姬傳贈。

【章旨】本段簡述作序之緣由。

【注釋】❶不售　指未考中。

【語譯】姚姬傳參加禮部會試，沒有考中，準備回去，我於是寫下這篇文章給他。

【研析】本文主旨，主要是安慰姚氏會試失意。但作者採用畫龍點睛之法，直到篇末才交代其寫作意圖。而且，全篇無一句安慰、寬解之語，全都從積極方面落墨，鼓勵姚氏以聖賢立德為志，成為文章的中心思想。

全文大體上可分為兩個部分：第一部分即第二段，主要是敘事，述兩家交往，兩代友誼，強調的是姬傳成長之速，學業之精。第二部分為三四兩段，主要是議論，本古人所謂立德、立功、立言「三不朽」思想，以「天既賦姬傳以不世之才」來照應、概括前一部分；又以「姬傳又深有志於古人之不朽」來開啟、貫串後一部分。前一部分隱含抒情，後一部分側重說理，故情理兼至，前後貫通。文章寫得有氣勢、有力度，思想深刻，文筆遒勁，姚鼐有評曰：「淋漓遒宕，歐公學《史記》之文。」此評是符合實際的。

詔令類

文體介紹

詔令是古代帝王昭示臣民的文告。其名稱很煩雜，各朝各代亦不盡相同。這類文告最早見於《尚書》，有命、誥、誓等名目。舉凡賜爵、命官、賞罰等稱命，如〈說命〉、〈微子之命〉、〈文侯之命〉即是。誥者播告四方的意思，如〈大誥〉、〈洛誥〉即是。誓原指軍旅誓師之詞，如〈牧誓〉，也用於誓告群臣，如〈秦誓〉即是。至戰國時期，則稱「命」或「令」。秦始皇統一天下，改命為制，令為詔，以表示皇帝的崇高地位。皇帝的命令文告稱詔，即始於此。「漢初定儀則，則有四品：一曰策書，二曰制書，三曰詔書，四曰戒敕。敕戒州部，詔誥百官，制施赦命，策封王侯。策者，簡也。制者，裁也。詔者，告也。敕者，正也。《詩》云『畏此簡書』；《易》稱『君子以制度數』；《禮》稱『明君之詔』；《書》稱『敕天之命』；並本經典以立名目。遠詔近命，習秦制也。」（《文心雕龍・詔策》）以後各朝，名稱亦稍有變更，但不外乎稱制、詔、令、策（冊）、戒、敕、教、諭、璽書、國書等而已，文體分類學家多將這類文告總稱之曰詔令。姚鼐即是如此。

詔，即昭示、昭告的意思。《釋名・釋典藝》云：「詔，昭也。人暗不見事宜，則有所犯，以此照示之，使昭然知所由也。」唐武則天名曌，因同音避諱，曾改「詔」為「制」。詔因內容和功用的不同，而有各種名稱。皇帝登極布告四方，稱「即位詔」；哀悼先帝布告天下，稱「哀詔」；皇帝臨終遺囑，稱「遺詔」，事屬機密，稱「密詔」；皇帝自譴過失，稱「罪己詔」；皇帝親自手書，稱「手詔」或「手諭」；皇帝的口頭命令，稱「口詔」或「口諭」。但詔皆為皇帝昭示臣民則是不變的。

令，《說文》云：「令，發號也。」段玉裁注云：「號者，嘑也。發號者，發其號嘑以使人也。是曰令。」可見令即命令的意思。不過，徐師曾《文體明辨序說》云：「按朱子云：『命猶令也。』字書：『大曰命，小曰令。』此命、令之別也。」可見命與令是略有區別的。戴侗《六書故》云：「命者，令之物也。令出于口，成而不可易之謂命。」由此可知，令指出之於口的言辭，而命則指已書寫成文的法令。不過，二者的區分並不十分嚴格，故可總稱之曰「命令」。令的名目亦頗繁多，有憲令、法令、教令、戒令、功令、敕令、條令、告令、內令、軍令、手令、遺令等。

詔令作為帝王的文告，並無太大差別。秦改皇帝的文告曰「詔」，而將皇后、太子下達的文告稱作「令」。至漢代及以後，只有皇帝的文告可以稱詔，亦可以稱令，而諸侯王或臣下的文告則只可稱令，不可稱詔。清王兆芳《文體通釋》曰：「令者，發號也，教也，禁也，發號而教且禁也。古天子諸侯皆用令，秦改令曰詔。其後惟皇后、太子、王侯稱令。主於教善懲惡，號使畏服。」這就是詔與令的區別。

詔令的寫作風格，歷代各有不同。《尚書》中的誥命，因係用上古時期的口語寫作，詰屈聱牙，古奧難讀。但《尚書》被儒家尊為經典，後世多奉為詔令的典範而模仿其語言風格。漢武帝獨尊儒術，於元狩六年封齊王、燕王、廣陵王的三道策文，即用《尚書》體寫作。策書古奧典雅，卻毫無文彩，且「小吏淺聞，不能究宣，無以明布諭下」(《史記‧儒林列傳》語)，即小吏根本讀不懂，也無法明示百姓。姚鼐宗經崇儒，故特地將此三篇策文選入書中以表明他認為《尚書》是詔令典範的觀點。秦漢詔令一般用當時通行的口語寫作，文字簡潔曉暢，內容充實明確，吳訥《文章辨體序說》譽之為「深厚爾雅，尚為近古」。魏晉以後，詔令逐漸駢偶化，虛詞儷語，連篇累牘，雖琅琅上口，卻迂曲難懂，則秦漢古風盡失矣。徐師曾《文體明辨序說》云：「古之詔詞，皆用散文，故能深厚爾雅，感動乎人。六朝而下，文尚偶儷，而詔亦用之，然非獨用於詔也。后代漸復古文，而專以四六施諸詔、誥、制、敕、表、箋、簡、啟等類，則失之矣。」姚鼐選詔令，始於秦始皇，訖於漢光武帝，前後不過二百五十年，並云：「秦最無道，而辭則偉，漢至文景，意與辭皆美矣，後世無以逮之。光武以降，人主雖有善意，而辭氣何其衰薄也！」從古文家的觀點來看，這個評論，是恰當的，也是頗具藝術眼光的。

檄，也是古代一種重要的軍國文書。《說文》云：「檄，二尺（按：當作尺二）書。」段玉裁注云：「李賢注〈光武紀〉曰：『《說文》以木簡為書，長尺二寸，謂之檄，以徵召也。』」檄就是書寫在長尺二寸的木版上的文書。其性質之一是軍事性的文告，是古代從事征伐時的一種聲討性的文字。目的在「據此聲威，暴彼昏亂」，即聲張己方的軍事力量，暴露敵方的罪惡虛弱，以鼓舞士氣，威懾敵軍。故《文心雕龍・檄移》云：「凡檄之大體，或述此休明，或敘彼苛虐，指天時，審人事，算彊弱，角權勢，標蓍龜於前驗，懸鞶鑑於已然，雖本國信，實參兵詐，譎詭以馳旨，煒曄以騰說，凡此眾條，莫或違之者也。」不過，檄文也有用於徵召和曉諭臣民部曲的，相當於向臣民發布的布告。司馬相如〈諭巴蜀檄〉，就是這種性質的檄文，是為曉諭安撫巴蜀民眾而作的。文中極力張揚漢武帝的武功，譴責巴蜀守臣不明「上意」而亂發兵卒並引發巴蜀民的騷動，雖不類聲討性檄文，但威懾指責之意溢於言表，說明其不同於一般的政令文告。本書不設檄移類，因此類檄文有諭下的作用，而附錄於詔令類，作為與詔令同類性質的公牘文書，是適宜的。韓愈〈鱷魚文〉，姚鼐認為是為驅逐鱷魚而作，視為聲討性檄文而附之此類之末，亦未為不可。這一點姚鼐是說得很明白的。他說：「檄令皆諭下之辭，韓退之〈鱷魚文〉，檄令類也，故悉傳之。」

卷三十五　詔令類一

初并天下議帝號令

秦始皇

【題　解】這是秦始皇二十六年（西元前二二一年）剛剛統一天下後發布的第一道詔令。帝號，帝王的稱號。前此，帝王無統一的稱號。或稱「皇」，如「三皇」；或稱「帝」，如「五帝」；或稱「王」，如「三王」，或稱「天子」、「天王」。秦始皇統一天下後就要大臣重新議定個稱號來表示他的成功。於是丞相王綰、御史大夫馮劫、廷尉李斯建議稱「泰皇」，秦始皇說：「去『泰』著『皇』，采上古『帝』位號，號曰『皇帝』。」他自稱始皇帝，「後世以計數，二世三世至於萬世，傳之無窮」。他的這個奢望未能達到，秦二世而亡；但「皇帝」這個稱號在中國封建社會卻沿用了兩千多年。令，命令。字書曰：「大曰命，小曰令。」上古王言同稱為命。秦始皇改「命為制，令為詔」。此為秦始皇第一次下詔，故仍用舊稱曰「令」。本篇概要敘述了秦始皇兼併六國的次第經過，統一天下的偉大成功，也反映了此時的秦始皇的志得意滿。他覺得以前帝王的稱號都不足以反映他的偉大成功，故要求重議帝號，以表示他的成功超過了古代帝王。這反映的確實是我國歷史上封建專制政體的最後確立。

【作　者】秦始皇，全稱為秦始皇帝。姓嬴，名政（西元前二五九—前二一〇年），秦莊襄王之子。十三歲立為立秦王，即位九年（西元前二三八年）親政，採尉繚，李斯等滅六國、成一統之計，自十七年（西元前二三〇年）滅韓始，至二十六年（西元前二二一年）滅齊，先後消滅六國，統一天下，創立中國歷史上第一個統一的封建中央集權制國家，成為第一位封建皇帝。稱皇帝後，取消分封，建立郡縣，「令黔首自實田」，承認土地私有，統一法律、度量衡、貨幣和文字。三十三年（西元前二一四年）派兵定南越，增設閩中、南海、桂林、象郡四郡，又派蒙恬北擊匈奴，收復河南地（今內蒙河套一帶），築長城，毀民間兵器，焚書坑儒，修築阿房宮和驪山墓。即帝十二年，三十七年（西元前二一〇年）出巡途中，病死於沙丘平臺（今河北廣宗西北）。

秦初并天下，令丞相❶御史❷曰：

【章　旨】本段是史官記述發布這篇詔令的背景。非為詔令的本文。

【注　釋】❶丞相　官名。古代中央政權的最高行政長官，協助皇帝處理國家政務。此時秦丞相為王綰。❷御史　官名。秦置。其位僅次於丞相。主管彈劾、糾察以及掌管圖籍祕書。此時秦御史大夫為馮劫。

【語　譯】秦王朝剛剛兼併天下，秦王就命令丞相和御史大夫說：

異日❶，韓王❷納地效璽❸，請為藩臣❹。已而倍❺約，與趙魏合從❻畔❼秦，故興兵誅之，虜其王❽。寡人以為善，庶幾息兵革❾。趙王❿使其相李牧⓫來約盟，故歸其質子⓬。已而倍盟，反我太原⓭，故興兵誅之，得其王⓮。趙公子嘉⓯乃自立為代⓰王，故舉兵擊滅之。魏王⓱始約服入秦⓲，已而與韓趙謀襲秦⓳，秦兵吏誅，遂破之⓴。荊王㉑獻青陽以西㉒，已而畔約，擊我南郡㉓，故發兵誅，得其王，遂定其荊地㉔。燕王㉕昏亂，其太子丹乃陰令荊軻為賊㉖，兵吏誅滅其國㉗。齊王㉘用后勝計㉙，絕秦使，欲為亂，兵吏誅虜其王，平齊地㉚。

【章旨】本段敘述秦滅六國的經過及誅滅它們的理由。

【注釋】❶異日　猶前日，昔日。❷韓王　指韓王安，桓惠王子。韓王安九年（西元前二三〇年），秦虜王安，盡入其地，為穎川郡。❸納地效璽　韓王安五年（西元前二三四年），秦攻韓，韓急，遣韓非使秦。韓王請為臣。納，獻出。效，猶「致」。送來。璽，印。古者尊卑共之。秦以來，天子獨以印稱璽，又獨以玉為之。❹藩臣　藩國之臣，封建王朝的屬國或屬地。❺倍　通「背」。違背；背叛。❻合從　即「合縱」。戰國時，山東六國聯合起來西向抗秦，稱合縱。南北為縱。六國土地南北相連，六國聯合，故稱合縱。❼畔　通「叛」。背叛。❽虜其王　秦王十七年，內史騰攻韓，得韓王安，盡納其地，以其地為郡，命曰穎川。❾兵革　兵甲，代指戰爭。❿趙王　指趙悼襄王，名偃，趙孝成王子，在位九年（西元前二四四—前二三六年）。⓫李牧　戰國末趙國將領，官至大將軍。李牧為相及與秦約盟事，史皆不載。⓬歸其質子　趙悼襄王二年，太子從質秦歸。質子，人質。古代派往別國作抵押的人，多為王子或世子，故名質子。⓭反我太原　按太原已於秦莊襄王二年（西元前二四八年）被秦軍占領，三年置太原郡。秦王政十五年，大興兵，一軍至鄴，一軍至太原，取狼孟。是時趙將李牧屢敗秦兵，欲進窺太原，故以「反我太原」為趙罪。太原，太原郡，轄今山西中部地區，治所在晉陽（今山西太原）。⓮得其王　秦王政十九年（西元前二二八年），秦將王翦、羌瘣盡定取趙地東陽，得趙王。王，指趙王遷，趙悼襄王子，在位八年（西元前二三五—前二二八年）。⓯趙公子嘉　趙國公子。趙亡後，他率其宗數百人之代，自立為代王，東與燕合兵，軍上谷。在位六年（西元前二二七—前二二二年）。六年，秦滅燕，還攻代，虜代王嘉。⓰代　地名，地在今河北蔚縣一帶。⓱魏王　指魏景湣王，名增，魏安釐王子，在位十五年（西元前二四二—前二二八年）。⓲約服入秦　秦王政十六年即魏景湣王十二年（西元前二三一年），魏獻地於秦，置麗邑。⓳與韓趙謀襲秦　事不詳。按：秦滅魏時，韓趙皆已亡，此恐為外交辭令而已。⓴遂破之　魏王假三年（西元前二二五年），秦灌大梁，虜王假，遂滅魏以為郡縣。魏王假，魏景湣王子，名假，在位三年（西元前二二七—前二二五年）。㉑荊王　即楚王，名負芻，楚考烈王子，楚哀王庶兄，在位五年（西元前二二七—前二二三年）。㉒獻青陽以西　楚獻青陽以西事，史不見載。青陽，今安徽青陽。㉓南郡　秦昭襄王二十九年（西元前二七八年），白起攻楚取郢，置為南郡，在今湖北江陵北。㉔得其王二句　秦王政二十三年（西元前二二四年），秦將王翦、蒙武擊破楚軍，殺其將項燕。二十四年，王翦，蒙武破楚，虜其王負芻，滅楚名為楚郡。王，指楚王負芻。荊地，即楚地。㉕燕王　即燕王喜，燕孝王子，在位三十三年（西元前二五四－前二二二年）。㉖其太子丹句　太子丹，燕王喜太子，秦滅韓前，丹為質於秦，不受禮遇，怨而逃歸。他於西元前二二七年，派荊軻往秦，借獻督亢地圖、樊於期首之名，行刺秦王政，事敗，荊軻被殺。陰，暗中。荊軻，戰國末衛國人，好讀書擊劍。游燕，田光薦於太子丹，拜為上卿。入秦行刺秦王政，被殺。㉗誅滅其國　燕王喜二十九年（西元前二二六年），秦攻破薊，燕王喜亡，徙居遼東，斬丹以獻秦。三十三年（西元前二二二年），秦拔遼東，虜燕王喜，遂滅燕。㉘齊王　即齊王建，齊襄王子，在位四十四年（西元前二六四－前二二一年）。㉙用后勝計　齊王建四十四年（西元前二二一年），與其相后勝發兵守其西界，不通秦。后勝，齊王建相。㉚兵吏二句　秦王政二十六年（西元前二二一年），使將軍王賁從燕南攻齊，得齊王建，遂滅齊為郡。

【語譯】往日，韓王交出土地獻出玉璽，請求做秦國的附屬國。不久就違背約定，跟趙國、魏國南北聯合背叛秦國，所以我出兵懲辦韓國，俘虜了韓王安。我認為這樣很好，希望能平息戰爭。趙王使他的相李牧來簽訂盟約，所以我送還了他的質子。不久他背叛盟約，在太原反叛我，所以我出兵懲罰他，俘獲了趙王。趙國的公子嘉就自己立做代王，所以我發兵擊滅了他。魏王起初約定併入秦國，隨即跟韓國，趙國謀劃襲擊秦國，秦國的軍隊與將吏懲罰，就擊破了趙國。楚王獻出青陽以西的土地，隨即背叛約定，攻擊我國的南郡，所以出兵懲辦，俘獲了楚王，就平定了楚地。燕王昏聵暴亂，他的太子丹卻暗地裡使荊軻做行刺的盜賊，軍隊將吏就懲罰滅掉了他的國家。齊王聽用他的相后勝的計謀，拒絕秦國的使節，想發動叛亂，軍隊將吏就懲罰俘虜了齊王，平定了齊地。

寡人以眇眇❶之身，興兵誅暴亂，賴宗廟之靈，六王咸伏其辜❷，天下大定。

今名號不更，無以稱成功，傳後世，其議帝號！

【章 旨】本段提出詔令的中心——議帝號及其理由。

【注 釋】❶眇眇 眇小；微小。此為謙詞。❷辜 罪。

【語 譯】我憑著這眇小的個人，出兵懲罰暴虐動亂之人，依賴祖宗的神靈，六國的國王都服了罪，天下大大地安定了。現在名號不更改，就沒有什麼可用來表示成功，流傳於後世，大家還是議論個帝王的稱號！

【研 析】這是我國第一位中央集權的封建皇帝頒發的第一道詔令，這時的秦始皇正處在志得意滿之時。本篇前一部分概要敘述了他消滅六國的經過，將罪責都歸於六國，好像他是奉辭伐罪，不得已而為之，顯得義正詞嚴，六國被滅乃是罪有應得，頗有一點春秋時的行人外交辭令（如〈呂相絕秦〉之類）和戰國游士說辭的味道。後一部分更表現他超越五帝凌駕三皇而不可一世的威風。而且兼併六國，鋪陳功業僅用寥寥二百餘字，其文辭之簡潔，也體現出此時文風的特點。若後人為之，則必連篇累牘矣。

入關告諭

漢高帝

【題 解】本篇錄自《史記・高祖本紀》，《漢書・高帝紀》亦載，兩本文字略有出入。本篇發布於漢高祖元年（西元前二〇六年）入關破秦之初。告諭，向眾宣布說明。諭，同「喻」，曉喻，告知。漢元年，沛公兵先諸侯至霸上，接受了秦王子嬰的投降，宣告了秦王朝的滅亡。先入咸陽，然後還軍霸上，召諸縣父老豪傑發布了這道告諭。本篇先概括說明告諭發布的歷史背景：天下苦秦久矣；吾當王關中；中心是約法三章；最後宣告入關的目的以安撫人心。這樣一道告諭，對關中人來說是久旱逢甘雨，使他們從苛刻的秦法中解脫出來。告諭公布後果然「秦人大悅」，完全達到了爭取人心的目的。漢高祖後來之所以能穩據關中，爭得天下，這道告諭是起了很大作用的。關，指函谷關。

【作　者】漢高帝，姓劉，名邦（西元前二五六—前一九五年），字季，沛豐邑（今江蘇豐縣）人。初為泗水亭長。秦二世元年（西元前二〇九年），陳勝、吳廣起義，他於沛縣起兵響應，稱沛公。陳勝死後，他和項羽領導的起義軍成為主力。西元前二〇六年，率軍從武關攻入秦都咸陽，推翻秦朝統治。同年，被項羽封為漢王，據有巴、蜀、漢中。不久，與項羽展開了長達五年的爭奪戰，史稱「楚漢戰爭」。前二〇二年，最後擊敗項羽，即皇帝位，建立西漢王朝。在位期間，實行重農抑商、與民休息、輕徭薄賦、釋放奴婢、復員士卒等政策，對恢復生產、安定社會，起了一定作用。在位八年，病逝。死後廟號高祖，故稱漢高祖，亦稱高帝。

父老苦秦苛法❶久矣，誹謗者族❷，耦語❸者棄市❹。吾與諸侯約❺，先入關者王之，吾當王關中❻。

【章　旨】本段寫發布告諭的歷史背景。

【注　釋】❶苛法　苛刻煩瑣的律條。苛，煩瑣。❷族　刑及父母妻子曰族。《漢書》顏師古注：「族謂誅及其族也。」❸耦語　相對私語。❹棄市　謂殺戮後陳屍街頭。顏師古曰：「棄市者取刑人於市，與眾棄之。」《史記・秦始皇本紀》：「有敢偶語詩書者棄市，以古非今者族，吏見知不舉者與同罪。」❺吾與諸侯約　《漢書・高帝紀》：「初，懷王與諸將約，先入定關中者王之。」❻關中　地區名，相當於今陝西省。東有函谷關，南有武關，西有散關，北有蕭關。四關之中，故曰關中。一說，東自函關，西至隴關，二關之間謂之關中。

【語　譯】父老被秦朝苛刻煩瑣的法令所困苦很久了，誹謗的人誅滅全族，相對私語的人殺頭示眾。我與各路諸侯相約定，先進入函谷關的人就做關中王，我應當做關中王。

與父老約，法三章耳：殺人者死，傷人及盜抵罪❶。餘悉除去秦法。吏民❷皆按堵❸如故。

【章　旨】本段寫告諭的中心內容——約法三章。

【注　釋】❶抵罪　抵償其應負的罪責。《史記索隱》：「抵，當也。謂使各當其罪。」❷吏民　《史記》作「諸吏人」。❸按堵　《史記》作「案堵」，同「安堵」。安居；安定。顏師古曰：「言不遷動也。」

【語　譯】我與各位父老約定，法令只有三條罷了：殺人的人死罪，傷害別人和偷盜受到應有的懲罰。其餘全部除去秦朝苛刻煩瑣的法令。官吏民眾都安定像原來一樣。

凡吾所以來，為父老除害，非有所侵暴，毋恐。且吾所以軍霸上❶，待諸侯至而定要束❷耳。

【章　旨】本段曉諭吾入關並還軍霸上的目的。

【注　釋】❶霸上　地名，即白鹿原，在陝西咸寧東。《水經注》：「白鹿原東，即霸川之西，謂之霸上。」顏師古曰：「霸水上，故曰霸上。」❷要束　即約束，《史記》正作「約束」。規約。顏師古曰：「要亦約。」

【語　譯】總的說我來這裡的原因，是替各位父老除去禍害，不是要侵犯暴亂，不要害怕。並且我駐軍霸上的原因，是等待各路諸侯到來而制訂規約罷了。

【研　析】如此重大的內容，一百餘字將其概括得如此全面曉暢，語言平易，完全是當時的口語。它之所以能使「秦人大悅」，表達的完全是漢高祖愛民的一片仁愛之心。愛民之人，必得民之愛戴。得民心者得天下，這是真理。林雲銘曰：「文之簡樸如說家常話，然動人處正在於此，以其真懇耳。」一個「簡樸」，一個「真懇」，這確是本篇的突出特點。

二年發使者告諸侯伐楚

漢高帝

【題　解】本篇錄自《史記・高祖本紀》，《漢書・高帝紀》亦載，文字略有不同。二年，即西元前二〇五年。諸侯，指項羽分封的反秦起義軍的各路將領。項羽共封十四個王，劉邦封漢王，據有巴、蜀、漢中。楚，指項羽。項羽自封為西楚霸王，王梁、楚地九郡，都彭城。項羽入關後，佯尊楚懷王為義帝。出關時，徙義帝長沙郴縣，並陰令衡山王吳芮、九江王英布殺義帝江南。這時，劉邦已擊敗三秦王，占領了關中，攻占了河南洛陽一帶，置河南郡，占領山西南部，置河內郡，正欲東向與項羽爭天下。項羽殺義帝是個極好的藉口，乃袒而大哭，為義帝發喪，發使者布告諸侯，揭開了楚漢戰爭的序幕。本篇首先指出項羽放殺義帝是大逆無道，然後指出劉邦全軍出動，號召諸侯起兵從義。寥寥數語，卻義正辭嚴，具有懾人的力量。

天下共立義帝❶，北面❷事之。今項羽放殺義帝於江南❸，大逆無道。

【章　旨】本段揭舉項羽放殺義帝的罪惡。

【注　釋】❶義帝　項梁起義時，接受范增的建議，找到楚懷王在民間為人牧羊的孫兒名心，立為楚懷王以相號召。秦亡後，項羽又尊懷王為義帝。❷北面　舊時君見臣，南面而坐。故以北面指向人稱臣。北面即面向北。❸江南　地區名，泛指長江以南。漢二年，項羽使九江王英布殺義帝於郴縣。

【語　譯】天下的人共同尊立了義帝，面向北向他稱臣而侍奉他。現在項羽在江南流放並殺死義帝，這是最大的背逆而不合道義。

寡人❶親為發喪，諸侯❷皆縞素❸。悉發關中兵，收三河❹士，南浮江漢❺以下，願從❻諸侯王擊楚之殺義帝者。

【章　旨】本段宣告奉辭伐罪的軍事目標，並號召諸侯舉義兵伐楚。

【注　釋】❶寡人　劉邦自稱的謙詞。❷諸侯　《漢書》作「兵」。按：作「兵」於義為長。❸縞素　白色的喪服。❹三河　指河南、河東、河內三郡。❺江漢　指長江、漢水。《史記》正義曰：「南收三河士，發關內兵，從雍州入子午道，至漢中，歷漢水而下，從是東行，至徐州，擊楚。」而胡三省以為一軍由三河以攻其北，一軍浮漢江以攻其南。❻從　跟從。這是劉邦的自謙之詞，言跟隨諸侯王之後以討伐項羽。

【語　譯】我親自為義帝舉行喪禮，各路諸侯都穿著白色的喪服。全部開拔關中的部隊，收集河南、河東、河內三郡的士兵，向南沿著長江、漢水順流而下，希望跟隨在諸侯和諸王之後去進擊楚的殺害義帝的那個人。

【研　析】本篇實際上是一篇「振此威風，暴彼昏亂」（《文心雕龍・檄移》）的檄文。後世檄文動輒數千言，而本篇卻僅僅寥寥數語，而其力量則勝過數千百言。王文濡曰：「利用義帝之死，以動義兵，義正詞嚴，已奪項王之氣。」本篇的確具有這種力量。

五年赦天下令

漢高帝

【題　解】本篇錄自《漢書・高帝紀》。五年，即西元前二〇二年。是年，劉邦擊敗項羽，殺項羽於東城，結束了八年的紛爭戰火。天下初定，劉邦就頒布了這道詔令。全文四句，前二句說明詔令頒發的歷史背景；後二句點明詔令的內容。至此，人民陷於戰爭已八年之久。在戰爭時期，難免嚴刑重罰，以便保證戰爭的進行，故犯罪者多。戰爭一結束，立即赦免罪犯，這又是一項使民得以休養生息的舉措，是十分及時的。

兵不得休八年❶，萬民與❷苦甚。今天下事畢，其赦天下殊死❸以下。

【注　釋】❶八年　秦二世元年（西元前二〇九年）七月，陳涉、吳廣發動起義，至秦二世三年（西元前二〇七年），劉邦攻入秦都咸陽滅秦，共三年；從漢元年（西元前二〇六年）項羽分封，至漢五年（西元前二〇二年）劉邦擊殺項羽，結束「楚漢戰爭」，共五年；前後共八年。❷與　王念孫曰：「〈文紀〉『朕之不明與嘉之』，如淳注：『與，發聲也。』案如解是也。『萬民與苦甚』，萬民苦甚也；『朕之不明與嘉之』，朕之不明嘉之也，皆助句之詞，本無意義，亦不當讀為『歟』。」❸殊死　斬刑。殊，絕，異，言其身首離絕而異處。

【語　譯】戰爭不得休止已經八年了，所有民眾艱苦異常。現在天下的戰事已經結束，就赦免天下斬刑以下的一切罪犯吧！

【研　析】劉邦出身農民家庭，厭惡煩瑣，故其發布的詔令均極簡明。本篇才二十四字，卻將一篇極大的文章概括得全面無餘。這種詔令真是簡單到了極點。真德秀曰：「令纔數語，而事理曲盡，足見漢詔簡嚴之體。」用「簡嚴」二字概括本篇，這是非常恰當的。

令吏善遇高爵詔

漢高帝

【題　解】本篇錄自《漢書・高帝紀》。本詔發布於漢五年（西元前二〇二年）。高爵，高的爵位。《漢書・百官公卿表》列秦漢爵凡二十級，七級公大夫以上為高爵。漢高祖即皇帝位以後，兵皆罷歸家。為安撫這些戰士，皆給與田宅，有戰功者給與不同等級的爵位。本篇即命令各級官吏要善待這些有爵位的退役士兵，貫徹對這些士兵的承諾，指出了當時在對待這些有爵位的士兵的現實中存在的問題，要求堅決改正，表現了漢高祖對這些退役士兵的關懷。

七大夫、❶公乘❷以上，皆高爵也。諸侯子❸及從軍歸者，甚多高爵，吾數詔吏先與田宅，及所當求於吏者，亟與。

【章　旨】本段說明應當善遇的對象。

【注　釋】❶七大夫　即公大夫，爵第七級，故謂之七大夫。❷公乘　爵次第八。❸諸侯子　諸侯支屬之從軍者。

【語　譯】七大夫、公乘以上，都是高爵。諸侯支屬子弟及那些從軍退役回家的人，其中有許多高爵，我多次下詔書命令官吏先給與他們田地居宅，和應當向官吏要求的，趕快給與。

爵或人君❶，上所尊禮，久立吏前❷，曾不為決❸，甚亡謂❹也。異日秦民爵公大夫以上，令丞❺與亢禮❻。今吾於爵非輕也，吏獨安取此！且法以有功勞行❼田宅。今小吏未嘗從軍者多滿❽，而有功者顧不得，背公立私，守尉長吏❾教訓甚不善。

【章　旨】本段指出當前在對待高爵中存在的問題。

【注釋】❶人君　爵位高的人有國邑，自是其國人之君，故曰人君。❷久立吏前　謂在吏前久等以待給與。楊樹達曰：「意言待命之日久耳，非謂立於吏前。」❸曾不為決　謂吏不及時作出給與田宅的決斷。顏師古曰：「有辨訟及陳請者，不早為決斷。」可備一說。❹亡謂　失於事宜，不足為訓。❺令丞　縣令與縣丞。令為一縣之長，丞為副職。❻亢禮　彼此以平等禮節相待。顏師古曰：「亢者，當也，言高下相當，無所卑屈。」❼行　猶付與。❽多滿　王先謙曰：「私取田宅以自盈也。」高步瀛曰：「多滿猶言多富實有田宅也，不必皆私取。」❾守尉長吏　郡守、郡尉、各級官吏。長吏，吏秩之尊者。吏六百石以上，皆長吏。

【語譯】爵有的是國人之君，皇上也尊敬禮遇，卻久久在官吏面前等待，竟然不做出給與田宅的決定，非常不足為訓。往日秦朝的民眾爵位在公大夫以上，縣令、縣丞都要以平等的禮節相對待。現在我們對於爵並不輕視，官吏怎麼敢於這樣對待！並且法令規定因為有功勞，給與田宅。現在一個小小的吏從來沒有從軍過的卻很多都富實有田宅，而有功勞的人反而得不到，違背公義樹立徇私，郡守郡尉和各級官吏的教訓非常不好。

其令諸吏善遇高爵，稱❶吾意。且廉問❷，有不如吾詔者，以重論❸之。

【章旨】本段向諸吏提出要求。

【注釋】❶稱　符合。❷廉問　訪察。廉，察。❸重論　重治其罪。

【語譯】命令各類官吏好好對待有高爵的人，使符合我的旨意。並且要訪察，有不符合我的詔令的人，要重重地治其罪責。

【研析】本篇是漢高祖對其臣下頒發的一道詔令，而且是關係到優撫政策的落實，所以措辭比較嚴厲。它指出了優撫政策貫徹執行中存在的問題，提出了「稱吾意」的要求和「重論」的處理措施，內容也全面而周到，使臣下能知所遵循。淺近、簡潔、明白、曉暢，這是漢高祖詔書的特點。本篇同樣很好地體現了這些特點。

六年上太公尊號詔

漢高帝

【題　解】本篇錄自《漢書・高帝紀》。六年，即西元前二〇一年。太公，漢高祖之父，名執嘉，一說名煓。本篇論述了父子關係的密切，肯定了劉邦的成就是其父教訓的結果，說明做了皇帝也應該尊稱其父，表現了中國的傳統美德——孝。漢代自此極重孝道，故於每個皇帝的諡號前都加「孝」字，如孝惠、孝文、孝景、孝武等。本篇對宣傳孝道起了一定作用。據《漢書》載，高祖五日一朝太公，如家人父子禮。太公家令說這違背君臣之禮。後高祖朝，太公乃擁篲，迎門卻行。高祖大驚，下扶太公。於是高祖乃尊太公為太上皇，並詔告天下。劉邦貴為天子，還這樣行孝，對天下起了很好的表率作用。

人之至親，莫親於父子。故父有天下，傳歸於子；子有天下，尊歸於父，此人道❶之極也。

【章　旨】本段論人之至親是父子。

【注　釋】❶人道　人類社會的道德規範。

【語　譯】人類的最親近的人，沒有比父子還親近的。所以父親據有了天下，傳位就歸於他的兒子；兒子據有了天下，尊貴就歸於他的父親，這是人類道德的最高境界。

前日天下大亂，兵革❶並起，萬民苦殃，朕親被堅執銳❷，自帥士卒，犯❸危難，平暴亂，立諸侯，偃兵❹息民，天下大安，此皆太公之教訓也。

【章旨】本段說明自己奪得天下皆是其父教訓的結果。

【注釋】❶兵革　兵器和甲冑，代指戰爭。❷被堅執銳　披堅甲執銳兵。被，通「披」。穿著。堅，指堅固的甲冑。銳，指銳利的兵器。❸犯　冒。❹偃兵　平息戰爭。偃，止息。

【語譯】前些日子天下大亂，戰爭四處爆發，廣大民眾遭受苦難和禍害，我親自穿著堅甲，拿著利刃，親自統帥士卒，冒著危險艱難，平定暴虐混亂，建立諸侯，止息戰爭安定民眾，使天下完全安定，這都是太公教訓的結果。

諸王通侯❶將軍群卿大夫，已尊朕為皇帝❷，而太公未有號，今上尊太公曰「太上皇❸」。

【章旨】本段曉喻天下給其父所上尊號。

【注釋】❶通侯　秦漢爵第二十級曰徹侯。後漢武帝曰徹，避諱改曰通侯。此班固追記，故用通侯而不言徹侯。❷已尊句　《史記・高祖本紀》載，五年正月，諸侯及將相相與共請尊漢王為皇帝，漢王三讓，不得已，乃即皇帝位於汜水之陽。❸太上皇　顏師古曰：「太上，極尊之稱也。皇，君也。天子之父，故號曰皇。不預治國，故不言帝也。」

【語譯】各位王、通侯、將軍、各位公卿、大夫，已經尊稱我為皇帝，可太公卻沒有稱號，現在尊稱太公叫「太上皇」。

【研析】本篇是漢高祖尊稱其父，故全篇集中說一個「孝」字。前論父子關係至親是「孝」的根本，中述自己取得成就的原因是應盡孝的理由，末上尊號是盡孝的措施。全文緊緊圍繞這個「孝」字做文章，篇幅雖然很小，卻把這個「孝」字說得又深又透。《文心雕龍・詔策》云：「觀文景以前，詔體浮新。」這種詔令確實淺近明白。

十一年求賢詔

漢高帝

【題　解】本篇錄自《漢書・高帝紀》。十一年，即西元前一九六年。這時漢高祖即皇帝位已有六年多，已平定了韓王信、代相陳豨的叛亂，殺了淮陰侯韓信。這些事件使他深感賢才對治國的重要，就下了這道求賢詔。本篇說明了人才對國家的重要，表明了自己企盼賢才「與吾共安利」天下的殷切期望，指出了招攬賢才的辦法，表現了漢高祖求賢的迫切心情。重視賢才是我國歷朝歷代的優良傳統。劉邦「嫚而侮人」，又「不好儒，諸客冠儒冠來者，沛公輒解其冠，溲溺其中」。等到他做了皇帝，還是要求賢。吳調侯、吳楚材曰：「高帝平日慢侮諸生，及天下既定，乃屈意求賢，如恐不及，蓋知創業與守成異也。漢室得人，其風動固為有本。」這說得十分中肯。

蓋聞王者莫高於周文❶，伯❷者莫高於齊桓❸，皆待賢人而成名❹。今天下賢者智能，豈特古之人乎？患在人主不交故也，士奚由進？

【章　旨】本段論述賢才的重要和人主必求賢方能得賢。

【注　釋】❶周文　即周文王。姓姬，名昌，受商封為西伯。在位五十年，積善累德，化行南國，先後滅黎、邘、崇等國，為武王滅商打下基礎。諡文王。❷伯　通「霸」。古代諸侯之長。❸齊桓　即齊桓公。姓姜，名小白，春秋五霸之首。在「尊王攘夷」的旗幟下，北伐山戎，南抑強楚，勤王平亂，救衛存邢，九合諸侯，一匡天下，首開春秋大國爭霸局面。❹皆待句《呂氏春秋・尊師》曰：「文王，武王師呂望，齊桓公師管仲。」

【語　譯】聽說稱王的人沒有比周文王還崇高的，稱霸的人沒有比齊桓公還偉大的，他們都依靠賢人才成就名聲。現在天下的賢明智能之人，難道僅僅都是古代的人嗎？那憂患就在人主不去結識他們的緣故，賢士憑藉什麼來進用？

今吾以天之靈，賢士大夫❶，定有天下，以為一家，欲其長久，世世奉宗廟亡絕也。賢人已與我共平之矣，而不與吾共安利之，可乎？賢士大夫有肯從我游者，吾能尊顯之。布告天下，使明知朕意。

【章　旨】本段明告求賢的旨意：肯從我遊就能尊顯。

【注　釋】❶賢士大夫　楊樹達曰：「賢士大夫」上脫「與」字。

【語　譯】現在我憑藉老天的神靈，與賢士大夫一道，平定而據有天下，成為了一家，想要它能長久，世世代代奉祀祖宗的宗廟不斷絕。賢人已經與我一道平定了天下，卻不與我一道來安定利用它，可以嗎？賢士大夫有肯跟從我跟我交遊的，我能夠尊貴他使他顯赫。布告天下，使他們明白地知道我的意思。

御史大夫❶昌❷下相國❸，相國酇侯❹下諸侯王，御史中執法❺下郡守，其有意稱❻明德者，必身勸❼，為之駕，遣詣相國府，署❽行❾、義❿、年。有而弗言，覺，免。年老癃病⓫勿遣。

【章　旨】本段指出進賢的辦法：由地方推薦。

【注　釋】❶御史大夫　官名，秦置。其位僅次於丞相。主管彈劾、糾察以及掌管圖籍祕書。❷昌　即周昌，沛人。西漢初大臣。隨劉邦入關破秦，任中尉。後為御史大夫，封汾陰侯。❸相國　即宰相。漢高祖初即位，置丞相，十一年更名相國。❹酇侯　指蕭何，沛人。輔助劉邦建立漢朝，官至宰相，封酇侯。❺御史中執法　即御史中丞，官名。漢以御史中丞為御史大夫之佐。外督部刺史，內領侍御史十五人，受公卿奏事，舉劾案章，其權頗重。❻意稱　《文選》王長元〈曲水詩序〉李善注引作「懿稱」。錢大昕《三史拾遺》曰：「懿稱者美稱也，與『明德』對文，則懿義為長。古文懿、意通。」❼身勸　郡守身自往勸勉，令至京師。❽署　題寫。❾行　行狀，即品行、業績。❿義　通「儀」。指儀容，即容貌姿態。⓫癃病　衰弱疲病。

【語　譯】御史大夫周昌下達相國，相國酇侯蕭何下達諸侯王，御史中執法下達郡守，如果有稱譽美好德行明達的人，郡守一定要親自去勸勉，給他們駕好車，派遣他們到相國府來，寫上他們的行狀、儀表和年齡。如果有賢才而隱瞞不說，一經發覺，就免官。年紀太老體弱多病的人不要遣送。

【研　析】本篇是一道求賢的詔書，說明了賢才的重要，表明了求賢的切望，指明了進賢的辦法，短短不到二百字的文章，將議論敘事融為一體，把意思說得明白而透徹。浦起龍說：「求賢，開國首務，此三代下辟舉之始事也。辭令議論敘事，體備眾妙。」這「辭令議論敘事，體備眾妙」，說的就是本篇的特點。

元年議犯法相坐詔　　漢文帝

【題　解】本篇錄自《漢書・刑法志》，《史記・孝文本紀》亦載，文字略有不同。元年，原文作二年（西元前一七八年）。《史記》載本篇於元年十二月。錢大昕《考異》曰：「（陳）平、（周）勃同為丞相在元年，非二年也。〈文紀〉元年十二月，除收帑相坐律，正平、勃並相之時。〈志〉云二年，誤。」按錢說是，故依《史記》作元年。相坐，謂一人犯法，株連他人同時治罪。漢興之初，雖有約法三章，然其大辟，尚有夷三族之令。至高后元年（西元前一八七年），乃除三族令，袄言令。至是又除相坐法。本篇即提出了相坐法的不合理，說明了相坐法不合理的緣由：吏不導民為善，而反重法以治其罪，是「法反害於民」，表現了漢文帝對人民的一片仁愛之心。漢文帝是歷史上最著名的仁君，本篇即是其愛民之心的體現。

【作者】漢文帝，名恆（西元前二〇二－前一五七年），漢高祖中子，封代王。周勃等誅諸呂，迎立為帝，在位二十三年（西元前一七九－前一五七年）。在位期間，繼續實行與民休息和輕徭薄賦的政策，節儉愛民，睦鄰休戰，使漢朝逐漸走向安定富庶。景帝因之，史稱「文景之治」。諡文帝。

法者，治之正，所以禁暴而衛善人也。今犯法者已論❶，而使無罪之父母妻子同產❷坐❸之，及收❹，朕甚弗取。其議❺。

【章旨】本段指出犯法者父母妻子同產相坐的不合理。

【注釋】❶論　定罪。❷同產　同胞兄弟。❸坐　連坐。❹及收　《史記》作「及為收帑」。❺其議　《史記》「議」下有「之」字。此下《漢書》、《史記》均別有一段。《漢書》曰：「左右丞相周勃、陳平奏言：『父母妻子同產相坐及收，所以累其心，使重犯法也。收之之道，所由來久矣。臣之愚計，以為如其故便。』文帝曰」云云。《史記》曰：「有司皆曰：『民不能自治，故為法以禁之。相坐坐收，所以累其心，使重犯法，所從來遠矣。如故便。』上曰」云云。這說明本篇本為兩次談話。

【語譯】法是治國的正道，是用來禁止暴亂而保護善人的。現在犯法的人已經定罪，可是使沒有罪的父、母、妻、子和同胞兄弟相連坐，一同拘捕，我很不贊成這樣。大家議論一下。

朕聞之，法正則民愨❶，罪當則民從。且夫牧民❷而道❸之以善者，吏也。既不能道，又以不正之法罪之，是法反害於民，為暴者也。朕未見其便，宜孰❹計之。

【章旨】本段說明相坐法不合理的緣由。

【注釋】❶愨　樸實；謹慎。❷牧民　治民。❸道　引導。❹孰　通「熟」。仔細；深。

【語譯】我聽說，法令端正那麼民就樸實，定罪恰當那麼民就聽從。並且治理民眾而以善良來引導他們的是官吏。既不能引導，又用不正確的法律來治他們的罪，這是法律反而對民眾有害，是製造暴虐。我看不出它的便當，應該仔細商議它。

【研析】本篇原是漢文帝的兩次談話。「朕甚弗取，其議」下，有左右丞相周勃陳平的一段奏言。但其所論中心是相同的，所以仍覺結構完整，並無割裂之感。且前段談相坐之不合理，後段說明不合理的理由，任去其一段，文意皆不完足，姚鼐將其合為一篇，是有見地的。本篇語言通俗平易，意思明白曉暢，完全是當時口語，正體現了漢初詔令的特點。

議振貸詔

漢文帝

【題解】本篇錄自《漢書‧文帝紀》。前詔發布於元年十二月，本詔發布於元年三月。而本詔列於前詔之後者，漢初曆法承襲秦制，以十月為歲首，故三月在十二月之後。振貸，借貸使之存活。顏師古曰：「振，起也，為給貸之，令其存立也。諸振救、振贍，其義皆同。今流俗作字從貝者非也。」一說，振，通「賑」。救濟；貸，借貸。本篇由萬物春和自樂，想到窮苦百姓卻難以存活，因而提出要給予振貸，表現了漢文帝的仁惠愛民之心。清聖祖康熙帝曰：「民胞物與之懷，形諸詔令，自覺藹然如春。」漢文帝「專務以德化民」，這種詔令，即其仁德的體現。

方春和時，草木群生之物，皆有以自樂，而吾百姓鰥寡孤獨❶窮困之人，或阽❷於死亡，而莫之省❸憂。為民父母，將何如？其議所以振貸之。

【注　釋】❶鰥寡孤獨　《孟子・梁惠王下》：「老而無妻曰鰥，老而無夫曰寡，老而無子曰獨，幼而無父曰孤。此四者天下之窮民而無告者。」❷阽　臨危。❸省　察看。

【語　譯】正當春天和暖之時，草木和一切有生命的東西，都有用以使自己歡樂生長的方式，可是我的百姓中那些鰥寡孤獨窮困的人，有的已臨近於死亡的危險，卻沒有人去察看憂恤。做為百姓的父母將會怎樣呢？大家議決一下振貸他們的辦法。

【研　析】本篇是命令臣下議決振貸窮困，表現的是一片仁愛之心。文辭雖十分簡要樸質，但由萬物春和自樂，想到窮苦百姓的困苦無告，為民父母，應予關懷，從內心發出的這種仁愛之情亦流淌於字裡行間。讀這種詔令，的確如沐春風，使人感到心腸都為之一熱。王文濡曰：「言由衷出，仁愛之意流溢行間。」說的即是此意。

賜南粵王趙佗書

漢文帝

【題　解】本篇錄自《漢書・南粵傳》。南粵王趙佗，真定（今河北正定）人。秦時為南海郡龍川令，旋代任囂為南海尉。秦亡後，并據南海、桂林、象郡，建立南粵國，自立為南粵武王。漢初，高祖遣陸賈出使招撫，封為南粵王。呂后時，自尊號為南粵武帝，發兵攻長沙邊邑。文帝即位，復遣陸賈招撫，並賜此書。此書乃天子賜諸侯王，故仍歸入詔令類。南粵，也作「南越」，今廣東、廣西一帶地。漢初，趙佗建立南粵國。漢武帝元鼎六年滅南粵，置南海、蒼梧、鬱林、合浦、交趾、九真、日南、珠崖、儋耳九郡。本篇說明了漢文帝立為皇帝的經過，告知了安撫南粵王父母昆弟的情況，指出了兩軍相爭的危害，揭示了雙方維持現狀和睦相處的本旨，表現了漢文帝希望和平安定以愛民息兵的良好願望和仁愛胸懷。史稱：「陸賈至，南粵王恐，乃頓首謝，願奉明詔，長為藩臣，奉貢職。」即去帝號黃屋左纛，可見本篇在當時確實發生了很大效果，保持了國內的和平安定。

皇帝謹問南粵王，甚苦心勞意。朕，高皇帝側室之子❶，棄外，奉北藩於代❷，道里遼遠，壅蔽❸樸愚，未嘗致❹書。高皇帝棄群臣❺，孝惠皇帝即世❻，高后❼自臨事，不幸有疾，日進不衰，以故誖❽暴乎治。諸呂❾為變故亂法，不能獨制，迺取它姓子，為孝惠皇帝嗣❿。賴宗廟之靈，功臣之力，誅之已畢。朕以王侯吏不釋之故，不得不立⓫，今即位。

【章　旨】本段告諭南粵王自己立為皇帝的經過。

【注　釋】❶側室之子　庶子。顏師古注：「言非正嫡所生也。」《左傳・文公十二年》：「趙有側室曰穿。」疏引鄭玄曰：「正室，嫡子也。正室是嫡子，知側室是支子，言在嫡子之側也。」按：漢文帝為漢高祖中子，母薄姬。❷奉北藩於代　漢高祖十一年，立子恆為代王，都晉陽。藩，藩國，即諸侯國。古代帝王以之藩屏王室，故稱。代在北，故稱北藩。代，漢侯國名，地在今河北蔚縣、山西太原一帶。❸壅蔽　遮蓋，言代與南粵道路遙遠而被遮蔽。❹致　給與。❺棄群臣　指死去。❻即世　亦指死去。❼高后　漢高祖皇后，姓呂，名雉，字娥姁，亦稱呂后。佐劉邦定天下。劉邦死，其子劉盈即位，即惠帝，她代理朝政。劉盈死，立少帝，自臨朝稱制。前後執政凡十六年。❽誖　惑亂。❾諸呂　指呂產、呂祿等，皆呂后之侄，呂后封產為梁王，任相國，居南軍；封祿為趙王，任上將軍，居北軍。呂后死，他們欲舉兵奪取劉氏天下，被周勃等誅滅。❿迺取二句　孝惠皇后，宣平侯張敖女，無子，佯為有孕，取美人子為其子，立為太子，並殺其生母。惠帝死，立為帝。呂后又殺之，立常山王劉義為帝。迺，同「乃」。⓫朕以二句　周勃等既誅諸呂，乃迎立代王劉恆，代王使辭謝，再反，然後乘傳至京師，舍代邸。大臣皆往，奉天子璽上代王，代王數讓，群臣固請，然後即皇帝位。

【語　譯】皇帝問候南粵王，你非常操勞心意。我是高皇帝的庶子，被放棄於京城之外，在北面的代國做藩王，道路里程遼遠，被山河遮蔽加以樸鄙愚笨，從未給你寫過書信。高皇帝拋棄群臣，孝惠皇帝離開人世，高皇后親自臨朝處理政事，不幸有病，一天天加重而不減退，因為這個緣故就迷糊暴亂政治。姓呂的那些人就製造事故擾亂法度，不能單獨控制局面，就取別姓之子做孝惠皇帝的兒子。依賴宗廟祖宗的神靈保佑，功臣的力量，誅滅他們已經結束。我因為諸王、諸侯和官吏不肯放過的緣故，不得不立為皇帝，現在已經即位。

乃者聞王遺❶將軍隆慮侯❷書，求親昆弟，請罷長沙兩將軍。朕以王書罷將軍博陽侯❸，親昆弟在真定❹者，已遣人存問，脩治先人冢❺。前日聞王發兵於邊，為寇災不止。當其時，長沙苦之，南郡❻尤甚。雖王之國，庸獨利乎！必多殺士卒，傷良將吏，寡人之妻，孤人之子，獨人父母，得一亡十，朕不忍為也。

【章旨】本段先告訴南粵王，已安撫其先人親屬，並言兩軍相爭，彼此均不利。

【注釋】❶遺　給予。❷隆慮侯　指周竈。隆慮，漢縣名，故城在今河南林縣。周竈封隆慮侯。❸博陽侯　指博陽侯陳濞，即當時將兵防南粵的兩將軍之一。博陽，漢縣名，在今河南商水縣東北。❹真定　地名，今為河北正定。南粵王趙佗，真定人。❺脩治先人冢　《漢書・南粵傳》：「文帝元年，乃為佗親冢在真定置守邑，歲時奉祀。召其從昆弟，尊官厚賜，寵之。」脩，同「修」。修整。❻南郡　指長沙國南邊之郡，非秦所置之南郡。高后時，佗乃自尊號為南粵武帝，發兵攻長沙邊，敗數縣。

【語譯】近來聽說大王送給隆慮侯一封書信，尋找親兄弟，請求撤退長沙國的兩位將軍。我因為大王這封書信已撤退將軍博陽侯，你的親兄弟在真定的，已派人問候，修整治理了你先人的墳墓。前些日子聽說大王在邊境出兵，進行寇盜製造災禍不止。當那時長沙國搞得很困苦，南邊的郡縣更加厲害，即使大王的國內，難道你南粵就得利了嗎！一定也要殺死很多士卒，傷殘好的將吏，使別人的妻子成為寡婦，使別人的兒子成為孤兒，使別人的父母成為孤獨無靠的老人，得到一分失去十分，我不忍心這樣做。

朕欲定地犬牙相入❶者，以問吏，吏曰：「高皇帝所以介❷長沙土也。」朕不得擅變焉。吏曰：「得王之地，不足以為大，得王之財，不足以為富，服領❸以南，王自治之。」雖然，王之號為帝，兩帝並立，亡❹一乘❺之使，以通其道，是爭也；爭而不讓，仁者不為也。願與王分棄❻前患，終今❼以來，通使如故。

故使賈❽馳諭告王朕意，王亦受之，毋為寇災矣。

【章　旨】本段告諭南粵王保持邊境現狀，互通使節，和平相處。

【注　釋】❶犬牙相入　言地形如犬牙互相交錯。❷介　隔離；隔開。❸服領　蘇林曰：「山嶺名也。」如淳曰：「長沙南界也。」胡三省曰：「五嶺以南，荒服之外，因以稱之。」❹亡　同「無」。❺一乘　一輛車，四匹馬。❻分棄　彼此捐棄。❼終今　顏師古曰：「從今通使至於終久，故云終今以來也。」❽賈　指陸賈，楚人，時為太中大夫。《漢書・南粵傳》：「詔丞相平舉可使粵者，平言陸賈先帝時使粵。上召賈為太中大夫，謁者一人為副，賜佗書。」

【語　譯】我想劃定地形犬牙交錯的地方，以此問吏，吏說：「這是高皇帝用來隔離長沙國土地的辦法。」我不能擅自變更。吏說：「得到大王的土地也不會使國土擴大多少，得到大王的財富也不會使國家富多少，服嶺以南的地方，大王自己去治理它。」即算這樣，大王的稱號是帝，兩個帝一起存在，沒有一輛車的使節來溝通雙方，這就是爭執；爭執而不謙讓，仁愛的人是不這樣做的。希望跟大王彼此捐棄從前的嫌隙，從今開始至於永久，互相遣派使節像以前一樣。所以派遣陸賈趕快來告知大王我的旨意，大王也接受這個旨意，不要再進行寇盜製造事端了。

上褚❶五十衣，中褚三十衣，下褚二十衣，遺王。願王聽樂娛憂❷存問鄰國。

【章　旨】本段說明賜予的禮物，並祝願其娛憂自愛。

【注　釋】❶褚　用綿裝衣服。上，中，下者，綿的多少，薄厚的差別。❷娛憂　銷憂；使憂娛。

【語　譯】上等綿衣五十件，中等綿衣三十件，下等綿衣二十件，送給大王。希望大王聽聽音樂銷去憂悶，慰問鄰近國家。

【研　析】本篇是賜與驁岸不馴而自我稱帝稱王的諸侯王的詔書。文中卻全無自我尊大威脅恐嚇的口吻，而只是好言撫慰，曉以雙方爭執之利害，勸其不要「為寇災」，說得如春風和煦，溫暖人心，表現了漢文帝為企盼和平安定而息事寧人的一片赤誠。《文心雕龍・詔策》云：「眚災肆赦，則文有春露之滋。」這篇「肆赦」南粵王過失的詔書確實有「春露之滋」。林紓曰：「此詔和娛極矣。文之深婉有情，為漢詔第一。」「詔書切峻」，詔書一般都以訓斥的口吻切責臣下，能寫得如此「深婉有情」，在詔書中確實少見。

二年除誹謗法詔

漢文帝

【題　解】本篇錄自《史記・孝文本紀》，又載《漢書・文帝紀》，兩本文字略有不同。漢文帝二年，即西元前一七八年。誹謗，說人壞話，此指說在位者的壞話。秦有「誹謗者族」的法令。本篇說明開放言論自由，讓民議論國家政治得失，是改良國家政治的重要途徑。民有怨謗之言，不去了解實際，反加以治罪，這是阻塞言路，無由聞過。漢文帝取消誹謗法，表明他是一位比較開明的賢君，是一位體恤民隱的仁君。浦起龍曰：「此詔乃為求言而設，厲禁除而後言路開也。臣民兼曉，用意周匝。」能聽取臣民的批評，歷史上這樣的明君是很少的。

古之治天下，朝有進善之旌❶，誹謗之木❷，所以通治道而來諫者也。今法有誹謗訞言❸之罪，是使眾臣不敢盡情，而上無由聞過失也。將何以來遠方之賢良？其除之。

【章　旨】本段古今對比，說明誹謗之法當除。

【注　釋】❶進善之旌　應劭曰：「旌，幡也，堯設之五達之道，令民進善也。」如淳曰：「欲有進者，立於旌下言之。」❷誹謗之木　應劭曰：「橋梁邊板，所以書政治之愆失也。」相傳為堯所作，一說為舜時事。❸訞言　同「妖言」。怪誕的邪說；誑惑人心的話。呂后元年詔除妖言令，今此又有妖言之罪，是中間曾重又設立此律條。

【語　譯】古代治理天下，朝廷設有進善言的旗幡，誹謗官府的木板，這是用來疏通治道招來進諫的人的辦法。現在法令有誹謗妖言的犯罪，這就使所有臣下不敢說出全部實情，在上位的人沒法聽到自身的過失。這怎麼能夠招來遠方的賢良之士？還是除去它吧。

民或祝詛❶上，以相約❷而後相謾❸，吏以為大逆❹，其有他言，吏又以為誹謗。此細民之愚，無知抵❺死，朕甚不取。自今以來，有犯此者，勿聽治。

【章　旨】本段說明所謂大逆誹謗之罪，乃細民無知抵死，非常不應該。

【注　釋】❶祝詛　訴於鬼神，使降禍於憎惡之人。❷以相約　以，同「已」。姚鼐原注：「以已字通。」《史記》「約」下有「結」字。❸謾　欺騙；抵賴。顏師古曰：「謾，欺也。初為要約，共行祝詛，後相欺誑，中道而止，無事實也。」❹大逆　犯上謀反。❺抵　觸；至。

【語　譯】民眾有時祝告鬼神詛咒在上位的人，已互相約定而後來又互相抵賴，官吏認為這是犯上謀反，他們有其他的說法，官吏又認為是誹謗。這是小老百姓愚鈍，沒有知識而觸犯刑律至罪，我很不贊成。從今以後，有犯這種罪的人，不要懲罰治罪。

【研　析】本篇先用古今對比來說明誹謗法的不合理，十分醒目。下面又具體列舉所謂「大逆」和「誹謗」兩項罪名來說明是「細民之愚，無知抵死」，這樣的法令就應該廢除。「自今以來，有犯此者，勿聽治」，語氣斬釘截鐵，毫無猶疑。《文心雕龍・詔策》曰：「敕戒當指事而語，勿得依違。」本篇就指示明確，絕不含糊，完全符合「勿得依違」的要求。

日食詔

漢文帝

【題　解】本篇錄自《史記・孝文本紀》，又載《漢書・文帝紀》，兩本文字略有不同。《漢書》曰：「十一月癸卯晦，日有食之。」漢文帝就下了這道自責的詔書。日食，又作日蝕，本是一種自然現象。但古人認為日食是一種災異，是上天對人君失德的譴責與警告。因此日食發生之後，漢文帝就下此自責詔以示警覺。本篇指出了天降災異是對自己的警告，並引咎自責，歸罪於自己一人。然後提出了一些補救自己過失的具體措施。漢文帝是一位仁君，有不便「輒弛以利民」，「專務以德化民」。他的這些自責確是出自他的內心，是可信的。

朕聞之，天生民，為之置君以養治之。人主不德，布政不均，則天示之災，以戒不治❶。迺十一月晦❷，日有食之，適❸見於天，災孰大焉？

【章　旨】本段指出上天以日食示警，今有日食，「災孰大焉」。

【注　釋】❶則天示二句　《白虎通・災變》曰：「天所以有災變者何？所以譴告人君，覺悟其行，欲令悔過修德，深思慮也。」❷晦　農曆每月的最後一天叫晦。❸適　通「謫」。譴責；懲罰。

【語　譯】我聽說，上天生出民眾，為他們置立君主來養育治理他們。人主沒有恩德，布署的政治不均平，那麼上天顯示災異來警告他的治理不好。卻在十一月的最後一天，出現了日食，譴責出現在天，災異還有什麼比這個更大的呢？

朕獲保宗廟，以微眇之身，託於士民君王❶之上，天下治亂，在予一人，唯二三執政，猶吾股肱❷也。朕下不能治育群生，上以累三光❸之明，其不德大矣。

【章旨】本段引咎自責。

【注釋】❶士民君王　指士大夫、民眾、諸侯王。❷股肱　大腿和胳膊。比喻輔佐君主的大臣。❸三光　指日、月、星。

【語譯】我獲得宗廟保護，憑著這眇小的個人，寄託在士大夫、民眾、諸侯王之上，天下的治理和動亂，責任全在我一個人，即使有幾位執政大臣，也不過如同我的大腿和胳膊。我不能治理養育所有生物，向上還連累日、月、星的光明，那沒有仁德就大了。

令❶至，其悉思朕之過失，及知見❷之所不及，匄❸以啟告❹朕。及舉賢良方正，能直言極諫者，以匡❺朕之不逮❻。因各敕❼以職任，務省繇❽費以便民。朕既不能遠德，故憪然❾念外人❿之有非⓫，是以設備⓬未息。今縱不能罷邊屯戍，又飭兵厚衛⓭，其罷衛將軍⓮軍。太僕⓯見馬遺財⓰足，餘皆以給傳置⓱。

【章旨】本段提出補救過失的辦法。

【注釋】❶令　謂此詔書。❷知見　智慧見聞。❸匄　乞求。❹啟告　開啟告知。❺匡　糾正；輔助。❻不逮　意慮所不及。逮，及。❼敕　整頓；誡飭。❽繇　通「傜」。傜役。❾憪然　寢視不安貌。一說，猶「介然」。耿耿；有心事。❿外人　王先謙謂指「胡越之屬」。⓫非　姦非；為非作歹。⓬設備　設置防備。指屯戍備邊。⓭飭兵厚衛　謂京師兵衛。⓮衛將軍　指宋昌。《史記・孝文本紀》載代王即天子位，「皇帝即日夕入未央宮。乃夜拜宋昌為衛將軍，鎮撫南北軍。」⓯太僕　官名，九卿之一，掌輿馬及牧畜之事。⓰財　古字與「纔」字同。言太僕現在之馬，今留纔足充事而已。⓱傳置　驛站。古代掌投遞公文、轉運官物及供來往官員休息的機構。

【語　譯】詔令抵達，要全都思念我的過錯失誤，和我的智慧見識沒有想到的地方，乞求你們開啟告知我，和選舉賢良方正，能夠直言極諫的人，來輔助我的思慮沒有想到的事。因而各自整飭你們的職守，務必減省傜役費用來方便民眾。我不能將恩德施於遠方，所以心中老是掛念著外方的人有為非作歹的，因此邊境的防備設施沒有停息。現在即使不能撤去邊境的屯駐守衛，又整飭軍隊在京城嚴密守衛著，還是減去衛將軍的衛戍軍吧。太僕現有的馬匹留下才夠使用的，其餘的都送去給驛站。

【研　析】這是一篇自責的詔書。這種詔令要求出言態度誠懇，改過措施具體。本篇即具有這種特點。他引咎自責，歸罪於自己一人，誠懇之至，提出要納諫省傜，克己奉公，思念全在生民，也是一片仁愛之心，仁者之言。這種詔令在當時是能感動人的。

十三年除肉刑詔

漢文帝

【題　解】本篇錄自《漢書・刑法志》，又載《史記・孝文本紀》，兩本文字略有不同。肉刑，古代一種殘害肉體的刑罰，有墨、劓、剕、宮等種類。《漢書》載：齊太倉令淳于公有罪當刑，詔獄逮繫長安。淳于公無子，有五女。其少女緹縈自傷悲泣，乃隨其父至長安，上書言「刑者不可復屬，雖後欲改過自新，其道無由」。書奏，天子憐悲其意，就下了這道詔令。本篇指出民犯法是「朕德之薄，而教不明」，肉刑使民失去了改過自新的機會，殘害肉體，使人殘廢終身，不是「為民父母之意」。浦起龍曰：「惻怛哀痛，其不可及處，在縷縷自反不明不德，非徒門面討好語也。」處處引咎自責，確是一片至誠之言。

蓋聞有虞氏❶之時，畫衣冠❷異章服❸以為戮❹，而民弗犯。何治之至也❺？今法有肉刑三❻，而姦不止，其咎安在？非乃朕德之薄，而教不明與？吾甚自愧。故夫訓道❼不純，而愚民陷焉。

【章　旨】本段古今對比，說明民犯法是「朕德之薄而教不明」。

【注　釋】❶有虞氏　指虞舜，傳說中的古代聖君。《慎子》曰：「有虞氏之誅，以幪巾當墨，以草纓當劓，以履紨當刖，以艾鞸當宮，布衣無領當大辟，此有虞氏之誅也。斬人肢體，鑿其肌膚謂之刑，畫衣冠異章服謂之戮。上世用戮而民不犯也，當世用刑而民不從。」❷畫衣冠　謂在罪犯的衣帽上畫上不同花紋以示懲罰。❸異章服　謂讓罪犯穿著不同一般的衣服以示懲罰，如前引《慎子》所云。章服，以圖文為等級標誌的禮服。❹戮　辱；責罰。❺何治之至也　《史記》作「何則？治之至也」。❻肉刑三　《史記集解》引孟康曰：「黥、劓二，刖左右趾合一，凡三。」❼道　引導。

【語　譯】我聽說有虞氏的時候，只在衣服上畫花紋穿著與眾不同的服飾來作為懲罰，可是民眾不犯法，為什麼治理到了如此境地？現在法令有三種肉刑，可是姦邪並沒有制止，那錯誤在哪裡？不是我的德行太薄，而政教不明確嗎？我自己感到非常羞愧。所以教訓引導不純正，愚民就陷入了法網。

《詩》❶曰：「愷弟❷君子，民之父母。」今人有過，教未施而刑已加焉，或欲改行為善，而道亡繇至，朕甚憐之。

【章　旨】本段指出肉刑將使民失去改過自新的機會。

【注　釋】❶詩　指《詩經》。下引詩句見《詩・大雅・泂酌》。❷愷弟　和樂簡易。

【語　譯】《詩經》說：「和樂簡易的君子，是民眾的父母。」現在人有過失，教導還沒施行，刑法卻已經加以懲罰，有人想要改過自新，也沒有辦法做到，我非常憐憫他們。

夫刑至斷支體，刻肌膚，終身不息❶，何其刑之痛而不德也！豈稱❷為民父母之意哉？其除肉刑，有以易之。及令罪人各以輕重❸，不亡逃，有年而免❹。具為令❺。

【章　旨】本段提出要廢除肉刑。

【注　釋】❶息　生息；生長。❷稱　符合；相稱。❸及令罪人句　以下十八字原本無，據《漢書・刑法志》補。❹不亡逃二句　《漢書》注引孟康曰：「其不亡逃者，滿其年數，得免為庶人。」❺具為令　具，開列。令，法令；律條。

【語　譯】刑罰到了截斷人的肢體，刻畫人的肌膚，終身不再生長，刑罰是多麼痛楚而沒有恩德啊！這難道符合做民眾父母的旨意嗎？還是除去肉刑，使民有改正他們行為的機會。並令罪人根據各人犯罪的輕重，不逃跑的人，到一定年限就免除其罪責。開列作為律令。

【研　析】肉刑古已有之。漢文帝免除肉刑，是一大德政。詔令卻沒有大肆宣揚自己的仁德，自己的愛民，反而處處反躬自責，認為自己「不明」、「不德」，使民陷入犯罪；卻又從而刑之，使他「自愧」而「甚憐之」。這樣寫，不但沒有降低他的威望，反而更加襯托出他的仁心之厚，愛民之切，讀之使讀者忍不住要熱淚橫流。王文濡曰：「自咎訓道之不純，復言肉刑之當去，慈祥之意，溢於言表。」這確實使我們似乎觸摸到了漢文帝的仁德。「氣含風雨之潤」，「文有春露之滋」（《文心雕龍．詔策》），這就是漢文帝的詔令。

十四年增祀無祈詔

漢文帝

【題　解】本篇錄自《史記．孝文本紀》，又載《漢書．文帝紀》，兩本文字略有不同。漢文帝十四年，即西元前一六六年。祭祀上帝宗廟，本是表示古人對天神祖宗的敬仰，但漢文帝因祠官在祭祀中只為自己祈福，而不為百姓祈福，就「甚自愧」，因而要求制止這樣祈禱，就下了這道詔令。本篇說明自己「不敏不明」而君臨天下，已感自愧；祠官祝釐時還只為他自己祈福，不為百姓祈福，是「重吾不德」，因而令祠官「無有所祈」。它深刻地表現了漢文帝的謙虛謹慎和愛民之心的殷切。真德秀曰：「十三年夏詔，謂百官之非，皆由朕躬；今祈祝之官，移過於下，以彰吾之不德，朕甚不取，其除之。文帝過則自歸，福則眾共，帝王之用心也。」史書稱讚漢文帝「嗚呼仁哉」，他是受之無愧的。

朕獲執犧牲❶珪幣❷，以事上帝宗廟，十四年於今，歷日彌❸長。以不敏不明，而久撫臨天下，朕甚自愧。其廣增諸祀壇場❹珪幣。

【章　旨】本段言自己不敏不明而獲奉祀上帝宗廟，朕甚自愧，須增祀。

【注　釋】❶犧牲　供祭祀用的純色全體牲畜。如牛、羊、豕之類。❷珪幣　祭祀用的玉和帛。❸彌　久；遠。❹壇場　舉行祭祀的場所。築土為壇，除地為場。

【語　譯】我獲得拿著犧牲珪幣，來奉事上帝宗廟，到現在十四年了，經歷的日子久長。我憑著不聰敏不英明的資質，卻長久地據有君臨天下，我自己感到非常羞愧。廣泛地增加各種祭祀的場地和珪幣。

昔先王遠施不求其報，望祀❶不祈其福，右賢左戚❷，先民後己，至明之極也。今吾聞祠官祝釐❸，皆歸福於朕躬，不為百姓，朕甚媿之。夫以朕之不德，而專鄉❹獨美其福，百姓不與焉，是重吾不德也。其令祠官致敬，無有所祈。

【章　旨】本段古今對比，言祠官專為己祈福，甚感自愧，必須改正。

【注　釋】❶望祀　祭祀山川。望，古代祭祀山川的專稱。遙望而祭，故稱望。❷右賢左戚　猶言先賢後親。右猶高，左猶下。戚，親戚。顏師古曰：「以賢為上，然後及親也。」❸釐　同「禧」。福。❹專鄉　猶言「獨享」。鄉，通「享」。享有；享受。

【語　譯】從前先王向遠處施恩而不求報答，祭祀山川不祈求福澤，先為賢才後為親戚，先為民眾後為自己，這是最英明的。現在我聽說祠官祝福，都把福澤歸到我個人，不為百姓求福，我感到非常羞愧。憑著我的沒有才德，而獨自享有那美好的福澤，百姓不參與享受，這是加重我的不德。希望叫祠官敬禮神祈時，不要再祈求什麼。

【研　析】漢文帝身為皇帝，不說自己如何偉大，反說自己「不敏不明」，因而覺得祠官為自己祈福是「重吾不德」，有愧於先王。其態度十分誠懇謙遜，因而其文辭也十分懇切溫潤，確是仁君之用心，明君之言語。文帝之詔，何其動人！

後元年求言詔

漢文帝

【題　解】本篇錄自《漢書・文帝紀》。漢文帝後元年，即西元前一六三年。漢文帝改元一次，當時還沒有年號，故史稱後元年，以與初元相別。求言，求進言，即請提意見之意。本篇指出了當時存在的一些社會問題：年歲不登，民食不足；提出了探求其原因的許多問題，前段就官府言，後段就百姓言；因而要求廣開言路以尋求解決的辦法。此時，漢文帝即位已十八年，還是念念不忘民生疾苦，念念不忘聽取各方面的意見以改良政治，表現漢文帝愛民之心的經久不衰。吳楚材、吳調侯曰：「帝在位日久，佐民未嘗不至，至是復議之之策，可見其愛民之心，愈久而不忘也。」此其所以稱為「仁君」歟！

間❶者數年比❷不登❸，又有水旱疾疫之災，朕甚憂之。愚而不明，未達其咎。意者朕之政有所失，而行有過與？乃天道有不順，地利或不得，人事多失和，鬼神廢不享與？何以致此？將百官之奉養或費，無用之事或多與？何其民食之寡乏也？

【章旨】本段言探尋數歲不登又多水旱疾疫之災的原因而不得。

【注釋】❶間　近；頃。❷比　頻；接連。❸登　成熟。

【語譯】近來接連幾年不豐收，又有水旱疾疫的災變，我非常擔憂。我愚笨而不精明，不了解其過失。我猜想，是我的政治措施有失誤和行為有過錯嗎？是天道有不順利，或許沒有發揮土地的有利條件，人事多失調和，鬼神廢棄而不祭祀嗎？為什麼會招來這些事故？還是百官的奉養或者太耗費，無用之事或許太多呢？為什麼民眾的食物會這樣缺少困乏呢？

夫度田❶非益寡，而計民❷未加益，以口量地，其於古猶有餘，而食之甚不足者，其咎安在？無乃百姓之從事於末❸以害農者蕃，為酒醪❹以靡❺穀者多，六畜❻之食焉者眾與？細大之義，吾未能得其中❼，其與丞相列侯吏二千石博士議之，有可以佐百姓者，率意遠思❽，無有所隱。

【章旨】本段言糧食不足是否由於浪費太多，號召大家廣泛開展議論。

【注釋】❶度田　計量田畝。❷計民　統計人口。❸末　古代稱工商為末業。❹醪　濁酒；汁滓混和的酒。❺靡　浪費；耗費。❻六畜　指馬、牛、羊、雞、犬、豕等家畜。❼中　要害；目的。❽率意遠思　謂各由己意，往長遠處考慮。

【語譯】度量田畝並不是更加減少，統計人口也沒有增加，根據人口來計量土地，比古代還有多，可是糧食卻非常不足，這過失在哪兒呢？莫非是百姓中從事工商末業來傷害農業的人太多，做酒汁耗費的穀米太甚，家畜吃糧的太多呢？其細小巨大的關係，我沒有找出要害，大家跟丞相、各位諸侯、各級官吏、二千石、博士議論這件事，有可以用來佐助百姓的辦法，各循己見，從長遠處考慮，不要有所隱諱。

【研析】這是一道要求廣開言路的詔令，所以篇中只就官和民中存在的問題提出許多質疑，全不對這些質疑作出解答，讓進言者自己來思考，讓他們可以「率意遠思」。因此，只提出問題以啟發進言者的思路，就是本篇的特異之點。浦起龍說：「『率意遠思』四字可作總贊。」這樣的詔令的確可以讓人「率意遠思」。

前六年遺匈奴書

漢文帝

【題解】本篇錄自《漢書·匈奴傳》，亦載《史記·匈奴列傳》，兩本文字略有不同。前六年，即西元前一七四年。「前」字史官所加，以別於後元。匈奴，古代我國北方民族之一，散居於大漠南北，過游牧生活，善騎射。自冒頓單于統一匈奴之後，有控弦之士三十萬，經常寇邊，為漢大患。漢文帝三年，匈奴右賢王居河南地，侵盜上郡，殺略人民，被漢擊走。四年，單于遺漢書，請求和親，漢許之。六年，漢文帝就寫了這封書信給匈奴。本篇首先肯定匈奴請求和親的善意，予以嘉許。然後嚴辭指出，背約犯邊者常是匈奴，責其嚴守信約。最後贈以衣服以結恩信。漢文帝強調休養生息，不輕易發動戰爭，但對不守信義的匈奴的入侵則堅決回擊，對其求和則給予優答。本篇措辭即軟硬兼施，威柔並用，深得御戎之道。真德秀曰：「單于若能明告諸吏，使無負約，然後可和。使單于所言誠耶？固不逆其善意；使其言偽耶？亦不墮其詐謀。抑揚開闔，皆有法焉。至遺之以物，又以其自將兵苦為辭，非畏而賂之也。即此一書，可見文帝御夷狄之道矣。」這說得十分透闢。

皇帝敬問匈奴大單于❶無恙❷。使係虖淺❸遺朕書，云❹：「願寢兵休士❺，除前事，復故約，以安邊民，世世平樂❻。」朕甚嘉之，此古聖王之志也。

【章　旨】本段言匈奴請和，「朕甚嘉之」。

【注　釋】❶單于　漢時匈奴稱其君長為單于。《史記集解》引《漢書音義》曰：「單于者，廣大之義，言其象天單于然。」❷恙　疾病；災禍。按：此句為問候語。❸係虖淺　人名，匈奴派來送書求和的使者。❹云　《史記》作「曰」，下有「右賢王不請，聽後義盧侯難氏等計，絕二主之約，離兄弟之親，漢以故不和，鄰國不附。今以小吏敗約，故罰右賢王使西擊月氏，盡定之」五十二字。❺寢兵休士　《史記》作「寢兵休士卒養馬」。❻世世平樂　此上《史記》有「使少者得成其長，老者安其處」十二字。

【語　譯】皇帝問候匈奴大單于安好無病。使係虖淺送給我書信，說：「希望停止戰爭休養士卒，除去前事，恢復故約，來安定邊境人民，使他們世世代代和平快樂。」我很嘉許這善意，這是古代聖王的意願。

漢與匈奴約為兄弟，所以遺單于甚厚。背約離兄弟之親者，常在匈奴。然右賢王❶事，已在赦前，勿深誅。單于若稱書意，明告諸吏，使無負約，有信，敬如單于書。

【章旨】本段嚴詞指出背約犯邊「常在匈奴」，請和必須有誠意。

【注釋】❶右賢王　漢時匈奴族對其貴族的封號，有左、右賢王。漢文帝三年匈奴右賢王入居河南地為寇。文帝幸太原，發邊吏車騎八萬詣高奴，遣丞相灌嬰將擊右賢王，右賢王逃出邊塞。右賢王事指此。

【語譯】匈奴與漢結約為兄弟，漢用來贈送單于的東西非常多。背棄和約間離兄弟般親近的人，常在匈奴一方。然而右賢王的事，已在大赦之前，不要深予追究。單于假如與來書的意旨相符合，就明確地告訴你的那些邊吏，使他們不要違背和約，有誠信，那就按照單于你來書的意思辦。

使者言單于自將并國有功❶，甚苦兵事。服❷，繡袷綺衣❸、長襦❹、錦、袍各一，比疎❺一，黃金飾具帶❻一，黃金犀毘❼一，繡十匹，錦二十匹，赤綈❽、綠繒❾各四十匹，使中大夫意❿、謁者令肩⓫，遺單于。

【章旨】本段言單于「甚苦兵事」，贈物以示慰問。

【注釋】❶并國有功　漢文帝四年，匈奴派右賢王西擊月氏，滅之，樓蘭、烏孫、呼揭及其旁二十六國皆附匈奴。併國事指此。❷服　衣服。楊樹達謂為「總目下之詞」。❸繡袷綺衣　以繡為表、綺為裡的夾衣。繡，繡花的衣服。袷，夾衣，無絮。綺，素地織紋起花的絲織物。❹襦　短衣；短襖。罩於單衫之外。長襦，則襦之長者，疑即罩於衣外之套褂。❺比疏　即「篦」和「梳」。辮髮之飾。密者為比，粗者為梳。疏，《史記》作「余」。《集解》引徐廣曰：「或作『疏比』也。」疏，「疏」的俗字。❻具帶　腰中大帶。❼犀毗　顏師古曰：「胡帶之鉤也。亦曰鮮卑，亦謂師比，總一物也，語有輕重耳。」《史記》作「胥紕」，義同。❽綈　質粗厚、平滑而有光澤的絲織品。❾繒　絲織物的總稱。古謂之帛，漢謂之繒。❿中大夫意　中大夫，官名，郎中令屬官，掌賓讚受事。意，中大夫名，姓字里籍事跡不詳。⓫謁者令肩　謁者令，官名。郎中令屬官，掌賓讚受事。肩，謁者令名，姓氏里籍事跡不詳。

【語譯】使者說單于你自己將兵吞併西方小國建有戰功，很被戰事所困苦。衣服，刺繡的素地起花的絲夾衣一件，長外套褂，錦緞袍子各一件，篦梳一件，黃金裝飾的腰間大帶一條，黃金帶鉤一個，刺繡十匹，錦緞二十匹，紅色的綈，綠色的繒各四十匹，使中大夫意、謁者令肩贈送給單于。

【研析】匈奴反覆無常，長期為漢邊患。漢文帝為求寧人息事，保持休養生息，對匈奴採取來則擊之，去則勿追，求和則許的不亢不卑的政策。本篇即以善言結其歡心，以嚴詞責其不信，言詞有理有利有節，既不逆其求和的誠意，又不墮入其騙人的詐謀。這與其他詔令之一片誠懇心腸者有些不同。胡韞玉曰：「寓寬於嚴，意在不墮威信而已。」「寓寬於嚴」，即是本篇措辭的特點。

後二年遺匈奴書

漢文帝

【題解】本篇錄自《漢書‧匈奴傳》，亦載《史記‧匈奴列傳》，兩本文字略有不同。漢文帝後二年即西元前一六二年。漢文帝十四年（西元前一六六年），匈奴大入朝郍、蕭關，殺北地都尉，虜人民畜產甚眾，並不斷入侵，雲中、遼東最甚。漢患之，乃使使遺匈奴書，單于亦遣當戶報謝，復言和親事。本篇即漢文帝答覆單于的書信。篇中提出先帝已劃定邊界，雖有渫惡民背信絕約，但事已在前，可不計較，以為單于開脫。接著就來書中提出的願結和親表示讚許，並贈以財物以示恩寵。然後提出盡棄前嫌重修舊好的願望，並警告單于不可輕舉妄動而無視大漢。文章曉之以理，誘之以利，動之以情，威之以武，可謂恩威並施，情理兼用，表現出大漢帝國的王者風度。真德秀曰：「大哉王者之言，非後世所及也。」

皇帝敬問匈奴大單于無恙。使當戶、且渠❶雕渠難、❷郎中❸韓遼❹，遺朕馬二匹，已至，敬受。先帝制❺，長城以北，引弓之國❻，受令單于；長城以內，冠帶之室❼，朕亦制之；使萬民耕織射獵衣食，父子毋離，臣主相安，居無暴虐。今聞渫惡民❽貪降❾其趨❿，背義絕約，忘萬民之命，離兩主之驩。然其事已在前⓫矣。

【章　旨】本段提出先帝之制，雖有渫惡民破壞，然「事已在前」，可不追究。

【注　釋】❶當戶且渠　皆匈奴官名。❷雕渠難　匈奴使者姓名，一人為二官。❸郎中　官名，為郎居中，故曰郎中。❹韓遼　匈奴使者姓名。❺先帝制　王先謙曰：「言高祖制詔如此。」先帝，指漢高祖。制，帝王的命令。《史記・秦始皇本紀》：「命為制，令為詔。」❻引弓之國　指善騎射的國家。❼冠帶之室　指禮義人家。❽渫惡民　邪惡不正之民。❾降　下，謂下意於利。❿趨　同「趣」。趣向；趣附。⓫在前　疑當作「在赦前」。真德秀曰：「亦猶前書事在赦前之意。」

【語　譯】皇帝問候匈奴大單于安好。你派遣當戶、且渠雕渠難、郎中韓遼送給我馬二匹，已經送到，我接受了。先帝的制詔，長城以北，拉弓騎射的國家，接受單于的命令；長城以南，冠帶講禮義的家庭，也歸我控制；使所有民眾耕田織布打獵來維持生活，父子不要分離，臣下君主相安無事，安居樂業無有暴虐。現在有些邪惡不正的小民，貪利而下意趣附，背棄道義斷絕和約，忘記了萬民的生命，間離了兩國君主的歡心。然而這些事已經在赦令之前了。

書云：「二國已和親，兩主驩說，寢❶兵休卒養馬，世世昌樂，翕然❷更始。」朕甚嘉之。聖者日新，改作更始，使老者得息，幼者得長，各保其首領❸，而終其天年❹。朕與單于俱由此道，順天恤民，世世相傳，施之無窮，天下莫不咸嘉使❺。漢與匈奴鄰敵之國，匈奴處北地，寒，殺氣早降，故詔吏遺單于秫❻糱❼、金帛、綿絮它物歲有數。今天下大安，萬民熙熙❽，獨朕與單于為之父母。朕追念前事，薄物細故，謀臣計失，皆不足以離昆弟之驩。

【章　旨】本段表示願與匈奴結和親之好以息兵休民。

【注　釋】❶寢　息。❷翕然　安定貌。❸首領　頭頸。指不被殺戮。❹天年　自然的壽數。❺嘉使　吳汝綸曰：「嘉使為句，猶嘉與也。〈貨殖傳〉『心矜勢能之榮使』，使字亦屬上，與此同。」王念孫曰：「本作天下莫不咸便。便，安也，言順天息民，天下咸安之也。《史記》作『天下莫不咸便』，是其證。」姚鼐原注：「鼐意衍『使』字。」「嘉使」二字《史記》作「便」。❻秫　稷（高粱）之黏者謂秫，可以釀酒。❼糱　米糱；酒麴。❽熙熙　和樂聲；溫和歡樂貌。

【語　譯】你的來信說：「我們兩國已經和親，兩國君主都很高興，停息戰爭休養士卒保護馬匹，世世代代昌盛歡樂，安定地重新開始。」我非常讚許此意。聖明的人一天天更新，改變作法重新開始，使老人得到休息，小孩得到成長，各自都能保全其頭頸，而享盡他們自然的壽命。我與你單于都依這法則去做，順從天意憐恤民眾，世世代代相傳下去一直延續到無盡無窮，天下沒有誰不讚許。漢與匈奴是相鄰相等的國家，匈奴地處北方，寒冷，肅殺之氣很早就降臨，所以命令官吏贈送單于秫米酒麴黃金絲帛綿絮和其他物品每年都有一定數量。現在天下大大安定，所有民眾和悅快樂，只有我與你單于做他們的父母。我回想以前的事，都是些雞毛蒜皮的小事，都是謀臣的定計失誤，都不足以間離我們兄弟般的歡心。

朕聞天不頗❶覆，地不偏載。朕與單于皆捐❷細故，俱蹈大道也，墮壞❸前惡，以圖長久，使兩國之民若一家子。元元❹萬民，下及魚鼈，上及飛鳥，跂行喙息蠉動❺之類，莫不就安利，避危殆。故來者不止，天之道也。俱去前事，朕釋逃虜民❻，單于毋言章尼❼等。朕聞古之帝王，約分明而不食言❽。單于留志❾，天下大安，和親之後，漢過不先❿。單于其察之。

【章　旨】本段言和親之後，「漢過不先」，警告單于亦不可以負約。

【注　釋】❶頗　偏斜；不平正。❷捐　拋棄。❸墮壞　猶言「除去」。墮，通「隳」。毀壞。❹元元　平民。❺跂行喙息蠉動　泛指一切動物。跂行，有足而行者。跂，行貌。喙息，有口能呼吸者。喙，口。息，氣息；呼吸。蠉動，軟體動物爬行。蠉，蟲爬行貌。蠉，《史記》作「蠕」，義同。❻逃虜民　謂漢人入匈奴者。逃，逃去的人。虜，被匈奴虜去的人。❼章尼　人名，背單于降漢者。❽食言　背棄諾言。食，消，謂言而不行，如食之消盡。❾留志　猶留意，注意。顏師古曰：「謂計念和親。」❿漢過不先　言負約之過，漢不先為，言外之意，謂匈奴若負約，漢亦將採取行動而不為約所束縛。

【語　譯】我聽說上天不只覆蓋一部分，大地不只裝載一部分。我與你單于捐棄細小事端，都走上康莊大道，拋棄從前的過惡，來圖謀長久的未來，使兩國的民眾好像一個家庭的子女。所有平民百姓，向下到魚鱉，向上到飛鳥，用腳走用嘴呼吸和爬行的昆蟲之類的一切動物，沒有不走向安利，逃避危險。所以凡是來的不制止，這是上天的法則。我們都丟棄從前的事，我放開逃跑或被俘虜的民眾，你單于也不要說章尼等人的事。我聽說古代的帝王，約束明確而不背棄諾言。你單于留意這一點，天下就大大安定了。和親以後，負約的過錯，漢不會先為。單于希望你仔細了解一下。

【研　析】匈奴是游牧民族，此時正進入奴隸社會，富庶的漢地正是他們掠奪的對象。漢文帝重安定，不輕易發動戰爭，對匈奴的犯邊只取防禦，不深入追擊，力爭和平以保持邊境安定。給這樣一個敵手寫信，措辭非常難以得體，既不可以惹惱對方，又不可以有失身分。本篇即很好地把握了這個分寸。一曰「事已在前」，再曰「皆捐細故」，三曰「墮壞前惡」，四曰「俱去前事」，反覆說明「既往不咎」；前曰「渫惡民貪」，後曰「謀臣計失」，見得只要兩主同心，便可言歸於好，表現出一片和解的熱望。但漢與匈奴是鄰敵之國，必須堅持先帝之制，這是和解的基礎；息兵言和有利雙方，「漢過不先」，匈奴也不得輕舉妄動，見得漢亦不好欺負；不亢不卑，有理有節。林雲銘曰：「帝王立言有體，貴在不亢不墮。起手提出高帝之制，而歸罪於渫惡之邊民；因而深贊單于之書，而追咎於失計之謀臣；見到漢與單于歡好仍在，無庸芥蔕。及說到合兩國之民為一家，顯然有王者無外之意，何等闊大。又知此約終不可恃，以『漢過不先』四字結住。不亢不墮，深得大體。」用「不亢不墮」四字來形容本篇，最恰當不過。

後二年令二千石修職詔

漢景帝

【題　解】本篇錄自《漢書・景帝紀》。後二年，漢景帝改元三次，前七年，中六年，後三年，此時仍無年號，故史家以前、中、後別之。後二年，即西元前一四二年。二千石，漢代內自九卿郎將，外至郡守尉的俸祿等級。分三等：中二千石，月得百八十斛；二千石，月得百二十斛；比二千石，月得百斛。因稱郎將、郡守為二千石。此即指郡守。本篇強調農桑的重要，指出只有素有蓄積，才可「以備災害」，而朕親率農桑，卻仍無蓄積，乃由奸吏貪墨所致。因此嚴令二千石察訪奸吏，表現出漢景帝對農桑和民生的關懷。「奸法與盜盜」一語，透盡千古利弊。國家最忌在吏飽私囊，府庫空虛，百姓窮困，而奸吏自富，此大患也。奸吏不除，國無寧日，民無足時。翦除奸吏，乃富國足民之本務。浦起龍曰：「責吏專以為民，識治本矣。所由文景并稱與！」歷史上並稱「文景之治」，於此可見一斑。

【作　者】漢景帝，名啟，文帝中子，在位十六年（西元前一五六—前一四一年）。在位期間，繼續推行休養生息與重農抑商政策，發展農業生產；平定吳楚七國之亂，收回諸侯王任免官吏的權力歸中央，加強中央集權；大力加強戰備，反擊匈奴侵擾；因而經濟繁榮，政治安定，海內殷富，府庫充實，史稱「文景之治」。諡景帝。

雕文刻鏤❶，傷農事者也；錦繡纂組❷，害女紅❸者也。農事傷，則飢之本也；女紅害，則寒之原也。夫飢寒並至，而能亡為非者寡矣。

【章　旨】本段說明農桑為禦飢寒之根本。

【注　釋】❶雕文刻鏤　指在建築物或用具上雕刻花紋。❷纂組　赤色的綬帶。纂，赤色絲帶。組，佩印用的絲帶。❸女紅　即女工。

【語　譯】雕刻花紋，是傷害農耕的事；錦緞刺繡赤色綬帶，是傷害女工的事。農耕之事傷害，那是饑荒的根源；女工受到傷害，那是挨凍的本原。飢餓寒冷一齊到來，而能夠不做壞事的人就少了。

朕親耕，后親桑，以奉宗廟粢盛❶祭服，為天下先；不受獻❷，減太官❸，省繇❹賦，欲天下務農蠶，素有畜積，以備災害。彊毋攘❺弱，眾毋暴寡，老者❻以壽終，幼孤得遂長。

【章　旨】本段指出「朕親耕，后親桑」是為鼓勵農桑以增加積蓄。

【注　釋】❶粢盛　祭品，指盛在祭器內用來祭祀的穀物。❷獻　指規定的賦稅之外，以助祭為名向皇帝繳納錢帛。❸太官　官名。秦漢有太官令、丞，掌皇帝飲食宴會，屬少府。❹繇　通「徭」。徭役。❺攘　劫奪。❻耆　古稱六十歲為耆。

【語　譯】我親自耕種，皇后親自蠶桑，用來供奉宗廟裡祭祀用的穀物和祭服，作為天下的先導；不接受進獻，減省太官供給，減省徭役賦稅，想要天下的人都專注於農耕和蠶桑，使平素有蓄積，來防備災害。強梁的不要劫奪弱小的，人多的不要侵害人少的，老年人得以壽終，幼兒孤子得以成長。

今歲或不登❶，民食頗寡，其咎安在？或詐偽為吏❷，吏以貨賂為市，漁❸奪百姓，侵牟❹萬民。縣丞❺，長吏❻也，奸法❼與盜盜❽，甚無謂也。其令二千石各修其職，不事官職❾秏亂❿者，丞相以聞⓫，請其罪。布告天下，使明知朕意。

【章　旨】本段指出「民食頗寡」乃由長吏貪墨，因責二千石嚴加懲治。

【注　釋】❶登　成熟。❷詐偽為吏　謂以詐偽之人為吏。❸漁　捕魚。比喻吏之搜刮。❹牟　食苗根的蟲。比喻吏之刻剝民如蛑賊。牟，「蛑」之借字。或作「蟊」。❺縣丞　漢制，每縣置丞一人，以佐令長，與尉合稱為長吏。❻長吏　吏秩之尊者。吏六百石以上，皆長吏。❼奸法　因法作奸。❽盜盜　與盜串通，共同為盜。❾不事官職　謂不盡官的職責。❿秏亂　糊塗昏亂。秏，通「眊」。昏瞶；糊塗。⓫聞　向皇帝奏明。

【語　譯】現在年歲有時不豐收，民眾的糧食很少，那過失在哪裡？有的以詐偽之人為吏，吏以收買賄賂為交易，搜刮掠奪百姓，侵奪刻剝民眾。縣丞是長吏，因法為奸，與盜共盜，非常不成體統。快命令二千石各自盡到他們應盡的職責，不盡職責或者昏聵糊塗的人，丞相將他們向我奏明，請示定他們的罪。布告天下，使大家明白地知道我的旨意。

【研　析】一篇富國足民的大文章，卻僅用了一百八十四字將其說得透徹明白，關鍵在抓住了奸吏貪墨這個癥結所在。由農桑是足民之本，說到「朕親耕，后親桑」以鼓勵農桑，卻仍「民食頗寡」，其咎在「詐偽為吏」。抓住了這個癥結，文章就好做了。林紓曰：「文一氣滾下，卻分為三段：入手重耕織，崇本之計也；由耕織說到皇躬，詞既質樸，期望之意甚深；入後始發官吏之弊端。不多費詞，而簡明可味。」用「簡明」二字來形容本篇，十分恰當。

卷三十六　詔令類　二

元朔元年議不舉孝廉者罪詔

漢武帝

【題　解】本篇錄自《漢書・武帝紀》。元朔元年，即西元前一二八年。元朔，漢武帝年號，共六年（西元前一二八—前一二三年）。帝王有年號自漢武帝始。孝廉，漢代選舉官吏的兩種科目。孝，指孝子；廉，指廉潔之士。漢武帝元光元年（西元前一三四年），初令郡國舉孝廉各一人，至是已有六年，而郡國奉行不力，故下此詔切責。本篇闡述了求賢是「廣教化，美風俗」的善舉，說明了自己求賢以「紹休聖緒」的殷切期望，因而切責二千石官長不舉孝廉的過失，並命令議其罪，表現了漢武帝廣求賢才以光大聖人之業的雄才大略。林雲銘曰：「此與高帝求賢詔不同，全在廣教化、美風俗上立論。蓋舉直化枉，聖人之訓也。開口即以教化風俗坐在議罪大臣身上，詞意切峻。」這說明漢武帝詔令已不同於前此之詔令矣。

【作　者】漢武帝，名徹，景帝之子，四歲立為膠東王，七歲立為皇太子，十六歲即帝位。在位五十四年（西元前一四〇—前八七年）。在位期間，政治上繼續景帝的「削藩」政策，頒布「推恩」令，削弱諸侯王勢力；思想上採納董仲舒建議，「罷黜百家，獨尊儒術」；經濟上採納孔僅、東郭咸陽主張，實行鹽、鐵官營；又採納桑弘羊建議，實行平准均輸，由政府直接經營貿易運輸，以加強中央集權財力；軍事上大規模反擊匈奴，將匈奴趕出漢北，解除了北方邊患；又南平兩越，通西域，開發西南夷，擴大了漢帝國的版圖，將漢朝推向全盛時期。他又能詩善賦，愛好文學，招攬四方文士，建立樂府，採集歌謠，文化也得到極大發展。但由於兵役、徭役不斷增加，人民負擔加重，加上他本人又極為奢侈，大興土木，迷信神仙，故使海內虛耗，人口減半。統治後期，各地均有農民暴動發生。諡武帝。

公卿大夫，所使總❶方略❷，壹❸統類❹，廣教化，美風俗也。夫本仁祖義，襃德❺錄❻賢，勸善刑暴，五帝❼三王❽所繇❾昌也。朕夙興夜寐，嘉與❿宇內之士，臻於斯路。故旅⓫耆老，復⓬孝敬，選豪俊，講文學⓭，稽⓮參政事，祈進民心，深詔執事⓯，興廉舉孝，庶幾成風，紹⓰休⓱聖緒⓲。

【章　旨】本段申述自己廣求賢才是為了「紹休聖緒」。

【注　釋】❶總　統領。❷方略　計謀策略。❸壹　整齊劃一。❹統類　大綱和條目。《荀子・非十二子》「壹統類」注：「統謂綱紀，類謂比類。大謂之統，分別謂之類。」❺襃德　襃獎有德之人。襃，獎勵；表彰。❻錄　用作動詞，使有俸祿，用以為官。❼五帝　據《史記・五帝本紀》，指黃帝、顓頊、帝嚳、帝堯、帝舜，皆古代傳說中的帝王。❽三王　指夏禹王、商湯王、周武王。❾繇　同「由」。❿嘉與　猶言「樂與」。⓫旅　客。用作動詞，敬禮之意。⓬復　免除賦稅或徭役。⓭文學　指文獻經典。⓮稽　考核。⓯執事　各部門的專職人員；百官。⓰紹　繼承。⓱休　美。用作意動詞，光大。⓲聖緒　謂五帝三王的業績。緒，世業；功績。

【語　譯】公卿大夫，是使用來統領計謀策略，畫一大綱條目，擴大教化，改良風俗的人。以仁義為根本，褒獎有德之人，任用賢良之人，勉勵善類，懲罰暴徒，這是五帝三王所由昌盛的原因。我早起晚睡，樂意與四海之內的士人，達到這個境地。所以敬禮老人，免除孝敬之人的徭役，選拔豪傑俊士，講求文獻經典，考核參詳政事，求得推進民心，深切命令百官，提拔廉潔之人，選舉孝順之人，希望成為風氣，來繼承光大古代聖王的業績。

夫十室之邑，必有忠信❶；三人並行，厥有我師❷。今或至闔郡而不薦一人，是化不下究，而積行之君子，雍❸於上聞也。二千石❹官長❺，紀綱❻人倫❼，將何以佐朕燭幽隱，勸元元❽，厲❾蒸庶❿，崇鄉黨⓫之訓哉？且進賢受上賞，蔽賢蒙顯戮，古之道也。其與中二千石⓬、禮官⓭、博士⓮議不舉者罪⓯。

【章　旨】本段言二千石官長不舉孝廉，是蔽塞賢路，不稱詔旨，當治其罪。

【注　釋】❶夫十室二句　《論語・公冶長》：「十室之邑，必有忠信如丘者焉。」邑，古代地方單位，九夫為井，十井為邑。❷三人二句　《論語・述而》：「三人行，必有我師焉。」厥，其。代詞。❸雍　同「壅」。阻塞。❹二千石　此指郡守及諸侯王國之相。❺官長　指縣令與縣長。❻紀綱　法度；法紀。用作動詞，為綱紀。❼人倫　社會裡人的倫理關係，即君臣有義，父子有親，夫婦有別，長幼有序，朋友有信。❽元元　平民；民眾。❾厲　振奮；鞭策。❿蒸庶　百姓；民眾。蒸，眾。⓫鄉黨　猶「鄉里」。古代地方單位，二十五家為里，四里為族，五族為黨，五黨為州，五州為鄉。見《禮記・曲禮上》注引《周禮》。⓬中二千石　二千石之一級，月得百八十斛為中二千石。按漢制，二千石一歲實得一千四百四十斛，中二千石一歲實得二千一百六十石。中，滿。此指太常至執金吾等官。⓭禮官　掌禮之官。即太常，鴻臚等。⓮博士　漢武帝建元五年，置五經博士。⓯議不舉者罪　議決結果，有司奏議：「不舉孝，不奉詔，當以不敬論。不察廉，不勝任也，免。」奏可。

【語　譯】一個十家的小邑，必定有忠信的人；三個人一道行走，他們中必定有人可為我師。現在有的整個郡不薦舉一個人，這是教化不能向下貫徹，而積累善行的君子被阻塞向上報告。二千石官長是人倫的法度標準，將用什麼來輔助我照見幽深隱蔽，勸勉善良百姓，振奮黎民百姓，提高鄉黨的訓導呢？並且推舉賢才受到上等獎勵，蔽塞賢路蒙受公開懲罰，這是古代的法則。希望和中二千石、禮官、博士議決不薦舉的人的罪責。

【研　析】同樣是求賢的詔令，此篇則與漢高祖〈求賢詔〉不同。其目的在「廣教化，美風俗」，目標遠大；其措辭是「蔽賢蒙顯戮」，「議不舉者罪」，詞意切峻。浦起龍曰：「詔令至景、武時，作意經營結構矣。」林紓曰：「詞意醇美，復隱寓嚴切之意。」此時詔令，已著意經營結構，講求詞意醇美，行文大量使用對偶句，排比句，句式整齊而又氣勢磅礴，與漢初詔令之直截明白者不同。讀者仔細體會，即可識別其差異。

元狩二年報李廣詔

漢武帝

【題　解】本篇錄自《漢書・李廣傳》。元狩二年，即西元前一二一年。元狩，漢武帝年號，共六年（西元前一二二—前一一七年）。李廣（西元前？—前一一九年），西漢名將，隴西成紀（今甘肅秦安西北）人。以勇敢善戰著稱，匈奴號曰「飛將軍」。元光六年（西元前一二九年），李廣以衛尉為將軍，出雁門擊匈奴，「為虜所生得，當斬，贖為庶人」，居藍田南山中射獵。一夜出飲，還至霸陵亭，霸陵尉呵止宿亭下。不久，匈奴入遼西，殺太守。武帝乃召李廣為右北平太守。廣請霸陵尉與俱，至軍而斬之，上書自陳其罪。武帝下此詔報之。本篇先引《司馬法》泛論了將軍的作用，然後以「報忿除害，捐殘去殺」切責李廣戴罪立功，做好防秋，而不必為一小小的霸陵尉而「免冠徒跣，稽顙請罪」，表現出漢武帝用人所長、不拘小節的用人政策和志在匈奴的雄才大略。

將軍者，國之爪牙❶也。《司馬法》❷曰：「登車不式❸，遭喪不服❹。」振旅❺撫師❻，以征不服；率三軍之心，同戰士之力，故怒形則千里竦❼，威振則萬物伏；是以名聲暴❽於夷貉❾，威稜❿憺⓫乎鄰國。

【章　旨】本段總論將軍的作用。

【注　釋】❶爪牙　本指爪和牙，引申指保衛國家的武臣。《詩・小雅・祈父》：「祈父，予王之爪牙。」❷司馬法　古兵書名，今存一卷。❸式　通「軾」。車前扶手橫木。用作動詞，古人立而乘車，低頭撫式，以示敬意。將軍登車不式，所以壯軍威。❹服　舊時喪禮規定穿戴的喪服。用作動詞，不服喪。沈欽韓曰：「《司馬法》無『遭喪不服』語。」❺振旅　整頓軍隊。❻師　古代軍隊編制。五百人為旅，二千五百人為師。此泛指軍隊。❼竦　同「悚」。畏懼；震讋。❽暴　顯耀。❾夷貉　泛指邊遠地區的少數民族。析言之，東方曰夷，北方曰貉。❿稜　威勢；嚴厲。⓫憺　通「憚」。畏懼。用作使動詞，使畏懼。

【語　譯】將軍是國家的武臣。《司馬法》說：「將軍登車站立，手不扶車軾，遭遇喪事不用服喪。」整頓軍旅安撫隊伍，來征討不服從的敵人；統率三軍戰士的同仇敵愾之心，協調戰士攻擊敵軍的力量，所以他震怒一表露就使千里之外震驚，威嚴一振作就萬物降服；因此他的名聲在夷貉之中顯耀，他的威聲嚴厲使鄰國畏懼。

夫報忿除害，捐殘去殺❶，朕之所圖❷於將軍也。若迺免冠徒跣❸，稽顙❹請罪，豈朕之指❺哉？將軍其率師東轅❻，彌節❼白檀❽，以臨右北平❾盛秋❿。

【章　旨】本段要求李廣以軍事為重，做好防秋。

【注釋】❶捐殘去殺　言用戰爭來消除殘害，去掉殘暴。捐，去。❷圖　謀求、希望之意。❸徒跣　赤足行走。按：「免冠徒跣」皆為請罪、服罪的表示。❹稽顙　叩頭。顙，額。❺指　意旨。❻東轅　指東方的行營。轅，行館。❼彌節　駐軍。彌，同「弭」。止。❽白檀　縣名，屬右北平，在今河北承德灤河南岸。❾右北平　漢郡名，地在今河北東北部，郡治平剛，即今河北平泉。❿盛秋　謂秋季中最繁盛的時候。顏師古注：「盛秋馬肥，恐虜為寇，故令折衝禦難也。」

【語譯】報復怨恨除去禍害，消除殘害去掉殘殺，是我對將軍寄予的厚望。假如只是取去帽子，赤著雙足，叩頭請罪，這難道是我的意旨嗎？將軍還是統率軍隊在東方的行營，駐軍到要地白檀，來面對右北平的盛秋季節吧。

【研析】漢武帝是一位有雄才大略的帝王，而李廣也是一位睚眦之仇必報而又率意而行的將軍。這樣一位皇帝給這樣一位將軍下一道詔書來答覆其請罪，很難措辭。本篇只顧大體，不拘小節，只求防秋，不求請罪，快人快語，正表示出漢武帝的心胸開闊，也與這位飛將軍的快人快事很相稱。而且行文氣盛言宜，用筆頗得開闔之法，也與文章的快人快語相稱。浦起龍曰：「峻厲中含有隱約語，而諭遣辭色，則壯絕一時。」「壯絕」二字，本篇當之無愧。

元狩六年封齊王策

漢武帝

【題解】本篇錄自《漢書・武五子傳》，又載《史記・三王世家》，兩本文字略有不同。元狩六年，即西元前一一七年。齊王，名閎，武帝之子，母王夫人，有寵，閎尤愛幸。元狩六年，立為齊王，立八年，薨，無子，國除。策，策書，古代命官授爵，用策書為符信。蔡邕曰：「策者，簡也。漢制命令，其一曰策書，長二尺，短者半之，其次一長一短，兩編，下附篆書，以命諸侯王三公，亦以誄諡；而三公以罪免，則一本兩行隸書而賜之，其長一尺。」本篇是漢武帝封其子閎為齊王的策書。篇中首先說明使御史大夫湯立閎為齊王，為漢藩輔，然後反覆丁寧要小心謹慎以「保國乂民」，表現出漢武帝對其子的殷勤愛護，完全符合古代典誥的法則。

惟元狩六年，四月乙巳，皇帝使御史大夫❶湯❷，廟立❸子閎為齊王，曰：嗚呼！小子閎，受茲青社❹。朕承天序❺，惟稽古，建爾國家，封於東土，世為漢藩輔。

【章　旨】本段寫使湯立子閎為齊王。

【注　釋】❶御史大夫　官名，位僅次於丞相，與丞相、太尉合稱三公。❷湯　張湯，西漢大臣，杜陵人。武帝時歷任太中大夫、廷尉、御史大夫等職。❸廟立　謂在太廟策立。❹受茲青社　《史記》索隱引蔡邕《獨斷》曰：「皇子封為王，受天子太社之土。若封東方諸侯，則割青土，藉以白茅，授之以立社，謂之『茅土』。」齊在東方，故云青社。蓋天子太社以五色土為之。封四方諸侯，各以其方色土與之。❺天序　帝王的世系。《史記》作「祖考」。

【語　譯】元狩六年四月乙巳，皇帝使御史大夫張湯，在太廟裡立子閎為齊王，說：啊哎！小子閎，接受這青土築的社壇。我承接祖宗的世系，考核古道，建立你這個國家，封在東方土地，世世代代做漢的藩屏輔佐。

嗚呼！念哉，共❶朕之詔。惟命❷不於常，人之好德，克明顯光❸；義之不圖，俾君子怠。悉爾心，允執其中❹，天祿❺永終；厥有愆❻不臧❼，迺凶於乃國，而害於爾躬。嗚呼！保國乂❽民，可不敬與！王其戒之！

【章　旨】本段告誡齊王要好好「保國乂民」。

【注　釋】❶共　借作「恭」。恭敬。❷命　指天命。《禮記・大學》：「書曰『惟命不於常』，道善則得之，不善則失之也。」❸顯光　謂顯耀而有光彩。❹中　中和、中庸之道。❺天祿　天賜的福祿。❻愆　過失。❼臧　善。❽乂　治。

【語　譯】啊呔！好好想想啊，恭敬地聽從我的詔命。天命不是經常不變的，人喜好德行，就能顯耀而有光彩；不謀求道義，就會使君子懈怠。使盡你的心思，誠實地掌握中和的德行，天賜的福祿就能長久地享有；你有過失而不善，就會使你的國家有災禍，就會對你自身有危難。啊呔！保有國家治理民眾，可以不謹慎小心嗎！王你自己警戒吧！

【研　析】這是用於封王的策書。為了使它顯得十分莊重嚴肅，內容上反覆丁寧告誡，形式上不用當時流行的口語，而用《尚書》中的那種古奧樸拙的古文，讀起來就很像《尚書》中的典誥。《文心雕龍・詔策》云：「武帝崇儒，選言弘奧，策封三王，文同典訓，勸戒淵雅，垂範後昆。」這種詔令與一般的詔令完全不同，成為後世策書的典範。用「弘奧」二字來形容它，是最恰當不過的。

封燕王策

漢武帝

【題　解】本篇錄自《漢書・武五子傳》，又載《史記・三王世家》，兩本文字略有不同。燕王，名旦，武帝之子，母李姬。元狩六年立為燕王，在位三十八年（西元前一一七—前八一年）。漢昭帝始元六年（西元前八一年），他因與蓋長公主、上官桀父子謀反，誅，國除。本篇是漢武帝封其子旦為燕王的策書。篇中首先宣告策封子旦為燕王。然後說明燕地邊鄰匈奴，雖已命將征討，「北州以妥」，但仍須認真對付，以防侵擾。「毋廢迺備」，「非教士不得從徵」，表現殷勤告誡之意。而且本篇就燕地鄰近匈奴的特點進行申戒，申戒的用心與前篇相似，而所申戒的內容則全不相同。

呼嗚❶！小子旦受茲玄❷社，建爾國家，封於北土❸，世為漢藩輔。

【章旨】本段宣告立子旦為燕王以為漢藩輔。

【注釋】❶呼嗚　按：此上《史記》有「維六年四月乙巳，皇帝使御史大夫湯，廟立子旦為燕王，曰」二十三字。呼嗚，《漢書・武五子傳》作「嗚呼」，《史記・三王世家》作「於戲」。「呼嗚」當為「嗚呼」之倒誤。❷玄　黑，北方之色。❸北土　燕在今河北北部和遼寧一帶，故云。

【語譯】啊哎！小子旦，接受這黑色的太社之土，建立你的國家，封你在北方的土地，世世代代做漢的藩屏輔佐。

嗚呼！薰鬻氏❶虐老❷獸心，以姦巧邊甿。朕命將率，徂❸征厥罪。萬夫長，千夫長，三十有二帥❹，降旗❺奔師。薰鬻徙域❻，北州以妥❼。悉爾心，毋作怨，毋作棐❽德，毋廢迺備❾，非教士❿不得從徵⓫。王其戒之！

【章旨】本段說明燕鄰近匈奴，告誡王小心對付。

【注釋】❶薰鬻氏　即匈奴。《史記集解》引晉灼曰：「堯時曰葷粥，周曰獫狁，秦曰匈奴。」實乃音譯之不同。❷虐老　《史記・匈奴列傳》曰：「壯者食肥美，老者食其餘。貴壯健，賤老弱。」❸徂　往。❹三十有二帥　當時漢俘虜匈奴三十二帥。《史記・衛將軍驃騎列傳》：「誅驍駻，獲首虜八千餘級，降異國之王三十二人。」即此所云三十二帥。❺降旗　謂偃其旗鼓而來降。時昆邪王偃其旗鼓來降。❻徙域　指匈奴徙居漠北，不敢近漢邊。❼妥　安也。《史記》作「綏」。❽棐　通作「菲」。薄。❾備　邊備。防邊的準備。❿教士　素有教習的士兵。⓫徵　徵召，謂徵召從軍作戰。

【語譯】啊哎！薰鬻氏虐待老人心如野獸，欺詐邊境百姓。我派遣將率，去征討他們的罪過。萬人的官長，千人的官長，三十二位渠帥，降下旗幟投奔到我們的軍隊。薰鬻已徙居到漢北，北邊州郡安定了。使盡你的心思，不要製造仇怨，不要幹出缺德的事，不要廢棄你的防邊的準備，不是素有教習的士兵不要徵召從軍。王你自己小心吧！

【研析】本篇與上篇是同時發布的封贈策書，同樣用的是典誥體古文。但燕地邊鄰匈奴，匈奴是漢之勁敵。故本篇就此向燕王旦提出告誡，這樣，與上篇就不相雷同，而各具特色。

封廣陵王策

漢武帝

【題解】本篇錄自《漢書・武五子傳》，又載《史記・三王世家》，兩本文字略有不同。廣陵王，名胥，武帝之子，母李姬。元狩六年立為廣陵王，在位六十四年（西元前一一七—前五三年）。漢宣帝甘露元年（西元前五三年），以祝詛被發覺，自殺，國除。廣陵，地名，漢為廣陵國，治所在今江蘇揚州東北。本篇是漢武帝封其子胥為廣陵王的策書。篇中首先宣告封其子胥為廣陵王。然後指出，廣陵是個人心輕浮，政教不及的地方。因此反覆告戒廣陵王胥要「惟法惟則」，不要「作威作福」，殷勤期盼之意溢於言表，表現了漢武帝對其子的愛護關切之心。

嗚呼❶！小子胥，受茲赤❷社，建爾國家，封於南土❸，世世為漢藩輔。

【章旨】本段宣告封子胥為廣陵王。

【注釋】❶嗚呼　按：此上《史記》有「維六年四月乙巳，皇帝使御史大夫湯，廟立子胥為廣陵王，曰」二十四字。❷赤南方之色。❸南土　揚州在南方，故云。

【語譯】啊哎！小子胥，接受這太社的赤色之土，建立你的國家，封你到南方的土地，世世代代做漢的藩屏輔佐。

古人有言曰：「大江❶之南，五湖❷之間，其人輕心❸。揚州❹保疆❺，三代❻要服❼，不及以正❽。」嗚呼！悉爾心，祗祗兢兢❾，迺惠❿迺順⓫，毋桐⓬好逸，毋邇宵人⓭，惟法惟則！《書》⓮云「臣不作福，不作威」，靡有後羞⓯。王其戒之！

【章旨】本段就廣陵的地域特點提出告誡。

【注釋】❶大江　指長江。大江之南，《正義》曰：「謂京口南至荊州以南也。」❷五湖　此指太湖及其附近的長蕩湖、射湖、貴湖、滆湖等五湖。❸輕心　具心輕浮。《爾雅・釋地・釋文》引李巡曰：「江南其氣躁勁，厥性輕揚。」❹揚州　古九州之一。《尚書・禹貢》：「淮海惟揚州」，傳：「北據淮，南距海。」❺保疆　謂恃其疆域之險阻。保，恃；憑仗。❻三代　指夏、商、周三代。❼要服　指離王城一千五百里至二千里的地區。古代將王城以外的地區分為侯、甸、綏、要、荒，稱五服，每服各五百里，要服為第四服。❽不及以正　謂政教所不及。正，政。吳汝綸曰：「正政字同。」❾祗祗兢兢　恭敬謹慎貌。❿惠　謂對下慈惠。⓫順　謂對上忠順。⓬桐　顏師古曰：「桐，音通。桐，輕脫之貌也。」王念孫曰：「按〈三王世家〉作『毋侗好佚』，褚釋曰：『毋長好佚樂。』是侗訓為長。作桐者假借字耳。」李慈銘曰：「據《法言》『桐子之命也』，注：『桐，洞也。』桐子，洞然未有所知之時。蓋桐與童同。此『毋桐好逸』，言毋童心好逸游也。」按：三說皆可通。⓭宵人　小人。⓮書　《尚書》。下引文見《尚書・洪範》，原文作「臣無有作威作福」。⓯羞　羞辱。「羞」下《史記》有「於戲，保國艾民，可不敬與」十字。

【語　譯】古人有話說：「大江的南面，五湖的中間，那裡人心輕浮。揚州憑仗其疆域險阻，三代之時屬於要服，是政教之所不及。」啊哎！使盡你的心思，小心謹慎，要慈惠，要忠順，不要長時間貪好逸樂，不要接近小人，要依據法則！《書經》說「臣下不要讓他們擅行賞罰，擅樹權威」，不要使後來有羞辱。王你自己要警戒啊！

【研　析】本篇與上二篇均為同時發布的封贈的策書。形式都是用典誥體古文以示莊重。然所封地域不同，所申戒的內容也各異。本篇則就揚州其地域險阻，其人心輕浮對廣陵王胥進行申戒，戒其小心謹慎，戒其「惟法惟則」，這就與前二篇全不相襲。王文濡曰：「就地致戒，無一相襲語。統觀諸詔，均能簡而不失其要。」這「簡而不失其要」，確是這些策書的共同特點。司馬遷《史記・三王世家》亦云：「燕齊之事，無足采者。然封立三王，天子恭讓，群臣守義，文辭爛然，甚可觀也。」這三篇也確實「文辭爛然」。

元鼎六年敕責楊僕書

漢武帝

【題　解】本篇錄自《漢書・酷吏傳》。敕責，告誡責譴。楊僕，宜陽（今河南宜陽）人。以千夫為吏，河南守舉為御史，稍遷至主爵都尉。南越反，拜為樓船將軍，有功，封將梁侯。東越反，武帝欲復使將，為其誇耀前功，以書敕責之，即本篇。篇中首先指出楊僕前功不多，不足誇耀，以抑其驕心；接著連數其五過，以責其過大於功，必須小心收斂；最後責其戴罪立功，率眾掩過。漢武帝本欲重用楊僕，「為其伐前勞」，故先敕責之以去其驕心，這就是知人善任。真德秀曰：「武帝之所以警敕臣工，駕御將率者，略見於〈敕楊僕〉、〈賜嚴助〉等書，史稱其雄才大略，信矣夫！」篇中的確表現了漢武帝使用臣下的策略：用其所長，戒其所短。楊僕果不負武帝期望，「僕惶恐，對曰：『願盡死贖罪。』與王溫舒俱破東越。」

將軍之功，獨有先破石門、尋陿❶，非有斬將騫❷旗之實也，烏足以驕人哉？

【章 旨】本段首先指出楊僕功勞不多，不足驕人。

【注 釋】❶石門尋陿 皆南越中險地名。石門在番禺縣北二十里，尋陿在始興縣西三百里。《史記・南越列傳》載，元鼎五年秋，衛尉路博德為伏波將軍出桂陽，下匯水；主爵都尉楊僕為樓船將軍出豫章，下橫浦。元鼎六年冬，樓船將軍將精卒先陷尋陿，破石門。」❷騫 與「搴」同。拔取。

【語 譯】你將軍的功勞，只有先攻破石門和尋陿，並沒有斬獲將領拔取敵旗的實績，哪裡值得在人前誇耀呢？

前破番禺❶，捕降者以為虜，掘死人以為獲❷，是一過也。建德❸、呂嘉❹，逆罪不容於天下，將軍擁精兵不窮追，超然以東越為援❺，是二過也。士卒暴露連歲，為朝會❻不置酒，將軍不念其勤勞，而造佞巧❼，請乘傳❽行塞❾，因用歸家，懷銀黃❿，垂三組⓫，夸鄉里，是三過也。失期內顧⓬，以道惡為解⓭，失尊尊之序，是四過也。欲請蜀刀，問君賈⓮幾何，對曰率⓯數百，武庫日出兵而陽⓰不知，挾偽干⓱君，是五過也。

【章 旨】本段連數楊僕五過，以抑制其驕心。

【注 釋】❶前破番禺 《史記・南越列傳》載，樓船居前，至番禺。建德、呂嘉皆城守。樓船自擇便處，居東南面。會暮，樓船攻敗越人，縱火燒城。番禺，今廣州番禺。❷捕降者二句 史不詳其事。❸建德 南越王趙佗玄孫、趙嬰齊之子。是時，其相呂嘉反漢，攻殺南越王興及王太后，立建德為南越王。戰敗，乃與呂嘉夜率數百人亡入海，以船西去，被伏波將軍路博德校尉司馬蘇弘俘獲。❹呂嘉　南越國相。相南越王胡、南越王嬰齊、南越王興三世。權勢極重。南越王興及王太后欲內附漢，呂嘉不聽，乃殺王、王太后及漢使者，立建德為南越王。漢出兵討之，戰敗，與建德亡入海，被其郎都稽俘獲。❺超然句　顏師古曰：「以僕不窮追之故，令建德得以東越為援也。」超然，趁便；乘勢。東越，古代越人的一支，居今福建、浙江一帶。武帝建元六年，立餘善為東越王。❻朝會　諸侯或臣屬朝見君主。❼佞巧　逢迎討好；奸詐機巧。❽傳　驛站或驛站的車馬。此指車馬。❾塞　邊界；險要之處。❿銀黃　銀印、黃金印。主爵都尉二千石，銀印青綬；將軍，徹侯皆金印紫綬。⓫三組　楊僕為主爵都尉、樓船將軍、將梁侯，故有金、銀三印。組，佩印用的絲帶。⓬內顧　思念妻妾。⓭解　解辯；解說。⓮賈　同「價」。價錢。⓯率　大概；一般。⓰陽　借作「佯」。假裝。⓱干　犯。

【語　譯】從前你攻破番禺，拘捕投降的人當做俘虜，挖掘死人作為虜獲，這是第一個過失。建德，呂嘉叛逆的罪在天下都不能寬容，你將軍擁有精兵不追擊到底，讓他們趁便聯結東越作為支援，這是第二個過失。士卒連年暴露在外作戰，我朝會時沒有設酒，你將軍不掛念他們的勤勞，還逢迎討好，請求乘坐驛站的車馬去巡視邊界，因而擅自回家，懷裡揣著銀印、金印，掛著三條印帶，在鄉里中誇耀，這是第三個過失。失去會師期限，懷念妻妾，還將道路不好來自我解說，失去了尊敬尊長的規矩，這是第四個過失。你為將軍想請求蜀刀，我問你多少價錢，你回答說大概是幾百個錢，武器庫裡每天拿出武器而你假裝不知道，挾持詐偽干犯君主，這是第五個過失。

受詔不至蘭池宮❶，明日又不對。假令將軍之吏，問之不對，令之不從，其罪何如？推此心以在外，江海之間，可得信乎？今東越深入，將軍能率眾以掩過❷不？

【章　旨】本段責其率眾掩過，戴罪立功。

【注　釋】❶蘭池宮　漢宮觀名，在渭南，咸陽縣東南三十里。❷掩過　謂將功補過。掩，蓋。

【語　譯】你接受詔命不至蘭池宮朝見，第二天又不對答。假使將軍的吏卒問他不回答，命令他不服從，那他會犯怎樣的罪？推想在外地你抱著這種想法，來到江海之間，能夠得到信任嗎？現在東越深入內地，將軍能夠率領大隊人馬來將功補過還是不能呢？

【研　析】本篇敕責楊僕，其目的是要抑其驕心，故措辭看似十分嚴厲，連數其五過，叫人無可推託。但其終極目的是要責其立功，而不是要治其罪責。所以切責中情理盡至，寄予厚望；而且文章寫得氣勢磅礴，文采飛揚，且連用反詰句，叫人應接不暇，無怪乎楊僕要惶恐而願盡死贖罪了。《文心雕龍・詔策》云：「敕戒恆誥，則筆吐星漢之華。」這「筆吐星漢之華」，說的大概就是這種敕戒吧！

賜嚴助書

漢武帝

【題　解】本篇錄自《漢書・嚴助傳》。嚴助，會稽吳（今江蘇蘇州）人。本姓莊，後避東漢明帝諱改。嚴忌之子，或曰族子。武帝時舉賢良對策，擢為中大夫，善言辯，常駁倒公卿大臣，很得武帝賞識。建元六年（西元前一三五年），自求出任會稽太守，數年無政績，武帝以此書責之。後回長安，任侍中。因與淮南王安有交往。淮南王謀反，株連被殺。本篇言嚴助自求出任會稽太守，卻幾年「不聞問」，因而責之以《春秋》之義回答，而不要以縱橫家言自狡辯。知臣莫若君，武帝知嚴助習縱橫長短之術，善言詞，故責之如此。後嚴助果依《春秋》之義，承認「當伏誅」而不狡辯，並親自回報了三年政事。這說明漢武帝確是一位知人善任的君主。

制詔會稽❶太守❷：君厭承明❸之廬❹，勞侍從❺之事，懷故土，出為郡吏。會稽東接於海，南近諸越❻，北枕❼大江。間❽者闊❾焉，久不聞問❿。具以《春秋》⓫對，毋以蘇秦⓬縱橫⓭。

【章　旨】責嚴助趕快以《春秋》之義回報情況。

【注　釋】❶會稽　郡名，地當今江蘇東南部及浙江西部，治所在吳縣。❷太守　官名。秦置郡守，管理一郡政事，秩二千石。漢景帝時更名太守。此時會稽太守為嚴助。❸承明　殿名，在未央宮。《說苑・修文》：「天子左右之路寢謂之承明，何也？承乎明堂之後者也。」❹廬　張晏曰：「直宿所止曰廬。」嚴助侍從武帝，故常在承明廬直宿。❺侍從　隨從皇帝的左右。嚴助曾官中大夫，隨朱買臣等並侍左右。❻諸越　顏師古曰：「越種非一，故言諸。」諸，眾多。❼枕　臨。會稽郡轄有今江蘇東南部，故臨近長江。❽間　近；頃。❾闊　疏遠；遠離。❿聞問　通「音問」。⓫春秋　書名，儒家五經之一，為孔子編訂的春秋時期的編年史書。⓬蘇秦　戰國時著名縱橫家，洛陽人。曾游說山東六國，合縱抗秦，佩六國相印，為縱約之長。⓭縱橫　指縱橫之術，為古九流之一，以審察時勢，游說動人為主。《漢書・藝文志》：「縱橫家者流，蓋出於行人之官。言其當權事制宜，受命而不受辭，此其所長也。及邪人為之，則上詐諼而棄其信。」

【語　譯】下詔令給會稽太守：你厭倦了在承明廬直宿，以侍從左右為勞苦，懷念你的故鄉故土，外出做了一郡的官吏。會稽郡東面連接大海，南面靠近那些越人，北面臨靠大江。近來相隔了許久，不見有音問。都要用《春秋》之義對答，不要用蘇秦那些縱橫家言論狡辯。

【研　析】這又是一篇敕責的詔書。但不是敕責其過失，而是敕責其「久不聞問」。故文中列舉會稽四界，說明會稽是個重要的地方，應當做出政績，而「久不聞問」，說明政績不佳，當切責；又知嚴助習縱橫，善言辯，故以《春秋》相責。文雖簡短，卻處處抓住了嚴助要害。這種切責當然能使臣下畏服。「助恐，上書稱謝」，就說明了本篇的威力。

元封五年求賢良詔

漢武帝

【題 解】本篇錄自《漢書・武帝紀》。元封五年，即西元前一〇六年。賢良，賢良文學的簡稱，為漢代選舉官吏的科目之一。《漢書・武帝紀》曰：元封五年，「大司馬大將軍青薨。初置刺史部十三州，名臣文武欲盡」，武帝就下了這道求賢良詔令。本篇論述了人才的重要，提出了求賢良的要求。值得注意的是詔令中「非常」和「負俗之累」二詞語，表現出漢武帝要幹「非常之事」的雄才大略，和求才不拘資格、品行務期有才的用人方針，此時漢武帝在位已二十五年，年四十一歲，卻仍雄心不改。林雲銘曰：「覷定『非常』二字，把平日所云賢良方正及力田孝悌等語，盡情擱置一邊，與高帝〈大風歌〉思猛士同一氣概，同一眼孔。真知善任使之言也。」漢武帝雖「罷黜百家，獨尊儒術」，而實際奉行的卻是「王霸道雜之」。本篇即是很好的體現。

蓋有非常之功，必待非常之人。故馬或奔踶❶而致千里，士或有負俗❷之累而立功名。夫泛駕❸之馬，跅弛❹之士，亦在御之而已。

【章 旨】本段論述人才及駕御人才的重要。

【注 釋】❶奔踶　奔馳。顏師古曰：「奔踶者，乘之即奔，立則踶人也。」踶，踢；蹋。❷負俗　謂不能適應世俗，受人譏諷。❸泛駕　謂馬不受控制而翻車。❹跅弛　放蕩而不循規矩。

【語 譯】大概有不同尋常的功績，一定要等待不同尋常的人士。所以馬有時奔跑踢人而能到達千里，士人有的有不適應世俗的牽累而能建立功名。不服控制而翻車的馬，放蕩不羈而不守規矩的士人，也就全在駕御他們罷了。

其令州郡察吏民有茂材❶異等❷，可為將相，及使絕國❸者。

【章　旨】本段令州郡舉賢良。

【注　釋】❶茂材　即秀才。應劭曰：「舊言秀才，避光武諱稱茂才。」按：「秀才」出《管子・小匡》：「其秀才之能士者則足賴也。」故曰「舊言」。❷異等　殊異的等輩。應劭曰：「超等軼群不與凡同也。」❸絕國　絕遠的國家。顏師古曰：「絕遠之國，謂聲教之外。」

【語　譯】命令各州郡考察吏民中有秀才和特殊人才，可以做將帥或丞相和可以出使絕遠之國的人士。

【研　析】本篇求賢良，明言是要幹「非常之事」，要「使絕國」，表現漢武帝的雄心壯志與雄才大略。吳楚材、吳調侯曰：「至以可使絕國者，與將相並舉，蓋其窮兵好大，一片雄心，言下不覺畢露。與高帝〈大風歌〉，同一氣概。」與此相應，氣勢豪邁，是本篇行文的特點。浦起龍曰：「精悍奇矯，武帝雄略本色。」這「精悍奇矯」四字，本篇當之無愧。

賜燕王璽書

漢昭帝

【題　解】本篇錄自《漢書・武五子傳》，燕王名旦，漢武帝子，元狩六年封為燕王。武帝死，昭帝立，時年僅八歲，由霍光輔政。燕王不服，乃與蓋長公主、上官桀父子謀排擠霍光。昭帝覺其有詐，益親光。桀等因謀共殺光，廢昭帝，迎立燕王為天子。被發覺，上官桀等伏誅。昭帝即使人賜燕王璽書，即本篇。燕王自殺，賜諡曰刺王，故本篇亦稱〈賜燕刺王旦璽書〉。璽書，古時用印章封記的文書。本篇說明了高皇帝封建子弟的目的是為了「藩屏社稷」，故子弟雖無功亦得封王。然後指責燕王卻與此背道而馳，與他姓異族陰謀叛逆，有違高帝立藩之意，無面目「見高祖之廟」。燕王旦為昭帝之兄，不忍致誅，責其自盡。書至，燕王即自絞殺。

本篇表現了封建社會皇室裡爭權奪利鬥爭的殘酷，揭露了所謂「父慈子孝，兄友弟恭」的封建道德的虛偽性，有一定的認識價值。

【作　者】漢昭帝，名弗陵，武帝幼子。母鉤弋趙婕妤。武帝晚年，衛太子以謀反自殺，燕王旦、廣陵王胥多過失，乃立弗陵為皇太子。武帝死，即帝位，年僅八歲，由霍光受遺詔輔政。在位十三年（西元前八六－前七四年），改元三次（始元、元鳳、元平）。在位期間，移民屯田，多次出兵擊敗匈奴、烏桓的攻擾。始元六年（西元前八一年），徵集郡國賢良文學，召開鹽鐵會議，問民間疾苦，對漢武帝時的政策多有更改，對穩定當時開始動亂的社會形勢起了一定作用。諡昭帝。

昔高皇帝王天下，建立子弟，以藩屏❶社稷。先日諸呂❷陰謀大逆❸，劉氏不絕若髮。賴絳侯❹等誅討賊亂❺，尊立孝文，以安宗廟。非以中外有人，表裡相應故耶？

【章　旨】本段指明高皇帝封建諸侯是「以藩屏社稷」。

【注　釋】❶藩屏　藩籬屏蔽，引申為「保衛」，「輔助」。藩，籬。屏，屏障。❷諸呂　指呂太后之侄呂祿、呂產等。❸陰謀大逆　指呂太后死後，呂祿、呂產謀廢劉氏而立呂氏，篡奪劉氏天下。大逆，謀反。❹絳侯　指周勃，漢初功臣，封絳侯。❺誅討賊亂　指周勃等在呂太后死後殺呂產、呂祿等，迎立漢文帝，安定劉氏。

【語　譯】從前高皇帝擁有天下，建立子弟來保衛屏蔽國家。過去姓呂的那些人暗中謀劃篡奪天下，我們劉姓僅如一縷絲線一樣沒有斷絕。依仗絳侯周勃等人懲罰討伐賊臣亂黨尊立孝文皇帝，來安定了宗廟。這不是因為裡外都有我們的人，裡裡外外互相接應的緣故嗎？

樊酈曹灌❶，攜劍推鋒❷，從高皇帝墾菑❸除害，耘鉏❹海內，當此之時，頭如蓬葆❺，勤苦至矣，然其賞不過封侯❻。今宗室子孫，曾亡暴衣露冠之勞，裂地而王之，分財而賜之，父死子繼，兄終弟及。

【章　旨】本段言功臣僅得封侯，而子弟卻得封王，父子相繼，兄弟相及。

【注　釋】❶樊酈曹灌　樊噲、酈商、曹參、灌嬰，皆輔佐漢高祖定天下的功臣。❷推鋒　手持兵器向前，指衝鋒。❸墾菑　開墾荒地，比喻奪取天下。菑，《說文》：「不耕田也。」即荒地。❹耘鉏　鋤除雜草，比喻平定混亂。耘，除草。鉏，同「鋤」。鋤去。❺蓬葆　雜草。蓬，蓬草。葆，草叢生曰葆。❻然其句　漢制，非劉氏不封王，非有功不封侯。

【語　譯】樊噲、酈商、曹參、灌嬰等，提著刀劍衝鋒陷陣，跟隨高皇帝開墾荒地般奪取天下，剷除災害，鋤除雜草般平定海內，當那個時候，頭髮都如雜草一般，辛勤勞苦到了極點，然而獎賞也不過封一個侯。現在劉姓家族的子孫竟無有一點脫去衣服摘下帽子的功勞，卻割劃土地而做了王，分出財富賜與他們，父親死了兒子繼位，哥哥死了弟弟連接。

今王骨肉❶至親，敵❷吾一體❸，乃與他姓異族，謀害社稷，親其所疏，疏其所親，有逆悖之心，無忠愛之義。如使古人❹有知，當何面目復奉齊❺酎❻，見高祖之廟乎？

【章　旨】本段言燕王謀逆，罪不容誅。

【注　釋】❶骨肉　比喻至親。昭帝與燕王為同父異母兄弟，故云。❷敵　對等；相當。❸一體　言若四肢之一。❹古人　先人。❺齊　供奉神的食品。❻酎　三重釀的醇酒，正月旦作，八月成，味厚，故用以獻於宗廟。漢武帝時，因八月嘗酎，會諸侯廟中，出金助祭，即所謂酎金。

【語　譯】現在你王是我的骨肉般最親的人，相當於我的一個肢體，卻跟他姓外族的人圖謀危害國家，把那疏遠的人當作親人，把親近的人當作疏遠的人，有逆亂反叛的心思，沒有忠順慈愛的道義。假如祖先還有知覺，你還有什麼面目再拿著祭品和醇酒，進見高祖的太廟呢？

【研　析】燕王旦為昭帝之兄，雖然賜死，書中卻不直言其謀篡，只委婉地言其與他姓異族謀害社稷，有負先帝建立藩屏之用心。本篇行文詞氣和平，情理並至。雖有譴責之意，卻沒有條分縷析地披露其罪惡，沒有嚴聲厲色地敦促其速死，而只是委婉地說無面目復見高祖之廟。這在賜死的詔書中是別具一格的。林紓曰：「書詞甚平善，獨末二語嚴厲，蓋趣（同促）王自裁也。」內容是譴責而詞氣卻平善，確是本篇特點。為什麼這樣呢？林雲銘解釋說：「雖屬賜死，書中亦不斥其謀篡，但言與他姓族謀害社稷，有負高帝建立藩屏之心，似以桀、安為主，燕王為從，親親之道也。」

地節四年首匿父母等勿坐詔

漢宣帝

【題　解】本篇錄自《漢書・宣帝紀》。地節四年，即西元前六十六年。地節，漢宣帝年號。首匿，言為謀首而藏匿罪人。匿，隱藏。坐，連坐。本篇論述了父子夫婦的親密關係是人類的天性，宣告子匿父母，妻匿夫不算犯罪。窩藏包庇罪犯，歷來都是犯法行為，本應當大義滅親。而漢宣帝為了提倡孝道，卻法外施恩，雖然表現了漢宣帝的仁愛之心，但這樣做卻破壞了國家法律的嚴肅性，是不足取的。當然，像商鞅之法一樣，一人犯罪，要一家連坐，誅及三族，那太殘忍；像漢宣帝這樣，在情與法的矛盾中，縱容罪犯，也很不利於加強法律的嚴肅性。

【作　者】漢宣帝，初名病已，後更名詢（西元前九〇—前四九年），武帝曾孫，戾太子之孫，幼育於外祖母史氏家，居民間。少時出入三輔，俱知閭里奸邪，吏治得失，通達黃老刑名之學。昭帝死，無子，霍光等迎立為帝。在位二十五年（西元前七三—前四九年）。在位期間，厲精圖治，任賢用能，賢相循吏輩出。親政十八年，平獄緩刑，輕徭薄賦，發展生產，廣開言路，使吏稱其職，民安其業。又置西域都護，加強邊防。甘露二年（西元前五十二年）匈奴呼韓邪單于稱臣降服，威震域外，漢帝國又呈現一派欣欣向榮之勢，史稱為「中興」之主。諡宣帝。

父子之親，夫婦之道，天性也。雖有患禍，猶蒙❶死而存之。誠愛結於心，仁厚之至也，豈能違之哉？

【章　旨】本段論述父子之親，夫婦之道是天性。

【注　釋】❶蒙　冒。

【語　譯】父子的親近，夫婦的道義，是人的自然本性。即使有禍患災殃，還會冒死去救助他們。忠誠親愛在心中連結著，這是仁厚的最高限度，哪裡能夠違反它呢？

自今子首匿父母，妻匿夫，孫匿大父母❶，皆勿坐。其父母匿子，夫匿妻，大父母匿孫，罪殊死❷，皆上❸請廷尉❹以聞❺。

【章　旨】本段宣布本詔令的具體內容。

【注　釋】❶大父母　祖父母。❷殊死　死刑；斬首之刑。❸上　上報；向上報告。❹廷尉　官名。秦始置，九卿之一，掌刑獄。漢承秦制，秩中二千石。❺聞　報告給皇帝。何焯曰：「父母匿子，情雖同而平居失於不教，故坐之。然猶必上請，將權衡其輕重以行法，或直原宥之也。」

【語　譯】從現在開始兒子首謀藏匿父母，妻子藏匿丈夫，孫兒藏匿祖父母，都不算犯罪。父母藏匿兒子，丈夫藏匿妻子，祖父母藏匿孫子，罪在死刑，都要上報請示廷尉報告給皇帝。

【研　析】寥寥七十七字，卻論述了律令須布的原因，規定明白了律令的內容，簡明概括，行文亦流暢淺近，完全是當時的口語，體現了漢代詔令簡明淺近的特點。後人為之，則必駢四儷六，累及千百言矣。

元康二年令二千石察官屬詔

漢宣帝

【題　解】本篇錄自《漢書·宣帝紀》。元康二年，即西元前六四年。元康，漢宣帝年號，共四年（西元前六五—前六二年）。本篇闡明了官吏執法應該公平，披露了當時奸吏曲解法律，羅織罪名，定罪任意輕重或「越職踰法，以取名譽」的種種不法行為，因令二千石嚴加查辦。還宣布了免除被災郡國租賦的決定。漢宣帝少時生長民間，數上下諸陵，周遍三輔，俱知閭里奸邪，吏治得失。所以篇中對當時奸吏枉法的罪行揭露得十分深刻，表現了漢宣帝關心民生疾苦的仁愛之心。浦起龍說：「孝宣為治綜覈情偽，其留心民隱，大抵以甄別獄吏為首務，又成一段風氣矣。然在民間久，迹遍三輔，洞悉奸欺如此。詔直鉤畫出殘譎賊吏內景。」漢宣帝是一代明君，於此可見一斑。

獄者，萬民之命，所以禁暴止邪，養育群生也。能使生者不怨，死者不恨，則可謂文吏❶矣。

【章旨】本段論述獄吏本應公平執法。

【注釋】❶文吏　好獄吏。文，美；善。

【語譯】獄訟案件關係著萬民的性命，是用來禁止暴虐防止奸邪，養育一切生命的工具。能夠使活著的人不抱怨，死去的人不懷恨，就可以說是個好獄吏了。

今則不然。用法或持巧心❶，析律貳端❷，深淺❸不平，增辭飾非，以成其罪。奏不如實，上亦亡繇知。此朕之不明，吏之不稱❹，四方黎民，將何仰哉！二千石各察官屬，勿用此人。吏務平法。或擅興繇❺役，飾❻廚❼傳❽，稱過使客❾，越職踰法❿，以取名譽，譬猶踐薄冰以待白日，豈不殆⓫哉？

【章旨】本段披露當時奸吏枉法的種種弊端，令二千石嚴加查辦。

【注釋】❶巧心　虛偽不實之心。巧，虛偽不實；乖巧。❷貳端　兩種端緒。謂妄生端緒，以出入人罪。❸深淺　謂量刑或重或輕。❹稱　稱職；才能適合其職位。❺繇　同「傜」。❻飾　加厚；增加。❼廚　此指飲食。❽傳　驛站或驛站的車馬。❾過使客　奉使經過的客人。顏師古曰：「使人及賓客來者，稱其意而遣之，令過去也。過者，過度之過也。」❿踰法　枉法，超過法令規定。⓫殆　危殆；危險。

【語譯】現在卻不是如此。有的人使用法律懷抱著虛偽不實之心，分破律條妄生端緒，定罪或重或輕而不公平，增設言辭來掩飾過錯，來羅織成他人的罪行。上奏又不依實情，皇上也無由知曉。這是我的不精明，獄吏的不稱職，四方的黎民百姓，還有什麼仰仗呢！各郡國二千石要各自考察你們的官屬，切不要任用這種人。官吏應專心於公平執法。有的人擅自分派徭役，增加飲食驛站，使過往奉使的客人稱心如意，超越權限超過法律規定，來博取名譽，這譬如是踩著薄薄的冰層在等待太陽出來，難道不危險嗎？

今天下頗被❶疾疫之災，朕甚愍之。其令郡國❷被災甚者，毋出今年租賦。

【章　旨】本段同時宣布免除被災郡國今年租賦。

【注　釋】❶被　遭遇。❷郡國　漢代地方行政制度是郡國並行。郡，指由中央直接控制管理的州郡，國指各諸侯國。郡的行政長官稱守，國的行政長官稱相，秩皆為二千石。

【語　譯】現今天下嚴重地遭遇了疾病瘟疫的災害，我非常同情掛念他們。命令各遭遇災害嚴重的郡國，不要交納今年的田租賦稅。

【研　析】整頓吏治的詔令前已有漢文帝的〈除誹謗法詔〉、漢景帝的〈令二千石修職詔〉、漢武帝的〈議不舉孝廉者罪詔〉，但對奸吏枉法徇私的種種弊端的披露自以本篇最為深刻，把他們玩弄法律條文，任意羅織罪名的行徑描畫得具體全面。這是因為漢宣帝長於閭閻，所以對官場的弊端洞若觀火。如生長深宮，是難以知曉的。

神爵三年益小吏祿詔

漢宣帝

【題　解】本篇錄自《漢書・宣帝紀》。神爵三年，即西元前五九年。神爵，漢宣帝年號，共四年（西元前六一—前五八年）。本篇闡明了要使小吏廉平，只有增加俸祿，否則難以做到，因此宣布增加小吏俸祿。吏治的好壞歷來是政治好壞的標誌。官吏貪墨必然導致政府腐敗，受害的最終是小老百姓。漢宣帝關心吏治，益俸養廉，表現的是一片愛民之心。《漢書·宣帝紀贊》稱其「吏稱其職，民安其業」，「功光祖宗，業垂後嗣，可謂中興」，不為過譽。

吏不廉平，則治道衰。今小吏皆勤事，而奉❶祿薄，欲其毋侵漁❷百姓，難矣。其益吏百石❸以下奉十五❹。

【注　釋】❶奉　借作「俸」。官吏所得的薪給。❷漁　掠奪。❸百石　漢吏佐祿秩之低者。《漢書·百官公卿表》：「百石以下，有斗食、佐史之秩，是為少吏。」❹十五　十分之五。韋昭曰：「若食一斛，則益五斗。」

【語　譯】官吏不廉潔公平，那治道就衰敗。現在小吏都為公事勞苦，可是俸祿很少，想要他們不侵奪百姓，就難了。增加百石以下的小吏的俸祿十分之五。

【研　析】全文共三句三十七字。一句說明吏與治的關係，一句說明小吏俸薄必貪，一句宣布益小吏俸。詔者，昭也，告也。詔令的目的是要告知吏民，使之明白。能像本篇這樣簡要而明確，是完全符合詔令的要求的。

議律令詔

漢元帝

【題　解】本篇錄自《漢書·刑法志》。其上云：「及孝武即位，外事四夷之功，內盛耳目之好，徵發煩數，百姓貧耗，窮民犯法，酷吏擊斷，奸軌不勝。」於是任用酷吏，嚴密法網，以至「文書盈於几閣，典者不能遍睹。是以郡國承用者駁，或罪同而論異。奸吏因緣為市，所欲活則傅生議，所欲陷則予死比，議者咸傷冤之。宣帝自在閭閻知其若此。」及即尊位，即置廷尉平審議疑獄。後涿郡太守鄭昌提出「刪定律令」，宣帝未及修正。所以漢元帝一即位就下了此詔。本篇指明律令的根本目的是抑暴扶弱，指出當時律令煩多的弊端，提出了「議律令可蠲除輕減者」的要求。律令是國家強制執行的專政工具，務在簡明，使易知曉，條文太多，就容易產生弊端。「刪定律令」就抓住了治獄的關鍵，也就抓住了治國的關鍵。不過，漢元帝是位「優游不斷」的無能皇帝，執行不力。正如真德秀所說：「考史所言，元帝雖有此詔，徒文具而無施行之實。」

【作　者】漢元帝，名奭，宣帝子，在位十六年（西元前四八—前三三年）。元帝柔仁好儒，謂宣帝以刑名繩下，持刑太深，主張任用儒生。即位後，即重用儒士，委之以政。統治期間，中央集權削弱，社會危機日深，兼併之風盛行，官奴婢達十餘萬，「宣帝之業衰焉」。諡元帝。

夫法令者，所以抑暴扶弱，欲其難犯而易避也。今律令煩多而不約，自典文者不能分明，而欲羅❶元元❷之不逮❸，斯豈刑中❹之意哉？其議律令可蠲❺除輕減者，條奏❻，惟在便安萬姓而已。

【注　釋】❶羅　羅織，虛構罪名以陷害無辜。❷元元　平民；百姓。❸不逮　言意識所不及。❹刑中　言用刑皆得中正。❺蠲　通「捐」。除去。❻條奏　分條列舉上奏。

【語　譯】法令是用來抑制強暴扶助弱小的工具，想要它難以觸犯而易於躲避。現在律令煩多而不簡省，從主管法令的人就不能明瞭，卻要來羅織老百姓想都想不到的罪責，這難道是刑罰恰到好處的用意嗎？大家來討論律令中可以刪除減省的部分，分條上奏，只在便利安定老百姓罷了。

【研　析】漢元帝為人雖「牽制文義，優游不斷」，但這個詔令還是寫得很簡明，很懇切，表現出一片「便安萬姓」的愛民之心。胡韞玉曰：「肫切懇摯，具見忠厚之政。」可惜執行不力，使之徒具空文，太可惜了。

建昭四年議封甘延壽陳湯詔

漢元帝

【題解】本篇錄自《漢書·陳湯傳》。建昭四年，即西元前三十五年。建昭，漢元帝年號，共五年（西元前三八—前三四年）。甘延壽，字君況，北地郁郅人。以善騎射為羽林，遷為郎，漸遷至遼東太守，為西域都護。建昭三年，與陳湯共誅匈奴郅支單于，封義成侯，為長水校尉，遷城門校尉，護軍校尉，卒於官。陳湯，字子公，山陽瑕丘人。以薦為郎，求使外國。建昭三年，遷西域副校尉，與甘延壽俱出。時郅支單于西奔康居，殺漢使者，稱強西域，不肯臣服。陳湯矯制發城郭諸國兵，攻康居，殺郅支單于，賜湯爵關內侯，為射聲校尉。成帝時，陳湯以「顓命蠻夷」、「盜所收康居財物」罪，坐免。當時，甘延壽、陳湯既有斬郅支單于之功，又有矯制發兵之罪，是賞是罰，久議不決。後因宗正正劉向上疏，論甘延壽、陳湯之功。漢元帝才下了此詔。

本篇闡明了郅支單于之罪久已當誅，肯定了甘延壽、陳湯「不煩一夫之役，不開府庫之藏」而斬獲郅支，立功萬里之外的功勞，宣布了赦其罪而議其封的決定。如此重大事件，如此重大功勞，漢元帝卻斬「牽制文義」，久議不決。雖最後給了封賞，但仍足以寒壯士之心。

匈奴郅支單于❶，背畔❷禮義，留殺漢使者吏士❸，甚逆道理，朕豈忘之哉！所以優游❹而不征者，重動師眾，勞將率，故隱忍而未有云也。

【章　旨】本段言郅支單于罪當誅滅。

【注　釋】❶郅支單于　匈奴單于名號。匈奴呼韓邪單于之兄，名呼屠吾斯。漢宣帝五鳳元年五單于爭立，呼屠吾斯於東邊自立為郅支骨都單于。甘露三年呼韓邪入朝，郅支亦遣使奉獻。元帝初，因怨漢厚遇呼韓邪單于，叛漢，殺漢使，西走康居，並攻占烏揭，堅昆、丁零，侵擾漢之西陲。建昭三年為漢西域副校尉陳湯攻殺。❷畔　同「叛」。❸留殺句　初元四年，郅支遣使奉獻，因求侍子。漢遣衛司馬谷吉送之。既至，郅支單于怒，竟殺吉等。❹優游　猶豫不決。

【語　譯】匈奴郅支單于背叛禮義，扣留殺害漢的使者和吏士，非常違背道理，我難道會忘掉他嗎！我猶豫不決而不出兵征討的原因，是重視發動軍隊，勞苦將率，所以克制忍耐而沒有說什麼。

今延壽、湯睹便宜❶，乘時利，結城郭諸國❷，擅興師矯制❸而征之。賴天地宗廟之靈，誅討郅支單于，斬獲其首，及閼氏貴人名王以下千數❹。雖踰義干法，內不煩一夫之役，不開府庫之臧❺，因敵之糧，以贍軍用，立功萬里之外，威震百蠻❻，名顯四海。為國除殘，兵革❼之原息，邊竟❽得以安。然猶不免死亡之患，罪當❾在於奉憲❿，朕甚閔之！其赦延壽、湯罪，勿治，詔公卿議封焉。

【章　旨】本段言延壽、湯誅滅郅支單于，功不可沒，詔赦罪議封。

【注　釋】❶便宜　因利乘便，見機行事。❷城郭諸國　顏師古曰：「謂西域國為城郭者，言不隨畜牧遷徙，以別於匈奴也。」城郭，內城與外郭，泛指城邑。❸矯制　假託朝廷命令以行事。❹及閼氏句　《漢書．陳湯傳》載：「凡斬閼氏、太子、名王以下千五百一十八級，生虜百四十五人，降虜千餘人。」閼氏，漢時匈奴王妻妾的稱號。❺臧　通「藏」。收藏。❻蠻　古時對南方少數民族的泛稱。這裡泛指少數民族。❼兵革　兵器和甲冑，代指戰爭。❽竟　同「境」。邊界。❾當　判斷；判決。❿奉憲　謂奉行法律的獄吏。憲，法。

【語　譯】現在延壽、湯看準了時機恰當，乘著時勢有利，聯結築城郭居住的各個國家，擅自發動軍隊假託朝廷命令去討伐他。憑仗天地祖宗的神靈，懲罰征討郅支單于，斬掉並得到他的首級，和閼氏、貴人、名王以下幾千人。雖然越過了道義觸犯了法律，卻對國內沒有煩勞一個人的傜役，沒有打開府庫的收藏，依靠敵人的糧食，來供軍隊的食用，在萬里之外建立功勳，威聲震驚所有蠻夷。名聲顯赫天下，為國家除掉了殘害，戰爭的根源停息，邊境得到了安寧。然而他們還是不免死亡的禍患，罪責被奉行法令的獄吏判決，我非常憐惜他們。赦免延壽、湯的罪，不要懲治！命令公卿商議他們的封賞。

【研析】本篇一百餘字的篇幅，論述了郅支單于有罪朝廷不得及時誅滅的原因，概述了甘延壽、陳湯的功績，指出了朝中對二人功過的不同意見和決定赦罪封賞的旨意，完全符合詔令簡明的要求。但行文多偶句，重文采，漸露斧鑿雕琢的痕跡，已與漢初詔令之明白如話者不同了。

賜竇融璽書

漢光武帝

【題解】本篇錄自《後漢書・竇融傳》。竇融（西元前一六—六二年），字周公，扶風平陵（今陝西咸陽西北）人。新莽時，經王邑推薦，任波水將軍。莽敗，率軍降劉玄大司馬趙萌，萌薦為巨鹿太守。融力辭，欲往河西。劉玄乃拜為張掖屬國都尉。劉玄敗，他聯合酒泉、金城、張掖、敦煌、武威五郡，割據河西，被推為河西五郡大將軍。時隗囂使辯士張玄游說，勸其與隴蜀合縱，各據一方。而竇融決策東向，乃遣長史劉鈞奉書獻馬。光武帝就賜融璽書。後從破隗囂，封平安侯，累進大司空。本篇首先肯定竇融鎮守河西五郡的功勞，奉書獻馬的厚意，對他進行撫慰；然後分析當時群雄相爭，竇融舉足輕重的地位，指出是輔佐自己統一天下，建立桓文之功，還是聯合隴蜀，割據稱雄，二者必居其一，不能持兩端，當當機立斷。言外之意是只有輔助自己才是唯一出路。書中分析當時形勢準確中肯，指出竇融出路亦明確斬截，其籠絡之意亦寓於其中。這說明光武帝對當時形勢瞭如指掌，這對敦促竇融歸漢起了重要作用。光武帝之所以能成帝業，亦得力於他這種推赤心以待下的態度。

【作　者】漢光武帝，名秀，字文叔，南陽蔡陽（今湖北棗陽西南）人。漢高祖九世孫。新莽末，與兄劉縯乘機起兵，加入綠林軍，昆陽之戰建立奇功。更始元年（西元二三年）至河北活動，力量不斷壯大。建武元年稱帝，定都洛陽，建立東漢政權。在位三十三年（西元二五—五七年）。在位時期，先後削平群雄，統一全國；九次頒布釋放奴婢和禁止殘害奴婢的命令，多次下詔免罪徒為庶民，減輕租賦徭役，發放賑濟，興修水利；裁併四百餘縣，精簡官吏，節省開支；實行「度田」，限制兼併。在中央，加重尚書職權，削弱三公權力，廢除掌握軍權的都尉，擴大選拔士人充當各級官吏，以鞏固中央集權體制。諡光武。

制詔❶行❷河西❸五郡❹大將軍❺事、屬國都尉❻：勞鎮守邊五郡，兵馬精彊，倉庫有蓄，民庶殷富，外則折挫羌胡❼，內則百姓蒙福。威德流聞，虛心相望，道路隔塞，邑邑❽何已！長史❾所奉書獻馬悉至，深知厚意。

【章　旨】本段肯定竇融鎮守邊郡的功勞，奉書獻馬的美意。

【注　釋】❶制詔　詔令。命為制，令為詔。這裡用作動詞，下詔令告知。❷行　巡視；巡狩。這裡是「臨時擔任」之意。❸河西　泛指黃河以西地區，轄境相當今甘肅河西走廊。❹五郡　指武威、張掖、酒泉、敦煌、金城五郡。❺大將軍　武官名。竇融被五郡太守共推為行河西五郡大將軍事。❻屬國都尉　漢於邊郡皆置屬國，設都尉掌管屬國事務。更始帝劉玄曾命竇融為張掖屬國都尉。❼羌胡　我國古代西部民族之一。❽邑邑　同「悒悒」。憂悶；不舒暢。❾長史　官名。此指竇融派遣來奉書獻馬的長史劉鈞。

【語　譯】下詔令給攝理河西五郡大將軍事，屬國都尉：煩勞鎮守邊境五郡，兵馬精良強壯，倉庫有蓄積，民眾增多而殷實富足，對外挫敗了羌族，對內老百姓蒙受福澤。威望恩德流布遠聞，我衷心想望你，可道路隔絕阻塞，心中悶悶不樂哪裡有個止境！你長史劉鈞上呈的書信進獻的馬匹全都收到，深深知道了你的深情厚意。

今益州❶有公孫子陽❷，天水❸有隗將軍❹，方蜀漢❺相攻，權在將軍，舉足左右，便有輕重❻。以此言之，欲相厚豈有量❼哉？諸事具長史❽所見，將軍所知。王者迭❾興，千載一會❿。欲遂立桓文⓫，輔微國⓬，當勉卒⓭功業；欲三分鼎足⓮，連衡合從，亦宜以時定。天下未并，吾與爾絕域⓯，非相吞之國。

【章旨】本段言隴蜀相攻，竇融在其間舉足輕重，而你我隔絕，無利害關係。

【注釋】❶益州　州名，漢武帝時置，故地大部在今四川境內。❷公孫子陽　即公孫述，字子陽，扶風茂陵（今陝西興平東北）人。新莽天鳳中，為導江卒正（蜀郡太守），居臨邛。後起兵，恃其地險眾附，自立為蜀王，都成都，建武初，進稱天子，號成家，盡有益州地。聚甲兵數十萬，營造宮室，設置百官。光武出兵征討，並修書勸降，不聽。建武十二年，軍敗被刺死。❸天水　郡名，漢武帝元鼎三年析隴西郡置，在今甘肅通渭西北。❹隗將軍　指隗囂，字季孟，天水成紀（今甘肅秦安西北）人。新莽末，據隴西起兵，初附劉玄，任御史大夫；旋屬光武，封西州大將軍；後又稱臣於公孫述，為朔寧王。光武西征，囂奔西城，恚憤而死。❺蜀漢　蜀指公孫述，漢指光武帝自己。❻舉足二句　《後漢書》李賢注曰：「猶蒯通曰：『與楚即楚勝，與漢即漢捷。』」言竇融在蜀漢之間投向哪邊，哪邊便勝。❼量　容量；限度。❽長史　指劉鈞。此言自己一方情況，包括推赤心待人之誠意，皆劉鈞所親見。❾迭　更替；輪流。❿千載一會　《後漢書》注：「言時難得而易失也。」⓫桓文　指齊桓公、晉文公，皆春秋時霸主。時周王室微弱，齊桓、晉文輔之以霸天下。⓬微國　指周王室。此暗指光武帝自己。光武為漢之王室，故自比於東周王室。⓭卒　完成。意謂竇融如欲立齊桓、晉文輔周室稱霸之功，當助己完成功業。⓮三分鼎足　謂竇融與漢及公孫述、隗囂各據一方，如鼎之三足分立。時隗囂使辯士張玄游說河西曰：「今豪傑競逐，雌雄未決。當各據其土宇，與隴、蜀合從，高可為六國，下不失尉佗。」⓯絕域　地域隔絕。時光武帝在洛陽，竇融在河西，中隔據隴的隗囂與據蜀的公孫述，故云。

【語　譯】現在益州有公孫子陽，天水有隗將軍，當蜀與漢相爭併，大權就在你將軍，你舉足往左或往右，哪邊便有減輕或加重。憑此說來，我想要借重於你哪裡有限度呢？所有事實都是你的長史劉鈞親眼所見，也是將軍知道的。王者交替興起，這是一千載才遇到一次的機會。你想要實行齊桓公、晉文公的事業，輔助微弱的王室，就應當努力去完成你的功業；如果想要如鼎之三足分立，與群雄或連横或合縱，也應該及時決定。現在天下尚未統一，我和你地域隔絕，不是互相吞併的國家。

今之議者，必有任囂❶效❷尉佗❸制七郡❹之計。王者有分土❺，無分民❻，自適己事❼而已。今以黃金二百斤，賜將軍，便宜❽輒言。

【章　旨】本段規勸竇融是割據還是附漢，要早作決斷。

【注　釋】❶任囂　人名。秦始皇時，拜南海尉。秦亡後，築關隘以防邊，南海平安。臨終，召趙佗行南海尉事，說：「番禺負山險阻，南北東西數千里，頗有中國人相輔，此亦一州之主，可為國，故召公即令行南海尉事。」❷效　教，古義通。《釋名・釋言語》曰：「效，教也。」❸尉佗　即趙佗，因曾為南海尉，故稱尉佗。趙佗，真定（今河北正定）人。秦時為南海郡龍川令，旋代任囂為南海尉。秦亡後，併據南海、桂林、象郡，建立南越國，自立為南越武王。❹七郡　指蒼梧、鬱林、合浦、交趾、九真、南海、日南，皆屬南越國。按：尉佗之時未置七郡。據《漢書・地理志》：南海故秦郡，鬱林故秦桂林郡，日南故秦象郡，皆漢武帝元鼎六年更名。蒼梧、交趾、合浦、九真，皆元鼎六年置。此光武帝據後來置郡言之。❺分土　指以土地分封侯王。❻分民　將人民分封別人。按：人民歸向有德之主，非疆域所能限制，故曰「無分民」。《孟子・公孫丑下》：「域民不以封疆之界。」❼自適己事　謂根據自己的意願行事。❽便宜　因利乘便；趁便。

【語　譯】現在議論的人，一定有像任囂教導尉佗控制七郡稱王的計謀。做王的人有可能將土地分與別人為侯王，但沒有可能將人民分與別人統治，你自己根據自己的意願行事罷了。現在將黃金二百斤賜與將軍，並趁便就說了這些話。

【研　析】光武帝在當時只是群雄中的一方，與竇融並無統屬關係；竇融遣使奉書獻馬，有歸順之意，亦未正式稱臣。給這樣一位割據一方的梟雄回書，既不可太驕傲以失人心，又不可太謙卑以失身分。書辭就抓住好言撫慰，坦誠相待這個中心。首先肯定他鎮守邊郡的功勞與奉書獻馬的美意，進行撫慰；然後明確地分析當時形勢，指明竇融的出路；肯定他在群雄相爭中的舉足輕重的作用，勸其好生選擇自己的前途；話雖說得極其委婉，竇融當何去何從卻指得相當明白，不容猶豫。林紓曰：「書詞坦白明快，極和平中卻極伉爽。光武真能以柔道化天下也。」「坦白明快」，柔中有剛，「以柔道化天下」，即是本篇在行文方面的特點。

建武二十七年報臧宮詔

漢光武帝

【題　解】本篇錄自《後漢書・臧宮傳》。建武二十七年，即西元五十一年。建武，漢光武帝年號，共三十一年（西元二五—五五年）。臧宮，字君翁，潁川郟（今河南郟縣）人。少為縣亭長、游徼。綠林軍起，率賓客投下江兵，任校尉。後隨劉秀至河北，任偏將軍。劉秀即帝位，為侍中，騎都尉。建武二年，封安成侯。從光武帝征討，多建戰功，諸將多稱其勇。十一年，與岑彭入蜀，擊滅公孫述，任廣漢太守，定封朗陵侯。官至太中大夫，為雲臺二十八將之一。建武二十七年，匈奴飢疫，自相分爭，帝以問宮。宮曰：「願得五千騎以立功。」帝笑曰：「常勝之家，難與慮敵，吾方自思之。」臧宮乃與馬武上書請滅匈奴，光武帝即答以此詔。本篇論述了剛柔與廣地、廣德的辯證關係，說明了國內尚不安定，無力顧及遠方，因此不宜出兵北伐匈奴。這表現了漢光武帝不願輕易發動戰爭以與民休息的安定政策和愛護人民的仁愛之心。東漢初，生產能得以發展，社會能趨向安定，就得力於這種政策和這種仁心。

《黃石公記》❶曰：「柔能制剛，弱能制強。」柔者德也，剛者賊也，弱者仁之助也，強者怨之歸也。故曰有德之君，以所樂樂人；無德之君，以所樂樂身。樂人者其樂長，樂身者不久而亡。舍近謀遠者，勞而無功；舍遠謀近者，逸而有終。逸政多忠臣，勞政多亂人。故曰務廣地者荒❷，務廣德者彊。有其有者安，貪人有者殘。殘滅之政，雖成必敗。

【章旨】本段論述剛與柔以及廣地與廣德的辯證關係。

【注釋】❶黃石公記　古書名，相傳即張良於下邳圯所見老父出一篇書者。今已佚。❷荒　滅亡；荒廢。

【語譯】《黃石公記》說：「柔弱能夠制服剛硬，柔小能夠制勝強大。」柔弱就是美善，剛強就是禍害，柔弱是仁愛的幫助，強大是怨恨的歸宿。所以說有仁德的人君，用他所快樂的來使人快樂；無仁德的君主，用他所快樂的來使自身快樂。使人快樂的人他的快樂就長久，只使自身快樂的人不久就會滅亡。丟棄近處的去謀求遠處的，勞苦而沒有成果；丟棄遠處的謀求近處的，就安逸而有好結果。安逸的政治就多忠臣，勞人的政治就多動亂的人。所以說專注追求擴大土地的人就會滅亡，專心追求擴大仁德的人就強大。據有他自己應該據有的人就安逸，貪圖占有別人據有的人就凶殘。凶殘暴虐的政治，即使取得成功也必然失敗。

今國無善政，災變❶不息，百姓驚惶，人不自保，而復欲遠事邊外乎？孔子❷曰：「吾恐季孫❸之憂，不在顓臾❹。」且北狄❺尚彊，而屯田❻警備❼，傳聞之事❽，恆多失實。誠能舉天下之半，以滅大寇，豈非至願；苟非其時，不如息人。

【章　旨】本段言當自顧內政，不可遠擊匈奴。

【注　釋】❶災變　指日月食、水旱等自然變故。《後漢書》李賢注：「《左傳》曰：『國無善政，則自取謫於日月之災。』」❷孔子　即孔丘，春秋末魯國人，著名思想家，教育家，儒家學派的創始人。下引語見《論語・季氏》。❸季孫　季孫氏，魯桓公子季友的後裔，又稱季氏，為魯國三家貴族（孟孫、叔孫、季孫）之一。此季孫指季孫斯，卒謚桓，稱季桓子。魯定公至哀公初魯國的執政上卿，死於魯哀公三年。❹顓臾　春秋國名。伏羲之後，風姓，魯國的附庸。故地在今山東費縣西北。《後漢書》注：「顓臾，魯附庸之國。魯卿季氏貪其土地，欲伐而兼之。時孔子弟子冉有仕於季氏，孔子責之。冉有曰：『今夫顓臾固而近季氏之邑，今不取，恐為子孫之憂。』孔子曰：『吾恐季孫之憂，不在顓臾，而在蕭墻之內也。』」❺北狄　此當指北匈奴。❻屯田　自漢以來，政府利用軍隊或農民商人墾種土地，徵取收成以為軍餉，稱屯田。據《後漢書・光武帝紀》載，建武二十六年，「遣中郎將段彬授南單于璽綬，令入居雲中，始置使匈奴中郎將，將兵衛護之。南單于遣子入侍，奉奏詣闕。於是雲中、五原、朔方、北地、定襄、雁門、上谷、代八郡民歸於本土，遣謁者分將施刑補理城郭。」屯田事當指此。❼警備　《後漢書・南匈奴傳》載：「南單于既居西河，亦列置諸部王，助為扞戍。使韓氏骨都侯屯北地，右賢王屯朔方，當戶骨都侯屯五原，呼衍骨都侯屯雲中，郎氏骨都侯屯定襄，左南將軍屯雁門，栗籍骨都侯屯代郡，皆領部眾為郡縣偵羅耳目。北單于恐，頗還所掠漢人，以示善意。」警備事當指此。❽傳聞之事　臧宮、馬武於上書中言：「虜今人畜疫死，旱蝗赤地，疫困之力，不當中國一郡。萬里死命，縣在陛下。福不再來，時或易失，豈宜固守文德而墮武事乎！」光武以為此乃傳聞之辭，不可輕信。

【語　譯】現在國家還沒有好的政治，災異變故不斷發生，百姓震驚恐懼，人人不能保全自己，可是還想要到遠遠的邊境之外去發動戰爭嗎？孔子說：「我恐怕季孫氏的憂患，不在顓臾這個附庸。」並且北方的夷狄還很強大，而需要屯田墾荒以加強警戒防備，那些道路傳聞的消息，經常是不符合實際的。真的能夠動用天下力量的一半去消滅強大的敵寇，難道不是我最大的願望；假如還不是時機，就不如息事寧人。

【研析】光武帝到建武十二年才完全消滅群雄，統一全國，此時剛剛結束戰爭不久，為了休養生息，他不願輕易發動戰爭。而臧宮是光武帝最親信的將領，他請求討伐匈奴也是為國壯威的壯舉，不好硬性回駁。所以這篇答覆臧宮的詔書，措辭極其和緩委婉，盡量向臧宮將不可以討伐匈奴的道理解說清楚，所以篇中從理論到實際情況都作了詳細的闡明，像向老朋友在做細緻的思想工作，全無君臨臣下盛氣凌人的命令口吻，這在詔書中的確是別具一格的。

卷三十七 詔令類 三

諭巴蜀檄

司馬長卿

【題 解】本篇錄自《漢書・司馬相如傳》，又載《史記・司馬相如列傳》和《文選》，各本文字略有不同。巴蜀，巴郡和蜀郡，包括今四川全境。巴郡位於今四川東部一帶，蜀郡轄今四川成都及溫江地區部分縣境。檄，文體名。古代官方文書用木簡，長尺二寸，多作徵召、曉喻、申討等用。故《文心雕龍・檄移》云：「檄者，皦也。宣露於外，皦然明白也。」建元六年（西元前一三五年），唐蒙上言，征討南粵，從「長沙、豫章往，水道多絕」，如通夜郎，「浮船牂柯，出不意，此制粵一奇」。於是漢武帝乃拜唐蒙為郎中將使夜郎，約為置郡。夜郎旁小邑貪漢繒帛，亦願內屬，乃置犍為郡，發巴蜀卒治道，自僰道通牂柯江，「郡又多為發轉漕萬餘人，用軍興法誅其渠帥，巴蜀民大驚恐。上聞之，乃使相如責唐蒙，因喻告巴蜀民以非上意」。司馬相如至巴蜀，就頒發了這篇檄文。本篇宣布「發軍興制」和「轉粟運輸」，「皆非陛下之意」，是唐蒙和地方官的擅自作為，對唐蒙進行譴責以撫慰巴蜀民；同時對巴蜀民逃避差派，不肯為國出力，批評這「亦非人臣之節」。本篇實際表現了漢武帝不惜勞民開發西南以擴疆土、廣教化的雄才大略。林雲銘說：「細玩檄文，其中責百姓逃亡賊殺之辜居多，且以邊郡之士聞警樂戰為詞，則『非上意』云云，不問而知其為文飾矣。」文章雖提兩責，但重點是責巴蜀民，責巴蜀民是責其未能領會漢武帝開發西南夷的用意。林雲銘指出了其然而未指出其所以然，故補充說明如此。

告巴蜀太守：蠻夷❶自擅❷不討之日久矣，時侵犯邊境，勞士大夫。陛下❸即位，存撫❹天下，集安❺中國，然後興師出兵，北征匈奴❻，單于怖駭，交臂❼受事，屈膝請和❽。康居❾西域❿，重譯⓫納貢⓬，稽首⓭來享⓮。移師東指，閩越相誅⓯；右弔番禺，太子入廟⓰。南夷之君⓱，西僰⓲之長，常效⓳貢職，不敢惰怠，延頸舉踵，喁喁然⓴皆鄉風慕義，欲為臣妾㉑，道里遼遠，山川阻深，不能自致。夫不順者㉒已誅，而為善者㉓未賞，故遣中郎將㉔往賓㉕之，發巴蜀之士各五百人，以奉幣，衛使者不然㉖，靡有兵革之事，戰鬬之患。今聞其乃發軍興制㉗，驚懼子弟，憂患長老，郡又擅為轉粟㉘運輸，皆非陛下之意也。當行者㉙或亡逃自賊㉚殺，亦非人臣之節也。

【章旨】本段告諭巴蜀民「發軍興制」，「擅為轉粟運輸，皆非陛下之意」。

【注釋】❶蠻夷　古代泛指華夏中原民族以外的少數民族。❷自擅　謂不待朝廷之命而擅自作為。擅，專。❸陛下　古代對帝王的尊稱，秦以後專稱天子為陛下。此指漢武帝。❹存撫　安撫；撫養。存，問候；省視。❺集安　和睦安定。集，通「輯」。和協；親睦。《史記》作「輯安」，《文選》作「安集」。❻北征匈奴　漢武帝元光三年（西元前一三三年），從大行王恢議，誘匈奴至馬邑，漢伏兵三十餘萬馬邑旁，欲擊之，會單于發覺，逃出塞，漢無功而返。從此開始了漢對匈奴數十年的討伐戰爭。❼交臂　叉手；拱手。表示恭敬。❽屈膝請和　按：馬邑之役以後匈奴並未臣服。然匈奴貪漢財物，尚樂關市，漢亦通關市不絕以羈縻匈奴。說「屈膝請和」乃是誇飾之詞。❾康居　古西域城國名。東臨烏孫、大宛，南接大月氏、安息，西與奄蔡交界。最盛時有今中亞細亞錫爾河北方吉利吉斯草原一帶之地。❿西域　西域之稱始於漢，指玉門關以西、巴爾喀什湖以東及以南的廣大地區。⓫重譯　輾轉翻譯以通其言。⓬納貢　《史記》作「請朝」。⓭稽首　舊時行跪拜禮，跪拜時頭至地，表示最恭敬的敬禮。首，《文選》李善本作「顙」。⓮享　謂參與享祀。一說，享；獻。謂獻其國珍。按：據《史記．大宛列傳》載：張騫使西域，以元朔三年（西元前一二六年）歸，諭巴蜀時，康居西域疑尚未通中國，此乃司馬相如誇飾之辭，或其時偶有通貢之事，史無明文耳。⓯移師二句　據《史記．東越列傳》載：建元六年，閩越擊南越。南越守天子約，不敢擅自發兵迎擊而上報漢武帝。漢武帝遣大行王恢出豫章，大農韓安國出會稽，皆為將軍。兵未踰嶺，閩越王郢發兵距險。其弟餘善乃與相、宗族謀，鏦殺王，使使奉其頭致大行王恢，王恢會知大農韓安國，使使奉王頭馳報天子，詔罷兩將軍兵。乃使郎中將立無諸孫繇君丑為閩繇王，奉閩越祭祀。東指，向東進發。閩越，古國名，在今福建和浙江南部一帶，漢高祖封無諸為閩越王，後為漢武帝所滅。⓰右弔二句　《史記．南越列傳》載：趙佗孫趙胡為南越王。閩越王郢興兵擊南越王邊邑。南越王胡使人上書漢武帝，武帝遣兩將軍興師往討閩越，兵未踰嶺，閩越王弟餘善殺郢以降，於是罷兵。天子使莊助往諭意，南越王胡頓首曰：「天子乃為臣興兵討閩越，死無以報德。」遣太子嬰齊入宿衛。右，東伐閩越後至番禺，故言右。弔，至。顏師古曰：「南越為東越所伐，漢發兵救之，南越蒙天子德惠，故遣太子入朝，所以云弔耳，非訓至也。」番禺，南海郡治，即今廣州番禺。太子，指南越王胡太子趙嬰齊。廟，《史記》、《漢書》、《文選》、《古文辭類纂》其他一些版本均作「朝」。廟，疑為「朝」字之譌。廟，宗廟，代指朝廷。⓱南夷之君　指夜郎侯多同。建元六年，漢武帝拜唐蒙為郎中將，往使夜郎，見夜郎侯多同，厚賜，喻以威德，約為置吏，使其子為令。夜郎，漢時我國西南地區的古國名。約在今貴州西北、雲南東北及四川南部地區。⓲僰　古代我國西南地區少數民族名，居住於今四川宜賓一帶。⓳效　呈獻；獻出。⓴喁喁然　眾人向慕，如群魚之口上向。㉑臣妾　男奴隸曰臣，女奴隸曰妾。此喻指表示臣服。㉒不順者　指匈奴、閩越等。㉓為善者　謂南夷、西僰等。㉔中郎將　《漢書．百官公卿表》載：中郎有五官、左、右三將，秩皆比二千石。郎中有車、戶、騎三將，秩皆比千石。《史記．西南夷列傳》、《漢書．西南夷傳》皆云「拜蒙為郎中將」。《漢紀．武帝紀》、《資治通鑑》均作「中郎將」。按：此與《史記．西南夷列傳》、《漢書．西南夷傳》均不一致，未知孰是。㉕賓　服，謂降服。一說謂以賓禮敬禮之。一說，賓，引導，謂引導其歸順。按：義皆可通。㉖不然　不意之變；意想不到的變故。按：《漢書．武帝紀》：「元光五年夏，發巴蜀治南夷道。」〈西南夷傳〉亦曰：「發巴蜀卒治道，自僰道指牂柯江。」此但言「奉幣衛使者」，不言治道，亦文飾之辭。㉗發軍興制　《史記》索隱引張揖曰：「發軍，發三軍之眾也；興制，謂起軍法制也。」即謂發三軍之眾，起軍法，誅渠帥。顏師古曰：「以發軍之法為興眾之制也。」按：《漢書．司馬相如傳》云：「相如為郎數歲，會唐蒙使略通夜郎、僰中，發巴蜀吏卒千人，郡又多為發轉漕萬餘人，用軍興法誅其渠帥。巴蜀民大驚恐。」軍興制，即軍興法制。發軍興制，即謂起用發動軍隊的法制，故巴蜀民驚恐。張揖說、顏說皆迂曲。㉘轉粟　運粟；運糧。車運曰轉，水運曰漕。㉙當行者　謂巴蜀民中被唐蒙點徵的人。㉚賊　傷害，謂傷害自己以逃避徭役。

【語譯】告知巴郡、蜀郡太守：北方蠻夷自作主張，沒有征討的日子很久了，時時侵犯邊境，使士大夫勞苦。皇上即位以來，省視撫養天下，和睦安定中國，然後興師出兵，向北討伐匈奴，單于驚恐震駭，拱手接受差遣，跪下請求投降。康居國和西域地區，經幾次翻譯來繳納貢品，叩頭來參與祭祀。調動軍隊指向東方，閩越王就被誅殺；向右來至番禺，南越王的太子入朝做人質。南方夷狄的君主，西方僰族人的官長，經常進獻貢品敬守職責，不敢鬆懈懶怠，伸長脖頸踮起腳後跟，如許多魚的口一齊向上一般歸嚮風化仰慕道義，想來做臣做妾，只是道路遙遠，山河阻絕，不能自己到達。那些不順從的人已經得到懲罰，而做善事的人沒有獎賞，所以派遣中郎將唐蒙去引導他們歸順，派遣巴郡、蜀郡的士民各五百人來幫助拿犒賞的禮物，保衛使者的意想不到的變故，沒有兵甲的任務和戰鬥的憂患。現在聽說唐蒙採取出動軍隊的法制，使巴蜀的子弟驚駭恐懼，使巴蜀的長老憂慮擔心，郡裡又擅自為他運糧運輸物資，這都不是皇上的旨意。應當被徵調的人有的逃匿躲藏或者自我傷害殘殺，這也不是做人臣下的禮節。

夫邊郡之士，聞烽❶舉燧❷燔，皆攝弓❸而馳，荷兵而走，流汗相屬❹，惟恐居後，觸白刃，冒流矢，議❺不反顧，計不旋踵❻，人懷怒心，如報私讎。彼豈樂死惡生，非編列❼之民而與巴蜀異主哉？計深慮遠，急國家之難，而樂盡人臣之道也。故有剖符❽之封，析圭❾而爵，位為通侯❿，居列東第⓫。終則遺顯號於後世，傳土地於子孫，事行⑫甚忠敬，居位甚安佚，名聲施於無窮，功烈著而不滅。是以賢人君子，肝腦塗中原，膏液潤埜中⑬，而不辭也。今奉幣役⑭至南夷，即自賊殺，或亡逃抵⑮誅，身死無名⑯，謚⑰為至愚，恥及父母，為天下笑。人之度量⑱相越⑲，豈不遠哉！然此非獨行者⑳之罪也，父兄之教不先㉑，子弟之率不謹，寡廉鮮恥，而俗不長厚也。其被刑戮，不亦宜乎！

【章　旨】本段批評巴蜀民不肯為國家出力也是不對的。

【注　釋】❶㷭　同「烽」。古代邊疆告警的信號。白天放煙告警，稱烽。❷燧　古代邊境告警的信號。夜晚舉火告警，稱燧。❸攝弓　張弓注矢。❹屬　連接。❺議　《史記》作「義」，於義為長。❻旋踵　旋轉腳跟向後轉。此指不轉身向後退卻。❼編列　編戶。❽剖符　古時帝王授與諸侯或功臣的憑證。符，竹符，剖分為二，帝王與諸侯各執其一，故稱剖符。❾析圭　古時封諸侯，按爵位高低，分頒珪玉，稱為析圭。圭，瑞玉，字亦作「珪」。王先謙曰：「《周禮・大宗伯》：以玉作六瑞，以等邦國，王執鎮圭，公執桓圭，侯執信圭，伯執躬圭，〔子執穀璧，男執蒲璧。〕析圭而爵，言分圭而爵之也。」❿通侯　即「徹侯」。避武帝諱改曰通侯。秦漢時爵位名。秦廢古五等爵，立爵自一級公士起，至二十級徹侯止。徹，通。言其爵位上通於皇帝，位最尊。漢因之，金印紫綬。⓫居列東第　居，《史記》作「處」。東第，甲宅。居帝城之東，故曰東第。有甲乙次第，故曰第。⓬事行　《史記》、《文選》並作「行事」。按：事，為。事行，猶言為行。⓭埜中　即野草。埜，與「壄」同。古「野」字。中，古「草」字。⓮奉幣役　調奉幣之役，即上文所云「發巴蜀之士各五百人，以奉幣」者。⓯抵　至，言逃亡而至於誅。一說，當。言逃亡而當誅。⓰無名　言無善名。⓱謚　稱。終以愚死，後世傳稱，故謂之謚。⓲度量　氣量；胸懷。⓳相越　相差。⓴行者　即前之「當行者」。指巴蜀民中被唐蒙點徵的人。㉑不先　調往日不先施教導。

【語　譯】那些邊境郡縣的士民，聽到烽煙點起警火燃燒，都張弓注矢而奔馳，扛著兵器而奔跑，流出的汗水接連不斷，只怕落在別人之後，碰著雪白的刀刃，冒著亂飛的羽箭，依公議絕不回頭向後看，下決心不旋轉腳跟向後退，人人心裡懷抱對敵人的憤怒，如同報復私人的讎怨。他們難道是樂意死去厭惡活著，不是編列在戶口簿上的人民，而跟巴蜀民有不同的君主嗎？他們計較很深考慮很遠，以國家的困難為急務，而樂意盡人臣的道義。所以他們有剖開符信的封賞，有分頒圭玉的爵位，地位升到通侯，住處列在東邊的第宅。死了就留下顯赫的名號在後世，把土地遺傳給子孫，所做的行為非常忠誠恭敬，所占有的地位非常安定快樂，名聲留傳到無窮無盡，功業顯著而永不熄滅。因此賢人君子，肝臟腦髓塗在原野之中，油脂血液滋潤著原野的雜草而不推辭。現在只是運送犒賞禮品的差使到南夷夜郎國去一次，就自我傷害殘殺，或者逃亡而至被責備懲罰，自身死了沒有美名，被稱呼為最愚蠢，恥辱到達父母，被天下人恥笑。人的胸懷氣量相差別，難道還不遙遠嗎！然而這不僅僅是被徵調的人的罪過，也是父兄的教導早先沒有進行，子弟的遵照辦事不謹慎，缺少廉恥，風俗不醇厚的結果。他們被懲罰或被處死，不是應該的嗎！

陛下患使者❶有司❷之若彼，悼不肖愚民之如此，故遣信使❸，曉諭百姓以發卒之事，因數❹之以不忠死亡之罪，讓❺三老❻孝弟❼以不教誨之過。方今田時❽，重❾煩百姓，已親見近縣❿，恐遠所谿谷山澤之民不徧聞，檄到，亟⓫下縣道⓬，咸諭陛下意，毋忽⓭！

【章旨】本段說明派遣使者到巴蜀的用意是宣布皇上的詔旨。

【注釋】❶使者　此指唐蒙等。❷有司　官吏。這裡指巴郡、蜀郡的地方官。❸信使　顏師古曰：「誠信之人以為使也。」按：古稱使者為信，也叫信使。顏說似迂。❹數　責數；責備。❺讓　責讓；責備。❻三老　官名。秦置鄉三老，漢並置縣三老、郡三老，幫助縣令、丞、尉推行政令。❼孝弟　官名。《漢書．文帝紀》十二年三月詔曰：「以戶口率置三老孝弟力田常員，令各率其意以道民焉。」顏師古注曰：「計戶口之數以率之，增置其員，廣教化也。」可見孝弟與三老一樣是廣教化的鄉官。❽田時　農耕之時。❾重　顏師古曰：「重，難也，不欲召聚之也。」按：重，形容詞用作意動詞，以為難，重視、看重之意。❿親見近縣　顏師古曰：「近縣之人，使者以自見而口諭之矣，故為檄文馳以示遠所也。」⓫亟　急。⓬縣道　漢制：萬戶以上為縣，縣有少數民族為道。⓭咸諭二句　《史記》作「使咸知陛下之意，唯毋忽也。」咸，都；皆。忽，玩忽；輕視。

【語　譯】皇上擔心使者官吏的像那樣，傷悼不才愚民的像這樣，所以派遣使者，明白告知百姓那發遣役卒的事件，因而責數他們不忠心自尋死亡的罪過，責讓三老孝弟不教誨的過錯。現在正當農耕之時，重視煩勞百姓，我使者已經親自接見了近縣的民眾，恐怕遠處地方住居在谿谷山澤的民眾不能普遍聽到，檄文到達，趕快下達各縣各道，全都告知他們皇上的旨意，不要輕忽！

【研　析】檄文要求旨意明確，態度鮮明，措辭強硬，使讀者覺得必須遵照執行，不容置疑，方是上乘。故《文心雕龍．檄移》云：「其植義颺辭，務在剛健，插羽以示迅，不可使辭緩；露板以宣眾，不可使義隱。必事昭而理辨，氣盛而辭斷，此其要也。」本篇即用兩兩責備之法，既說唐蒙之不是，亦責巴蜀民誤會之不是，把朝廷的本意說得清清楚楚。且一邊切責，一邊勸慰，以宣告朝廷撫慰之意，以安定巴蜀民的驚恐，措辭至為得體。行文的關軸亦極靈活，先說明開發西南夷之意義，派遣唐蒙之本意，然後以兩責總起。下面重點責備巴蜀民之不肯為國出力是「非人臣之節」，實際是宣告開發西南夷是國家廣宣教化懷柔遠方的重大措施，以使巴蜀民明白如此做的意義。所以文章看似無奇，實則含意至深遠。林雲銘曰：「行文平敘處作倒入勢，總上處作生下勢，對處作遞勢，斷處作續勢。初聞之，似平實無奇；再三讀之，方見其轉卸接處，筆力之高，人所不及。」這種文章確實代表了漢代文章的格調。

鱷魚文

韓退之

【題　解】鱷魚，同「鰐魚」。爬行動物名，長二丈餘，有四足，似鼉，喙長三尺，齒甚利，尾長數尺，末大如箕，多於水濱潛伏，人畜近，以尾擊取捕食。一本「鱷魚」上有「祭」字，有人就將本篇歸入「哀祭」一類。新舊《唐書》皆載愈此文，云：「初愈至潮，問民疾苦，皆曰：『惡溪有鱷魚，食民畜產且盡，民以是窮。』數日，愈自往視之，令其屬秦濟以一羊一豚投溪水而祝之。……祝之夕，暴風震雷起谿中，數日水盡涸，西徙六十里，自是潮無鱷魚患。」按：兩《唐書》乃本於張讀《宣室志》，純係小說家言，殊不足信。鱷魚乃是一種爬行動物，豈能通人性，而以一文能驅除之哉？其實，本篇乃寓言性質的雜文。韓愈以諫迎佛骨，而於唐憲宗元和十四年（西元八一九年）正月謫貶潮州，四月至潮，即作本篇。前此，元和十三年，唐憲宗下令討伐李師道，至此時，李師道尚在頑抗，本篇即有感於此而作。篇中所言「傲天子之命吏，不聽其言」，「必盡殺乃止」，實乃針對擁兵割據抗拒王命而為害一方的藩鎮而發，表現了韓愈維護統一，反對軍閥割據，強調用兵平定藩鎮叛亂的一貫主張。故李漢《昌黎先生集》將本篇與〈瘞硯銘〉、〈毛穎傳〉、〈送窮文〉並列而編入「雜文」一類，而不歸入「哀詞祭文」一類，並於〈序〉中說明韓愈篇目數量時特別說明：「哀詞祭文三十九，碑誌七十六，筆、硯、鱷魚文三。」這是很明確地說明本篇不是祭文。又篇中凡五提「天子之命」，強調「刺史受天子命，守此土，治此民」，「鱷魚其不可與刺史雜處此土」。雖然文章是韓愈所作，卻借口奉「天子之命」而為，故姚鼐將其歸入「詔令」一類。不過，姚鼐似乎是根據新舊《唐書．韓愈傳》仍視本篇為實有其事的哀祭文。故林紓云：「此篇名曰祭鱷魚，宜入祭文一類，而惜抱翁置之詔策一門。因文中凡五稱天子，則刺史似奉詔令而來，故不入祭文，仍舊入詔策一門，是惜抱審定精處。」姚鼐雖於〈序目〉中明言：「檄令皆諭下之辭，韓退之〈鱷魚文〉，檄令類也，故悉傳之。」嚴格地說，本篇當如李漢一樣，歸入「雜文」一類為妥。

維年月日❶，潮州❷刺史❸韓愈，使軍事衙推❹秦濟❺，以羊一豬一，投惡谿❻之潭水，以與鱷魚食，而告之曰：

【章　旨】本段向鱷魚提出將宣告刺史旨意，遵從哀祭文的開端。

【注　釋】❶維年月日　或作「維元和十四年四月二十四日」。❷潮州　州名。治所在今廣東潮安。❸刺史　官名。為一州的行政長官，掌管一州的軍政大權。❹軍事衙推　官名。唐代節度使、觀察使、團練使、防御使之屬官。其後，諸州、府皆置有衙推。❺秦濟　人名，生平事跡不詳。❻惡谿　水名。即今廣東韓江。

【語　譯】某年某月某日，潮州刺史韓愈，使軍事推官秦濟，用一頭羊、一頭豬，投擲到惡溪的潭水之中，給與鱷魚食用，而告知牠說：

昔先王既有天下，列❶山澤，罔❷繩擉刃❸，以除蟲蛇惡物為民害者，驅而出之四海❹之外。及後王德薄，不能遠有，則江漢❺之間，尚皆棄之，以與蠻夷❻楚越❼，況潮，嶺海❽之間，去京師萬里哉？鱷魚之涵淹❾卵育❿於此，亦固其所。

【章　旨】本段指出，從前鱷魚處此，尚可寬容。先讓一步，以作欲擒先縱之勢。

【注　釋】❶列　通「烈」。焚燒。《孟子・滕文公上》：「舜使益掌火，益烈山澤而焚之，禽獸逃匿。」❷罔　借作「網」。用作動詞，結繩為網，用以捕獵。《易・繫辭上》：「作結繩而為罔罟，以佃以漁。」❸擉刃　用刀刃刺取。擉，刺；扎。❹四海　意同天下。古人以為中國四周皆有海，所以把中國叫作海內，外國叫作海外。❺江漢　指長江和漢水。❻蠻夷　古代泛指華夏中原民族以外的少數民族。蠻，古代對南方各族的貶稱。夷，古代對東方各族的貶稱。❼楚越　楚國和越國。楚，春秋戰國時南方大國，被稱為南蠻。越，春秋時東方大國，被視為東夷，後被楚國攻滅。❽嶺海　五嶺和南海。五嶺，指大庾嶺、騎田嶺、都龐嶺、萌渚嶺、越城嶺，綿延於江西、湖南、廣東、廣西四省區邊境，稱五嶺山脈。❾涵淹　潛伏。❿卵育　繁殖。鱷魚為卵生動物，故曰卵育。

【語　譯】從前先王既已據有天下，焚燒山林川澤的草木，把繩編織成網，用刀刃刺殺，來驅逐除掉那些殘害民眾的蟲蛇等兇惡的動物，驅逐牠們將牠們驅趕到四海之外。等到後來的帝王德行菲薄，不能據有邊遠的地方，就連長江、漢水之間，還都拋棄那裡來給予由蠻夷控制的楚國和越國，何況潮州，地處五嶺和南海之間，距離京城有萬里之遙呢？鱷魚你在這裡潛藏繁殖，本來是你最適宜的處所。

今天子❶嗣唐位❷，神聖慈武，四海之外，六合❸之內，皆撫❹而有之。況禹跡❺所揜❻，揚州❼之近地，刺史縣令之所治，出貢賦以供天地宗廟百神之祀之壤者哉？鱷魚其不可與刺史雜處此土也。

【章　旨】本段宣告，今天下一家，此土為刺史管轄，不容與鱷魚雜處。

【注　釋】❶今天子　指唐憲宗李純。❷嗣唐位　唐憲宗於西元八〇五年即天子位，次年改元為元和元年。❸六合　古稱上、下、四方為六合。六合之內猶言普天之下。❹撫　據有；占有。❺禹跡　夏禹治理洪水，足跡遍於九州，故稱九州大地為禹跡。❻揜　覆蓋；踐踏。❼揚州　古九州之一。《尚書・禹貢》：「淮海惟揚州。」《傳》：「北據淮，南距海。」

【語　譯】現今天子繼承大唐的帝位，他神靈聖明慈惠威武，四海以外，六合以內，都占據而擁有它。何況潮州是大禹足跡所踏遍，靠近揚州的地方，是一郡的刺史、一縣的縣令所管轄，是出貢品賦稅來供給天地宗廟所有神祇的祭祀的地方呢？鱷魚你絕不可以與我刺史交雜居住在這個地方。

刺史受天子命，守此土，治此民。而鱷魚睅然❶不安谿潭，據處食民畜熊豕鹿麞，以肥其身，以種❷其子孫；與刺史亢❸拒，爭為長雄。刺史雖駑❹弱，亦安肯為鱷魚低首下心❺，伈伈❻睍睍❼，為民吏羞，以偷活於此邪❽？且承天子命以來為吏，固其勢不得不與鱷魚辨。鱷魚有知，其聽刺史言。

【章　旨】本段指出，鱷魚為害於此土，本刺史絕對不會容許。

【注　釋】❶睅然　眼睛突出而無所畏懼之貌。❷種　繁殖；養育。❸亢　通「抗」。❹駑　劣馬，比喻才能低下。❺下心　降低心志；甘心屈服。❻伈伈　內心恐懼之貌。❼睍睍　懼怕而不敢正視貌。

【語　譯】我刺史接受天子的任命，據守這片土地，治理這裡的人民。而你鱷魚瞪大眼睛毫無畏懼地在谿潭裡不安分守己，盤踞居處在此捕食民眾的牲畜、熊、豬、鹿、獐，來養肥你的身體，來繁殖你的子孫；跟我刺史相對抗，爭著為長稱雄。我刺史雖然無才幹很懦弱，又怎麼肯為你鱷魚低下頭，甘心屈服，恐懼害怕而不敢正視，成為民眾和官吏的羞恥，以苟且地生活在這裡呢？並且我承受天子的任命來這裡為官，本來那趨勢就不能不跟你鱷魚辯論清楚。鱷魚你如果還有良知，你就聽從我刺史的話。

潮之州，大海在其南，鯨鵬❶之大，蝦蟹之細，無不容歸，以生以食，鱷魚朝發而夕至也。今與鱷魚約，盡三日，其率醜類❷南徙於海，以避天子之命吏；三日不能，至五日；五日不能，至七日；七日不能，是終不肯徙也，是不有刺史聽從其言也；不然，則是鱷魚冥頑❸不靈，刺史雖有言，不聞不知也。夫傲天子之命吏，不聽其言，不徙以避之，與冥頑不靈，而為民物害者，皆可殺。刺史則選材技❹吏民，操強弓毒矢，以與鱷魚從事❺，必盡殺乃止，其無悔。

【章旨】本段給鱷魚指明出路，並宣告，如不聽從，必將其斬盡殺絕乃止。

【注釋】❶鯨鵬　鯨魚和鵬鳥。鯨魚，動物名，屬哺乳類，種類甚多，生活於海洋中，其體甚大。鵬，傳說中的大鳥，由鯤變化而成。《莊子．逍遙遊》：「北冥有魚，其名為鯤。鯤之大不知其幾千里也。化而為鳥，其名為鵬。鵬之背不知其幾千里也。怒而飛，其翼若垂天之雲。」❷醜類　同類。醜，通「儔」。同類；同輩。❸冥頑　愚鈍無知。❹材技　有武藝；善射。❺從事　猶言周旋。

【語譯】潮州這個州，大海在它的南邊，像鯨魚、大鵬這樣巨大的動物，像魚蝦、螃蟹這樣細小的生命，沒有不被容納而歸向它，在那裡生存，在那裡捕食，你鱷魚早晨出發傍晚即可到達。現在我與你鱷魚約定，三天之內，你率領你的同類向南遷徙到大海去，來回避天子任命的官吏；三天不夠，延長到五天；五天不夠，延長到七天。七天還不能夠，這是最終不肯遷徙了，這是眼中沒有刺史，不肯聽從刺史的話了；不是如此，就是你鱷魚愚鈍無知頑固不化而沒有靈性，我刺史即使有話，你也聽不見聽不懂了。傲視天子任命的官吏，不聽從他講的話，不肯遷徙來回避他，和愚鈍無知頑固不化而無靈性，並且成為民生萬物禍害的東西，都可以殺。我刺史就要選擇有才能技藝的吏士和民眾，拿著硬弓和毒箭，來與你鱷魚交戰，一定全都把你們殺光才休止，那時你不要後悔。

【研析】本篇雖是一篇寓言性質的雜文，也是一篇聲討鱷魚的檄文。篇中歷數了鱷魚的為害一方，宣告了刺史奉天子之命而守此土，治此民，必不肯與鱷魚相雜處於此的堅強旨意，必將其驅逐出境的嚴正立場以及鱷魚如不肯聽從，必盡殺乃止的強硬態度，措辭極其嚴厲，鱷魚如果真的有知，聞之必定心驚膽戰，當時藩鎮見之，亦必心驚肉跳而不敢肆意為非。《文心雕龍・檄移》云：「故分閫推轂，奉辭伐罪，非唯致果為毅，亦且厲辭為武。使聲如衝風所擊，氣似欃槍所掃，奮其武怒，總其罪人，懲其惡稔之時，顯其貫盈之數，搖奸宄之膽，訂信慎之心；使百尺之衝，摧折於咫書；萬雉之城，顛墜於一檄者也。」本篇就完全具有這種作用。故張讀《宣室志》附會成鱷魚遠徙的故事，以證實此文的威力，是可以理解的。本篇雖似檄文，但與司馬相如〈諭巴蜀檄〉相較，有相似，亦有不同。曾國藩曰：「文氣似〈諭巴蜀檄〉，彼以雄深，此則矯健。」錢基博曰：「〈諭蜀〉以責備為安慰，辭氣似嚴而意實寬；〈鱷魚文〉以慰遣為放逐，意思本寬而辭特峻。相如捭闔有縱橫之意，而愈嚴峻得誥諭之體。以為相似，殊所未解。」錢基博說它們全不相似，未免太絕對化。說它們相似，是因為它們都屬於以「厲辭為武」的檄文一類。而其不同則在其用意有別。〈諭巴蜀檄〉的目的在撫慰巴蜀民，安定其驚恐，故辭雖嚴而意則寬；〈鱷魚文〉的目的在驅逐、在殲滅為民害者，故形似商榷而意實嚴峻：或徙或殲，可以選擇，而必須離開此土，則無可置辯。細細體會，則二文之異同自見矣。

◎新譯昭明文選

周啟成等／注譯

南朝梁昭明太子蕭統編纂的《昭明文選》，選錄先秦至南朝梁的各體文學作品七百多篇，是現存最早的詩文總集，也是六朝文學主張的縮影。除了重要的文獻價值外，《文選》對於後代文人的創作，也有重大的影響。不過因其卷帙浩繁，現今讀者每見《文選》而卻步不前。本書力邀兩岸十數位學者，全面將《文選》加以校訂、解題、注解、翻譯，以深入淺出的闡釋、簡明清晰的面貌呈現給讀者，是有心一窺古典文學風範的最佳讀本。

◎新譯文心雕龍

羅立乾／注譯　李振興／校閱

《文心雕龍》是中國文學史上第一部完整且有系統的文學批評專著，內容博大精深，闡明寫作文章的根本原理和文學評論等重要問題，建立起一個由總論、體裁論、創作論、文學發展論、批評鑑賞論等組成的文學批評體系，向為了解中國文學與文學批評的必讀之作。本書「導讀」完整析論全書組織結構，各篇題解提綱挈領，注譯詳明準確，能帶領讀者深入研讀這部巨著。

◎新譯人間詞話

馬自毅／注譯　高桂惠／校閱

《人間詞話》是近代學術巨擘王國維融匯中西文化的文學評論專著。他所標舉的「境界」說，在中國近代文壇上獨樹一幟，對中國古典文學評論向近代轉化有篳路藍縷之功。本書除注譯詳確外，並透過多角度、多方面的分析評述，以為讀者研讀的進階。

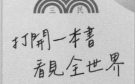

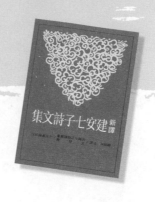